JAN GUILLOU
Der einzige Sieg

SERIE PIPER

Zu diesem Buch

Auf einem Parkplatz in Nordschweden wird ein toter LKW-Fahrer gefunden: ermordet mit Curare, der klassischen Mordmethode des KGB. Der schwedische Topagent Carl Graf Hamilton alias Coq Rouge kommt einem großangelegten Schmuggel einer russischen Atomrakete auf die Spur. Er kann den gefährlichen Handel nicht verhindern, doch Hamilton, gleichermaßen Schöngeist und Mann fürs Grobe, ist immer gut für eine spektakuläre Aktion: Er bricht zu einem Kommandounternehmen in die libysche Wüste auf, wo die Rakete für einen Terroreinsatz gegen eine amerikanische Großstadt präpariert wird ... Dieser Thriller »besticht mit einer glaubwürdigen Mischung aus Fakten und Fiktion, seinem Tempo und der sich langsam steigernden Spannung« (Hamburger Abendblatt).

Jan Guillou, 1944 in Södertälje geboren, ist mit seinen »Coq-Rouge-Romanen« zum erfolgreichsten Thriller-Autor Schwedens avanciert. Der Journalist und Fernsehmoderator, der selbst unter Spionageverdacht im Gefängnis saß, nahm immer wieder illegale Spionageaktionen seines Landes kritisch unter die Lupe. Guillous Recherchen erregten weltweit Aufsehen. Mit Coq Rouge hat er eine der eindrucksvollsten Agentenfiguren nach James Bond geschaffen.

JAN GUILLOU

Der einzige Sieg

Ein Coq-Rouge-Thriller

Aus dem Schwedischen von
Hans-Joachim Maass

Piper München Zürich

Von Jan Guillou liegen in der Serie Piper
außerdem vor:
Coq Rouge (5578)
Der demokratische Terrorist (5592)
Feind des Feindes (5632)
Im Interesse der Nation (5634)
Der ehrenwerte Mörder (5644)
Unternehmen Vendetta (5654)
Niemandsland (5656)

Ungekürzte Taschenbuchausgabe
Oktober 1997

Titel der schwedischen Originalausgabe:
»Den enda segern«, Nordstedts Förlag, Stockholm 1993

Umschlag: Büro Hamburg
Simone Leitenberger, Susanne Schmitt, Annette Hartwig
Umschlagabbildung: CSA Archive
Foto Umschlagrückseite: Ulf Lodin
Satz: Alinea GmbH, München
Druck und Bindung: Ebner Ulm
Printed in Germany ISBN 3-492-25682-1

Prolog

Es dürfte nur selten nötig sein, einem Menschen die Haut abzuziehen. Dies jedoch war ein solcher Ausnahmefall.

Man würde nämlich erst dann an die Wahrheit herankommen, wenn man dem Verstorbenen, wie es im Jargon einiger Gerichtsmediziner hieß, das »Hautkostüm« abzog. Falls es überhaupt eine Wahrheit zu finden gab. Das konnte im voraus jedoch niemand wissen. Alles beruhte auf der, wie es schien, weit hergeholten Vermutung eines Kriminalinspektors in Norrbotten, den man sogar verdächtigen konnte, er verfolge nicht zuletzt seine eigenen Ziele. Diese Angelegenheit sei prestigegeladen, hieß es.

Rein technisch ist es nicht besonders schwierig, einen Menschen zu häuten. Die menschliche Haut ist fast völlig frei von Pelz und überdies relativ weich und geschmeidig. Die Schwierigkeit ist eher gefühlsmäßiger Art, und um das zu vermeiden, greift man gern zu passenden medizinischen Umschreibungen – so kann man die Prozedur beispielsweise »erweiterte gerichtsmedizinische Untersuchung« nennen. Für die Angehörigen, in diesem Fall eine junge Ehefrau und Eltern, ist es leichter zu erfahren, daß der geliebte Verblichene einer erweiterten gerichtsmedizinischen Untersuchung unterzogen worden ist, als zu hören, daß er wie ein Tier gehäutet wurde und danach nicht mehr wie ein Mensch aussieht, sondern wie eine Farbtafel aus einem Konversationslexikon.

Für einen Gerichtsmediziner gibt es bei diesem Vorgang keine besonderen Komplikationen. Es gehört zu seiner Arbeit, in bestimmten Fällen auch Menschen zu häuten, wenn dies zur Wahrheitsfindung beiträgt.

In diesem Fall war es tatsächlich so, wie sich nachträglich herausstellte. Und es war eine schauerliche Wahrheit. Zwei Nationen hätten in einen Krieg gegeneinander gestürzt werden können, was unweigerlich zum vollständigen Untergang der einen geführt hätte.

Dennoch ist dies nur eine der theoretischen Konsequenzen jener Wahrheit, die sich tatsächlich unter der Haut eines jungen Lastwagenfahrers aus Haparanda befand. Die Welt würde heute vermutlich anders aussehen, wenn man ihn nicht gehäutet hätte. Und die Tatsache, daß die Welt so aussieht wie heute, besonders in Washington, ist darauf zurückzuführen, daß man den Mann gehäutet hat.

Welche Schlußfolgerungen lassen sich daraus ziehen? Möglicherweise die, daß die Welt nicht unbedingt von Systemen gesteuert wird, die unsere Massenmedien als bis zur Trägheit stabil darstellen, die Mühlen der Demokratie und all das, sondern manchmal von reinen Zufällen. Ferner der Schluß, daß der ständige Strom von Informationen, das Nachrichtengeschnatter, mit dem wir alle leben, uns in falsche Sicherheit wiegt und die Vorstellung vermittelt, über alles Bescheid zu wissen, was geschieht, da es vor kurzem in der BBC oder bei CNN oder auch nur in Rapport zu sehen oder zu hören war.

Keiner dieser Nachrichtenkanäle erhielt je Kenntnis von den Folgen, die der Tod des jungen Lastwagenfahrers in der exotisch nördlichen Stadt Haparanda nach sich zog. Und es ist durchaus vorstellbar, daß es oft so ist, zumindest bedeutend häufiger, als man sich das bei CNN und Rapport vorstellt.

Und auch die beiden Männer, die mehr als jeder andere zu der folgenden Geschichte Anlaß gaben, ein Kriminalinspektor aus Haparanda und ein Gerichtsmediziner aus Umeå, erfuhren nie etwas von den Konsequenzen der unerwarteten Entdeckung, die sie schließlich unter der Haut des Toten machten.

1

Er lag eine Weile hellwach da und plante seine Flucht. Dann drehte er sich mit einer einzigen weichen, aber doch entschlossenen Bewegung aus dem Bett, blieb still stehen und vergewisserte sich, daß sie nichts gemerkt hatte. Ihr Atem ging gleichmäßig und ruhig.

Er schlich vorsichtig zu dem gustavianischen Stuhl, auf den er seine Kleidung geworfen hatte, nahm die Dinge an sich, die er brauchte, und war im nächsten Moment aus dem Zimmer verschwunden. Er zog die Tür ohne jedes Klicken des Schlosses zu, lehnte sich einen Augenblick gegen die Tür und atmete auf. Draußen in der Halle war es frisch, und der Schweiß kühlte seinen Körper. Er zog sich schnell an und ging die Treppe hinunter, wo er eine warme Jacke und gefütterte Stiefel aus dem Kleiderschrank holte, die Alarmanlage ausschaltete und dann in die Kälte hinaustrat.

Zu Weihnachten war tatsächlich ein wenig Schnee gekommen, nasser, matschiger Schnee, den ein spürbarer Südwind jetzt schmelzen ließ. Es wurde allmählich hell draußen. Er kam zu dem Schluß, daß es mit dem richtigen Zielfernrohr hell genug zum Schießen war, aber der Nebel verringerte die Sicht trotzdem auf weniger als hundert Meter. Er zog die daunengefütterte Polarjacke zu, zitterte leicht vor Kälte und ging langsam zum Hirschgehege hinunter. An der nächstgelegenen Futterstelle schreckte eine Gruppe von Hirschkühen und Kälbern auf, als er sich näherte. Die Leitkuh ließ einen Warnlaut hören, worauf alle wie Schatten im Nebel verschwanden. Ihre Schritte waren in dem matschigen Schnee zunächst deutlich zu hören, erstarben dann aber bald. Vielleicht waren sie auch stehengeblieben, um zu lauschen. Er prüfte mechanisch, aus welcher Richtung der Wind kam, und ging dann, gegen den Wind, auf die Mitte des Geheges zu. Dort befand sich ein mit Kiefern bewachsener Hügel, von dessen Kuppe man eine weite Aussicht auf ein paar halb mit Schnee bedeckte Felder mit Futterkohl und Futterpflanzen hatte. Er nahm sich vor, von dort eine Zeitlang nach den kapitalen Hirschen Ausschau zu halten; obwohl es seine Tiere waren, hatte er bisher kaum Zeit gehabt, sich mit ihnen vertraut zu machen.

Er wußte jedoch sehr wohl, daß es nicht darum ging. Das war nicht der Grund, weshalb er sich an diesem Weihnachtsmorgen davongestohlen hatte. Es kam ihm vor, als wollte er seine Rechtfertigung einüben oder wahr machen oder zumindest dafür sorgen, daß er absolut glaubwürdig lügen oder, noch besser, lügen konnte, ohne zu lügen.

Es ging jetzt um etwas ganz anderes: Einsamkeit, sein unwiderstehliches Bedürfnis nach Einsamkeit. Er wollte einige Zeit ohne Verstellung oder Theater zubringen. Åke und er hatten ein ganzes Weihnachtsfest lang Theater gespielt, an zwei sehr langen Tagen, an denen alles plötzlich und auf Kommando der Frauen mit militärischer Präzision hatte organisiert werden sollen. Was sie auch getan hatten. Sie hatten Lebensmittel und Getränke für ein ganzes Weihnachtsfest eingekauft und in weniger als fünf Stunden im Kofferraum ihrer Wagen verstaut. Danach war den Männern nur noch geblieben, in den Wald zu gehen und einen Weihnachtsbaum zu fällen. Tessie und Anna hatten es so entschieden, an Widerspruch war nicht zu denken. Wie hätten sie widersprechen sollen? Åke hatte vermutlich das gleiche Bedürfnis wie er selbst, sofort weit weg zu reisen, sehr weit weg zu einem warmen Meer mit weißen Stränden, Palmen und Piña coladas in Plastikgläsern, wohin auch immer, nur nicht an einen Ort, an dem Schnee lag.

Irgendwohin, wenn es nur ein Gegensatz zu der Polarnacht war, aus der sie vor kurzem gekommen waren.

Widerspruch war also unmöglich gewesen. Sie hatten ja nur einen langweiligen Routineauftrag in dem kalten nördlichen Finnland hinter sich, nichts Besonderes. Vor allem war es weder gewalttätig noch gefährlich gewesen, und jetzt hatten sie es hinter sich.

Er hatte Åke sehr sorgfältig beobachtet, als dieser seine Lügen erzählte, und war überzeugt, daß Åke es umgekehrt genauso gehalten hatte. Keiner von ihnen hatte mit einer Miene oder auch nur einer kleinen Andeutung etwas von dem ahnen lassen, was die Wahrheit hinter dem langweiligen Routineauftrag war.

Doch jetzt stand er hier, allein in der Morgendämmerung, und blickte auf leere weiße Felder voller Schneematsch und brauchte keine Maske mehr. Richtiger, er durfte keine Maske mehr haben. Jetzt würde er sie abreißen und zu verstehen versuchen, was er sah.

Die Weltgeschichte hatte auch andere Menschen erlebt, die genau das gleiche getan hatten wie sie selbst. Das war jedoch kein Trost, sondern gerade das unabweisbare Problem: Diese Menschen, Männer ihres Alters und mit vergleichbaren militärischen Dienstgraden, Männer von vielleicht dem gleichen Aussehen und auf jeden Fall aus dem gleichen Kulturkreis, hatten schwarze Uniformen getragen und das Totenkopf-Emblem an den Schirmmützen.

Sie hatten die gleichen Dinge getan. Wenn man es ganz konkret betrachtete, hatten er und Åke die gleichen Dinge getan wie manche SS-Verbände. Sie hatten wehrlose Menschen systematisch ermordet, ihnen die Kleider ausgezogen und sie in der polaren Kälte dann noch ein paar Stunden steif frieren lassen, um sie mit der Motorsäge leichter zerstückeln zu können. Anschließend hatten sie ein großes Feuer gemacht und …

Insoweit waren sie nicht besser als manche SS-Verbände, insoweit war mit Ausnahme der Uniformsymbole alles gleich.

Er sah die Bilder vor sich. Es war kein Traum. Er konnte alles sehr deutlich vor sich sehen, als hätte sich ihm jedes Detail ins Gedächtnis eingebrannt. Offene Augen, die geschrumpft und gebrochen waren, weil das Augensekret zu Eis gefroren war. Und anschließend der gesamte, mit Wasser gefüllte Glaskörper; dies bewirkte, daß die Augäpfel anschwollen und ein wenig aus den schützenden Höhlen drangen. Erstarrte Bärte und Haare, die verzerrten Körperhaltungen, der zischende Laut von Fett und Wasser in dem brüllenden Feuer, der schwarze, fette Rauch und dann natürlich der Geruch. Alles war da. Er war für immer an diese Erinnerungsbilder gekettet, und er würde nichts davon je verdrängen oder vergessen können.

Er hatte die Befehle dazu erteilt, jeden einzelnen Befehl. Und die Männer, die diese Befehle befolgt hatten, waren anständige schwedische Offiziere, junge Männer, die man in feierlichen Reden den Stolz der Streitkräfte zu nennen pflegte, die allerbesten. Sie hatten seinen Befehlen ohne zu zögern gehorcht, und wenn sie eine Rechtfertigung suchten, würde sie die altbekannte sein: Wir haben nur Befehle befolgt.

Doch dann würden sie sagen, daß es sich nicht um irgendwelche Befehle gehandelt habe. Wir sind keine Nazis, wir sind anständige schwedische Fallschirmjäger, und jeder Vergleich zwischen uns und diesen Leuten mit den schwarzen Uniformen und den Totenschädeln an den Mützen ist eine Beleidigung von uns und Schweden als Nation und der schwedischen Demokratie und blablabla.

Doch was konnte er selbst sagen? Was konnte er sich in der Einsamkeit selbst sagen, wenn niemand zuhörte, und was würde er einem Gericht sagen können?

Schon die Tatsache, daß er automatisch diese Unterscheidung machte, war entlarvend.

Nun, was konnte er also zu sich selbst sagen, um damit zu beginnen? »Da oben denkt man nicht. Wenn man denkt, stirbt man. Ich me ne folgendes: Das war eine Operation, wir folgten sehr deutl chen und klaren Befehlen, die völlig unmißverständlich waren. Um ein solches Unternehmen durchzuführen, muß man sich vollkommen kalt verhalten. Alles andere wäre menschlich unmöglich. Denken kann man hinterher, aber im Augenblick des Handelns ist es unmöglich.«

Das stimmte. So war es gewesen. Doch was würde er vor Gericht sagen? Aber er würde nie vor ein Gericht gestellt werden, das war das eine. Die Sieger werden nie vor Gericht gestellt, weder in Nürnberg noch sonstwo.

Einmal hatte er wegen eines Verbrechens vor Gericht gestanden, das im Vergleich mit diesem eher als Bagatelle gelten konnte, das damals aber eine Katastrophe gewesen war und nach allen normalen menschlichen Maßstäben auch so gesehen werden mußte. Er hatte außerhalb des Dienstes einen Menschen getötet, zwar aus Versehen, aber immerhin.

Er hatte einen Verteidiger gehabt. Das Verfahren war geheim gewesen und hatte unter Ausschluß der Öffentlichkeit stattgefunden. Er konnte sich nicht mehr daran erinnern, was der Anwalt gesagt hatte. Was es auch gewesen war, es hatte genügt, um einen Freispruch zu erreichen. Vielleicht war das Verfahren ein Bluff gewesen, ein von dem Alten oder einem anderen inszeniertes Theater, aber damals hatte er es tödlich ernst genommen.

Nun, aber jetzt? Was würde der Anwalt jetzt sagen?

»Mein Mandant hat auf Befehl gehandelt. Das befreit jedoch keinen Schweden davon, eine eigene Beurteilung vorzunehmen. Bei keiner Streitmacht des Westens kann die Tatsache, daß ein Befehl vorliegt, einen Soldaten von der eigenen Verantwortung befreien, da seit Nürnberg jeder verpflichtet ist, die Befehle, die er erhält, in eigener Verantwortung zu prüfen. Ein schwedischer Offizier kann ebenso wie ein amerikanischer, ein englischer oder ein französischer einen Befehl verweigern, wenn er überzeugt ist, daß dieser im Widerspruch zu den Gesetzen des Landes steht. Danach muß er vor einem Militärgericht nachweisen, daß er recht gehabt hat. Nun, ich möchte das Gericht jetzt darauf aufmerksam machen, daß der Befehl, den mein Mandant erhielt, kein x-beliebiger Befehl war. Und damit meine ich nicht nur den dramatischen, um nicht zu sagen drakonischen Inhalt des Befehls. Ich meine, daß es ein Befehl war, auf den sich die schwedische Regierung mit den Regierungen in Washington, Moskau und möglicherweise auch Helsinki geeinigt hatte. Die Präsidenten der beiden Supermächte, nun ja, der damaligen Supermächte, hatten sich mit dem Präsidenten der Republik Finnland und dem schwedischen Ministerpräsidenten geeinigt. Der Befehl wurde meinem Mandanten von seinem nächsthöheren Vorgesetzten erteilt, jedoch von dem schwedischen Verteidigungsminister bestätigt, und meinem

Mandanten war vollkommen klar, daß alle beteiligten politischen Entscheidungsträger sich einig waren, blablabla.«

Ja, das Gericht würde ihn freisprechen. Kein Gericht der Welt würde ihn verurteilen können.

Er hörte Schritte, ein deutliches Knirschen in dem nassen Schnee. Drei große Hirsche schritten von einer fünfzig Meter entfernten Tannenschonung langsam auf die Äsung da draußen zu. Der größte ging als erster, dann kam der zweitgrößte. Sie sahen aus wie mythische Tiere, die magische Zahl drei in abnehmender Größe. Er zählte fasziniert die Geweihspitzen des größten Tiers und erkannte in diesem Moment, daß er den konkreten Anblick brauchte, um wahrheitsgemäß zu beschreiben, was er getan hatte. Er war sich nicht sicher. An der Spitze des Geweihs befanden sich vermutlich vier Enden auf jeder Seite, ein Vierzehnender also, ein großartiges Tier. Der letzte in der Reihe war ein Junghirsch. Die Rangordnung der Tiere war klar. Der Wind wehte ihm direkt ins Gesicht, und die Tiere würden ihn jetzt nicht entdecken können, wenn er sich nicht bewegte, jetzt, wo der CO, der *commanding officer*, zu dem Schluß gekommen war, daß die Luft rein war. Der kommandierende Offizier hatte einen Entschluß gefaßt, der unter bestimmten anderen Umständen zu ihrem Tod führen konnte. Die Verantwortung lag bei ihm.

Die Hirsche begannen ruhig zu äsen.

Aber was sollte er sich selbst sagen? Als Ausrede war es doch wohl reichlich schwach, amerikanische Schablonen anzuführen wie etwa »Da oben denkt man nicht. Wenn man denkt, stirbt man.« Immerhin war es sein Job zu denken. Aber was folgte daraus?

Er gab schnell auf, denn sehr viel mehr fiel ihm nicht ein. Es würde nie wieder geschehen, natürlich nicht. Das war das eine. Es ließ sich aber auch nicht ungeschehen machen. Es gab keinen Weg zurück. Das war das andere.

Aber irgendwo hatten Männer in Regierungsgebäuden gesessen und das Problem von allen Seiten beleuchtet, es gedreht und gewendet und sich systematisch zu einer Schlußfolgerung vorgearbeitet, die sie in die Worte »Zerstört alle menschlichen Gewebereste« gekleidet hatten. Das hatten sie dann Kollegen in ähnlichen Regierungsgebäuden mitgeteilt, und am Ende hatten sich alle geeinigt.

Sein eigener Chef, der jetzige Ministerpräsident, war einer dieser Männer gewesen. Er versuchte sich vorzustellen, wie der Ministerpräsident damals ausgesehen hatte – inzwischen kannte er ihn ja einigermaßen –, als er den Befehl bestätigte.

In einem Konferenzraum mit einem hellblauen Teppichboden und hellen Möbeln in gemaserter Birke hörte sich das sicher logisch an. Politisch korrekt. Realpolitik. Realismus und Vernunft. Die einzige Möglichkeit, den Willen des sowjetischen Präsidenten mit dem des amerikanischen in Übereinstimmung zu bringen.

Was hatten diese Männer gedacht? Was hatten sie vor sich gesehen, als sie sich auf die Formulierung geeinigt hatten »Zerstört alle menschlichen Gewebereste«?

An der Logik war nichts auszusetzen. Die Besorgnis des sowjetischen Präsidenten mußte man natürlich verstehen. Er sorgte sich um Publizität und Gerüchte. Natürlich hätte das Ganze zu einer Epidemie von Kernwaffenschmuggel führen können. Die Logik war kristallklar.

Aber was hatten diese Männer sich ganz konkret vorgestellt? Hatten sie geglaubt, es gäbe göttliche Maschinen, die man wie einen Zauberstab über Menschen hält, damit sie einfach schmerzlos in die Ewigkeit eingehen, ohne eine einzige körperliche Spur zurückzulassen, kein einziges intaktes DNA-Molekül?

Oder hatten sie geahnt, was geschehen würde, die unangenehmen Konsequenzen aber auf die Ebene eines einfachen Kapitäns zur See abgeladen?

In einem plötzlichen Anfall von Rachlust phantasierte er, den gesamten Vorgang auf Videofilm aufgenommen zu haben, Detail für Detail mit deutscher Gründlichkeit, um anschließend in Form einer Filmvorführung seinem Ministerpräsidenten und seinem Verteidigungsminister Bericht zu erstatten. Meine Herren, wie Sie sehen, haben wir exakt das getan, was Sie wollten. Wir haben Ihre Befehle bis aufs I-Tüpfelchen befolgt. Welche Medaillen bekommen wir für diesen heldenmütigen Einsatz?

Ein weiterer Hirsch trat aufs Feld hinaus. Er sah ungefähr wie der mittelgroße Hirsch der heiligen Prozession aus, die sich schon aufgelöst hatte. Die Tiere ästen jetzt friedlich. Der vierte Hirsch ging jedoch sehr merkwürdig und zog den rechten Hinterlauf hoch, als hätte er eine Beinverletzung oder schwere Bauchschmerzen. Er sah sehr menschlich aus.

Als das verletzte Tier den äußersten Rand der Äsung erreicht hatte, wurde es von den anderen entdeckt. Der größte Hirsch ging sofort zum Angriff über. Das verletzte Tier versuchte zu fliehen, lief aber zu unbeholfen, um entkommen zu können, und wurde von den anderen heftig gestoßen, zunächst von dem größten und dann sogar von dem kleinsten Hirsch, dessen noch unentwickeltes spitzes Geweih dem ausgegrenzten Tier den Bauch aufriß. Es zog sich dann mit größter Mühe in den Wald zurück.

Dieser Anblick riß Carl aus seinen Grübeleien. Er machte auf dem Absatz kehrt und ging mit entschlossenen Schritten zum Hof zurück. Die drei Hirsche draußen auf dem Feld hörten ihn sofort und flüchteten mit langen, eleganten Sprüngen in den Wald.

Als Carl gerade den Türgriff der Haustür berührte, wurde diese von innen geöffnet, und Åke Stålhandske kam heraus. Er war genauso gekleidet wie Carl.

»Vielen Dank für das Weihnachtsfest und alles Gute für die Zukunft«, sagte Åke, als er seine Verblüffung überwunden hatte.

»Oh, ich bedanke mich auch«, erwiderte Carl zögernd. »Schlafen Anna und Tessie noch?«

»Ja, ich glaube schon. Ich brauche etwas frische Luft.«

»Gut«, sagte Carl. »Warte hier, ich bin gleich wieder da.«

Er lief in den Keller und schloß einen seiner Waffenschränke auf. Er entnahm ihm zwei passende Gewehre, riß eine Schachtel mit Munition an sich und ging mit langen Schritten die Treppe hinauf. Åke Stålhandske wartete unruhig auf ihn; er hatte sich wohl vorgestellt, allein spazierengehen zu können.

»Hier«, sagte Carl, »nimm das hier. Wir haben etwas zu erledigen!«

Er warf Åke Stålhandske ein Gewehr mit Zielfernrohr zu. Dieser fing es mit einer Grimasse des Ekels auf, blieb wie versteinert stehen und betrachtete die Waffe, die er in den Händen hielt.

»Es geht um einen Hirsch, einen verletzten Hirsch«, erklärte Carl sachlich, als wäre es nichts Besonderes, obwohl er sehr wohl Zeit gehabt hatte, Åke Stålhandskes Gesichtsausdruck wahrzunehmen. Dieser erwiderte nichts, warf das Gewehr mechanisch über die Schulter und ging hinter Carl her, der sich schon in Bewegung gesetzt hatte.

Sie schwiegen, bis sie das Gehege erreicht hatten.

»Ein Mord aus Barmherzigkeit also«, sagte Åke Stålhandske tonlos.

»Nun ja, es ist schon ein Mord aus Barmherzigkeit«, erwiderte Carl mit einem Versuch, Åke Stålhandskes finnland-schwedischen Tonfall nachzuahmen. Ihm ging sofort auf, daß das kein gelungener Einfall war. Sie gingen schweigend Seite an Seite bis zu der Tannenschonung, an der Carl gestanden hatte. Dort blieb Carl unentschlossen stehen. Der schweigende Kamerad stand hinter ihm.

»Ich habe vorhin hier einen Hirsch gesehen, der schwer verletzt war. Wir müssen versuchen, ihm den Gnadenschuß zu geben«, sagte Carl weich.

»Den Gnadenschuß geben«, sagte Åke Stålhandske mit einem sarkastischen Tonfall, der nicht mißzuverstehen war. »Das ist doch eine euphemistische Umschreibung dafür, daß wir den armen Teufel ermorden sollen?«

»Nein«, entgegnete Carl behutsam, »das ist ein Jägerbegriff und bedeutet, daß wir ein verletztes Tier töten müssen, um seine Leiden abzukürzen. Wenn wir ihn jetzt nicht zu töten versuchen, wird er erst in einer Woche sterben und sich bis dahin entsetzlich quälen.«

Carl blickte kurz zur Seite. Er erkannte Åke Stålhandske nicht wieder. Der Mann hatte noch nie so ausgesehen, doch es fiel Carl nicht schwer, die Gründe zu verstehen. Åke war aus dem gleichen Grund wie er aus seinem Bett geflüchtet, um an die frische Luft zu kommen. Carl blieb noch eine Zeitlang schweigend stehen und wartete darauf, daß er noch etwas sagte.

»Und was sollen wir mit den tierischen Geweberesten anfangen?« fragte Åke Stålhandske schließlich.

»Das Tier häuten, zerlegen und aufessen«, erwiderte Carl mit zusammengebissenen Zähnen und abgewandtem Blick.

Dann drehte er sich um und sah seinem Freund, seinem neuerdings sehr engen Freund, in die Augen.

»Nun sag schon, Åke, was ist es? Alpträume?«

»Ja, das könnte man sagen.«

»Du siehst es noch vor dir, das Feuer und die Motorsäge und all das?«

»Ja.«

»Und du fragst dich, was zum Teufel eigentlich mit uns los ist?«

»Ja.«

»Und du fragst dich auch, ob auch wir schwarze Uniformen mit silbernen Totenschädeln an der Mütze hätten tragen können?«

»Ja. Genau das habe ich mir tatsächlich vorgestellt.«

»Und wie zum Teufel können wir dann zu unseren Frauen nach Hause gehen und Schweinebraten und Hering essen, Rollsülze und Schweinshaxen, und dann die Kerzen im Weihnachtsbaum anzünden und glücklich überrascht sein, wenn unsere Frauen sagen, sie erwarten ein Kind?«

»Ja, ungefähr so ist es.«

Carl seufzte und wandte sich ab, um nachzudenken. So etwas wie ein Instinkt sagte ihm, daß er selbst jetzt als kommandierender Offizier bestimmte Verpflichtungen hatte, die brutal und kurz ausgedrückt bedeuteten, daß er den untergebenen Major so schnell wie möglich in einen kampftauglichen Zustand versetzen mußte. Seine Vernunft sagte ihm, daß er dem anderen von seiner Angst erzählen mußte. Er folgte dem Instinkt.

»Was wir da oben getan haben, war nicht leicht«, begann er und wandte sich ihm plötzlich zu. Er sah seinem Freund und untergebenen Major, was immer es jetzt war, direkt in die Augen. »Das war wahrscheinlich einer der teuflischsten, vermutlich der teuflischste Befehl, den schwedische Offiziere seit der Großmachtszeit im siebzehnten Jahrhundert erhalten haben. Das wissen wir, und wir haben ihn befolgt!«

»Ja, das haben wir getan«, erwiderte Åke Stålhandske leise. Er erweckte den Eindruck, als wäre der größte Teil seiner ungeheuren Kraft aus ihm ausgelaufen. Carl überkam das absurde Gefühl, selbst gewachsen und größer geworden zu sein als der Zwei-Meter-Riese, der ihm gegenüberstand.

»Die Präsidenten der USA, der Sowjetunion und Finnlands sowie die schwedische Regierung hatten sich auf diesen Befehl geeinigt, und zwar im vollen Bewußtsein seines Inhalts«, fuhr Carl fort.

Åke Stålhandske antwortete nicht, sondern blickte Carl nur abwartend an, als wollte er die Fortsetzung hören.

»Das schließt alle diese Vorwürfe aus, wie sie in Nürnberg erhoben wurden«, fuhr Carl angestrengt fort. »Wir hatten also keine schwarzen Uniformen an. Wir hätten ebensogut die blauen Baskenmützen der UNO tragen können. Was die Frage der Legitimität angeht, gibt es keine Probleme.«

»Nein, zum Teufel, mit der Legitimität gibt es kein Problem«, erwiderte Åke Stålhandske mit einer sichtlich ironischen Grimasse.

»Mit der Legitimität sieht es natürlich glänzend aus. Man hätte aus diesem Grund sogar *An die Freude* spielen können.«

»Wie bitte?«

»Ja, das ist was von Beethoven, teuflisch schön.«

»Ach so, hm, aha. Bleibt noch das Menschliche, und das haben sie uns überlassen.«

»Und ob. Du verstehst dich teuflisch gut darauf, Theater zu spielen. Ich denke daran, du weißt schon, als erst Anna und dann Tessie … ja, als sie erzählten. Ich selbst hatte das Gefühl, als würde ich innerlich zerspringen. Du hast sie umarmt und bist dann in die Küche gegangen und hast Champagner geholt.«

»Und was ist, wenn ich genauso empfunden habe wie du?«

»Das hast du nicht getan. Du bist einfach losgegangen und hast Champagner geholt.«

Carl fühlte sich unentschlossen, als versuchte die Vernunft verzweifelt, seine Intuition einzuholen, um die Situation unter Kontrolle zu bekommen. Er sah sich um und entdeckte in einiger Entfernung zwei Tannenstümpfe. Er machte eine Handbewegung, worauf sie hingingen, den Schnee abkratzten und sich setzten.

So blieben sie eine Weile sitzen, schwer nach vorn geneigt. Sie hatten die Gewehre automatisch so abgestellt, daß sie jederzeit schießen konnten.

»Theater gehört zu unserem Leben, Åke. Es fällt uns verdammt leicht, zu lügen und uns zu verstellen, aber das ist unser Job«, begann Carl in dem Glauben, eine logische Linie gefunden zu haben.

»Na ja«, erwiderte Åke Stålhandske schwer, »aber wer zum Teufel hat eigentlich gesagt, daß wir uns ausgerechnet vor den einzigen Menschen verstellen sollen, bei denen wir uns nicht verstellen dürften.«

»Würdest du Anna lieber die Wahrheit erzählen? Das kann doch nicht dein Ernst sein?«

»Doch, in gewisser Weise schon.«

»Mit Motorsägen und einem großen Feuer?«

»Nein, so natürlich nicht.«

»Und was bleibt? Das Ganze ist ja sehr einfach. Ich liebe Tessie. Ich würde nie wollen, daß sie das sieht, was wir getan haben, etwas, was nur wenige Menschen fertigbringen und sich vorstellen können. Du liebst Anna. Ihr wollt Kinder haben. Ihr seid glücklich. Ihr habt da draußen irgendwo neben den Heimlichkeiten unseres Jobs ein Leben, wie es alle Menschen haben können. Babynahrung, Säuglingsscheiße, die nicht wie richtige Scheiße riecht, alles.«

»Du bist so gottverdammt logisch.«

»Gibt es eine andere Rettung?«

»Nein, ich bin nur ganz allgemein ziemlich durcheinander im Kopf. Es gibt keine andere Lösung, aber leicht ist es nicht, weiß der Himmel.«

»Nein«, bestätigte Carl mit der ersten Andeutung eines feinen Lächelns, da er die Krise überwunden zu haben schien, »wer zum Teufel hat eigentlich gesagt, daß es leicht sein muß. Das haben sie nicht mal auf der Sunset Farm gesagt. Hast du denn Skip und seinen Ermahnungen nie geglaubt?«

Åke Stålhandske zeigte ein zögerndes Lächeln. Er sah fast verlegen aus. Die Krise schien tatsächlich vorbei zu sein.

Åke bat um Anweisungen. Carl zeigte ihm Windrichtung und Spuren, entschied, wo Åke sich in den Hinterhalt legen sollte, und wie er selbst den verletzten Hirsch aufscheuchen und treiben mußte.

Carl wartete eine Viertelstunde, bis er der Meinung war, daß Åke jetzt richtig stehen mußte. Dann ging er entschlossen und laut in der

Spur des verletzten Hirschs. Er hielt das Gewehr schußbereit in der Armbeuge, falls das Tier plötzlich vor ihm auftauchte. Nach zehn Minuten hörte er einen Schuß, einen einzigen.

Als er den toten Hirsch erreichte, sah er reflexmäßig nach dem Treffer. Der Hirsch war hinter dem Ohr getroffen worden. Das Einschußloch war kleiner als ein halber Dollarschein. Und das aus einem Abstand von mehr als hundertfünfzig Metern.

Kriminalinspektor Eino Niemi graute vor dem Telefongespräch, das er unweigerlich würde führen müssen. Er hatte die ganze Zeit gezetert, daß es Mord sein müsse, und der Mann, der jetzt zu behaupten schien, daß er unrecht hatte, trug unglücklicherweise einen Professorentitel und hatte einen besorgniserregend reichsschwedischen Namen und kam sicher weit aus dem Süden. Solche Menschen hörten sich ungefähr wie Politiker bei Fernsehdebatten an und schienen ebensowenig gewillt zu sein, Argumente eines kleinen Polizisten vom Lande anzuerkennen.

Er starrte feindselig auf das eigenartig geformte R am oberen Rand des Briefpapiers des Gerichtsmedizinischen Zentralamts, und plötzlich ging ihm auf, daß es eine Schlange symbolisierte. Aus diesem Grund war der Buchstabe unvollständig.

Er entfloh dem Anblick der Dokumente und sah aus dem Fenster. Der Fluß war noch nicht ganz zugefroren. Dort hinten sah er einen breiten Streifen offenen Wassers, auf finnischem Territorium. Der Park vor dem Polizeigebäude war bis zum Strand hinunter leer. Kein Mensch war zu sehen. Es war immerhin einer der Tage, an denen Schweden stillsteht. Weihnachten.

Vor vier Tagen hatte das Ganze wie eine große Sache ausgesehen, wie ein schweres Verbrechen. Nach zwei Tagen hatte es sich jedoch in einen Multbeerendiebstahl verwandelt, was zumindest in Tornedalen als eher leichtes Vergehen angesehen werden kann. Folglich hatte der Polizeidirektor die meisten Leute von dem Fall abgezogen und sich damit begnügt, bis auf weiteres nur einen Mann auf die Angelegenheit anzusetzen, Eino Niemi.

Dieser hatte den Verdacht, daß die Sache möglicherweise mit den beiden verschwundenen Jungen von den Kukkola-Stromschnellen zu tun hatte. Die Zeitungen hatten viel darüber geschrieben und wie üblich die Frage gestellt: Was tut eigentlich die Polizei? Die Beamten der Abteilung, die nicht Weihnachten feierten, suchten in einem der größten Polizeibezirke Schwedens nach einem verschwundenen Wagen mit zwei Jungen.

Der Anlaß für den Abzug der Beamten waren also die Dokumente, die auf der im übrigen weihnachtlich leergefegten Schreibtischplatte vor ihm lagen, wenn man von Zeitungen und Weihnachten und derlei absah, was sich unter dem Begriff menschlicher Faktor zusammenfassen ließ. Ein gelber Zettel, vom Polizeidirektor mit eigener Hand beschrieben, hatte die Dokumente bis auf Eino Niemis Schreibtisch begleitet. Die Mitteilung war von lakonischer Kürze:

Da Holma an plötzlichem Kindstod gestorben zu sein scheint, bleibt noch der eigentliche Diebstahl.

Erledige das nach Weihnachten. Schöne Feiertage.

Im Gutachten des Pathologen stand jedoch nichts von plötzlichem Kindstod, jedenfalls nicht ausdrücklich und im Klartext. Falls der Polizeidirektor nicht irgendeine Zusatzinformation am Telefon erhalten hatte, sozusagen von Südschwede zu Südschwede, mußte es also möglich sein, den Sachverhalt dem Obduktionsbericht zu entnehmen.

Eino Niemi schnippte ein paarmal unentschlossen mit seinem Kugelschreiber, bevor er mit einer seltsamen Mischung aus Entschlossenheit und Resignation erneut zu lesen begann, diesmal, um alles aufzuschreiben, was er nicht verstand oder wonach er sich erkundigen mußte. Strenggenommen verstieß er jetzt gegen ausdrückliche Anweisungen, da er einen Diebstahl einiger Kartons mit Multbeeren aufklären sollte, einen Fall von geringer Bedeutung, und keinen eventuellen Mord, der sich als plötzlicher Kindstod erwiesen hatte. Falls ein Mann, der dreißig Jahre alt war, überhaupt an so etwas sterben konnte, was immer es war.

Eino Niemi begann von vorn, las langsam und versuchte alle Details zu ordnen.

Die Identität der Leiche sei durch einen Namenszettel geklärt, der am Körper befestigt sei, hieß es gleich zu Anfang. War es denkbar, daß sie die falsche Person obduziert hatten?

Er notierte sich die Frage, strich sie dann aber durch. Es war zu dumm.

Punkt 4. An der Unterseite der Schenkel und der Gesäßmuskulatur sind ziemlich dunkle, blaulila Leichenflecke zu sehen.

Warum stand dort »ziemlich dunkle«? Wie sahen Leichenflecken sonst aus, und was würde eine Farbabweichung eventuell bedeuten?

Er notierte sich die Fragen und nickte vor sich hin. Zumindest brauchte er kein Idiot zu sein, um danach zu fragen.

Punkt 7. Im Mund befinden sich eigene, sanierte Zähne. Im vorderen Teil des Mundes farbloser Schleim. Hinten im Mund sind kleinere Mengen halbverdauten Mageninhalts zu sehen.

Mageninhalt, kein Essen, etwas, was Essen gewesen war und dann halbverdaut wieder hochgekommen war. Kurz, hatte der Mann sich etwa übergeben?

Punkt 21. Die Lungen sind etwas schwerer und stärker mit Flüssigkeit gefüllt als normal, von etwas reduzierter Elastizität und dunkler, blaulila Farbe. Unter dem Lungenfell sind mehrere, bis 0,2 cm im Durchmesser große, blaurote aderähnliche Verästelungen zu sehen. An den Schnittflächen lassen sich kleine bis mäßige Mengen einer schäumenden Flüssigkeit hervorpressen sowie reichliche Mengen dunkelblauen, leicht fließenden Bluts. Überdies tritt aus beschnittenen feineren Bronchien trübes, halbflüssiges Material aus. Herdförmige Veränderungen sind nicht zu erkennen.

Eino Niemi saß eine Zeitlang da und schnippte die Spitze des Kugelschreibers mal hinein, mal heraus. Diesen Lungen ging es offensichtlich nicht gut. Blaurote blutende Verästelungen, dunkelblaues, leicht fließendes Blut und *außerdem* – das Wort deutete ja darauf hin, daß hier etwas zusätzlich zu finden war – halbflüssiges Material.

Die Frage, die er hier zu Papier bringen mußte, war vielleicht einfacher, als es den Anschein hatte: Wie ging es den Lungen? Ist der Mann erstickt?

Punkt 24 beschrieb das Herz. Es schien über längere Textpassagen hinweg ein normales, ordentliches Herz eines jungen Mannes aus dem Tornedalen zu sein, bis ein *aber* auftauchte:

Die inneren Schleimhäute sind normal, aber unter ihnen finden sich über der Lappentrennwand im linken Lungenlappen fleckenweise vorkommende, frische, dünne Verästelungen von Blut in einem insgesamt etwa drei Zentimeter langen und zwei Zentimeter breiten Feld.

Im übrigen schien das Herz in gutem Zustand gewesen zu sein. In den Herzkranzgefäßen war nichts von Verkalkung zu sehen, und die Herzmuskulatur war fest, ohne jedes Anzeichen von was auch immer und von normaler Farbe.

Der Kugelschreiber schnippte wieder, und Eino Niemi nahm eine neue Prise Schnupftabak. *Aber* hier gab es irgendwelche Blutflecken an einer Stelle, die Lappentrennwand genannt wurde. Dieses *Aber* bedeutete etwas Anomales. Welche Frage sollte er dazu stellen? Hatten die anomalen Blutflecken im Herzen irgendeinen Zusammenhang mit blauem und anomalem Blut in den Lungen und den Blutflecken dort?

Er las weiter, erfuhr etwas über verschiedene Organe, die entweder ohne Befund oder glatt und glänzend waren, hielt beim Bauchteil der großen Körperschlagader inne, da, wie es hieß, sie »einzelne, weiche, gelbe Ablagerungen an den Wänden« aufwies. Das klang nicht sonderlich aufgeregt, und Eino Niemi versuchte sich vorzustellen, daß ein dreißigjähriger Mann nur ein paar vereinzelte gelbe und überdies weiche Ablagerungen an den Aderwänden hatte, und zwar an den Stellen, die zwanzig Jahre später verkalken und das letzte Kapitel im Leben einleiten würden.

Da die Schnittflächen der Nebennieren »normal« waren, setzte er die Lektüre fort und übersprang auch die Fettkapseln der Nieren, die »normal entwickelt« waren. Er konnte es recht deutlich vor sich sehen. Das Ganze sah vermutlich wie bei Elchen aus, wenngleich kleiner. Die Milz war »glänzend«, und bei einem Leberschnitt »zeigte das Messer keinen Fettbelag«, was er als etwas Positives deutete. Eine große Zahl der Menschen, mit denen er es als Polizeibeamter des Tornedalen im Dezernat für Gewaltverbrechen zu tun gehabt hatte, hatte vermutlich fettere Lebern gehabt.

Nach einer normalen Gallenblase und einer Bauchspeicheldrüse, »deren Schnittflächen keine der üblichen Veränderungen« aufwiesen, hielt er bei Punkt 32 inne, bei dem es um den Mageninhalt ging. Der Magen sollte »etwa 150 ml einer recht gut durchgekauten und halbverdauten Nahrung« enthalten haben, »von der Fleischfasern und Erbsenschalen nachgewiesen worden sind«. Im übrigen schien auch der Magen in gutem Zustand gewesen zu sein, wie Eino Niemi vermutete, da kurz vermerkt war, daß von Wunden oder Narben nichts zu sehen sei.

Die letzte Mahlzeit hatte also aus Fleisch und Erbsen bestanden.

Gegen Endes des Protokolls wurde beschrieben, wie weitere Proben entnommen worden waren, um für nähere Laboranalysen weggeschickt zu werden. Es handelte sich um Blut und Mageninhalt, um Urin, Leberstücke und einige Muskelproben. Anschließend folgte ein Verzeichnis verschiedener Gewichte. Das gesamte Körpergewicht und das Gewicht von Gehirn, Lungen, Leber, Milz und so weiter.

Nach eingehender Untersuchung festgestellt, nach bestem Wissen und Gewissen diktiert und von dem Südschweden mit Professorentitel bezeugt. Ein weiblicher Name bestätigte, daß alles nach Diktaphon richtig abgeschrieben worden war.

Eino Niemi blieb eine Weile sitzen und versuchte, sich das Ganze vorzustellen. Er hatte schon lange keine Obduktion mehr gesehen, nicht mehr seit der Polizeischule unten in Stockholm. Wenn die Ärzte jedoch keine Zeugen hatten, waren vielleicht auch sie etwas leichtsinniger und weniger pädagogisch, außerdem war es vor Weihnachten gewesen. Möglicherweise hatten sie über verschiedene Dinge gesprochen, die sie noch rechtzeitig erledigen wollten.

Nein, Eino Niemi schob diese Überlegung beiseite. Ein Pathologe war wohl nicht besser oder schlechter als andere Menschen, und wenn man kurz vor dem Weihnachtsurlaub einen Job zu erledigen hat, möchte man ihn am liebsten korrekt erledigen, um nichts wiederholen zu müssen. So hätte er es zumindest selbst empfunden, und so hatte er auch reagiert, als das, was zunächst eine Ermittlung in einem Mordfall zu werden schien, anfing.

Er hatte den jungen Lasse Holma ein wenig gekannt. Dieser war weder besonders helle noch besonders dämlich gewesen, war irgendwann einmal betrunken in eine Schlägerei verwickelt und festgenommen worden. Aber falls *das* in dieser Gegend als verdächtig galt, würde man eine große Zahl von Mitbürgern unter die Lupe nehmen müssen. Lasse Holma war wohl weder besser noch schlechter gewesen als sonst jemand, doch jetzt war er tot.

Jemand hatte ihn ermordet, möglicherweise durch Vortäuschung eines »plötzlichen Kindstods«, davon war Eino Niemi überzeugt. Er war zwar nur Polizist, und seine Allgemeinbildung war in medizinischer Hinsicht allerhöchstens mäßig, aber selbst seine ganz normale polizeiliche Erfahrung protestierte entschieden. Ein plötzlicher Kindstod mußte bei Lastwagenfahrern der 90-Kilo-Klasse mit im übrigen glatten Organen und allem Drum und Dran extrem ungewöhnlich sein. Extrem ungewöhnlich dürfte auch der vermeintliche Raubüberfall auf eine Multbeerenlieferung gewesen sein, oder, wenn er seinen Auftrag jetzt dienstlich sah, der Diebstahl von Multbeeren in Verbindung mit einem rätselhaften plötzlichen Kindstod.

Das Problem war, daß die medizinische Wissenschaft es anders sah, denn für sie galten nur objektive Wahrheiten.

Dem Obduktionsbericht war ein Fax beigefügt, Absender Gerichtschemisches Labor in Linköping. Man brauchte kein Chemiker zu sein, um es zu lesen, da es ebenso kurz wie klar formuliert war.

Auf Verlangen des Gerichtsmedizinischen Instituts in Umeå, wohin man den Verstorbenen von Haparanda zur Obduktion verfrachtet hatte, hatte das staatliche Gerichtschemische Labor einige Proben von Schenkel- und Herzblut analysiert. Es enthielt weder Arzneimittelspuren noch Morphin, Kodein, Amphetamin, auch kein Tetrahydrocannabinol oder Alkohol.

Die wissenschaftliche Wahrheit schien mit anderen Worten einfach zu sein.

Lasse Holma, ein kräftig gebauter und nach wissenschaftlicher

Untersuchung normaler dreißigjähriger Lastwagenfahrer ohne erkennbare Gebrechen und ohne jedes Gift im Körper, denn er hatte nicht einmal ein Bier getrunken, hält seinen Lastwagen an. Parkt sorgfältig auf einem Parkplatz. Anschließend stirbt er an plötzlichem Kindstod, und es gibt keinen Grund, ein Verbrechen zu vermuten.

Das war die wissenschaftliche Wahrheit, und wie wahr sie auch sein mochte, so war sie unsinnig.

Eino Niemi starrte sein stummes Telefon mißbilligend an. Erstens war es kein Tag für Telefongespräche. Zweitens ging es darum, irgendeinen Professor anzurufen und ihm Fragen zu stellen, die sich mal klug, mal kindisch und dumm anhören würden, und dennoch würden die dummen und vielleicht weniger dummen Fragen in Wahrheit nur andeuten, daß der Professor sich irgendwo geirrt haben mußte.

Wenn der Professor erst einmal richtig wütend wurde, würde er den Polizeidirektor anrufen, einen Mann aus Östergötland, und dieser würde einen gewissen Kriminalinspektor Niemi zu sich zitieren und ihn fragen, was zum Teufel es damit auf sich habe, den Professor an einem Feiertag wegen etwas zu stören, was nichts mit jenem Multbeerendiebstahl zu tun haben könne, und weshalb ein solcher Diebstahl ausgerechnet über Weihnachten mit solcher Eile untersucht werden müsse. Vielleicht würde der Polizeidirektor noch einiges anderes fragen.

Eino Niemi wollte nicht anrufen. Er stand auf, machte die Schreibtischlampe aus und ging zum Parkplatz hinunter. Er hatte seinen Notizblock und den Kugelschreiber mitgenommen, warf sie neben sich auf den Beifahrersitz und fuhr dann das kurze Stück am Fluß entlang zum Zoll.

Hier war Lasse Holma mit seinem Fernlaster der Firma NORRFRYS vorbeigekommen. Sogar die exakte Uhrzeit war bekannt. Vom Zollgebäude aus waren es nur wenige hundert Meter bis zum Kreisverkehr an der E 4, und bis dort konnte man nirgends abbiegen, wenn man zu NORRFRYS unten an der Bahnstation am Südende der Stadt wollte.

Lasse Holma hatte jedoch nicht den selbstverständlichen Weg gewählt. Er war nicht vom Kreisverkehr aus nach Süden durch die Stadt und an der Västra Esplanaden zur Järnvägsgatan und dann nach rechts gefahren. Er war auf der E 4 in Richtung Luleå weitergefahren.

Daran war eigentlich nichts merkwürdig. Besonders, wenn man im Winter und bei Schneeverwehungen einen großen schweren Fernlaster mit Anhänger fuhr, den man in der Stadt nur schwer bewegen konnte, konnte man ebensogut eine Runde über die E 4 drehen und über das südliche Gewerbegebiet fahren. Dieser Tatsache war vielleicht noch niemand auf den Grund gegangen, aber Eino Niemi kam es plausibel vor, daß dies im Winter die häufigste Route der Fahrer war.

Am Kreisverkehr schaltete er seinen Tageskilometerzähler ein und fuhr auf der Straße weiter, auf der auch der Laster gefahren sein mußte. Schon nach einigen hundert Metern war er unschlüssig, was er überhaupt untersuchen sollte.

Sagen wir, du bist von Murmansk bis hierher gefahren, achthundertzwanzig Kilometer, sagte er zu sich selbst. Du hast achthundertzwanzig Kilometer hinter dir und fühlst dich ganz mies oder entdeckst gerade, daß dir schlecht wird.

Du sollst nämlich schon bald eines plötzlichen Kindstodes sterben, knurrte er zwischen zusammengebissenen Zähnen.

Nun, hier kommst du. Jetzt wollen wir mal sehen, wie lange du noch fahren mußt.

Er fuhr an dem Parkplatz vorbei, auf dem der Fernlaster gestanden hatte, und fuhr dann langsam weiter, während er sich die einzig denkbare Fahrtroute zu den Büros und Lagergebäuden von NORRFRYS unten am Bahnhof notierte. Er fuhr langsam, als säße er am Steuer eines Fernlasters im Schneematsch, falls das irgendeine Bedeutung hatte, und notierte zunächst vierhundert Meter vom Tatort zur Eisenbahnbrücke, dann wieder ein paar hundert Meter, bis links in Richtung Süden eine Kurve kam, um dann wieder in Richtung Stadt zu fahren. Die Hinweisschilder wiesen auf das Freizeitgelände Grankullen und das südliche Gewerbegebiet hin.

Als er erneut links abbiegen mußte, um zum Gewerbegebiet und wieder in die Stadtmitte zu kommen, notierte er eine Entfernung von 1,5 Kilometern vom Tatort; er entschloß sich, den Schauplatz des Mordes vorläufig als *Tatort* zu bezeichnen. Falls es ein Mord war, wußte er nicht, wo er begangen worden war. Dagegen stand fest, wo die Multbeeren gestohlen worden waren.

Als er auf der Köpmangatan so weit gefahren war, daß er unweigerlich nach rechts um die moderne, eigenartige Holzkirche herumfahren mußte, um auf die Östra Kyrkogatan zu kommen, befand er sich 2,3 Kilometer vom Tatort entfernt.

Danach gab es nur eine mögliche Route, nämlich ein paar hundert Meter auf der Tingshusgatan, und dann war er da. Der Tageskilometer zeigte 3,6 Kilometer.

Was hatte er nun aus all dem gelernt und verstanden? Daß es von hier bis zum Tatort 3,6 Kilometer waren?

Das niedrige Bürogebäude von NORRFRYS aus braunen Klinkern war natürlich geschlossen. Die braun-weiß gestreiften Markisen über den Fenstern sahen trotz des Schnees, der auf ihnen lag, auffallend sommerlich aus. In den Fenstern standen elektrische Weihnachtsleuchter in Pyramidenform. Die rund zwanzig Stellplätze auf dem Parkplatz waren leer. Die blauen, barackenähnlichen Lagergebäude von NORRFRYS waren geschlossen. Kein Mensch war zu sehen.

Er fragte sich, ob er nicht einfach zu Frau und Kindern nach Hause fahren sollte, um sich mit ein paar Bieren vor den Fernseher zu setzen und auf alles zu pfeifen, vor allem auf sich selbst. Jetzt hatte er gerade eine Fahrt hinter sich, die der Ermordete, dem Pathologen zufolge der auf rätselhafte Weise Umgekommene, *nicht* gefahren war. Ob es sehr intelligent war, solche Experimente durchzuführen, schien ihm äußerst zweifelhaft.

Eino Niemi hatte sorgfältig ermittelt, daß der Tatort sich 3,6 Kilometer von dem vermuteten Bestimmungsort des Lastwagens entfernt befand. Na und?

Außerdem fing die Windschutzscheibe an zu beschlagen. Der Ventilator schien nicht in Ordnung zu sein. Eino Niemi legte den ersten Gang ein und fuhr durch die Stadt wieder nach Norden, auf dem Weg, den die Lastwagenfahrer vielleicht im Sommer nahmen, an der Västra Esplanaden entlang, an einer geschlossenen Schule vorbei und einem hellblauen, erleuchteten Bethaus. Kurz darauf war er wieder oben am Kreisverkehr.

Hier zweigten mehrere Straßen ab. Um nach Hause zu kommen, mußte er direkt nach Norden in Richtung Mattila fahren. Statt dessen drehte er jedoch eine langsame Runde, dann noch eine und noch eine dritte. Dann fuhr er nach Osten. Exakt 1,1 Kilometer, lächelte er höhnisch vor sich hin und hielt an der Parkbucht auf der rechten Seite, die unleugbar ein möglicher Tatort war. Er stellte den Motor ab und stieg aus.

Es ging allmählich auf zwei Uhr nachmittags zu, und es war schon fast völlig dunkel.

Von einer schönen Aussicht konnte keine Rede sein. Wenn er an der Straße entlang schräg nach Westen blickte, waren nur vier graue Holzschuppen zu sehen, die draußen auf einem großen, verschneiten Feld standen, und dahinter begann der Wald. Wenn er den Blick nach Osten wandte, brannte in der Nähe nur in einem einzigen Haus Licht, einem kleinen grünen, zweistöckigen Haus, das links und rechts von einer großen und einer kleinen Scheune flankiert war. Man hatte den Eigentümer des Hauses schon vernommen, aber er hatte natürlich weder etwas gesehen noch gehört, da er einer dieser Tornedalen-Bewohner war, die nie etwas gesehen oder gehört hatten, wenn die Polizei fragte; das hatte etwas mit dem Wildern zu tun. Normalerweise wurde hier oben nie jemand wegen Wilderns geschnappt, höchstens wenn man mit der Polizei noch ein Hühnchen zu rupfen oder sich auf irgendeinem Tanzboden mit einem Polizeibeamten angelegt hatte.

Nun, der Eigentümer des Hauses hatte angegeben, nichts gesehen zu haben. Er konnte sich nicht einmal erinnern, daß der große NORRFRYS-Laster dort gestanden hatte.

Eino Niemi drehte sich langsam um und blickte quer über die E 4 direkt nach Süden. Auf der anderen Seite der Straße sah er ein schütteres Birkenwäldchen. Die Bäume waren schneebedeckt. Dahinter lag ein Viertel mit Einfamilienhäusern, Närsta. Er hatte vor nicht allzu langer Zeit dort bei einem Familienstreit eingreifen müssen, an Östmans väg.

Wenn es draußen dunkel war, konnte man von dort aus ohnehin nichts erkennen. Und zur Tatzeit war es nachweislich dunkel gewesen.

Derjenige, der diesen Ort ausgesucht hatte, vorausgesetzt, daß es sich tatsächlich um Mord handelte, hatte eine sehr gute Wahl getroffen. Allenfalls aus einem vorbeifahrenden Auto hätte jemand etwas sehen können.

Er beobachtete eine Zeitlang den spärlichen Verkehr auf der E 4. Was sahen die Leute, die jetzt gerade vorbeifuhren? Hier stand ein Mann vor seinem geparkten Volvo. Er war vermutlich ausgestiegen, um zu pinkeln.

Hier also stand der große Scania-Laster, auf dessen Seite eine Art Mitternachtssonne aufgemalt war. Die meisten Bewohner der Gegend mußten das Fahrzeug oft gesehen haben. Was hätte ihnen auffallen sollen?

Da war etwas. Etwas, woran zu Anfang jeder gedacht hatte, das dann aber irgendwie durch die polizeilichen Routinefragen verdrängt worden war; durch Fragen wie die, wer die Angehörigen benachrichtigen sollte, wann die Männer des Erkennungsdienstes aus Luleå kommen konnten, ein wie großer Teil des Tatorts abgesperrt werden müsse, und alles andere. Zu Anfang hatte jeder daran gedacht. Später war es dann zu einem bloßen Detail unter vielen geworden.

Der Fernlaster war in der falschen Richtung geparkt gewesen, als wäre er von Luleå gekommen und nicht von der weniger als zwei Kilometer entfernten finnischen Grenze. Was nach den Aussagen der Zollbeamten jedoch nachweislich der Fall war. Exakt zwei Stunden und drei Minuten, nachdem Lasse Holma seinen Scania-Laster über den Grenzfluß gelenkt hatte und in Richtung Haparanda gefahren war, war der Laster hier gefunden worden. So geparkt, als wäre er aus der anderen Richtung gekommen.

Eino Niemi lächelte still vor sich hin, als wollte er sich selbst aufmuntern oder auf die Schulter klopfen, da sonst niemand da war, der es hätte tun können. Diese einfache Tatsache mußte doch etwas zu bedeuten haben, sie mußte wichtig sein.

Er blickte in Richtung des Kreisverkehrs, der genau 1,1 Kilometer entfernt war: Hier kommt Lasse also in seinem Scania, dachte er. Er wird bald sterben, aber das weiß er natürlich nicht. Der plötzliche Kindstod tritt schnell ein und kommt wie ein Blitz aus heiterem Himmel. Vielleicht ist Lasse auch übel, vielleicht fühlt er sich krank, weil er sich übergeben muß. Tatsächlich übergibt er sich genau an dieser Stelle zu Tode. Und genau hier hat er auf seiner achthundertzwanzig Kilometer langen Reise noch 3,6 Kilometer zum Ziel. Er fühlt sich hundeelend. Was tut er? Er wendet den Fernlaster irgendwo, um ihn hier sozusagen in der falschen Fahrtrichtung zu parken, und anschließend stirbt er auf dem Fahrersitz. Den Teufel auch!

Jetzt aber ran an die Buletten, dachte er, als er zu seinem Wagen zurückging, um endlich ein Experiment durchzuführen, das vielleicht einige Bedeutung hatte, zumindest für ein gewisses Telefongespräch.

Wieder fuhr er so, als säße er in einem großen Scania und nicht in einem kleinen PKW, und mußte zunächst an der Stelle vorbei, an der er in der anderen Richtung parken sollte. Draußen auf der E 4 gab es keinerlei Möglichkeit, den Scania-Laster zu wenden.

Fünf Minuten später stand es fest. Die Fahrstrecke, die nötig war, um zu wenden und an den gleichen Ort zurückzukehren, wenn auch in entgegengesetzter Richtung, war bis auf ein paar hundert Meter genauso lang wie die Entfernung zum Reiseziel bei NORRFRYS.

Lasse Holma hätte an einem gewöhnlichen Arbeitstag zur üblichen Bürozeit ankommen sollen. Wenn ihm übel gewesen wäre, hätte er mit Sicherheit nicht angehalten, um mit schweren Krämpfen oder Schmerzen auf einem Parkplatz zu sterben. Er hätte vermutlich versucht, bis zum Ziel zu fahren, zur Telefonistin am Empfang zu taumeln und sie um Hilfe zu bitten. Als er jetzt erneut am Tatort vorbeifuhr, notierte Eino Niemi die Fahrtroute und setzte den Weg zum

Polizeigebäude fort. Jetzt konnte er diesen Professor anrufen; dabei hatte er durchaus nicht mehr begriffen, als irgendwelche Kollegen begriffen hätten. Sie wußten genausowenig wie er über glatte Schleimhäute und Blutergüsse von 0,2 Zentimeter Durchmesser. Ein Professor sollte allerdings in einer Hinsicht wie andere Menschen sein: normal und vernünftig.

Lasse Holma hatte von seinem bevorstehenden Tod keine Ahnung gehabt. Vermutlich hatte er, nein, nicht einmal vermutlich – er hatte sich *mit Sicherheit* nicht einmal schlecht gefühlt, als er das komplizierte Manöver durchführte. Er mußte wenden, zurücksetzen und seine schwere Last zurückfahren. Er war also ermordet worden. Kindstod hin, Kindstod her, er war ermordet worden.

Die Telefonistin des Krankenhauses in Umeå weigerte sich zunächst entschieden, die private Telefonnummer eines Chefarzts zu nennen, »denn an solchen Feiertagen rufen immer so viele komische Leute an«.

Sie sprach mit einem südschwedischen Tonfall und hörte sich wie eine Behördenvertreterin an, obwohl sie es nicht war. Eino Niemi fiel es ein paar Augenblicke lang ziemlich schwer, seine Wut zu beherrschen, er erkannte aber schnell, daß er sich hier ein paar Dinge verkneifen mußte. Wenn er auch nur ein Zehntel von dem gesagt hätte, was er zunächst sagen wollte, hätte das seine Aussichten, die Telefonnummer zu erhalten, nicht gerade vergrößert.

»Es geht um Ermittlungen in einem Mordfall. Hier spricht Kriminalinspektor Niemi von der Polizei in Haparanda. Du kannst mich zur Kontrolle gern zurückrufen, falls… aber es geht wie gesagt um eine Mordermittlung«, sagte Eino Niemi. Es kostete ihn große Anstrengung, ruhig zu bleiben.

Er bekam sofort die Telefonnummer und rief gleich an, bevor er den Elan verlor. Schon beim zweiten Läuten wurde am anderen Ende abgenommen.

Ein Kind war am Apparat. Im Hintergrund hörte er lauten Lärm, vermutlich das Festgetöse mit Weihnachtsliedern aus dem Fernseher. Er fragte, ob Papi zu Hause sei, und hörte dann, wie der Hörer eine Zeitlang neben dem Telefon lag, während im Hintergrund ein Kind nach einem Papi rief, der offenbar keine Lust hatte, ans Telefon zu gehen. Es hörte sich an, als würde kurz gestritten, doch dann legte jemand die Hand auf den Hörer, worauf eine Zeitlang nur ein Kratzen und gedämpfte Unterhaltung zu hören waren, bis sich eine entschlossene Männerstimme meldete.

»Anders Eriksson!«

»Guten Tag … hier Kriminalinspektor Eino Niemi in Haparanda. Verzeihung, falls ich zu so unpassender Zeit störe, aber …«

»Keine Ursache. Aber worum geht es?«

»Wie bitte?«

»Worum geht es!«

»Also … es geht um eine Ermittlung …«

»Ja, natürlich. Aber welche?«

Eino Niemi betrachtete den als Kerzenhalter dienenden kleinen Weihnachtsmann mit der halb abgebrannten weißen Kerze neben seinem Telefon auf der leeren Schreibtischplatte. Er hätte also lieber nicht anrufen sollen. Es war idiotisch, Leute so zu überfallen.

»Ist es vielleicht besser, wenn ich nach Weihnachten anrufe?« fühlte er vor.

»Durchaus nicht, solange es nur nicht meinen Jagdausflug stört. Bist du Jäger?« kam die Antwort schnell, aber nicht besonders unfreundlich, vor allem nicht bei der letzten Frage.

»Natürlich jage ich, das tun wir hier oben ja alle, aber … Ja, das ist doch so.«

»Na dann. Du darfst mich mit allem stören, was du auf dem Herzen hast, solange du meinem Jagdausflug nicht in die Quere kommst. Ich fahre nämlich zur Rehjagd nach Südschweden. Bin gerade dabei zu packen. Nun, worum ging es noch mal?«

Nach der letzten Mitteilung fühlte sich Eino Niemi erleichtert und erschüttert zugleich. Wer es eilig hatte, auf die Jagd zu gehen, mußte ja ein im Grunde anständiger Kerl sein, selbst wenn er Professor war. Andererseits würde ihm die Angelegenheit vielleicht die Jagd verderben.

»Ich fürchte, daß ich der Jagd vielleicht doch in die Quere komme«, sagte Eino Niemi und bereute die Worte im selben Augenblick, da er sich noch einmal hatte entschuldigen wollen.

»Teufel auch, das hört sich interessant an. Ich hoffe nur, daß du verdammt gute Gründe hast, denn hier oben haben wir ja nicht so viele Rehe, wie du weißt, und ich will zu einem Kollegen fahren, der uns Hoffnung macht, daß wir mit nur fünf Mann zehn oder fünfzehn Stück schießen können. Nun, zur Sache!«

»Ich glaube, wir haben es hier oben mit einem Mord zu tun, aber soviel ich weiß, hast du plötzlichen Kindstod festgestellt«, sagte Eino Niemi, während er nervös in seinen Notizen wühlte, um die Fragen zu finden, die er stellen wollte.

»Ich habe nie etwas über plötzlichen Kindstod gesagt, aber ich weiß, woher du das hast. Mir ist natürlich klar, von welchem Fall du sprichst. Es ist dieser Lastwagenfahrer, nicht wahr?«

»Ja. Genau der. Aber der Polizeidirektor hat gesagt ...«

»Ja, ich weiß. Ich hatte keine Gelegenheit zu sagen ... jetzt laß uns aber methodisch vorgehen, ja?«

»Aber gern. Ich habe mir ein paar Fragen notiert ...«

»Gut. Aber wir sollten jetzt von vorn anfangen. Vor der toxikologischen Analyse war es nicht möglich, mit Sicherheit eine Todesursache festzustellen. Keine Spuren von äußerer Gewalteinwirkung, kein Herzinfarkt, keine Gehirnblutung, nichts in dieser Richtung. Hast du die toxikologische Analyse?«

»Ja, ich habe hier ein Gutachten des Gerichtschemischen Labors in Linköping und ...«

»Gut! Was steht da?«

»So wie ich es deute, haben sich keine Gifte gefunden, weder Alkohol, Drogen noch sonst etwas.«

»Teufel auch. Gar nichts?«

»Nein, und jetzt frage ich mich, ob diese Sache mit dem plötzlichen Kindstod ...«

»Das sollte eher ein Scherz sein.«

»Wie?«

»Na ja, was heißt Scherz. Aber als dein Chef anrief, fragte er, wonach es *aussehe*. Da habe ich im Grunde wahrheitsgemäß gesagt, daß es tatsächlich wie plötzlicher Kindstod aussieht. Das bedeutet aber nicht, daß ich im Ernst so etwas in meinem Bericht schreiben würde. Ich muß damit ja warten, bis ich die toxi ... ja, also die Giftanalysen und das bekommen habe.«

»Was ist plötzlicher Kindstod?«

»Das ist ... möchtest du eine lange oder eine kurze Geschichte?«

»Eine kurze. Am liebsten etwas, was auf dreißigjährige LKW-Fahrer bei guter Gesundheit zutrifft.«

»Dreißigjährige Lastwagenfahrer von guter Gesundheit sterben schon *qua definitionem* nicht an plötzlichem Kindstod. Es bedeutet, daß die Atmung aus Gründen aufhört, die ... ja, bei Säuglingen läßt sich das erklären, aber nicht bei Dreißigjährigen. Was hast du eigentlich herausgefunden? Der Teufel soll dich holen, wenn du mir meinen Jagdausflug vermasselst. Ich will nämlich morgen früh fahren!«

Inzwischen hatte Eino Niemi sein Selbstvertrauen zurückgewonnen. Nicht nur, weil dieser Professor Jäger war und ein normaler Mensch zu sein schien, sondern weil er sich wie eine ehrliche Haut anhörte.

Er blätterte in seinen Notizen und erhielt schnell eine Bestätigung für das, was er schon vermutet hatte. Die verschiedenen *Aber* bei der

Beschreibung von Lasse Holmas Herz und Lungen deuteten darauf hin, daß die Atmung plötzlich aufgehört hatte und daß er deshalb erstickt war. Die direkte Todesursache war vielleicht gewesen, daß er an halbverdauten Nahrungsresten erstickt war – nein, wenn sich in seiner letzten Mahlzeit Gift befunden hätte, hätte man Spuren gefunden. Er hatte also aus bislang ungeklärten Gründen plötzlich nicht mehr geatmet.

Nein, nicht ertrunken, natürlich nicht. Es gab keinerlei Spuren von Wasser in den Lungen. Mit einem Kissen oder etwas Ähnlichem hatte man ihn auch nicht erstickt, dann hätten sich in den Lungen charakteristische Spuren gefunden. Aber auf jeden Fall hatte die Atmung plötzlich aufgehört.

Anschließend erzählte Eino Niemi von den Manövern des Lastwagens, also von der letzten Fahrt des Mannes, der kurz darauf gestorben war.

Die Frage war am Ende sehr einfach. Wenn jemand den Lastwagenfahrer Lasse ermordet hatte, um etwas zu stehlen, was, wovon man wohl ausgehen konnte, sich irgendwo in der Multbeerenladung befunden hatte – vermutlich waren es nicht die Multbeeren selbst –, wie hatte er es angestellt?

Das war die letztlich wichtige Frage. Denn ihre Antwort würde einen Multbeerendiebstahl, eine in Haparanda eher unwichtige Angelegenheit, zumindest aus der Sicht der Kriminalpolizei, in einen Mordfall verwandeln.

Um diesen Diebstahl gewissermaßen zu adeln und zum Gegenstand einer Mordermittlung zu machen, waren wissenschaftliche Beweise nötig, und nur der angehende Rehjäger Anders Eriksson würde diese bürokratische Veränderung der polizeilichen Arbeit bewirken können.

Als das Gespräch beendet wurde, versprach der Pathologe, sich sofort der Frage anzunehmen, in der Hoffnung, die Rehjagd in Sörmland trotzdem noch zu retten.

Sie hatte ihn wegen der von ihm gewählten Art des Reisens ein wenig gehänselt. Auf dem Flug von Stockholm nach Paris war alles nach seinen Wünschen gegangen. Sie hatten sehr beengt inmitten schreiender Kinder hinter einem Vorhang gesessen und in Plastik verpacktes kaltes Essen bekommen. Sie konnte diese Geste nicht recht ernst nehmen und machte sich über ihn lustig, jagte ihn mit verbalem Geschick und mit Hilfe von Argumenten, wie sie für Juristen so typisch sind, von einer Ecke in die andere:

Und wie, wie *genau* sollen sich die sogenannten gewöhnlichen Leute davon beeindrucken lassen, daß der Berater des Ministerpräsidenten Touristenklasse fliegt? Ist es nicht vielmehr so, daß sie eher denken werden, daß er auf eigene Rechnung fliegt und nichts weiter als geizig ist?

Er hatte sich gut gelaunt gewehrt und eingewandt, wenn sie hier mit schreienden Kindern zu tun hätten, hätte ihnen das in der Business Class genausogut mit reichen schreienden Kindern passieren können. Einen akustischen Unterschied zwischen reichen und armen Kindern gebe es nicht, ihre Biologie funktioniere genau gleich. Doch, meinte Tessie, die Gefahr, durch Kinder gestört zu werden, sei in der Touristenklasse größer als in der Business Class.

Wahr, gab Carl zu. Jedoch hätten sie jetzt selbst ein Kind bei sich, wenn auch erst im dritten Monat, und aus diesem Grund verböten sich mißbilligende Bemerkungen über Kinder von selbst. *»Objection sustained«*, lachte Tessie und warf den Kopf in den Nacken, womit sie deutlich ihre Billigung zum Ausdruck gab. Er hatte sich plötzlich wie ein amerikanischer Anwalt angehört, was schon für sich genommen amüsanter war als das Argument selbst.

Aus dem Flug in der Touristenklasse von Paris nach Los Angeles wurde nichts. Kaum hatte das Bodenpersonal am Flughafen Charles de Gaulle ihren Namen in den Computer eingegeben, schien dieser Alarm zu schlagen. Nach kurzer geflüsterter Beratung hatten die verblüfften Bodenstewardessen, die ihnen ab und zu Seitenblicke zuwarfen, sie schnell in die Erste Klasse umgebucht. Zu ihrem großen Vergnügen, während er eher verlegen zu sein schien.

»Ach so, du Wiesel, du hast Air France gepflückt, um ohne Gewissensbisse Erster Klasse zu fliegen, nur weil sie dir eins schuldig sind«, neckte sie ihn, als die Maschine abhob und die Stewardessen mit dem Champagner herbeieilten.

»Es heißt nicht Wiesel«, korrigierte er mit verkniffenem Mund, »das ist amerikanisch. Auf schwedisch heißt es in diesem Fall Fuchs. Außerdem habe ich nicht Air France *gepflückt*, sondern *gewählt*. Außerdem sind sie mir nicht *eins* schuldig, sondern *einen Gefallen*. Sonst war alles richtig!«

Sie hatten beschlossen, schwedisch zu sprechen, um unbeschwert und ungestört unter sich zu sein; wenn einer der anderen sechs Erster-Klasse-Passagiere Schwede gewesen wäre, hätten sie es an seinem Starren gemerkt. Wenn es um die Alltagssprache ging, war Tessie fest entschlossen. Sie wollte zumindest eine Stunde an jedem Tag schwedisch sprechen.

Das war ihr eigener Vorschlag gewesen, doch jetzt bereute sie ihn. Englisch wäre besser für sie gewesen, wenn sie den Versuch machen wollte, etwas aus ihm herauszubekommen. Er war irgendwie anders als sonst, wie sie fand, fast etwas abwesend und passiv, als dächte er die ganze Zeit an etwas anderes, wollte aber nicht zeigen, daß ihm andere Dinge im Kopf herumgingen.

Sie wechselte das Thema. Sie selbst war seit der Kindheit zweisprachig, und wie sollten sie es mit ihren Kindern halten?

Genauso, bemerkte er fast nebenbei, während er die in Französisch und Englisch abgefaßte Speisekarte studierte. Genauso. Sehr einfach. Er werde mit dem Kind Schwedisch sprechen und sie Englisch. Außerdem hätten sie das gesetzliche Recht, das Kind zusätzlich entweder in Spanisch oder Englisch unterrichten zu lassen. So wolle es das schwedische System, der sogenannte Muttersprachenunterricht. Er sah sich genötigt, das Wort ins Englische zu übersetzen, da sie zunächst bezweifelte, richtig gehört zu haben. Nun, unter Muttersprache verstehe man also nicht Schwedisch, selbst wenn das Kind in Schweden mit einem schwedischen Vater geboren werde. Muttersprache in diesem Sinn sei entweder Spanisch oder Englisch. Die Mutter habe die Wahl.

Tessie interessierte sich plötzlich sehr für das Thema. Die kalifornischen Kinder, die spanische Schulen besuchten, hatten im allgemeinen schlechtere Möglichkeiten, sich in der amerikanischen Gesellschaft zu behaupten. Sie selbst war eine heftige Gegnerin dieses Systems gewesen. Millionen Amerikaner waren auf Italienisch oder Spanisch angewiesen, und die entsprechende soziologische Statistik war nicht schwer zu deuten. Sie wollte sich zu Hause in dieser Frage engagieren, also zu Hause in Schweden. Überhaupt wollte sie sich bei Dingen engagieren, mit denen sie sich schon ihr halbes Erwachsenenleben lang beschäftigt hatte, den Rechten von Minderheiten und dem Kampf gegen Diskriminierung.

Er hörte aufmerksam zu und gab ihr recht. Es wäre gut, wenn sie sich mit etwas beschäftigen konnte, was ihr persönlich wichtig war, wenn sie in Schweden leben wollte. Der Job bei IBM in allen Ehren, aber sie solle etwas mehr tun, wie er meinte, etwas, was zu ihr passe, etwas, was sie nicht aus Gründen des Gelderwerbs tue, sondern ausschließlich, weil es ihr wichtig sei. Mit dem Lebensunterhalt werde es im übrigen ohnehin nie Sorgen geben.

Sie sah ihm an, daß er sehr ernst war. Die Erinnerungen, die diese Erkenntnis wachrief, machten sie ein wenig sentimental. Dieser Gesichtsausdruck war das erste, was sie vor langer Zeit an den Stränden San Diegos an ihm wahrgenommen hatte, als sie sich schon ein paar Mal getroffen hatten. Es war das, was in ihren Augen das typisch Schwedische war, das, was schwedische Männer so deutlich von amerikanischen unterschied. Für ihn war es selbstverständlich, daß sie einen eigenen Beruf hatte, selbst wenn er nach Maßstäben, wie sie in Santa Barbara zählten, ein reicher Mann war. Das hatte nichts mit Geld zu tun. Es war etwas anderes, was bei diesen schwedischen Männern zählte. Für ihn war es vollkommen logisch, daß sie einen Job als juristische Übersetzerin bei IBM hatte, selbst wenn sie in einem Monat weniger Geld verdiente, als er manchmal in einem ausgelassenen Augenblick für französische Weine ausgab, die er seinen Gästen vorsetzte. Es war nicht das Geld, es war etwas anderes, was vielleicht mit diesem bizarren Charakterzug zu tun hatte, in der Touristenklasse inmitten schreiender Kinder fliegen zu wollen.

Noch wichtiger war natürlich, daß sie irgendwie zu dem politischen Engagement zurückfand, dem sie sich früher einmal gewidmet hatte. Es stand völlig außer Frage, daß er es ernst meinte, und sie schämte sich ihrer Überlegungen, ob es »einer Lady Hamilton« irgendwie gut zu Gesicht stünde, sich beispielsweise mit »Kanakenfragen« zu beschäftigen. Ein solcher Gedanke würde ihm nicht einmal ansatzweise kommen. Das war sehr schwedisch, und das war wohl der Kern.

Als die Maschine das offene Meer erreichte, wurde die Vorspeise serviert, kleine Canapés mit russischem Kaviar und Gänseleber. Er brummelte etwas von einer spießigen Kombination, und wie schwer es sei, einen guten Wein zu wählen, und konnte sich unter den verschiedenen angebotenen Möglichkeiten nicht entscheiden.

Sie starrte eine Weile auf den russischen Kaviar und sah plötzlich eine unerwartete Chance, gleichsam zufällig das Thema zur Sprache zu bringen, das sie ohnehin bei der ersten sich bietenden Gelegenheit hatte anschneiden wollen.

»Weißt du, der Alte hat eine lustige Sache gesagt ... heißt es lustig?« begann sie zögernd.

»Lustig? Du meinst *funny, peculiar, awkward*, aber nicht *witzig*, also *fun, hilarious* oder so? Ja, der Alte hat etwas Lustiges gesagt?«

»Woher hast du gewußt, was ich meinte?«

»An deinem zögernden Tonfall. Nun, was hat der Alte Lustiges gesagt?«

»Ja, daß von Rußland nur drei Exportgüter kommen könnten, drei Dinge von Wert. Russischer Kaviar, Touristensouvenirs und siebenundzwanzigtausend Kernwaffen ... Atomsprengköpfe.«

Er schwieg und kaute auf einem Canapé herum. Sie hatte den Eindruck, als hätte ihre Bemerkung ihn getroffen, aber dennoch war kaum eine Reaktion zu erkennen. Sie sah, daß er Theater zu spielen begann.

»Das hier ist iranischer Kaviar«, sagte er und hob sein Glas, als wäre die Diskussion damit beendet. »Lustigerweise gilt iranischer Kaviar heutzutage als besser. Er ist auf jeden Fall teurer. Ich bin aber nicht der Meinung, skål!«

Sie kaute eine Zeitlang auf dem schwarzen, faden und nach Metall schmeckenden Fischrogen herum und fragte sich, ob man tatsächlich so ohne weiteres den Unterschied zwischen russischem und iranischem Kaviar erkennen konnte. Als die Stewardeß vorbeiging, hatte sie einen Einfall.

»*Excuse me! We have this argument, is this Iranian or Russian caviar?*« fragte sie mit einem strahlenden Lächeln.

»*Iranian*«, strahlte die Stewardeß zurück.

»Ich begreife nicht, Frau Anwältin, daß Sie immer vorauszusetzen scheinen, daß alle Menschen lügen. Muß eine Berufskrankheit sein«, gluckste er zufrieden.

Sie schwieg eine Weile. Ihr fiel das eigentümlich schwedische Sprichwort ein, daß das Essen den Mund zum Schweigen bringt. Warum sollten Schweden still sein, wenn sie aßen?

Sie beschloß, nicht weiterzubohren. Sie mußte es irgendwann nachholen, wenn sie englisch sprachen, damit sie jede Nuance dessen erfassen konnte, was er sagte.

Irgendwie schien ihre Frage ihn abgekühlt zu haben, als hätte er sich blitzschnell wie eine Muschel geschlossen. Sobald sie zu Ende gegessen hatten, faltete er die Hände über dem Bauch und schlief wie selbstverständlich ein.

Anders Eriksson parkte seinen Wagen direkt vor dem Eingang der »Grube«, wie die gerichtsmedizinische Abteilung im Krankenhaus etwas unehrerbietig genannt wurde. Sie würde im Rahmen einer dieser fortlaufenden Reformen mit einer euphemistischen Umschreibung in Gerichtsmedizinisches Institut umgetauft werden. Alle Lichter waren gelöscht. In den Fenstern waren nicht einmal elektrische Weihnachtskerzen zu sehen. Die Menschen, die dort drinnen Weihnachten feierten, waren ja tot und würden an Weihnachtskerzen ohnehin keine Freude haben. Er fand jedoch, daß es irgendwie freundlicher ausgesehen hätte.

Er erschauerte leicht vor Unbehagen, als er aus dem Wagen stieg.

Ein harter Wind blies, und es schneite leicht. Der Schnee ließ seine erwärmte Brille sofort beschlagen. Er ging zum Haupteingang hinunter, öffnete die Tür, schaltete das Licht beim Empfang ein und eilte dann zu seinem Zimmer. Er zog sich den Mantel aus, wischte sich die Brille ab und schüttelte den letzten Rest von Unbehagen darüber ab, daß er die Familie schon am Abend des Weihnachtstages verlassen hatte.

Es geht schließlich nicht nur darum, die Rehjagd unten in Sörmland zu retten, redete er sich ein. Dieser hartnäckige nordschwedische Polizeibeamte hatte in seinem lustigen, unsicheren Dialekt etwas gesagt, was zugleich besorgniserregend und wissenschaftlich anregend war. Der tote Lastwagenfahrer war zunächst weder interessanter noch uninteressanter gewesen als andere denkbare Verbrechensopfer. Jetzt aber war es höchst interessant, daß es überhaupt kein äußeres Anzeichen für ein Verbrechen zu geben schien, während zugleich das, was dieser Kriminalinspektor erzählt hatte, unleugbar voll ausreichte, um selbst einen in polizeilicher Logik höchst unbedarften Mann Unrat wittern zu lassen. Er hatte also etwas Wesentliches übersehen. Alles deutete darauf hin, daß der Mann ermordet worden war.

Anders Eriksson ging leise vor sich hin pfeifend durch die Räume und machte überall Licht, bis er den Umkleideraum erreichte. Dort zog er sich Schutzkleidung an und ging dann weiter in den einer Garage ähnelnden Lagerraum mit den Kühlfächern. Er las eine Zeitlang die Schilder und zog einen Wagen heraus. Er hatte danebengegriffen, denn er hatte eine ältere Dame erwischt. Das nächste Kühlfach enthielt das richtige Objekt, und er brachte es in den Obduktionssaal zu einem der beiden rostfreien Tische, die sich heben und senken ließen.

Als er das betrachtete, was einmal der Lastwagenfahrer Holma gewesen war, verfiel er in ein kurzes Grübeln; er sah in toten Menschen nie etwas anderes als einen Anzug, der einmal zu einem Menschen gehört hatte. Sein Job bestand darin, diesen Anzug zu untersuchen. Holma war ein recht kräftiger Mann gewesen, Gewicht um die neunzig Kilo, wenn er sich recht erinnerte. Gut entwickelte Muskulatur, normales Unterhautfett, ein paar seit langem verheilte Wunden von Prügeleien. Anders Eriksson vermutete zumindest, daß Holma die Verletzungen bei Schlägereien davongetragen hatte.

Er machte noch mehr Licht und musterte den gekühlten, aber nicht mehr leichenstarren Körper. Nein, sein erster Eindruck von damals war richtig. Nirgends auch nur eine Spur von Gewaltanwendung kurz vor dem Tod.

Der Leichnam war mit groben Stichen aus Segelgarn zugenäht worden. Anders Eriksson konnte genausogut in dem großen Schnitt anfangen, der schon gemacht worden war. Er schnitt die Verschnürung auf und zog sie heraus. Dann holte er ein geeignetes Skalpell mit breiter Schneide und gerundeter Spitze, schüttelte den Kopf und lächelte über sich selbst, während er den Leichnam zu häuten begann.

Einige seiner Jagdkameraden hatten die bedauerliche Angewohnheit, ihn damit aufzuziehen, daß er Gerichtsmediziner war. Das hing mit einem angeblichen Mord in Stockholm vor ein paar Jahren zusammen. Eine Frau war dabei zerstückelt worden. Der Fall hatte eine gelinde gesagt umfassende Publizität erhalten, da zwei Ärzte, von denen der eine ein Pathologe war, angeklagt worden waren, die Prostituierte ermordet und zerstückelt zu haben. Die beiden waren zwar freigesprochen worden, jedenfalls vom Gericht. Trotzdem »wußte« jeder, daß die beiden schuldig waren. Seine Jägerfreunde pflegten folglich, ohne der Sache je überdrüssig zu werden, immer wieder zu witzeln, das kannst du doch erledigen, du verstehst dich doch aufs Zerstückeln.

Er hatte jedesmal die gleiche Antwort gegeben. Nein, wir Pathologen zerstückeln keine Menschen, davon verstehen wir nicht mehr als gewöhnliche Jäger. Aber aufs Ausnehmen verstehe ich mich schon ganz gut.

Er hob die inneren Organe heraus und legte sie auf den Nebentisch, damit nichts unnötig schwappte, wenn er den Leichnam umdrehte.

Ein Jagdmesser wäre besser, dachte er bei der Arbeit. Andererseits bekommt man solche Dinge schließlich nicht oft zu tun, und außerdem würde ein Jagdmesser inmitten des übrigen Sortiments anstößig aussehen.

Er arbeitete nach etwa dem gleichen Schema, als hätte er ein totes Reh auf dem Tisch, schnitt aber um die »Klauen« herum, also um Hände und Füße, die als Angriffsflächen nicht sonderlich wahrscheinlich waren. Als er den Leichnam umdrehte, ging es leichter, denn an Rücken und Gesäßmuskulatur saß die Haut nicht so fest wie auf der Vorderseite. Schließlich konnte er das eigentliche Hautkostüm zusammenfalten und zur Seite legen. Ebensogut hätte er die Haut auch an einem Kleiderbügel aufhängen können.

Er trat ein paar Schritte zurück und betrachtete das Objekt. Es gab keinen selbstverständlichen Anfang. Er konnte genausogut oben wie unten anfangen. Er ging zum Waschbecken und desinfizierte die

Hände, streifte sich neue Kunststoffhandschuhe über und holte dann in dem an den Obduktionssaal angrenzenden Büro eine große Lupe.

Als er wieder vor dem Objekt stand, begann er mit dem Haarboden. Er spürte jedoch, daß ihn schnell eine gewisse Ungeduld befiel. Auch das war keine wahrscheinliche Angriffsfläche. Er sah auf die Uhr und seufzte. Zwar lief er nicht unbedingt Gefahr, am nächsten Morgen seine Maschine zu verpassen, aber ihm war einfach unwohl bei dem Gedanken, daß er als Vater am letzten Abend nicht zu Hause war.

Er nahm sich zunächst den Rücken vor, da das Objekt schon so lag, und arbeitete sich Zentimeter für Zentimeter an der freigelegten Muskulatur vor. Besonders wichtig waren die größeren Muskelpartien, die Oberarme beispielsweise. Nichts.

Der Rücken war eine große glatte Fläche und überdies nicht sehr wahrscheinlich. Es ging schnell. Dann kam er zu der großen Gesäßmuskulatur hinunter, und dort glaubte er sich seinem Ziel schon wesentlich näher. Langsam, fast Millimeter für Millimeter, wanderte die Lupe über die verschiedenen Muskelbündel. Nichts.

Er empfand es fast als Niederlage. Dort hätte er es finden müssen, dort war es jedenfalls am wahrscheinlichsten. Er arbeitete sich zunehmend langsamer an den Schenkelmuskeln hinunter, erst auf der linken Seite und dann weiter über die Wade.

Dann ging er um den rostfreien Tisch herum und nahm sich die gleiche Partie auf der anderen Seite und von unten nach oben vor.

An der Außenseite des rechten Schenkels dann fand er es. Nach allem Ermessen mußte es das sein. Es war ein kleiner Punkt, umgeben von ausgetretenem schwarzrotem Blut, ein etwas mehr als stecknadelgroßer Punkt mit einem Durchmesser von ungefähr einem Millimeter. Es war ein unverkennbares Zeichen. Hier hatte jemand kurz vor Lasse Holmas Tod eine Injektionsnadel angesetzt.

Anders Eriksson reckte sich zufrieden, atmete auf und sah auf die Uhr. Ja, sie würden vielleicht noch wach sein, wenn er nach Hause kam.

Sicherheitshalber beendete er die Prozedur, möglicherweise etwas nachlässig, da er doch sicher war, das gefunden zu haben, was er hatte finden wollen. Er drehte das Objekt um und begann von vorn. Nein, es gab nur eine interessante Stelle.

Den Rest erledigte er sehr schnell. Er ging zu dem kleinen Lagerraum und holte zwei Kunststoffdosen. Er schnitt um das Einstichloch herum ein Stück Fleisch heraus, legte es in die eine Dose, etikettierte sie und legte sie in den Gefrierschrank. Dann ging er zu den beiden rostfreien Tischen zurück und suchte das faltige Hautkostüm ab, bis er die entsprechende Stelle fand, schnitt ein rundes Stück Haut um das Einstichloch herum aus und legte es in die zweite Dose. Er betrachtete das Stück Haut kurz von der Oberseite und nickte nachdenklich. Ja, es passierte recht oft, daß die gummiartige menschliche Haut sich um ein Einstichloch herum wieder so schloß, daß man es an der Oberseite der Haut unmöglich entdecken konnte. Er »kleidete« das Objekt schnell »an« und nähte die Haut zusammen, fuhr es zu seinem Kühlfach, rannte in den Obduktionssaal zurück und reinigte die beiden Tische. Dann löschte er das Licht und ging in sein Büro.

Es war kurz nach zehn Uhr abends. Die Kinder würden bald zu Bett gehen. Er zögerte kurz, entschied dann aber, daß es besser war, fünf Minuten später nach Hause zu kommen. Dann wählte er die Nummer der Auskunft, um die Nummer eines gewissen Eino Niemi in Haparanda zu erfragen.

Eino Niemi nahm selbst ab und klang zugleich defensiv und aggressiv, wie es oft bei Menschen der Fall ist, zu deren Job es gehört, jederzeit auf Anrufe gefaßt sein zu müssen, auf Anrufe von Leuten, die behaupten, sie hätten einen besonders wichtigen Grund. Außerdem hörte er sich ein wenig betrunken an.

»Hallo. Worum zum Teufel geht es?« meldete sich Eino Niemi.

»Frohe Weihnachten, hier Anders Eriksson.«

»Welcher verdammte Eriksson?«

»Professor Anders Eriksson vom Gerichtsmedizinischen Institut in Umeå. Ich habe soeben eine erweiterte gerichtsmedizinische Obduktion durchgeführt«, erwiderte der Pathologe und lächelte bei dem Gedanken, daß es zum Glück noch keine Bildtelefone gab. Sein strenger Tonfall paßte ganz und gar nicht zu seiner fröhlichen Miene.

Eino Niemi antwortete nicht. Er fuhr sich über die Stirn und sah ein, daß er sich irgendwie blamiert hatte. Am liebsten hätte er gleich wieder aufgelegt.

»Ja, ich habe recht erfreuliche Nachrichten«, fuhr der Pathologe fort und sah erneut auf die Uhr. »Ich habe nämlich ein Einstichloch gefunden.«

»Ein Einstichloch?«

»Ja. Dem Verstorbenen ist kurz vor seinem Tod etwas injiziert worden, und ich habe eine Probe sichergestellt.«

Eino Niemi bemühte sich verzweifelt, nüchtern zu werden, während er die Bedeutung dessen bedachte, was er soeben gehört hatte. Er nahm sich zusammen, um keine dummen Fragen zu stellen.

»Und was hat man dem Toten injiziert?« fragte er.

»Das nenne ich eine gute Frage. Etwas, was vermutlich zu seinem Tod geführt hat, könnte ich mir denken.«

»Sicher ist das aber nicht?«

»Nein, natürlich ist es nicht sicher. Aber angesichts der gesamten Umstände scheint es mir schon so zu sein, als hätten wir etwas gefunden, was deine Hypothese stützt. Von fremder Hand, du weißt schon.«

»Wann können wir erfahren, was gespritzt worden ist?« fragte Eino Niemi und gab sich dabei die größte Mühe, nüchtern zu wirken. Er winkte gleichzeitig seiner Frau abwehrend zu, was bedeuten sollte, daß es nichts war, was den Rest der Feiertage stören würde.

»Das kann ich nicht sagen. Wie du weißt, ist heute Weihnachten, und das dürfte es wohl auch im Gerichtschemischen Labor in Linköping sein. Wir werden das Material morgen per Boten hinschicken, und dann werden wir schon was erfahren, wenn bei denen die Feiertage vorbei sind. Die Hauptsache ist aber, daß wir eine Probe sichergestellt haben.«

»Aha«, brummelte Eino Niemi fast mißmutig. »Es kann also bis nach Weihnachten dauern, bevor wir etwas wissen?«

»Natürlich, aber dafür bleibt uns eine Exhumierung und all das erspart. Wären die Feiertage nicht gewesen, hätte der junge Fahrer schlimmstenfalls schon unter der Erde gelegen. Oder er wäre, noch schlimmer, schon verbrannt worden.«

»Finden über Weihnachten keine Beerdigungen statt?«

»Nein. Ich glaube, die Pfarrer weigern sich. Es muß was mit der Gewerkschaft zu tun haben. Für uns ist es jedenfalls ein Glück.«

»Vielleicht wollen sie niemanden beerdigen, weil das Jesuskind um diese Zeit geboren wurde?«

»Ja, es könnte etwas in der Richtung sein. Jedenfalls wünsche ich dir noch schöne Feiertage. Entschuldige bitte, aber ich muß jetzt zu meiner Familie nach Hause.«

Zu der Jagd auf Rehe, meinst du wohl, dachte Eino Niemi, als er den Hörer auflegte. Er ließ die Hand eine Weile auf dem Telefon liegen. Dann breitete sich auf seinem Gesicht ein Lächeln aus, ein fast schüchternes Lächeln. Er hatte jetzt eine ganze Reihe von Fragen auf dem Herzen. Aber die mußten bis nach den Feiertagen warten.

Als sie in Los Angeles landeten, schlief Carl immer noch. Tessie weckte ihn ungeduldig und erzählte ihm vom Wetterbericht. In der Region Los Angeles sei es stürmisch, plus vier Grad, und im Norden Kaliforniens gebe es Schneeregen.

»Merry Christmas«, brummte er und streckte sich. »Wollten wir nicht weiße Weihnachten haben, oder wie war das noch?«

Die Paßkontrolle brachten sie mit Hilfe seines Diplomatenpasses schnell hinter sich. Sie versuchten einander mit Scherzen über das schlimmste Weihnachtsfest aufzumuntern, an das sie sich in San Diego erinnern konnten. Einmal habe es sogar geschneit, berichtete Tessie, doch er weigerte sich, das zu glauben.

Ihre Tasche kam nicht. Sie warteten länger, als eigentlich notwendig war. Also mußten sie ihren amerikanischen Weihnachtsabend damit beginnen, eine halbe Stunde vor dem Air-France-Schalter anzustehen, an dem verlorenes Gepäck gemeldet werden mußte. Sie hielten sich mit sarkastischen Scherzen bei Laune, doch als schließlich sämtliche Formulare ausgefüllt waren und sie über den an und für sich gutgemeinten Wunsch nach einem frohen Weihnachtsfest gekichert hatten – frohe Weihnachten ohne Weihnachtsgeschenke und Klamotten, was? –, brach Tessie bei dem Gedanken, daß sie nun nur die Kleider hatte, die sie gerade trug, fast in Tränen aus. Das war eine Krise. Das Weihnachts-Durcheinander ließ ahnen, daß es bis zu zwei Tagen dauern konnte, bevor die Tasche auftauchte, falls sie tatsächlich von Charles de Gaulle nach San Sebastián statt nach San Diego geflogen war, wie sie am Schalter angedeutet hatten.

Carl schien das Ganze jedoch mit fast ärgerlicher Ruhe aufzunehmen.

»Badewetter ist es ja sowieso nicht«, sagte er und sah amüsiert auf die Uhr. »Außerdem haben wir es nicht sonderlich eilig, und den Rasierapparat und so was hast du doch im Handgepäck, oder?«

»Was soll das heißen, Rasierapparat?« fauchte sie wütend.

»Na ja, ich meine diese kleinen Trivialitäten des Lebens, die man Toilettenartikel nennt. Bleiben Unterwäsche und ein paar Pullover, einige Blusen, vielleicht ein Badeanzug. Mit Oberbekleidung bist du ja unerwartet gut versehen«, scherzte er und zupfte vielsagend an dem finnischen Wolfspelz, den er ihr zu Weihnachten geschenkt hatte.

Sie brachten eine Stunde damit zu, im Flughafen Kleidung einzukaufen. Überall sahen sie amerikanische Weihnachtsmänner, die mehr oder weniger betrunken herumliefen und große Glocken läuteten, ohne damit aber unter all den gehetzten Fluggästen, die zu ihren Truthähnen unterwegs waren, erkennbare Weihnachtsfreude auszulösen. Sie kauften sogar eine neue Reisetasche, bevor sie sich zu Avis begaben und ihren Wagen holten.

»Verzeih mir«, flüsterte sie, beugte sich vor und küßte ihn, als sie sich ohne Stadtplan, aber mit guter Ortskenntnis in das große Highwaysystem um Los Angeles einfädelten.

»Wieso Verzeihung?« fragte er mit etwas, was echtes Erstaunen zu sein schien. »Du hast doch die Tasche nicht verschlampt. Das müssen doch diese aufgeregten Froschesser gewesen sein, die uns in der Ersten Klasse haben wollten, du weißt schon.«

Er zwinkerte ihr zufrieden zu.

Als sie sich auf dem Weg nach San Diego der Küste näherten, zeigte sich das Meer grau, ungastlich und zornig. Es herrschte ein ausgewachsener Sturm. Aber Tessie war eingeschlafen.

Er hatte nichts dagegen. Es war gegen vier Uhr nachmittags Ortszeit, und es herrschte dichter Verkehr. Überall Leute, die Weihnachten feiern wollten. In den Körpern von Carl und Tessie war es schon nach Mitternacht. Sie hatte in der Maschine vermutlich nicht geschlafen, und er hielt in San Diego eine Überraschung für sie bereit.

Es war ein ganz eigener Genuß, in einem amerikanisch langsamen Wagen amerikanisch langsam in einer Schlange zu fahren. Es war wie seelischer Urlaub, weit, sehr weit weg von finnischen und russischen Polarregionen, genauso, wie er es sich erhofft hatte. Es kam ihm vor, als hätte er sich mit einer Zeitmaschine in die Vergangenheit versetzt – er hatte ausdrücklich einen Pontiac des gleichen Modells bestellt, das er damals gefahren hatte. Und wenn er sich in eine andere Zeit zurückversetzte – Pontiac, amerikanischer Highway, bekannte alte Straßen hinunter nach San Diego, Tessie neben sich –, entstand eine angenehme Illusion. Es kam ihm vor, als bekäme er eine zweite Chance, bestimmte Perioden seines Lebens, die nicht so gelungen gewesen waren, neu zu durchleben. Oder als könnte er sich durch diese Zeitverschiebung von einem Teil seiner Schuld reinwaschen.

Er widerstand der Versuchung, eine Runde zur University of California in San Diego zu drehen, als sie sich der Stadt näherten. Er fuhr an seiner alten Uni vorbei, an seinem alten Studentenzimmer, an allem, was er dort erlebt hatte.

Dann kam La Jolla, das Villengebiet mit dem besonders schönen Strand, dem Imperial Beach, doch er fuhr langsam und entspannt weiter. Im Autoradio ertönte leise Musik des Universitätssenders. Sie spielten amerikanische Weihnachtssongs der eher klassischen und gepflegten Art.

Er fand sofort den Weg zum Hotel, dem Horton Old Grand, das nur einen kurzen Fußweg von seiner Überraschung entfernt lag. Er ließ den Wagen sanft ausrollen und weckte sie mit einem Kuß.

»Okay, Honey«, flüsterte er, »für den Rest des Tages bleibt dir Schwedisch erspart. Wir sind zu Hause.«

Sie übergaben den Wagen dem Türsteher, der sich als eine Art Lümmel aus der Zeit der Jahrhundertwende verkleidet hatte, wenn auch mit Weihnachtsmannmütze statt einer irischen Kappe; das Hotel stammte aus der Zeit der Jahrhundertwende.

Zitternd zog Tessie den Wolfspelz enger um sich, als sie ausstieg. Sie war schlaftrunken und staunte, daß sie schon da waren.

Die Hotelhalle war gespenstisch mit rosafarbenen Weihnachtsbäumen ausstaffiert, Bäumen mit lilafarbenen blinkenden Elektrokerzen, über die sie munter und ironisch mit einem Zwinkern des Wiedererkennens lächelten, als sie sich eintrugen. Zum ersten Mal wahrheitsgemäß als Mr. und Mrs. Hamilton.

»Home sweet home«, kicherte sie mit einem vielsagenden Zwinkern zu den schrecklichen Weihnachtsbäumen hin. »Wir sind ohne jeden Zweifel in Kalifornien.«

Als sie in ihr Zimmer kamen, dessen Einrichtung einem Westernfilm entsprungen zu sein schien, warf sie sich rücklings und mit ausgebreiteten Armen aufs Bett.

»Ich merke schon, Gnädigste, worauf Sie hinauswollen, aber daraus wird nichts. Jetzt jedenfalls nicht, Sie verstehen, Gnädigste, wir wollen nämlich ausgehen«, sagte er in breitem Südstaatendialekt.

Sie riß die Augen in einer gespielten Schreckreaktion auf.

»Was meinst du denn damit, mein Junge. Das schaffen wir nie!« wandte sie ein.

»Und ob wir das schaffen, Gnädigste, wir schaffen alles«, alberte er weiter.

»Du meinst es ernst. Es ist dir also vollkommen ernst«, sagte sie mit ihrem normalen Tonfall, während sie schnell aufstand und die Hände vor sich ausstreckte, als wolle sie sich gegen einen Überfall wehren. Sie sah ihn forschend und besorgt an, aber er nickte nur begeistert und bestätigend.

»Eine Überraschung. Vergiß nicht, daß es ein amerikanischer Weihnachtsabend ist«, erklärte er.

»Wir haben einen Flug über die halbe Erde hinter uns!«

»Aber ja doch. Das heißt aber nicht, daß man nicht trotzdem kampfbereit sein muß, wenn die Maschine gelandet ist.«

»Raus mit der Sprache, Sailor!«

»Natürlich, das habe ich doch gerade getan. Weihnachten Nummer zwei, wie schon gesagt.«

Sie stand mit einem Seufzer auf, warf den Pelz ab und ging schmollend ins Badezimmer. Auf dem Weg dorthin riß sie sich ein Kleidungsstück nach dem anderen vom Leib.

Er sah auf die Uhr, führte schnell ein kurzes, geflüstertes Telefongespräch und packte dann ihre neue Reisetasche aus. Er legte die Neuerwerbungen aufs Bett. Dann sah er wieder auf die Uhr und zog sich auf dem Weg zum Badezimmer wie sie aus, um zu ihr unter die Dusche zu gehen. Er hörte sie dort schon planschen. Es würde also doch etwas später werden.

»Ich weiß, ich glaube, ich weiß«, sagte sie, als sie kurze Zeit später gegen den kalten Wind durch den Seaport Park stapften, der keineswegs zufällig in der Nähe ihres Hotels lag. »Haben sie denn nicht am Christmas Day geschlossen?«

»Nein«, lächelte er geheimnisvoll. »Für uns haben sie heute geöffnet, nur für uns.«

Sie lachte und glaubte ihm natürlich kein Wort. Aber es stimmte. Das San Diego Pier Café war an diesem amerikanischen Weihnachtstag mehrere Stunden zusätzlich geöffnet, in Erwartung eines verrückten Gastes, der das gesamte Restaurant zu einem Preis gemietet hatte, den man nicht hatte ablehnen können.

Als es ihr aufging, war ihre Müdigkeit wie weggeblasen. Im Obergeschoß stand sogar ein Weihnachtsbaum von fast schwedischem Zuschnitt, und zwar neben dem Tisch, an dem sie so glücklich und so unglücklich gewesen waren. Das Personal nahm sie fröhlich und erleichtert in Empfang. Man setzte ihnen je ein Glas kalifornischen Chardonnay einer vorbestellten Marke vor, während sie sich setzten.

»Well«, sagte er zufrieden und breitete die Arme aus. »Und was darf es sein? Wir sind ja nicht mehr in der französischen Ersten Klasse, aber wie gesagt zu Hause. Was möchtest du?«

»A three-egg omelette with crabs, shrimps, cheese and golden hash browns on the side«, kicherte sie.

»Teufel auch! Du erinnerst dich immer noch daran?«

»Darauf kannst du Gift nehmen. Beim ersten Mal hätte es fast deinen Etat gesprengt, aber du versuchtest so zu tun, als wäre es gar nichts.«

»In welchem Jahr war das?«

»1979.«

»Du wolltest Datenverarbeiter oder Nachrichtendienstoffizier oder so was werden. Und was aßen wir beim vorigen Mal?«

»Eine Art Grillspieß mit Muscheln und Fisch.«

»Richtig! Und jetzt?«

Sie einigten sich auf gegrillten kalifornischen Heilbutt. Nichts anderes, denn sie waren nicht besonders hungrig, und überdies war es ja nicht das Essen, worum es eigentlich ging, sondern die Vergangenheit, die gerade hier, gerade an diesem Tisch, an dem sie saßen, für sie besonders lebendig war. Eine Zeitlang aßen und tranken sie schweigend. Jeder gab sich etwa den gleichen Erinnerungen hin.

»Als wir das letzte Mal hier waren«, sagte sie nach einiger Zeit und schob vorsichtig den halb aufgegessenen und nicht sehr gut zubereiteten Fisch von sich, »hast du sogar um meine Hand angehalten.«

»Ich weiß. Aber du sagtest nein, und einer der Gründe, ich wiederhole, *einer* der Gründe war, daß Korvettenkapitän für einen Offizier und Gentleman, wie du ihn dir vorstelltest, ein etwas zu niedriger Rang war. Du sagtest, ich *müßte mindestens Admiral sein und Orden haben.* Zitat, Ende des Zitats. Das hast du tatsächlich gesagt.«

»Das dürfte aber kaum eins der gewichtigeren Argumente gewesen sein.«

»Nein, das war es wohl nicht. Jetzt bin ich jedenfalls Admiral, zumindest in amerikanischer Anrede, falls das ein Trost für dich ist. Und ein paar Orden habe ich auch.«

»Ja? Worüber jammerst du dann? Ich habe dich am Ende ja doch an Land gezogen.«

»Nein, ich jammere ja auch nicht. Mir ist nur eingefallen, wie das Leben manchmal mit uns spielt. Du konntest dir damals nicht vorstellen, in Europa zu wohnen, aber jetzt tust du es. Und ich sagte, ich sei absolut bereit, den Dienst zu quittieren, hierher zu ziehen und einen zivilen Job anzunehmen.«

»Könntest du dir das noch immer vorstellen?«

»Ja, aber es kommt auf dich an. Wo möchtest du am liebsten leben, Tessie?«

»Bei dir und unserem Kind.«

»Ja, aber wie wäre es mit Kalifornien?«

»Ist das dein Ernst?«

»Ja, ich glaube schon.«

Sie sah ihn forschend an, um herauszufinden, ob er tatsächlich mit vollem Bedacht meinte, was er sagte, oder ob nur die besondere Sentimentalität des Augenblicks mit ihm durchgegangen war und ihn dazu gebracht hatte, zuviel zu sagen. Sie fand, daß da etwas Merkwürdiges in seinem Blick war, etwas, was sie nicht deuten konnte, aber er sah trotzdem so aus, als ob er es ernst meinte.

»Beim letzten Mal«, begann sie vorsichtig, »also als wir das letzte Mal hier saßen und du mich fragtest, ob ich deine Frau werden will, und ich auf diese etwas alberne Weise sowohl nein als auch ja sagte ... Ja, daran erinnerst du dich doch?«

»Ja, selbstverständlich.«

»Jedenfalls habe ich dir damals eine Bedingung genannt. Ich sagte, hier und jetzt, jetzt gleich. Und da wurdest du ganz starr. Du wolltest, aber es ging nicht, und dann kam dieses ganze Zeug über den Großen Auftrag, und ein Mann müsse tun, was er tun müsse, und diese ganze Scheiße.«

»Oh, du ahnst gar nicht, wie gut ich mich an diese Augenblicke erinnere.«

»Das ahne ich sehr wohl. Und im nachhinein ist mir aufgegangen, daß ihr damals tatsächlich etwas unbegreiflich Großes vorhattet, denn ich weiß noch, daß ich ein bißchen demagogisch fragte, ob es etwas Größeres gebe als die Liebe, etwas, was größer sei als du und ich, etwas in der Art. Und da hast du nur traurig genickt und mit ja geantwortet. Und mir wurde verdammt noch mal ganz kalt vor Angst, als mir aufging, daß du angesichts dieser Alternative nicht mal gezögert hast.«

»Nein. Das, wovon du sprichst, lief unter der Codebezeichnung Big Red und war wirklich unfaßbar groß.«

»War es etwas von dem, worüber die Zeitungen spekulierten, eine dieser Geschichten mit entführten Flugzeugen und so?«

»Nein, etwas viel Größeres. Viel größer.«

»Aber es gehört auch jetzt noch nicht zu deiner Politik, zu bestätigen oder zu dementieren?«

»Nein. Ich begehe ein Verbrechen, wenn ich es tue ...«

Er blickte zur Seite, als überlegte er, ob er weitersprechen oder hier innehalten sollte. Er sah auf die Reede zur Insel Coronado hinüber. Wie immer lagen dort ein paar Flugzeugträger. Auf den Decks waren jedoch keine Flugzeuge zu sehen, sondern nur erleuchtete Weihnachtsbäume in den üblichen Farben. Damals hatten auf dem nächstgelegenen Deck Reihen von Tomcats gestanden.

Sie ließ ihn mit seinem inneren Ringen allein. Sie war nicht einmal sicher, ob sie überhaupt wissen wollte, worum es damals gegangen war.

»Es war so«, begann er, als er sich ihr wieder zuwandte. »Ein Land namens Sowjetunion, es hat einmal ein Land dieses Namens gegeben, richtete eine unfaßbar große militärische Bedrohung gegen Schweden. Als ich dich damals hier an diesem Tisch traf, war ich in Kalifornien, um Personal abzuholen, schwedisches Personal, das die gleiche Ausbildung durchlaufen hatte wie ich, sowie einiges an Ausrüstung. In dieser Zeit habe ich auch die Gelegenheit genutzt, dich zu treffen.«

Er hielt inne und zögerte, wie er fortfahren sollte. Sie beschloß, ihm mit einer Frage zu helfen, da er den Eindruck machte, als wollte er erzählen.

»Well«, warf sie ein, »und was habt ihr getan?«

»Wir fuhren nach Hause, orteten einige militärische Einrichtungen der Sowjetunion in unserem militärischen Vorfeld, ja sogar auf unserem Territorium. Dann haben wir sie mit Personal und allem in die Luft gesprengt. Etwa dreihundert Tote, würde ich vermuten. Wir waren damals in Schweden vermutlich die drei einzigen, die dazu die technische Fähigkeit besaßen. Und das war also wichtiger als alles andere.«

Er blickte eine Zeitlang traurig in sein Weinglas, leerte es dann und winkte einen der eifrig wartenden Kellner herbei, der sofort an den Tisch eilte und nachschenkte.

»Du hast dreihundert Russen in die Luft gesprengt?« flüsterte sie heiser. »Darum ist es damals gegangen?«

»Ja. Wir sind nicht sicher, was die Zahl angeht, du kannst ein rundes Dutzend hinzuzählen oder abziehen. Jedenfalls war es das, was wir vorhatten, und es ist bis heute nie herausgekommen.«

»Wieso? Es hört sich ja nicht gerade nach einer diskreten kleinen Geheimaktion an. Was ist mit all den Toten passiert? Wie wurden die Explosionen erklärt?«

»Die Toten liegen, soviel ich weiß, noch immer an Ort und Stelle. Die Explosionen waren aus dem einfachen Grund nicht zu hören, daß sich alles in der Ostsee in vierzig Meter Tiefe abspielte.«

»Und das war also damals deine Wahl?«

»Ja. Das war damals meine Wahl. Die Pointe ist aber, daß es jetzt keine solche Wahl gibt. Ich bin fertig, habe genug geleistet, genug getötet. Daher diese Frage, ob wir in Kalifornien leben wollen.«

»Einer von uns muß ja zum Kanaken werden, wie wir uns auch entscheiden.«

»Ja, aber für mich ist es leichter. Ich bin ein weißer Europäer, der besser englisch spricht als die meisten Amerikaner. Außerdem bin ich so gut ausgebildet, daß ich es auch hier schaffen kann. Ich bin nicht gerade ein Kanake, gelinde ausgedrückt.«

»In Schweden bin ich ein Kanakin und hier eine *chicana.* Wo liegt also der gottverdammte Unterschied?«

»Weiß nicht. Das mußt du entscheiden.«

»Was ist da oben im Norden Finnlands eigentlich passiert?«

Die Frage kam wie ein Blitz aus heiterem Himmel und traf ihn offensichtlich auch so.

»Ich weiß nicht ... ich weiß nicht«, begann er langsam, »ob es eine sehr gute Idee ist, es zu erzählen, und ich habe dabei nicht nur Bestimmungen und Paragraphen im Auge.«

»Das eine kann doch kaum geheimer sein als das andere?«

»O ja, schon. Was die sogenannte Operation Big Red angeht, ist sie heute fast schon Geschichte, und ich könnte mir vorstellen, daß die Regierung sich heute eher aus innenpolitischen Gründen darauf versteift, die Sache auch weiterhin geheimzuhalten. Der jetzige Ministerpräsident wünscht nicht, daß eine sozialdemokratische Regierung in rein militärischer Hinsicht als tatkräftiger erscheint, als er sich je hat zeigen können. Ich glaube, es geht um solche Überlegungen. Aus militärischer oder militärhistorischer Sicht wäre es eher vorteilhaft als nachteilig, diese Geschichte zu veröffentlichen. Aber das ist Politik, und die ist nicht mein Bier. Außerdem arbeite ich jetzt ja direkt unter dem Ministerpräsidenten, wie du dich vielleicht erinnerst?«

»Natürlich, wie könnte ich das vergessen. Aber Nordfinnland ... War es übrigens Finnland oder nicht vielmehr Rußland? Das haben wir jedenfalls die ganze Zeit angenommen.«

»Welche wir?«

»Anna und ich. Wir saßen auf Stenhamra zu Hause auf dem Sofa und stellten allerlei Vermutungen über das an, was ihr vorhattet. Wir tippten auf Rußland.«

»Gar nicht so dumm geraten.«

»Nein. Wer hat denn gesagt, daß wir dumm sind? Anna hatte von Åke erfahren, daß es um etwas ging, was aus Rußland hinausgeschmuggelt werden sollte. Kommentar?«

»Kein Kommentar.«

»Ich vermute, daß der schwedische Nachrichtendienst euch kaum wegen geschmuggelter Wolfs- und Vielfraßfelle dorthin geschickt hatte. Das wäre gelinde gesagt so etwas wie ein Overkill gewesen. Ich habe also auf Kernwaffen getippt. Kommentar?«

»Kein Kommentar. Nur so viel, daß das eine intelligente Vermutung ist.«

»Wie viele Menschen habt ihr getötet?«

»Nicht mal ein Zehntel so viele wie bei Big Red.«

»Du sagtest mir am Telefon, als du da oben von ... anriefst ... wie heißt der Ort noch?«

»Ivalo.«

»Du sagtest, du hättest niemanden getötet, ist das richtig?«

»Das habe ich nicht gesagt. Ich sagte, ich hätte keine Hand gegen eine lebende Seele erhoben. Das ist an und für sich wahr. Jedoch weniger wichtig, denn ich war der kommandierende Offizier und gab die nötigen Befehle, so daß die Verantwortung in erster Linie bei mir liegt.«

»Worin besteht das Problem?«

»In Alpträumen für den Rest meines Lebens. Ich bin sicher, daß du es nicht wissen willst, völlig sicher. Das ist ja wirklich ein heiteres Gesprächsthema hier am Tisch der Erinnerungen.«

Sie sah ihn verblüfft an. Sie schien unschlüssig zu sein, wie sie reagieren sollte. Sie fand, daß er so etwas wie Selbstmitleid an den Tag legte, und entschied sich schnell und intuitiv, daß sie diesen Anblick nicht mochte.

»Es ist nicht deine Verantwortung, denk mal nach«, begann sie entschlossen. »Du bist in deinem Job einer der Allerbesten, und das, womit du dich da oben beschäftigst, *ist* gefährlich. Aber du mußt weitermachen.«

»Du verstehst das nicht.«

»Als wir uns kennenlernten, erschienst du mir überlebensgroß. Und sieh dich jetzt mal an! Du würdest es nicht aushalten, wenn du nicht mit doppelter Schallgeschwindigkeit und mit Feuer im Haar fliegen könntest.«

»Das ist jetzt vorbei.«

»Wenn man unter den Besten der Besten ist, bedeutet das, daß man manchmal auch Fehler macht. Das ist das gleiche wie bei uns anderen.«

»Nein, es ist nie das gleiche wie bei euch anderen. In meinem Job kommt es unglücklicherweise darauf an, andere Menschen zu töten, und in einem halben Jahr bin ich der Vater deines Kindes, und das ist sozusagen der Gegensatz, und außerdem ist es eine merkwürdige ... äh, eine verdammt amerikanische Art zu denken, nämlich daß du eine Fliegerfrau sein würdest, die unruhig darauf wartet, daß ich zum Essen nach Hause komme und mir diskret das Blut von den Händen abwasche, bevor wir uns an den Tisch setzen. Aber dann soll ich sein wie jeder andere Vater eines Kleinkindes. Merkst du denn nicht, wie absurd das ist?«

»Doch, natürlich. Aber hier sitzen wir nun, auf der Suche nach der verlorenen Zeit, sozusagen. Bald wirst du mir wieder mit Jean Paul Sartre und der freien Wahl des Menschen kommen, genau wie damals, in der guten alten Zeit.«

»Man hat nicht immer die freie Wahl. Als wir beim letzten Mal hier saßen, hatte ich schon einigen Grund, sowohl Sartre als auch andere Dinge einer Neubewertung zu unterziehen. Aber jetzt gibt es eine plötzliche Chance, allem zu entkommen.«

»Auszureißen, meinst du.«

»Nenn es, wie du willst. Ich lebe im Augenblick mein neuntes Leben, das letzte, das ich habe. Ich nehme an, du willst mich behalten. Frohe Weihnachten!«

Sie lachte plötzlich laut los, und es gelang ihr, ihn nach einigem Zögern ebenfalls zum Lachen zu bringen.

»Was für eine dämliche Unterhaltung bei einem Weihnachtsessen«, stellte sie fest und warf den Kopf in den Nacken, während sie seinen Blick suchte.

»Ja«, gestand er treuherzig, »jetzt fehlt nur noch ein amerikanischer Truthahn und schreiende Kinder und ein Schwiegervater, der mit dem Stock droht und schreit, recht so, gebt den Scheißkerlen nur eins auf die Schnauze. Herb hätte uns jetzt mal sehen sollen.«

»Papa hätte es geliebt, uns jetzt zu sehen. Er hat immer zu dir gehalten und hat mich dämlich genannt, weil ich nach Santa Barbara zog und ... ja, du weißt schon.«

»Hast du Sehnsucht nach Stan?«

Ihre erste Reaktion, als er sie mit dieser brutalen Replik getroffen hatte, ließ ihn eine Art perversen Triumph empfinden, als hätte er nach ihrem überraschenden Volltreffer mit der Bemerkung über den Norden Finnlands nun eins zu eins ausgeglichen. Als er dann sah, wie es sie erschütterte, daß die Wunde so schnell und brutal aufgerissen worden war, bereute er seine Bemerkung natürlich sofort und erkannte zugleich, wie sinnlos es war zu wünschen, das Gesagte wäre ungeschehen. Er streckte schnell die Hand über den Tisch und preßte ihre, während sie mit den Tränen kämpfte.

»Im nächsten Jahr, also schon bald, fängt für ihn die Schule an«, sagte sie. Sie preßte ihm hart die Hand und biß sich auf die Lippe, um nicht zu weinen.

»Willst du ihn sehen?« fragte Carl behutsam. »Ich meine, mit dem Wagen sind es ja nur eineinhalb Stunden. Außerdem ist es Christmas Day. Du kannst doch anrufen, wenn wir wieder im Hotel sind?«

»Komm, wir gehen«, sagte sie, während sie immer noch unter Krämpfen mit den Tränen kämpfte.

Er winkte ungeduldig den Kellner herbei, der mit einem Sprung auftauchte. Carl bezahlte die vorher vereinbarte Summe, ging um den Tisch herum, faßte Tessie behutsam um die Schultern und legte ihr den für Kalifornien unerwartet passenden Wolfspelz um.

2

Sylilapsi-Eino. Sie nannten ihn halb im Scherz und halb aus Teufelei Sylilapsi-Eino. Als höre es sich auf Finnisch schlimmer an als auf Schwedisch. Darüber hatte er eigentlich mehr nachgegrübelt als über das eigentliche Schimpfwort. Was war aus diesem Blickwinkel mit »Säuglings-Eino« nicht in Ordnung? Er vermutete, daß der Abstand zwischen einem richtigen Mann, also einem Polizisten, und einem finnischen »Säugling« größer war als zwischen demselben Polizisten und einem »Baby«, etwas in der Richtung.

Sollten sie ruhig damit weitermachen, so böse war es schließlich doch nicht gemeint. Außerdem war es auf etwas komische Weise ungerecht, daß dieser Ausdruck »plötzlicher Kindstod« keineswegs seine Erfindung gewesen war. Vielmehr hatte gerade er eine Mordermittlung in Gang setzen wollen, weil er *nicht* daran glaubte, daß Lasse Holma eines plötzlichen Kindstodes gestorben war. Aber seit wann beruhen Anfeindungen im Job auf Logik und Gerechtigkeit?

Er hatte das Ganze auf die Zeit nach Neujahr verschoben, nach der Beerdigung. Jetzt war das neue Jahr da, Lasse Holma war beigesetzt, und nun sollte er es in Angriff nehmen, zu Liisa Holma zu fahren und sie zu vernehmen. Sehr viel mehr Anhaltspunkte hatte er im Moment nicht. Er hatte jedoch gehofft, daß er über die Angelegenheit etwas mehr wissen würde, bevor er sich an diesen schwierigen Schritt heranwagte. Was sollte er ihr antworten, wenn sie fragte, ob man den Verdacht habe, ihr Mann sei ermordet worden?

Sie würde vielleicht anfangen, einen der Chefs in der Polizeidirektion anzurufen, dann vielleicht noch die Zeitungen, und danach würde es dem Kollegen Säuglings-Eino schwerfallen, sich vor dem Polizeidirektor zu rechtfertigen, diesem Kerl aus Östergötland.

Er sah ein, daß er warten mußte. Aber das war auch nicht gut. Zwei Wochen waren schon vergangen, und die Spuren erkalteten. Offiziell untersuchte er ja immer noch einen Diebstahl von Multbeeren, von tiefgekühlten Multbeeren aus Murmansk in einem Gesamtwert von höchstens zehntausend Kronen. Das hatte man unten bei NORRFRYS errechnet. Der Raum, der in dem Fernlaster sozusagen übrig war, entsprach fünf Kartons mit tiefgekühlten Multbeeren.

Eino Niemi fiel nur eins ein, was ihm vernünftig erschien und zugleich rein formal etwas mit der Frage des Multbeerendiebstahls zu tun hatte. Er rief die Firma NORRFRYS an und erhielt die Namen und Telefonnummern einiger Fahrer, die auf der Murmansk-Route eingesetzt wurden. Er erreichte nur einen von ihnen, aber die Antworten auf seine Fragen erschienen ihm recht befriedigend.

Die Fernlaster wurden immer voll beladen, bis an die Decke und bis zu den Hecktüren. In Murmansk gab es immer große Lager tiefgekühlter Beeren, und es wäre vollkommen sinnlos gewesen, einen bestimmten Raum freizulassen. Mit dem Gewicht oder so hatte es nichts zu tun.

Eino Niemi bedankte sich für das Gespräch und notierte sich, welche Fragen man den Fahrern vielleicht noch stellen konnte, wenn die Ermittlungen irgendwann eine andere Richtung einschlugen: Wie ging es bei den Grenzkontrollen zwischen Rußland und Finnland zu, wo wurden die Lastwagen beladen, waren die Fahrer dabei anwesend, war einem der Fahrer das Angebot gemacht worden, etwas zu schmuggeln?

Bis auf weiteres hatte es also den Anschein, als umfaßte das Diebesgut nur ein Volumen von fünf Kartons Multbeeren. Es mußte jedoch etwas Wertvolleres gewesen sein, etwas, wofür Menschen einander töteten.

Eino Niemi fühlte sich plötzlich machtlos. Solange er nur wegen der gestohlenen Multbeeren ermitteln sollte, konnte er kaum mehr tun als im Augenblick. Und außerdem gab es, wenn es nur um diese verfluchten Multbeeren ging, eigentlich wichtigere Dinge aufzuklären. Nach Weihnachten und Silvester hatte es zahlreiche Schlägereien unter Betrunkenen gegeben, und das bedeutete Arbeit für mindestens eine Woche.

Als das Telefon läutete, starrte er es zunächst voller Abscheu an, als hätte er nicht die Absicht, abzunehmen, doch dann hatte er einen Einfall, lächelte selbstironisch und riß den Hörer an sich:

»*Sylilapsi-Eino*!« brüllte er streng.

»Verzeihung, ich spreche nicht Finnisch ... Ist Kriminalinspektor Niemi zu sprechen?« fragte eine kultiviert klingende südschwedische Stimme.

»*Kyllä!* Am Apparat!«

»Aha, wie gut. Hallo, hier ist Anders Eriksson vom Gerichtsmedizinischen Institut in Umeå. Hast du mein Fax bekommen?«

»Nein ... Hast du ein Fax geschickt?« entgegnete Eino Niemi und fühlte, wie er errötete und gleichzeitig sein Puls schneller wurde.

»Ja, vor fünf Minuten. Sei doch so nett und hol es, dann kannst du mich gleich anrufen. Ich werde dann erklären, was erklärt werden muß«, sagte der Pathologe und legte auf.

Eino Niemi saß mit dem stummen Hörer in der Hand wie versteinert da. Ihm war nicht einmal eingefallen, nach dem Ergebnis zu fragen.

Er knallte den Hörer hart auf die Gabel und stand heftig auf. Er rannte halb zum Empfang hinunter, erhielt ein einziges Faxblatt mit dieser gerichtsmedizinischen Schlange oben in der linken Ecke, riß es an sich und schaffte es, bis zu seinem Zimmer zu kommen, ohne auch nur eine Zeile zu lesen. Er erweckte den Eindruck, als hielte er ein Urteil in der Hand, das ihn selbst betraf. Zumindest ging es unleugbar um die Frage, ob er weiterhin der Säuglings-Trottel sein würde oder nicht.

Er strich das Papier vor sich auf der Schreibtischplatte glatt und holte tief Luft. Ja, dies war eine definitive Nachricht. Nach einigen einleitenden Zeilen stand dort eine vielsagende Überschrift:

GUTACHTEN

Dann folgten verschiedene Relativsätze, in denen von Kreislaufelastizität und Atmungselastizität sowie von Schleimhäuten, von Körperhohlräumen und ähnlichem die Rede war, Dinge, die er intuitiv übersprang, während sein Blick zu den beiden letzten Sätzen glitt:

daß *der Tod durch Vergiftung mit Toxiferin sowie Tubokurarin verursacht worden ist*

daß *die Befunde und die Umstände darauf hindeuten, daß die Vergiftung von einer anderen Person verursacht worden ist,*

was hiermit bescheinigt wird.

Umeå, den 3.1.1992
Anders Eriksson
Chefarzt

Eino Niemi wog das Papier fast andächtig in der Hand. Der Text war so klar, so einfach. Lasse Holma war von einer anderen Person vergiftet worden. Diese einfache medizinische Beobachtung hieß in der Polizeisprache Mord.

Er streckte die Hand nach dem Telefonhörer aus, überlegte es sich dann aber. Statt dessen wiederholte er die Lektüre und überflog zunächst die Sätze, in denen vom Zustand der verschiedenen Organe die Rede war, was ja schon in dem vorläufigen Gutachten gestanden hatte, bis er zur eigentlichen Todesursache kam:

... daß bei der gerichtschemischen Untersuchung das Vorhandensein von Toxiferin und Tubokurarin in einer beachtlichen Konzentration pro Gramm Schenkelmuskulatur nachgewiesen worden ist, hingegen sind Alkohol, Arzneimittel oder Drogen im Schenkelblut nicht nachgewiesen worden (Gutachten der gerichtschemischen Abteilung in Linköping vom 22.12.1991).

Toxiferin, Tubokurarin? Was zum Teufel war das?

Eino Niemi wollte den Pathologen ungern anrufen, bevor er sich die Mühe gemacht hatte, die eigentliche Todesursache zu begreifen. Folglich begab er sich zunächst zum Bücherregal und schlug in einem Lexikon nach, jedoch ohne Ergebnis. Dann rief er seinen nächsthöheren Vorgesetzten an und fragte diesen, ohne eine Antwort zu erhalten.

Nun, wenn nicht mal der Kommissar, der sich schon seit mehr als dreißig Jahren mit Mord und anderem menschlichen Elend beschäftigte, eine Ahnung davon hatte, worum es hier ging, brauchte er sich seines Unwissens offenbar nicht zu schämen.

Er wählte ruhig die Nummer nach Umeå und bekam den ungeduldigen Pathologen sofort an den Apparat.

»Nun, es war also Mord«, stellte Eino Niemi fest.

»Ja, diese Schlußfolgerung ist so gut wie unausweichlich«, erwiderte der Pathologe begeistert.

»So gut wie unausweichlich? Und wodurch würde diese Schlußfolgerung ausweichlich?«

»Dann müssen wir voraussetzen, daß das Opfer sich zunächst eine Injektion verabreicht, die den Mann unter Krämpfen, Angst- und Lähmungszuständen tötet, daß er sich anschließend der Spritze entledigt und danach stirbt. Ferner muß er sich nach dem Tod aufrichten, denn er ist nicht in der Körperhaltung gestorben, in der ihr ihn gefunden habt.«

»Das klingt so, als wärst du dir deiner Sache recht sicher, ich meine in der Frage des Mordes?«

»Ja, ein anderer hat ihn getötet.«

»Was diese ... verzeih mir meine Unwissenheit, aber was sind Toxi ... Toxiferin und Tubokurarin?«

»Tja ... Es ist nicht verwunderlich, daß du diese Dinge nicht kennst, zumindest nicht unter diesen Bezeichnungen. Dagegen hast du bestimmt schon die nicht-industrielle Bezeichnung gehört. Es ist nämlich Curare.«

»Curare? Du meinst dieses Zeug, das die Indianer ... die mit den Blasrohren?«

»Genau das.«

Eino Niemi schwieg eine Weile, weil sich jetzt plötzlich eine Menge Fragen aufdrängten, alle gleichermaßen wichtig, von denen jetzt jede als erste hinauswollte.

»Du wirst verstehen, daß ich jetzt ein paar Fragen an dich habe«, begann er und holte tief Luft, während der andere nur verständnisvoll kicherte.

»Also«, fuhr er fort, nachdem er sich gesammelt und seine Aufzeichnungen hervorgekramt hatte, »zunächst würde ich gern folgendes erfahren. Wo gibt es dieses Gift noch, außer in den Blasrohren der Indianer in Südamerika? Wie tritt der Tod nach einer Injektion ein, und warum hatte der Verstorbene Leichenflecken am Hint... an der Gesäßmuskulatur und an den Unterseiten der Schenkel, so daß es aussah, als wäre er *im Sitzen* gestorben? Du sagtest doch, er sei nicht in der Stellung gestorben ... oder?«

Eino Niemi erhielt ein kurzes und klar verständliches Privatissimum. Was er hörte, war zumindest in rein praktischen und polizeilichen Begriffen verständlich, mochten auch die Visionen, die ihm dabei kamen, entsetzlich sein bis an die Grenze des Unbegreiflichen.

»Curare ist ein Gift mit einer die Muskeln entspannenden Wirkung.« Eine ausreichende Dosis bewirkt, daß unter anderem die Oberkörpermuskulatur gelähmt wird, was zu einem Atemstillstand führt. Das Opfer stirbt langsam, bleibt die ganze Zeit unter starken Angstanfällen bei Bewußtsein. Der Vorgang dauert fünf bis zehn Minuten, je nachdem, ob man bis zur Bewußtlosigkeit oder zum Tod im juristischen Sinn rechnet, und ist überdies davon abhängig, welche Konzentration injiziert worden ist.

Nein, selbst bei uns hier oben ist Curare keine Seltenheit. Wenn wir statt dessen die industrielle Bezeichnung Succinyekolin verwenden, finden wir die Substanz in den meisten größeren Krankenhäusern. Man setzt sie ein, um die Muskulatur von Patienten bei größeren operativen Eingriffen zu entspannen; diese liegen dann natürlich an einem Beatmungsgerät, so daß die Atmung auf diesem Wege aufrechterhalten wird. Ja, alle größeren Krankenhäuser haben Zugang zu der Substanz.

Als Mordwerkzeug ist diese Substanz deshalb so gut geeignet, weil man sie mit etwas Glück bei einer gerichtsmedizinischen Untersuchung nicht entdeckt. Würde man sie direkt ins Blut spritzen, könnte man sie nach einiger Zeit überhaupt nicht mehr nachweisen, da sie als organische Substanz im Gegensatz zu Metallen und anderem vom Körper aufgenommen und abgebaut wird.«

»Warum dann nicht direkt in den Blutkreislauf injizieren?« fragte Eino Niemi, der sich fieberhaft Notizen machte, aber auch das Tempo des Informationsflusses dämpfen wollte.

»Wenn man mörderische Absichten verfolgt, ist es natürlich besser so, wenn der Patient sich aber wehrt oder zappelt, ist das nicht unbedingt möglich. Da muß man den Betreffenden zunächst völlig ruhigstellen.«

»Wenn man aber in einen Muskel injiziert wie in unserem Fall, kann das also schnell und überraschend geschehen?«

»Genau. Einerseits hat man den Vorteil, andererseits besteht wie in unserem Fall ein größeres Entdeckungsrisiko.«

»Und was hat es damit auf sich, daß er nicht *im Sitzen* starb?«

»Darauf deuten ja schon die Leichenflecke hin, wie du bemerkt hast. Aber wie ich mir einen solchen Todesfall vorstelle, sitzt man wohl nicht sehr still, wenn man Krämpfe hat und Todesangst.«

»Jemand hat ihn also nach dem Tod zurechtgesetzt?«

»Ja, oder nach dem Eintritt der Bewußtlosigkeit.«

Eino Niemi starrte intensiv auf seine hingekritzelten Notizen. Er wußte, daß er noch mehr Fragen hatte, wußte, daß er mit Sicherheit wieder anrufen würde, wollte aber dennoch möglichst wenig stören. Schließlich fiel ihm etwas ein, was er vergessen hatte.

»Ach ja, diese Sache mit dem Mageninhalt. Du schreibst unter ... unter Punkt 32 in deinem vorläufigen Gutachten, daß sich dort, ich lese, ›etwa hundertfünfzig Milliliter einer ziemlich gut durchgekauten und halbverdauten Nahrung befanden, wobei die Fleischfasern und Erbsenschalen identifiziert werden konnten‹. Was bedeutet das?«

»Wie meinst du?«

»Ja, was hat er gegessen? Erbsen und Speck?«

»Na ja, falls ich mich recht erinnere, sah es ungefähr aus wie ein Wiener Schnitzel. Jedenfalls waren die Erbsenreste grün und nicht gelb.«

»Wie lange war es her, seit er etwas gegessen hatte, ich meine, bevor er starb?«

»Dann müssen wir uns an das Zentralamt für Lebensmittel wenden. Die machen solche Analysen, und ich will das gern übernehmen. Aber so über den Daumen gepeilt würde ich sagen, rund fünf oder sechs Stunden.«

»Und in dieser letzten Mahlzeit kann sich kein Gift befunden haben?«

»Nein, definitiv nicht.«

»Nicht einmal Curare?«

»Doch, das wäre schon möglich, aber da man es ihm injiziert hatte ... fünf oder sechs Stunden später ... ich meine, man stirbt ja nicht zweimal.«

»Nein, Verzeihung, das war natürlich eine dumme Frage. Dann bedanke ich mich erst einmal ... Du hast eine verdammt wichtige Arbeit geleistet, aber das weißt du sicher schon.«

»Oh, danke, aber du hast mir ja so in den Ohren gelegen, und das weißt du ja auch.«

»Ja. Wie war es auf der Rehjagd?«

»Phantastisch. Da unten im tiefen Süden wimmelt es geradezu von Rehen.«

Eino Niemi saß eine Weile vollkommen still da, erfüllt von einem eigentümlichen inneren Frieden. Er wußte, daß es mit diesem Frieden auf der Stelle zu Ende sein würde, wenn er den Polizeidirektor erwischte und ihm das Fax vorlegen konnte, das jetzt halb zerknüllt und zusammengerollt vor ihm lag.

Er warf einen Blick auf die Karte oben an der Wand. Fünf bis sechs Stunden. Das bedeutete, daß Lasse Holma seine letzte Mahlzeit irgendwo zwischen Rovaniemi und der russischen Grenze zu sich genommen hatte. Mit Hilfe der finnischen Kollegen würde man diese Stelle natürlich finden. Sie war jedoch nur eins von vielen Dingen, die gefunden werden mußten. Jetzt ging es nicht mehr um irgendwelche Albernheiten mit Multbeeren, sondern darum, einen selten kaltblütig und geschickt ausgeführten Mord aufzuklären. Überdies war es eine Mordermittlung, die mit zwei Wochen Verspätung in Gang kam.

Jetzt würde man ihm die Verantwortung abnehmen. Jetzt, wo es sich um Mord handelte, würde ein Kommissar beim Gewaltdezernat die höchste Ermittlungsverantwortung erhalten, zumindest in der täglichen praktischen Arbeit. Das war Eino Niemi jedoch gleichgültig. Die Hauptsache war, daß sie sich endlich auf dem richtigen Weg befanden.

Er beschloß, seine schnell hingekritzelten Notizen säuberlich auf der Maschine zu tippen, bevor er zum Polizeidirektor ging. Im Augenblick war er noch der einzige in Haparanda, der wußte, wie Lasse Holma gestorben war. Niemand konnte ihm vorwerfen, daß er sich um der Sorgfalt willen noch ein wenig mehr Zeit nahm.

Sowie seine Aufzeichnungen säuberlich abgetippt waren, würde er sich zum Polizeidirektor begeben und berichten. Dann würde er zu Lasse Holmas Witwe fahren und diese Vernehmung durchführen. Ja, sofern er nicht andere Befehle erhielt, natürlich.

Carl streckte sich behaglich in einem Liegestuhl aus, spreizte die Zehen im Sand und hielt den bandagierten linken Unterarm in die Höhe. Man hatte ihn mit sechsundzwanzig Stichen genäht, aber es juckte jetzt mehr, als es weh tat, was ein gutes Zeichen war. Er überlegte, ob er den Verband abnehmen und baden sollte. Salz und Sonne waren bei Hautwunden nicht falsch, lieber das, als daß die Wunden eiterten und unter dem Verband übel zu riechen begannen. Tessie war inzwischen bei ihrer dritten Diät-Cola angelangt.

Er wäre lieber nach Baja California hinuntergereist, nach Mexiko südlich von San Diego, um in Cortez' Meer zu tauchen. Er zog diese Bezeichnung dem Begriff Bay of California vor. Bei Sturm und vier Grad über Null hatten sie ja ohnehin nicht in Kalifornien bleiben können. Vor allem nach dem, was sich in Santa Barbara ereignet hatte, kam es ihm richtig vor, *home sweet home* für dieses Mal ganz einfach zu verlassen. Sie hatten sich innerhalb weniger Minuten entschlossen und waren dann zum Charles-Lindbergh-Flughafen gefahren, um sich einfach davonzumachen. Schon am selben Abend waren sie in Key West angekommen. Die Lufttemperatur betrug fünfundzwanzig Grad, und im Wasser war es vermutlich ein Grad weniger, denn es badete niemand, zumindest nicht an ihrem Hotelstrand.

Er war bester Laune und lachte leise vor sich hin. Sie bemerkte es und nahm die Sonnenbrille ab. Sie zog ihren Liegestuhl demonstrativ näher an seinen, beugte sich über ihn, nahm ihm die Sonnenbrille ab und drückte die Nase an seine, während sie ihm gespielt vorwurfsvoll in die Augen blickte.

»Du hast immer noch nichts erzählt, Sailor«, stellte sie fest.

»Nee«, sagte er mit einem spöttischen Lächeln. »Es gibt bei dem Skandal in Santa Barbara gelinde gesagt auch noch wichtigere Aspekte als das, worüber du dich beklagst. Die Hauptsache war ja das mit Stan.«

»Jaa«, sagte sie mit dem übertriebenen A-Laut, den Ausländer verwenden, wenn sie Schwedisch lernen, »jaa, das war wirklich das Wichtigste. Und dann noch, daß aus der ganzen Sache tournierte Vögel wurden.«

»Tournierte Vögel?« fragte er verwundert und erhob sich ein wenig mit gerunzelter Stirn. »Tournierte ... ach so, *turning birds*! Vertauschte Rollen heißt das. Tournierte Vögel, ja verdammt ...«

»Ärgere mich nicht!«

»Sorry, aber manchmal forderst du es heraus. Na schön, Frau Anwältin, wir sagten doch, wir sollten nicht an die Sache rühren, bis wir, wie war das noch?«

»Bis wir im Sonnenschein am Strand sitzen, ein Hotelzimmer haben und mein Gepäck da ist!«

»Bedaure. Dein Gepäck ist noch nicht angekommen.«

»Oh, du Pedant! Ich hab da eine schöne Geschichte, die ich dir noch nicht erzählt habe, eine sehr gute Geschichte über Stan. Wie ist es? Erzählst du mir deine Geschichte, wenn ich dir meine vortrage?«

Er lehnte sich zurück und setzte die Sonnenbrille auf, als wollte er das Gespräch beenden. Dabei zuckte er jedoch mit den Mundwinkeln, was sie natürlich sah.

Es war nur eine Frage der Zeit, bis sie ihm die Geschichte entlockt hatte, und außerdem hatte er eigentlich keinen Grund, sie zurückzuhalten; sie war nicht da draußen gewesen, sondern hatte sich mit ihrem Sohn im Haus aufgehalten, als es passierte.

Sie hatte am Weihnachtsabend angerufen und insofern Glück gehabt, als ihr Sohn Stan ans Telefon ging. Er saß in der Nähe des Telefons, weil er einen Anruf seiner Großmutter aus Boston erwartete. Irgendwie hatte der Junge hervorgebracht, daß er sich nach seiner Mama sehne, daß es schön wäre, wenn sie kommen und ihn besuchen könne, bis sein Vater Unrat gewittert und den Hörer an sich genommen hatte.

Sie hatten eine sehr knappe und wenig begeisterte Einladung erhalten, am nächsten Tag zwischen zwei und drei Uhr nachmittags, nur eine Stunde. Aber plötzlich war alles unwiderruflich arrangiert.

»Nuun!« sagte sie auffordernd.

»Was denn nun? Was wollen Sie wissen, Frau Anwältin? Außerdem wolltest du mir etwas als Gegenleistung anbieten.«

»Ja, das Beste an der ganzen Geschichte. Der beste Teil war ...«

»Nein, nicht *Teil*, beim ersten Mal hast du es richtig gesagt, das Beste an *der ganzen Geschichte* ...«

»Das Beste war, daß Stan diese Hunde ganz einfach haßte. Sie ganz einfach *haßte*!«

»Nun, das ist ja natürlich eine sehr gute Neuigkeit«, gab Carl zu. Er nahm die Sonnenbrille ab und klappte sie demonstrativ zusammen. »Nun?«

»Was ist da draußen am Pool passiert? Zu Anfang, bevor die Polizei kam?«

»Nun, dein wenig herzlicher ehemaliger Ehemann schlug ja vor, wir sollten einen Spaziergang machen, um euch allein zu lassen. Da sind wir zum Pool gegangen. Er war allerdings nicht sehr amüsant, wenn ich so sagen darf.«

»Was hat er gesagt?«

»Er fing damit an, daß ›Tessie jetzt im Leben also ganz schön nach oben gekommen zu sein scheint. Sie ist also Baronesse geworden. Spielt ihr auch Operette?‹, etwas in der Richtung.«

»Und was hast du gesagt?«

»Ich habe versucht, Streit zu vermeiden ... Ich sagte so etwas wie, Baronesse seist du nun *wirklich* nicht, daß ich ihm die Beleidigung diesmal aber durchgehen lassen wolle. Etwas in der Richtung.«

»Du wolltest Streit vermeiden?«

»Ja, tatsächlich, ich hab's versucht. Ich habe einige solche Dinge geschluckt, aber es half nicht, denn er hatte sich irgend etwas in den Kopf gesetzt. Der Kerl war sogar ziemlich gehässig. Möchte gern wissen, warum.«

»Muß ich dir jedes Wort aus der Nase ziehen?«

»Nein, in Ordnung. Die Geschichte mit den Hunden also von vorn bis hinten?«

»Genau, die will ich hören!«

»Also, er begann damit, daß er die Hunde ein wenig demonstrativ zu sich rief. Dann sagte er, er wolle ›euer Hochwürden‹ an etwas erinnern, was ich offenbar gesagt hatte, na ja, du weißt, als ich mich damals vor ein paar Ewigkeiten aufdrängte und mich blamierte. Wenn ich es andererseits aber nicht getan hätte, dann ...«

»Die Geschichte mit den Hunden!« unterbrach sie ihn ungeduldig. »Die Geschichte mit den Hunden und bis auf weiteres nichts anderes!«

»Jaja, nur mit der Ruhe. Ich sollte also etwas gesagt haben wie ›Ich glaube, wir sollten diese armen Hunde vor peinlichen Überraschungen bewahren‹, und zwar damals, als er drohte, sie auf mich zu hetzen. Er fragte, ob das ein korrektes Zitat sei. Ich habe ihm geantwortet, soweit ich es beurteilen könne, habe er mich korrekt zitiert. Dann fragte er mich, ob ich noch zu diesen Worten stünde. Ich entgegnete, ein Gentleman stehe im Unterschied zu einigen anderen Leuten immer zu seinem Wort. Dann hetzte er die Hunde auf mich, ich tötete sie, und dann kam die Polizei. Das ist alles.«

»Also, was ist geschehen?«

»Was ich schon sagte.«

»Nein, ich will wissen, was passiert ist. Was *genau* ist passiert?«

»Hat das eine juristische Bedeutung?«

»Darauf kannst du Gift nehmen. Nun?«

»Nun, er sagte also sinngemäß, dann wollten wir mal sehen, wie ich zu meinem Wort stehe. Dieser dämliche Scheißkerl. Er wollte zeigen, wie sehr er diese Bestien in Schuß hat, denn dann schickte er mir zuerst nur die eine Töle auf den Hals. Ich trat das Vieh ins Schwimmbecken, und als es wieder hoch wollte, habe ich es mit dem Hals gegen den Beckenrand geknallt. Als ich mich umdrehte, war der nächste Hund schon unterwegs, und aus diesem Grund mußte ich den Arm zum Schutz hochhalten.«

»Und deshalb sieht der Arm so aus, Gott sei Dank.«

»Was meinst du mit Gott sei Dank?«

»Das ist juristisch von Bedeutung. Abgesehen davon, war es nicht ein bißchen zu großzügig, den Köter erst noch an dir knabbern zu lassen?«

»Na na, was sollen diese Späße. Ich war ja schon dabei, mich umzudrehen. Wichtig ist, daß sie einen nicht im Gesicht oder am Hals erwischen. Sie sind darauf trainiert, einen runterzuziehen und dann festzuhalten. Ich bekam den Arm hoch, der Hund biß sich fest, und ich brach ihm den Hals.«

»So ohne weiteres?«

»Ja, so ohne weiteres. Hätte er noch weiter am Arm herumkauen dürfen, hätte es zu ekelhaft ausgesehen.«

Er hob demonstrativ seinen verbundenen linken Arm. Sie nickte nachdenklich; es hatte den Anschein, als wäre sie mit den Gedanken ganz woanders als bei seinen eventuellen Schmerzen.

»Wie hat Burt da reagiert? War er es, der die Polizei rief?« fragte sie mit einer gewissen Schärfe.

»Er wurde scheißwütend.«

»Scheiß ...?«

»Ja. *Pissed off.* Brüllte los, ich hätte seine Hunde überfallen, er werde mich auf alles verklagen, was ich besäße, es seien die feinsten Doggen von ganz Kalifornien, solche Dinge. Dann rief er die Bullen an, die schon nach ein paar Minuten auftauchten. Er verlangte, daß sie mich in Handschellen legten und mir meine Rechte vorläsen. Er scherzte, eine Anwältin hätte ich wohl schon. Ungefähr so.«

»Und was passierte dann?«

»Die Bullen machten den Eindruck, als wollten sie ihm gehorchen. Einer von ihnen sagte, er habe selbst Hunde, und tastete nach seinem Revolver.«

»Mein Gott! Tastete nach seinem Revolver! Was hast du da gemacht?«

Sie sah ihn mit aufgerissenen, erschreckten Augen an. Ihn amüsierte ihre Reaktion, und so zögerte er spöttisch mit seiner Antwort.

»Das wäre vielleicht ein Bild gewesen ... das wäre *wirklich* ein Bild gewesen, wenn ich auch die Polizisten umgebracht hätte. Natürlich habe ich nichts dergleichen getan. Ich hatte eine viel bessere Waffe als Gewalt.«

»Nämlich?«

»Nämlich einen Diplomatenpaß, erstens. Zweitens gab ich den Herren Bullen ein paar Telefonnummern, die sie anrufen sollten. Der Diplomatenpaß kühlte sie gleich ein wenig ab, und dann gingen sie zu ihrem Wagen. Dann erledigten sie ihre Anrufe, und nach zehn Minuten waren sie wieder da und fragten höflich, *sehr höflich*, wie ich sagen muß, ob ich die Absicht hätte, Burt wegen schwerer Körperverletzung anzuzeigen.«

»Was hast du darauf geantwortet? Das ist wirklich ganz wichtig?«

»Ich habe natürlich geantwortet, daß ich mir das Recht vorbehielte, nach Beratung mit meiner Anwältin dazu Stellung zu nehmen. Vielleicht habe ich es ein bißchen höhnisch gesagt, ich meine das mit *meiner* Anwältin, denn Burt versuchte gleich, über mich herzufallen.«

»Haben die Polizisten da eingegriffen?«

»Nein, dazu kamen sie gar nicht. Ich bin ein bißchen zur Seite gegangen, nun ja, nur ein kleines Stück, und habe gleichzeitig unauffällig ein Knie vorgestreckt, so daß Burt im Pool landete. Dort schien er sich etwas zu beruhigen. Die Bullen bezeugten sofort, sie hätten alles gesehen und würden meine Version zu hundert Prozent bestätigen.«

»Und dann?«

»Tja, danach kam nicht mehr viel. Burt zog sich zurück, einer der Bullen holte einen Verbandskasten, und dann haben wir meinen Arm verbunden und uns dabei ein bißchen unterhalten, unter anderem über Hunde. Wir überlegten, welche Köter am schlimmsten seien, Dobermann oder Rottweiler. Ich sagte, in meinen Augen Rottweiler, und zwar aus dem einfachen Grund, daß diese Tölen schwerer sind. Man muß sich nämlich sofort hinhocken, damit sie einen nicht umstoßen können, und dann Hals und Gesicht schützen und dann ...«

»Jaja. Rette mich vor den Details ...«

»*Erspar mir* die Details.«

»Sure. Habe ich deine Erlaubnis, Englisch zu sprechen.«

Carl sah auf die Uhr. Sie hatten vereinbart, mindestens eine Stunde Schwedisch am Tag. Er nickte gnädig.

Als Tessie sprachlich wieder auf heimischem Boden war, erklärte sie schnell, worum es ging. Wenn Carl ihren Ex-Mann verklage, werde er gewinnen. Die beiden Polizeibeamten seien als Zeugen pures Gold. Es gebe gar keinen Zweifel, daß er gewinnen werde, selbst wenn er einen Millionenbetrag als Schmerzensgeld fordere.

Carl war offensichtlich nicht besonders interessiert. Es würde ihm nicht im Traum einfallen, ein solches Theater auszulösen. Schon die eventuelle Publizität, die einer solchen Klage folgen würde, bedeutete zu viele Unannehmlichkeiten. Amerikanische Schmerzensgeldregelungen waren zwar völlig durchgedreht, aber trotzdem wollte er auf diese Weise keine Millionen verdienen. Außerdem brauchte er gar keine.

Eine Zeitlang sah sie ein wenig verwirrt aus, als hätte sie nicht verstanden, daß er nichts verstanden hatte.

Dann erklärte sie es. Sie beschrieb das Ganze sehr schnell und mit einfachen Worten. Der Grund dafür, daß sie einmal das Sorgerecht für ihren Sohn verloren und eine so schnelle Scheidung erreicht habe, im übrigen ohne einen Dollar an Unterhalt, sei ja gewesen, daß sie damals verdächtigt worden sei, so etwas wie eine kommunistische Agentin zu sein. Aufgrund ihrer Verbindung mit einem gewissen jungen Universitäts-Stipendiaten aus Schweden. Ob er sich möglicherweise erinnere?

O ja, er erinnere sich. Nur zu gut. Und?

Sowohl die Scheidung als auch die Regelung des Sorgerechts seien aufgrund äußerst mangelhaft geklärter Voraussetzungen geregelt worden. Der sogenannte kommunistische Agent habe sich kurze Zeit später auf dem Cover der Zeitschrift *Time* als »Mann des Jahres« gezeigt, wie er sich sicher erinnere?

Ja, sagte er seufzend, daran erinnere er sich sehr gut.

Da inzwischen neue Umstände eingetreten seien, die für die Sache so große Bedeutung hätten, daß das Urteil anders ausgefallen wäre, wenn diese Voraussetzungen zur Zeit der Regelung bekannt gewesen wären, sei schon das ein Grund für ein neues Verfahren. Falls Burt überdies eine seltene Rücksichtslosigkeit an den Tag gelegt und sich eines Mordversuchs oder einer versuchten schweren Körperverletzung schuldig gemacht habe, wofür es Polizisten als Zeugen gebe, und wenn Stan außerdem diese Hunde hasse und vor seinem Vater Angst habe ... ob er soweit folgen könne?«

Ja, voller böser Ahnungen folgte er noch.

Ob er ihr bei den Kosten eines solchen Prozesses helfen wolle?

Selbstverständlich, ja, wenn sie sich also wirklich auf eine solche Sache einlassen wolle. Aber ...

Was denn aber?

Sie sah ihn mit aufgerissenen Augen an. Sie war tatsächlich von den Aussichten erfüllt, die sich infolge der tragikomischen Hundegeschichte plötzlich eröffneten. Was denn aber?

Nun, wenn sie sich jetzt vielleicht auf einen Rechtsstreit um das Sorgerecht einlasse, sei schon das ein großer Schritt. Aber wenn sie ihn *gewinne*?

Ob er sich nicht vorstellen könne, ihr Kind so aufzunehmen, wie sie Johanna Louise aufgenommen habe?

Doch, aber das sei nicht allein entscheidend. Johanna Louise wohne in Schweden wie sie selbst. Stan sei ein sechs Jahre alter Kalifornier. Ob er überhaupt nach Schweden ziehen wolle?

Sie erinnerte ihn sanft an das Gespräch, das sie am Christmas Day in San Diego geführt hatten, sanft und ganz und gar nicht aufdringlich. Er habe ja angedeutet, vielleicht könnten sie irgendwann in der Zukunft, irgendwann nach Kalifornien zurückkehren. Er habe doch hoffentlich gemeint, was er gesagt habe?

Natürlich habe er das, wie er schnell bestätigte. Ja natürlich, das sei eine Möglichkeit. Aber als sie darüber gesprochen hätten, sei sie ja dagegen gewesen, denn nach ihren Worten wolle er immer mit Feuer im Haar und Überschallgeschwindigkeit fliegen, und was sie sonst noch gesagt habe. Auch sie habe hoffentlich alles so gemeint?

Natürlich habe sie das, aber jetzt habe plötzlich Gottes Vorsehung in das Geschehen eingegriffen. Es habe so ausgesehen, als ob sie Stan für immer verloren hätte, doch jetzt sehe es nicht mehr so aus.

Er rollte nachdenklich den Verband an seinem linken Unterarm zusammen, möglicherweise, um sie abzulenken und so etwas Zeit zu gewinnen. Er wolle baden, sagte er.

Als er aufstand, um es tatsächlich zu tun, sah er sie an und nickte.

»Okay«, sagte er, »okay, her mit den besten Anwälten Kaliforniens. Mach dich mit allem, was du aufbieten kannst, über diesen Burt her.«

Dann ging er entschlossen zum Wasser hinunter, tauchte, verschwand und blieb so lange unter Wasser, daß sogar Tessie sich Sorgen zu machen begann. Doch dann tauchte sein Kopf weit draußen wieder auf.

Juha Salonen hielt seinen heiligen Schwur drei Wochen lang. Er hatte geschworen, es nie jemandem zu erzählen. Er hatte mit diesem Versprechen sein Leben erkauft und niemals, wie er sich hinterher erinnerte, als alles zerstört war, auch nur im mindesten die Absicht gehabt, den riesigen Finnlandschweden im Stich zu lassen, der ihm das Leben geschenkt hatte. Er hatte nicht vorgehabt, es so werden zu lassen, wie es wurde.

Aber sie hatte ihm ständig in den Ohren gelegen, und überdies hatte er den Verdacht, daß sie ihn betrogen hatte, als er nicht in Ivalo war. Und dann kam noch hinzu, daß er es sich nicht hatte verkneifen können, ihr das Geld zu zeigen, fünfzig Tausend-Dollar-Scheine.

Ich habe es doch nur gut gemeint, redete er sich hinterher ein. Sie hatte nur gelacht, als er sagte, er wolle sich ein kleines Haus kaufen, damit sie ein eigenes Zuhause hätten. Nun, und dann hatte er ihr also das Geld gezeigt, damit sie mit ihrem ewigen Gezeter aufhörte, so was könne er sich gar nicht leisten, er prahle nur. Doch als er ihr das Geld gezeigt hatte, fing sie an zu nörgeln, er habe es vielleicht auf verbrecherische Weise beschafft, denn wie hätte er sonst mit nur einer einzigen Reise nach Murmansk so viel zusammenbekommen können. Und sie wolle nicht mit einem Mann zusammenziehen, den sie für einen Verbrecher halte.

Er hatte zunächst versucht, sich gegen ihre Forderung zu wehren, er müsse alles erzählen. Dann begann er mit ein paar Andeutungen, und außerdem war er an diesem Abend leicht betrunken. Aber da er A gesagt hatte, mußte er auch B sagen, und schließlich hatte er sich in etwas verheddert, was am Ende fast der wahren Geschichte glich. Und als er erzählte, kehrten die Erinnerungen mit aller Macht zurück, und er begann zu weinen. Er schämte sich seiner Tränen und trank immer mehr, und schließlich wußte sie Bescheid.

Natürlich versprach sie, es keiner Menschenseele zu erzählen, nicht mal den Verwandten Jorma Kankonens. Jorma war noch nicht zurückgekehrt, und inzwischen war ja offenkundig, daß er tot sein mußte. Aber sie versprach, nicht einmal darüber etwas verlauten zu lassen. Dann ging alles recht schnell. Ihre beste Freundin ging mit dem Hanswurst von Ivalo, einem kleinen, schwächlichen Typ, der von sich behauptete, er werde Journalist und Schriftsteller werden und nicht arbeiten wie gewöhnliche ehrliche Leute.

Er war trotzdem recht verschlagen, dieser Journalist, oder man hatte ihm in der Redaktion der großen Skandalzeitung entsprechende Ratschläge gegeben, da er die Geschichte zunächst so veröffentlichte, wie er sie gehört hatte, um anschließend Kommentare zu dem zu sammeln, was schon als Tatsache dargestellt worden war. Auch Juha erhielt einen unangenehmen Anruf, der für ihn wie ein Blitz aus heiterem Himmel kam.

Juha erfuhr, was in der morgigen Ausgabe von »7-Päivää« stehen würde, und mußte erst jetzt auf die Frage antworten, ob er seine Freundin belogen hatte. Er antwortete erregt und aggressiv mit nein. Er würde Marja nie anlügen.

Dann stimmte es also?

Nein, das habe er auch nicht gemeint, aber er habe nicht gelogen. Trotzdem wolle er nichts erzählen.

Die Personen in der finnischen Hauptstadt, die ein entsprechendes Angebot erhielten, die Geschichte eines gewissen Juha Salonen zu kommentieren, beherrschten die Situation mit größerer Routine. Die Stellungnahmen von Sicherheitspolizei und Außenministerium waren uneinheitlich. Mal wurde die Geschichte einfach als absurd abgetan, mal hörte man die üblichen Formulierungen über Dinge, die unter gar keinen Umständen kommentiert werden könnten.

Es ist möglich, ja sogar wahrscheinlich, daß die Geschichte da hätte sterben können. Sie war nicht nur sehr unwahrscheinlich und überdies dürftig belegt, sondern auch in einem Blatt von so geringem Ansehen veröffentlicht worden, daß andere Zeitungen sich nur ungern angeschlossen hätten. Nur die Abendzeitungen brachten einige kleine Artikel mit vielen Fragezeichen und Vorbehalten.

Dann hatte es den Anschein, als wäre die Geschichte gestorben. Oben in Ivalo war sie fast nur noch eine Privatangelegenheit, die zwischen den Familien Salonen und Kankonen zu regeln war. Beide waren wie so viele Familien in Nordfinnland der entschiedenen Überzeugung, daß Behörden nur im Notfall hinzugezogen werden sollten, besonders wenn es sich um eine bestimmte Art von Grenzverkehr handelte. Die Jungs waren ja auf Schmuggelfahrt gewesen, das war allen sonnenklar.

Der Pressedienst der russischen Botschaft in Helsinki schnitt die Artikel jedoch natürlich aus, übersetzte sie und schickte sie nach Moskau, der bürokratischen Vergessenheit entgegen, der Material dieser Art anheimzufallen pflegte.

Wie die Geschichte schließlich Boris Jelzin zur Kenntnis gelangte, war niemandem klar, zumindest nicht unter denen, die mit den dürftigen finnischen Zeitungsausschnitten zu tun gehabt hatten. Dennoch geschah es.

Kurze Zeit danach machte Jelzin seinen Schachzug. Er hatte dafür ein Medium von höchster Schlagkraft gewählt. Als die amerikanische Fernsehgesellschaft CNN ihn wegen bevorstehender Bemühungen interviewte, Abrüstungsabkommen zwischen den USA und Rußland zustande zu bringen, beharrte einer der Interviewer darauf, daß die Sicherheit bei Kernwaffen unter russischer Kontrolle wohl nicht die allerbeste sei?

Boris Jelzin erzählte dann in sehr ernstem Tonfall, es habe erstaunlich wenige Versuche Außenstehender gegeben, an russische Kernwaffen heranzukommen. Das beruhe darauf, daß die Kontrollen rigoros seien.

Aber. *Einen* solchen Versuch habe es Ende des vorigen Jahres tatsächlich gegeben, als ein gewisser Gorbatschow bedauerlicherweise noch immer die höchste Verantwortung für die auf dem Territorium der früheren Sowjetrepubliken lagernden Atomwaffen gehabt habe, bedauerlicherweise auch für die in Rußland.

Man habe auf russischem Territorium eine Expedition mit gestohlenen Kernwaffen aufgebracht, die außer Landes hätten geschmuggelt werden sollen. Diese Operation sei in Zusammenarbeit mit den

Nachbarländern Finnland und Schweden erfolgt. Man habe die Schmuggler gefaßt und auf der Stelle hingerichtet, nun ja, offenbar bis auf einen jungen Mann aus Finnland, dem die Flucht gelungen sei. Die Geschichte zeige aber, wie hoffnungslos alle Schmuggelversuche dieser Art seien. Diejenigen, die nicht in Rußland geschnappt würden, würden festgenommen werden, sobald sie auf der anderen Seite der Grenze auftauchten. Sämtliche Nachbarn Rußlands seien mit dieser Zusammenarbeit einverstanden. Nein, es gebe wohl keine sicherere Methode, Selbstmord zu begehen, als den Versuch zu machen, russische Kernwaffen außer Landes zu schmuggeln.

Bei dem eigentlichen CNN-Interview sagte Boris Jelzin nicht viel mehr – das war auch gar nicht nötig, wenn er in erste Linie ein Höchstmaß an internationalem Aufsehen erregen wollte. Dafür sagte er am folgenden Tag in den eigenen Medien um so mehr.

Erstens entwickelte er eine These, die darauf hinauszulaufen schien, daß er Gorbatschow in letzter Minute das Ruder aus der Hand genommen habe, da dessen abenteuerliche Politik in dieser Hinsicht mehr als tadelnswert gewesen sei. Zweitens hoffe er, daß alle aus dieser traurigen Geschichte von Geldgier und mangelndem Verantwortungsgefühl einiger Menschen lernen könnten. Jeder solche Versuch werde mit dem Tod enden.

Drittens erzählte er, daß einige schwedische Offiziere jetzt mit dem neugestifteten Sankt-Georgs-Orden ausgezeichnet werden sollten, vor allem ihr Befehlshaber, ein schwedischer Flottillenadmiral, der Rußland schon früher große Dienste erwiesen habe. Auch ein amerikanischer Staatsbürger werde entsprechend ausgezeichnet werden, da er einen wichtigen Beitrag dazu geleistet habe, dem Komplott auf die Spur zu kommen.

Auf einem Gebiet waren die Folgen von Boris Jelzins Schachzug leicht vorherzusehen, beinahe zwangsläufig. Natürlich folgte jetzt eine Kaskade von aufgeregter Publizität, besonders in den beiden hauptsächlich betroffenen Nachbarländern.

Andere Folgen des Schachzugs erwiesen sich als weniger leicht vorhersehbar, was sich anhand des Stroms diplomatischer Mitteilungen erahnen ließ, die schon bald im Pendelverkehr zwischen Moskau, Washington, Stockholm und Helsinki hin und her liefen.

Für die internationalen Nachrichtenmedien war ziemlich selbstverständlich, welche Fragen schon bald beherrschend sein würden:

Wie nahe war die Welt einer Katastrophe gewesen? Wie groß war das Risiko neuer Versuche, Kernwaffen aus der früheren Sowjetunion zu schmuggeln? Wie werde man die internationale Zusammenarbeit zur Verhinderung einer solchen Schmuggeltätigkeit verstärken können, die Zusammenarbeit, die, wie der russische Präsident gesagt hatte, schon für erfolgreiche Einsätze ausgezeichnet worden sei?

In den beiden beteiligten skandinavischen Ländern sahen die großen Fragen der Debatte ein wenig anders aus; sowohl in Finnland wie in Schweden beherrschten anscheinend eher formale Fragen stärker das Bild als im Rest der Welt. In Finnland lautete die große Frage, wieviel der Präsident von der Sache gewußt habe und weshalb es offenbar schwedisches und nicht finnisches Personal gewesen sei, das an der Rettungsoperation teilgenommen hatte.

So hieß es auf finnisch tatsächlich: die Rettungsoperation. Auf schwedisch hieß es nicht so. Auf schwedisch hieß es meist Massenhinrichtung. Hatten schwedische Militärs an einem Massenmord teilgenommen?

Die gesamte Debatte hatte ihren Ursprung in einigen Interviewfragen, die das Nachrichtenprogramm des staatlichen Rundfunks gestellt hatte, kaum daß Boris Jelzins Worte verklungen waren. Dem Chef des militärischen Nachrichtendienstes beim Generalstab in Stockholm wurde eine sehr einfache Frage gestellt, die auch sehr einfach beantwortet werden konnte:

»Haben Angehörige der schwedischen Streitkräfte das Recht, im Ausland Menschen hinzurichten?«

»Nein, niemals.«

»Unter gar keinen Umständen?«

»Hinrichten? Nein, unter gar keinen Umständen.«

Als die Rundfunkreporter sich dem schwedischen Verteidigungsminister Anders Lönnh näherten, war die Antwort natürlich weniger kristallklar:

»Haben Angehörige der schwedischen Streitkräfte Personen in Rußland getötet, wie der russische Präsident behauptet?«

»Es gibt in der ganzen Welt nicht einen Verteidigungsminister, der eine solche Frage beantworten würde. Ihr kennt die Antwort. Kein Kommentar. Dinge, die unsere militärischen Operationen berühren, kann ich weder bestätigen noch dementieren.«

»Bedeutet das, daß du dementierst, was der russische Präsident erzählt hat?«

»Nein, natürlich nicht. Ich bestätige den russischen Präsidenten nicht, dementiere ihn aber auch nicht.«

Die Frage ging ebenso wie die Antwort mehrmals hin und her, obwohl Frage und Antwort ständig gleich blieben.

Die Beweislage für die Teile der Medien, die einen Prozeß fordern wollten, sowie für die politische Opposition war denkbar gut. Die

Angaben in der finnischen Presse nämlich, die zunächst kein Mensch auch nur ansatzweise ernst genommen hatte, da sie ursprünglich aus einem Organ der sogenannten Herrenpresse stammten, und danach nur von der Abendpresse aufgegriffen worden waren, waren inzwischen ja von keinem Geringeren als Boris Jelzin aufgewertet worden.

Und der finnische Bericht, Juha Salonens kaum verhüllte Erzählung, war in gewisser Hinsicht sehr konkret. Juha Salonen hatte berichtet, wie er und rund zehn weitere Schmuggler dreißig Kilometer auf russischem Territorium von Militärs eingekreist worden seien, die er zunächst für Russen gehalten habe. Als er jedoch die Ausrüstung gesehen habe, sei ihm sofort klar gewesen, daß es sich um westliche Militärs handeln müsse. Man habe sie gefangengenommen und verhört, und er habe mit eigenen Augen und aus nächster Nähe miterlebt, wie einer seiner russischen Kameraden erschossen worden sei. Als er weggelaufen sei, habe er Salven gehört und sich umgedreht und noch eine weitere Person in den Schnee fallen sehen. Dann habe er später noch sechs weitere Salven gehört, sei da aber schon zu weit weg gewesen, um etwas zu sehen.

Die Beweislage, die man jetzt allen möglichen Forderungen nach einer gerichtlichen Untersuchung zugrunde legen konnte, Anhörungen vor dem Verfassungsausschuß des Reichstags und so weiter, war also recht gut.

Die sozialdemokratische Kritik hatte sich folglich die amtierende Regierung als erste Zielscheibe auserkoren und war entsprechend formuliert. Es wäre ein Skandal, wenn eine schwedische Regierung irgendeine Form von Massenmord im Ausland gutheiße, und sei es in noch so löblicher Absicht im Zusammenhang mit Kernwaffenschmuggel und anderem. Es wäre jedoch *auch* ein Skandal, wenn eine Regierung keinerlei Einfluß auf eine militärische Operation von solchem Umfang gehabt habe. Die Angelegenheit müsse folglich auf jeden Fall öffentlich im Reichstag aufgeklärt werden.

Kriminalkommissar Rune Jansson von der Reichsmordkommission hatte ebensowenig wie sein Kollege und Vorgesetzter Willy Svensén während der letzten Tage Zeit gehabt, Zeitungen zu lesen. Sie saßen irgendwo zwischen Sundsvall und Stockholm in einem Zugabteil und dösten. Ihre Unterhaltung war vor rund einer halben Stunde erstorben, und vermutlich saß jeder da und dachte an seine privaten Sorgen. Zumindest vermittelten sie einander diesen Eindruck.

Rune Jansson arbeitete erst seit einem Jahr ausschließlich an Mordfällen. Zuvor hatte er, wie er es aus heutiger Sicht sah, eine Art

Gemischtwarenladen in Sachen Gewaltverbrechen geleitet, nämlich als Chef des Gewaltdezernats bei der Polizei in Norrköping. Doch jetzt waren Morde ein Full-Time-Job für ihn. Er war nicht sicher, ob das ein gutes System war, und als sie zu Hause zum letzten Mal darüber gesprochen hatten, hatte seine Frau an irgendeinem Sonnabend vor dem Fernseher darauf hingewiesen, in den USA hätten sie ja in jeder Stadt eine Art Mordkommission. Es lief gerade eine amerikanische Krimiserie.

Ja, so war es. Gewiß. Doch das lag daran, daß eine amerikanische Stadt in gewisser Hinsicht fast wie ganz Schweden war, zumindest die amerikanischen Städte, die in solchen Serien vorkamen. Norrköping wäre da so etwas wie ein Stadtteil gewesen. Wenn man Schweden also als eine einigermaßen große amerikanische Stadt ansah, war er jetzt also bei der *Homicide division*, oder wie das hieß. Insoweit war alles einigermaßen ähnlich. Der Unterschied bestand darin, daß es zehn Mal so viele Morde aufzuklären geben würde, wenn Schweden eine amerikanische Stadt wäre.

Nein, das System einer Spezialisierung auf Mordfälle war sicher nicht falsch. Es war vielmehr so, daß er die einzige Warnung, die er vor der Versetzung erhalten hatte, nicht ernst genommen hatte: *Du wirst verdammt reisefreudig sein müssen. Du wirst nämlich ständig auf Achse sein. Hast du eine verständnisvolle Familie?*

Es gab zwei Gründe dafür, daß er jetzt bei der Reichsmordkommission in Stockholm arbeitete. Der eine war, daß seine Frau da oben in Stockholm einen Job bekommen hatte und von dort stammte. Der zweite war, daß man ihn für den besten Ermittler in der Provinz gehalten hatte; als er sich zunächst vorsichtig um einen Job beim Gewaltdezernat in Stockholm bemüht hatte, hatte man seine Papiere sofort an die Reichsmordkommission weitergeleitet, weil dort ein Posten unbesetzt war. Jetzt also, so lächelte oder vielmehr grinste er still vor sich hin, hatte er einen Polizeidistrikt, der sich von Haparanda im Norden bis nach Ystad im Süden erstreckte; bis jetzt hatte er jedoch keinen der beiden Orte besucht.

Sie befanden sich auf der Heimreise von einer abgeschlossenen Ermittlung in Sundsvall. Der Mörder saß hinter Schloß und Riegel. Man hatte ihm die Tat nachgewiesen, und er hatte gestanden. Der Rest war Sache des Gerichts.

Sie hatten weniger als vier Tage gebraucht, um ihre Arbeit zu beenden. Im Grunde war dieser schnelle Erfolg ein Schulbeispiel dafür, wie es sein konnte. Kein böses Wort über Bauernpolizisten, wie sein älterer Kollege, dessen Stockholmer Herkunft sich nicht verleugnen ließ, gescherzt hatte. Gleichzeitig hatte er sich dafür entschuldigt (Rune Janssons Norrköpings-Dialekt war nicht zu überhören). Wie gesagt, kein böses Wort über Bauernpolizisten. In einer Stadt auf dem Land gibt es jedoch so verdammt viele Dinge, die einen blind machen. Das ist das eine. Das zweite ist, daß die Kollegen sich ja nicht dauernd mit Morden beschäftigen, wie wir es tun.

Ja, möglicherweise war es ein Schulbeispiel. Eine junge Frau in Sundsvall verschwindet spurlos. Ein verzweifelter Verlobter erstattet Vermißtenanzeige. Die Polizeiermittlung beginnt. Der Verlobte weint. Nirgends ein Motiv zu sehen, auch nicht das des unbekannten Täters, vor allem deshalb nicht, weil es keine Leiche gibt.

Damit wird die Angelegenheit zu einem Vermißtenfall, einem dieser mehr oder weniger unerklärlichen Fälle. In einem kleinen Land wie Schweden verschwinden jedes Jahr rund hundert Menschen. Dabei handelt es sich fast nie um Mord.

Vielleicht war dies der Grund dafür, daß die Polizei in Sundsvall so schnell das Interesse an dem Fall verlor. Aber ein halbes Jahr später nahm sich die Mutter des verzweifelten Verlobten das Leben.

Polizeibeamte, ob sie nun auf dem Land leben oder nicht, sind in hohem Maße Statistiker. Ein unerklärliches Verschwinden und ein Selbstmord sind in einer einzigen Familie eine Auffälligkeit zuviel. Auch das ist ein Schulbeispiel.

Aber was soll man mit einer verschimmelten Ermittlung anfangen, wenn die vermißte Person schon vor einem halben Jahr verschwunden ist? Jetzt ging der Verdacht immerhin schon mehr in Richtung Mord. Der Polizeidirektor in Sundsvall faßte diesen Entschluß selbst. Er griff zum Telefonhörer und rief in Stockholm an.

Bei ihrer Ankunft hatte es den üblichen Empfang gegeben. Große Schlagzeilen in der Lokalpresse, mehr oder minder blutrünstig erwartungsvoll, mehr oder minder feindselig, denn jetzt kamen die Superbullen aus Stockholm, und damit gehe es also um Mord. Und der werde jetzt aufgeklärt.

Willy Svensén, der zweifelsohne der Erfahrenere der beiden war, hatte sich um die Presse gekümmert und das Übliche verlautbart. Nein, wir sind keine Superbullen, möglicherweise haben wir mehr Morde aufgeklärt als unsere Kollegen, da wir ganztägig damit beschäftigt sind. Nein, wir haben keine Anlagen, so etwas wie Sherlock Holmes zu werden, haben aber mehr Routine und verfügen über bestimmte bewährte Systeme, die hier vielleicht zur Anwendung kommen. Nein, wir haben keinen Verdächtigen, denn wenn es so wäre, wären wir vermutlich nicht hier.

Dann hatten sie sich am ersten Tag eingeschlossen und die Akten gelesen, ohne dabei viel miteinander zu sprechen. Sie kommunizierten vielmehr durch kleine Signale, gehobene Augenbrauen, in einem einzelnen Fall durch ein unterdrücktes Lachen, durch Räuspern und deutende Zeigefinger, wenn sie einander die Akten reichten.

Sie waren etwa gleichzeitig fertig geworden. Es war der Kollege Willy, der darauf wartete, daß Rune Jansson mit dem letzten Dokument fertig war. Sie blickten einander forschend an, als wollten sie herausfinden, wer es als erster sagen sollte. Es war dann Willy Svensén, der das Recht des Älteren auf seiner Seite hatte.

»Er ist es, nicht wahr?« sagte er.

»Ja«, bestätigte Rune Jansson, »entweder ist er es, oder wir werden nie einen Mörder erwischen. So, dann können wir loslegen. Wollen wir morgen früh anfangen?«

Sie hatten einige Zeit im Stadthotel gesessen und hin und her überlegt, welche Taktik sie anwenden sollten. Im Grunde gab es da nicht viel zu besprechen. Ihr Mann war derjenige, der bei den Ermittlungen am häufigsten vernommen worden war, und natürlich hatten die Kollegen in Sundsvall diesen Gedanken auch als ersten geprüft. Verlobter, verzweifelter Verlobter, den seine Verlobte verlassen will, was er später bei einer Vernehmung zugibt, als das Thema zur Sprache kommt. Meldet sie selbst als vermißt. Außerordentlich verzweifelt, Seelenkrise, und so weiter, und so weiter. Was natürlich durchaus den Tatsachen entsprechen kann.

Nun, warum hat seine Mutter sich das Leben genommen, vorausgesetzt, die Hypothese trifft zu, daß er der Mörder war?

Weil sie es wußte. Weil sie es nicht mehr ertrug, mit dieser Gewißheit zu leben, der gesellschaftlichen Schande? Oder weil sie gesagt hatte, sie werde sich das Leben nehmen, wenn er sich nicht stelle? Ja, etwas in der Richtung.

Sie würden also damit beginnen, dem Verdächtigen auf den Zahn zu fühlen. Sie erwarteten zwar nicht, daß er gleich zusammenbrach und gestand, obwohl man so etwas nie mit Sicherheit wissen kann. Jedenfalls kaum, weil ein paar Bullen aus Stockholm hier waren, aber immerhin. Es wäre gut, ihn etwas in die Mangel zu nehmen.

Tja, dann ein paar Erbangelegenheiten, finanzielle Verhältnisse, welche Wohnungen, Grundstücke und solche Dinge, die es in der Familie gab oder gegeben hatte.

Am ersten Abend hatten sie ihre Überlegungen früh beendet, kurz bevor der Tanz beginnen sollte, und waren auf ihre Zimmer gegangen, um zu Hause anzurufen und im Fall Rune Janssons mit den

Kindern zu sprechen, um dann später möglicherweise vor einem flimmernden Fernseher einzuschlafen.

Am zweiten Abend bewerteten sie ihre Vernehmungen des Verdächtigen und kamen zu den gleichen Schlußfolgerungen.

Am dritten Morgen fuhren sie zu dem alten Sommerhäuschen der Mutter hinaus. Bisher hatten sie keinen Anlaß gesehen, das großzügig angebotene Personal der Polizei von Sundsvall anzufordern, das man ihnen zur Verfügung gestellt hatte, was bei den Kollegen mit scheelen Augen aufgenommen worden war.

Als sie das kleine rote Sommerhäuschen betraten, fiel ihnen als erstes auf, daß schon lange niemand mehr dort gewesen war. Das konnte ein Anzeichen dafür sein, daß sie sich am richtigen Ort befanden. Entweder sollte verkauft oder renoviert werden. Aber der Sohn war nicht einmal dort gewesen. In einer rosa Kunststoffwanne stand uralter Abwasch. Das Wasser war eingetrocknet und hatte braune Ringe und grün angelaufenes Besteck zurückgelassen.

Sie durchsuchten zunächst das Haus, was schnell erledigt war. Es war ein einfaches Sommerhäuschen, eine Art vergrößerte Ausführung einer uralten Zuckerkiste, und stand auf Pfählen und nicht auf einem gemauerten Fundament. Kein Dachboden, kein Keller.

Auf dem Grundstück befand sich nur noch ein Erdkeller, was ein denkbarer und statistisch recht häufiger Ort war.

Es war Rune Jansson, der als erster den Geruch spürte. Und als sie den Brunnendeckel aus Gußeisen zur Seite gewuchtet hatten und in die Dunkelheit hinunterstarrten, sahen sie sofort die tote Frau.

Sie warteten einige vorläufige Erkenntnisse des Pathologen ab (die Frau war totgeschlagen worden, Wunde am Hinterkopf, schwerer Gegenstand), bevor sie den Staatsanwalt baten, den Mann vorläufig festnehmen zu lassen.

Es erstaunte sie etwas, daß sie sich tatsächlich zwei Stunden lang mit dem Täter abmühen mußten, bis dieser gestand. Dann dauerte es noch eine weitere halbe Stunde, ihm ein paar notwendige Ergänzungen zu entlocken, etwa welche Axt er verwendet hatte, wo er sie versteckt hatte, und solche Dinge.

»Du siehst«, sagte Willy Svensén müde, als sie später als berechnet in ihr Hotel zurückkehrten – die Küche war geschlossen, so daß sie nur ein Leichtbier und Butterbrote in Cellophan aus einem Automaten ziehen konnten – »du siehst: Warum nach dem Abseitigen suchen, wenn man sich genausogut um das Wahrscheinliche bemühen kann? Das ist das eine. Das zweite ist das mit dem flachen Land, du weißt schon.«

»Nein, das weiß ich überhaupt nicht«, wandte Rune Jansson mit übertriebenem Dialekt ein. »Jetzt fängst du schon wieder an, du Stockholmer Scheißkerl. Glaubst du etwa, wir auf dem Land seien dümmer?«

»Ach was! Sie *kannten* den Täter. Netter Bursche, sein Vater war Anwalt, und er selbst studierte Jura. Außerdem war der Alte mit dem Polizeidirektor im Rotary-Club. Na ja, du hast es ja selbst gelesen.«

»Die wollten lieber einen unbekannten Täter«, stellte Rune Jansson fest.

»Genau. Lieber irgendeinen Herumtreiber, gern aus Stockholm. Ein Penner wäre auch nicht schlecht gewesen, alles, aber nicht den, der es tatsächlich war.«

»Und dann kommen diese Superbullen aus Stockholm, die für alle diese Dinge kein Organ haben ...«

»Ja. Und jetzt sind wir schon wieder auf der Rückreise, bevor wir überhaupt mit einer richtigen Untersuchung begonnen haben. Gut, was? Du hast doch Kinder?«

»Ja, das ist schon gut, diesmal jedenfalls.«

»Aber du kommst ja schon nach ein paar Tagen nach Hause statt erst nach einem Monat. Du weißt doch, es kann bis zu einem Monat dauern. Ich weiß noch, da gab's einmal einen ... ach, was soll's.«

Sie nahmen gemeinsam ein Taxi vom Hauptbahnhof zu ihren Büros auf Kungsholmen. Sie hatten schließlich noch einen halben Arbeitstag übrig. Dann ging jeder zu seinem Zimmer.

Sie hatten am Hauptbahnhof jeder eine Abendzeitung gekauft, Rune Jansson *Aftonbladet* und sein Kollege *Expressen*, aber keiner hatte sich im Taxi die Mühe gemacht, mit der Lektüre zu beginnen.

Erst nachdem er eine Zeitlang die Post durchgesehen und einige Telefonzettel sortiert hatte, warf Jansson zufällig einen Blick auf die erste Seite von *Aftonbladet*. Dort befanden sich ein großes Bild von einem alten Bekannten und Schlagzeilen, in denen es um Hinrichtung und Massenmord ging.

Er las die Schlagzeilen und den Text auf der ersten Seite, warf die Zeitung dann aber in der Überzeugung zur Seite, daß wie gewöhnlich nichts wahr sein konnte; Polizisten und besonders Polizisten, die in Mordfällen ermitteln, sind vermutlich die abgehärtetste Berufsgruppe, wenn es darum geht, fehlerhafte Beschreibungen oder wahnsinnige journalistische Theorien dessen zu lesen, womit sie sich selbst befassen.

Er erledigte einige Post, rief zu Hause an und sagte, er werde früher kommen und könne auf dem Nachhauseweg beim Kinderhort vorbeifahren. Als er gerade gehen wollte, läutete das Haustelefon. Es war jemand, den er nicht kannte, vom Gewaltdezernat bei der Stockholmer Polizei, der ihn um einen kurzen Plausch bat. Rune Jansson seufzte, zog sich sein Jackett an und fragte nach dem Weg. Ein Jahr war eine viel zu kurze Zeit, um sich in den verschiedenen Abteilungen der Polizeifestung von Kungsholmen zurechtzufinden.

Carl und Tessie hatten ihr Abschlußdinner schon halb hinter sich, das hauptsächlich aus gegrillten Seekrebsen und der amerikanischen Langustenart bestand. Sie saßen an einem großen Fenster mit Blick aufs Meer. Es war ein warmer Tag gewesen, den sie auf einem gemieteten Motorboot mit Hochseefischerei weit draußen auf See verbracht hatten. Mit dem Fischen hatten sie kein Glück gehabt, aber das machte ihnen nichts aus. Ihre Gesichter und Rücken brannten, weil sie den langen, sonnigen Tag draußen auf dem stark reflektierenden Wasser verbracht hatten, aber sie empfanden es, als gehörte es irgendwie dazu, als ließe es den weißen Burgunder besonders gut schmecken, obwohl er natürlich wie üblich zu kalt serviert worden war. Carl hatte sich wie gewohnt über die Weinkarte lustig gemacht. Die Amerikaner handhabten die Sache sehr direkt. Die Weine wurden nach den Preisen von oben nach unten aufgeführt. Erst kam also ihr Far Niente, dann eine Reihe mehr oder weniger bekannter kalifornischer Chardonnay-Weine, und erst danach tauchte die angeblich zweitklassige Ware in Form von Meursault, Montrachet, Puligny-Montrachet und anderen weltberühmten Größen auf, die nach amerikanischer Ansicht jedoch nie mehr als den zweiten Platz erreichen konnten. Den kleinen Kampf gegen ihren Lokalpatriotismus hatte er schon gewonnen; inzwischen war auch sie davon überzeugt, daß man die gewöhnliche amerikanische Weinkarte auf den Kopf gestellt lesen sollte. Wenn man nicht gerade besondere Gründe hatte, beispielsweise Far Niente zu trinken, weil es mit persönlichen Erinnerungen zu tun hatte.

Sie fand, daß er einen vollkommen entspannten Eindruck machte. Das war ihm daran anzumerken, wie er scherzte und allerlei Unsinn redete. Er hatte sich beispielsweise darüber amüsiert, wie sie einen Werbeslogan übersetzte, der in Key West bis in alle Unendlichkeit abgewandelt wurde. Dort war so manches »Southernmost«: das südlichste Gasthaus, die südlichste Tankstelle oder was auch immer. Sie hatte das *südmeiste* übersetzt, und er hatte lange über die Genialität dieser Übersetzung schwadroniert. Ihr Frühstückslokal hieß Morgans Eatery, was sie mit *Esserei* übersetzt hatte, was ihn erneut zu großer Heiterkeit und überschwenglichem Lob veranlaßte.

Sie hatten die Villa Hemingways besucht, inmitten Hunderter von Katzen, angeblich »echten Nachkommen« von Hemingways Katzen. Bei dieser Gelegenheit waren sie bislang zum ersten Mal ihrer Privatheit beraubt worden, da sich unter den Touristen auch einige Schweden befunden hatten, die plötzlich zu flüstern begannen und auf Carl zeigten, was ihn schnell ungeduldig machte. Er wäre am liebsten gleich gegangen. Andererseits war es jedoch die einzige Erinnerung während der letzten Tage daran, daß es außerhalb des Privaten auch noch eine andere Welt gab. Er hatte kaum Anzeichen dafür gezeigt, sich längere Zeit mit unangenehmen Erinnerungen abgeben zu wollen. Insofern erschien ihr der Urlaub als außergewöhnlich gelungen.

Vor dem Essen hatte sie es endlich geschafft, ihr Fax an die Anwaltskanzlei in Los Angeles abzuschicken; er hatte unterschrieben, ohne daß es in seinem Gesicht auch nur andeutungsweise gezuckt hätte. Und er hatte es mit einem Scherz abgetan, als sie ihn daran erinnerte, welche Kosten jetzt auf dem riesigen Taxameter dieser Anwaltskanzlei zu ticken begannen.

»Wenn wir gewinnen, kommen wir ja ins Plus. Wenn wir verlieren, ist es den Versuch wert gewesen«, hatte er mit einem Achselzucken festgestellt.

Carl hatte sich schon damals, als er zum Schwimmen ins Meer gegangen war, mit der Situation abgefunden. Es lag eine besondere Logik darin, sich große private Sorgen auf die Schultern zu laden, etwas, womit sich gewöhnliche anständige Menschen ständig beschäftigen mußten. Solcher Kummer war menschlich, Sorgerechtsstreitigkeiten und Anwaltskosten. Es war sogar gut, wie er meinte, daß er endlich anfing, sich auch solchen Dingen zu widmen.

Die Frage, ob er nach Kalifornien auswandern sollte, war gewiß schwieriger und wichtiger. Der Vorschlag war überraschend gekommen, und er hatte unwillkürlich damit begonnen, die rein praktischen und ökonomischen Aspekte eines solchen Vorhabens zu prüfen. Obwohl das nicht allzu lange dauerte. Es ging ja nur darum, einige Immobilien zu verkaufen und etwas Geld zu transferieren, praktisch nicht mehr als ein paar Tage Arbeit, vorausgesetzt, er wollte alles legal und in Übereinstimmung mit den Steuergesetzen der beiden Länder abwickeln, und eine andere Möglichkeit kam ihm gar nicht in den Sinn.

Doch das, was nach den praktischen Fragen zu bedenken war, war schon schwieriger. Es ging ja nicht darum, seinen *Beruf* aufzugeben, denn dieser Beruf lief in seinem Fall auf Dinge hinaus, mit denen sich normale anständige Menschen natürlich nicht zu beschäftigen brauchten. Es war eher die psychologische Veränderung, die Tatsache, daß er sein Land verlassen sollte.

Er hatte sich gesagt, daß sie es schließlich auch getan hatte, und zwar ohne zu zögern. Nach einem einfachen Gerechtigkeitskalkül war er jetzt an der Reihe. Wenn es ihr schwergefallen war, in Schweden einen Job zu bekommen, der ihrer Qualifikation entsprach, mußte auch er dieses Problem auf sich nehmen; er lachte über sich selbst. Selbstironie in einer Situation, in der ihm noch vor ein paar Jahren nicht einmal ein feines Lächeln gelungen wäre: Er suchte nicht als Mörder einen neuen Job, sondern als EDV-Spezialist.

Er hatte beschlossen, die ganze Fragestellung bis auf weiteres auf sich beruhen zu lassen, da ohnehin alles davon abhing, wie sich dieser Zivilprozeß in Santa Barbara entwickelte, dessen Ausgang sich im Augenblick unmöglich überblicken ließ. Sobald er die Frage der Auswanderung beiseite geschoben hatte, konnte er sich in behaglicher Seelenruhe der Sonne und dem Fischen widmen, dem Essen und dem Wein und angenehmen Nächten, in denen sie bei offenem Fenster schliefen und das Meer nur fünfzehn Meter entfernt rauschen hörten. Er hatte sich schon lange nicht mehr so wohl gefühlt. Das erstaunte ihn, es erstaunte ihn sogar sehr, doch es war so, und er akzeptierte dankbar seine verbesserten Talente in der Kunst, Unangenehmes zu verdrängen.

Inzwischen war die Mahlzeit weit fortgeschritten, so weit, daß es inzwischen draußen schon völlig dunkel geworden war. Plötzlich erschien der Kellner, der auf einem kleinen Tablett feierlich ein Telefon brachte.

»Was ist denn das?« knurrte Carl und zeigte mit demonstrativer Feindseligkeit auf das drahtlose rosafarbene Telefon auf dem Tablett.

»Telefon für Sie, Sir ...«, erklärte der Kellner mit einer verbindlichen Handbewegung und stellte das rosa Ding auf den Tisch, gleich neben einen Teller mit Krabbenschalen.

»Es scheint wichtig zu sein, Sir. Offenbar vom Stab Ihres Premierministers oder so was«, erklärte der Kellner weiter, als Carl nicht Miene machte, den Hörer abzunehmen.

»Ach ja, ach ja«, seufzte Carl, »und wie funktioniert das Ding?«

»Sie brauchen nur den Hörer abzunehmen und die Antenne herauszuziehen, Sir«, erklärte der Kellner und entfernte sich.

»Ich verabscheue Leute, die bei Tisch telefonieren«, brummte Carl mißvergnügt.

»Laß den Ministerpräsidenten nur nicht zu lange warten. Er kann uns ohnehin nichts Böses antun. Wir fliegen morgen ja sowieso nach

Hause«, flüsterte Tessie ironisch, als könnte man am anderen Ende schon mithören.

»Carl Hamilton«, sagte Carl entschlossen, als er schließlich den Hörer an sich riß. Dann änderte sich plötzlich sein Gesichtsausdruck. Er hielt die Hand auf den Hörer und flüsterte ihr lächelnd zu, es seien nur Åke und Anna. Sie riefen aus Trinidad an. Er erkundigte sich in scherzhaftem Ton, wie es ihnen dort gehe, ob alles gutgegangen sei, als sie ihr gemietetes Haus verlassen hätten. Er wollte wissen, ob die Alarmanlage Ärger gemacht habe, und schien das Gespräch als höchst private Unterhaltung anzusehen, als er nach einer Weile plötzlich überrascht wirkte.

»Nein, wie du weißt, verabscheue ich CNN. Ich sehe mir so was nie an«, sagte er und verstummte. Dann nickte er nur von Zeit zu Zeit, während er zuhörte.

Sie sah nicht, was sich in ihm veränderte, was vielleicht vor allem daran lag, daß sie zu sehr damit beschäftigt war, flüsternd seine Aufmerksamkeit zu wecken, denn sie wollte noch ein paar Worte mit Anna wechseln.

Als er ihr schließlich den Hörer reichte und sagte, Anna sei am anderen Ende schon unterwegs, wandte er sich ab, damit sie ihn nicht sah. Er tat, als blickte er durch das schwarze Fenster aufs Meer.

Wie aus der Ferne, als wäre er gar nicht anwesend, hörte er, wie Tessie mit Anna vom Baden und der Sonne sprach. Dann sagte sie, im nächsten halben Jahr werde sie zum Abendessen nur noch ein einziges Glas Wein trinken, vielleicht nicht einmal das. Vielleicht könnten sie einen gemeinsamen Taufschmaus veranstalten und noch so manches andere, was das Leben angenehm mache.

Åke Stålhandske hatte im Grunde sehr einfache Dinge zu berichten. Rußlands neuer Staatschef Boris Jelzin habe es für richtig gehalten, zahlreiche Details der Operation Dragonfire bekanntzugeben, von denen das wichtigste sei, daß auf russischer Seite sämtliche Männer getötet worden seien.

Es spielte keine große Rolle, welche Motive Boris Jelzin dazu veranlaßt hatten. Er war Politiker und hatte sicher mehr oder weniger begründete oder auch von Wodka getrübte Motive gehabt. In der Sache jedoch bedeutete es, daß Boris Jelzin mit einem Federstrich das aufhob, was sein Vorgänger Gorbatschow ebenso wie Präsident Bush und dessen Ratgeber sowie die schwedische und vermutlich auch die finnische Regierung gemeinsam als absolute Notwendigkeit und schöne Staatskunst vereinbart hatten: Daß dort oben kein Zeuge überleben sollte. Da nie etwas durchsickern durfte.

Das hatte alles so logisch und so notwendig gewirkt. Alle waren sich einig gewesen, jeder einzelne Politiker, unabhängig von dem jeweiligen politischen System. Es war die höchste Wahrheit gewesen, daß der Weltfrieden bestimmte Opfer verlange. Der Beschluß hätte fast einen UNO-Stempel tragen können. Unglücklicherweise mußten bestimmte Offiziere, die in der Kette der Macht und der Entscheidungen ganz weit unten standen, um dieser politischen Einheit willen ein rundes Dutzend Menschen schlachten, zerstückeln und verbrennen. Doch darüber machten sich die Politiker kaum Gedanken.

Diese multinationale Einigkeit hatte Boris Jelzin, ob nüchtern oder nicht, mit einem einzigen Interview in CNN vom Tisch gefegt. Die Schmuggler hätten sehr wohl auf übliche Weise festgenommen werden können, um dann Boris Jelzin, der Öffentlichkeit und den Gerichten übergeben zu werden.

Carl versuchte sich zu erinnern, was für ein Gesicht sein Verteidigungsminister Anders Lönnh gemacht hatte, als sie nach der Rückkehr aus dem Norden zu einem fünf Minuten kurzen Treffen zusammengekommen waren. Neben dem Schreibtisch hatte eine Einkaufstüte des Kaufhauses NK mit Weihnachtsgeschenken in grünem Einwickelpapier mit roten Bändern gestanden. Er schien sehr guter Laune gewesen zu sein.

Carl versuchte sich an jedes Detail ihres kurzen Gesprächs zu erinnern, daran, wie sie über alles gesprochen hatten, ohne viel zu sagen.

»Wie ich höre, ist der Auftrag ohne Mißgeschick durchgeführt worden?« begann der Verteidigungsminister.

»Ja«, erwiderte Carl. »Soweit wir feststellen konnten, haben wir drei Atomsprengköpfe beschlagnahmt. Wir haben soeben aus Moskau die Bestätigung erhalten, daß sich inzwischen alles in Sicherheit befindet.«

»Keine Probleme?«

»Nein, keine Probleme. Sämtliche Befehle sind weisungsgemäß befolgt worden.«

»Und die Geschichte kann nicht herauskommen? Keine Zeugen?«

»Nein, keine Zeugen.«

»Aha. Aber selbst Tote können ja sprechen, wenn ich es zynisch ausdrücken soll.«

»Nicht in diesem Fall.«

»Aha. Nun ja, dann können wir wohl aufatmen, und dann bleibt jetzt kaum mehr zu tun, als frohe Weihnachten zu wünschen.«

Der Verteidigungsminister hatte sehr breit gelächelt, als er Carl die

Hand zum Abschied entgegenstreckte. Carl hatte nichts mehr gesagt und nur eine Ehrenbezeigung gemacht, weil er Uniform trug, und war gegangen.

Das war alles. Somit hatte er seinem Verteidigungsminister berichtet, daß er selbst mit Åke und ihren Untergebenen befehlsgemäß ein Dutzend Menschen getötet, zerstückelt, verbrannt und damit vernichtet hatte. Diese würden nie mehr sprechen können und nicht einmal auch nur mit dem kleinsten DNA-Molekül bei einem noch so tüchtigen Pathologen Verdacht erregen können.

Und jetzt hatte Boris Jelzin all dies für überflüssig erklärt und ausgerechnet in CNN davon geplappert, wie gefährlich es sei, russische Kernwaffen stehlen zu wollen.

Tessie legte den Hörer mit ein paar Fernküssen auf und begann eifrig von den Plänen zu einem gemeinsamen Taufschmaus zu erzählen; mit etwas Glück würde zwischen ihrer und Annas Geburt nur eine Woche liegen.

»Niederkunft heißt das«, entgegnete er heiser. »Geboren bist du ja schon, so daß du keine zweite Geburt erleben wirst, es sei denn, du glaubst an Reinkarnation. Wir warten auf deine Niederkunft.«

»Niederkunft? Blödes Wort, womit soll ich denn niederkommen ...?«

Sie zögerte, als sie in seinem Blick etwas Beunruhigendes wahrzunehmen glaubte.

»Hat Åke etwas erzählt ... Was war denn das mit CNN?« fuhr sie plötzlich in gedämpftem Ton fort.

»Well«, sagte er und atmete tief durch, »dieser Boris Jelzin hat im Fernsehen gesagt, schwedisches Personal habe eine bestimmte Zahl von Menschen im Norden Rußlands getötet, als diese versucht hätten, Kernwaffen außer Landes zu schmuggeln. Bei den Zeitungen zu Hause soll die Hölle los sein.«

»Ist das etwa ein Problem? Es stimmt doch?«

»Ja, natürlich stimmt es.«

»Jaa? Aber was soll dann dieser Lärm? In Rußland gibt es doch sicher ohnehin die Todesstrafe für diese Art Verbrechen gegen den Staat?«

»O ja, sicher ...«, erwiderte er zögernd. »Aber wie du weißt, bin ich kein Anhänger der Todesstrafe.«

Rune Jansson und sein älterer Kollege vermieden es bewußt, von der Mordermittlung zu sprechen, zu der sie jetzt unterwegs waren. Sie hatten zwar noch eine gute Stunde mit dem Wagen zwischen Luleå und Haparanda, aber das wenige, das sie über den Fall wußten, genügte doch, damit ihre Erfahrung ihnen sagte, daß es diesmal nicht leicht werden würde. Zunächst hatte es ja den Anschein, als könnten sie die üblichen Täter unter Verwandten, Freunden und Bekannten ausschließen. Die Mordmethode schien für Täter der üblichen Sorte zu ausgefallen zu sein.

Ihre Erfahrung sagte ihnen überdies, daß es sinnlos war zu spekulieren, bevor sie mehr wußten. Es konnte sogar schädlich sein, wenn man sich in einem zu frühen Stadium in eine bestimmte Idee verbiß. Folglich versuchten sie über andere Dinge zu sprechen.

Sie scherzten eine Weile über »die geballte Faust der Macht«, wie der Volksmund eine schreckliche Metallkonstruktion vor dem Polizeigebäude in Luleå getauft hatte. Der Provinzialpolizeidirektor hatte sehr begeistert ausgesehen, als er von diesem Kunstwerk erzählte. Zuvor hatte er erklärt, weshalb er sich sofort entschlossen habe, sich an die Reichskripo zu wenden, als der Polizeidirektor in Haparanda angerufen und die Situation erklärt habe. Man brauche je kein spezialisierter Mordermittler zu sein, um zu begreifen, daß es sich hier um eine ungewöhnlich giftige Substanz handle. Nun ja, Giftmorde dieser Art seien hier oben in Norrbotten nicht gerade an der Tagesordnung.

In Östergötland und Stockholm auch nicht, versicherten die beiden angereisten Kollegen.

Sie hatten sich entschieden dagegen gewehrt, schon zu Anfang zu viele Leute am Hals zu haben, obwohl der Provinzialpolizeidirektor ihnen großzügige Angebote gemacht hatte. Bevor sie mehr wußten, bestand die Gefahr, daß allzu viele Polizeibeamte nur untätig sozusagen Schlange stehen würden, was leicht zu unzufriedenem Gemurmel über Polizisten aus Stockholm und derlei führen konnte. Zunächst wollten sie nur Personal, das mit Registern und Akten umgehen konnte.

Beide ahnten schließlich, daß dieser Fall lange dauern konnte, und da galt es, gleich zu Anfang sämtliche Unterlagen in perfekter Ordnung zu halten. Die Registratoren würden später am Nachmittag herüberkommen.

In diesem Stadium gab es im Grunde nur eins zu besprechen, und auch das ging schnell. Mit einer sehr einfachen Maßnahme konnten sie wählen, ob sie für ihre Arbeit viel oder wenig Publizität wünschten. Zwar waren Zeitungen ausnahmslos eher lästig als nützlich, besonders, wenn es um interessante Morde ging, es ließ sich aber auch nicht leugnen, daß Zeitungen gelegentlich Zeugen hervorlocken können. Immerhin stand schon jetzt fest, daß es von entscheidender Bedeutung sein würde, Zeugen zu finden.

Die Wahl des Publizitätsniveaus erschien ihnen trotzdem leicht. Es würde durchaus genügen, daß die regionalen Zeitungen ein paar Tage lang darüber berichteten, daß das, was zunächst wie ein tragischer Todesfall ausgesehen hatte, jetzt ein Mord zu sein schien.

Vor allem ein Detail würde die Publizität sofort landesweit machen. Wenn sie auch nur ein Wort darüber verlauten ließen, daß der Mord mit Curare ausgeführt worden war, was, soviel sie wußten, in der schwedischen Kriminalgeschichte bisher nicht vorgekommen war, würden sich innerhalb weniger Stunden mehr als zwanzig Journalisten einfinden. Es würde an einem kleinen Ort wie Haparanda ein ziemliches Gedrängel geben. Keiner der beiden war schon einmal in Haparanda gewesen, aber sie gingen davon aus, daß es dort wie in anderen Kreisstädten aussah.

»Ich glaube, Curare ist schon mal in einer Mordsache vorgekommen, aber damals haben wir den Scheißkerl nicht überführen können«, murmelte Willy Svensén vor sich hin. Er lag fast im Wagen; mit polizeilicher Gesetzmäßigkeit war es Rune Jansson, der Jüngere, der am Steuer saß.

»Es war ein Arzt in Västergötland, nicht wahr? Hast du mit dem Fall zu tun gehabt? Könnten uns die Akten vielleicht weiterhelfen?« fragte Rune Jansson mit plötzlichem Interesse.

»Ich glaube kaum, daß wir viel daraus lernen können«, erwiderte Willy Svensén langsam. Er schien nachzudenken. »Im sozusagen technischen Sinn haben wir den Fall gelöst. Es gab ein Motiv, einen Verdächtigen, außerdem einen Verdächtigen mit Zugang zu Curare.«

»Also einen Arzt?«

»Ja. Er und seine Alte hatten sich ziemlich darüber gestritten, ob sie sich nun scheiden lassen sollten oder nicht. Die Scheidung hätte für unseren mutmaßlichen Täter einige unerwünschte ökonomische Konsequenzen mit sich gebracht. Er war Anästhesist, arbeitete also mit Curare. Sie hatte irgendwo unter der Haut in der Bauchregion eine Injektion erhalten und war auf eine Weise gestorben, die an Erstickungstod erinnerte.«

»Sieht ja gut aus. Aber?«

»Die Pathologen konnten jedoch nicht mit letzter Sicherheit sagen, daß es Curare war. Es soll verdammt kompliziert sein, und wenn ich mich recht erinnere, gab es da irgendeinen Bestandteil, der um das eigentliche Einstichloch herum in ungewöhnlicher Konzentration auftrat. Diese Komponente hätte sehr wohl ein Bestandteil von Curare sein können, war zugleich aber etwas, was der Organismus selbst erzeugt. Etwas in der Art. Folglich wurde dann alles sehr wissenschaftlich, und der Staatsanwalt zog die Anklage zurück. Trotzdem war klar, daß der Arzt der Täter war.«

»Wir sollten uns vielleicht die Unterlagen in den Krankenhäusern der Region vornehmen.«

»Ja, aber laß uns das jetzt erst mal vergessen. Wir werden weitersehen, wenn wir da sind und ein Gefühl für alles bekommen. Hier liegt jedenfalls verdammt viel Schnee.«

»Na ja, du weißt, wie das kommt. Wie es heißt, haben wir wieder einen schneefreien Winter in Schweden, aber damit ist in erster Linie Stockholm gemeint, kaum Norrland.«

»Jetzt wollen wir aber nicht so pingelig sein. Stockholm ist eine nette Stadt.«

»Ich weiß«, schnaubte Rune Jansson, »meine Frau erinnert mich ständig daran.«

Sie warfen einander einen vielsagenden amüsierten Blick zu und schwiegen dann erneut, um sich nicht wieder in eine allzu frühe Diskussion über Dinge zu verwickeln, über die sie nicht sprechen sollten, solange sie nicht mehr wußten.

»Einer der Kollegen vom Gewaltdezernat unten in Stockholm hat mir einen merkwürdigen Vorschlag gemacht«, sagte Rune Jansson nach einer Weile, als er gerade entdeckt hatte, daß sie noch mindestens zwanzig Minuten zu fahren hatten. »Du weißt, die arbeiten an so einer Mafia-Geschichte.«

»Meinst du diese Bomben in den Restaurants? Hat es tatsächlich was auf sich mit diesem Mafia-Gerede? Ich dachte, die Zeitungen hätten sich das nur einfallen lassen, weil die Kneipenbesitzer Italiener sind.«

»Ja, das glaubt er jedenfalls, also der Kollege. Es gibt einfach zu viele Zeugen, die Bescheid wissen, es aber nicht wagen, etwas zu sagen.«

»Obwohl man ihnen ihre Kneipen in die Luft gejagt hat?«

»Genau. Und das ist für uns in Schweden nicht gerade ein typisches Muster. Wenn man weiß, wer einem das Lokal in die Luft gejagt hat, dann singt man und sagt auch als Zeuge aus, wenn es nötig ist. Das Ganze kommt uns also ein bißchen fremd vor.«

»Ja, doch, das könnte man meinen. Aber seit wann glauben die Kollegen da unten im Gewaltdezernat, daß sie unsere Meinung brauchen? Sie sind ja selbst nicht gerade ohne praktische Erfahrung.«

»Nein, aber jetzt geht es eben um was Spezielles. Der Kollege fragte, ob ich die Ansicht von Hamilton einholen könne.«

»Hamilton? Dem Massenmörder?«

»Wieso Massenmörder?«

»Du liest wohl keine Zeitungen, was? Kennst du ihn?«

»Ja. Wir haben uns vor ein paar Jahren im Zusammenhang einer Ermittlung kennengelernt. Der Kollege meinte, Hamilton und seine Leute hätten vor einem Jahr da unten auf Sizilien ganz konkret mit der Mafia zu tun gehabt und ... Ja, also wenn ich ein paar Auskünfte von militärisch kompetenter Seite einholen könnte, sozusagen.«

»Auskünfte?«

»Ja, Auskünfte. Nichts anderes, falls du das glauben solltest.«

»Und worin soll das Problem bestehen? Warum kann dieser Kollege diese beherzigenswerten Auskünfte denn nicht selbst einholen?«

»Ist vielleicht schüchtern, was weiß ich. Möglich ist auch, daß es mir in rein technischer Hinsicht leichter fallen würde. Das Problem besteht aber darin, ob ich so verfahren kann?«

»Du meinst, einen Außenstehenden in eine Ermittlung einzubeziehen?«

»Ja, etwa so.«

Willy Svensén richtete sich leicht auf und überlegte eine Weile. Es schien kein großes Problem zu sein, aber er konnte das Zögern seines Kollegen trotzdem verstehen. Es war immer eine sensible Sache, Außenstehende in eine Ermittlung einzubeziehen, und Hamilton war außerdem ein ganz besonderer Außenstehender.

»Etwa so vielleicht«, sagte er, nachdem er eine Zeitlang nachgedacht hatte. »Einfach ausgedrückt haben wir das Recht, jeden zu hören, von dem wir glauben, er hätte etwas beizusteuern, Strafprozeßordnung 23,62, glaube ich. Es steht natürlich nicht genau so im Gesetzestext, aber in normales Schwedisch übersetzt heißt es so. Nein, ich kann in einer solchen Anfrage nichts Merkwürdiges sehen. Entweder weiß er nichts von Bedeutung, was wohl am wahrscheinlichsten ist. Und dann spielt es keine Rolle. Oder er kann uns irgendeinen Tip geben, der sich als wichtig erweist, und das kann doch nur gut sein.«

Rune Jansson beneidete seinen älteren Kollegen um die Fähigkeit, alle überflüssigen Komplikationen einfach beiseite zu lassen, um die Fähigkeit, sofort zur Sache zu kommen.

Rune Jansson nahm an, daß er genauso werden würde, wenn er diesen Job noch zehn Jahre weitermachte. Irgendwie würde sich die Statistik dann wohl im Gedächtnis festsetzen; Morde sind selten etwas Besonderes.

Sie kamen etwa eine Viertelstunde zu früh in Haparanda an und folgten der einfachen Beschilderung bis zum Fluß hinunter, bis sie umkehrten und vor der Touristeninformation eine Würstchenbude entdeckten. In dem Kiosk sprachen alle Finnisch. Die Schilder waren auch in finnischer Sprache. Die beiden versuchten, ihre Wünsche durch Fingerzeige klar zu machen, bis dem Mädchen hinter dem Tresen aufging, daß sie Schweden waren. Da lachte sie fröhlich auf und klärte sie darüber auf, daß es tatsächlich nicht sehr schwierig sei, auf Schwedisch Cheeseburger zu sagen.

Sie gingen mit ihren Cheeseburgern hinaus und drehten im knirschenden Schnee eine Runde um den kleinen Marktplatz. Vor der Touristeninformation entdeckten sie zahlreiche Straßenschilder, die Haparanda deutlich auf der Weltkarte einordneten. Es waren elfhundertzwanzig Kilometer bis Stockholm, fünfundneunzig Kilometer bis zum Polarkreis und achthundertdreiundzwanzig Kilometer nach Murmansk.

Das Polizeigebäude war größer, als sie sich vorgestellt hatten, ein länglicher zweistöckiger Bau, der nur hundertfünfzig Meter vom Grenzfluß entfernt war. Den Schildern an der Außenseite war zu entnehmen, daß das Gebäude auch die Provinzialverwaltung und das Finanzamt beherbergte.

Der Polizeidirektor erwies sich zu Rune Janssons sichtlichem Entzücken als Mann aus Östergötland, der mit genauso breitem Dialekt sprach wie er selbst. Überdies benutzte er groben Schnupftabak. Wie es schien, würde schon das einige Unannehmlichkeiten der »Superbullen aus Stockholm« aus dem Weg räumen.

Sie saßen eine Zeitlang in seinem Büro, um wie gewohnt mit Kaffee aus staatlichen Kunststoffbechern und einer Scheibe Sandtorte willkommen geheißen zu werden.

Die Geborgenheit aber, die der Östergötland-Dialekt beim Polizeidirektor ausgelöst hatte, erwies sich schon bald als trügerisch. Die beiden begegneten nämlich nicht gerade übertrieben fröhlichen Mienen, als der Polizeidirektor sie in den großen Konferenzraum im zweiten Stock führte, wo sie die Kollegen kennenlernen sollten.

Diese trugen Namensschilder, was vielleicht eine erste Höflichkeit gegenüber den »Stockholmern« sein sollte. Darauf standen Namen wie Pekkala, Kesketalu, Niemi und Usitalo. Die Stimmung ließ sich bestenfalls als vorsichtig abwartend bezeichnen.

Dies war ganz offenkundig Willy Svenséns Job. Er hatte solche Szenen schon oft erlebt und gesagt, was er auch jetzt wieder und noch oft sagen würde.

Er leierte wieder sein altes Sprüchlein herunter. Hier gebe es keine Superbullen, sondern nur Kollegen. Mit dem Unterschied, daß manche ganztägig mit Morden beschäftigt seien. Jetzt gehe es nur darum, der Arbeit ein bestimmtes System zugrunde zu legen, damit sie ungestört in Gang komme. Die Versammlung verhielt sich immer noch abwartend, weder feindselig noch spürbar begeistert.

Eine halbe Stunde später hatten sie sich so aufgeteilt, daß Willy Svensén einige Leute beschäftigte, und zwar mit Dingen, die früher oder später ohnehin getan werden mußten, während Rune Jansson sich zurückzog, um Akten zu lesen.

Die Polizei von Haparanda hatte gewiß alles getan, was man erwarten konnte. Sie hatten den Todesfall festgestellt, den Tatort abgesperrt, Kriminaltechniker aus Luleå angefordert, ein paar Reifenspuren gesichert und so weiter.

Rune Jansson kramte den Obduktionsbericht hervor, las die Bemerkungen über die Todesursache, notierte die bemerkenswert lange Zeit, die zwischen den beiden Zeitpunkten vergangen war, vermutete, daß es etwas mit den Weihnachtstagen zu tun hatte, und entdeckte dann das Gutachten des staatlichen gerichtschemischen Labors in Linköping, also unten in seiner heimatlichen Gegend.

Die Chemiker hatten eine Woche gebraucht, um das Problem zu lösen, doch das erschien Rune Jansson nicht als sonderlich lang. Vielmehr war es beachtlich, daß sie das Problem überhaupt gelöst hatten. Warum war es diesmal gelungen, nachdem dieser Anästhesist, der vor ein paar Jahren seine Frau ermordet hatte, davongekommen war?

Rune Jansson kramte die Telefonnummer des Pathologen unten in Umeå vor, hatte Glück und bekam ihn gleich an den Apparat.

Rune Janssons Frage klang sehr einfach. Sie ließ sich in einigen wenigen Worten zusammenfassen: Wie zum Teufel seid ihr darauf gekommen?

Wie sich herausstellte, war die Antwort bedeutend komplizierter als die Frage. Die Sache sei die, daß man erstens aus guten Gründen einen Mord durch Vergiftung habe vermuten können. Es habe jedoch nur eine begrenzte Menge Material zur Untersuchung vorgelegen, genauer, ein herausgeschnittenes Stück Fleisch aus einem Schenkelmuskel. Bei der Untersuchung jedes Stückchens von solchem Material werde dieses zerstört, und da sich nach der routinemäßigen ersten Suche nach gewöhnlichen denkbaren Giften ein negatives Resultat ergeben habe, sei die Lage knifflig geworden.

Genau, eben, stimmte Rune Jansson zu. Ob es also irgendwelche Tips von der Polizei oder etwas anderes gebe, die den Verdacht auf diese ungewöhnliche Substanz gelenkt hätten?

»Eigentlich nicht«, erwiderte Anders Eriksson. »Das Problem

bestand überdies darin, daß die pathologische Seite der Ermittlung mit dem Material vorsichtig umgehen sollte, bis Informationen der Polizei einen Hinweis auf etwas ergaben, wonach zu suchen war. Die Polizei ihrerseits konnte einen Multbeerendiebstahl nicht einfach zu einem Mord erheben, bevor beispielsweise pathologische Ergebnisse vorlagen, die diese Hypothese stützten.«

»Nein, verstehe. Im Grunde wäre die Polizei also nie von der Stelle gekommen? Aber dieser Polizist, wie heißt der noch? Ach so, Niemi. Ja, dann hat wohl dieser Niemi einige Überlegungen angestellt?«

»O ja, das hat er unleugbar. Er hat sozusagen auf die außerordentlich große Wahrscheinlichkeit eines Mordes hingewiesen. Am Ende blieb nur die Möglichkeit, es auf gut Glück zu versuchen.«

»Auf gut Glück?«

»Ja, der Tod schien ja durch Atemstillstand eingetreten zu sein. Da erschien es mir nicht allzuweit hergeholt zu sein, es mit Succinylkolin zu probieren, ja, mit Curare, einfach ausgedrückt.«

Der Pathologe hatte, wie er erklärte, sämtliche Möglichkeiten mit seinem Kollegen, dem Chemiker, durchdiskutiert. Er fuhr fort:

»Und dann, ja, aber das sollte unter uns bleiben, dann habe ich jedenfalls einiges ›Material‹ mit Curare präpariert und die Proben ins Labor geschickt. Die Chemiker haben es mit verschiedenen Analysemethoden versucht, bis sie eine fanden, die recht brauchbar zu sein schien. Die haben da unten natürlich Literatur zur Verfügung, und jemand hatte einen Aufsatz aus Nebraska gefunden, in dem eine Methode erklärt wurde, wie man auf chemischem Weg Reste dessen nachweisen kann, was einmal Succinylkolin gewesen ist. Das Problem bestand ja darin, daß solche organischen Substanzen abgebaut werden. Hier ging es zum Beispiel in erster Linie um die Frage, anormal hohe Konzentrationen von Bernsteinsäure zu finden und ...«

Schließlich ging es Rune Jansson auf, daß alles auf Vermutungen beruht hatte, zwar auf ungewöhnlich qualifizierten Vermutungen, aber immerhin.

Das war recht bemerkenswert. Ein Vorgehen wie hier wäre in den meisten anderen Fällen der perfekte Mord gewesen. Unmöglich festzustellen, da eine Substanz verwendet worden war, die sich praktisch nicht nachweisen läßt.

Ein Kriminalinspektor war hartnäckig geblieben und hatte einen Pathologen überredet, der wiederum einige Chemiker überredet hatte, nur weil er sie gut kannte. Sie hatten auf das richtige Pferd gesetzt.

Aus diesem Grund und eigentlich nur aus diesem Grund befand sich Rune Jansson jetzt in Haparanda.

Als er aufgelegt hatte, blieb er eine Weile still sitzen, ohne sich zu bewegen. Sie wußten, wann, wo und wie ein Lastwagenfahrer in Haparanda ermordet worden war. Blieb die Frage, warum und warum mit solch einer Methode. Rune Jansson war nicht sicher, ob das Rezept des Kollegen Willy, immer auf das Selbstverständliche loszugehen, diesmal sehr hilfreich sein würde. Denn was war hier am selbstverständlichsten?

Als Carl sein versteckt liegendes Dienstzimmer im Regierungsgebäude Rosenbad betrat, fand er den Schreibtisch mit Akten überladen, die in mehreren Sprachen die Situation in Estland, Lettland und Litauen behandelten. Er hatte das Gefühl, einen schweren und tristen ersten Arbeitstag vor sich zu haben, einen Tag voll mit allerlei Routineangelegenheiten und Papierkrieg. Und genau das gefiel ihm. Er hängte sein Jackett auf, rieb sich ironisch die Hände und setzte sich dann, um die Aktenstapel vorzusortieren.

Die Angehörigen der Sicherheitspolitischen Analysegruppe, drei Mann, saßen in drei nebeneinanderliegenden Räumen in der hinteren und weniger prestigeträchtigen Abteilung von Rosenbad. Die beiden anderen waren Experten für das Baltikum und Finnland, ein Professor und ein Botschafter, die Carl noch nicht näher kennengelernt hatte. Seine eigene Funktion, soweit er sie selbst deutete, bestand darin, die Analysen der beiden zivilen Experten mit harten Daten aus den verschiedenen Abteilungen des Nachrichtendienstes zu untermauern; in der Sprache von Zivilisten konnte man ruhig von einer »Analysegruppe« sprechen, im Jargon von Militärs würde die Abteilung Nachrichteneinheit heißen.

Es war unzweifelhaft, worauf gerade diese Nachrichteneinheit ausgerichtet war. Die Papierstapel vor Carl sprachen da eine deutliche Sprache. Die Kontakte mit der NATO und den USA liefen über das Außenministerium, aber das »Östliche Theater«, wie Carl das Tätigkeitsfeld der Analysegruppe mit einem scherzhaften russischen Begriff getauft hatte, sollte in direkter Anbindung an die Kanzlei des Ministerpräsidenten bearbeitet werden. Carl hatte nichts dagegen einzuwenden. Soweit er es selbst beurteilen konnte, war der Bedarf an nachrichtendienstlichen Erkenntnissen über das »Östliche Theater« bedeutend größer als alles andere, was für Schweden von Interesse sein konnte: Da gab es das Risiko von Bürgerkriegen, die Konsequenzen von Flüchtlingsströmen auf der Ostsee, das große, jeder Kontrolle entzogene konventionelle Arsenal auf der anderen Seite (Kernwaffen befanden sich vermutlich nur noch in Kaliningrad), der

Schmuggel strategisch wichtiger Metalle, die Gefahr, daß das Gangstertum des russischen Imperiums den Weg über die Ostsee finden würde. Es gab also allerlei Kleinigkeiten zu bearbeiten, wenn es um denkbare Szenarien ging, die im Verlauf von Tagen oder schlimmstenfalls Stunden den Einsatz schwedischer Streitkräfte erfordern und damit eine politische Krise auslösen konnten.

Als er einen dickleibigen Bericht über den Ölbedarf des kommenden Winters in Estland beiseite räumte – der Inhalt würde ihn kaum überraschen –, entdeckte er eine Kunststoffmappe mit Zeitungsausschnitten, die ihn in höchstem Maße selbst betrafen. Überall sah er Fotos von sich. Die Sekretärin der Abteilung hatte einen handgeschriebenen gelben Zettel an den Ausschnitten befestigt, auf dem es hieß, »Carl – rate vorläufig von allen Stellungnahmen ab«. Damit war der andere Carl gemeint, nämlich der Ministerpräsident, aber die Zweideutigkeit der Mitteilung ließ Carl zustimmend nicken: Ja, *Carl* rät ganz entschieden von irgendwelchen Äußerungen ab.

Er überflog die Zeitungsausschnitte. Es schien die alte Leier bei schwedischen Journalisten zu sein: Die Hauptsache ertrank in verschiedenen moralisierenden Forderungen nach dem Rücktritt verschiedener Minister und seiner, Carls, Entlassung. Er starrte eine Weile auf die Schlagzeile »MASSENMÖRDER?« über einem Foto von sich und wappnete sich dann, um den Text, der die Anschuldigung erklärte, ruhig und methodisch zu lesen. Als erstes fiel ihm auf, daß die Argumentation sachlich korrekt zu sein schien, was die juristischen und moralischen Aspekte betraf. Dennoch war es reine Theorie. Es würde nie einen Prozeß geben. Nur Verlierer werden vor Gericht gestellt.

Die zweite Beobachtung war einfacher und konkreter. Er verglich schnell mit anderen Zeitungsausschnitten in dem Stapel. Ja, es schien zu stimmen. Die Journalisten hatten keine Ahnung davon, wie viele Schweden da oben beteiligt gewesen waren, wie viele Menschen getötet worden waren, und vor allem wußten sie nicht, was mit den Toten geschehen war. Carl atmete unbewußt auf. Dann schob er die Zeitungsausschnitte beiseite, überlegte es sich, legte sie wieder in die Kunststoffmappe und warf alles in den leeren Papierkorb unter dem Schreibtisch.

Er versuchte, sich zusammenzunehmen, und konzentrierte sich auf den nächsten Bericht des Stapels. Er war in jener Abteilung des Nachrichtendienstes zusammengestellt worden, die eher scherzhaft unter der Bezeichnung »die Reederei« lief. Dort saß Åke Stålhandske als Verbindungsoffizier. Es ging um die Hintergründe dafür, daß Estland, das weder eine eigene metallurgische Industrie besaß noch Metalle erzeugte, dennoch in kurzer Zeit zu einem der weltgrößten Exporteure bestimmter Metalle geworden war, nämlich von Mangan, Chrom, Vanadium und Titan. Der jährliche Export aus Estland belief sich auf ungefähr 238 000 Tonnen.

Carl kritzelte *Diebesgut* an den Rand. Eine andere Erklärung gab es nicht. Der gesamte Handel mit diesen strategischen Metallen war früher durch strenge sowjetische Gesetze geregelt gewesen, und die gesamte Produktion war vom Staat kontrolliert worden. In irgendeiner Form war es wohl immer noch so.

Die Exporteure schienen jedoch Privatpersonen zu sein, genauer: Gangster. Einige Angaben aus der russischen *Moscow News* ließen erkennen, daß im letzten Jahr zahlreiche Unternehmer in der Metallbranche ermordet worden waren. Die sogenannte russische Mafia war dabei, diesen sicher sehr lohnenden Export an sich zu reißen; der Weltmarktpreis von Titan, hauptsächlich aus den USA und Japan, lag bei rund zwölftausend Dollar pro Tonne.

Carl versuchte, zwölftausend Dollar in Rubel umzurechnen, entdeckte aber schnell, daß der Betrag so riesig wurde, daß er keinerlei Aussagekraft mehr besaß.

Ein Eisenbahnwaggon, der angeblich mit Metallschrott beladen war, hatte tatsächlich 42,6 Tonnen reines Titan geladen, wie sich bei einer Kontrolle herausgestellt hatte. Carl rechnete kurz und kam auf einen Betrag von rund einer halben Million Dollar. Überdies war der gestohlene Waggon auf militärischem Gelände angetroffen worden.

Ein lustigeres Beispiel war der Fall der Titan-Spaten. Eine erst vor kurzem gegründete Firma der Branche hatte eine Zeitlang mit Erfolg über Estland Spaten exportiert. Wie jemand auf die Idee kommen konnte, ausgerechnet bei russischen Spaten Exportchancen zu wittern, war unerfindlich. Nach einiger Zeit war der Schwindel jedoch aufgeflogen. Die Griffe der Spaten waren ganz gewöhnliche Holzgriffe, aber die eigentlichen Spaten waren aus reinem Titan gefertigt.

Eine zunehmende Gangsterherrschaft und ein Militär, das sich am Schmuggel beteiligte. Vielleicht hatte Boris Jelzin doch seine Gründe gehabt, an die Öffentlichkeit zu gehen und mit dem Tod zu drohen. Wahrscheinlich hatten rund eine Million Menschen zumindest theoretisch die Möglichkeit, Kernwaffen zu stehlen. Carl hatte die Vision einer anschwellenden Flut sowjetischer Kernwaffen, die in alle Himmelsrichtungen transportiert wurden, kreuz und quer auf die alten Grenzen zu und vielleicht schon bald von Estland übers Meer oder durch die östliche Türkei in den Irak oder wieder durch Finnland.

Er versank eine Zeitlang in Grübeleien, wie sich der Verkehr auf der Ostsee kontrollieren lassen könnte. Technisch war es sicher absolut möglich. Mit Hilfe von Satelliten- und Luftüberwachung würde man eine perfekte Kontrolle darüber aufbauen können, welche Schiffe baltische Häfen verließen. Falls ein deutscher Hafen angelaufen wurde, konnten sie dort kontrolliert werden. Bei der Weiterfahrt durch den Großen oder Kleinen Belt konnte man sie da zur Kontrolle stoppen. Praktische Schwierigkeiten gab es also nicht. Wenn aber Politiker anfingen, das Recht auf freie Seefahrt und ähnliches zu diskutieren, würde es schließlich doch unmöglich werden, wie wichtig die Frage auch erscheinen mochte. Politiker haben nichts gegen Meuchelmorde, sind dagegen sehr empfindlich, wenn es um Verstöße gegen die Gesetze des freien Welthandels geht, besonders bei Tageslicht.

Er wurde in seinen Überlegungen unterbrochen, als die junge Sekretärin der Abteilung – die meisten, die beim Ministerpräsidenten arbeiteten, kamen ihm auffallend jung vor – anklopfte und mitteilte, der Ministerpräsident wolle ihn jetzt gleich zu einem kurzen Gespräch sehen, falls er Zeit habe.

Carl stand auf und zog lachend sein Jackett an. Ob er Zeit habe?

Er ging durch die Korridore und setzte sich vor dem kleinen Wartezimmer mit dem Fikus und blätterte eine Weile in den Zeitungsstapeln. In einem Stapel entdeckte Carl Fotokopien von Ausschnitten aus verschiedenen Wirtschaftsblättern, die jetzt im ganzen Haus herumzuliegen schienen.

Sie wetteiferten in ihren Bemühungen, dem neuen Kabinett Lob zu spenden, und sagten voraus, es seien große Zinssenkungen zu erwarten, äußerten die Meinung, »das Gerede von einer Krise der Industrie ist vielleicht übertrieben«, und andere optimistische Prognosen.

Carl dachte kurz über seine finanziellen Verhältnisse nach, zum ersten Mal seit langer Zeit. Er selbst hatte unter genau entgegengesetzten Erwartungen seine Dispositionen getroffen, denn er glaubte, daß die Zinsen im kommenden Jahr in die Höhe schießen und die Aktienkurse fallen würden. Falls er sich irrte, würde es ihn teuer zu stehen kommen. Er beschloß, seinen Kurs nicht zu ändern, nur weil ein paar Journalisten jubelten. Diesen Leuten fiel es leicht, an einem Tag zu jubeln und am nächsten Tag entrüstet zu weinen. Dennoch war alles am nächsten Tag vergessen.

Ein paar junge Leute, die sich unterhielten, verließen gerade das Zimmer des Ministerpräsidenten. Sie hatten gestreifte Hemden an und sahen aus wie kleine Börsenmakler. Als sie Carl entdeckten, zeigte einer von ihnen mit dem Daumen über die Schulter und erklärte, Kalle warte, er brauche nur hineinzuspazieren. Carl erhob sich und ging zögernd auf die große Doppeltür zu. Er klopfte an, bevor er eintrat.

Der Ministerpräsident stand in Hemdsärmeln da, war auffallend guter Laune und gerade dabei, seinem Pressesekretär heftig gestikulierend etwas zu erzählen. Er hielt fast verlegen inne und murmelte etwas davon, den Rest bei anderer Gelegenheit zu besprechen, bevor er Carl begrüßte und auf einen Stuhl zeigte.

»Hamilton, ausgezeichnet! Setz dich. Wir haben einiges zu besprechen, was nicht so heiter ist.«

»Nicht so heiter wie was?« fragte Carl erstaunt. Es gefiel ihm nicht, beim Nachnamen genannt zu werden. Das hörte sich an wie eine Anrede in einem Internat, was im Grunde sehr gut zum Stil des Ministerpräsidenten paßte.

»So ... ja, wir haben kurz besprochen, wie der Haushalt aufgenommen wurde, und es sieht ja wirklich sehr gut aus. Eine der großen oder schweren Stunden des politischen Lebens, je nachdem, wie es geht. Und jetzt ist es eben gut gegangen.«

»Gratuliere.«

»Na na, wir wollen uns doch nichts vormachen. Du glaubst natürlich nicht an die bevorstehenden guten Zeiten?«

»Nein, wie ich gestehen muß. In meinem Beruf ist es aber besser, zu pessimistisch als zu optimistisch zu sein. Ich nehme an, daß es bei Politikern genau umgekehrt ist.«

Carl hatte kurz geantwortet, nicht im mindesten unverschämt, aber kurz und ohne mit einer Miene zu verraten, welche Gefühle hinter den Worten steckten. Der Ministerpräsident zog es vor, das Ganze als Scherz anzusehen, und lachte auf, während er auf seinen großen Bürostuhl sank, die Hände im Nacken faltete und den Versuch machte, Carls Blick einzufangen. Dieser ließ sich einfangen.

»Nun«, begann der Ministerpräsident, »wir haben hier eine kurze kleine Notiz, die du vielleicht vortragen könntest, Lars?«

Der Pressesekretär, der seinem Chef als Typ sehr ähnlich schien oder es im Lauf der Arbeit geworden war, streckte die Hand nach einem DIN-A-4-Blatt aus und rückte seine Brille zurecht.

»Ja, es geht natürlich um diese Jelzin-Affäre«, begann er konzentriert.

»Jelzin-Affäre?« unterbrach Carl mit aufrichtigem Erstaunen. Ihm ging zu spät auf, daß dies ein ausgesuchter Euphemismus für die *Massenmord-Affäre* war, oder wie die Opposition den Fall bezeichnete.

»Nun ja, ich meine die Äußerungen Jelzins im Zusammenhang mit bestimmten Ereignissen oben im Norden Finnlands, die dir bekannt sein dürften ...«

Carl antwortete nicht, sondern nickte nur leicht zum Zeichen, daß er verstanden und keine weiteren Absichten hatte, den Ministerpräsidenten zu unterbrechen.

Der Pressesekretär erklärte, der Ministerpräsident werde bald an die Öffentlichkeit gehen, um den Fall zu kommentieren. Dabei wolle er folgendes sagen:

»Erstens, daß Verteidigungsminister Anders Lönnh die unmittelbare Verantwortung für bestimmte Operationen schwedischer Militärs nördlich des Polarkreises auf russischem Territorium gehabt hat. Ferner werde ich aber erklären, daß ich die Entwicklung genau verfolgt habe und in jeder Hinsicht mit dem Verteidigungsminister einig gewesen bin.

Zweitens werde ich erklären, daß die Operationen auf einem mit den Regierungen mehrerer Länder ausgearbeiteten Plan beruhen, darunter denen der Sowjetunion und der USA. Schweden hat somit seinen Teil der Verantwortung für eine gemeinsame Aktion von ebenso geheimer wie sensibler Natur übernommen.

Drittens hat Schweden, was inzwischen bekannt sein dürfte, eine besondere Kompetenz, wenn es um schwierige militärische Operationen geht. Es wäre also feige, um nicht zu sagen unverantwortlich gewesen, sich der aus dieser Kompetenz erwachsenden Verantwortung zu entziehen. Es ging darum, eine tödliche Bedrohung durch Kernwaffen zu beseitigen.

Viertens. Chef der Operation ist Flottillenadmiral Carl Gustaf Gilbert Hamilton gewesen, der gegenwärtig als einer meiner Berater dient. Das ist alles.«

Nachdem der Pressesekretär sein Papier auf den großen Schreibtisch zwischen den drei Männern gelegt hatte, blickten die beiden anderen Carl forschend an. Es fiel ihm schwer zu verstehen, warum. Wie üblich hatte er soeben in der gewohnten Politikersprache eine politische Beschreibung der Wirklichkeit gehört. Nichts war Lüge. Ihm war nicht klar, auf welche Reaktion die beiden warteten.

»Irgendwelche Kommentare?« fragte der Ministerpräsident schließlich.

»Ich habe dazu nichts Besonderes zu sagen«, erwiderte Carl zögernd. »Es dürfte wohl so stimmen. Zwar frage ich mich, warum ihr meinen Namen bekanntgeben wollt, aber ich nehme an, ihr habt eure Gründe.«

»O ja«, warf der Ministerpräsident ein. »Dadurch, daß Boris Jelzin von einem schwedischen Kapitän zur See gesprochen hat – er hat deine Beförderung offenbar nicht mitbekommen –, war es ja unausweichlich, daß es zu Spekulationen kommen mußte.«

»Carl meint, daß es den Leuten in dieser Hinsicht nicht schwerfällt, auf die richtige Person zu tippen«, ergänzte der Pressesekretär.

»Genau«, fuhr der Ministerpräsident mit einer steilen kleinen Falte auf der Stirn fort. »Genau. Wir sparen uns eine Menge überflüssiges Gerede, und außerdem werden hiermit ja kaum lebenswichtige Staatsgeheimnisse verraten.«

»Nein, natürlich nicht«, versetzte Carl und richtete sich leicht auf. Er hatte das Gefühl, extrem unbequem zu sitzen, ohne recht zu wissen, warum. Was ihn betraf, würde die Bekanntgabe seines Namens sich weder so noch so auswirken.

»Nun, möglicherweise gibt es auch noch tiefere Gründe«, fuhr der Ministerpräsident geheimnisvoll fort, als er offenbar zu dem Urteil kam, ein Schritt des Gesprächs sei bewältigt. »Du sollst nämlich nach Moskau fahren.«

»Aha?« sagte Carl, da der Ministerpräsident plötzlich innegehalten hatte, als wollte er die Spannung steigern. »Und was soll ich in Moskau tun?«

»Du sollst zwei Dinge in Moskau erledigen. Erstens« – der Ministerpräsident wählte tatsächlich diese Reihenfolge – »sollst du, am liebsten von Boris Jelzin persönlich und gern auch öffentlich, wenn die Russen es so haben wollen, das Sankt-Georgs-Kreuz in Empfang nehmen. Zweitens sollst du im Namen der schwedischen Regierung mit der russischen Führung Gespräche führen über die U-Boot-Operationen der Russen der letzten Jahre in schwedischen Gewässern. Wie wollen versuchen, die Auffassungen der beiden Länder einander näherzubringen. Bisher sind sie ja sehr auseinandergegangen, wenn ich beispielsweise daran denke, was passiert ist, als das russische U-Boot U 137 in den Schären von Karlskrona auf Grund lief.

Unsere Absichten sind leicht zu erklären. Wenn wir uns darauf einigen können, was damals eigentlich passiert ist, das heißt wenn die Russen nachgeben und der schwedischen Deutung zustimmen, können wir zum nächsten Schritt übergehen, nämlich über die *nicht* auf Grund gelaufenen U-Boote sprechen, die Boote, die noch immer in schwedischen Gewässern zu operieren scheinen.«

Als Carl gefragt wurde, was er von diesem Auftrag halte, erwiderte er, er komme ihm leicht und schwierig zugleich vor. Leicht, da er schließlich nur die Regierung seines Landes vertrete und auf bestimmte Fragen klare Antworten haben wolle, was jeder respektieren müsse, mit dem er spreche.

Schwierig, weil jeder Gesprächspartner ihm eine unwahre Antwort geben werde. Entweder aus Unwissenheit oder absichtlich. Carl glaubte nämlich nicht daran, daß die neue russische Regierung die einstige sowjetische Streitmacht unter Kontrolle hatte.

Der Ministerpräsident verbat sich, zwar nicht mit Worten, doch durch sein Mienenspiel, jede Form von Zurechtweisung, wenn es um internationale Sicherheitspolitik ging. Diese Dinge, so ließ er durchblicken, verstehe er selbst am besten. Seinem Mienenspiel war jedenfalls nichts anderes zu entnehmen.

Wie dem auch sein mochte, der nachrichtendienstliche Aspekt war nicht gerade unwichtig. Wenn Carls Gespräche ergäben, daß die russische Regierung die frühere Sowjetarmee nicht mehr unter Kontrolle hatte, sei das eine wichtige Erkenntnis. Und umgekehrt. Außerdem war dies eine goldene Gelegenheit, gerade Carl hinüberzuschicken, den der russische Präsident offenbar dekorieren wollte.

Carl blieb nichts anderes übrig, als zuzustimmen. Die Argumentation war im Grunde unantastbar logisch, und als reiner Spionageauftrag war die Reise keineswegs unwesentlich. Als der Ministerpräsident sah, daß es in Carl arbeitete, und in seinem Gesicht ein Zögern bemerkte und offen fragte, erwiderte Carl, es sei vermutlich nicht von Bedeutung, aber es sei nun mal so, daß man nicht vermeiden könne, von weniger wichtigen Dingen beeinflußt zu werden. So empfinde er ein gewisses Unbehagen bei dem Gedanken an Ordensverleihungen, überdies in einem Zusammenhang, in dem er Gefahr laufe, von Boris Jelzin geküßt zu werden.

Er hatte mit der letzten Bemerkung keineswegs die Absicht verfolgt, komisch zu sein. Er empfand *tatsächlich* starkes Unbehagen bei der Vorstellung, der nach Schnaps stinkende russische Bär könne sich vorbeugen und ihn dreimal küssen, zunächst auf die eine Wange, dann auf die andere und schlimmstenfalls noch auf den Mund.

Die beiden anderen fanden seinen geknurrten Einwand jedoch unwiderstehlich komisch und lachten laut los.

»Apropos diese Sache mit Orden«, begann der Ministerpräsident, als er sich von seiner Heiterkeit erholt hatte. »Da hat sich der finnische Präsident gestern mit einer Anfrage an Anders Lönnh gewandt ... warte!«

Er hielt kurz inne, um seine Brille zurechtzurücken, bevor er fortfuhr. Seine Brille ist vielleicht nicht gewohnt, daß er lacht, dachte Carl aggressiv.

»Ja, also«, fuhr der Ministerpräsident fort, als die Brille wieder richtig saß, »Koivisto wollte wissen, welcher der Schweden ein Riese ist und finnisch spricht. Wir haben ihm geantwortet, Major Åke Stålhandske. Das stimmt doch?«

»Aber ja«, erwiderte Carl schnell, jedoch mit deutlich fragender Miene. »Die Identität Major Stålhandskes ist bisher nie bekanntgemacht worden, und ich frage mich, ob es sehr klug gewesen ist ...«

»Aber, aber!« unterbrach ihn der Ministerpräsident. »Es geht immerhin um den Präsidenten unseres Nachbarlandes. Unter Nachbarn muß unsere Diskretion doch wohl Grenzen haben. Außerdem hatte Koivisto einen interessanten Grund. Er wollte nämlich wissen, wem er den Kommandeursgrad von Finnlands Weißer Rose überreichen kann.«

Carl machte den Eindruck, als verstünde er überhaupt nichts mehr, und die beiden anderen schienen seine Verwirrung mißzuverstehen.

»Wegen dieser Kleinigkeit wollen wir doch nicht eifersüchtig werden«, bemerkte der Ministerpräsident ironisch.

»Natürlich nicht, nein, selbstverständlich nicht. Major Stålhandske ist mein engster persönlicher Freund, aber es kommt mir seltsam vor. Liegt es daran, daß er der einzige von uns mit finnischer Herkunft ist? Aber woher haben die finnischen Behörden das dann erfahren? Finnische Behörden haben doch nicht Bescheid gewußt oder hätten nicht wissen dürfen, wer wir waren, mit Ausnahme meiner Person.«

»Nein«, sagte der Ministerpräsident ruhig, als ginge es um eine Kleinigkeit. »Aber jetzt scheint es so zu sein, daß Major Stålhandske einem finnischen Staatsbürger das Leben gerettet hat, und das dürfte wohl der Grund für die Auszeichnung sein.«

»Wann denn?« fragte Carl mit plötzlicher Nervosität. Er begriff nichts.

»Während der ... nun ja, der Operation.«

»Oben auf der Nordkalotte?«

»Ja, wo denn sonst?«

Carl verkniff sich seine Antwort. Er hätte um ein Haar gesagt, daß kein einziger Mensch die »Operation« überlebt habe. Es wäre jedoch vielleicht irgendwie unpassend gewesen, es dem Ministerpräsidenten zu sagen, falls diesem irgendwann mal die Frage gestellt werden würde, was er wisse und was er nicht wisse. Außerdem war er selbst unsicher geworden.

Es gab nur eine theoretische Möglichkeit. Doch die war andererseits entsetzlich. Er beschloß, das Thema nicht mehr zu berühren.

»Ich bin überzeugt, daß der finnische Präsident einen wohlbegründeten Entschluß getroffen hat«, sagte er leise.

»Ja. Und da wir ohnehin schon über Orden sprechen ... hätten die Sozis sie nicht abgeschafft, hättest du ja schon den einen oder anderen Schwertorden erhalten, und zwar ohne jede Mühe«, scherzte der Ministerpräsident. »Nun, da wir jetzt sowieso beim Thema sind, haben wir ein kleines Problem, was das übrige schwedische Personal betrifft, dessen Identität nicht bekannt ist und auch unbekannt bleiben soll. Ich denke an deine anderen Männer da oben. Die haben ja ebenfalls Boris Jelzins Segen erhalten.«

»Jaa?« sagte Carl und sah plötzlich hoch, als wäre er tief in völlig anderen Gedanken versunken gewesen.

»Ja, da werden wir uns möglicherweise etwas einfallen lassen müssen, aber ich würde vorschlagen, daß du im Namen aller den Ordenssegen drüben entgegennimmst und ihn nach Hause verfrachtest. Dann werden wir sehen, ob wir hier zu Hause die Ordensverleihung in diskreter Form vornehmen können. Ja, das war für den Augenblick wohl alles. Wir haben gleich eine Pressekonferenz über den Haushalt ... aber du schaffst es sicher, innerhalb von ein paar Tagen eine Moskau-Reise vorzubereiten?«

»Selbstverständlich«, sagte Carl und erhob sich, da die beiden anderen es schon getan hatten.

Er nickte und ging schnell mit gesenktem Kopf aus dem Zimmer, um sich auf kürzestem Weg zu seinem Zimmer zu begeben, wo er nach dem Ordner mit Zeitungsausschnitten griff, den er schon in den Papierkorb geworfen hatte.

Er klappte die Mappe auf dem Schreibtisch auf, nahm die Ausschnitte heraus und drehte den Haufen um, so daß die ältesten Artikel oben landeten. Er zögerte jedoch eine Weile, bevor er zu lesen begann. Die Erklärung mußte in den älteren Zeitungsausschnitten zu finden sein, bevor er selbst und die Frage nach Gesetz und Mord zur Hauptsache geworden waren. Er war sich nicht sicher, ob er es überhaupt wissen wollte, aber jetzt gab es kein Zurück mehr.

Wenn Åke Stålhandske einem finnischen Staatsbürger während der Operation das Leben gerettet hatte, gab es nur eine Möglichkeit.

Einer von ihnen hatte zu fliehen versucht. Carl überlegte. Er selbst hatte Åke Stålhandske in diesem Augenblick gestoppt. Åke hatte seine Maschinenpistole schon erhoben. Wenn er nichts gesagt hätte, hätte Åke geschossen. Als er ihm dann den Befehl gab, den Ausreißer einzufangen, hatte Åke nicht wissen können, daß er die Verfolgung allein aufnehmen sollte. Carl hätte ebensogut zwei anderen den Befehl geben können.

Nein, es war nicht möglich. Åke konnte unmöglich mit diesem

Finnen unter einer Decke gesteckt haben. Er war jedoch hinter ihm hergefahren und hatte so getan, als ob er ihn umgebracht hätte. Er hatte sogar bei dreißig Grad unter Null gebadet, um das Ganze glaubwürdig erscheinen zu lassen, was ihm ja auch gelungen war. Und dann hatte er gelogen.

Er hatte den Finnen laufen lassen und Carl deswegen angelogen. Wenn es aber etwas Politisches gewesen war? Wenn Åke aufgrund finnischer Anweisungen oder aus ähnlichen Gründen gehandelt hatte, würde der Staatspräsident Finnlands doch nicht so indiskret sein, seinem Mitarbeiter einen Orden umzuhängen?

Carl holte tief Luft und blätterte dann schnell die Zeitungsausschnitte durch. Er fand fast sofort, was er suchte.

Der Grund für die ganze Geschichte war eine Mann namens Juha Salonen. Ein unscharfes Foto, das aus einer anderen Zeitung stammte, klärte Carl sofort über Juha Salonens Identität auf. Carl würde nie eins dieser Gesichter vergessen. Er konnte ohne weiteres die Augen schließen und sie alle genauso deutlich vor sich sehen, als ginge er in eineinhalb Meter Entfernung an ihnen vorbei, genau wie damals. Juha Salonen war ohne jeden Zweifel der Schmuggler, der einen Ausreißversuch gewagt hatte und den Åke Stålhandske hatte einfangen und zurückbringen sollen. Oder einfacher, er hätte ihn auch zwingen können, aus eigener Kraft zurückzulaufen, um ihn nicht tragen oder schleifen zu müssen.

Statt dessen hatte er den Mann laufen lassen, freiwillig ein eisiges Bad genommen und war mit einer Geschichte zurückgekehrt, sie seien im Wasser gelandet und der andere sei unter dem Eis verschwunden.

War es denkbar, daß Åke alles mißverstanden hatte, obwohl der andere gestorben war? Nein. Es war unmöglich. Niemand kann bei dreißig Grad unter Null zu Fuß überleben, dazu ohne Ausrüstung und Proviant und mit dreißig Kilometer Fußmarsch bis zur Grenze. Åke hatte ihm seine Skier, seine Handschuhe und seine Mütze gegeben, so daß der Mann sich trockenen Fußes hatte aus dem Staub machen können. Eine andere Möglichkeit gab es nicht.

Es blieben zwei Fragen. Einmal mußte Carl herausfinden, warum, zum anderen galt es jetzt, den Abschied von Major Åke Stålhandske beim OP 5 zu betreiben.

Carl schaltete seinen Computer ein und begann mechanisch, ein offizielles Schreiben an den Chef des OP 5, Samuel Ulfsson, zu formulieren, in dem er eine interne Untersuchung verlangte, damit man sich eine Meinung darüber bilden könne, welche disziplinarischen

Maßnahmen aus Anlaß dieses schwerwiegenden Falls von Insubordination zu ergreifen seien.

Er beendete den Brief jedoch nicht. Als er fast fertig war, überflog er noch einmal, was er geschrieben hatte. Obwohl seine Worte auf dem Bildschirm nur ein paar Minuten alt waren, erkannte er sie nicht wieder. Es kam ihm vor, als hätte ein anderer sie geschrieben. Es sah aus wie ein Schreiben aus der Kanzlei des Ministerpräsidenten und nicht wie ein Brief von ihm selbst an Sam. Nach kurzem Zögern löschte er den ganzen Brief und griff zum Telefon. Er überlegte kurz, bevor er die Nummer wählte, wer den Telefonverkehr von Rosenbad eventuell abhörte und was das für Konsequenzen haben konnte. In diesem Fall jedoch im Grunde keine.

Er verzichtete trotzdem auf den Anruf und beschloß, sich statt dessen persönlich zum Generalstab zu begeben, um unter vier Augen mit Samuel Ulfsson zu sprechen. Das mußte er ohnehin tun, da sie sich nach der Operation Dragon Fire oder den »Ereignissen auf der Nordkalotte«, wie es mit den Worten des Ministerpräsidenten hieß, noch gar nicht getroffen hatten.

Er sah auf die Uhr, um zu sehen, ob er sich verspäten würde und ob er Tessie anrufen und es ihr sagen sollte.

Ihm graute davor, sie anzurufen. Er wagte es ganz einfach nicht. Sie hatte davon gesprochen, Åke und Anna so schnell wie möglich einzuladen. Und im Augenblick wußte er nicht, wie er sich vor einer solchen Einladung drücken sollte.

Außerdem hatte er schlechte Nachrichten in Form einer bevorstehenden Reise nach Moskau.

3

Rune Jansson spürte buchstäblich, wie er mit leichteren Schritten ging; es war eine gesunde Woche mit nur wenig Alkohol gewesen. Kollege Svensén war in dieser Hinsicht für die Zusammenarbeit ideal geeignet, da er in seinem Alter schon in genügend Hotels herumgesessen hatte. Vor zwanzig Jahren, so hatte er nebenbei erklärt, hätten ihn die Tanzabende schon manchmal in Versuchung gebracht. Doch das sei lange her, und jetzt könne er nicht mehr klar denken, wenn er sich am Abend zuvor abgefüllt habe.

Er spazierte den Marktplatz hinunter und ging dann bis zur Strandgatan, wo er nach links in Richtung Polizeigebäude einbog. Es war zwar nur ein Spaziergang von zehn Minuten, doch an den letzten beiden Tagen hatte ein steifer Nordwind geherrscht, der einem unten am Flußufer durch Mark und Bein ging. Heute war es windstill, zwar noch immer völlig dunkel, aber klar, und die Luft war von klirrender Kälte. Er atmete ein paar Mal tief durch; vermutlich war es der letzte Arbeitstag, bis er wieder zu den Abgasen der Hauptstadt hinunterfahren mußte. Sie waren grundsätzlich fertig. Den Mörder oder die Mörder hatten sie zwar noch nicht überführt, aber so wie die Sache jetzt aussah, schien das nur eine Zeitfrage zu sein. Jetzt war jedenfalls nichts mehr unbearbeitet bis auf die Spur, die direkt zu den Tätern führte.

Es war alles in allem eine gute Woche gewesen. Sie hatten den Widerwillen der Kollegen gegen Stockholmer und Superbullen sowie jene anderen gefühlsmäßigen Vorbehalte schnell abgebaut, die Rune Jansson aus eigener Erfahrung recht gut verstand. Sie hatten sich ganz einfach durch ihre Arbeit Vertrauen erworben, worauf die zunächst etwas sauren Finnen – sie bezeichneten die Kollegen oft scherzhaft als Finnen, was sie in mancher Hinsicht wohl auch waren – zwar nur allmählich, aber sichtlich aufzutauen begannen.

Der größere Teil des Polizeigebäudes war dunkel. Er mußte die Wache rufen, um hineinzukommen, nickte freundlich, seit kurzem entspannt freundlich, als er an dem Posten vorbeiging. Er ging zu seinem Zimmer hinauf und machte Licht.

Auf dem Schreibtisch stand jetzt eine Batterie von Aktenordnern, die ungefähr eineinhalb Meter breit war. Er strich mit der Hand zufrieden über die Rücken der Ordner. Es war eine ordentliche Ermittlung.

Sie hatten nach der gewohnten alten Methode gearbeitet und die

Aufklärungsarbeit in verschiedene Abschnitte aufgeteilt. Dann hatten sie auf jeden einzelnen Abschnitt Leute angesetzt, als hätten sie bei Null angefangen, ohne es sich anmerken zu lassen.

Unter dem Abschnitt D befand sich alles, was mit Behörden in Finnland oder Schweden zu tun hatte. Darunter waren alle Krankenhäuser aufgeführt und deren Vorräte an Succinylkolin sowie die Beschreibungen von Zollbeamten über Abfertigungsmaßnahmen an der Grenze, Bleiplomben und ähnliches, Dinge, die mit dem grenzüberschreitenden Verkehr zu tun hatten. Hier fanden sich auch die beredten Schilderungen anderer Fahrer, wie einfach es sei, Verbrechen zu begehen. Bemerkenswerterweise öffneten die russischen Zollbeamten meist nur die Hecktüren der großen Kühlwagen, um festzustellen, daß sie wie üblich von oben bis unten mit Multbeerenkartons beladen waren; wenn sie dann ein paar Stangen amerikanischer Zigaretten erhielten, machten sie keinen weiteren Handschlag. Wenn Rune Jansson die Prozedur richtig verstanden hatte, reagierten die russischen Zollbeamten nicht so sehr auf das Schmuggelrisiko, sondern vielmehr auf das Risiko, keine Zigaretten zu bekommen. Für sie war es eher eine Grundsatzfrage, keine Ladung zu kontrollieren, wenn sie Zigaretten bekommen hatten, und umgekehrt: Wenn sie keine erhielten, wurden penible und zeitraubende Kontrollen vorgenommen.

Die Schmuggelmöglichkeiten mußten unbegrenzt gewesen sein, möglicherweise für alles außer Menschen. Die Reise von Murmansk dauerte bei schlechtem Straßenzustand manchmal achtzig Stunden, und nur wenige Menschen würden diese Zeit in einem tiefgekühlten Multbeerenkarton heil überstehen.

Irgend etwas hatte der gute Lasse Holma geschmuggelt, das schien festzustehen. Obwohl er sich bestimmt nicht vorgestellt hatte, in Curare bezahlt zu werden statt in gutem Geld.

Im Aktenordner F, in dem alles stand, was über das Opfer bekannt war, fanden sich Lasse Holmas Zukunftshoffnungen praktisch schwarz auf weiß. Diesen Abschnitt hatte dieser Niemi geklärt. Ein begabter Polizist. Rune Jansson mochte ihn sehr.

Eigentlich hatte Rune Jansson Holmas enge Freunde und Angehörige selbst vernehmen wollen, da es schwierige Verhöre waren. Das erwies sich jedoch schnell als unmöglich. Er konnte nicht Finnisch sprechen, und in dieser Situation wäre es ihm schwergefallen, auf Schwedisch Vertrauen zu schaffen. Es ist nicht leicht, sich Angehörigen und Freunden mit Fragen zu nähern, die darauf hindeuten, daß der fragliche Freund, Vater oder Ehemann nur deshalb den Tod gefunden hat, weil er in ein schweres Verbrechen verwickelt gewesen ist.

Dieser Eino Niemi hatte das Problem jedoch mit erstaunlicher Geschmeidigkeit gelöst. Rune Jansson nahm sich einen Abschnitt vor, in dem es um die verschiedenen Verhöre mit der Frau des Ermordeten ging. Sie hieß Liisa und wohnte auf der anderen Seite, also in Tornio. Sie war Finnin, obwohl sie vermutlich recht gut Schwedisch sprach.

Nachdem er zwei Tage lang behutsam mit ihr gearbeitet hatte, hatte Niemi genau das aus ihr herausgelockt, was man erwarten konnte, obwohl er sich nicht sonderlich darum bemüht zu haben schien und die Witwe bei den Vernehmungen nicht einmal bedrängt hatte. In den vorhandenen Protokollen, die zum Teil übersetzt worden waren, damit die »Stockholmer« sie lesen konnten, nahmen sich die Verhöre gelegentlich eher wie therapeutische Gespräche als wie Polizeivernehmungen aus. Sehr geschickt gemacht.

Die Summe des Ganzen ließ sich recht kurz und einfach ziehen. Lasse Holma hatte rund einen Monat vor seinem Tod angefangen, von fabelhaften Urlaubsreisen mit der ganzen Familie zu sprechen, unter Umständen schon zu Weihnachten. Er hatte schon immer Trinidad sehen wollen, wollte unter Palmen liegen und hören, wie die Wellen der Karibik an den Strand schlugen, im Sonnenschein in einem offenen Cadillac herumfahren und dergleichen mehr. Außerdem wollte er das Haus renovieren lassen; Eino Niemi hatte nach und nach den gesamten Renovierungsplan für das kleine Holzhaus in Kalliopudas auf der anderen Seite des Flusses erfahren. Hinterher hatte er sich bei einigen Bauunternehmen erkundigt und eine Kostenberechnung angestellt. Wenn Lasse Holma nicht verrückt geworden war, hatte er eine plötzliche Einnahme von etwa einer halben Million erwartet.

Er hatte vermutlich etwas geschmuggelt, was eine Belohnung von einer halben Million verdiente und wofür sich sogar ein Mord lohnte.

Rune Jansson liebte die Details. Die Ermittlungen waren ein Bau, bei dem man Ziegelstein auf Ziegelstein legte, oft ohne gleich zu wissen, daß etwas Bestimmtes wichtiger war als etwas anderes, aber dennoch wurde ein Ziegelstein auf den anderen gelegt, so daß nach und nach ein fertiges Haus entstand.

Auch Dinge, die an und für sich nur Fehlschläge waren oder ins Leere führten, waren Ziegelsteine bei diesem Bau. Wie beispielsweise eine Erkenntnis, die Eino Niemi bei seiner sehr ehrgeizigen Ermittlungsarbeit mit Hilfe von finnischen Kollegen gewonnen hatte. Er hatte nämlich entdeckt, wo in der Nähe von Rovaniemi an der Straße und zu ungefähr einer bestimmten Zeit am 21. Dezember Wiener Schnitzel mit grünen Erbsen serviert worden waren. Man hatte das Lokal gefunden und sogar beweisen können, daß Lasse Holma seine letzte Mahlzeit genau dort eingenommen hatte. Mehr hatte man jedoch nicht herausgefunden.

Ähnlich war es bei dem nächsten finnischen Ermittlungsabschnitt. Zwar war vor zwei Jahren in einem Krankenhaus in Helsinki Succinylkolin gestohlen worden, ohne daß jemand dafür verurteilt worden war. Nach einigen Telefonaten mit den Kollegen in Helsinki kam jedoch heraus, welche Leute das Curare gestohlen hatten und warum. Es waren gewöhnliche Drogensüchtige, die auf ganz andere Dinge aus gewesen waren, die sie noch nicht einmal hatten konsumieren können, als sie festgenommen wurden. Einige der Arzneimittel hatten sie vermutlich weggeworfen, als ihnen aufging, daß es sich nicht um Narkotika handelte. Infolgedessen waren sie wegen der Drogen verurteilt worden, die sie bei sich gehabt hatten, aber nicht wegen des nebensächlichen Details Curare.

Im übrigen funktionierte die Zusammenarbeit hier oben mit den finnischen Kollegen bemerkenswert gut. Niemi und die anderen griffen einfach zum Telefon und sprachen eine Zeitlang Finnisch. Dann legten sie einfach wieder auf, nickten nachdenklich und sagten, ja, es werde schon alles in Ordnung kommen. Hätte man irgendwo anders in Schweden das gleiche Manöver versucht, wäre die Angelegenheit erst an die Reichskripo in Stockholm gegangen, dann an die entsprechende finnische Behörde, schließlich zum fraglichen Polizeidistrikt und dann auf dem gleichen Weg zurück, bestenfalls in einer Woche.

Rune Jansson hatte selbst den Abschnitt G des Registers verantwortet, in dem es um die Zeugen ging. Es war kein Zufall, daß er selbst die Hauptverantwortung gerade dafür übernommen hatte, so wie es auch kein Zufall war, daß Kollege Willy den Abschnitt betreute, der unter der wenig spannenden Bezeichnung I lief, Inlandsfahndung. Auf beiden Gebieten konnte man sich einen Durchbruch vorstellen, und auf beiden Gebieten hatten Disziplin und Fleiß auch ihren Lohn erhalten.

In diesen beiden Gebieten hatten die sichtbarsten Schwächen gelegen, die sie nach ihrer Ankunft in Haparanda entdeckt hatten, als sie ihren ersten, sehr langen Arbeitstag hinter sich brachten und zusammenfaßten, was geschehen und was nicht geschehen war.

Es heißt immer, die Polizei »klopfe an Türen«, was eine Wahrheit mit einigen praktischen und geographisch bedingten Modifikationen ist. Wenn sich in einem Hochhausviertel außerhalb Stockholms ein Verbrechen ereignet, gibt es viele Türen, an die geklopft werden muß.

Hier in Haparanda gab es zwei, und es wurde sehr schnell angeklopft. Keiner hinter den beiden Türen hatte etwas gesehen. In dem einen Fall aufgrund mangelnden Sehvermögens, in dem anderen entweder aufgrund mangelnder Beobachtungsgabe oder mangelnden Vertrauens in die Polizei. Im Hintergrund spukte wohl irgendein alter Fall von Wilderei.

Rune Jansson hatte deshalb schnell die Operation »An Autotüren klopfen« organisiert. Die Polizei errichtete eine Art Straßensperre am Tatort, und zwar beginnend eine Stunde vor dem Zeitpunkt, zu dem der Mord geschehen war. Dann wurde jeder Wagen angehalten. Man erklärte den Fahrern, es sei *keine* Verkehrskontrolle, und fragte dann, ob sie oft hier vorbeikämen und auch am 21. Dezember um etwa diese Zeit hier vorbeigefahren seien (»An dem Abend lief im Fernsehen das und das, als du nach Hause kamst«). »Hast du hier einen Lastwagen stehen sehen? Hast du noch etwas gesehen?«

Es dauerte ein paar Tage, bis Ergebnisse kamen. Und wenn man dann die drei Zeugenaussagen zusammenlegte, die von Bedeutung zu sein schienen, erhielt man ein gutes Ergebnis:

Zeuge Nummer 1 hatte den Fernlaster der Firma NORRFRYS gerade in dem Augenblick gesehen, in dem dieser parkte. Dem Fahrer war aufgefallen, daß der Laster sozusagen aus der falschen Richtung kam. Die Uhrzeit ließ sich mit Hilfe des Stempels der Stechuhr feststellen, die der Zeuge beim Verlassen seines Arbeitsplatzes betätigt hatte, und zwar bis auf wenige Minuten genau.

Zeuge Nummer 2, der seine Beobachtungen zu einem späteren Zeitpunkt gemacht hatte, hatte zwei Laster gesehen, die Hecktür an Hecktür geparkt waren, so daß man leicht etwas von einem Laderaum in den anderen hätte umladen können. Dieser Anblick hatte eine mehr oder weniger obszöne Phantasie ausgelöst und war dem Zeugen daher im Gedächtnis geblieben. Der eine Fernlaster war von NORRFRYS gewesen, denn diese Laster kannte in der Gegend jeder. Der andere war blau lackiert, wahrscheinlich dunkelblau, ohne irgendwelche Aufschriften. Der zweite Wagen sei genauso groß und mit dem anderen beinahe identisch gewesen.

Zeuge Nummer 3 war aus der anderen Richtung gekommen und hatte die beiden Laster dort stehen sehen. Er hatte zunächst geglaubt, daß der Laster, der entgegen seiner Fahrtrichtung stand und aus

Luleå gekommen zu sein schien, finnische Kennzeichen gehabt habe. Er hatte dies irgendwie assoziiert, doch dann sofort seinen Irrtum erkannt. Es hatte mit den drei Buchstaben des Kennzeichens zu tun, APU. Er habe, wie er sagte, das Wort instinktiv gemurmelt und erst danach bemerkt, daß es ein schwedisches Nummernschild gewesen sei; aus einiger Entfernung läßt sich der Unterschied nicht leicht erkennen. Und diese scheinbar so unwichtigen Dinge seien ihm deshalb im Gedächtnis haften geblieben, weil er zunächst auf finnisch falsch gedacht habe, bis er seinen Irrtum erkannte. Ja, es könne schon stimmen, daß der unbekannte Fernlaster blau gewesen sei oder zumindest von dunkler Farbe.

Zwei Tage eintöniger und weitgehend undankbarer Arbeit einiger Polizeibeamter draußen am Straßenrand waren folglich mit großer Wahrscheinlichkeit der Schlüssel zu den gesamten Ermittlungen. Ein paar Ziegelsteine, die in diesem Augenblick jedoch als schwere Felsbrocken empfunden wurden; Verkehrsteilnehmer sind nicht gerade guter Laune und aufmerksam, wenn sie von roten Blinklichtern angehalten werden und Uniformen sehen, auf denen überall das Wort POLIZEI steht.

Ein Fernlaster, vermutlich ein Scania, mit einem Kennzeichen, das mit den Buchstaben APU begann.

Das mußte Willy Svensén übernehmen, Registerabschnitt I wie bei Inlandsfahndung. Das war eine Arbeit, die Kollege Willy schon oft gemacht hatte, und er brauchte nur etwas mehr als einen Tag, um den Lastwagen ausfindig zu machen. Er gehörte einem Fuhrunternehmen in Örebro. Über das Handelsregister, das Steuerregister und einiges andere bekam man unter anderem heraus, wer die Eigentümer waren, wie die Angestellten hießen, und so weiter. Außerdem verwendeten die Fahrer Tank-Kreditkarten der BP.

Darauf folgte eine zeitraubende Operation, nämlich mit Hilfe sämtlicher BP-Tankstellen zwischen Haparanda und Örebro auf mehreren denkbaren Routen festzustellen, ob das verdächtige Fahrzeug in dem kritischen Zeitraum betankt worden war oder ob der Fahrer für andere Dienstleistungen bezahlt hatte. Diese Arbeit dauerte drei Tage. Willy Svensén mußte die Hilfe der verschiedenen Polizeidistrikte in Anspruch nehmen, über deren Gebiet die denkbaren Routen führten. Schließlich hatten die Beamten Erfolg. In unserem computerisierten Zeitalter ist jede einzelne Kreditkarten-Transaktion an jeder Tankstelle zumindest rund einen Monat später für mehr oder weniger befugte Computer-Auskünfte erreichbar.

Der verdächtige Wagen hatte am 21. Dezember kurz vor Mitternacht in Östersund getankt. Auf der restlichen Strecke nach Örebro hatte es keine weiteren registrierten Halte bei Tankstellen oder Kneipen gegeben. Das war auch gar nicht mehr nötig.

Damit würde die Ermittlung nach Örebro verlagert werden, da es jetzt mit Hilfe der verschiedenen Kreditkarten des Unternehmens darum ging festzustellen, welcher Fahrer in Östersund gewesen war. Damit hatte es jedoch keine Eile. Jetzt ging es vielmehr darum, die weiteren Ermittlungen sehr behutsam zu führen, damit die möglichen Täter, die sich jetzt schon allmählich sicher fühlten, keinen Anlaß bekamen, ihre Meinung zu ändern. Sie sollten die Gefahr erst ahnen, wenn es zu spät war.

Das war eine neue Phase. Die Planung würde wahrscheinlich in Örebro erfolgen müssen. Eventuell mußten neue Fahndungsmaßnahmen ergriffen werden, bevor die Polizei zuschlug. Doch das war eine spätere Sorge.

Außerdem galt es, bei der Staatsanwaltschaft bestimmte bürokratische Hindernisse zu überwinden. Von dem Zeitpunkt an, zu dem es Tatverdächtige gab, wurde automatisch irgendein Staatsanwalt Chef der Voruntersuchung, da es eventuell um vorläufige Festnahmen, Hausdurchsuchungen und andere sogenannte Zwangsmittel gehen konnte. Eventuell mußten Telefone abgehört werden und weitere Maßnahmen ergriffen werden. Die Hauptsache im Augenblick war jedoch, daß die grundlegende Arbeit getan war.

Rune Jansson verbrachte den größeren Teil seines letzten Arbeitstages damit, in den verschiedenen Registerabschnitten aufzuräumen und unsortierte Berichte einzuordnen. Das war gewissermaßen der Feinschliff der Arbeit.

Anschließend verbrachte er eine runde Stunde damit, seine »Wegzehrung« zu komponieren. So bezeichnete er die Kopien, die er nach Stockholm mitnehmen wollte, eine Art Konzentrat der Ermittlungen.

Nach dem Lunch gingen die beiden *Stockholmer* zum Polizeidirektor, um sich für die gute Zusammenarbeit zu bedanken und das weitere Vorgehen zu besprechen. Trotz einiger Einwände war es Rune Jansson nicht gelungen, sich von der Bezeichnung als *Stockholmer* zu befreien.

Rein formell war dies die Ermittlung der Polizei von Haparanda, und rein formell würde sie unten in Örebro sehr wohl zuschlagen können. Das war jedoch nicht besonders praktisch. Rune Jansson und Willy Svensén unterschätzten keineswegs die psychologischen Fragen, über die sie jetzt verhandelten. Die große Arbeit war von der

Polizei in Haparanda geleistet worden, der schwierige Teil der Arbeit. Sollten die Südschweden jetzt sozusagen im Endspurt dazustoßen und Festnahmen, Vernehmungen und all das vornehmen, was die Schlußphase ausmachte oder den Endspurt, wenn man so will?

Nun ja, sagten sie und wanden sich, als das Thema schnell, aber dennoch indirekt zur Sprache kam. Am praktischsten wäre es wohl, wenn das von Stockholm aus organisiert würde. Die Verbindungen mit Örebro seien von Stockholm aus ja viel einfacher herzustellen als von Haparanda. Hingegen, und das war der Kompromißvorschlag, wäre es doch passend, wenn man in der Schlußphase, also wenn man schon einige Personen vorläufig festgenommen habe, was mit recht großer Wahrscheinlichkeit schon bald der Fall sein werde, einige Ermittler von Haparanda nach Örebro schicken könne.

Die Federführung bei dem gesamten Fall liege ja bei der hiesigen Staatsanwaltschaft. Wenn also Haftbefehle ausgestellt würden und es zu einem Strafprozeß komme, dann vermutlich hier oben. Könne man also in der Schlußphase von Haparanda ein wenig Hilfe erwarten?

Sie fühlten sich wie Diplomaten. Strenggenommen traten sie auch mehr wie Diplomaten als wie Polizeibeamte bei diesem Gespräch auf oder, wenn man so will, der Verhandlung mit dem Polizeidirektor aus Östergötland. Außenstehenden würden diese Komplikationen sich möglicherweise als unbegreiflich oder zumindest unwichtig darstellen. Vom allgemeinen Standpunkt der Steuerzahler aus war es gleichgültig, ob Mörder von Polizisten eingefangen wurden, die einen halbfinnischen Dialekt sprachen, oder ob diese aus dem mittelschwedischen Jammergürtel um Örebro stammten oder schlimmstenfalls aus dem Süden, nämlich aus Stockholm, sofern die Mörder nur gefangen wurden. Für die beteiligten Polizisten ging es jedoch bei dieser Frage um etwas Wichtigeres. Es war erhebliches Prestige damit verbunden, nach hartnäckiger und tüchtiger Polizeiarbeit, wie es in der Presse heißen würde, einen solchen Mordfall zu lösen. Und jetzt wurde sozusagen um das Fell des Bären gefeilscht, obwohl dieser noch gar nicht erlegt war. Doch schließlich einigte man sich. Wenn es so weit war, sollten zwei Mann aus Haparanda anreisen dürfen.

Anschließend versammelten sie die Ermittlungsgruppe um sich, die zur Zeit der härtesten Arbeit aus fünf Mann bestanden hatte. Sie bedankten sich für die Zusammenarbeit und hielten kleine Ansprachen, die hier oben im Tornedalen genauso angemessen zu sein schienen wie woanders in Schweden. Die beiden Stockholmer erhielten je ein Geschenk in Form eines kleinen Eisbären in einem Glas, auf dem

Haparanda-Tornio stand. Dann zogen ausgewählte Teile der Gesellschaft in Richtung Stadthotel los, um dort ein paar Biere zu trinken, mindestens.

Rune Jansson sagte, er werde später nachkommen, und ging mit Eino Niemi in das Zimmer, das nicht mehr seins war. Er vermied es, sich hinter den Schreibtisch zu setzen, sondern ließ sich auf einem der Besuchersessel nieder. Er machte eine Handbewegung zu Niemi hin und betrachtete diesen eine Weile, bevor er etwas sagte. Der Kollege aus Tornedalen hatte ein aufsässiges Aussehen, das Rune Jansson gefiel. Der Mann war recht klein, hatte eine Stupsnase und einen trotzigen Blick. Dies deutete darauf hin, daß es schwierig sein konnte, mit ihm zusammenzuarbeiten, wenn man den Versuch machte, den Chef, den Superbullen oder den Stockholmer herauszukehren. Nach ein paar Tagen hatte sich das jedoch gelegt.

»Nun, ich wollte dich bitten, auf einem Feld weiterzumachen, das wir bis jetzt vielleicht mit Absicht vernachlässigt haben«, begann Rune Jansson und bereute seine Worte sofort, da sie sich so förmlich anhörten. »Oder sollten wir zunächst vielleicht über etwas anderes sprechen?« fuhr er fort. Dabei hatte er gar keinen Vorschlag parat, falls die Frage bejaht werden sollte.

»Ja«, sagte Niemi.

»Was heißt ja?« fragte Rune Jansson.

»Ja. Wir sollten zuerst noch über etwas anderes sprechen.«

»Hast du einen Vorschlag?«

»Ja, ich möchte gern über Stockholmer sprechen. Ich mag Stockholmer nämlich ganz und gar nicht, nicht einmal dann, wenn es Kollegen sind.«

»Aha«, erwiderte Rune Jansson abwehrend, »aber ich komme ja aus Östergötland wie der Polizeidirektor.«

»Ja, das stimmt schon, aber das ist doch wohl das gleiche. Du kannst auch noch Polizeidirektor werden.«

»Das glaube ich nicht. Ich habe jedenfalls keine Pläne in dieser Richtung«, fuhr Rune Jansson vorsichtig fort. Gleichzeitig ging ihm auf, daß sich die Worte des Kollegen viel härter anhörten, als sie gemeint waren. Hier oben sprachen die Menschen auf eine andere Weise, direkter.

»Ich will auf jeden Fall etwas sagen, was ich mir vorgenommen habe«, fuhr Eino Niemi fort, bevor Rune Jansson Abwehrmaßnahmen ergreifen konnte, falls es zum Kampf kommen sollte.

»Zunächst fand ich es Scheiße, daß Stockholmer herkommen sollten. Aber dann sagte ich mir, Mensch, die können doch was! Die sind sogar verdammt gut! Die können sogar ein paar Dinge, die sie uns beibringen können. Das wollte ich nur mal gesagt haben.«

Eino Niemi blickte zu Boden. Es war ihm sehr deutlich anzusehen, daß diese letzte Bemerkung ihn viel gekostet hatte. Um so klarer ging daraus hervor, daß er tatsächlich meinte, was er sagte.

Außerdem entsprach es den Tatsachen. Eino Niemi hatte sehr viel schneller eingelenkt, als er sich zunächst selbst hatte eingestehen wollen. Ohne sich in den Vordergrund zu drängen oder sich aufzuspielen, hatten *die Stockholmer* schnell das Vertrauen aller gewonnen, und zwar ganz einfach deshalb, weil sie gute Bullen waren, sehr gute Bullen.

Rune Jansson war etwas verlegen. Es fiel ihm nicht schwer, den Zusammenhang zu verstehen. Er erinnerte sich noch sehr gut daran, wie er zu der Zeit, als er im Gewaltdezernat in Norrköping arbeitete, zum ersten Mal Kontakt mit der Reichsmordkommission gehabt hatte. Damals ging es um einen Mörder, der so geschickt vorgegangen war, daß man ihn nie festnageln konnte. Obwohl man am Ende wußte, wer es war. Einer der Stockholmer Beamten, die damals nach Norrköping gekommen waren, hatte Fähigkeiten an den Tag gelegt, die ihm ohne die geringste Ironie den Spitznamen Sherlock Holmes einbrachten.

»Es liegt einfach nur daran, daß wir uns ausschließlich mit Morden beschäftigen«, versuchte Rune Jansson halbherzig zu begütigen. »Aber wenn wir ohnehin über dieses Thema sprechen, dürfte es angebracht sein, daß ich auf folgendes hinweise. Erstens sieht es jetzt danach aus, als würden wir die Täter erwischen können. Das wissen wir. Zweitens wäre es nie zu Ermittlungen in einer Mordsache gekommen, wenn du nicht gewesen wärst.«

»Na klar, aber so mußte es doch einfach kommen. Es lag doch ganz einfach auf der Hand, zum Teufel«, wandte Eino Niemi mit einer plötzlichen Hitze ein, die ihn sofort an die eigenen Worte glauben ließ.

»Quatsch«, lachte Rune Jansson mit plötzlicher Erleichterung. Er verstand dieses Gefühl nicht, fühlte sich jedoch erleichtert. »Ich habe doch gesehen, wie es in den Akten aussah, denn das war das erste, was ich tat, nachdem ich hergekommen war. Du hast den Pathologen in Umeå überredet. So hat es angefangen.«

»Ja, vielleicht. Und worüber wollten wir sonst noch reden?«

Rune Jansson kam jetzt zu dem Schluß, daß es an der Zeit war, die Abteilung Höflichkeitsfloskeln zu verlassen. Nicht etwa weil er etwas ungesagt lassen wollte, mochte es auch ein bißchen peinlich sein, sondern weil Eino Niemis mürrischer Gesichtsausdruck in dieser Hinsicht unmißverständlich war.

Also. Eine Festnahme stehe vermutlich unmittelbar bevor. Als erster strafrechtlich relevanter Tatbestand komme natürlich Mord in Frage. Aber darüber hinaus gab es noch ein weiteres Verbrechen, nämlich einen schweren Verstoß gegen die Einfuhrbestimmungen, denn irgend etwas war ja aus Murmansk geschmuggelt worden, etwas, was sowohl ein Menschenleben als auch ein Honorar von einer halben Million wert war. Die Frage war also, um was es sich handelte. Möglicherweise Waffen irgendwelcher Art, womit also weitere Verbrechen vermutet werden konnten. Und es wäre gut, wenn man diesen Teil der künftigen Ermittlung schon in diesem Stadium vorbereiten würde. Niemand konnte wissen, wie kooperationsbereit sich die Täter nach der Festnahme zeigen würden.

Außerdem waren hier unleugbar Ortskenntnis, Menschenkenntnis sowie einige Sprachkenntnisse erforderlich, die sich schon bisher als unerhört wichtig erwiesen hatten. Dieser Lasse Holma hatte ja alles mögliche gemacht und war nur gelegentlich für NORRFRYS gefahren. Unter den festangestellten Fahrern, die schon seit mehreren Jahren bei der Firma arbeiteten, mußte es ja Kenntnisse darüber geben, was man schmuggeln konnte und wie sich zusätzliches Geld verdienen ließ. Das Problem war natürlich, daß sie vielleicht das eine oder andere getan hatten, worüber sie nicht mit der Polizei sprechen wollten. Folglich mußte man versuchen, die Gespräche etwas vertraulicher zu führen, und die Fahrer zu der Einsicht bringen, daß sie selbst nicht verdächtig waren und daß ihre eventuellen Erklärungen von der Polizei vertraulich behandelt werden würden.

Natürlich gab es bei einem solchen Ansatz ein gewisses Problem mit der Glaubwürdigkeit. Aber hier wurde nun mal in einer Mordsache ermittelt, und das war die Hauptsache. Einer dieser Männer, außerdem einer, der nur gelegentlich für die Firma arbeitete, war ermordet worden, nur dieser eine. Sonst niemand. Man konnte also davon ausgehen, daß er sich auf etwas eingelassen hatte, was die anderen nicht getan hatten. Aber es konnte ja etwas sein, wovon sie vielleicht gehört hatten.

Vielleicht hatten sie Wodka geschmuggelt oder russischen Kaviar, Dinge, die sie für westliche Devisen eingekauft hatten, schlimmstenfalls Ikonen oder andere kostbare Dinge, mit denen etwa auch schwedische Sportfunktionäre ihr Einkommen aufbesserten. Im Augenblick bestand aber kein Anlaß, deswegen Staub aufzuwirbeln. Denn wenn diese Hypothese zutraf, hatten die anderen ihre Kriminalität auf eine Ebene verlegt, die einigermaßen verständlich und nachvollziehbar war, falls Polizisten selbst unter vier Augen überhaupt so argumentieren konnten. Wenn man diese Leute geschnappt hätte, wäre es kein Weltuntergang gewesen. Man hätte sie nicht mal entlassen.

Doch Lasse Holma hatte etwas anderes getan, vielleicht etwas, wovon seine festangestellten Kollegen gehört hatten, an das sie sich selbst aber nicht herangewagt hatten.

»Das ist also die Frage«, schloß Rune Jansson. »Ich schlage vor, daß du dich eine Zeitlang mit diesen Dingen beschäftigst, während wir das Netz da unten in Örebro zuziehen.«

Aber ja doch, scherzte er in einem Versuch, so zu sprechen wie seine Umgebung der vergangenen Woche, aber ja doch, natürlich habe er mit dem Polizeidirektor darüber gesprochen. Alles sei klar, sie brauchten nur loszulegen.

Sie standen auf und gaben sich stumm die Hand. Was irgendwie lustig war, da beide in die gleiche Richtung wollten, nämlich zum Bistro des Stadthotels, dem »Gulaschbaron«.

Bei seinem ersten Besuch in Moskau hatte eine Hitzewelle geherrscht. Zehn Tage lang hatte die Stadt unter Temperaturen von mehr als vierzig Grad im Schatten gelitten. Überdies war es zu Beginn der Glasnost-Periode gewesen, und die Stimmung unter den leichtgekleideten und schwitzenden Menschen auf den Straßen oder in der Kühle der U-Bahn war von greifbarer Heiterkeit gewesen. Damals kostete ein Dollar nur vier Rubel, und die Wirtschaftskrise hatte noch nicht ihr wirkliches Gesicht gezeigt. Außerdem war die Macht in der Stadt noch nicht von Gangstern und Verbrechern übernommen worden.

Jetzt war es Januar, zwar mäßig kalt, aber mit viel Schnee. Die nicht sehr effektive Straßenreinigung ließ es geraten erscheinen, nur mit Gummistiefeln auf die Straße zu gehen. Er hatte nur einen einzigen kurzen Spaziergang geschafft. Er hatte ungefähr den gleichen Weg gewählt wie damals am ersten Abend in der dampfenden Junihitze. Damals war er um einen menschenleeren Roten Platz herumgewandert und einsamer Zuschauer bei einer Wachablösung vor dem Lenin-Mausoleum geworden. Lenin lag offenbar immer noch dort, aber die Menschenschlange war verschwunden.

Überall Bettler oder Menschen, die sich verzweifelt bemühten, ihr letztes bißchen Hausrat zu verkaufen oder was sie sonst entbehren konnten; er hatte zu seinem Erstaunen überall alte Weiblein gesehen, die Leuten aus dem Westen Fünfzehn-Kopeken-Münzen gegen Dollar anboten. Als man ihm zum dritten Mal ein solches Angebot gemacht hatte, war er stehengeblieben und hatte sich erkundigt, warum er kleine Münzen für Dollar kaufen solle. Die Erklärung war einfach. Wenn man von einer öffentlichen Telefonzelle anrufen wollte, brauchte man Fünfzehn-Kopeken-Münzen.

Sein Zimmer im Hotel Metropol, in dem er endlich untergekommen war, kostete 225 Dollar pro Nacht. Das war selbst nach westlichen Maßstäben recht teuer. Wenn es tatsächlich stimmte, daß ein Dollar inzwischen mit vierhundert Rubel gehandelt wurde, schlief er also zu einem Preis von fünf bis sechs Jahresgehältern pro Nacht. Das war pervers, möglicherweise auch gefährlich; kein Mensch wußte, welche heftigen Umwälzungen sich in einer nicht allzu fernen Zukunft ereignen konnten, und er hatte schon wiederholt Witze über die Notwendigkeit einer neuen Revolution gehört. Was er gesehen hatte, ließ ihn zu der gleichen Ansicht kommen.

Ihm war düster zumute, und er fühlte sich mißbraucht und überdies peinlich berührt. Das Spektakel war noch nicht vorbei. Jetzt blieb noch ein Empfang in der schwedischen Botschaft. Wahrscheinlich kannte er dort niemanden mehr, denn es war ja schon ein paar Jahre her. Jedenfalls residierte dort ein neuer Botschafter, und die Militärattachés waren wohl auch ausgetauscht worden.

Am liebsten hätte er noch einen Spaziergang gemacht, sah aber ein, daß er es nicht schaffen würde. Außerdem würde er seine Sicherheitsbeamten unnötig beunruhigen; diesmal bewachten sie ihn, weil ihm absolut nichts passieren durfte. Nichts war wie früher.

Er blieb eine Zeitlang am Fenster stehen und sah auf den Roten Platz. Die sowjetische Flagge war schon beim letzten Mal gegen die russische Trikolore ausgetauscht worden. Irgendwie kam es ihm komisch vor, daß der große Ventilator, der die rote Flagge mit Hammer und Sichel immer gestreckt gehalten hatte, unabhängig von der Windstärke, jetzt mit der neuen russischen Trikolore weitermachte, als wäre nichts geschehen. Vermutlich wurde der Ventilator von dem gleichen Personal bedient, das ihn ölte, defekte Teile austauschte und die Stromleitungen prüfte. In bestimmten Bereichen der ehemals sowjetischen Gesellschaft waren die Veränderungen nur kosmetischer Natur. Die gleichen Personen machten die gleichen Dinge wie zuvor. Beispielsweise die Leute, die er am nächsten Morgen treffen sollte. Millionen anderer Menschen wurden jedoch mit den Wurzeln aus allem herausgerissen. Sie mußten zum ersten Mal den Versuch machen, sich vorzustellen, was Hunger und Arbeitslosigkeit ganz konkret bedeuten. Sie waren wie Meerschweinchen in der ökonomischen Experimentierwerkstatt des Westens. Hier sollte ein *instant capitalism* erschaffen werden, hier sollte sich die Überlegenheit des Systems der freien Marktwirtschaft manifestieren. Es würde natürlich ungeheuer danebengehen wie alles, was solche halbverrückten, halbreligiösen Wirtschaftsexperten empfahlen und weissagten. Es sind Astrologen, dachte er, die Astrologen unserer Zeit. Zu Hause mag es ja angehen. Dort können wir ihnen glauben oder es lassen und sie mehr oder weniger tolerieren, aber hier haben sie sich inzwischen bei Hofe eingeschlichen, so daß Rußland ins Mittelalter zurückgeworfen worden ist.

Das Telefon unterbrach ihn in seinen pessimistischen Überlegungen. Es war eine Sekretärin der Botschaft, die ihm mitteilte, wann der Wagen kommen und ihn abholen würde.

Er ging zu dem breiten Bett mit dem schweren, samtähnlichen roten Überwurf, ließ sich rücklings darauf fallen und schaukelte ein bißchen in den Federn, während er den Stuck in Weiß und Gold betrachtete. Die Renovierung des Hotels Metropol, Lenins altem Lieblingsschuppen, mußte mehrere hundert Millionen gekostet haben. In West-Devisen. Man konnte sich fragen, wer das bezahlt hatte und wem der Laden jetzt gehörte.

Wenn Astrologen, Ausbeuter und Gangster die sich allzu sichtbar abzeichnende und nicht mehr zu dementierende Katastrophe erzwungen hatten, würde etwas passieren. Es würde eine gewaltige Umwälzung geben. Carl war in der Gemeinschaft der westlichen Nachrichtendienste nicht der einzige, der an eine Entwicklung zu einer neuen Diktatur glaubte.

Für solche Spekulationen gab es zwei objektive Gründe. Den einen Grund hatte er früher am Tag getroffen, und zwar in höchst eigener Person.

Der russische Präsident Boris Jelzin hatte seine schlimmsten Befürchtungen bestätigt: rotäugig wie ein Kaninchen und mit einem Atemhauch wie ein Drache. Jelzin hatte ihn behandelt, als wäre er ein Spielzeug, ihn gedrückt und umarmt, um die Schultern gefaßt, direkt zu den Fernsehkameras gedreht und bedauerlicherweise auch mehrmals geküßt.

Es war eine richtige Show in den offiziellen Festsälen des Kreml gewesen. Natürlich hatte man auch nichts anderes beabsichtigt. Es hinterließ in Carl dennoch ein beißendes Gefühl des Unbehagens, obwohl er seit einigen Stunden Träger des Großkreuzes des russischen Sankt-Georgs-Ordens war.

Mit einem Arm um Carls Schultern hatte sich Boris Jelzin an die Fernsehkameras gewandt und von Rußlands Stärke gesprochen und von Rußlands Freunden sowie davon, wie unmöglich es für die verbündeten Gangster und Händler sei, gegen eine solche Übermacht zu gewinnen; die ganze Welt stehe auf Rußlands (Boris Jelzins) Seite. Gegen eine solche vereinte Übermacht könne das Reich des Bösen nichts ausrichten. Boris Jelzin hatte sich tatsächlich so ausgedrückt und vom Reich des Bösen gesprochen. Carl fragte sich kurz, ob Boris Jelzin dabei bewußt gewesen war, daß Ronald Reagan diesen Ausdruck einmal auf die Sowjetunion angewandt hatte, kam aber zu dem Schluß, daß der russische Präsident im großen und ganzen kaum gewußt haben dürfte, was er sagte. Zum Glück gab es kein Bankett, da ohnehin alles nur für die Fernsehkameras gedacht war.

Carl hatte sich einen kleinen Scherz erlaubt, einen der vielen sehr maßvollen Proteste, die er sich jetzt angelegen sein ließ.

Den besonderen Konventionen zufolge, welche die Kunst betrafen, Auszeichnungen auf korrekte Art entgegenzunehmen, die Kunst, in der Carl sich beträchtliche Erfahrungen erworben hatte, sollte man sich zwar in Uniform einfinden, aber »sauber«, das heißt ohne irgendwelches Lametta aus anderen Ländern. Er hatte eine lustige Erfahrung an eine solche Ordensverleihung, als nämlich ein französischer Botschafter zu seiner Bestürzung gerade dort ein deutsches Bundesverdienstkreuz entdeckt hatte, wo statt dessen die Ehrenlegion hatte hängen sollen. Also, man durfte nichts von einem anderen Land anlegen.

Carl hatte jedoch den Roten Stern angelegt, einen Orden, der tatsächlich wie ein roter Stern geformt war. Das war wohl ein Detail, das keinem Fernsehzuschauer in der ehemaligen Sowjetunion entgehen würde.

Der rosa geschminkte Boris Jelzin war erstarrt und hatte einige schwindelerregende Augenblicke lang ausgesehen, als würde er einen cholerischen Wutausbruch bekommen. Dann hatte er sich beherrscht und notdürftig die gewohnte Maske beibehalten.

Boris Jelzin war also der eine objektive Grund für die Spekulationen sämtlicher westlicher Nachrichtendienste über eine kommende Katastrophe in der ehemaligen Sowjetunion. Jelzin besaß in seinem eigenen Land keine Macht. Der einzige Grund dafür, daß weder die eine noch die andere Gruppierung ihn stürzte und in eine Anstalt für Alkoholiker einwies, war offenbar der, daß niemand das Risiko auf sich nehmen wollte, mit all den gewaltigen ökonomischen Problemen des Landes sitzenzubleiben. Denn wer die Macht übernahm, mußte natürlich versprechen, die Dinge zumindest so zu regeln, daß wieder das gleiche Niveau erreicht würde wie vor der Zeit von Glasnost und Perestroika.

Der zweite objektive Grund hatte auf gewisse Weise etwas mit Carls eigentlichem Auftrag in Moskau zu tun. Vieles deutete darauf hin, daß die alte Sowjetarmee immer noch so funktionierte, als gäbe es die Sowjetunion noch. Sie war wie ein Staat im Staate, der jedenfalls keine Befehle von einem Trunkenbold entgegennahm.

Damit ließ sich erklären, weshalb russische, wie man jetzt wohl sagen mußte, Mini-U-Boote immer noch in schwedischen Gewässern operierten. Den Politikern war es schwergefallen, das zu begreifen, wie es schien, sowohl schwedischen wie russischen. Es war ja durchaus möglich, daß russische Politiker vollkommen ehrlich waren, wenn sie versicherten, sie hätten keine Ahnung von irgendwelchen russischen U-Booten in schwedischen Gewässern. Weil die Männer, die die Flotte befehligten, ganz einfach der Meinung waren, russische Politiker hätten nichts mit ihrem Job zu tun. Sie überwinterten, hielten ihr Gerät, so gut es ging, in einem einsatzfähigen Zustand, und warteten auf das nächste Regime, das vielleicht wie gewöhnlich ihre Dienste in Anspruch nehmen würde. Folglich betrieb das Militär in Rußland *business as usual*, unterstand dabei aber weniger als je zuvor einer politischen Kontrolle.

Es war eher diese Theorie sowie deren Prüfung, was Carl als Hauptsache seines Auftrags seitens der schwedischen Regierung betrachtete. Schon am nächsten Morgen würde er ein erstes Treffen oben beim UVS haben, der Leitung für auswärtige Angelegenheiten bei den Streitkräften, wo er einmal als Marineattaché in Moskau akkreditiert worden war, und zwar als Diplomat, obwohl er sich eigentlich als Mörder in der Stadt aufgehalten hatte.

Die schwedische Regierung hegte jetzt also die Hoffnung, daß die Russen nun, wo sie liebenswürdig geworden waren und neoliberale schwedische Professoren der Nationalökonomie um ihre Dienste baten, um ihnen den sofortigen Kapitalismus zu bringen, sich ebenso verbindlich zeigen würden, wenn es darum ging, über die Verletzung schwedischer Territorialgewässer durch U-Boote zu diskutieren. Diese Hypothese setzte natürlich voraus, daß die Männer, denen Carl am nächsten Tag begegnen sollte, Boris Jelzin tatsächlich als ihren höchsten verfassungsmäßigen Chef ansahen. Es würde sehr interessant werden, doch Carl hatte seine Zweifel.

Doch jetzt stand zunächst eine Veranstaltung im nächsten Spielhäuschen bevor, der Empfang in der schwedischen Botschaft. Carl sah auf die Uhr. Leider war es bald soweit. Er stand auf, hob sein Uniformjackett von dem Stummen Diener und entfernte vorsichtig den Roten Stern. Dieser Scherz hatte jetzt ausgedient. Er legte den Orden zusammen mit dem Sankt-Georgs-Kreuz in das große blaue Etui. Er mußte mit dem Ministerpräsidenten mal darüber sprechen. Es wäre vielleicht eine gute Idee, zu Hause auf Stenhamra ein Essen zu geben, bei dem der Ministerpräsident sozusagen Jelzin spielen durfte, wenngleich nüchterner. Überdies könnte es eine gute Idee sein, all die zu treffen, die an der Operation teilgenommen hatten, damit er sich vergewissern konnte, daß sie sowohl körperlich wie seelisch bei guter Gesundheit waren.

Er kleidete sich rasch an, ging zu dem wartenden Wagen hinunter und nannte im Scherz die Adresse auf russisch, Mosfilmowskaja 60, da er davon ausging, daß der junge schwedische Fahrer einer der Fähnriche der sogenannten Dolmetscherschule war.

Der Empfang in der Botschaft entsprach in allem seinen Erwartungen. Es kam ihm fast vor, als sei er geistig abwesend, als er herumging, Leute begrüßte, Hände schüttelte, Konversation machte, auf dumme Fragen antwortete und ganz allgemein höflich und nett war.

Das schwedische Fernsehen hatte einen Korrespondenten entsandt, der ihn bat, einige Fragen stellen zu dürfen. Carl erklärte sich ohne Murren bereit, denn er war in dem Glauben, ohnehin nur mit *no comments* antworten zu können, denn die Fragen, die von interessierten Journalisten gestellt wurden, waren meist so geartet, daß man sie am besten nicht beantwortete. Tatsächlich kamen einige solcher Fragen, und er entgegnete, er könne sie nicht kommentieren.

Doch dann wurde er auch gefragt, ob er vom Ministerpräsidenten Befehl erhalten habe, nach Moskau zu reisen, um den Sankt-Georgs-Orden entgegenzunehmen.

Das war entweder eine kindische oder eine sehr intelligente Frage. Er erwiderte vorsichtig, natürlich reise man in einer solchen Angelegenheit nicht nach Moskau, ohne seine Regierung konsultiert zu haben, aber Carl Bildt habe keine Einwände gehabt.

Die folgende Frage überzeugte Carl, daß der Journalist keinesfalls dumm war: »Glauben Sie, daß dieser Orden eine starke Trumpfkarte darstellt, wenn Sie mit den Russen über das Eindringen von U-Booten in schwedische Gewässer verhandeln sollen?«

Genau das war nämlich die Idee des Ministerpräsidenten gewesen.

Carl erwiderte vorsichtig, es könne keinesfalls nachteilig sein, mit jemandem zu sprechen, der soeben Anlaß gefunden habe, seiner Dankbarkeit Ausdruck zu geben.

Dann klopfte er dem Journalisten auf die Schulter und ging.

Da die Party schon eine Weile in Gang war, meinte er, nun auch einen Teller nehmen zu können, und ging zu dem sehr schwedischen Buffet. Er nahm sich eine Portion gravad lax und wählte dann mißtrauisch unter den weißen Weinen, bis er einen annehmbaren Bordeaux fand. Da er im Stehen aß, ließen ihn die Leute eine Zeitlang in Ruhe, bis jemand ihm auf den Rücken schlug, so daß er Wein verschüttete. Außerdem nannte ihn der Betreffende »alter Knabe« oder so etwas. Auf Russisch.

Als Carl sich umdrehte und entdeckte, wer der Übeltäter war, blieb er zunächst vollkommen stumm. Der Mann in russischer Generalsuniform lächelte, breitete mit einer vielsagenden Geste die Arme aus, worauf Carl schnell Teller und Glas abstellte, um sich an der Umarmung beteiligen zu können.

»Jurij, mein alter Lieblingsfeind!« rief er fröhlich aus und klopfte höchstdemselben auf die Schulter. »Das ist wirklich lange her, oder war es vielleicht gerade gestern, in einer anderen Welt?«

»Mein junger Admiral, ich freue mich wirklich, dich zu sehen«, sagte Jurij Tschiwartschew, packte Carl an den Oberarmen und schaukelte ihn hin und her.

»Nicht Admiral, ich bin Flottillenadmiral«, erwiderte Carl verlegen, während er den Umstehenden Seitenblicke zuwarf, die, zumindest an diplomatischen Gepflogenheiten gemessen, indiskret große Augen machten: ein russischer General, der dem schwedischen Spion herzlich auf die Schultern klopfte, während sich beide auf Russisch unterhielten.

»O nein«, entgegnete Jurij Tschiwartschew ungezwungen. »Unserem Protokoll zufolge wirst du als Admiral angeredet, da wir in unserem System keinen Flottillenadmiral haben. Wenn es dir ein politischer Trost ist, würdest du auch in den USA als Admiral angeredet werden.«

»Du kennst dich im Protokoll vielleicht aus«, sagte Carl peinlich berührt, während er sich behutsam aus dem Griff seines Kollegen löste. »Aber du bist ja auch selbst befördert worden. Noch ein Stern. Gratuliere, Generalleutnant. Du bist also immer noch im Dienst?«

»Korrekt, ich bin immer noch im Dienst. Sibirien und die Taiga-Antilopen werden noch ein paar Jahre warten müssen.«

»Im Dienst in derselben ... derselben Abteilung?«

»Lieber Kollege, was für Indiskretionen!« lachte Jurij Tschiwartschew. »Ja, selbstverständlich. Aber ich arbeite jetzt in der Zentrale.«

»Interessant«, murmelte Carl und streckte die Hand nachdenklich nach seinem Glas aus, während er feststellte, daß die Umgebung sich wieder ihrem Small talk zugewandt hatte. »Wer ist auf die brillante Idee gekommen, meinen alten Lieblingsfeind hierherzuschicken?«

»Niemand, absolut niemand!« lachte der russische Spionagegeneral. »Ich habe mich einfach reingeschlichen. Wer sollte wohl eine Generalsuniform aufhalten, die außerdem den Vorzug hat, echt zu sein? Na ja, du weißt schon.«

Carl starrte seinen russischen Freund und Feind verblüfft an.

»Du bist wirklich ganz schön frech«, sagte er zurückhaltend.

»In unserer Branche muß man schon ein bißchen frech sein, lieber Kollege«, fuhr Jurij Tschiwartschew kalt fort. »Hätten sie mir unten am Tor wegen meiner vergessenen Einladung Schwierigkeiten gemacht, hätte ich mich nur auf dich berufen, und du hättest mir bestimmt nicht die Tür gewiesen!«

»Natürlich nicht«, erwiderte Carl und nippte an seinem Wein, während er intensiv überlegte, welche Absichten eine hochgestellte Person bei der militärischen Spionage damit verfolgen konnte, ihn aufzusuchen. »Ich nehme aber an, du hast dein Vorhaben aufgegeben, mich anzuwerben. Ich meine, angesichts deiner indiskreten Manieren?«

»Die Hoffnung ist das letzte, was der Mensch aufgibt, das stimmt schon. Aber ehrlich gesagt habe ich keinerlei Pläne, dich anzuwerben. Als Feinde sind wir beide nützlicher denn als Führungsoffizier und Agent.«

»Sind wir denn immer noch Feinde?«

»Ja, selbstredend! Obwohl natürlich nicht persönlich. Das wirst du spätestens morgen entdecken, wenn nicht schon vorher.«

»Aha! Du bist also nicht nur hier, um über sentimentale Erinnerungen zu sprechen, und das trotz deiner russischen Seele. Du möchtest über unsere Verhandlungen sprechen«, sagte Carl und machte eine bauernschlaue Miene. Er unterstrich seine Worte dadurch, daß er Jurij Tschiwartschew einen Zeigefinger gegen die Brust stieß.

»Lieber Kollege! Wir haben bestimmt eine Menge interessanter Dinge zu besprechen, du und ich«, erwiderte Jurij Tschiwartschew in dem gleichen scherzhaften Tonfall wie bisher, so daß Gesichtsausdruck und Worte etwas völlig Verschiedenes zu sagen schienen.

Carl fühlte sich verwirrt. Es fiel ihm schwer, auf der Stelle zu entscheiden, wie er mit dieser höchstoffiziellen Anfrage umgehen sollte. Tatsächlich hatte der alte sowjetische militärische Nachrichtendienst ihn soeben aufgefordert, mit ihm parallele Verhandlungen zu führen. Er wurde dadurch gerettet, daß der schwedische Botschafter, ein

Mann, den Carl erst am Vormittag kennengelernt hatte, als er ihm die Hand gab, jetzt hinzutrat, um sich mit Carl zu unterhalten und um, was vielleicht wichtiger war, seine Neugier zu befriedigen.

»Herr Botschafter«, sagte Carl und wechselte ins Englische, »darf ich Sie mit meinem alten Freund und Kollegen aus dem früheren sowjetischen Generalstab bekannt machen, Generalleutnant Jurij Tschiwartschew. Generalleutnant, der schwedische Botschafter!«

Während der anschließenden Begrüßungszeremonie entschied Carl sich schnell und wandte sich dann erneut zu seinem Botschafter um.

»Da der Abend schon recht fortgeschritten ist und ich bei den morgigen Verhandlungen auf dem Damm sein muß, halte ich es für das Beste, daß ich mich jetzt zurückziehe. Ich werde die Gelegenheit nutzen, den Generalleutnant nach Hause zu bringen.«

Carl machte ein Gesicht, als wollte er so etwas wie ein ungeschriebenes militärisches Gesetz erfüllen, wer wen nach Hause fahren müsse, und der Botschafter bedankte sich für den Abend.

Carl schleifte Jurij Tschiwartschew zur Frau des Botschafters mit, wo sich beide verneigten und bedankten und das Buffet mit einem Kompliment bedachten.

»Hast du einen eigenen Wagen, oder können wir unseren nehmen?« fauchte Carl aus dem Mundwinkel, als sie sich die Mäntel anzogen.

»Ich fahre lieber Volvo, es ist nämlich schon lange her. Ich werde meinem Fahrer Bescheid sagen, draußen zu warten. Du hast dir doch sicher das Metropol gedacht?«

»Selbstredend«, erwiderte Carl mit einem Lächeln. »Ich fahre mit einem wie dir doch nicht in die Moskauer Nacht, um irgendwo herumzusitzen, wo man uns nicht kennt und wo wir nicht gesehen werden.

Sie lachten erneut und klopften einander wieder auf die Schultern, als sie sich leise plaudernd zu den Wagen begaben.

Auf dem Weg zum Hotel sprachen sie nur von unschuldigen Dingen, da sie einen Russisch sprechenden schwedischen Chauffeur hatten. Carl erkundigte sich nach Jurij Tschiwartschews verspäteter Pensionierung und wollte wissen, ob es noch die Datscha in Sibirien gebe. Der Russe gratulierte Carl zu seiner Heirat und fragte, ob es Kinder geben werde, und Carl bestätigte ein wenig befangen, seine Frau sei im dritten, nein, bald im vierten Monat. Dann beklagte er sich über allzu viele Auslandsreisen im Dienst. Mit solchem Geplauder ging es weiter, bis sie in der Bar des Metropol endlich allein waren.

Im Anschluß an die eigentliche Bar standen ein paar Tische in einem hohen und breiten Korridor. Sie wählten den hintersten Tisch, um garantiert ungestört zu sein; nur wenige Menschen würden auf die Idee kommen, sich einem Mann in russischer Generalsuniform aufzudrängen, der mit einem Militär aus dem Westen zusammensaß.

Carl bestellte einen Jack Daniels und sah auf die Armbanduhr. Nein, er hatte nicht zuviel getrunken, und bis morgen hatte er noch reichlich Zeit. Jurij Tschiwartschew begnügte sich mit einer Flasche Mineralwasser, allerdings einem französischen.

»Nun?« sagte Carl und breitete die Arme aus, als die Bestellung erledigt war und sie allein saßen. »Worum geht es?«

»Alte Freundschaft«, erwiderte Jurij Tschiwartschew mit einem übertriebenen Lächeln.

»Sei nicht albern, du alter Bär. Du willst etwas. Was?« sagte Carl mit etwa dem gleichen theatralischen Mienenspiel.

»Welche Befugnisse hast du jetzt, Carl?« fragte Jurij Tschiwartschew und wechselte den Gesichtsausdruck. Er wirkte jetzt etwas ernster.

»Als Russe, der du bist, meinst du also, wem ich Bericht erstatte, wen ich konsultieren muß, und welches Recht ich auf eigene Initiativen habe«, bemerkte Carl. Er runzelte die Stirn. Er witterte Unrat.

»Korrekt. Ungefähr so.«

»Ich bin Berater des schwedischen Ministerpräsidenten in bestimmten militärischen und nachrichtendienstlichen Fragen. Ich handle also direkt nach seinen Anweisungen.«

»Ja, aber deine Stellung in der militärischen Hierarchie?«

»Strenggenommen stellst du mir Fragen, die du gar nicht stellen darfst.«

»Ich weiß. Nun?«

»Offiziell bin ich stellvertretender Chef des militärischen Nachrichtendienstes.«

»Gibt es noch mehr stellvertretende Chefs?«

»Nein, nur einen.«

»Du bist also die Nummer zwei bei den Kollegen und dazu besonderer Berater des Ministerpräsidenten und jetzt Sonderbeauftragter für das Treffen mit uns?«

»Ja, so kann man es sagen, eine gute Zusammenfassung«, erwiderte Carl mit zunehmendem Mißtrauen. »Die Frage ist jetzt aber, wer mit *uns* gemeint ist. Bist du etwas anderes als die Vertreter der Sowjetarmee in ihrer heutigen Gestalt, die ich morgen treffen werde?«

»Ah! Mein lieber Freund, du denkst genausogut, wie du mordest, was sonst eine ungewöhnliche Kombination in unserem Beruf ist.«

»Das war kein besonders guter Scherz. Jetzt ist es an mir zu fragen, *nun*?«

Jurij Tschiwartschew begann mit einem langen und komplizierten Vortrag, bei dem Carl schon bald Mühe hatte zu folgen. Er schlug vor, sie sollten ins Englische überwechseln, doch nach einiger Zeit kehrte Jurij Tschiwartschew trotzdem zum Russischen zurück. Was Carl dem schnell geflüsterten Vortrag entnehmen konnte, war ganz einfach die Tatsache, daß die Leute, mit denen er oben beim UVS über U-Boot-Fragen verhandeln sollte, nicht »repräsentativ« seien, daß es mit anderen Worten unterschiedliche militärische Analysen gebe, wenn es darum gehe, was einer fremden Macht gesagt werden sollte und was nicht. Die Männer, die Carl treffen werde, seien Jelzin-Leute, die ohnehin nichts wüßten und überdies nicht sonderlich zuverlässig seien. Ob man nicht also etwas diskreter gewisse parallele Gespräche führen könne?

Als die Darstellung schließlich mit einer konkreten Frage endete, war Carl gezwungen, so etwas wie eine Antwort zu formulieren. Erstens, sagte er, obwohl er es nicht so ganz ernst meinte, dürfe er sich auf solche Manöver nicht einlassen, ohne erst seinen Chef konsultiert zu haben, genauer, den schwedischen Ministerpräsidenten. Zweitens könne er nicht glauben, daß man von schwedischer Seite darauf verzichten werde, sich eine alternative Expertise anzuhören, falls es eine solche überhaupt gebe. Von schwedischer Seite bestehe ja die Absicht, mit der anderen Seite zu sprechen und sich auf möglichst viele Dinge zu einigen. Und wenn man dabei auf bestimmte interne Schwierigkeiten in Rußland Rücksicht nehmen müsse, sei das eben nicht zu ändern.

»Gut, sehr gut. Dann warten wir insoweit ab, bis du zu Hause gewesen bist und mit deinem Chef gesprochen hast«, stellte Jurij Tschiwartschew fest. »Aber dann ist da noch etwas!«

»Was denn?« fragte Carl voller Mißtrauen, da sein Kollege eine Kunstpause gemacht hatte.

»Wir möchten eine bestimmte Zusammenarbeit auf dem Gebiet des Nachrichtendienstes konkretisieren. Was hältst du davon, mein junger Admiral?«

»Davon halte ich gar nichts«, entgegnete Carl kurz. »Primakow soll später im Frühjahr nach Stockholm kommen und mit uns über diese Dinge diskutieren. Soviel ich weiß, wird unsere Antwort so aussehen, daß wir uns eine Zusammenarbeit auf der nachrichtendienstlichen Seite nicht vorstellen können. Unsere jetzige Regierung ist in diesem Punkt gelinde gesagt fest entschlossen. Polizeiliche Zusammenarbeit ist eine andere Sache.«

»Primakow!« schnaubte Jurij Tschiwartschew mit deutlich sichtbarer Verachtung. »Primakow ist ein Apparatschik, der so etwas wie ein ziviler Tschekistenchef geworden ist. Ich spreche nicht von diesen Amateuren, ich spreche von uns!«

»Und uns«, sagte Carl leise, »*uns*, das bedeutet das, was du einmal gewesen bist und immer noch bist.«

»Ja, selbstverständlich.«

»Das ist ein anrüchiger Vorschlag. Ich hoffe, du siehst das ein. Weiß der Teufel, ob du nicht gerade versuchst, mich anzuwerben. Bestimmte Juristen könnten es so sehen.«

»Es könnte sich als praktisch erweisen.«

»Selbstredend, es könnte sogar sehr praktisch sein. Aber politisch wäre es das reine Gift.«

»Diese verfluchten Politiker bringen uns immer nur in Schwierigkeiten. Im Augenblick bereiten sie uns gewaltige Unannehmlichkeiten«, brummelte Jurij Tschiwartschew übellaunig.

»Willkommen in der Demokratie«, lachte Carl. »So ist das mit der Demokratie. Leute wie du und ich dürfen sich nicht auf eigene Faust um die Sicherheit der Nation kümmern. Über uns stehen Politiker.«

»Sehr unpraktisch, außerdem kompliziert und gefährlich.«

»Das kann man nicht ganz leugnen, aber das ist nun mal unser System. Und unter uns gesagt bin ich Anhänger dieses Systems.«

»Doch nicht immer und unter allen Umständen, will ich hoffen?« rief Jurij Tschiwartschew erschrocken aus.

»Nein, nicht immer«, gab Carl mit einem dünnen Lächeln zu. »Das Problem ist, daß ich ein Verbrechen begehe, wenn ich von diesen Grundsätzen abweiche. Ich habe aber immer danach gestrebt, mein verbrecherisches Handwerk auf ein Minimum einzuschränken. Aber wir sollten uns jetzt nicht philosophischen Spitzfindigkeiten widmen. Worum geht es? Konkret?«

»Ich möchte gern alles wissen, was du über eure Operation da oben weißt, alles. Wie, wann, wo, und welche Menschen Kernwaffen schmuggeln sollten.«

»Das ist keine geringe Forderung.«

»Nein, aber unsere Situation ist, wie ich schon sagte, riskant und kompliziert. Alle Zeugen sind ja tot, und so wissen wir nicht, an welchem Ende wir anfangen sollen. Wir glauben aber zu wissen, daß etwas Großes und Gefährliches im Gang ist. Die Politiker könnten beteiligt sein. Alles ist möglich.«

»Du bringst mich jetzt in eine sehr schwierige Lage«, sagte Carl nachdenklich. Er sah auf die Uhr und gab einem Kellner ein Zeichen, er solle zwei weitere Mineralwasser bringen.

»Genau das, mein alter Freund«, sagte Jurij Tschiwartschew. »Ich ziehe dich in eine komplizierte Frage hinein. Du erkennst aber die Bedeutung unserer Zusammenarbeit?«

»Ja, die erkenne ich durchaus. Aber ein Problem ist es trotzdem.«

»Inwiefern?«

»Nun ja, mit meinem Chef. Die Vernunft sagt uns, und mit *uns* meine ich jetzt dich und mich, daß wir jedes einzelne Papier auf den Tisch legen sollten, um euch zu helfen. Ich bin mir aber nicht sicher, ob mein Chef diese Argumente akzeptiert. Erstens pflegt er keine Vorschläge anzunehmen, die von anderen kommen, wie gut sie auch sein mögen. Ach, übrigens, gerade dann nicht, wenn sie gut sind. Außerdem weiß ich nicht, wie ich den schwedischen Ministerpräsidenten dazu bringen soll zu glauben, er sei selbst auf einen Einfall wie diesen gekommen. Zweitens – nein, unterbrich mich nicht, ich sehe ohnehin, was du fragen willst, und ich möchte genau darauf zu sprechen kommen –, zweitens ist es für mich sehr schwierig, meinen Ministerpräsidenten zu übergehen. In technischer Hinsicht wäre das nämlich Spionage.«

»Das ist unser Job. Außerdem wäre es eine gute Spionage, von der nicht nur wir, sondern auch ihr und die ganze Welt den Nutzen hätten.«

»Wie wahr. Aber trotzdem Spionage. Außerdem wird mein Ministerpräsident grünes Licht von Boris Jelzin verlangen, damit wir mit dieser Zusammenarbeit beginnen können.«

»Von Boris Jelzin! Diesem Trunkenbold? Er weiß nichts davon, sofern er nicht auf eine Weise persönlich verwickelt ist, die ihn dazu bringt, nie etwas wissen zu wollen oder zumindest darauf zu achten, daß andere nichts erfahren. Wenn ihr zu Jelzin geht, ist alles verloren.«

»Sehr komisch. Soll ich zu meinem Ministerpräsidenten nach Hause fahren und ihm sagen, daß ich in Moskau einen meiner alten Spionagekumpane wiedergesehen habe, einen anständigen russischen Generalleutnant, mit dem wir früher viel zu tun hatten? Er hat in Schweden den Mord an einem russischen Überläufer organisiert und ist überhaupt ein kompetenter Kollege, zu dem ich großes Vertrauen habe. Jetzt wünscht er, daß er und ich über den Kopf des russischen Präsidenten hinweg handeln. Er möchte von mir nämlich wertvolle Erkenntnisse erhalten, die er seinem Präsidenten nicht anvertrauen will … Nun, mein lieber Jurij, verstehst du denn nicht, wie unmöglich sich das anhört?«

»Na ja, in deiner Darstellung hört es sich nicht so ermutigend an, lieber Kollege«, brummelte Jurij Tschiwartschew mißgelaunt. »Was also machen wir?«

»Ich fahre zu meinem Ministerpräsidenten und fühle ihm ein wenig auf den Zahn. Ich prüfe, ob es möglich ist, seine Einwilligung zu dieser Geschichte zu erreichen. Dann lasse ich von mir hören. Du mußt mir später eine Telefonnummer geben.«

»Und wenn er nein sagt, ist alles im Eimer.«

»Wenn er nein sagt, möchte ich nichts mehr von dieser Sache hören.«

»Dann ist alles verloren. Wir werden für diese demokratischen Grundsätze vielleicht alle einen hohen Preis zahlen müssen.«

»Nicht unbedingt. Ich habe nämlich auch vor, mit Sam zu sprechen.«

»Mit Samuel Ulfsson, dem Chef des OP 5?«

»Genau mit dem. Ich weihe ihn in die ganze Problematik ein. Rein formaljuristisch bestehen keine Hindernisse, wenn der stellvertretende Chef unseres militärischen Nachrichtendienstes seinem höchsten Vorgesetzten von Kontakten berichtet, die er mit einem ausländischen Nachrichtendienst gepflegt hat. Es wäre vielmehr falsch von mir, es nicht zu melden.«

»Und was haben wir damit gewonnen?«

»Ich deute an, daß du vielleicht mit ihm Kontakt aufnehmen wirst, und erkläre, daß ich dann nichts mehr von der Angelegenheit zu hören wünsche.«

»Glaubst du, er würde mit uns zusammenarbeiten?«

»Ja, das glaube ich.«

»Hinter dem Rücken seines Ministerpräsidenten?«

»Natürlich nicht, das wäre gegen die Grundsätze der Demokratie. Sam ist ebenfalls ein glühender Anhänger dieser Grundsätze. Sam hat aber von unserem Ministerpräsidenten keinen ausdrücklichen Befehl erhalten. Dann ist es seine Schuldigkeit, nach bestem Wissen und Gewissen das zu tun, was für Schweden gut ist. Ich glaube, genau wie Sam glauben wird, daß eine Zusammenarbeit in dieser konkreten Einzelfrage für Schweden gut wäre.«

Als Carl seine ebenso ironische wie auch etwas hochtrabende Darstellung beendet hatte, saß Jurij Tschiwartschew fast zehn Sekunden lang verblüfft schweigend da, bis er seine Gedanken einzuholen schien. Dann ließ er ein langes, lärmendes Lachen hören, was die westlichen Geschäftsleute und deren Prostituierte an den Nebentischen dazu brachte, sich verblüfft umzudrehen und zu starren.

»Die Demokratie ist wahrlich ein kompliziertes System!« brummelte der Russe fröhlich, als er sich von seinem Lachen erholt hatte.

Als die Polizei zugeschlagen hatte, war alles genau nach Plan verlaufen. Bei dem kleinen Fuhrunternehmen außerhalb von Örebro schien niemand etwas Böses geahnt zu haben. Niemand hatte noch Zeit auszureißen, und alle, die sich dort aufhalten sollten, waren auch an Ort und Stelle. Rune Jansson und Willy Svensén waren die einzigen Polizeibeamten aus Stockholm gewesen, so daß die rein praktischen Maßnahmen von der Polizei von Örebro durchgeführt wurden.

Zwei Mann konnten von dem diensthabenden Staatsanwalt am Ort schnell für vorläufig festgenommen erklärt werden, und anschließend gab es an drei Stellen Hausdurchsuchungen: im Büro des Fuhrunternehmens und in den Wohnungen der beiden festgenommenen Männer. Bei den ersten Verhören leugneten sie alles, so daß man noch einige Tage Zeit hatte, bevor der Staatsanwalt sich zur Frage eines Haftbefehls äußern mußte. Die beiden Festgenommenen wurden nach Stockholm transportiert, eine Maßnahme, die möglicherweise mehr der psychologischen Kriegführung diente, als aus praktischen Gründen gerechtfertigt war. Es hätte nichts dagegen gesprochen, sie im Polizeigebäude von Örebro zu verwahren und dort zu verhören.

Wenn jedoch Menschen, die man festgenommen hat, alles abstreiten, wessen man sie beschuldigt, kommt es zu einem gewissermaßen rein geistigen Tauziehen. Aus polizeilicher Sicht kann es praktisch sein, wenn leugnende Menschen eine Zeitlang hinter einer Panzertür schmoren, wo sie sich auf einer Fläche von zwei mal drei Metern mit Papierlaken auf der Pritsche zufriedengeben müssen. Bei manchen von ihnen kommt es schon nach ein paar Stunden zu so etwas wie Wahnsinn, während andere ein ganzes Jahr hinter Schloß und Riegel sitzen können, um dann hinauszuspazieren, als wäre nichts geschehen. Niemand weiß, worin diese Unterschiede begründet sind. Vielleicht hat niemand es für wissenschaftlich interessant befunden, bekannt ist nur, daß es sie gibt.

Rune Jansson hatte einen Tag lang in aller Ruhe beschlagnahmte Unterlagen studiert und bei Mineralölunternehmen und anderen Firmen einige Kontrollen vorgenommen, bis es Zeit war, zum Flughafen Arlanda zu fahren und Eino Niemi abzuholen, der mit einer Maschine aus Luleå ankam.

Niemi war seit dem Besuch der Polizeihochschule vor zwölf Jahren nicht mehr in Stockholm gewesen, und er war von dieser Reise nicht besonders entzückt. Andererseits war er sichtlich zufrieden, daß die Stockholmer überhaupt jemanden gebeten hatten, von Haparanda zu kommen, als sich die Dinge jetzt zusammenbrauten.

Eino Niemi hatte komplizierte Spaziergänge durch den großen Polizeikomplex auf Kungsholmen erwartet, doch tatsächlich war es gar nicht schwierig, Rune Janssons Zimmer zu finden. Vom Haupteingang direkt hinein, Fahrstuhl bis zum neunten Stock und dann nur noch ein kurzer Spaziergang. Das Zimmer war recht groß und hatte drei Fenster zum Kronobergs-Park hin, sah im übrigen aber so aus, wie es bei Polizisten auszusehen pflegt. Ein paar Geschenke auf den Bücherregalen, viele Aktenordner, Familienfotos auf dem Schreibtisch und zwei Besucherstühle.

»So«, sagte Rune Jansson, als sie eintraten und die Mäntel abnahmen, »dann können wir gleich loslegen. Du kannst dir ja vielleicht schon mal diese Dinge ein bißchen ansehen.«

Rune Jansson reichte Eino Niemi einen Aktenordner und zeigte auf einen der Besucherstühle. Er selbst setzte sich gegenüber an den Schreibtisch, rief das Untersuchungsgefängnis an und bat, einen der Festgenommenen aus Örebro in einer Viertelstunde in ein Vernehmungszimmer zu bringen.

»Wie du anhand des Fahrtenschreibers und anderer Dinge siehst, haben wir zwei Männer überführt, den fraglichen Scania vier Tage lang gefahren zu haben, vom 20. Dezember bis Heiligabend. Sie müssen am Heiligabend nach Hause gekommen sein.«

»Ja, oder eigentlich spät in der Nacht des 23., aber wenn sie nach zwölf angekommen sind, ist es natürlich Heiligabend«, murmelte Eino Niemi. »Was sind die Haftgründe?«

»Schwere Verstöße gegen Einfuhr- und Ausfuhrbestimmungen, also Schmuggel«, erwiderte Rune Jansson kurz.

»Also nicht Mord?«

»Nein. Damit wollen wir sie überraschen, wenn sie eine Zeitlang geschwitzt haben.«

»Und wie stellen sie sich zu allem?«

»In allem unschuldig, kommt uns doch erst mal mit Beweisen, wir haben nichts Ungesetzliches getan.«

»Sind sie im Strafregister erfaßt?«

»Nein, wieso?«

»Nun ja, ich dachte mir, daß Leute mit dieser Einstellung, kommt uns erst mal mit Beweisen und so, meist schon etwas auf dem Kerbholz haben.«

»Das ist ein Gedanke, der mir auch gekommen ist, aber vielleicht haben sie ja mit anderen Leuten zu tun gehabt, die sie aufgeklärt haben.«

»Ja, das ist natürlich auch möglich.«

»Wollen wir gehen?«

»Ja, gehen wir.«

Jetzt kam der lange, komplizierte Spaziergang, den Eino Niemi erwartet hatte. Sie begaben sich zunächst zu dem unterirdischen Gang, der die verschiedenen Polizeigebäude miteinander verband, dann zum Untersuchungsgefängnis, fuhren mit einem Fahrstuhl nach oben, um dann in weiteren Korridoren zu verschwinden. Sie sprachen unterwegs nicht viel. Beide erkannten, daß sie jetzt kurz vor einem Sieg standen, vielleicht aber auch ebensokurz vor einer Niederlage.

»Ich habe erst den mit dem finnischen Namen kommen lassen. Für den Anfang können wir uns ja deiner finnischen Sprachkenntnisse bedienen«, erklärte Rune Jansson, als sie das Vernehmungszimmer betraten. Sie begrüßten den Festgenommenen und baten den Wachposten, den Raum zu verlassen.

Rune Jansson schwieg eine Zeitlang, während er mit dem Tonbandgerät und einem Aktenordner hantierte, den er mit großem Interesse zu studieren schien, während er von Zeit zu Zeit beim Lesen bestätigend nickte. Dann blickte er hoch und schaltete das Tonbandgerät ein:

»Gut, dann können wir loslegen. Fortsetzung der Vernehmung des vorläufig festgenommenen Pekka-Jaari Kinunen, Personennummer 440117-1279, geboren in Kemi, seit 1975 naturalisierter schwedischer Staatsbürger. Vernehmungsleiter Kriminalkommissar Rune Jansson vom Gewaltdezernat bei der Reichskripo, Vernehmungszeuge Kriminalinspektor Eino Niemi vom Polizeidistrikt Haparanda. Also dann. Darf ich dich als erstes fragen, ob du deine Einstellung seit unserem ersten Gespräch in Örebro geändert hast?«

»Einstellung zu was denn? Ich bin unschuldig, und außerdem will ich einen Anwalt«, erwiderte der Festgenommene und blickte zu Boden. Er wirkte nicht besonders fröhlich.

»Aha«, sagte Rune Jansson leichthin, »dann sollten wir dieses Verhör vielleicht abbrechen und in ein paar Tagen weitermachen, wenn du dir einen Anwalt besorgt hast.«

Rune Jansson machte Anstalten, sich zu erheben. Sogar Eino Niemi glaubte in diesem Augenblick, daß er es ernst meinte.

»Warte ... wie lange muß ich hier noch sitzen? Können wir das jetzt nicht gleich erledigen?« fragte der Festgenommene mit einem Anflug von Panik in der Stimme.

»Nun ja, das entscheidest du. Wenn du unschuldig bist, wie du sagst, könnten wir das Ganze sicher schnell hinter uns bringen«, sagte Rune Jansson mit einem Tonfall, als hielte er es eher für lästig, sitzen zu bleiben, und als wäre es ihm lieber, seine Sachen zusammenzupacken und zu gehen. Ungefähr zu dieser Zeit begriff Eino Niemi, was jetzt geschehen würde.

»Na schön, dann machen wir weiter«, knurrte der Festgenommene resigniert. »Aber auf bestimmte Fragen kann ich keine Antwort geben.«

»Du hast einen bestimmten Scania gefahren, der einem Fuhrunternehmen gehört, an dem du Teilhaber bist. Du weißt, von welchem Laster wir sprechen. Es geht um die Zeit zwischen dem 20. und dem 24. Dezember vergangenen Jahres, also um Weihnachten herum. Was hast du in diesem Laster transportiert, woher und wohin? Das ist meine erste Frage.«

Der Festgenommene war ein grobknochiger Mann um die Fünfzig, fast der Prototyp eines LKW-Fahrers mit Bierbauch, schwellenden Armmuskeln und Tätowierungen an den Unterarmen. Er hatte die Hemdsärmel hochgekrempelt. Unter anderen Umständen, dachte Eino Niemi, wäre es nicht so leicht, mit diesem Mann fertig zu werden. Jetzt wirkte er sichtlich gequält und sah aus, als bereute er schon, sich auf das Verhör eingelassen zu haben. Doch jetzt war es zu spät, diesen Schritt rückgängig zu machen, zwar nicht juristisch, aber menschlich.

»Darauf kann ich nicht antworten«, sagte der Festgenommene.

»Kannst du nicht, oder willst du nicht?«

»Ich kann nicht.«

»Wie sollen wir das verstehen? Leidest du an Gedächtnisverlust, was diese Zeit vom 20. Dezember bis Heiligabend betrifft?«

»Ich kann einfach nicht.«

»Ach nein. Dann frage ich so. Was hast du am 21. Dezember in Haparanda gemacht?«

»Da bin ich nicht in Haparanda gewesen, da war ich zu Hause, das kann meine Frau bezeugen, und außerdem war ich an dem Abend beim Finnischen Verein in Örebro. Die können es also auch bezeugen.«

»Hast du die Adresse dieses Finnischen Vereins?«

»Ja, natürlich.«

»Gut, dann kommen wir darauf später zurück. Und was hast du zwischen dem 22. und 23. Dezember getan? Der fragliche Scania, von dem wir sprechen, ist doch da von dir gefahren worden, oder?«

»Ja, ich hatte eine Fuhre.«

»Von Örebro?«

»Ja.«

»Aha, und was noch? Wohin ging die Fuhre?«

»Darauf will ich nicht antworten.«

»Ach nein. Dann stelle ich die Frage so: Wie kommt es, daß deine BP-Karte zu einem Zeitpunkt in Östersund als Zahlungsmittel verwendet wurde, zu dem du angeblich beim Finnischen Verein in Örebro gewesen bist?«

»Ein anderer muß sie benutzt haben.«

»Wer denn?«

»Darauf kann ich nicht antworten.«

Rune Jansson beugte sich mit einem demonstrativen Seufzer vor und schaltete das Tonbandgerät aus. Dann blieb er eine Zeitlang mit einer bekümmerten Falte auf der Stirn sitzen, als überlegte er. Dann sah er Eino Niemi an und machte eine müde Handbewegung.

»Es dürfte jetzt wohl an der Zeit sein, oder was meinst du?« fragte er.

»Aber ja, jetzt ist es wohl so weit, das glaube ich auch«, erwiderte Eino Niemi und machte die Kraftanstrengung, so auszusehen, als begriffe er, was jetzt kommen mußte; er konnte sich nicht entscheiden, ob es nur ein Bluff war, oder ob es tatsächlich etwas gab, was jetzt unbedingt heraus mußte, wovon er selbst aber keine Ahnung hatte.

»Ja ja ja«, seufzte Rune Jansson und wandte sich erneut dem Festgenommenen zu. »Wie du weißt, bist du wegen Schmuggels vorläufig festgenommen worden. Ich habe jetzt die Pflicht, dir mitzuteilen, daß du noch eines weiteren Verbrechens verdächtigt wirst. Nämlich eines Mordes.«

Die beiden Polizeibeamten blickten den Festgenommenen starr an, um seine Reaktion zu registrieren. Es war eine Mischung aus Schrecken und Erstaunen, unter den gegebenen Umständen nicht erstaunlich.

»Mord!« hustete der Mann fast hervor. »Mord? Wer zum Teufel ist denn ermordet worden?«

»Ein Kollege von dir. Ein Lastwagenfahrer namens Lasse Holma. Was weißt du darüber?« fragte Rune Jansson ruhig.

»Ich weiß nichts davon! Ich kenne keinen Lasse Holma«, erwiderte der Festgenommene fast verzweifelt. Die beiden Polizeibeamten gewannen den Eindruck, daß er vielleicht die Wahrheit sagte. In seinem Gesicht war echtes Entsetzen zu lesen.

»Dann wollen wir mal sehen ...«, sagte Rune Jansson, beugte sich vor und schaltete das Tonbandgerät ein. »Wo waren wir stehengeblieben? Ja! Wer hat den fraglichen Scania am 21. Dezember in Haparanda gefahren?«

»Darauf will ich nicht antworten!«

»Dann ist es meine Schuldigkeit, dir mitzuteilen, daß du auch wegen Mordes verdächtigt wirst. Kennst du eine Person namens Lasse Holma?«

»Nein.«

»Du hast also keine Vorstellung davon, wer Lasse Holma am 21. Dezember des vorigen Jahres in Haparanda umgebracht hat?«

»Darauf kann ich nicht... ich kann nicht darauf antworten«, keuchte der Festgenommene. Es war ihm deutlich anzusehen, daß ihm klar war, wie ernst es jetzt um ihn stand.

»Dann bist du in einer ziemlich üblen Lage«, sagte Rune Jansson, der jetzt wirklich bekümmert aussah. »Deine Benzinkarte ist nämlich zu dem kritischen Zeitpunkt bei einer Fahrt von Haparanda als Zahlungsmittel eingesetzt worden. Dein Wagen war am Tatort. Dir ist jetzt hoffentlich klar, in welchen Schwierigkeiten du dich befindest?«

»Ich habe niemanden ermordet!«

»Soso. Nun, nehmen wir es einmal an. Dann bist du aus guten Gründen der Mittäterschaft an einem Mord verdächtig, was im übrigen die gleiche Strafe ergibt wie für Mord. Oder wir könnten auch an Begünstigung denken, und im Hinblick darauf, daß der Täter in diesem Fall ein Mörder ist, siehst du dann auch nicht viel besser aus. Kurz, du läufst jetzt Gefahr, schlimmstenfalls lebenslänglich zu bekommen und bestenfalls ein paar Jahre. Wie hätten wir es denn gern?«

Rune Janssons juristische Darstellung wäre vor Gericht nicht ganz ohne Kritik durchgegangen. Sie hatte jedoch unleugbar eine überzeugende Logik, besonders für einen Menschen, der seit vierundzwanzig Stunden hinter Gittern saß und nach und nach an die Grenze des Zusammenbruchs getrieben worden war.

»Kannst du diese gottverdammte Maschine nicht abstellen?« sagte der Häftling mit einer Stimme, die sich plötzlich verändert hatte. Er zeigte auf das Tonbandgerät.

»Selbstverständlich«, sagte Rune Jansson und schaltete das Gerät mit demonstrativer Deutlichkeit aus. »Nun?«

Der Festgenommene sank in sich zusammen, hielt den Kopf zwischen den Knien und begann auf finnisch zu jammern. Eino Niemi warf Rune Jansson einen schnellen Blick zu. Dieser bedeutete, sie sollten abwarten. Der Festgenommene schien vor sich hin zu fluchen, sich selbst zu verwünschen und ließ schließlich einen langen Strom von Worten hören, an deren Ende er fast in Tränen ausbrach.

Rune Jansson verhielt sich völlig passiv und machte heimlich eine Handbewegung, die ungefähr bedeutete, leg los, wenn du den Augenblick für gekommen hältst.

Plötzlich sagte Eino Niemi etwas auf finnisch, scharf, kurz angebunden. Der Verdächtige wurde von seiner eigenen Sprache fast gegen die Wand geschleudert. Als er seine Verblüffung überwunden hatte, antwortete er mit einem langen Wortschwall, der mit einer neuen scharfen Frage Niemis unterbrochen wurde. Rune Jansson hatte inzwischen unauffällig das Tonbandgerät wieder eingeschaltet, verhielt sich im übrigen aber völlig passiv, als wäre er gar nicht anwesend, als gäbe es ihn nicht, als führten die beiden anderen ein fast seelsorgerisches Gespräch unter Landsleuten.

Schließlich verstummten die beiden finnisch sprechenden Männer und blickten einander starr an.

»So, dann sollten wir das Ganze vielleicht auf schwedisch wiederholen«, sagte Eino Niemi nach einem langen, geladenen Schweigen und zeigte auf das Tonbandgerät. Rune Jansson tauschte mit seinem Kollegen die Plätze und saß anschließend nur als faszinierter Zuschauer da.

»Wie hießen diese beiden Männer noch? Was sagtest du?« lauteten die ersten Fragen Eino Niemis.

Danach lief alles sehr schnell ab.

Pekka-Jaari Kinunen hatte den Schnitt seines Lebens gemacht, zumindest hatte er dies geglaubt, bis die Polizei kam. Er hatte erstens einen der Scania-Laster des Fuhrunternehmens schwarz ausgeliehen, unglücklicherweise mit der dazugehörigen Kreditkarte, und die Zeit auf seinen Namen eingetragen. Dann hatten er und einer der Kollegen, der zweite Festgenommene, den Scania-Laster außerhalb von Örebro beim Fuhrunternehmen abgeholt und nach Varberg gefahren, wo sie ein paar schwere Holzkisten auf ein kleines Frachtschiff verladen hatten. Danach waren er und der Kollege zu einem sehr fröhlichen Weihnachtsfest nach Hause gefahren. Sie hatten je 500 000 Kronen schwarz verdient.

Die Idee zu all dem war in Leningrad entstanden. Vor ein paar Jahren hatten sie einige Fuhren über Finnland nach Leningrad gehabt; für einen Bekannten dort namens Ilja Alexandrow. Ja, der Nachname stimme schon mit ziemlicher Sicherheit, denn sie hatten oft über Eishockey gesprochen. Einer der besten sowjetischen Spieler der damaligen Zeit, der Mittelstürmer der ersten Sturmreihe, hieß ja Alexandrow.

Sie waren recht gute Freunde geworden, waren mit dem Russen viel ausgegangen und hatten anschließend das Nachtleben genossen, das den Inhabern von West-Devisen zu Gebote stand. Ilja Alexandrow war eigentlich Angestellter einer Speditionsfirma in Leningrad, aber selbstverständlich hatte er noch einige andere Eisen im Feuer gehabt.

Eines schönen Tages, genauer, im Oktober des vergangenen Jahres, war dieser Ilja plötzlich im Büro in Örebro aufgetaucht. Sie waren ausgegangen, hatten ein Bier getrunken und über gute alte Zeiten gesprochen.

Ilja hatte natürlich einen Vorschlag. Aus diesem Grund sitzen wir ja jetzt in der Tinte. Er hörte sich sehr einfach an. Wir sollten eine Ladung innerhalb Schwedens von Örebro nach Varberg transportieren und dafür sorgen, daß sie auf ein Schiff verladen wurde. Das war alles. Nun, legal war das natürlich nicht, das konnte es ja auch nicht sein, wenn die Bezahlung eine halbe Million betrug.

Aber was man nicht weiß, macht einen nicht heiß. Es ging schließlich nur um einen Transport, entweder Ikonen oder Gold oder was auch immer, natürlich etwas Illegales. Aber wozu danach fragen?

Zunächst hatte es außerdem fast wie ein Scherz geklungen. Wie auch immer. Es ging also darum, für ein paar Tage einen Laster auszuleihen und die Fracht dann, in den Begleitpapieren stand etwas von Maschinenteilen, auf ein Schiff zu verladen, um dann wieder nach Hause zu fahren. Und eine halbe Million schwarz einzustreichen.

Ja, es hatte mehrere Kontakte gegeben. Ja, und außerdem war etwas daraus geworden. Ilja und ein Finne, also ein richtiger Finne, der kein Wort Schwedisch sprach, dafür aber Russisch, erschienen tatsächlich und holten den Wagen wie vereinbart am Abend des 20. Dezember ab. Na ja, später hätten sie das als den 21. verbucht, aber der Wagen war also am 20. abends abgeholt worden.

Ja, und spät in der Nacht des 21. hatten Ilja und sein finnischer Kumpel den Wagen übergeben, und das war alles. Natürlich war Pekka-Jaari klar (er sagte, man nenne ihn neuerdings immer nur PJ), daß es um Schmuggel ging. Aber er hatte sich nicht einmal in seiner schwärzesten Phantasie ausmalen können, daß es zu einem Mord kommen würde. Dann hätte er nie mitgemacht.

Dieser Finne hatte den Vornamen Matti, jedenfalls nannte ihn Ilja immer Matti, und seinem Finnisch nach zu urteilen stammte er wohl aus Savolaks.

Es war eine gute Geschichte, jedenfalls in dem Sinn, daß sie den Stempel der Wahrscheinlichkeit trug, wie die beiden Beamten gesagt hätten. Es war einleuchtend, daß Pekka-Jaari eine derart lohnende Schwarzarbeit übernahm. Weniger einleuchtend war, daß er für dieses Geld morden würde, auch wenn es großes Geld war. Überdies war unwahrscheinlich, daß er mit Curare töten würde.

Sie sannen eine Zeitlang schweigend über die Logik der Geschichte nach, nachdem Eino Niemi das Verhör beendet hatte. Möglicherweise hatten sie jetzt die Namen der Mörder. Ebenso möglich war aber, daß sie die Mörder nie schnappen würden.

»Darf ich jetzt gehen?« flüsterte Pekka-Jaari. »Meine Frau und meine Kinder ...« Er troff vor Schweiß. Worte und Schweiß waren in der letzten halben Stunde nur so geströmt.

»Nein, das darfst du nicht«, erwiderte Rune Jansson mit einem Tonfall, der sich freundlich anhörte. »Du fragst dich natürlich, warum, und das werde ich dir sagen. Erstens müssen wir diese ganze Geschichte auch mit deinem Kollegen durchgehen. Zweitens müssen wir uns noch nach Schiffen und anderen Dingen erkundigen, die geklärt werden müssen, solange ihr hier festsitzt. So ist es nun mal. Wenn du ein bißchen nachdenkst, wirst du es schon verstehen. Drittens werden wir sehen müssen, was der zuständige Staatsanwalt sich jetzt einfallen läßt, ich meine, wessen man euch anklagen wird. Ich finde, es sieht nach Schmuggel aus, vorausgesetzt, du hast die Wahrheit gesagt, aber das will ich bis auf weiteres gern glauben.«

»Wann kann ich wieder nach Hause?«

»Wenn du die Wahrheit gesagt hast und deine Geschichte nicht durch das platzt, was dein Kollege erzählt, und wenn ihr beide wegen Schmuggels angeklagt werdet, wonach es im Augenblick aussieht, bist du schlimmstenfalls in ein paar Tagen wieder auf freiem Fuß und bestenfalls schon morgen.«

»Wird man mich verurteilen?«

»Nun ja«, sagte Rune Jansson lächelnd und wiegte langsam den Kopf hin und her, »nun ja, das glaube ich schon. Besorg dir einen guten Anwalt, dann bekommst du eine Strafe mit Bewährung. Aber das setzt wie gesagt voraus, daß du die Wahrheit gesagt hast. Du wirst verstehen, daß es einiges gibt, was wir nachprüfen müssen. Es würde mir gar nicht gefallen, wenn wir uns wieder zusammensetzen und ganz von vorn anfangen müßten, nur weil du gelogen hast.«

»Ich habe nicht gelogen, ich schwöre. Ich würde nie jemanden ermorden.«

»Gut. Für diese Einstellung sind wir bei der Mordkommission sehr zu haben.«

»Der Mordkommission!«

»Ja. Dort arbeiten wir. Wir ermitteln, wie du eigentlich mitbekommen haben müßtest, in einem Mordfall. Du hättest dieser Mörder sein können, Pekka-Jaari, vergiß das nicht.«

»Darf ich das Geld behalten?«

Rune Jansson lachte auf und betrachtete den Mann eine Zeitlang prüfend und mit einem amüsierten Gesichtsausdruck.

»Nun ja«, sagte er schließlich, »hattest du dir das Ganze steuerfrei gedacht? Scherz beiseite, nein. Das Geld ist beschlagnahmt. Du hast es schließlich bei einem Verbrechen verdient, und damit ist es verwirkt, wie es heißt. Ganz ehrlich gesagt bin ich der Meinung, daß du mit dieser Regelung gar nicht so unzufrieden sein solltest. Du hast dich immerhin auf etwas eingelassen, was dir eine lebenslange Freiheitsstrafe hätte einbringen können. Nun, ich denke, wir sollten das Ganze noch einmal durchgehen, und zwar von Anfang an!«

Rune Jansson schaltete das Tonbandgerät ein. Der Verdächtige jammerte, hatte aber weder die Kraft noch den Willen, sich zu widersetzen. Sie arbeiteten sich langsam und methodisch noch einmal durch die ganze Geschichte hindurch, fragten nach weiteren Details und suchten nach Abweichungen und Widersprüchen. Beide hatten den Eindruck, es auch in der zweiten Version mit der gleichen Geschichte zu tun zu haben.

Als sie fertig waren, blieben sie eine Zeitlang sitzen und überlegten, ob es im Augenblick noch etwas zu besprechen gab. Eino Niemi fiel schließlich ein Detail ein.

»Ja«, sagte er, »du weißt sicher, daß Russen sozusagen einen Doppelnamen haben. Einen Vatersnamen in der Mitte zwischen Nachnamen und Vornamen.«

»Ja, ich weiß«, sagte der Verdächtige.

»Nun«, fuhr Eino Niemi fort, ohne auch nur einen Anflug von Ungeduld zu zeigen. »Wie war also der mittlere Name dieses Ilja Alexandrow?«

»Michailowitsch.«

»Bist du dir da sicher?«

»Ja, bombensicher. Michailow, du weißt schon.«

»Nee, inwiefern?«

»Ich meine den Eishockeyspieler. Es gab etwa um die gleiche Zeit mit Alexandrow auch einen Michailow. Wir haben manchmal darüber gewitzelt, daß er selbst aussuchen konnte, wer er sein wollte.«

Die beiden Polizisten notierten das und gaben sich mit der Erklärung zufrieden. Rune Jansson ging hinaus und holte Wachpersonal, das den vorläufig Festgenommenen in die Zelle zurückbringen sollte.

Anschließend packten sie ihre Sachen zusammen und gingen. Es war fast selbstverständlich, daß sie mit dem nächsten Verhör noch einen Tag warten sollten. Es konnte nicht schaden, den zweiten Mann noch einen Tag schmoren zu lassen, und unterdessen konnten sie einige Kontrollen vornehmen, beispielsweise, was es mit dem Seetransport von Varberg um die Zeit kurz vor Weihnachten auf sich hatte.

Sie sprachen kaum miteinander, als sie auf dem Rückweg zu den Büros des Gewaltdezernats bei der Reichspolizeiführung durch die langen unterirdischen Gänge und Korridore gingen. Sie gaben die Bänder zur Abschrift ab, gingen dann zu Rune Jansson ins Zimmer und setzten sich. Beide schwiegen immer noch eine Zeitlang. Jeder von ihnen schien intensiv nachzudenken.

»Wie fahndet man nach einem Russen?« fragte Eino Niemi schließlich. »Wir haben von ihm immerhin einen glaubwürdigen Namen. Der Finne wäre wohl nicht so schwierig gewesen, aber da haben wir vielleicht nur einen, der Matti heißt und aus Savolaks kommt. Ich meine, es gibt schließlich Telefone, du weißt schon …«

»Ja, das ist es ja gerade …«, überlegte Rune Jansson. »Sobald diese Figuren auf freiem Fuß sind, können sie ja jeden anrufen und warnen. Aber mit etwas Glück schaffen wir es vielleicht in einer Woche, sie verhaften zu lassen.«

»Läßt sich der Staatsanwalt darauf ein? Ich meine, die Geschichte scheint ja zu stimmen.«

»Gewiß. Aber wir haben Ermittlungsgründe und Verdunklungsgefahr als gute Haftgründe. Es besteht immerhin das Risiko, daß jemand gewarnt wird, nach dem wir wegen Mordes fahnden. Und mit etwas Glück leugnet morgen der nächste Mann. Wenn er leugnet, wird ein Haftbefehl ausgestellt, und dann fährt unser Freund Pekka ebenfalls ein. Nein, es dürfte gehen. Wenn wir wollen, kriegen wir die Haftbefehle.«

»Und das wollen wir?«

»Genau.«

Sie wollten Zeit gewinnen und waren sich ziemlich sicher, damit Erfolg zu haben. Doch dann kam die Frage der Zusammenarbeit mit den russischen Polizeibehörden, und das war etwas, was von den Bürokraten bei der Reichspolizeiführung erledigt werden mußte. Es war nicht sehr wahrscheinlich, daß sich ein gewisser Ilja Michailowitsch Alexandrow noch in Schweden aufhielt, obwohl man natürlich im ganzen Land nach ihm fahnden würde. Nach einer Person namens Matti zu fahnden, war im Grunde sinnlos, sofern die beiden sich nicht zusammen in Schweden aufhielten, was ziemlich unwahrscheinlich schien.

Carl verließ das Regierungsgebäude Rosenbad mit einem Gefühl vagen Unbehagens. Er bestieg den Wagen, der ihn zum Generalstab fahren sollte. Ihm selbst war nicht klar, ob sein Unbehagen auf die soeben beendete Begegnung mit dem Ministerpräsidenten zurückzuführen war oder auf das, was ihn beim Generalstab erwartete. Der Ministerpräsident hatte einen kritischen Eindruck gemacht, als Carl ihm von dem Treffen in Moskau berichtete, als beruhte der Mangel an Ergebnissen auf mangelnder Initiative Carls oder einem ähnlichen Fehlverhalten. Carl hingegen erschien es selbstverständlich, daß ein erstes Treffen kein Ergebnis bringen konnte. Sie hatten in dem pistaziengrünen kleinen Häuschen hinter dem imposanten Bau des russischen Generalstabs gesessen, und alles war so verlaufen, wie man es hatte erwarten können. Dort in dem kleinen Holzhaus in der Janisejwagasse verlief alles immer so, wie man es erwarten konnte, möglicherweise mit Ausnahme einer Begegnung vor sehr langer Zeit, als Carl dort als Marineattaché akkreditiert gewesen war.

Sie hatten sich in erster Linie miteinander bekannt gemacht und ein paar Höflichkeitsfloskeln ausgetauscht, die dem traditionellen sowjetischen Stil entsprachen. Sie hatten von Frieden zwischen den Völkern und Freundschaft und brüderlichen Verbindungen und derlei gesprochen. Anschließend war eine Tagesordnung für die folgende, offiziellere Begegnung festgelegt worden. Daraus ließen sich jedoch keine Schlußfolgerungen ziehen, wie die Russen sich verhalten würden, wenn es ernst wurde. Carl hatte es nicht einmal gewagt, eine Vermutung zu äußern, als ihn der Ministerpräsident dazu drängte.

Carl erschien das alles selbstverständlich. Die Russen arbeiteten nun mal so. Ob Breschnjew, Gorbatschow oder Jelzin, das spielte für ihr Protokoll keine größere Rolle. Man hatte sich auf eine sorgfältige Durchleuchtung der Ereignisse geeinigt, die mit dem U-Boot U 137 zusammenhingen, das in den Schären von Karlskrona auf Grund gelaufen war. An dem Ende sollte die Sache aufgerollt werden. Dem lag von schwedischer Seite oder vielmehr beim schwedischen Ministerpräsidenten der Gedanke zugrunde, daß man so erfahren würde, ob die Russen tatsächlich den Wunsch hatten, aufrichtig zu sein. Wenn nicht, wäre es nach Ansicht des Ministerpräsidenten sinnlos, sich der bedeutend verwickelteren Frage russischer U-Boote zuzuwenden, die nicht auf Grund gelaufen und bedauerlicherweise auch auf andere Weise nicht irgendwo hängengeblieben waren.

Das Treffen ließ sich recht kurz abhandeln, denn Carls schriftlicher Bericht umfaßte nur eineinhalb Seiten. Ihm kam der Gedanke, daß das auf den Ministerpräsidenten vielleicht einen nachlässigen Eindruck gemacht hatte. Der Kreis, mit dem dieser sich umgab, besaß sonst die Fähigkeit, auf eine Weise redselig zu sein, die zu Carls Person ebensowenig paßte wie zu seinem beruflichen Hintergrund.

Es wäre kaum die richtige Stimmung gewesen, um die offizielle Anfrage von Generalleutnant Jurij Tschiwartschew zur Sprache zu bringen, ob man nicht parallel laufende Verhandlungen aufnehmen könne. Es hätte nur ein glattes Nein gegeben, und dann wäre die Sache für immer verloren gewesen. So wie Carl seinen höchsten Chef kennengelernt hatte, änderte dieser nur höchst ungern Entscheidungen, die er selbst getroffen hatte, da er diese immer wieder als die Klassenbesten anzusehen schien.

Carl überlegte, ob er das Ganze einfach Samuel Ulfsson vortragen und dann auf den Ministerpräsidenten pfeifen sollte. Nein, das ging natürlich nicht. Er mußte mit Sam beraten, wie sie weiter vorgehen sollten.

Er versank hinter den geschwärzten Scheiben eine Zeitlang in Grübeleien. Er hatte einen Freund verloren. Zum ersten Mal formulierte er für sich diesen Gedanken vollkommen klar. Aber so war es. Er hatte sorgfältig gezählt und war auf vier Freunde gekommen, die er in seinem Leben gehabt hatte, zumindest in seinem Leben als Erwachsener. Einer von ihnen, Joar Lundwall, war buchstäblich in seinen Armen gestorben. Die Ursache hing nicht zuletzt mit Carls Nachlässigkeit und Dummheit zusammen. Sam war natürlich auch ein Freund. Der Alte war mehr als ein Freund, er war sehr viel mehr als ein Freund. Und dann also noch Åke Stålhandske, der ihn auf eine Weise im Stich gelassen hatte, wie man es einem Freund gegenüber nicht tun durfte.

Carl hatte es nicht gewagt, Tessie etwas davon zu sagen. Sie verfolgte ja noch ihre Pläne, übers Wochenende draußen auf Stenhamra so etwas wie ein Festessen zu geben. Vermutlich würde er sich bald gezwungen sehen, Tessie anzulügen und etwas über Åkes außerordentlich geheimen und eiligen Auftrag zu erfinden oder sich eine andere Lüge einfallen zu lassen, die das Problem jedoch nur weiter in die Zukunft verschieben würde.

Er hätte sich erleichtert fühlen müssen wie bei einem Spaziergang an der frischen Luft, als er seinen alten Arbeitsplatz betrat und die Sicherheitsbeamten in dem Glaskäfig begrüßte, während er seine Plastikkarte durch das Schloß zog. Hier konnte man auf ganz andere

Weise aufrichtig sein. Oben bei Sam war es nicht riskant, gute Vorschläge zu machen. Hier war es nur gut, wenn man gute Vorschläge zu bieten hatte.

Im Fahrstuhl nach oben stand ein Mann aus der Nachrichtenabteilung, der ihn scherzhaft mit dem Ellbogen in die Seite stieß und sagte, er sehe aus, als solle er beim Rektor eine Zigarre verpaßt bekommen. »Was hast du denn diesmal angestellt, hehe.« Das war ebenfalls unangenehm. Viel zu viele waren der Meinung, daß es lustig war, wenn jemand etwas »anstellte«, da sie sich nie vorstellen konnten, wie solche Dinge in der Wirklichkeit aussahen. Sie waren nette schwedische Offiziere, die in Wirklichkeit noch nicht einmal einen toten Menschen gesehen hatten, geschweige denn einen selbstgemachten Verbrennungsofen in der nördlichen Taiga.

Er sah wirklich nicht fröhlich aus, als er bei Sam eintrat. Dieser drückte gerade eine Zigarette aus und verabschiedete sich von einer Truppe aus der Sicherheitsabteilung des Generalstabs.

»Himmel, du machst vielleicht ein fröhliches Gesicht«, begrüßte ihn Sam und griff nach einer neuen Zigarette, während Carl seinen Mantel abwarf und sich auf seinen gewohnten Platz setzte, neben dem großen Schreibtisch, nicht davor.

»Ja, aber wir haben schließlich das eine oder andere leidige Problem zu besprechen, und außerdem bringe ich noch ein neues mit«, sagte Carl resigniert.

»Oh, Teufel auch!« sagte Samuel Ulfsson und hantierte mit seiner Zigarette, bevor er fortfuhr. »Damit stellt sich die Frage, in welcher Reihenfolge wir vorgehen sollen. Wurzelfüllung, die Zahnhälse, oder sind es nur kleine Löcher in den Schneidezähnen?«

Carl reagierte nicht auf das Gleichnis. Es sagte ihm nicht viel.

»Hast du keine Zahnprobleme?« fragte Samuel Ulfsson erstaunt.

»Nein, höchstens wenn mir mal jemand einen ausschlägt oder zertrümmert, aber das kommt zum Glück nicht so oft vor«, brummte Carl.

»Nein, verstehe, wohl mit Fluor oder so einem Zeug aufgewachsen, was? Wo sollen wir anfangen? Wird es zu einer Mordermittlung kommen?«

»Du meinst diese Frau von den Kommunisten, die zur Polizei gegangen ist? Nein, ich glaube nicht.«

»Von der Linken«, sagte Samuel Ulfsson schnell, »es heißt neuerdings Linke, nicht Kommunisten.«

»Hat der Ministerpräsident etwas dazu gesagt?«

»Du meinst ihre Anzeige bei der Polizei? Ja, das hat er. Er sagte wörtlich, was für ein Glück es sei, daß nicht sein Schwiegervater zur Polizei gegangen sei, sondern nur eine Kommunistin.«

»Und was hat er damit gemeint?« fragte Carl mit sichtlichem Erstaunen.

»Damit hat er gemeint, daß der Reichsanwalt auf jede Anzeige pfeift, wenn sie von einer Kommunistin kommt, aber sehr nachdenklich geworden wäre, wenn sie von einem sehr konservativen Hauptmann der Reserve gekommen wäre. Der Ministerpräsident fügte übrigens noch etwas hinzu. Ich kann es zwar nicht wortwörtlich wiedergeben, aber es lief darauf hinaus, wie gut es sei, daß allein die Kommunisten wegen dieser Sache Krach schlügen, und es sei ein ewiges Glück, daß die Christdemokraten sich nicht in den Kopf gesetzt hätten, Mord sei ein *ethisches* Problem. Kurz, es wird kein gerichtliches Nachspiel geben.«

»Wie schön, dann sind wir das Problem los. Ich habe es zwar erhofft, aber bei Politikern weiß man ja nie. Nun, das war das zweitschlimmste Problem!«

»Wo liegt unser größtes Problem? Ist es das, was ich vermute?«

»Aber sicher. Es geht um Åke.« »Ich habe seinen Bericht hier. Ich finde, du solltest ihn lesen.«

»Nein, erzähl mir lieber, was drinsteht, während du kommentierst.«

Samuel Ulfsson zögerte. Er hatte gerade einen Impuls unterdrückt, darüber zu scherzen, wer billigerweise wem Befehle zu geben habe, dann aber schnell erkannt, daß Scherze jetzt wohl nicht ankommen würden. Sein nächster Impuls lief darauf hinaus, plötzlich offiziell zu werden und Carl scharf zurechtzuweisen, doch er verwarf auch diesen Gedanken. Folglich machte er eine Kunstpause, während er die alte Zigarette ausdrückte und sich eine neue anzündete. Und genau wie Carl erwartet hatte, begann er seine Darlegung mit der ersten ausgeatmeten Rauchwolke.

Major Stålhandske gestehe in der Sache Insubordination. Er habe einen klaren Befehl erhalten. Er habe die Bedeutung des Befehls verstanden und sich geweigert, ihn auszuführen. Danach habe er fälschlicherweise behauptet, den Befehl ausgeführt zu haben. Soweit die Sachlage, insoweit sei alles einfach.

Samuel Ulfsson sah Carl von der Seite an, um nach irgendwelchen Reaktionen zu suchen. Doch Carl schien nur eine steinerne Maske angelegt zu haben. Insoweit sei alles einfach. Wie gesagt. Was sich aber zugetragen habe, sei folgendes. Major Stålhandske habe den Ausreißer auf Skiern eingeholt, ihn zu Boden gezogen und ein Messer hervorgeholt, um den Auftrag zu beenden.

Samuel Ulfsson las kurz in dem vor ihm liegenden Bericht, bevor er fortfuhr.

Dann habe Major Stålhandske gezögert, was zunächst nur an dem trivialen Umstand gelegen habe, daß es praktischer wäre, wenn das Objekt aus eigener Kraft zurückkehren könne, um danach hingerichtet zu werden, statt den Mann als Toten hinter sich her schleifen zu müssen.

Danach sei Major Stålhandske jedoch irgendwie zusammengebrochen. Er sei dem Objekt zu nahe gewesen, schreibe er. Er hatte den Kopf des jungen Mannes mit der einen Hand gehalten, ihn nach hinten gebogen, um so den Hals zu entblößen und den vorgeschriebenen Schnitt ansetzen zu können. Aber da wurde es irgendwie zuviel. Sie hatten begonnen, miteinander zu sprechen, und der junge Mann, der offenbar Juha heiße, habe geschworen und beteuert, nichts zu erzählen, und so weiter, und aus einem plötzlichen Impuls heraus hatte Major Stålhandske das Objekt laufen lassen und ihm sogar Skier, Mütze und Handschuhe mitgegeben.

Samuel Ulfsson machte eine Pause und warf Carl einen Seitenblick zu. Dieser schien jetzt still zu nicken, mehr um zu bestätigen, daß es sich so zugetragen haben mußte, als um die Rechtfertigung in der Darlegung zu akzeptieren.

Nun ja, Major Stålhandske sei, um einer Entdeckung zu entgehen, kurz in ein Loch im Eis getaucht und danach mit der falschen Version zurückgekehrt, der flüchtende junge Finne sei ertrunken.

Major Stålhandske bedaure, was geschehen sei, und erkläre sich bereit, alle eventuellen Konsequenzen auf sich zu nehmen.

Samuel Ulfsson machte Miene, als wollte er sich noch eine Zigarette anzünden, schien aber mit einer Grimasse des Abscheus zu verzichten; es blieb allerdings unklar, ob der Abscheu dem Rauchen oder der Geschichte galt, die er soeben vorgetragen hatte.

»Nun«, sagte er zögernd, »die Geschichte trägt doch wohl deutliche Züge von Logik?«

»Ja, ohne Zweifel«, erwiderte Carl kurz angebunden. »So muß es sich zugetragen haben.«

»Åke ist völlig vernichtet. Ich habe ihm dienstfrei gegeben«, sagte Samuel Ulfsson fast flehentlich.

»Das kann ich verstehen. Das sollte er auch sein«, entgegnete Carl kalt und blickte zur Seite. »Und welche weiteren Maßnahmen hattest du dir gedacht?«

»Jetzt hör mal zu, Carl. Nimm dich bitte zusammen und denk mal nach ...«, appellierte Samuel Ulfsson.

»Glaubst du, ich hätte etwa nicht nachgedacht?« sagte Carl verblüfft und wandte sich mit einem Glitzern in den Augen zu Samuel Ulfsson um, das sein Chef noch nie an ihm gesehen hatte und das ihn erschreckte. »Glaubst du etwa, ich hätte nicht nachgedacht? Ich habe nachgedacht, bis mir der Kopf rauchte. Die Schlußfolgerung ist trotzdem sehr einfach. Was *Major* Stålhandske getan hat, ist unverzeihlich!«

Samuel Ulfsson streckte die Hand verzweifelt nach der Zigarettenschachtel aus, und seinen Handbewegungen konnte ein Beobachter mit Carls Scharfblick leicht entnehmen, welches innere Chaos er zu verbergen suchte.

»Es geht immerhin um ... es geht immerhin um die extremste Situation, in die wir einen unserer Männer nur schicken können«, flehte Samuel Ulfsson fast in der ersten Qualmwolke, die er ausstieß.

»Genau! Vollkommen richtig!« sagte Carl, der wieder sein versteinertes Gesicht zeigte. »Und Major Stålhandske war aus diesem Grund einer der wenigen Offiziere, die wir mit einem solchen Auftrag betrauen konnten.«

Samuel Ulfsson schwieg eine Zeitlang, während Carl erneut den Blick abwandte. Plötzlich schien die Zeit stillzustehen. Das Gespräch konnte ganz einfach nicht mitten in der Krise enden, aber jetzt sah es gerade danach aus. Jede Sekunde des anschließenden Schweigens, das für einen Außenstehenden oder einen Chronometer kurz gewesen wäre, empfanden beide als quälend. Samuel Ulfsson beschloß, radikal die Taktik zu wechseln.

»Sag mir ehrlich, Carl, ehrlich, ich habe auf der Kommandobrücke eines Schiffs gestanden und Boote gefahren und am Schreibtisch gesessen, das weißt du. Ich kann mir ernsthaft die Belastungen nicht vorstellen, von denen wir jetzt sprechen. Also mal ehrlich ... Hättest du nicht ebensogut in der gleichen Situation landen können wie Åke?«

Die Frage wurde weich und freundlich ausgesprochen, schien Carl aber dennoch wie ein Peitschenhieb zu treffen; plötzlich wurde Samuel Ulfsson bewußt, daß er Carl noch nie so nackt gesehen hatte. Er dachte tatsächlich: nackt.

»Na schön, Sam, du willst eine ehrliche Antwort haben. Die sollst du natürlich bekommen. Ich glaube, daß ich in Major Stålhandskes Situation folgendes getan hätte. Ich hätte getötet, ohne dabei Blut zu vergießen, weil ich keine Lust gehabt hätte, blutverschmiert den Rückweg anzutreten. Es wäre nicht sehr schwer gewesen, mit diesem Bündel auf Skiern zurückzufahren. Major Stålhandske wäre es übrigens noch viel leichter gefallen. Das ist es, was ich glaube.«

»Aber wissen kannst du es nicht?«

»Natürlich nicht. Das kann niemand.«

»Warum dann diese, sagen wir, ein wenig rigorose Durchsetzung des Reglements?«

»Du triffst den Punkt nicht, Sam. Der Punkt ist der, daß Major Stålhandske einen akuten Anfall von Menschlichkeit erlitt. Das kann man verstehen, dafür kann man sogar Sympathie empfinden. Entscheidend ist aber, daß er gelogen hat.«

»Und das tust du niemals, oder was?«

»Selbstverständlich. Es gehört zu meinen Verpflichtungen zu lügen, und ich verstehe mich besorgniserregend gut darauf. Aber dich lüge ich nie an, Sam.«

»Niemals?«

»Ach was! Du weißt, was ich meine. Ich komme nicht von einer Operation nach Hause, um zu behaupten, es sei etwas anderes passiert als das, was tatsächlich geschehen ist. Das ist der entscheidende Punkt.«

Samuel Ulfsson suchte erneut Zuflucht im Schweigen. Das war nur eine vorübergehende Verteidigungsbastion, das wußte er sehr wohl, doch er ahnte etwas ganz anderes, eine Schwachstelle in Carls so aggressiv vorgebrachter Verteidigung. Irgendwo gab es dort eine Schwäche, die es zu finden galt. Dort mußte er behutsam ansetzen.

»Was regt dich am meisten auf?« fragte Samuel Ulfsson schließlich, als er sich nicht länger in seinem Schweigen herumdrücken konnte. »Daß dein untergebener Kollege dich angelogen hat oder dein Freund?«

Carl schwieg. Diese Frage hatte ihn nicht wie ein überraschender Peitschenhieb getroffen, sondern in einer noch tieferen Schicht erreicht.

»Ich weiß nicht …« sagte er zögernd. »Ich weiß es wirklich nicht. Ich kann es unmöglich sagen.«

Samuel Ulfsson war jetzt klar, wie er fortfahren mußte, setzte aber intuitiv sehr langsam an. Er ließ Carl eine Zeitlang in der eigenen Angst treiben, bevor er fortfuhr.

»Du kannst verstehen, daß Åke in dem entscheidenden Augenblick zögerte, als es darum ging, einem kleinen Schlingel den Hals zu durchschneiden, der vor Schweiß dampfte, ihm aus der Nähe in die Augen zu sehen und es dann zu tun? Ja, Åke hat einiges von dem erzählt, was nicht in seinem offiziell formulierten Bericht steht. Aber das kannst du verstehen?«

»Natürlich«, erwiderte Carl leise. »Natürlich. Das Bild, das du beschreibst, ist ein gottverdammter Alptraum, und ich weiß es besser als die meisten, weil ich selbst dort gewesen bin.«

»Genau. Du hättest in der gleichen Situation wie Åke zögern und wie Åke handeln können?«

»Ja, das wäre möglich gewesen.«

»Was hättest du dann bei der Rückkehr zu deinem Vorgesetzten gesagt? Ob Freund oder Feind, aber dein Vorgesetzter? Was hättest du mir in einer solchen Situation gesagt?«

Carl antwortete nicht. Es hatte den Anschein, als könnte er nicht antworten, zumindest nicht gleich. Samuel Ulfsson atmete innerlich auf. Er glaubte, ein sehr wichtiges und sehr schweres Spiel gewonnen zu haben. Er dachte nicht nur an die rein praktischen Probleme, die in einer so kleinen und sensiblen Abteilung des Nachrichtendienstes wie der operativen Seite natürlich die Folge einer solchen Zwietracht sein würden. Es lag etwas menschlich Zwingendes darin, den Versuch zu machen, die beiden Freunde wieder zusammenzuführen. Das war mit Sicherheit wichtiger als alle praktischen Fragen. Außerdem hatte Samuel Ulfsson ein entschieden schlechtes Gewissen. Auf gewisse Weise hatte Carl ihn ständig hereingelegt. Er war von Aufträgen zurückgekommen, die in Wahrheit entsetzlich gewesen sein mußten, hatte sie aber in seinen schriftlichen Berichten und den nüchtern vorgetragenen mündlichen Schilderungen lediglich als eine Folge von Tatsachen zusammengefaßt. Erst jetzt erkannte Samuel Ulfsson das Absurde der Situation. Er hatte sich dazu verleiten lassen, die sachliche und formelle Haltung für natürlich zu halten, ganz einfach deshalb, weil er sich daran gewöhnt hatte. Er war ja selbst nie *dort* gewesen.

»Nun«, sagte er ruhig. »Ich habe Åkes Bericht zu den Akten gelegt und beschlossen, keine Maßnahmen zu ergreifen. Wenn es also um die offiziellen Konsequenzen geht, bist du von jeder Verantwortung befreit. Was das rein Persönliche betrifft, bin ich der Meinung, ihr solltet euch mal zusammensetzen und über manches aussprechen, was ich nicht verstehen kann. Ich empfehle ein ausführliches Gespräch unter Freunden.«

Carl reagierte zunächst nicht. Dann krümmte er sich plötzlich fast wie unter Krämpfen, biß die Zähne zusammen, als litte er unter Schmerzen, und schloß fest die Augen. Er blieb eine Zeitlang in dieser eigenartigen Stellung sitzen. Doch dann nahm er sich zusammen, richtete sich auf, rieb sich die Augen, als stünden Tränen darin, und blickte Samuel Ulfsson starr in die Augen.

»Verstanden. Zu Befehl«, sagte er.

»Das war kein Befehl, Carl.«

»Ich weiß. Ich habe mir eine kleine Ironie über die Welt erlaubt, in der wir leben, du, ich selbst und Åke. Doch jetzt zur nächsten Frage.«

Carl legte dar, wie kein Geringerer als Jurij Tschiwartschew während seines Moskau-Aufenthaltes mit einem anrüchigen Ansinnen an ihn herangetreten sei.

Kaum hörte Samuel Ulfsson Tschiwartschews Namen, fühlte er sich fast sentimental interessiert. Wahrscheinlich war dieser Mann der beste Resident, den das GRU je in Stockholm besessen hatte, und zur Zeit des Ost-West-Konflikts ihr persönlicher Erzfeind.

Und ebendieser hatte Carl einen Seitenkanal an den Regierungen der beiden Länder vorbei angeboten. An der Logik war nichts auszusetzen. Wenn es sich tatsächlich so verhalten konnte, daß hochgestellte Politiker in Moskau an einem Versuch beteiligt gewesen waren, Kernwaffen außer Landes zu schmuggeln, und genau das hatte Tschiwartschew ja angedeutet, war die Situation *sehr* kompliziert, wie es auf russisch geheißen hätte.

Wäre Schweden noch von Sozialdemokraten regiert worden, hätte man das Problem wohl auf recht einfache Weise lösen können. In operativen Begriffen gesehen war es nämlich einfach. Dann hätte man, ob nun aus Notwendigkeit oder praktischen Erwägungen, selbst mit dem Teufel zusammenarbeiten müssen, denn man hätte das Übel sofort mit der Wurzel herausreißen müssen, um einen illegalen Handel mit Kernwaffen aus der ehemaligen Sowjetunion zu verhindern.

Doch jetzt hatten sie es offensichtlich mit einem Ministerpräsidenten zu tun, der Carl zufolge gar nicht den Willen hatte, diese Zusammenhänge zu verstehen. Und es war ja unleugbar Carl, der da oben beim Ministerpräsidenten arbeitete. Bei der Regierung galt offenbar die Devise, daß man Russen am besten auf Armeslänge von sich weghalten müsse, vor allem Russen beim GRU. Oder vielmehr hieß es beim Ministerpräsidenten so, da er höchstpersönlich in allen sicherheitspolitischen Fragen entschied – denn nach seiner eigenen Auffassung war sonst niemand dafür kompetent genug.

Man sollte Generalleutnant Jurij Tschiwartschew natürlich alles geben, was er verlangte, jede nur mögliche schwedische Angabe über die Operation Dragon Fire, alles. Solche Informationen konnten Schweden nicht im mindesten schaden, würden die Welt aber etwas sicherer machen. Insoweit war alles einfach.

Wenn aber der Ministerpräsident persönlich und damit die Regierung und somit auch jedes Gesetz ein so vernünftiges Handeln verboten?

»Was zum Teufel machen wir dann?« wollte Samuel Ulfsson wissen.

»Keine Ahnung«, erwiderte Carl und lächelte. Zumindest zeigte er zum ersten Mal bei dieser mehr als einstündigen Unterhaltung die Andeutung eines Lächelns. »Was mich anbelangt, habe ich bis jetzt weder dir noch dem Ministerpräsidenten auch nur ein Wort darüber verlauten lassen. Das werde ich auch meinem alten Freund Jurij auf geeignete Weise erzählen.«

Carl erhob sich und ging, ohne noch etwas zu sagen.

Es vibrierte und strömte in ihm wie von Musik, als er zu Fuß die Treppen hinunterlief, statt auf den Fahrstuhl zu warten, mächtige Musik wie die Chor-Partie in Beethovens Neunter, vermutlich so etwas; er wußte zwar nicht mehr wo und unter welchen Umständen, aber Åke hatte einmal gerade auf diese Partie angespielt und etwas darüber gesagt.

Am liebsten hätte Carl den Wagen zurückgeschickt und wäre zu Fuß zum Rosenbad gegangen. Ein Blick auf die Armbanduhr zeigte, daß die Besprechung oben bei Sam viel schneller beendet worden war als berechnet und viel schneller, als er es empfunden hatte.

Er pfiff leise vor sich hin, als wollte er die Musik fortführen, als er sich hinter den getönten Seitenscheiben auf den Rücksitz setzte. Der Fahrer schlug die Tür zu. Er streckte die Hand nach dem Telefon aus und wählte Åkes Nummer. Beim zweiten Läuten wurde abgenommen. Åke meldete sich nur mit einem kurzen Hallo. Er hörte sich angespannt an.

»Guten Tag, Genosse Major, hier spricht Ihr Resident!« begrüßte ihn Carl auf Russisch im Befehlston.

»Guten Tag, Genosse Flottillenadmiral«, erwiderte Åke nach einem Zögern ebenfalls auf russisch.

»Junger Herr Major! Wir haben in der Zentrale soeben eine Besprechung beendet, in der es um eine höchst komplizierte Frage ging. Ich möchte Ihnen nur mitteilen, daß die Besprechung in einem positiven Geist verlaufen ist und die Freundschaft zwischen den Völkern und bestimmten betroffenen schwedischen Offizieren gefördert hat«, setzte Carl das Spiel fort.

»Was zum Teufel sagst du da eigentlich?« fragte Åke Stålhandske auf schwedisch.

»Daß das Ganze vorbei ist, jedenfalls der offizielle Teil der Angelegenheit«, sagte Carl und kehrte wieder zu seinem normalen Gesprächston zurück. »Bleibt also noch einiges an privaten Dingen zu klären. Ich würde vorschlagen, wir machen es so … Anna hat sicher davon gesprochen, daß ihr zum Wochenende rauskommen sollt?«

»Ja. Sie hat so etwas gesagt. Ich wußte gar nicht, was ich dazu sagen sollte.«

»Wir machen es so. Wir sagen, wir hätten noch was Dienstliches zu erledigen, und fahren dann vor, damit wir etwas Zeit für uns haben, und später kommen die Frauen nach. Wir besorgen was zu essen, machen Feuer im Kamin, und so weiter.«

»Das hört sich gut an. Soll ich dich abholen?«

»Nein, ich hole dich ab. Die Zeit können wir später noch vereinbaren. In Ordnung?«

»In Ordnung.«

Jenseits der Panzerglastüren in Rosenbad stand ein Schwarm von Journalisten. Vermutlich warteten sie darauf, daß jemand mit dem Fahrstuhl herunterkam, um sie durch das Gebäude zu lotsen. Carl schaffte es, sich durch die Presseleute hindurchzuzwängen, ohne daß jemand ihn belästigte. Es kam für sie offenbar viel zu schnell und unerwartet. Er sah zufrieden, wie die Fahrstuhltüren sich vor ihm schlossen, bevor einer der Journalisten auf die Idee gekommen war, sich auf ihn zu stürzen und ihm ein Mikrophon unter die Nase zu halten.

Er hatte gleich nur noch ein vermutlich kurzes Treffen vor sich, bei dem es um nichts Besonderes ging. Er rief Tessie an und fragte, ob sie früher gehen könne, denn dann werde er sie abholen. Sie könne ihren Wagen draußen in Kista stehenlassen.

Tessie hatte einige Neuigkeiten. Man habe sie in die Geschäftsleitung berufen und zu einer Art Chefin für internationale Verbindungen oder so etwas ernannt, ihr Gehalt verdreifacht und ihr ein eigenes Zimmer, eine Sekretärin und anderes gegeben, worüber sie sich sehr zu freuen schien. Gleichzeitig machte sie sich darüber lustig. Sie deutete an, es habe mit einem gewissen Namenswechsel zu tun. Er begriff zunächst nicht, was sie meinte, doch dann stieß sie ihn mit der Nase darauf: Es sei etwas anderes, ob man Miss T. O'Connor heiße oder Mrs. Teresia M. Hamilton oder richtiger Lady Hamilton.

IBM sei ja ein amerikanisches Unternehmen, und Amerikaner seien für so etwas empfänglich.

»Da sollte ich Sie heute abend wohl zum Essen einladen, Frau Direktor«, sagte er vorsichtig. Ihre Neuigkeiten entzückten ihn nicht übermäßig. Sie verabredeten schnell eine Zeit, worauf er seinen Schreibtisch aufräumte und Akten verschloß, da er Besuch erwartete. Dann streckte er sich eine Weile auf seinem Sofa aus.

Das Telefon läutete. Die Wache teilte mit, sein Besucher sei erschienen und habe sich gerade ins Besucherbuch eingetragen. Carl ging hinunter, um den Mann vor den Fahrstühlen in Empfang zu nehmen. Diese Höflichkeit war vielleicht ein wenig gedankenlos, da sich zahlreiche Journalisten im Haus aufhielten, doch das fiel ihm erst ein, als es zu spät war.

Er hatte Rune Jansson seit vielen Jahren nicht mehr gesehen. Soviel er wußte, war er ein sehr guter Polizist, jedenfalls so gut, daß er Carl vor langer Zeit fast überführt hätte. Carl hatte das Gefühl, daß es schon sehr lange her war. Er konnte natürlich nicht wissen, was dieser Polizist wollte, aber Carl hatte keinerlei Grund zu der Annahme, daß es keine wichtige Angelegenheit war. Wie Carl vermutete, rannten Polizeibeamte nicht ohne Not in der Gegend herum, um Leute zu stören.

Rune Jansson stand in der Nähe der Fahrstühle und wurde wie bei einer Entführung fast in den Fahrstuhl gezogen. Carl schloß die Türen sofort, obwohl ein paar Nationalökonomen sich noch schnell hatten hereindrängen wollen.

»Erbsenzähler«, erklärte Carl, als er Rune Janssons Erstaunen über sein unhöfliches Verhalten sah. »Nur Erbsenzähler, und diese Leute muß man kurzhalten. Long time no see! Wie geht's dir denn heutzutage?«

»Oh, danke, man schlägt sich so durch. Jedenfalls finde ich mich in der Großstadt allmählich zurecht.«

»Ja? Du hast doch früher in Norrköping gearbeitet, nicht wahr? Was führt dich in das wilde Stockholm?«

»Meine Frau hat hier Arbeit bekommen.«

»Und du auch, wie gut. Und womit beschäftigst du dich heute?«

»Meist mit Mord.«

Carl erstarrte plötzlich und warf Rune Jansson einen forschenden Blick zu, gewann aber auch Zeit, da der Fahrstuhl hielt. Erst als sie in dem rosafarbenen Korridor schon ein Stück gegangen waren, hatte er seine Fassung zurückgewonnen.

»Ja, wie du siehst, haben wir rosafarbene Korridore. Das liegt wohl daran, daß die Panzerglastüren dunkelgrüne Einfassungen haben. Das hat sich wohl irgendein Inneneinrichter ausgedacht. Mord, sagtest du? Du suchst mich doch nicht etwa dienstlich auf?«

»O doch«, erwiderte Rune Jansson mit einem wölfischen Grinsen. »Selbstverständlich komme ich dienstlich.«

»Oh, Teufel auch«, sagte Carl, ohne sich besonders beunruhigt zu fühlen. Das Wolfsgrinsen sprach für das Gegenteil. »Willkommen in meiner einfachen Hütte. Mal sehen, was ich zu gestehen habe.«

Er wies auf das Sofa, setzte sich selbst in einen der Sessel und zeigte mit einer Handbewegung, daß er ganz Ohr war.

Rune Jansson sah sich also gezwungen, schnell zur Sache zu kommen. Carl hatte die Plauderei mit einer unverkennbaren Handbewegung abgeschnitten. Rune Jansson räusperte sich leicht verlegen und begann mit einigen halb entschuldigenden Erklärungen: Er habe einem Kollegen vom Gewaltdezernat in Stockholm versprochen, sich zu erkundigen, und betonte, wie schwer es sei, nein zu sagen. Erst dann kam er zum Thema.

»Das Gewaltdezernat in Stockholm ist im Augenblick mit einer teuflisch schwierigen Ermittlung befaßt. Es geht um Erpressung und Mord bei italienischen Gastronomen. Es hat den Anschein, als ob eine Art Mafia-Organisation dabei ist, sich in Stockholm zu etablieren. Dabei dienen die italienischen Restaurants offenbar als Einstieg. Mehrere Restaurantbesitzer sind bedroht worden. Soviel wir wissen, bezahlen sie nach klassischem Muster ›Schutzgelder‹, um nicht demoliert zu werden. Einige haben sich geweigert und wohl darauf hingewiesen, daß bestimmte italienische Traditionen in Stockholm nicht gelten dürften. Danach sind ein paar Restaurants in die Luft gejagt worden. Dabei sind zwei Menschen gestorben, und damit ist das Verbrechen zu Mord geworden.

Das Problem für die ermittelnden Polizisten besteht darin, daß die Geschädigten plötzlich stumm geworden sind. Keiner will mehr mit der Polizei zusammenarbeiten, keiner weiß etwas, keiner hat etwas gehört oder auch nur begriffen, warum sein Laden hochgegangen ist.«

Carl hörte ruhig zu, ohne sich desinteressiert zu zeigen, obwohl er schon zu dem Schluß gekommen war, daß er vernünftigerweise nicht in diese Geschichte verwickelt sein konnte. Er bezweifelte, daß er überhaupt etwas zur Aufklärung beitragen konnte. Rune Jansson, der Carls höfliches Desinteresse nicht durchschaute, setzte seine Darlegungen eine Weile fort, bis er endlich zur Sache kam.

»Den Zeitungen ist im vergangenen Jahr mit einiger Deutlichkeit zu entnehmen gewesen, daß der Nachrichtendienst über Leute verfügt, die so gut als Italiener auftreten können, daß sie sogar Mafiosi auf Sizilien täuschen können. Da hat man sich beim Gewaltdezernat in Stockholm gefragt, ob man nicht auf diesem Wege ein paar Tips einholen könnte. Juristisch gibt es keine Probleme, zumindest nicht für die Polizei. Schwedische Polizeibeamte haben ja das Recht, sich aus jeder beliebigen Quelle Tips und Informationen zu holen. Ja, außerdem wissen ein paar Kollegen, daß ich früher mal was mit dir zu tun gehabt habe. Tja, und dann haben sie sich gefragt, ob sie sich nicht auf diesem Weg etwas Hilfe holen könnten.«

Rune Jansson war verlegen. Er merkte selbst, wie vage und seltsam sich seine Bitte anhörte, und spürte deutlich, wie wenig überzeugend er gewesen war.

»Nun ja«, erwiderte Carl verwirrt, als ihm aufging, daß Rune Janssons Anfrage damit schon beendet war. »Wir achten ja seit einigen Jahren peinlich genau darauf, uns nicht in die Arbeit der Polizei einzumischen. Ich möchte nicht kleinlich erscheinen, aber diese Praxis ist wohl nur zu berechtigt. Könntest du mir etwas genauer sagen, womit wir Militärs euch helfen könnten?«

»Es ist euch ja anscheinend gelungen, die Mafia sogar auf deren heimischem Boden zu unterwandern. Ich meine das, was vergangenes Jahr auf Sizilien passiert ist«, begann Rune Jansson, immer noch verlegen. »Wir möchten also gern wissen, ob ihr so etwas wie italienische Ressourcen habt, oder wie man das nennen soll.«

»Italienische Ressourcen?« fragte Carl und hob amüsiert die Augenbrauen. »Na ja, das auf Sizilien war eine militärische Operation. Wenn wir hier zu Hause etwas Ähnliches durchführen wollten, müßten wir gegen Dutzende von Gesetzen verstoßen, und das würde uns kaum gut bekommen.«

»Nein, natürlich nicht. Darauf haben die Kollegen auch kaum gehofft. Wenn ihr aber Leute habt, die sich unter Italienern Erkenntnisse verschaffen können, könntet ihr uns damit helfen.«

»Wie denn?« fragte Carl freundlich. Er litt mit Rune Jansson, der sich sichtlich quälte, und wollte ihm seine Aufgabe nicht noch dadurch erschweren, daß er ein arrogantes Verhalten an den Tag legte.

»Nun, etwa so«, begann Rune Jansson etwas optimistischer, da er sich jetzt zum ersten Mal bei diesem Gespräch sicher war, was er sagen sollte. »Im Sinn des Gesetzes sind Nicht-Polizisten Außenstehende, und wenn Außenstehende sich mit Verbrechern gemein machen, ist das juristisch weniger kompliziert, als wenn Polizeibeamte es tun. Wir brauchen Erkenntnisse.«

»Ah!« sagte Carl fröhlich. »Ihr braucht ein bißchen Spionage unter den Italienern in Stockholm?«

»Ja, das trifft es einigermaßen. Wie es scheint, haben wir unsere Möglichkeiten erschöpft.«

Carl überlegte eine Weile und bedachte zunächst denkbare rechtliche Hindernisse. Wenn der Nachrichtendienst einer anderen Behörde auf Antrag Amtshilfe leistete, wäre das unproblematisch. Knifflig konnte es nur dann werden, wenn militärisches Personal sich ungebeten und ungefragt in die Arbeit der Polizei einmischte.

Dann stellte sich die praktische Frage, ob sie beim Nachrichtendienst tatsächlich Möglichkeiten hatten, die in diesem Zusammenhang sinnvoll sein konnten. Das war der Fall. Luigi Bertoni-Svensson hätte wohl kaum etwas dagegen, die EDV-Zentrale eine Woche zu verlassen, um sich in italienischen Lokalen umzuhören und einen italienischen Gangster zu spielen.

»Ich habe eine Idee«, sagte Carl zögernd. »Ich glaube, wir könnten tatsächlich einen Versuch wagen. Aber dazu brauche ich euer Ermittlungsmaterial. Ich muß wissen, um welche Lokale es sich handelt, welche Personen, wann, wer, was, wie, lauter solche Dinge. Läßt sich das regeln?«

»Ja, ohne weiteres. Ihr müßt das Ermittlungsmaterial natürlich vertraulich behandeln, aber dann werden wir uns schon einigen.«

Rune Jansson errötete, als er das amüsierte Glitzern in Carls Augen entdeckte, das offenbar auf den tolpatschigen Hinweis gemünzt war, daß man Geheimakten mit einer gewissen Vorsicht behandeln müsse.

»Ich glaube, wir wissen, wie man mit solchen Akten umgeht. Wir werden Geheimakten jedenfalls nicht durch Unachtsamkeit verschlampen, das kann ich wirklich versprechen«, sagte Carl mit einer Mischung aus Ironie und Ernst. »Wir achten streng darauf, daß unsere Papiere nicht verschwinden. Also! Du versorgst mich mit Ermittlungsmaterial, und ich schicke Kundschafter aus, deren Identität ich nicht verraten will, und eventuelle Ergebnisse in Form von Erkenntnissen gehen auf dem gleichen Weg zurück. Wollen wir es so machen?«

»O ja, das wäre perfekt«, sagte Rune Jansson erleichtert. »Ich werde dafür sorgen, daß du schon morgen die Ermittlungsakten bekommst.«

»Glaubt ihr, daß hier sozusagen die echte Mafia am Werk ist?« fragte Carl überraschend. Er hatte eine bekümmerte Falte auf der Stirn.

»Nee«, erwiderte Rune Jansson verblüfft, »wir glauben vielmehr, daß es ganz gewöhnliche Gangster sind, die sich hier bestimmter Traditionen bedienen. Ich meine, es fällt uns schwer zu glauben, daß die richtige Mafia sich so verdreht etabliert, wenn sie tatsächlich auf Schweden setzen will.«

»Verdreht?«

»Ja, indem sie mit Dingen anfängt, die wohl eher zum historischen Ursprung der Mafia gehören, Schutzgeld und solche Dinge. Damit ziehen sie doch nur unnötige Aufmerksamkeit auf sich. Unsere Interpol-Leute glauben vielmehr, daß die echte Mafia eher wie Geschäftsleute mit EU-Hintergrund auftreten würde. Sie würde eine respektable Fassade bieten.«

»Und wenn man Restaurants auseinandernimmt, die kein Schutzgeld bezahlen, ist das also das genaue Gegenteil von einer respektablen Fassade.«

»Genau. Und außerdem verdammt auffällig. Das glauben wir jedenfalls.«

»Hört sich logisch an. Ja, wie du verstehst, kann ich überhaupt nichts versprechen, aber wir werden trotzdem versuchen, ein wenig herumzuspionieren. Und sonst? Irgendwelche schwierigen Morde in der letzten Zeit, wenn du nicht gerade hinter mir her bist?«

Rune Janssons Gesicht verdüsterte sich, und Carl bereute sofort den Leichtsinn, etwas aus ihrer gemeinsamen Geschichte anzusprechen, was er am besten unberührt gelassen hätte. Rein ermittlungstechnisch hatte Rune Jansson Carl damals aufgespürt. Daß die Gerechtigkeit nicht ihren Lauf nehmen durfte, beruhte nicht auf schlechter Polizeiarbeit. Es beruhte darauf, daß es Situationen gibt, in denen die Gerechtigkeit nicht zum Zuge kommt, weil andere Dinge größer und wichtiger sind. Die Dummheit war ihm jedenfalls entschlüpft und ließ sich nicht mehr ungesagt machen.

»Na ja«, sagte Rune Jansson, der sich entschlossen hatte, die Vergangenheit ruhen zu lassen. Er nahm Carl statt dessen beim Wort. »Ich bin gerade bei einer Arbeit, die bei uns von der Reichskripo gelandet ist. Wer mordet mit Succinylkolin?«

Die Frage war so schnell hingeworfen worden wie ein Handballpaß hinter dem Rücken, aber Carl brauchte kaum eine Sekunde Bedenkzeit.

»Succinylkolin? Du meinst also Curare. Ja, vor ein paar Jahren wäre es nicht schwer gewesen, die Frage zu beantworten. Der KGB hatte eine ganze Abteilung für diese Art von Mord mit biologischen Substanzen. Curare ist nur eine davon. Wenn jemand Raucher ist, kannst du ihn ja auch mit Nikotin ermorden, ohne daß der Pathologe begreift, was passiert ist. Dann haben wir noch Adrenalin, Insulin und die ganze Reihe biologischer Mittel, die der Körper entweder abbaut oder selbst herstellt. Sowjetischer Nachrichtendienst, Leute aus Bulgarien, der Regenschirm-Mord, du weißt schon, oder die frühere DDR. Heutzutage dürfte man wohl eher einen Arzt verdächtigen müssen.«

»Einen Arzt?«

»Ja, der KGB spielt ja sozusagen nicht mehr mit. Du fragtest, wer mit Succinylkolin mordet, und nicht, wer gemordet hat. Wieso übrigens? Ist das der Fall, an dem du gerade arbeitest?«

»Ja, und er ist kniffliger, als wir zunächst geglaubt haben. Wir hatten vor ein paar Tagen einige Festnahmen, aber das hat nur zu Mittelsmännern geführt.«

»Mittelsmänner?«

»Ja, dahinter steckt eine Schmuggelgeschichte, ziemlich scheußlich.«

»Was ist geschmuggelt worden?«

»Das wissen wir eben noch nicht. Etwas, was einen Mord wert ist, etwas, was eine halbe Million in bar an Mittelsmänner wert ist, die das Schmuggelgut nur transportieren sollten.«

»Also Drogen?«

»Nein, das können wir ausschließen, glaube ich. Etwas, was als Eisenschrott durchs Land gekarrt worden ist.«

Carl hatte sich unbewußt etwas aufrechter hingesetzt und wurde sich dessen plötzlich bewußt. Er lehnte sich zurück und warf einen Blick auf die Uhr, als sei ihm etwas anderes eingefallen, als sei er eigentlich gar nicht so interessiert.

»Woher kam das Schmuggelgut?« fragte er und tat, als unterdrücke er ein Gähnen.

»Aus Murmansk.«

»Oh, Teufel auch! Aus Mütterchen Rußland. Aha, und wann hat das Ganze stattgefunden?«

»Am 21. Dezember des vorigen Jahres. Ein LKW-Fahrer, der aus Murmansk kam, wurde in Haparanda ermordet. Einige Personen haben den Mord begangen und das Gut dann nach Örebro transportiert, wo es von anderen übernommen wurde. Dann hat das Schmuggelgut Schweden über Varberg verlassen. Was kann aus Murmansk kommen, was so wertvoll ist?«

Rune Jansson hatte das seltsame Gefühl, daß Carl ganz und gar nicht so uninteressiert war, wie er durch seine Körpersprache vorzutäuschen versuchte. Als Carl höchst konzentriert sofort die letzte Frage aufgriff, bestätigte das diesen Eindruck.

»Wieviel wog das Schmuggelgut?« fragte Carl schnell.

»Wenn es Eisen gewesen wäre, hätte es ein paar Tonnen gewogen.«

»Ein paar Tonnen? Im Augenblick werden bestimmte seltene Metalle in großem Umfang aus der ehemaligen Sowjetunion herausgeschmuggelt. Es kann Titan sein, aber auch alles mögliche andere. Estland liegt im Augenblick als Titan-Exporteur weltweit an der Spitze. Aber zwei oder drei Tonnen Titan würden auf dem Weltmarkt weniger als eine halbe Million kosten. Ein solches Geschäft platzt ja schon an dem Honorar für die Mittelsmänner, würde ich meinen.«

»Ja, das ist es ja gerade«, sagte Rune Jansson und musterte Carl nachdenklich. »Könnte es sich um Waffen handeln?« fühlte er vor.

»Waffen? Wir sprechen von etwas, dessen Transport durch Schweden allein eine halbe Million kosten durfte und das anschließend auf den Weltmarkt sollte und so wertvoll ist, daß auch ein Mord einkalkuliert wird ... Ja, stell dir vor, das sind transportable Raketen. Die Russen haben ihre alte SAM-7 weiterentwickelt, diese Rakete, die sie in Afghanistan selbst bedrohte, der sie aber mit sogenannten Hitzekerzen leicht entgegenwirken konnten.«

»Hitzekerzen?« fragte Rune Jansson.

Carl ergriff die Gelegenheit beim Schopf und ließ sich auf eine Darlegung des Problems der russischen Raketen ein, welche die Afghanen über China erhalten hatten und die sie gegen die russischen Kampfhubschrauber eingesetzt hatten. Dadurch, erklärte Carl, daß die Russen ständig so etwas wie größere Wunderkerzen abwarfen, wurden die Hubschrauber nicht getroffen, da die Raketen zu den Wärmequellen gelenkt wurden. Folglich hätten die Russen inzwischen für den eigenen Gebrauch neue Modelle entwickelt. Sie sprächen ebenso wie die vergleichbaren westlichen Systeme sowohl auf Wärme wie auf Radar an, eventuell sogar auf Laserstrahlen.

Diese Art von Waffen könnten natürlich auf einem schwarzen Weltmarkt etliche Millionen wert sein. Carl redete eine Zeitlang drauflos. Dann bat er Rune Jansson fast nebenbei, ihm die ganze Geschichte von Anfang bis Ende vorzutragen.

Jansson kam seiner Bitte nach, ohne auch nur den kleinsten Einwand zu erheben. Er war selbst zu Carl gekommen, um einen Gefallen zu erbitten. Und wenn es jetzt so schien, als ob Carl sich für eine bestimmte Mordermittlung mit einem Hintergrund in Haparanda mehr interessierte, als er zeigen wollte, sah er keinerlei Grund, sein Wissen für sich zu behalten.

Rune Jansson ging systematisch vor und erzählte alles von Anfang bis Ende. Carl lauschte aufmerksam, obwohl er von Zeit zu Zeit einen Blick auf seine Armbanduhr warf, doch Rune Jansson ließ sich davon nicht stören. Er glaubte Carls kleinen Anzeichen von Eile oder Ungeduld ohnehin nicht. Er trug seinen gesamten Erkenntnisstand vor, wie er es auch bei einem Kollegen getan hätte.

Carl hatte nur wenige Fragen, die ausnahmslos Dingen galten, die Rune Jansson nicht beantworten konnte. Carl wollte beispielsweise wissen, wie groß das Schmuggelgut gewesen war. Holzkisten, aber wie lang oder wie breit?

Hinterher, als es für den Moment offensichtlich nichts mehr zu fragen gab, war Rune Jansson manches klar, was er mit den LKW-Fahrern aus Örebro besprechen mußte; gegen die beiden würden ohnehin bald Haftbefehle erlassen werden. Er war überzeugt, daß Carl in dieser Sache noch weitere Einzelheiten haben wollte und daß es sich wahrscheinlich um einen Waffenschmuggel handelte. Ebenso offensichtlich aber war, daß Carl keinerlei Neigung zeigte, das laut zu sagen, was er dachte. Die Frage einer eventuellen Mafia in Stockholm war bei dem Gespräch jedenfalls zu einer Nebensache geworden.

Carl entschuldigte sich schließlich damit, daß er noch einige private Dinge zu erledigen habe, und rief eine Sekretärin an, die Rune Jansson hinausbegleiten sollte. Sie einigten sich darauf, sofort telefonisch Kontakt aufzunehmen, sobald sich etwas Neues ergab. Es war Carl, der sich so ausgedrückt hatte, und er tat es in einem Zusammenhang, als wäre er derjenige, der sich melden sollte, sobald er irgendwelche Erkenntnisse über die italienischen Gangster hatte, die in Stockholm Mafiosi spielten. Rune Jansson war sich aber sicher, daß er sich selbst melden sollte, sobald sich bei der Aufklärung des Mordes an Lasse Holma auch nur die kleinste Neuigkeit ergab. Rune Jansson hatte nichts gegen diese Arbeitsweise einzuwenden. Um so besser, wenn man sich gegenseitig einen Gefallen tun konnte. Erstens hatte er in seiner ursprünglichen Angelegenheit bedeutend mehr Glück gehabt, als er hatte erwarten können. Zweitens konnte es wirklich nicht schaden, in einer Ermittlung, die sich offenbar auf Waffenschmuggel beziehen konnte, Zugang zu militärischem Fachwissen zu erhalten. Er beschloß, den beiden vorläufig Festgenommenen, gegen die schon bald Haftbefehl ergehen würde, möglichst schnell alle Details über das Aussehen des Schmuggelguts abzupressen und Carl diese Erkenntnisse sofort zu übermitteln, selbst wenn es gegen diese oder jene Dienstvorschrift verstieß.

Carl hatte sehr schnell eine Reihe von Entscheidungen getroffen. Als Rune Jansson ihm zum Abschied die Hand gegeben und die Tür hinter sich zugezogen hatte, telefonierte er schon mit Luigi Bertoni-Svensson. Luigi erhielt Befehl, sich bis zum Nachmittag des nächsten Tages von allen anderen Arbeiten freizumachen und sich für weitere Anweisungen in Rosenbad einzufinden.

Carl sah auf die Uhr. Er seufzte, nahm den Hörer ab und erkundigte sich bei der Sekretärin des Ministerpräsidenten nach der nächsten

Möglichkeit zu einem persönlichen Gespräch, einem Gespräch, das wichtig genug war, alle anderen Termine abzusagen.

Falls überhaupt, erklärte die Sekretärin, sei es in einer Dreiviertelstunde möglich. Dann werde der Ministerpräsident heraufkommen und sich für ein Essen im Außenministerium umziehen. Da gebe es vielleicht zehn Minuten Zeit. Carl versicherte, die Angelegenheit sei wichtig genug. Anschließend rief er Tessie an und entschuldigte sich wegen seiner Verspätung, versprach aber, auf jeden Fall zu kommen und sie wie verabredet abzuholen. Dann ging er zu seinem Schreibtisch, zog einen Notizblock hervor, kritzelte darauf herum und dachte eine Zeitlang laut nach. Er hatte dort oben im Norden ständig das Gefühl gehabt, daß alles viel zu leicht ging. Diese armseligen und ausgepumpten Schmuggler waren von Anfang an zum Tode verurteilt gewesen. Sie hatten nie eine Chance gehabt. Irgendein Politiker irgendwo, vermutlich in Moskau, hatte außerdem die Idee ausgebrütet, alle Spuren von ihnen zu verwischen. Andere Politiker hatten sich dieser Idee angeschlossen und dann hatte man nur noch ein paar militärische Handlanger wie Carl und Åke hinzuzuziehen brauchen, die die widerliche Dreckarbeit erledigten.

Dann hatte Boris Jelzin mit einem Federstrich alles geändert. Eine Laune dieses Mannes, und plötzlich war es gar nicht mehr so notwendig gewesen, Menschen abzuschlachten und zu verbrennen. Man hätte sie ebensogut in Hubschraubern abtransportieren, ins nächste Gefängnis werfen und dann vor Gericht stellen können. Nun ja, die Todesstrafe hätten sie ohnehin bekommen, aber das wäre ein Tod nach Recht und Gesetz gewesen, dazu mit viel Publizität. Es wäre jedenfalls ein anderer Tod gewesen als der, den sie hatten erleiden müssen.

Ein Tod ist wie der andere, versuchte Carl sich einzureden. Für einen Menschen, der erschossen werden soll – die häufigste Todesstrafe in der Sowjetunion war Tod durch Erschießen gewesen, und vermutlich wurden Hinrichtungen auch in Rußland so vorgenommen –, spielt es wohl keine große Rolle, ob er nach Recht und Gesetz erschossen wird oder nicht. Und was nach dem Tod mit dem Körper geschieht, kann für den Betroffenen auch nicht sonderlich von Bedeutung sein. Und für diese Politiker in Moskau und Washington war es wohl kaum einen Gedanken wert gewesen, wie sich die militärischen Handlanger fühlten, die man für die Ausführung dieser Befehle angefordert hatte.

Im Grunde waren dies Nebensächlichkeiten. Es waren Gedanken und Erinnerungen, die sich unwiderstehlich aufdrängten, aber trotzdem waren sie unwesentlich.

Wichtig und entscheidend war etwas anderes, und es war leicht zu erkennen. Ein rundes Dutzend Menschen waren als Lockvögel ausgewählt worden. Sie sollten nach Erledigung ihrer Aufgabe vernichtet werden, damit sich keine Spur von ihnen zu ihren Auftraggebern zurückverfolgen ließ.

Noch am selben Tag, an dem Carl diese Lockvögel abschlachten ließ, wurden gleichzeitig Kernwaffen mit etwas so Trivialem wie einem Multbeerentransport von Murmansk nach Haparanda gebracht.

Der Mord hätte nie entdeckt werden sollen. Und ein Multbeerendiebstahl hätte nie sonderlich großes Aufsehen erregt.

Einer der Schmuggler war Amerikaner gewesen, außerdem mit einer Vergangenheit bei der CIA. Auch er war wie die anderen Teilnehmer der Expedition verraten worden.

In Murmansk saß jemand oder saßen einige Leute, die all das organisiert hatten. Es waren wahrlich keine Amateure. Man konnte getrost davon ausgehen, daß es keine gewöhnlichen russischen Gangster waren. Dazu war alles viel zu gut gemacht worden. Außerdem hatten sie mit einer der Spezialmethoden des KGB gemordet.

Sie hatten Kernwaffen durch Schweden geschmuggelt.

Sie genossen in Moskau politischen Schutz, genau wie Jurij Tschiwartschew angedeutet hatte.

Die Bande, die Kernwaffen aus Rußland herausschmuggelte, hatte Zugang zu Spezialisten sowohl von der CIA wie vom KGB. Und diese Männer hatten Erfolg gehabt. Vor fast einem Monat war ein kleiner Frachter von Varberg an der schwedischen Westküste ausgelaufen. An Bord hatte sich eine Ladung im Wert von mehreren hundert Millionen Dollar befunden.

Kolja. Carl erinnerte sich plötzlich und messerscharf an das Gesicht des jungen Kolja in den Minuten vor dessen Tod. Kolja hatte gesagt, nur zwei Teilnehmer der Expedition, er selbst und der Amerikaner, wüßten, was sie außer Landes schmuggelten, nämlich drei Atomsprengköpfe. Kolja hatte aber auch gesagt, die Waffen sollten zu »den Arabern«. Das hätte eine Vermutung sein können, konnte aber genausogut stimmen. Irak, Libyen oder Syrien?

Carl schrieb plötzlich inmitten seiner Kritzelei das Wort *Trinidad* hin, starrte es an und unterstrich es nachdenklich zweimal.

Dieser Lastwagenfahrer, der in Haparanda ermordet worden war, hatte eventuell auf Trinidad Weihnachten feiern wollen. So hatte es sich jedenfalls angehört, als Rune Jansson es ihm erzählte. Warum gerade Trinidad, warum ausgerechnet der Ort, an dem sich Åke Stålhandske über Weihnachten aufhielt?

Carl kam zu dem Schluß, daß es ein Zufall sein mußte. Und daß es ein Zufall war, den er unter die Lupe nehmen mußte.

Dann schaltete er seinen Computer ein und schrieb ein zweiseitiges Memorandum an den Ministerpräsidenten. Zunächst die relevanten sachlichen Informationen, danach einen Vorschlag zur Deutung der Angaben, eine schlimmste denkbare Version und eine beste denkbare Version.

Er las seinen Text nochmals durch, nahm einige Korrekturen vor, druckte das Ganze aus und löschte dann den Text im Computer. Dann nahm er seine hingekritzelten Notizen und zwei darunter liegende Blätter des Notizblocks und trug sie zum Reißwolf. Er sah auf die Uhr. Er hatte noch einige Minuten Zeit.

Wenn er jetzt mit unangenehmen Nachrichten, die überdies mit konkreten Vorschlägen verbunden werden mußten, zu Samuel Ulfsson hätte gehen sollen, wäre das kein großes Problem gewesen.

Erstens hätte er vorgeschlagen, mit größeren Konferenzen bis zum nächsten Tag zu warten, da er diesem Zeitplan aus rein privaten Gründen den Vorzug gebe. Überdies habe man schon so viel Zeit verloren, daß zwölf Stunden mehr oder weniger ohnehin keine Rolle mehr spielten.

Zweitens hätte er vorgeschlagen, mit den Polizeibehörden in Murmansk Verbindung aufzunehmen. Ferner hätte er vorgeschlagen, mit Rune Jansson hinzufahren, um gemeinsam mit der russischen Polizei die rückwärtige Front aufzurollen. Dort irgendwo in Murmansk war der Hintergrund der ganzen Geschichte zu finden.

Drittens hätte er vorgeschlagen, möglichst schnell Verbindung mit den amerikanischen Behörden aufzunehmen. Das ließ sich am schnellsten und am praktischsten erreichen, wenn man die üblichen nachrichtendienstlichen Kanäle benutzte, ohne Politiker und Beamte hineinzuziehen.

Viertens hätte er vorgeschlagen, sofort Verbindung mit dem russischen oder vielleicht noch sowjetischen Nachrichtendienst aufzunehmen. Der richtige Kontaktmann war Generalleutnant Jurij Tschiwartschew.

Keiner dieser Vorschläge wäre sonderlich problematisch gewesen, wenn Samuel Ulfsson zu ihnen hätte Stellung nehmen sollen. Der Grund war einfach. Es waren, wie man es auch drehte und wendete, die besten Vorschläge und im Grunde die einzig denkbaren.

Carl sah auf die Uhr, nahm sein Memorandum an sich und begann seinen Spaziergang durch die Korridore. Nach Carls Erfahrungen bestand das Problem mit dem Ministerpräsidenten darin, daß er gute

Vorschläge nicht mochte, wenn sie von anderen stammten. Dann bestand ein erhebliches Risiko, daß er genau andersherum entschied.

Als Carl vor dem Korridor zur Zimmerflucht des Regierungschefs stehenblieb und per Code die letzte Panzerglastür öffnete, hatte er sich entschieden. Er wußte zumindest ungefähr, wie er vorgehen würde.

»Carl wartet schon auf dich. Du brauchst nur reinzugehen«, begrüßte ihn die Sekretärin, als er mit entschlossenen Schritten die Kurve an dem kleinen Wartezimmer mit dem Fikus umrundete und ihr Zimmer betrat.

Er nickte, blieb stehen und holte tief Luft, bevor er an der Tür zum Dienstzimmer des Ministerpräsidenten klopfte.

»Da ist er nicht«, klärte ihn die Sekretärin zerstreut auf. »Es hat keinen Zweck, daß du anklopfst, denn er wird es sowieso nicht hören.«

»Aha, dann nicht. Wenn er nicht da ist …?« sagte Carl und machte ein fragendes Gesicht.

»Weißt du, er ist in dem hintersten Zimmer. Er zieht sich gerade um.«

Carl öffnete die Tür zu dem großen Dienstzimmer und fand es leer. Er machte die Tür hinter sich zu und ging quer durch den Raum zur nächsten Tür, hinter der sich offenbar eine kleine Wohnung zum Übernachten befand. Als er anklopfte, wurde er aufgefordert zu warten.

Nach einer halben Minute machte der Ministerpräsident selbst die Tür auf. Er war dabei, sich einen Frack anzuziehen.

»Ein Essen für ausländische Botschafter. Es geht um die EU«, erklärte er, während Carl sich fragend umsah. »Ja, setz dich einfach, ich werde ein bißchen aufräumen.«

Der Ministerpräsident nahm eine Aktentasche und ein paar Aktendeckel von einem der kleinen Stühle am Kaffeetisch und seinen Mantel vom nächsten und trug alles in das kleine Schlafkabuff, das offenbar als hinterstes Zimmer bezeichnet wurde. Als er wiederkam, hantierte er mit der Fliege, deren Knoten ihm offenbar Schwierigkeiten machte.

»So!« sagte er, als er das Problem gelöst hatte, und setzte sich Carl gegenüber. »Du sagtest, es sei wichtig. Wir haben ungefähr zehn Minuten.«

»Ich werde mich kurz fassen«, begann Carl gefaßt. »Es gibt einen wohlbegründeten Anlaß zu der Annahme, daß Kernwaffen in der Zeit vom 21. bis zum 23. Dezember des Vorjahres durch Schweden geschmuggelt worden sind, und zwar von Haparanda nach Varberg. Wie du siehst, fällt das zeitlich mit der Operation Dragon Fire zusammen und bestärkt uns unleugbar in unserem Gefühl, daß dort oben alles zu leicht gegangen ist. Die Schmuggler, die wir aufgespürt und … gestellt haben, wird man aus heutiger Sicht wohl als Lockvögel ansehen müssen. Die eigentliche Schmuggeloperation erfolgte gleichzeitig mit einem Ferntransport von Murmansk nach Haparanda. In Haparanda wurde der schwedische Fahrer ermordet, der den Transport von Murmansk erledigt hatte, und dort übernahmen unbekannte Männer den Weitertransport. Der schwedische Fahrer dürfte nicht gewußt haben, was er schmuggelte. Ich habe dir in diesem Memorandum alles zusammengefaßt.«

Carl legte seine Mappe mit den beiden Blättern auf den hellen Birkentisch und betrachtete interessiert das Mienenspiel des Ministerpräsidenten, der erstaunlich wenig Wirkung zeigte und kaum reagierte.

»Wie viele wissen davon?« fragte der Ministerpräsident.

»Du und ich, wenn wir Schweden meinen«, erwiderte Carl schnell.

»Und was weiß die Polizei?«

»Ich sollte zunächst vielleicht sagen, daß ich meine Informationen von der Polizei erhalten habe, wenn auch eher zufällig. Die Polizei ermittelt in einem Mordfall, nämlich im Mord an dem Lastwagenfahrer in Haparanda. Sie vermuten ebenfalls aus guten Gründen einen Schmuggel, aber die Fahrer, die sie erwischt haben, waren nur Mittelsmänner und scheinen ebenfalls keine Ahnung gehabt zu haben, was da geschmuggelt wurde.«

»Wie können wir wissen, daß es um Kernwaffen geht?«

»Das können wir nicht wissen. Es ist aber eine begründete Annahme. Das Schmuggelgut wog ein paar Tonnen oder so, und im Hinblick darauf, wie das Ganze ablief, wenn ich beispielsweise an die Bezahlung denke, die die beteiligten Fahrer erhalten haben, müßte es sich schon um reines Gold handeln, wenn es nicht Waffen wären.«

»Was sagt uns, daß es nicht auch konventionelle Waffen sein können?«

»Gewicht und Größe im Verhältnis zum Preis.«

»Wie groß ist das Risiko, daß die Polizei die Wahrheit herausfindet?«

»Im Augenblick gering. Sie haben in Örebro zwei Lastwagenfahrer festgenommen, die der Polizei zufolge nicht wissen, was sie geschmuggelt haben. Außerdem fahnden sie nach einem Russen, von dem sie den vollständigen Namen haben, und nach einem Finnen, von dem sie den Vornamen kennen. Das sind die mutmaßlichen Täter, also die Mörder. Diese Herren dürften sich kaum noch im Land aufhalten. Nein, die Polizei wird schon Mühe haben.«

Der Ministerpräsident sah auf die Uhr, nahm die Brille ab und rieb sich eine Zeitlang die Nasenwurzel, während er nachdachte. Carl spürte intuitiv, daß er jetzt zuschlagen mußte.

»Wenn du entschuldigst ... Im Hinblick auf die große Bedeutung der Angelegenheit würde ich vorschlagen, daß du schon heute abend eine Konferenz einberufst, denn ich nehme an, daß wir diese Sache nicht zu zweit diskutieren können«, sagte Carl weich, während er zum Scherz die Daumen drückte.

»Das halte ich nicht unbedingt für angebracht, auch nicht für notwendig angesichts der Zeit, die schon verstrichen ist. Morgen früh um acht Uhr. Hier!«

Carl verriet mit keiner Miene, daß er zufrieden war.

»Soll ich schon heute abend oder heute nacht bestimmte Kontakte herstellen?« fragte er.

»Nein, warte mit all diesen Dingen, bis wir wissen, in welcher Reihenfolge wir vorgehen sollen. Wenn du jetzt entschuldigst ...«

Der Ministerpräsident machte eine Handbewegung, die erkennen ließ, daß er mit dem Ankleiden fortfahren wollte. Carl nickte und stand auf.

»Wie gesagt, da liegt ein Memorandum für dich. Es gibt keine Kopie, und den Text im Computer habe ich gelöscht, und alle Aufzeichnungen sind vernichtet«, sagte Carl, nickte und verließ den Raum.

Die Sekretärin des Ministerpräsidenten deutete Carls muntere Miene vollkommen falsch, als er an ihr vorbeiging.

»War wohl lustig da drinnen, was!« rief sie fröhlich hinter dem flüchtenden Carl her, der schon die Ecke vor dem Wartezimmer umrundete und Kurs auf sein Zimmer nahm, während er erneut auf seine Armbanduhr blickte. Er sollte Tessie in einer Viertelstunde abholen. Zwar herrschte wenig Verkehr, aber er würde sich trotzdem ein paar Minuten verspäten. Es hätte immerhin viel schlimmer kommen können.

Nachdem der vorläufig Festgenommene nunmehr achtundvierzig Stunden geschmort hatte, ohne verhört zu werden, ohne jeden menschlichen Kontakt und ohne zu wissen, wieviel die Polizei wußte oder wessen man ihn beschuldigte, mußte er inzwischen bedeutend weicher geworden sein.

»So«, sagte Rune Jansson absichtlich zögernd, als er die formelle Einleitung des Verhörs hinter sich gebracht hatte. »Das hier sieht für dich gar nicht gut aus. Du hast doch nichts dagegen, daß wir du sagen?«

»Nein, nur zu«, sagte der Mann. Er hatte einen Zwei-Tage-Bart und machte einen ziemlich resignierten Eindruck.

»Gut, dann legen wir los«, erklärte Rune Jansson müde und warf seinem Kollegen einen fragenden Blick zu, der mit einem kurzen Kopfnicken beantwortet wurde. »Für den Anfang wollen wir wissen, was ihr geschmuggelt habt.«

»Wir haben gar nichts geschmuggelt, sondern nur eine Fuhre von Örebro nach Varberg gebracht. Das kann doch kein Schmuggel sein.«

»O doch, das kann es sehr wohl. Die Fracht sollte außer Landes gebracht werden, das ging ja aus den Papieren hervor. Eure Bezahlung bewegte sich ja auch in einer solchen Größenordnung, daß euch bekannt sein mußte, daß es keine beliebige Fuhre war. Bei allem Respekt vor Überstundenbezahlung zu Weihnachten und so. Aber das muß euch klar gewesen sein.«

»Und wenn wir es nicht gewußt haben? Es ist doch kein Verbrechen, dumm zu sein.«

»O doch, das ist es wohl. Wenn du mir für fünfzig Kronen eine goldene Uhr abkaufst, ist das unerlaubt dumm, und dann nennt man das Verbrechen Hehlerei. In deinem Fall heißt es schwerer Waffenschmuggel. Also, was waren es für Sachen?«

»Habe keine Ahnung.«

»Keine Ahnung?«

»Nee, nicht mal den Anflug eines Schimmers. Wollte es übrigens gar nicht wissen, spielte ja keine Rolle.«

»Wenn du an dieser Einstellung festhältst, riskierst du eine ziemlich lange Gefängnisstrafe, und zwar allein für diesen Schmuggel.«

»Wieso allein?« fragte der Festgenommene besorgt, genau wie Rune Jansson vorhergesehen hatte.

»Nun, es gibt noch einen weiteren Verdacht, den ich dir hiermit mitteilen muß: Du bist der Mittäterschaft an einem Mord verdächtig.«

Die beiden Polizeibeamten betrachteten interessiert, wie die Worte in den Verdächtigen eindrangen, wie er sich zunächst selbst zu fragen schien, ob er sich nicht verhört hatte, wie er dann erkannte, daß es keine andere Möglichkeit gab, als daß er tatsächlich richtig gehört hatte, und wie dann in seinen Augen die Furcht auftauchte.

»PJ hat keinen ermordet, das kann ich beschwören! Ich bin ja die ganze Zeit mit ihm zusammengewesen.«

»PJ? Du meinst Pekka-Jaari?« fragte Rune Jansson zum Schein, um die Qual in die Länge zu ziehen.

»Ja, wir nennen ihn so. Er ist ja verdammtnoch mal fast Schwede. Ja, also, ich bin ja die ganze Zeit mit ihm zusammengewesen. Er kann keinen ermordet haben.«

»Wer hat gesagt, daß wir ihn verdächtigen?«

»Aber ihr habt doch gesagt, Mittäter ... ich kann das ja nicht gewesen sein. Ich meine, wenn ihr Mittäter sagt?«

»Wie wahr. Es kann ein anderer gewesen sein. Dieser Kollege von dir, ein gewisser Lasse Holma in Haparanda ... Kennst du ihn übrigens?«

»Nee, keine Ahnung. Wir wußten nicht, woher die Fracht kam. Ich glaube, sie kam aus Umeå.«

»Warum gerade Umeå?«

»Viel Schnee auf dem Laster und so, war lange gefahren, war im Norden gewesen, wahrscheinlich aus Finnland. Mit der Fähre nach Umeå, dachte ich.«

»Warum? Warum hast du gerade auf Umeå getippt?«

Der Festgenommene dachte nach. Es hatte den Anschein, als unternähme er einen ehrlichen Versuch, eine Antwort zu finden.

»Weiß nicht so genau. Aber ich glaube, dieser Matti war von da. Es war etwas, was er sagte oder worüber wir Witze machten.«

»Wie heißt Matti außer Matti?«

»Weiß nicht. Er hat nie einen anderen Namen genannt. Ich kannte ihn ja nicht, PJ auch nicht.«

»Und der andere Mann?«

»Der Eishockeyspieler? Er hieß Starsinow oder so was.«

»Starsinow?«

»Na ja, weiß nicht so sicher. Nein, übrigens, Alexandrow hieß er. Oder Firsow. Nee, nicht Firsow, das war ein anderer Stürmer. Michailow vielleicht, jedenfalls ist es PJ, der ihn kannte. Ich hatte ihn vorher noch nie gesehen.«

»Nun, wenn Matti und Alexandrow-Starsinow und so weiter einen Kollegen von dir ermordet haben, Lasse Holma aus Haparanda, taucht die Frage nach deiner Mittäterschaft und der von PJ auf.«

»Wir können doch nicht bei etwas dabeigewesen sein, wovon wir nichts wußten!«

»Wie wahr. Aber wie willst du uns dazu bringen, das zu glauben? Und dann womöglich noch ein Gericht. Ihr habt ja jeder fünfhunderttausend bekommen, und das kriegt man bestimmt nicht, nur weil man eine Kiste oder ein paar Kisten fährt. Das Geld reißt dich rein, das muß dir doch klar sein.«

»Dürfen wir das Geld behalten?«

»Nein. Unter gar keinen Umständen.«

»Es ist doch kein Verbrechen, für eine Fuhre gut bezahlt zu werden?«

»Doch, wenn die Fuhre auch Mord und schweren Schmuggel umfaßt. Wir reden also von Lebenslänglich. Morgen wird gegen dich Haftbefehl erlassen.«

»Haftbefehl? Dann komme ich also nicht nach Hause?«

»Nein, so ist es. Jetzt geht es also um die Frage, ob du hier zur Zusammenarbeit bereit bist. Wir ermitteln in einem Mordfall und einer Schmuggelgeschichte, und du bist der Mittäterschaft an beiden Verbrechen verdächtig. Deshalb solltest du jetzt allmählich daran denken, mit uns zusammenzuarbeiten. Je eher wir erfahren, was passiert ist, um so besser ist es für alle Beteiligten.«

»Ich weiß doch nicht so viel.«

»Was habt ihr nach Varberg transportiert?«

»Etwas Schweres. Maschinenteile, hieß es auf dem Lieferschein und den Zollpapieren.«

»Die Zollpapiere und der Lieferschein kamen mit der Ware an?«

»Ja.«

»Sie waren also gefälscht.«

»Woher zum Teufel soll ich das wissen? Ich weiß ja nicht, was wir da gefahren haben.«

»Du kannst doch nicht geglaubt haben, daß es Maschinenteile waren?«

»Nee, schon möglich, aber ich wußte jedenfalls nichts.«

»Wie sah das Frachtgut aus?«

»Drei Holzkisten, eine länglich, gut drei Meter lang, einen halben Meter breit, nein, etwas breiter. Und dann waren da noch zwei kleinere Kisten, genauso breit, aber viel kürzer.«

»Ihr müßt beim Entladen dabeigewesen sein. Wie ging es dabei zu?«

»Wir haben die Klamotten einfach am Quai abgeladen, das war ja nicht so schwer.«

»Nicht so schwer? Es waren doch schwere Dinger? Ihr habt die Ladung doch nicht per Hand abgeladen?«

»Nein, wir hatten hinten im Wagen ja 'ne Laderampe und dann noch einen Bolschewiken.«

»Einen Bolschewiken?«

»Ja, Gabelstapler heißt das, glaube ich. Aber wir nennen sie Bolschewiken, weil sie rot sind. Eine kleine Karre mit zwei Greifarmen dran, und die fährt man dann unter die Palette und pumpt hoch, und dann zieht man los.«

»Wieviel hebt so ein Ding?«

»Über eine Tonne.«

»Und wie schwer war eure Ladung?«

»Die große Kiste wog ungefähr eine Tonne, verdammt schwierige Palette außerdem, sah nicht normal aus, ich meine, wie gewöhnliche Paletten. Und die anderen Kisten haben vielleicht die Hälfte gewogen. Es war jedenfalls kein Problem, sie auf den Quai runterzubekommen.«

»Und was passierte dann?«

»Wir haben ein Papier unterschrieben und bekamen eine Quittung, die wir dann wegwarfen, und dann mußten ja die Kanaken und der Zoll den Rest erledigen, und da sind wir abgehauen.«

»Die Kanaken?«

»Also diese Ausländer auf dem Schiff, Deutsche oder Franzosen oder was.«

»Ja, aber du hast Kanaken gesagt.«

»Nee, Itaker waren es nicht, nur gewöhnliche Kanaken. Wie ich schon sagte, Deutsche, Holländer, Franzosen, was zum Teufel weiß ich.«

»In welcher Sprache habt ihr euch unterhalten?«

»Englisch.«

»Aha. Ich kann dich darüber aufklären, daß wir inzwischen wissen, wie dieses Schiff hieß, wo es registriert war und wohin es sollte. Weißt du etwas darüber?«

»Nee, keinen Schimmer.«

»Wenn ich sage, das Schiff sollte nach Rotterdam, würde dir das etwas sagen?«

»Nee. Es ist natürlich möglich, aber darum haben wir uns nicht gekümmert.«

»Nun ist es aber so, daß das Schiff nie in Rotterdam angekommen ist. Du hast auch keine Ahnung, wohin es wirklich sollte?«

»Nee.«

»Ach nein. Gut, dann kehren wir wieder zu den Kisten zurück.«

Rune Jansson nahm es mit Maßen und Gewichten jetzt sehr genau, wollte wissen, wie die Kisten zusammengenagelt waren, warum die Paletten einen komischen Eindruck gemacht hatten, und alles andere. Das kostete Zeit.

Es fiel Eino Niemi schwer, einfach nur passiv dazusitzen und zuzuhören, aber er sah auch keinen Anlaß, sich einzumischen. Es war nicht schwer zu sehen, daß der Verdächtige sein Bestes tat. Eino Niemi ging davon aus, daß Rune Jansson mit seinen Fragen nach den Kisten etwas Bestimmtes im Sinn hatte, eine Theorie über ihren Inhalt, und daß er mit Hilfe der Außenmaße und Gewichte zu rekonstruieren versuchte, was sie enthalten haben mochten. Immerhin leistete der Verdächtige jetzt keinen Widerstand mehr.

Gold oder so etwas kann es dann nicht gewesen sein, dachte Eino Niemi. Denn wenn es Gold oder ein anderes Edelmetall gewesen wäre, hätten die Maße ja keine große Rolle gespielt, sondern nur das Gewicht. Vielleicht stand all das in den Zollpapieren. Die waren ja von der Polizei in Varberg unterwegs. Aber da es falsche Zollpapiere waren, konnten sie genausogut falsche Maße und Gewichte enthalten.

Und wenn sie etwas anderes geschmuggelt haben als Edelmetalle, etwas, was so wertvoll war, daß es sich sogar lohnte, deswegen einen Mord zu begehen, Waffen beispielsweise, warum war die Sendung dann so klein gewesen? fragte sich Eino Niemi. Wenn man ohnehin ein solches Projekt in Gang gesetzt hat, warum dann keine größere Ladung? Das wäre ja kein Problem gewesen. Besonders wichtige Maschinenteile, etwas aus einem Kernkraftwerk?

Uran oder Plutonium? Nein, dann wäre die Ladung vermutlich so schwer gewesen, jedenfalls den Außenabmessungen nach zu urteilen, daß man die Sachen nicht von Hand hätte bewegen können.

Atombomben, dachte er dann.

Carl war strahlender Laune, als er sich drei Sekunden vor der festgesetzten Zeit beim Ministerpräsidenten einfand. Er war so glänzender Laune, daß ihm schnell aufging, daß er sich lieber bremsen sollte. Zwei der anderen waren schon da, wie es schien, durchaus beabsichtigt, als hätte man eine kleine Vorbesprechung gehabt. Der Mann, auf den man noch wartete, war der Staatssekretär im Außenministerium.

Carl setzte sich und legte eine ruhige, bekümmerte Maske an. Seine Taktik stand absolut fest, da das Ganze sehr einfach war: niemals den allerbesten Vorschlag machen, höchstens den zweitbesten.

Der Staatssekretär kam herein. Er wirkte ein wenig gehetzt und entschuldigte sich wegen seiner Verspätung. Dann begrüßte er Carl zum ersten Mal und nannte folglich Namen und Titel, was in diesem Zusammenhang ein wenig übertrieben schien.

Die beiden anderen waren die engsten Mitarbeiter des Ministerpräsidenten. Der eine war eine Art Nationalökonom, der andere offiziell Sicherheitsbeauftragter in der Kanzlei des Ministerpräsidenten, obwohl er vermutlich ebenfalls Volkswirt war. Die beiden sahen nach Carls Ansicht jedenfalls wie Nationalökonomen aus, wie Leute, die auf dem Gymnasium nicht in der Handballmannschaft hatten mitspielen dürfen.

»Nun, wenn alle da sind, können wir anfangen«, sagte der Ministerpräsident mit einem scheelen und humorlosen Seitenblick auf den verspäteten Staatssekretär. »Wir befinden uns also in einer außerordentlich prekären Lage, und ich habe daher bewußt darauf verzichtet, euch am Telefon nähere Auskünfte zu geben. Ihr könnt damit anfangen, daß ihr das Memorandum lest, das hier auf dem Tisch liegt.«

Mit Ausnahme Carls streckten die anderen die Hände aus und schnappten sich den zwei Seiten langen Bericht, den er am Tag zuvor abgeliefert hatte. Er sah, daß er jetzt einen Eingangsstempel trug und als »Streng geheim« klassifiziert war.

Es dauerte nur einige Sekunden, bis der Raum vor Erregung vibrierte. Es war deutlich zu spüren, obwohl jeder nur las und sonst nichts tat; es waren kleine, fast unmerkliche Signale der Körpersprache und des veränderten Atemrhythmus.

»Wie aus dem Text hervorgehen dürfte, haben wir jetzt eine nicht ganz leichte Diskussion vor uns«, begann der Ministerpräsident. »Ich könnte mir vorstellen, daß es klug wäre, zunächst die Sachlage zu bewerten.«

Wenn der Ministerpräsident sagte, er könne sich etwas vorstellen, so bedeutete dies, daß er sich nichts anderes vorstellen konnte. Bewertung der Sachlage bedeutete, daß die anderen Carl um weitere Details bitten sollten, um diese dann anschließend zu drehen und zu wenden. Insoweit lief alles in den gewohnten Bahnen.

»Nun, Katzenscheiße ist das ja nicht gerade«, sagte einer der Gehilfen des Regierungschefs und machte gleich danach den Eindruck, als hätte er seine Wortwahl auf der Stelle bereut. »Wie sicher können wir sein, daß es tatsächlich um Kernwaffen geht?«

»Wert und Gewicht der Fracht deuten darauf hin. Die großen Ausgaben, die der Transport offenbar wert war, sowie die Tatsache, daß man deswegen auch bereit war zu töten«, begann Carl, an den die Fragen offenbar gerichtet waren. Er warf einen Seitenblick auf den Ministerpräsidenten, bevor er fortfuhr. Er wollte sich vergewissern, daß er nicht an dessen Stelle antwortete.

»Dann haben wir den Zeitpunkt. Genau zu dieser Zeit lief ein großangelegter Versuch, Kernwaffen aus der damaligen Sowjetunion zu schmuggeln. Und schließlich noch die Herkunft der Lieferung, Murmansk. Die Kernwaffen, die wir sichergestellt haben, kamen genau von dort. Außerdem, wie schon gesagt, zum gleichen Zeitpunkt. Ich weiß aber nicht, inwieweit die Herren mit dieser Operation vertraut sind ...?«

Er sah den Ministerpräsidenten an, um diesem das Wort zu übergeben, um an dessen Stelle nicht zuviel zu sagen, um dessen Kompetenz nicht durch die kleinste Kleinigkeit in Frage zu stellen.

»Ja, es geht also um die Ereignisse, die wir unter der Bezeichnung Operation Dragon Fire zusammengefaßt haben«, übernahm der Ministerpräsident im Befehlston das Wort. »Personal der schwedischen Streitkräfte hat im Dezember des vergangenen Jahres gegen eine Lieferung, eine geplante Lieferung von Kernwaffen eingegriffen. Die Zeitungsmeldungen entsprechen im großen und ganzen den Tatsachen. Die genannten Regierungen waren an sämtlichen Entscheidungen beteiligt. Dieses Thema können wir verlassen, glaube ich.«

»Was ist mit den Schmugglern passiert?« fragte der Staatssekretär, als hätte er die Bemerkung nicht gehört, das Thema sei erledigt. Die Frage war offenkundig an Carl gerichtet.

»Wir haben die Schmuggler befehlsgemäß festgenommen«, erwiderte Carl ausdruckslos.

»Wie schon gesagt«, unterstrich der Ministerpräsident. »Könnte es sich deiner Ansicht nach, Hamilton, um zwei gleichzeitige Schmuggelversuche gehandelt haben?«

»Nein«, entgegnete Carl, »das ist nicht meine Ansicht. Die beiden Methoden sind so unterschiedlich, ich meine, einerseits eine gewöhnliche Multbeerenladung mit einem Lastwagen, der sie auf einer wohlbekannten und gewohnten Strecke transportiert. Und andererseits ein spektakuläres Vorhaben mit fast heroischem Einsatz. Die Leute schleppen Schlitten dreihundert Kilometer in der Polarnacht durch den Schnee und ...«

»Kann das nicht eine reine Vorsichtsmaßnahme gewesen sein, daß die Leute nicht einfach alle Eier in einen Korb legen wollten? Wenn das eine nicht geht, geht vielleicht das andere?« unterbrach ihn der Ministerpräsident und runzelte die Stirn.

»Doch, selbstverständlich«, stimmte Carl gegen seine Überzeugung zu. »Aber bei der Überlegung könnte es auch Nuancen gegeben haben. Ich habe den Eindruck gewonnen, daß die Leute, die sozusagen draußen auf offenem Feld operierten, nur Lockvögel waren.

Man hatte sie vom Start bis zum Ziel im Visier, und ihr Vorhaben war in Wahrheit vollkommen aussichtslos. Aber während wir und andere uns intensiv mit diesem Problem befaßten, hatte die Multbeerenladung grünes Licht.«

»Ein Ablenkungsmanöver also«, stellte der Ministerpräsident fest.

»Genau!« sagte Carl und machte den Eindruck, als hätte er sich die Schlußfolgerung des Ministerpräsidenten nach kurzem Nachdenken zu eigen gemacht.

»Kann es sein, daß sich die Ladung noch in Schweden befindet?« fragte der zweite Berater des Regierungschefs.

»Das glaube ich nicht«, erwiderte Carl. »Nach Auskunft der Polizei verließ die Ladung Schweden am 23. Dezember, und zwar per Schiff von Varberg.«

»Läßt sich das Schiff bis zum Bestimmungsort verfolgen?«

»Normalerweise ist das nicht schwierig, denn alles wird irgendwo registriert. Aber in diesem Fall frage ich mich, ob das Schiff Varberg nicht einfach verlassen hat, um sich dann in Luft aufzulösen.«

Die Gesichter der anderen waren ein einziges Fragezeichen. Carl fühlte sich aufgefordert fortzufahren, als er sah, daß der Ministerpräsident keine Erklärung zu geben gedachte.

»Schiffahrtsregister, Ausfuhrpapiere, Lloyds Register in London, Interpol, bestimmte Nachrichtendienste, vor allem der britische, wenn es um Schiffsverkehr geht. Es gibt viele Möglichkeiten.«

»Wird unsere Polizei in der Lage sein, diese Aufgabe allein zu lösen?« fragte der Ministerpräsident.

»Möglicherweise, aber sicher ist es nicht«, erwiderte Carl.

Er wollte gerade vorschlagen, Samuel Ulfsson könne diesen Auftrag erhalten und die Informationen über die britischen Kontakte des Nachrichtendienstes einholen, bremste sich aber gerade noch rechtzeitig, bevor ihm die Worte aus dem Mund schlüpften und etwas zerstörten; dieser Vorschlag war viel zu gut.

»Kann unser Nachrichtendienst in dieser Hinsicht etwas beitragen?« wollte der Ministerpräsident wissen.

»Ja, ohne Zweifel«, sagte Carl kurz.

»Gut, dann kümmerst du dich darum!«

»Verstanden. Soll ein eventuelles Ergebnis an die ermittelnde Polizei weitergeleitet werden?«

»Das werden wir sehen, wenn wir ein Resultat in der Hand haben.«

»Ja, verstanden.«

»Aber ihr müßt darauf achten, daß ihr diese Untersuchungen mit der gebotenen Diskretion anstellt.«

»Ja, das versteht sich von selbst«, erwiderte Carl und mußte sich Mühe geben, über diese außerordentlich überflüssige Ergänzung des Befehls nicht zu lächeln.

Die allgemeine Diskussion ging noch fast eine halbe Stunde weiter. Carl äußerte sich mit größter Behutsamkeit und achtete peinlich darauf, keine intelligenten Schlußfolgerungen zu ziehen, es sei denn auf direkten Befehl des Ministerpräsidenten. Bei ein paar Gelegenheiten versuchte er, mehrere Erläuterungen gleichzeitig zu liefern, so daß der Ministerpräsident nur zwei und zwei zusammenzuzählen brauchte. Es lief wie am Schnürchen.

Anschließend machten sie eine kleine Pause, vertraten sich die Beine und bestellten Kaffee. Solange sich die Sekretärin und anderes Personal im Zimmer aufhielten, wurde ein allgemeines politisches Gespräch geführt. Carl sah keinerlei Anlaß, sich daran zu beteiligen. Es ging um den künftigen Wohlstand des Landes, eine zwangsläufige Folge der Tatsache, daß reiche Menschen künftig nicht mehr so viele Steuern zu zahlen hatten.

Als sich die Runde wieder zusammensetzte, mußte über konkrete Maßnahmen gesprochen werden. Carl erkannte, daß die erste Frage seinen Absichten zuwiderlief. Es ging darum, wie man die beiden ausländischen Regierungen informieren sollte, die ohne jeden Zweifel ein Recht auf Informationen hatten, nämlich die russische und die amerikanische.

Das sollte über die Kanäle der Nachrichtendienste erfolgen, dachte Carl. Er sagte jedoch nichts und mußte bald erkennen, daß der Ministerpräsident auf etwas anderes zusteuerte. Es endete damit, daß man beschloß, den Staatssekretär des Außenministeriums nach Moskau und Washington zu schicken. Er sollte die Botschaft des schwedischen Ministerpräsidenten persönlich überbringen.

Die nächste Frage war verwickelter. Es war offenkundig, daß die schwedische Seite über polizeiliche Informationen verfügte, die von großer Bedeutung sein konnten. Zum Glück stellte einer der anderen Carl eine Frage, so daß diesmal er die Initiative ergreifen konnte, ohne daß es zu merken war.

Die Hintermänner, die Wurzel des Bösen, oder wie man es nun nennen wolle, seien noch immer in Murmansk zu finden, wie Carl in seinem ersten Satz betonte, um genügend Aufmerksamkeit auf sich zu ziehen und eine Zeitlang ohne intelligente Einwände seitens des Vorsitzenden weitersprechen zu können.

Dort, irgendwo in Murmansk, befinde sich eine Organisation, die Zugang zum Fachwissen sowohl des KGB wie der CIA habe und …

Wie er gehofft hatte, wurde er durch eine Frage unterbrochen, woher er so etwas wissen könne.

»Weil einer der Schmuggler, die ich dort oben angetroffen habe, ein Amerikaner mit einer langen Vergangenheit bei der CIA war. Ich gewann den Eindruck, daß er einen Chef oder Komplizen hatte, der ebenfalls Amerikaner ist. Daher ist es nicht sehr weit hergeholt, sich in unserem Fall den gleichen Hintergrund vorzustellen. Die in Haparanda verwendete Mordmethode ist außerdem gerade für den KGB typisch«, erwiderte Carl fast streng, um nicht gleich wieder unterbrochen zu werden.

Also. In Murmansk gebe es eine ausgeklügelt gegliederte Organisation, der es gelungen sei, mindestens einmal Kernwaffen außer Landes zu schmuggeln, wie es jetzt den Anschein habe. Wenn man die Erkenntnisse der schwedischen Polizei mit anderen Informationen verbinde, die man entweder schon gewonnen habe oder von einer bestimmten Behörde in Murmansk schnell zu beschaffen seien, könne man zumindest erreichen, daß diese Schmuggeltätigkeit aufhöre.

Carl sah sich in der Runde um und hätte sich um ein Haar das für schwedische Konferenzen typische »Jemand dagegen?« entschlüpfen lassen. Er beherrschte sich jedoch.

Der Ministerpräsident zog daraus sofort die Schlußfolgerung, daß eine polizeiliche Zusammenarbeit sich einfach nicht vermeiden lasse. Wie Hamilton betont habe, bestünden ja gute Aussichten, ein solches Vorhaben zum Erfolg zu führen, und selbst wenn ein Schmuggelversuch ihrer Aufmerksamkeit entgangen sei, sei es trotzdem noch genauso dringend, dem Übel abzuhelfen. Die Frage sei nur, wie man sich diesem Problem nähern solle.

»Die Russen dürften inzwischen Mitglied von Interpol sein«, überlegte Carl. »Der Reichspolizeichef könnte ja diese Kontakte übernehmen und alle relevanten Informationen auf dem Dienstweg weitergeben.«

Die Anwesenden erschauerten. Carl stellte sich unwissend. Er wußte sehr wohl, daß der Reichspolizeichef der letzte war, den diese Versammlung in etwas einweihen wollte, was geheimgehalten werden mußte. Aber jetzt war zumindest sichergestellt, daß der Ministerpräsident diese Entscheidung nicht treffen konnte.

»Nein, zum Teufel!« sagte einer der Berater. »Wir können unmöglich einen Haufen Bullen in dieser Suppe gebrauchen, dann wissen viel zu viele viel zuviel, und dann sitzen wir da mit unseren Pressekommuniqués.«

»Aber wie sollen wir diese polizeiliche Zusammenarbeit organisieren, ohne den Chef der Reichspolizeiführung einzuweihen?« fragte Carl unschuldig.

»Ich glaube, wir sollten die Angelegenheit nicht ganz so förmlich sehen«, brummte der Ministerpräsident, worauf die anderen den Eindruck machten, als dächten sie intensiv nach.

»Welche Leute bei der Polizei wissen von der Angelegenheit?« fragte schließlich der Berater, der für Sicherheitsfragen zuständig war.

»Die Ermittlung liegt in den Händen der sogenannten Mordkommission«, begann Carl vorsichtig und erkannte dann, daß er in pädagogischer Absicht noch etwas hinzufügen sollte. »Die sind in mancherlei Hinsicht die besten Polizisten des Landes. Zufällig kenne ich den Mann, der für diese Ermittlung die Hauptverantwortung hat. Ja, er und sein engster Mitarbeiter haben vollen Einblick in die Sache.«

Carl verstummte, damit die Schlußfolgerungen sich von selbst ergaben.

»Welche Befugnisse hat die Regierung im Fall einzelner Polizeibeamter, und wann muß ein Minister eingeschaltet werden?« wollte der zweite Berater wissen. »Kannst du das sagen, Pirre? Du bist doch Jurist?«

Die Frage war offensichtlich an den Staatssekretär gerichtet, der lange überlegte, bevor er antwortete.

»Nun ja«, begann er unsicher. »Die Regierung kann jeden Beamten zum Schweigen verpflichten, um mal damit anzufangen. Dem stehen nicht einmal in normalen Fällen irgendwelche gesetzlichen Hindernisse entgegen. Und wenn wir jetzt von Dingen sprechen, die für das Land insgesamt von besonderer Bedeutung sind, ist das Problem ja schon per definitionem gelöst.«

»Dann brauchen wir ihn also zur herzuzitieren und ihn zu bitten, ein Papier des Inhalts zu unterschreiben, daß er das Maul halten soll«, ergänzte der zweite Berater.

Grundgütiger Himmel! dachte Carl. Es könnte klappen. Er sah aus dem Fenster, als dächte er an etwas anderes.

»Du sprichst Russisch, Hamilton?« wollte der Ministerpräsident wissen.

»Ja, das gehört unleugbar zu unseren dienstlichen Obliegenheiten«, erwiderte Carl, der jetzt zum ersten Mal ein kleines Lächeln riskierte. Er spürte, daß sein Chef angebissen hatte.

»Aha, denn ich habe mir nämlich gedacht ...«, fuhr der Ministerpräsident zögernd fort. »Ich habe unter anderem an die rein praktischen Dinge gedacht, etwa einen einsamen schwedischen Polizeibeamten in Murmansk. Würdest du es für falsch halten, wenn ich dich bäte, diesen Polizisten zu begleiten?« fuhr der Ministerpräsident dann mit einer Entschlossenheit fort, die erkennen ließ, daß er seine Entscheidung schon getroffen hatte. »Ich meine, so wie die Dinge liegen, hast du in der nächsten Zeit ohnehin ein paar Dinge da drüben zu erledigen. Also aus Gründen der Diskretion, ich meine, du bist ja ganz offiziell dort.«

»Ich habe natürlich nichts dagegen, diesem Polizeibeamten ein wenig zu helfen, zumal ich ihn kenne und großes Vertrauen zu ihm habe«, sagte Carl. Er hatte den Eindruck, daß jetzt die Zeit für eine offensive Replik gekommen war. Die Idee war sichtlich vom Ministerpräsidenten gekommen, und Carl fügte sich jetzt.

»Was für Probleme haben wir mit Vollmachten? Ich meine, welchen Status wird unser von Hamilton begleiteter Polizist in Murmansk haben?« fragte der Staatssekretär. Carl wußte nicht, was der Mann damit meinte.

»Es ist deine Sache, das herauszufinden«, entgegnete der Ministerpräsident schnell. »Wenn du unsere Botschaft überbringst, verbindest du das mit unserem Angebot, unsere polizeilichen Hilfsmittel, und, ja auch unseren Nachrichtendienst in Gestalt von Hamilton zur Verfügung zu stellen. Danach werden sich diese Formfragen leicht klären lassen. Wenn die Russen unseren großzügigen Vorschlag annehmen – und warum sollten sie es nicht tun? –, müssen sie auch die Formfragen lösen. Und das tun sie bestimmt.«

»Aber auch wenn wir offiziell nur von einem polizeilichen Einsatz sprechen, gibt es in der Frage sicher noch eine Reihe militärischer Aspekte. Was machen wir mit denen?« fragte Carl. Er sprach fast wie zu sich selbst.

»Wie meinst du?« fragte der Ministerpräsident in einem neutralen Tonfall, dem nicht anzumerken war, ob er die Antwort kannte oder nicht.

»Nun, ich denke an das Diebesgut. So wie ich die Russen kenne, wird es sofort zu Revierkämpfen kommen, nämlich zwischen dem zivilen Sicherheitsorgan, das für die rein polizeilichen Fragen zuständig ist, und dem Militär. Immerhin sprechen wir ja von ihren Kernwaffen. Ihrer Auffassung nach hat die normale Polizei damit nichts zu schaffen, nicht einmal der KGB oder dessen Nachfolgeorganisation.«

An dieser Stelle verstummte Carl. Er erweckte für die anderen den Eindruck, als hätte er keine Ahnung, wie man an dieses Problem herangehen sollte. Er brauchte offenbar die Zusammenarbeit mit einem vertrauenswürdigen Militär, und der Gedanke, eine solche Zusammenarbeit auf dem offiziellen Dienstweg zu organisieren, nämlich durch eine Anfrage des schwedischen Generalstabs an den russischen, war genauso widersinnig, als wollte man den schwedischen Reichspolizeichef in eine sensible Angelegenheit einweihen.

Carl ließ die Diskussion eine Zeitlang hin und her wogen, ohne auch nur mit einer Miene zu verraten, daß er in dieser Sache einen Vorschlag zu machen hatte.

Der Staatssekretär wies nach einiger Zeit darauf hin, daß man ja über einen Militärexperten verfüge, der in Moskau einen sehr großen Verhandlungsspielraum habe, zwar in einer völlig anderen Angelegenheit, aber dennoch auf sehr hohem Niveau.

Carl zierte sich ein wenig. Er wies darauf hin, daß die Russen sehr auf Form und Zuständigkeit achteten, vor allem die Kollegen beim russischen Militär. Alles werde vom Protokoll diktiert, sowohl bei schriftlichen Abmachungen wie im diplomatischen Umgang. Wenn man eine solche Frage an einem Verhandlungstisch aufwerfe, an dem es offiziell um die Frage gehen solle, ob angebliche – wie es in Moskau hieß – russische U-Boote in schwedischen Gewässern herumführen, könne man die Reaktion nicht vorhersagen. Es könne gutgehen, aber auch zu einem sofortigen Ende der Gespräche kommen. Das lasse sich im voraus unmöglich sagen.

Die Diskussion ging noch eine Zeitlang weiter. Carl saß als passiver Zuschauer dabei. Es hatte den Anschein, als würden der Ministerpräsident und seine Berater die Frage der Einmischung von militärischer Seite nicht als sonderlich ernst ansehen. Die Hauptsache schien zu sein, daß die polizeiliche Zusammenarbeit endlich in Gang kam.

»Hast du gute persönliche Kontakte zu deinen russischen Kollegen, na ja, verzeih den Ausdruck?« fragte der Ministerpräsident schließlich fast resigniert, als sehe er kaum noch eine Möglichkeit, in dieser Frage weiterzukommen.

»Ja«, sagte Carl nachdenklich. »Es gibt dort einen Generalleutnant, dem ich vertraue. Wir haben, wie wir scherzhaft sagen, unter uns Feinden einen guten beruflichen Kontakt. Ich halte ihn für sehr ehrlich und außerdem wohlinformiert.«

»Du kannst es ja in einem ersten Anlauf mal ganz vorsichtig ansprechen. Aber nichts überstürzen, wenn ich bitten darf, ich vertraue auf dein Urteilsvermögen!« ermahnte ihn der Ministerpräsident scharf.

»Ja, ich unternehme einen vorsichtigen kleinen Vorstoß, und dann werden wir sehen, wohin das führt«, erwiderte Carl ruhig. Er gab sich Mühe, kein zufriedenes Gesicht zu machen, und dachte dabei, daß Jurij Tschiwartschew tatsächlich ein Generalleutnant war, zu dem er Vertrauen hatte. Wenn auch ein Generalleutnant, der mit irgendwelchen Verhandlungen über U-Boote nicht das geringste zu tun hatte.

Die Konferenz fand ein abruptes Ende, weil in einigen Minuten eine Kabinettssitzung beginnen sollte. Carl gab den anderen die Hand und eilte hinaus.

Als er wieder in seinem Zimmer war, hängte er sein Jackett auf, lockerte den Krawattenknoten und warf sich der Länge nach auf sein altes Sofa. Er war auf eine Weise erleichtert und froh, die ihn das Wort Friede assoziieren ließ. Er hatte nicht einmal ein schlechtes Gewissen, wie er es noch vor ein paar Jahren gehabt hätte, weil er in erster Linie über rein private Dinge nachdachte. Das Wochenende war gerettet, sie konnten zu viert nach Stenhamra fahren, das Haus lüften und im Kamin Feuer machen, wieder Freunde sein, als wäre alles noch so wie früher.

Was vielleicht so war, vielleicht aber auch nicht, aber es konnte zumindest den Anschein haben. Es würde nicht nötig sein, Anna und Tessie in etwas ebenso Unbegreifliches wie Unangenehmes hereinzuziehen, nämlich in seine und Åkes Auseinandersetzung darüber, was Verrat sei und was nicht.

Sam hatte die gesamte Verantwortung für alle disziplinarischen Eventualitäten auf sich genommen. Es war ein Glück, daß Sam und kein anderer sein Chef war. Carl hätte den gordischen Knoten nicht so einfach durchhauen können.

Er beschloß, sich von Åke alles erzählen zu lassen. Dieser sollte von allen seinen Gefühlen berichten, allen Details, wenn sie vorausführen, um das Haus instand zu setzen. Solange Carl so oft im Ausland unterwegs war, wollte Tessie nicht allein dort draußen wohnen, was vielleicht verständlich war. Sie gab der Übernachtungswohnung in der Innenstadt den Vorzug.

Wie hatte Åke es empfunden? Wie hatte sich alles abgespielt? Carl versuchte, sich das Ganze mit Hilfe von Sams Andeutungen und dem vorzustellen, was er selbst wußte. Åke macht sich also auf Skiern auf, den Ausreißer einzuholen. Er weiß, daß keiner die Operation überleben, daß es keine Zeugen geben darf.

Er selbst hat Skier. Es ist eine Kleinigkeit, auf Skiern jemanden einzuholen, der in metertiefem Schnee losstapft und nichts als öde Wildnis vor sich hat. Åke holt ihn also mühelos ein. Er hat sich gar nicht erst die Mühe gemacht, eine Waffe mitzunehmen. Dann zerrt er den Ausreißer in den Schnee und zieht sein Messer. Und da geschieht etwas.

Carl versuchte intensiv, sich in die Situation hineinzuversetzen. Er erinnerte sich recht gut an das Gesicht des jungen Finnen: weißblondes Haar, schüttere lange Bartstoppeln.

Das Opfer fleht um sein Leben. Åke begeht den Fehler, mit dem jungen Mann darüber zu diskutieren, als gäbe es etwas zu diskutieren? Carl versuchte, die Frage seines Chefs zu wiederholen. Hätte er selbst in der gleichen Zwickmühle landen können wie Åke?

Wenn er auf diese Frage mit nein antwortete, war er folglich unmenschlich, von seinem Beruf pervertiert und ein berufsmäßiger Serienkiller. Deshalb war es verführerisch, die Frage mit ja zu beantworten. Aus diesem Grund wußte er nicht, ob er jetzt auch nur sich selbst gegenüber ehrlich war. Er glaubte oder wollte glauben, daß es durchaus möglich war. Er hätte in dem entscheidenden Augenblick ebenfalls zögern können.

Und dann zu Sams Schlüsselfrage: Wenn du's getan hättest, was hättest du dann deinem Vorgesetzten gesagt, ob Freund oder Feind? Was hättest du gesagt? Was hättest du mir gesagt?

Er hätte Sam ebenso selbstverständlich angelogen, wie Åke ihn angelogen hatte. Eine andere Möglichkeit gab es einfach nicht.

»Du scheinst gerade an was Lustiges zu denken«, sagte die Abteilungssekretärin, als sie im selben Moment anklopfte und durch die halboffene Tür trat. »Dieser Aktenordner kommt von der Stockholmer Polizei.«

»Ja, das tue ich tatsächlich«, erwiderte Carl unschuldig. »Vielen Dank. Leg ihn auf den Schreibtisch.«

Lustig, dachte er. Hatte er ausgesehen, als hätte er dagelegen und an etwas Lustiges gedacht? Wenn überhaupt, dann wegen der Möglichkeit, alle privaten Dinge übers Wochenende regeln zu können. Sie würden Tessies Beförderung feiern, sogar Åkes Auszeichnung durch den finnischen Präsidenten (wobei er und Åke vielsagend erklären würden, der Hintergrund sei streng geheim), sie würden gut essen und trinken, obwohl Anna und Tessie keinen Alkohol mehr tranken, eine Flasche Château Latour 1982, etwas in dieser Güteklasse, ja, insgesamt dachte er natürlich an etwas Angenehmes.

Das Eintreten der Sekretärin hatte ihn jedoch in seinen Gedanken gestört. Er erkannte, daß dieser Aktenordner von der Polizei die Hoffnung der Kollegen Rune Janssons enthalten mußte, es könne gelingen, in die Stockholmer »Mafia« einzudringen. Luigi würde das sicher für einen lustigen Auftrag halten. Carl nahm sich vor, Rune

Jansson anzurufen und nach eventuellen neuen Informationen zu fragen, bevor dieser erfuhr, daß sie gemeinsam an einem so unwahrscheinlichen Ort wie Murmansk eingesetzt werden sollten.

Der Job in Murmansk würde einfach werden. Von Murmansk konnte niemand so leicht ausreißen, und die Bande da oben hatte bis jetzt keinen Grund zu der Annahme, daß das Ende sich näherte. Eine Stadt mit einer solchen Konzentration strategischer Geheimnisse mußte über hervorragende Sicherheitsorgane verfügen. Dort lebte kein einziger unregistrierter Ausländer, dort behielt man jeden im Auge. Selbst wenn es den KGB nicht mehr gab, so gab es noch Archive und Beamte, sicher in den gleichen Uniformen wie zuvor, nur mit einem neuen Namen.

Ja, es würde einfach werden. Rune Jansson würde seine Mörder wohl bekommen. Jurij Tschiwartschew konnte es schaffen, die Verschwörung zu knacken, welche innenpolitischen Konsequenzen das auch immer mit sich bringen mochte.

Und er selbst würde seine Rache bekommen.

Dieser Gedanke ließ ihn innerlich zusammenzucken. Aber es stimmte schon. Er würde sich an den Menschen rächen, die ein Dutzend Kameraden losgeschickt hatten, um sie von den Schweden hinrichten zu lassen. Die korrektere Reihenfolge für die verschiedenen Nuancen der Zufriedenheit wäre wohl gewesen, sich zunächst darüber zufrieden zu fühlen, daß die Bande der Kernwaffenschmuggler schon bald aufgelöst, verurteilt, hingerichtet sein würde: Die Männer würden ja nicht vor einem schwedischen Gericht landen.

Erst danach hätte er sich vielleicht widerwillig eingestehen sollen, daß es auch aus einem rein persönlichen Blickwinkel angenehm war zu wissen, daß derjenige, der einen in die Hölle gelockt hatte, am Ende doch würde bezahlen müssen.

Es hatte jedoch den Anschein, als wäre er dabei, das Dasein auf den Kopf zu stellen. Früher hätte er wohl erst an die politischen und praktischen Dinge gedacht, und erst dann an die privaten. Jetzt machte er es offensichtlich umgekehrt. Lag es daran, daß er irgendwo im Hinterkopf von einem zivilen Leben in Kalifornien träumte?

Er erinnerte sich daran, daß er Tessie fragen mußte, ob es in dem Sorgerechtsstreit etwas Neues gab. Er stand im selben Augenblick entschlossen auf und ging zum Telefon. Zunächst führte er ein kurzes Gespräch mit Rune Jansson, bedankte sich für die Akten, versprach, sich sofort zu melden, falls sich auch nur das kleinste Ergebnis zeige, und bat danach fast nebenbei um einen kleinen Gefallen.

Er wollte nämlich etwas mehr darüber wissen, weshalb der ermordete Lastwagenfahrer in Haparanda sich ausgerechnet Trinidad als geeigneten Ort dafür ausgesucht hatte, seine Nebeneinkünfte auf den Kopf zu hauen.

Dann rief er Samuel Ulfsson an und fragte kurz, ob er später am Nachmittag kurz hereinschauen könne. Er habe nichts Besonderes auf dem Herzen, sondern wolle nur wissen, ob Sam Zeit habe.

Das bedeutete, daß es um etwas Besonderes ging und daß Sam sich Zeit nehmen sollte, selbst wenn er noch so wichtige Termine hatte. Carl mußte interessante Neuigkeiten darüber haben, wie das Problem der Zusammenarbeit mit Jurij Tschiwartschew zu lösen war; vermutlich hatte diese Frage Sam schon einige Kopfschmerzen bereitet.

Carls Befehl vom Ministerpräsidenten, an den er sich wortwörtlich erinnerte, war ja so formuliert worden, daß er zunächst »vorsichtig ein wenig vorfühlen« solle, ob ein Kontakt zu »einem Generalleutnant« möglich sei, und dieses vorsichtige Vorfühlen solle »in einem ersten Anlauf« erfolgen; danach solle er zweitens auf »Übertreibungen« verzichten und schließlich sein »Urteilsvermögen« einsetzen.

Das war zwar am Ende einer komplizierten Besprechung gesagt worden. Aber immerhin hatte es der Ministerpräsident gesagt. Carl würde alles so vorsichtig angehen, wie es nötig war; es würde nur einen ersten Anlauf geben, und dazu brauchte er nicht allzuviel Urteilsvermögen. Wenn er wieder zu Hause war, würde es für einen zweiten Anlauf zu spät sein, zumindest wenn alles so gutging, wie es aussah.

Er begann, zerstreut in den Polizeiberichten über eine angebliche Mafia in Stockholms Restaurantwelt zu blättern.

Luigi hatte sich, leise vor sich hinpfeifend, methodisch von Svensson in Bertoni verwandelt. Er lachte auf, als er im Spiegel das Ergebnis betrachtete. Die italienischen Anzüge trug er in Schweden nur ausnahmsweise. Bei der Arbeit trug er sonst meist Jeans, Pullover und Laufschuhe wie irgendein beliebiger Svensson. Er überlegte, ob er sich rasieren sollte, beschloß aber, darauf zu verzichten. Er sollte ja aussehen, als käme er nach einem langen Arbeitstag zu einem Essen, und zwar zu einem Zeitpunkt, zu dem Schweden nichts mehr essen. Er bewegte sich ein wenig vor dem Spiegel, um zu prüfen, ob die Pistole im Schulterholster gut zu sehen war.

Carl hatte nichts dagegen einzuwenden gehabt, daß er bei diesem Job eine Waffe trug. Er hatte nur etwas davon gemurmelt, daß die operativen Mitarbeiter des Nachrichtendienstes das Recht hätten, im

Dienst eine Waffe zu tragen. Wenn Luigi es zu diesem oder jenem Zweck für notwendig halte, sei darüber nicht zu diskutieren.

Carl hatte ein wenig zerstreut gewirkt, als er von dem Auftrag erzählte. Das war nur zu verständlich, denn der Job da oben beim Ministerpräsidenten war sicher ganz anders als alles, was Carl gewohnt war.

Möglicherweise hatte er auch ein wenig gleichgültig gewirkt, als sie sich verabschiedeten. Er erklärte, er habe in der nächsten Zeit einige dienstliche Auslandsreisen vor und stehe somit nicht zur Verfügung, falls es Probleme gebe. Luigi müsse sich dann entweder an Sam wenden, wenn es etwas Ernstes sei, oder auch direkt an die Polizeibeamten, die an diesem Fall arbeiteten. Es sei jedoch unter allen Umständen am besten, den Weg über Sam zu wählen. So könne man vermeiden, daß Luigis Identität wegen einer solchen Kleinigkeit bekannt werde.

Es war für ihn ungewohnt, in Schweden die italienische Identität anzunehmen. Er hatte immer mit zwei Identitäten gelebt, ebenso mit zwei Sprachen; allerdings war er nach einer fast automatischen Regelung in Italien Italiener gewesen und Schwede in Schweden. In seiner Kleidung, seinen Eßgewohnheiten, dem Stil seiner Kleidung, in allem.

Jetzt trug er keinen Faden am Leib, angefangen bei der Unterwäsche bis zu dem dunkelblauen Wildledermantel, der nicht aus Mailand stammte. Sogar die Pistole war italienisch, mochte sie auch in einem amerikanischen Schulterholster stecken.

Den Schuhen würde es nicht bekommen, wenn er im Schneematsch mit ihnen herumspazierte, aber es lag doch ein gewisser Realismus darin. Angereiste Italiener tragen meist zu dünne Schuhe. Außerdem hatte er bis zum ersten Ziel nur eine Viertelstunde Fußmarsch.

Während des kurzen Spaziergangs ging er erneut durch, was er in den Ermittlungsnotizen der Polizei gelesen hatte. Er lächelte darüber, wie sie über italienischen Begriffen geschwitzt und über die italienische Unterwelt nachgedacht hatten, empfand aber zugleich auch eine widerwillige Bewunderung für diese Jarneklev und Bjuremo und Klintebrant, oder wie sie sonst noch hießen. Wie sehr sie auch mit bestimmten Unterschieden in der Kultur gerungen hatten, waren sie doch zu einer tragfähigen Hypothese vorgedrungen: Dies hier war natürlich nicht die Mafia, zumindest nicht, wenn man damit *die* Mafia meinte. Es waren kleine Ganoven, die weit weg vom heimatlichen Boden Wildwest spielten. Zu Hause hätten sie vermutlich viel dafür gegeben, um als einfache »Soldaten« in jene Organisation aufgenommen zu werden, der sie hier anzugehören vorgaben. Vielleicht hatten sie aber auch ganz einfach die Chance erkannt, gerade Landsleute mit einer Logik einzuschüchtern, die bei Schweden nicht funktioniert hätte. Es gab ein lustiges schwedisches Sprichwort dafür: »Wenn die Katze aus dem Haus ist, tanzen die Mäuse auf dem Tisch.« Luigi versuchte, das ins Italienische zu übersetzen. Es wurde natürlich verständlich, hörte sich aber trotzdem nicht richtig an. Wie auch immer: Jetzt betrat die Katze die Bühne.

Er schaffte sich ein glänzendes, wenn auch unauffälliges Entrée im Ristorante La Nonna. Der erste Angestellte, der ihm entgegenkam und ihn begrüßte, brauchte nur einen kurzen Blick auf ihn zu werfen, um ihn sofort auf italienisch anzusprechen.

Er erwiderte die Begrüßungsphrasen freundlich und erklärte, einige seiner Freunde hätten gerade La Nonna als eines der wenigen Lokale in Stockholm empfohlen, in denen man wie zu Hause essen könne. Ja, die Küche sei doch noch nicht geschlossen? Wie gut, denn er habe einen langen Tag hinter sich und erst jetzt ans Essen denken können, und so weiter.

Er erhielt einen Fenstertisch zur Sturegatan für vier Personen. Es waren jedoch nur noch wenige Gäste da, genau wie er es erwartet hatte, und außerdem hatte er sehr deutliche Signale ausgesandt, daß er hohe Ansprüche stelle und das Beste gewohnt sei.

Er bestellte eine komplette italienische Mahlzeit, zumindest nach schwedischen Maßstäben, also drei Gänge. Er lächelte bei dem Gedanken, wie sich das zu Hause bei der Familie in Mailand ausgenommen hätte, und studierte mit wohlwollendem Interesse die Weinkarte. Er bestellte den teuersten italienischen Wein, einen Brunello di Montalcino, während er deutlich zu erkennen gab, daß ein französischer Wein für ihn nicht in Betracht kam und daß alles wahrhaftig keine Preisfrage war.

Das Lokal war offensichtlich ein Familienunternehmen. Mehrere der Brüder, die dort arbeiteten, ließen es sich angelegen sein, sich beim Servieren mit ihm zu unterhalten, was ihm Gelegenheit gab, seine kleinen Mitteilungen unauffällig einzuflechten. Bald hatte er den Eindruck, daß sie sich gleichsam entspannten, nachdem sie, wie er gehofft hatte, durch sein spätes Auftauchen zunächst ein wenig beunruhigt gewesen waren. Doch da er all ihre mehr oder weniger diskreten Fragen, was er in Schweden tue, wie lange er schon hier sei, wie ihm die Schwedinnen gefielen und ähnliches bereitwillig beantwortete, vermittelte er ein recht respektables Bild von sich.

Er sei in Schweden, um in Industrie und Bankenwelt einige neue Kontakte zu knüpfen. Gleichsam als Hintergrund nannte er den sehr bekannten Konzern seiner Familie in Mailand. Falls es jemandem einfallen sollte, detailliertere Fragen zu stellen, mußte er gute Antworten zur Hand haben. Nebenbei erwähnte er, daß er selbst in der EDV-Branche arbeite, und in der werde es niemandem gelingen, ihm etwas vorzumachen. Und während er solche kleinen Hinweise auf Geld und Macht ausstreute, erkundigte er sich zunehmend interessierter und am Ende in fast onkelhaftem Ton, wie im Ristorante La Nonna die Geschäfte gingen, ob es vielleicht besondere Probleme oder so gebe ...«

Als er bei seinem kleinen Espresso anlangte, waren alle anderen Gäste schon gegangen, wie er es sich schon ungefähr ausgerechnet hatte. Es konnte natürlich keine Rede davon sein, ihn zu drängen oder auch nur anzudeuten, daß man jetzt schließen wolle oder so. Diese Art von Demonstration gab es allenfalls für Schweden, aber nicht für Landsleute.

Luigi kam zu dem Schluß, daß jetzt der Moment gekommen war. Er rief den jungen Mann zu sich, der den anderen ein wenig übergeordnet zu sein schien, und machte zu seinem Landsmann eine sowohl einladende wie befehlende Geste, die bedeutete, daß er sich ihm gegenüber hinsetzen solle.

»Du heißt Marco, nicht wahr?« fragte er freundlich.

»Ja, Marco Stella. Woher wissen Sie das?«

»Weil die anderen dich Marco nennen. Ist dein Vater auch hier?«

»Ja, wieso?«

»Ich habe einen kleinen geschäftlichen Vorschlag zu machen. Ich dachte, wir könnten in aller Ruhe darüber sprechen, bei einer Tasse Kaffee. Und welche Gelegenheit wäre besser geeignet als jetzt?«

Luigi breitete in einer sehr familiären Geste die Arme aus und lächelte. Seine Worte waren außerordentlich freundlich, aber der Inhalt hörte sich trotzdem bedrohlich an. Er bat nicht, er gab Befehle.

Nach einigem Zögern erhob sich der junge Mann und ging in die Küche. Dann entspann sich dort etwas, was sich wie eine hitzige Diskussion anhörte, worauf der junge Mann mit seinem Vater erschien, der sich verschwitzt, irritiert oder nervös ein Handtuch vom Leib riß, das er sich um die Hüften geschlungen hatte.

Luigi wiederholte seine weiche, einladende Handbewegung. Jetzt breitete er die Arme so sehr aus, daß seine Pistole zu sehen war. Er registrierte, daß die Männer sie gesehen hatten, und schlug vor, sie sollten auf seine Rechnung eine Tasse Kaffee trinken. Das sei wichtig, betonte er, der Kaffee *müsse* auf seiner Rechnung erscheinen, damit keine Mißverständnisse aufkämen – bei allem Respekt vor der Gastfreundschaft unter Landsleuten. Ein Glas Grappa oder Wein oder sonst etwas gehe natürlich auch, solange man nur etwas gemeinsam trinke. Wenn er es sich überlege, wolle er lieber noch einen kleinen Espresso.

Es entstand ein angestrengtes, fast quälendes Schweigen, während die Bestellung erledigt wurde. Alles lief so, wie Luigi es sich vorgenommen hatte.

Als sie schließlich unter dumpfem Schweigen vor ihren Getränken saßen – der Vater hatte einen Grappa genommen, der Sohn einen Kaffee –, nippte Luigi an seiner Tasse und lobte den Espresso. Dann stellte er langsam die Tasse ab und sah die beiden nervösen Männer an, die ihm gegenübersaßen. Vermutlich tobten in ihnen die verschiedensten Gefühle.

»*Allora,* zur Sache!« begann Luigi in entschieden klingendem Tonfall. »Ich vertrete bedeutende italienische Geschäftsinteressen. Wir sind gerade dabei, einen neuen skandinavischen Markt zu erschließen. Das Ganze sieht sehr vielversprechend aus. Zu unserer Bestürzung stellen wir jedoch fest, daß hier in der Stadt etliche kleine Gangster herumlaufen und für Unruhe sorgen. Das ist nicht gut. Das gefällt uns überhaupt nicht. Verstehen Sie? So kann es einfach nicht weitergehen.«

»Wir sind ehrliche Menschen. Wir arbeiten ehrlich und fallen niemandem zur Last«, brummte der Vater und blickte auf die Tischplatte, auf der er mit dem Zeigefinger einen Kreis malte.

»Natürlich!« entgegnete Luigi freundlich. »Genau das meine ich ja. Wir können ganz einfach nicht tolerieren, daß hier verschiedene *picciotti* herumlaufen und den Paten V oder sonst etwas spielen. Das stört ehrliche Leute wie Sie, uns aber auch in allerhöchstem Maße.«

»Was sollen wir dagegen unternehmen? Was haben Sie sich gedacht?« fragte der Sohn mit bemühter Lässigkeit. »Bei der schwedischen Polizei petzen?«

»Das wäre nicht so gut, denke ich«, sagte Luigi langsam und betonte dabei jedes Wort. »Außerdem wissen Sie selbst, was Sie der schwedischen Polizei gesagt haben und was nicht. Du, Marco, hast sogar eine Art Grundsatzdebatte mit ihnen geführt, nämlich daß es ihre Schuldigkeit sei und nicht deine, Verbrechen zu bekämpfen. Und sie, mein Herr, haben auf eine Weise auf bestimmte italienische Traditionen hingewiesen, die mir, bei allem Respekt, etwas übertrieben scheint.«

»Worauf wollen Sie also hinaus?« fragte Marco Stella sichtlich erschüttert. Er konnte nicht fassen, daß der Fremde offenbar ganz präzise Informationen von der schwedischen Polizei besaß.

»Dies ist eine Sache, die wir unter Landsleuten erledigen sollten, diskret und schnell«, erwiderte Luigi entschlossen. »Es geht nicht, daß in Stockholm ein solches Durcheinander herrscht. Wie ich schon sagte, das schadet Ihren Geschäften, unseren aber auch. Ein schnelles und unauffälliges Ende dieses Amateur-Gangstertums dürfte wohl in unser aller Interesse liegen.«

»Aber wie sollen wir einfache Menschen dazu etwas beitragen können? Wir haben keine Macht, wir kennen keine Polizisten, Gangster übrigens auch nicht. Was können wir denn tun?« fragte der Vater resigniert. Er machte den Eindruck, als wäre er für jede Hilfe dankbar, zugleich aber eher skeptisch.

»Von jetzt an kennen Sie mich«, sagte Luigi mit einem übertriebenen Lächeln. »Und, wie ich schon sagte, vertrete ich große Interessen, die weit über das Niveau dieser *picciotti* hinausgehen.«

Er hatte das italienische Mafia-Wort für »kleine Mörder« mit gut gespielter Arroganz ausgespien. Dann machte er eine kleine Kunstpause, bevor er fortfuhr.

»Das Ganze ist sehr einfach. Sie brauchen nur eins zu tun, nämlich mich mit diesen armseligen Figuren bekannt zu machen, wenn sie das nächste Mal herkommen, um Ihre ›Schutzgebühr‹ zu holen. Nur das. Mehr verlange ich nicht.«

»Und was passiert dann?« fragte der Sohn mißtrauisch.

»Dann ...«, sagte Luigi zögernd und mit einem breiter werdenden Lächeln, »werden wir das Problem sehr schnell lösen, denke ich. Ich bin überzeugt, die Herren Kleingangster sehr einfach davon überzeugen zu können, daß sie ihr Handwerk beenden müssen. Wenn ich es mir recht überlege, werde ich ihnen empfehlen, mit der nächsten Maschine nach Kalabrien zu fliegen. Und ich glaube, daß sie dieses großzügige Angebot dankbar und freudig annehmen werden.«

Luigi beendete seine Darlegung mit einer weit ausholenden Geste über den Tisch, als hätte er damit alle Probleme weggewischt.

Die beiden anderen starrten ihn ungläubig an. Sie schienen nicht zu wissen, ob sie Luigis Theaterspiel glauben sollten oder nicht, und er erkannte, daß er das Ganze noch ein bißchen weiter treiben mußte. Er durfte jetzt auf keinen Fall zurück, sondern mußte sich noch weiter vorwagen.

»Wir sind bestimmten Drohungen ausgesetzt«, sagte der Vater

zögernd, als wäre das Einwand genug. »Wer kann unser Restaurant nachts schützen? Zwei Lokale haben sie schon in die Luft gesprengt.«

»Hören Sie, ich werde es noch etwas besser erklären«, sagte Luigi mit einem Anflug von Ungeduld. »Ich vertrete Geschäftsinteressen von Hunderten von Millionen, und ich meine damit Dollar und nicht Lire. Wir haben große Pläne, was unsere Marktausweitung in Schweden betrifft. Es hat mit der EU und Zollfreiheit und vielen anderen Dingen zu tun, auf die ich jetzt nicht näher einzugehen brauche. Aber was wir am allerwenigsten dabei gebrauchen können, sind kleine Gangster, die in Stockholm herumrennen und uns eine Publizität verschaffen, die jeden Italiener als einen Statisten in einem dieser Filme erscheinen läßt, in denen die Herren Kleingangster ihre Bildung gewonnen zu haben scheinen. Sie müssen weg. Je eher und unauffälliger, um so besser. Wie ich schon sagte, ich glaube sehr überzeugende Argumente zu haben, wenn ich nur Gelegenheit erhalte, mich kurz mit diesen Herren zu unterhalten. Sie sollen lebend mit der ersten Maschine nach Kalabrien fliegen, denn sonst werden sie nie mehr nach Kalabrien kommen. Ich glaube, das ist eine einfache und logische Wahl.«

»Wir müssen uns das alles durch den Kopf gehen lassen«, sagte der Sohn zögernd. »Bei allem Respekt vor Ihren Millionen, Signor ...«

»Carmini. Luigi Carmini, zu Ihren Diensten.«

»Bei allem Respekt vor Ihren Geschäftsinteressen, Signor Carmini, aber für uns geht es um unser Leben.«

»Wir haben durchaus gemeinsame Interessen«, stellte Luigi weich fest. »Ich will mich nicht aufdrängen und sie keineswegs zu einer Zusammenarbeit zwingen, an die Sie nicht glauben. Aber ich kann Ihnen versichern, daß ich nur eine kurze Unterhaltung mit diesen Figuren brauche, um das Problem schnell aus der Welt zu schaffen.«

»Lassen Sie uns trotzdem noch einmal überlegen«, brummte der Vater.

»Gut, machen wir es so. Ich komme morgen abend wieder. Die Rechnung, bitte!« sagte Luigi in bestimmtem Tonfall, jedoch ohne jede Feindseligkeit.

»Nein, nein, wir haben Sie eingeladen!« sagte der Vater erschrocken.

»Kommt nicht in Frage«, lächelte Luigi sehr breit und machte eine neue Armbewegung, die sein Jackett so weit öffnete, daß Signorina Beretta seinen Worten einigen Nachdruck verlieh. »Ich verstehe, was Sie meinen. Ich weiß Ihre Gastfreundschaft sehr zu schätzen, aber unter den jetzigen Umständen wäre das doch nicht ganz angemessen, nicht wahr? Wenn wir dieses Problem allerdings gelöst haben, was ja sehr schnell und einfach geschehen kann, bestehe ich darauf, mit einer Freundin herzukommen. Dann können Sie mich zu einem guten Essen einladen. Wollen wir es so halten?«

Als Luigi unter einem Schwall von Höflichkeiten seinen Mantel angezogen und allen Anwesenden leutselig eine gute Nacht gewünscht hatte und nun in die schwedische Wirklichkeit der Sturegatan hinaustrat, kam ihm die Erkenntnis, daß ihm tatsächlich, ja tatsächlich etwas gelungen war, was in diesen Filmen vorkam, mit denen er sich soeben einen Scherz erlaubt hatte: Er hatte ihnen ein Angebot gemacht, das sie unmöglich ablehnen konnten.

So heilig sind Mahlzeiten, sogar bei uns zu Hause in Mailand, dachte er, als er den Mantel enger um sich zog und übellaunig seine nassen handgenähten Schuhe betrachtete, die da unten im Schneematsch zu ertrinken und um Hilfe zu rufen schienen.

4

In Murmansk fiel schwerer, nasser Schnee. Es war nicht besonders kalt, aber der Wind erreichte fast schon Sturmstärke und peitschte Carl den Schnee ins Gesicht, als er auf dem Leninskij Prospekt entlangspazierte. Es erstaunte ihn, daß die Hauptstraße immer noch so zu heißen schien. Nur an einigen Stellen waren die Straßenschilder mit alternativen Vorschlägen übermalt worden.

Es gab nicht sehr viel zu sehen, aber das, was er sah, vermittelte den Eindruck, daß Murmansk nach russischen Verhältnissen weniger arm, weniger grau und weniger heruntergekommen war als andere Städte des früheren Imperiums. Gegenüber dem alten Hauptgebäude des KGB an der Paradestraße lag ein kleiner Park mit einem Standbild Lenins, das keinerlei Spuren von Vandalismus oder Gewalteinwirkung zeigte. Es war nicht einmal bekritzelt, und an der Hausfassade hoch oben auf der anderen Seite des Parks verkündete ein Text in meterhohen Blockbuchstaben, daß der Kommunismus siegen werde. Hier oben gibt es wohl kaum irgendwelche langhaarigen Gitarrenspieler mit dunklen Brillen, stellte Carl ironisch fest.

Er fühlte sich fast zu Hause, als er die große, öde und mit Steinplatten belegte Halle des Hotels Arktika betrat. Er zog seinen Mantel aus und schüttelte den Schnee ab, als er die rauhe Oberfläche des Granitfußbodens überquerte und Kurs auf die lange Treppe mit dem roten Teppich nahm, die zum Restaurant hinaufführte. Dieser Teppich war vermutlich noch nie gereinigt worden. Sie wollten sich in einer halben Minute treffen.

Dort oben befanden sich etliche Tische, die von Sofas mit hohen Rückenlehnen umschlossen waren, so daß man vor Einblick geschützt war. Carl erfaßte intuitiv, welche dieser runden Nischen sein Kollege gewählt hatte, ging direkt darauf zu und setzte sich.

»Die Maschine hat natürlich Verspätung. Wir werden uns noch eine Stunde die Zeit vertreiben müssen«, begrüßte ihn Jurij Tschiwartschew mit einem Kopfnicken. »Bist du einkaufen gewesen?«

»Ich war im Magazin für die Angestellten der Streitkräfte oben am Leninskij Prospekt, durfte aber nichts kaufen. Sie haben mir nicht abgenommen, daß ich bei den Streitkräften bin«, erwiderte Carl todernst, als wäre die Frage nach dem Einkaufen ernstgemeint gewesen.

Jurij Tschiwartschew lächelte und schüttelte den Kopf. »Einmal Spion, immer Spion. Du hast es also nicht lassen können«, brummte er, als wäre das Gespräch immer noch ernstgemeint. »Nun, was hast du gefunden?«

»Man erhält natürlich ein gutes Bild davon, welche Einheiten sich hier oben befinden, wenn man das Angebot an Uniformteilen betrachtet«, grinste Carl. »Ich kann aber nicht sagen, daß ich etwas gesehen habe, was mich überrascht hätte. Möglicherweise gibt es hier oben mehr Marineinfanterie, als ich geglaubt habe.«

Jurij Tschiwartschew hob sein Mineralwasserglas zu einem Toast.

»Wenn du etwas wissen willst, ist es einfacher, mich zu fragen«, sagte er mit einer Miene, als hätte ihn Carls Verhalten verletzt. »Aber Scherz beiseite. In welcher Reihenfolge sollen wir jetzt vorgehen?«

Es ist, als ob ich mit Samuel Ulfsson spreche, dachte Carl, nachdem sie eine Zeitlang diskutiert hatten. Beide Parteien waren gelassen und nur an Ergebnissen interessiert. Hier war kein Prestige zu gewinnen, beide brauchten sich nur darum zu bemühen, logisch vorzugehen. Sie waren jetzt ungestört. Kein Politiker blickte ihnen über die Schulter.

Die Reihenfolge ergab sich folglich mühelos. Sie sollten mit der Frage beginnen, ob die beiden mutmaßlichen Mörder irgendwo in Murmansk zu Hause waren. So konnten sie auf denkbar elegante Weise eine geeignete Beschäftigung für den schwedischen Zivilisten finden, der jetzt wohl gerade mit einer Maschine aus Sankt Petersburg eintraf. Es war ja wichtig, daß die zivile polizeiliche Zusammenarbeit sofort in Gang kam.

Wenn sie mit diesem ersten Schritt Erfolg hatten, nämlich mit Hilfe der örtlichen Sicherheitspolizei die Mörder aufzuspüren, hatten sie damit schon die wichtigste Forderung erfüllt, was die Wünsche der Politiker nach polizeilicher Zusammenarbeit anging.

Der nächste Schritt führte dann folglich zu dem Auftraggeber der Mörder. Damit wurde die Sache komplizierter. Man mußte sehen, wie sich die Dinge entwickelten und ob man es verantworten konnte, Polizei und Politiker mit den Resultaten bekannt zu machen. Möglicherweise steckte etwas zu Großes dahinter, als daß sie riskieren durften, sich die Suppe von solchen Köchen verderben zu lassen.

Wenn sich aber die Hypothese, daß die Mörder von Haparanda hier in Murmansk zu Hause waren, als falsch erwies?

Es gab noch einen anderen Weg, der dann zum selben Ziel führen mußte, dem Auftraggeber. Zwei Finnen und zehn Sowjetbürger, die meisten vermutlich Russen, waren ja Anfang Dezember des vergangenen Jahres aus Murmansk verschwunden, um nie mehr zurückzukommen. Immerhin mußten alle ausländischen Arbeitskräfte irgendwo mit Fotos und allem Drum und Dran registriert sein, außerdem alle Personen, die irgendwo in Murmansk beschäftigt waren. Das konnte eine zeitraubende Arbeit werden, würde aber mit Sicherheit zum Ziel führen. Außerdem hatten sie ja einen der finnischen Namen.

»Und du bist sicher, sie auf Fotos wiederzuerkennen?« fragte Jurij Tschiwartschew leise.

»Selbstverständlich. Selbstverständlich und leider«, bestätigte Carl.

»Das muß ein düsteres Erlebnis gewesen sein«, fuhr Jurij Tschiwartschew fort.

»Ja«, gestand Carl, »sehr düster. Das ist wohl das mindeste, was ich sagen kann. Andererseits ist es ja eine ausgezeichnete Spur. Es dürfte hier in Murmansk nicht allzu viele amerikanische Staatsbürger mit einer Vergangenheit bei der CIA geben, unter denen wir wählen können.«

»Du meinst diesen Emerson III., hieß er nicht so?«

»Genau. Wenn wir ihn finden, finden wir auch seinen Chef, und ich kann mir vorstellen, daß der Rest dann sehr einfach ist. Vielleicht sollten wir sogar an diesem Ende beginnen. Sie haben vermutlich alle denselben Auftraggeber wie unser lieber Kollege.«

»Ja, aber dann ziehen wir die Tschekisten in etwas herein, was für sie vielleicht eine Nummer zu groß ist.«

»Korrekt. Also setzen wir darauf, daß wir es zunächst mit den Mördern versuchen sollten.«

Beide sagten eine Zeitlang gar nichts, schienen in Gedanken versunken zu sein. Carl lehnte den Vorschlag, sie sollten etwas essen, mit dem Hinweis darauf ab, daß er schon seit drei Tagen russische Speisen esse und keinen großen Hunger habe. Außerdem sei die Situation für Kaviar und Champagner im Augenblick nicht gegeben.

»Dein Russisch wird immer besser. Du hast sogar das Wort Champagner akzeptiert«, stellte Jurij Tschiwartschew fest.

»Danke, Genosse General, ich bemühe mich, mein Russisch jeden Tag mindestens eineinhalb Stunden zu pflegen. Außerdem versteht kein Mensch, was man meint, wenn man Schaumwein sagt statt Champagner wie ihr.«

»Soo? Eineinhalb Stunden jeden Tag? Ihr betrachtet uns immer noch als das wichtigste Theater?«

»Ja. Würdest du das an meiner Stelle nicht auch tun?« fragte Carl mit Unschuldsmiene.

Jurij Tschiwartschew lachte herzlich, möglicherweise etwas zu herzlich und vielleicht auch, um dem Thema auszuweichen.

»Und wie ist es diesmal beim UVS gegangen?« fragte er. »Als wir uns in Moskau sahen, hatten wir ja nicht die Zeit, auf dieses Thema einzugehen.«

Carl seufzte und versuchte ein einigermaßen neutrales Bild von dem zu vermitteln, was an den blankpolierten braunen Tischen mit dem salzigen Mineralwasser in den Diensträumen des UVS vor kurzem geschehen war. Umständliche Prozeduren, lange Erklärungen, mit denen ohnehin offene Türen eingerannt wurden, ein ewiges Gezeter über Defekte des Kreiselkompasses oder Betrunkenheit der Besatzung, das gewohnte alte Bild. Carl hatte keinerlei Neigung festgestellt, die Frage der U 137 auch nur ansatzweise anders zu behandeln als früher, und stellte den Sinn des Vorhabens in Frage. Seine eigene Regierung, wie er den Ministerpräsidenten vorsichtig nannte, habe sich ja einmal diese Arbeitstheorie in den Kopf gesetzt, und der könne man einfach nicht entkommen; man solle den russischen Willen zur Aufrichtigkeit prüfen, indem man mit der Gegenseite zuallererst die Frage der U 137 durchkaute. Dem scheine der Gedanke zugrunde zu liegen, daß, wenn man von russischer Seite etwas anderes als Fehler eingestand, man guten Willen gezeigt habe, und danach könne es sinnvoll sein, zu der Frage überzugehen, was unbekannte Unterwasserfahrzeuge in schwedischen Gewässern zu suchen hätten. Carl erklärte, er habe auf der russischen Seite keinerlei Willen zu einer nuancierteren Behandlung der Frage entdeckt. Seine Gesprächspartner seien keinen Zoll von der Irrtums-Theorie abgewichen, und er habe sich gelangweilt und sich zunehmend auf die bedeutend wichtigere Expedition nach Murmansk gefreut. Nun, aber jetzt sei er endlich hier.

Sie sahen auf die Uhr und stellten fest, daß es vielleicht Zeit war, sich zum Flugplatz zu begeben, um den schwedischen Polizisten in Empfang zu nehmen.

Rune Jansson hatte einen sehr langen Reisetag hinter sich, was vor allem daran lag, daß er auf dem chaotischen Flughafen von Sankt Petersburg vier Stunden auf einen verspäteten Abflug hatte warten müssen. Er war noch nie in Rußland gewesen, und welche Vorstellungen er von dem Land auch gehabt hatte, so gab es nichts, was er mit diesem großen, heruntergekommenen Flughafen hätte vergleichen können. Den stärksten Eindruck hatte im Grunde der Geruch auf ihn gemacht. Es hatte überall auf eine besondere Weise gerochen, auf überquellenden Toiletten ebenso wie in der Flugzeugkabine und in Wartehallen. Schließlich hatte er sich gedacht, daß es ein besonderer Tabakgeruch sein mußte, da man ihn überall antraf und die Menschen überall rauchten.

Um fünf Uhr nachmittags, natürlich war es draußen schon stockdunkel, zwängte er sich endlich aus der kleinen Tupolew-Maschine und trat in einen eisigen, feuchten Wind mit nassem Schneefall hinaus, der ihn zunächst blendete. Er tastete sich durch das Schneetreiben bis zu einem niedrigen Gebäude, das er für die Ankunfthalle hielt. Er entdeckte Carl sofort. Dieser kam ihm mit einem russischen Offizier im Schlepptau entgegen. Als die beiden Männer näherkamen, erkannte Rune Jansson, daß der andere ein hohes Tier sein mußte.

»Du hast einen anstrengenden Flug hinter dir, nehme ich an?« begrüßte ihn Carl. »Darf ich bekannt machen, Generalleutnant Jurij Tschiwartschew, unser militärischer Berater. Kriminalkommissar Rune Jansson von der Reichskripo in Stockholm.«

»Willkommen in Murmansk. Ich hoffe, Sie haben einen guten Flug hinter sich«, sagte Jurij Tschiwartschew, als die beiden Männer einander die Hand gaben. Zu Carls Überraschung hatte Jurij Tschiwartschew Schwedisch gesprochen.

Die russische Generalsuniform beschleunigte alle Formalitäten. Nur wenige Minuten später hatte Rune Jansson sein Gepäck ohne jede Zollkontrolle erhalten. Sie bestiegen den geräumigen schwarzen Dienstwagen, dessen Motor mit einem sonoren Brummen ansprang wie bei den amerikanischen Aufreißer-Autos früherer Zeiten.

»Für welche Arbeitssprache entscheiden wir uns? Sprichst du wirklich so gut Schwedisch, wie es sich anhört, Jurij?« fragte Carl, als sie sich gesetzt hatten.

»Mein passives Schwedisch ist gut. Ich verstehe, was ihr sagt, aber nicht sprechen so gut«, erwiderte Jurij Tschiwartschew zufrieden und zwinkerte Carl zu.

»Sonst können wir vielleicht Englisch sprechen? Ist das für dich in Ordnung, Rune?« fragte Carl weiter.

Nach einiger Zeit einigten sie sich darauf, daß Englisch für Gespräche zu dritt wahrscheinlich die beste Sprache sei, daß Carl aber zumindest jetzt im Wagen die Lage auf schwedisch schildern könne.

Rune Jansson erfuhr zu seinem Erstaunen, daß die Arbeit sofort beginnen sollte. Sie würden nur kurz ins Hotel und dann gleich direkt zur Polizei gehen, wo ein ganzer Ermittlungstrupp darauf wartete, beschäftigt zu werden. Carl merkte Rune Jansson an, daß dessen erster Eindruck von Rußland, das Durcheinander auf dem Flughafen von Sankt Petersburg, für die Arbeit nicht sehr ermutigend gewesen war. Carl erklärte ihm, in diesem Land funktionierten bestimmte Dinge ganz ausgezeichnet, wenn sie politischen Vorrang genössen, wie es hier heiße. Wenn also hochgestellte Personen von genügend Einfluß Befehle gegeben hätten, und das war hier der Fall. Kollege Tschiwartschew handelte auf Anweisung des Verteidigungsministers, und Rune Janssons Arbeitsbedingungen waren vom Präsidentenpalast in Moskau garantiert worden.

»Teufel auch«, murmelte Rune Jansson. »Die müssen uns wohl für recht wichtig halten. Warum?«

Carl räusperte sich und warf einen Seitenblick auf Jurij Tschiwartschew, der mit keiner Miene verriet, ob er alles verstand oder überhaupt darauf achtete, was sie sagten.

»Du bist doch sicher beim Ministerpräsidenten gewesen, um eine Schweigeverpflichtung zu unterschreiben?« fragte Carl ein wenig gezwungen und offiziell.

»Aber ja«, gestand Rune Jansson mit einer Grimasse, »aber Schweigepflicht hin, Schweigepflicht her, ich suche nach Mordverdächtigen. Bekanntlich ermittle ich in einem Mordfall. Was soll also die Schweigepflicht?«

»Nun ...«, begann Carl zögernd und warf erneut einen Blick auf den mit unbewegtem Gesicht dasitzenden Jurij Tschiwartschew, »das dürfte nicht so unbegründet sein, wie es scheinen mag. Wir wollen doch dazu beitragen, die Mörder zu schnappen, und darauf ist auch deine Arbeit hier ausgerichtet. Aber jetzt ist es eben so ... Wenn wir nämlich auf die Motive der Mörder zu sprechen kommen, wird deine Schweigepflicht zwangsläufig in Kraft treten müssen. Es geht nämlich um das, was geschmuggelt worden ist.«

»Atomwaffen«, bemerkte Rune Jansson lakonisch.

»Du weißt es!« rief Carl bestürzt aus, und Jurij Tschiwartschew wurde aus der Maske des Nicht-Zuhörers gerissen.

»Nee«, erwiderte Rune Jansson. »Kollege Niemi aus Haparanda hatte so eine Idee, aber das war ja nur eine Theorie. Als du dagegen anfingst, mir gegenüber von Schweigepflicht zu reden, und ich jetzt feststelle, daß wir die Ehre haben, von einem General eskortiert zu werden, da ... na ja, dann liegt der Schluß wohl recht nahe, oder wie soll ich sagen.«

»Du hast also niemals, in keinem Polizeipapier, das Wort Kernwaffen oder etwas Ähnliches schriftlich hinterlassen?« wollte Carl wissen.

»Nein, für die eigentliche Ermittlungsarbeit waren solche Spekulationen ja nicht besonders sinnvoll. Also darum geht es? Nun, dann kann ich das eine oder andere verstehen.«

»Wie etwa?«

»Einen Mord mit einer so raffinierten Methode; daß man überhaupt einen Mord begeht, um einen Schmuggler zum Schweigen zu bringen. Dann das große Geld und außerdem noch ein paar fabelhaft geschickte Fälschungen.«

»Was denn für Fälschungen?«

»Ja, das ist etwas, was wir in den letzten Tagen herausgefunden haben. Das Schmuggelgut hatte Begleitpapiere von Sandvik-Coromant, in denen die angeblichen Maschinenteile ausführlich bezeichnet wurden, Gewicht, Preis, alles. Und es waren im großen und ganzen echte Papiere. Ich meine, sie waren so geschickt gefälscht, daß sie im Unternehmen selbst hergestellt worden sein müssen.«

»Njet!« schaltete sich Jurij Tschiwartschew ein. »Aber ich glaube zu wissen, wo diese Dinger fabriziert worden sind. Doch das werden spätere Frage.«

»Wie auch immer«, fuhr Carl fort, den der Einwurf seines Kollegen verwirrt hatte. »Was auch immer du im Verlauf der Arbeit erfährst, was nicht mit dem Mordfall zu tun hat, hat etwas mit deiner Schweigepflicht zu tun. Verstehen wir uns?«

»Ganz und gar nicht«, entgegnete Rune Jansson irritiert. »Ich ermittle also in einem Mordfall. Das ist mein Job, unabhängig von dem, was ihr mit der Sache zu tun zu haben glaubt. Wenn es um Mord geht, soll ich feststellen, wann, wer, wo und wie und auch warum. Und Kernwaffen gehören zum Warum.«

»Ach, so meinst du das«, sagte Carl erleichtert. »Nun ja, ich glaube schon, daß wir uns irgendwie auf eine elegante Weise einigen können, solange wir nur Ergebnisse bekommen. Doch jetzt zum Ablauf der Arbeit, wie wir ihn uns vorstellen, also mit Beginn heute abend.«

Carl erklärte, daß sie zunächst mit dem Einfachsten beginnen wollten, nämlich mit dem Versuch festzustellen, ob sie die Mörder schon am ersten Abend finden könnten. Aber auch wenn es gelinge, die verdächtigen Personen zu ermitteln, wie könne Rune Jansson dann feststellen, ob es die richtigen seien?

»Das dürfte nicht sehr schwer sein«, meinte Rune Jansson. »Ich habe zwar nur vage Personenbeschreibungen und ein paar Namen, denen ich nachgehen kann, aber es gibt hier doch sicher Telefoto? Dann gibt es nämlich keine Probleme. Die Bilder der Verdächtigen können per Telefoto nach Hause übermittelt werden. Kollege Niemi mischt diese Bilder mit ein paar anderen Porträts und legt sie den beiden verhafteten Fahrern aus Örebro vor. Wenn beide unabhängig voneinander und jeder in seiner Zelle auf dieselben Personen zeigen, ist das Problem gelöst. Sonst weiß ich auch nicht, wie es zu machen ist.«

Der Wagen hatte inzwischen fast unmerklich die eigentliche Stadt erreicht. Eine lange Vorortstraße mit Hochhäusern ging allmählich in etwas über, was mehr wie eine gewöhnliche Stadt mit schlechter Beleuchtung aussah, in der sich erstaunlich viele Fußgänger bewegten. Von Zeit zu Zeit rutschte ein Trolleybus mit abgefahrenen Reifen durch den tiefen Schneematsch. Rune Jansson blickte fasziniert durchs Seitenfenster, und Carl behielt seine Ermahnungen für sich.

Carl folgte Rune Jansson ins Hotel und half ihm bei der Anmeldung. Anschließend trugen sie beide das Gepäck aufs Zimmer. Murrend wühlte Rune Jansson die Akten hervor, die er mitgebracht hatte, und packte sie in eine dicke Aktentasche um. Dann bat er, sich noch schnell rasieren und das Hemd wechseln zu dürfen, bevor sie weiterfuhren. Carl bekam ein schlechtes Gewissen. Er durfte den Polizisten nicht behandeln, als wäre er eine Art Untergebener. Er fragte ihn, ob er vor der Arbeit noch etwas essen wolle. Rune Jansson antwortete etwas aus dem Badezimmer, was sich wie ein Nein anhörte, während er gurgelte und sich die Zähne putzte.

Eine halbe Stunde später betraten sie das Gebäude, das bis vor kurzem das Hauptquartier des KGB in Murmansk gewesen war. Jurij Tschiwartschews Generalsuniform brachte sie schnell durch alle Kontrollen und in den dritten Stock, wo ein Chef und dessen zwei engste Mitarbeiter warteten.

Rune Jansson erkannte schnell, daß diese Behörde keinerlei Ähnlichkeit mit seiner Reichspolizeiführung hatte. Das lag nicht nur an dem allgemein heruntergekommenen Eindruck, den alles um ihn herum vermittelte, sondern auch an den Uniformen. Alle Männer, denen er begegnete, trugen Uniform. Frauen sah er hingegen überhaupt nicht.

Als sie das Chefzimmer betraten, kam es zu langen Begrüßungszeremonien. Alle sprachen Russisch, während Rune Jansson sich ziemlich albern vorkam, als er von Uniform zu Uniform ging und nur Hände schütteln konnte. Er fühlte sich peinlich außenstehend, vor allem, da seinem Landsmann all dieses exotisch Fremde überhaupt nichts auszumachen schien. Carl ging munter und scherzend von Mann zu Mann.

Das Chefzimmer war recht groß. An der Wand hinter dem Schreibtisch entdeckte Rune Jansson eine hübsche Intarsienarbeit in Edelholz. Sie zeigte Lenin und Marx sowie einen weiteren bärtigen Mann, an dessen Namen Rune Jansson sich nicht erinnerte. Er sah ein, daß man eine solche Wand nur ungern zerhacken würde, war sie doch das einzig wirklich Ansehnliche im ganzen Raum. An dem anderen kurzen Ende war die Wand mit einem einzigen Porträt in Edelholz geschmückt. Es erinnerte Rune Jansson leicht an Trotzkij, doch nach kurzem Überlegen kam er zu dem Schluß, daß es kaum Trotzkij sein konnte.

»Felix Dserschinskij«, flüsterte Carl Rune Jansson fröhlich zu, da er dessen Blick verfolgt hatte und dessen Gedanken gelesen zu haben schien.

»Wer zum Teufel ist das?« flüsterte Rune Jansson.

»Der Gründer des KGB«, lächelte Carl und zwinkerte. »Dieses Porträt findet man in jedem Chefzimmer in jeder Polizeieinrichtung der gesamten ehemaligen Sowjetunion.«

Der Chef des Ladens, der Uniform nach offenbar Oberst, hob sein Wodkaglas. Alle anderen taten es ihm nach. Es war ein Wodkaglas ohne übertriebene Dosierung, und Rune Jansson nahm an, daß diese Begrüßung eine besondere Freundlichkeit gegenüber ausländischen Besuchern war. Doch zugleich kam ihm die ganze Szene traumhaft und unwahrscheinlich vor. Vor allem weil der Oberst da vor ihm direkt unter einer Kuckucksuhr stand und der Kuckuck plötzlich herausschoß und »Kuckuck« rief, während die Männer einander zuprosteten und gleichzeitig in ein brüllendes Gelächter ausbrachen.

Die Gläser wurden jedoch schnell hinausgetragen, worauf sich die sechs Männer an den langen Konferenztisch setzten.

Der Oberst und seine zwei Männer, ein Oberstleutnant und ein Major, setzten sich an die eine Längsseite des Tischs. Der Oberst saß in der Mitte. Jurij Tschiwartschew nahm automatisch dem Oberst gegenüber Platz, und eigentlich hätten Carl und Rune Jansson sich jetzt links und rechts von ihrem Delegationsleiter hinsetzen müssen – der jeweils Ranghöchste war Delegationsleiter –, doch Carl entschuldigte sich, erklärte etwas auf russisch, was die anderen durch ein Kopfnicken billigten. Dann nahm er Rune Jansson beim Arm und setzte sie beide auf die gleiche Seite neben Jurij Tschiwartschew.

Damit war das Protokoll erledigt, und zu Rune Janssons Verblüffung schien jetzt alles sehr schnell voranzugehen. Der Oberst auf der anderen Seite stellte eine kurze Frage und erhielt von Jurij Tschiwartschew eine kurze, schnelle Antwort. Neue Frage, neue Antwort. Danach einige knappe Befehle. Einer der Mitarbeiter des Obersten ging zu einem Telefon am Schreibtisch und begann zu telefonieren. Eine neue Frage des Obersten, eine neue Antwort von Jurij Tschiwartschew und ein Befehl an den zweiten rangniederen Offizier. Dieser erhob sich sofort und verließ den Raum, während der Mann am Telefon mitteilte, was er offenbar erreicht hatte. Dann wieder ein neuer Befehl des Obersten, eine neue Frage an Jurij Tschiwartschew, der eine rasche Antwort folgte. So ging es ein paarmal hin und her, ohne daß Rune Jansson mehr begriff, als daß jetzt eine intensive Aktivität ausgelöst wurde.

Nach einer Viertelstunde schien sich der Sturm zu legen. Der Oberst breitete mit einem feinen Lächeln die Arme aus, sah auf seine Armbanduhr und machte den Eindruck, als wollte er sagen, jetzt brauchten sie nur noch zu warten. Vor dem Haus war zu hören, wie Autos mit eingeschalteten Sirenen im Schneematsch davonfuhren. Zu seinem Ärger erhielt Rune Jansson keine Erklärung dessen, was jetzt geschah, da Carl sich inzwischen an Jurij Tschiwartschew gewandt hatte und mit diesem eine kurze intensive Diskussion führte. Sie endete damit, daß beide lachten.

Erst als der Polizeioberst sich an Carl wandte, ihn offenbar freundlich auf etwas hinwies und gleichzeitig eine Handbewegung zu Rune Jansson machte, drehte sich Carl zu diesem um und begann zu erklären.

»Die mutmaßlichen Mörder sollen jetzt abgeholt werden. Wir können sie in etwa einer Viertelstunde hier erwarten«, begann Carl und lächelte Rune Jansson breit an. »Die Uniformen, die du da siehst, sind die des KGB. Armeeuniformen, aber mit blauen Schulterklappen und blauen Bändern an der Mütze, dunkelblauen, nicht hellblauen, denn das ist die Luftwaffe. Merk dir das. Dies ist ein Entwicklungsland, aber ein Entwicklungsland, das Raketen ins Weltall schicken kann und über eine Säpo verfügt, neben der sich die Genossen im Affenhaus wie Faultiere ausnehmen.«

Rune Jansson war sichtlich beeindruckt. Er erkannte, daß Carl es bemerkte und sich darüber amüsierte, doch es war ihm vollkommen gleichgültig, ob er jetzt wie der arme Vetter vom Land wirkte. Wichtig war nur die bevorstehende Expedition, die offenbar schon im Gang war.

»Wie zum Teufel können die so effektiv arbeiten?« fragte er mit großen Augen.

Carl drehte sich zu den anderen um und sagte etwas auf russisch, was eine allgemeine Lachsalve auslöste. Er hatte offenbar Rune Janssons Frage übersetzt. Es hagelte muntere Kommentare, doch dann wandte er sich wieder ernster zu Rune Jansson um und setzte zu einer längeren Erklärung an.

»Es ist so«, begann er. »Wir befinden uns in einer Stadt, die ein einziges großes Sperrgebiet ist. Sämtliche Ausländer, die hier arbeiten, sind registriert. Sie wohnen in zwei Hotels. Das eine heißt Polar, und das andere 69. Breitengrad. Dorthin sind die Polizeiwagen jetzt unterwegs. Die Männer, die wir suchen, sind bei ein und demselben Unternehmen angestellt. Wenn ich die Übersetzung richtig verstanden habe, heißt es The Anglo-Norwegian Steel Export Co., etwas in der Richtung. Ihr Chef ist ein Amerikaner namens Mike Hawkins. Wenn du entschuldigst, werden mein verehrter Kollege und ich selbst diese Figur später in die Mangel nehmen. Deine mutmaßlichen Mörder sind aber jetzt auf dem Weg hierher.«

»Womit arbeitet dieses norwegisch-amerikanische Stahlunternehmen?« fragte Rune Jansson mit gerunzelter Stirn.

»Gute Frage!« sagte Carl und wandte sich an den russischen Obersten. Nach einer kurzen und teilweise munteren Konversation übersetzte er für Rune Jansson.

»Es ist so«, sagte er und schüttelte den Kopf über den Irrsinn der Welt, »der ganze Fjord ist voll von versenkten Schiffen. Dort liegt ein bedeutender Schrottwert. Die Geschäftsidee dieses Unternehmens, wie es heißt, scheint zu sein, den Fjord kostenlos zu säubern. Als Gegenleistung dürfen sie den Eisenschrott im Westen verkaufen. Und wenn es etwas gibt, wovon die ehemalige Sowjetunion mehr als genug besitzt, ist es natürlich Eisenschrott.«

»Kann sich das denn lohnen?« fragte Rune Jansson mißtrauisch. »Ist das nicht nur eine Ausrede, um hier tätig sein zu können?«

Carl warf ihm einen verblüfften Blick zu und blieb zunächst die Antwort schuldig.

»Du mußt ein teuflisch guter Bulle sein, Rune«, sagte Carl. Er sah den Polizeibeamten bei diesen Worten mit sichtlicher Bewunderung an. »Es dürfte kein Vergnügen sein, dich auf den Fersen zu haben. Na ja, ich weiß es ja übrigens selbst, wie unangenehm das sein kann.«

»Jetzt wollen wir aber nicht in der Vergangenheit wühlen.«

»Nein, genau. Jedenfalls glaube ich, daß du den Nagel auf den Kopf getroffen hast. Vermutlich ist diese gesamte Tätigkeit eine Art Tarnung für ganz andere Geschäfte, und zwar die, die auch deiner Schweigepflicht unterliegen. Du weißt schon. So dürfte es sein.«

»Ich werde also meine Mörder bekommen. Und was bekommt ihr?« fragte Rune Jansson nachdenklich.

»Wenn es möglich ist, die gesamte Bande, die Kernwaffen schmuggelt. Jetzt verstehst du vielleicht den Grund für diesen massiven Personaleinsatz.«

»Was geschieht mit denen?«

»Sie werden der russischen Justiz überstellt, die in diesem Fall recht streng sein dürfte.«

»Todesstrafe?«

»Ohne Zweifel. Genickschuß. Wird innerhalb einer Woche vollstreckt, denke ich.«

»Pfui Teufel. Und meine Mörder?«

»Tja ... möchtest du sie nach Hause mitnehmen und in Haparanda verurteilen lassen statt in Murmansk? Sie selbst dürften diesen Vorschlag glänzend finden.«

»Einer von ihnen scheint russischer Staatsbürger zu sein. Den können wir also nicht ohne weiteres ausgeliefert bekommen. Wir haben nämlich kein Auslieferungsabkommen mit den Russen. Aber diesen Finnen, könnte man den retten?«

»Warum willst du ihn retten?«

»Weil ich ein Gegner der Todesstrafe bin.«

»Das bin ich auch«, sagte Carl nachdenklich. »Das bin ich auch. Aber darüber werden nicht Leute wie du und ich entscheiden, sondern die Politiker. Politiker sind nach meiner Erfahrung oft ziemlich blutrünstig, solange man es ihnen erspart, den Hinrichtungen beizuwohnen.«

»Und wenn die Salven der Erschießungspelotons verstummt sind ... Pfui Teufel, ich glaube zu träumen. Na ja, was passiert, wenn dieser Teil vorbei ist?«

»Noch eine Sache, eine einzige«, brummelte Carl nachdenklich. »Dann werden wir ermitteln, wo das Schmuggelgut geblieben ist.«

Draußen auf dem Hof war Lärm zu hören. Die Polizeiwagen kehrten zurück. Schreie und Flüche waren zu hören, als Menschen vermutlich brutal und mit Schlägen ins Gebäude gejagt oder geschleift wurden.

Jurij Tschiwartschew drehte sich fröhlich zu Carl um und sagte etwas, worüber beide lachten. Carl erklärte Rune Jansson den Zusammenhang.

»So, jetzt beginnt das Verhör der Verdächtigen. Wir können uns die Vernehmung hinter einer solchen Glasscheibe ansehen, du weißt schon. Ich kann für dich übersetzen. Interessiert, mal die Verhörmethoden ausländischer Polizisten kennenzulernen?«

»Wird es so übel, wie ich glaube?« fragte Rune Jansson. Die Unlust stand ihm ins Gesicht geschrieben.

»Ja, das wird es«, stellte Carl kurz fest. »Ich schlage aber trotzdem vor, daß du mitkommst und es dir ansiehst.«

»Warum?«

»Weil du Polizist bist und ein verdammt guter dazu. Es ist doch nicht ganz ohne Bedeutung, wie ein Geständnis zustande kommt, nicht wahr?«

»Nein«, seufzte Rune Jansson. »Das ist es wirklich nicht. Wo ist es? Unten im Keller?«

»Ja, das könnte ich mir vorstellen«, lächelte Carl. »Wie in der guten alten Zeit. Der Keller ist bestimmt noch da.«

Die Brüder Gelli, Antonio und Giuseppe, waren gewiß auf Gewalt eingestellt. Ihre Geschäftsidee erhob sich nämlich nicht sehr weit über dieses Niveau. Man hatte sie angewiesen, die Schikanen jetzt allmählich zu steigern, und der dem zugrundeliegende Gedanke war so einfach, daß sie ihn sogar selbst verstanden hatten, ohne ihn sich von ihren Chefs erklären lassen zu müssen. Man wollte einige Restaurants in Stockholm übernehmen, um sie zur legalen Basis für andere und gewinnbringendere Geschäfte zu machen.

Als sie die Küche des Restaurants La Nonna betraten, wollten sie also unter allen Umständen Streit anfangen, selbst wenn die gewünschte »Versicherungssumme« wider Erwarten für sie bereitlag und wartete.

Sie stiefelten von der Hofseite hinein, ohne anzuklopfen, und stießen die beiden Tellerwäscher zur Seite, die ihnen zufällig im Weg standen. Sie grinsten über die Furcht, die sie auslösten, und setzten den Weg in die eigentliche Küche fort, in der jetzt alle Tätigkeit aufhörte. Genau, wie sie erwartet hatten.

»Guten Abend«, sagte Giuseppe Gelli, der ältere Bruder, höhnisch und sah sich um.

»Guten Abend«, erwiderte nur einer der Anwesenden, ein junger Mann, der viel zu gut gekleidet war, um zum Personal zu gehören. Er betrachtete die Eindringlinge nachdenklich, während er einen Kopfhörer aus dem Ohr nahm und ein Tonbandgerät abschaltete, das er offenbar in der Tasche hatte.

»Bellini«, erklärte er mit einem Lächeln, das plötzlich zu Eis gefror, als er die beiden Brüder musterte. »Ich mag Ihre Manieren nicht, meine Herren. Sie sind sich Ihres ungehobelten Auftretens offenbar gar nicht bewußt?«

Giuseppe Gelli ging drohend ein paar Schritte auf den jungen Mann zu, der seine Drohung nur mit einem Kopfschütteln und einem Zungenschnalzen quittierte, das Hohn und Verachtung ausdrückte.

Da versuchte Giuseppe Gelli, den kleinen Gernegroß zu Boden zu schicken, während sein jüngerer Bruder nachsetzte, um mitzuhelfen.

Keiner der beiden konnte sich später so recht daran erinnern, was geschehen war und wie. Doch im nächsten Augenblick lagen beide blutend und schreiend auf dem Fußboden, während der junge Mann sich über sie beugte und ihnen diverse Waffen abnahm, die er voller Verachtung in einen großen Sack für Küchenabfälle warf. Dann riß er sie hoch, damit sie auf die Füße kamen, und schob sie vor sich her zur Hintertür. Dem stumm dastehenden Küchenpersonal sagte er, sie hätten natürlich nichts gesehen. Diese Figuren seien nie gekommen. Und sie würden übrigens auch nie mehr wiederkommen.

Draußen auf der Östermalmsgatan stand eine große schwarze Limousine mit dunklen Scheiben. Die Brüder Gelli wurden von dem jungen Mann unsanft auf den Rücksitz geschoben. Er selbst stieg nach ihnen ein und zog die Tür zu, als der Wagen startete.

»Jetzt wird es ernst, meine Herren«, sagte Luigi kalt und breitete vielsagend die Arme aus. »Jetzt dürfen Sie nämlich bestimmen, wohin die Reise gehen soll.«

Giuseppe Gelli beugte sich stöhnend vor. Er spürte einen brennenden Schmerz im Arm. Vermutlich war er irgendwo am Ellbogengelenk gebrochen. Er war noch nicht imstande zu sprechen.

»Du da«, sagte Luigi und reichte dem jüngeren Bruder ein Taschentuch. »Wisch dich ein bißchen ab, damit du hörst, was ich sage, und antworten kannst. Los!«

Antonio gehorchte schniefend, während er leise vor sich hin fluchte und ein paar Drohungen auszustoßen versuchte, die auf den jungen Snob nur die Wirkung hatten, daß er lächelte und den Kopf schüttelte.

»Wir können zwischen zwei Reisezielen wählen, aber darauf werde ich noch zurückkommen. Aber zunächst muß ich den Herren etwas erklären«, begann Luigi geschäftsmäßig. Dann hielt er inne und senkte mit einem Knopfdruck die Trennscheibe zu dem Fahrer, einem blonden Riesen. Er sagte ihm auf englisch, wohin er fahren sollte.

»Allora«, fuhr er fort, als die Trennscheibe wieder in ihrer alten Position war. »Ich möchte auf ein paar Dinge hinweisen. Ihr und eure Bande stellt so etwas wie einen kleinen Juckreiz für Geschäfte dar, die ich mit ein paar anderen hier in Skandinavien beginnen möchte. Wir können es uns nicht leisten, eine Menge kleiner Ganoven hier herumlaufen zu lassen, die das Klima für uns Italiener verderben. Ihr seid für uns eine sehr schlechte PR, und das wollen wir nicht. Eines eurer denkbaren Reiseziele ist daher das schöne Italien.«

»Was zum Teufel glaubst du eigentlich, wer du bist, du gottverdammter Rotzlümmel«, stöhnte Giuseppe und richtete den Körper ein wenig auf.

»Ich bin so einer, der einem kleinen Ganoven wie dir Alpträume verursachen kann. Ich könnte dich dazu bringen, dich nach der Polizei zu sehnen«, entgegnete Luigi tückisch und fuhr dann in einem neutraleren Tonfall fort. »Ihr habt also zwei Möglichkeiten. Entweder dies wird eure letzte Fahrt. Eine traurige Alternative, aber durchaus möglich. Oder ich lerne den Rest eurer Bande kennen. Jetzt, sofort, damit wir unsere Geschäfte zu Ende führen können.«

»Was für gottverdammte Geschäfte«, knurrte Giuseppe, der sich nicht recht entscheiden zu können schien, wie er sich verhalten sollte. Ihm gegenüber saß nur ein aufgeblasener kleiner Rotzlümmel, der wie diese Oberschicht-Brut in Mailand sprach. Andererseits hatte sie der Rotzlümmel auf eine Weise behandelt, wie es noch niemand bei ihnen gewagt hatte. Es war schwer zu begreifen, aber offensichtlich wahr. Der brennende Schmerz in seinem gebrochenen Arm ließ in dieser Hinsicht keinerlei Fehldeutung zu.

»Wir haben doch keine gottverdammten Geschäfte mit dir«, fuhr Giuseppe Gelli fort.

»Doch, von diesem Augenblick an haben wir welche«, entgegnete Luigi ruhig. »Wir wollen euch auskaufen und nach Hause schicken. Wie schon gesagt, ihr stört unsere Geschäfte. Es ist besser, daß wir euch schnell und zu geringen Kosten loswerden, als daß ihr hier in Stockholm herumzieht und überall Aufsehen erregt, bis die Polizei euch schnappt. Dann gibt es für uns nur eine Menge unvorteilhafter Publizität. Das paßt uns nicht. Daher dieser einfache Vorschlag. Nun, wie hätten wir es denn gern? Bringt ihr mich jetzt zu eurem Chef, oder muß ich euch erst irgendwo abkippen und mir dann die Mühe machen, ein paar neue Torpedos zu holen, die den gleichen Vorschlag machen?«

Die Brüder sahen sich mit einem kurzen Seitenblick an. Sie brauchten nicht zu konferieren.

»Wir können nicht einfach mit ungebetenen Gästen auftauchen. Erst müssen wir ein Treffen an einem neutralen Ort vereinbaren«, sagte Giuseppe, in dessen Kopf es jetzt allmählich klarer zu werden schien.

»Das geht leider nicht«, erwiderte Luigi und schüttelte bedauernd den Kopf. »Für solchen Unfug haben wir keine Zeit. Ich sollte vielleicht darauf hinweisen, daß wir nicht von gleich zu gleich verhandeln. Wir vertreten trotz allem sehr ungleiche geschäftliche Interessen. Aber jetzt wollen wir diese Angelegenheit schnell und unauffällig erledigen, bevor die schwedische Polizei kommt und sich einmischt. Wir möchten das Geschäft am liebsten schon heute abend abgeschlossen wissen. Wenn euch dieser Vorschlag nicht paßt, werden die Herren sich bald bei, wie sagt ihr da unten im Süden, bei den Fischen befinden? Ja, ich glaube, so heißt es bei euch. Also, wollen wir zu den Fischen oder zu eurem Chef? Was darf es sein?«

Auf dem geräumigen Rücksitz entstand ein kurzes Schweigen. Luigi, der auf einem ausgeklappten Zusatzstuhl saß, lehnte sich behaglich zurück und betrachtete die beiden zerzausten Torpedos auf dem Rücksitz. Er war sicher, daß sie ihm glaubten. Ihre Hände und Gesichter trugen zahlreiche und deutliche Spuren von Gewalt. Sie hatten vermutlich schon ein langes und elendes Leben als kleine Gauner, Räuber, Schläger und Diebe hinter sich. In ihrer Vorstellungswelt konnte es kaum einen Zweifel geben, was den Ernst der Situation betraf. Sie waren vermutlich selbst noch nie entführt und mißhandelt worden.

Sie gaben nach, und Luigi erhielt eine Adresse in einem südlichen Vorort. Er ließ die Trennscheibe herunter und gab seinem Fahrer Anweisungen. Dann setzten sie die Fahrt schweigend fort. Für den Augenblick gab es nichts mehr zu sagen.

Als der Wagen schließlich hielt, gab Luigi seinen Gefangenen ein Zeichen, sie sollten sitzen bleiben. Er selbst stieg aus und beriet sich kurz mit seinem Fahrer. Dann hielt er den beiden Brüdern höflich die Hintertür auf, die mit einiger Mühe und unter Flüchen zwischen zusammengebissenen Zähnen herauskletterten.

»Wir müssen erst nach oben und uns besprechen«, versuchte Giuseppe Gelli einen neuen Anlauf, wenn auch mit einer Miene, die deutlich erkennen ließ, daß er nicht einmal selbst an seinen Vorschlag glaubte. Luigi schnaubte nur, schüttelte den Kopf und machte eine übertrieben höfliche Geste. Die Brüder sollten vorangehen.

Die Haustür war durch einen Zahlencode gesichert, und als Luigi festgestellt hatte, wie die Tür zu öffnen war, drehte er sich um und gab seinem Fahrer auf englisch Anweisungen. Dann schob er die beiden Brüder vor sich her und ließ sie bis zum dritten Stock vorgehen.

Vor der Tür blieb die Prozession stehen. Die Gesichter der beiden Gefangenen verzerrten sich vor Unbehagen. Luigi fiel es nicht schwer, den Zusammenhang zu verstehen. Sie waren zutiefst gedemütigt worden.

»Nun«, sagte Luigi leichthin. »Wollen die Herren klingeln, oder habt ihr einen eigenen Schlüssel?«

Sie läuteten in einem bestimmten Code, und nach kurzer Zeit wurden Schlüssel in zwei Schlössern umgedreht, und die Tür wurde etwa zehn Zentimeter geöffnet. Luigi streckte die Hand aus, riß sie auf und schob dann die beiden Brüder vor sich in den Flur, in dem zwei jüngere Männer mit gezogenen Waffen standen.

»So, das wäre geschafft!« sagte er und zog die Tür hinter sich zu. »Dann können wir anfangen, über Geschäfte zu reden. Um jedes

Mißverständnis zu vermeiden, möchte ich das Ding hier erst mal abgeben.«

Er hatte seine Pistole gezogen und hielt sie demonstrativ am Lauf, während er mit einem fragenden Blick zu ergründen versuchte, wer ihm die Waffe abnehmen sollte. Einer der unbekannten Männer streckte schnell die Hand aus und riß die Pistole an sich.

»Gut!« sagte Luigi. »Dann können wir vielleicht hineingehen und uns setzen?«

Er setzte sich in Bewegung, noch bevor er eine Antwort erhalten hatte. Sein selbstverständliches Verhalten verhinderte jeden Einwand oder Gegenvorschlag.

Es war eine recht spärlich möblierte Vierzimmerwohnung mit Küche. Sie erinnerte ein wenig an die Mannschaftsunterkünfte in einer Kaserne, war aber aufgeräumt und sauber. Vom Flur gingen sie zunächst in die Küche und dann durch ein Schlafzimmer, bis sie in ein Wohnzimmer mit Sofagruppe und Fernseher kamen. Auf dem Tisch vor dem Sofa lagen zahlreiche Papiere, die wie Zeichnungen und Buchführungsunterlagen aussahen. Luigi wandte beim Gehen den anderen den Rücken zu, als könnte nichts in ihrem Verhalten auch nur die geringste Bedrohung oder Gefahr darstellen. Er setzte sich in den größten Sessel und blickte sich dann neugierig um. Gleichzeitig tauchten aus dem Nebenzimmer zwei ältere Männer auf.

»Sind jetzt alle da?« fragte Luigi ruhig. »Wie gut. Bitte setzen Sie sich. Sie müssen meinetwegen nicht stehen. Ich habe Ihnen einen geschäftlichen Vorschlag zu machen, der, wie ich glaube, die Herren interessieren dürfte ... Nein, setzen Sie sich doch, um Gottes willen!«

Die Männer blickten einander an und setzten sich dann. Luigi versuchte herauszufinden, wer der Boß sein konnte, und tippte auf einen Mann von etwa fünfunddreißig Jahren, der erheblich eleganter gekleidet war als die anderen.

»Also«, fuhr Luigi fort. »Wir haben einen Vorschlag, und mit *wir* meine ich große Geschäftsinteressen in Mailand und nicht etwa in Palermo, oder wo die Herren vielleicht sonst herkommen. Der Vorschlag ist sehr einfach. Sie stören unsere Geschäfte und sorgen für Wirbel, und so kann das nicht weitergehen. Wir sind, um die Wahrheit zu sagen, sogar stark irritiert. Darf ich zunächst fragen, ob alle kleinen Ganoven anwesend sind? Fehlt jemand?«

»Für wen zum Teufel hältst du dich eigentlich?« fragte jetzt der Mann, den Luigi für den wahrscheinlichen Anführer gehalten hatte. »Und was zum Teufel ist passiert?«

»Ich habe das zweifelhafte Vergnügen gehabt, deine kleinen Kassierer hier im Ristorante La Nonna bei ihrer Arbeit zu stören. Übrigens sind es Typen mit unmöglichen Manieren, eine Schande für Italien. Wie du siehst, könnten sie etwas ärztliche Fürsorge gebrauchen, doch das hat Zeit bis später. Im übrigen verbitte ich mir jede Unverschämtheit.«

»Dieser Scheißkerl hat gedroht, uns zu töten«, stöhnte Giuseppe. Es hatte den Anschein, als würde er gleich vor Schmerz in Ohnmacht fallen.

»Was ist das für ein geschäftlicher Vorschlag?« fragte der Anführer. Er erweckte den Eindruck, als könnte er sich noch nicht entschließen, wie er sich verhalten sollte – als Chef und Anführer oder als Unterhändler.

»Zunächst einmal werde ich diese Papiere hier beschlagnahmen«, sagte Luigi. Er beugte sich zum Tisch vor und nahm einen Stapel an sich, den er interessiert studierte. »Sie haben eine Art Buchführung über Ihre kleinen Dummheiten, wie gut! Nun, ich nehme diese Sachen an mich und möchte Sie dann noch um Ihre Pässe bitten, meine Herren. Wir werden Sie mit neuen ausstatten, und dann können Sie das Land schnell und unauffällig verlassen, am liebsten schon morgen.«

»Ist *das* der geschäftliche Vorschlag?« sagte der Anführer. Er schien zu glauben, daß entweder er selbst oder Luigi den Verstand verloren haben mußte.

»Genau«, erwiderte Luigi schnell. »Verstanden, Sie dürfen alle am Leben bleiben, wenn Sie sich von jetzt an benehmen. Das ist unser Angebot. Darf ich die Herren also um ihre Pässe bitten? Wir brauchen sie nämlich, um Sie mit neuen ausstatten zu können.«

Er breitete wieder die Arme aus, um zu zeigen, daß die Sache für ihn jetzt klar war und daß er nur noch auf Unterwerfung wartete. Die anderen sahen auf ihren Anführer.

»Wartet hier«, sagte der Anführer und erhob sich. »Ich bin gleich wieder da, will nur etwas holen.«

Als er auf das hintere Schlafzimmer zuging, verdichtete sich die Atmosphäre im Raum. Die Bandenmitglieder schienen sich unbewußt zusammenzukauern, als wollten sie Schutz suchen. Luigi sah ihre Reaktion und hatte keine Mühe, sie zu deuten. Er blieb jedoch ruhig sitzen, ließ das eine Bein lässig über dem anderen baumeln, sah sich um, blickte von einem zum anderen und machte Bemerkungen über einige kitschige Gemälde, die weinende Kinder darstellten, als dächte er nicht mal im Traum an eine bevorstehende Gefahr. Fast zerstreut bückte er sich, um sich den Knöchel des Fußes zu kratzen, der sich auf dem Fußboden stützte.

Dann ging alles sehr schnell. Als der Anführer der Gruppe in der Türöffnung auftauchte, hatte er eine Schrotflinte in den Händen, und als er sie hob, um auf Luigi anzulegen, wurde er mitten in der Brust von zwei Revolverkugeln getroffen.

Luigi stand auf. Er hielt den Revolver vor sich, als wollte er die anderen damit handlungsunfähig machen. Sie hatten jedoch schon ihre Waffen gezogen. Luigi schoß schnell auf zwei von ihnen, traf sie in den Rumpf, so daß sie durch die Wucht der Kugeln zu Boden geschleudert wurden. Dann stürzte er sich auf einen der jüngeren Männer, und zwar den, der seine Pistole genommen hatte und den Eindruck erweckte, als wollte er sie tatsächlich auf Luigi richten.

In dem Augenblick, in dem Luigi die Waffe des anderen an sich riß, wurde die Tür mit einem Krachen eingeschlagen, und Åke Stålhandske stürmte mit einer Maschinenpistole im Anschlag herein.

Luigi und Åke Stålhandske bekamen schnell Augenkontakt. Sie brauchten nichts zu sagen. Drei Personen waren getroffen worden. Ein Mann lag bewußtlos auf dem Fußboden, und zwei saßen noch wie versteinert auf dem Sofa, die beiden Brüder Gelli. Der vierte Mann stand mitten im Raum und hielt beide Hände in die Höhe gereckt.

Luigi steckte seinen Revolver in das Knöchelholster, warf seine Pistole in die rechte Hand und nickte zum hinteren Teil der Wohnung. Åke Stålhandske inspizierte die anderen Zimmer.

Er kam schnell zurück und schüttelte den Kopf. Luigi packte darauf entschlossen das Sofa mit den beiden Brüdern Gelli und schob es vor sich her über den Parkettfußboden, so daß es vor einer geschlossenen Balkontür landete. Dann sagte er kurz etwas zu dem Mann, der noch immer mit erhobenen Händen dastand. Dieser befolgte den Befehl auf der Stelle und zwängte sich zwischen den beiden stöhnenden und fluchenden Brüdern auf das Sofa.

Åke Stålhandske warf Luigi seine Maschinenpistole zu und kniete neben dem Mann nieder, der die Schrotflinte gehabt hatte. Seine Untersuchung war ebenso schnell wie präzise. Dann wandte er sich dem nächsten der beiden anderen Verwundeten zu, der allerdings sichtlich noch am Leben war und sich mit glasigem Blick zu erheben versuchte. Åke Stålhandske drückte den Mann zu Boden und zog ein Messer. Er schnitt dem Mann schnell das Hemd auf und entdeckte ein blutendes Einschußloch, das er resolut mit einem weißen Klebeband verklebte, das er aus der Hosentasche gezogen hatte. Dann drehte er den Mann um, schnitt ihm das Jackett auf und fand ein Austrittsloch, das er genauso verarztete. Er nickte Luigi zu, während er sich um den nächsten Mann kümmerte, der keine sichtbaren Lebenszeichen aufwies.

Luigi trat ein paar Schritte vor und beugte sich über den Mann, der offensichtlich bei Bewußtsein war. Luigi flüsterte etwas, was sich wie eine Mischung aus medizinischen und juristischen Anweisungen anhörte.

Åke Stålhandske stand auf und machte ein Zeichen, er sei fertig. Luigi riß die Papiere und Dokumente an sich, die auf dem Couchtisch gelegen hatten, faltete das Bündel zusammen und stopfte es zerknüllt in seine Jackentasche. Dann ging er zum Telefon, umwickelte den Hörer mit einem Taschentuch und wählte den Polizeinotruf. In stark gebrochenem Schwedisch teilte er mit, es würden ein paar Krankenwagen und Funkwagen gebraucht, nannte zweimal die Adresse und legte auf.

Luigi und Åke zogen sich mit schußbereiten Waffen vorsichtig in den Flur zurück. Dann drehten sie sich schnell um und verließen die Wohnung. Sie schlugen die Tür zu und verstauten ihre Waffen unter den Kleidern. Sie liefen nicht, sondern gingen zu dem wartenden Wagen hinunter. Auf der Treppe stießen sie trotzdem mit einer alten Dame zusammen, die plötzlich heftig ihre Wohnungstür öffnete und fragte, was los sei. Sie antworteten ihr auf englisch. Sie machte nicht den Eindruck, als hätte sie etwas verstanden. Dann verschwanden sie durch die Haustür, setzten sich in den Wagen und fuhren los, jedoch nicht übertrieben schnell, eher langsam.

Als sie zum Haus hochblickten, entdeckten sie in fast jedem Fenster Menschen.

»Wie schade, daß sie keine Waffen mit Schalldämpfer hatten. So hat es ja ziemlichen Lärm gegeben«, stellte Åke Stålhandske fest. Es war das erste, was er seit Betreten der Wohnung gesagt hatte.

»Ja«, murmelte Luigi. »Ziemlichen Lärm.«

»Du hättest mit dem Schießen noch ein paar Minuten warten sollen, du Verrückter«, sagte Stålhandske. Sein Tonfall war jedoch nicht im mindesten aggressiv.

»Ich habe doch gar nicht angefangen«, entgegnete Luigi unschuldig. »Ich dachte, sie würden darauf reinfallen und mir wie nette kleine Mafiosi ihre Pässe geben. Aber das haben sie nun mal nicht getan, und da ging es für mich nur noch darum, meinen eigenen kostbaren Hintern zu retten.«

»Ja. Und es ist ja gutgegangen. Diesmal«, brummelte Åke Stålhandske. Er sah nicht ganz zufrieden aus. Es war zwar gutgegangen, aber Luigi war unnötige Risiken eingegangen. Außerdem hatten sie jetzt eine Menge unangenehmer Fragen am Hals. Aber darüber konnten sie später noch diskutieren.

Zwei Straßenblocks weiter begegneten sie einem Krankenwagen und zwei Funkwagen, die auf quietschenden Reifen und mit eingeschaltetem Blaulicht und Sirene um eine Straßenecke kamen. Åke Stålhandske fuhr im selben ruhigen Tempo weiter, warf nach einiger Zeit im Rückspiegel einen Blick auf die drei Einsatzfahrzeuge und verlor dann schnell das Interesse an ihnen. Er schwieg eine Zeitlang nachdenklich, bevor er etwas sagte.

»Werden diese Figuren uns irgendwie reinlegen?« fragte er schließlich.

»Das kann ich mir kaum vorstellen«, lächelte Luigi. *Umertà,* du weißt schon. Die heiligste aller Schweigepflichten. Ich habe ihnen gegen *umertà* das Leben geschenkt.«

Rune Jansson war bleich und durchgefroren. Er stand an seinem Fenster im zehnten Stock und starrte in die ewige Polarnacht hinaus. Es schneite immer noch. Es war halb acht Uhr morgens, aber hier gab es ja keinen Morgen.

Es zog kalt und spürbar durch das Fenster, das sich nicht öffnen ließ. Er hatte erfolglos versucht, eine Seitenscheibe aufzubekommen, um ein wenig zu lüften. Das ganze Zimmer stank nach uraltem Tabakrauch und den Überresten mehr oder weniger gelungener Saufgelage. Es hatte jedoch den Anschein, als ob sich das kleine Seitenfenster, das zumindest so aussah, als könnte es sich öffnen lassen, mit Staub, Farbe und Feuchtigkeit vollgesogen hätte, so daß das aufgequollene Holz fest im Rahmen saß.

Er ging fröstelnd ins Badezimmer, das einer etwas eigentümlichen Raumplanung zufolge zwischen einem größeren Flur mit Fernseher und ein paar Sesseln auf der einen und dem Schlafzimmer auf der anderen Seite eingeklemmt war. Das nannte man hier offenbar eine Suite. Die Polsterung der Sessel zeigte jedenfalls, daß der Raum schon so manches miterlebt hatte; Schnapsflecken, Speiseflecken und Brandlöcher von Zigaretten. Nachts hatten ein paar Frauen versucht, zu ihm ins Zimmer zu kommen. Er hatte tief geschlafen und zunächst gar nicht begriffen, worum es ging, als er zur Tür torkelte und sie öffnete. Dann hatte er das russische Wort für *Polizist* gefaucht, das jetzt eins der drei Wörter war, die er auf Russisch konnte: ja, nein und Polizist.

Der Warmwasserhahn funktionierte nicht, und Rune Jansson rasierte sich vorsichtig mit Hilfe des dünnen kalten Wasserstrahls. Dann zog er ein sauberes Hemd an und ging zum Speisesaal hinunter. Im Grunde war es eher ein Café. Sie hatten immerhin Tee und Toast und eine Art Gebäck, das mit saurer Sahne garniert zu sein schien. Er war unsicher, ob die Sahne sauer sein sollte. Jedenfalls hatte er keinen Appetit. Im Augenblick war er zu jeder Art von Lusterlebnis unfähig.

Die Verhöre waren schrecklich gewesen, aber letztlich doch nicht so widerwärtig, wie er es sich vorgestellt hatte. Man hatte die Festgenommenen nicht körperlich gefoltert, sondern ihnen bei den Vernehmungen »Musik« vorgespielt, das heißt Tonbandaufnahmen von Menschen, die vor Schmerz wie wild schrien. Die Delinquenten sollten den Eindruck bekommen, daß sich in den angrenzenden Vernehmungszimmern so etwas abspielte.

Hamilton war bei diesem Schauspiel merkwürdig kalt geblieben. Er hatte hinter der großen Glasscheibe ruhig neben Rune Jansson gestanden und die Verhöre ganz sachlich übersetzt und kommentiert. Die Verdächtigen saßen im Verhältnis zu der verborgenen Zuschauertribüne in tiefer gelegenen, vollständig kahlen Zimmern mit hellgrüner dünner Farbe an den Zementwänden. Auf dem Fußboden standen jeweils zwei einfache Holzstühle und ein kleiner Tisch. Der Festgenommene saß mit auf dem Rücken gefesselten Händen auf dem einen Holzstuhl, dem Vernehmer gegenüber. Die Tür wurde von zwei uniformierten Wachen mit versteinerten Gesichtern flankiert. Rune Jansson hatte noch nie Todesangst gesehen, noch nie erlebt, wie Menschen vor einem vernehmenden Polizisten in der festen Gewißheit dasitzen, sterben zu müssen.

Doch das hatten die Vernehmer sehr schnell erklärt: Hier verhalte es sich so, daß jeder, der nicht mit der Polizei zusammenarbeite, mit Sicherheit zum Tode verurteilt werde. Wer sich aber zur Zusammenarbeit bereit erkläre, erhalte vielleicht eine Chance auf lebenslängliches Gefängnis.

Die beiden Verdächtigen hatten sich vollkommen unterschiedlich verhalten. Der Russe, der unter dem Künstlernamen Ilja Michailowitsch Alexandrow auftrat, hatte sich geweigert, irgendwelche Erklärungen abzugeben. Statt dessen hatte er seine Vernehmer aufgefordert, mit der Heuchelei aufzuhören und allem ein Ende zu machen.

Der Finne, der offenbar Matti Lehtinen hieß, war recht schnell zusammengebrochen. Er hatte schluchzend versucht, jede Schuld abzustreiten, und behauptet, nur Befehlen gehorcht zu haben. Darauf hatte der Vernehmer ihn geschlagen, einen Schweinehund und Faschisten genannt und das Verhör abgebrochen.

Hamilton hatte mit ausdruckslosem Gesicht festgestellt, daß der Finne grundsätzlich das Wichtigste gestanden habe, nämlich die Teilnahme an einem Mord in der nordschwedischen Stadt Haparanda. Das sei der Grund, weshalb man sein Verhör abgebrochen habe. Die Schläge hätten nichts damit zu tun, das sei eine rein persönliche Sache des Vernehmers.

Diesen Mann sollte Rune Jansson jetzt allein in die Mangel nehmen können. Er hatte darauf bestanden und erklärt, ohne eigene Verhörprotokolle nicht nach Hause fahren zu können. Außerdem müsse er den Mann nach seinen Methoden vernehmen, da die schwedische Justiz ausländische Verhöre mit großer Skepsis betrachte. Er sagte zwar nicht, daß bei diesen Verhören gefoltert worden sei, obwohl es sich seiner Ansicht nach genau so verhielt.

Hamilton und dieser General verfolgten noch irgendein anderes Ziel, das Hamilton jedoch nicht erklären wollte. Allerdings war es nicht sehr schwer zu erraten. Das Interesse der Militärs galt natürlich dem Rest der Bande, der Organisation insgesamt und der Gefahr weiterer Verbrechen dieser Art. Darüber brauchten nicht viele Worte verloren zu werden. Doch was Rune Jansson betraf, beschränkte sich sein Auftrag strikt auf Straftaten auf schwedischem Territorium. Das paßte ihm auch am besten. Mit diesen anderen Dingen wollte er nichts mehr zu tun haben.

Man hatte ihm einen eigenen Wagen mit Fahrer zur Verfügung gestellt, einen kleinen gelben Wagen, der Ähnlichkeit mit einem Jeep hatte. An einer Stange, die aus dem Dach aufragte, steckte ein Blaulicht. Am Lenkrad saß ein uniformierter Polizist, der nur Russisch sprach und kein einziges Wort in einer anderen Sprache. Das war auch nicht nötig. Rune Jansson zeigte mit den Fingern und verwendete eins seiner drei russischen Wörter.

Der Gefangene war in einem miserablen Zustand. Er trug im Gesicht deutliche Spuren der gestrigen Mißhandlung und machte einen fast apathischen Eindruck, als er hereingeführt und in Handschellen auf den Stuhl gegenüber von Rune Jansson gesetzt wurde. Dieser hantierte eine Zeitlang mit seinem Tonbandgerät, bevor er etwas sagte. Der Gefangene schien nicht einmal bemerkt zu haben, daß sein Vernehmer diesmal kaum wie ein russischer Offizier aussah.

»Nun ja«, begann Rune Jansson peinlich berührt und warf einen Seitenblick auf die beiden steinernen Gesichter, die an der Tür Wache hielten. »Man hat mir gesagt, daß du Schwedisch sprichst.

Stimmt das?«

Matti Lehtinen sah plötzlich hoch, starrte Rune Jansson fast wild an, als hätte er ihn erst jetzt entdeckt, und nickte dann ein paar Mal kräftig mit dem Kopf.

»Gut«, sagte Rune Jansson. »Es erleichtert uns die Arbeit, wenn wir keinen Dolmetscher brauchen. Ich werde dich zunächst darüber informieren, wer ich bin. Ich heiße Rune Jansson und arbeite bei der Reichspolizei in Stockholm, und zwar im Dezernat für Gewaltverbrechen. Was du hier hörst, ist ein auf Tonband aufgenommenes Verhör. Ich habe jetzt die Pflicht, dich darüber aufzuklären, daß du der Mittäterschaft des Mordes an Lasse Holma verdächtigt wirst, einem Lastwagenfahrer des Unternehmens NORRFRYS in Haparanda. Verstehst du, was ich sage?«

Der ihm gegenübersitzende Mann nickte eifrig. Es hatte den Anschein, als wäre er bemerkenswert schnell wieder zum Leben erwacht.

»Ich würde es sehr schätzen, wenn du dich mit Worten äußerst. Kopfnicken und Handbewegungen sind auf dem Band nämlich nicht zu hören«, bemerkte Rune Jansson trocken, während er die Lautstärke kontrollierte.

»Ja. Ja, ich versteh schon. Habe acht Jahre in Schweden gejobbt, in Fagersta«, erwiderte der Verdächtige.

»Gut. Dann möchte ich als erstes wissen, wie du dich zu der Anklage stellst?«

»Unschuldig.«

»Das hast du aber meinem russischen Kollegen nicht gesagt, als du gestern hier verhört worden bist.«

»Mit denen kann man nicht reden. Die sind nicht ganz richtig im Kopf.«

»Ach nein. Hast du Lasse Holma gekannt, den Lastwagenfahrer in Haparanda? Kennst du ihn?«

»Nein, kenne ihn nicht.«

»Hast du ihn mal getroffen?«

»Ich war's nicht, ich habe niemanden ermordet!«

»Ich habe gefragt, ob du Lasse Holma getroffen hast?«

»Ja.«

»Du weißt, daß er tot ist?«

»Ja.«

»Warst du dabei, als er starb?«

»Ja.«

»Du weißt also, wie er ums Leben gekommen ist?«

»Ja.«

»Kannst du mit eigenen Worten erzählen, wie es geschah?«

Rune Jansson lehnte sich ein wenig zurück und versuchte, eine interessierte und teilnahmsvolle Miene aufzusetzen. Bis jetzt war alles wie am Schnürchen gegangen, und plötzlich war er bei einer entscheidenden Frage angekommen.

»Es war … es war Ilja. Ilja hat ihn ermordet«, sagte der Verdächtige mit sichtlicher Anstrengung und dem ebenso sichtlichen Bemühen, den Eindruck zu erwecken, das Ganze sei ohne seine Mittäterschaft und ohne sein Wissen passiert.

»Warum sollte er ermordet werden?« fragte Rune Jansson in seinem ruhigen Tonfall weiter. Er wollte den Eindruck erwecken, als wären alle Fragen selbstverständlich, als stünden die Antworten so gut wie fest.

»Es durfte nicht herauskommen. Niemand sollte etwas davon erfahren.«

»Er sollte also zum Schweigen gebracht werden, oder wie wollen wir das nennen?«

»Ja.«

»Aber davon hattest du keine Ahnung?«

»Nein.«

»Aber jetzt weißt du es?«

»Ja.«

»Wann hast du es erfahren?«

»Hinterher habe ich es erfahren«, erwiderte der Festgenommene zögernd.

»Wann hinterher?« fragte Rune Jansson ebenso unerbittlich wie freundlich.

»Nun ja, hinterher eben.«

»Ja, das habe ich schon verstanden. Aber *wann* hinterher. Nach einer Minute, einer Stunde oder was?«

»Nun ja, es war gleich.«

»Als er starb?«

»Ja, wir mußten ihn ja festhalten.«

»Ihr mußtet ihn festhalten, als er starb?«

»Ja.«

»Und du warst dabei und hast ihn festgehalten?«

»Ja, aber ich habe ihn nicht ermordet.«

»Aber du hast ihn festgehalten, während das Gift zu wirken begann?«

Der Verdächtige antwortete nicht. Er schien plötzlich die juristische Bedeutung dessen zu begreifen, was er gerade zu gestehen im

Begriff war. Rune Jansson beugte sich schwerfällig vor, schaltete das Tonbandgerät aus und gab dem anderen durch eine Handbewegung zu verstehen, er solle eine Weile auf die nächste Frage warten. Rune Jansson glaubte fast an das, was der verschwitzte und zu Tode geängstigte Mann sagte. Es konnte zumindest in einem psychologischen Sinn wahr sein. Möglicherweise sah er die Sache so oder wollte sie nachträglich so sehen. Das spielte jedoch keine große Rolle. Er war schuldig. Er hatte schon genügend gestanden, um zum Tode verurteilt und draußen auf dem Hof erschossen zu werden. Rune Jansson vermutete, daß die Hinrichtungen genau hier im Polizeihauptquartier stattfanden, draußen auf dem Hof.

»Du weißt doch, daß die Russen dich erschießen werden, wenn du hierbleibst?« fragte Rune Jansson leise.

Der andere nickte und machte eine Grimasse, als hielte er nur mit größter Mühe die Tränen zurück.

»Na schön. Ich wünsche, daß du mir eine Weile zuhörst. Du bist finnischer Staatsbürger. Du hast nach russischem Recht ein Verbrechen begangen, aber auch nach schwedischem. Damit entsteht die interessante Frage, wo man dich verurteilen soll. So wie es im Augenblick aussieht, können wir zwischen dem Gericht in Haparanda und dem Gericht in Murmansk wählen. Du verstehst, wovon ich rede?«

Der andere nickte mit zusammengebissenen Zähnen und versuchte etwas zu sagen, brachte jedoch kein Wort über die Lippen.

»Nun, dann machen wir weiter«, sagte Rune Jansson still. »Möglicherweise kann ich deine Auslieferung an Schweden beantragen, damit du in Haparanda verurteilt wirst. Die Höchststrafe in deinem Fall, also in Haparanda, dürfte lebenslänglich sein, was zwischen sieben und zehn Jahren bedeutet. Hier erwartet dich die Todesstrafe.«

»Was ... was kann ich tun ...?«

»Das ist nicht so schwierig. Gib mir ein vollständiges Geständnis, so daß ich weiß, daß du dich an dem Verbrechen beteiligt hast. Erzähl mir alles. Wie du nach Schweden gekommen bist, mit welchen Leuten ihr Kontakt aufgenommen habt, eure Reiserouten, alles, was dir einfällt.«

»Und was für einen Zweck hat das?«

»Oh, das kann eine Menge bewirken. Ich kann nämlich beurteilen, ob du die Wahrheit sagst. Wir haben den Wagen gefunden. Wir wissen, wie die Ladung weitergeschmuggelt wurde. Wir wissen auch, wie und wann dieser Lasse Holma gestorben ist. Wir wissen also recht viel, und deshalb kann ich sagen, ob du die Wahrheit sagst oder nicht. Wenn du mir deine ganze Geschichte erzählst, verurteilst du dich praktisch zu Gefängnis, in Schweden. Denn dann können wir deine Auslieferung verlangen.«

»Um die Chance zu kriegen, in Haparanda verurteilt zu werden, muß ich mich selbst also richtig reinreiten?«

»Ja. Ja, ungefähr so.«

Rune Jansson empfand keinen Triumph, sondern eher Trauer. Inzwischen hatte er mehr als zwanzig Mörder gestehen sehen. Wie er sich selbst widerwillig eingestehen mußte, hatte er in diesen Augenblicken manchmal unleugbar so etwas wie Triumphgefühle empfunden; ein schwieriger Job war seinem Abschluß damit plötzlich viel näher.

Er hatte einen Verdächtigen jedoch noch nie mit dem Tod bedroht. Es gab wohl kaum einen Gedanken, der ihm fremder gewesen wäre. Jetzt hatte er es ganz objektiv gesehen tatsächlich getan. Überdies verfügte er vielleicht gar nicht über die Garantien, die er diesem Matti Lehtinen vorspiegelte. Woher sollte er wissen, daß nicht völlig andere Aspekte als die rein juristischen schließlich das letzte Wort bei einem Ereignisverlauf hatten, den er selbst nur zum Teil überblicken konnte?

Er machte sich fleißig Notizen, da er keine Möglichkeit hatte, eine Abschrift für die russischen Kollegen herstellen zu lassen. Er mußte den Inhalt wohl irgendwie mündlich vortragen. Er empfand die Arbeit als mechanisch, und nach einer runden Stunde beschloß Rune Jansson, sie zu unterbrechen und Mittagspause zu machen.

Im zweiten Stock befand sich eine Kantine mit Selbstbedienung, die in manchem an das erinnerte, was er zu Hause vorgefunden hätte. Es wurde etwas wie Hamburger serviert. Er glaubte sogar, daß die üppige Köchin ihm das zu sagen versuchte, als sie ihm mit einem Schwall freundlicher Worte eine Riesenportion auf den Teller lud. Er verstand jedoch kein Wort. Wenn er sich beim Wechselkurs nicht geirrt hatte, kostete das Essen fünfunddreißig Öre.

Er studierte beim Essen seine Aufzeichnungen. Das Geständnis von Herrn Matti Lehtinen würde natürlich in groben Zügen übersetzt und dann diesem Russen vorgelegt werden, der sich Ilja Michailowitsch Alexandrow genannt hatte, offenbar aber einen anderen Namen hatte. Das Ganze konnte vielleicht einen Tag dauern. Rune Jansson war dankbar, an den letzten Verhören des Russen nicht teilnehmen zu müssen. Es würde dabei wohl nicht sehr lustig zugehen.

Nach dem Essen wollte er eine Tasse Kaffee trinken und versuchte dies der freundlichen Köchin zu erklären. Komischerweise stellte sich heraus, daß sie das englische Wort für Kaffee verstand, doch er entnahm dem anschließenden Wortschwall, manchem Kopfschütteln und einem mehrmals wiederholten Njet die Schlußfolgerung, daß es keinen Kaffee gab. Statt dessen lernte er das russische Wort für Tee.

Als er seinen Tee ausgetrunken hatte, ging er mit seinem abgewetzten Holztablett zu dem Gestell, auf dem andere ihr Geschirr abstellten, wie er gesehen hatte. Dann begab er sich in den dritten Stock, um jemanden in der Nähe des Obersten und hiesigen Chefs zu finden, der außer Russisch noch eine andere Sprache beherrschte. Nach einigen Komplikationen und langem Warten wurde ein junger englischsprechender Hauptmann aus einer der unteren Regionen heraufgeholt. Mit dessen Hilfe legte Rune Jansson kurz dar, wie sich sein Verhör entwickelte. Dann fragte er, ob von den Polizeibehörden in Stockholm ein Telefax gekommen sei.

Das war der Fall. Kriminalinspektor Niemi berichtete kurz, er habe die per Telefoto übermittelten Bilder des inzwischen identifizierten Matti Lehtinen und des angeblichen Ilja Michailowitsch Alexandrow den beiden festgenommenen Spediteuren aus Örebro vorgelegt. Die beiden hätten ein kleines Menü von rund zehn Porträts zur Auswahl gehabt. Beide hätten, und zwar unabhängig voneinander, ohne jedes Zögern auf die beiden Verdächtigen gezeigt.

Das dürfte die Sache wohl entscheiden, dachte Rune Jansson. Wenn die Gerechtigkeit jetzt ihren gewohnten Lauf nahm, würde Matti Lehtinen gute Chancen haben, mit dem Leben davonzukommen. Er würde wahrscheinlich sieben bis acht Jahre im Bau sitzen, erst in Kumla, dann in einer weniger unangenehmen Anstalt, doch das alles war immer noch erheblich besser als der Hof des Polizeigebäudes von Murmansk.

Wenn die Gerechtigkeit ihren gewohnten Lauf nehmen darf, als ginge es hier um gewöhnliche Verbrechen, haben wir wirklich gute Chancen, uns reinzureiten, stellte Samuel Ulfsson im stillen fest. Dann blickte er hoch und fixierte den sichtlich nervösen Luigi Bertoni-Svensson.

»In diesem Bericht fehlt natürlich nichts Wesentliches«, sagte er und klopfte mit dem Daumen auf die beiden DIN-A4-Blätter, die vor ihm auf dem Schreibtisch lagen. Das zweite Blatt trug unten die Unterschrift des jungen Leutnants.

»Nein, Flottillenadmiral«, erwiderte Luigi steif.

»Und diese Übersetzungen?« fuhr Samuel Ulfsson fort und zeigte auf zwei Plastikmappen neben dem Bericht, der schon sehr bald für geheim erklärt werden würde. »Sie sind vollständig und unmißverständlich?«

»Ja«, teilte Luigi leise mit. »Es ist eine Art Buchführung der bisherigen Unternehmungen dieser Gruppe. Ferner liegen einige Pläne für weitere Aktivitäten ähnlicher Art bei.«

»Gut, Leutnant Bertoni-Svensson. Ich befehle dir folgendes: Kehre zu deinem normalen Dienst zurück. Kein Wort über das Vorgefallene, bis du von mir dazu aufgefordert wirst. Hast du den Befehl verstanden?«

»Ja, Flottillenadmiral!« erwiderte Luigi und stand mit einem Ruck auf.

Samuel Ulfsson sah ihn ausdruckslos an und nickte. Damit war Luigi entlassen. Erst als sich die Tür hinter dem vermutlich sehr aufgeregten jungen Mann schloß, erlaubte sich Samuel Ulfsson ein feines Lächeln.

Die Geschichte war zwar unangenehm, entbehrte aber auch nicht der Komik. Samuel Ulfsson versuchte sich vorzustellen, was Carl dem jungen Luigi eigentlich gesagt hatte und warum dieser sofort zu dem Schluß gekommen war, er sollte genau wie sein Chef auftreten oder vielmehr so, wie Carl seiner Meinung nach wohl gehandelt hätte, ob nun mit Recht oder Unrecht. Na ja, es kam, wie es offenbar kommen mußte. Am Ende blieb ein Haufen zerschossener italienischer Gangster übrig.

Samuel Ulfsson zündete sich eine Zigarette an und lehnte sich zurück. Dann drückte er den Knopf der Gegensprechanlage und teilte Beata mit, aus den vereinbarten Vormittagskonferenzen werde nichts. Wenn möglich, müsse sie auf die Zeit nach Büroschluß umbuchen, und falls das nicht gehe, alles auf den nächsten Tag verschieben.

Denn jetzt galt es, dem Übel sofort entgegensteuern, ohne an Tempo zu verlieren. Er sah zwei Wahlmöglichkeiten. Die eine bestand darin, einen der Juristen des Generalstabs heraufzuholen und sich darüber Vortrag halten zu lassen, ob Leutnant Bertoni-Svensson Verbrechen begangen habe, und wenn ja, welche. Die zweite Möglichkeit war, direkt zur Säpo zu gehen. Die waren immerhin Polizisten. Der neue Chef da unten im Affenhaus war zwar ein Beamter, der von irgendwoher kam und dem jede Erfahrung in Sicherheitsarbeit fehlte. Wahrscheinlich legten ihn seine untergebenen Kommissare jeden Tag aufs neue herein. Doch er war immerhin Jurist und außerdem der Chef.

Widerwillig griff Samuel Ulfsson zum Telefon und rief an. Dann nahm er Luigis Dokumente sowie die beschlagnahmten Papiere und die maschinengeschriebene Übersetzung an sich und stopfte alles in seine schwarze Aktentasche. Der Junge mußte die ganze Nacht gearbeitet haben. Dann verließ er den Raum.

Im Wagen zum Kungsholmen bereute er sein Vorhaben schon fast. Es wäre psychologisch besser gewesen, den Säpo-Chef in die Räume des Generalstabs zu bitten. Andererseits war es höflicher, den Feind auf dessen Spielfeldhälfte aufzusuchen. Falls man den zivilen Sicherheitsdienst des Landes tatsächlich als den Feind betrachten durfte... Laut hätte er so etwas nie gesagt. Doch jetzt war er jedenfalls auf dem Weg zum Affenhaus auf Kungsholmen, glücklicherweise in Zivilkleidung.

Er wurde von einem liebenswürdigen Säpo-Chef freundlichst empfangen und mit Kaffee und Small talk verwöhnt. Falls der Säpo-Mann ungeduldig oder neugierig war, verstand er es, das geschickt zu verbergen.

Samuel Ulfsson hatte sich noch nicht überlegt, wie er anfangen sollte. Er hatte geglaubt, es würde sich von selbst ergeben, so daß er nur auf eine direkte Frage zu warten brauchte. Es kam jedoch keine, und so mußte er selbst die Initiative ergreifen.

»Nun«, sagte er schließlich so betont, daß der andere sofort merken konnte, daß er gleich zur Sache kommen wollte, »ich suche dich aus Anlaß dieses Ereignisses gestern abend in einem bestimmten südlichen Vorort auf.«

»Welch Ereignis?« fragte der Säpo-Chef und hob erstaunt die Augenbrauen. »Ist es etwas, was uns angeht? Und euch offenbar auch?«

»Ja«, fuhr Samuel Ulfsson fort. Ihm war unbehaglich zumute. »Ich spreche also von dieser Sache gestern abend draußen im Süden... Ich habe einige Akten mitgebracht, die der Polizei wohl zur Kenntnis gelangen sollten.«

Samuel Ulfsson öffnete irritiert seine Aktentasche, entnahm ihr die Dokumente und schob sie über den Schreibtisch vor den Säpo-Chef.

Dieser nahm die Papiere erstaunt entgegen und begann, in ihnen zu blättern. Er machte noch immer den Eindruck, als verstünde er nicht recht, was Samuel Ulfsson zu erklären versuchte.

Samuel Ulfsson fühlte sich dumm und peinlich berührt und bereute, daß er vorher nicht den Alten angerufen und ihn um Rat gefragt hatte, bevor er sich mit der *Polizei* einließ, wie der Alte stets mit seiner vielsagenden und deutlich herablassenden Betonung sagte. Der Alte hätte natürlich auf der Stelle sagen können, wie man eine unangenehme Polizeisache aus dem Weg räumt.

Langsam ging dem Säpo-Chef auf, was er da in Händen hielt.

»Es geht also um diese italienische Mafia-Bande«, stellte er fest. »Aber das ist doch wohl eher eine Sache für die offene Abteilung?«

»Nicht ohne weiteres«, seufzte Samuel Ulfsson und sah sich nach einem Aschenbecher um. Er konnte im ganzen Zimmer keinen entdecken und beschloß, sich zu beherrschen. »Wir haben nämlich einen bestimmten Anteil am Ablauf der Ereignisse.«

»Einen bestimmten Anteil?« fragte der Säpo-Chef und sah leicht amüsiert und erschrocken zugleich aus. »Es war also keine interne Auseinandersetzung zwischen zwei Gangsterbanden.«

»Nein. Was natürlich davon abhängt, wie du uns nennen willst. Es hat jedoch Personal des OP 5 an den Aktivitäten teilgenommen, und ich nehme an, daß du eine Erklärung wünschst.«

»O ja, gern.«

»Nun ... ja, die Erklärung ist die, daß ein Kommissar bei der sogenannten Mordkommission der Reichspolizeiführung sich vor einiger Zeit an den stellvertretenden Chef des OP 5 gewandt hat und ...«

»Hamilton. O mein Gott, ja, das erklärt einiges.«

»Ja, aber wenn ich fortfahren dürfte? Das Gewaltdezernat in Stockholm hatte bedeutende Schwierigkeiten, diese Erpresser- und Restaurantsprengerbande auszuforschen. Unter anderem waren plötzlich sämtliche Zeugen unter den betroffenen Italienern verstummt. Man kann sich vorstellen, wie und warum. Nun ja, sie, also die Beamten des Stockholmer Gewaltdezernats, wollten von uns ein bißchen Hilfe, um bestimmte Erkenntnisse zu gewinnen.«

»Ja, denn ich nehme an, daß sie keine Todesschwadron von euch wollten. Ihr habt also auf Leute geschossen?«

»Ja, also ... es kam zu einem Zusammenstoß mit einem zum Teil unerwarteten Verlauf.«

»Ihr habt also auf Leute geschossen. Ein Toter, einer auf dem Operationstisch und ein dritter auf der Intensivstation, wenn das stimmt, was ich heute morgen beim Vortrag gehört habe. Und was soll ich dabei tun? Was willst du?«

Der Säpo-Chef lehnte sich ruhig zurück. Es war ihm anzumerken, wie sehr er sich zu verbergen bemühte, wie empört er in Wahrheit war. Samuel Ulfsson zögerte, bevor er einen Anlauf machte, um zu antworten.

»Es ist ja eine knifflige Situation ...«

»Das kann man natürlich sagen. Aber was sollen wir ganz konkret dagegen tun?«

»Erstens solltest du dieses Beweismaterial wohl auf irgendeine geeignete Weise an die richtige Stelle bei der offenen Abteilung weiterleiten, also zu den Beamten des Stockholmer Gewaltdezernats, die diesen Fall bearbeiten.«

»Ja, selbstverständlich. Und zweitens?«

»Na ja, es stellt sich auch die Frage, wie man für unser Personal die Folgen ein wenig abmildern kann.«

»Inwiefern? Was meinst du?«

»Ich nehme an, daß auch ermittelt werden wird, wie es bei der eigentlichen Konfrontation zugegangen ist.«

»Ohne jeden Zweifel. Es ist in Schweden grundsätzlich verboten, Leute zu erschießen, und das gilt sogar für italienische Gangster. Du verlangst von mir aber hoffentlich nicht, daß ich als Polizeichef einmal von diesen Dingen Kenntnis nehme und zum andern darüber schweige?«

»Ganz und gar nicht, natürlich nicht. Dieser Gedanke wäre mir völlig fremd.«

»Nun, was meinst du dann?«

»Das Personal des OP 5 kann natürlich detailliert darlegen, wie sich das Ganze abgespielt hat. Wie du aber weißt, machen uns Teile unseres operativen Personals einige Sorgen. Wir möchten ihre Identität nicht preisgeben.«

»Sei so nett und warte hier. Es kann einige Zeit dauern, aber ich komme wieder«, sagte der Säpo-Chef. Er erhob sich plötzlich, ging mit langen Schritten aus dem Zimmer und schlug die Tür hart hinter sich zu.

Samuel Ulfsson verfluchte seine Einfalt. Er fühlte sich bedrängt von der Mauer oder zumindest der Maske unerschütterlicher Gesetzestreue, die sein Gegenüber an den Tag gelegt hatte. Der neue Chef war offenbar alles andere als einer der Idioten, als der sich einer seiner Vorgänger nach dem anderen erwiesen hatte.

Samuel Ulfsson zündete sich entschlossen eine Zigarette an und hob eine der Tassen von der Untertasse.

Er mußte drei Zigarettenlängen warten und war trotz intensiven Nachdenkens unfähig, eine Möglichkeit zu einem taktischen Rückzug zu finden oder auch nur zu einer Abschwächung dessen, was er schon erzählt hatte. Soweit sein höchst vages juristisches Wissen reichte, durfte man in Schweden nicht mal in Notwehr ohne weiteres Leute erschießen, nicht einmal italienische Mafiosi, worauf der Säpo-Chef so ironisch hingewiesen hatte. Der junge Luigi und eventuell auch Åke Stålhandske hatten somit irgendein Verbrechen begangen, wie immer man es nannte, fahrlässige Tötung oder etwas in der Richtung.

Im Grunde machte es kaum etwas aus, ob sie deswegen zu einer kleinen Strafe verurteilt wurden, etwa zu einer Geldstrafe oder zu einem Monat Gefängnis. Doch schon das würde unerbittliche Konsequenzen in Form von Publizität und Öffentlichkeit nach sich ziehen, und außerdem würde es sicher bei der Polizeigewerkschaft zu einem Streit darüber kommen, ob die beiden ihren Job bei den Streitkräften behalten durften oder nicht.

Das letztere Problem ließe sich wohl lösen. Schlimmer stand es mit dem Problem Öffentlichkeit und der daraus folgenden Unmöglichkeit, sich draußen auf dem Feld zu zeigen. Die beiden Männer stellten große, aber begrenzte Ressourcen dar, überdies hohe Ausbildungskosten.

»Ich habe mir von der Einheit, die in der Sache ermittelt, schnell Vortrag halten lassen und außerdem ein kurzes Gespräch mit einem bestimmten Staatsanwalt geführt«, sagte der Säpo-Chef in gehetztem Ton, als er wieder ins Zimmer stürmte, die Tür hinter sich zuschlug und auf seinen Stuhl sank. »Deswegen hat es so lange gedauert«, fuhr er mit einem mißbilligenden Blick auf Samuel Ulfssons Zigarette fort, dessen vierte.

»Entschuldige, daß ich rauche«, sagte Samuel Ulfsson. »Ich habe keinen Aschenbecher gefunden.«

»Das sehe ich«, sagte der Säpo-Chef säuerlich, als überschattete die Frage des Rauchens jetzt plötzlich alles andere. »Ich gedenke mich jetzt sehr offiziell auszudrücken«, fuhr er ohne ein Lächeln fort. »Es wäre am besten, wenn du mich nicht unterbrichst und wenn wir anschließend dieses Gespräch als etwas betrachten könnten, was gar nicht stattgefunden hat. Sind wir uns insoweit einig?«

»Selbstredend«, erwiderte Samuel Ulfsson optimistisch. Das hörte sich vielversprechend an.

»Nun, so ist die Lage«, fuhr der Säpo-Chef fort. »Bis vor zehn Minuten lief nur *eine* Ermittlung in dieser Angelegenheit. Sie liegt beim Stockholmer Gewaltdezernat und wird auch weiterhin dort behandelt werden. Die Männer dort arbeiten mit der Hypothese, daß sie jetzt eine ausländische Erpresserbande geschnappt haben, die mehrere Restaurants in die Luft gejagt und mindestens zwei Personen ermordet hat. Sie freuen sich, wenn ich es so sagen darf. Ihre Ermittlungen werden ein sehr gutes Ende nehmen, vor allem da sie ein Bündel wichtiger schriftlicher Beweise in die Hand bekommen haben, wenn auch etwas überraschend.«

»Und nach welcher Hypothese arbeiten sie in der Frage der Schießerei?« fragte Samuel Ulfsson mit beherrschter Ruhe. Er war noch nicht ganz sicher, daß das Ganze in seinem Sinn laufen würde.

»Ihre Hypothese lautet, daß eine konkurrierende Gangsterbande eine bewaffnete Auseinandersetzung gesucht hat. Im Hinblick auf die Umstände ist das gar keine dumme Hypothese. Ich neige im übrigen selbst dazu zu glauben, daß sie sachlich richtig ist. Nun, jetzt zu den Finessen. Nichts spricht dagegen, daß man die Ermittlungen gegen den weidwund geschossenen und gefangenen Teil dieser Bande zu Ende führt. Sie können also wie gewohnt nach Recht und Gesetz wegen Erpressung, Mord, besonders schwerer Brandstiftung und derlei verurteilt werden. Jedoch sind sie alle außerordentlich schweigsam in der Frage, wie und von wem sie beschossen worden sind. In diesem Punkt können unsere Kollegen dort unten offenbar nicht mal den Anflug eines Entgegenkommens erwarten.«

»Das hört sich ja gut an«, bemerkte Samuel Ulfsson frech. »Das erleichtert das Ganze vielleicht.«

»Das tut es sicher«, sagte der Säpo-Chef mit zusammengebissenen Zähnen. »Wie sehr ich solche Dinge auch mißbillige, können wir nicht umhin einzusehen, daß wir auf bestimmte Sicherheitsinteressen, auf die du dich berufen hast, nach Möglichkeit Rücksicht nehmen sollten.«

»Also deshalb ermittelt ihr in der anderen Frage sozusagen nicht?« fühlte Samuel Ulfsson fast heiter vor.

»O nein, so einfach geht das nicht. Wir haben aber die Ermittlungen sozusagen getrennt. Die Frage, wie es bei der Wildwest-Übung zugegangen ist, soll in dieser Abteilung geklärt werden.«

»Also hier bei euch, bei Säk?«

»Genau. Unser Ermittlungspersonal ist einem von Schwedens langsamsten Staatsanwälten unterstellt. Man nennt ihn Cunctator. Im Augenblick hat er nicht sehr viele Anhaltspunkte, nach denen er vorgehen kann, doch das ist seine Sache. Die Herren Mafiosi dürften ebenfalls nicht mit ihm zusammenarbeiten wollen. Ich gehe im übrigen davon aus, daß sich am Tatort nicht sehr viele Spuren befinden, keine militärischen Visitenkarten oder so?«

»Nein, das kann ich mir wirklich nicht vorstellen.«

»Ich möchte darauf hinweisen, daß ich nach dem Buchstaben des Gesetzes gehandelt habe.«

»Selbstredend, etwas anderes habe ich auch nicht erwartet.«

»Nun ja. Jedenfalls liegt die gesamte juristische Verantwortung in der Frage der Schießerei jetzt beim Leiter der Voruntersuchung, also bei Oberstaatsanwalt Cunctator. Er wird vom Ermittlungspersonal hier im Hause beraten, obwohl natürlich nicht feststeht, welche Ratschläge man ihm gibt. So ist die Lage. Und so dürfte es unter uns gesagt in überschaubarer Zeit auch bleiben.«

Bei dem letzten Zusatz ließ der Säpo-Chef den Anflug eines feinen Lächelns ahnen. Dann stand er auf und reichte Samuel Ulfsson die Hand demonstrativ stumm zum Abschied.

Samuel Ulfsson akzeptierte schnell die stillschweigende Übereinkunft, schüttelte dem Säpo-Chef die Hand und ging, ohne etwas zu sagen.

Auf dem Weg zum Generalstab sah er vom Rücksitz aus die schreienden Aushänge der Abendzeitungen. Die beiden Blätter hatten die Lage offenbar unter Kontrolle und waren wenigstens diesmal einer Meinung. Sie beschrieben eine interne Auseinandersetzung unter Gangstern mit einem einfachen und schlagkräftigen Wort, das auf einem Aushang sehr groß erscheinen kann, wenn man es trennt:

MAFIA-
KRIEG

Carl spürte eine leichte Übelkeit. Er konnte nicht entscheiden, ob es wirklich ein ganz gewöhnliches Unwohlsein war. Die Hamburger zum Lunch hatten einen völlig frischen Eindruck gemacht. Vielleicht war es eine Art Trauer in Verbindung mit Demütigung, was dieses Unwohlsein verursachte.

In rein praktischer Hinsicht war es natürlich ein lohnender Arbeitstag gewesen. Das Ergebnis war nahezu glänzend und entsprach allen hochgeschraubten Erwartungen.

Vor ihm auf der mit Riefen übersäten braunen Schreibtischplatte lagen jetzt acht Fotos mit den dazugehörenden Personalakten. Die Männer auf den Bildern hatten zwei Dinge gemeinsam. Sie waren alle tot und sämtlich bei ein und demselben Unternehmen angestellt gewesen, offiziell, um Schiffswracks aus dem Murmansk-Fjord zu bergen, und weniger offiziell und natürlich in erster Linie, um sich dem illegalen Export von Kernwaffen zu widmen. Der Chef des Unternehmens lächelte Carl von einem Foto an, das bis auf weiteres ganz oben in dem unsortierten Haufen lag. Auf dem Bild ein gewöhnliches, großes amerikanisches Lächeln. Der Mann hieß Mike Hawkins.

»Du siehst nicht besonders glücklich aus. Bedeutet das, daß du sie gefunden hast, oder vielmehr das Gegenteil?« begrüßte ihn Jurij Tschiwartschew, als er mit einem Dokumentenbündel in den Händen aus dem Nebenzimmer hereinkam.

»Es bedeutet, daß ich sie gefunden habe, fast alle«, sagte Carl gequält und zeigte mit einer Handbewegung auf die Akten auf dem Schreibtisch.

»Wie interessant«, sagte Jurij Tschiwartschew und beugte sich über die Fotos. »Hier haben wir sie also?«

»Korrekt«, brummelte Carl. »Hier haben wir sie.«

»Alle tot?«

»Ja, bis auf einen Finnen, der in dem Haufen da liegt.«

»Wo befindet er sich?«

»Zu Hause in Ivalo. Er ist der Anlaß zu dem, was wir hier tun, irgendwie der Grund dafür, daß wir hier sitzen.«

»Ihr habt einen von ihnen laufenlassen?«

»Ja, einer ist davongekommen.«

»Wie nachlässig. Die anderen sind also ... ausgelöscht?«

»Ja. Ich frage mich, wessen Idee das gewesen ist.«

Jurij Tschiwartschew setzte sich Carl gegenüber langsam hin. Er rieb sich die Augen und machte den Eindruck, als dächte er über etwas sehr Unangenehmes nach, etwas, was von der Frage toter Menschen sehr weit entfernt war.

»Das ist eine sehr interessante Frage«, sagte er schließlich fast zu sich selbst.

»Welche Frage?« knurrte Carl lustlos, während er sich zwang, sich noch einmal die Gesichter anzusehen, denen er in der Realität begegnet war.

»Wer wollte sie auslöschen lassen? Wer hat etwas davon?« sagte Jurij Tschiwartschew leichthin und warf dann seine Dokumentenstapel vor Carl auf den Tisch, als wollte er schnell das Thema wechseln. »Nun, hier haben wir die Angestellten, die auf die eine oder andere Weise einen militärischen Hintergrund haben«, fuhr er energisch fort.

»Was Besonderes dabei?« fragte Carl zerstreut.

»Ja, das kann man sagen. Erstens haben wir jetzt die wirkliche Identität des Genossen Ilja Michailowitsch Alexandrow.«

»Ja, und?«

»Er ist in Wahrheit Oberstleutnant Ilja Kurijakin, KGB, hat von Leningrad aus operiert, Spezialist für, na, du weißt schon für was?«

»Nasse Jobs.«

»Korrekt. Ein Vollblutmörder mit anderen Worten. Außerdem von seinem früheren Arbeitsplatz her offenbar bestens ausgerüstet.«

»Hat man bei seiner Festnahme irgendwelche Mordwerkzeuge im Hotelzimmer gefunden?«

»Nein, aber das werden wir auch bald haben!« sagte Jurij Tschiwartschew triumphierend und sortierte sein Dokumentenbündel eine Zeitlang, als wäre es ein Kartenspiel, bis er eine Personalakte fand, die er vor Carl hinlegte. Er setzte einen Zeigefinger darauf.

»Hier haben wir nämlich seinen Kollegen, einen Mann aus derselben Abteilung mit derselben Spezialität. Dieser verehrte Major hat ein Büro hier im Haus.«

»Das kann doch wohl nicht sein?« wandte Carl erstaunt ein und blickte hoch. »Es kann doch nicht sein, daß er für das KGB in seiner heutigen Gestalt und gleichzeitig für Mr. Hawkins arbeitet.«

»O doch, o doch. Man nennt das Nebenbeschäftigung, glaube ich«, lächelte Jurij Tschiwartschew und schüttelte den Kopf. »Außerdem war er nicht allein. Hier ist noch einer. Eine besonders interessante Person. Darf ich vorstellen, Kapitän zur See Alexej Mordawin, stellvertretender Schiffskommandant auf dem U-Boot Minskij Komsomolets, später in Alexander Newskij umgetauft.«

»Minskij Komsomolets? Hört sich an wie ein Atom-U-Boot.«

»Korrekt. Er war Waffenoffizier an Bord eines U-Boots der Taifun-Klasse.«

»War? Arbeitet er jetzt nur noch für Mr. Hawkins?«

»Nein. Er arbeitete für die Sowjetflotte und gleichzeitig für Mr. Hawkins. Während der letzten Zeit außerdem als Organisator von etwas, was wir Operation Unauffälliges Beiseiteschaffen Übriggebliebener Kernwaffensprengköpfe Aus Weniger Verantwortungsbewußten Sowjetrepubliken nennen können.«

Carl schwieg eine Zeitlang und versuchte die Bedeutung dessen abzuschätzen, was er soeben gehört hatte. Er stellte sich plötzlich einen intensiven nächtlichen Zugverkehr vor, wahrscheinlich waren es Eisenbahnzüge, vollgeladen mit Kernwaffen aus Kasachstan, der Ukraine und Weißrußland. Es konnte im vergangenen Jahr sehr wohl so gewesen sein. Ein letzter verzweifelter Versuch Gorbatschows, möglichst viele Kernwaffen aus den unionsflüchtigen Republiken nach Rußland zu schaffen.

»Das ist also unser Mann, der Mann, der es ermöglicht hat«, stellte er fest.

»Ja, es muß so sein. Bis vor ein paar Monaten war er damit beschäftigt, beschlagnahmte Kernwaffen aller Art zu klassifizieren und weiterzutransportieren. Natürlich ist er der Mann.«

»Habt ihr ihn schon hergeholt?«

»Nein, das geht nicht.«

»Ist er draußen auf See?«

»Schlimmer als das. Er ist tot.«

»Wie ist er gestorben?«

»Anfang Dezember, angeblich durch einen Herzanfall.«

»Anfang Dezember? Da waren die anderen schon unterwegs. Wahrscheinlich ist er ermordet worden. Wollen wir der Frage nachgehen?«

»Ja, das finde ich schon. Aber wie sollen wir es beweisen? Man hat ihn schon begraben.«

Carl seufzte und sah aus dem schwarzen Fenster. Draußen war nichts zu erkennen. Er schien nachzudenken.

»Ich glaube, wir können diese Sache regeln«, sagte Carl nach einiger Zeit. »Wir hatten ja in Schweden einen Fall von Mord, der so aussah wie eine Herzattacke oder so etwas. Dieser schwedische Polizeibeamte hat die gerichtsmedizinische Untersuchung aus Schweden mitgebracht. Wir könnten das chemische Rezept prüfen lassen und sehen, ob hier mit der gleichen Methode gearbeitet worden ist.«

»Aber der Mann liegt doch schon unter der Erde?« wandte Jurij Tschiwartschew fast irritiert ein. »Er ist vor mehr als einem Monat beigesetzt worden.«

»Tja«, sagte Carl und zeigte mit einer müden Handbewegung aus dem Fenster. »Er wurde mitten im Winter in Murmansk begraben. Soviel ich weiß, verbrennt ihr hier die Toten nicht, und folglich dürfte er noch so frisch sein, daß ein normaler Pathologe den Job für richtig frisch halten müßte. Aber was gewinnen wir damit?«

Jurij Tschiwartschew sah aus, als hätte er spontan etwas erwidern wollen, es sich dann aber überlegt. Er schlug sich mit der Faust ein paarmal an die Stirn und schien seinen Gedankengang umzuformulieren.

»Jetzt hör mal zu, mein junger Kapitän zur See«, begann er dann konzentriert.

»Admiral«, sagte Carl spöttisch. »Auf russisch lautet die Anrede Admiral, das hast du mir selbst beigebracht.«

»Jaja, schon gut! Jetzt hör trotzdem mal zu, lieber Kollege. Jemand hat einem Offizier ein ungewöhnlich sensibles Kommando gegeben, nämlich das Tätigkeitsgebiet als Waffenoffizier auf einem Atom-U-Boot der Taifun-Klasse. Du verstehst doch? Dies ist ein Mann, der die gesamte interessante Technik etwa bei SS-20-Raketen beherrscht. Nun, und jemand hat einen solchen Mann in die Hände von Mr. Hawkins befohlen. Diesen Jemand sollten wir schon finden, meinst du nicht auch?«

»Ja, ganz entschieden. Du hast recht. Und weiter?«

»Und weiter hat jemand dann den Mann ermorden lassen, ohne den man dieses Unternehmen gar nicht hätte durchführen können.«

»Korrekt. Es kann kein Amerikaner wie Mr. Hawkins gewesen sein, denn wie einflußreich er auch zu sein scheint, so hat er den Kapitän zur See nicht versetzen können. Es muß ein Militär gewesen sein.«

»Was bringt dich zu dieser Annahme?«

»Ich sah es plötzlich als gegeben an, daß ihr wie alle anderen funktioniert. Wenn jemand einem Kapitän zur See ein Kommando erteilt, ist er selbst Admiral, nur das.«

»Und dann noch etwas über Mr. Hawkins, nein, zwei Dinge«, sagte Jurij Tschiwartschew, als dächte er plötzlich in ganz anderen Bahnen. »Eine Sache an ihm ist interessant, sehr interessant, und eine andere sollte untersucht werden. Interessant ist, daß er von unserem Freund, dem sogenannten Präsidenten in Moskau, den Sankt-Georgs-Orden erhalten hat.«

»Das ist für mich dann ja nicht so ehrenvoll.«

»Nein, das könnte man so sehen. Der Mann, von dem wir glauben, daß er Kernwaffen außer Landes geschmuggelt und all das hier organisiert hat, ist so eine Art Held der Sowjetunion.«

»Sehr interessant, obwohl du die Bedeutung des Sankt-Georg-Ordens übertreibst. Er genießt also hohe Protektion?«

»Ja. Doch jetzt zu dem, was untersucht werden soll. Ich möchte dich fragen, ob du vielleicht eine Idee hast. Dieser zweite Amerikaner, den ihr da draußen erledigt habt, hatte ja eine Vergangenheit bei der CIA.«

»Genau. Und jetzt möchten wir wissen, ob das auch für Mr. Hawkins gilt. Und du fragst dich, ob wir das feststellen können. Du wirst dich wundern.«

Carl stand mit einem leicht arroganten Lächeln auf und ging in das Nebenzimmer, in dem Jurij Tschiwartschew den ganzen Tag mit seinem EDV-Experten gearbeitet hatte.

Tschiwartschew folgte ihm und zündete sich nachdenklich ein schmales Zigarillo an, während er Carl betrachtete. Dieser hob den Hörer des Telefons ab, das für Direktgespräche geschaltet war, und drohte seinem Kollegen dabei scherzhaft mit dem Finger.

»Ich habe gar nicht gewußt, daß du rauchst, Jurij«, sagte er und wählte die Nummer von Samuel Ulfsson in Stockholm.

Sams Stimme hörte sich seltsam an, doch das konnte mehrere Gründe haben, nicht zuletzt den absurden Umstand, daß sein untergebener Operateur über eine offene Telefonleitung aus Murmansk anrief.

Carl teilte zunächst mit, daß alles gutgehe, daß man grundsätzlich mit dem Teil der Ermittlung fertig sei, der die Interessen der schwedischen Polizei berühre. Überdies befänden sie sich in einer guten Ausgangslage, was die ernstere Frage von wie, wann und wo betreffe. Er entschuldigte sich plötzlich, legte den Hörer zur Seite, ging in sein eigenes Zimmer zurück und holte die Personalakte von Mike Hawkins.

»Folgendes«, fuhr er entspannt fort, während er mit beiden Händen in der Akte blätterte und sich den Hörer an die Schulter klemmte. »Hier sitzt eine Figur, über die wir in, sagen wir zehn Minuten, einiges wissen möchten. Wir haben Grund zu der Annahme, daß er den gleichen Hintergrund hat wie dieser Emerson soundso, den wir während der Operation geprüft haben. Benutze den gleichen Code, Operation Dragon Fire, dann rufe ich dich gleich wieder an.«

Carl lauschte leise lachend einer Reihe von Einwänden, die ihm vom anderen Ende offenbar entgegenströmten. Dann zwinkerte er Jurij Tschiwartschew zu, bevor er fortfuhr.

»Aber ich bitte dich, lieber Sam, sei doch nicht so konservativ. Ich kenne nur zwei, die dieses Gespräch belauschen können. Einmal eine Supermacht, die wir außerdem in dieser Frage befragen werden, und zweitens eine ehemalige Supermacht, die in diesem Zusammenhang aber als befugt angesehen werden muß. Ich befinde mich ja, wie du weißt, hier in Murmansk bei unseren Kollegen. Sie lassen dich sogar grüßen, Sam.«

Carl lächelte und schüttelte den Kopf, als er Sam die Telefonnummer gegeben und alle Daten über Mike Hawkins genannt hatte. Dann legte er auf.

»Ist es nicht eigenartig, Jurij«, sagte er, »daß es manchen Leuten so schwerfällt zu vergessen, daß wir keine Feinde mehr sind?«

Jurij Tschiwartschew antwortete nicht. Er betrachtete sein Zigarillo und schüttelte ironisch den Kopf.

»Operation Dragon Fire«, sagte er. »So habt ihr diese Geschichte da draußen genannt?«

»Ja, selbstverständlich«, entgegnete Carl und versuchte beleidigt auszusehen. »Was hattest du dir denn gedacht. Großer Oktober vielleicht?«

Jurij Tschiwartschew antwortete nicht. Er lachte nur auf und breitete die Arme aus, als hätte er es nur mit Irren zu tun. Dann lehnte er sich nachdenklich gegen einen der Türpfosten und schien sich auf sein Zigarillo zu konzentrieren.

Carl betrachtete ihn verstohlen. Ein schlanker sechzigjähriger Mann mit grauem, kurzgeschnittenem Haar, einem wachsamen Blick und zumindest an der Oberfläche stets verbindlichen Umgangsformen. Der beste Feind, den Carl je gehabt hatte, und der gefährlichste, der es um ein Haar geschafft hätte, ihn aus dem Geheimdienst zu katapultieren und schlimmstenfalls ins Gefängnis zu bringen.

Sie hatten schon früher zusammengearbeitet und sogar einen akzeptablen professionellen Umgang erreicht, bei dem sie einander nicht unnötig anlogen und sich durch Prestigedenken oder Geheimniskrämerei nicht gegenseitig die Arbeit schwermachten. Jetzt standen sie überdies in allerhöchstem Maße auf derselben Seite.

Oder? Da war etwas, was Carl beunruhigte, das starke Gefühl, daß Jurij Tschiwartschew eigene Sorgen hatte, die er nicht preisgeben wollte und die vermutlich etwas mit denkbaren Arbeitsaufgaben zu tun hatten, wenn Carl und andere Ausländer das russische Theater verlassen hatten. Es war etwas, was mit *hoher Protektion* zu tun hatte.

»Könnt ihr so schnell alles bei der CIA anfordern, was ihr wollt? Die sind doch für ihre Bürokratie berüchtigt«, sagte Jurij Tschiwartschew plötzlich, als gefiele ihm die Mauer des Schweigens zwischen ihnen nicht.

»Nun ja«, erwiderte Carl uninteressiert. »Wir sind ja so etwas wie Verbündete, wie du weißt. Es hängt jedoch davon ab, wonach man fragt und welche *security clearance* man hat. Dragon Fire reicht aber ziemlich weit, kann ich dir versichern.«

Bevor Jurij Tschiwartschew antworten konnte, läutete das rote Telefon. Carl riß den Hörer an sich und antwortete zum Scherz mit verstellter Stimme und einer komplizierten Meldung auf Russisch, während er Jurij Tschiwartschew fröhlich zuzwinkerte und die tastenden Versuche des Anrufers dirigierte, der im Nebel zu stochern schien.

»Okay, Sam«, sagte er schließlich. »Wir können auf Schwedisch Klartext reden!«

Carl nahm einen Bleistift und machte sich Notizen. Er nickte still vor sich hin, während er die Nachrichten wiederholte, die er erhielt. Jurij Tschiwartschew betrachtete ihn aufmerksam, ohne daß Carl es zu bemerken schien.

Als er mit dem Gespräch fertig war und gerade den Zettel abriß, auf dem er sich Notizen gemacht hatte, schien er von seinem Ge-sprächspartner eine eigenartige Frage zu erhalten.

»Was soll das heißen, Gangsterbande vernichtet?« fragte er und schien nachzudenken, während er offenbar einige ergänzende Erklärungen erhielt.

»O Teufel«, fuhr er fort, »aber die eigenen Leute sind alle sicher zur Basis zurückgekehrt?«

»Damit können wir uns in ein paar Tagen beschäftigen. Die Lage scheint ja bis auf weiteres unter Kontrolle zu sein«, fuhr er dann entschlossen fort, um das Gespräch zu beenden. »Hier läuft alles wie auf Schienen. Der polizeiliche Teil ist schon bewältigt, und jetzt wollen wir uns dem nächsten Schritt zuwenden. Bin in ein paar Tagen zu Hause. Ende.«

Er machte ein nachdenkliches Gesicht, als er auflegte und biß sich mit einem Gesichtsausdruck auf die Lippe, der erkennen ließ, daß er mit unpassender Heiterkeit zu kämpfen hatte. Doch dann nahm er sich zusammen und wandte sich zu Jurij Tschiwartschew um. Er hielt seine Notizen vor sich.

»Unser geschätzter Kollege hat eine längere Dienstzeit hinter sich als ich. Vielleicht ist sie genausolang wie deine. Er ist vor zwei Jahren ins zivile Leben übergewechselt. Spezialist aus Vietnam, später für das russische Theater. Wir haben jetzt einen großen Fisch am Haken«, sagte er.

»Also die CIA«, bemerkte Jurij Tschiwartschew. »Das sieht gar nicht so gut aus. Zwei Mann von der CIA und zwei KGB-Veteranen in derselben Bande. Bis jetzt.«

»Nein, das ist gar nicht gut«, bestätigte Carl ironisch. »Es erklärt möglicherweise einen gewissen Zynismus im Vorgehen und außerdem, wie wir wohl zugeben müssen, eine gewisse Kompetenz. Es ist ihnen schließlich gelungen, Kernwaffen außer Landes zu bringen.«

»Aber jetzt haben wir sie.«

»Glaubst du?«

»Ja. Die gesamte Organisation hier in Murmansk ist mit dem Ende des heutigen Arbeitstages gesprengt, und Mr. Hawkins wird sich kaum aus dem Staub machen können. Wir sollten ihn in ein paar Stunden oder so schnappen, findest du nicht auch?«

»Doch. Doch, das dürfte richtig sein. Und was sollen wir mit Hawkins machen? Was meinst du?«

»Da gibt es nur eins. Wir müssen nur eine Frage stellen. Nicht wahr?«

»Korrekt. Zumindest was mich betrifft. *Ich* habe nur eine Frage zu stellen. Du möglicherweise zwei Fragen, aber das ist mir egal. Verstehen wir uns?«

»Ich glaube schon«, sagte Jurij Tschiwartschew mit einem schwachen Lächeln. »Aber vorher haben wir noch zwei Dinge zu erledigen. Komm!«

Zunächst inspizierten sie ein Dienstzimmer im selben Stockwerk. Der Raum war versiegelt, und davor hielten zwei geschniegelte Leutnants Wache. Jurij Tschiwartschew grunzte den beiden jungen Offizieren etwas zu, als er mit Carl im Schlepptau näherkam. Sie brachen sofort das Siegel, öffneten die Tür und salutierten, als die beiden hohen Tiere hineinmarschierten.

»Der Eiserne Felix«, brummelte Carl mißbilligend, als er eintrat. Das erste, was ihm an einer der schmutziggelben Wände auffiel, war das schwarzweiße und recht große Porträt des KGB-Gründers.

Im übrigen sah der Raum so aus, wie man es erwarten konnte. Ein über viele Jahre hinweg benutzter Schreibtisch, eine alte mechanische Schreibmaschine, die auf einem der beiden Fensterbretter abgestellt war, einige halboffene Kleiderschränke, ein Panzerschrank, der schon aufgebrochen war. Auf dem Fußboden ein staubiger kleiner afghanischer Teppich, vielleicht ein Souvenir. Das einzige, was möglicherweise von dem gewohnten Bild abwich, war ein recht moderner Kühlschrank in der hinteren Ecke auf der Fensterseite.

»Major Boris Petrowitsch Barabanow«, las Carl laut vom Namensschild an der Tür ab. »Was bedeutet Barabanow?«

»Kleiner Trommler«, knurrte Jurij Tschiwartschew, der auf den Kühlschrank zusteuerte.

»Der kleine Trommlerjunge«, sagte Carl amüsiert. »Und er war Spezialist für nasse Jobs?«

»Ja, sieh mal«, sagte Jurij Tschiwartschew und entnahm dem Kühlschrank einige Plastikdosen, die er auf dem Schreibtisch vorsichtig öffnete.

Darin lag eine Reihe verschiedenfarbiger Kunststoffampullen von sieben bis acht Zentimeter Länge. An einigen von ihnen klebten kleine Zettel mit einem mikroskopisch winzigen Text.

»Es sieht aus wie eine Reihe von Schmetterlingspuppen«, sagte Carl fasziniert. Er hob einen der Gegenstände gegen das Licht und versuchte, den winzigen geheimnisvollen Text zu lesen.

»Dann jedenfalls Puppen, aus denen nur Totenkopfschwärmer schlüpfen werden«, bemerkte Jurij Tschiwartschew trocken. »Ampullen, die mit einem kleinen roten Band umwickelt sind, enthalten Succinylkolin.«

»Und die anderen? Wie funktionieren die?« fragte Carl mit zunehmender Faszination. Von dem, was er jetzt sah, besaß er nur theoretische Kenntnisse. All dies gehörte zur Standardliteratur über bestimmte Spezialitäten des früheren Osteuropa. In vereinzelten Fällen waren sie entdeckt worden, bei vielen anderen Gelegenheiten sicher nicht. Gegen die Möglichkeiten eines ganzen Staats bei der Herstellung von Gift kann ärztliche Kunst nichts ausrichten.

»Das funktioniert so!« sagte Jurij Tschiwartschew mit unerwarteter Heftigkeit. Er riß an einer der Ampullen den Deckel ab und drückte. Eine dünne Nadel schoß hervor und benetzte ein kleines Löschpapier auf dem Schreibtisch mit einem klaren Strahl.

Jurij Tschiwartschew hielt sich die abgefeuerte Todesnadel nachdenklich vor die Augen und betrachtete sie mit Abscheu. Dann tat er etwas sehr Unerwartetes. Er nahm ein gemischtes Sortiment an sich und stopfte Carl die Ampullen wie zum Scherz in die Jackentasche. »Vielleicht werden sie irgendwann mal Verwendung finden«, lachte er. »Oder ihr habt irgendwann in der Zukunft vielleicht ein rein wissenschaftliches oder polizeiliches Interesse daran. Komm, wir müssen zu einer Besprechung!«

Carl trottete zögernd und mit einem seltsamen Klappern in der Tasche hinter dem enteilenden General an den salutierenden Leutnants vorbei.

»Wo befindet sich Genosse Barabanow im Augenblick?« fragte er.

»Im Keller. Dort bleibt er sitzen, bis du und ich mit ihm sprechen werden«, erwiderte Jurij Tschiwartschew in einem Ton, als hätte er sich an einen einfachen Gefreiten gewandt.

»Warum du und ich?« beharrte Carl.

»Wegen Mordawin. Wegen deines Kollegen Mordawin«, erwiderte Jurij Tschiwartschew in einem Tonfall, der das Gespräch beendete. Sie waren inzwischen beim Konferenzraum des Obersten angelangt, und als sie jetzt eintraten, erhoben sich sämtliche Anwesenden, der Chef und sieben oder acht Mitglieder.

Jurij Tschiwartschew trat an die Schmalseite des großen Konferenztischs und gab Carl unauffällig ein Zeichen, wo er sich setzen solle – rechts von Tschiwartschew. Die anderen gruppierten sich um den Tisch. Ihr Chef setzte sich Jurij Tschiwartschew gegenüber an die andere Schmalseite.

»Genosse Oberst«, begann Jurij Tschiwartschew kurz und förmlich, »wir nähern uns bei dieser gemeinsamen Operation einer entscheidenden Phase. Wir sollten deshalb zusammenfassen, wo wir stehen. Bitte, Oberst Sapraxin. Sie haben das Wort!«

Carl starrte auf die Tischplatte und zuckte mit keinem Gesichtsmuskel. Er nahm an, daß Jurij Tschiwartschew gute Gründe dafür hatte, so demonstrativ auf seine Generalssterne hinzuweisen. So war es nur natürlich, daß der Oberst an der anderen Schmalseite des Tischs leicht nervös wurde und es ihm schwerfiel, in Gang zu kommen.

Nach kurzer Zeit hatte er seine Gedanken jedoch geordnet, worauf er die Lage recht klar zusammenfaßte.

»Vielleicht sollten wir aus Höflichkeit zunächst auf die Arbeit der schwedischen Kollegen eingehen. Inzwischen steht fest, daß der schwedische Polizeibeamte einen der mutmaßlichen Mörder, dessen Verhör ihm zufiel, auf vorbildliche Weise zum Reden gebracht hat. Der finnische Staatsbürger Matti Lehtinen hat ein umfassendes Geständnis abgelegt. Wir haben sein Geständnis auch mit uns bekannten Gegebenheiten bei der Ermittlungsarbeit der schwedischen Polizei abgeglichen, und somit steht fest, daß das Ergebnis über jeden Zweifel erhaben ist. Im Augenblick ist der schwedische Kollege dabei, den zweiten Mann zu bearbeiten, der ja unglücklicherweise ein früherer Kollege ist. Dafür ist er auch weit hartgesottener.

Ich möchte jedoch wiederholen, daß der schwedische Kollege, der durch sein schnelles und logisches Vorgehen zu guten Ergebnissen gekommen ist, ein glänzendes Vorbild für uns ist.«

Carl grinste innerlich, machte sich eine Notiz und nahm sich vor, diese Frage bei einer späteren Gelegenheit mit Rune Jansson zu besprechen; was hatte Rune Jansson als humanistisch gesinnter anständiger Schwede geschafft, was russischen Geheimpolizisten viel schwerer von der Hand ging?

Punkt zwei auf Oberst Sapraxins Vortragsliste galt dem kommenden Einsatz, der in zwei Stunden beginnen sollte. Der Ort, an dem man zuschlagen werde, befinde sich unter Beobachtung. Wenn jemand ihn verlasse, werde man ihn am Fähranleger unauffällig schnappen und abführen. Es sei von großer Bedeutung, alle Verdächtigen auf einmal zu greifen.

Wie es aussehe, werde man die gesamte Bande mit einem Schlag unschädlich machen können. Doch damit ergebe sich die erste Frage, die diskutiert werden müsse. Der Anführer der Bande scheine ja der amerikanische Staatsbürger Mike Hawkins zu sein. Wie solle man ihn festnehmen? Und wer? Und wie solle man ihn vernehmen?

»Das übernehmen wir, mein schwedischer Kollege Admiral Hamilton und ich«, schnarrte Jurij Tschiwartschew im Befehlston.

Der Oberst an der anderen Seite des Tischs schien mitten in einem Gedankengang innezuhalten, als hätte ihn ein Schlag getroffen.

»Verzeihung, General«, begann er zögernd, »halten Sie das wirklich für angezeigt?«

»Ja, ohne Zweifel!« entgegnete Jurij Tschiwartschew im gleichen Kommandoton.

»Abgesehen von rein praktischen Aspekten, etwa den Sprachkenntnissen, gibt es noch übergreifende Gründe. Ich möchte Sie daran erinnern, Genosse Oberst Sapraxin, daß dies keine x-beliebige Polizeiermittlung ist. Es geht schließlich um einen Versuch, Kernwaffen aus der Sow … aus Rußland ins Ausland zu schmuggeln. Damit verbietet sich ein normales polizeiliches Vorgehen. Der Fall birgt sowohl politische als auch technisch-militärische Aspekte von ganz besonderem Gewicht. Admiral Hamilton und ich besitzen die Sachkenntnis und die kurzen diplomatischen Verbindungswege, die in diesem

Zusammenhang erforderlich sind. Wir haben größere Handlungsfreiheit als noch so urteilsfähige und tüchtige Tschekisten.«

»Ach so, ja, das ist natürlich ein wichtiger Aspekt dieser sehr komplizierten Frage«, erwiderte der Oberst mit leicht gesenktem Kopf und einer Körperhaltung, die Carl indirekt erklärte, weshalb Jurij Tschiwartschew so entschlossen den Generalleutnant herausgekehrt hatte, was sonst nicht seine Art war.

Dann blieb noch die Frage des Major Barabanow, eines denkbaren Gehilfen des mutmaßlichen Mörders Kurijakin, bekannt unter dem Künstlernamen Alexandrow.

Jurij Tschiwartschew schlug vor, diese Frage bis auf weiteres zu vertagen. Man werde bald recht viele Verdächtige haben, die man auseinanderhalten und vernehmen müsse, und Major Barabanow könne es nur bekommen, noch eine Weile dort zu schmoren, wo man ihn untergebracht habe.

Damit löste sich die Konferenz in einer Stimmung von Enttäuschung über die schnell gefaßten Beschlüsse und gespannter Erwartung vor dem großen Einsatz auf; wenn Polizisten über die nationalen Grenzen hinweg sonst nichts gemeinsam haben, die Spannung vor dem entscheidenden Einsatz ist bei allen gleich.

Jurij Tschiwartschew gab Carl unauffällig ein Zeichen, er solle ihm folgen, den Mund halten und keine Miene verziehen. Dann verließen die beiden als erste den Raum und gingen schnell den nächstgelegenen Korridor entlang.

»Was sagst du zu einem kleinen Essen vor der Schlacht. Du mußt dich ja sowieso umziehen«, lächelte Jurij Tschiwartschew, als sie außer Hör- und Sichtweite der Tschekisten waren.

»Du hast dich ja mächtig ins Zeug gelegt, *General*«, brummte Carl. »Warum soll ich mich übrigens umziehen?«

»Du sollst in Uniform in den Kampf gehen«, erwiderte Jurij Tschiwartschew unergründlich. »Du hast doch im Hotel sicher eine im Gepäck?«

Für weitere Erklärungen blieb keine Zeit, da sie das große Portal erreicht hatten. Carl mußte sich für den Tag abmelden. Draußen wartete der Wagen. Sie gingen schnell durch den Schneematsch und hielten sich zum Schutz vor dem harten Wind und den kleinen eisigen Schneekristallen die Hände vors Gesicht. Der Wind hatte gedreht. Die Kälte kam jetzt aus Sibirien.

»Also«, fuhr Jurij Tschiwartschew fort, als sie auf den großen weichen Rücksitz gesunken waren und sich das Gesicht getrocknet hatten. »Du fragst dich, warum du Uniform tragen sollst?«

»Offen gestanden ja.«

»Nun. Wir haben es mit einem Amerikaner zu tun. Ich möchte übrigens vorschlagen, daß du das Gespräch führst. Wie du weißt, kann ich mühelos folgen. Der Amerikaner, mit dem wir es zu tun haben, soll erschossen werden. Je eher, desto besser. Jedenfalls *grundsätzlich,* nicht wahr?«

»Grundsätzlich ja. Das bedeutet aber nicht unbedingt, daß wir ihm auch nur ein Haar krümmen müssen, wenn er uns gibt, was wir haben wollen.«

»Genau. Wir haben es nicht mit einem Dummkopf zu tun. Er wird versuchen, sich eine Rückversicherung zu schaffen. Bestenfalls können wir ihn hinterher erschießen, aber sicher ist das ja nicht, oder?«

»Nein, das ist alles andere als sicher. In einem höheren politischen Sinn vielleicht nicht einmal wünschenswert. Was weiß ich.«

»Folglich mußt du Uniform tragen. Er wird deine SEAL-Schwingen lieben.«

Carl lachte auf. Es machte ihn verlegen, aber er konnte nichts dagegen tun. Jurij Tschiwartschews Argumentation war in all ihrer brutalen Absurdität streng logisch, von allem gefühlsmäßigen Ballast befreit, ebenso von ziviler Juristerei.

»Mein alter Führungsoffizier beim OP 5 hat für solche Fälle ein Sprichwort parat«, sagte Carl nachdenklich. »Er sagt immer, es bestehe ein Unterschied zwischen den Verordnungen des Menschen und den Gesetzen Gottes.«

Jurij Tschiwartschew warf Carl einen langen und verblüfften Blick zu.

»Der gute liebe Alte. Ich habe ihn immer bewundert! Könntest du nicht irgendwann mal eine Begegnung zustande bringen? Ich meine, unter weniger offiziellen Umständen?«

Carl legte sich bei seiner Antwort nicht fest. Natürlich könne er das regeln, aber andererseits sei das Ergebnis nicht sicher.

Um Zeit zu gewinnen, kamen sie überein, daß Jurij Tschiwartschew etwas zu essen bestellen sollte, während Carl nach oben ging und sich für die Begegnung mit dem amerikanischen Kollegen umzog. Vielleicht würde man ihn doch nicht erschießen müssen. Zumindest nicht gleich.

Jurij Tschiwartschew hatte die hinterste Nische gewählt. Carl ahnte es, sobald er das Restaurant betrat; es war, als bewirkte die ewige Polarnacht, daß die Abende ebensogut am Nachmittag anfangen konnten, wenn man zum Vergnügen hier war. Es war erst fünf Uhr, aber die Atmosphäre in dem großen, verräucherten Lokal war wie um Mitternacht. Ein Orchester mit Elektrogitarren, Saxophonen, zwei langhaarigen Sängern und sogar Go-go-Mädchen machten einen höllischen Lärm. Es war eng und verräuchert. Das Publikum bestand hauptsächlich aus betrunkenen jungen Leuten, die erst langsam und nach einigem Zögern der ausländischen Marineuniform auswichen; Carl fiel ein, daß er sich immerhin in einer Stadt mit einem engen Bezug zum Meer befand, denn alle, denen er im Gedränge begegnete, erkannten sofort, was es mit seiner Uniform auf sich hatte.

Angesichts dessen, was Murmansk leisten konnte, sowie dessen, was er über Carl wußte, hatte Jurij Tschiwartschew sorgfältig und mit Bedacht bestellt. Geräucherten Stör und Lachs, aber auch einen saftigen, lecker geräucherten Heilbutt, dazu verschiedene Gemüse, wie es hieß, also meist große Radieschen und frische kleine Gurken, denen man lange Transportwege ansah. Außerdem standen eine Flasche mit georgischem Wein, eine sehr kleine Wodkakaraffe und drei Flaschen mit tschechischem Bier auf dem Tisch.

»Jurij! Du hast ein Wunder vollbracht«, stellte Carl zufrieden fest, als er sich setzte und gleichzeitig auf die Uhr sah; noch eine knappe Stunde bis zum Einsatz. »Sollten wir anständigerweise nicht auch etwas Mineralwasser trinken?«

»Das Mineralwasser ist ausgegangen«, stellte Jurij Tschiwartschew lakonisch fest.

»Die freie Marktwirtschaft hat gesprochen«, kicherte Carl. »Die Bevölkerung muß sich jetzt betrinken, und das alles ist die Schuld des Markts.«

»O nein, komm mir nicht damit. Es ist natürlich die Schuld der *geplanten* Marktwirtschaft«, wandte Jurij Tschiwartschew fröhlich ein. »Doch jetzt wollen wir nicht über unsere verschiedenen politischen Systeme herziehen. Was wissen wir über diesen Hawkins? Fällt dir noch etwas Wichtiges ein? Wir haben nur noch eine Stunde Zeit.«

Carl aß ein wenig und überlegte dabei. Der Heilbutt ist wirklich delikat, dachte er. Davon sollte ich etwas mit nach Hause nehmen und nicht dieses Zeug, das jeder erwartet.

»Hawkins war zunächst Offizier der Special Forces, diente in Vietnam bei einer sogenannten Operation Phoenix, falls du davon mal etwas gehört hast. 1975 wurde er von der CIA übernommen und landete natürlich in einer operativen Abteilung. Kein Wunder bei seinem Hintergrund. Dann wurde es Osteuropa, und da bekommen wir keine Informationen mehr.«

»Was sagt uns das?« fragte Jurij Tschiwartschew mit mäßigem Interesse. Er war zu sehr damit beschäftigt, genußvoll seinen Lachs zu verspeisen.

»Du weißt nicht, was die Operation Phoenix war? Ich habe immer gedacht, ihr hättet den Vietnamkrieg mit dem allergrößten Interesse verfolgt?«

»Das haben wir auch. Warst du damals auch so ein Student, der Flaggen verbrannte?«

»Ja, ich habe die Flagge der USA verbrannt. Die der Sowjetunion übrigens auch, aber darauf sollten wir jetzt nicht näher eingehen.«

»Jugendlicher Unverstand. Nun, was hatte es mit der Operation Phoenix auf sich?«

»Sie wurde von der CIA geleitet. Man hatte sich gedacht, die Befreiungsbewegung werde weniger Unterstützung erhalten, wenn man sämtliche Intellektuellen ermordete. Ich weiß nicht mehr, wie viele Zehntausende Menschen von diesen Spezialverbänden gefoltert und getötet worden sind. Es führte jedenfalls zu einer Stärkung der Befreiungsbewegung. Allerdings konnten nach der Befreiung weniger Menschen lesen und schreiben. Der Mann ist also ein qualifizierter Massenmörder.«

»Wie gut«, sagte Jurij Tschiwartschew ruhig. Er schien sich noch immer mehr für seinen Lachs zu interessieren. »Wie gut, daß mir ein noch besserer Mörder Gesellschaft leistet.«

»Das ist möglich«, versetzte Carl mit plötzlicher Kälte, »es ist sogar wahrscheinlich. Aber dein Ton gefällt mir nicht, Genosse.«

»Verzeih, ich habe es nicht böse gemeint. Was sagst du zu dem Lachs?«

Carl nickte nur kurz und füllte vorsichtig ein Glas mit dem georgischen Weißwein. Er nippte mißtrauisch daran, sah das Glas erstaunt an und nahm dann einen kräftigen Schluck. Jurij Tschiwartschew hatte sein Manöver natürlich beobachtet und grinste ihn fast schadenfroh an.

Plötzlich stürzten zwei Prostituierte in den engen Zugang zu ihrer Nische und kicherten kokett. Dann zogen sie sich blitzschnell zurück, als wären sie zwei Giftschlangen begegnet.

Carl und Jurij blickten sich erst verblüfft an und lachten dann laut los. »Ich finde es bemerkenswert, daß die durch die Marktwirtschaft verwirrte Jugend trotzdem noch Respekt vor uns Offizieren hat!« rief Carl aus. Worauf beide wieder loslachten.

»Vielleicht lag es auch daran, daß wir zu alt und häßlich sind!« rief Jurij Tschiwartschew aus. Das löste eine neue Lachsalve aus, bis Carl wieder an der Reihe war:

»Nein, nein, nein! Sie hatten keine Zeit zu sehen, daß ich eine westliche Uniform trage. Sie glaubten, es mit russischen Offiziersgehältern zu tun zu haben, und die reichen nur für fünf Sekunden im Monat!«

»Zwei!« schrie Jurij Tschiwartschew. »Wenn wir ehrliche Offiziere sind, was wir sind, können wir uns im Monat nur zwei Sekunden Hure leisten!«

Allmählich legte sich das Lachen. Sie trockneten die Tränen und wandten sich schweigend wieder dem Essen zu.

Ein verschwitzter Kellner tauchte in der Öffnung der Nische auf und zeigte ihnen unter einer Serviette schnell eine Dose mit Kaviar. Er zischte etwas von zehn Dollar.

»Als ich vorhin fragte, sagten sie, der Kaviar sei ausgegangen«, flüsterte Jurij Tschiwartschew übellaunig.

Carl sah sich gezwungen, einen schnellen Entschluß zu fassen. Er winkte den Kellner mit der Dose zu sich heran und gab durch ein Zeichen zu verstehen, der Mann solle sie öffnen. Dann zog er seine Brieftasche und entdeckte, daß er nur Zwanzig-Dollar-Scheine bei sich hatte. Er faltete schnell einen zusammen und überreichte ihn dem Kellner mit der geflüsterten Bitte, der Mann solle Brot, saure Sahne, Zwiebeln und gehackte Gurken bringen. Das alles war in wenigen Sekunden erledigt. Für Carl war entscheidend, daß es so schnell gehen mußte, daß Jurij Tschiwartschew, ein ehrlicher russischer Offizier, wie er vermutete, nicht die Zeit fand, nur um der reinen Höflichkeit willen ein Monatsgehalt oder zwei auszugeben.

»Ich nehme an, daß man heutzutage hier mit Dollar bezahlen darf«, sagte Carl begütigend, als der Kellner nach der ergänzenden Bestellung verschwunden war.

»Es gibt keine Grenzen«, seufzte Jurij Tschiwartschew. »Man darf Dollar besitzen und privat wahrscheinlich auch mit Dollar einkaufen. Natürlich ist es nicht erlaubt, in Restaurants Diebesgut für Dollar zu verkaufen. Aber wie willst du erklären, daß das eine verboten ist, das andere aber erlaubt?«

»Zum Glück sind wir keine Tschekisten, sondern nur Offiziere«, entgegnete Carl gemessen. »Es gibt also doch einen Unterschied zwischen Gottes Gesetzen und den Verordnungen der Menschen.«

»Du wärst in der guten alten Zeit ein außerordentlicher Kollege geworden«, lächelte Jurij Tschiwartschew. »Weißt du, das habe ich oft gedacht, als ich damals mit dieser gegen dich gerichteten Operation beschäftigt war, Seahawk, du erinnerst dich. Ich dachte oft, was für eine Schande es ist, daß du der Feind sein mußtest, daß ich dich nicht statt dessen in meinem Stab hatte. Nun, du hast dich damals jedenfalls herausgewunden. Wie hast du das überhaupt geschafft?«

Carl wußte nicht, ob er dieses Gesprächsthema ernstnehmen sollte, doch dann erschien der Kellner, der ihm eine Atempause verschaffte, als er mit Toast und den anderen Dingen erschien. Er tat, als sei auch das etwas Illegales, was schnell und unauffällig erledigt werden mußte. Beide widmeten sich eine Zeitlang ihrem Kaviar, in den sie nach russischer Manier Gurke und Smetana mischten, eine Art saurer Sahne. Dann nahmen beide einen reellen Bissen und prosteten einander zu. Carl mit seinem Weißwein und Jurij Tschiwartschew mit einem symbolischen kleinen Wodka.

»Also, wie bist du damals da herausgekommen?« hakte Jurij nach.

»Nun ja«, begann Carl ausweichend. »Das wichtigste war vielleicht eine bestimmte medizinische Dokumentation. Wir Taucher hatten infolge der Tiefe, der Sauerstoffgasmischung und anderer Dinge einige Verletzungen, was wir auch belegen konnten. Die Schlußfolgerungen ergaben sich von selbst. Da wir das Leben riskiert hatten, konnten wir nicht gelogen haben.«

»Ihr habt Sauerstoffgas verwendet?« fragte Jurij Tschiwartschew nachdenklich. »War es nicht zu tief dafür? Und warum keine gewöhnliche Preßluft?«

»Man kann dieses Tiefenproblem mit einer Nitrox-Mischung lösen. Außerdem wollten wir uns leise nähern. Wir wußten nicht, ob die Kollegen passive Hydrophone hatten. Dann hätten die Preßluftaggregate uns nämlich verraten. Wir wußten schließlich nichts über eventuelle Abwehreinrichtungen, und so mußten wir leise kommen.«

»Nun, das war eine brillant durchgeführte Operation, das muß ich zugeben«, sagte Jurij Tschiwartschew still. Ihm war nicht entgangen, mit welcher Unlust Carl über das Thema gesprochen hatte.

Sie beendeten ihre Mahlzeit schweigend, nickten einander dann entschlossen zu, erhoben sich und gingen zu dem wartenden Wagen auf dem leeren Parkplatz des Hotels Arktika.

Sie fuhren zuerst in Richtung Kola, der ursprünglichen Siedlung unten an der Spitze des Fjords, bis sie in Richtung Ziel nach Norden abbogen, denn es lag auf der anderen Seite des Fjords, der Stadt gegenüber. Die Straßen waren vereist, doch der große schwere Wagen kam mühelos voran. Unterwegs sprachen sie fast nichts, da sie unausweichlich immer mehr in das Spannungsfeld der bevorstehenden Operation hineingezogen wurden.

Die Anlage befand sich am Strand des Fjords, war hell erleuchtet und von hohen Stacheldrahtzäunen umgeben. Sie kamen zu einer

Straßensperre mit Marinesoldaten und zwei Offizieren, die sich hundert Meter vor dem Haupteingang befand, stiegen aus und informierten sich über die Lage. Auf dem Gelände wurde noch gearbeitet, und unten am Wasser waren schätzungsweise zehn Mann beschäftigt. Hinzu kam natürlich noch die Mannschaft an Bord des Bergungsschiffs draußen im Fjord, doch das war nur Personal der Marine. Während der letzten Stunde hatten fünf oder sechs Mann das Gelände verlassen. Man hatte sie geschnappt und zum Hauptquartier auf der anderen Seite gebracht. Sie saßen nun in sicherer Verwahrung.

Das Büro der Bande oben im zweiten Stock eines ungestrichenen grauen Holzgebäudes war besetzt, aber man konnte nicht sagen, wie viele Menschen sich darin aufhielten. Der Mercedes des Chefs stand jedoch auf seinem gewohnten Parkplatz. Er mußte also da sein. Das Gelände war umstellt, und es würde niemandem gelingen, sich aus dem Staub zu machen.

Carl lieh sich ein Fernglas und betrachtete das Ziel eine Zeitlang. Außen führte eine Holztreppe zu dem obersten, erleuchteten Teil des Bürogebäudes. Hinter einer Tür da oben befand sich also das Herz der Organisation. Außerdem ihr Gehirn.

»Ich habe einen Vorschlag«, sagte er, als er das Fernglas absetzte und sich zu Jurij Tschiwartschew umdrehte. »Du und ich gehen allein hinein. An der Wache vorbei, dann diese Treppe hinauf und rein zu Mr. Hawkins. Wenn wir die Tür öffnen und hineingehen, schlagen die anderen mit der ganzen Mannschaft zu.«

»Willst du einen solchen Schlamassel anrichten, daß man uns als Geiseln nehmen kann?« fragte Jurij Tschiwartschew übellaunig.

»Sei nicht kindisch, Jurij. Wir haben es mit einem professionellen Gegner zu tun und nicht mit irgendwelchen elenden Terroristen. Wenn du willst, kann ich Waffen mitnehmen.«

»Das wäre mir wirklich lieber.«

Carl seufzte und zeigte auf einen automatischen Karabiner. Man reichte ihn ihm, und er kontrollierte mit geübten Griffen, daß er geladen und gesichert war. Dann hängte er sich die Waffe um die Schulter und machte eine auffordernde Handbewegung zu Jurij Tschiwartschew. Dieser sollte als erster an den Wachposten des Unternehmens vorbeigehen.

Jurij Tschiwartschew schnarrte auf Carls Vorschlag hin einen Befehl herunter, zuckte dann die Achseln und ging mit schnellen und entschlossenen Schritten auf den Wachposten zu, während Carl schräg hinter ihm ging.

Sie gingen direkt durch die Absperrung, ohne daß jemand Miene machte, sie aufzuhalten. Dazu waren ihre Uniformen in dieser Marinestadt allzu imponierend.

Die Holztreppe knarrte unter ihrem Gewicht, als sie hinaufgingen. Direkt vor der Tür blieben sie kurz stehen, während Carl seine Waffe entsicherte und sich umsah. Dann öffnete er die Tür und ging mit vorgehaltener Waffe schnell ins Zimmer. Jurij Tschiwartschew folgte ihm.

Sie hatten ein in allem westliches Büro betreten, was man allein nach dem Äußeren nie hätte erwarten können. Zwei Sekretärinnen saßen an je einem Bildschirm, und eine von ihnen sagte, sie müßten sich einen Termin geben lassen. Erst dann bemerkte sie die Waffe in Carls Händen.

Carl lächelte über die Szene. Er legte den Finger an den Mund, um die beiden Damen zum Schweigen aufzufordern, und ging schnell durch den Raum, vorbei an einigen großen grünen Pflanzen und einem amerikanischen Wasserautomaten. Dann riß er die Tür zum Chefzimmer auf.

Mike Hawkins saß in Hemdsärmeln an einem großen schwarzen Schreibtisch, anscheinend tief in irgendwelche Papiere versunken. Sonst befand sich niemand im Raum.

»Guten Tag, Mr. Hawkins. Erlauben Sie mir, uns vorzustellen, mein Name ist Hamilton, Flottillenadmiral beim militärischen Nachrichtendienst Schwedens, und dies ist Generalleutnant Jurij Tschiwartschew vom GRU.«

Mike Hawkins sagte nichts. Er lehnte sich in seinem großen ledernen Bürosessel zurück und faltete die Hände im Nacken. Gleichzeitig war von draußen zunehmender Lärm zu hören. Es waren die Männer des Spezialkommandos, die das Gelände besetzten.

»Daß Sie unter Arrest stehen, dürfte Ihnen wohl klar sein«, fuhr Carl fort, »aber Sie haben nicht das Recht zu schweigen, auch nicht das Recht auf einen Anwalt und im Augenblick überhaupt nicht sehr viele Rechte.«

Mike Hawkins streckte die Hand demonstrativ langsam nach einem Zigarrenetui aus, und zu Jurij Tschiwartschews Erstaunen machte Carl keinerlei Anstalten, ihn zu stoppen, sondern richtete nur die Waffe auf den Schreibtisch.

»Sie kommen spät. Ich habe Sie schon gestern erwartet«, sagte Mike Hawkins und zündete langsam eine große Zigarre an. Carl ließ ihn immer noch gewähren. Er wollte seinen Feind noch studieren, bevor er begann, die Dinge in die Hand zu nehmen.

»Es kann keine angenehme Wartezeit gewesen sein«, sagte Carl, sicherte seine Waffe und legte sie auf einen Besuchersessel, der mit dem gleichen grauen Leder bezogen war wie der Chefstuhl. Dann drehte er dem Gefangenen den Rücken zu und machte einen neugierigen kleinen Rundgang durch das Zimmer. Er blieb am Fenster stehen und betrachtete das Schauspiel da draußen. Das gesamte Gelände war jetzt in grelles Scheinwerferlicht getaucht, und Gefangene wurden unter lautstarken Kommandorufen hin und her geschleift.

Carl drehte sich demonstrativ langsam um und forderte seinen Begleiter mit einer einladenden Handbewegung auf, sich in einen freien Besuchersessel zu setzen. Während Jurij Tschiwartschew in die weichen Polster sank, ging Carl ein paar Schritte auf Mike Hawkins zu und hob fragend die Augenbrauen.

»Aber trotzdem sitzen Sie in aller Seelenruhe hier, Mr. Hawkins?« fragte er fast amüsiert.

»Ja, was zum Teufel hast du denn erwartet? Daß ich von hier wegschwimme? Etwas anderes wäre doch gar nicht möglich gewesen.«

»Nein, natürlich nicht«, bestätigte Carl und ging zu einer Bücherwand, die er mit einem in diesem Zusammenhang unbegreiflich großen Interesse studierte.

»Erst verraten Sie Ihre Mitarbeiter, dann lassen Sie diverse Zeugen ermorden und sitzen trotzdem noch hier, Mr. Hawkins. Ist das offen gestanden nicht ein bißchen dumm?« fragte Carl. Der Tonfall ließ erkennen, daß er das Tempo jetzt zu steigern gedachte.

»Na ja«, erwiderte Mike Hawkins und paffte genüßlich an seiner Zigarre. »Alles ist eine Frage des Timings, und ich muß schon zugeben, daß ich mich da ein bißchen verrechnet habe.«

»Ja, ein bißchen sehr«, sagte Carl mit plötzlich schneidender Schärfe in der Stimme. »Richard Steven Emerson III., erinnern Sie sich an ihn?«

»Sehr gut. Er ist ein enger Freund von mir, aber ich weiß nicht, wo er jetzt ist«, erwiderte Mike Hawkins kalt.

»Ich glaube schon, daß Sie das wissen, Mr. Hawkins. Bevor ich ihn tötete, habe ich ihn davon überzeugt, daß er wohl von einem Kumpel verraten worden war, der gar kein Kumpel gewesen sein kann. Er nannte Ihren Namen, was im Hinblick auf die Umstände nicht mehr als recht und billig war. Oder was meinen Sie selbst, Mr. Hawkins?«

Erst jetzt nahm Carl ein erstes Anzeichen von Unsicherheit im Gesicht des Mannes wahr. Er betrachtete ihn sorgfältig und nahm sich vor, eine Zeitlang nichts zu sagen. Mike Hawkins war schon über sechzig, aber von athletischem Körperbau und offensichtlich durchtrainiert. Sein Gesicht schien von Wind und Wetter gegerbt zu sein, und sein Haar war gleichmäßig grau und kurzgeschnitten.

»Dick schien ein anständiger Kerl zu sein, ein Gentleman aus Kentucky, und ihn haben Sie zu einem Auftrag losgeschickt, von dem Sie wußten, daß er ihn nicht lebend überstehen würde. Behandelt man so seine Freunde, Mr. Hawkins?«

Mike Hawkins antwortete nicht, sondern zuckte nur die Achseln. Es hatte den Anschein, als wartete er ab, als wollte er mehr vom Blatt des Gegners sehen, bevor er eine eigene Karte ausspielte. Carl war inzwischen überzeugt, daß Mike Hawkins tatsächlich der Meinung war, etwas vorbringen zu können. Sonst müßte er von übermenschlicher Kälte sein.

»Ich könnte mir vorstellen, daß Dick und Kolja und die anderen Sie in diesem Augenblick sehr streng und kritisch aus ihrem Himmel betrachten, Mr. Hawkins. War es möglicherweise Ihre Idee, sie nach ihrem Tod auslöschen zu lassen? Das war eine ziemlich unangenehme Aufgabe, muß ich Ihnen sagen, und ich habe eine ziemliche Wut auf den Mann, der diese Idee ausgeheckt hat. Waren Sie das oder der Mann, der Ihnen so hohe Protektion bietet, Mr. Hawkins?« fragte Carl und zeigte zum ersten Mal sichtbare Anzeichen einer beherrschten Wut.

Mike Hawkins verzog den Mund nur zu einem Lächeln, sog an seiner Zigarre und betrachtete dann nachdenklich deren glühende Spitze. Carl stand mitten im Raum und fühlte sich einen kurzen Augenblick lang unsicher, bis er sich entschloß, die Taktik zu wechseln.

»Stehen Sie auf, Mr. Hawkins!« befahl er schließlich.

»Warum in aller Welt sollte ich das tun, wo wir uns gerade in einem Gespräch unter Kollegen befinden?« entgegnete Mike Hawkins kalt und blies eine große Rauchwolke in Richtung Carl.

»Sie unterschätzen meine Rachsucht und meine Bosheit, Mr. Hawkins. Tun Sie, was ich sage. Machen Sie die Zigarre aus und stellen Sie sich hin, sonst werde ich Ihnen sehr weh tun«, erwiderte Carl übertrieben langsam, als wollte er jedes Wort betonen. Er war fest entschlossen, die Selbstsicherheit des anderen zu brechen.

Mike Hawkins verzog den Mund zu einem dünnen Lächeln, machte aber keinerlei Anstalten, Carls Anweisung zu befolgen.

Dieser ließ ihm unter gespanntem Schweigen fünf Sekunden Zeit. Dann ging er langsam zum Schreibtisch, beugte sich vor und schnappte die Zigarre, die er demonstrativ im Aschenbecher zerkrümelte.

»So«, sagte er mit einem übertrieben breiten Lächeln. »Schon ein bißchen besser. Und jetzt stehen wir auf und nehmen Haltung an!«

Mit weiterhin übertrieben kaltem Lächeln machte er vor Mike Hawkins' Gesicht eine Bewegung mit der einen Hand. Dieser sah nicht aus, als wollte er gehorchen, und erhielt dann einen Schlag in den Nacken.

Carl hatte ihn die Hand betrachten lassen, die vor seinem Gesicht gestikulierte, und so Spielraum für die zweite Hand bekommen. Er hatte nicht zugeschlagen, um den Mann zu verletzen, sondern wollte ihm nur einen Schock versetzen und ihn beleidigen.

Der Treffer hatte Mike Hawkins ein wenig zur Seite fallen lassen. Jetzt griff er sich mit einem Fluch in den Nacken und machte Anstalten, sich zu erheben; Carl war fast hoffnungsvoll auf das eingestellt, was jetzt kommen würde.

Als Mike Hawkins zu einem wilden Schwinger ausholte, fing Carl den Arm des Mannes mit hartem Griff auf. Dann wurde Hawkins durch sein eigenes Gewicht mit dem Arm gegen den Schreibtisch geklemmt, so daß es im Raum laut und deutlich knackte. Carl ließ erst los, als der Arm zu brechen drohte.

»Wie ich schon sagte, Mr. Hawkins«, sagte er sanft und trat schnell einen Schritt zurück, »Sie unterschätzen meine Bosheit. Stellen Sie sich jetzt hin. Machen Sie sich wegen des Arms keine Sorgen, er ist nicht gebrochen. Sie werden nur Beschwerden in den Gelenkbändern haben. Aber geben Sie mir eine Chance, nur eine kleine Chance ...«

Er drehte sich um und ging zu einem freien Stuhl, während er Hawkins mit dem Finger drohte wie eine Lehrerin ihren unartigen Schülern.

Mike Hawkins stand jetzt mit verbissenem Gesichtsausdruck vom Schreibtisch auf. Seine Grimasse hatte ebensoviel mit dem Schmerz zu tun, den er zu beherrschen versuchte, wie mit seinem zertrümmerten Selbstbewußtsein.

»Sie verstehen, Mr. Hawkins, ich verabscheue Sie nicht nur persönlich. Ich muß gestehen, daß mir auch Ihr Verhalten sehr mißfällt. Ich habe Ihretwegen sogar ein Dutzend Menschen getötet, Menschen, die Sie in Ihrem kleinen Spielchen einfach geopfert haben. Das gefällt mir nicht, und ich hoffe, Sie verstehen das. Können wir jetzt endlich zur Sache kommen?«

Carl machte eine ausholende Handbewegung und schlug die Beine übereinander.

»Okay«, grunzte Mike Hawkins aggressiv. »Du kannst mich zwar ärgern, du Arsch, aber töten könnt ihr mich nicht. Ich habe auf einem Konto in der Schweiz ein bißchen Geld, das ich im Alter zu genießen gedenke.«

»Das nenne ich optimistisch«, sagte Carl mit einem veränderten, fast heiteren Tonfall. »Aber Sie glauben doch wohl nicht, daß Ihr hoher Beschützer Ihnen jetzt helfen kann, auch wenn Sie inzwischen den Sankt-Georgs-Orden haben? Haben Sie den übrigens dafür bekommen, daß Sie Ihre Bande ans Messer geliefert haben?«

Mike Hawkins Kiefer mahlten vor unterdrückter Aggressivität, aber er antwortete nicht.

»Na na na, Mr. Hawkins. Was soll das? Es hat keinen Zweck, daß Sie sich jetzt bockbeinig anstellen oder leugnen. Es geht nämlich um Fragen, auf die wir schon die Antwort kennen oder zumindest in Erfahrung bringen können. Sie haben den Sankt-Georgs-Orden bekommen, weil Sie gesungen haben, nicht wahr?«

»Das ist deine Art, es auszudrücken, du Arsch. Boris ist der Meinung, ich hätte Rußland außerordentliche Dienste erwiesen. Ich würde mich an deiner Stelle sehr in acht nehmen.«

»Ihre Wortwahl gefällt mir nicht, Mr. Hawkins. Reizen Sie mich ruhig noch ein bißchen, dann tut es Ihnen plötzlich in einem anderen Körperteil weh. Im übrigen sollte jemand, der mal bei den Special Forces gewesen ist, besser Haltung annehmen können. Stehen Sie korrekt!«

Carl hatte den letzten Befehl mit voller Lautstärke gebrüllt, und wie erwartet reagierten die militärischen Reflexe des anderen sofort. Mike Hawkins richtete sich automatisch auf, bevor er es sich anders überlegen konnte.

»So, das ist schon besser, Oberst«, knurrte Carl. »Dann kommen wir direkt zu der großen Frage. Wie Sie verstehen, haben wir nur eine Frage. Alles andere ist uns im Moment gleichgültig. Eine einzige Frage.«

»Woher kennst du meinen Dienstrang?« fragte Mike Hawkins.

»Aber lieber *Oberstleutnant* Hawkins. Es muß Ihnen doch klar sein, daß Ihr Land uns jede nur denkbare Unterstützung zuteil werden läßt. In Washington hätte man bestimmt nichts dagegen, wenn wir aus Ihnen unauffällig und langsam Leim kochten. Ihre amerikanische Staatsbürgerschaft ist jetzt eher eine Belastung für Sie. Sind Sie bereit, sich die große Frage anzuhören?«

»Ich glaube, die kenne ich schon«, erwiderte Mike Hawkins, der jetzt ein anderes Verhalten an den Tag legte, als hätte er sich entschlossen, Carl nicht länger zu provozieren. Er wollte das Meer von Aggressivität nicht reizen, das er in Carls Blick ahnte. »Ich glaube, ich kenne sie.«

»Gut!« sagte Carl. »Dann legen wir los. Es ist Ihnen also gelungen, mit einer Multbeerenladung über Haparanda in Schweden Kernwaffen außer Landes zu schmuggeln. Sehr geschickt, das müssen wir zugeben. Doch jetzt zu der Frage: Wer hat die Ladung erhalten?«

»Warum sollte ich darauf antworten?«

»Weil Sie genau wissen, was ich jetzt sagen werde. Wer außer Ihnen sollte es denn wissen? Wir können es angenehm oder unangenehm gestalten. Wofür entscheiden Sie sich?«

»Das meine ich ja gerade. Solche Drohungen erschrecken Gooks und Russen. Du glaubst doch nicht im Ernst, daß ich auf so etwas reinfalle?«

»Mein Kompliment für Ihren Mut, Mr. Hawkins. Jetzt sind Sie jedenfalls noch mutig. Aber angesichts dessen, was ich Ihretwegen getan habe, müssen Sie doch verstehen, daß ich keine Sekunde zögern würde, mich mit glühenden Zangen über Sie herzumachen, um es mal poetisch auszudrücken. Sie wissen sehr wohl, was Sie erwartet. Nun?«

»Das würde dennoch nicht funktionieren, und wenn du der bist, für den ich dich halte, du mit deinen hübschen SEAL-Schwingen, solltest du auch wissen, warum es nicht funktionieren kann.«

»Nein, ganz und gar nicht, lassen Sie hören!« sagte Carl mit gespieltem Erstaunen und hob die Augenbrauen. In Wahrheit ahnte er schon, was Mike Hawkins jetzt sagen würde.

»Es ist doch so«, begann Mike Hawkins mit der Andeutung eines resignierten Lächelns. »Ihr wollt etwas kaufen, nämlich die Adresse. Und ich will auch etwas kaufen, nämlich eine komfortable Reise von hier zu meinem Leben, zu dem Bankkonto in der Schweiz, du weißt schon. Mit diesen beiden Dingen können wir ein Geschäft machen.«

»Dein Leben gegen das dokumentierte Wissen darum, wem du Kernwaffen verkauft hast?«

»Genau. *Korrekt,* wie wir hier oben sagen. Damit können wir ein Geschäft machen. Darf ich jetzt vielleicht um die Erlaubnis bitten, mich zu setzen?«

»Bitte sehr«, sagte Carl. Mike Hawkins setzte sich, jedoch ohne sich lässig zurückzulehnen. Jetzt schien er sich ganz auf sein Geschäft zu konzentrieren, auf die Karte, mit der er ganz offensichtlich sein Leben zu retten gedachte.

»Hier stimmt etwas nicht, Mr. Hawkins«, begann Carl und runzelte bekümmert die Stirn. »Korrigieren Sie mich, wenn ich mich irre, aber haben Sie sich etwa gedacht, wir könnten dieses Geschäft sozusagen ohne weiteres über den Ladentresen machen, damit sie sich anschließend einfach in die Schweiz absetzen können?«

»Nein, nicht ohne weiteres«, erwiderte Mike Hawkins ruhig. »Lassen sie uns unsere Handelsware noch einmal unter die Lupe nehmen. Mein Leben und freies Geleit für mich, Dinge, auf die ich größten Wert lege. Und andererseits ein sicheres Wissen für euch darum, wer irgendwo da draußen gerade auf einer Megatonne hockt, ein Wissen, das ihr bedeutend höher schätzt als mein Leben. Korrekt?«

»Korrekt!« erwiderte Carl. »Sie scheinen sich ja schon einige Gedanken über die denkbare Vereinbarung gemacht zu haben. Wie sieht Ihr Vorschlag aus?«

Mike Hawkins zeigte mit einer Handbewegung auf sein Zigarrenetui und blickte Carl fragend an. Darauf zündete sich der Amerikaner langsam eine neue Zigarre an und blies eine große Rauchwolke in den Raum, bevor er fortfuhr.

»Nun, etwa so«, begann er fast nachdenklich. »Bei einem solchen Geschäft, das beide Parteien für außerordentlich wünschenswert halten, besteht das Problem in der Frage des gegenseitigen Vertrauens, nicht wahr?«

»Korrekt«, erwiderte Carl mit einem amüsierten Seitenblick zu Jurij Tschiwartschew, der mit keiner Miene verriet, was er dachte.

»Nun, bei allem Respekt unter Kollegen, Ehrenworten unter Offizieren, schlimmstenfalls Schwüren auf Soldatenehre, und was man sich sonst noch denken könnte«, fuhr Mike Hawkins fort, bevor er eine Kunstpause machte, »finde ich es unangenehm, euch zu geben, was ihr haben wollt, solange ich mich noch immer in diesem Loch befinde. Wie schon gesagt, kann ich ja nicht einfach von hier wegschwimmen, vor allem in dieser Jahreszeit nicht.«

Er machte eine neue Pause, um zu sehen, ob man ihn etwas fragen würde. Doch Carl sagte nichts, sondern wartete nur mit einem Glitzern amüsierten Interesses in den Augen.

»Also«, fuhr Mike Hawkins fort, »müssen wir einerseits das Geschäft an einem Ort abwickeln, an dem ich sozusagen nicht schon im nächsten Augenblick zu Leim gekocht werde. Andererseits dürftet ihr mich kaum an einen solchen Ort bringen, bevor ihr wißt, daß ihr die Ware wirklich erhaltet. Korrekt?«

»Ja, das hört sich vernünftig an. Und jetzt zu Ihrem konkreten und offenbar schon längst formulierten Vorschlag«, sagte Carl ohne das mindeste Zeichen von Ungeduld, obwohl er innerlich vor Neugier vibrierte.

»Bringt mich nach Schweden. Dort könnt ihr mich unter kontrollierten Verhältnissen deprogrammieren. Ich kann euch nachprüfbare Angaben machen, so daß ihr am Ende wirklich wißt, daß ihr die Ware bekommen habt. Anschließend spaziere ich davon.«

»Ist das Ihr Vorschlag, Mr. Hawkins?« fragte Carl sichtlich amüsiert. »Und warum sollten Sie hinterher davonspazieren?«

»Hier in Murmansk kannst du mich ermorden, soviel du willst, ebenso dieser Gorilla von General, den du bei dir hast. Aber doch kaum auf dem eigenen Territorium mit schwedischer Justiz? Außerdem ist es euch doch scheißegal, ob ich zu Leim werde oder überlebe, ob es mir gutgeht oder ich nur erschossen werde. Ihr wollt nur die Adresse haben.«

»Gut!« sagte Carl und stand schnell auf. »Jetzt haben wir Ihren Vorschlag gehört. Bei passender Gelegenheit werden Sie in dieser oder jener Form eine Antwort erhalten.«

Er wechselte einen Blick mit Jurij Tschiwartschew. Dieser stand auf, ging zur Tür und ließ eine Gruppe von Marinesoldaten ein. Diese stürzten sich auf Mike Hawkins, legten ihm Hand- und Fußfesseln an und schleiften ihn sehr unsanft hinaus.

Carl blieb eine Weile still stehen, bis er sich mit einer fragenden Geste zu Jurij Tschiwartschew umwandte.

»Sehr gut«, murmelte Jurij Tschiwartschew nachdenklich. »Es war richtig, daß du diese Gespräche geführt hast. Auf Englisch dürfte es etwas eleganter gewesen sein, um es mal so zu umschreiben. Dieser Scheißkerl ist nicht ganz leicht zu knacken. Du glaubst nicht an einen Versuch?«

»Nein«, sagte Carl nach einigem Zögern, »das tue ich nicht. Wenn wir ihn foltern und mit verschiedenen Chemikalien vollpumpen, wird er sich bis zum letzten zur Wehr setzen. Dann gibt er uns falsche Informationen, die sich nur mit großem Zeitaufwand nachprüfen lassen. Er wird plappern, singen, was auch immer. Und unterdessen gefährden wir sozusagen das Material.«

»Ich habe mir sagen lassen, daß niemand widerstehen kann«, sagte Jurij Tschiwartschew nachdenklich. »Ich habe Spezialisten aus bestimmten Grobian-Abteilungen damit prahlen hören. Man hat mich bisher zwar mit Vorführungen dieser Art verschont, aber ist es nicht ehrlich gesagt schwierig oder so gut wie unmöglich, einer Folter auf Dauer zu widerstehen?«

»Nein«, entgegnete Carl und schüttelte energisch den Kopf. »Du würdest in seiner Lage widerstehen und ich auch. Es geht ja nicht darum, ein kleines Geheimnis zu verraten, es geht um sein Leben. Ehre und Prinzipientreue kannst du in einem solchen Keller brechen, aber Todesangst?«

»Mm«, murmelte Jurij Tschiwartschew grübelnd, »du hast vielleicht recht. Außerdem hat er in einem sehr vitalen Punkt in seinem perversen Gehirn vollkommen recht. Das, was er die Adresse nennt, ist für uns viel wichtiger als sein Wohlergehen oder gar sein Leben.«

»Eben«, bestätigte Carl düster. »Ich hasse den Gedanken, ihm einen Abschiedskuß zu geben und zu seinem Bankkonto laufen zu lassen. Aber alle, die in der Befehlskette über uns stehen, sogar wir beide, sind der Meinung, daß das immer noch besser ist, als am Ende ohne *die Adresse* dazustehen.«

»Na also!« sagte Jurij Tschiwartschew und atmete hörbar auf. »Dann sperren wir ihn ein und diskutieren mit unseren Vorgesetzten. Wir haben also einen gemeinsamen Vorschlag?«

»Ja«, sagte Carl. »Wir fliegen ihn in Schweden irgendwo in eine verlassene Wildnis, deprogrammieren ihn, und wenn das Ergebnis befriedigend ist, geben wir ihm einen Klaps auf die Wange und lassen ihn zu seinem Bankkonto *spazieren.«*

»Sofern kein Politiker dagegen ist.«

»Natürlich, aber das glaube ich nicht. Was glaubst du?«

Jurij Tschiwartschew schüttelte bekümmert den Kopf. Carl ahnte, worum es gehen konnte, wollte aber nicht fragen.

»Gehen wir. Was uns betrifft, ist die Arbeit hier beendet. Wahrscheinlich will die Einsatzgruppe jetzt diese Räume übernehmen«, sagte Jurij Tschiwartschew müde.

Carl nickte, nahm den automatischen Karabiner an sich und entnahm ihm die Patrone, die im Lauf steckte. Dann zog er das Magazin heraus und drückte die Patrone hinein. Er sicherte die Waffe, warf sie sich über die Schulter und folgte Jurij Tschiwartschew hinaus und die wackelige Holztreppe hinunter. Jetzt wehte ein eisiger Wind, und es waren sicher zehn bis fünfzehn Grad unter Null.

Carl gab die Waffe in dem kleinen Wachhäuschen zurück. Dann bestiegen sie ihren großen warmen Wagen, der jetzt das einzige zivile Fahrzeug in Sichtweite war. Einige militärische Kettenfahrzeuge fuhren gerade mit den letzten Gefangenen weg. Das Gelände war immer noch in grelles Licht getaucht, und in dem kalten Wind hatte sich ein Zug Soldaten aufgestellt, die auf neue Befehle warteten. Wahrscheinlich würden sie jetzt mit Hausdurchsuchungen beginnen.

Als sie am Fjord entlang nach Süden fuhren, saßen die beiden Männer stumm auf dem Rücksitz. Carl ging davon aus, daß Jurij Tschiwartschew eigene und vermutlich nicht sehr angenehme Kümmernisse hatte, die etwas mit hochgestellten Verbrechern im Staat zu tun hatten. Was ihn selbst betraf, würde der Job hier oben bald vorbei sein, und in ein paar Tagen mochte er wieder zu seinem schlechten privaten Gewissen zurückkehren, als wäre nichts anderes mehr wichtig; er hatte seine Tochter seit kurz vor Weihnachten nicht mehr gesehen.

»Lieber Kollege, was würdest du an meiner Stelle tun? Du weißt, wovon ich spreche«, sagte Jurij Tschiwartschew überraschend in die Dunkelheit des Wageninneren hinein.

Carl blickte in den heulenden Schneesturm hinaus, der mit jeder Minute stärker zu werden schien, und antwortete eine Zeitlang nicht. Jurij Tschiwartschew sprach ebenfalls kein Wort.

»Nun ja«, begann Carl, als er das Gefühl hatte, schon zu lange geschwiegen zu haben. »Was soll ich darauf schon antworten? Was meinst du? In meine Verantwortung fällt die Fortsetzung von Mr. Hawkins' Schmuggelexpedition: die Adresse, du weißt schon. Es könnte gutgehen, und anschließend dürften wohl die amerikanischen Bomber irgendwo aufsteigen. Aber dann haben wir noch dich und deine Sorgen. Und dazu soll ich eine Meinung haben?«

»Ja, bitte, unter uns Kollegen. Wir sprechen tatsächlich nicht nur von einem nationalen Problem, es ist auch ein internationales. Es ist die Frage, ob wir der Schlange den Kopf oder den Schwanz abgeschnitten haben.«

»Genau, den Kopf oder den Schwanz. Was mich betrifft, so glaube ich, daß wir die Schlange in der Mitte durchgeschnitten haben. Wir Schweden müssen ja immer Kompromisse schließen, wie du weißt. Aber folglich bleibt dann noch der Kopf übrig.«

»Ein paar Ansatzmöglichkeiten?«

»Ja, laß uns mal nachdenken. In Gorbatschows Nähe befand sich eine Quelle, die ihn mit absolut korrekten Angaben über die Schmuggelexpedition versehen hat. Gorbatschow behandelte seine Informationen auf eine sowohl kluge als auch, wie wir aus nachträglicher Sicht vielleicht sagen können, vorhersehbare Weise. Aus diesem Grund habe ich am anderen Ende des Systems Informationen erhalten, die den Schmugglern keine Chance ließ. Mike Hawkins hat für seine Tips einen Orden bekommen, glaubst du nicht auch?«

»Doch«, seufzte Jurij Tschiwartschew, »das ist auch mein Eindruck. Jemand in Moskau, in der Nähe Gorbatschows, hat auf Tips, Befehle oder Anweisungen von Mike Hawkins und dessen Helfershelfern gehandelt.«

»Bestenfalls also so ein kleiner beschissener Tschekisten-Oberst«, fühlte Carl vor.

»Und schlimmstenfalls Rußlands gegenwärtiger Präsident.«

»Das glaubst du doch nicht?«

»Nein, ich habe nur darauf hingewiesen, was der schlimmste Fall wäre, der ungefähr so wahrscheinlich ist wie dein bester. Aber wir scheinen uns ja zu verstehen. Was würdest du an meiner Stelle tun?«

»Es fällt mir schwer, mich als General des GRU vorzustellen. Das Ganze hängt ja daran, welche Befugnisse ein solcher General heute hat, und das kann ich mir nicht recht vorstellen.«

»Versuch's doch mal.«

»Ich würde versuchen, das Ende der Kette im Kreis um Jelzin in Moskau zu ermitteln und diese Leute unauffällig in einen geeigneten Keller bringen lassen. Wenn die Sowjetarmee noch das ist, was ich glaube, könntet ihr das sicher tun.«

Jurij Tschiwartschew drehte sich hastig um und sah Carl forschend an. Er sagte jedoch nichts, sondern lehnte sich nur mit einem Seufzer zurück, so daß sein Gesicht im Dunkel des Wageninneren verschwand.

Sie brauchten fünfundzwanzig Minuten, um in dem immer stärker tobenden Schneesturm zum Hotel Arktika zu kommen. Beide schienen tief in eigene Gedanken versunken zu sein und äußerten kein Wort, bis sie da waren und Carl aussteigen wollte.

»Danke, Genosse Spion, für einen sehr konstruktiven Arbeitstag. Wir sehen uns morgen früh. Dann kommt die letzte Etappe«, sagte Jurij Tschiwartschew und streckte zum Abschied die Hand aus.

Sie gaben sich die Hand. Carl stieg aus und lief durch den Schneesturm zum Hoteleingang, in dem die Türen im Wind schlugen. Ein paar blaugefrorene Teenager in kurzen Röcken schafften es gerade noch, sich vor Carl in die große, kalte Halle mit ihrem rauhen Granitfußboden zu zwängen.

Carl ging auf sein Zimmer, zog die Uniform aus und hängte sie in einem der Kleiderschränke ordentlich auf. Dann absolvierte er etwa eine Stunde lang sein gewohntes Trainingsprogramm für Hotelzimmer, duschte, vor Schweiß dampfend, unter dem dünnen eiskalten Wasserstrahl und zog sich einen Bademantel an. Er nahm sich sein russisches Sprachprogramm vor, schaltete das Tonbandgerät ein und murmelte bis lange nach Mitternacht russische Vokabeln und Redewendungen. Er war fest davon überzeugt, daß Rußland bis ans Ende seines Lebens sein hauptsächliches Arbeitsgebiet als Spion und politischer Berater bleiben würde.

Rune Janssons Arbeitstag war noch nicht beendet. Wie überall in der Welt wurde auch in Rußland das Spiel gespielt, daß ein Beamter den netten Polizisten verkörpert und ein anderer den bösen. Rune Janssons Rolle war selbstverständlich die des netten Polizisten. Es ging darum, dem Mann, der sich Alexandrow nannte, ein entscheidendes Geständnis zu entlocken. Die Russen nahmen ihn sich jetzt noch einmal vor, und zwar zu der letzten Runde des Tages, wie sie sagten. Wenn er erschöpft und blau geprügelt war, würde Rune Jansson seinen letzten Auftritt als der nette Schwede absolvieren.

Er vertrieb sich die Zeit, indem er draußen in einem Korridor mit einem Hauptmann Schach spielte, der ihn in jeder Partie sehr schnell und erbarmungslos schlug. Rune Jansson war kein besonders guter Schachspieler. Das hatte er sich auch nie eingebildet. Aber der Hauptmann mit dem mongolischen Aussehen und dem unaussprechlichen Namen behandelte ihn am Schachbrett wie ein Kind und trieb jedes Spiel mit einer Art pädagogischem Eifer bis zum Schachmatt. Danach stellte er plötzlich die Figuren um, so wie sie vor zehn oder fünfzehn Zügen gestanden hatten. Es geschah schnell und ohne jedes Zögern, als hätte er ein fotografisches Gedächtnis. Mit einem Strom von Worten erklärte er, wo das Spiel für Rune Jansson auf entscheidende Weise schiefgegangen war. Er demonstrierte, mit welchem Zug Rune Jansson schon verloren hatte, und was er statt dessen hätte tun sollen. Von Zeit zu Zeit holten sie sich warmes Wasser von einem Samowar draußen im Korridor und gossen es über ihre großen, viereckigen Teebeutel.

Als der Vernehmer endlich aus der Verhörabteilung unten im Haus nach oben kam, ließ Rune Jansson einen verhaltenen Seufzer der Erleichterung hören. Er war zwar kein prestigesüchtiger Mensch, hatte es aber allmählich doch satt, ständig Prügel zu beziehen.

Sie begaben sich gehetzt und irritiert in einen Konferenzraum und riefen den Dolmetscher herein. Dieser wurde kurz ins Bild gesetzt, worauf er Rune Jansson wortreich erklärte, das Objekt leugne weiterhin beharrlich, obwohl es genügend Beweise gebe, um den Mann auch so verurteilen zu lassen, egal, was er sage. Man werde aus diesem Scheißkerl nicht recht schlau. Vielleicht gehe es ihm nur um seine männliche Würde oder so etwas. Einmal Tschekist, immer Tschekist, und ein Tschekist solle Leute bei einem Verhör nicht nur brechen können, sondern selbst auch jedem Verhör widerstehen. Etwas in der Richtung, also etwas völlig Irrationales. Prügel seien übrigens auch nicht hilfreich. Er habe danach nur gelallt, und insofern seien diese Mittel nicht zu empfehlen, sofern der Herr Kommissar es nicht für notwendig halte.

Rune Jansson wandte sanft ein, er sei als schwedischer Polizeibeamter in einem dienstlichen Auftrag hier, und das bedeute, daß er auch hier in Murmansk aufgrund seiner polizeilichen Anweisungen handle. Er habe jedoch nichts dagegen, sich den Mann noch einmal vorzunehmen.

Sie lachten, wünschten ihm eine gute Nacht und viel Glück. Zum sichtlichen Mißvergnügen des Dolmetschers sollte der Mann also jetzt noch einmal in die Mangel genommen werden.

Eigentlich, dachte Rune Jansson, liegt wohl auch das an der Grenze dessen, was man sich erlauben darf. Diese langgezogenen und quälenden Verhöre behagen mir nicht. Nun, ich selbst bin nicht für die Qualen verantwortlich. Ich bin immerhin nur die bekannte Figur, der nette Herr Polizist, der wie eine gute Fee auf den bösen Polizisten folgt.

Der Verdächtige befand sich in einem miserablen Zustand. Er blutete am Mund an mehreren Stellen und troff vor Wasser. Man hatte ihn offenbar von Zeit zu Zeit mit Wasser übergossen, schlimmstenfalls, um ihn wieder ins Bewußtsein zurückzuholen.

»Ich möchte etwas fragen«, begann Rune Jansson auf schwedisch und beschäftigte sich kurz mit seinem Tonbandgerät, bevor er fortfuhr. »Wie ich sehe, haben Sie in Schweden gearbeitet. Dann sprechen Sie vielleicht Schwedisch?«

Der Mann sah plötzlich hoch. Sein eines Auge war zugeschwollen, aber Rune Jansson erkannte, daß er verstanden hatte.

»Ich meine, es ist schon spät geworden, und wir können viel Zeit damit gewinnen, wenn wir ohne Dolmetscher arbeiten. Ich glaube, wir könnten beide etwas Schlaf gut gebrauchen.«

»Na schön, wenn es einen Unterschied macht, können wir Schwedisch sprechen«, erwiderte der mißhandelte Mann plötzlich mit einem Akzent, der sich eher finnisch als russisch anhörte.

»Sehr gut«, sagte Rune Jansson und sah auf die Uhr. Er sprach Zeit und Ort für die Fortsetzung der Vernehmung aufs Band und gab dem Dolmetscher ein Zeichen, er solle sich drüben an der Tür hinsetzen. Dann dachte er kurz nach, bevor er fortfuhr.

»In Schweden sind wir bei solchen Anlässen nicht so förmlich. Wir reden uns meist mit dem Vornamen an. Hast du etwas dagegen, daß wir es so machen?«

Der geprügelte Häftling schnitt eine Grimasse, die sich möglicherweise als ein Lächeln deuten ließ.

»Nein«, erwiderte er. »Ich heiße ... du kannst mich Mischa nennen.«

»Gut. Ich heiße Rune, wie du weißt. Nun, ich habe mir gedacht, daß wir diese Sache irgendwie zum Abschluß bringen müssen. Es wird langweilig, wenn du nur dasitzt und leugnest. Du verstehst hoffentlich, daß mir die Methoden meiner russischen Kollegen nicht gefallen. Wenn ich es richtig sehe, leugnest du immer noch alles?«

»Ja. Es macht doch sowieso keinen Unterschied. Du brauchst dich bei mir nicht dumm zu stellen, Rune. Sie werden mich erschießen, wenn ich gestehe, aber wenn ich nicht gestehe, knallen sie mich auch ab. Wozu dann noch gestehen?«

Der Gefangene machte eine Geste der Hoffnungslosigkeit, hielt aber mitten in der Bewegung inne, weil es zu sehr schmerzte.

Rune Jansson schwieg eine Zeitlang. Die ganze Situation hatte etwas alptraumhaft Unwahrscheinliches an sich. Hier sitze ich, dachte er, irgendwo in dieser polaren Hölle in einem feuchten kleinen Kellerraum mit abblätternder Farbe an den Wänden, und verhöre einen Menschen, der in regelmäßigen Abständen gefoltert wird. Und das im Dienst als schwedischer Polizeibeamter. Die Szene war jedoch genauso brutal greifbar wie unwahrscheinlich.

»Hör mal, ich möchte dir etwas erzählen«, begann er freundlich. »Man hat dich inzwischen wohl bis zum Überdruß darüber aufgeklärt, daß Matti mir alles gestanden hat. Ich glaube, ich sollte dir auch erzählen, warum.«

»Ich glaube nicht, daß Matti was gestanden hat. Warum sollte er das tun?« murmelte der mißhandelte Häftling ohne jedes Selbstvertrauen. Ihm war schon klar, daß sein Mittäter gestanden hatte, doch er konnte nicht begreifen, warum.

»O doch, Mischa«, fuhr Rune Jansson fast demonstrativ freundlich fort. »Dir ist schon klar, daß er gestanden hat. Wir wissen immerhin über alles Bescheid, was in Haparanda passiert ist. Wir wissen, daß ihr auf dem Weg nach Örebro über Östersund gefahren seid und unterwegs übrigens an einer BP-Tankstelle mit der Kreditkarte der Speditionsfirma getankt habt. Was ein Fehler gewesen sein dürfte, doch das nur unter uns gesagt. Und so weiter und so weiter. Die Leute aus Örebro haben euch außerdem auf Fotos identifiziert, die wir per Telefoto nach Schweden geschickt haben. Was dich betrifft, ist die Sache also gelaufen, wie man so sagt.«

»Ja, das glaube ich auch. Die Sache ist gelaufen. Warum dann noch weiterquatschen?«

»Genau darauf wollte ich jetzt kommen, also zu der Erklärung, warum Matti mir plötzlich alles erzählt hat, ohne daß ich ihm auch nur ein Haar gekrümmt habe. Bei der schwedischen Polizei arbeiten wir übrigens nicht so. Wie auch immer: Es sieht wie folgt aus. Matti ist finnischer Staatsbürger und hat in Schweden ein Verbrechen begangen. Wir werden die Auslieferung verlangen, und dann wird er in Schweden abgeurteilt. Verstehst du die Pointe?«

Der Mann, der Mischa genannt werden wollte, richtete sich plötzlich auf. Es war ihm anzumerken, daß er mit einem Mal interessierter war, als er zeigen wollte.

»Wie wird die Strafe in Schweden?« fragte er heiser.

»Genau, Mischa, du hast es kapiert. Die Strafe wird eine sogenannte lebenslängliche Freiheitsstrafe, was in der Praxis etwas zwischen sieben und zehn Jahren bedeutet. Aus diesem Grund hat Matti dem Gericht in Murmansk ein schwedisches Gericht vorgezogen.«

»Matti kommt mit dem Leben davon«, stellte Mischa mit einem fast röchelnden, schweren Ausatmen fest. »Ja, ich verstehe. Aber ich bin kein Finne.«

»Nein, Mischa, du bist Russe. Aber jetzt ist es so: Da wir Matti in Schweden wegen eines Verbrechens verurteilen können, das er dort begangen hat, dürfte der Prozeß etwas unvollständig sein, wenn man nicht beide mutmaßlichen Täter vor Gericht stellen kann. Das gleiche dürfte übrigens für ein Gericht hier in Rußland gelten. Du sitzt hier und gibst Matti die Schuld, und er sitzt in Schweden und gibt dir die Schuld. Verstehst du?«

»Hier spielt das keine Rolle«, stellte Mischa übellaunig fest und schüttelte den Kopf. Seine Miene ließ erkennen, daß er Rune Jansson für naiver hielt, als ein Mensch sein durfte.

»Gut, möglicherweise hast du da recht«, fuhr Rune Jansson leise fort. »Aber für die schwedische Justiz wäre es nicht korrekt, wenn nur einer der mutmaßlichen Täter zur Verfügung steht. Ich denke, wir wollen beide haben, und selbst wenn Rußland nicht verpflichtet ist, eigene Staatsbürger an uns auszuliefern, vermag ich nicht zu sehen, daß es in diesem Fall unmöglich sein sollte. Warum soll Rußland unserer Forderung nicht entsprechen?«

Mischa schien intensiv nachzudenken. Es war deutlich zu erkennen, daß Rune Jansson das erreicht hatte, was er bezwecken wollte. In dem Mann zeigte sich ein Fünkchen Hoffnung.

»Warum muß ich gestehen, um ausgeliefert zu werden?« fragte er nach einer Weile.

»Das ist gar nicht so seltsam, wie es den Anschein hat«, sagte Rune Jansson beinahe munter. »Ich muß nämlich nachweisen können, daß es einen Grund dafür gibt, deine Auslieferung zu verlangen. Ein vager Verdacht genügt da nicht. Ich brauche Beweise, und zwar hier auf dem Tonband.«

»Wenn ich mich selbst also richtig reinreite, kann ich nach Schweden und lebenslänglich kriegen, und das sind sieben Jahre.«

»Nun ja, schlimmstenfalls vielleicht zehn Jahre, wenn es um ein solches Verbrechen geht wie hier. Aber sonst ist es richtig.«

»Was muß ich tun?«

Die Frage hörte sich endgültig an. Der Mann hatte aufgegeben und griff nach dem letzten Strohhalm. Rune Jansson schlechtes Gewissen meldete sich mit einem kurzen Stich. Da gab es eine Information, die er dem Mann vorenthalten hatte, eine nicht ganz unwichtige Information. Falls es tatsächlich so kam, daß Mischa seine Strafe in Schweden absitzen konnte, würde man ihn anschließend ohne Zweifel an Rußland ausliefern. Nach schwedischem Recht als einen Mann, der sein Verbrechen gesühnt hatte, aber was das russische Recht in einem solchen Fall vorschrieb, konnte kein Mensch wissen, denn bis dahin waren es noch zehn Jahre.

Rune Jansson tröstete sich damit, daß es aus Mischas Sicht trotzdem eine reale Chance war. Alles mußte schließlich besser sein, als nach einem vermutlich recht summarischen Strafprozeß einfach erschossen zu werden.

»Jaa«, begann Rune Jansson nachdenklich. »Du mußt mir erzählen, was passiert ist, von Anfang bis Ende. Wenn du die Wahrheit sagst, kann ich es gleich erkennen, weil ich es mit dem vergleichen kann, was wir schon wissen, und mit dem, was Matti gestanden hat. Daraus ergibt sich, daß ich auch merke, wenn du lügst. Aber das wäre für dich vollkommen witzlos. Entweder du versuchst jetzt, alles zu gestehen, oder die russische Justiz hat das letzte Wort und nur sie, wie sehr du auch leugnest. So ist die Lage.«

Rune Jansson war der Meinung, überdeutlich gewesen zu sein. Außerdem war ihm der Gedanke unangenehm, daß von dem Band eine Abschrift hergestellt und zu den Gerichtsakten gelegt werden sollte. Selbst wenn es Rune Jansson mit einiger Mühe gelingen konnte zu betonen, daß er nur den Sachverhalt wiedergegeben habe, konnte ein böswilliger oder kritischer Leser sehr wohl behaupten, daß er sein Verhör unter Drohungen geführt habe. Mischa würde ja einen schwedischen Anwalt bekommen. Es galt also, das Verhör so detailliert wie nur möglich zu gestalten und Mischa dazu zu bringen, sich rettungslos zu verheddern, da dies für beide die einzige Hilfe war.

»Nun«, sagte Mischa mit einem Anflug von Ungeduld. »Du sagst nichts. Was machen wir jetzt?«

»Wieso? Ich habe auf dich gewartet. Du hast jetzt den Ball. Aber schön, fangen wir von vorn an.«

»Ja. Am Anfang. Du fragst, ich antworte.«

»Gut. Dann möchte ich dich zunächst fragen, warum du einen schwedischen LKW-Fahrer namens Lasse Holma ermordet hast. Warum? Und auf wessen Anweisung?«

Der Mann, der Mischa genannt werden wollte, holte tief Luft. Dann begann er zu erzählen.

Nach eineinhalb Stunden war Rune Jansson der Meinung, daß die Sache klar war. Das Geständnis war wasserdicht, da es durch sehr viele tatsächliche Umstände gestützt wurde, die entweder bekannt waren, sich nachprüfen ließen oder schlimmstenfalls nur sehr wahrscheinlich waren. Insoweit war alles in Ordnung.

Der Bericht enthielt jedoch auch zahlreiche Angaben, die Rune Jansson sich nicht einmal in seiner wildesten Phantasie hatte vorstellen können und von denen er nicht einen Augenblick glaubte, sie könnten vor einem schwedischen Gericht öffentlich gemacht werden. Nirgends. Am Ende war er also doch unrettbar in das hereingezogen worden, womit er nichts zu schaffen haben wollte, in das, womit sich Hamilton und dieser General beschäftigten, in die Dinge, die für die normale menschliche Gerechtigkeit zu groß waren.

»Diese Computer sind recht bemerkenswerte Dinger«, sagte Jurij Tschiwartschew und breitete die Arme aus. »Ich selbst begreife kein bißchen, sehe aber ein, daß wir ohne sie nicht mehr leben können. Ohne solche kleinen Genies auch nicht, übrigens.«

Damit klopfte er seinem untergebenen EDV-Spezialisten scherzhaft auf die Schulter.

»Wie sieht es bei dir aus, Carl, verstehst du dich auf diese Dinge?«

Jurij Tschiwartschew zeigte auf die tragbare IBM-Ausrüstung im Zimmer, und Carl glaubte zunächst, der General wollte ihn auf den Arm nehmen, und versuchte es ebenfalls mit einem Scherz.

»Na ja«, sagte er, »wir haben ja auch solche jungen Genies mit Brille, die sich um diese Apparate kümmern. Ich selbst tauge nicht zu so was. Ich laufe meist in der Gegend herum, um Leute umzubringen.«

»Jaja«, seufzte Jurij Tschiwartschew, »wenn du sozusagen ein richtiger Seemann gewesen wärst, wäre das natürlich etwas anderes gewesen. Ich meine, wenn du Schiffskommandant gewesen wärst, der sich mit allen Waffensystemen und all diesen Dingen auskennt, du weißt schon.«

Carl ging plötzlich auf, daß Jurij Tschiwartschew vielleicht gar keine Ahnung davon hatte, daß Carl vermutlich dreimal soviel über Computer wußte wie der junge, aus Moskau angereiste Spezialist, daß Carl einen MA in elektronischer Datenverarbeitung von der University of California in San Diego hatte, all das, was eigentlich zu Jurij Tschiwartschews Hintergrundwissen hätte gehören müssen, als sie früher ernsthafte Feinde gewesen waren.

Der nächste Gedanke, der ihm durch den Kopf schoß, war schon beunruhigender. Sie sollten das heutige Verhör vorbereiten und mußten dazu einige allgemeine Informationen über einen gewissen Kapitän zur See Alexej Mordawin und dessen Verwandtschaft einholen. Außerdem, wenn möglich, etwas über Major Boris Petrowitsch Barabanow, der immer noch im Keller saß, ohne bislang verhört worden zu sein.

Der junge Informatiker schaltete seine Systeme ein, und Jurij Tschiwartschew nannte ihm seine Wünsche und erklärte, wo man etwas erfahren könne.

Carl spürte, wie sein Puls schneller wurde, als ihm aufging, was für einer Versuchung er jetzt ausgesetzt war. Er merkte sich die Zugangscodes, die vermutlich etwas mit Jurij Tschiwartschew und dessen Auftrag zu tun hatten, sah, wie ein komplettes Menü auftauchte und der EDV-Mann sich nach Jurij Tschiwartschews verschiedenen Wünschen erkundigte. Dann arbeitete er mit erstaunlicher Schnelligkeit, wie Carl sich eingestehen mußte, an den amerikanischen Geräten.

Die Informationen wurden natürlich über eine geschützte Telefonleitung aus Moskau eingeholt. Aber mit den Telefonen in diesem Raum, einer Direktverbindung nach Stockholm und zehn ungestörten Minuten würde Carl unter dem Namen seines Freundes mindestens all das nach Hause übermitteln können, was in der Zeit der gemeinsamen Arbeit hier oben abgefragt worden war. Wenn er frech vorging, würde er noch mehr stehlen können.

Er notierte all das fast nebenbei wie zum Scherz, während er mit Jurij Tschiwartschew die Auskünfte überflog, die jetzt hereinströmten. Sie betrafen nicht nur die Familie Mordawin, sondern auch einen inzwischen wohl höchst besorgten ehemaligen KGB-Major unten im Keller.

Die eingehenden Informationen enthielten nichts sonderlich Überraschendes. Mordawin war von der Sowjetflotte mit den besten Zeugnissen und Beurteilungen bedacht worden und ausschließlich aufgrund seiner Meriten zum Kapitän zur See befördert worden. In seinem Hintergrund fanden sich keinerlei eigenartige Verwandtschaftsbeziehungen oder Parteiverdienste, die seine jüngste Ernennung hätten begründen können. Sein Bruder war ebenfalls bei der Marine Offizier, diente in der Schwarzmeerflotte und war Navigationsoffizier auf einem Raketenkreuzer. Dieser hatte zu dem Kontingent gehört, das in einer Nacht-und-Nebel-Aktion von der Basis in Sewastopol verschwunden war, um sich mit der russischen Flotte zu vereinigen, oder wie man die ehemalige Sowjetflotte nennen sollte. Diese Ukrainer hatten sich ja eine Zeitlang eingebildet, nicht nur die Krim zu besitzen, sondern auch die Teile der Sowjetflotte, die dort beheimatet waren.

Der Sohn des Bruders, Kolja, war siebenundzwanzig Jahre alt und arbeitete, wie es hieß, auf einem in Murmansk beheimateten Trawler, was er vermutlich getan hatte, bevor er sich bei Mike Hawkins verdingte und Kernwaffen schmuggelte, um dabei einige Dutzend Kilometer von der finnisch-russischen Grenze entfernt von Schweden getötet zu werden.

Boris Petrowitsch Barabanow wurde nur als KGB-Offizier der Station in Murmansk geführt.

Sie ließen die eingegangenen Informationen ausdrucken und blätterten eine Zeitlang in den Papieren.

»Es gibt also zwei Witwen, mit denen wir sprechen müssen«, stellte Jurij Tschiwartschew fest. »Die Dozentin Jelena Mordawina und die im Augenblick arbeitslose Olga Mordawina, früher Arbeiterin in einer Konservenfabrik. Und dann ist da natürlich noch unser Freund Barabanow. Wie würdest du hier die Prioritäten setzen?«

Carl überlegte erstaunlich lange, bevor er antwortete. Das lag daran, daß er über anderes nachgrübelte als über die einfache Reihenfolge bestimmter Verhöre.

»Wir machen es so«, sagte er schließlich. »Die junge Olga weiß nicht, daß sie Witwe ist. Ich könnte mir vorstellen, daß sie über das Leben und Treiben ihres siebenundzwanzigjährigen Mannes in der jüngsten Zeit nicht viel mehr weiß als wir. Diese Dozentin hingegen ... Wofür ist sie übrigens Dozentin?«

»Allgemeine Chirurgie.«

»Das hört sich schon interessanter an. Ich meine, es kann sein, daß sie mehr über die Vorhaben ihres Mannes weiß als dieses junge Mädchen, das in der Konservenfabrik gearbeitet hat. Ich würde vorschlagen, daß wir das junge Mädchen herholen und sie in den Keller bringen. Dann mußt du mal runtergehen und dich ihr als wütendes hohes Tier präsentieren und ihr Angst einjagen. Aber anschließend, glaube ich, sollten wir gemeinsam einen Hausbesuch bei der Dozentin machen.«

»Mm«, murmelte Jurij Tschiwartschew zögernd. »Die junge Olga weiß ja noch gar nicht, daß sie Witwe ist. Wir schaffen sie schnell her und konfrontieren sie dann sofort mit dem Tod ihres Mannes und einigen weiteren Dingen. Ja, das müßte gehen. Und Barabanow?«

»Das hängt von dem ab, was mein schwedischer Kollege bei seiner

Vernehmung herausbekommen hat. Wie es scheint, hat er seinem Mann gestern ein neues, langes Geständnis entlockt. Wir machen es so: Ich erkundige mich mündlich bei meinem schwedischen Polizisten und erhalte die Unterlagen für die Verhöre von Barabanow. Du fühlst dieser jungen Hausfrau auf den Zahn. Verhör sie. Wenn wir damit fertig sind, nehmen wir uns kurz Barabanow vor und fahren heute abend zu der Dozentin nach Hause.«

»Ja«, sagte Jurij Tschiwartschew und nickte langsam zur Bestätigung. »Das dürfte die beste Reihenfolge sein. Mit etwas Glück bekommen wir heute abend auch noch den Bericht des Pathologen.«

Carl sah Jurij Tschiwartschew vollkommen aufrichtig als einen Freund an. Dennoch hatte er sich jetzt mehrere Möglichkeiten verschafft, mit der IBM-Ausrüstung allein zu sein; als Jurij Tschiwartschew seinen EDV-Mann nicht mehr gebraucht hatte, war der junge Mann einfach aufgestanden und verschwunden. Vielleicht hing er unten in der Cafeteria herum, spielte Schach oder tat sonst etwas.

Die Kehrseite der Medaille lag natürlich auf der Hand. Jurij Tschiwartschew war kein Dummkopf, im Gegenteil. Er war vielleicht einer der besten Spionagechefs, die Carl in seinem ganzen Leben kennengelernt hatte, sogar unter Einschluß des Alten.

Ebensogut konnte es aber sein, daß das Ganze nur ein Test war, daß man feststellen wollte, ob Carl tatsächlich versuchen würde, sich durch Diebstahl Erkenntnisse zu verschaffen. Oder, um sehr russisch zu denken, vielleicht war beabsichtigt, daß er eine Menge sorgfältig präparierter Desinformationen stahl und daß man hinterher tat, als wäre nichts geschehen. Doch diese letzte Möglichkeit war das kleinste Problem. Falls die Russen auf diesem Wege präparierte Informationen aus der Hand geben wollten, würde sich das bei einer näheren Analyse schnell zeigen. Außerdem wäre es dann interessant zu sehen, womit sie die Welt über einen solchen Kanal versorgen wollten.

Moralische Bedenken kamen ihm nicht. Er fragte sich nur, ob Jurij Tschiwartschew bei ihm genauso verfahren würde, und beantwortete diese Frage sofort mit einem Kopfnicken. Natürlich, Jurij Tschiwartschew war schließlich nicht ohne Grund Generalleutnant in der besten Spionageorganisation der Welt.

Rune Jansson wurde aus den unteren Regionen des Hauses heraufgeholt. Carl nahm ihn mit in sein Zimmer und schob die Tür zu Jurij Tschiwartschews Zimmer zu, als dieser Dienstwagen und andere Dinge bestellte, die etwas mit dem bevorstehenden Verhör der jungen Witwe zu tun hatten, die noch gar nicht wußte, daß sie Witwe war.

Jansson machte einen sichtlich gequälten Eindruck, und Carl konnte zunächst nicht verstehen, warum.

»Was ist mit dir los, Rune?« fragte er mit aufrichtiger Freundlichkeit. »Du siehst aus, als trügest du alles Unglück dieser Welt auf deinen breiten schwedischen Polizeischultern. Ich habe gehört, daß du es wieder mal geschafft hast. Noch ein Sieg?«

»Du meinst, daß er gestanden hat?« erwiderte Rune Jansson leise. »Ja, gestanden hat er.«

»Ja? Und damit ist doch alles Friede und Freude. Wir haben doch jetzt beide Mörder, nicht wahr?«

»Ja. Das kann man sagen, und so ist es auch. Aber der Himmel weiß, ob es je zu einem Prozeß oder einem anderen gerichtlichen Nachspiel kommt.«

»Wieso?« fragte Carl erstaunt. »Du hast eine Menge Tatsachen zusammengetragen, eine ganze Menge an Beweisen, du hast Geständnisse. Damit sollte doch alles eitel Sonnenschein sein?«

Rune Jansson zögerte mit seiner Antwort, und Carl ließ ihm Zeit. Hier gab es etwas zu klären, und dafür mußte man sich Zeit nehmen.

Rune Jansson begann zu erzählen, zunächst widerwillig und recht kurz angebunden.

»Der Mann, den ich zunächst unter dem Namen Ilja Michailowitsch Alexandrow kennengelernt habe – der Kerl hatte offenbar noch eine ganze Menge anderer Namen –, hat seine Beteiligung an der Ermordung von Lasse Holma in Haparanda gestanden. Sein Geständnis wird durch das bestätigt, was der Finne Matti Lehtinen gesagt hat. Außerdem durch eine Menge anderer Tatsachen.

Insoweit gibt es keine Probleme. Doch irgendwann fing alles an, sich zu verheddern. Der Mann, der sich neuerdings Mischa nennt, berief sich auf Befehle. Er behauptete, eine Person *eliminiert* zu haben, die möglicherweise Lasse Holma geheißen habe. Er sagte eliminiert, nicht ermordet.

Diese eigenartige Bezeichnung, der der Verdächtige große Bedeutung beimißt, begründet er damit, daß er den Mord im Dienst begangen haben will. Er hat mir sogar die Namen der Personen gegeben, die ihm den ausdrücklichen Befehl erteilt haben. Ich hatte den Eindruck, daß es sich um hohe Tiere des KGB in Moskau handelt. Im Augenblick versteht der Verdächtige aber die Welt nicht mehr. Plötzlich sitzt er in einem Gefängnis der eigenen Organisation, wird von ausländischen Polizisten vernommen und dann noch ständig von seinen Kollegen zusammengeschlagen.«

»Mesrepublikanskaja Slusba Besopastnosti«, murmelte Carl nachdenklich.

»Wie bitte?« sagte Rune Jansson.

»Eigentlich heißt es nicht mehr KGB«, seufzte Carl, »obwohl hier oben noch jeder diese Bezeichnung verwendet. Es bedeutet ›Interrepublikanischer Sicherheitsdienst‹. Das ist etwas, was Gorbatschow nach diesem Staatsstreich vom August letzten Jahres erfunden hat. Ich könnte mir vorstellen, daß wir uns im Augenblick in der Dienststelle des Interrepublikanischen Sicherheitsdienstes in Murmansk befinden, obwohl ich es nicht mit Sicherheit sagen kann. Niemand weiß das wohl so genau, nicht einmal unser Freund, der General, könnte ich mir vorstellen. Du sagtest, dieser Mörder hätte die Namen der Männer genannt, die ihm die Befehle gegeben haben?«

»Ja. Was soll ich damit machen?«

»Wir werden diese Namen den Leuten übergeben, mit denen wir hier zusammenarbeiten. Wir sind nicht hergekommen, um gegen irgendwelche Vorschriften zu verstoßen oder den Russen Informationen vorzuenthalten. Ach, übrigens ...«

Carl stand auf, streckte sich und trat dann zu der Zwischentür, die sein Zimmer von dem vorübergehenden Arbeitszimmer Jurij Tschiwartschews trennte. Der zweite Raum war jetzt leer.

»Hast du die Verhöre auf Band? Auf einer gewöhnlichen Kassette?« fragte er Carl, als er sich wieder zu Rune Jansson umgewandt hatte.

»Ja, aber das ist Material der schwedischen Polizei.«

»Ja, das ist mir schon klar. Aber es spricht doch nichts dagegen, daß wir den Russen später eine Kopie schicken, falls wir das Band nicht schon hier kopieren können. Außerdem sollten wir ihnen wohl einen zusammenfassenden Bericht über die interessantesten Passagen geben. Wo hast du das Band?«

»Unten in meinem Zimmer. Ein Stockwerk tiefer.«

»Hol es bitte rauf. Wir fertigen eine Notiz an oder ein Memorandum oder wie wir das nennen sollen.«

»Dieser Typ wird natürlich nicht ausgeliefert werden. Ich bezweifle sogar, daß es überhaupt zu einem Prozeß kommt«, sagte Rune Jansson niedergeschlagen.

»Warum das denn?« fragte Carl mit vollkommen echtem Erstaunen.

»Ein Mordprozeß in Schweden, bei dem eine Menge Weltpolitik an die Öffentlichkeit kommt? Daran glaube ich nicht. Meine Erfahrung mit Leuten deines Schlages und dem, womit ihr euch befaßt, ist ein bißchen deprimierend, wie du weißt. Plötzlich haben solche gewöhnlichen Bullen wie ich nichts mehr mit der Sache zu tun.«

»Ach was!« sagte Carl, »das ist aber jetzt wirklich nicht unser Problem. Wir sollen unsere Arbeit so gut wie möglich erledigen. Außerdem ist es durchaus möglich, Teile eines schwedischen Strafprozesses für geheim zu erklären, nämlich unter Hinweis auf die Beziehungen zu einer fremden Macht, du weißt schon. Ich habe zumindest geglaubt, daß du das weißt. Hol jetzt bitte das Band, dann können wir eine Weile damit arbeiten.«

Als Rune Jansson losgeschlurft war, betrat Carl den angrenzenden Raum, legte die Hand aufs Telefon und kramte kurz im Gedächtnis. Dann wählte er eine Nummer in Stockholm. Am anderen Ende wurde erst nach viermaligem Läuten abgenommen, obwohl er eine Abteilung anrief, die immer höchste Bereitschaft hatte. Er grunzte irritiert einige kurze Anweisungen und stellte anschließend Jurij Tschiwartschews Modem von Telefon auf Datenübermittlung um.

Nach zehn sehr langen Sekunden blinkte auf dem Bildschirm vor ihm das Okay auf. Er zögerte ein wenig mit dem Zeigefinger über der ersten Taste, als er Jurij Tschiwartschews Zugangscode eintippen wollte. Es war noch nicht zu spät, es sich zu überlegen. Er erwog, was passieren würde, wenn man ihn in einem der folgenden Augenblicke ertappte. Dann ging ihm plötzlich auf, daß er in Rußland offiziell diplomatische Immunität genoß, und gab den Code ein.

Er begann mit dem Einfachsten, nämlich all die Informationen zu übermitteln, nach denen Jurij Tschiwartschew schon gefragt hatte. Dann machte er sich über das große Menü her und räumte systematisch ein Feld nach dem anderen ab.

Er arbeitete immer noch, als Rune Jansson zurückkam. Carl drehte sich nur um und rief freundlich, Rune solle ruhig zu Hause anrufen, er selbst wolle nur schnell etwas zu Ende bringen.

Anschließend arbeiteten sie ungefähr eine halbe Stunde, in der Carl von Zeit zu Zeit ins Nebenzimmer ging, um sich die Datenübertragung anzusehen. Rune Jansson hatte sich bei seinem Verhör auch Notizen gemacht und aufgeschrieben, wo auf dem Band bestimmte Dinge zu finden waren. So war es recht leicht, gegen Ende die Stellen zu finden, an denen es um die Auftraggeber in Moskau ging.

Als Jurij Tschiwartschew zurückkam, begrüßte er Rune Jansson feierlich und beschrieb etwas langatmig und förmlich die professionelle Wertschätzung, welche die Kollegen Rune Janssons effektiver Arbeit entgegenbrächten. Außerdem machte er noch einen Scherz über schwedische Wahrheitsdrogen und drohte dem Polizisten in gespielter Entrüstung mit dem Zeigefinger. Dann entschuldigte er sich und wandte sich mit ein paar schnellen Erklärungen auf russisch an Carl. Dabei ging es um Dinge, die Rune Jansson nicht hören sollte.

Dieser betrachtete nachdenklich die beiden Männer, die jetzt lebhaft diskutierten. Dabei überkam ihn wieder dieses Gefühl, das ihn in den letzten Tagen immer wieder heimgesucht hatte, sich nämlich in einem Traum zu befinden. Er verhörte gefolterte Menschen unter Todesdrohungen, befand sich in Gesellschaft eines schwedischen Spions, der, wie man die Sache auch drehte und wendete, schon einer dieser Männer war, die tatsächlich die Erlaubnis hatten, andere Menschen zu töten. Und dieser Landsmann pflegte einen ungezwungenen, munteren und professionellen Umgang mit einem hohen Tier von einer der gefürchtetsten Spionageorganisationen der Welt, dem mutmaßlichen Feind. Die ganze Szene kam Rune Jansson so unwahrscheinlich vor. Und dann die Umgebung. Sie sah aus wie eine schwedische Schule in den vierziger Jahren. Überall diese unaufgeräumten Korridore, der schwere Geruch von russischem Tabak und nasser Wolle, von Feuchtigkeit und Schmutz. Und dann noch der Keller da unten. Rune Jansson sehnte sich intensiv nach Hause.

»Wir sollten uns kurz zusammensetzen und arbeiten«, sagte Carl plötzlich auf Schwedisch. Er zog die beiden altersschwachen Besucherstühle zum Schreibtisch heran und gebot den beiden anderen mit der Hand, sich zu setzen.

»Es geht natürlich um den späteren Teil deines Verhörs«, erklärte er Rune Jansson, nachdem sie sich gesetzt hatten und Jurij Tschiwartschew mit Papier und Bleistift dasaß. »Also diese Namen. Können wir diese Männer nacheinander abhandeln, damit Jurij die exakte russische Aussprache hören kann?«

Es wurde zu einer recht umständlichen und leicht ermüdenden Prozedur, Rune Janssons Vernehmungsband immer wieder hin und her zu spulen. Von Zeit zu Zeit wollte Jurij Tschiwartschew außerdem eine Übersetzung dessen hören, was bei den verschiedenen Namen gesagt worden war. Er wollte hören, wie Ilja oder Mischa oder wie er sich nannte, seine angeblichen Auftraggeber präsentiert hatte.

Jurij Tschiwartschew arbeitete ruhig und methodisch, und nichts an seinem Gesichtsausdruck verriet, ob er verärgert oder erstaunt war. Carl hatte jedoch das entschiedene Gefühl, daß das Wissen, das Rune Jansson rein zufällig gewonnen hatte, gefährlich war; von diesem Verhör führte eine direkte Spur nach Moskau. Es gab da Leute, die beseitigt werden sollten, und zwar mit Sicherheit unter juristisch bedeutend geringerem Aufwand, als ihn die schwedisch-russische Ermittlungsgruppe in Murmansk trieb.

Als sie fertig waren, blieb Jurij Tschiwartschew eine Zeitlang stumm. Er schien beinahe ein wenig in sich zusammengesunken zu sein.

»Dieses Band da«, sagte er schließlich, »dürfte eigentlich nie unser Land verlassen.«

»Aber Hamilton und ich müssen es doch nach Schweden mitnehmen«, sagte Rune Jansson mit einem kurzen besorgten Seitenblick zu Carl, der kaum merklich nickte, als wollte er seinen Landsmann unterstützen.

»Ja, das ist es ja gerade«, sagte Jurij Tschiwartschew mit einem müden Lächeln. »Eure Köpfe müssen wieder nach Hause, und zwar auf euren Schultern, und genau dort sitzt das Wissen. Was tun wir?«

Er breitete die Arme aus. Die Geste war halb fragend, halb ein Ausdruck seiner Resignation.

»Wir machen eine Kopie von dem Band, bevor wir nach Hause fahren«, begann Carl. »Du bekommst eine Kopie des Originals. Wenn wir wieder zu Hause sind, wird das Material für geheim erklärt. Das ist kein Problem.«

»Und wo landen die Erkenntnisse dann?« fragte Jurij Tschiwartschew ironisch. »Beim Nachrichtendienst, der Sicherheitspolizei, der Regierung, eventuell bei der gewöhnlichen Polizei und schließlich bei etlichen Strafrichtern und Staatsanwälten und anschließend vielleicht bei *Expressen?*«

»Das glaube ich nicht«, entgegnete Carl etwas eingeschnappt. »Das wäre kein verantwortungsvoller Umgang mit dem Material. Unseren Freund von der Polizei hier hat die schwedische Regierung zum Schweigen verpflichtet. Und wenn du mit diesem Band und der darauf enthaltenen Information arbeiten willst, dürfte es für dich und die von dir vertretenen Kräfte sicherer sein, wenn es im Ausland eine Kopie gibt, meinst du nicht?«

Jurij Tschiwartschew überlegte kurz. Dann nickte er bestätigend und sagte, so sei es vielleicht.

Anschließend gerieten sie in eine etwas eigentümliche Diskussion darüber, wie man das Band überhaupt kopieren solle. Im Polizeigebäude würden bei Vernehmungen keine Kassettenrecorder verwendet, sondern höchstens ältere und größere Tonbandgeräte, und wenn man technische Hilfe brauche, würde der Inhalt des Bands zu vielen unbefugten Ohren zur Kenntnis gelangen.

Rune Jansson machte schließlich einen sehr einfachen Vorschlag. Unten am Leninskij Prospekt, nur ein paar Blocks vom Polizeihaus entfernt, gebe es einen Devisenladen, in dem Schnaps und japanische Elektronik verkauft werde. Rune Jansson war abends einmal auf dem Nachhauseweg nämlich dort stehengeblieben, ohne etwas zu finden, was er eventuell hätte kaufen wollen. Aber dort könne man sich ja, sagte er, so einen Kassettenrecorder kaufen, wie ihn heutzutage alle jungen Leute hätten, nun ja, zumindest im Westen, diese Dinger mit zwei Kassettendecks, mit denen man Musikkassetten kopieren könne. Ein solches Gerät werde vielleicht ein paar hundert Dollar kosten, aber die könne man ja auf die Reisekostenabrechnung setzen. Schließlich befänden sie sich in einer Notlage.

Dieser Vorschlag amüsierte Carl und Jurij Tschiwartschew sehr, besonders Rune Janssons Erklärung, man könne die Kosten als Reisespesen verbuchen.

»Dann nehmen wir am besten meine Reisekostenabrechnung. Ich habe nämlich ein recht großzügiges Konto für rätselhafte Auslagen«, sagte Carl fröhlich, zog seine Brieftasche und überreichte Rune Jansson zwei Hundert-Dollar-Scheine. »Laß dir aber eine Quittung über den Betrag geben«, fügte er mit gespielter Strenge hinzu. »Ach ja, noch etwas: Die Kassette darf das Haus nicht verlassen, bevor sie kopiert ist!«

Rune Jansson fand sich plötzlich wie ein Botenjunge auf Einkaufstour geschickt, doch er fügte sich, ohne zu murren. Als Käufer dieses Devisenzeugs war er sicher unauffälliger als einer der beiden Offiziere. Das glaubte er zumindest.

Als Carl und Jurij Tschiwartschew allein zurückblieben, wechselte der Russe demonstrativ das Thema und ging nochmals durch, was die junge Witwe Mordawina gesagt hatte.

Sie lebte offenbar in der Vorstellung, daß ihr Mann, den sie hochnäsig und hartnäckig »Direktor« und »Geschäftsmann« nannte, sich auf einer Geschäftsreise befinde. Sie selbst schien in guten Verhältnissen zu leben. Sie hatte eine Zwei-Zimmer-Wohnung voller westlicher Luxusgüter und war gekleidet und geschminkt wie eine Hure. Die dumme kleine Gans hatte sogar versucht, die feine Dame zu spielen.

Jurij Tschiwartschew war spontan zu dem Schluß gekommen, daß sie nichts von Bedeutung wußte, vor allem nicht, daß ihr Mann tot war und daß sie nie mehr »Geschäftsgeld« zur Verfügung haben würde. Er habe es für richtig gehalten, ihr nichts zu sagen, und das Gespräch recht schnell beendet.

Carl gab ihm recht. Es sah nicht so aus, als würde etwas dabei herauskommen, wenn man sie noch mehr in die Ermittlung hereinzog; die eventuellen juristischen Aspekte, ob sie sich etwa irgendeiner

Form von »Spekulation« oder Hehlerei schuldig gemacht hatte, waren in diesem großen Zusammenhang ohne jede Bedeutung.

Damit war es Zeit für Major Boris Petrowitsch Barabanow, den kleinen Trommler, der mit spezieller Ausrüstung für nasse Jobs, wie die alte Umschreibung des KGB für ausgeklügelte Morde lautete, so bemerkenswert gut ausgestattet gewesen war.

Sie besprachen noch einmal kurz, was sie in erster Linie aus Major Barabanow herauspressen wollten. Sie einigten sich schnell. Erstens: Wer hatte Kapitän zur See Alexej Mordawin ermordet? Zweitens: auf wessen Befehl?

Gerichtsmedizinische Untersuchungsergebnisse hatten sie bisher nur vom Krankenhaus in Murmansk bekommen, aber bis zum Abend würde es vermutlich schon besser aussehen. Man hatte Jurij Tschiwartschew gesagt, es sei nicht so schwer, Spuren einer Injektion mit Succinylkolin zu finden, wenn man einerseits wisse, wonach man suchen müsse, und zum andern von der schwedischen Polizei ein fertiges Rezept habe. Die Leiche sei überdies sehr gut erhalten gewesen, im großen und ganzen tiefgekühlt und frisch. Frau Jelena Mordawina sei nicht darüber unterrichtet worden, daß man ihren Mann ausgegraben und eine erweiterte gerichtsmedizinische Untersuchung begonnen habe. Jurij Tschiwartschew wollte diesen Bescheid am liebsten im Gepäck haben, wenn sie sie später am Abend aufsuchten.

Doch jetzt ging es also um Major Barabanow, der schon seit mehr als ein paar Tagen unten im Keller in aller Ruhe und ungestört hatte nachdenken dürfen. Es stand zu hoffen, daß er inzwischen einigermaßen reif war.

Der Häftling war unrasiert und hatte blutunterlaufene Augen. Er trug noch immer seine Uniformhosen, aber man hatte ihm Gürtel, Schnürsenkel und Jackett abgenommen. Er war ein etwas übergewichtiger Mann mittleren Alters, aber auffallend kräftig. Er hatte viele Haare auf der Brust und wohl auch auf den Zähnen.

»Aufstehen«, brüllte der Wachposten, als Jurij Tschiwartschew mit Carl im Schlepptau das Vernehmungszimmer betrat. Der Häftling gehorchte schnell und nahm Haltung an. Jurij Tschiwartschew drehte eine langsame Runde um den Gefangenen, während Carl abwartend im Hintergrund blieb. Er hatte nicht die Absicht, sich einzumischen.

»Nun, setzen Sie sich doch, Major«, sagte Jurij Tschiwartschew schließlich und ließ sich auf den Stuhl vor dem Gefangenen nieder. Dieser wartete höflich, bis der Vernehmer in der Generalsuniform sich gesetzt hatte, bevor er dem Beispiel folgte.

»Ich bin Generalleutnant Jurij Tschiwartschew vom GRU«, leierte Jurij Tschiwartschew zunächst schnell herunter. »Ich habe sogenannte außerordentliche Befugnisse des Verteidigungsministers und nehme an, daß Sie in etwa einsehen, was das bedeutet. Hier hinter mir unser Gast, Admiral Hamilton von der operativen Sektion des schwedischen Nachrichtendienstes. Unsere Länder führen im Augenblick nämlich eine gemeinsame Untersuchung durch, daher die Zusammenarbeit. Admiral Hamilton ist im übrigen Spezialist auf Ihrem eigenen kleinen Gebiet, oder soll ich vielleicht eher sagen Ihrer Nebentätigkeit, wenn es um nasse Jobs geht. Soweit das Offizielle. Ihnen ist natürlich klar, wo Sie sich befinden, Major Barabanow?«

»Nein, wirklich nicht«, erwiderte der Major schnell und nervös, kaum daß er angesprochen worden war.

»Es geht um den Mord an Kapitän zur See Mordawin«, entgegnete Jurij Tschiwartschew schnell. »Aus diesem Grund sind wir hier. Wir wollen wissen, weshalb und auf wessen Befehl Sie diesen Job erledigt haben.«

»Darauf kann ich nicht antworten, General.«

»Das können Sie sehr wohl, denn sonst dürften Sie nicht mehr lange leben. Nun?«

»Ich unterliege in meinem Dienst der Schweigepflicht, General. Und unsere Behörde kann nicht ohne weiteres Angaben an ... an das GRU weitergeben.«

Der Major machte den Eindruck, als hätte er noch mehr sagen wollen, es sich aber im letzten Augenblick anders überlegt. Jurij Tschiwartschew blieb übertrieben lange stumm, als wollte er die Qual verlängern. Dann zog er ein paar Notizen aus der Uniformjacke, strich die Blätter auf dem braun gestrichenen Schreibtisch demonstrativ langsam glatt und las eine Zeitlang, bevor er etwas sagte.

»Ihr Kollege aus Leningrad – wir können ihn im Augenblick ja Mischa nennen, denn Sie wissen ja genau, von wem ich spreche – hat ein umfassendes Geständnis abgelegt. Wir haben, wie Sie vielleicht verstehen, die Mordwerkzeuge in Ihrem Dienstzimmer gefunden. Im Augenblick wird Kapitän zur See Mordawin erneut obduziert, und Sie wissen sicher genausogut wie ich, was die Chemiker in seinem Leichnam finden werden. Aus diesem Grund möchte ich Sie ernsthaft ermahnen, endlich mit diesem Unfug aufzuhören. Ich möchte eine vollständige Darlegung dessen hören, weshalb und auf wessen Befehl Sie Kapitän Mordawin getötet haben. Los, beginnen Sie!«

»Ich unterliege der allerstrengsten Schweigepflicht ...«, versuchte es der Major erneut mit einem Tonfall, der zunehmende Angst verriet.

»Falls Sie von höheren Offizieren dazu verleitet worden sind, wollen wir erfahren, wer sie sind. Wir haben von deinem Kollegen Mischa schon einige Namen erfahren. Wenn du nachweisen kannst, daß du verleitet worden bist, wird es dir möglicherweise gelingen, hier herauszukommen. Wenn du die Schnauze hältst, werden wir beide hier uns ebensowenig dafür interessieren, ob du am Leben bleibst, wie deine Auftraggeber. Überleg jetzt sorgfältig, du Dummkopf!«

Carl notierte im stillen, daß Jurij Tschiwartschew angefangen hatte, den Verdächtigen zu duzen. Er fragte sich, warum. Sollte das herablassender wirken, oder wollte der General damit andeuten, daß sie dem Major nicht feindlich gesinnt waren? Der Verdächtige senkte jedoch nur den Kopf und machte den Eindruck, als wollte er nicht antworten.

»Admiral!« sagte Jurij Tschiwartschew, drehte sich um und sah Carl an. »Können Sie diese Figur beseitigen, so daß es hübsch und säuberlich aussieht, ohne unnötigen Lärm und so?«

Als Carl Jurij Tschiwartschews Blick sah, konnte er keine Spur von Ironie oder Theater sehen. Es hatte fast den Anschein, als war die Frage ernstgemeint.

»Ja, das dürfte gehen. Es könnte beispielsweise wie ein Herzanfall aussehen. Wenn wir humorvoll sein wollen, können wir seine eigenen Präparate verwenden«, erwiderte Carl schnell und ernst, ohne eine Ahnung zu haben, worauf Jurij Tschiwartschew eigentlich aus war.

»Ja, das wäre eine gute Pointe«, sagte Jurij Tschiwartschew mit starrem Gesicht. Dann wandte er sich erneut zu seinem Gefangenen um. »Hör mal zu jetzt, Barabanow. Du hast nicht mehr sehr viel Zeit, dich zu entscheiden. Entweder legst du ein umfassendes Geständnis ab und sitzt in etwa einer Stunde in einer Maschine nach Moskau, denn dort unten können wir dich am Leben erhalten. Oder du bleibst weiterhin bockig, und dann gibt es niemanden, der dich noch am Leben halten möchte. Deine Auftraggeber am allerwenigsten, denn du stellst eine Gefahr für sie dar.«

Es fiel Barabanow offensichtlich schwer, sich zu entscheiden. Vermutlich erwog er seine theoretischen Überlebenschancen und fühlte sich von der Möglichkeit in Versuchung geführt, die Jurij Tschiwartschew beschrieben hatte. Er konnte dessen jedoch nicht im mindesten sicher sein. Allein das ist schon eine interessante Erkenntnis, dachte Carl. Der Mann weiß nicht, welcher General Freund und welcher Feind ist. Schlimmstenfalls kann Jurij Tschiwartschew zu denen gehören, die hinter der Operation standen und jetzt nur grausam testen wollten, ob man sich auf einen bestimmten Major verlassen kann. Wenn er redet, kann es sein, daß man ihn sofort tötet. Und wenn er nicht redet, kann er den gleichen Weg gehen. Jedenfalls muß er sich aber trotzdem bald entscheiden. Jurij Tschiwartschew trommelte langsam mit den Fingern auf der Schreibtischplatte, während er wartete. Plötzlich sah er demonstrativ auf die Uhr und wandte sich mit einer kurzen Frage an Carl.

»Wieviel Zeit haben wir noch?« fragte er.

»Ungefähr eine halbe Stunde«, erwiderte Carl schnell und mit ausdruckslosem Gesicht. Er hatte keine Ahnung, welche Zeitangabe Jurij Tschiwartschew sich gewünscht hatte.

Plötzlich begann der Mann zu erzählen. Die Worte sprudelten nur so aus ihm heraus und stolperten fast übereinander. Ja, er und Mischa hätten die Operation gegen diesen Kapitän zur See durchgeführt. Der Gefangene fuhr fort:

»Man hatte uns gesagt, daß es eine äußerst geheime Operation sei, die unauffällig ablaufen müsse, da der Kapitän in einen Versuch verwickelt sei, strategische Waffen zu stehlen. Nichts dürfe herauskommen. Das war die Erklärung, die man uns gab. Folglich haben wir nur auf Befehl gehandelt. Wir konnten uns nicht vorstellen, daß man uns später so zur Verantwortung ziehen würde.«

Bis jetzt war Carl nicht im geringsten überrascht. Er hatte eine Äußerung dieser Art erwartet. Doch als der verzweifelte Major, der mit Sicherheit nur wissen konnte, daß er hereingelegt worden war, jedoch nicht, von wem oder wann, mit der Beschreibung fortfuhr, wie die von Moskau ausgehende Befehlskette ausgesehen hatte, hatte Carl das Gefühl, den Raum verlassen zu sollen.

Was jetzt behandelt wurde, berührte weder Carl, Schweden noch den Rest der Welt. Es war eine in höchstem Maße interne russische Frage, nämlich der Kampf um die Macht in dem zerfallenden Imperium. Es erstaunte ihn, daß Jurij Tschiwartschew ihn an all diesem Wissen teilhaben ließ, und er ging davon aus, daß es dafür einen Grund geben mußte. Schließlich informierte Tschiwartschew hier und jetzt ja mit voller Absicht die gesamte westliche Spionagefamilie darüber, was in seinem Land vorging. Und Jurij Tschiwartschew war kein Mann, der etwas zufällig tat oder ohne nachzudenken.

Plötzlich brach Tschiwartschew das Verhör ab und sagte, er habe genug gehört. Bis auf weiteres sei das mehr als ausreichend. Dann stand er auf, und der Major erhob sich ebenfalls schnell und nahm Haltung an.

»So«, sagte Jurij Tschiwartschew, »das wäre das. Jetzt fragst du dich natürlich, mein Freund Barabanow, ob du richtig oder falsch gehandelt hast. Ich werde es dir sagen. Du hast richtig gehandelt. Heute abend fliegst du nach Moskau. Du wirst bei uns an einem Ort wohnen, an dem kein Tschekist an dich herankommt. Zufrieden?«

Er klopfte dem nervösen und verschwitzten Häftling leicht auf die Schulter und ging zur Tür. Carl nickte dem Gefangenen aufmunternd zu und folgte den beiden.

»Stimmt das?« fragte Carl, sobald sie außer Hörweite waren und die schlecht erleuchtete Kellertreppe hinaufgingen.

»Was meinst du?« fragte Jurij Tschiwartschew zerstreut.

»Daß du ihn als Kronzeugen oder so etwas brauchst, daß er schon heute abend in einer eurer sicheren GRU-Zellen landen wird?«

»Nein, das stimmt nicht«, seufzte Jurij Tschiwartschew. »Wir werden ihn zwar ausfliegen, das stimmt schon, aber anschließend wird er so schnell wie möglich erschossen werden. Das gleiche gilt übrigens auch für diesen Mischa. Das Wissen der Männer ist gefährlich, viel zu gefährlich.«

»Für wen?« fragte Carl resigniert. Ihm war zwar klar, daß er sich nicht einmischen durfte, fühlte sich aber dennoch mitschuldig, als hätte er einen Anteil an der Entscheidung.

»Für dich und mich sowie eine bestimmte Bande in Moskau. Aber jetzt reden wir nicht mehr davon«, sagte Jurij Tschiwartschew.

Als sie ihre provisorischen Büroräume betraten, saß Rune Jansson dort und las in einer Bedienungsanleitung in japanischer, deutscher, englischer und russischer Sprache. Er versuchte, einen Kassettenrecorder in Gang zu setzen, wie ihn junge Leute bevorzugen, denen der Lärm nicht groß genug sein kann. Bis jetzt anscheinend ohne größeren Erfolg.

»Wir wollen hoffen, daß du die Beschichtung des Bandes nicht schon zerstört hast«, sagte Carl amüsiert. Er trat an den Tisch und nahm Rune Jansson die Arbeit ab, raubte ihm aber auch einen Teil seiner Würde.

»Hörst du denn selbst nie Musik?« murmelte Carl, als er das Gerät einstellte und auf einen Knopf drückte. »So! Paß auf das Ding auf, bis das Band zu Ende ist, dann ist alles erledigt.«

»Doch, im Radio schon. Ich habe mir schon lange eine Stereoanlage kaufen wollen, aber für die Haushaltskasse sind andere Dinge sozusagen wichtiger gewesen«, erwiderte Rune Jansson mürrisch.

Jurij Tschiwartschew war in sein Zimmer gegangen, ohne die Zwischentür zu schließen. Er telefonierte schon und erteilte Befehle.

»Ist was passiert?« fragte Rune Jansson mit einem Kopfnicken zu dem energisch drauflosredenden General hin.

»Ja, schon«, sagte Carl, als ginge es um nichts Besonderes. »Wir haben jetzt noch ein Geständnis, aber das betrifft etwas ganz anderes, was sozusagen außerhalb deiner Jurisdiktion liegt. Hast du versucht, zu Hause anzurufen?«

»Nein. Kann man das denn hier überhaupt?«

»Ja«, erwiderte Carl und sah auf die Uhr. »Hier ist es eine Stunde früher. Ist deine Frau jetzt um vier schon zu Hause?«

»Vielleicht. Allerdings muß sie erst noch in die Kita. Vielleicht ist sie erst in einer Stunde wieder da.«

»Du mußt ja sowieso noch hierbleiben und auf den Rekorder aufpassen. Ruf an, wenn du fertig bist. Jurij und ich müssen noch mal weg. Wir haben noch etwas vor.«

»Kommt ihr anschließend wieder her?«

»Ja, um das eine Band abzuholen. Nimm das andere mit und behalt es künftig bei dir.«

Carl versuchte sich den Anschein zu geben, als hätte er soeben einen allgemeinen freundlichen Rat gegeben, aber Rune Jansson warf ihm einen langen, mißtrauischen Blick zu. Er schien eine Zeitlang mit sich zu kämpfen, ob er fragen oder den Mund halten sollte. Am Ende siegte die Neugier.

»Ist das Band für den Inhaber gefährlich, oder könnte jemand ein begehrliches Auge darauf werfen?« fragte er.

»Sogar ein sehr begehrliches Auge. Und wenn ein russischer Polizist oder Militär es bei sich hat, ist es auch noch gefährlich«, erwiderte Carl. Er war über seine Ehrlichkeit erstaunt. Bei diesem Polizisten fiel es ihm nicht so leicht zu lügen wie bei anderen.

Jurij Tschiwartschew hatte seine Telefongespräche beendet und kam herein. Er zeigte auf den Kassettenrecorder und hob fragend die Augenbrauen.

»O ja«, sagte Carl, »mach dir keine Sorgen. Das Ding ist eigentlich dafür gedacht, progressive oder zumindest laute Musik wiederzugeben, aber bei Sprache klappt es auch. Rune erledigt das Ganze. Er nimmt ein Band an sich und läßt das zweite in meinem Schreibtisch.«

»Das geht nicht«, sagte Jurij Tschiwartschew kurz.

»Na, dann nicht«, seufzte Carl und wandte sich an Rune Jansson. »Wir wären dir dankbar, wenn du hierbleibst und auf das Gerät aufpaßt, bis wir zurückkommen. Zum Trost kannst du telefonieren, soviel du willst.«

Rune Jansson nickte. Da die anderen offenbar voraussetzten, daß er im Polizeihauptquartier an Leib und Leben nicht gefährdet war, gab er sich damit zufrieden.

Jurij Tschiwartschew war schon dabei, seinen Uniformmantel anzuziehen, und reichte Carl mit einer demonstrativen Geste dessen russische Zobelmütze.

»Ein Geschenk des russischen Volkes«, murmelte er, als Carl sie entgegennahm.

»Falsch«, entgegnete Carl. »Sie ist ein Geschenk des friedliebenden sowjetischen Volkes.«

Jurij Tschiwartschew quittierte die Bemerkung lächelnd und mit einem Kopfschütteln. Als beide mit dem Ankleiden fertig waren, gingen sie. Carl winkte Rune Jansson aufmunternd zu, doch dieser sah nicht sehr zufrieden aus.

»Ich habe mir gedacht, daß wir einen Spaziergang machen. Es ist sowieso nicht weit, nur ein Stück auf dem Leninskij Prospekt weiter und dann in die Karl-Marx-Straße bis zu etwas, was Rybnij Prajesd heißt«, erklärte Jurij Tschiwartschew.

»Rybnij Prajesd, die Fischgasse? Wollen wir angeln gehen?« fragte Carl scherzhaft.

»Korrekt. Die Frage ist nur, ob wir einen Fisch an den Haken bekommen. Ich habe mir gedacht, daß wir uns ein unauffälliges Entree verschaffen. Möglicherweise ist diese Frau genauso uninteressant wie die andere, die Witwe, die nicht weiß, daß sie Witwe ist.«

»Ja, und außerdem wolltest du sicher über etwas sprechen«, sagte Carl unschuldig und sah sich vorsichtig um.

Auf dem Bürgersteig lag eine mehr als zehn Zentimeter dicke Schicht grauen, matschigen Schnees. Viele Fußgänger waren in der schwach erleuchteten Hauptstraße unterwegs. Jurij Tschiwartschew ging eine Weile mit auf dem Rücken verschränkten Händen und gesenktem Blick weiter. Er machte den Eindruck, als dächte er intensiv an etwas Wichtigeres als das bevorstehende Gespräch mit einer weiteren Witwe. Carl wartete ab und musterte die Menschen, die ihnen entgegenkamen oder sie überholten.

»Wie du sicher erkannt hast«, begann Jurij Tschiwartschew in einem Tonfall, der ahnen ließ, daß er jetzt zur Sache zu kommen gedachte, »sind wir einer recht umfassenden Verschwörung auf der Spur.«

»Ja«, sagte Carl mit einem Seufzer. »Das ist mir schon klar geworden. Mike Hawkins genießt in Moskau an hoher Stelle Protektion. In dieser Bande dürfte auch der eine oder andere Generalskollege von dir zu finden sein, außerdem wohl ein paar Tschekisten und Politiker. Habe ich recht?«

»Leider. Bedauerlicherweise hast du recht, lieber Freund und Kollege«, murmelte Jurij Tschiwartschew.

»Kann ich dir dabei irgendwie behilflich sein? Stehe ich dir nicht einfach nur im Weg?« wollte Carl wissen. »Ich meine, geht diese Sache mich oder westliche Nachrichtendienste etwas an, richtiger gesagt?«

»Das ist eine sehr gute Frage«, stellte Jurij Tschiwartschew fest. »Das hängt unter anderem davon ab, was für Maßnahmen der Generalstab beschließt, wenn ihm die Tragweite von all dem zur Kenntnis gelangt.«

»Welche Alternativen kannst du dir vorstellen?«

»Erste Möglichkeit. Alle Banditen auf einmal schnappen und vor Gericht stellen. Zweite Möglichkeit. Die Informationen sicher verwahren, aber nichts unternehmen.«

»Was für einen Vorteil böte die zweite Möglichkeit?« fragte Carl ungläubig.

»Nur den, daß einem die erste Möglichkeit erspart bleibt. Es würde zu einer umfassenden Säuberung kommen. Es würde wie ein Staatsstreich aussehen und zumindest vorübergehend die Sowjetarmee an die Macht bringen.«

»Vorübergehend?«

»Ja, hast du meine Ironie nicht gehört? Du weißt doch, was aus solchen vorübergehenden Machtergreifungen zu werden pflegt. Das Problem ist aber, daß die Sowjetarmee um keinen Preis die Macht haben will, absolut nicht.«

»Aufgrund eurer tiefempfundenen Achtung vor den demokratischen Werten?«

»Ich verbitte mir solche sarkastischen Scherze in einer so ernsten Stunde. Wer jetzt in Rußland die Macht übernimmt, wird für alle Probleme des Landes verantwortlich gemacht werden. Ich glaube, das würden sich nur wenige meiner militärischen Kollegen wünschen.«

»Du meinst das wirtschaftliche Chaos?«

»Korrekt. Wer die Macht ergreift, kann es nicht nur mit der Korruption der abgesetzten Politiker begründen, mit ihrem Mangel an Verantwortung, ihrer Beteiligung an Wirtschaftsverbrechen und all dem anderen, das sich ohnehin nur wie Propaganda anhört. Wer die

Macht ergreift, muß versprechen, das gesamte System wieder auf die Füße zu stellen.«

»Wieder zurück zum Sowjetkommunismus?«

»Nein. Das glaube ich nicht. Dazu ist es zu spät, und inzwischen ist zuviel passiert. Früher oder später muß dieser politische Kindergarten aber ein Ende haben. Ausländische Geschäftemacher und einheimische Gangster bereichern sich jetzt an der zunehmenden Armut aller anderen. Das muß ein Ende haben.«

»Es wäre, um das kurz zu sagen, vorteilhaft für dich und deine Kollegen, wenn ich und meine Kollegen die Gründe verstehen könnten, wenn ihr Jelzin und all die anderen absetzt. Im Augenblick würde es in der Welt eine Panik geben und eine schnelle Rückkehr zu einer Art kaltem Krieg, einen verstärkten Wirtschaftskrieg gegen euch und euer Regime. Das würde es für die Mehrheit der Bevölkerung noch schwieriger und euch noch verhaßter machen. Dieses Spiel könnt ihr nicht gewinnen.«

»Nein, da siehst du's. Es ist nicht leicht. Folglich glaube ich, daß es zu der zweiten Möglichkeit kommt. Wir werden auf den Beweisen sitzen, die wir schon haben, und natürlich unser Bestes tun, um die Beweislage gegen bestimmte Kollegen in Moskau noch mehr zu verbessern. Dabei wird noch der eine oder andere Mischa verschwinden, aber der Kopf der Schlange bleibt unversehrt.«

»Bestenfalls ohne Schwanz und Körper.«

»Ja, bestenfalls. Und du? Wie sieht es künftig bei dir aus?«

»Bedeutend einfacher«, erwiderte Carl. »Ich setze voraus, daß unsere jeweiligen Regierungen sich darauf einigen, daß wir Mike Hawkins in Schweden deprogrammieren. Ich setze voraus, daß er dieses Geschäft tatsächlich wünscht und also nicht glaubt, uns hereinlegen zu können. Dann wissen wir, wo seine Kernladung geblieben ist. Der Rest, glaube ich, ist dann eine Frage für taktische amerikanische Bomber. Was mich betrifft, ist die Sache wohl bald aus der Welt.«

Jurij Tschiwartschew schüttelte den Kopf, als glaubte er keine Sekunde an Carls leichtfertigen Ausstieg aus ihrem gemeinsamen Problem. Er sagte jedoch nichts, sondern schien erneut in Grübeleien zu versinken.

Sie bogen beim Café Jonost in die Karl-Marx-Straße ein und befanden sich bald beim Zentralstadion. Dort herrschte bei Flutlicht eine intensive Bautätigkeit. Sie blieben eine Zeitlang stehen und sahen den Bauarbeitern zu, denen weißer Dampf aus den Mündern stieg und die wie Biber zu arbeiten schienen, obwohl es schon lange nach fünf war. Irgend etwas an diesem Anblick stimmte nicht, und Carl suchte intuitiv nach Schildern, bis er hoch oben auf einem Baugerüst eins fand. Dort hieß es, Bauträger sei ein halbgemeinnütziges Unternehmen. Es wurde versprochen, das Stadion bis zur Fußballsaison fertig zu haben. Schon jetzt war unten im Kessel ein beleuchtetes Eisoval fertig. In einer Ecke wurde Eishockey gespielt, und dort sahen sie auch Erwachsene, die paarweise Schlittschuh liefen. Diese Szene hatte etwas Rührendes an sich, was beiden naheging, etwas, was erkennen ließ, daß vielleicht nicht alles an dem neuen Wirtschaftssystem zu Chaos und Gangsterherrschaft führen würde. Es war etwas Hoffnungsvolles, besonders an den erwachsenen Paaren, von denen einige schon Rentner waren, die Arm in Arm langsam um die Eishockey spielenden Kinder herumfuhren.

Die beiden blieben eine Zeitlang stehen und sahen den Schlittschuhläufern zu, ohne etwas zu sagen. Jeder hing seinen Gedanken nach, obwohl sie beide, ohne es zu zeigen, genau spürten, daß sie wohl etwa an die gleichen Dinge dachten.

Jurij Tschiwartschew brach den Zauber, indem er sich plötzlich umdrehte und zu einem geparkten Wolga ging, dessen Scheiben beschlagen waren. Darin saßen zwei Personen, die schon vor langer Zeit den Motor abgestellt hatten. Er klopfte an die Scheibe auf der Fahrerseite, wechselte ein paar Worte mit dem Fahrer und winkte den Wagen dann weg. Dieser startete sofort und verschwand, durch den Schneematsch rutschend, in Richtung Leninskij Prospekt.

»Frau Mordawina ist immer noch zu Hause. Ihr jüngster Sohn auch«, erklärte Jurij Tschiwartschew, als sie die Straße überquerten und auf den kleinen Weg zwischen den Häusern zugingen, der offenbar die Fischgasse sein mußte, Rybnij Prajesd.

Die Haustür war nicht beleuchtet, und Jurij Tschiwartschew mußte ein Feuerzeug anzünden, um die handgeschriebenen Zettel an der Wand neben der Treppe lesen zu können.

»Wir müssen ganz nach oben«, stellte er mißbilligend fest. Und begann, die dunkle Treppe hinaufzusteigen.

Als sie oben angekommen waren, mußte er wieder das Feuerzeug hervorholen, um die Türen anzuleuchten, bis er die richtige gefunden hatte. Die Klingel war defekt, und er gab sich Mühe, sein Klopfen nicht allzu amtlich und schwer geraten zu lassen. Nach einiger Zeit waren die Schritte einer Frau mit hohen Absätzen zu hören, dann rasselte es im Schloß, und die Tür ging auf. Carl stand so, daß er nicht in die Wohnung hineinsehen konnte.

»Guten Abend, Frau Mordawina. Ich bin Generalleutnant Jurij Tschiwartschew vom militärischen Sicherheitsdienst. Dürfen wir reinkommen?«

Jelena Mordawina zögerte. Der Mann da draußen in der Dunkelheit war ja offenbar General, aber Generäle stehen nicht plötzlich vor der Tür, um anzuklopfen. Das hatte sie jedenfalls noch nie erlebt.

»Worum geht es?« fragte sie mit einer gewissen Barschheit, die Carl erstaunte.

»Es geht um den Tod Ihres Mannes«, erwiderte Jurij Tschiwartschew sanft, worauf die Tür sofort ganz geöffnet wurde, so daß sie eintreten konnten.

Carl zog wohlerzogen seine vom Schneematsch nassen groben Schuhe aus, während Jurij Tschiwartschew sich damit begnügte, kurz aufzustampfen und seinen Uniformmantel über den Arm zu legen, bevor er das Wohnzimmer betrat und seine Sachen mit der Pelzmütze auf einen freien Sessel warf.

Carl ging etwas hinter ihm und begann sich erstaunt umzusehen, bevor er als schwedischer Admiral und Kollege vorgestellt wurde. Er gab der Frau schüchtern die Hand. Sein aufdringliches Starren war ihm peinlich. Die Wohnung war nicht so möbliert, wie er es erwartet hatte. Mitten im Zimmer stand eine Sofagruppe in naturfarbenem Leder, und die Video- und Fernsehausrüstung gehörte zum Teuersten, was man in der westlichen Welt kaufen konnte. Allein das war für das Gehalt eines russischen Kapitäns zur See viel zuviel.

Sie nahmen die Einladung zu einer Tasse Tee an, und während Jelena Mordawina in die Küche verschwand, um Wasser aufzusetzen und Gläser zu holen, kam ein junger Mann ins Zimmer, verbeugte sich und stellte sich vor.

Carl trat zu einem Schreibtisch am Fenster vor einem Balkon. Neben dem Foto ihres Mannes in Uniform brannte eine Stearinkerze. Carl starrte gebannt auf das Porträt seines Offizierskollegen von der russischen U-Boot-Flotte. Das Bild war relativ neu. Der Mann war ja erst vor nicht allzulanger Zeit zum Kapitän zur See befördert worden, aber die Rangabzeichen hatte er noch nicht ausgetauscht. Seine Schirmmütze hatte er wie junge russische Soldaten keck in den Nacken geschoben. Es war Sommer, da die Schirmmütze weiß war. Er lächelte auf eine Weise, die einen spontanen Eindruck von Glück vermittelte. Er war ein wenig sommersprossig und hatte eine Stupsnase. Man würde ihn in den meisten Ländern als einen sehr warmherzigen und sympathischen Mann beschreiben.

Und dieser Mann hatte also für ein so außerordentlich qualifiziertes Schwein wie Mike Hawkins Kernwaffen gestohlen. Und war danach ermordet worden. Den Möbeln und der Unterhaltungselektronik im Zimmer nach zu urteilen hatte er schon eine Anzahlung erhalten. Aber warum hatte er Kernwaffen gestohlen, und warum hatte man ihn hinterher zum Schweigen gebracht?

Carl hatte ein anderes Aussehen erwartet, als zeichneten sich Atomwaffendiebe, Diebe und Betrüger überhaupt durch eine besondere Physiognomie aus. Das war natürlich eine naive Vorstellung, da dieses fröhliche, offene Gesicht einem der gefährlichsten Diebe der Geschichte gehörte.

Das Foto hatte einen Rahmen aus einem silbrig glänzenden Material sowie ein schwarzes Trauerband. Carl nahm das Foto in die Hand und hielt es vor sich, als versuchte er seinem etwa gleichaltrigen Kollegen in die Augen zu sehen, als könnte er das Bild dadurch zum Sprechen bringen. Carl fragte sich, ob sie das Bild geschossen hatte, ob er sie angelächelt hatte. Carl bekam einen kurzen Anfall von schlechtem Gewissen, weil er sich zu Hause nicht gemeldet hatte, und stellte das Foto schnell wieder auf seinen Platz.

Die übrige Familie schien wie in Trauer um den Vater gruppiert zu sein. Daneben stand ein Foto der Frau, die gleich mit Gläsern und heißem Tee hereinkommen würde, und auf der anderen Seite waren die Bilder zweier junger Männer. Das mußten die Söhne sein. Der eine hatte sie gerade mit einem Diener begrüßt, der zweite sah etwas älter aus und trug eine Art Kadettenuniform. In einer hinteren Reihe stand das Foto eines Mannes in Marineuniform, eines Kapitäns zur See, der den Arm um seine Frau gelegt hatte. Daneben ein Gesicht, das Carl sofort wiedererkannte, aber jetzt erst entdeckte, ein fröhliches, sommersprossiges und freches Gesicht mit einer Stupsnase.

Kolja, flüsterte Carl leise vor sich hin. Du dummer kleiner Scheißkerl. Hast du deinen Onkel in diese Sache reingezogen?

Er ertappte sich dabei, daß er ganz intuitiv gedacht haben mußte. Es gab keinen sachlichen Grund für die Annahme, daß Kolja seinen Onkel hereingelegt hatte. Es mußte vielmehr genau umgekehrt sein. Dennoch war Carl spontan überzeugt, daß es sich so verhielt.

Als er Jelena Mordawinas energische Schritte und das Klappern der Teegläser hörte, drehte er sich schnell um, ging wieder in die Mitte des Zimmers und setzte sich auf das Sofa. Er war darauf eingestellt, bei dem folgenden Gespräch in erster Linie Zuhörer zu sein.

Jelena Mordawina entschuldigte sich pflichtschuldigst für dieses und jenes, was mit dem Tee zu tun hatte, goß ihren Gästen und sich ein und lehnte sich dann mit dem Teeglas in der Hand zurück. Sie schlug die Beine übereinander und blickte Jurij Tschiwartschew aufmerksam und unverwandt an.

Natürlich ist da etwas von Unsicherheit hinter dieser Selbstsicherheit, dachte Carl. Die Sowjetgesellschaft, in der sie aufwuchs, ist noch nicht weit weg, und in dem Staat waren Besuche des militärischen Sicherheitsdienstes kaum etwas, was je Gutes verhieß. Aber entweder hat sie nichts zu verbergen, oder sie ist eine sehr beherrschte Person mit guten Nerven.

»Ausgezeichneter Tee, wirklich gut«, begann Jurij Tschiwartschew höflich. Sie nickte jedoch nur freundlich, möglicherweise mit einem ironischen Glitzern, was nicht zu weiterer Routineunterhaltung aufforderte. Sie wollte offenbar wissen, worum es ging.

»Ja, hm«, fuhr Jurij Tschiwartschew peinlich berührt fort. »Erstens kann ich Ihnen mitteilen, daß Sascha das Semester unten in Frunse noch beenden kann. Nach den Sommerferien kommt er wieder nach Rußland, um seine Ausbildung hier zu beenden. In Leningrad, um genau zu sein.«

»Sie meinen Sankt Petersburg, General?« entgegnete Jelena Mordawina mit einem schnellen und vielleicht etwas spöttischen Lächeln. »Wie schön, mein Mann und ich kommen nämlich aus Sankt Petersburg.«

»Aus Leningrad«, bemerkte Jurij Tschiwartschew streng. »Sie sind beide in Leningrad geboren, und ihr Sohn soll seine Offiziersausbildung also in Sankt Petersburg beenden. Was dann den jungen Pjotr hier angeht ...«

Jurij Tschiwartschew sah sich erstaunt um. Der Junge hatte sich offenbar in sein Zimmer verzogen und die Tür hinter sich zugemacht.

»Pjotr, wie gesagt«, sagte Jelena Mordawina. »Ich höre, daß Sie über unsere Familie bestens informiert sind, Herr General. Und was ist mit Pjotr?«

»Nun, worüber wir jetzt sprechen müssen, ist für seine Ohren vielleicht nicht geeignet. Kann er nicht eine Zeitlang rausgehen und Schlittschuh laufen?«

»Er ist in seinem Zimmer«, erwiderte sie in einem Tonfall, als wäre die Sache damit entschieden.

Carl beobachtete sie intensiv. Sie war gewohnt, ihren Willen durchzusetzen, gewohnt, wichtige Beschlüsse zu fassen, und ebenfalls gewohnt, sich von Männern nicht unterkriegen zu lassen, das war deutlich zu sehen.

»Na dann«, sagte Jurij Tschiwartschew und räusperte sich erneut. »Dann kommen wir am besten gleich zur Sache. Es handelt sich um eine sehr ernste Angelegenheit. Zunächst habe ich die traurige Pflicht, Ihnen mitzuteilen, Frau Mordawina, daß Ihr Mann keines natürlichen Todes gestorben ist. Er wurde ermordet.«

Nach diesen Worten hielt Jurij Tschiwartschew inne. Er betrachtete ihr Gesicht jetzt genauso intensiv wie Carl. Ihre Reaktion schien vollkommen echt zu sein. Sie schien das, was sie gehört hatte, verzögert wahrzunehmen, als wären einige Sekunden vergangen, bevor die Mitteilung ihr bewußt wurde. Da machte sie eine spontane Handbewegung, als wollte sie einen Schrei unterdrücken. Doch dann hatte sie sich schnell wieder in der Gewalt.

»Auf welche Weise? Die Obduktion hat ergeben, daß ein Herzanfall die wahrscheinlichste Todesursache war. Er hatte keine äußeren Verletzungen, es gab keine Spuren von Gewalteinwirkung. Wie können Sie also so sicher sein?« fragte sie ohne jedes Zittern in der Stimme, während sie den Blick in Jurij Tschiwartschew bohrte, als wäre er ein untergebener OP-Arzt.

»Man hat Ihrem Mann unten im Umkleideraum der Schwimmhalle, rund einen halben Kilometer von hier entfernt, eine Injektion mit Succinylkolin gegeben. Das Gift wirkte erst, als er fast zu Hause war. Es ist kein Wunder, daß der Pathologe es damals nicht feststellen konnte, aber darüber dürften Sie mehr wissen als ich.«

Sie nickte nachdenklich, verhielt sich aber immer noch kalt und beherrscht.

»Ich nehme an, daß Sie mich nicht im Verdacht haben?« fragte sie dann, als wäre es eine sehr einfache Frage.

»Warum sollten wir das tun, Frau Mordawina?« fragte Jurij Tschiwartschew und hob die Augenbrauen.

»Succinylkolin. Ich komme jeden Tag mit diesem Präparat in Berührung. Meine Anästhesisten verwenden es auch. Aber außerhalb von Krankenhäusern ist es wohl hoffentlich unmöglich, an Succinylkolin heranzukommen.«

»Ja, bei gewöhnlichen Verbrechern ist das wohl so«, bestätigte Jurij Tschiwartschew ruhig. »Aber die Leute, die Ihren Mann ermordet haben, waren keine gewöhnlichen Verbrecher.«

»Warum befindet sich jetzt ein schwedischer Marineoffizier im Raum?« fragte sie beinahe streng, als hätte sie mit Absicht ein paar Schritte der Entwicklung übersprungen.

»Weil der Mord an Ihrem Mann zu einem größeren Zusammenhang gehört, der sowohl Schweden als auch Rußland betrifft, und weil wir zusammenarbeiten, um sehr komplizierte Probleme zu lösen«, erwiderte Jurij Tschiwartschew äußerlich höflich. Er ließ dennoch einen Anflug von Irritation hören, hatte er doch nicht die Absicht, sich die Regie entwinden zu lassen.

»Werden Sie die Mörder schnappen?« fragte Jelena Mordawina

schnell, bevor Jurij Tschiwartschew einen neuen Anlauf hatte nehmen können.

»Ja. Man hat sie schon festgenommen, und sie werden für ihre Verbrechen hingerichtet werden«, erwiderte Jurij Tschiwartschew mit leicht erhobener Stimme und in schnellerem Tempo. »Und jetzt muß ich Sie um die Liebenswürdigkeit bitten, mich nicht zu verhören, Frau Mordawina. Wir haben nämlich eine Reihe sehr ernster Fragen an Sie zu richten.«

Sie entschuldigte sich nicht, bremste sich aber und gab durch eine Handbewegung zu erkennen, daß sie Jurij Tschiwartschews Forderung akzeptierte. Carl glaubte überdies einen Anflug von beherrschter Trauer in ihrem Gesicht zu erkennen, als würde die disziplinierte Maske der Karrierefrau nicht mehr lange halten. Er fand sie auf ihre besondere russische Weise schön. Für den westlichen Geschmack war sie natürlich etwas zu dick. Sie war einfach gekleidet und trug das lange Haar im Nacken zu einem Zopf geflochten, kaum anders als Tessie manchmal. Sie hatte einen intensiven und intelligenten Blick und starke, natürliche Farben um die Augen. Für einen Offizier auf einem Atom-U-Boot muß sie eine sehr gute und ebenbürtige Frau gewesen sein, dachte er.

»Unsere Aufgabe ist herauszufinden, warum Ihr Mann ermordet worden ist«, fuhr Jurij Tschiwartschew mit neuer Sicherheit in der Stimme fort. »Ich möchte Sie bitten, etwas über das Leben Ihrer Familie zu erzählen. Vielleicht können Sie sagen, ob es etwa in dem letzten Halbjahr irgendwelche Veränderungen gegeben hat.«

»Was genau meinen Sie damit?« fragte sie wachsam. Der Trotz war jedoch verflogen.

»Das hier zum Beispiel«, sagte Jurij Tschiwartschew mit einer ausholenden Handbewegung. »Ihre finanziellen Verhältnisse scheinen sich in der Zeit vor dem Tod Ihres Mannes dramatisch verbessert zu haben.«

»Alles, was Sie hier im Zimmer sehen, sind Geschenke. Wir haben nichts davon selbst gekauft«, erwiderte sie mit wachsender Besorgnis in der Stimme.

»Soo?« sagte Jurij Tschiwartschew mit gespieltem, etwas übertriebenem Erstaunen. »Und wer ist die gute Fee der Familie Mordawin?«

»Diese Dinge kommen von ... ja, es hört sich vielleicht merkwürdig an, aber der Neffe meines Mannes hat all diese Dinge hergeschleppt.«

»Kolja also. Wissen Sie, wo er jetzt ist?«

»Ja, genau, Kolja. Nein, ich habe keine Ahnung, wo er ist. Ich glaube, auf irgend so einer Geschäftsreise in den Westen.«

Jurij Tschiwartschew sah sie lange forschend an. Auf das, was er dann sagte, war Carl nicht im mindesten vorbereitet.

»Dazu muß ich Ihnen mitteilen, Frau Mordawina, daß Kolja tot ist«, sagte er hart und förmlich. »Mein geschätzter Kollege hier, Admiral Hamilton vom bewaffneten Zweig des militärischen Nachrichtendiensts in Schweden, hat persönlich für Koljas Tod gesorgt.«

Sie atmete heftig ein und fuhr sich wieder mit der Hand an den Mund, während ihre Augen sich vor Schreck und Trauer weiteten. Dann schwankte ihr Blick zwischen Carl, der am liebsten im Erdboden versunken wäre, und dem wachsam beobachtenden Jurij Tschiwartschew hin und her.

»Kolja war ein Verbrecher, und ich kann Ihnen versichern, daß er sein Schicksal verdient hat«, sagte Jurij Tschiwartschew hart. »Mein geschätzter Kollege hat nur seine Pflicht getan. Und jetzt, Frau Mordawina, müssen Sie den Ernst unserer Unterhaltung zur Gänze erkannt haben. Ich möchte, daß Sie jetzt selbst von all den Veränderungen erzählen, großen wie kleinen, die sich im Leben der Familie in den letzten Monaten vor dem Tod Ihres Mannes ergeben haben. Ich will alles wissen, woran Sie sich erinnern können.«

Er stellte sein leeres Teeglas mit einem Knall auf den Tisch und lehnte sich abwartend zurück.

Mit einiger Anstrengung fand sie ihre Fassung wieder. Dann begann sie, methodisch und logisch zu erzählen.

Die große Veränderung sei damit gekommen, daß ihr Mann vorübergehend ein Kommando an Land erhalten habe, das strenger Geheimhaltung unterlegen habe. Gleichzeitig sei der Neffe Kolja aufgetaucht, sogar schon am ersten Tag. Kolja habe oben im Restaurant Panorama beim Siegesdenkmal zu einem üppigen Essen eingeladen, sehr mit seinen Geschäften geprahlt und gesagt, er sei neuerdings Direktor und habe sogar eine eigene Firma. Nur Tage später habe er neue Möbel, den Fernseher und solche Dinge anliefern lassen. Alexej hatte das nicht gefallen. Er hatte gesagt, mit solchen Geschäftsleuten und Spekulanten solle man nichts zu tun haben. Er hatte Möbel und Fernseher und so weiter zunächst sogar zurückgeben wollen, aber zu ihrer, Jelenas, Schande, hatte er sich von dem jungen Pjotr und ihr selbst überreden lassen.

Kurz darauf hatte Kolja Alexej mit seinem Chef bekannt gemacht, einem Amerikaner. Dieser hatte draußen im Fjord Bergungsschiffe, um alte Wracks zu bergen und den Eisenschrott im Westen zu verkaufen. Sie hatten Alexej einen neuen Job angeboten, nämlich für zwei Tage in der Woche. Alexej hatte als eine Art Kahnführer arbeiten sollen. Nun ja, nicht direkt als Kahnführer, aber als Befehlshaber an Bord der Bergungsschiffe, die die Sowjetflotte – oder neuerdings russische Flotte? – dem Amerikaner geliehen oder vermietet hatte. Irgendwelchen Vorschriften zufolge, ob nun westlichen, die etwas mit Versicherungen zu tun hatten, oder Vorschriften der Marine, konnten Schiffe der Marine nicht ohne Offiziere der Marine arbeiten.

Als Job betrachtet war das Ganze ein Kinderspiel gewesen. Zudem war die Bezahlung so hoch, daß man nur schwer widerstehen konnte. Hundert Dollar am Tag, und dazu noch alles garantiert legal. Als Alexej akzeptiert hatte, was er erst tat, nachdem er vom Marinekommando Nord grünes Licht bekommen hatte, bezahlte man ihm gleich zweitausend Dollar Vorschuß. Das hatte alles natürlich sehr gut ausgesehen. Sie hatten da die finanziellen Sorgen der Familie etwas gelassener betrachten können, denn Sascha lebte immerhin in Kirgisien und Pjotr besuchte die letzte Klasse des Gymnasiums. Dann war da noch die unsichere Zukunft für Marineoffiziere, vor allem an Bord der großen Atom-U-Boote. Der Frieden war ja eine schöne Sache, aber es gab auch Leute, die deshalb arbeitslos wurden, und Alexej gehörte zu jenen, die sich in der Gefahrenzone befanden.

Sie selbst erhielt um diese Zeit ein Angebot, für zwei Jahre als Gastprofessorin an einer Klinik in Boston zu arbeiten, ja, in den USA. Sie sollte dort als Allgemein-Chirurgin tätig sein und das mit Unterrichtstätigkeit verbinden. Sie hatte nein gesagt, weil sie jetzt ohne dieses Geld auskommen würden. Sonst hätten zwei Jahre mit einem amerikanischen Gehalt sämtliche Bedürfnisse der Familie bis zu den Enkeln gedeckt. Aber dann hätte sie Pjotr zurücklassen müssen. Außerdem konnte Alexej jeden Moment ein neues Kommando auf See bekommen, und dann wäre Pjotr in Murmansk allein zurückgeblieben. Das konnte eine Mutter sich kaum aufs Gewissen laden, nämlich einen Achtzehnjährigen auf sich gestellt zurückzulassen, wenn der an das Abitur denken mußte. Alle Verwandten lebten nämlich in Sankt Petersburg. Es war ja ungeheuer wichtig, daß Schüler möglichst gute Zeugnisse vorweisen konnten.

Mit Alexejs seltsamer Nebentätigkeit, so hieß das neuerdings, Nebentätigkeit, die ja vollkommen legal und außerdem vom Marinekommando Nord gebilligt worden war, hätten sich jedenfalls alle Probleme von selbst gelöst. Jetzt saß sie mit zwei Jungen da, die sie allein versorgen mußte, und hatte nur noch vierzehnhundert Dollar von dem Geld übrig, das Alexej als Vorschuß erhalten hatte. Bislang hatte niemand den Vorschuß zurückverlangt.

Sie verstummte und machte eine fragende Handbewegung. Jurij Tschiwartschew saß nachdenklich da und stützte das Kinn in die Faust.

Carl hatte intensiv und aufmerksam zugehört. Er hatte kein mangelndes Interesse zu heucheln brauchen, da Frau Mordawina ihre Aufmerksamkeit natürlicherweise ihrem Landsmann zugewandt und Carl kaum mit einem Seitenblick bedacht hatte.

Er konnte in ihrem Bericht keine logischen Mängel entdecken. Wenn sie etwas von einem Kernwaffendiebstahl gewußt hätte, hätte sie ihre Geschichte anders erzählt. Sie hätte sich vielleicht für die Möbel und den Fernseher und die vierzehnhundert Dollar mehr entschuldigt.

»Wissen Sie, welche militärischen Aufträge Ihr Mann in der letzten Zeit hatte, ich meine militärische Aufträge und nicht diese, hm, Nebentätigkeit?« fragte Tschiwartschew dann mit sanfter, mitfühlender Stimme, als wäre die Frage nicht gefährlich.

»Ich weiß nicht, ob ich darauf antworten kann. Es war ja sehr geheim«, erwiderte sie mit einem kleinen, aber doch sichtbaren Anflug von Nervosität.

»Na ja, na ja, es kommt darauf an, für wen es geheim sein sollte. Für uns jedenfalls kaum. Wir wissen es vielleicht schon, doch jetzt frage ich Sie, Frau Mordawina«, fuhr Jurij Tschiwartschew unverändert freundlich fort.

»Es ist ja so ...« begann sie zögernd. »Wenn es um die geheimen Instruktionen bestimmter Offiziere geht, dürfen sie nicht mal ihren Frauen erzählen, womit sie sich gerade beschäftigen. Wie Sie verstehen, kann ich nicht dazu beitragen, daß auch nur ein Schatten eines Verdachts auf meinen geliebten Mann fällt«, erwiderte sie in bestimmtem Ton und warf dabei erst Carl und dann Jurij Tschiwartschew einen langen Blick zu.

»Ja, du lieber Himmel ...« sagte Jurij Tschiwartschew mit seinem ersten, wirklich freundlichen Lächeln. »Wie oft haben wir auch mit solchen Fragen zu ringen, nicht wahr, Carl?«

»Aber ja«, sagte Carl, der schnell ebenfalls in einen familiären Ton verfiel. »Wir haben in unserem Land auch solche Vorschriften, aber ich sage meinen Untergebenen immer, daß sie so handeln müssen, wie sie es selbst für richtig halten. Einige sind mit Frauen verheiratet, die sich für die Arbeit ihrer Männer nicht interessieren, und die wollen überhaupt nichts wissen und sollen es auch gar nicht. Andere dagegen, ich gehöre übrigens selbst dazu, sind mit Frauen verheiratet, mit denen man über alles sprechen muß, besonders über schwierige dienstliche Fragen. So ist es in unserem Job, für General Tschiwartschew genauso wie für mich. Das hat nichts mit unserer Nationalität zu tun. Und Sie, liebe Frau Mordawina, nachdem ich jetzt Ihnen und Ihrer bewundernswert gefaßten Darstellung zugehört habe… bin ich sicher, daß Sie es wissen. Mein Kollege ist es übrigens auch.«

Carl breitete lächelnd die Arme aus, und anschließend fiel es ihr erstaunlich leicht, seine Argumentation zu akzeptieren.

»Er war damit beauftragt, Kernwaffen unschädlich zu machen. Eine entsetzliche Arbeit«, sagte sie ohne jedes Zögern.

»Das kann man wohl sagen«, bestätigte Jurij Tschiwartschew still und mit gesenkter Stimme. »Auf der Bahnstrecke zwischen Kola und Petschenga wurde so eine kleine Abfertigungsstation errichtet, oder wie man das nennen soll. Es waren kaum mehr als ein paar Schuppen draußen in der Wildnis südlich von Sapadnaja Litsa. Ihr Mann war dort Chef und sortierte verschiedene Arten von Kernwaffen, die völlig ungeordnet aus bestimmten früheren Sowjetrepubliken mit der Bahn angeliefert wurden. Und das war Ihnen bekannt?«

»Ja«, bestätigte sie mit einem Kopfnicken. »Er sprach oft von der furchtbaren Verantwortung und der schauerlichen Vorstellung, daß Kernwaffen im Umgang der alten Sowjetrepubliken untereinander plötzlich zu innenpolitischen Argumenten werden konnten. Sie nannten den Ort Port Smertsch, den Hafen des Todes.«

»Korrekt«, bestätigte Jurij Tschiwartschew fast traurig. »Dann kam es dazu, daß aus dem Hafen des Todes Kernwaffen gestohlen wurden. Und zwar zu dem Zweck, sie in den Westen zu schmuggeln, um damit schweres Geld zu verdienen. Ihr Neffe Kolja war einer der Schmuggler und ist glücklicherweise mit meinem Kollegen hier zusammengetroffen, bevor der Schmuggel zu Ende gebracht werden konnte. Ihr Neffe war also ein Verbrecher. Wenn wir ihn erwischt hätten und nicht Admiral Hamilton, hätten wir ihn hingerichtet.«

Während Jurij Tschiwartschews sehr ruhiger Darlegung hatte sich Jelena Mordawinas Gesicht verändert. Jetzt war es vor Trauer verzerrt, und als er geendet hatte, ließ sie einen schluchzenden Laut hören, als versuchte sie unter Aufbietung ihrer ganzen Willenskraft, nicht in Tränen auszubrechen. Plötzlich beugte sie sich wie unter plötzlichen Magenkrämpfen nach vorn.

»Schauerlich, wahrlich schauerlich!« stöhnte sie. »Sie meinen, mein armer Alexej hat erfahren, was Kolja und diese Verbrecher vorhatten? Und dann haben sie ihn getötet. Schauerlich!«

Carl und Jurij Tschiwartschew wechselten einen schnellen Blick und nickten bestätigend. Ja, sie seien zu den gleichen Schlußfolgerungen gekommen. Jelena Mordawina wußte nicht, daß ihr Mann die Voraussetzung für das ganze Unternehmen gewesen war; es wäre sinnlos gewesen, sie nach Motiven zu fragen.

»Sagen Sie, liebe Frau Mordawina«, begann Jurij Tschiwartschew vorsichtig, als sie sich wieder gefaßt zu haben schien. »Glauben Sie, daß hier in der Wohnung vielleicht etwas versteckt ist, an das die Banditen heranwollten? Karten, Verzeichnisse, solche Dinge?«

»Absolut nicht!« erwiderte sie entschieden. »Alexej war ein sehr pflichtbewußter Offizier. Er hätte solche Unterlagen nie mit nach Hause gebracht.«

»Aber Sie haben sicher nichts dagegen, daß wir sicherheitshalber nachsehen?« fragte Jurij Tschiwartschew honigsüß.

»Doch, ich muß schon sagen! Was für Manieren! Sie können doch nicht einfach herkommen und in unserem Leben herumwühlen, in unserer Trauer und unserer Verzweiflung. Das lasse ich nicht zu!«

Sie sah sehr entschieden aus, und es war klar, daß sie sich nicht umstimmen lassen würde.

»Na na, Frau Mordawina«, fuhr Jurij Tschiwartschew etwas weniger honigsüß fort. »Wir müssen noch einige Protokolle erstellen, mein geschätzter Kollege und ich, und in einem solchen Protokoll sollte stehen, daß wir hier nichts gefunden haben. Anders läßt sich die Sache leider nicht erledigen.«

»Dann müssen Sie dazu mit geeignetem Personal herkommen. Ich will nicht, daß Sie hier herumschnüffeln! Die Zeit, in der Leute in Uniform überall herumgeschnüffelt haben, ist in Rußland endgültig vorbei.«

»Völlig falsch. Diese Zeit ist in keinem Land unter keinem politischen System vorbei, wenn es um gestohlene Kernwaffen geht«, wandte Jurij Tschiwartschew scharf ein. »Und jetzt, Frau Mordawina, sollten Sie uns keine Schwierigkeiten mehr machen. Wir bieten Ihnen eine gewisse Diskretion, wenn wir selbst das vornehmen, was Sie schnüffeln nennen. Der Himmel weiß, daß wir uns schon viele Jahre nicht mehr mit solchen Dingen befaßt haben, aber wenn es sein muß, können wir es, das versichere ich Ihnen. Die Alternative ist nämlich genau das, was Sie unglücklicherweise vorgeschlagen haben. Dann holen wir Personal, bringen Sie und Ihren Sohn weg und stellen hier in der Wohnung alles auf den Kopf.«

Er verstummte und sah sie streng an. Langsam ging ihr auf, daß ihr keine Wahl blieb; sie war offenbar eine intelligente Frau.

Carl erhob sich, um zu zeigen, daß die Diskussion beendet war.

»Ich fange in der Küche an und nehme dann das Schlafzimmer«, sagte er und ging hinaus, damit Jurij Tschiwartschew allein mit der bewundernswerten Frau weitersprechen konnte.

Jurij Tschiwartschew wartete ab, bis Carl auf dem Weg in die Küche die Tür hinter sich zugezogen hatte. Dann drehte er sich zu Jelena Mordawina um und sah sie eine Zeitlang nachdenklich an, bevor er etwas sagte. Sein freundlicher Blick verriet ihn nicht, und sie hätte sich nicht einmal in ihren wildesten Alpträumen vorstellen können, was er über sie und ihre Zukunft dachte.

»Eines wissen Sie hoffentlich, Frau Mordawina«, sagte er dann langsam. »Irgend jemand hat ja den Beschluß gefaßt, daß Ihr Mann sein Kommando als stellvertretender Schiffskommandant der Minskij Komsomolets, der heutigen Alexander Newskij, beendet und versetzt wird. Und jemand in dem von Ihnen so genannten Marinekommando Nord hat ebenfalls beschlossen, daß er sich künftig mit dieser sogenannten Nebentätigkeit beschäftigen sollte.«

»Ja?« sagte sie und machte ein fragendes Gesicht. »Aber das ist doch nichts Besonderes? Irgend jemand entscheidet doch immer.«

»Ja, gewiß, aber jetzt frage ich mich nur, ob Sie wissen, welche Männer diese Entscheidungen getroffen haben?«

»Sollte ich das sagen? Hätte ich das überhaupt wissen dürfen?«

»Ja, Frau Mordawina, Sie sollten es sagen. Und Sie hätten es auch wissen dürfen. Im Hinblick darauf, wie kompliziert Ihre Situation ist, wäre es klug, alle meine Fragen zu beantworten.«

Sie musterte ihn mit einem langen, forschenden Blick, doch er konnte nicht entscheiden, ob sie Bescheid wußte oder nicht.

»Vizeadmiral Valerij Sablin hat beide Entscheidungen getroffen«, sagte sie plötzlich.

»Beide Entscheidungen?« sagte Jurij Tschiwartschew und hob erstaunt die Augenbrauen. »Sind Sie sich da sicher? Ich meine, es ging ja um zwei völlig verschiedene Dinge.«

»Ich bin mir völlig sicher«, erwiderte sie fast beleidigt. »Warum sollte ich es sonst sagen? Mein Mann wurde zweimal zum Vizeadmiral nach Seworomorsk bestellt. Einmal, um den neuen Job da draußen bei der Bahnstation zu bekommen, das andere Mal, um zu erfahren, daß es in Ordnung war, diese Nebentätigkeit auf einem Bergungsschiff draußen im Fjord zu übernehmen.«

»Die hundert Dollar am Tag einbringen sollte?«

»Genau die.«

»Aber dabei kann es sich doch kaum um einen offiziellen Befehl gehandelt haben?«

»Doch, ich glaube schon, daß man das so sagen kann. Alexej gefiel das im Grunde nicht so sehr, diese Sache mit Kolja und dessen Geschäften und seinen dicken Dollarbündeln.«

»Sehr interessant«, murmelte Jurij Tschiwartschew eher zu sich selbst, denn als Kommentar für die Frau, die ihm gegenübersaß. Sie hatte soeben ein neues Todesurteil gefällt, schien davon aber nicht die blasseste Ahnung zu haben.

»Ich frage mich, ob Sie so freundlich sein könnten, die Erzählung über den Sohn Ihres Schwagers noch einmal zu wiederholen?« fragte er dann in einem Tonfall, der deutlich erkennen ließ, daß er keine Frage ausgesprochen hatte, sondern einen Befehl.

Sie seufzte schwer, brachte aber keine Einwände mehr vor. Dann begann sie, alles noch einmal zu erzählen.

Carl war durch die kleine Küche gegangen, ohne dort etwas anzurühren. Dann hatte er sich in das einzige Zimmer begeben, das hinter der Küche lag. Es war das ehemalige gemeinsame Schlafzimmer der Ehegatten gewesen. Jetzt schlief dort nur noch eine Person.

Das Zimmer war sehr einfach möbliert und wurde von einem durchgelegenen Doppelbett beherrscht, das in der Mitte durchhing und mit einer ordentlichen braunen Tagesdecke zugedeckt war. Über den Kopfkissen befanden sich nur zwei Dinge an der Wand, ein Kreuz und eine Ikone. Carl blieb kurz vor dem Heiligenbild stehen und versuchte zu verstehen, um wen es sich handelte und was beschützt werden sollte; die vier Schiffe in der Ecke des abblätternden Gemäldes ließen ihn vermuten, daß es ein Heiliger der Seefahrer war. Irgendwie weckte dieser Anblick in ihm ein Gefühl vom Wahnwitz der Erde. In diesem einfachen Zimmer schlief eine Frau, eine Ärztin. Und ihr Mann war nicht irgendein beliebiger Seemann, sondern Waffenoffizier auf einer der tödlichsten Kriegsmaschinen, welche die Menschheit je erschaffen hatte, auf einem U-Boot der Taifun-Klasse.

Die Wände waren im übrigen schmucklos bis auf einen handgewebten und vermutlich recht alten Wandbehang. Er zeigte Männer und Frauen bei der Ernte auf einem von Rußlands weiten Feldern. Im Hintergrund graue Häuschen und Birkenwald. Darunter ein Text, den Carl nicht lesen konnte, da er in einer anderen Sprache als Russisch geschrieben war, vielleicht auf ukrainisch.

An der Wand auf der anderen Seite des Betts befanden sich drei in die Wand eingebaute Kleiderschränke. Carl ging widerwillig hin und öffnete die erste quietschende Sperrholztür. Dort hingen ihre Kleider säuberlich auf Holzbügeln. Er ließ die Finger über das Material gleiten und kam zu dem Schluß, daß es meist Kunstfaser war, Stoffe, in denen man schwitzt und unangenehm riecht. Er machte schnell die Tür zu, als hätte er die Frau körperlich berührt, und öffnete die nächste.

Dort hingen zwei Uniformen, eine Winteruniform mit frisch aufgenähten Rangabzeichen, aus denen hervorging, daß ihr Träger Kapitän zur See war. Außerdem eine Sommeruniform, an der sich noch die alten Rangabzeichen befanden.

Er und ich müssen ungefähr gleichzeitig befördert worden sein, dachte Carl und versuchte unbewußt, in dieser einfachen Beobachtung einen höheren Sinn oder eine Symbolik zu entdecken. Es kam ihm vor, als vermittelte der Duft sauber gewaschener Kleidung und von Mottenkugeln eine Empfindung von Ehrlichkeit, eine Ahnung von guten Menschen, also dem genauen Gegenteil von Leuten wie Mike Hawkins. Aber Mike Hawkins hatte es irgendwie geschafft, diesen Kollegen mit der durch und durch redlichen Frau, die sich da draußen in den Klauen von Jurij befand, dazu zu bringen, Kernwaffen zu stehlen. Wie bringt man einen guten Mann zu so etwas? Mit Geld. Das ist natürlich immer eine Möglichkeit. Aber der Mann, dessen Beruf es war, mit SS 20-Raketen zu hantieren, mußte als Mensch doch so viel Verantwortungsgefühl besitzen, daß er sich nicht ohne weiteres verkaufen würde. Erpressung? Drohungen gegen die Familie, die Zukunft der Kinder? Vielleicht etwas in der Richtung.

Carl erkannte, daß er nicht rational dachte, sondern nur von Dingen phantasierte, zu deren Beurteilung ihm der konkrete Hintergrund fehlte. Mit einem starken Gefühl von Unbehagen schloß er die Tür des Kleiderschranks mit den beiden Uniformen, verzichtete darauf, die dritte Tür zu öffnen, und ging in die Küche.

Die Kleiderschränke würde man ohnehin Brett für Brett auseinanderreißen müssen, falls es tatsächlich zu einer Hausdurchsuchung kam. Er hoffte nun, in der Küche etwas zu finden, um nicht noch einmal im Schlafzimmer suchen zu müssen.

Die Küche war sehr klein. Selbst wenn man allein wohnte, war dort nicht genug Platz zum Essen. Es gab nur kaltes Wasser aus einem Hahn über einer Spüle, die an einen knapp einen Meter langen Tresen aus Speckstein angeschlossen war. Alles war sauber und trotzdem irgendwie nicht, denn von Reinigungsmitteln war nichts zu riechen.

Über dem kleinen Küchentresen befand sich ein Fenster, dessen einer Holzrahmen zugequollen zu sein schien. Dafür war die andere Fensterhälfte um so öfter geöffnet worden. Von einem Dunstabzug war nichts zu sehen, so daß man wohl ein Fenster aufmachen mußte, wenn man Essen zubereiten wollte. In einer Ecke befanden sich zwei elektrische Kochplatten, darüber ein Hängeschrank.

Carl tastete mit dem Zeigefinger unter den Hängeschrank und fand, wie er glaubte, einen fettigen Belag. Dort also landete der Bratendunst.

Der Kühlschrank war recht groß, völlig neu und westlicher Herkunft. Es war der einzige Gegenstand in der Küchenregion, der die gleiche Sprache sprach wie die neuen westlichen Möbel im Wohnzimmer.

Carl öffnete die Kühlschranktür und betrachtete eine Zeitlang den Inhalt. Das Abendessen würde entweder aus gesalzenem Dörrfisch, vermutlich Kabeljau, bestehen, oder aus Kartoffelpuffern von gestern, möglicherweise mit Salzgurke und Smetana. Es gab kein Bier im Kühlschrank, überhaupt keinen Alkohol, und auch kein Fleisch. Das Gefrierfach war leer.

Carl machte den Kühlschrank zu und drehte ihn vorsichtig auf dem Fußboden herum. Man konnte sehen, daß er erst vor kurzer Zeit angeschlossen worden war, seit ein paar Monaten vielleicht, da an der Wand eine neue Steckdose angebracht war. Der Staub lag jedoch dick und unberührt da. Niemand hatte den Kühlschrank von der Wand gerückt, bevor Carl es getan hatte. Staubsauger waren in russischen Offizierswohnungen offenbar nicht üblich.

Er wuchtete den Kühlschrank zurück und sah sich erneut in der kleinen Küche um. Über dem Küchentresen befand sich eine Reihe offener Regale mit Dosen. Sie enthielten Tee, Zwieback und sogar ein paar Kräuter und Gewürze. Ganz oben standen Blechdosen mit gemalten Motiven. Carl streckte sich, um besser zu sehen, und erkannte, daß die vier Blechdosen die Sage von Rußland in verschiedenen Abschnitten wiedergaben. Er betrachtete sie sorgfältig, eine nach der anderen, um zu sehen, ob sie chronologisch nach dem Verlauf der Sage angeordnet waren, falls das überhaupt eine Bedeutung haben konnte. Doch plötzlich fuhr er zusammen, nickte leise vor sich hin und ging wieder ins Schlafzimmer zurück, wo am Fußende des Betts ein Stuhl stand. Er ging mit dem Stuhl in die Küche, stellte ihn vor die Regale und kletterte hinauf.

Er fuhr mit dem Finger um die Dosen herum. Sie standen schon sehr lange dort und waren vor Bratendunst ganz klebrig. Eine der Dosen zeigte, aus der Nähe betrachtet, jedoch deutlich sichtbare Fingerabdrücke.

Carl nahm eine der anderen Dosen herunter, öffnete sie und fand sie leer. Dann wiederholte er die Prozedur mit zwei weiteren Dosen, die seit langer Zeit keine Hand mehr angerührt hatte, und stellte fest, daß auch sie leer waren. Er hatte nichts anderes erwartet. Er stellte alles vorsichtig in die genau gleichen Staub- und Fettringe zurück. Blieb also noch die Dose, die jemand angefaßt hatte. Sie war nicht leer.

Er stieg vorsichtig vom Stuhl herunter, sorgfältig darauf bedacht, keinen Lärm zu machen, denn das hätte sofort verraten, was er hier trieb. Er stellte die Dose vor sich auf den Steintresen. Er betrachtete das Motiv. Ritter Ruslan bekämpft das Böse wie Sankt Georg.

Entschlossen öffnete er die Dose und zog ein kleines Päckchen heraus. Es war mit braunem Papier umwickelt und verschnürt. Er betastete das Päckchen vorsichtig und glaubte sofort zu wissen, was es enthielt. Er löste den Knoten, stellte gewohnheitsmäßig fest, daß es ein Seemannsknoten war, und kippte den Inhalt des Päckchens vor sich auf den Küchentresen. Es waren Tausend-Dollar-Scheine, ausschließlich Tausend-Dollar-Scheine. Plötzlich überkam ihn ein würgendes Gefühl. Erinnerungsbilder von blutigen Bündeln gerade solcher Geldscheine stiegen vor ihm auf. Sie hatten die Eigentümer mit ihren Geldscheinen verbrannt. Der Neffe Kolja war einer von ihnen gewesen.

Carl wog das Geldscheinbündel in der Hand und überlegte, daß es diesmal mehr als fünfzigtausend Doller sein mußten. Er zählte die Scheine ruhig und methodisch. Das Ergebnis überzeugte ihn jedoch nicht, und so wiederholte er die Prozedur. Dann war er sicher. Es waren neunundneunzigtausend Dollar.

Er wickelte die Scheine nachdenklich wieder ein, stopfte sie in die leere, handbemalte Dose und versuchte nachzudenken.

Würde sie neunundneunzigtausend Dollar so verwahren, wenn sie der Meinung war, daß es sich um Geld aus unsauberen Geschäften handelte? Würde überhaupt jemand in Rußland so viel Geld so aufbewahren?

Er versuchte zu überlegen, wieviel es eigentlich war, und kam in Rubel auf eine astronomische Summe. Vielleicht fünfhundert Jahresgehälter eines Kapitäns zur See.

Dann versuchte er sich Jelena Mordawinas künftiges Schicksal vorzustellen, und zwar von der Zeit an, zu der man sie und ihren Sohn abholte. Schon die Höhe des Betrags sollte ihr für den Rest ihres Lebens Unglück garantieren.

Im Hinblick auf die Herkunft des Geldes war überdies höchst unsicher, wie lang dieser Rest ihres Lebens noch werden würde.

Wegen dieses Mike Hawkins waren jetzt schon recht viele Menschen zum Tode verurteilt und hingerichtet worden, hauptsächlich deshalb, weil sie Spielbälle oder Schachfiguren in seinem Spiel gewesen waren. Er selbst war der einzige, der gute Überlebenschancen hatte und überdies als reich belohnter Mann überleben konnte. Carl war eins der Werkzeuge in diesem Spiel, ein Befehlsempfänger, der unter anderem Dienstleistungen bereithielt. So gehörte zu diesen etwa, Menschen zu töten und zu verbrennen, Menschen, für die Mike Hawkins diesen Weg vorgezeichnet hatte, weil er seine Lohnkosten verringern und zudem sicherstellen wollte, daß niemand ihn verraten konnte, selbst als Toter nicht.

Carl spürte, wie ihm der kalte Schweiß ausbrach. Er konnte nur mit größter Mühe einen Impuls ersticken, einfach durch die Küchentür zu gehen und mitzuteilen, es sei alles erledigt. Statt dessen ging er wieder ins Schlafzimmer und öffnete die Kleiderschranktür in der Mitte, hinter der sich die beiden Uniformen des Kollegen verbargen. Er nahm die Winteruniform heraus, drückte sie sich ans Gesicht und stellte wie erwartet fest, daß sie gereinigt war. Dann warf er sie auf die Tagesdecke des Betts. Er wußte nicht, was er finden würde. Es war fast so, als wollte er seine Phantasie dazu provozieren, eine Geschichte zu erfinden. Er ließ den Blick von den Rangabzeichen bis zu den drei Reihen mit den Ordensspangen entlanggleiten, die etliche Auszeichnungen repräsentierten. Zwei davon kannte er. Den Roten Stern, der ihm selbst verliehen worden und eine Art Entsprechung der schwedischen Medaille für Tapferkeit auf See war, und dann noch etwas, was der Orden der Roten Fahne sein konnte.

Dort oben unter dem Polareis mußte eine ganze Menge passiert sein. Alexej Mordawin mußte so manche Krise miterlebt haben, und bei ihm war wohl immer wieder der kalte Schweiß ausgebrochen, weil diese Männer auf einem Atomreaktor ritten und eine Vernichtungskraft an Bord hatten, die unfaßbare eintausend bis zweitausend Hiroshima-Bomben entsprach.

Er hatte alles überlebt, war mit allen Zwischenfällen und Krisen fertig geworden und aufgrund seiner Tüchtigkeit und nichts sonst befördert worden. Er war sehr unregelmäßig zu seiner Familie nach Hause gefahren, vermutlich ohne jede Möglichkeit, sie vorher zu benachrichtigen. Irgendwann im Sommer war er in der Stadt gewesen, hatte zusammen mit seiner Frau und seinem jüngsten Sohn einen Sonntagsausflug gemacht, sich die Uniformmütze wie ein junger Seemann in den Nacken geschoben und glücklich in die Kamera gelächelt, die sich entweder in den Händen seiner Frau oder seines Sohns befunden hatte.

Als das Bild aufgenommen worden war, hatte er seine Anstellung mit der »Nebentätigkeit« begonnen, die ihm zum Verhängnis geworden war.

Seine Ermordung bewies nichts. Weder zu seinen Gunsten noch zu seinen Ungunsten. Sein Neffe Kolja war ebenfalls ermordet worden, obwohl die Politiker, die das beschlossen hatten, andere Wörter dafür vorzogen. Auch die Männer, die den Mord ausgeführt hatten, hatten noch weit mehr Bedarf an anderen Wörtern gehabt; Carl erinnerte sich nicht mehr genau, ging aber davon aus, daß er selbst über Funk mit Begriffen wie »Ziel zerstört« oder etwas Ähnlichem berichtet hatte.

Er hängte die Uniform vorsichtig in den Schrank; vielleicht hatte sie doch irgendwie zu ihm gesprochen, denn er war jetzt dabei, zu einem Entschluß zu kommen.

Er ging in die Küche, drehte sich in der Tür noch mal um und kontrollierte, daß nichts im Schlafzimmer auf eine Profanierung hindeutete. Dann schloß er vorsichtig die Tür hinter sich. Er holte die Blechdose mit Rußlands Kampf gegen das Böse, räusperte sich und betrat das Wohnzimmer. Jurij Tschiwartschew und Jelena Mordawina saßen immer noch auf der Sitzgruppe. Beide sahen aus, als hätte Carl sie in einer recht entspannten Unterhaltung unterbrochen. Beide entdeckten natürlich sofort die Blechdose in Carls Hand. Die Gesichter beider verrieten, daß ihnen Ahnungen kamen. Carl betrachtete Jelena Mordawina einige Sekunden lang, bevor er etwas sagte.

»Ich habe es gefunden«, stellte er fest, als hätten sie gewußt, wonach sie suchen mußten. Dann sah er auf die Armbanduhr und wandte sich über den Kopf von Jelena Mordawina hinweg an seinen Kollegen.

»Ich würde es aus verschiedenen Gründen vorziehen, dieses Gespräch mit Frau Mordawina unter vier Augen zu führen«, sagte er und lächelte Jurij Tschiwartschew vorsichtig an. Damit versetzte er ihn in eine knifflige Lage.

Wenn Carl um so etwas bat, mußte er gute Gründe dafür haben. Diese guten Gründe ließen sich jedoch unmöglich erraten. So war es kein Wunder, daß Jurij Tschiwartschew zögerte.

»Machen wir es doch so«, sagte Carl in einem Tonfall, als erteilte er fast einen Befehl. »Du triffst dich jetzt mit unserem anderen schwedischen Delegierten, und dort sehen wir uns in einer halben Stunde. Können wir es so machen?«

Jurij Tschiwartschew entschied sich schnell, stand auf und verabschiedete sich sehr höflich von Jelena Mordawina. Er entschuldigte sich für die Wasserlache, die seine verschneiten Stiefel verursacht hatten, lehnte jede Hilfe an der Tür ab, nahm seinen Mantel und machte auf dem Weg hinaus eine nachlässige Ehrenbezeigung.

»Ich habe Grund zu der Annahme, daß Ihr Mann ein sehr guter Offizier gewesen ist«, sagte Carl und setzte sich. Er stellte die Blechdose demonstrativ vor sich auf den Tisch. »Jetzt möchte ich Sie aber bitten zu erklären, was sich in dieser schönen Dose befindet.«

Jelena Mordawina hatte Angst, das war ihr anzusehen. Doch das bewies weder das eine noch das andere. Hätte sie gewußt, daß da neunundneunzigtausend Dollar vor ihr auf dem Tisch standen, wäre sie nervös gewesen. Wenn sie nicht wußte, was Carl gefunden hatte und welche Bedeutung er dem Fund beimaß, hätte sie ebenfalls Angst gehabt.

»Ich weiß nicht, was die Dose enthält«, sagte sie heiser. »Ich verstehe nicht, wer Sie sind und was Ihnen in unserem Land solche Rechte gibt. Aber offenbar haben Sie sie, Herr Admiral. Ich weiß es einfach nicht.«

»Wie stellen Sie sich Ihre Zukunft vor, Frau Mordawina?« fragte Carl und zeigte auf die Dose.

»Ich habe diese Frage noch nie mit ein paar einfachen Keksdosen in Verbindung gebracht, die ich von meinen Eltern geerbt habe, das steht jedenfalls fest«, erwiderte sie mit bissiger Ironie, die Carl sofort gefiel. Er bewunderte ihren Mut.

»Nein, aber erzählen Sie es mir trotzdem, denn jetzt steht Ihre Zukunft auf dem Spiel«, erwiderte Carl, der sich Mühe gab, eher sachlich als unfreundlich zu sein.

»Mein Mann ist jetzt seit weniger als zwei Monaten tot«, begann sie zögernd. »Wir haben ein gemeinsames Leben, ein anständiges Leben geführt und nie geglaubt, daß es je anders sein könnte. Ärzte können überall Arbeit bekommen, denn sie werden überall gebraucht. So konnte ich von einer Marinebasis zur anderen mitkommen. Wir haben in Sewastopol gewohnt, in Kaliningrad, Sankt Petersburg und Murmansk. Beim nächsten Mal hätte es Wladiwostok sein können. Jetzt weiß ich nicht.«

»Haben Sie daran gedacht, wieder nach Sankt Petersburg zu ziehen?«

»Ja, vielleicht, aber erst muß Pjotr das Abitur machen. Es ist für ihn am besten, wenn er die Schule hier beendet. Und dann stellt sich ja die Wohnungsfrage. Das Marinekommando hat gesagt, daß ich hier wohnen bleiben kann. Und eine solche Wohnung bekommt man in Sankt Petersburg nicht ohne weiteres.«

Sie biß sich zögernd auf die Lippe und verstummte plötzlich. Sie konnte nicht verstehen, was der fremde und offenbar wichtige Spionagechef von ihr hören wollte. Was sollte sie erzählen, was enthüllen?

Carl betrachtete sie aufmerksam, wobei er sich Mühe gab, sie nicht anzustarren. Ihre Augenbrauen und Wimpern wiesen starke natürliche Farben auf. Erst jetzt ging ihm auf, daß sie völlig ungeschminkt war. Ihr Blick erhielt allein durch die Farbe der blauen Augen seine große Intensität. Sie sah ihn mit einer Mischung aus natürlicher Furcht und innerer Sicherheit an, die ihn immer näher an den Entschluß heranführte, der jetzt in ihm reifte.

»Unsere Situation ist nicht leicht, Frau Mordawina«, begann er langsam. »Und mit unserer Situation meine ich Ihre und meine in diesem Moment. Ich könnte etwa folgendes sagen: Der Inhalt dieser Dose entscheidet über Ihre gesamte Zukunft, über Leben und Tod, Glück oder Unglück. Und vielleicht entscheidet auch das, was Sie mir jetzt sagen. Also müssen Sie Ihre Worte jetzt mit einer gewissen Sorgfalt wählen, Frau Mordawina.«

Carl lehnte sich zurück, als wollte er zeigen, daß es mit ihrer Antwort keine Eile hatte. Er bemühte sich, im Gesicht jede Spur von der Selbstverachtung auszulöschen, die er empfand. Quälte er doch eine Frau, von der ihm seine Intuition sagte, daß sie unschuldig war.

Natürlich dachte sie nach, natürlich mußte sie erhebliche Willenskraft aufbieten, um ihre Furcht zu bekämpfen, bevor sie eine Antwort versuchte.

Sie wurde vorübergehend gerettet, als ihr Sohn Pjotr mit ein paar Schulbüchern in der Hand erschien und sich für die Störung entschuldigte. Er bat sie, ihm ein mathematisches Problem zu erklären. Ihre Hände zitterten leicht, als sie dem Sohn mit einem Bleistift eine Formel aufschrieb und diese erklärte; Carl achtete sorgfältig auf Spuren von Unsicherheit in ihrem Tonfall und betrachtete den Sohn, der so etwas viel eher spüren mußte als ein fremder Beobachter. Sie schien die Probe jedoch zu bestehen. Nach ein paar Minuten ging der Sohn wieder in sein Zimmer, während er vor sich hin murmelte, was er gerade gelernt hatte. Als die Tür hinter ihm zuging, sank sie leicht zusammen, als atmete sie auf. Dann nahm sie sich mit einer deutlich sichtbaren Willensanstrengung zusammen und wandte sich entschlossen an Carl.

»Herr Admiral«, sagte sie, »Sie haben mich gebeten, eine Frage zu beantworten, dabei aber indirekt eine entsetzliche Drohung ausgesprochen.«

»Korrekt«, entgegnete Carl. »Ich bedaure unsere Situation, wie ich schon sagte.«

»Und wie würden Sie selbst in einer solchen Situation handeln, Herr Admiral? Was meinen Sie?« fragte sie fast aggressiv.

»Das kommt darauf an«, antwortete Carl demonstrativ ruhig. »Vor allem hängt es davon ab, was sich in der Dose befindet und was Sie darüber wissen. Darauf müssen Sie antworten. Unser Spiel nähert sich seinem Ende, Frau Mordawina. Versuchen Sie jetzt, Ihre Antwort zu formulieren.«

Carl verabscheute sich selbst, folgte aber einem unbezwingbaren Instinkt. Sie mußte ganz einfach den hohen Preis bezahlen, den er ihr aufzwang.

»Mein Mann war kein Spion!« sagte sie mit plötzlicher Aggressivität. »Falls es in der Wohnung Dokumente gibt, die er hier nicht aufbewahren durfte, möchte ich Sie daran erinnern, mit was für einer Nachricht Sie zu mir gekommen sind. Nämlich mit der, daß er ermordet worden ist. Es war schließlich nicht der Sicherheitsdienst, der gegen meinen Mann vorgegangen ist, es waren Mörder. Falls er Dokumente an sich genommen hat, bin ich sicher, daß er dafür gute Gründe hatte, und zwar unabhängig davon, wo sie jetzt aufbewahrt werden. Und es müssen diese guten Gründe gewesen sein, die zu seiner Ermordung geführt haben, bevor er die Wahrheit enthüllen konnte.«

Sie sprach mit Überzeugung, das war Carls entschiedener Eindruck. Entweder war sie eine Schauspielerin von professioneller Spitzenklasse oder aber sie glaubte an das, was sie sagte. Überdies bezweifelte er, daß selbst ein meisterhafter Schauspieler unter einer Todesdrohung sein Bestes geben konnte.

»Ich bitte Sie um Entschuldigung dafür, daß ich Sie so behandelt habe, Frau Mordawina«, sagte Carl sanft. »Ich kann Sie nicht bitten, meine Absichten und die meines geschätzten russischen Kollegen zu respektieren, sondern Sie nur bitten, unser Wort dafür zu nehmen, daß wir ein Verbrechen von allergrößter Bedeutung aufzuklären versuchen. Darf ich Sie jetzt bitten, den Inhalt dieser Dose auf den Tisch zu legen.«

Ihr Gesicht zeigte zunächst keinerlei Regung. Es lag etwas Zwiespältiges in Carls Äußerung, was er auch beabsichtigt hatte. Er wollte sie bis zuletzt mustern und studieren, und sie sah mit sichtlichem Schrecken auf die Dose, als enthielte sie eine Giftschlange oder etwas, was in diesem oder jenem Sinn explodieren würde, wenn sie sie öffnete.

Carl bewegte sich nicht und sagte nichts, sondern wartete nur ab.

Schließlich holte sie tief Luft, beugte sich vor und nahm ohne zu zögern den Deckel von der Dose. Dann schüttelte sie das kleine braune Päckchen heraus. Der Inhalt der Dose überraschte sie. Sie hatte nach Carls Beschreibung offenbar etwas anderes erwartet. Er war jetzt überzeugt, wenigstens diesmal richtig zu handeln. Zumindest machte er den Versuch, mit einem Menschenleben, das in seiner Gewalt war, richtig zu handeln.

»Öffnen Sie es!« sagte er freundlich und zeigte auf das kleine Päckchen.

Ihre Finger zitterten leicht, und sie hatte einige Mühe mit dem Seemannsknoten. Um ein Haar wäre Carl ein Scherz über Seemannsfrauen entschlüpft, doch er konnte ihn gerade noch zurückhalten. Schließlich riß sie die Schnur ab, drehte die braune Papiertüte um und schüttelte den Inhalt zwischen den Teegläsern auf den Tisch.

Ihr Blick folgte natürlich dem Geldscheinbündel, das sich auf dem Tisch öffnete. Carls Blick war in ihrem Gesicht festgenagelt. Er sah, wie sich ihre Pupillen weiteten und wie sie sich erneut vor Schreck die Hand vor den Mund hielt.

»Das da, Frau Mordawina«, sagte er mit mühsam erkämpfter, fast demonstrativer Ruhe, »sind neunundneunzigtausend amerikanische Dollar. Ich fürchte, daß in Murmansk allzu viele Menschen wegen dieser Geldsumme morden oder sogar noch schlimmere Verbrechen begehen könnten. Kolja, der Neffe ihres Mannes, war einer von ihnen.«

»Ist das der Grund gewesen?« keuchte sie und riß eine Hand zurück, die schon das Geld hatte berühren wollen, um körperlich die unangenehme Wahrheit zu bestätigen.

»Ist Alexej deshalb ermordet worden?«

»Es besteht ein Zusammenhang«, erwiderte Carl. »Kolja und einige andere Figuren sind in schwere Verbrechen verwickelt gewesen. Sie haben versucht, Kernwaffen außer Landes zu schmuggeln, um sie aus Gewinnsucht zu verkaufen. Alle, die an diesem Verbrechen beteiligt waren oder davon wußten, sind jetzt tot oder inhaftiert.«

»Mein Mann hat also zuviel gewußt«, stellte sie fest und nickte nachdenklich, als ginge ihr jetzt der gesamte Zusammenhang auf.

»Ja«, bestätigte Carl. »Wir können wohl davon ausgehen, daß es sich ungefähr so verhalten hat. Wenn man Ihren Mann nicht ermordet hätte, hätten sich die Ganoven nicht bis jetzt auf freiem Fuß halten können. Doch jetzt komme ich zu dem Problem mit Ihnen, Frau Mordawina.«

»Mit mir!« rief sie erschrocken aus und hielt wieder die Hand vor den Mund. »Was habe ich getan? Ich habe doch mit dieser Sache nicht das geringste zu tun.«

»Nein«, sagte Carl begütigend, »das glaube ich auch nicht. Aber wie ich schon sagte, sind alle, die in die Sache verwickelt sind oder auch nur davon wissen, inzwischen tot oder in Haft. Mit Ausnahme von Ihnen.«

»Aber ich habe doch nichts mit der Sache zu tun!«

»Gewiß nicht. Aber so wie die Gangster in meinem Teil der Welt zu argumentieren pflegen, was sich leider auch in hohen politischen Kreisen sowohl im Osten wie im Westen wiederholen kann, wissen Sie einfach zuviel, Frau Mordawina.«

»Das ist ein Wissen, um das ich wahrlich nicht gebeten habe«, fauchte sie. »Ich möchte daran erinnern, daß Sie es gewesen sind, Sie und Ihr Kollege, die mir dieses Wissen vermittelt haben, das Sie jetzt gegen mich zu richten versuchen.«

Ihn faszinierte ihre Selbstbeherrschung, wie es ihr gelang, logisch zu argumentieren und sich trotz der sowjetischen Tradition, die ihr doch noch im Blut sitzen mußte, zu verteidigen. Er lächelte sie an, absichtlich deutlich, fast übertrieben.

»Doch jetzt, Frau Mordawina, möchte ich Ihnen eine außerordentlich unkonventionelle Lösung unserer gemeinsamen Probleme vorschlagen«, sagte er immer noch lächelnd. Dann beugte er sich zu dem Geldscheinbündel vor und zählte schnell fünfzig Tausend-Dollar-Scheine ab. Er wiederholte die Prozedur und steckte das Geld lässig in die Tasche. Sie beobachtete ihn dabei mit einer Mischung aus Mißtrauen und Entsetzen, als repräsentierte das Geld auf dem Tisch die gesamte Bosheit der Welt, was es, wie es Carl durch den Kopf schoß, vermutlich auch tat.

»Ich beschlagnahme gut die Hälfte dieses Geldes, Frau Mordawina. Ich werde Ihnen jetzt genau erklären, was ich tue. Ich werde der zuständigen Behörde melden, daß ich hier fünfzigtausend Dollar gefunden habe. Ich werde mein Wort darauf geben, daß Sie unschuldig sind, und werde vorschlagen, daß man die Angelegenheit damit auf sich beruhen läßt. Haben Sie insoweit alles verstanden?«

»Ja und nein«, entgegnete sie mit einer skeptischen Miene, die Carl erröten ließ. Sie dachte wohl, daß er das Geld auf eigene Rechnung einstreichen wollte.

»Fünfzigtausend Dollar sind zufällig der Anteil, den mehrere Verbrecher dieser Bande bei sich hatten, als wir sie festnahmen und töteten«, versuchte Carl zu erklären. Er erkannte sofort, daß er die Sache damit kaum klarer gemacht hatte.

»Und was ist mit dem Geld passiert?« fragte Jelena Mordawina mit einem Anflug von Ironie in der Stimme.

»In den Fällen, in denen ich für die Beschlagnahme verantwortlich war, wurde das Geld zusammen mit anderem Beweismaterial verbrannt«, erwiderte Carl. Er hatte wieder das Gefühl, sich mit seinen Worten verheddert zu haben. »Lassen Sie mich aber jetzt erklären, wie ich es mir gedacht habe. Sie sind unschuldig, ein unschuldiges Opfer einer Verschwörung, auf die Sie keinerlei Einfluß gehabt haben. Ihre Söhne sind ebenfalls unschuldig. Ihre Familie hat einen sehr hohen Preis zahlen müssen. Ich gehe davon aus, daß Ihnen künftig keine Behörde mehr Schwierigkeiten machen wird. Sollte es wider Erwarten doch geschehen, bitte ich Sie, auf mich zu verweisen, falls Sie dieses oder jenes erklären müssen.«

»Was sollte ich erklären müssen?« fragte sie ruhig. Sie hatte zum ersten Mal in diesem Gespräch leicht die Oberhand gewonnen, da Carl sich in seinen irritierenden Erinnerungen verfangen hatte.

»Den Besitz von neunundvierzigtausend Dollar«, entgegnete er schnell und hart, um sich erneut zum Herrn der Situation zu machen. »Ich werde diesen Betrag nämlich für Sie dalassen. Falls es in der Welt eine Gerechtigkeit gäbe, was nicht der Fall ist, hätten Sie nach dem Tod Ihres Mannes eine bedeutend bessere Pension als nur das. Wenn ich richtig gerechnet habe, können Sie und Ihre Söhne mit dem Betrag, den ich Ihnen jetzt anvertraue, die Zukunft bewältigen.«

»Es ist Schandgeld. Ich bin ein anständiger Mensch und kann mich auf keinen Fall auf so etwas einlassen«, sagte sie mit einer Angriffslust, die Carl überraschte. Er sah sich genötigt, kurz nachzudenken, bevor er antwortete.

»Sie können das Geld ja immer noch verbrennen, wenn Sie wollen«, sagte er schließlich. »Nach meiner Erfahrung verbrennt amerikanisches Geld sehr schnell. Ich möchte Ihnen jedoch den Rat geben, genau zu überlegen, bevor Sie so etwas tun. Es ist eine schwierige Zeit für Rußland und besonders schwierig für eine alleinstehende Mutter mit zwei Söhnen.«

Sie zögerte. Das ist ein gutes Zeichen, dachte Carl, der gleichzeitig ihren nächsten Einwand zu erahnen versuchte, um ihn abwehren zu können; er entdeckte, daß er sich plötzlich auf eine Weise konzentrierte, als ginge es um die ernsteste Krisensituation, die er kannte, nämlich Kampf.

»Das ist viel Geld, unfaßbar viel Geld«, sagte sie schließlich. »Es ist Geld, das ich für den Rest meines Lebens in den Händen haben würde, jeden Tag in einem ganzen Leben. Und an jedem Tag in diesem ganzen Leben würde ich Scham empfinden. Können Sie das nicht verstehen?«

»Doch, das kann ich verstehen«, erwiderte Carl schnell, da ihre Antwort etwa so ausgefallen war, wie er es sich gedacht hatte. Sein Einwand stand daher schon fest.

»Aber jetzt hören Sie mal, Frau Mordawina. Ich habe den größten Respekt vor Ihrer Haltung, ja, Sie sind wirklich ein anständiger Mensch. Doch lassen Sie mich zunächst etwas über die Höhe dieses Betrags sagen. Im Augenblick ist er in Rußland sehr hoch. In meinem Land reicht dieses Geld jedoch höchstens für einen Wagen der oberen Mittelklasse. Der Unterschied ist politischer Natur. In Rußland wird er nicht von anständigen Menschen bestimmt, um es einmal gelinde auszudrücken. Doch jetzt zur Hauptsache. Ich weiß nicht, ob Sie religiös sind. Ich selbst bin übrigens nicht gläubig. Aber was würde Ihr geliebter Mann Ihnen wohl raten, unser geachteter Kollege, wenn er Sie jetzt sehen und mit Ihnen sprechen könnte? Was glauben Sie?«

Carl hatte sich bemüht, mit sanfter Stimme zu sprechen, und die Tonlage gesenkt. Jetzt lehnte er sich langsam zurück, damit das Ledersofa nicht zu sehr knarrte. Er wußte, daß er einen Volltreffer gelandet hatte. Er hatte sie in ihrer Trauer und Besorgnis getroffen und wußte, daß er unfair gespielt hatte.

Sie saß stumm da und machte sich nicht einmal die Mühe, die Tränen zu trocknen, die ihr jetzt über die Wangen liefen. Er stellte sich den Mann mit dem sommersprossigen, offenen Gesicht und der keck in den Nacken geschobenen Schirmmütze vor. Solche Bilder sah sie jetzt mit Sicherheit auch vor sich.

Er stand vorsichtig auf und ging in den Flur, ohne sich noch einmal umzudrehen. Er zog seine Schuhe und seinen Wildledermantel an und klemmte sich die große Zobelmütze unter den linken Arm, als wäre sie eine Uniformmütze. Als er sich umdrehte, um wieder in Wohnzimmer zu gehen und sich zu verabschieden, stand sie schon in der Tür. Er hatte sie nicht kommen hören und sah erstaunt zu Boden; sie hatte die Schuhe ausgezogen und war leise auf Strümpfen gegangen.

Sie hatte sich die Tränen inzwischen abgewischt. Sie hatte ja kein Make-up aufgelegt, das zerfließen konnte, und sah aus wie vor kurzem, bevor die Gefühle sie übermannten. Er fürchtete, die Trauer könnte sie wieder überwältigen, und so beugte er sich schnell zu ihr vor und faßte sie behutsam an beiden Oberarmen.

»Sie sind eine sehr mutige und prinzipientreue Frau, Frau Mordawina. Ich weiß, daß Sie das hier bewältigen werden«, sagte er und verstummte kurz, um zu sehen, ob sie tatsächlich ihren Widerstand fortsetzen würde. Gerade als sie aussah, als wollte sie etwas sagen, beugte er sich vor und küßte sie behutsam erst auf die eine und dann auf die andere Wange.

»Nur eins noch«, fuhr er fort, wobei er sie immer noch festhielt und ihr in die Augen blickte. »Nur noch eins, Frau Mordawina. Dies muß vertraulich und unter uns bleiben. Erzählen Sie nie einem anderen Menschen davon. Seien Sie vorsichtig mit dem Geld.«

Dann drehte er sich schnell um, machte die Tür auf und schob sie fast wie in einer Bewegung hinter sich zu.

Draußen in dem dunklen Treppenhaus blieb er bei der ersten Treppenstufe stehen und lauschte. Es war vollkommen still. Er genoß die Dunkelheit so sehr, daß er erst gar nicht weitergehen wollte. In einem Teil seines Gehirns erinnerte ihn etwas an Glück, während ein anderer Teil dieses Gefühl sentimental nannte.

Dann ging er leise die dunkle Treppe hinunter, ganz sacht, als wollte er den Moment in die Länge ziehen, als hätte er im Grunde gar nicht den Wunsch, auf die Straße zu kommen und den kurzen Weg zum Polizeihauptquartier zurückzulegen.

Als er draußen in der Fischgasse stand, überquerte er schnell die kreuzende Karl-Marx-Straße und blieb kurz an der Stelle stehen, an der er mit Jurij Tschiwartschew vor einiger Zeit die Schlittschuhläufer und die Eishockey spielenden Kinder betrachtet hatte.

Dort unten auf der Eisbahn war es jetzt fast leer. Die starken Flutlichtscheinwerfer brannten jedoch immer noch, da die Bauarbeiter noch immer nicht aufgehört hatten, falls sie heute überhaupt Feierabend machen würden. Vielleicht hatte man in dem halbgenossenschaftlichen Sektor Schichtarbeit eingeführt.

Dort waren nur noch zwei Menschen zu sehen, zwei Rentner, die vorsichtig und würdevoll wie bei einem langsamen Walzer auf ihren Schlittschuhen herumfuhren. Die Frau schien an der einen Hand einen kleinen Muff zu tragen, während sie mit der anderen ihren Mann unter den Arm faßte, jedoch nicht um sich zu stützen, wie es schien, da sie sicherer auf ihren Schlittschuhen stand als er. Vielleicht war sie diejenige, die ihn stützte. Er hielt den freien linken Arm auf dem Rücken. Das sah aus, als strengte es ihn etwas an. Er hätte sicher leichter laufen können, wenn er den Arm an der Seite hätte baumeln lassen. Carl vermutete, daß die beiden so fuhren, weil sie ihrer Umwelt einen harmonischen Eindruck vermitteln wollten. Er fragte sich, ob der Kernwaffendieb Alexej Mordawin sich sein Alter auch so vorgestellt hatte, und kam zu dem Schluß, daß das sehr wohl möglich gewesen wäre. Dann fielen ihm Tessie und sein eigenes Leben ein, und dieser Gedanke bereitete ihm fast körperlichen Schmerz. Er hätte sich melden müssen. Er nahm sich vor, sofort anzurufen, sobald er wieder im Polizeihaus war.

Er entdeckte, daß er seine Zobelmütze noch immer fest unter den linken Arm geklemmt hielt, und lachte los. Er setzte sie sich auf und ging schnell in Richtung Polizeihaus. Er würde bald wieder zu Hause sein, und auf absehbare Zeit würde dann alles vorbei sein.

Rune Jansson und Jurij Tschiwartschew saßen gedankenverloren vor einem Schachbrett, als Carl ihre gemeinsamen Büroräume betrat. Er fand die Szene aus einem unerklärlichen Grund komisch und machte eine Bemerkung über die Verbreitung der Kultur und ihre unerforschlichen Wege. Rune Jansson machte jedoch keinen frohen Eindruck, und ein schneller Blick auf die Stellung der Schachfiguren erklärte den Grund.

»Die Russen spielen verteufelt gut Schach«, seufzte Rune Jansson und zeigte mit einer resignierten Handbewegung auf das Spielbrett.

»Wir haben gerade eine Unterrichtsstunde, unterbrich uns nicht!« scherzte Jurij Tschiwartschew munter. »Hast du nicht gesagt, dies sei ein sehr intelligenter Polizist? Oder irre ich mich da?«

»Das ist er auch. Warte nur, bis er dich eines Mordes überführt«, entgegnete Carl schnell auf russisch. Dann fügte er auf schwedisch hinzu, wenigstens hätten die Schweden im Eishockey gleichgezogen, denn bekanntlich sei Schweden Weltmeister.

Jurij Tschiwartschew machte einen neuen Zug und erklärte sich dann schnell zum Sieger. Während Rune Jansson darüber nachgrübelte, ob dies den Tatsachen entsprach, worauf die Erfahrungen des Abends unleugbar hindeuteten, fragte Jurij Tschiwartschew Carl, ohne etwas zu sagen, mit einem kurzen Blick, was passiert sei.

»Well, Gentlemen«, sagte Carl auf englisch, damit beide folgen konnten. »Ich habe jetzt folgenden Vorschlag zu machen. *Detective superintendent* Jansson und ich fliegen morgen wieder nach Stockholm. Heute abend gibt es ein privates Abschiedsessen. Ich möchte euch als meine Gäste begrüßen und weiß auch schon, wohin wir gehen. General Tschiwartschew und ich haben vielleicht noch eine knappe Stunde zu tun. Wir sehen uns dann im Hotel und gehen anschließend aus. In Ordnung? Seid ihr einverstanden?«

Jurij Tschiwartschew bestellte einen Wagen für Rune Jansson, der endlich eingesehen zu haben schien, weshalb er auch diese Partie unvermeidlich hatte verlieren müssen. Er erhob sich schwer, bedankte sich bei Jurij Tschiwartschew für den Unterricht und verließ dann mit demonstrativ schweren Schritten den Raum. Er wirkte wie ein geschlagener Mann. Er winkte den beiden resigniert zu und murmelte kaum hörbar, er werde nie mehr Schach spielen.

»Nun, Genosse Hamilton?« fragte Jurij Tschiwartschew mit einem schnell veränderten Gesichtsausdruck, sobald Rune Jansson außer Hörweite war. »Sie haben es für richtig gehalten, mich aus der Wohnung zu jagen, Genosse Kapitän. Ich nehme an, Sie hatten Ihre Gründe dafür?«

»Admiral«, entgegnete Carl in scherzhaftem Ton, um Zeit zu gewinnen. »Die Anrede ist Admiral, obwohl wir bei der schwedischen Marine sogar eine Bezeichnung für Leute mit einem Stern haben. Wir nennen sie Russen-Kapitäne.«

»Warum?«

»Der Stern in der Schlaufe sieht irgendwie russisch aus. Und jetzt möchtest du wissen, was ich bei der ehrenwerten Frau Mordawina gefunden habe?«

»Ja, gern.«

»Das hier. Bitte sehr!« sagte Carl, zog das Geldscheinbündel aus der Tasche und warf es auf das Schachbrett.

»Ich nehme an, daß es fünfzigtausend Dollar sind«, bemerkte Jurij Tschiwartschew, der nicht im mindesten verblüfft zu sein schien.

»Ja, das stimmt. Sie wußte nichts von dem Geldversteck, das kann ich dir versichern.«

»Und Frau Mordawina und ihr junger Schüler, leben sie noch?« fragte Jurij Tschiwartschew geschäftsmäßig, während er die Schachfiguren zurechtrückte, die von den Dollarscheinen umgestoßen worden waren.

Carl antwortete zunächst nicht, da er auf eine solche Frage nicht im mindesten gefaßt war. Und da er nicht antwortete, drehte sich Jurij Tschiwartschew langsam um und sah ihm in die Augen. Dann hob er mit einer unausgesprochenen behutsamen Frage die Augenbrauen.

»Glaubst du wirklich, ich hätte diese ehrenwerte Frau und ihren Sohn töten können?« fragte Carl mit verkniffenem Mund.

»Ja, das war eine Möglichkeit, die mir eingefallen ist. Es hätte uns einige Unannehmlichkeiten erspart, und angesichts dessen, wer du bist, solltest du das einsehen. Aber statt dessen hast du also etwas anderes getan. Was?«

»Ich habe mich vergewissert, daß sie mit der ganzen Sache nichts zu tun hat. Sie ist unschuldig«, erwiderte Carl etwas angestrengt, da er seine Gefühle noch nicht wieder in der Gewalt hatte.

»Aha. Und das soll ich dir also abnehmen. Weil sie nämlich geleugnet hat oder was?«

»Korrekt. Ich wünsche, daß du mir das abnimmst. Ich habe nämlich bessere Gründe als nur ihr Leugnen. Ich kann meine Berufsehre dafür verpfänden, daß sie unschuldig ist.«

»Das muß ich natürlich akzeptieren.«

»Allerdings. Das mußt du.«

Die beiden Männer sahen sich an. Keiner wollte nachgeben, aber Jurij Tschiwartschew entschloß sich dennoch nach einigen Sekunden, eine kleine Runde durchs Zimmer zu drehen, um Zeit zu gewinnen. Er blieb vor dem Schachbrett stehen, bewegte gedankenverloren einige Figuren und schob dann irritiert die Dollarscheine zur Seite, die sich obszön auseinandergefaltet hatten. Er starrte die Scheine feindselig an und wandte sich dann erneut an Carl.

»Und was soll ich *damit* machen? Was hast du dir vorgestellt?« fragte er mit einer verächtlichen Handbewegung zu dem Geldscheinbündel.

»Das ist ein bürokratisches Problem, das mich kaum etwas angeht«, entgegnete Carl amüsiert. »Es ist doch unleugbar beschlagnahmtes Geld. Du wirst wohl einen Bericht schreiben müssen oder so was.«

»Ach ja? Ich ahne jedoch eine Fortsetzung deiner sentimentalen Art, hier in deinem alten Feindesland zu arbeiten. Übrigens, da fällt mir etwas ein: Damals, zu der Zeit, als wir Feinde waren, grübelte ich manchmal über die absolut rücksichtslose Prinzipientreue nach, die du an den Tag legen konntest. Du hast nie gezögert. Wenn dir jemand im Weg stand, dauerte das nie sonderlich lange, ob Mann oder Frau. Du wärst einer unserer besten Mörder gewesen.«

Jurij Tschiwartschew richtete sich heftig auf. Er war sichtlich aufgewühlt, aber Carl konnte nicht verstehen, warum.

»Ich bin nicht sicher, ob ich dein Urteil schmeichelhaft finden soll«, entgegnete Carl kurz. »Aber du wolltest etwas wissen?«

»Korrekt. Ich will wissen, wie du dir von jetzt an das Leben der Mordawina vorstellst.«

»Das will ich gern erklären«, erwiderte Carl, ohne etwas von der Unsicherheit zu zeigen, die er empfand. »Ich habe die ehrenwerte Frau Mordawina davon überzeugt, daß ihr Mann einem Komplott zum Opfer gefallen ist. Daß er ein guter Offizier war, der auf seinem Posten gestorben ist, und so weiter.«

»Nun, das kann doch nicht so schwer gewesen sein?«

»Nein, das war es auch nicht. Da sie selbst unschuldig ist und sich ihren Mann nicht als Waffendieb vorstellen kann. Also. Sie schweigt. Sie ist unschuldig. Und es ist nicht nötig, daß wir das Leben ihrer beiden Söhne zerstören. Kurz, ich wünsche, daß sie aus dieser Geschichte gestrichen wird.«

Jurij Tschiwartschew schlug sich langsam mit einer Faust gegen den Mund und dachte nach. Es hatte den Anschein, als gäbe es da ein Problem, das Carl nicht bedacht hatte.

»Und das hier? Wie soll ich das hier erklären?« sagte Jurij Tschiwartschew schließlich und zeigte mit der Hand auf die Geldscheine. »Ein bedeutender Betrag, zufällig genausohoch wie die Summe, die alle anderen Schmuggler erhalten haben. Dazu in ihrer Wohnung beschlagnahmt, und ausgerechnet sie willst du aus der Geschichte raushaben. Wie hast du dir das vorgestellt?«

Jetzt war es an Carl zu überlegen. Doch er fand nicht die Zeit, sich zu äußern, als Tschiwartschew mit etwas fortfuhr, was Carl ebenso der Sache nach überraschte wie wegen des Mangels an Ironie.

»Warum hast du sie das Geld nicht einfach behalten lassen, wenn du ohnehin eine sentimentale Lösung dieser Art finden wolltest?«

»Nun ja«, sagte Carl und tat, als hätte er Mühe, sich das Lachen zu verbeißen, »nun ja, ich weiß nicht, ob das sehr gelungen gewesen wäre. Es handelt sich ja um unanständig viel Geld, außerdem ist es Geld aus einem Verbrechen. Außerdem mußte ich bedenken, daß ich ja wieder herkommen mußte, um dir zu erklären, was ich in der Keksdose gefunden habe. Es hätte dich nicht erfreut, wenn ich gesagt hätte, ich hätte nur ein paar trockene Kekskrümel gefunden.«

Jurij Tschiwartschew starrte Carl einige Augenblicke lang fast wütend an, bis er nicht mehr an sich halten konnte und in ein explosives Lachen ausbrach.

»Nein, weiß der Himmel!« brüllte er lachend. »Dann wäre ich schon ein bißchen mißtrauisch geworden. So! Jetzt sollten wir aber die praktischen Konsequenzen Ihres sentimentalen Anfalls regeln, Herr Kapitän, Verzeihung, Herr Admiral!«

Sie konzentrierten sich schnell und gingen die Probleme nach Schwierigkeitsgrad an. Zunächst wurde eine Sekretärin hereingerufen, die einen kurzen Bericht Carls über die Hausdurchsuchung aufnehmen mußte sowie die sonstigen Schlußfolgerungen, was die Familie Mordawin betraf. In dem Bericht wurde festgehalten, daß Jelena Mordawina nichts von der eventuellen Teilnahme ihres Mannes an kriminellen Handlungen gewußt habe. Überdies habe sich in der Wohnung nichts befunden, was sich nicht auf natürliche Weise erklären lasse.

Mit der letzten Formulierung waren sie besonders zufrieden. Sie war überdies nicht unwahr.

Die schwedische Delegation äußere daher den Wunsch, man möge Familie Mordawin künftig nicht mehr behelligen. Es gebe keinerlei operative Gründe für Maßnahmen, und hinzu komme die Frage menschlicher Rücksichtnahme und menschlichen Anstands.

Es würde nur eine Viertelstunde dauern, den Bericht zu schreiben, so daß Carl ihn gleich unterzeichnen konnte. Während die Schreibhilfe sich zurückzog, beschäftigten sie sich mit der komplizierten Frage, wie beschlagnahmtes Geld aus einer Wohnung stammen konnte, in der es dem entsprechenden Bericht zufolge gar keine Beschlagnahme gegeben hatte.

Carl entschied sich dafür, das Problem mit einem Scherz abzutun. Der militärische Nachrichtendienst habe wohl irgendeinen Reptilienfonds, in dem Geld immer willkommen sei, über dessen Herkunft niemand etwas wissen wolle. Man könne vielleicht behaupten, der Betrag stamme von einem der toten Waffenschmuggler, der gerade diese Summe bei sich gehabt habe. Oder, witzelte Carl, der mitten im Satz merkte, daß nicht alles scherzhaft klang, Jurij Tschiwartschew könne das Geld ja auch bis zu dem Tag beiseite legen, an dem die Politiker das Militär besiegten. Dann müsse jeder, der flüchten wolle, etwas Geld bei sich haben. Zwar könne man in Stockholm mit fünfzigtausend Doller nicht überleben, aber man komme mit dem Geld immerhin dorthin und könne sich dann einen Job suchen.

Dann schlug Carl vor, Jurij Tschiwartschew solle sich zum Essen zivile Kleidung anziehen, die Stimmung werde dann besser sein. Jedenfalls werde der so schmählich unterlegene schwedische Schachspieler es zu schätzen wissen, beim Essen keine Generalssterne sehen zu müssen.

Jurij Tschiwartschew nickte zustimmend. Das sei ein guter Vorschlag, meinte er.

Carls schriftlicher Bericht über Verhör und Hausdurchsuchung bei Jelena Mordawina und Sohn Pjotr Alexejewitsch wurde in dreifacher Ausfertigung gebracht, und Carl unterschrieb schnell und mit ausdruckslosem Gesicht die drei Exemplare. Als sie Sekretärin gegangen war, fragte er, was für ein Tag es sei.

»Donnerstag«, erwiderte Jurij Tschiwartschew erstaunt.

»Gut, sogar ausgezeichnet«, sagte Carl. »Wenn wir morgen nachmittag wieder zu Hause in Stockholm sind, und zwar spät am Nachmittag, wäre das ganz hervorragend. Am liebsten wäre es mir, wir könnten über Moskau fliegen statt über Sankt Petersburg. Kannst du das regeln, während ich zu Hause anrufe?«

»Selbstverständlich«, erwiderte der immer noch etwas erstaunte Jurij Tschiwartschew. »Aber warum am späten Nachmittag und warum am liebsten über Moskau?«

»Sehr einfach«, sagte Carl lachend. »Du hast doch mal in Schweden gearbeitet und müßtest wissen, daß am Freitagnachmittag jede Arbeit aufhört. Rune und ich haben somit ein freies Wochenende, bevor unsere Chefs uns mit ihren Vorschlägen quälen können.«

»Und warum Moskau statt Sankt Petersburg?«

»Ich glaube, daß ich in Moskau mit meinem Diplomatenpaß mehr ausrichte, falls jemand versuchen sollte, Genosse Rune und mir eine bestimmte Tonbandaufnahme wegzunehmen. Ja, das verstehst du doch?«

Das tat Jurij Tschiwartschew sehr wohl. Seiner Meinung nach durfte dieses Band mit dem umfassenden Geständnis des Tschekisten eigentlich gar nicht existieren, geschweige denn das Land verlassen. Er knurrte so etwas vor sich hin, ohne auch nur im mindesten zu glauben, daß Carl in dieser Hinsicht anderen Sinnes werden würde, was auch nicht der Fall war. Das Band sei ja rechtmäßiges Eigentum der schwedischen Polizei, betonte Carl und sagte sich überdies im stillen, daß es hochinteressantes Unterrichtsmaterial sein würde, wenn man die schwedische Polizei erst mal von ihrer schweren Verantwortung befreit hatte.

Jurij Tschiwartschew ging ins Nebenzimmer, um die Flugtickets zu buchen. Carl nahm den Hörer ab und rief in der Übernachtungswohnung in Stockholm an. Tessie freute sich natürlich, von ihm zu hören, wunderte sich aber auch, warum er nicht schon früher angerufen hatte. Er entschuldigte sich schnell mit den Telefonverbindungen in Murmansk und erklärte begütigend, er werde schon am nächsten Nachmittag nach Hause kommen. Sie könne Åke und Anna übers Wochenende einladen, da es ohnehin an der Zeit sei, nach dem Haus zu sehen. Dann erklärte er schnell, alle Arbeit sei erledigt, und lenkte das Gespräch auf ihren neuen Job als Direktorin, oder wie sie sich sonst nenne. Sie erzählte begeistert und recht ironisch von der wenig positiven Einstellung von IBM zu dem schwedischen Gesetz über Mutterschaftsurlaub. Übrigens: Carl gedenke doch wohl mindestens die Hälfte des Vaterschaftsurlaubs zu nehmen?

Aber ja, versicherte er matt. Die Frage war im Generalstab schon früher geprüft worden, so daß es unleugbar Präzedenzfälle gab. Doch dann tauchte die Frage auf, was der Ministerpräsident dazu sagen würde. Doch andererseits war er Politiker, und kein Politiker mit einem gesunden Selbsterhaltungstrieb würde auch nur andeutungsweise zu erkennen geben, daß er etwas dagegen hatte, daß richtige Männer mit wichtiger Arbeit Vaterschaftsurlaub nahmen. Irgendwie würde sich alles schon regeln lassen. Die nähere Planung, sagte Carl, könnten sie ja übers Wochenende vorm Kamin bei einem prasselnden Feuer besprechen.

Er empfand so etwas wie inneren Frieden, als er auflegte, hauptsächlich, weil er endlich angerufen hatte. Er versuchte, sein Zögern damit zu begründen, daß er immer erst anrief, wenn alles vorbei war. Dann nahm er erneut den Hörer ab und wählte die Nummer der Kanzlei des Ministerpräsidenten in Stockholm. Er teilte mit, er werde am Montagmorgen einen vollständigen Bericht abgeben.

Jurij Tschiwartschew kam sichtlich irritiert herein und murmelte etwas über neuzeitliche Manieren. Es war ihm gelungen, Plätze zu buchen. Sie würden am späten Donnerstagnachmittag mit der SAS von Moskau nach Stockholm fliegen. Er habe jedoch, fügte er hinzu, energisch mit einer frechen Person reden müssen, die etwas von Überbuchung, Warteliste und ähnlichem Unfug geredet habe. Diese aufsässige Person habe sogar angedeutet, daß man gerade bei ausländischen Diplomaten und Tschekisten mit Schikanen nicht geizen solle. Die Demokratie, wenn dies überhaupt Demokratie sei, habe schon ihre beschwerlichen Seiten. Nun, es sei jedenfalls geregelt.

Jurij Tschiwartschew zog einen Stuhl zu sich heran und setzte sich Carl gegenüber hin. Dann zog er Block und Bleistift aus der Tasche.

»Laß uns zusammenfassen«, sagte er müde. »Was bleibt noch? Was sollten wir künftig mit Vorrang behandeln, und was müßte eventuell noch besprochen werden?«

»Fangen wir mit den Genossen Barabanow und Kurijakin an«, sagte Carl geschäftsmäßig. »Es ist eigentlich nicht meine Angelegenheit, aber es ist doch für uns alle nicht ganz ohne Bedeutung, was weiter mit ihnen passiert. Darf ich vorsichtig fragen, wie es ihnen geht?«

»Vermutlich recht gut«, bemerkte Jurij Tschiwartschew trocken und sah auf die Armbanduhr. »Sie sind nämlich vor ungefähr zwanzig Minuten mit einer unserer Maschinen in Moskau gelandet.«

»Aber nicht auf Scheremetjewo II, wie ich vermute«, sagte Carl ironisch.

»Nein. Auf einem der alten Flugplätze. Du weißt sehr wohl, auf welchem.«

»Ja. Sie befinden sich also jetzt in der Zentrale und sollen dann nach allen Regeln der Kunst deprogrammiert und anschließend erschossen werden?«

»Deprogrammiert auf jeden Fall. Ob sie erschossen werden sollen, weiß ich nicht. Dazu müssen andere Stellung nehmen. Aber das ist auch weniger wichtig. Wichtig ist nur, daß im Augenblick hier in

Murmansk kein Mensch mehr frei herumläuft, der zuviel weiß. Nächste Frage.«

»Nächste Frage. Nehmen wir die einfachste zuerst«, fuhr Carl nach einigem Zögern fort. Er überlegte, ob es etwas gegen außergerichtliche Hinrichtungen einzuwenden gab. »Die nächste Frage ist dann unser finnischer Freund Matti Lehtinen. Du weißt schon, Rune Janssons Mörder, der des Landes verwiesen werden soll.«

»Ja, was ist mit ihm?«

»Ich nehme an, daß ihr ihn am Leben erhalten wollt, damit er ohne unnötigen Lärm nach Schweden abgeschoben werden kann, und zwar gesund und munter. Falls sich Schweden zu dieser Lösung entschließen sollte.«

»Ja, das ist vereinbart. Nächste Frage!«

»Die nächste Frage ist die zweitwichtigste oder zweitschwierigste, wenn es um das künftige Vorgehen geht. Also Mike Hawkins. Ich werde versuchen, meinen Ministerpräsidenten dafür zu gewinnen, daß er wie von uns geplant ausgeliefert wird und daß ich und andere ihn deprogrammieren, wie er es selbst vorgeschlagen hat. Er sollte dazu jedenfalls bei guter Gesundheit sein.«

»Selbstverständlich. Ein offizielles Auslieferungsbegehren von euch, und wir liefern ihn gesund und munter mit rosigen Wangen und guten Mutes, dem du hoffentlich bei passender Gelegenheit den Garaus machst. Ein widerwärtiger Mensch ist das. Nun, nächste Frage!«

»Was ist es, was durch Schweden geschmuggelt worden ist? Was für eine Art von Kernladung? Könnt ihr in euren Lagern Inventur machen und so herausfinden, was fehlt? Wenn wir wissen, um was für eine Ladung oder Ladungen es geht, könnt ihr uns dann die technischen Daten liefern, Codes und Funktionen? Könnt ihr ungefähr berechnen, was nötig ist, um die Ladungen scharf zu machen?«

Jurij Tschiwartschew schrieb alles auf und legte dann mit einem tiefen Seufzer und gerunzelter Stirn den Bleistift hin. Er überlegte.

»Das kommt darauf an«, sagte er. »Es kommt wirklich darauf an. Ich muß davon ausgehen, daß diese Suppe von recht vielen Köchen angerührt werden wird. Diese Entscheidung kann keiner allein treffen, wobei ich in erster Linie an Code und Funktionen denke. Nehmen wir einmal an, ihr hättet da draußen etwas Modernes beschlagnahmt, das jetzt wieder bei uns ist. Dann ist das sehr viel verlangt. Immerhin wäre es schauerlich, wenn das Wissen darum in die falschen Hände oder in die Hände des Feindes gelangte. Aber nehmen wir einmal an, daß es sich um Dinge älteren Typs handelt.

Dann dürfte es leichter gehen, glaube ich. Leider wird es dann auch für den eventuellen Besteller leichter, diese Dinger funktionstüchtig zu machen. Nun! Ich kann deine leider nicht unbilligen oder unerwarteten Wünsche vorläufig nur notieren. Entscheiden können wir jetzt aber nichts. Dann bleibt hoffentlich nur noch die Frage, in welches Restaurant wir heute abend gehen wollen.«

»Richtig«, sagte Carl. »Ich weiß schon, in welches Lokal wir gehen werden, und du weißt es auch. Wenn dieser neureiche Ganove Kolja Mordawin das Restaurant Panorama ausgewählt hat, um an seinen Onkel Alexej heranzutreten, muß es schon das beste der Stadt sein, oder was meinst du?«

»Logisch«, seufzte Jurij Tschiwartschew mißvergnügt. »An und für sich logisch, aber ich fürchte nur, daß diese Demokratie dafür sorgt, daß wir uns erst um einen Tisch bemühen müssen, vor allem, wenn wir in Zivil hingehen wollen.«

»Völlig falsch!« entgegnete Carl lachend. »Mein lieber General, du hast eure neue Variante der Demokratie wirklich noch nicht verstanden. Wenn der Laden voll ist, kaufe ich ihn, schmeiße das Personal raus, stelle es wieder ein und verlange dann von den Leuten, daß sie eventuelle Militärs rausschmeißen, damit wir einen Tisch bekommen, gutes Essen und eine freundliche Bedienung. Dafür dürfte mein Wechselgeld reichen, aber es ist ja auch möglich, daß sie meine American-Express-Karte akzeptieren. Du lebst jetzt in einer neuen Zeit, du alter Bolschewik.«

5

Carl war fast euphorisch guter Laune. Er sang leise vor sich hin und schnippte mit den Fingern, als er auf dem Korridor zum Büro des Ministerpräsidenten ging.

Das Wochenende war zu allem geworden, was er sich gewünscht hatte. Freunde wieder vereint, Tessie ohne das kleinste Anzeichen von Besorgnis im Gesicht, gutes Essen und Château Latour '82, zwei Tage körperliches Training und zwei Stunden am Schießstand. All das hatte ihn wieder ins Gleichgewicht gebracht. Er genoß sogar den schwedischen Geruch, der so fern von russischem Tabak und nasser Wolle war. Er wußte, daß er all dies brauchte, um wieder aufzuladen, da er in der folgenden Stunde seiner Überzeugung Gewalt antun mußte. Er würde ständig wider besseres Wissen reden, das war ihm schließlich aufgegangen. Am besten wäre es, sämtliche dummen Vorschläge so schnell zu machen, daß der Ministerpräsident gar nicht erst die Zeit fand, auch nur in ihre Nähe zu kommen.

Er hatte seine Berichte am Sonnabendnachmittag geschrieben, als die anderen draußen in dem schneefreien Winter Mittelschwedens spazierengingen. Der Ministerpräsident und seine Mitarbeiter, wer immer es diesmal sein würde, hatten jetzt zwei Stunden Zeit gehabt, die Berichte zu lesen und nachzudenken.

Auf den letzten Metern des Korridors, kurz bevor er bei einem eigentümlichen abstrakten Gemälde nach links einbiegen mußte, kontrollierte er die Zeit. Er verlangsamte seine Schritte, damit er zehn Sekunden vor der festgesetzten Zeit im Zimmer der Sekretärin sein konnte. Die anderen wußten ja, daß er immer pünktlich kam. Vermutlich saßen sie schon eine Zeitlang zusammen, um sich abzustimmen. Carl hatte das bestimmte Gefühl, daß der Ministerpräsident ihn immer als Irritationsmoment ansah, wenn über Fragen diskutiert werden sollte, die etwas mit Sicherheitspolitik oder dem Nachrichtendienst zu tun hatten. Der Ministerpräsident ließ ihn in solchen Zusammenhängen direkt oder indirekt stets fühlen, daß im Grunde nur er selbst solche Themen beherrschte.

Die Sekretärin lächelte ihm freundlich zu und sagte, die anderen warteten schon, er brauche nur hineinzugehen. Diesmal ließ er sich nicht dadurch überraschen, daß das große Dienstzimmer leer war, sondern ging schnell zu der verschlossenen Tür zum »Schlafkabuff« hinüber und klopfte an. Er konnte also auf die Sekunde pünktlich eintreten.

»Willkommen zu Hause. Das war ja eine interessante Lektüre, das hier. Setz dich«, begrüßte ihn der Ministerpräsident, der diesmal durchaus nicht unfreundlich war. Die anderen nickten Carl neutral zu, als er sich setzte.

»Wir haben ungefähr eine Stunde Zeit. Nehmen wir es also hübsch der Reihe nach«, begann der Ministerpräsident und nahm einen Block an sich, auf dem er sich einige Notizen gemacht hatte. Er studierte sie kurz, bevor er fortfuhr.

»Ich erkenne folgende Fragestellungen. Wir haben zunächst das, was wir den zivilen Teil oder die Frage der polizeilichen Ermittlung nennen können. Dann die bedeutend verzwicktere Frage dieses Mike Hawkins. Aber wir sollten in dieser Reihenfolge vorgehen. Im Augenblick befindet sich also das Ermittlungsmaterial insgesamt bei der Reichskripo?«

»Ja, das stimmt«, erwiderte Carl, da ihm klar war, daß die Frage an ihn gerichtet war. »In erster Linie kümmert sich Kriminalkommissar Rune Jansson um diesen Fall, und ich nehme an, daß im Augenblick seine Verhöre und Gedächtnisprotokolle da oben im Polizeihaus abgeschrieben werden.«

Carl hielt inne, da er unbedingt vermeiden wollte, selbst etwas vorzuschlagen. Er durfte nur auf Fragen antworten. Hier gab es nun eine dumme und humane Möglichkeit, nämlich tatsächlich die Auslieferung dieses Matti Lehtinen zu verlangen und anschließend einen Prozeß mit einer furchtbaren Publizität am Hals zu haben. Dann gab es noch die intelligente und grausame Möglichkeit, die gesamte Ermittlung der Säpo zuzuweisen, das Material für geheim zu erklären und die Auslieferung Herrn Lehtinens nicht zu verlangen. Wenn jemand die eine Alternative vorschlug, würde der Ministerpräsident sich ohne Zweifel für die andere entscheiden. Carl hoffte auf die dumme und humane Möglichkeit, die es mit sich bringen würde, daß man diesen Matti Lehtinen am Leben ließ, wollte sich aber in gerade dieser Frage nicht einmischen, da anderes größer und wichtiger war.

»Zwei Personen, ein Finne und ein Russe, haben also ihre Teilnahme an diesem Mord oben in Haparanda gestanden, wie es in deinem Bericht heißt. Sind das echte Geständnisse, oder wie sind sie einzuschätzen?« fragte der Ministerpräsident.

»Ohne jeden Zweifel«, erwiderte Carl schnell, da auch diese Frage nur an ihn gerichtet sein konnte. Um ein Haar hätte er darauf hingewiesen, daß die Antwort schon aus dem hervorging, was er zu Papier gebracht hatte, konnte sich aber gerade noch rechtzeitig bremsen. Er entschied sich für eine andere Fortsetzung.

»Die Geständnisse sind nicht nur unabhängig voneinander erfolgt, sondern werden überdies durch andere Umstände bestätigt, die Rune Jansson hat prüfen können, beispielsweise durch Aussagen der beiden Fahrer in Örebro. Beide haben Lehtinen und Alexandrow/Kurijakin identifiziert. Man kann also schon davon ausgehen, daß die schwedische Polizei ihre beiden Mörder erwischt hat.«

»Aha«, sagte der Ministerpräsident mit einem Anflug von Unzufriedenheit in der Stimme. »Damit stellt sich die Frage, welchen nachrichtendienstlichen Wert eine Vernehmung vor allem dieses Alexandrow/Kurijakin haben kann?«

Damit war wieder Carl angesprochen. Er begann mit einer vorsichtigen Darlegung der bekannten oder erwarteten Kontroversen in der russischen Staatsführung und deren möglicher künftiger Bedeutung. Dann wies er darauf hin, daß gerade einer der Verdächtigen, der Russe Alexandrow/Kurijakin, solche Dinge erwähnt habe, doch dieser Teil seines Verhörs gehöre nicht in einen eventuellen Strafprozeß. Damit hielt Carl inne, da er sich sorgte, daß der Ministerpräsident auf die Idee kommen könnte, das heißeste nachrichtendienstliche Material sehr wohl in einem öffentlichen Strafprozeß zur Sprache kommen zu lassen. Zu Carls Erleichterung erfolgte jedoch keine solche Äußerung.

Jetzt wandte sich der Ministerpräsident an die anderen, um mit ihnen über den Umgang mit diesem sensiblen Material der Polizei zu konferieren. Einer der Berater schlug vor, man solle die Polizei in Ruhe arbeiten lassen und sich nicht einmischen. Hingegen könne man die strategisch sensiblen Erkenntnisse für geheim erklären. Carl sah seine Chance.

»Ja, das gesamte Material liegt ja bei den offenen Abteilungen, und es würde in den Reihen der Polizei wohl einigen Lärm geben, wenn man ihnen die Ermittlungsarbeit wegnähme.«

Der Ministerpräsident schluckte den Köder sofort. Der Köder war die Bezeichnung »offene Abteilungen«. So nannte die Säpo die gewöhnliche ehrliche Polizei.

»Es kann uns doch nichts daran hindern«, sagte der Ministerpräsident herrisch und rückte seine Brille zurecht, »den Reichspolizeichef beschließen zu lassen, daß die Säpo die gesamten Ermittlungen übernimmt. Dann bekommen wir sie automatisch für geheim erklärt und können außerdem auf elegante Weise die Abschnitte requirieren, die lieber hier oben studiert werden sollten als in unseren Polizeiwachen.«

Keiner der Anwesenden hatte Einwände, und Carl atmete auf. Dies war immerhin die einzig denkbare legale Art, sich die Kontrolle über sämtliche Ermittlungen zu sichern, die etwas mit dem Mord in Haparanda zu tun hatten. Für Rune Jansson und andere »richtige« Polizisten war es natürlich traurig, doch es war klug.

»Das hört sich unzweifelhaft wie eine sehr elegante Lösung an«, begann plötzlich der Staatssekretär im Außenministerium vollkommen ungebeten, »denn wenn es irgendwann zu einem Prozeß kommt, können wir das Material rechtzeitig säubern.«

Die drei anderen im Raum sahen ihn fragend an, und damit sah er sich bedrängt, einen weiteren unglücklichen Schritt zu machen.

»Nun ja«, fuhr er verlegen fort, »ich denke dabei an die einfache Tatsache, daß wir es mit einer schwedischen Polizeiermittlung zu tun haben, die ein in Schweden begangenes Verbrechen betrifft. Es dürfte also damit enden, daß wir die Auslieferung dieser beiden Verdächtigen verlangen.«

Es wurde still im Raum. Carl konzentrierte sich darauf, eine neutrale Maske zu wahren, als wäre er weder für noch gegen den Vorschlag. Unterdessen überlegte er, wie er einen Vorschlag formulieren sollte, *nicht* die Auslieferung der beiden Mörder zu verlangen; aus irgendeinem Grund tat ihm Rune Jansson mehr leid als die beiden Männer, denen unter Umständen die Hinrichtung drohte. Rune Jansson hatte ihm eindringlich erzählt, was für ein widerwärtiges Gefühl es sei, Menschen zu verhören, denen der Tod drohe.

»Wie sehen die sicherheitsmäßigen Konsequenzen eines solchen Prozesses in Schweden aus, Hamilton?« fragte der Ministerpräsident kalt.

»Das ist schwer zu beurteilen«, wand sich Carl. »Die Geschichte des Kernwaffenschmuggels wird natürlich bekannt, und die Angeklagten könnten sich damit verteidigen, sie hätten nur Befehle befolgt. Das trifft auf jeden Fall auf diesen Alexandrow zu. Und damit erhebt sich die Frage, Befehle von wem ...«

»Und dann haben wir eine größere internationale Krise am Hals«, stellte der Ministerpräsident schnell fest. »Außerdem laufen wir Gefahr, die Fortsetzung des Ganzen auf sehr unglückliche Weise zu beeinflussen. Aber was geschieht eigentlich rein juristisch, wenn wir nicht die Auslieferung dieser Verdächtigen verlangen?«

Die Frage war offenkundig an den Juristen unter den Anwesenden gerichtet, den jetzt sichtlich gequälten Staatssekretär, dem jetzt möglicherweise dämmerte, wohin die Reise ging.

»Nun«, begann er zögernd. »Unsere vereinten russisch-schwedischen Polizeikräfte haben das Verbrechen sozusagen aufgeklärt, und wenn ich die Sache richtig verstehe, sind diese Männer jetzt in Murmansk inhaftiert. Dort dürfte es übrigens noch andere Anklagepunkte gegen sie geben, ich meine außer Mord. Verbrechen gegen den Staat, Diebstahl militärischen Eigentums, und was sich sonst noch denken läßt. Ja … wenn wir nicht ihre Auslieferung verlangen, dürfte wohl ein Gericht in Murmansk sie verurteilen.«

»Dann kann man doch mit einiger Zuversicht das Risiko eines Durchsickerns als klein ansehen«, ergänzte einer der Berater und schlug damit ziemlich buchstäblich den letzten Nagel in Matti Lehtinens Sarg.

»Das scheint mir also aus juristischen wie diplomatischen und sicherheitsmäßigen Gründen die beste Lösung zu sein«, stellte der Ministerpräsident fest, als er damit das Todesurteil verkündete. Was er sehr schnell tat, fast nebenbei, da er sich schon dem nächsten Thema zuwandte.

»Damit kommen wir zu diesem Mike Hawkins. Wie stellen sich die Herren zu dem Vorschlag, mit ihm hier in Schweden ein kleines *debriefing* zu veranstalten?« fragte der Ministerpräsident, ohne auch nur ansatzweise ahnen zu lassen, wie er sich selbst dazu stellen wollte.

Carl überlegte schnell. Als er sich die bevorstehende Konferenz beim Ministerpräsidenten hatte durch den Kopf gehen lassen, war ihm aufgegangen, daß es die dümmste Möglichkeit wäre, Mike Hawkins sofort nach dessen Landung in Schweden an amerikanische Behörden zu übergeben. Jetzt erkannte er, daß es sogar eine noch dümmere Möglichkeit gab, nämlich Mike Hawkins in Murmansk zu lassen, wo man ihn mit ungewissem Ausgang verhören würde.

»Ohne zynisch zu sein, ich meine, ohne zynisch sein zu wollen«, begann der Sicherheitsberater des Regierungschefs, »kann man sich ja die Frage stellen, ob die Russen nicht bestimmte Möglichkeiten haben, solche Personen zu vernehmen, Möglichkeiten, die wir aus verschiedenen Gründen nicht haben.«

»Du meinst Folter«, warf Carl schnell ein, um einen Vorstoß auf den von nun an zweitdümmsten Vorschlag zu unternehmen. »Die Antwort auf deine Frage ist nein. Es ist sehr zweifelhaft, ob Folter bei einem entschlossenen und psychisch stark motivierten Menschen wie Mike Hawkins funktionieren würde. Im selben Moment, in dem er sozusagen liefert, ist er ja ein toter Mann, wenn er sich noch in Rußland befindet. Das ist das eine.«

Carl verstummte, sorgfältig darauf bedacht, sich nicht in den Vordergrund zu drängen und seinem Chef keine Vorlesung zu halten, der sozusagen von Haus aus über die Fragen, die jetzt zur Entscheidung anstanden, mehr wußte als jeder andere. Wie Carl gehofft hatte, biß der Regierungschef auf die Bemerkung »Das ist das eine« sofort an.

»Und was ist das andere?« fragte der Ministerpräsident kühl und sah dabei sehr intelligent aus.

»Nun«, sagte Carl, erleichtert, den Fisch am Haken zu haben, »das andere ist, daß wir erfahren müssen, ob Mike Hawkins die Wahrheit sagt. Er kann uns nur eins sagen, was für uns wichtig ist, und er braucht nur eine sehr einfache Frage zu beantworten: Wer hat die Bombe jetzt? Die Angaben, die er dazu vielleicht macht, müssen sich in jeder Einzelheit schnell nachprüfen lassen. Dabei brauchen wir Kommunikationsmöglichkeiten, Computer und sozusagen Zugang zu der westlichen Familie. Mit anderen Worten: Am besten wäre es vielleicht, Mike Hawkins an amerikanische Behörden zu übergeben, sobald er hier im Land ist.«

Mit diesen Worten verstummte Carl. Er strengte sich an, sich den Anschein zu geben, als glaubte er selbst, einen klugen Vorschlag gemacht zu haben.

»Demnächst steht uns ja ein Staatsbesuch in Washington bevor«, begann der Staatssekretär in dem eifrigen Bemühen, sich zu revanchieren, »und es wäre vielleicht gar nicht dumm, wenn wir diese Frage bis dahin geklärt hätten.«

Damit hielt er inne, als wäre sein Gedankengang vollkommen selbstverständlich. Was er, den Gesichtern der anderen nach zu urteilen, auch zu sein schien. Carl mußte jedoch eine Weile nachdenken, bevor er erkannte, worum es vielleicht gehen würde.

Der gesamte Stab des Ministerpräsidenten war von dem bevorstehenden Besuch bei Präsident Bush vollkommen erfüllt. Jetzt würde Schweden zeigen, daß es stubenrein geworden war. Jetzt gab es keinen Ministerpräsidenten mehr, der Arm in Arm mit irgendeinem vietnamesischen Botschafter an Demonstrationszügen teilnahm, auch keinen Außenminister, der Arafat küßte. Jetzt wollte man das neue Schweden zeigen, das auf dem einzig richtigen Weg marschierte. Man wollte gelobt werden, wollte sich den Kopf tätscheln lassen, wenn man in Washington zu Besuch war. Das war eine Frage, die zumindest bei allen offenen Gesprächen in der Kanzlei alles andere überschattete.

»Was glaubst du, Hamilton?« sagte der Ministerpräsident nachdenklich und fast etwas träumerisch, »glaubst du, daß es uns gelingen kann, bei diesem Mike Hawkins noch vor dem Flug nach Washington ein Ergebnis zu erzielen?«

Aller Augen richteten sich auf Carl. Dieser erkannte, daß er jetzt kurz vor dem Ziel stand, tat aber, als müßte er sich das Problem sorgfältig durch den Kopf gehen lassen, bevor er zu einer Antwort ansetzte.

»Eindeutig ja«, begann er dann entschlossen. »Mike Hawkins hat kein Interesse daran, diese Geschichte in die Länge zu ziehen. Er möchte sein Geschäft so schnell wie möglich abwickeln, und zwar aus einer Menge guter Gründe. Er weiß oder glaubt zu wissen, daß er sofort zu unseren Freunden in Murmansk zurückgeschickt wird, wenn das Geschäft hier nicht zustande kommt. Wenn wir ihn herbekommen, geht es schnell. Wenn er nur blufft, geht es allerdings auch schnell.«

»Und wie sollten wir rein praktisch verfahren?« fragte der Berater des Regierungschefs, der sich bisher noch nicht geäußert hatte. Die Frage war direkt ins Blaue gerichtet, und niemand antwortete, da Carl sich so stark darauf konzentrierte, immer den Eindruck zu machen, als hinke er jeweils einen Schritt hinter dem Ministerpräsidenten her.

»Das dürfte doch kein Problem sein, oder, Hamilton?« sagte der Ministerpräsident mit einer Miene, als wäre ihm die Antwort schon bekannt.

»Nein, selbstverständlich nicht«, erwiderte Carl und drehte sich bei der Antwort demonstrativ zu dem Fragesteller um, als brauche man den Ministerpräsidenten über solche Selbstverständlichkeiten gar nicht aufzuklären.

»Wir fliegen ihn mit einem vorangemeldeten Flug zum F 21, also nach Luleå. Wir haben dort in den Bergen eine Hütte hergerichtet, und zwar mit allen erforderlichen Kommunikationsmöglichkeiten. Wir fliegen ihn per Hubschrauber direkt dorthin. Ich und einige geeignete Mitarbeiter erledigen das Deprogrammieren und die Kommunikation. Ganz einfach.«

»Genau«, stimmte der Ministerpräsident mit einem Kopfnicken zu, »das ist eine einfache Operation, wenn sie erst mal läuft. Bleibt möglicherweise die Frage, wie und bei wem man seine Angaben überprüft.«

»Wir haben zwei Alternativen«, sagte Carl, der jetzt bereit war, zum entscheidenden Stoß anzusetzen. »Wir können es über den britischen Nachrichtendienst machen, ohne daß sie dort die Bedeutung dessen erkennen, wonach wir fragen. Oder wir benutzen unsere Kanäle zum amerikanischen Nachrichtendienst und spielen mit offenen Karten. Ich würde die zweite Möglichkeit empfehlen.«

»Ich bin nicht sicher, ob das unbedingt die intelligenteste Lösung ist«, entgegnete der Ministerpräsident säuerlich. »Aber darüber können wir ja noch ein Weilchen nachgrübeln. Für den Moment danken wir dir für deinen vorbildlichen Vortrag, Hamilton. Doch jetzt wollen wir dich nicht mehr von deinem sicher überladenen Schreibtisch fernhalten.«

Der Tonfall des Ministerpräsidenten ließ eindeutig erkennen, daß Carl jetzt entlassen war. Er stand erfreut auf und verneigte sich förmlich vor den Anwesenden, bevor er den Raum verließ.

Der Ministerpräsident würde ohne Zweifel dafür sorgen, daß Hawkins' Angaben beim britischen Nachrichtendienst geprüft wurden und nicht beim amerikanischen. Damit war für alle etwas gewonnen. Der Ministerpräsident selbst gewann damit die Möglichkeit, mit einem Geschenk nach Washington zu kommen: mit der Lösung des Rätsels, säuberlich verpackt und mit rotem Seidenband umwickelt.

Dabei entging der unglückselige Besitzer der Kernwaffe der Gefahr, daß sein Land auf der Stelle in Schutt und Asche gelegt wurde.

Und aus Carls Blickwinkel, der eher praktisch war, gewann man Zeit, um die entscheidenden Erkenntnisse zu analysieren, die Mike Hawkins wohl noch für sich behielt und wohl erst im Austausch gegen seine Freiheit zu liefern bereit war.

Als Carl sein Zimmer betrat, war er noch fast ebenso guter Laune, obwohl der Schreibtisch tatsächlich überladen war. Im Grunde hat das Gespräch nur ein Menschenleben gekostet, wie Carl feststellte. Man würde Matti Lehtinen irgendwo in Murmansk an eine Wand stellen und erschießen, obwohl es gar nicht nötig war. Das mußte Carl auf der Verlustseite verbuchen. Es wäre durchaus möglich gewesen, Matti Lehtinens Untersuchungshaft noch etwas in die Länge zu ziehen, bis ein wenig Gras über die Sache gewachsen war. Dieser Alexandrow war vielleicht gar nicht mehr am Leben.

Der Staatssekretär war dem Ministerpräsidenten jedoch mit einem guten Vorschlag zuvorgekommen. Da lag der Fehler. Mit Hilfe idiotischer Vorschläge hatte Carl seinen Willen durchgesetzt. Er nahm sich vor, das in Zukunft nicht zu vergessen.

Er betrachtete schwermütig seine Papierstapel. Doch dann kam ihm eine Idee. Er begann, Dinge hervorzukramen, die sich mit dem sicher sehr exklusiven Wissen kombinieren ließen, das schon bald in Übersetzung vorliegen würde. Einmal das, was er aus Jurij Tschiwartschews Computer gestohlen hatte, zum andern das, was in dem Geständnis des todgeweihten Alexandrow zu finden war; die eine Quelle würde wohl auf mehr als nur eine Weise die andere bestätigen oder dementieren, und die Summe alles dessen war so etwas wie das ewige Blaue Band des westlichen Spions: das Wissen um die Dinge, die hinter dem steckten, was in Moskau zu geschehen schien.

Rune Jansson hatte im Lauf des Tages bei drei verschiedenen Gelegenheiten Eino Niemi zu erreichen versucht, doch in der Telefonzentrale der Polizei von Haparanda sagte man nur, er sei in einer dienstlichen Angelegenheit unterwegs. Jetzt, wo die Aktion in Rußland abgeschlossen war, wäre es schön gewesen, alles erzählen zu können. Nach der Aktion in Örebro waren sie immerhin ziemlich niedergeschlagen gewesen, als sie erkennen mußten, daß sie ihre Mörder vermutlich nie würden festnehmen können. Jetzt saßen die Kerle jedenfalls hinter Schloß und Riegel, wenn auch bis auf weiteres in Murmansk, aber sie waren wenigstens in sicherer Verwahrung.

Er hatte das ganze Verhör Matti Lehtinens gelesen, einmal um seine Erinnerung zu kontrollieren, und zum andern – wie immer mit diesem unangenehmen Gefühl im Magen –, um zu kontrollieren, daß er keine entscheidende Frage vergessen hatte. Das ließ sich reparieren, wenn der Verdächtige wieder verfügbar war.

Er hatte bisher nur die Hälfte der Vernehmung des Verdächtigen gelesen, den er unter dem alias Ilja Michailowitsch Alexandrow kannte, der sich aber lieber Mischa nennen ließ. Bis dahin hatte er keinerlei Anlaß gesehen, sich Sorgen zu machen.

Doch dann kam die zweite Hälfte des Verhörs von »Mischa«. Das, was sowohl Hamilton als auch diesen russischen General so sichtlich beunruhigt hatte, das, was Hamilton dazu gebracht hatte, das Tonband mehr oder weniger zu beschlagnahmen, sobald sie in Murmansk die kleine Tupolew-Maschine bestiegen hatten. Rune Jansson schämte sich ein bißchen wegen des Verdachts, der ihm da gekommen war, daß Hamilton ihm nämlich das Band stehlen wollte. Kaum hatten sie jedoch in ihren Business-Class-Sesseln der SAS-Maschine in Moskau gesessen, hatte Hamilton fast demonstrativ das Band aus seiner Jackentasche gezogen und es ihm zurückgegeben.

Hamilton war auf eine Weise großzügig gewesen, wie man sie nur von wenigen erwarten konnte. Er war fast übertrieben großzügig gewesen, aber Rune Jansson hatte trotz seiner natürlichen Neigung, überall Hintergedanken zu wittern, nicht das Gefühl gehabt, daß Hamilton sich bei ihm hatte einschmeicheln wollen. Er schien ganz einfach genauso erfreut gewesen zu sein wie Jansson selbst, daß alles vorbei war und daß sie jetzt wieder nach Hause flogen.

Rune Jansson hob vorsichtig einen Arm und roch am Jackett in der

Nähe der Achselhöhle. Es roch nach Murmansk oder vielleicht auch Rußland.

Jetzt, wo alles vorbei war, kam ihm alles noch traumhafter und unwirklicher vor als in Murmansk. Er sah den Keller vor sich, die mißhandelten Häftlinge, die Todesangst in den Augen der Verdächtigen, etwas, was er in seinem Leben als Polizist hoffentlich nie mehr sehen würde. Er versuchte, die Bilder zu verscheuchen, indem er sich an den letzten Abend erinnerte. Der General hatte zivile Kleidung getragen und war damit wie selbstverständlich unter Hamiltons Kommando gelandet. Etwa als der Rausschmeißer gesagt hatte, das Lokal sei voll, und man müsse einen Monat im voraus oder so einen Tisch bestellen. Der General hatte schon aufgeben wollen, doch Hamilton brachte sie wie durch Zauberei in weniger als fünf Sekunden durch die Tür. Und in weniger als fünf Minuten saßen sie an einem Fenstertisch. Rune Jansson hatte sich naiv und etwas dumm gefühlt, weil er zunächst nicht begriffen hatte, wie es zugegangen war. Doch als Hamilton das Essen bestellte, sah er es. Kleine Dollarscheine waren das ganze Geheimnis. Vielleicht waren sie gar nicht so klein gewesen, aber beim Nachrichtendienst hatten sie offenbar größere Mittel für derlei. Ein Kriminalkommissar konnte nicht so über die Stränge schlagen.

Rune Jansson hatte diesen Abend in sehr angenehmer Erinnerung. Er würde ihn nie vergessen. Natürlich hatte er zuviel getrunken, was fast unvermeidlich in der Natur der Sache lag, da er kein Weintrinker war. Bier und Schnaps wurden zwar serviert, jedoch in einem Tempo, das er aus Schweden nicht gewohnt war.

Irgendwie und unerwartet hatten sie sich angefreundet. Rune Jansson hatte sonst immer das Gefühl gehabt, daß andere ihn als ein lästiges Anhängsel sahen, als einen beschissenen kleinen Polizisten, der auf Gesetze und Beweise achtete und anderes, was bei den anderen keinen Vorrang genoß.

Er hatte auch ein Geschenk erhalten, ein sehr bemerkenswertes Souvenir, wie er jetzt einschätzen konnte. Gegen Ende des Abends im Restaurant hatte der General, der sich sichtlich anstrengte, Schwedisch zu sprechen, seinen beiden Kollegen gedankt und erklärt, wie sehr die russische Seite ihre Arbeit zu schätzen wisse. Anschließend hatte er zwei kleine glänzende Metallschilder, die auf Holzplatten montiert waren, mit der Erklärung überreicht, das sei eine einfache, symbolische Geste der hiesigen Polizei, um ihrer Wertschätzung Ausdruck zu geben, vor allem für ihren schwedischen Polizeikollegen. Hamilton war entzückt gewesen und hatte laut gelacht, während Rune Jansson nur dagesessen und ein weißes Aluminiumschild betrachtet hatte, wie er damals meinte, mit einem Schwert darauf; die Symbole der Polizei sind überall verschieden. Die schwedische hat *fasces,* die römischen Rutenbündel, das spätere Symbol der Faschisten, in ihren Ausweisen.

Doch dann hatte Hamilton erklärt, worum es sich handelte. Dieses Schild sei wirklich etwas, was man im Dienstzimmer aufhängen könne, am besten gut sichtbar, und vor allem dann, wenn man bei Säk oder beim Nachrichtendienst arbeite. Es sei das Emblem des KGB.

Jetzt hing es unter einigen anderen Polizeigeschenken bei Rune Jansson an der Wand. Ja, das war natürlich ein besonderes Souvenir.

Er sah auf die Uhr und kam zu dem Schluß, daß es noch nicht ganz Zeit war, nach Hause zu gehen. Widerwillig klappte er den letzten Teil des Vernehmungsprotokolls auf, das Geständnis des Mannes, der sich Mischa nannte.

Es stieg so etwas wie ein kalter Dunst vom Text auf. Da war etwas, was bedrohlich zu sein schien. Rune Jansson erkannte, daß wenn überhaupt etwas unter die Schweigepflicht fiel, die zu wahren er oben im Regierungsgebäude Rosenbad schriftlich bestätigt hatte, es das hier war. Es war, als wollte er es gar nicht lesen, denn wenn es zutraf, hätte jeder einfache Polizist vom Lande begriffen, daß es etwas so Großes war, daß ein Mord zu einer Kleinigkeit wurde. Genau das hatte er im Verhalten der beiden Militärs geahnt. Sie hatten ihn mit nachsichtiger Freundlichkeit behandelt, trotz seiner Erfolge, als es darum ging, die Mörder an das Verbrechen zu binden, während sie selbst über seinen Kopf hinweg in schnellem Russisch miteinander sprachen.

Er wurde in seiner Lektüre unsanft gestört, als es über eine Hausleitung läutete. Er sah schnell auf die Uhr, um zu sehen, ob er noch hier sein sollte, denn er sehnte sich nach Hause; sie hatten eine Nacht hinter sich, nach der man merkt, daß man nicht mehr ganz jung ist. Nein, er mußte noch bleiben und riß deshalb mit einem Seufzer den Hörer an sich.

Es war die Sekretärin des Reichspolizeichefs. Sie erkundigte sich mit verlogener Höflichkeit, die wie ein Befehl klang, ob er »Zeit habe, kurz beim Reichspolizeichef hereinzuschauen«, da dieser mit ihm ein paar Worte wechseln wolle. Sie sagte, er solle in zwei Minuten kommen. Das war ungefähr die Zeit, die er brauchte. Er mußte nur eine Treppe hinaufgehen und dann links oder rechts ein Eckzimmer aufsuchen. Er hatte noch nie mit dem Chef der Reichskripo gesprochen, sondern ihn nur gelegentlich bei irgendwelchen albernen Diskussionsrunden im Fernsehen erlebt.

Das erste, was er beim Betreten des Chefzimmers sah – das übrigens kein Eckzimmer war, wie er geglaubt hatte –, war ein ausgestopfter Bär in aufrechter Haltung mit entblößten Zähnen. Das zweite war eine kleine rosafarbene Sitzgruppe, die ihn an illegale Schwulenclubs denken ließ. Das dritte, was er sah, war der Chef der Reichskripo, der genauso aussah wie im Fernsehen.

»Tagchen, Tagchen, Jansson«, begrüßte ihn der Reichspolizeichef mit überschwenglicher Freundlichkeit und erhob sich von seinem Schreibtisch. Er steuerte auf die Sitzgruppe zu. »Möchtest du Kaffee?«

»Ja, gern«, erwiderte Rune Jansson unwillkürlich und bereute es im selben Moment. Er trank während der Arbeit auch so schon genug Kaffee.

Während sich sein höchster Vorgesetzter um die Lösung der Kaffeefrage bemühte, sah sich Rune Jansson im Zimmer um. Hinter dem Schreibtisch stand eine Reihe mit Geschenken der Polizeibehörden verschiedener Länder. Dort lag sogar eine russische Polizistenmütze, und zwar der zivilen, gewöhnlichen Polizei, wie Rune Jansson mit seiner frischen Sachkenntnis zufrieden feststellte. Da lag aber definitiv kein Schild mit dem Schwert des KGB.

»Ja, wie soll ich sagen, wir haben hier eine etwas knifflige Situation, wenn ich so sagen darf«, begann der Reichspolizeichef, als der Kaffee auf dem Tisch stand. »Ich bin nämlich oben beim Ministerpräsidenten gewesen, komme gerade zurück. Ach, übrigens, ich habe gehört, daß du da oben in der Polarhölle Erfolg gehabt hast?«

»Nun ja«, sagte Rune Jansson mißtrauisch. »Ich habe die Geständnisse der beiden Mörder. Es sind die richtigen Personen, da gibt es gar keinen Zweifel.«

»Sie sitzen da oben in Murmansk in U-Haft?«

»Ja, genau.«

Rune Jansson erkannte, daß etwas nicht stimmte. Ein großer Teil seiner beruflichen Tätigkeit bestand darin, mit Menschen zu sprechen, die keine ehrlichen Absichten verfolgten oder etwas zu verbergen hatten. Mit den Jahren bekam man dafür eine Art Gefühl. *Und hinzu kommen noch einige andere Umstände,* wie Rune Jansson voller Selbstironie über seinen Berufsjargon feststellen konnte; der Reichspolizeichef rief keinen einfachen Kommissar zu sich, nur um diesen zu einem gelungenen Verhör zu beglückwünschen. Er brauchte also nur auf den Knall zu warten.

»Und diese vorläufig Festgenommenen in Örebro? Die lassen sich mit Sicherheit mit den Mördern in Verbindung bringen?« fragte der Reichspolizeichef nach einigem Zögern, wie er fortfahren sollte.

»Ja«, erwiderte Rune Jansson müde, da auch bei diesem Thema wieder nur leeres Stroh gedroschen wurde, »wir können sie mit dem sozusagen nächsten Glied der Kette in Verbindung bringen. Sie haben nämlich ... die Waren außer Landes geschmuggelt, und zwar für eine hohe Summe. Schwarzgeld. Und dann haben sie, wie gesagt, ihre Auftraggeber genannt, und die Auftraggeber sind die Mörder. Insoweit ist alles klar.«

»Aber wir können sie nicht wegen Mordes verurteilen lassen?« fragte der Reichspolizeichef mit einer eifrigen, fast optimistischen Miene.

»Nein«, entgegnete Rune Jansson zögernd. Es störte ihn ein wenig, daß dieses »wir« die ordentlichen Gerichte ersetzen sollte. »Nein, es dürfte der Staatsanwaltschaft schwerfallen, das nachzuweisen. Sie haben zwar geschmuggelt, und das haben sie zugegeben, aber ich glaube, sie hatten keine Ahnung davon, daß dem Schmuggel ein Mord vorausging. Jedenfalls läßt sich das nicht beweisen.«

»Man muß sie also nicht in einen Mordprozeß hineinziehen«, stellte der Reichspolizeichef mit zunehmender Begeisterung fest. »Ich meine, man kann ihr Verfahren abtrennen?«

»Ja, könnte ich mir vorstellen«, sagte Rune Jansson mißtrauisch. Der Chef der Reichskripo zeigte eine eigenartige Freude über eine solche Trivialität.

»Kann man sie verurteilen, ohne zu wissen, was sie geschmuggelt haben?« fragte der Behördenchef weiter, diesmal mit etwas vorsichtigerer Körpersprache.

»Ja, das würde ich glauben«, erwiderte Rune Jansson fast irritiert, da er noch immer darauf wartete zu erfahren, worum es eigentlich ging. »Schon die Art des Transports, die Geheimnistuerei, der Zeitpunkt, dazu noch ein Hafen, dann noch das viele Geld. Das alles legt den Schluß nahe, daß sie begriffen haben müssen, womit sie sich da befaßten. Es dürfte etwa so wie bei Hehlerei laufen, aber das müssen die Staatsanwälte herausfinden.«

»Was haben sie denn geschmuggelt?« fragte der Reichspolizeichef mit überraschender Schärfe.

Rune Jansson stieg auf die Bremse, als er gerade antworten wollte. Wenn der Reichspolizeichef vom Ministerpräsidenten kam und es immer noch nicht wußte, war das sehr erhellend. Der Ministerpräsident war also nicht der Meinung, daß der Polizeichef etwas über das Schmuggelgut wissen sollte. Kurz, er wollte verhindern, daß es am nächsten Tag in der Zeitung stand.

»Hm«, seufzte Rune Jansson. »Wenn du danach fragst, bringst du mich in eine schwierige Lage. Die Regierung hat mir in dieser Hinsicht Schweigepflicht auferlegt, und ich gebe gern zu, daß es einen etwas merkwürdigen Eindruck machen kann, wenn man sich vor seinem höchsten Chef darauf beruft. Aber … Na ja, die Situation ist eben merkwürdig, und ich weiß nicht, was ich tun soll. Wäre es aber nicht besser, wenn du den Ministerpräsidenten selbst fragst?«

Rune Jansson versuchte, so unschuldig auszusehen wie nur möglich, als er seinem höchsten Chef diesen Ratschlag gab. Dieser konnte seine Enttäuschung nicht verbergen, was Rune Jansson erfreute. Er war jetzt nämlich zu der irrigen Meinung gelangt, daß damit das eigentliche Anliegen, nämlich die Befriedigung der Neugier seines Chefs, endlich auf dem Tisch lag.

»Na ja, dann wird wohl der Vorsatz genügen müssen, denke ich«, stellte der Reichspolizeichef übellaunig fest.

»Genau«, sagte Rune Jansson zufrieden. »Wie schon gesagt, etwa wie bei Hehlern. Hast du noch was auf dem Herzen? Ich muß noch zum Kindergarten.«

»Ja, da ist tatsächlich noch eine Kleinigkeit«, gab der Reichspolizeichef gequält zu. »Ziemlich knifflige Situation, aber wir haben also beschlossen, die beiden Ermittlungen zu trennen.«

»Trennen? Welche Ermittlungen?« fragte Rune Jansson. Er fühlte sich wie ein Schaf und fürchtete, auch genauso auszusehen.

»Na ja, den Mord und den Schmuggel, nicht wahr? Säk hat den Mord übernommen, und damit können wir den Schmuggel auf der offenen Seite belassen.«

Der Reichspolizeichef hantierte mit der Kaffeekanne und goß Rune Jansson eine neue Tasse ein, der gar nicht dazu kam, sie abzulehnen, da er das Gefühl hatte, im Gehirn einen Stromausfall zu erleiden.

Die Sicherheitspolizei hatte die Mordermittlung von Haparanda »übernommen«. Rune Jansson war klar, daß es keine rechtlichen Hindernisse gegen eine solche Entscheidung gab. Die Sicherheitspolizei konnte jede beliebige Ermittlung übernehmen, wenn es Gründe dafür gab.

»Aha«, sagte er resigniert. »Ich verstehe zwar nicht, was die Säpo überhaupt ermitteln will. Wir haben die Mörder ja, wir haben auch ihre Helfer, und so weiter. Da bleibt doch nichts mehr zu ermitteln, und so paßt es natürlich ganz gut in ihre Kompetenz. Aber trotzdem.«

Rune Jansson bereute seinen Scherz über die Kompetenz der

Sicherheitspolizei sofort, hatte aber nur spontan gesagt, was er dachte. Sein höchster Chef nahm ihm das jedoch nicht übel, im Gegenteil, er lachte sogar darüber.

»Jaja, ich weiß ja, was ihr Jungs auf der offenen Seite von Säk und dem Unterschied zwischen denen und *richtigen Polizisten* und so weiter denkt. Jetzt verhält es sich aber so, daß es Gründe gibt. *Ein* Grund, den man kaum außer acht lassen kann, ist nämlich, daß es auf ausdrückliche Anweisung der Regierung geschieht.«

»Kann die Regierung so in die Polizeiarbeit eingreifen?« fragte Rune Jansson mit aufrichtigem Erstaunen.

»Jaa, das kann sie! Vor allem dann, wenn es um Verbrechen geht, die sich auf die Sicherheit des Reiches auswirken oder auf die Beziehungen zu einer fremden Macht. Darauf haben sie sich berufen. Jetzt sitzen wir also da. Jetzt heißt es nur noch gehorchen.«

»Ja, natürlich«, seufzte Rune Jansson. »Aber was bedeutet das eigentlich ganz konkret: *übernehmen?*«

»Ganz konkret bedeutet es, daß Säk hereinmarschiert und die Ermittlung übernimmt, also ganz konkret. Ich meine, sie hat sie konkret übernommen, also alle Aktenordner abgeholt und so.«

»Aber nicht die, die ich habe«, erklärte Rune Jansson erstaunt.

»Nein, darauf wollte ich gerade zu sprechen kommen. Ich habe da draußen einen Kommissar Kleverud. Der kann gleich mit dir auf dein Zimmer kommen und das regeln.«

»Ja, das wird sich wohl machen lassen«, sagte Rune Jansson resigniert. »Aber das Ermittlungsmaterial in Haparanda? Das ist ja recht umfassend ...?«

»Eben«, erklärte der Reichspolizeichef energisch, »das soll es sein, aber die Sicherheitsabteilung in Luleå hat jedenfalls vor ein paar Stunden dieses Ermittlungsmaterial abgeholt.«

»Ich verstehe«, sagte Rune Jansson, obwohl er gar nichts verstand. »Aber bedeutet das denn nicht, daß es keinen Prozeß gegen die Mörder geben wird, daß wir nicht ihre Auslieferung verlangen?«

»Nun ja«, erwiderte der Reichspolizeichef zögernd und zeigte mit seinem aufmerksamen Gesichtsausdruck, daß es hier eine Frage gab, an die er noch gar nicht gedacht hatte. »Nun ja, eine von Säk betriebene Ermittlungsarbeit ist ja im selben Sinn polizeilich, als hättet ihr richtigen Polizisten sie in der Hand, hehe. Es gibt ja auch einen Staatsanwalt, in diesem Fall, glaube ich, den Generalreichsanwalt, der darüber entscheidet, ob Anklage erhoben wird oder nicht.«

»Der Generalreichsanwalt? Also die Regierung ...«, stellte Rune Jansson fest. Im selben Augenblick ging ihm auf, daß er Menschen aufgefordert hatte zu gestehen, damit sie ihr Leben retten konnten, ohne für seine Zusage eine Deckung zu haben.

»Tja«, sagte der Reichspolizeichef und machte eine übertrieben resignierte Bewegung, »was können wir gewöhnliche Bullen schon ausrichten, wenn die Politik sich in unsere Arbeit einmischt?«

Der Behördenchef lächelte Rune Jansson freundlich an und sah dann demonstrativ auf seine Armbanduhr. »Du verpaßt doch hoffentlich nicht den Kindergarten?« fragte er spöttisch.

»Nein, natürlich«, sagte Rune Jansson und stand auf, als hätte er einen Befehl erhalten, was strenggenommen der Fall war. »Und dieser Klövemyr wartet draußen?«

»Kleverud«, korrigierte der Reichspolizeichef. »Ja, er wartet draußen. Du wirst schon sehen, wer er ist.«

»Mit Terroristenmaske und Maschinenpistole?«

Sein höchster Vorgesetzter lachte nur. Ein wenig zu munter, wie Rune Jansson fand. Sie verabschiedeten sich mit Handschlag, und dann wurde Rune Jansson freundlich, aber bestimmt zur Sekretärin hinausgeschoben.

Dort saß ein Mann in einem dunklen Anzug und einer dunklen Brille. Rune Jansson lächelte, weil er zunächst den Eindruck hatte, das Ganze wäre ein Scherz.

»Du mußt Klavefot sein«, sagte er mit einem erstarrenden Lächeln.

»Kleverud«, korrigierte der Mann mit der Sonnenbrille, ohne eine Miene zu verziehen. »Können wir loslegen?«

Rune Jansson nickte schwer. Er nahm an, daß »loslegen« in diesem Fall bedeutete, daß sie jetzt in sein Zimmer hinuntergehen sollten. Dort würde der Mann das Ermittlungsmaterial in einen schwarzen Sack stopfen, um es dann in ein schwarzes Loch zu schicken.

Es war tatsächlich ein schwarzer Sack, eine Art Müllsack, wie sie bei Hausdurchsuchungen verwendet werden. Rune Jansson mußte auf einem vorbereiteten Formular bestätigen, daß so und so viele Aktenordner abgeholt worden waren. Dann warf sich der Säpo-Mann den Sack auf den Rücken, spazierte hinaus und schlug die Tür mit dem Absatz zu.

Rune Jansson blieb wie versteinert sitzen und betrachtete die Quittung, die auf seinem jetzt völlig leeren Schreibtisch lag. Nach einiger Zeit rief er die Polizei in Haparanda an und bekam jetzt endlich Eino Niemi an den Apparat.

»Wir haben hier eine Hausdurchsuchung gehabt. Vier Mann von Säk in Luleå sind hier aufgetaucht und haben den ganzen Mist abgeholt«, begrüßte ihn Eino Niemi. »Wir haben uns hier wie gottverdammte Diebe gefühlt, mußten die Beschlagnahme sogar bestätigen, oder wie man das nennen soll.«

»Ja«, sagte Rune Jansson düster, »ich habe selbst auch gerade so einen Besuch gehabt, aber da wir in Stockholm etwas kultivierter sind, bekam ich vom Reichspolizeichef zum Trost einen Kaffee.«

»Ja«, sagte Eino Niemi. »Da wird man sauer, das wird man wirklich.«

»Das höre ich«, sagte Rune Jansson. »Du hörst dich *sehr* sauer an.«

»Ja. Wie ist es in Murmansk gelaufen?«

»Ich habe die Mörder gefunden, und sie haben gestanden und sind vorläufig festgenommen.«

»Was?«

»Ja.«

»Was!«

»Ja. So ist es jedenfalls. Und außerdem unterliege ich in allem der Schweigepflicht.«

»Wir auch. Aber man kommt schon ins Grübeln, ob man nicht eine Zeitung anrufen soll.«

»Das würde ich ehrlich gesagt für eine schlechte Idee halten«, entgegnete Rune Jansson mit starker und hörbarer Überzeugung.

»Aha. Na ja, dann lassen wir das eben. Aber sauer wird man schon. Was soll die Säpo denn noch ermitteln? Wenn du die Mörder bekommen hast, ist ja schon alles aufgeklärt.«

»Ja, so dürfte es sein. Aber wie der Reichspolizeichef gerade zu mir sagte, ›*Was können wir gewöhnlichen Bullen schon ausrichten, wenn die Politik sich in unsere Arbeit einmischt*‹. Er hat es so gesagt, ich schwöre.«

»Nein, du machst Witze.«

»Nein, und was gerade diese Bemerkung angeht, unterliege ich bei der Polizei wirklich nicht der Schweigepflicht, soviel ich sehen kann.«

»Wir tun jetzt also nichts mehr?«

»Nein, es sieht aus, als hätten wir unsere Arbeit getan. Der Fall ist doch klar. Wir hätten den ganzen Mist nur noch dem Staatsanwalt zu übergeben brauchen, um uns dann dem nächsten Fall zuzuwenden.«

»Aber sollen die von der Säpo jetzt in etwas ermitteln, was schon aufgeklärt ist?«

»Ja, ungefähr so wird es schon sein. Ich kann nur sagen, daß wir unsere Arbeit getan haben. Schließlich haben wir die Burschen überführt. Und wärst du nicht gewesen, Eino, wäre es überhaupt nie zu Ermittlungen gekommen, mit oder ohne Säpo. Ich könnte Elogen auf dich singen.«

»Wie bitte?«

»Nun, ich meine, daß du eine verdammt gute Arbeit geleistet hast. Aber jetzt bleibt uns nur noch, die Schnauze zu halten. Keinen Laut über die Sache, zu niemandem, vergiß das nicht!«

»Na ja, ich weiß nicht recht ...«

»Nein, keinen Laut!«

»In Ordnung.«

»So, und jetzt bleibt uns nur noch, uns wieder auf unsere gewohnte Kundschaft zu stürzen, bevor die Spuren erkalten.«

Rune Jansson gefiel sein forscher Abschluß selbst nicht, der das Gespräch schnell erstickte. Doch ihm war gerade ein Gedanke gekommen, ein sehr besorgniserregender Gedanke, der ihn auch dazu gebracht hatte, seinem Kollegen mit solcher Emphase nahezulegen, auf keinen Fall jemandem etwas zu sagen, am allerwenigsten der Presse.

Er blieb nach dem Gespräch noch eine Weile still sitzen und starrte die Beschlagnahmequittung des Sicherheitsdienstes an. Als er mit der Handfläche über die Tischplatte fuhr, hinterließ sie eine feuchte Spur. Ihm war tatsächlich der kalte Schweiß ausgebrochen.

Zum ersten Mal in seinem Leben hatte er das Gefühl gehabt, am Telefon vielleicht abgehört worden zu sein. Im Augenblick war nichts mehr undenkbar.

Er sah auf die Uhr. Jetzt war er am Ende doch drauf und dran, zu spät zum Kindergarten zu kommen. Als er gerade aufstand, bekam er Besuch. Ein Kollege vom Stockholmer Gewaltdezernat stand in der Türöffnung und klopfte demonstrativ an den Rahmen.

»Klopf klopf«, sagte der Kollege.

»Hallo«, sagte Rune Jansson matt. »Ich hoffe, du willst nichts Kompliziertes von mir. Ich bin schon jetzt zu spät dran. Ich muß noch zum Kindergarten, und du weißt, wie es ist, wenn man dort angepfiffen wird.«

»Ja«, nickte der Kollege zustimmend, »das macht keinen Spaß. Aber das hier geht schnell. Ich wollte dir nur für deine Hilfe danken oder deine Mitarbeit. Es gab jedenfalls ein sehr schnelles Ergebnis.«

»Meine Hilfe bei was?« fragte Rune Jansson. Er hatte keine Ahnung, worum es ging.

»Bei der Restaurant-Mafia, dieser italienischen Erpresser-Bande«, sagte der Kollege, der sich über Rune Janssons Unwissenheit wunderte. »Bist du verreist gewesen oder was?«

»Ja, ich bin im Ausland gewesen. Was ist passiert?«

»Die Bande sitzt hinter Schloß und Riegel, die Haftbefehle sind ergangen. Es ist auch schon Anklage erhoben. Das heißt, es sitzen nur die Reste der Bande, die überlebt haben.«

»Die Reste, die überlebt haben!«

»Ja, es gab zwei Tote, einen Schwerverletzten, und einige wurden krankenhausreif geprügelt. Ich habe ja darum gebeten, daß du Hamilton fragst, ob sie beim Militär irgendeine Möglichkeit haben, sich mal des Problems anzunehmen. Das haben sie offenbar gehabt.«

»Moment mal! Jetzt mal langsam, eins nach dem anderen«, sagte Rune Jansson und sank auf seinen Stuhl. »Setz dich doch, übrigens. Es hat also so eine Art Shootout gegeben oder was?«

»Ja, das kann man ruhig so sagen«, erwiderte der Kollege und sank tief in den Besucherstuhl vor dem Schreibtisch. »Zeugenaussagen zufolge sind zwei elegant gekleidete Männer zu der Bande hochgegangen, haben sie zusammengeschossen und die Polizei geholt. Am nächsten Tag kam ein ganzer Stapel mit schriftlichen Beweisen von, na, rate mal?«

»Nein, keine Ahnung!«

»Dem Chef des militärischen Nachrichtendienstes.«

»Oh, Teufel auch. Das ist doch nicht gerade das, was ihr euch gedacht hattet?«

»Ich weiß nicht, was du dir gedacht hast. Außerdem weiß ich selbst nicht, was ich davon halten soll. Einerseits ist mein empfindsames Gewissen bei Mördern und Erpressern nicht sehr mitfühlend. Andererseits bin ich ein bißchen empfindlich, wenn es um allzu unkonventionelle Methoden geht. Ich glaube, kurz gesagt, wir sollten uns künftig vielleicht zurückhalten, wenn es um diese Art Hilfe von außen geht.«

»Ja«, gab ihm Rune Jansson erschüttert recht, »da bin ich ganz deiner Meinung.«

»Ist es dein Kumpel Hamilton gewesen, der diese Figuren aufgesucht hat?«

»Nein, er hat sogar ein Alibi, das kann ich versichern. Wieso?«

»Einer der Täter war blond und kräftig. Das kann er gewesen sein. Der andere soll ein Spaghettifresser gewesen sein.«

»Das kann er jedenfalls nicht gewesen sein«, bemerkte Rune Jansson heiser. »Darauf kann ich einen Eid leisten. Nun, aber das müßt ihr wohl selbst aufklären.«

»Nein, das ist es ja gerade. Wir dürfen hier überhaupt nicht wie gewohnt ermitteln. Man hat das Ganze in zwei Fälle aufgeteilt. Der eine Fall ist erledigt, und zwar gegen die überlebenden Gangster. Denen hat man alles nachgewiesen, sie haben gestanden, alles klar. Sie weigern sich nur in einem Punkt, etwas zu sagen. Sie wollen nicht damit herausrücken, wer ihnen auf die Pelle gerückt ist. Und gerade diese Frage ist zufällig bei einem anderen Ermittler gelandet, wenn man so sagen kann ...«

»Ich glaube, ich weiß Bescheid«, seufzte Rune Jansson, in dessen Blick sich plötzlich so etwas wie Verzweiflung zeigte. »Natürlich hat die Säpo diesen Teil der Ermittlung übernommen!«

»Genau. Aber das hast du offenbar schon gewußt.«

»Ganz und gar nicht, aber ich habe in einem ganz anderen Fall gerade etwas Ähnliches miterlebt.«

Rune Jansson wedelte müde mit der Beschlagnahmequittung der Polizei, was seinem Kollegen nichts zu erklären schien. Dann sah er erneut auf die Uhr, unterdrückte einen Fluch über den Kindergarten und entschuldigte sich mit einem schnellen Blick. Sie trennten sich ohne ein weiteres Wort.

Im Fahrstuhl nach unten wurde es Rune Jansson für einen Moment schwarz vor Augen. Eine kurze Schrecksekunde lang hatte er das Gefühl, eine Gehirnblutung zu haben, und trat langsam wie ein älterer Mann in die frische Luft auf der Polhemsgatan hinaus. Dort stand er still und versuchte, die letzte Stunde zu bewerten.

Hamilton, dachte er. Dieser verdammte Hamilton. Wo der sich einmischt, lösen sich alle Gesetze in Luft auf, dort braucht man keine Bullen mehr. Wenn man ihm ins Ohr flüstert, irgendwo laufen Mafiosi herum, werden sie im nächsten Moment zusammengeschossen, jedenfalls die, die nicht schreiend und geständig zur Wache geschleift werden. Ermittle mit ihm einen Mord, und plötzlich gilt die Todesstrafe per Bürokratie. Wir leben offenbar nicht im selben Land, nicht einmal in derselben Welt, stellte er fest und schlug den Mantelkragen hoch. Er beschloß, mit Hamilton künftig nichts mehr zu tun zu haben. Dann eilte er zu seinem Wagen und verdrängte alles andere mit seiner Furcht, von den Erzieherinnen im Kindergarten ausgeschimpft zu werden.

Carl hatte in seinem Zimmer ein paar wundervolle Arbeitstage verbracht. Niemand hatte ihn gestört. Als die verarbeiteten Ausdrucke und Kassetten seines Datendiebstahls beim Zentralcomputer des GRU mit einem Boten vom Generalstab gekommen waren, zeigte sich, daß das Material aus Hunderten von Seiten bestand. Wenn dies kein Bluff war, ein Köder, den man absichtlich ausgelegt hatte, handelte es sich vermutlich um den umfassendsten Spionageerfolg, der in diesem Jahrhundert in Moskau gelungen war; in diesem Jahrhundert, in dem Computer erst seit einem Bruchteil dieser Zeit als Arbeitsinstrumente zur Verfügung standen.

Das Material insgesamt würde sich wahrscheinlich erst in mehr als einem Jahr vollständig analysieren lassen. Doch diese Arbeit mußten andere übernehmen. Er selbst konzentrierte sich darauf, alle gestohlenen Angaben mit dem Geständnis des KGB-Offiziers Mischa abzugleichen, vor allem den langen Abschnitt, bei dem ein Mann in Todesangst alle hohen Tiere aufzählte, die im »Offiziersverband« auf seiner Seite standen, sowie die Politiker, die diesen unterstützten. Es gab also einen riesigen Riß in der neuen russischen Führung, eine Zeitbombe, die früher oder später explodieren mußte. Eine Seite mußte irgendwie gewinnen, und die einzige Möglichkeit zu gewinnen bestand wohl nach traditioneller russischer Methode darin, den Gegner zu eliminieren.

Je nachdem, welche Seite die westliche Welt irgendwann als *the good guys* sah und welche als *the bad guys*, würden die bevorstehenden Eruptionen in Moskau in der ganzen Welt von enormer Bedeutung sein. Wenn die Bösen siegten, bedeutete das eine Rückkehr zu einem neuen kalten Krieg, zu Wirtschaftssanktionen gegen Rußland, zu Massenhunger, Aufruhr, Bürgerkrieg und allen entsetzlichen denkbaren Folgen. Wenn die Guten siegten, würde das Wissen, das Carl jetzt auf seinem Bildschirm vor sich sah, zur Zurückhaltung mahnen und sich schnell neutralisierend auswirken können. Ein schönes Beispiel für das, was jeder Spionagechef in jedem Land in jedem politischen System zur Verteidigung seiner Tätigkeit sagt: Wissen ist ein Garant des Friedens.

Carl hatte keine Möglichkeit zu beurteilen, zu welcher Seite Jurij Tschiwartschew gehörte. Eins war jedoch klar: Wenn der General auf der Seite stand, die man im Westen ohne jeden Zweifel the good guys nennen würde, der Seite nämlich, die sich einer Rückkehr zu dem alten System widersetzte, konnte man davon ausgehen, daß er ganz bewußt Spion geworden war, indem er zuließ, daß Carl die nötige Zeit erhielt, um Zugang zu den KGB-Daten zu finden. Das konnte bedeuten, daß die Informationen nicht wie sonst mit der russischen Desinformationstechnik präpariert worden waren, sondern vollkommen echtes Material darstellten.

Und umgekehrt. Sollte Jurij Tschiwartschew zu dem Kreis um den »Offiziersverband« gehören, hätte er Carl niemals bewußt Daten stehlen lassen. Sofern es kein präpariertes Material war.

All dies würde sich jedoch schon in naher Zukunft erweisen. Bei der Beurteilung der Echtheit des Materials gab es mittelfristig keine unüberwindbaren Probleme.

Schon von Anfang an hatte sich das Material als vielversprechend erwiesen. Carl hatte sämtliche Namen und Behauptungen, die von »Mischa« stammten, in ein neues Programm eingegeben und anschließend das gestohlene Material durchforstet, um Verbindungen und Zusammenhänge zu finden. Dabei war jeder einzelne Name in dem gestohlenen Material aufgetaucht.

Für seine Arbeit in der strategischen Analysegruppe des Ministerpräsidenten, die sich mit dem russischen »Theater« beschäftigte, bedeutete sein Fund überdies noch etwas: daß die anderen Mitglieder nämlich etwas in die Hand bekommen würden, was wirklich eigenes Material war. Schwedische Entdeckungen, Originale, die aus keiner offenen Quelle stammten. Und für den Ministerpräsidenten, lächelte Carl ironisch vor sich hin, wird es bedeuten, daß er in mancherlei Hinsicht zum bestinformierten Politiker der westlichen Welt wird, wenn es um die künftige Entwicklung in Moskau geht. Kurz, alle Menschen in Carls beruflicher Umgebung würden guter Laune sein, ebenso wie er selbst. Er selbst in erster Linie jedoch dadurch, daß er sich mit nachrichtendienstlichen Aufgaben befassen konnte, denn dazu war er ja in erster Linie da.

Er arbeitete so, daß er an seinem Bildschirm vor Freude schwitzte, und weihte dabei seinen CD-Player mit Kopfhörern ein. Er lauschte dem Dritten Violinkonzert von Mozart mit den Wiener Philharmonikern und Itzhak Perlman als Solisten. Es war eine unbekümmerte, lebensfrohe Musik. Perlmans Mut, seine absolute Entschlossenheit und Sicherheit, mit der er selbst höchste Schwierigkeitsgrade mühelos meisterte, trieben Carl fast die Tränen in die Augen. Dieser Geiger spielte mit einer Autorität, als wäre er *selbst* die Musik.

Carl hatte das Gefühl, wieder ins Leben zurückzukehren. So empfand er es jedenfalls. Dies war der totale Gegensatz zu allem, was einmal gewesen war, vor allem zur Operation Dragon Fire. So sollte es auch bleiben, bis er vielleicht die Uniform und einiges andere in Schweden zurückließ und mit Tessie nach Kalifornien zog, um dort ein völlig neues ziviles Leben zu beginnen. Doch ein solches Vorhaben forderte einen Preis. Er hatte versucht, das eine sorgfältig gegen das andere abzuwägen. Der Preis war hoch: Er würde sein Land verlassen müssen, die Natur, die jeder Schwede liebt, Stenhamra, die Hirsche, alles. Und vor allem Johanna Louise.

In der anderen Waagschale lag ein Leben, das mehr als in nur einer Hinsicht zivil war. Er wollte am Meer wohnen und stellte sich ein Dasein als EDV-Spezialist vor. Davon kamen in Kalifornien allerdings dreizehn auf ein Dutzend. Dafür war er reich, und das waren nur sechs pro Dutzend. Niemand würde ihn als gefährlich ansehen oder als Feind. Er würde mit dem Wagen zum Einkaufszentrum fahren können und Milch und Fleisch fürs Wochenende einkaufen, ohne sich wie der Mörder fühlen zu müssen, über den jeder hinter seinem Rücken tuschelte. Er würde in albernen amerikanischen Shorts herumlaufen können, ohne sich auch nur im geringsten Sorgen zu machen. Er würde nie mehr einen Menschen töten.

Hamilton war in Kalifornien überdies ein guter Name. So konnte jeder heißen.

Er wurde in seinen angenehmen Träumen durch etwas unterbrochen, was sich auf dem Bildschirm merkwürdig ausnahm. Die eine Hirnhälfte schlug Alarm, während sich die andere wegen etwas ganz anderem besorgt zeigte; würde es Tessie gefallen, daß er seine Identität verbarg? Würde sie der Versuchung widerstehen können, Gräfin zu sein? Er hatte ihre neue Visitenkarte bei IBM gesehen. Dort hieß es in der ersten Zeile *Countess Teresia M. Hamilton* und in der zweiten *Director.*

Carl nahm die Kopfhörer ab. Es fiel ihm schwer zu entscheiden, womit er sich befassen sollte, dem blinkenden Signal auf dem Bildschirm oder mit Tessie. Sie würde es gar nicht nötig haben, in Kalifornien weiter bei IBM zu arbeiten. Sie konnte ebensogut ihre Anwaltspraxis wiedereröffnen. Immerhin war es nicht so, als hätten die illegal eingewanderten Mexikaner in San Diego keinen Bedarf an juristischem Beistand.

Das Telefon läutete und unterbrach die Gedankenkette.

Als er hörte, daß die *Aktuellt*-Redaktion ein Interview mit ihm machen wollte, lachte er zunächst und lehnte ab. Als Berater des Ministerpräsidenten dürfe er sich im Grunde über gar nichts äußern. Er sei ja ein unpolitischer Experte und habe mit der Regierungspolitik nicht das geringste zu tun.

Doch wie sich herausstellte, kam er nicht so ohne weiteres davon. Es war nicht die Nachrichtenredaktion von *Aktuellt*, die sich bei ihm meldete, sondern die Wirtschaftsredaktion von *A-Ekonomi.* Dies war eins der neuen Rundfunk- und Fernsehprogramme, in denen ökonomische Wahrsager ihre Ansichten zu diversen Krisen und der Lage an den Weltbörsen äußerten. Und jetzt habe man seine Immobiliengeschäfte unter die Lupe genommen und wünsche einige Kommentare dazu.

Carl überlegte fieberhaft und fragte sich, was sie eventuell entdeckt haben mochten. Er antwortete ausweichend, es falle ihm im Hinblick auf seinen Job schwer, die Privatperson zu spielen. Was wolle man überhaupt von ihm wissen?

Wie sich herausstellte, war Carls bislang anonymes Immobilienunternehmen CEGE in einer Propagandaschrift des Schwedischen Arbeitgeberverbands SAF auf einer Liste erfolgreicher Unternehmen gelandet. Dies war um so bemerkenswerter, als die Immobilienbranche vor kurzem zusammengebrochen war und eine Reihe von Banken mit sich in den Abgrund gerissen hatte. Er würde also überwiegend Lob zu hören bekommen. Außerdem, so wurde ihm erklärt, werde der Beitrag ohnehin gesendet, und dann sei es wohl besser, wenn er selbst mitwirke und dieses oder jenes erkläre, was sonst Aufsehen erregen könne?

Carl murmelte, es gefalle ihm nicht zu verhandeln, wenn man ihm die Pistole auf die Brust setze. Dann verstummte er plötzlich. Ihm ging auf, daß diese Metapher sich gerade bei ihm nicht gut anhörte. Die Reporterin am anderen Ende registrierte es mit einem Kichern. Dann sagte Carl, er werde seinen Chef fragen. Mit Genehmigung des Ministerpräsidenten werde er gern auf Fragen über seine privaten finanziellen Verhältnisse antworten. Ohne dessen Genehmigung werde er natürlich nichts sagen.

Damit hatte er sowohl sich selbst wie den Ministerpräsidenten festgelegt, doch das ging ihm nicht auf, da er weder Politiker noch Journalist war. Wenn der Ministerpräsident nein sagte, würde man es nämlich so deuten, als wäre wieder einmal ein Angestellter der Regierungskanzlei in krumme Geschäfte verwickelt. Bisher waren schon mehrere Personen wegen Immobiliengeschäften, Steueraffären und illegaler Aktiengeschäfte in mehreren Sendungen bloßgestellt worden. Einige hatten getobt, andere waren erleichtert gewesen, da die Entdeckungen von Journalisten mit ähnlicher Zufälligkeit stattfinden wie die von Spionen.

Wenn der Ministerpräsident nein sagte und Carls Geschäfte nicht für anrüchig befunden wurden, würde man es so deuten, als versuchte der Regierungschef qualifizierten Mitarbeitern einen Maulkorb zu verpassen.

Carl hatte sich mit seiner Ausflucht also direkt in die Nesseln gesetzt.

Als das Gespräch beendet war, war seine Konzentrationsfähigkeit zutiefst gestört. Er beschloß dennoch, sich des Problems so schnell wie möglich zu entledigen. Mit etwas Glück konnte es in weniger als einer Viertelstunde aus der Welt sein.

Er rief den Regierungschef an und bat demütig um eine kurze Unterredung in einer wichtigen Angelegenheit. Er brauche nur einige Minuten. Er wußte, daß der Präsident den ganzen Tag im Haus sein würde. Er bekam ein schnelles Ja, was ihn nicht erstaunte, da der Regierungschef natürlich ein wichtigeres Gesprächsthema vermutete.

Zwei Minuten später betrat er den großen Raum. Der Regierungschef saß allein an seinem Computer und schrieb einen der sicher fünf oder sechs elektronischen Briefe des Tages an die Mitarbeiter, was für diese eine recht irritierende Störung des täglichen Arbeitsablaufs war. Der Regierungschef hatte den Krawattenknoten gelockert, und sein Jackett hing hinter ihm auf dem Stuhl. Wie sich zeigte, war er alles andere als zugeknöpft.

Er begrüßte Hamilton, indem er auf einen Stuhl vor dem großen Schreibtisch zeigte. Dann wandte er seine Aufmerksamkeit wieder dem Bildschirm zu. Er versuchte offenbar, ein technisches Problem zu lösen, das er selbst verursacht hatte. Carl warf ihm einen amüsierten Blick zu. Er glaubte zu verstehen, worum es ging. Er lächelte bei dem Gedanken, was für eine Dummheit er als Neuling begangen hätte, still vor sich hin. Er hätte sich in aller Unschuld erboten, das Problem zu lösen. Damit hätte er sich den Ministerpräsidenten mindestens für den Rest des Tages zum Feind gemacht. Dieser war nämlich nicht nur ein Überflieger in nachrichtendienstlichen und sicherheitspolitischen Fragen sowie Experte für amerikanische Militärmaschinen, sondern auch noch Computerfachmann.

Carl wartete folglich ruhig und mit neutralem, beherrschtem Gesichtsausdruck die Lösung des Problems am Bildschirm ab.

Als es endlich geregelt war, drehte sich der Ministerpräsident zufrieden und mit einer Miene um, als wäre er gerade als Sieger aus einer Schlägerei hervorgegangen. Er rückte die Brille zurecht und murmelte, »so muß man die nehmen, die Dinger. Man darf die Maschinen nie glauben lassen, daß sie besser sind als wir.«

Carl stimmte mit sittsam gesenktem Kopf zu. Natürlich dürfe man die Maschinen so etwas nie glauben lassen.

»Nun, und worum geht es? Du sagtest, wir könnten es kurz machen? Dabei sind deine Probleme meist nicht so schnell aus der Welt zu schaffen«, sagte der Ministerpräsident und setzte seinen besonders intelligenten Blick auf, als wäre er bereit, die inneren Probleme Rußlands auf der Stelle zu lösen.

»Nun ja«, sagte Carl verlegen, »es geht wirklich um eine triviale Angelegenheit, aber ich dachte, ich sollte dich zuerst fragen. Es ist so, daß *Aktuellt* mir ein paar Interviewfragen stellen will.«

»Das erscheint mir außerordentlich unzweckmäßig«, erwiderte der Ministerpräsident scharf. »Dein Arbeitsgebiet unterliegt entweder

der Geheimhaltung oder deckt ein politisches Spektrum, auf dem du, wenn du entschuldigst, nicht legitimiert bist.«

»Ja«, stimmte Carl zu, »aber sie wollen mich nach meinen privaten finanziellen Verhältnissen fragen, und da habe ich gesagt, ich würde dich erst um Genehmigung bitten.«

»Das ist kaum eine besonders brillante Lösung des Problems«, stellte der Ministerpräsident fest. Dann seufzte er tief und demonstrativ. »Und was ist mit deiner privaten Ökonomie?«

»Es geht in erster Linie um meine Immobiliengeschäfte«, erwiderte Carl beschämt.

»O mein Gott, du nicht auch noch!« rief der Ministerpräsident bestürzt aus. »Sag mir nicht, daß es schon wieder Steuerprobleme gibt oder daß du ein Einkommen von Null angegeben hast.«

»Nein«, erwiderte Carl, der ein fragendes Gesicht machte. Er begriff nicht, inwiefern er in diesem Zusammenhang mit »auch« gemeint sein konnte. »Ich habe einen Gewinn angegeben und keine Steuerschulden. Außerdem hat das Finanzamt keine Klagen über mich geäußert.«

»Aha, tatsächlich? Das hört sich ja an und für sich gut an. Aber dann verstehe ich nicht, warum *Aktuellt* dich interviewen will«, sagte der Ministerpräsident süßsauer und mißtrauisch. Es erschien ihm undenkbar, daß einer seiner Mitarbeiter aus anderen Gründen interviewt werden könnte als wegen finanzieller Gaunereien.

»Sie sagten, meine Immobilienfirma erscheine auf einer Liste, die der Arbeitgeberverband herausgegeben hat. Es geht da um gut geführte Unternehmen, wie mir gesagt wurde.«

»Aber das ist ja etwas völlig anderes. Es sind also die Leute von *A-Ekonomi,* die dich interviewen wollen«, stellte der Ministerpräsident fest. Sein Gesicht hellte sich augenblicklich auf. *»A-Ekonomi,* das ist ja etwas völlig anderes. Warum hast du das nicht gleich gesagt?«

»Verzeihung, ich habe den Unterschied nicht erkannt. Ich sehe mir solche Programme nämlich nie an. Was soll ich jetzt tun?«

»Weißt du«, schmunzelte der Ministerpräsident und warf Carl einen fast mitleidigen Blick zu, weil dieser so schwer von Begriff zu sein schien, was für den Regierungschef allein schon ein Grund für gute Laune war, »weißt du, wenn du gesagt hast, daß du mich erst um Erlaubnis fragen wolltest, ist das Rennen wohl gelaufen. Das wäre ja noch schöner, wenn man dir verbieten würde, Fragen nach deinen privaten wirtschaftlichen Verhältnissen zu beantworten. Und dann auch noch ich. Das würde ja beweisen, daß hier im Haus etwas unter den Teppich gekehrt werden soll. O nein. Marsch, setz dich gleich in

Bewegung. Geh zu Christiansson, dann erfährst du alles, was du wissen mußt. Mehr hattest du nicht auf dem Herzen?«

Carl schüttelte beschämt den Kopf und stand auf, während der Ministerpräsident sich aufgeräumt und mit einer Melodie auf den Lippen wieder seinem Computer zuwandte.

Carl hatte mit Christiansson bisher nur sehr wenig zu tun gehabt. Dieser wurde wegen seiner Bosheit meist mit dem Spitznamen »die Schlange« belegt. Christiansson war nach dem Ministerpräsidenten die höchstbezahlte Person in Rosenbad und hatte eine Funktion, die an die eines Propagandaministers erinnerte, obwohl sein Titel offiziell Informationssekretär lautete. Neben seinen politischen Ämtern hatte er immer wieder einmal als Journalist gearbeitet. Er war der Experte des Hauses für Massenmedien und konnte überdies zwischen guten und bösen Journalisten unterscheiden. Er wußte genau, wen man informieren durfte und wen man zu ignorieren hatte.

Carl spazierte mit schweren Schritten den Korridor entlang. Christiansson hatte sein Dienstzimmer gleich außerhalb der Panzerglastür. Es grenzte an das Schlafkabuff des Ministerpräsidenten. Sie hatten sich ein paar Mal gegrüßt, aus natürlichen Gründen jedoch nichts miteinander zu tun gehabt: Von Carl wurden ohnehin keine Äußerungen in den Medien erwartet, da der Ministerpräsident der führende Experte für all die Themen war, zu denen Carl vielleicht etwas hätte beisteuern können.

Christiansson wartete schon vor der Panzerglastür. Der Regierungschef hatte ihn offenbar schon angerufen und gesagt, er solle sich Carl sofort krallen. Er wurde also prompt zu Christiansson ins Zimmer geführt und auf ein hellblaues Sofa gedrückt.

Christiansson rieb sich vor Begeisterung die Hände. Er freute sich schon sichtlich darauf, Carl jetzt zu drillen.

»Wie ich höre, wollen sie dich in *A-Ekonomi* interviewen«, begann er enthusiastisch. »Deswegen brauchst du dir keine Sorgen zu machen. Da sitzen nämlich unsere Leute. Aber worum geht es eigentlich?«

»Meine Immobiliengeschäfte«, erwiderte Carl säuerlich. »Ich stehe auf irgend so einer verfluchten Liste des Arbeitgeberverbands über erfolgreiche Unternehmen.«

»Die habe ich da. Moment mal, ich habe sie hier«, sagte Christiansson eifrig, wühlte im Poststapel des Tages und zog ein Heft hervor, daß er triumphierend hochhielt. »Teufel auch, hier bist du genannt?«

»Ja«, sagte Carl. »Da steht offenbar etwas über die CEGE-Gesellschaften.«

Christiansson schlug das Inhaltsverzeichnis auf, fand, was er suchte, und las eine Zeitlang, während Carl ungeduldig wartete.

»Das sieht ja gut aus. Hör dir das nur mal an«, sagte Christiansson und las dann laut vor: »›In einer Zeit, in der es für die meisten Immobilienunternehmen auf einem immer ungünstigeren Markt bergab gegangen ist, stehen die CEGE-Firmen als die große Ausnahme da. CEGE ist schon jetzt einer der Sieger der neunziger Jahre. Nicht zuletzt durch das bemerkenswerte Kunststück, den gesamten Immobilienbestand kurz vor dem Zusammenbruch der Preise zu verkaufen, um die gleichen Immobilien dann zu einem Preis zurückzukaufen, der bei zwanzig bis fünfundzwanzig Prozent des Verkaufspreises liegen dürfte.‹ Teufel auch, Hamilton, das ist ja glänzend. Was für ein Schnitt.«

»Ich weiß«, sagte Carl leise. »Es stimmt schon, was da steht.«

»Hast du gewußt, daß die Immobilienpreise so in den Keller gehen? Tolle Leistung!«

»Na ja, was heißt gewußt. Es war ja abzusehen, daß alles irgendwann mal zusammenkrachen würde. Eine Branche, die von Spekulanten und Ganoven beherrscht wird, ist ein gefährliches Terrain. Jedenfalls habe ich mit meinen Vermutungen richtig gelegen.«

»Kein Wunder, daß die Leute von *A-Ekonomi* mit dir sprechen wollen. Was hat Calle gesagt?«

»Du meinst Carl Bildt? Er sagte etwas, was sich nicht sehr begeistert anhörte, ›O mein Gott, nicht du auch noch‹. Was immer er damit gemeint haben mag.«

Carl sah absolut aufrichtig unschuldig aus, da er es auch war, was Christianssons explodierende Heiterkeit nur noch verstärkte.

»Calle hat natürlich geglaubt, wir hätten einen neuen Tobisson-Fall am Hals. Du weißt, dieser Schwindler aus Göteborg?«

»Nein, den kenne ich wirklich nicht«, sagte Carl eingeschnappt.

»Tobisson? Er hat seine Firmen erst an sich selbst und dann an seine Frau verkauft und dann das Ganze wieder zurück, oder wie das war. Das kann dir doch kaum entgangen sein?«

»Doch, ist es. Ich lese keine Kriminaljournaille.«

»Na schön. Dich sehen sie jedenfalls mit anderen Augen, das steht fest.«

»Daß ich auch so ein anrüchiger Spekulant oder Profithai oder so was bin?«

»Nein, ganz und gar nicht. Du bist ein Vorbild für die neunziger Jahre, hier steht es doch. Du bist für den Markt ein Vorbild.«

»Wie schön, das zu hören«, erwiderte Carl matt. »Aber ich habe in diesem Jahr nur einen niedrigen Gewinn versteuert. Vielleicht sind sie hinter der Tatsache her.«

»Nein, nein, auch das ist nur clever, hier steht es doch. Du hast dir viele Darlehen vom Hals geschafft und dann die Mieten nicht erhöht, sondern die Mieteinnahmen für Reparaturen und Renovierungsmaßnahmen verwendet.«

»Ja, das muß ich schon zugeben«, erwiderte Carl und errötete. »So habe ich den Substanzwert des Unternehmens um fast hundert Prozent gesteigert. Ein eventueller Käufer könnte also schnell die Mieten erhöhen. Ich bin nämlich dabei, den Verkauf des ganzen Ladens vorzubereiten.«

Christiansson nickte nachdenklich. Dann fragte er nach dem Namen der Journalistin. Die Antwort erheiterte ihn, denn sie galt offenbar als sehr zuverlässig, als moderne Anhängerin der freien Marktwirtschaft.

Anschließend gingen die beiden Männer kurz durch, welche Fragen die Journalistin vielleicht stellen würde und wie Carl darauf antworten sollte. Alles was darauf hinauslief, den Wert der Aktiva zu erhöhen, ohne dafür Steuern zahlen zu müssen, was Carls Hauptabsicht gewesen war, sollte als gesunde und langfristige Sanierung dargestellt werden. Es sei wichtig, erklärte Christiansson, das Wort langfristig zu verwenden. Aus purer Güte, so die Schlange weiter, habe Carl überdies beschlossen, die Mieten nicht zu erhöhen. Dabei könne er sich sogar auf seine linke Vergangenheit berufen. Das werde in diesem Zusammenhang sehr reizvoll wirken.

Carl gewann bei dieser Unterrichtsstunde den Eindruck, als hielte der Medienexperte Wirtschaftsjournalisten für reine Idioten. Als Carl einen entsprechenden Einwand wagte, wurde ihm munter und spontan bestätigt, so sei es. Carl brauche sich vor rein gar nichts zu fürchten. Diese Leute wollten nur ein Idol porträtieren. Er brauche von Zeit zu Zeit nur etwas von »den Bedingungen des freien Marktes«, oder etwas Ähnliches zu sagen, dann würden ihn diese Wirtschaftsreporter auf Händen hinaustragen.

Carl wand sich ein wenig, als sein Lehrer alles noch einmal zu wiederholen drohte. Sein Unbehagen beruhte nicht nur darauf, daß er sich darauf vorbereiten sollte, aus Schwarz Weiß zu machen; er hatte auch noch etwas Privates zu erledigen, was wichtiger war als alles andere. Er sollte Eva-Britt und Johanna Louise treffen, und zwar in einer Viertelstunde im Kindergarten.

Er war unsicher, ob das bei dem so marktbegeisterten Dozenten als Entschuldigung taugte, und rückte am Ende jedoch aus reiner Verzweiflung mit der Wahrheit heraus. Er wollte das Wort Markt nicht noch einmal hören.

Zu seinem Erstaunen betrachtete Christiansson Kindergartenfragen als übergeordnet genug, wenn nicht der heiligen Marktwirtschaft, so doch zumindest Unterrichtsstunden über die Propagandisten der Marktwirtschaft.

Er denkt vielleicht, daß ich Johanna Louise in einem privatwirtschaftlich geführten Kindergarten untergebracht habe, murmelte Carl in sich hinein, als er die große Eingangshalle durch die Stahl- und Glastüren verließ.

Er ging rasch um die Ecke und dann über die Riksbron, am alten Kanzleihaus vorbei, um möglichst schnell in die Altstadt zu kommen; als hätte er das Gefühl, in den engen Gassen von Gamla stan anonymer und geschützter zu sein, wo sich nur wenige winterliche Besucher herumtrieben. Er kam jedenfalls noch auf die Sekunde pünktlich zur Kindertagesstätte und sah sich vorsichtig um, bevor er sie betrat. Es hatte den Anschein, als erzeugte die Nähe von Johanna Louise eine Furcht in ihm, von der er sonst nie etwas spürte.

Eva-Britt war noch nicht gekommen. Er ging etwas nervös unter den Kindern umher, entdeckte Johanna Louise und hockte sich hin. Dann rief er sie mit ausgebreiteten Armen. Sie sah erst hoch, als ob sie ihn nicht wiedererkannte, und das dauerte einige eisige Sekunden, als er mit ausgebreiteten Armen in der Leere dahockte. Doch dann ließ sie ein kleines Geheul hören, sagte laut und deutlich Papa und rannte ihm in die Arme. Er hob sie lachend hoch und warf sie ein paarmal in die Luft, so daß sie vor Entzücken quietschte, während die Erzieherinnen ihm strenge Blicke zuwarfen, die er ignorierte.

Er hatte das Kind draußen im Flur fast schon vollständig angezogen, als Eva-Britt atemlos auftauchte und sich für ihre Verspätung entschuldigte.

»Das ist diese blöde Fußball-Europameisterschaft«, erklärte sie mit einer kurzen resignierten Handbewegung, als wäre damit alles gesagt.

»Die Fußball-Europameisterschaft?« fragte er erstaunt. »Das macht doch nichts, daß du ein bißchen zu spät kommst. Das kann jedem mal passieren. Aber was hat der Fußball mit der Sache zu tun?«

Sie erklärte es ihm, als sie den Buggy mit der glücklich lachenden Tochter hinaustrugen. Die Polizeihochschule werde von Zeit zu Zeit von verschiedenen kriegführenden Parteien belagert, die das Gelände in ein Schlachtfeld verwandelten. Sie trainierten nämlich koordinierte Angriffe gegen Hooligans, und zwar zu einem Kostenpunkt von hundert Millionen Kronen und mehr. Die Polizei müsse nämlich lernen, in militärischer Schlachtordnung aufzutreten, gruppenweise und zugweise, müsse lernen, »Ausfälle« zu machen und »sich geordnet zurückzuziehen« und derlei. Sie sei ja so etwas wie eine »Zugführerin« und habe jetzt sogar gelernt, zu brüllen und wie ein »ganzer Mann« mit der ganzen Hand zu zeigen, obwohl es schon problematisch sei, mit heruntergeklapptem Visier zu brüllen. Sie trage nämlich einen Helm, manchmal sogar einen Schild, sowie einen neuartigen dänischen Polizeiknüppel und einen feuersicheren Overall. Moderne Polizisten müßten nämlich feuersicher sein, wenn sie bei Fußballspielen eingesetzt würden. Aus diesem Grund trainierten sie in regelmäßigen Abständen »brennende Polizei« und »löschende Polizei«.

Sie erzählte lustig und humorvoll. Es fiel ihm leicht zu lachen, wenn er mit ihr zusammen war. Das war natürlich ein hervorragender Beginn eines Zusammentreffens, vor dem ihm gegraut und das er sich eher als eine Art Verhör vorgestellt hatte, warum er nichts von sich habe hören lassen und was aus Weihnachten geworden sei.

Doch das Thema, die groteske Anwendung des staatlichen Gewaltapparats, war bald erschöpft. Sie verstummte, und ihm fiel nichts ein, was er hätte sagen können.

»Bist du bewaffnet?« fragte sie plötzlich in einem ganz anderen Tonfall.

»Nein«, erwiderte er. Der Stimmungsumschwung überraschte ihn. »Es wäre unpassend, mit Waffen in dem neuen Job zu erscheinen. Wieso?«

»Wir werden von zwei Männern verfolgt. Einer geht auf der anderen Straßenseite, der zweite hinter uns«, zischte sie aus dem Mundwinkel.

Er sah sich schnell um und entdeckte, was sie meinte. Die beiden Männer glichen einander wie ein Ei dem anderen. Sie waren durchtrainiert, etwa fünfundzwanzig Jahre alt und hatten identische gewachste grüne Regenjacken mit grün-schwarz karierten Kapuzen, die ihnen auf den Rücken hingen.

»Ach so, die. Das sind nur Kollegen«, erklärte er amüsiert.

»Was heißt Kollegen? Von dir oder von mir?« fauchte sie.

»Von dir. Bei uns heißt es nicht Kollegen. Das sagt nur ihr. Das sind die Schutzwachen des Staates. Rosenbads Säpo-Abteilung, oder wie wir sie nennen sollen.«

»Sind das solche Säk-Fritzen?« fragte sie plötzlich amüsiert und sah sich verstohlen um. Sie bekam ein freundliches Kopfnicken des einen

Kollegen. »Ist was passiert? Gibt es etwas, was ich wissen sollte?« fuhr sie dann etwas besorgter fort.

»Nein«, erwiderte er mit einem Seufzer. »Das ist unser neues System. Im Lauf des letzten Jahres ist der Haushalt der Säpo, wie du vielleicht weißt, verdoppelt worden. Und das in einer Zeit, in der alle anderen Organisationen dieser Art abrüsten. Die Erklärung sollen die Typen in diesen grünen Jacken sein. Heutzutage braucht jeder Sicherheitsbeamte, das ist zu einer Prestigefrage geworden. Folglich ist es nichts Besonderes, wie ich meine.«

»Warum haben sie denn beide gewachste Jacken an?« fragte Eva-Britt mißtrauisch.

»Das hat Carl Bildt eingeführt«, sagte Carl lächelnd. »Die Standardkleidung der ›Jeunesse dorée‹ von Östermalm. Du kennst das ja. Und jetzt haben alle Sicherheitsbeamte das aufgegriffen. Es würde natürlich noch viel lustiger aussehen, wenn sie alle grüne Lodenmäntel trügen.«

»Aber es regnet doch nicht«, sagte Eva-Britt leicht konsterniert.

»Nein, eben. Aber diese Jacken haben auch nichts mit Regen zu tun. Sie zeigen, daß der Träger konservativ ist. Aber das wissen diese Sicherheitsfritzen vielleicht nicht.«

»Solche Figuren sind bestimmt alle konservativ. Hast du neuerdings immer solche Leute im Schlepptau?«

»Nein. Nur wenn ich zu Fuß gehe, und das kommt ja nicht so oft vor.«

»Ist dir das nicht peinlich?«

»Doch, natürlich. Aber manchmal wäre es umständlicher, sie loszuwerden, als sie bei sich zu haben. Kann ich Johanna Louise übers Wochenende haben?«

Er wechselte das Thema so abrupt, daß es Eva-Britt überrumpelte. So hatte er zunächst den Eindruck, daß sie Einwände vorbringen wollte. Aber so war es nicht, ganz im Gegenteil. Sie sagte, es sei höchste Zeit, und à propos ...

Jetzt erst kam die Kritik, auf die er schon zu Beginn des Treffens gespannt gewartet hatte. Er konnte sich jedoch leichter damit abfinden, nachdem sie schon über anderes gesprochen hatten. Dennoch sah er sich in Abwehrposition und wies darauf hin, daß sie ihrer Schweigepflicht keine Gewalt antun müsse, denn es sei ihr sicher nicht entgangen, was in den Zeitungen kurz vor Weihnachten und im Zusammenhang mit Weihnachten zu lesen gewesen sei; aus einem reinen Impuls heraus verlängerte er die Zeit für sein Versäumnis weit in die Zeit seiner Reise mit Tessie in die USA.

Sie gab schnell nach, bat fast um Entschuldigung und erweckte den Eindruck, als wollte sie sich am liebsten in ein anderes Gesprächsthema flüchten, doch dann konnte sie nicht mehr an sich halten.

»Ist es wahr, daß du Kernwaffenschmuggler gestoppt hast?« fragte sie.

»Ja«, sagte er, »es ist wahr. Aber ich wäre dir dankbar, wenn du nicht danach fragst, wie und warum und so weiter. Das Ganze ist jetzt jedenfalls vorbei.«

Daraufhin berührte sie das Thema natürlich nicht mehr.

Sie hatten inzwischen Gamla Stan verlassen, und auf dem Weg über Slussen schlossen die Sicherheitsbeamten zu ihnen auf, so daß einer vor und einer hinter ihnen ging. Eva-Britt war sichtlich irritiert, sagte aber nichts. Sobald sie Slussen passiert hatten und auf dem Weg zur Bastugatan waren, gingen die Säpo-Leute wieder zu einer unauffälligeren Begleitung über.

Ihre Wohnung hatte vier Fenster mit Aussicht auf den Riddarfjärden. Die Wohnung war in einer lustigen Stilmischung eingerichtet, da sie die Möbel aus ihrer alten Wohnung in Drakens gränd mit eigenen Neuerwerbungen von IKEA kombiniert hatte. Er kritisierte nichts, sondern versuchte sich vielmehr den Anschein zu geben, als fühlte er sich schon beim Betreten der Räume wohl. Er zog Johanna Louise die warmen Sachen aus. Das einzige, was er verstohlen kommentierte, war die Wohnungstür. Die sei viel zu schwach und habe zu einfache Schlösser.

Sie antwortete unerwartet aggressiv, immerhin sei sie Polizistin. Er deutete das als Ausdruck von Besorgnis und wies sanft darauf hin, daß hier oben im Süden viele Diebe unterwegs seien. Außerdem spiele es keine Rolle, ob man Polizist sei, wenn man bei einem Einbruch nicht zu Hause sei. Doch dann ließ er das Thema fallen.

Johanna Louise saß bei ihm auf dem Schoß und spielte mit einer Puppe. Obwohl sie sich ganz auf ihr Spiel zu konzentrieren schien, als spielte es keine Rolle, wo sie saß, genoß er ihre unbeschwerte körperliche Gegenwart. Dann machte er einige Anläufe, die schwierigen Themen zur Sprache zu bringen. Seine Pläne, das Land zu verlassen, waren das schwierigste, und daß Tessie ein Kind erwartete, das zweitschwierigste. Er brachte es jedoch nicht über sich, sondern lockte das Gespräch wieder auf die neuen Knüppel der Polizei und deren Ausbildung daran, indem er ein paar Bemerkungen über Eva-Britts Schenkel und Arme machte. Es war ihr anzusehen, daß sie sich mit Krafttraining beschäftigt hatte.

Ja, aber dafür rüste sich die Stockholmer Polizei auch zum Krieg, sagte sie und fuhr fort:

»Außerdem gibt es da noch ein Gesprächsthema, über das offen natürlich nicht geredet werden darf, es sei denn in Kantinen, wenn zufällig keine Kolleginnen anwesend sind, daß nämlich unsere Kundschaft sich in erster Linie auf Polizeibeamtinnen stürzen sollte. Folglich muß man unter anderem darauf achten, daß keine langen Haare unter dem Helm heraushängen. Ich werde mir das Haar zum Sommer aber kurz schneiden lassen.«

Er protestierte übertrieben und schlug vor, sie solle sich das Haar lieber unter den Helm stopfen und es eventuell vorher zu einem Zopf flechten.

Sie brachte dem Thema kein größeres Interesse entgegen. Dann trank er seine zweite Tasse Kaffee aus und entschuldigte sich damit, daß er zu einem Fernseh-Interview müsse. Er werde Johanna Louise aber am Freitagnachmittag im Kindergarten abholen. Es wäre praktisch, wenn sie ein paar zusätzliche Kleidungsstücke bei sich habe.

Sie küßten sich kühl und behutsam im Flur, während er Johanna Louise überreichte, die sofort zu weinen und zu protestieren begann. Er machte sich wie ein geprügelter Hund davon.

Unten auf der Straße hielt er ein Taxi an, das gerade frei geworden war, winkte die Sicherheitsbeamten zu sich heran und schlug vor, sie sollten gemeinsam nach Rosenbad zurückfahren.

Als er oben in seinem Zimmer war, rief er die Wirtschaftsjournalistin bei *Aktuellt* an und erklärte, er stehe zwar zur Verfügung, wünsche aber, daß das Interview aufgezeichnet werde. Die Journalistin zeigte sich sehr erstaunt über diese Forderung, da alle Wirtschaftsbosse heutzutage das genaue Gegenteil verlangten. Sie wollten live gesendet werden, und zwar ausdrücklich mit der Erklärung, sonst würden Interviews »geschnitten«, was Fehldeutungen Tür und Tor öffne. Er entgegnete ironisch, er habe zu schwedischen Journalisten unerschütterliches Vertrauen. Da bestehe wohl keine Gefahr. In Wahrheit hatte er keine Lust, bis 21.30 Uhr in der Stadt zu bleiben, um in einem kurzen Fernseh-Interview blablabla zu sagen. Wenn die Schlange recht hatte, würde das Interview weder anstrengend noch sonderlich anspruchsvoll werden. Er einigte sich mit der Reporterin darauf, den ganzen Beitrag möglichst schnell auf Band aufzunehmen. So hätten beide Seiten einen freien Abend vor sich, da das Interview mit Carl der einzige Beitrag mit einem »Männchen in der Glotze« sei. Er stutzte bei diesem Ausdruck. Es war das erste Mal in seinem Leben, daß ihn jemand Männchen genannt hatte. Er witzelte, irgendwann sei es wohl immer das erste Mal. Die Reporterin entschuldigte sich schnell damit, daß es einfach so heiße. Ein Männchen in der Glotze sei nicht unbedingt ein Männchen, oft nicht mal ein Mann. Es würden einfach nur alle Beiträge so bezeichnet, bei denen Personen zu sehen seien, im Gegensatz etwa zu Graphiken und bildlichen Darstellungen.

Carl nahm ein Taxi zu Sveriges Television und fand schnell die *Aktuellt*-Redaktion, da er schon früher und bei ernsteren Anlässen dort gewesen war. Alles war wie üblich, von der Maske bis zum eigentlichen Studio. Diesmal würde nur über ökonomische Fragen gesprochen werden und nicht über Politik oder andere handfeste Themen.

Er mußte sich auf den Stuhl setzen, auf dem er schon früher gesessen hatte. Dann hieß es »MAZ ab«. Auf einem Monitor erschien eine große, herumwirbelnde goldene Kugel, das Logo der Wirtschaftssendung. Die Reporterin sprach einige einleitende Worte über den anhaltenden Preissturz auf dem Immobilienmarkt, zeigte einige Graphiken und sprach dann von »den Akteuren auf diesem Markt«, diesem oder jenem »Szenario« und der »Geschäftsidee«, die Carl Hamilton repräsentiere und die offenbar quer zur sonstigen Entwicklung stehe. Dann wurde ein Foto einiger Häuser gezeigt, die ihm gehörten, sowie einige weitere, die ihm seines Wissens nicht gehörten, ihm aber trotzdem untergeschoben wurden. Sie erzählte, er habe im Lauf eines Jahres sämtliche Immobilien verkauft, um sie anschließend für vielleicht weniger als ein Viertel dessen zurückzukaufen, was er vor Beginn der Krise erhalten habe. Dann wurde er vorgestellt, und es folgte die erste Frage.

»Du hast als Akteur auf diesem Markt ein sehr ungewöhnliches Szenario angewandt«, sagte sie. Er nahm an, daß das eine Frage war, verstand aber nicht, was er sagen sollte.

»Immobilien stellen an sich einen ewigen Wert dar, und aus diesem Grund muß man auf diesem Markt langfristig handeln«, erwiderte er und machte ein überzeugend selbstsicheres Gesicht, obwohl er selbst nicht begriff, was er gesagt hatte. Er erinnerte sich jedoch an Christianssons Rat, die Begriffe *langfristig* und *Markt* in seine Antworten einzubauen.

»Genau«, fuhr die Reporterin fort und fixierte ihn, »es ist also dieses langfristige Denken, das dich die kurzfristige Gewinnentwicklung nicht in den Vordergrund stellen läßt?«

»Ja, genauso ist es«, erwiderte Carl selbstbewußt, obwohl er den Inhalt dieser Frage auch nicht verstand. »Ich habe es als wesentlich angesehen, die Schuldenlage schnell zu verändern. Ich wollte die

Schuldenbelastung des Unternehmens so weit wie möglich reduzieren, da überschuldete Immobilien unsere Banken zunehmend nervös machen werden.«

»Du siehst also einen weiteren Rückgang auf diesem Markt voraus«, stellte die Reporterin fest, obwohl unklar blieb, wie sie darauf kam.

»Höchstens allgemein«, erwiderte Carl, der immer noch sehr selbstsicher wirkte. »Die Unternehmen, die ihre Schuldenbelastung reduziert haben, dürften sich nicht in der Gefahrenzone befinden.«

»Aber dein Unternehmen weist doch wie alle anderen einen kräftigen Gewinnrückgang aus?« fragte die Journalistin. Carl war sich nicht sicher, ob sie das tatsächlich als Lob gemeint hatte.

»Es kommt darauf an, wie man es betrachtet«, erwiderte er unergründlich, um Zeit zum Überlegen zu gewinnen. »Ich habe nämlich ein Jahr hinter mir, in dem ich sämtliche Überschüsse dafür verwendet habe, notwendige Reparaturen und Renovierungen vornehmen zu lassen, statt Gewinne zu entnehmen. Das habe ich nur als gesund und vernünftig angesehen.«

»Du setzt also darauf, dich mit Investitionen aus der Krise zu retten?« fragte die Reporterin, obwohl es eher eine Feststellung war.

»Ja, das könnte man sagen.«

»Trotzdem weist dein Unternehmen die niedrigsten Mieterhöhungen der Region Stockholm aus. Wie kommt das? Ich meine, ist das wirklich wirtschaftlich gedacht?«

»Ja, ich finde schon«, erwiderte Carl prompt und bemerkte sofort, daß er sich jetzt auf dünnem Eis befand. »Jetzt geraten wir in ein Konjunkturtief, in dem wir alle in einem Boot sitzen. Folglich müssen wir versuchen, die Krise gemeinsam zu überwinden. Wenn ich in einer solchen Situation meinen Gewinn reduziere, damit meine Mieter – ich habe sowohl private Mieter als auch Unternehmen – nicht unnötig in Schwierigkeiten geraten, ist das tatsächlich etwas, was uns allen nützt.«

»Inwiefern?« fragte die Reporterin erstaunt. Carl hatte offenbar etwas gesagt, was Manager im allgemeinen nicht sagen, obwohl er sogar erwähnt hatte, »wir« säßen alle in einem Boot.

»Nun«, erwiderte er nachdenklich, »wenn ich Mieter belaste, die es ohnehin schwer haben, löse ich vielleicht einige Konkurse aus, die sich sonst hätten vermeiden lassen. Dann verdiene ich als Vermieter nichts, und wer in Konkurs geht, natürlich auch nichts, im Gegenteil. Zufriedene Mieter sind sozusagen lohnender als unglückliche, und ich kann nur sagen, daß dieses Denken sowohl meinen Geschäftssinn als auch meinen Sinn für Fair play zufriedenstellt.«

Um ein Haar hätte er *Gerechtigkeit* gesagt, entschied sich aber in letzter Sekunde für Fair play, da er intuitiv spürte, daß Gerechtigkeit in einer Wirtschaftssendung ein häßliches Wort war.

Die Reporterin hatte offenbar den Eindruck, ein kerniges Schlußwort bekommen zu haben, woraufhin sie keine Fragen mehr stellte, sondern ihrem Gast dankte und anschließend von den Kursveränderungen an der Tokioter Börse berichtete.

Auf dem Weg durch den langen Korridor von *Aktuellt* schüttelte Carl mehrmals den Kopf über sich und sein Auftreten im Studio. Was hatte er eigentlich getan? Den Unterschied zwischen Einheitswert und realem Wert ausgenutzt. Eine Zeitlang würden die Immobilienpreise nur langsam steigen. Dann war es sowohl steuerlich als auch im Hinblick auf Gewinne empfehlenswert, in wertsteigernde Renovierungen zu investieren, wenn man irgendwann verkaufen wollte. Der dabei entstehende Gewinn wurde in der Hauptsache von den Steuerzahlern des Landes bezahlt.

Er nahm an, daß das Interview, wenn er es vor ein paar Jahren gegeben hätte, sich auf diese einfache Tatsache eingeschossen hätte, die Steuerfrage. Schweden hatte sich inzwischen jedoch stärker verändert, als er überhaupt wahrgenommen hatte. Die Helden der neuen Zeit waren Leute, die es schafften, reich zu werden. So einfach war es.

Er verteidigte sich damit, daß er neben seinen Geschäften, denen er ja nie größeres Interesse entgegengebracht hatte, für den Staat gearbeitet hatte, im Dienst der Steuerzahler. Er hatte sogar einiges erreicht, so daß es moralisch nicht vorwerfbar sein konnte, wenn er sich jetzt irgendwann zurückzog.

Es gelang ihm nicht, sich selbst zu überzeugen. Das Ganze war viel einfacher. Wenn er und Tessie und ihr Kind ein neues Leben anfangen wollten, brauchten sie Geld. So war es. Geld und nichts anderes.

Samuel Ulfsson pflegte oft zu sagen, daß man nie aus dem Staunen herauskomme, wenn man mit der *Polizei* zu tun habe. Er hatte die besondere Betonung des Worts von dem Alten übernommen und vermutlich auch dessen Vorstellung, was damit gemeint war; *die Polizei,* das bedeutete Säpo. Gerade in diesem Fall hatte er überdies einen der Staatsanwälte der Säpo einbezogen, Dick »Cunctator« Olofsson, Oberstaatsanwalt mit besonderen Aufgaben.

Ulfsson hatte Carl gebeten, sich bei der Besprechung einzufinden, nicht weil es offiziell notwendig war, sondern um, wie er es ein wenig vage formulierte, ordentlich Flagge zu zeigen. Carl hatte es so interpretiert, als sollte er sowohl buchstäblich wie in übertragenem Sinn in Uniform erscheinen.

Als er wenige Minuten vor dem festgesetzten Zeitpunkt des Treffens mit dem Staatsanwalt bei Samuel Ulfsson eintrat, fand er auch seinen Chef in Uniform vor. Beide deuteten wie zum Scherz einen militärischen Gruß an, und Samuel Ulfsson wies Carl seinen gewohnten Platz an. Als er sich setzte, bemerkte Carl, daß das Zimmer ungewöhnlich gut aufgeräumt war. Sogar alle Aschenbecher waren seit mindestens einer Minute geleert, denn Samuel Ulfsson wühlte schon jetzt in den Schreibtischschubladen nach einer frischen Zigarettenschachtel.

»Nun, hast du dir den Vorgang um Bertoni-Svensson angesehen?« fragte Samuel Ulfsson, als er endlich den ersten Lungenzug machen konnte.

»Ja«, erwiderte Carl. »Ich habe einen etwas gehetzten Leutnant da draußen im Korridor. Ich habe ihm mein Zimmer gegeben. Übrigens lustig, daß man es mir noch gelassen hat.«

»Na ja, du hast doch sicher nicht vor, ewig beim Ministerpräsidenten zu bleiben«, murmelte Samuel Ulfsson. »Nach der nächsten Wahl fliegst du sowieso raus. Dann kannst du wieder bei uns anfangen. Wie ist Bertoni-Svenssons Einstellung zu der Sache?«

»Nicht direkt unerwartet«, seufzte Carl und schüttelte dann lächelnd den Kopf. »Er hatte einen Plan, einen theoretisch ausgezeichneten Plan, der bis zu dem Augenblick funktionierte, in dem eine dieser Figuren mit einer Schrotflinte auftauchte. Über den Rest kann man in einer solchen Lage kaum diskutieren. Was will der Staatsanwalt übrigens? Ist er auf Notwehrexzeß aus oder wie das heißt?«

»Zuviel Notwehr? Bedeutet es das? Ja, das könnte ich mir vorstellen. Wenn ich unsere Gesetze richtig verstanden habe, hat Bertoni-Svensson das Recht, gekränkt und entrüstet zu sein, wenn ein Gangster eine Waffe auf ihn richtet. Ferner hat er das Recht, den fraglichen Ganoven zur sofortigen Kapitulation aufzufordern. Unter Umständen darf er auch sagen: Halt, oder ich schieße. Wenn das nichts hilft, muß er den Ganoven aufs strengste auffordern, sich zu besinnen. Wenn auch das nicht hilft, darf er ihm die Waffe abnehmen und die Polizei anrufen, unter Umständen den Ganoven ein wenig verprügeln. Erschießen dagegen darf er ihn nicht. Alles verstanden?«

»Ja, denke schon«, sagte Carl mit einigem Erstaunen über Samuel Ulfssons unerwarteten Galgenhumor. Derlei sah Sam nicht ähnlich.

»Und wie sehen die rechtlichen Konsequenzen von Bertoni-Svenssons Exzeß aus?«

»Schwere Körperverletzung und Totschlag in Verbindung mit einigen mildernden Umständen. Drei Monate Freiheitsstrafe und reichlich Publizität. Dann erhebt sich die Frage, ob wir einen Angestellten bei uns behalten können, der wegen Gewaltdelikten verurteilt worden ist. Ich weiß nicht, was für einen Standpunkt die Gewerkschaft und der Oberbefehlshaber in solchen Fragen einnehmen, denn solche Vorfälle sind ja nicht gerade alltäglich. Ich gehe aber davon aus, daß du verstehst, was ich meine, und nehme an, daß du der gleichen Meinung bist.«

»Daß er nicht gefeuert werden soll«, stellte Samuel Ulfsson schnell fest, während er seine Zigarette ausdrückte und auf die Uhr sah. »Nein, selbstverständlich nicht. Das Problem liegt hier aber in der Publizität und darin, daß seine Identität bekannt wird. Damit ist er erledigt.«

»Nein, ich glaube, das Problem können wir lösen«, entgegnete Carl nachdenklich. »Wir können unter Hinweis auf die Sicherheit des Reiches den gesamten Prozeß für geheim erklären lassen.«

»Der kann doch nicht geheim sein, wenn er ins Gefängnis kommt«, wandte Samuel Ulfsson schnell ein.

»Nein, das ist es ja gerade«, sagte Carl mit demonstrativ listiger Miene. »Aus diesem Grund kann er auch gar nicht erst ins Gefängnis kommen, nicht wahr?«

»Ich fürchte, ich kann dir nicht folgen.«

»Also, es sieht so aus. Schritt Nummer eins: Ein Prozeß hinter verschlossenen Türen, und Luigis Identität bleibt geheim. Schritt Nummer zwei: Da seine Identität geheim ist, kann er nicht ins Gefängnis kommen. Elementary, my dear Watson.«

»Bist du sicher, daß das funktioniert?« fragte Samuel Ulfsson zögernd. Er erweckte den Eindruck, als wollte er Carls optimistischem Szenario gern Glauben schenken.

»Nein«, erwiderte Carl mit einem Seufzer. »Natürlich bin ich mir da nicht sicher. Aber wir werden wohl bald über genau solche Dinge verhandeln müssen«, fuhr er fort und nickte vielsagend zu einer blinkenden Lampe, die die Ankunft eines Besuchers meldete. Sie warfen einander einen langen Blick zu und erhoben sich schwer. Sie zupften ihre Uniformen zurecht und legten einen starren, förmlichen Gesichtsausdruck an.

Es war dem kleinwüchsigen und ein wenig rundlichen Staatsanwalt anzusehen, daß dieser Anblick seinen Eindruck nicht verfehlte. Er machte einen kleinen Satz, als er den Raum betrat und von den beiden stehenden Admirälen empfangen wurde.

»Da die Angelegenheit ein wenig sensibel ist, habe ich Flottillenadmiral Hamilton, unseren stellvertretenden Chef hier in der Abteilung, um seine Anwesenheit gebeten«, erklärte Samuel Ulfsson, als er den Besucher begrüßte und ihm die Hand gab. Er wies dem Staatsanwalt einen Platz ein paar Meter von dem Konferenztisch entfernt an, der neben seinem Schreibtisch stand. So entstand von Anfang an ein Abstand, den alle drei Männer deutlich empfanden. Carl verschränkte die Arme auf der Brust und lehnte sich nach hinten, während er den sichtlich nervösen Staatsanwalt fixierte. Es könnte sein, daß es gutgeht, stellte er im stillen fest.

»Wie wir wissen, haben wir es mit einer recht prekären Situation zu tun«, begann Dick »Cunctator« Olofsson nervös, nachdem er sich zurechtgesetzt hatte und in seiner Aktentasche nach ein paar Akten wühlte. »Ich sollte vielleicht damit beginnen, den Herren den Sachverhalt vorzutragen?«

Er blickte fragend von seiner Aktentasche hoch und sah nur zwei absolut ausdruckslose Gesichter auf der anderen Seite des langen, mahagonifarbenen Tischs.

Dann begann er: »Es sieht also kurz so aus, daß wir den Fall in zwei Ermittlungen aufgeteilt haben. Der eine Teil, der die italienische Bande betrifft, ist aufgeklärt, und inzwischen ist Anklage erhoben worden. Die Beweislage ist außerordentlich gut und stützt sich überdies auf Geständnisse und technische Beweise. Es handelt sich dabei um die Straftatbestände Mord, Mittäterschaft bei Mord, schwere Brandstiftung, Erpressung, Nötigung, illegaler Waffenbesitz und noch ein paar Kleinigkeiten. Insgesamt würde es dem Staatsanwalt in diesem Fall nicht schwerfallen, lebenslänglich zu beantragen, und er dürfte die Gerichte wohl auch von der Notwendigkeit einer so hohen Strafe überzeugen können.

Insoweit ist also alles problemlos. Doch dann kommen wir zu der Frage, die ich selbst aufzuklären habe. Diese Gangsterbande ist offensichtlich auf noch mehr Gewalt gestoßen, als sie selbst zustande bringen konnte, wie der Ausgang der Konfrontation ja wohl erwiesen hat.

Und in diesem Fall verwandeln sich die italienischen Verbrecher in Kläger. Zwei von ihnen sind gestorben, der eine am Ort der Konfrontation, der zweite etwas später auf dem Operationstisch. Vier von ihnen sind Opfer von schwerer Körperverletzung geworden.

Das Besondere an diesen vier Klägern ist jedoch, daß sie absolut nicht bereit sind, mit der Polizei oder der Staatsanwaltschaft zusammenzuarbeiten. Sie haben nicht mal mit einem Wort angedeutet, wer die Täter sind. Das ist an und für sich ungewöhnlich, dürfte aber hier damit zu erklären sein, daß wir es mit einer völlig anderen Verbrechenskultur zu tun haben als der, die wir in Schweden kennen. Ich habe sogar persönlich bei einem der Kläger etwas eingeholt, was einer Erklärung zumindest nahekommt, nämlich einem gewissen Sabrini …«

Dick »Cunctator« Olofsson wühlte in seinen Papieren, bis er ein Protokoll fand, aus dem er amüsiert vorlas. Es zeigte sich, daß der Kläger Sabrini als Erklärung seines begrenzten Interesses an einer Unterstützung der Polizei angeführt hatte, daß er nach der sogenannten lebenslänglichen Freiheitsstrafe in Schweden noch ein langes Leben zu führen gedenke. Er deutete an, daß er es als höchst ungewiß ansah, ob er auch nur die Zeit in dem schwedischen Gefängnis überleben würde, wenn er sich an der Aufklärung des Falls beteiligte.

»Damit deutet er also an, daß die Täter von einer konkurrierenden Mafia-Organisation kommen«, stellte Samuel Ulfsson fest. Er sah merkwürdig gekränkt aus, was möglicherweise daran lag, daß er in diesem Fall selbst der Chef dieser Mafia-Organisation war.

»Genau«, stimmte der Staatsanwalt eifrig zu, »die Einstellung der Kläger ist vollkommen klar. Sie sind der Meinung, es mit einer internen Auseinandersetzung unter Verbrechern zu tun gehabt zu haben, und möchten um nichts in der Welt ›singen‹. Ich kann sie irgendwie verstehen. Bei uns in Schweden ist es ja nicht wie anderswo möglich, die Strafe schon im Vorwege durch Verhandlungen zu verringern. Sie hätten also nichts davon, bei der Ergreifung der Täter mitzuwirken.«

»Aber ihr habt doch sicher noch einige andere Ermittlungsansätze?« wandte Carl sanft und sehr beherrscht ein.

»Aber ja, selbstverständlich!« sagte der Staatsanwalt lachend. »Wir haben einige Zeugenaussagen und sogar das Kennzeichen der Limousine, mit der die Täter gekommen sind.«

»Was? Sie sind mit einer Limousine gekommen?« unterbrach Samuel Ulfsson entrüstet, als dachte er schon darüber nach, wie sich diese Kosten erklären lassen könnten.

»Ja«, fuhr der Staatsanwalt mit sichtlicher Munterkeit fort. »Und als wir anhand des Kennzeichens den Halter ermittelten, stimmte es tatsächlich mit einer Limousine überein. Das Kennzeichen gehört nämlich zu einem der privaten Wagen der Wallenbergs, der zum Zeitpunkt des Verbrechens in der Garage der SE-Bank stand.«

»Haben die Täter eine private Limousine der Wallenbergs gestohlen, um das Verbrechen zu begehen?« fragte Samuel Ulfsson erschrocken.

»Nein, nein, nein«, winkte Dick »Cunctator« Olofsson ab. »Das wäre natürlich eine humorvolle Pointe gewesen, und so haben wir das sorgfältig geprüft. Die haben ihren Wagen einfach mit einem falschen Kennzeichen versehen, und zwar so, daß sie das echte Kennzeichen eines vorhandenen Wagens bei einem Wagen des gleichen Typs verwendeten, den sie fuhren.«

»Es kann in Stockholm nicht viele Autos dieser Art geben«, wandte Carl trocken ein. Er wagte noch immer nicht zu hoffen, denn selbst für die Unfähigkeit der Säpo mußte es Grenzen geben.

»Nun ja, es gibt in Stockholm rund fünfzehn Autos dieses oder eines ähnlichen Modells«, begann der Staatsanwalt bekümmert. »Wir haben natürlich sämtliche Wagen aus dem Register ermittelt, aber die befinden sich zum Teil in Privatbesitz. Vertreter des Staates fahren sozusagen nicht Cadillac, sondern vielmehr Stretch-Limousinen der Marke Volvo. Und es läßt sich nicht leicht kontrollieren, wann und wie diese Privatwagen eingesetzt worden sind.«

»Es sollte doch wohl möglich sein, wenn ihr in einem Fall ermittelt, bei dem Menschen getötet worden sind?« wandte Carl von neuem ein.

»Na ja«, sagte der Staatsanwalt mit einer vielsagenden Grimasse und kratzte sich am Kopf. »Es ist nicht ganz leicht herauszufinden, was solche Autos nachts tun, da sie manchmal aus Anlässen gefahren werden, die sich vor der Öffentlichkeit nur schwer erklären lassen. Wir können natürlich nicht ohne weiteres die Wagen bestimmter ausländischer Botschaften beschlagnahmen, etwa die von Saudi-Arabien. Und was bestimmte Unternehmensbosse oder ihre Assistenten nachts treiben, scheut ebenfalls das Licht. Falls ihr versteht, was ich meine. Diese Autospur bringt uns also nicht weiter.«

»Habt ihr denn keine Zeugen?« fragte Samuel Ulfsson optimistisch.

»O doch, wir haben ein paar ausgezeichnete Zeugen, die überdies übereinstimmend aussagen«, seufzte der Staatsanwalt. »Man hat zwei sehr elegant gekleidete Männer gesehen. Der eine trug möglicherweise eine Chauffeurmütze. Sie hatten dunkle Anzüge an und Krawatten. Einer war dunkelhaarig, einer blond. Beide Amerikaner.«

»Amerikaner!« unterbrach ihn Samuel Ulfsson bestürzt. »Woher wollt ihr das wissen?«

»Eine Zeugin, die einzige, die mit den Tätern gesprochen hat, ist eine pensionierte Sprachlehrerin«, stellte der Staatsanwalt triumphierend fest. »Sie sagt, wir könnten Gift darauf nehmen, daß die Täter ein gepflegtes und perfektes Englisch gesprochen hätten.«

»Ja, das ist durchaus vorstellbar«, sagte Samuel Ulfsson nachdenklich und konzentrierte sich dabei sichtlich, zumindest für Carl sichtlich, darauf, ein vollkommen nichtssagendes Gesicht zu machen. »Wie sieht also eure Hypothese aus?«

»Wir arbeiten mit der Hypothese, daß die Täter sofort das Land verlassen haben, während ein anderer den Wagen außer Landes brachte. Wir wissen nämlich, daß sieben Stunden später ein ähnlicher Wagen über Malmö das Land verließ.«

»Sollen wir uns deswegen wirklich Sorgen machen?« fragte Carl frech. Er hatte sich entschlossen, Samuel Ulfsson von der Verantwortung zu befreien, da jetzt eine unerwartete Chance aufgetaucht war, sich aus der Affäre zu ziehen.

»Nun, vielleicht nicht, aber was ist denn mit eurem *inside man*?« fragte der Staatsanwalt, der dabei teilnahmsvoll dreinblickte.

»Unser *inside man*?« fragte Samuel Ulfsson erstaunt.

»Ja, es liegt ja auf der Hand, daß ihr jemanden in die Organisation eingeschleust habt. Wie hättet ihr sonst an die entscheidenden Beweise herankommen können, die ihr sogar selbst der Polizei übergeben habt?« protestierte der Staatsanwalt ungeduldig. »Ich frage mich also, ob der möglicherweise in Gefahr ist.«

»Ja, das ist zu befürchten«, erwiderte Carl kalt. »Wir haben es mit dem rücksichtslosesten Teil des organisierten Verbrechens in Europa zu tun, und diese Burschen sind sehr nachtragend, wenn jemand sie verpfeift.«

»Darauf wollte ich gerade zu sprechen kommen«, fuhr der Staatsanwalt eifrig fort, da er noch etwas auf dem Herzen hatte. »Der schwedische Nachrichtendienst hat ja dramatische Erfahrungen auf diesem Gebiet, nicht wahr?«

»Allerdings«, entgegnete Carl steif. »Einer meiner engsten Freunde und Mitarbeiter ist bekanntlich auf Sizilien ermordet worden.«

»Eben«, sagte der Staatsanwalt mit schnell verändertem Gesichtsausdruck. Er war jetzt ganz Teilnahme. »Ich habe mich daher entschlossen, mich nicht nach der Identität eures Informanten zu erkundigen. Ganz besonders nicht, seitdem ich gehört habe, was einer der so verschlossenen Kläger zu sagen hatte.«

»Aha. Und der hat was gesagt?« fragte Samuel Ulfsson ausdruckslos.

»Er wisse sehr wohl, daß es mit bestimmten schwedischen Militärs zu tun habe, die nicht mehr lange am Leben bleiben würden. Er berief sich auf irgendwelche Verwandten in Palermo. Er sagte, dieser Vorfall sei ein weiterer Nagel für den Sarg eines bestimmten Mannes, ungefähr so.«

»Könntest du uns dieses Vernehmungsprotokoll vielleicht zukommen lassen? Wir hätten gern ein paar Angaben über Namen und Hintergrund dieses Gönners in Italien. Ich vermute, daß ihr solche Angaben von der italienischen Polizei erhalten habt?« fragte Carl, als wären sie jetzt bei reinen Routinemaßnahmen angelangt.

»Natürlich, das läßt sich ohne weiteres machen«, sagte der Staatsanwalt großspurig. Er sah aus wie ein Autoverkäufer, der sich dem Augenblick der Vertragsunterzeichnung nähert. »Und damit dürften wir unseren Teil der Angelegenheit geregelt haben, denke ich.«

Er sammelte seine Papiere ein und machte sich bereit zu gehen. Samuel Ulfsson versuchte vorsichtig, Carls Blick einzufangen, und dieser nickte bestätigend.

Die beiden Männer des Nachrichtendienstes erhoben sich steif und feierlich und verabschiedeten sich sehr höflich und förmlich von dem berüchtigten Staatsanwalt. Als sie allein waren, setzten sie sich und atmeten beide laut und hörbar auf.

»Ist dies wirklich wahr, oder träume ich?« fragte Samuel Ulfsson, als er sich gierig auf eine frische Zigarette stürzte.

»Es ist wahr«, sagte Carl nachdenklich, als befände er sich weit weg. »Die sind Idioten. Man kommt aus dem Staunen nicht heraus, wie du immer sagst.«

»Du glaubst nicht, daß er sich nur dumm stellt und in Wahrheit angesichts deiner blauen Uniform sozusagen nationale Überlegungen angestellt hat?« fragte Samuel Ulfsson nachdenklich.

»Nein. Nein, das glaube ich nicht«, erwiderte Carl still und fast wie zu sich selbst. »Ich halte ihn einfach nur für einen der üblichen nützlichen Idioten. Jedenfalls sind wir auf etwas unerwartete Weise ein teuflisches Problem losgeworden. Allerdings haben wir da vielleicht ein neues am Hals.«

»Wieso?« fragte Samuel Ulfsson mit plötzlicher Besorgnis.

»Stell dir vor, es handelt sich hier tatsächlich um eine Untergruppierung der richtigen Mafia«, begann Carl. »Ich habe ja mal Anlaß gehabt, einiges über diese Figuren zu lesen. Es ist durchaus nicht ungewöhnlich, daß sie damit anfangen, eine Restaurantkette aufzubauen. Wie merkwürdig es sich auch anhört, so begann die sizilianische Mafia in den USA als Pizzakette. Und einer von diesen Typen hat ja gedroht, er habe mit uns noch ein Hühnchen zu rupfen. Wir werden sehen. Vielleicht ist es nichts. Willst du, oder soll ich?«

Carls Gesicht hellte sich bei dieser Frage ein wenig auf, und Samuel Ulfsson begriff wie beabsichtigt nicht, was gemeint war.

»Was will ich, oder was sollst du?« fragte er irritiert.

»Willst du dem jungen Mann eine Abreibung geben, oder soll ich es tun?« fuhr Carl amüsiert fort. »In meinem Zimmer sitzt ein sehr nervöser junger Leutnant zur See. Sollte man ihn nicht übrigens bald zum Kapitänleutnant befördern?«

»Ja, keine schlechte Idee«, bemerkte Samuel Ulfsson mit einem fast schelmischen Glitzern in den Augen. »Allerdings sollte erst ein bißchen Gras über diesen Zwischenfall gewachsen sein. Ich werde das später beim Oberbefehlshaber zur Sprache bringen. Im übrigen schlage ich vor, daß du den Delinquenten herbringst, damit wir ihn uns gleich vorknöpfen können!«

Samuel Ulfsson lachte leise vor sich hin, als Carl aufstand, um Luigi zu holen.

Er fand Luigi tatsächlich so vor, wie er es erwartet hatte. Dieser wanderte in dem halb demontierten Dienstzimmer unruhig auf und ab. Jemand hatte Carls Computer entfernt. Das Zimmer war staubig, und die Bücherregale waren halbleer.

»Du sollst zum Chef, komm mit!« befahl Carl streng und drehte sich schnell zur Tür um, um nicht zu verraten, daß er sich kaum noch das Lachen verbeißen konnte.

Er ging schnell durch den Korridor, während Luigi nervös hinter ihm her trottete; es war buchstäblich zu riechen, wie nervös er war. Sie passierten schnell alle Türen, und als sie sich in Samuel Ulfssons Zimmer befanden, begab sich Carl direkt zu seinem Platz neben dem Schreibtisch. Dann gab er Luigi ein Zeichen, er solle sich vor den Stuhl stellen, den der unwahrscheinliche Staatsanwalt soeben angewärmt hatte.

Samuel Ulfsson blätterte in einem Aktenstapel und hatte seine Lesebrille aufgesetzt. Er schien mit tiefbekümmerter Miene in seine Lektüre vertieft.

»So!« begann er und blickte streng hoch, während er langsam die Lesebrille abnahm, sie zusammenlegte und auf die Dokumente fallen ließ. Carl beugte sich vor, um einen Blick zu riskieren, und entdeckte, daß es sich um den jüngsten Bericht an den Oberbefehlshaber über fremde U-Boote in den Stockholmer Schären handelte.

»Bitte sehr, setzen Sie sich, Leutnant«, fuhr Samuel Ulfsson mit strenger Förmlichkeit fort. Normalerweise waren beim Nachrichtendienst alle per du, aber wenn der Chef jemanden mit seinem militärischen Dienstgrad anredete, war das eine deutliche Sturmwarnung. Luigi setzte sich steif und leckte sich nervös die Lippen.

»Wir haben soeben von der Staatsanwaltschaft Besuch gehabt«, fuhr Samuel Ulfsson fort und blickte Luigi dabei starr in die Augen.

»Und dabei haben wir einige besorgniserregende Dinge erfahren. Ich möchte daher zunächst darauf hinweisen, daß du bei der nächsten Konfrontation mit italienischen Mafiosi, vorausgesetzt, sie sind bewaffnet und drohen, dich zu erschießen, sie dem Wachreglement entsprechend anrufen mußt, es sei denn, du befindest dich auf einem Territorium, das nicht der schwedischen Jurisdiktion unterliegt. Verstanden?«

»Neein … ich verstehe nicht …«, erwiderte Luigi zögernd. Wie erwartet sah er aus, als begriffe er rein gar nichts.

»Nun«, fuhr Samuel Ulfsson mit gespielter Gereiztheit fort, »bewaffnete Mafiosi müssen aufgefordert werden, stehenzubleiben. Ferner muß man sie warnen, daß sonst scharf geschossen wird. Falls sie nicht gehorchen, ist ihnen ins Bein zu schießen. Verstanden!«

»Nein. Ich meine, ja … An und für sich habe ich das schon verstanden …«, erwiderte Luigi matt und warf Carl einen verzweifelten, hilfesuchenden Blick zu. Doch auch Carl saß mit einem starren, unergründlichen Gesicht da und sah Luigi nur ausdruckslos an.

»Du hast doch wohl nicht Wallenbergs Cadillac geklaut, um diese Operation durchzuführen?« fragte Samuel Ulfsson dann, dem es sichtlich schwerfiel, sich das Lachen zu verbeißen.

»Nein, ganz und gar nicht«, erwiderte Luigi eifrig, während sein Blick zwischen den beiden Vorgesetzten hin und her irrte. »Ich habe mich erkundigt, was für Wagen sie bei der SE-Bank haben, und dann einen Wagen mit einem falschen Kennzeichen versehen, um sie in die Irre zu führen. Das war doch nicht falsch?«

Er sah bei dieser Frage fast verzweifelt und flehend aus.

»Es ist in Schweden ein sehr ernstes Verbrechen, Autos mit falschen Kennzeichen zu versehen«, sagte Carl hart. »Welchen Wagen hast du denn in Wirklichkeit eingesetzt?«

»Es war der Dienstwagen meiner Mutter«, erwiderte Luigi, der immer noch sehr nervös zu sein schien. Diese Erklärung war für Samuel Ulfsson und Carl zuviel. Beide prusteten vor Lachen los, und als sie einmal angefangen hatten, ging es noch recht lange weiter.

»Das ist doch nicht zu fassen«, sagte Samuel Ulfsson, indem er sich die Tränen abwischte. »Mit dem Vorbehalt, daß Carl und ich verrückt geworden sind, was du seit einigen Minuten wohl vermuten dürftest, ist es die reine Wahrheit, daß wir hier einen Staatsanwalt zu Besuch hatten. Das Ergebnis dieses Gesprächs läßt sich kurz wiedergeben. Wir waren nicht gezwungen, ihn zu belügen. Er hat uns eine Nachricht des Inhalts überbracht, daß er wohl nie die amerikanischen Täter fassen wird, von denen er glaubt, sie hätten italienische

Gangster bei einer internen Auseinandersetzung erschossen. Du hast richtig gehört. Juristisch ist die Sache aus der Welt.«

Luigi sah ungläubig bald Carl an, der sich ebenfalls von seinem Heiterkeitsausbruch erholt zu haben schien, bald Samuel Ulfsson. Allmählich ging Luigi auf, daß die Sache erledigt war, zumindest was die offizielle schwedische Justiz anging. Er wagte jedoch noch nicht vollständig aufzuatmen, was seiner gespannten Körperhaltung deutlich anzusehen war.

»Wie schon gesagt«, bemerkte Samuel Ulfsson. »Offiziell ist die Sache erledigt. Dieser Zwischenfall scheint keine weitere Kommunikation mit dem zivilen Sicherheitsdienst des Landes zu erfordern, dieser Intelligenz-Reserve auf Kungsholmen, die mich immer wieder in Erstaunen setzt. Sollte Carl noch andere praktische Dinge mit dir zu besprechen haben, was ich mir vorstellen kann, müßt ihr das unter vier Augen erledigen. Wenn die Herren so freundlich sein wollen, mich zu entschuldigen. Ich habe noch einiges zu tun.«

Samuel Ulfsson zeigte mit einer vielsagenden Handbewegung auf die Akten auf dem Schreibtisch und griff gleichzeitig nach seiner Lesebrille und der Zigarettenschachtel.

Carl stand als erster auf, trat vor Luigi und riß ihn freundschaftlich am Kragen hoch, um ihn anschließend mit gespielter Gewalt aus dem Zimmer zu schleifen. Sie sagten nichts, bis sie Carls Zimmer betreten hatten. Carl schloß die Tür und setzte sich hinter seinen staubigen Schreibtisch, während Luigi sich nochmals in die Position des Untergebenen vor dem Schreibtisch begeben mußte. Er sah natürlich erleichtert aus, ahnte aber, daß das Ganze noch nicht vorbei war. Das war es auch nicht.

»Ihr habt bei der Durchführung dieser Operation ein paar Fehler gemacht, Luigi«, begann Carl mit freundlicher Strenge. »Verstehst du, was ich meine?«

»Ja, ich glaube schon«, begann Luigi beschämt. »Ungenügende Rückendeckung?«

»Genau«, bestätigte Carl. »Du hast darauf vertraut, daß dein Bluff zieht. Es hätte so sein können, aber es ist anders gekommen.«

»Wir hätten also zu zweit im Zimmer sein müssen und einen dritten Mann als Rückendeckung draußen gebraucht?«

»So ist es. Du hast also den Fehler begangen, deine kostbare Gesundheit in Gefahr zu bringen. Dein Ego stellt sozusagen Blankoschecks aus, die dein Körper nicht einlösen kann. Außerdem habe ich keine Lust mehr mit anzusehen, wie gute Freunde begraben werden. Ich möchte das nicht noch einmal erleben. Hast du das verstanden?«

»Ja, verstanden.«

»Nimm beim nächsten Mal noch einen Mann mit.«

»Zu Befehl«, lächelte Luigi. Erst jetzt ging ihm auf, daß alles vorbei war.

Es war spät in der Nacht, und außerdem tobte ein Schneesturm, als das dumpfe, fremdartige Motorengeräusch über dem Flugplatz außerhalb von Luleå brummte; das war jedoch nicht sonderlich aufsehenerregend, da der Flugplatz sowohl von Militär- als auch zivilen Maschinen angeflogen wurde und Militärmaschinen aus den verschiedensten Gründen zu allen Tageszeiten landeten.

Die Antonow rollte langsam zum militärischen Teil des Flugfelds, wo zwei Personenwagen und ein Vertol-Hubschrauber warteten. In der Nähe befand sich kein einziger ziviler Zeuge. Die ausländische Maschine, an deren Heckflosse deutlich sichtbare Reste eines großen roten Sterns zu sehen waren, schaltete ihre Motoren ab, und eine Treppe wurde zum hinteren Ausgang gerollt.

Als Mike Hawkins mit auf dem Rücken gefesselten Händen die Treppe hinuntergeführt wurde, sah er sich besorgt um. Da die Maschine im Dunkeln gestartet und gelandet war, hatte er keinerlei Gefühl für Himmelsrichtungen. Man hätte ihn genausogut nach Sibirien fliegen können, ohne daß er es gemerkt hätte. Jetzt konnte er aufatmen. Unter den ersten Dingen, die ihm an dem wartenden Hubschrauber auffielen, waren die großen blaugelben Nationalitätskennzeichen mit den drei Kronen. Er war tatsächlich nach Schweden gekommen, auch wenn der Schneesturm durchaus russisch hätte sein können.

Ein junger Offizier in einer grünen Baskenmütze kam mit zwei bewaffneten Wachposten herbeigerannt und quittierte die Übergabe schnell auf den Papieren, die um ein Haar weggeweht wären. Dann gingen die beiden russischen Militärs wieder an Bord, nachdem sie kurz salutiert hatten. Die Treppe wurde weggerollt, und die Motoren wurden angelassen. Einige Augenblicke später rollte die Antonow wieder zur Startbahn, während Mike Hawkins und seine drei Begleiter in gebückter Haltung zur Heckrampe des Hubschraubers liefen und an Bord gingen.

Der junge Offizier schob Hawkins unsanft auf einen freien Platz unter schwerbewaffneten Küstenjägern, worauf der Hubschrauber in dem heftigen Wind schwankend abhob, sich zur Seite neigte und die Geschwindigkeit erhöhte. Das alles hatte sich in wenigen Augenblicken abgespielt.

»Willkommen in der freien Welt. Mein Name ist Leutnant Karlsson«, rief der junge Offizier mit der grünen Baskenmütze mit deutlicher Ironie. Dann setzte er sich auf seinen Platz, als hätte er nicht die Absicht, weiter Konversation zu machen.

Mike Hawkins hatte jetzt eine ungefähre Möglichkeit zu beurteilen, wo er gelandet war und in welcher Richtung die Reise weiterging. Er war in der arktischen Geographie recht bewandert und vermutete, daß sie zu den schwedischen Fjälls unterwegs waren.

Der Flug dauerte etwas mehr als eine Dreiviertelstunde, und Hawkins' Selbstbewußtsein wurde zunehmend stärker. Wenn bis jetzt alles gutgegangen war, würde es wohl auch wie geplant weitergehen. Schließlich hatte er es mit rational denkenden Menschen zu tun. Die zehn Tage in einer Zelle in Murmansk waren verhältnismäßig angenehm gewesen, zumindest anfänglich, da sich niemand die Mühe gemacht hatte, ihn zu verhören. Nach einer Woche waren ihm erste Zweifel gekommen. Er hatte davon phantasiert, daß man ihn für längere Zeit einfach zu vergessen gedachte, um dann plötzlich und überraschend mit Verhören, Folter und Chemikalien zu beginnen. Obwohl Mike Hawkins sich immer wieder eingeredet hatte, wie er sich verhalten und der Folter widerstehen solle, war es ihm immer schwerer gefallen, ein wachsendes Unbehagen wegen all der Dinge zu verdrängen, die eventuell auf ihn warteten.

Doch jetzt schien es vorbei zu sein. Die Soldaten um ihn herum waren ohne jeden Zweifel Schweden, ebenso ihr Offizier. Schon bald würde alles überstanden und das Spiel mehr als zur Hälfte gewonnen sein; er konnte sich als vermögender Mann ins Privatleben zurückziehen, wenn er wollte, ja, als sogar sehr vermögender Mann.

Als der Hubschrauber zur Landung ansetzte, spähte er neugierig durch eins der runden Fenster, ohne daß jemand Anstalten machte, ihn daran zu hindern. Es war nicht viel, was er sah, aber dennoch erhellend genug.

Der Hubschrauber näherte sich einem von Schnee befreiten Viereck mit einfacher Beleuchtung. In der Nähe waren einige niedrige Blockhäuser zu sehen, die mehr als zur Hälfte eingeschneit waren.

Der Hubschrauber landete trotz des harten Windes sicher, und die Rotorblätter hielten mit einem singenden Laut an. Dann wurde die Rampe geöffnet, und die Küstenjäger taumelten mit ihrem schweren Marschgepäck hinaus, während der junge Offizier Mike Hawkins eine Hand auf die Schulter legte, zum Zeichen, er solle warten. Als der Hubschrauber leer war, wurde Mike Hawkins zu einem freigeschaufelten Gang geführt, der zu einem der niedrigen Holzhäuschen führte. Die zugewehte Tür wurde mit einiger Mühe aufgerissen, worauf er in einen erstaunlich warmen und hell erleuchteten Raum geführt wurde. An einer Schmalseite des Raums brannte ein knisterndes Feuer im Kamin, und am anderen Ende standen einige Funksender, Empfänger und Computer, die miteinander verbunden waren. Offenbar hatten die Schweden eine eigene Energiequelle mitgebracht. Mitten im Zimmer stand Carl. Er trug Cordhosen, gewöhnliche Halbschuhe und einen recht dünnen marineblauen Pullover mit Rangabzeichen auf den Schulterklappen.

»Willkommen in Naustajaure, Mr. Hawkins«, begrüßte ihn Carl mit förmlicher Höflichkeit. »Ihnen ist sicher klar, daß wir uns im schwedischen Lappland befinden, einige Dutzend Kilometer von der nächsten Straßenverbindung entfernt. Es gibt keinerlei Fluchtmöglichkeit, schon gar nicht bei Schneesturm.«

»Ich weiß Ihre Gastfreundschaft zu schätzen, aber können wir damit anfangen, diese Dinger hier abzunehmen?« erwiderte Mike Hawkins und bewegte die auf dem Rücken mit Handschellen gefesselten Hände.

»Haben die Russen einen Schlüssel für die Dinger mitgeliefert, Leutnant Karlsson?« fragte Carl demonstrativ auf Englisch.

»Nein, Sir! Keinen Schlüssel. Ich habe nur den Gefangenen und seinen Paß quittiert«, erwiderte der Küstenjäger-Offizier.

Carl schnalzte mit der Zunge und tat bekümmert.

»So eine Schlamperei«, sagte er. »Wenn wir Ihnen aber die Handschellen unter den Füßen nach vorn ziehen, könnten Sie wenigstens essen, Mr. Hawkins ...«

»Was sind das für Dummheiten! Das akzeptiere ich nicht! Wenn es nicht anders geht, müßt ihr die Dinger eben abschießen. Waffen habt ihr ja reichlich«, fauchte Hawkins.

Carl schüttelte den Kopf und zog ein Taschenmesser hervor, wie es angeblich auch von der schweizerischen Armee verwendet wird. Das entsprach möglicherweise den Tatsachen, doch wenn ja, gebrauchten die Schweizer eine bedeutend zivilere Ausführung als die, die Carl jetzt in der Hand hatte. Er trat zu Mike Hawkins und drehte ihn um, so daß er die gefesselten Hände vor sich hatte, wählte ein geeignetes Instrument aus und öffnete die Handschellen so leicht, als hätte er einen Schlüssel verwendet.

»Bitte, setzen Sie sich, Gentlemen«, sagte er und zeigte dann auf die drei Sessel vor dem Kamin. »Wir sollten vielleicht damit beginnen, unserem Gast eine allgemeine Übersicht über das zu geben, was ihm hier bevorsteht.«

Mike Hawkins setzte sich als erster und begann, sich die Handgelenke zu massieren, während er Carl fixierte.

»Ich habe natürlich einige Bedingungen zu stellen«, sagte er scharf.

»Das will ich nicht gehört haben, Mr. Hawkins, und es hat in erster Linie mit meinem Seelenfrieden zu tun. Sie befinden sich kaum in der Situation, Bedingungen zu stellen, und …«

»Reiß dich zusammen, du Arsch!« unterbrach ihn Mike Hawkins. »Ich habe eine Ware zu bieten, und es versteht sich von selbst, daß es ohne Garantien nicht zu einem Abschluß kommt.«

»Noch ein Wort von Ihnen, Mr. Hawkins, und wir legen Ihnen wieder die Handschellen an. Dann werden wir den Rest dieser Unterhaltung mit Ihnen führen, während sie an einem Haken an der Decke baumeln!« entgegnete Carl scharf. Er starrte Mike Hawkins zornig an, um deutlich zu machen, daß er es wirklich ernst meinte. Als er zu dem Schluß kam, daß die Botschaft angekommen war, veränderte er leicht die Körperhaltung, um anzudeuten, daß jetzt die erste Runde bevorstand.

»Die Lage ist folgende«, begann er in völlig normalem Tonfall. »Wir befinden uns an einem Ort, von dem es kein Entkommen gibt. Ebensogut hätten Sie versuchen können, von Murmansk wegzuschwimmen, worauf Sie bei unserem letzten Zusammentreffen selbst hingewiesen haben. Die Pointe, die darin liegt, sollten Sie nicht mißverstehen, Mr. Hawkins. Es ist nämlich nicht so, ich wiederhole, *nicht so*, daß es Leutnant Karlsson, mir selbst und dem Küstenjägerverband, der draußen in Bereitschaft liegt, mißlingen könnte, einen Fluchtversuch von einem Ort zu verhindern, der in größerer Nähe zur Zivilisation liegt. Verstehen Sie die Absicht, die diesem Arrangement zugrunde liegt, Mr. Hawkins?«

»Offen gestanden bin ich der Meinung, daß Sie übertreiben, aber ich sollte mich vielleicht geschmeichelt fühlen«, grinste Mike Hawkins und wandte sich wieder der Massage seiner Handgelenke zu.

»Ganz und gar nicht. Sie dürften der letzte Mensch auf Erden sein, dem ich würde schmeicheln wollen, Mr. Hawkins«, entgegnete Carl schnell und mit deutlicher Verachtung. »Unsere Absicht ist jedoch einfach. Sie werden nicht bei einem vermeintlichen Fluchtversuch erschossen werden. Wir haben also nicht vor, unser Geschäft abzuschließen, um Sie danach in den Schnee hinauszuführen und zu erschießen, einen wie großen Gefallen wir der Menschheit mit einer solchen Tat auch tun würden. Verstehen wir uns jetzt?«

»Vielleicht. Aber es wäre vielleicht besser, Sie würden mir Ihre Argumente noch einmal erläutern«, erwiderte Mike Hawkins, dessen arrogante Haltung jetzt wie weggeblasen war. Carls Blick hatte ihm einiges verraten.

»Es war Ihr eigener Wunsch, auf schwedisches Territorium zu kommen. Und schon damit haben Sie doch einen Hintergedanken verfolgt, nicht wahr, Mr. Hawkins?« begann Carl geschäftsmäßig. »Dem lag natürlich der Gedanke zugrunde, schwedischem Recht unterstellt zu werden. Unsere Regierung und die russische haben eine Abmachung über Ihre Auslieferung an Schweden getroffen. Die schwedische Regierung trägt die Verantwortung für Sie. Ich bin nur das Werkzeug. Verstehen Sie jetzt?«

»Etwas besser«, gab Mike Hawkins nachdenklich zu. »Sollte ich bei einem Fluchtversuch erschossen werden, läuft der eine oder andere Politiker Gefahr, diesen Umstand früher oder später erklären zu müssen. Und da alle Politiker Arschlöcher sind und feige Arschlöcher dazu, so haben sie dich Arschloch überzeugt, daß man mich behandeln sollte wie eine kleine Prinzessin. Ist es etwa das, was du mir sagen willst?«

»Keineswegs wie eine Prinzessin«, entgegnete Carl hart. »Hingegen sollen Sie am Leben bleiben. Aber wenn Sie noch einmal wagen, mich Arschloch zu nennen, setzen Sie unsere Unterhaltung in der Stellung fort, die ich Ihnen vorhin beschrieben habe. Noch Fragen?«

»Ja, *Sir*, da gibt's einen Haken.«

»Das glaube ich zwar nicht, aber stellen Sie mich ruhig auf die Probe.«

»Ihr erhaltet die Ware. Dafür krümmt ihr mir kein Haar, du und die Soldaten. Hingegen gibt es einen Hubschrauberflug zurück nach Kallax. Heißt der Flugplatz so? Und von dort geht es nach Murmansk.«

»Nein, das geht leider nicht«, erwiderte Carl trocken. »Das schwedische Recht verbietet von nun an Ihre Auslieferung an Rußland. Die schwedische Regierung hat Ihnen nämlich in Schweden bis auf weiteres Asyl gewährt. Erstens. Zweitens dürfen Sie unseren Gesetzen zufolge an kein Land ausgeliefert werden, in dem Sie Gefahr laufen, zum Tode verurteilt zu werden. Lustigerweise dürften auch die USA zu diesen Staaten gehören. Wir können Sie also nicht ermorden, wenn Sie die Ware liefern. Wir können Sie auch nicht zum Leninskij Prospekt in Murmansk zurückschicken, wohin Sie nach meiner höchstpersönlichen Meinung gehören. Wird die Situation jetzt allmählich klar?«

»Nun ja, hier stimmt was nicht«, erwiderte Mike Hawkins nachdenklich. Dann schwieg er eine Zeitlang, um zu überlegen.

»Dem schwedischen Ministerpräsidenten liegt jedenfalls viel daran, daß Sie sowohl liefern als auch bei guter Gesundheit bleiben, denn er hat sich in diesem Punkt mit der russischen Regierung geeinigt. Man scheint dort sehr um Sie besorgt zu sein. Nun, ich kann ihm jedenfalls kaum sagen, daß wir erst wie gewünscht die Ware erhalten haben und daß dann... *whoops!* Mr. Hawkins plötzlich verlorengegangen ist. Außerdem ist es ja ehrlich gesagt so, und das wissen Sie selbst, sonst hätten Sie sich auf dieses Geschäft gar nicht erst eingelassen: Ihr eigenes kleines Menschenleben ist in diesem Zusammenhang nicht mehr wert als eine Pepsi-Cola in der Hölle, während *die Ware* für eine bestimmte Zahl von Regierungen sehr wertvoll ist, auch für die, deren Gast Sie jetzt sind. Das hört sich doch recht logisch an, oder?«

»Ja«, erwiderte Mike Hawkins zögernd. »Aber was geschieht, wenn ich nicht liefere? Du hast gerade gesagt, daß du mir kein Haar krümmen wirst, was auch geschieht. Was ist, wenn ich auf dich pfeife? Wenn es keine Ware gibt?«

»Dann, fürchte ich, dürfte dieser vorübergehende Aufenthalt in der schwedischen Bergwelt sehr lang werden«, entgegnete Carl schnell und mit einem süffisanten Lächeln. »Außerdem würde ich nicht mehr persönlich das zweifelhafte Vergnügen haben, Ihnen dann noch Gesellschaft zu leisten, sondern weniger höfliche und weniger des Englischen mächtige Personen würden mich ersetzen. Diese Unterhaltung ist zeitlich völlig unbegrenzt, Mr. Hawkins. Es gibt keinerlei zeitliche Begrenzung. Rein juristisch heißt das Schutzhaft, glaube ich.«

Mike Hawkins überlegte eine Weile und ließ dann ein kurzes Lachen hören.

»Okay«, sagte er mit einem Kopfnicken, »ich habe kapiert. Bei allem Respekt vor Ihrer arktischen Bergwelt glaube ich doch, daß ich mich als Pensionär lieber woanders niederlassen möchte.«

»Gut!« sagte Carl beherrscht. »Dann können wir also mit der Arbeit beginnen?«

»Ja, aber erst noch eine kurze Frage. Gibt es schwedische Regierungsdokumente, die das bestätigen, was du mir erzählt hast?«

»So was könnte ich natürlich beschaffen«, überlegte Carl. »Aber es würde keinen Unterschied machen. Hier oben ist ein Papier nur ein Papier. Der Witz ist, daß Sie die logische Argumentation akzeptieren und daran glauben müssen. Papiere kann man hinterher immer verschwinden lassen, wenn ich mal davon absehe, daß sie immer auch gefälscht sein können, nicht wahr?«

»Wie wahr«, nickte Mike Hawkins. »Also, Sie bekommen die Ware, und ich spaziere von dannen?«

»Na ja«, erwiderte Carl mit einem Lächeln, »*spazieren* tun Sie hoffentlich nur im übertragenen Sinn. Kurz gesagt, Sie bekommen Ihren Paß, und wir fahren Sie dann zum nächstgelegenen Flugplatz. Können wir jetzt mit der Arbeit anfangen?«

Mike Hawkins nickte, und Carl wandte sich an den Leutnant, der während der gesamten Unterhaltung stumm geblieben war, und wies ihn an, die vereinbarte Botschaft an Moskau zu senden, der Vogel sei wohlbehalten gelandet, und dann dem Generalstab in Stockholm mitzuteilen, daß die Arbeit jetzt beginne. Man solle sich in Stockholm von jetzt an bereithalten.

Während Göran Karlsson im hinteren Teil des Raums an seinen Geräten zu arbeiten begann, ging Carl hinaus und holte aus einem angrenzenden Zimmer eine Flasche Whiskey und einige Gläser. Er goß Whiskey in ein Glas und reichte es Mike Hawkins ohne einen Laut.

»Nicht übel, Kentucky Straight Bourbon. Du scheinst meine Gewohnheiten zu kennen«, stellte Mike Hawkins entzückt fest. Er nahm einen kräftigen Schluck und ließ dann einen tiefen Seufzer der Befriedigung hören.

»Ja, ich kenne Ihre Gewohnheiten«, sagte Carl schnell. Dann erhob er sich und ging zum Kamin hinüber, um einige frische Holzscheite nachzulegen. »Sie haben persönlich mehrere hundert Vietnamesen gefoltert und bei der Operation Phoenix eine größere *killing rate* vorzuweisen als jeder andere«, fuhr er mit dem Rücken zu Mike Hawkins fort. Dann richtete er sich auf und ging zu seinem Gast zurück. Er setzte sich und sah den jetzt übertrieben breit lächelnden Amerikaner nachdenklich an.

»Als unsere russischen Freunde also vorschlugen, Sie einer Sonderbehandlung zu unterziehen, um die Angaben aus Ihnen herauszupressen, die Sie jetzt bald freiwillig machen werden, hatte ich einen schweren Kampf mit mir selbst zu bestehen, oder wie ich das nennen soll«, fuhr Carl ohne die mindeste Aggressivität in der Stimme fort; es hatte den Anschein, als würden die Worte und sein Gesichtsausdruck völlig verschiedene Dinge sagen.

»Die Gooks haben mir Spaß gemacht. Sie können verdammt schrill schreien, wenn man ihnen die Eier zerquetscht«, sagte Mike Hawkins, dessen übertrieben breites Grinsen in seinem Gesicht festgeklebt zu sein schien.

»Es gibt medizinische Bezeichnungen für Menschen Ihres Schlages«, erwiderte Carl. »Zum Glück ist Irrsinn nicht immer mit intellektueller Verwirrung gekoppelt, so daß wir uns in rein sachlicher Hinsicht immer noch einigen können. Es wäre jedoch interessant,

Sie zu einem späteren Zeitpunkt im Leben wiederzusehen, das muß ich widerwillig zugeben«, entgegnete Carl auf die gleiche oberflächlich ruhige Weise.

»Und ich habe dich für einen Profi gehalten, der keine persönlichen Gefühle in den Job einbringt, und so weiter«, sagte Mike Hawkins amüsiert. »Wenn ich die Sache richtig verstanden habe, hast du sogar eine Operation geleitet, die von der SS nicht besser erledigt worden wäre. Was für ein Gefühl war das, Mr. Gewissensbiß?«

»Gar nicht schön«, erwiderte Carl, ohne Tonfall oder Gesichtsausdruck zu ändern. »Ist es übrigens deine Idee gewesen, deine eigenen Angestellten nach dem Tod spurlos verschwinden zu lassen?«

»Ja, stell dir vor«, sagte Hawkins lachend und breitete ironisch die Arme aus. »Aber so ganz hat es offenbar nicht geklappt, denn Dick scheint ja noch Zeit gehabt zu haben zu singen, bevor du ihn umbrachtest. Ich hoffe, es ging schnell und schmerzfrei?«

Mike Hawkins setzte eine absichtlich heuchlerische Miene der Teilnahme auf.

»Nein«, sagte Carl. »Ich hatte mit deinem guten Freund Dick deswegen eine kurze Auseinandersetzung, bevor er starb. Er wollte jedoch einen Kumpel aus irgendeinem Grund nicht verpfeifen. Er ließ sich nicht davon überzeugen, daß du ihn verpfiffen hattest.«

»Der arme nette dumme kleine Dick«, lächelte Mike Hawkins. »Weißt du, Hamilton, die Welt ist nicht voll nützlicher Idioten, wie Lenin sagte, sondern es wimmelt von nutzlosen Idioten. Und Dick war so einer. Er wurde nur noch als Köder gebraucht. Etwa so wie diese kleinen Fliegenlarven, die bei Sportfischern so beliebt sind.«

»Sie haben ein sehr interessantes Menschenbild, Mr. Hawkins«, erwiderte Carl mit ausdruckslosem Gesicht. »Jetzt wollen Sie Ihre Käufer verraten. Wir können uns also damit trösten, daß der kleine Verrat in Ihrem weitläufigen Gewissen eher leicht wiegt.«

»Ja, tatsächlich!« sagte Mike Hawkins lachend. »Die Kanaken verstehen sich zwar aufs Zahlen, aber wer hätte etwas davon, wenn sie den Schrott tatsächlich scharf machen und einsetzen könnten? Ich jedenfalls nicht. Unser Freund Bruder Oberst würde nach einem solchen Fortschritt außerdem vom Markt verschwinden, und *das* liegt wirklich nicht in meinem Interesse.«

»Bruder Oberst«, wiederholte Carl leise. »Wir sprechen also von Oberst Ghadaffi?«

»Von höchstdemselben. Du ahnst nicht, was dieser Wahnsinnige für alte russische oder sagen wir sowjetische Wasserstoffbomben bezahlen kann. Es ist schade, daß er letztlich doch vom Markt genommen werden muß, aber Geschäft ist Geschäft.«

»Obwohl es also nicht in Ihrem Interesse liegt, daß er vom Markt verschwindet?«

»Nein, normalerweise nicht. Aber jetzt ist die Situation ein wenig kompliziert worden, und, wie ich schon sagte, Geschäft ist Geschäft. Und bei meinen Geschäften ist mein Leben wahrlich kein zu hoher Preis.«

»Nein, das kann ich verstehen«, bemerkte Carl. »In der anderen Waagschale liegt ja nur ein ganzes Kanakenland. Wissen Sie, wo in Libyen sie ihren Jüngsten Tag aufbewahren?«

»Nein, bedauerlicherweise nicht. Ich kann nur sagen, daß es sich nicht um eine der Städte handelt, also weder Tripoli noch Benghasi. Irgendwo unten in der Wüste.«

»Es ist eine große Wüste.«

»Sie haben den Nagel auf den Kopf getroffen, Admiral! Eine der größten der Welt. Es wird also eine ziemliche Sucherei geben oder vielmehr ein mühsames Bombardement. Aber das ist ja nicht unsere Sache, nicht wahr?«

»Nein«, seufzte Carl, »dafür dürfte wohl die US Air Force zuständig sein, nehme ich an. Aber bei allem Respekt vor Ihrer Spontaneität, Mr. Hawkins, wir müssen jetzt ein bißchen Ordnung in die Sache bringen und der Reihe nach vorgehen.«

Carl stand auf und ging zu seinem Mitarbeiter, der seine Arbeit an den Funkgeräten gerade beendet hatte. Sie berieten sich kurz miteinander, bevor Carl den Leutnant und ein kleines Tonbandgerät zum Tisch mitnahm. Er goß etwas Whiskey in die beiden leeren Gläser, hob die Flasche vor Mike Hawkins fragend in die Höhe, der zufrieden nickte, und goß auch ihm ein.

»Well, well«, begann er. »Dann wollen wir mal sehen, was herauskommt, wenn wir es von Anfang an durchgehen, Mr. Hawkins. Unsere Unterhaltung wird aufgezeichnet, aber dagegen haben Sie sicher nichts? Nun. Erstens: Um was für einen Typ von Kernladung handelt es sich?«

»Eine Flugbombe mit der Bezeichnung SR-71 in dem alten russischen System, ursprünglich gedacht für den Abwurf durch Bison-Flugzeuge. Sprengkraft eine bis eineinhalb Megatonnen, ungefähr zehn Hiroshima-Bomben. Gestohlen bei Port Smertsch um den 15. November vergangenen Jahres herum, wohin sie einige Tage vorher aus Weißrußland gekommen war, und zwar von einer der dortigen strategischen Flugbasen«, leierte Mike Hawkins schnell und mit einem Lächeln herunter.

»SR-71?« hakte Carl mit gerunzelter Stirn nach. »Eigentümliche Bezeichnung.«

»Ich weiß«, erwiderte Mike Hawkins lächelnd, »ich wäre um ein Haar in Ohnmacht gefallen, als ich es hörte, aber es ist vielleicht nur ein Zufall. Ich nehme an, du hast die Bezeichnung des Spionageflugzeugs Blackbird im Auge?«

»Hm«, nickte Carl. »Ja, das werden wir aber kontrollieren können. Ich hoffe also um unseres Wohlbefindens und unserer Geduld willen, daß es stimmt. Eine Kernladung mit der Bezeichnung SR-71 wurde also mit einem schwedischen Beerentransport von Murmansk aus nach Westen verfrachtet?«

»So ist es.«

»Weiterverfrachtet wohin?«

»Zunächst nach Haparanda in Schweden. Der Fahrer wurde nach der Ankunft von dort wartenden *Spezialisten* eliminiert, wie die Russen das nennen. Die Ladung wurde dann zu der mittelschwedischen Stadt Örebro weitergefahren.«

»Ja. Und von dort?«

»Von dort weiter nach Varberg. Dort wurde die Ladung an Bord eines ursprünglich holländischen, heute unter Panama fahrenden Frachtschiffs namens Amalthea II genommen. Offizieller Bestimmungsort Rotterdam. Warenbegleitscheine von einem schwedischen Unternehmen, dessen Name mir im Moment nicht einfällt, aber es war jedenfalls von Maschinenteilen die Rede.«

»Das Unternehmen hieß Sandvik ...?« fühlte Carl vor.

»Sandvik-Coromant, genau.«

»Abfahrtszeit von Varberg?« fragte Carl routinemäßig.

»Der 23. oder 24. Dezember. Ankunft in Tripoli am 4. Januar um 16.31 Uhr Ortszeit. Das Schiff läuft heute unter dem Namen Sabina und unter marokkanischer Flagge.«

»Die Angaben sind exakt?«

»Ja, ich habe Anlaß gehabt, die Entwicklung mit großem Interesse zu verfolgen, um es mal ganz vorsichtig auszudrücken. Anschließend wurde nämlich Geld auf ein bestimmtes Nummernkonto in einem bestimmten Alpenland eingezahlt, aber das betrachte ich als Privatangelegenheit.«

»Verstehe. Aber um der reinen Neugier willen: Was sagt der freie Markt zu einer SR-71?«

»Der freie Markt sagt nicht nur etwas, er jubiliert vor Freude. Dreihundert Millionen Dollar jubilieren.«

»Dann verstehe ich, daß Sie Heimweh haben.«

»Darauf kannst du Gift nehmen.«

Carl schwieg eine Zeitlang und überlegte. Die Angaben würden sich nachprüfen lassen, sowohl was das Schiff anging als auch die gestohlene Waffe. Es gab aber dennoch einen Haken.

»Wir sollten versuchen, logisch vorzugehen, Mr. Hawkins«, begann Carl langsam. Er gab sich den Anschein, als dächte er nur nach, und verriet mit keiner Miene, wie seine persönliche Einstellung zu Mike Hawkins war.

»Wir werden die Identität der gestohlenen Bombe kontrollieren können. Ich kann mir vorstellen, daß die Russen uns helfen, sobald es ihnen möglich ist. Insoweit gibt es keine Probleme. Aber Sie müssen mir jetzt bei folgendem helfen. Wir können feststellen, daß die Ladung von Haparanda und Örebro tatsächlich in Varberg an Bord eines Schiffes genommen wurde. Dieses Schiff hieß, soweit bekannt, tatsächlich Amalthea II, als es in Varberg lag. Wir können sicher auch feststellen, daß ein unter marokkanischer Flagge laufendes Schiff zu dem angegebenen Zeitpunkt in Tripoli eingelaufen ist. Zwei Fragen dazu. Woher wissen wir, daß es sich um dasselbe Schiff handelt, und woher wissen wir, daß die Ladung noch an Bord ist, wenn es in Tripoli einläuft?«

»Jede Schiffsbewegung über dem Wasserspiegel wird registriert. Alles befindet sich auf Band. Die Bänder lassen sich mit Hilfe von Computern von einem bestimmten Zeitpunkt an rückwärts abhören. Außerdem habt ihr in der Chronologie zwei Zeitpunkte, von denen ihr ausgehen könnt. Einen in Varberg und einen in Tripoli«, erwiderte Mike Hawkins langsam und konzentriert.

»Mm«, murmelte Carl mit einem Kopfnicken. »Das stimmt. Bei der CIA haben Sie sich mit solchen Dingen aber nicht beschäftigt. Woher wissen Sie es also?«

»Allgemeinbildung.«

Carl nickte nachdenklich und wandte sich dann an seinen Untergebenen.

»Leutnant Karlsson!«

»Ja, Sir!«

»Sorgen Sie sofort dafür, daß dies per Funk weitergegeben wird. Natürlich kodiert!«

Der Leutnant bestätigte den Befehl nach amerikanischer Manier und stand sofort auf, um zu seinen Sendegeräten zu gehen.

»Bemerkenswert, was für einen amerikanischen Drill du deinen Mannen beigebracht hast? Sind alle so?« fragte Mike Hawkins mit einem amüsierten Blick auf Göran Karlsson.

»Nein, ganz und gar nicht«, entgegnete Carl. »Einige von uns aber können, wie Sie hören, ganz anständig Englisch sprechen.«

»Wie du selbst. Man hört ja nicht mal die Andeutung eines ausländischen Akzents.«

»Danke für das Kompliment, doch jetzt wieder zurück zur Tagesordnung. Erzählen Sie mir etwas, überzeugen Sie mich davon, daß Sie die Wahrheit gesagt haben.«

»Du meinst den Bestimmungsort des Schiffs, daß die Ware noch an Bord war?«

»Ja, natürlich.«

»Was für ein Interesse sollte ich daran haben zu lügen. Es besteht nämlich ein recht großes Risiko, daß ihr meine Angaben nachprüfen könnt.«

»Was die Identität der Bombe angeht, ohne jeden Zweifel. Das zweite wäre, wie du sicher auch schon eingesehen hast, schon mühsamer.«

»Okay, ich sollte also gelogen haben. Zwar laufe ich dann Gefahr, dreihundert Millionen Dollar zu verlieren, und außerdem, mich allzu lange in den schwedischen Alpen aufzuhalten. Aber warum sollte ich lügen? Um die Kanaken zu schützen?«

»Nehmen wir mal an, Sie hätten einen anderen Kunden, einen anderen *Kanaken,* wie Sie sagen. Sie nennen uns aber Ghadaffi, und die US Air Force verwandelt Libyen in eine brennende Hölle, in der man hinterher kein einziges unversehrtes Bauwerk mehr finden kann. In Wahrheit war es Ihr Seelenverwandter Saddam Hussein, der seine Bombe bekommen hat. Was sagen Sie dazu?«

»Nein, komm mir nicht mit so was. Die Verkaufsorganisation ist, wie du weißt, schweren Störungen ausgesetzt gewesen. Kurz, mit Ausnahme von mir sind alle tot oder sitzen im Bau. Einfach ausgedrückt ist die Geschäftslage miserabel. Ich habe folglich nur eine einzige Möglichkeit, zu meinem Geld zu kommen und ein glückliches Alter zu erleben, nämlich dadurch, daß wir uns einigen. Und ob es auf dem Antlitz der Erde ein paar Kanaken mehr oder weniger gibt, ist mir aufrichtig gesagt scheißegal. Das gilt besonders für Araber.«

»Ich dachte, Vietnamesen stünden bei dir ganz oben auf der Liste?«

»Na na. Wir wollen doch jetzt nicht moralisieren. Ich bin kein großer Freund von Vietnamesen, zugegeben. Aber die Araber sind der Abschaum der Erde, unser einziger verbliebener Feind. Ich habe wahrhaftig keinerlei Anlaß, irgendwelche Araber zu schützen.«

»Nein, das höre ich. Aber Sie machen Geschäfte mit ihnen, besonders, wenn sie dreihundert Millionen Dollar für ihren Untergang bezahlen. Also warum sollte Saddam Hussein nicht der richtige Kunde sein, während Ghadaffi nur ein Ablenkungsmanöver ist? Denn wie Sie sagen, haben Sie ja nichts dagegen, daß Araber bombardiert werden, ob nun schuldig oder unschuldig, sozusagen?«

»Wie wahr. Aber jetzt spiele ich mit meinem eigenen Wohlbefinden. Wenn es darum geht, die richtigen oder falschen Araber in die Hölle zu bomben, bin ich nicht so gottverdammt sentimental, daß ich mich da pingelig zeigen könnte. Mir ist nur mein Wohlergehen lieb und teuer.«

Carl wurde übel. Er mußte sich äußerste Mühe geben, seinen gleichmütigen Gesichtsausdruck zu wahren und gleichzeitig klar zu denken. Am liebsten wäre er aufgestanden und hätte das grinsende Monstrum, das ihm da gegenübersaß, einfach erschlagen. Zugleich meldete sich ein eigenartig schlechtes Gewissen wegen dieser Gefühle. Er dachte an seine Kinder, das geborene und das ungeborene, ein Gefühl, das im Moment ebenso unvernünftig wie schwer zu beherrschen war. Eine kurze Zeit lang flimmerten die Bilder in ihm. Es sah Tessie, sah Johanna Louise, die ihm mit ausgebreiteten Armen entgegenlief, und sah plötzlich auch Moona, einen weiblichen palästinensischen Nachrichtendienstoffizier. Er hatte ein sehr enges Verhältnis zu ihr gehabt, obwohl sie sich nicht einmal geküßt hatten. Er hatte sich geschworen, keinen Menschen mehr zu töten, und jetzt saß er vor einer Person, die ihn dazu brachte, sich mit allen Fasern seines Körpers danach zu sehnen, als würde es ihm wirklichen Genuß bereiten.

»Jaa«, seufzte er schließlich. »Ich glaube nicht, daß wir jetzt weiterkommen. Wir werden sehen, wieviel sich von Ihren Angaben nachprüfen läßt und wie lange es dauert. Wie es mit unserem Gespräch weitergeht, hängt ja unleugbar zum Teil davon ab, was sich kontrollieren läßt und was nicht. Haben Sie Hunger?«

»Ja. Ein doppelter Cheeseburger wäre nicht schlecht«, grinste Mike Hawkins.

»Ich glaube nicht, daß wir das bieten können, leider, aber dafür gibt es ein gegrilltes Hähnchen oder so etwas«, sagte Carl. Er stand auf, griff nach den Handschellen und ließ sie vor Mike Hawkins baumeln, der ein fragendes Gesicht machte.

»Falls Sie sich fragen sollten, was das soll«, sagte er mit einem bemüht kalten Lächeln, »möchte ich Sie zunächst fragen, ob Sie Links- oder Rechtshänder sind?«

»Wieso?« fragte Mike Hawkins säuerlich.

»Damit ich weiß, mit welcher Hand Sie essen werden und mit welcher Sie hier in dem Schlafkabuff nebenan angekettet werden müssen, während mein Kollege und ich die Glut erkalten sehen und von den Mühen des Lebens sprechen.«

»Du hast doch nicht etwa vor, mir wieder Handschellen anzulegen, du Arschloch!«

»O doch. Außerdem möchte ich Sie daran erinnern, was ich von diesem Wort halte. Wenn Sie heute nacht nicht an den Handschellen hängend schlafen wollen, würde ich Ihnen wärmstens empfehlen, die Hand auszustrecken, die Ihnen lieber ist«, sagte Carl mit einer Eiseskälte, die er nicht länger verbergen konnte.

Mike Hawkins erhob sich langsam und erweckte den Eindruck, als machte er sich kampfbereit, da er die Hände vor sich hob.

»Wenn Sie nur ahnten, wie ich mir wünsche, von Ihnen auch nur die allerkleinste Chance zu erhalten, Mr. Hawkins«, sagte Carl bewußt gedehnt. »Geben Sie mir die kleinste Chance, dann liegen Sie da auf dem Fußboden in Ihrem Blut und fragen sich, was passiert ist. Vergessen Sie nicht: Sie sind jetzt nicht bei gefesselten Vietnamesen.«

Carl hoffte inständig, die Provokation würde wirken. Er wünschte sich, daß Mike Hawkins tatsächlich versuchte, auf ihn loszugehen. Einen kurzen Augenblick lang sah es auch so aus. Doch plötzlich besann sich der andere und streckte ohne ein Wort eine Hand vor, an deren Gelenk Carl die russischen Handschellen befestigte. Dann führte er Hawkins zu einem frischbezogenen Bett in einem der kleinen Schlafzimmer. Das Bett hatte sogar eine weiche und warme Daunendecke. Carl fesselte den Amerikaner an einen groben, eigens installierten Bettpfosten aus Eisen.

»Wie Sie sehen, Mr. Hawkins, haben wir auch für Ihre hygienischen Bedürfnisse gesorgt. Alles ist in bequemer Reichweite, sogar ein Nachttopf. Ich werde gleich einen Mann mit ihrem Souper zu Ihnen schicken. Ich hoffe, Sie schnarchen nicht«, sagte Carl und drehte sich schnell um. Er verließ das Zimmer und schloß langsam die Tür hinter sich. Dann ließ er sich aggressiv in einen der Sessel fallen und starrte mit wildem Blick in das schwächer werdende Kaminfeuer.

Göran Karlsson kam vorsichtig näher und fragte, ob er zu den anderen hinausgehen und etwas zu essen holen solle. Carl nickte stumm, ohne auch nur aufzublicken. Er blieb eine Zeitlang sitzen und schlug sich mit der Faust sacht gegen das Kinn, während er versuchte, seinen Haß zu bezwingen. Er redete sich ein, daß er aus rein operativen Gründen einen kühlen Kopf behalten mußte, völlig unabhängig von dem, was ihm seine Gefühle sagten.

Mike Hawkins berührte ihn tief. Es war mehr als nur eine persönliche Abneigung. Während Carl und seine Kommilitonen auf die Straßen gegangen waren und gegen die Kriegsverbrechen der USA in Vietnam demonstriert hatten, wofür sämtliche politische Parteien, alle großen Zeitungen, außerdem der Rundfunk und das Fernsehen sie so heftig verurteilten und lächerlich machten, war Mike Hawkins einer der Menschen gewesen, deren Handeln die vietnamesische Realität so unfaßbar grausam gemacht hatte, daß nicht einmal die aufgeregtesten Super-Maoisten sich auch nur einen Bruchteil dessen hatten vorstellen können. Mike Hawkins war so etwas wie ein Heydrich, mit dem Unterschied jedoch, daß er einer siegreichen Nation angehörte. In seinem Fall war an ein Kriegsverbrechertribunal nicht einmal zu denken. Im Gegenteil, er würde den Rest seines Lebens vermutlich als besonders geachteter Mann verbringen, da er Multimillionär war.

Und sein »Schnitt«, wie das auf Neuschwedisch hieß, würde zur Folge haben, daß erneut Tausende von Menschen getötet wurden, wenn die Bombergeschwader über Libyen einschwebten. Denn das würde die unvermeidliche Konsequenz sein; sobald der schwedische Ministerpräsident der amerikanischen Regierung oder besser noch dem amerikanischen Präsidenten berichtet hatte, was jetzt bekannt war, war es nur noch eine Frage der Zeit, bis man den Großangriff auf Libyen befehlen würde. Unter den lauten Siegesfanfaren der westlichen Medien. Und diese unvermeidliche Entwicklung würde schon bald eingeleitet werden, da der schwedische Staatsbesuch in Washington kurz bevorstand. Aus diesem Grund war es dem Ministerpräsidenten so wichtig, bis dahin sämtliche Erkenntnisse des Nachrichtendienstes in Händen zu haben.

In Wahrheit hatte Mike Hawkins Libyen Massenvernichtung verkauft und sich dafür auch noch fürstlich bezahlen lassen.

Carl stand heftig auf und betrat das kleine Schlafzimmer, das er mit seinem untergebenen Kameraden teilen sollte. Er zog eine Flasche Bordeaux aus seinem Marschgepäck und ging wieder ins Nebenzimmer. Dort öffnete er sie, stellte sie in die Nähe des Kaminfeuers und sank wieder in seinen Sessel.

Göran Karlsson schlug mit einem Fuß gegen die Tür, da er drei Tabletts in den Händen hielt. Die Speisen waren mit Aluminiumfolie geschützt. Schon nach dem kurzen Spaziergang vom Nebenhaus war Göran Karlsson über und über mit Schnee bedeckt.

»Geht es den Leuten gut da drüben?« fragte Carl, als er die Tür aufmachte und seinem Untergebenen eins der Tabletts abnahm. »Bekommen sie das gleiche Essen? Wir wollen unserem Gast schließlich weder etwas Besseres noch etwas Schlechteres bieten«, sagte er, erhielt aber keine Antwort. Da ging er zu Mike Hawkins ins Zimmer, stellte das Tablett ab und machte kehrt, ohne etwas zu sagen.

»Na ja, ich habe nicht gerade erwartet, beim ersten Mal draußen im Feld Rotwein zum Essen zu bekommen«, murmelte Göran Karlsson, während er den Tisch deckte.

»Es besteht keine Gefahr. Mr. Hawkins wird uns bestimmt nichts tun wollen, und wir dürfen ihm leider auch kein Haar krümmen«, erwiderte Carl in einem Versuch, lustig zu sein, den sein schwerer Tonfall jedoch kläglich scheitern ließ. Dann fiel ihm ein, daß sein Mitarbeiter vielleicht etwas anderes gemeint hatte.

»Wie ich sehe, bist du in deinem Job sehr erfolgreich«, sagte er aufmunternd. Zuvor hatte er Wein eingeschenkt und etwas von dem Grillhähnchen probiert. »Dein Vorgesetzter hat von großer Einsatzfreude gesprochen. Fühlst du dich wohl?«

»Ja und nein«, erwiderte Göran Karlsson peinlich berührt. »Ich habe aus dem, was ich heute abend gehört habe, unweigerlich ein paar Schlußfolgerungen ziehen müssen.«

»Ja?« fragte Carl, obwohl er schon ahnte, welche Richtung das Gespräch jetzt nehmen würde.

»Nun, ich meine, ich habe ja eine etwas breitere Ausbildung als nur die an unseren Computern.«

»Ach ja?« bemerkte Carl ironisch. »Du willst sagen, daß du eine im Hinblick auf deine Fähigkeiten allzu stille Tätigkeit ausübst, eine Art *under kill?* Trainierst du jeden Tag?«

»Nein, jetzt nicht mehr, aber immerhin noch fast jeden Tag.«

»Du bist also damit unzufrieden, daß andere in deiner Umgebung aus anscheinend unerklärlichen Gründen an einer Operation oder mehreren Unternehmen haben teilnehmen dürfen, während du selbst nur die strategische Reserve dargestellt hast. Du möchtest auch gern losziehen und einen Mike Hawkins umbringen?«

Der andere sah mit einem Gesichtsausdruck auf, der klar signalisierte, daß er verlegen und zugleich erschrocken war.

»Nein, so habe ich es nicht gemeint ... ich würde mir nur wünschen, ich könnte manchmal etwas Handfesteres zu tun bekommen«, erwiderte er gepreßt.

»In Ordnung«, sagte Carl, der seinen Sarkasmus schon bereute. »In gewisser Weise verstehe ich, was du meinst. Ich glaube, an deiner Stelle hätte ich kaum anders argumentiert. Es ist nur so, daß das, was das heutige Treffen veranlaßt hat, etwas von dem Furchtbarsten ist, was du dir überhaupt vorstellen kannst. Ja... du hast ja einiges gehört. Ich war der Meinung, daß du mal ein bißchen rauskommen mußt. Deshalb habe ich darauf geachtet, daß du mitkommst. Außerdem hatten wir noch gar keine Gelegenheit, uns kennenzulernen.«

»Nein«, sagte Göran Karlsson erleichtert. »Wir haben uns ja kaum gesehen, seit du uns damals in San Diego abgeholt hast, Luigi und mich. Ich erinnere mich ja immer noch an diesen letzten Tag. Willkommen bei unserem Kurs in kreativem Schreiben, und so weiter.«

»Hm«, sagte Carl. »Du und Luigi, ihr hattet außerordentlich gute Ergebnisse. Dann brauchte ich einen Mann, der Italienisch sprach, und nur daran hat es gelegen.«

»Ja, aber dann gab es noch die Operation Dragon Fire, und da hast du wieder Luigi ausgewählt.«

»Aber ja«, sagte Carl amüsiert, da der andere bei seiner Feststellung einen Anflug von Neid nicht hatte verbergen können. »Luigi ist nur zur Rückendeckung mitgekommen und weiß noch heute weniger von dem, was da eigentlich passierte, als du. Außerdem brauchten wir damals noch einen Mann, der Finnisch sprach. Was ist denn deine Stärke, Serbokroatisch?«

Göran Karlsson ließ sich zu einem Lachen verlocken. Das war ein gutes Zeichen.

»Wenn du etwas erfahren willst, und das willst du sicher, kann ich dir folgendes sagen«, fuhr Carl ein wenig zu übereifrig fort, so daß er sich leicht bremsen mußte. »Aus einer Reihe von Gründen, über die ich nichts sagen möchte, werde ich Luigi und Åke eine Zeitlang am Boden lassen. Das bedeutet, daß du im Augenblick in Bereitschaft stehst, falls es auf dem Feld etwas zu tun geben sollte. Das braucht in der Praxis gar nichts zu bedeuten, denn im Augenblick sehe ich keine unmittelbar bevorstehende Operation. Aber du stehst jetzt jedenfalls als erster auf der Liste. Ich wollte nur, daß du das weißt.«

Carl musterte Göran Karlssons Gesicht, auf dem sich jetzt ein Ausdruck von Erleichterung und Zufriedenheit zeigte. Es waren bald zehn Jahre her, seit Carl einer wie Göran Karlsson gewesen war. Im Hinblick auf ihre wissenschaftlichen Kenntnisse schienen sie ja fast geklont. Sie hatten die gleiche Grundausbildung, die gleichen Spezialitäten, das gleiche Examen von der gleichen Universität, die gleiche Ausbildung oben bei Skip Harrier auf der Sunset Farm, waren die gleichen Mörder.

Doch gerade dieses letzte Wort wäre ihm vor zehn Jahren nie in den Sinn gekommen. Er brauchte Göran Karlsson, weil dieser ein besseres Bild seiner selbst war. Er war noch unzerstört, war noch jemand, der einen Auftrag als spannend und befriedigend ansehen konnte.

»Da kann es gar nicht schaden, wenn wir uns jetzt ein bißchen besser kennenlernen«, faßte Carl munter zusammen. »Wenn es beim nächsten Mal losgeht, bist du entweder allein oder mit mir zusammen. Wie oft machst du noch Schießübungen?«

»Ein paar Mal in der Woche«, erwiderte Göran Karlsson selbstsicher.

»Das ist nicht gut«, bemerkte Carl. »Achte darauf, daß du jeden Tag schießt. Erstens wirst du auf jeden Fall besser, zum andern ist es gut für die Seele, auf tote Ziele zu schießen.«

Luigi Bertoni-Svensson hatte darum gebeten, bei Samuel Ulfsson schnellstmöglich vorgelassen zu werden, und angesichts der Arbeit, der Luigi an diesem Tag nachging, konnte dem nichts im Weg stehen. Luigi war der verantwortliche Leiter der Kommunikationseinheit außerhalb des Generalstabs, die erstens für die Kontakte mit LAPPLAND zuständig war, wie die Basis im Norden genannt wurde, wo man gerade damit beschäftigt war, einen ehemaligen Offizier des amerikanischen Nachrichtendienstes zu deprogrammieren. Zweitens hielt Luigi auch Kontakt mit dem russischen oder vielleicht auch sowjetischen militärischen Nachrichtendienst sowie dem britischen MI 6.

Die Russen hatten nämlich eine sehr schnelle und sehr detaillierte Antwort geliefert, und zwar mit Bildern, Zeichnungen und Erklärungen. Luigi hatte nicht umhin können, einige Einblicke zu gewinnen, als er diese Informationen erhielt und sie in Klartext und verständliche Grafiken umsetzte.

Samuel Ulfsson betrachtete fasziniert das Bildmaterial auf dem Schreibtisch und zündete sich die dritte Zigarette an, seit Luigi das Zimmer betreten hatte. Dieser hatte sich zufällig auf Carls gewohnten Platz neben dem Schreibtisch gesetzt, statt wie sonst davor.

»Man wird vollkommen matt, wenn man darüber nachdenkt«, sagte Samuel Ulfsson nachdenklich. »Dies ist sozusagen Weltgeschichte. In der Zeit, als ich mein erstes Kommando als Schiffskommandant hatte, flogen diese Dinger in der Welt herum. Ich erinnere mich sehr gut an den Flugzeugtyp. Wir haben diese Maschinen manchmal sogar über der Ostsee gesehen.«

»Offenbar eine gute Maschine. Sie operieren immer noch, wenn auch natürlich mit anderen Aufgaben, meist *electronic information*«, sagte Luigi. »Außerdem darfst du nicht glauben, daß es an Bord einer amerikanischen B 49 zu dieser Zeit sehr viel anders aussah.«

»Oh, das habe ich nicht gewußt«, sagte Samuel Ulfsson und sah erstaunt hoch. »Hatten sie die gleiche Technik?«

»Grundsätzlich ja«, erwiderte Luigi kurz.

Samuel Ulfsson blickte auf die vor ihm liegenden Papiere und sann darüber nach, wie dünn mit einem Mal der Faden geworden war, an dem das Leben der Welt hing. Tupolew 16 hieß der Bomber, »Badger« in der NATO-Sprache. In seiner kernwaffentragenden Version faßte er zwei Bomben im Laderaum, beide von dem Typ, der lustigerweise SR-71 genannt wurde, von dem Typ, der in Murmansk gestohlen und durch Schweden geschmuggelt worden war. Allein das konnte jedem den kalten Schweiß ausbrechen lassen. Eine technisch sehr primitive Bombe von mehr als einer Megatonne Sprengkraft. Wäre sie bei der Ankunft in Örebro detoniert, wäre Schweden in der Mitte von einer schauerlichen Katastrophe durchschnitten worden. Selbst wenn der Nullpunkt in Örebro gelegen hätte, wäre der größere Teil Stockholms vernichtet worden.

»Stell dir vor, das Ding wäre ihnen in Örebro auf die Füße gefallen«, murmelte Samuel Ulfsson.

»Dann hätten ihnen die Füße weh getan, aber etwas Ernsteres wäre nicht passiert«, bemerkte Luigi ein wenig vorlaut und besserwisserisch.

»Aha. Wie schön zu hören, daß du das garantieren kannst«, bemerkte Samuel Ulfsson süßsauer.

»Das kann ich nicht, aber das behaupten die Russen jedenfalls hier«, entgegnete Luigi verlegen. Dann erklärte er nicht zu schnell und einigermaßen höflich, was er gemeint hatte.

Die Bombe sei in ihrem jetzigen Zustand tot, unbrauchbar. Um sie scharf zu machen, war ein neuer Tritium-Bestandteil nötig, und Tritium läßt sich nur herstellen, wenn man einen Reaktor zur Verfügung hat, in dem man den Grundstoff Litium auf eine bestimmte Art aufbereiten kann. Das war sozusagen die gute Neuigkeit, was die Bombe anging.

Die schlechte Nachricht war, daß sie ein nach heutigen Maßstäben praktisch wertloses Codesystem besaß. Es hatte bei den Russen ungefähr auf die gleiche Art funktioniert wie zumindest eine Zeitlang bei den Amerikanern. Wenn der Pilot das codierte Signal erhielt, das Red Alert bedeutete, öffnete er zusammen mit seinem Stellvertreter, der einen zweiten Schlüssel besaß, ein bestimmtes Fach. Dort erhielten sie zwei Anweisungen, von denen eine das Ziel betraf. Die zweite galt dem Scharfmachen der Bomben.

Mit dem Zahlencode in der Hand mußte jemand nach hinten in den Laderaum klettern, eine Luke an den Gefechtsköpfen aufschrauben und von Hand einen Code einstellen, der nicht komplizierter war als bei einer modernen Reisetasche.

Die gute Neuigkeit ließ sich also so zusammenfassen, daß nicht jeder beliebige Dieb die Bombe einsetzen konnte, ohne Zugang zu frischem Tritium zu haben. Tritium, sagte Luigi, sei tatsächlich leicht verderbliche Ware mit einer sehr kurzen Halbwertzeit.

Die schlechte Neuigkeit war, daß es bei der heutigen Technik ein Kinderspiel war, die Bombe scharf zu machen, wenn dieser Jemand dieses Hindernis überwand.

»Es hat also mal eine Zeit gegeben«, faßte Samuel Ulfsson zusammen, »in der die strategischen Bomberflotten beider Seiten ständig Maschinen mit zwei Menschen in der Luft hatten, die den großen Krieg auf eigene Faust hätten auslösen können?«

»Ja, das ist korrekt, ja«, erwiderte Luigi und hätte sich wegen dieser Anzüglichkeit am liebsten fast die Zunge abgebissen; tatsächlich warf ihm Samuel Ulfsson einen langen, nachdenklichen Blick zu.

»Was muß Carl da oben von all diesen Dingen wissen?« fragte Luigi schnell und sachlich, um seine Frechheit vergessen zu machen.

»Er muß wissen, daß die Russen den Diebstahl bestätigen, daß es sich um eine Fliegerbombe älteren Typs mit der Bezeichnung SR-71 handelt. Die anderen Angaben erhält er nur, wenn er danach fragt. Doch bis jetzt haben wir immer noch keine Antwort von den Engländern?«

»Nein«, sagte Luigi. »Es ist ja so, daß die sozusagen auf die amerikanischen Satellitendienste abonniert sind. Der Informationsfluß und die Bürokratie beider Seiten nehmen wohl etwas Zeit in Anspruch. Also darum ist es bei dieser Sache gegangen?«

»Jaa?« sagte Samuel Ulfsson leicht erstaunt, bis ihm aufging, daß Luigi wie der Rest der Menschheit bisher wohl in der Vorstellung gelebt hatte, daß die außerordentlich geschickten Schweden bei ihren Bemühungen, einen Kernwaffenschmuggel aus der Sowjetunion zu stoppen, Erfolg gehabt hatten. »Ach so! Aha, so ist das. Carl und die anderen haben fast alle Bomben bekommen, außer einer, wie es scheint. Das einzige, was wir verpaßt haben, war eine Megatonne, um den Sachverhalt zusammenzufassen.«

»Und wo befindet sich diese Megatonne heute?«

»Das versuchen wir gerade herauszufinden. Aus diesem Grund dürfen nur so wenige in dieses Material Einsicht nehmen. Wie sieht es aus? Brauchst du eine Ablösung?«

»Nein, ich mache gern die Nacht durch. Ich kann dieses Polizeimaterial ja mitnehmen und es als Nachtlektüre studieren, während ich an den Maschinen warte«, schlug Luigi frech vor.

»Jaja, tu das nur«, sagte Samuel Ulfsson nachdenklich und streckte sich nach dem Karton aus, in dem er das Material untergebracht hatte, das ein unwahrscheinlich einfältiger oder ungewöhnlich patriotisch gesinnter Staatsanwalt am selben Tag mit einem Kurier hochgeschickt hatte.

Da Luigi jetzt kein geheimes Material in seiner Aktentasche hatte, konnte er zu Fuß vom Generalstab zur Computerzentrale zurückgehen. Nicht-öffentliche Polizeiprotokolle betrachtete er in seiner jetzigen Gemütslage kaum als Geheimmaterial.

Nur er selbst und der Chef der Computerzentrale hatten einem strikten Befehl Samuel Ulfssons zufolge Zugang zu der Kommunikation zwischen Lappland, Moskau und London. Aber der Chef war Familienvater, und so war es nur natürlich, daß Luigi in dem verschlossenen Raum die Nachtschicht übernahm und der Chef die Tagesschicht. Außerdem konnte er sich jetzt mit italienischen Gangstern beschäftigen. Zu seinem Entzücken hatte er in dem Paket die Originalverhöre auf Kassette gefunden. So würde er sich köstlich damit amüsieren können zu hören, wie seine Landsleute sich in ihrer Sprache erklärten, um den Dolmetscher dann zu überspringen.

Als er eine Thermoskanne mit Kaffee und eine mitgebrachte Pizza auf den Tisch gestellt und ein Tonbandgerät bereit gemacht hatte, rieb er sich vor Begeisterung fast die Hände. Er erwartete kaum mehr als reine Unterhaltung.

Vielleicht traf er unbewußt die richtige Wahl, als er zunächst die Vernehmungsbänder mit einem Mann namens Marcello Sabrini auswählte. Das Unterhaltungsmoment verflüchtigte sich beim Anhören jedoch schnell.

Das erste, was ihm auffiel, bevor er daran dachte, die Passagen mit dem Dolmetscher zu überspringen, war, daß die Übersetzung ihm in manchen Stücken ziemlich frisiert vorkam. Luigi gewann den Eindruck, als hätte der Dolmetscher es für richtig gehalten, die Darstellung in mehr als nur einer Hinsicht auf schwedische Verhältnisse umzutrimmen, nicht nur sprachlich, sondern auch kulturell. Als gehörten beispielsweise Drohungen nicht in ein schwedisches Polizeiverhör.

Sabrini sprach mit einem unverkennbar sizilianischen Akzent. Es mußte einer von denen sein, von denen Luigi kein Wort gehört hatte, einer der jungen Männer, die er für reine Handlanger gehalten hatte.

Dieser Sabrini hatte von sich jedoch eine vollkommen andere Auffassung. Zu Beginn des Verhörs versuchte er sich sogar aufzuspielen, verlangte einen italienischen Rechtsanwalt der Spitzenklasse und stellte noch manch andere überzogene Forderung. Er beschwerte sich über das Essen und wollte dann wissen, welchen Rabatt er auf seine Strafe bekommen könne, wenn er die Leute verrate, die seine beiden Kameraden ermordet hatten. Zugleich äußerte er die Absicht, die schwedische Polizei habe vielleicht gar nicht die rechtlichen Möglichkeiten – der Dolmetscher übersetzte: die *praktischen* Möglichkeiten –, diese Figuren festzunehmen, weshalb es vielleicht am besten sei, die Italiener täten es selbst. Sabrini meinte nämlich, daß auch die schwedische Gesellschaft vielleicht so funktioniere wie die meisten anderen, daß es nämlich bestimmte Mächte gebe, an die niemand herankomme, den Nachrichtendienst beispielsweise – und hier übersetzte der Dolmetscher *Intelligentia* statt Nachrichtendienst.

Als Sabrini aufging, daß ihm eine Zusammenarbeit mit der Polizei kein milderes Urteil einbringen würde (er selbst schlug vor, ihn nicht wegen Mordes, sondern wegen Totschlags und eventuell wegen Körperverletzung mit Todesfolge anzuklagen, wenn er sich zu einer Zusammenarbeit bereit erkläre), gab er plötzlich auf und erklärte, bei künftigen Verhören nichts mehr sagen zu wollen. Dann fügte er hinzu, er werde ohnehin nicht lange in einem schwedischen Gefängnis sitzen. Und diesen Satz hatte der Dolmetscher überhaupt nicht übersetzt.

Was Luigi da hörte, machte ihn mehr als besorgt. Ein Sizilianer, der so auftrat, als wäre eine Anklage wegen Mordes nicht besonders ernst, der mit Rache drohte, der überdies wußte, daß es der militärische Nachrichtendienst gewesen war, der ihn und seine Kollegen attackiert hatte – das war in mehr als nur einer Hinsicht ernst. Wenn der Dolmetscher von Anfang an korrekt aus dem Italienischen übersetzt hätte – immerhin war es ein Verhör bei der Säpo –, wäre Luigi in den Knast gegangen, und kein Samuel Ulfsson oder Carl Hamilton der Welt hätten es verhindern können.

Andererseits. Da der Dolmetscher nicht korrekt übersetzt hatte, wußte niemand bei der Polizei, daß es tatsächlich immer noch das Risiko einer sizilianischen Vendetta auf schwedischem Territorium gab.

Die Bandenmitglieder wußten nicht, daß ihre potentiellen Opfer es wußten. Folglich mußte es möglich sein, etwas dagegen zu unternehmen. Luigi versuchte, Punkt für Punkt ein Maßnahmenpaket zu skizzieren. Als erstes sollte man mit bestimmten italienischen Behörden Kontakt aufnehmen, um sämtliche zugänglichen Daten über die Italiener zu erhalten, die jetzt in Stockholm inhaftiert waren und bald verurteilt werden würden. Sie kamen Luigi nicht mehr wie irgendwelche Kleingangster vor, und folglich mußte es Erkenntnisse über sie geben.

Zweitens sollte Sam zum Säpo-Chef gehen und veranlassen, daß die Telefongespräche der Italiener abgehört wurden, sobald sie ins Gefängnis kamen und damit das Recht hatten zu telefonieren. Die Frage war natürlich, wie man diese Forderung begründen konnte. Luigi versuchte sich vorzustellen, wie Carl gedacht hätte, und ließ sich ein einfaches Handlungsschema einfallen. Zunächst würde man sagen, man habe »deutliche Hinweise«, ohne sie zu spezifizieren oder auch nur im mindesten anzudeuten, daß sich diese »Hinweise« in den Vernehmungsprotokollen der Säpo befanden.

Der nächste Schritt sollte so aussehen, daß sie die Abhörbänder im italienischen Original erhielten, ohne daß Mittelsmänner sie in die Hand bekamen. Protokollarisch war das natürlich nicht in Ordnung, aber sie konnten auf rein praktische Gründe verweisen, beispielsweise darauf, daß es überflüssige Doppelarbeit wäre, alles übersetzen zu lassen, da man beim Generalstab die Bänder nur aufmerksam abzuhören brauche. Überdies, und das war für die Säpo der Köder, würde man sich natürlich sofort bei der Polizei melden, falls sich etwas von Interesse fand.

Wann es angezeigt war, sich mit der Polizei kurzzuschließen, wurde somit zu einer reinen Ermessensfrage. Entweder gab es nichts, was man der Polizei mitteilen konnte, oder es fand sich etwas, was so ernst war, daß es die Polizei auf keinen Fall erfahren durfte.

Luigi war mit dieser vorläufigen Lösung des Problems recht zufrieden. Er war einigermaßen sicher, daß Carl ebenfalls so gedacht hätte.

Carl hatte Mike Hawkins in seinem privaten Schlafzimmer allein frühstücken lassen. Um so lange wie möglich jeden persönlichen Kontakt zu vermeiden, hatte er ein paar Männern aus dem Küstenjägerzug die Bedienung zugeteilt. Dann hatte er eine kurze Skitour unternommen. Das Wetter hatte auf wundersame Weise aufgeklart, und es war ein strahlender Tag. Er hatte das Gefühl, seelisch vollkommen im Gleichgewicht sein zu müssen, bevor er es über sich bringen konnte, die Unterhaltung mit dem Widerwärtigen fortzusetzen.

Bei seiner Rückkehr hatte Göran Karlsson alle Angaben eingeholt, die in Stockholm zu erhalten waren. Die Informationen waren kurz, aber aufschlußreich. Die Russen hatten offenbar eine Fliegerbombe als gestohlen gemeldet, und zwar eine Bombe der gleichen Bezeichnung, die Mike Hawkins genannt hatte. Carl überlegte eine Weile und bat Göran Karlsson dann, mit Stockholm Kontakt aufzunehmen und zu fragen, in welchem Zustand die Bombe sich befinde. Ob sie einsatzbereit sei und/oder was man tun müsse, um sie einsatzbereit zu machen.

Die Antwort kam prompt. Aus ihr ging überdies hervor, daß Luigi sie gesendet hatte. Carl las nachdenklich den knapp und präzise formulierten technischen Bericht, legte seine Notizen in einen Aktenordner und holte dann mit einem Seufzer Mike Hawkins zum Verhör.

»Ich habe es für richtig gehalten, mit der weiteren Unterhaltung zu warten, bis wir etwas Konkretes in Händen haben, und das ist jetzt der Fall, Mr. Hawkins«, begann Carl in seinem angestrengt neutralen Tonfall, nachdem sie sich vor das längst erloschene Kaminfeuer gesetzt hatten.

»Das nenne ich wirklich erfreulich«, erwiderte Mike Hawkins ironisch. Er massierte sich das Handgelenk, an dem die Stahlfessel deutliche Spuren hinterlassen hatte.

»Das hängt natürlich davon ab, aus wessen Blickwinkel man es sieht«, entgegnete Carl mit ausdruckslosem Gesicht. »Die Russen haben jedenfalls gemeldet, daß sie eine Fliegerbombe aus den sechziger Jahren mit der Bezeichnung SR-71 und so weiter vermissen. Insoweit haben wir Ihre Angaben bisher nachprüfen können. Das mit dem Schiff wird natürlich etwas mehr Zeit in Anspruch nehmen.«

»Wenn die eine Angabe den Tatsachen entspricht, dürfte die andere es wohl auch tun«, brummte Mike Hawkins, ohne selbst auch nur ansatzweise von der Logik seiner Argumentation überzeugt zu sein.

»Was leicht nachzuprüfen war, hat sich als richtig erwiesen. Jetzt bleibt noch zu sehen, wie es mit dem schwierigeren Teil geht. Das ist also die Lage«, stellte Carl fest.

»Aha. Und was machen wir jetzt? Wollen wir uns die Zeit mit Erinnerungen an unsere Kriegerzeit vertreiben?« fragte Mike Hawkins mit einem anzüglichen Grinsen. Er hatte schon erkannt, wie sehr seine »Kriegererinnerungen« Carl provozierten.

»Na ja«, sagte Carl, »ich hatte mir eher das Thema Geschäftsmoral vorgestellt. Sie haben Ghadaffi eine Bombe verkauft, sagen Sie. Es handelt sich jedoch zufällig um eine Bombe, die nicht funktioniert und die Ghadaffi aus eigener Kraft nicht zusammenschrauben kann. Was hat es für einen Sinn, eine Waffe zu verkaufen, die nicht funktioniert?«

»Die Hauptsache ist doch, daß die Kanaken bezahlen«, gluckste Mike Hawkins fast leutselig. »Und im übrigen bin ich wirklich nicht deiner Meinung, denn *so* unehrlich bin ich in Geschäftsdingen nicht. Überleg doch mal! Diese Atomsprengköpfe, die du beschlagnahmt hast, stammten von einer MIRV, einer SS-20 des modernsten Typs. *Das* wäre in Kanakenhänden so gut wie wertlos gewesen, denn sie hätten die Dinger nie scharf machen können. Als Köder waren diese Sprengköpfe dagegen außerordentlich geeignet, denn sie ließen dich und all diese Trottel über dir glauben, die Welt gerettet zu haben.«

»Sie meinen, die Codeschlösser moderner Atomsprengköpfe seien nicht zu knacken, so daß die Ware wertlos wird?« fragte Carl, ohne auch nur mit einer Miene auf die Beleidigung zu reagieren.

»Genau«, sagte Mike Hawkins mit einem Kopfnicken. »Alte und sehr potente Bomben aus der Zeit des richtigen Kalten Krieges, die sind die Nummer eins auf dem Markt. Außerdem die Waffen, die am schlechtesten bewacht werden, denn schließlich handelt es sich nicht um Waffen, wie sie in den Flottenverbänden eingesetzt werden. Ich meine, man kann ja nicht einfach an Bord von Raketenkreuzern und Taifun-U-Booten klettern, wie man will.«

»Mm«, nickte Carl nachdenklich. »Aber es reicht doch nicht, einfach nur die Hardware zu verkaufen?«

»Du willst dir wohl ein Gesamtbild verschaffen, was? Damit du einen goldenen Stern in deine Personalakte kriegst, wenn du deinen Bericht abgeliefert hast«, bemerkte Mike Hawkins spöttisch.

»Nun ja«, erwiderte Carl. »Ich bin aber auch neugierig, und Atomwaffen sind ja ein gutes Gesprächsthema, einigermaßen unpersönlich. Finden Sie nicht?«

»Aber ja«, sagte Mike Hawkins mit einem affektierten Lächeln. »Damit ihr kleinen Goldjungs nichts mehr von der Bosheit der Welt in ihrer handgreiflicheren Form hören müßt. Aber was soll's. Man verkauft in drei Schritten. Zunächst die Hardware, wie du sehr richtig festgestellt hast. Dann das Knowhow in Form eines entsprechend ausgebildeten Menschen und dann drittens eventuell ergänzende Elemente. Dann setzt man den Schleifstein in Bewegung, und die Kanaken werden bei jedem Schritt eifriger und bezahlen immer mehr, damit ihre Investitionen nicht wertlos werden. Eine ebenso einfache wie gute Geschäftsidee, findest du nicht?«

»Ich weiß nicht«, erwiderte Carl mit gerunzelter Stirn. »Wäre es nicht vernünftiger, in einem ersten Schritt das Knowhow zu verkaufen? Damit die ›Kanaken‹ überzeugt sind, tatsächlich in die Hardware investieren zu können. Und damit die Entdeckung, daß Kernwaffen gestohlen worden sind, in der ehemaligen Sowjetunion nicht dazu führt, daß jeder Mensch mit entsprechenden Kenntnissen mit einem Ausreiseverbot belegt wird. Das wäre in meinen Augen logischer.«

»Aha. Du bist wirklich gar nicht so dumm, wie du aussiehst«, lachte Mike Hawkins. Er machte plötzlich einen richtig munteren Eindruck, als amüsierte ihn die Unterhaltung tatsächlich.

»Danke für das Kompliment«, sagte Carl, ohne eine Miene zu verziehen.

»Oh, keine Ursache, keine Ursache«, gluckste Mike Hawkins. »Aber du läßt die Kanaken-Psychologie außer acht. Sie möchten mit einer großen Bombe dasitzen und sich daran aufgeilen, das ist das allererste, was sie wollen. Wenn sie dann entdecken, daß noch etwas mehr dazugehört, bezahlen sie jeden Preis. Im Grunde sehr einfach.«

»Nun, lassen wir das mal durchgehen«, sagte Carl. »Aber dann kommen wir zu dem nächsten interessanten Moment, das ja auch zur Geschäftsidee gehören sollte. Selbst wenn wir unterstellen, daß sich die ›Kanaken‹ so gern an Atombomben aufgeilen, wie du behauptest, kann das ja kaum das direkte Motiv für den Kauf sein. Wozu wollen sie sie denn haben? Libyen hat keine geeigneten Trägersysteme, nichts, was eine Bombe auf das Territorium eines denkbaren Feindes transportieren kann, keine Raketen. Wozu dann eine Bombe haben? Das birgt außerdem ein ungeheures Risiko, und das muß ihnen klar sein. Wenn durchsickert, daß sie über eine Bombe verfügen, ist es ja nur noch eine Frage der Zeit, bis sie ungebetenen Besuch bekommen. Und das kommt sie teuer zu stehen.«

»Sie werden ihre Bombe wohl per Schiff transportieren müssen«, sagte Mike Hawkins lächelnd und blinzelte Carl bauernschlau an. »Was würdest du denn ohne Trägersysteme tun?«

»Sie können die Waffe ja nicht verwenden und sie nirgends detonieren lassen, denn dann würden sie selbst wenige Stunden später vernichtet werden. Sie können nicht einmal damit drohen, weil sie dann ebenfalls vernichtet werden«, wandte Carl ein und gab sich dümmer als er war. Er hoffte, Mike Hawkins weiter in der Illusion zu wiegen, bei der Diskussion die Oberhand gewonnen zu haben.

»Du kapierst es immer noch nicht?« fragte Mike Hawkins höhnisch.

»Nein, wirklich nicht«, erwiderte Carl.

»Versuch's doch mal!«

»Nein, ich verstehe es nicht. Der Besitz von Kernwaffen ist für Ghadaffi selbst gefährlicher als für einen seiner Feinde. Das ist doch selbstverständlich, und das muß auch er begreifen.«

»Denk doch mal nach. Versuch doch mal, dich in Ghadaffis Lage zu versetzen«, begann Mike Hawkins übertrieben langsam. »Er ist also der nächste, der nach Saddam Hussein zur Rasur ansteht. Die Flugzeugträger müssen ja irgendwo zum Einsatz kommen, und die Araber sind nach dem Kommunismus der neue Feind. Was würdest du in Ghadaffis Situation tun?«

»Alles, um die USA nicht zu einem Angriff zu provozieren. Ich würde ihnen nie einen Grund liefern. Und genau das hat er jetzt getan.«

»Du würdest dich nicht verteidigen?«

»Mit den militärischen Möglichkeiten Libyens gegen die USA? Unmöglich. Es gibt nur eine politische Verteidigung. Gewalt würde sich nur gegen ihn selbst richten, ebenso die Drohung mit Gewalt. Je größer die Drohung, um so mehr Gewalt«, argumentierte Carl, als wäre das tatsächlich seine sorgfältig überlegte Antwort.

»Sofern die Bombe sich nicht in New York, Washington, Chicago oder Los Angeles befindet«, lachte Mike Hawkins fast herzlich. »Gleichgewicht des Schreckens nennt man so etwas nämlich! Wenn ihr Jungs noch einmal auch nur eine einzige F-111 losschickt, um ein weiteres Mitglied meiner Familie zu töten, so wie damals, als ihr zum ersten Mal hinter mir her wart, verliert ihr eine amerikanische Großstadt! Raffiniert, was?«

Mike Hawkins sah sehr zufrieden aus, und dies um so mehr, als Carl sich offenbar Zeit lassen mußte, um zu verdauen, was er soeben gehört hatte.

»Wenn es Ghadaffi tatsächlich gegen alle Wahrscheinlichkeit gelingen sollte, alle diese Voraussetzungen zu schaffen, ihm oder einem anderen, der amerikanische Flugzeugträger nicht mag, würde mit den USA vorübergehend ein Gleichgewicht des Schreckens entstehen«, faßte Carl langsam zusammen.

»Gewiß. Kannst du dir vorstellen, daß Bush mit jemandem Streit anfängt, der damit antworten kann, daß er Los Angeles oder New York in die Luft jagt?« fragte Mike Hawkins lächelnd.

»Man findet die Bombe früher oder später und entschärft sie. Sie läßt sich nur als Drohmittel einsetzen. Folglich bleibt sie an Ort und Stelle, bis man sie findet«, wandte Carl provozierend nörgelig ein.

»Voraussetzung für ein Gleichgewicht des Schreckens ist ja wohl, daß es öffentlich bekannt wird, nicht wahr?« überlegte Carl ungerührt weiter.

»Selbstredend. Jeder soll wissen, daß Ghadaffi Präsident Bush hart die Eier quetscht.«

»Dann wird sich so mancher neue Kunde einstellen. Der Iran

möchte Bush nämlich an der genannten Stelle ebenfalls quetschen, ebenso Nordkorea, und der Irak mehr noch als alle anderen. Daneben noch ein paar Befreiungsbewegungen, und so weiter«, murmelte Carl mit gesenktem Blick.

»Schon wieder den Nagel auf den Kopf getroffen!« lachte Mike Hawkins. »Das nenne ich Marketing für unsere neuen Produkte. Der Markt wird mit jeder erfolgreichen Lieferung größer!«

»Du glaubst also, daß sich diese Geschäfte wiederholen lassen? Hast du noch immer nicht genug verdient?« fragte Carl mit gespielter Entrüstung.

»Ach was!« schnaubte Mike Hawkins. »Für mich ist es wohl das Klügste, mich trotz meines gelungenen Pioniereinsatzes von diesem Markt zurückzuziehen. Da draußen dürfte es aber den einen oder anderen geben, der Blut geleckt hat. Eine ganze Bande, könnte ich mir vorstellen.«

»Du meinst den Offiziersverband?« bemerkte Carl gleichsam nebenbei.

Es wirkte, wie er gehofft hatte. Mike Hawkins' entspanntes, überlegenes Lächeln erstarrte zur Maske. Er versuchte zu ergründen, ob Carl tatsächlich etwas von dem wußte, worauf er angespielt hatte.

»Jaja«, seufzte Carl, stand auf und streckte sich, als ob ihn die Unterhaltung zu langweilen begänne. »Jaja, diese Enthusiasten im Offiziersverband haben ja viele Projekte zu finanzieren, die sie nicht direkt über den Haushalt laufen lassen können. Wie wär's mit etwas Kaffee?«

Er wandte sich mit dieser Frage freundlich zu Mike Hawkins um und tat, als hätte er dessen Verstörtheit nicht bemerkt.

»Ich möchte meinen Kaffee schwarz«, murmelte Mike Hawkins übellaunig.

Carl nickte zerstreut und ging hinaus, um den Kaffee selbst zu bestellen, als wäre es die natürlichste Sache der Welt, daß ein Flottillenadmiral einen anwesenden Leutnant nicht damit behelligt.

In Wahrheit wollte er nur frische Luft schnappen und sein Gesicht eine Zeitlang verbergen. Er blieb auf der notdürftig freigeschaufelten Vordertreppe stehen, blickte auf die in der Sonne glitzernde Schneelandschaft und atmete ein paar Mal tief durch die Nasenlöcher ein, um zu prüfen, ob sie zufroren; sie taten es nicht. Die Kälte war also trotz des Hochdrucks, der dem Sturm gefolgt war, nur mäßig.

Mike Hawkins hatte inzwischen neue Geschäfte angeschoben, davon war Carl überzeugt. Seine Verbindung mit den konspirierenden Offizieren in Moskau war durch die übellaunige Reaktion zwar kaum bewiesen, aber immerhin hatte Carl die Idee jetzt mit einigem Erfolg getestet. Diese Bande hatte schlimmstenfalls offenbar vor, ihre Machtübernahme durch den Export veralteter und daher besonders gewinnbringender Kernwaffen zu finanzieren. Falls es tatsächlich so war, konnte Jurij Tschiwartschew kaum zu der Bande gehören. Carl fiel es jedenfalls schwer, das zu glauben. Folglich fiel es ihm leichter zu glauben, daß Jurij Tschiwartschew ihm absichtlich den Rücken zugekehrt hatte, damit er als Kollege aus dem Westen seine umfassende Spionage ins Werk setzen konnte. Damit war Jurij Tschiwartschew also der Definition nach zum Landesverräter geworden.

Carl runzelte bekümmert die Stirn und ging auf dem schmalen, freigeschaufelten Gang schnell über den knirschenden Schnee zu dem Häuschen nebenan, in dem der Küstenjägerzug einquartiert war.

Als er die zugige Holztür aufmachte, fuhren die Männer natürlich wie von der Tarantel gestochen hoch. Es amüsierte ihn, was er sah, unter anderem einen Wehrpflichtigen, der eine Bierdose nervös hinter seinem Rücken versteckte.

»Rührt euch!« befahl er fröhlich. »Es kann problematisch sein, mit einer Dose von Carlsbergs schwarzem Gold in der Hand Haltung anzunehmen. Könnt ihr für uns da drüben Kaffee und Zucker und Milch besorgen?«

»Zu Befehl, Flottillenadmiral!« brüllte der Feldwebel. Carl heimste einen einfachen Pluspunkt bei den Männern ein, indem er bei dem Geschrei leicht zusammenzuckte und sich dann mit einem Finger ins Ohr fuhr, als könne er plötzlich nicht mehr hören. Dann wies er freundlich darauf hin, daß der Wachdienst ernstgenommen werden müsse. Er gab mit einer Handbewegung zu erkennen, daß die Männer nicht wieder Haltung anzunehmen brauchten, als er hinausging.

Dieser kleine menschliche Kontakt mit normalen, anständigen Leuten erfüllte ihn mit einiger Zuversicht, als hätte er seinen seelischen Brennstoff wieder nachgefüllt, bevor er jetzt erneut zu Hawkins ins Zimmer ging.

Als er eintrat, stand Göran Karlsson vor seinen Geräten und las einen Textstreifen, der nach und nach in einem der codierten Funkgeräte verschwand. Die Mitteilung war einfach und leicht zu begreifen.

»Wieder gute Neuigkeiten, zumindest was Sie betrifft, Mr. Hawkins«, sagte Carl in einem Tonfall, als hätte ihn die Nachricht tatsächlich erfreut. Dann ging er wieder an seinen Platz. »Der Kaffee kommt gleich. Ja! Das Schiff ist identifiziert. Es lief Tripoli zu dem von Ihnen angegebenen Zeitpunkt an, und im Augenblick ist man damit beschäftigt, die Fotos der kleinen Ladung zu identifizieren, die das Schiff an Bord hatte.«

»Habe ich es nicht gesagt? Ich lüge einen lieben alten Freund wie dich, Hamilton, doch nicht an«, sagte Mike Hawkins zufrieden.

»Nein, bisher scheinen wir ja Glück gehabt zu haben«, entgegnete Carl.

»Glück, den Teufel auch!« schnaubte Mike Hawkins. »Der Hafen von Tripoli wird natürlich ununterbrochen fotografiert. Es ist nur so, daß man die Bilder erst gebrauchen kann, wenn es zu spät ist.«

»Schon möglich«, sagte Carl leichthin, »aber der Himmel hätte ja auch bedeckt sein können. Der Dezember ist dort unten oft ein ziemlich verregneter Monat. Was Sie angeht, sieht es jedenfalls gut aus, Mr. Hawkins.«

»Wann geht der nächste Hubschrauber?« fragte Mike Hawkins plötzlich.

»Schon bald, wenn es so weitergeht wie bisher«, entgegnete Carl. »Jetzt folgt also die nächste Frage: *Wo* in Libyen werden unsere alten Megatonnen-Bomben aufbewahrt?«

»Keine Ahnung«, erwiderte Mike Hawkins kurz, so kurz angebunden, daß Carl den entschiedenen Eindruck gewann, daß der Mann die Antwort kannte, sie aber nicht mitteilen wollte.

Carl betrachtete seinen Feind. Er versuchte, eine ruhige, nachdenkliche Miene aufzusetzen, um nicht zu zeigen, was er fühlte. Es wäre sehr gut gewesen, diesen Scheißkerl eine Nacht nebenan in dem Schlafkabuff in Handschellen an der Decke hängen zu lassen. Er bremste sich mit einem vollkommen natürlichen Lächeln, da ihm plötzlich die Bezeichnung für das Allerheiligste des Ministerpräsidenten eingefallen war, das konspirative Zimmer.

Wie auch immer: Die Handschellen hatten Mike Hawkins gutgetan. Er war heute mit der festen Entschlossenheit angetreten, sich nicht erniedrigen zu lassen. Im Gegenteil, er wollte sich überlegen zeigen und hatte deshalb um so mehr erzählt. Carl bezweifelte jedoch, daß es möglich sein würde, mit diesem einfachen Kniff noch eine weitere Vernehmungsrunde und noch eine Nacht zu überstehen.

»Jaa«, seufzte Carl mit gespielter Besorgnis. »Was unsere Abmachung angeht, wird dies zu einer Auslegungsfrage. Sie sollten uns erzählen, um was für einen Typ von Kernwaffe es sich gehandelt hat. Diese Bedingung dürften Sie erfüllt haben, Mr. Hawkins. Sie sollten uns aber außerdem die Adresse nennen. Das ist das Wort, das wir bislang verwendet haben. Ich bezweifle, daß ein Brief ankommt, wenn man nur Libyen als Adresse auf den Umschlag schreibt. Was glauben Sie, Mr. Hawkins?«

»Man wird wohl davon ausgehen müssen, daß die Libyer das als ihre Angelegenheit betrachten, ich meine, wo sie die Bombe jetzt aufbewahren«, erwiderte Mike Hawkins aggressiv zwischen zusammengebissenen Zähnen. »Weshalb sollte ich es wissen?«

Carl betrachtete Hawkins ohne den leisesten Anflug der Freundlichkeit, mit der er bislang gespielt hatte. Es war deutlich zu sehen, daß der Mann sich bedrängt fühlte. Er war nervös und fürchtete, daß plötzlich alles schiefgehen könnte. Ein solches Verhalten hatte er bisher nicht an den Tag gelegt. Folglich war dies auch für ihn ein neuer Gedanke.

Nein, dachte Carl, warum sollten die Libyer so etwas erzählen; vermutlich hatten sie sich selbst noch nicht für einen Aufbewahrungsort entschieden, als sie mit Hawkins das Geschäft aushandelten.

Zwei Küstenjäger traten mit dem Kaffee ein, und damit wurde das Gespräch auf natürliche Weise unterbrochen.

Während Carl seinen Kaffee umrührte, fragte er sich, ob er je wieder etwas mit diesem Hawkins zu tun haben und was dann passieren würde. Sie tranken eine Minute schweigend ihren Kaffee, wonach über Funk neue Nachrichten einliefen. Göran Karlsson stand leise auf und ging ans andere Ende des Zimmers. Dann rief er Carl zu, er solle herüberkommen und selbst sehen.

Die Bildanalytiker hatten in England schnelle Arbeit geleistet. Sie hatten aus Schweden die bekannten Daten über Aussehen und Größe der verdächtigen Ladung erhalten und bestätigten jetzt zweierlei. Einmal scheine es sich um das verdächtige Objekt zu handeln, zum anderen sei diese scheinbar so unbedeutende Ladung von einem interessanten Begrüßungskomitee in Empfang genommen worden. Das Hafengebiet sei nämlich durch Militärfahrzeuge abgeriegelt worden, und nur wenige Menschen hätten in die Nähe der Ladung kommen dürfen.

»Well, Mr. Hawkins, es hat den Anschein, als würde der nächste Hubschrauber in ein paar Stunden oder so abfliegen. Damit kann ich Ihnen schon jetzt Ihren Paß übergeben«, sagte Carl, nachdem er tief Luft geholt hatte. Er ging über den knarrenden Holzfußboden und überreichte dem Amerikaner den Paß.

»Wir sollten hoffen, daß wir uns nie mehr wiedersehen, Mr. Hawkins«, fügte er mit einem ironischen Lächeln hinzu.

»Dann solltest du den Mund jedenfalls nicht zu voll nehmen, wenn du nicht gerade einen Zug Küstenjäger bei dir hast, an die du dich anlehnen kannst, du Arsch«, entgegnete Mike Hawkins und zeigte erneut sein bewußt übertriebenes und eiskaltes Lächeln.

»Nun ja«, bemerkte Carl trocken. »Ich muß Sie daran erinnern, Mr. Hawkins, daß die Küstenjäger zu *Ihrer* Sicherheit da sind, kaum zu meiner. Und wenn Sie entschuldigen, möchte ich Sie jetzt wieder in Eisen legen. Solange wir auf den Hubschrauber warten.«

Carl äffte Mike Hawkins' Lächeln nach und ließ die Handschellen, die er an dem rechten Zeigefinger balancierte, vor sich baumeln.

»Was zum Teufel soll das? Das ist doch die reine Schikane!« brüllte Mike Hawkins. Erst jetzt war ihm anzusehen, daß er unter einem Druck gestanden hatte, der erst jetzt nachließ.

»Sicherheitsbestimmungen. Sie wissen doch, wie es mit Sicherheitsbestimmungen ist, Mr. Hawkins«, sagte Carl amüsiert. »Mein Kollege und ich wollen etwas frische Luft schnappen. Es ist ja ein strahlend schöner Tag draußen. Wir können Sie doch nicht einfach mit unseren geheimen Geräten allein lassen, oder? Das könnte Ihnen so passen. Los jetzt, her mit der linken Hand!«

Mike Hawkins sah ein paar Augenblicke aus, als wollte er es tatsächlich auf einen Kampf ankommen lassen. Sein kompakter, durchtrainierter Körper spannte sich wie zum Sprung, und Carl stand mit einem dünnen Lächeln vor ihm und wartete. Er hoffte, der Mann würde tatsächlich springen. Vielleicht war es diese unverständliche Erwartungshaltung bei Carl, die Hawkins dazu brachte, es sich noch einmal zu überlegen. Vielleicht hatte auch nur die Vernunft gesiegt. Plötzlich streckte er die Hand aus, ohne etwas zu sagen.

Nachdem Carl ihn in dem kleinen Schlafzimmer an den eisernen Bettpfosten gekettet hatte, tätschelte er ihm freundlich den Kopf und sagte, er solle jetzt ein liebes Jungchen sein. Dann ging er leise vor sich hin pfeifend hinaus.

Sie hatten noch einiges an Funkverkehr zu erledigen. Am wichtigsten war die Mitteilung, daß die *Operation Debrief* jetzt beendet sei. Das Material könne mit demselben Hubschrauber ausgeflogen werden wie der Zug mit Wehrpflichtigen. Sie selbst würden mit dem Hubschrauber fliegen, der Mike Hawkins wie vereinbart zum nächstgelegenen Flugplatz bringe, nämlich Luleå. Das würde ihnen bei der Verfolgung von Hawkins um die Welt ein paar Stunden Vorsprung geben.

Anschließend zogen sie sich für eine Skifahrt an und gingen hinaus. Sie schnallten sich die Skier an und fuhren in dem strahlenden Sonnenschein los.

Göran Karlsson, der bei dem Gespräch mit Hawkins kein Wort hatte äußern dürfen, konnte sein Mitteilungsbedürfnis jetzt nicht mehr zügeln. Standpunkte, Kommentare und psychologische Überlegungen sprudelten nur so aus ihm heraus. Es hörte sich übertrieben enthusiastisch und schmeichelhaft an, als er Carl für dessen Theaterspiel lobte, das den Grobian dazu gebracht hatte, viel mehr zu sagen, als er sich vorgenommen hatte. Karlsson bemerkte, er selbst hätte vermutlich in die andere Richtung gedacht und sich die Tatsache zunutze gemacht, daß sie sich in der Wildnis jenseits von allem Anstand und aller Redlichkeit befänden. Er hätte vielleicht schon mit der Andeutung gedroht, daß Vereinbarungen auch gebrochen werden könnten. Er hätte den Amerikaner wahrscheinlich nicht mit Samthandschuhen angefaßt, sondern hart herangenommen und eine Menge anderer Dinge getan, die ihm jetzt ziemlich dämlich vorkämen. Aber wie zum Teufel solle man solche Dinge lernen?

Carl lachte los, blieb stehen und stützte sich eine Weile auf die Skistöcke, bevor er sich zu seinem jungen Kollegen umdrehte und ihn in dem gleißenden Sonnenschein anblinzelte.

»Man kann den Teufel nicht foltern«, sagte er. »Dem Teufel kann man nur schmeicheln.«

Vor dem Besuch des Ministerpräsidenten draußen in Stenhamra erschien wie vereinbart eine Gruppe der Säpo mit verschiedenen technischen Geräten. Carl hatte nichts dagegen einzuwenden, daß sie sein Haus auf Mikrophone durchsuchten und die Alarmanlage prüften. Sie machten sich mit etwas übertriebener Feierlichkeit an die Arbeit. Der Ministerpräsident würde nicht über Nacht bleiben, so daß sich das Wachpersonal nicht vor besonders große Probleme gestellt sah. Das Haus war von weiten, leeren Flächen umgeben. Auf dem Boden lag eine dünne Schneedecke, und überdies war Vollmond. Carl entschuldigte sich und bat die Männer, sich bei ihrer Arbeit nicht von ihm stören zu lassen. Dann ging er in seinen kleinen Schlachtraum und schnitt den Hirschrücken zurecht, der jetzt eine Woche abgehangen war. Das Fleisch sah dunkel und lecker aus und roch stark nach Wild. Er fühlte sich ruhig und sorglos wie eine Privatperson vor einem privaten Fest, als er mit dem Fleisch auf der Schulter in die Küche ging und es vor Tessie klatschend auf dem Tresen landen ließ.

»Ich Tarzan, du Jane!« grunzte er und schlug sich auf die Brust. Sie zeigte sich nur mäßig amüsiert.

»Das hat er nie gesagt«, bemerkte sie. »Es ist wie bei dieser Szene in

Casablanca. Sie sagt nämlich *nicht* ›Play it again‹, sie sagt nur ›play it‹.«

»Na na«, sagte Carl lächelnd. *»Ich* habe jedenfalls ›Ich Tarzan, du Jane‹ gesagt. Ein Mann muß sagen, was ein Mann sagen muß!«

Da gab sie nach und lachte los. Dann legte sie die Stirn plötzlich in bekümmerte Falten und sagte, nach ihren Informationen über die schwedische Mentalität gehe es ganz einfach nicht an, bei einer so großen Gesellschaft russischen Kaviar zu servieren. Das erwecke den Eindruck, als wären sie reich. Und Schweden seien aus Prinzip nicht reich. Sie führen Volvo und liebten Hausmannskost, vor allem reiche Schweden.

Er gab ihr amüsiert recht. Da hatte sie unleugbar etwas herausgefunden. Dennoch widersprach er:

»Was den russischen Kaviar angeht, verhält es sich so. Gerade diese Gesellschaft hat besondere Gründe, ihn zu schätzen. Da du bei dem Essen ohnehin dabei bist, erkläre ich es dir lieber gleich.

Erstens sind unsere Gäste nicht *eingeladen,* sondern *einberufen.* Und zwar in aller Form von den Streitkräften. Wir brauchen nämlich eine perfekte, zutreffende Entschuldigung dafür, daß Personen dabei sind, denen gegenüber wir zum Schweigen verpflichtet sind. Die Gäste sind nämlich die Offiziere, die an dieser Operation im Norden Rußlands teilgenommen haben, als wir den Kernwaffenschmuggel verhinderten. Nach dem Kaffee gibt es eine Überraschung, denn dann wird der Ministerpräsident die russischen Orden überreichen. Davon wissen unsere Gäste aber noch nichts. Verstehst du jetzt, warum es im Grunde gar nichts anderes geben darf als russischen Kaviar? Ich bin in der Markthalle von Östermalm gewesen und habe eine Kilodose gekauft.«

Er machte eine kleine Pause und fuhr dann fort:

»Mir ist nämlich eine Idee gekommen. Das Ganze ist vielleicht ein bißchen raffiniert, aber du solltest es dir mal anhören. Also. Das Band, an dem der Sankt-Georgs-Orden befestigt ist, hat zwei Farben, Schwarz und Orange. Bei den Schnitten der Vorspeise sollten wir es so machen. Wir belegen sie mit Streifen aus schwarzem russischem Beluga und orangefarbenem schwedischem Maränenkaviar. Wir geben dem Ministerpräsidenten vorher einen Tip, damit er in seiner Rede darauf anspielen kann, und – voilà! Damit haben alle Anwesenden eine wunderbare Erinnerung fürs Leben. Das ist doch wohl eine raffinierte Stulle«, fuhr er eifrig fort, da sie ein skeptisches Gesicht machte. »Schwedischer und russischer Kaviar, schwarz und orange!«

Sie wandte ein, der Dill sei grün und die Zitrone gelb. Er meinte,

Dill und Zitrone seien ja nur zum Garnieren da und lägen neben den Schnitten, die als Bild rein schwarz-orange seien.

Er war ein wenig enttäuscht, daß sie seine Idee nicht genial fand. Zwar hatte er noch nie von einer solchen Schnitte gehört, die von diesem Augenblick an Sankt-Georgs-Schnitte hieß, aber letztlich war er nicht auf den Geschmack aus, sondern auf die Erinnerung. Was die Erinnerungen der anderen betraf, hatte er ein schlechtes Gewissen. Er hätte sich schon viel früher um die Männer kümmern müssen. Jetzt würden sie immerhin erfahren, daß die Regierung des Landes hinter ihnen stand. Sie würden von ihrem Ministerpräsidenten ausgezeichnet werden, und somit hatten sie nichts Falsches, Unmoralisches oder Widerwärtiges getan, was natürlich doch der Fall war. Genau wie er selbst.

Sie hatten Menschen abgeschlachtet, um Mike Hawkins dabei zu helfen, Kernwaffen nach Libyen zu schmuggeln. Das waren Tatsachen, die sich nicht aus der Welt schaffen ließen. Die anderen würden das jedoch hoffentlich nie erkennen, sondern, wie zu wünschen war, den Rest ihres Lebens mit diesem Alptraum verbringen müssen. Die Dankbarkeit der Nation, eine schöne Medaille und vielleicht sogar die Erinnerung an einen angenehmen Abend mit dem Ministerpräsidenten und einer bemerkenswerten Vorspeise würden den Schmerz vielleicht ein wenig lindern.

Carl griff sich ein paar Körbe und ging in den Weinkeller. Plötzlich fiel ihm ein, daß gestandene schwedische Männer manchmal die eigentümliche Gewohnheit haben, auch zu den raffiniertesten Gerichten Schnaps und Bier zu trinken, und er hatte nichts davon im Haus. Er sah auf die Armbanduhr. Doch, es würde sich noch organisieren lassen. Åke würde ein weiteres Kommando im Dienst des Landes ertragen müssen. Carl blieb eine Zeitlang vor den Reihen mit Burgunderflaschen stehen und überlegte. Entweder konnte er einen einfacheren, einschmeichelnden Wein wählen, der mehr auf der Linie dessen lag, was die Gäste seiner Vorstellung nach gewohnt waren. Sie würden ihn sicher gut finden. Oder aber er würde ihnen einige der besten Weine der Welt vorsetzen, die sie vielleicht nicht so gut fanden, an die sie sich später aber doch immer erinnern würden. Er hatte keine Ahnung, was der Ministerpräsident vorziehen würde, doch das hielt er für weniger wichtig. Am Ende beschloß er, ganz einfach das zu wählen, was er selbst am liebsten trank, wenn er in festliche Stimmung kommen wollte. Er nahm drei Flaschen gut abgelagerten Romanée-Conti zum Fleisch und nach einigem Zögern Montrachet '78, der vielleicht nicht mehr lange der beste Wein der

Welt sein würde, wenn er noch lange lag. Er merkte sich, daß zur Vorspeise keine gehackten Zwiebeln gereicht werden durften, da er rohe Zwiebeln für die schlimmsten Feinde eines guten Weins hielt.

Er trug den Wein hinauf, stellte den Weißwein in die Speisekammer der Küche, in der er sich bei Kellertemperatur halten würde, und wärmte frech den Rotwein in der Mikrowelle auf, und zwar neunzig Sekunden lang auf halber Stufe; dann dekantierte er ihn in drei Karaffen.

Ein verlegener Sicherheitsbeamter tauchte in der Küchentür auf, um, wie er sagte, Carl unter vier Augen zu sprechen. Carl warf Tessie einen schnellen Blick zu, der etwa besagte, sie hätten es mit Irren zu tun, und ging mit dem Säpo-Mann im Schlepptau in die Halle.

Die Männer hatten ihre Durchsicht des Hauses und der Umgebung inzwischen beendet. Der Säpo-Mann erklärte, es scheine im Grunde alles unter Kontrolle zu sein. Carl bedankte sich herzlich für die Mühe und betonte, daß man Sicherheitsfragen natürlich mit dem gebotenen Ernst behandeln müsse. Er verriet mit keiner Miene, was er dachte; ein anständiges Waffenarsenal im Keller, sechs Fallschirmjägeroffiziere und drei SEAL-trainierte Spezialisten des OP 5 würden einen eventuellen Angriff vielleicht erfolgreicher abwehren können als vier *Polizisten.* Aber wie auch immer, es war kein Grund, sich zu beklagen. Er begann zu beschreiben, wann, wie und wo gegessen werden solle und wie das Wachpersonal in der Küche abgefüttert werden könne. Er verwendete dieses Wort nicht, obwohl er es dachte.

Doch da sei noch etwas, sagte der Säpo-Mann verlegen, als Carl ihn gerade verlassen wollte, um sich wieder dem Haushalt zu widmen. Die Alarmanlage des Hauses sei entweder an einer empfindlichen Stelle aus unerklärlichen Gründen kaputt, oder es liege Sabotage vor.

Carl wurde sofort ernst und fühlte sich gleichzeitig dankbar, daß Tessie ihnen jetzt nicht zuhörte, als sie »unter vier Augen« waren.

Der Säpo-Mann rief einen der Techniker zu sich, worauf sich die drei zum Hauseingang begaben. Dort befand sich ein kleines Magnetschloß, das im Haus die Alarmanlage einschalten sollte, sobald die Tür geöffnet wurde. Doch einmal, so der Säpo-Mann, seien die Magnete entmagnetisiert worden, und zweitens gebe es einen Fehler in dem Stromkreis, der sie mit der Alarmanlage verbinde. Es sei unwahrscheinlich, daß beide Fehler gleichzeitig hätten entstehen können, zwar nicht unmöglich, aber unwahrscheinlich.

Carl bedankte sich mit gerunzelter Stirn für den Hinweis und murmelte, er werde mit dem privaten Wachunternehmen sprechen, das die Alarmanlage installiert habe. Dann entschuldigte er sich und ging wieder in die Küche.

Tessie hatte sich einen Kunstgriff ausgedacht, um die Schnitten wie bestellt gestreift zu machen. Sie verwendete ein Messer, das sie auf das Brot legte, strich daneben eine Sorte Kaviar auf das Brot, versetzte das Messer ein paar Zentimeter und wiederholte das Manöver. Sie zeigte es ihm stolz und forderte ein Lob, das sie auch erhielt.

Dann wurde sie plötzlich ernst. Es war ihr anzusehen, daß sie herumdruckste.

»Okay, was ist los?« sagte er freundlich und zwinkerte ihr zu. Er konnte sich kein großes Problem vorstellen.

Das war es auch nicht, wie sich herausstellte. Der Streit um das Sorgerecht in Santa Barbara sei jetzt bei Gericht anhängig. Das sei schon an sich ein Schritt vorwärts, da das Gericht theoretisch die Möglichkeit gehabt habe, die Klage mit dem Hinweis darauf abzuweisen, daß der Streit durch Vergleich bereits entschieden sei. Jetzt sei die Sache jedenfalls endlich in Gang gekommen. Die Anwaltskanzlei verlange jedoch fünfzigtausend Dollar Vorschuß auf ein Anderkonto, um weitermachen zu können.

»Natürlich«, erklärte er lachend. »Gib mir nur die Kontonummer, dann werde ich das morgen früh gleich telefonisch regeln.«

Er ließ einen Fluch hören und sah auf die Armbanduhr, als ihm plötzlich etwas einfiel. Er ging schnell zum Wandtelefon der Küche. Er erreichte Åke Stålhandske in dem Augenblick, in dem dieser gerade mit Anna weggehen wollte. Beide hatten schon die Mäntel an, aber trotzdem abgenommen, was man in solchen Situationen immer tut, obwohl man es meist lieber lassen sollte. Damit war die Bestellung von Schnaps und Bier im letzten Augenblick gerettet.

»Keine Angst«, sagte er und wandte sich wieder zu Tessie um. Sie hatte in ihrer Arbeit innegehalten und gewartet. »Ich werde das morgen regeln, *a piece of cake.* Es gibt dafür keinen guten schwedischen Ausdruck.«

»Kinderleicht?« schlug sie zögernd vor.

»Ja, schon möglich«, erklärte er widerwillig. »Kinderleicht sagt man aber nur bei Kleinigkeiten.«

Ihm ging auf, daß er etwas Dummes gesagt hatte.

»Na schön, sagen wir kinderleicht. Du mußt mir nur die Kontonummer geben, dann erledige ich das morgen. Brauchst du Hilfe mit den Broten?« sagte er begütigend.

Sie erwiderte, er solle sich lieber um die Wildsauce kümmern. Während er die Sauce anrührte – er fühlte sich dabei sehr zivil und genoß es –, dachte er an den Betrag von fünfzigtausend Dollar. Natürlich war es *kinderleicht,* wenn es um etwas ging, das für sie so wichtig war. Gleichzeitig waren fünfzigtausend Dollar die gesamte Zukunft von Jelena Mordawina und ihren Kindern, ebenso, wie zu vermuten stand, Jurij Tschiwartschews Lebensversicherung. Für ihn selbst war es nur ein Telefongespräch.

Während der folgenden Stunden ereignete sich nichts, was ihn auch nur im mindesten erstaunte. Alles lief so ab, wie er es erwartet hatte. Die Fallschirmjäger hatten sich herausgeputzt und waren zunächst etwas angespannt, während er sie einquartierte. Hinterher machten sie angestrengt Konversation und warteten auf den Ministerpräsidenten.

Zu Carls Zufriedenheit wollte niemand Bier und Schnaps haben, was möglicherweise daran lag, daß er bei der Frage leichte Ironie hatte durchschimmern lassen.

Und da sowohl der Ministerpräsident als auch seine Frau das Essen laut gelobt und Tessie wegen der Zubereitung Komplimente gemacht hatten, als verstünde es sich von selbst, daß sie dafür verantwortlich war – sie blinzelte Carl schnell und kaum merklich zu –, beeinflußte das auch die Geschmacksnerven der anderen. Der Wein löste nach und nach die Spannung, die unter der Oberfläche gelegen hatte. Bei näherem Nachdenken kam Carl zu dem Schluß, daß auch die Anwesenheit der drei Frauen viel zur Stimmung beitrug; hätten hier nur Männer gesessen, um ein Massaker nördlich des Polarkreises zu feiern, hätten wohl keine gestreiften Schnitten der Welt geholfen.

Der Ministerpräsident hielt als Profi, der er war, die Dankesrede, in der er mit der Sicherheit langer Übung alles unterbrachte. Er lobte die Gastgeber und erklärte, wie ehrenhaft es sei, Vertreter der Streitkräfte kennenzulernen, die eine große Leistung vollbracht hätten. Er spielte sogar auf die kühne Kombination russischen und schwedischen Kaviars bei der Vorspeise an, deren symbolische Bedeutung sich bald erweisen werde.

Während die anderen in den Salon mit den französischen Fenstern zum Park und zum See hinübergingen, eilte Carl in die Küche. Er vergewisserte sich, daß es den Säpo-Leuten an nichts fehlte. Nur Wein durften sie nicht trinken. Dann deckte er schnell den Tisch ab und brachte Kaffee sowie ein Tablett mit Cognacgläsern. Da fiel ihm ein, daß der Ministerpräsident nach der Ordensverleihung vielleicht etwas zum Anstoßen brauchte, und Cognac war dafür nicht geeignet. Carl eilte in den Weinkeller, nahm zwei Flaschen Champagner an sich und lief mit langen Schritten die Treppe hinauf. Er betrat die

Küche, als hätte er die Sicherheitsbeamten überraschen wollen. Er entschuldigte sich, stellte Champagnergläser auf ein Tablett, ging in den Salon und entdeckte, daß er vergessen hatte, im Kamin Feuer zu machen. Mit einer verlegenen Handbewegung und dem Scherz, sein Bursche habe leider Ausgang, machte er Feuer und atmete dann endlich auf, als er sich im hinteren Teil des Zimmers an einem Fenster zum Park hinsetzen konnte. Den Champagner und die Gläser hatte er absichtlich in der Nähe des Ministerpräsidenten abgestellt, der sich neben den Kamin gesetzt hatte, so daß er etwas abseits saß und sich den anderen zuwandte.

Der Ministerpräsident richtete einen fragenden Blick an Carl, der kurz nickte und den Blick demonstrativ auf ein großes blaues Etui richtete, das eineinhalb Meter vom Ministerpräsidenten entfernt auf einem Tischchen lag. Dieser zog jetzt einen kleinen Spickzettel aus der Tasche, den er studierte, während das Stimmengewirr sich allmählich legte.

Schließlich erhob er sich und zeigte durch seine Körperhaltung, daß er sprechen wollte. Und dann hielt er eine, wie Carl widerwillig zugeben mußte, sehr gute Ansprache an die Versammelten, deren Kehrreim sein Stolz war, Schwede zu sein.

Zunächst ging er auf Schwedens Rolle in der Welt und in Europa ein. Die höflich lauschende Gesellschaft mußte annehmen, daß der Ministerpräsident es eigentümlicherweise nicht lassen konnte, eine politische Ansprache zu halten.

Doch kurz darauf ging er auf den Grund dafür ein und sprach die anwesenden Gäste, ohne auf seinen Spickzettel zu sehen, nicht nur mit dem richtigen Namen, sondern auch dem korrekten Dienstgrad an.

Im nächsten Augenblick erklärte er, Sicherheitspolitik werde zwar von Personen betrieben, die so aussähen und sich benähmen wie er selbst, von einem Kreis von Menschen also, welche die Bedeutung ihrer eigenen Einsätze sicher allzuoft überschätzten. Er bilde da keine Ausnahme. Aber. Selbst eine noch so intelligent ersonnene Politik müsse sich immer auf die gediegene Kompetenz derer verlassen, die den nicht immer leichten oder angenehmen Auftrag erhielten, die mehr oder weniger brillant erdachten Vorschläge der Regierungskonferenzen in die Praxis umzusetzen.

Er sei stolz, Schwede zu sein, nämlich besonders in solchen Stunden, in denen er feststellen könne, welche einzigartige Kompetenz es, nein, nicht unterhalb, sondern *jenseits* der politischen Theorie gebe.

Dann ging er auf einige politische Themen ein. Er werde schon bald Präsident Bush in Washington besuchen. Es sei Schwedens erster offizieller Staatsbesuch der jüngsten Zeit in Washington. Allein schon darauf könne man als Schwede stolz sein.

Denn vor nicht allzu langer Zeit hätte Schweden bekanntlich noch eine Regierung gehabt, die der Meinung gewesen sei, man könne dadurch mit Terroristen fertig werden, daß man sie auf die Wange küsse, und mit Russen, indem man ihnen ins Gewissen rede. Doch so sei es jetzt nicht mehr. Und einer der handfestesten und praktischsten Gründe, bei dem kommenden Staatsbesuch in Washington stolz zu sein, sitze hier im Raum.

Durch eine mit beispiellosem Geschick durchgeführte Operation hätten die hier anwesenden Vertreter der Streitkräfte etwas abgewehrt, was leicht eine Weltkatastrophe hätte werden können.

Solche Opfer könnten gar nicht genug geehrt werden. In dieser Gesellschaft könne man es daher nicht oft genug sagen: Ich bin stolz, Schwede zu sein, wenn ich vor Ihnen stehe, meine Herren.

Dann wurde er überraschenderweise scherzhaft und erklärte, der langjährige Verbleib der Sozialdemokratie an der Macht habe es mit sich gebracht, daß Schweden Orden abgeschafft habe. Andernfalls hätten die anwesenden Offiziere jetzt mit Sicherheit den Schwert-Orden erhalten können. So sei dies leider unmöglich.

Jedoch, und bei diesem Wort ging der Ministerpräsident zu dem Tischchen hinüber und nahm das große blaue Etui an sich, öffnete es und betrachtete den Inhalt, den außer ihm niemand im Raum sehen konnte, jedoch sei der russische Sozialismus im Gegensatz zum schwedischen in seiner Gleichmacherei nie so weit gegangen.

Dann ging alles ganz schnell. Er teilte kurz mit, Rußlands Präsident Boris Jelzin habe beschlossen, den Schweden, die Rußland außerordentliche Verdienste erwiesen hätten, den neugestifteten Sankt-Georgs-Orden zu verleihen.

»Und wie Sie entdecken werden, meine Herren, sind die Farben wie bei Maränenkaviar und russischem Kaviar. Darf ich erst Major Edvin Larsson bitten vorzutreten!«

Während der Ministerpräsident die Orden an sichtlich erschütterte Fallschirmjägeroffiziere und zwei zumindest nicht weniger überraschte Marineoffiziere übergab, ging Carl auf leisen Sohlen herum und goß Champagner ein, so daß er das Glas des Ministerpräsidenten gleich nach der letzten Medaille füllen konnte.

Nachdem der Ministerpräsident den anderen zugeprostet hatte, ging Carl herum und gab allen die Hand, ohne etwas zu sagen. Es wäre überflüssig gewesen und außerdem riskant, da in gefühlvollen Situationen jedes Wort einen doppelbödigen Inhalt bekommen kann.

Beim Kaffee winkte der Ministerpräsident Carl zu sich und gebot ihm mit einer Handbewegung, sich zu setzen. Carl zog einen Stuhl heran. Sie saßen etwas abseits von den anderen, und außerdem war die Stimmung im Raum ebenso gestiegen wie die Lautstärke.

»Wie ist es gegangen? Was meinst du?« fragte der Ministerpräsident nachdenklich.

»Gut«, sagte Carl. »Das glaube ich wirklich. Ich muß sagen, ich fühle mich sehr erleichtert.«

»Du meinst, wir hätten das hier schon längst hinter uns bringen sollen?« fragte der Ministerpräsident mit einem schiefen Lächeln.

»Ja, je früher, desto besser. Wir haben ja bei den Streitkräften keine psychologische Bereitschaft für solche Dinge. Das, was die Männer mitgemacht haben, widersetzt sich in manchen Dingen jeder Beschreibung.«

»Sei so nett und erspar mir die Details.«

»Natürlich. Aber ich glaube, daß das hier gutgegangen ist. Ausgezeichnete Rede übrigens, die du gehalten hast.«

»Doch nicht bei mir, du Schmeichler«, sagte der Ministerpräsident geschmeichelt. »Aber du und deine Leute, ihr habt hinterher keinen Kummer gehabt?«

»Ja und nein. Aber wir können ja jederzeit miteinander sprechen. Wir sind Kameraden und außerdem psychologisch vorbereitet, soweit man das überhaupt sein kann. Die anderen Jungs wohnen ja an verschiedenen Orten. Jeder läuft in seiner Heimatstadt mit seiner Schweigepflicht herum und den Erlebnissen, die zwar wahr sind, aber dennoch traumhaft zu sein scheinen. Ich bin zwar kein Psychologe, aber ich glaube, daß das schon einen gewissen Unterschied macht.«

»Mm«, nickte der Ministerpräsident, »das glaube ich auch. Wie weit werdet ihr mit der Verarbeitung des Materials vorankommen, bis wir nach Washington fliegen?«

»Du meinst mit dem MRO-Bericht?« fragte Carl unschuldig.

»MRO? Wofür steht das?« fragte der Ministerpräsident mit gerunzelter Stirn. Er war es nicht gewohnt, ein geheimes militärisches Kürzel nicht zu verstehen.

»Moscow-Rip-Off«, sagte Carl mit einem frechen Grinsen. »Also der MRO-Bericht. Nun, wir haben immer noch nichts gefunden, was uns glauben läßt, daß es präpariertes Material sein könnte. Es sieht also gut aus. Sollen wir die Arbeit vor Washington noch beschleunigen?«

Der Ministerpräsident nickte bestätigend, und Carl rang eine Zeitlang mit sich, um nichts Sarkastisches oder Ironisches zu sagen;

Schwedens Ministerpräsident würde mit der Adresse einer gestohlenen Wasserstoffbombe nach Washington kommen und gleichzeitig zeigen, daß er ein unübertroffenes Wissen über die Gegensätze und Intrigen in Moskau im Reisegepäck hatte. Carl fiel es schwer zu entscheiden, was er dazu sagen sollte. Er verspürte zwar keine persönliche Lust, sich auf ein Copyright Hamilton zu berufen, was das gestohlene Material betraf, denn es machte ihm keinerlei Mühe zu akzeptieren, daß dieses Wissen das Eigentum des Westens war und nicht seins. Was in den nächsten Jahren in Moskau geschah, ging die ganze Welt etwas an, und je mehr man darüber wußte, um so besser. Vielleicht empfand er nur so etwas wie kindliche Aggressivität bei dem Gedanken, daß der Ministerpräsident sich in Washington mit dem Material aufspielen würde, das Jurij Tschiwartschew vermutlich freiwillig und unter Gefahr für sein Leben übergeben hatte.

Einer der Fallschirmjäger, an den sich Carl aus bestimmten Gründen besser erinnerte als an die anderen, Hauptmann Martin Edström, kam plötzlich mit einem schwankenden Cognacglas in der Hand herbeigeschlendert. Er war sichtlich betrunken, und in seinem Blick war etwas, was in Carl die Alarmlampen aufleuchten ließ.

»Hallo, Ministerpräsident«, sagte er.

»Hallo«, erwiderte der Ministerpräsident amüsiert.

»Ich bin Sozi, darauf kannst du Gift nehmen. Ich bin es mein Leben lang gewesen«, sagte der Hauptmann mit der freundlichen Aggressivität, die manchen Betrunkenen eigen ist.

»Na ja«, sagte der Ministerpräsident und rückte seine Brille zurecht, »als Parteichef werde ich das möglicherweise bedauern, aber als Ministerpräsident bin ich froh, daß es Leute wie dich gibt. Außerdem glaube ich übrigens nicht, daß unser Freund Carl hier sonderlich konservativ ist.«

Der Ministerpräsident sah demonstrativ amüsiert zu Carl, und dieser bestätigte die Worte mit einem ernsten Kopfnicken.

»Du lieber Himmel, nein«, sagte Carl barsch. »Konservativ kann man natürlich nicht sein. Kann ich dir vielleicht noch etwas zu trinken bringen?«

Carl unternahm einen Anlauf, den betrunkenen Hauptmann wegzulotsen, jedoch ohne Erfolg.

»Du übernimmst also als Ministerpräsident Schwedens die Verantwortung für unsere gesamte Operation?« fragte der Hauptmann mit zunehmender Aggressivität. Es hatte den Anschein, als sprudelte jetzt etwas aus ihm heraus, nachdem er die ersten tastenden Schritte zu den offenen Worten gewagt hatte, die er seinem Ministerpräsidenten sagen wollte. Man merkte ihm deutlich an, daß er sich etwas vorgenommen hatte.

»Die Regierung steht natürlich vorbehaltlos hinter eurer Operation, ja«, erwiderte der Ministerpräsident verwirrt.

»Hast du die Motorsägen selbst ausgesucht?« fragte der Hauptmann jetzt triumphierend und machte dabei einen trippelnden kleinen Seitenschritt.

»Es wäre sicher unpassend, wenn sich ein Amateur wie ich einmischt, wenn es um die Art eurer Ausrüstung bei einem solchen Auftrag geht«, entgegnete der Ministerpräsident kalt.

Hauptmann Martin Edström sah aus, als hätte er soeben eine Ohrfeige erhalten. Bedauerlicherweise keine, die ihn hätte ernüchtern lassen.

»Aha, du«, sagte er vielsagend. »Motorsägen sind also für euch da oben nicht wichtig genug, was? Mit so was sollen nur wir hier unten umgehen, was?«

»*Jetzt,* denke ich, werden der Hauptmann und ich einen kleinen Spaziergang machen!« sagte Carl in einem Tonfall, der keinerlei Zweifel über seine Absichten aufkommen ließ. Dann faßte er den Hauptmann ruhig um die Schulter, wirbelte ihn herum und führte ihn entschlossen durch die Halle ins Freie. Dort draußen, auf der kleinen Treppe, blieben sie stehen. Carl preßte seinen ehemaligen Mitarbeiter an eine der steinernen Säulen, nahm ihm das Cognacglas weg und warf es demonstrativ in den Schnee.

»Okay, Martin«, sagte er. »Was wir getan haben, war nicht leicht. Und das, was wir tun mußten, haben solche Leute wie der da drinnen beschlossen, ohne zu kapieren, was sie da beschließen. Das wolltest du doch sagen, nicht wahr?«

»Ja, d-darauf k-kannst du Gift nehmen«, lallte der Hauptmann.

»Ich habe dir befohlen, einen wehrlosen Menschen zu erschießen. Ich habe dich sogar bedroht, als du zögertest, was Gott mir vergeben möge. Und du hast ihn erschossen. Wir haben eine Reihe von Menschen getötet. Aber du weißt genausogut wie ich, was Kernwaffen in den falschen Händen hätten anrichten können. Reiß dich jetzt zusammen, verdammt noch mal!«

»Zu Befehl, Admiral!« sagte Martin Edström und setzte zu einer Ehrenbezeigung an, die nicht ironisch gemeint war, sondern eher kameradschaftlich und scherzhaft.

Carl klopfte ihm auf die Schulter, führte ihn ins Haus und brachte ihn in die Küche. Er machte ein Bier auf und stellte ihn den Säpo-Leuten vor. Dann eilte er wieder in den Salon, da der Ministerpräsident und seine Frau, wie Carl schon geahnt hatte, jetzt die Zeit zum Aufbruch für gekommen hielten. Sie waren schon dabei, sich von den anderen zu verabschieden.

Als das Ministerpräsidentenpaar mit seiner Eskorte draußen auf der Treppe inmitten der immer noch brennenden Partyfackeln gebührend verabschiedet worden war, gingen alle wieder ins Haus. Danach wurde die Stimmung schnell entspannter. Die Männer zogen die Jacketts aus, einige befestigten das Sankt-Georgs-Kreuz mit einer Nadel an der Hemdbrust. Carl rannte zwischen Küche und Salon hin und her, ging meist mit Bestecken, Tellern und Gläsern hinaus, um mit Wein, Limonade und Cidre zurückzukehren. Die beiden verbliebenen Frauen der Gesellschaft waren aufgrund ihrer komplizierten Regeln, wie man Alkohol trinken dürfe, ohne sich den Anschein zu geben, zu dem Ergebnis gekommen, daß Cidre okay sei. Ein Glas Weiß- oder Rotwein zum Essen war ebenfalls erlaubt, während Hochprozentiges unter allen Umständen tabu war.

Die Fallschirmjägertruppe erkundigte sich neugierig, wo Martin Edström stecke, und wollte wissen, warum der Gastgeber ihn so plötzlich und nicht ganz unauffällig hinausgebracht habe. Carl erklärte, er habe einen politischen Streit verhindern wollen.

Als alle etwas zu trinken hatten und die lautstark geführte Unterhaltung entspannter wurde, ging Carl mit Åke Stålhandske zur Haustür und zeigte ihm den eigenartigen Fehler des Alarmsystems. Sie vereinbarten, das Åke sich eine Woche lang darum kümmern sollte, während Carl in Washington war und Tessie in Stockholm. Er sollte das gesamte System umbauen und außerdem einen Außenschutz installieren, der Menschen meldete, Hasen aber durchließ.

Als danach Luigi mit Carl unter vier Augen sprechen wollte, hatte dieser nach einigen Minuten das Gefühl, die Dinge hätten sich in der falschen Reihenfolge entwickelt, als hätte er erst jetzt Anlaß gefunden, die Alarmanlage zu prüfen.

Luigi erzählte, er habe über Sam und den militärischen Nachrichtendienst in Rom und andere Organe Gründe für eine Neubewertung der italienischen Verbrecher erfahren, die bis auf weiteres in sicherer Verwahrung säßen. Zwei von ihnen hätten Bande zu Familien, mit denen er und Carl auf Sizilien viel zu tun gehabt hätten. Jedoch nicht irgendwelche Bande. Blutsbande. Der eine von ihnen sei tot, der andere sitze in U-Haft, stoße Drohungen aus und spreche von Rache.

Luigi erklärte dann schnell, was er in den zum Glück sehr schlampig übersetzten Vernehmungsprotokollen entdeckt hatte. Dann ging er schnell und eifrig zu den Maßnahmen über, die er Samuel Ulfsson vorschlagen wollte.

»Erstens habe ich mir gedacht, das zu tun, womit ich schon begonnen habe, nämlich Sam zu bitten, mich für diese Kontakte mit den Italienern freizugeben, die wir schon eingeleitet haben«, begann er fast außer Atem und nahm einen Schluck Rotwein.

Sie standen allein in der Küche. Es gab noch genügend Wein, da die Säpo-Leute nichts davon getrunken hatten.

»Mm«, sagte Carl, »das hört sich gut an. Und weiter?«

»Ich habe es mir so vorgestellt«, erwiderte Luigi eifrig und nahm noch einen Schluck Wein. »Ein verdammt guter Wein ist das, obwohl er nur französisch ist, wie wir zu Hause in Mailand sagen. Ja, ich hatte mir gedacht, daß Sam beim nächsten Schritt zur Säpo geht und verlangt, daß wir die Telefone dieser Typen abhören.«

»Gut«, sagte Carl nachdenklich, »rein technisch vorzüglich. Aber wie zum Teufel soll Sam eine solche Forderung begründen?«

»Damit, daß wir über *besondere Hinweise* darauf verfügen, daß etwas im Busch ist.«

»Mm«, sagte Carl mit einem nachdenklichen Kopfnicken. »Gut, das können wir immer behaupten. Das Problem liegt nur darin, daß die Säpo dann erfährt, was wir erfahren sollten.«

»Nee!« entgegnete Luigi triumphierend. »Wir sagen einfach, daß wir uns die Bänder ausgiebig anhören, bevor sie übersetzt werden, das heißt, ich werde sie abhören. Und dann behaupten wir, wir wollten sie und ihren Übersetzer nicht übermäßig belasten. Sollte sich etwas Interessantes ergeben, sagen wir ihnen sofort Bescheid.«

Luigi musterte unruhig Carls Gesicht, während dieser mit gerunzelter Stirn überlegte.

»Gut«, sagte Carl schließlich. »Das hätte ich mir selbst auch nicht besser ausdenken können. Wenn sich beim Abhören nichts ergibt, hast du dir wenigstens ein bißchen Italienisch anhören können. Und wenn sich etwas ergibt, können wir entscheiden, ob es eine Sache für uns oder für die Polizei ist?«

»So ist es«, sagte Luigi erleichtert. Wenigstens dieses eine Mal war sein Chef vollkommen vorhersehbar gewesen.

»Wunderbar«, sagte Carl und klopfte Luigi auf die Schulter. »Dann kümmerst du dich darum, während ich weg bin? Wir sollten jetzt aber lieber wieder zu den anderen gehen. Falls nötig, können wir Fallschirmjäger trösten.«

6

Während des ersten Arbeitstages der schwedischen Delegation in New York beschränkten sich Carls Aufgaben auf folgende Dinge: Um 19.15 Uhr mußte er im schwedischen Generalkonsulat einen Drink zu sich nehmen sowie um 20.00 Uhr in einem italienischen Restaurant namens Il Catanori am Tisch sitzen und schweigend essen, während die übrige Gesellschaft enthusiastisch über Politik sprach. Am zweiten Arbeitstag hatte Carl zwei, unter Umständen drei Aufgaben, die er in dem schriftlichen Programm ablesen konnte. Am Vormittag, als der Ministerpräsident und seine verschiedenen politischen Berater das *Wall Street Journal* und den Generalsekretär der UNO besuchten, durfte Carl ausschlafen. Bei dem vom schwedischen Generalkonsul gegebenen Lunch hieß es im Programm ausdrücklich, »CH« solle allein essen gehen. Das tat er auch, nämlich bei McDonald's.

Hingegen hatte man ihm ebenso wie allen anderen Delegationsmitgliedern befohlen, an der Reise nach Washington teilzunehmen. Dort sollten sie nach der Ankunft auf der Andrews Air Base den Hubschrauber II besteigen, um zum Pentagon zu fliegen.

Die anschließenden Konferenzen dieses Tages betrafen politische Fragen und gingen Carl folglich nichts an. So blieb ihm als letzte Pflicht des Tages, sein Zimmer im Gästehaus des Präsidenten zu beziehen, dem Blair House, das dem Weißen Haus gegenüber an der Pennsylvania Avenue liegt. An diesem Tag sollte ferner ein Essen für Ökonomen und Politiker gegeben werden, was für Carl ebenfalls Freizeit bedeutete.

Er hielt sich überwiegend in seinem Zimmer auf und paukte mit Hilfe seiner russischen Übungsbänder Vokabeln.

Der dritte Tag sah ähnlich aus. Am Morgen Besuche bei der *Washington Post* und bei Außenminister James Baker. Der Gestalter des Besuchsprogramms war offenbar der Meinung gewesen, daß auch diese Dinge Carl nichts angingen, und so bestand seine erste Arbeit an diesem Tag darin, gemeinsam mit der restlichen Delegation mit Ausnahme der vier Säpo-Beamten per Limousine um 10.54 Uhr zum Weißen Haus zu fahren, wo er um 10.55 Uhr ankam.

Während der lächerlich kurzen Autofahrt landete er neben einem neu hinzugekommenen Delegationsmitglied, dem schwedischen Botschafter in Washington, Anders Thunborg. Sie kannten einander seit Carls Zeit an der Moskauer Botschaft, als Thunborg sein Land in der

UdSSR vertreten hatte. Der Botschafter begrüßte ihn sehr kalt, und Carl versuchte zu scherzen, immerhin bestehe keinerlei Gefahr, daß sie in Washington zusammenarbeiten müßten. Der Scherz kam nicht gut an.

Während Carl Bildt und der Staatssekretär im Außenministerium mit Präsident Bush und interessanterweise auch, wie Carl fand, mit dem Leiter des Nationalen Sicherheitsrats zusammentrafen, Brent Scowcroft, durfte der Rest der Delegation in dem sogenannten Cabinet Room sitzen und sich unterhalten, bis der Präsident, der Ministerpräsident und der Staatssekretär eintraten. Der Zeitplan war erheblich überschritten worden. Jetzt wurde die schwedische Delegation vorgestellt.

»Thank you, Mr. President«, war das einzige, was Carl während des ganzen Besuchs im Weißen Haus äußerte. Er sagte es, als Bush ihm die Hand schüttelte und sagte, es sei schön, ihn wieder in den USA zu haben.

Während der sogenannten Beratung an dem großen Konferenztisch waren es im Grunde nur Präsident Bush, Außenminister James Baker und der schwedische Ministerpräsident, die etwas sagten. Carl verlor schnell das Interesse. Er hatte das Gefühl, daß nichts von dem Gesagten ihn etwas anging. Er hatte auch das Gefühl, in der schwedischen Delegation nichts verloren zu haben. Er bezweifelte stark die Notwendigkeit der Tatsache, daß man ihn überhaupt mitgeschleift hatte.

So ging es bis zum Ende des Tages weiter. Am folgenden Tag wurde Carl überdies seines Morgenschlafs beraubt, da alle Mitglieder der Delegation sich eine Rede des schwedischen Ministerpräsidenten anhören mußten. Wie es im Programm hieß, lautete das Thema *The transformation of Sweden, towards full participation in European integration.*

Anschließend wurde Carl bei keiner der Begegnungen mit Vertretern von Senat und Kongreß gebraucht. So konnte er auf eigene Faust zum Blair House zurückspazieren und sich bis elf Uhr seinen Russischbändern widmen. Zu diesem Zeitpunkt sollte er in einem Konferenzraum des Blair House den stellvertretenden Verteidigungsminister Donald Atwood treffen. Da der Militärattaché an der schwedischen Botschaft, ein Oberst, ebenfalls eingeladen war, ging Carl davon aus, daß Uniform vorgeschrieben war, und zog sich für die Besprechung um.

Das hatte zur Folge, daß er etwa genausoviel sagen durfte wie im Weißen Haus. Als nämlich der stellvertretende Verteidigungsminister Carls SEAL-Schwingen an der Uniform entdeckte und die

Augenbrauen hob, erkannte er plötzlich den Zusammenhang und sagte ein paar Freundlichkeiten.

»Thank you, Sir«, sagte Carl. Mehr brachte er nicht heraus, da der schwedische Ministerpräsident alles erklärte, was erklärt werden mußte, und alle anstehenden Fragen stellte.

Während der folgenden Stunden sollte Carl wieder freihaben, da der Ministerpräsident im Presseclub eine Rede halten sollte, nämlich über *Meeting the Challenges of a New European Era*, was die Programmgestalter offenbar als ein zu intellektuelles Thema für die begleitenden Militärs angesehen hatten. Jedoch nicht für die Säpo-Repräsentanten. Carl hatte an diesem vorletzten Tag nur noch eine Aufgabe, nämlich die Teilnahme an einem Buffet für zweihundert Personen in der Residenz des Botschafters. Er sollte also auf eine Party.

Doch als die Begegnung mit dem stellvertretenden Verteidigungsminister und dessen Assistenten sich dem Ende näherte, kam eine Mitteilung ins Zimmer, die alles änderte. Ein Diener trug sie auf einem Silbertablett herein.

Der amerikanische Minister wandte sich nicht an Carl, sondern an den Ministerpräsidenten und fragte, ob es möglich sei, daß Admiral Hamilton irgendwann am Nachmittag bei Scowcroft im Weißen Haus vorbeischaue?

Carl Bildt erklärte schnell, dem stehe natürlich nichts im Wege. Damit war die Sache entschieden. Alle gaben sich die Hand, und die Amerikaner gingen.

Der Ministerpräsident sah auf die Uhr. Er hatte es eilig, zu seiner Rede im Presseclub zu kommen, und schaffte es nicht mehr, ein paar Standpunkte darzulegen, als Carl vorsichtig fragte, was er bei Scowcroft sagen solle.

»Du wirst ja sehen, was er hören will. Wir sind immerhin unter Freunden«, stellte der Ministerpräsident fest und eilte davon.

Carl fragte sich ironisch, ob er wieder einen Wagen zum Weißen Haus auf der anderen Straßenseite nehmen sollte oder ob es mit der Würde eines schwedischen Delegierten vereinbar war, hundert Meter spazierenzugehen. Da man ihn überraschenderweise ohnehin allein und schutzlos zurückgelassen hatte, ging er zu Fuß.

Er fühlte sich mißmutig und weit vom eigenen Territorium entfernt; in einer konservativen Delegation aus Schweden konnte er sich kaum zu Hause fühlen. Mit den anderen stimmte er kaum in einer einzigen Frage überein, sofern es nicht um rein militärisch-technische Fragen ging, nach denen sich ohnehin niemand erkundigte. Die Nationalökonomen unter den Beratern des Ministerpräsidenten waren alle euphorisch und erfüllt davon, von dem großen weißen Vater im Westen irgendwie anerkannt worden zu sein. Nach den sogenannten Beratungen hatte Präsident Bush draußen auf dem Rasen des Weißen Hauses etwas von tiefen, herzlichen Beziehungen gesagt, Dinge, denen Diplomaten und Nationalökonomen eine enorme Bedeutung beimaßen. In der Palme-Zeit war es ja anders gewesen. Das Erbe Palmes hatte, falls Carl alles richtig mitbekommen hatte, obwohl er nicht immer aufmerksam zuhörte, Carl Bildt unverdient hart getroffen. Sobald das State Department auch nur angedeutet hatte, der frühere schwedische Ministerpräsident wolle den Präsidenten treffen, hatte das Weiße Haus immer nein gesagt. Carl Bildt jedoch hatte schon einige Wochen nach seinem Wahlsieg eine persönliche Einladung erhalten. All das war offenbar Freudenausbrüche wert.

Doch als Carl jetzt den Eingang suchte, der ihn zum Kanzleichef des National Security Council bringen sollte, hatte er das Gefühl, in seiner Eigenschaft als Gangster der Delegation einen Hinrichtungsbefehl bestätigen zu müssen. Er wußte nicht, was Carl Bildt und dessen Außen-Staatssekretär mit George Bush und dem Kanzleichef besprochen hatten, sondern hatte nur mitbekommen, daß das Gespräch länger gedauert hatte als berechnet. Es mußte jedoch alle relevanten Angaben über eine Bombe mit der Bezeichnung SR-71 enthalten haben, die sich jetzt irgendwo in Libyen befand. Anschließend hatten sich die Politiker wie üblich in einem Wolkengebirge sich hochtürmender Phrasen versteckt, und jetzt sollten, mehr im Hintergrund, weniger respektable Personen das eigentliche Handwerk besorgen. Angesichts dieser Selbstverständlichkeit fühlte sich Carl vollkommen machtlos, konnte sich jedoch keine andere amerikanische Lösung des Problems vorstellen als Bomber. Und da man nicht wußte, wo genau in Libyen sich das Ziel befand, würde es große Flächenbombardements geben. Es war unmöglich, die Zahl der getöteten Menschen zu schätzen, aber alles unter der Zahl zehntausend kam ihm zu optimistisch vor.

Er war am falschen Eingang gelandet und fand sich unter zahlreichen Touristen wieder. Er mußte um die gesamte Anlage herumgehen, um einen kleinen Eingang zu finden, der nur zum Westflügel führte, in den nur Personen eingelassen wurden, die in offizieller Angelegenheit kamen.

Als er das kleine weiße Wachhäuschen mit grünem Panzerglas und Überwachungskameras erreichte, war er so spürbar irritiert, daß er kurz stehenbleiben mußte, bevor er durch das offene Eisentor zum

Wachpersonal auf der anderen Seite ging. Und wie er schon geahnt hatte, gab es sofort Probleme. Nachdem er seinen Namen genannt und erklärt hatte, in welcher Angelegenheit er komme, studierten die beiden schwarzen Wachposten eine Liste und teilten ihm dann einigermaßen desinteressiert mit, es scheine ihn auf der Liste erwarteter Besucher nicht zu geben. Er begann zu argumentieren und schlug vor, sie sollten General Scowcrofts Sekretärin anrufen und seine Angaben prüfen. Er habe nämlich gerade eine Anfrage über den stellvertretenden Verteidigungsminister erhalten, und so weiter. Die Wachposten auf der anderen Seite des Panzerglases begannen sich der Frage mit mäßigem Interesse zu widmen, während sie sich schon intensiver einer Diskussion widmeten, die schon bei Carls Ankunft in vollem Gang gewesen war, nämlich der Frage, weshalb die Redskins in dieser Saison nicht so erfolgreich seien wie erwartet.

Carl hatte zwar großes Verständnis für Sicherheitsvorkehrungen, aber es demütigte ihn doch, hier draußen stehen und warten zu müssen, während andere hinein- und hinausgingen. Die telefonische Anfrage verzögerte sich immer wieder, weil die Wachposten den Mann nicht erreichten, den sie sprechen zu müssen behaupteten.

Nach unerträglich langem Warten, das sicher nicht länger als gut drei Minuten gedauert hatte, Carl aber vorgekommen war wie eine Stunde, bekamen die Wachposten endlich ihre Bestätigung. Sie öffneten das elektrische Schloß, so daß er das Wachhäuschen betreten und einen Metalldetektor passieren konnte, bevor sie ihn baten, seinen Ausweis zu zeigen.

Er erklärte, er habe weder einen Paß noch einen Ausweis bei sich, und probierte es mit dem Einwand, wenn der General einen schwedischen Admiral sehen wolle, und er, Carl, offenbar der richtige Admiral mit dem richtigen Namen sei, wäre es doch merkwürdig, wenn man ihn nicht einließe, nur weil er seinen Paß nicht bei sich habe. Die schwarzen Wachposten grinsten ihn an und entgegneten, jedes Kamel könne sich eine Uniform besorgen.

Er bat darum, Scowcrofts Sekretärin selbst anrufen zu dürfen. Am Ende ließen sie sich darauf ein, jedoch nur äußerst widerwillig, da es gegen die Bestimmungen sei.

Als er am anderen Ende einen hochnäsigen Assistenten erwischte, der ihn nach seinem Namen und seinen Wünschen fragte, mußte er die Zähne zusammenbeißen, um vor Wut nicht gleich loszubrüllen. Er atmete tief durch, bevor er mit seiner Erklärung begann.

»Mein Name ist Hamilton, Carl Hamilton«, sagte er und holte Luft, um dann mit seinen Erklärungen zu beginnen.

Die waren jedoch nicht mehr nötig. Er überreichte den Wachposten ohne große Triumphgefühle den Hörer und wurde dann schnell auf die Rasenfläche und den Kiesweg zum Eingang des Westflügels gelassen, über dessen weißem Portal ein großes Präsidentensiegel hing.

Als er durch die Glastüren eintrat, kam ihm eine Art Diener entgegen und bat ihn um seinen Namen und sein Anliegen. Dort begann das Ganze wieder von vorn. Einige Minuten später saß er eine halbe Treppe höher in einem Wartezimmer und betrachtete ironisch die Einrichtung; wenn Amerikaner Europäer spielen und auf eine lange Geschichte hindeuten wollen, sieht es so aus, dachte Carl. Ölgemälde aus dem Wilden Westen, eine Seeschlacht Anfang des neunzehnten Jahrhunderts, Teppichboden und trotzdem antike Möbel.

Carl fragte sich kurz, ob er tatsächlich so amerikanisch war, wie er glaubte, ob es ihm wirklich gelingen würde, sich umzustellen und in diesem Land zu wohnen, ob es so *kinderleicht* sein würde, wie er Tessie versichert hatte.

In einigen Minuten würde er mit einem der wirklichen Bosse des Landes über Mord in großem Stil diskutieren; das war es, was für ihn an der amerikanischen Kultur am schwierigsten zu verdauen war, dieser gewaltige Blutdurst, diese Bereitschaft, sofort jeden zu erschießen, der nicht mitspielen will. Das ist zwar ein bißchen von der Hautfarbe abhängig, dachte Carl, aber trotzdem. *Kill'em all*, darum würde es jetzt gehen, wenn sein eigener Chef und Ministerpräsident nicht zuhören mußte.

Er erwartete, nicht einmal nach seiner persönlichen Meinung gefragt zu werden, wenn es um Fragen ging, die zum Teil von geringerer Bedeutung waren und zum Teil keinen Nicht-Amerikaner etwas angingen. Er überlegte eine Weile, absurderweise um sich selbst zu beruhigen, wie sie rein technisch ein solches Unternehmen durchführen würden. Vermutlich nicht mit Flugzeugträgern und Jagdbombern. Sie würden nachts zuschlagen, vor allem deshalb, weil in der heutigen Welt alle Weißen im Dunkeln sehr viel besser sehen konnten als Nicht-Weiße. Der Krieg gegen den Irak hatte gezeigt, welch gigantische elektronische Überlegenheit die westliche Welt besaß.

Sie würden mit schweren oder mittelschweren Bombern einschweben und sie in der Luft betanken, um die Reichweite zu vergrößern. Dann konnten sie mit ihren F-111 von ihren Basen in England ebensogut starten wie in den USA mit schweren Bombern, etwa B-52-Maschinen in einer zweiten Angriffswelle. Etwas in dieser Richtung würde es sein.

Er erkannte, daß er seine Rolle im Dasein schon seit vielen Jahren nicht mehr so in Frage gestellt hatte wie in diesem pseudo-vornehm amerikanisch eingerichteten Wartezimmer zehn oder fünfzehn Meter von einem der Bosse des National Security Council entfernt. Was hätte er über sich selbst gesagt, wenn er sich als zwanzigjähriger Student in der heutigen Situation hätte sehen können?

Er erwog kurz, einfach aufzustehen und zu gehen, um später sein Abschiedsgesuch an den Ministerpräsidenten zu schicken, und zwar über eine hausinterne Mitteilung im Gästehaus auf der anderen Seite der Pennsylvania Avenue.

Ein paar Leute würden sich zunächst irritiert zeigen, doch dann würde man einen neuen Admiral oder Oberst mit dem gleichen Auftrag einsetzen und ihm die gleichen Aufgaben zuweisen. Der Mann würde allerdings schlechter arbeiten, da er auf Erkenntnisse aus zweiter Hand angewiesen war. Ein solcher Abschied wäre als Geste sinnlos und außerdem dumm. Moralisch einwandfrei, aber dumm.

Erst jetzt versuchte er, sich Alternativen vorzustellen. Er hatte sich bislang gar nicht erst die Mühe gemacht, in dieser Richtung Überlegungen anzustellen, da er davon ausgegangen war, daß niemand ihn je nach seiner Meinung fragen würde. Doch was gab es für Alternativen? Jetzt war er noch allein und wartete und hatte somit Zeit.

Im Grunde war es sehr einfach, zumindest in der Theorie. Statt ganz Libyen zu zerstören, würde man die Bombe natürlich orten und zerstören. So einfach sah es in der Theorie aus.

Die USA hatten in Libyen jedoch keinen Nachrichtendienst, der diese Bezeichnung verdiente. Die Libyer hatten alle amerikanischen Spione längst gehenkt und dazu noch eine weitere Anzahl von Menschen, die sie für amerikanische Spione gehalten hatten. Schweden hatte natürlich keinerlei Spionagekapazität in Libyen. Sämtliche diesbezüglichen Anstrengungen des Landes waren auf das alte Sowjet-Imperium ausgerichtet.

Die einzigen, die in Libyen effektiv spionieren konnten, waren Palästinenser. Möglicherweise auch Israelis, doch daran glaubte er ebensowenig wie bei den Amerikanern.

Die Palästinenser würden die Bombe in Libyen natürlich finden, wo immer sie versteckt war.

Warum sollten sie das tun, wenn das selbstverständliche Ergebnis nur ein Bomberüberfall des Westens war, mochte dieser auch präziser sein und weniger Menschenleben kosten als ein Großangriff. Aber trotzdem: warum?

Sie würden damit einen arabischen Bruder an den amerikanischen Präsidenten verraten. Warum?

Carl erkannte plötzlich, daß es nicht unmöglich war. Es gab mehrere rationale Gründe dafür. Er versuchte, die Gründe auf einem imaginären Notizblock aufzulisten, kam jedoch nicht weit, denn ein kostümierter Lakai trat ein und bat ihn mitzukommen. Er folgte dem Mann durch einige enge Passagen. Angesichts der Macht, die das Haus beherbergte, die immerhin amerikanische Macht war, war alles erstaunlich klein bemessen. Schließlich kam er in ein recht geräumiges Arbeitszimmer, ein Eckzimmer, das eine gute Aussicht auf einen großen Teil des Rasens draußen hätte bieten können. Die großen Fenster waren jedoch mit weißen Gardinen verhängt, so daß es im Raum fast schummerig war.

Generalleutnant Brent Scowcroft saß hinter dem massiven braunen Schreibtisch und war mit irgendwelchen Papieren beschäftigt. Carl streckte sich wie ein junger Fähnrich, nahm Haltung an und meldete sich zur Stelle.

Scowcroft legte langsam die Papiere zur Seite, nahm die Lesebrille ab, sah hoch und betrachtete Carl mit einem neugierigen, leicht blinzelnden Blick. Carl erwartete fast den Befehl »rührt euch« zu erhalten, doch statt dessen stand Scowcroft unbeholfen auf und reichte ihm die Hand zum Gruß.

»Well, well, Admiral. Verzeihen Sie, daß ich Sie da draußen habe warten lassen, aber dieses Treffen ist ja ein wenig improvisiert. Aber bitte, setzen Sie sich doch.«

Carl setzte sich steif und legte die Uniformmütze auf ein Tischchen neben dem barock üppigen Sessel, in den er gesunken war. Er war viel zu tief gesunken, um bequem oder aufrecht sitzen zu können.

»Ich habe Ihre Akte studiert, Admiral, und muß sagen, daß es eine recht eindrucksvolle Lektüre ist«, sagte Scowcroft geschäftsmäßig, aber dennoch freundlich.

»Danke, Sir!« erwiderte Carl.

»Aber jetzt ist unser Treffen wie schon gesagt in einem ohnehin recht engen Zeitplan angesetzt worden. Der NSC wird sich nämlich schon recht bald mit den Problemen beschäftigen, die Sie uns ins Haus geschleppt haben. Ich würde also vorschlagen, daß wir alle Höflichkeitsphrasen und Präliminarien und Versicherungen vergessen, welch große Dienste wir uns gegenseitig erwiesen haben, und so weiter. Ist das für Sie in Ordnung, Admiral?« fuhr Scowcroft so schnell fort, daß alles etwas heruntergeleiert klang.

»Was mich betrifft, ist das völlig in Ordnung, Sir«, erwiderte Carl in dem gleichen Tempo.

»Gut! Bruder Ghaddafi hat sich also die Bombe besorgt?«

»Ja, Sir, wir haben sehr deutliche Hinweise darauf.«

»Könnten Sie sich irren, Admiral?«

»Nein, Sir, leider nicht.«

Scowcroft nickte nachdenklich und spielte eine Zeitlang mit einem Füllfederhalter, bevor er seinen Gedankengang fortsetzte.

»Damit entstehen einige große Fragen, nicht wahr, Admiral?« sagte er langsam, erstaunlich langsam angesichts seiner anfänglich fast demonstrativen Schnelligkeit.

»Ohne Zweifel, Sir!« erwiderte Carl förmlich und kurz.

»Ich habe Sie hergebeten, Admiral, weil ich im Grunde nur eine einzige Frage stellen möchte sowie einige mehr oder weniger unvermeidliche Anschlußfragen. Ihr Ministerpräsident hat uns versichert, Sie könnten einige interessante Standpunkte beitragen«, fuhr Scowcroft in einem Tonfall fort, der Ironie hätte bedeuten können, obwohl Carl sich vornahm, sich nicht immer für die demütigendste Deutung zu entscheiden.

»Wenn das so ist, hoffe ich, Ihr Vertrauen nicht zu enttäuschen, Sir. Worauf kann ich antworten?« sagte Carl so höflich wie nur möglich.

»Folgende Frage«, begann Scowcroft nachdenklich. »Was geschieht in Moskau, wenn wir beträchtliche Teile Libyens mit der Erklärung zerstören, wir hätten damit Libyens Möglichkeiten neutralisiert, sich einer vor kurzem importierten Wasserstoffbombe zu bedienen?«

Scowcroft legte seinen Füllhalter hin und betrachtete Carl aufmerksam.

»Bei allem Respekt, Sir, es ist unmöglich, diese Frage mit Sicherheit zu beantworten«, erwiderte Carl ausweichend.

»Versuchen Sie es, Admiral!« befahl jetzt der Mann hinter einem der mächtigsten Schreibtische der Welt.

»Well, Sir«, begann Carl und gab sich Mühe, im folgenden weder ironisch noch arrogant zu klingen. »Damit, so fürchte ich, eröffnen sich mehrere beunruhigende Möglichkeiten. Der schlimmste denkbare Fall ist ein bürgerkriegsähnlicher Kampf um die sofortige und diktatorische Macht in Moskau mit ungewissem Ausgang. Vermutlich würde es zu einer militärischen Machtergreifung kommen. Der beste denkbare Fall wäre deshalb der umgekehrte, daß die intrigierenden Militärs eine Schlappe erleiden.«

»Die Militärs, die mit Kernwaffen handeln«, stellte Scowcroft blitzschnell fest.

»Genau, Sir«, erwiderte Carl genauso schnell.

Scowcroft überlegte eine Zeitlang, bevor er die nächste Frage stellte.

»Wer ist Ihre Quelle in Moskau? Können wir den Mann übernehmen?« fragte er, obwohl es sich eher wie ein Befehl anhörte als wie eine Frage.

»Was genau meinen Sie damit, Sir?« fragte Carl und hob erstaunt die Augenbrauen.

»Sie haben doch eine Quelle für diese MRO-Akte!«

»Sie meinen The Moscow Rip-off, Sir«, entgegnete Carl mit einem Lächeln. »Ja, natürlich. Ich habe nämlich den Zentralcomputer des GRU angezapft.«

»Sie haben was getan, Admiral?« rief Scowcroft bestürzt aus.

»Sie haben richtig gehört, Sir«, erwiderte Carl mit einer Ruhe, die er selbst als kalten Zorn empfand. »Ich habe sozusagen das Blaue Band aller kleinen Hacker erobert, aber ich fürchte, daß sich eine solche Gelegenheit nicht wieder bieten wird.«

»Irgendein Mensch muß Ihnen geholfen haben. Ist diese Person tot, Admiral?« fragte Scowcroft ohne jedes Anzeichen von Aggressivität.

»Bei allem Respekt, Sir, darauf kann ich nicht antworten«, sagte Carl mit sorgfältig geglättetem Gesichtsausdruck.

»Denk jetzt nach, Jungchen, denk richtig nach, und komm mir nicht mit diesem Scheiß über geheime Quellen«, begann Scowcroft mit unterdrücktem Zorn. »Wir wollen Zugang zu allem, was mit der MRO-Akte zu tun hat. Wie du verstehst, läuft jetzt ein größeres Kriegsunternehmen an, und zu dieser Gleichung gehören recht viel Material und Menschenleben. Also was du auch tust, komm mir nicht mit diesem Gequatsche über geheime Quellen. Habe ich mich klar ausgedrückt?«

»Ja, Sir, sehr klar«, entgegnete Carl kalt. »Und wenn ich eine persönliche Überlegung hinzufügen darf, wird die Botschaft nicht dadurch klarer, daß Sie mich Jungchen nennen. Mein eigener Ministerpräsident und damit höchster Boß in Schweden hat keine Ahnung von den Quellen, nach denen Sie fragen. Wenn Sie sie haben wollen, schlage ich vor, daß Sie sich an den Stab des schwedischen Ministerpräsidenten wenden. Danach kann er mir befehlen, die Quelle zu nennen. Und ich kann mich entscheiden, ob ich sofort mein Abschiedsgesuch einreiche oder ihm die Quelle nenne.«

Scowcroft nickte nachdenklich und sah eine Zeitlang an die Decke, bis er überraschend lächelte und Carls Blick suchte.

»Du hast Mumm, *Jungchen.* Aber wenn ich es recht bedenke, haben wir dich ja auch ausgebildet. Nun, ich darf wohl annehmen, daß der offizielle Teil unseres Gesprächs damit beendet ist.«

»Bitte sehr, Sir. Wollen Sie noch etwas mit mir erörtern?« erwiderte Carl, der seine sämtlichen Gefühle im Zaum hielt.

»Ja, da gibt es tatsächlich noch etwas, Admiral«, lächelte Scowcroft. »Natürlich vollkommen *off the record*, aber was zum Teufel würden Sie dem Präsidenten und dem NSC vorschlagen, wenn Sie in meiner Haut steckten? Ich meine rein praktisch. Überspringen wir das politische Gewäsch. Nun? Haben Sie eine Idee, Admiral?«

»Ja, Sir, bei allem Respekt, ich glaube schon«, erwiderte Carl und machte eine Pause, um nicht nochmals beleidigt zu werden; er wollte die Frage noch einmal und vollkommen deutlich gestellt haben, bevor er antwortete.

»Okay, Admiral, soviel ich weiß, sind Sie einer der besten der Welt, was die eher praktische Seite unseres Handwerks betrifft. Ich bin also ganz Ohr. Was würden Sie tun oder vorschlagen?«

»Ich würde folgendes vorschlagen. Der erste selbstverständliche Schritt müßte sein, dafür zu sorgen, daß nichts aus Libyen ausgeflogen oder per Schiff wegtransportiert wird«, begann Carl ruhig und höflich. »Dann würde ich die Bombe orten und sie je nach Standort entweder bei einem Bombenangriff zerstören oder durch ein Sabotageteam zerstören lassen.«

»Hm. Dann mit einem Team von SEAL's, was?« grunzte Scowcroft und nickte vielsagend zu Carls Uniform.

»Ja, Sir. Wenn sich das Ziel in der Nähe der Küste befindet, sollte man sich eine solche Lösung schon überlegen.«

»Na na«, seufzte Scowcroft. »Jetzt dürften allerdings die praktischen Probleme kaum die dringendsten sein. Ich meine, wenn wir das Ziel finden, werden uns schon die geeigneten Methoden zu seiner Zerstörung einfallen. Aber wie zum Teufel finden wir es?«

Er sah Carl fast flehentlich an.

»Geeignete Einsätze von Nachrichtenleuten in Libyen. *Das* läßt sich machen, Sir«, schlug Carl fast eifrig vor.

»Teufel auch!« sagte Scowcroft mit einem feinen Lächeln. »Und wie? Ich meine, unser operatives Nachrichtendienstnetz zu Lande in Libyen ist ja nicht, was es sein sollte, wenn ich mich vorsichtig ausdrücken und kein Geheimnis verraten soll, was ich bestimmt nicht tue. Also?«

»Sir! Ich glaube, es gibt eine Chance, angesichts der Tatsache nämlich, daß wir von schwedischer Seite ja unleugbar in die Sache verwickelt sind«, begann Carl und bremste sich dann, da ihm plötzlich aufging, daß sein Ministerpräsident einen apoplektischen Wutanfall bekäme, wenn er ihn jetzt hören könnte. »Also, ich bin davon überzeugt, daß der palästinensische Nachrichtendienst das Erkenntnisproblem lösen könnte. Wenn Sie es wünschen, werde ich Ihnen vortragen, weshalb ich es glaube. Aber kann ich in meinem Gedankengang fortfahren, Sir?«

»Ja, bitte, seien Sie so freundlich. Ich bin allergisch gegen Vorträge, sofern ich sie nicht selbst halte«, sagte Scowcroft mit einem Kopfnicken.

»Well, Sir«, sagte Carl und gab sich erneut Mühe, seinen Optimismus zu unterstreichen, »die Palästinenser können es also schaffen. Ihre Regierung kann die Palästinenser aus einer Reihe von Gründen kaum bitten, es zu tun. Der militärische Nachrichtendienst Schwedens hat jedoch ausgezeichnete Verbindungen zu ihnen. Das hängt mit der Zeit vor dem Amtsantritt der jetzigen schwedischen Regierung zusammen. Soll ich fortfahren, Sir?«

Scowcroft nickte nachdenklich, und Carl holte tief Luft, bevor er mit seiner Konspiration gegen die eigene Regierung fortfuhr. Er hatte nämlich das entschiedene Gefühl, genau das zu tun, zu konspirieren.

»Well, ich glaube, wir können sie dazu überreden, den Job für uns zu übernehmen. Ich glaube außerdem, daß wir sogar noch einen Schritt weitergehen können. Ich glaube nämlich, daß wir mit bestimmtem Personal der Palästinenser das Ziel zerstören können.«

»Teufel auch, Jungchen ...« seufzte Scowcroft. »Du nimmst es mir nicht übel, wenn ich dich Jungchen nenne, oder?« Er hob amüsiert die Augenbrauen.

»Natürlich nicht, Sir«, erwiderte Carl schnell.

»Wenn wir jetzt also hier sitzen und das Problem diskutieren, was man mit Kernwaffen auf Abwegen tun soll, meinst du, wir sollten uns für eine Problemlösung entscheiden, als handelte es sich um eine *low intensity crisis.* Ist es das, was du mir sagen willst?«

»Ja, Sir«, entgegnete Carl, ohne eine Miene zu verziehen. Er wollte nicht zeigen, was er fühlte oder von dem Gespräch oder der Anrede hielt. »Ich meine natürlich, dies könnte Versuch Nummer eins auf einer Skala sein, auf der die Zerstörung Libyens mit allen unkontrollierbaren Folgen Punkt zehn sein würde. Nur die USA könnten Libyen zerstören. Schweden kann mit palästinensischer Hilfe nur die Bombe finden und sie zerstören. Ungefähr so habe ich es gemeint, Sir.«

»Ja, denn *wir* können ja kaum zu Arafat laufen und ihn um einen Gefallen bitten. Der Präsident würde mir, na du weißt schon was, abschneiden, wenn ich so etwas vorschlüge. Aber wie stehst du zu deinem Chef? Würde er sich freuen, wenn du ihm vorschlägst, wir sollten die Arafat-Karte spielen?«

Scowcroft machte den Eindruck, als begreife er, welch entscheidende Frage er jetzt gestellt hatte. Er lehnte sich in seinem Stuhl zurück, warf einen schnellen Seitenblick auf die Uhr und schenkte Carl zum ersten Mal während dieses Gesprächs einen Blick, der einige Sympathie verriet und auf etwas anderes hindeutete, als daß er Carl nur für einen dieser kleinen Laufburschen hielt, die in den Regierungsgebäuden Washingtons hin und her rennen und manches vorschlagen, was nur ihren Hinterhof in dieser Welt angeht.

»Ich vermute, daß Sie eine vollkommen aufrichtige Antwort auf diese Frage wünschen, Sir«, erwiderte Carl niedergeschlagen.

»Ja, bitte, gerne, Admiral, das macht es leichter«, nickte Scowcroft.

»Dann muß ich Ihnen bedauerlicherweise sagen, Sir«, seufzte Carl, »daß mein Chef, also der schwedische Ministerpräsident, wahrscheinlich einen Tobsuchtsanfall bekommen wird, wenn jemand aus meiner Abteilung vorschlägt, wir sollten mit, wie Sie es so vielsagend ausgedrückt haben, Arafat zusammenarbeiten.«

»Aha. Da sehen Sie, Admiral!« schloß Scowcroft, stand auf und streckte gleichzeitig die Hand aus. »Wir wollen ja absolut nicht, daß dieser angenehme Besuch hier in der Stadt, den Ihr Ministerpräsident uns soeben abgestattet hat, mit einem Tobsuchtsanfall endet, oder? Ich fürchte also, daß wir alles in die Hände der US Air Force legen müssen. Admiral! Es war sehr angenehm, Ihre kostbare Zeit in Anspruch nehmen zu dürfen!«

Luigi Bertoni-Svensson hatte eigentlich genug gehört und genug verstanden. Dennoch hörte er sich noch einmal die beiden Bänder an, rief nochmals in Mailand an, um einen Strafverteidiger, einen guten Freund der Familie, nach einigen ganz speziellen sizilianischen Gangstervokabeln zu fragen. Der Dialekt auf den beiden Tonbändern war zum Teil sehr schwer zu verstehen.

Der für den Fall der des Mordes und der Erpressung verdächtigen Italiener zuständige Staatsanwalt hatte für die Verhafteten sämtliche Beschränkungen aufgehoben. Dies bedeutete, daß sie seit einigen Tagen Zeitung lesen und fernsehen konnten, daß sie telefonieren und sogar Besuch empfangen durften. Luigi vermutete, daß der Staatsanwalt sich besonders beeilt hatte, die Beschränkungen aufzuheben, weil die Säpo bei dem Stockholmer Gericht einen Abhörbeschluß erwirkt hatte. Der Beschluß wäre nicht sonderlich sinnvoll gewesen, wenn den Verdächtigen das Telefonieren verboten gewesen wäre.

Die beiden Mafiosi, die die Möglichkeit genutzt hatten, sich des Telefons zu bedienen, waren erstaunlich offenherzig gewesen. Vielleicht rechneten sie damit, daß sie schon uninteressant geworden waren, da schon Anklage erhoben worden war, vielleicht gingen sie davon aus, daß es der schwedischen Polizei an Möglichkeiten fehlte, ihre Gespräche abzuhören. Wie auch immer: Sie hatten vieles gesagt, viel zuviel, um sich noch sicher fühlen zu können, und für Samuel Ulfssons kommenden Nachtschlaf war es ebenfalls zuviel. Immerhin war er derjenige, der Entscheidungen treffen sollte. Luigi hatte keine Pläne, selbst weiter vorzugehen, ohne seinem höchsten Vorgesetzten zuvor die Lage geschildert zu haben. Angesichts dessen, was früher in bezug auf diese Italiener geschehen war, war Luigi überzeugt, daß Samuel Ulfsson neue private Initiativen nicht billigen würde.

Um einen besonders überzeugenden Eindruck zu machen, da er sich jetzt entschlossen hatte, nach dem Regelbuch zu arbeiten, schrieb Luigi persönlich die Übersetzung der vier Telefonate nieder und verfaßte anschließend eine detaillierte Analyse dessen, was gesagt worden war. Dem fügte er eine allgemeine Hintergrundbeschreibung dessen hinzu, was gemeint war, und welche Maßnahmen die Italiener wohl besprochen hatten, und beendete das Ganze mit einer Liste denkbarer Maßnahmen. Diese Fleißarbeit mochte vielleicht den Eindruck von übertriebenem Ehrgeiz erwecken, aber im Augenblick war Luigi das lieber als der umgekehrte Eindruck. Mit ein wenig Pech würde er jetzt selbst mit dieser Mafiabande Wand an Wand in U-Haft sitzen.

Luigis Schlußfolgerungen zufolge waren seine Landsleute, insoweit diese Südländer überhaupt als solche bezeichnet werden konnten, nicht in erster Linie nach Stockholm gekommen, um eine Vendetta von den kriegsähnlichen Auseinandersetzungen des Vorjahres auf Sizilien fortzusetzen.

Ihr Programm in Stockholm war offenbar ähnlich abgelaufen wie schon vorher in Kopenhagen, Oslo, Berlin, Amsterdam, Rotterdam und anderen Städten, die traditionell weit außerhalb des Tätigkeitsfeldes der sizilianischen Gangster lagen. Sie waren dabei, ein EG-Netz aufzubauen, oder wie man das nennen sollte. Im Spionagejargon konnte man sagen, daß sie in einer Vielzahl neuer Städte eine »Station« aufbauten, eine feste Vertretung, die erst später ernsthaftere kriminelle Funktionen übernehmen sollte. Zunächst ging es nur darum, ein Netz aufzubauen, vorzugsweise mit Hilfe von Restaurants. Diese Geschäftstätigkeit ließ sich leicht aufbauen und überdies leicht mit unversteuerten Einnahmen kombinieren. Überdies konnten die Restaurants für

Neuankömmlinge, Brüder und Vettern, eine wirkliche Arbeitsmöglichkeit bieten. Diese Leute würden sich schon bald auf dem integrierten Arbeitsmarkt Europas völlig frei bewegen können.

Dort unten in Palermo setzte jemand viel Geld ein, um als erster mit einer derart weitläufigen Euro-Repräsentation zur Stelle zu sein. Und jetzt war ein Verwandter dieses Jemand in Stockholm getötet worden. Infolgedessen hatte er seine Pläne schnell geändert.

Und zwar hatten sich die Pläne geändert, als Sabrini, der entweder tatsächlich so hieß oder nur unter diesem Namen auftrat, mitgeteilt hatte, daß »dieser Mailänder« in Stockholm so gewütet habe. Es war ja seit dem vergangenen Jahr bekannt, daß Hamilton in Sizilien einen Helfer gehabt hatte, der wie ein Mailänder sprach. Damit war die Sache klar. Was man *eigentlich* nicht hatte vergessen oder ohne Gegenmaßnahmen hatte lassen können, nämlich den Tod mehrerer Familienmitglieder oder Haftstrafen für sie, war jetzt wieder aktualisiert worden. Also gab es grundsätzlich sehr starke Gründe, Hamilton und dessen Bande nicht noch einmal davonkommen zu lassen.

Luigi lächelte über seine zusammenfassende Formulierung »grundsätzlich sehr starke Gründe«. Auf sizilianisch war das stark von Flüchen durchsetzt und erheblich wortreicher gewesen.

Diese Menschen folgten offenbar einer eigenen Logik und waren bereit, selbst langwierige Bemühungen, etwas Neues aufzubauen, zunichte werden zu lassen, wenn so etwas wie Rache nötig war oder die Ehre auf dem Spiel stand. Falls sie sich vorgestellt hatten, sich eine Zeitlang relativ unauffällig in Stockholm zu etablieren, und zwar in Erwartung einer glänzenden geschäftlichen Zukunft ohne binneneuropäische Zölle, wäre ein Mord an Hamilton das am wenigsten Unauffällige, was sie überhaupt unternehmen konnten. Der schwedische Staat würde einen neuen unaufgeklärten Mord an einem hohen Tier kaum tolerieren. So etwas wie ein weiterer Palme-Mord war undenkbar. Die Sizilianer würden den größten Polizeieinsatz zu spüren bekommen, den Schweden je mobilisiert hatte, falls sie mit ihren Attentatsplänen Erfolg hatten. Vielleicht begriffen sie es oder ahnten es zumindest. Dennoch waren ihre Fragen der Ehre, ihre »grundsätzliche Einstellung«, wichtiger als praktisches und intelligentes Handeln.

Vielleicht rechneten sie damit, daß sie sich den Konsequenzen eines Mordes anderswo in Europa ebensoleicht entziehen konnten wie auf Sizilien. Jeder, der in Verdacht geraten konnte, würde zum Zeitpunkt des Mordes über ein einwandfreies Alibi verfügen, und die Mörder würden an ein und demselben Tag ein- und ausgeflogen werden.

Sabrini mußte es irgendwie geschafft haben, aus dem Untersuchungsgefängnis heraus zu kommunizieren, als er noch mit Beschränkungen belegt gewesen war. Denn schon bei seinem ersten Anruf saßen die Mörder im Hotel Sheraton in Stockholm. Sie hatten es sogar schon geschafft, einige Nachforschungen anzustellen. Sie wußten, daß Hamilton sich in der Innenstadt Stockholms nicht in normalen Autos bewegte. Zumindest gingen sie davon aus, daß die Regierungsfahrzeuge gepanzert waren. Sie wußten auch, daß er nicht jedes Mal mit dem gleichen Wagen fuhr, und hatten ihn im Stockholmer Verkehr mehrmals verloren. Hingegen hatten sie sein Landhaus draußen auf den Mälarinseln gefunden und dort sogar das Gelände erkundet. Sie wußten, daß er sich mit der schwedischen Regierungsdelegation in den USA aufhielt und den Zeitungen zufolge am Sonntag nach Hause kommen würde.

Doch das war nicht richtig. Carl würde aus rein privaten Gründen noch zwei zusätzliche Tage in Washington bleiben. Allerdings konnte man den Mördern kaum vorwerfen, daß sie das nicht wußten.

Luigi meinte, in rein operativer Hinsicht eine glänzende Ausgangslage zu haben. Wenn er selbst so agieren könnte, wie der Feind es zu tun pflegte, wäre das Problem in einer halben Stunde gelöst: mit dem Tod der beiden eigens importierten Mörder.

Doch wie sollte man sich angesichts der geltenden Gesetze und Verordnungen verteidigen? Wenn die Polizei die beiden Torpedos oben im Sheraton schnappte, so vermutete Luigi, wäre die Konsequenz nur folgende: Man konnte sie wegen illegalen Waffenbesitzes anklagen, vielleicht nicht einmal deswegen, um sie anschließend höflich nach Arlanda zu bringen und auf Kosten der schwedischen Steuerzahler sogar über Mailand nach Palermo zu fliegen. Vermutlich würden sie schon irgendwo im europäischen Luftraum dem nächsten Team begegnen.

Es gab nur eins, was auf diesen Feind einen nachhaltigen Eindruck machen würde. Und nicht einmal das war völlig sicher. Wenn die Mörder aber in schwarzen Plastiksäcken nach Palermo zurückkehrten, und zwar vorschriftsmäßig in Zinksärge eingeschlossen, würde zumindest ein Teil der Botschaft deutlich sein: Stockholm ist nicht Palermo. Hier konnten sich sizilianische Gangster nicht wie Fische im Wasser bewegen, hier wurden sie nicht von der angsterfüllten *umertà* der Umgebung beschützt. Wenn sie den Versuch machten, gegen die schwedischen Streitkräfte auf deren Territorium das Schwert zu ziehen, waren sie tot.

Luigi erkannte, daß sein Gedankengang an und für sich vollkommen logisch war, erkannte aber ebenso klar, daß ein solches Vorgehen absolut kriminell war. Anständigen demokratischen Gesetzen zufolge war es bei näherer Überlegung verboten, sich gegen sizilianische Meuchelmörder zu verteidigen; erst mußte man ihnen erlauben zu morden, und danach erst konnte man sie ergreifen und zu sieben Jahren Gefängnis verurteilen.

Es spielte ohnehin keine Rolle, was Luigi persönlich meinte. Er konnte sich ohnehin nicht von der Schuldigkeit befreien, alles Samuel Ulfsson vorzulegen. Schlimmstenfalls würde dieser als guter Staatsdiener das einzig Legale tun und die Angelegenheit an den zivilen Sicherheitsdienst des Landes übergeben. Worauf schon bald der allgemeine Wahnsinn ausbrechen würde. Die Mörder würden vor Lachen schreiend nach Sizilien zurückkehren und ein neues Team herschicken.

Das war tatsächlich Samuel Ulfssons erster Reflex, nachdem er in seinem Zimmer Luigis Bericht gelesen hatte. Luigi saß still auf Carls gewohntem Platz und gab sich Mühe, nicht die kleinste Miene oder Bewegung zu machen, die auf Ungeduld hindeuten konnte.

»Das ist ja wirklich eine ungeheuer leidige Geschichte«, stellte Samuel Ulfsson am Ende fest, während er in den Taschen nach einer neuen Zigarettenschachtel kramte; er hatte bei der Lektüre drei Ultima Blend geraucht.

»Ja«, stimmte Luigi leise zu. »Natürlich ist sie das. Aber wir können uns ja nicht einfach damit abfinden und zulassen, daß sie ihr Vorhaben zu Ende führen.«

»Nein«, erwiderte Samuel Ulfsson. »Das einzig Richtige wäre natürlich, wenn wir die Angelegenheit jetzt der Behörde übergeben, in deren Zuständigkeit sie fällt.«

»Du meinst das Affenhaus oben auf Kungsholmen!« rief Luigi bewußt theatralisch aus. »Dann kommen die Mörder ja davon, und innerhalb einer Woche haben wir eine neue Truppe hier.«

»Hm«, bemerkte Samuel Ulfsson mit einem ironischen Lächeln. »Das mit dem Affenhaus habe ich nicht gehört. Ich nehme an, du meinst damit die Sicherheitsabteilung der Reichspolizeiführung, gemeinhin Säpo genannt. Das ist deren Bier, daran ist offiziell gar nicht zu rütteln. Wir dürfen auf dem eigenen Territorium nicht tätig werden und *werden* es auch nicht tun, soviel ich als unwissender Chef dieses Ladens aus guten Gründen vermute.«

»Ja, aber hier geht es doch wirklich nur um reine Selbstverteidigung«, wandte Luigi resigniert ein. »Man braucht doch mit Formalien nicht besonders pingelig zu sein, um festzustellen, daß sie in Wahrheit militärische Ziele haben, zwei militärische Ziele, um genau zu sein.«

»Eben«, entgegnete Samuel Ulfsson. »Dann wird es zu einem Auftrag der Säpo. Die Säpo ist verpflichtet, gegen Straftaten vorzugehen, die sich gegen militärische Ziele richten.«

»Können wir diese Information an die Säpo hinauszögern?« fragte Luigi verzweifelt.

»Damit du und Åke euch in der Zwischenzeit irgendeine Teufelei ausdenken könnt?« bemerkte Samuel Ulfsson streng. »Ich bin nicht sicher, ob das die klügste Lösung wäre. Ich kann mir vorstellen, wie das Ganze in, sagen wir, rein operativen Begriffen enden würde. Von der rechtlichen Seite her gesehen wäre es jedoch nicht so sehr gelungen.«

Samuel Ulfsson schien gewiß aus Überzeugung zu sprechen. Doch es lag etwas Zögerndes in seiner Haltung, was Luigi den Eindruck vermittelte, als gäbe es immer noch Raum für Argumente und Überlegungen, als wäre noch immer eine klügere Lösung möglich als die Befolgung der Gesetze, die nur zu unnötigen Verlusten führen würde.

»Hast du etwas dagegen, daß ich laut denke, ohne Rücksicht auf Gesetze und Verordnungen, sondern nur mit Blick auf die Fakten?« fragte Luigi kühn.

»Solange uns niemand hört. Aber Gott stehe uns bei, wenn uns jemand hört«, murmelte Samuel Ulfsson, dessen Gesichtsausdruck düsterer war, als die ironischen Worte vermuten ließen.

»Wir haben es mit professionellen Mördern zu tun«, begann Luigi, nachdem er tief Luft geholt hatte. »Daß sie Profis sind, bedeutet aber noch längst nicht, daß sie eine bedeutende Kampfkraft aufbringen oder so etwas. Bei Tageslicht und im Kampf Mann gegen Mann sind sie für uns fast ungefährlich. Sie haben aber einen Job zu erledigen, und wenn sie auf undramatische Weise versagen, kommt ein neues Team her und dann wieder eins. Wenn sie einen spektakulären Mißerfolg erleiden, könnte das jedoch alles ändern.«

»Inwiefern?« fragte Samuel Ulfsson mit einer Miene, die erkennen ließ, daß er den Gedankengang nicht verstanden hatte. »Warum sollte der Grad des Mißlingens von Bedeutung sein?«

»Du denkst zu schwedisch, wenn du entschuldigst«, erwiderte Luigi schneller, als er denken konnte. Als ihm dann aufging, was er gesagt hatte, machte ihn seine Direktheit verlegen.

»Nun, das liegt möglicherweise daran, daß ich Schwede bin. Wollen Sie mich in dieser interessanten kulturellen Frage nicht aufklären, Signor Bertoni?« murmelte Samuel Ulfsson, ohne sich irritiert zu zeigen.

»Immer noch ohne Rücksicht auf Gesetze und Verordnungen, sondern ausschließlich auf die sogenannte Wirklichkeit«, begann Luigi wieder eifrig. »Wenn Åke Stålhandske und ich diese Torpedos im Sheraton begrüßen würden, würden sie versuchen, sich den Weg freizuschießen. Danach würden wir keine neuen Besuche bekommen. Es besteht zumindest eine gute Chance, daß *diese* Form von Mißerfolg einen stark abschreckenden Effekt haben würde.«

Samuel Ulfsson verzog keine Miene, sondern ließ sich jetzt demonstrativ Zeit zum Nachdenken, indem er sich eine Zigarette anzündete.

»In der Sache hast du wohl recht«, sagte er dann trocken. »Aber auch wenn du bei deiner letzten Übung durch die Maschen des Polizeinetzes geschlüpft bist, wäre es in meinen Augen reichlich herausfordernd, diesen Streich wiederholen zu wollen.«

»Aber Göran und Åke können es! Ich kann ihnen den Rücken freihalten, ohne mich zeigen zu müssen«, sagte Luigi eifrig. Er schien sich plötzlich und höchst unbegründet die optimistische Idee in den Kopf gesetzt zu haben, er könne den Chef des militärischen Nachrichtendienstes für ein allgemeines Shootout in einem Stockholmer Hotel gewinnen. Samuel Ulfssons Reaktion, fest die Augen zu schließen, als hätte er eine Ohrfeige erhalten, klärte Luigi über die Aussichtslosigkeit seines Optimismus auf.

»Ich habe jetzt vor, einen klaren Befehl zu erteilen«, sagte Samuel Ulfsson und blickte auf die Tischplatte, als wollte er Kraft sammeln. »Diese italienischen Gangster, für wie unangenehm wir sie auch halten mögen, ob zu Recht oder Unrecht, dürfen während ihres Aufenthalts in Stockholm von militärischem Personal *nicht*, ich wiederhole, *nicht* getötet werden. Du hast gehört, was ich gesagt habe. Diesen Befehl kannst du nicht mißverstanden haben. Mach mir andere Vorschläge!«

»Ich sehe noch zwei andere Möglichkeiten«, sagte Luigi zögernd, während er sich bemühte, die Zurechtweisung zu schlucken. »Die eine besteht darin, daß wir mehr Beweise beschaffen, damit wir der Polizei wirklich etwas liefern können. Zweite Alternative: Wir bewachen Hamiltons Haus, wenn sie zuschlagen.«

»Diese zweite Alternative kannst du sofort vergessen«, sagte Samuel Ulfsson schnell mit einer Miene des Abscheus. »In der Sache bedeutet dies nämlich, daß die Gangster erschossen werden. Für wie dumm hältst du mich eigentlich? Ich hatte doch gerade gesagt, daß wir genau das nicht tun werden. Wenn ich mich recht erinnere. Nun, mehr Beweise. Wieso und warum?«

»Nun«, sagte Luigi mit einer Miene, die deutlich zeigte, daß er sich in seinem Kampf gegen die Gesetze jetzt an seinen letzten Strohhalm klammerte. »Ich habe mir folgendes gedacht. Die uns vorliegenden Bänder beweisen dir und mir und auch normalen, anständigen Leuten, daß im Sheraton zwei Mörder sitzen, die einen Mord vorbereiten. Wenn wir mit Sicherheit wüßten, daß das als Beweis genügt, könnte die Polizei doch einfach hingehen und sie holen. Ich fürchte aber, daß das als Beweis vor Gericht nicht ausreicht. Vielleicht haben sie in ihrem Hotelzimmer gar keine Waffen, und dann kriegen wir sie nicht einmal wegen illegalen Waffenbesitzes dran. Außerdem wäre die Vorbereitung eines Mordes dann noch schwerer nachzuweisen.«

Luigi hielt kurz inne, da er an einen Punkt gekommen war, an dem er spürte, daß ihm jetzt wieder ein Sprung in die Gesetzlosigkeit bevorstand. Da ihm das bisher mißlungen war, zögerte er.

»Nun«, sagte Samuel Ulfsson. »Ich bin zwar kein Jurist, aber es hört sich bestechend an. Und wie könnten wir die Situation verbessern?«

»Es gibt tatsächlich eine Möglichkeit«, begann Luigi sichtlich nervös. »Wir *können* Beweise beschaffen, mit denen wir sie dann festnageln können. Sie werden ja noch ein paar Tage im Sheraton bleiben, bis Hamilton aus den USA zurückkommt.«

»Ich bin ganz Ohr«, sagte Samuel Ulfsson und war zugleich ein wenig erstaunt, weil Luigi nicht gleich mit der Sprache herausrückte.

»Wir könnten nämlich in ihren Hotelzimmern Wanzen anbringen und uns so vollständige Informationen darüber verschaffen, was für Pläne sie haben. Im Augenblick dürften sie kaum über andere Dinge sprechen«, sagte Luigi in einem einzigen nervösen Atemzug.

»Wanzen anbringen!« rief Samuel Ulfsson empört aus. »Wanzen! Genau deshalb haben die Zeitungen die Säpo in den letzten Jahren doch in den Schmutz gezogen. Wenn ich die Sache richtig verstanden habe, ist dies das schändlichste Verbrechen, das man in Schweden überhaupt begehen kann! Und du findest wirklich, wir sollten uns der Gefahr aussetzen, dabei erwischt zu werden?«

»Nein«, erwiderte Luigi beschämt. »Natürlich will ich das nicht. Sei so nett, und hör mir nur noch ein bißchen zu. Die Säpo hat Wanzen bei unschuldigen Ausländern angebracht, dafür wurden einigen von ihnen Geldstrafen aufgebrummt, während andere freigesprochen wurden. Ich schlage nur vor, daß wir bei schuldigen sizilianischen Mördern, die hinter Hamilton her sind, Wanzen anbringen. Glaubst du nicht, die öffentliche Meinung könnte uns das verzeihen? Wenn wir gewinnen?«

Luigi senkte den Kopf und erwartete einen neuen Aufschrei des Protests. Zunächst wagte er Samuel Ulfsson gar nicht anzusehen. Doch nachdem es längere Zeit merkwürdig still geblieben war, hob er den Blick und entdeckte, daß Samuel Ulfsson still mit einer Zigarette im Mundwinkel dasaß und ein Feuerzeug vor sich hielt, als wäre er mitten in der Bewegung erstarrt.

Schließlich zündete er langsam seine Zigarette an, machte einen tiefen Lungenzug und wandte sich mit einem vollkommen ausdruckslosen Gesicht an Luigi.

»Ja«, sagte er. »Ja, ich glaube, die öffentliche Meinung würde uns verzeihen. Und wenn wir uns den allerschlimmsten Fall vorstellen, daß man uns erwischt, bin ich bei näherem Überlegen bereit, die Geldbuße zu bezahlen. Und eventuell noch schlimmere Konsequenzen auf mich zu nehmen. Wie du weißt, habe ich nur noch ein Jahr bis zu meiner Pensionierung.«

»Ach ja?« sagte Luigi überrascht und ein wenig dümmlich.

»Ich habe geglaubt, mich klar ausgedrückt zu haben«, fuhr Samuel Ulfsson mit einer ironischen Grimasse fort. »Du bist aber offenbar nicht der Meinung?«

»Nein, das heißt ja, vielleicht …«, sagte Luigi zögernd.

»Ich habe also gesagt, daß ihr mit dem Abhören besagten Feindes im Sheraton anfangen könnt. Im übrigen ist es streng verboten, sich erwischen zu lassen, sowie noch mehr Sizilianer zu erschießen. Habe ich mich jetzt begreiflich ausgedrückt?«

»*Roger*«, sagte Luigi begeistert. »Nur noch eine Frage. Sollen wir Hamilton benachrichtigen?«

»Wo ist er, und wann kommt er nach Hause?«

»Tessie, seine Frau, fliegt gerade zu ihm rüber. Sie haben ein paar Tage lang etwas Privates zu erledigen. Er kommt am Dienstag nach Hause.«

»Heute haben wir Freitag. Wann könnt ihr mit der Operation beginnen?«

»Heute abend.«

»Gut. Wartet bis Montag damit, Carl Bescheid zu sagen. Wir wollen schließlich nicht, daß hier spornstreichs ein Sir Ivanhoe angaloppiert kommt. Haben wir uns jetzt voll und ganz und in jeder Nuance richtig verstanden, *Leutnant* Bertoni-Svensson?«

»Ja, *Admiral!* Es gibt keinerlei Raum für Mißverständnisse.«

»Ach nein«, murmelte Samuel Ulfsson mehr zu sich selbst als zu dem jetzt sichtlich munterer gewordenen Luigi. »Möchte gern wissen, wie oft ich das schon gehört habe.«

Carl fühlte sich zum ersten Mal während des Aufenthalts in Washington einigermaßen entspannt. Endlich ließ man ihn in Ruhe.

Schon das war eine glänzende Veränderung. Er war jetzt kein Laufbursche mehr, sondern ein normaler Mensch in einer normalen Autoschlange auf dem Weg zum Dulles International Airport in Washington. Er hatte überdies reichlich Zeit und würde nicht Gefahr laufen, zu spät zu kommen. Es war ein warmer Frühlingstag. Er lehnte sich auf dem Rücksitz behaglich zurück und unterhielt sich von Zeit zu Zeit mit dem iranischen Fahrer. Sie sprachen mal über Alltäglichkeiten, mal über die Rolle des Islam in der Weltpolitik.

Während des letzten Tages hatte er zwei Aufgaben gehabt. Die erste war sowohl von Amts wegen als auch praktisch sehr ernst gewesen, die andere eher komisch. Dem festgesetzten Programm zufolge hatten sich seine Verpflichtungen auf zwei Punkte beschränkt. Erstens mußte er anwesend sein, als Ministerpräsident Bildt und der Staatssekretär im Außenministerium sich mit dem CIA-Chef Robert Gates im Watergate-Hotel trafen, wo die schwedische Delegation jetzt wohnte. Dann hatte er für den Rest des Tages frei gehabt, nämlich als es um Politik und Wirtschaft und andere Dinge ging. Man meinte wohl, daß er sie weder begreifen konnte noch ihnen auch nur zuhören durfte. Dann kam der letzte Tagesordnungspunkt, der Besuch im Air & Space Museum.

Carl hatte von dem Treffen mit Gates nichts anderes erwartet, als daß er still dasitzen und wie ein dekorierter Kriegsheld aussehen sollte, um im übrigen seinen Chef, den Ministerpräsidenten, den schwedischen Teil der Unterredung übernehmen zu lassen.

Möglicherweise war es auch so gedacht gewesen, und es war nicht einmal ausgeschlossen, daß es so gekommen wäre. Wenn der National Security Council nicht schon am Freitagnachmittag eine improvisierte Konferenz einberufen hätte. Der Chef der CIA hatte als Berater des Präsidenten bei diesen Konferenzen seinen selbstverständlichen Platz, und jetzt ging es um zwei Dinge, die für die schwedischen Gäste von besonderem Interesse waren. Die Bombe in Libyen und die unbekannte Quelle hinter den MRO-Papieren. Also genau die Themen, zu denen Carl jede Äußerung verweigert hatte, als er Brent Scowcroft im Westflügel des Weißen Hauses besucht hatte.

Der CIA-Chef trat etwas weniger direkt als Scowcroft auf und begann mit lobenden Worten davon zu sprechen, welcher Erfolg der Nachrichtenbranche sich schon anhand der wenigen Auszüge erahnen lasse, in die die CIA bisher Einblick genommen habe (Carl hatte keine Ahnung von diesen Auszügen oder davon, wie und wann und wem sie übergeben worden waren). Es seien wohl, so fuhr der Amerikaner fort, bei einer weiteren Bearbeitung des Materials noch weiter glänzende Ergebnisse zu erwarten.

Carl begriff schnell, wohin die Reise ging. Und als der CIA-Chef fast nebenbei darauf hinwies, welche unerhörte Bedeutung es für die Welt haben werde, wenn »wir« (die USA) jetzt das gesamte Material erhielten sowie Zugang zu der Quelle, die den Datencoup in Moskau ermöglicht habe, gab sich der schwedische Ministerpräsident schnell willfährig. Er erklärte, von schwedischer Seite werde man natürlich dafür sorgen, daß das gesamte Material und sämtliche Erkenntnisse von Bedeutung den neuen und zugleich alten amerikanischen Freunden so schnell wie möglich zugänglich gemacht würden. Deren Kapazität zur Bearbeitung des nachrichtendienstlichen Materials sei der schwedischen natürlich weit überlegen. Man werde auf schwedischer Seite sicher auch darauf hoffen dürfen, das Ergebnis kennenzulernen. Der CIA-Chef versprach natürlich, so schnell wie möglich dafür zu sorgen.

Folglich kam man dann zu der Frage, welcher Quelle »der schwedische Nachrichtendienst« sich bedient hatte, um den gelungenen Coup durchzuführen. Und damit auch zu den Möglichkeiten der CIA, ihre unzweifelhaft größeren Ressourcen zur Bearbeitung der fraglichen Quelle einzusetzen.

Der »schwedische Nachrichtendienst«, das heißt Carl, wurde von den anderen jetzt zum ersten Mal einiger verstohlener Blicke gewürdigt. Darauf erklärte sein Ministerpräsident, der Erfüllung dieses Wunsches stehe selbstverständlich nichts im Wege. Dann wurde es still im Raum, da jetzt alle den widerborstigen »schwedischen Nachrichtendienst« musterten.

»Das ist leider unmöglich, Sir«, erklärte er und wandte sich über den Kopf seiner schwedischen Vorgesetzten hinweg direkt an den CIA-Chef. »Ich werde natürlich erklären, weshalb es unmöglich ist. Es handelt sich um eine Quelle, deren künftigen Wert ich für unschätzbar halte, erstens. Zweitens messe ich dem schwedischen Nachrichtendienst bestimmte Möglichkeiten bei, die fragliche Quelle zu rekrutieren. Drittens halte ich es aus Gründen, die ich hier nicht darlegen kann, für nahezu aussichtslos, daß der amerikanische Nachrichtendienst an diese Quelle herantritt. Ein solcher Versuch würde das Wild für immer verscheuchen. Viertens ist ja offenkundig, daß wir auf schwedischer Seite unseren amerikanischen Partnern kein interessantes Material vorenthalten.«

Der CIA-Chef nickte kurz und nachdenklich und stellte dann, bevor Carl Bildt etwas hatte sagen können, fest, daß die Angelegenheit damit entschieden sei. Dann ging er schnell auf die nächste Frage ein, bei der es um etwas vergleichsweise Triviales ging.

Carl verhielt sich während des restlichen Gesprächs still wie eine Maus, so daß der schwedische Ministerpräsident zumindest nach einiger Zeit die Fassung wiedergewinnen und sogar mit einigen Dingen brillieren konnte.

Als sie sich zum letzten Tagesordnungspunkt trafen, dem Besuch im Air & Space Museum, versuchte Carl sich möglichst unauffällig zu verhalten. Die Frau des Ministerpräsidenten und sein Sohn Nils hatten sich mit dem Hinweis vor dem Museumsbesuch gedrückt, der sei eher etwas für »Kerle«. Und da Carl zumindest in diesem Zusammenhang natürlicherweise mehr als Kerl galt als die Nationalökonomen, landete er unvermeidlich neben dem Ministerpräsidenten, als sie von Secret-Service-Leuten umgeben durch die großen Säle schritten. Schon in der Eingangshalle stand eine Kopie einer sowjetischen SS-20-Rakete, was der Ministerpräsident sofort feststellen konnte. Zugleich sprach er davon, wie viele einzelne Gefechtsköpfe sich im Sprengkopf befanden und welche Sprengkraft sie hatten. Die Zahlen waren überholt, aber Carl nickte trotzdem zustimmend, als er von der Umgebung fragende Blicke erhielt. Selbstverständlich, aber ja, es seien hundert Kilotonnen pro Sprengkopf und vier individuell steuerbare Bomben (in Wahrheit waren es sechs mit einer Sprengkraft von je mindestens hundertfünfzig Kilotonnen). Alle waren von dem ungeheuren Sachwissen des Ministerpräsidenten beeindruckt.

Carl äußerte sich unaufgefordert erst dann, als sie vor einer Tafel mit verschiedenen Geschwindigkeitsrekorden für Kampfflugzeuge standen. Aus irgendeinem Grund hörte die amerikanische Zeitmessung bei dem amerikanischen Spionageflugzeug SR-71 Blackbird auf. Danach war der Tafel zufolge nichts mehr schneller geflogen. Carl sah in diesem Zusammenhang plötzlich eine Art schwarzer Komik.

»Das ist ja lustig«, sagte er unschuldig, »daß die Zeitmessung ausgerechnet mit der SR-71 aufhört. Interessanter Name für ein Flugzeug.«

Niemand in der Umgebung begriff, worauf er abzielte, doch der Ministerpräsident zeigte sich sichtlich irritiert.

»Wir sollten hier vielleicht nicht über Geheimnisse sprechen«, bemerkte er säuerlich. Das war natürlich ein Hinweis auf die Sprengladung mit der Bezeichnung SR-71, die sich bis auf weiteres von Bombenangriffen verschont in Libyen befand.

»Nein, ich habe nicht direkt an Geheimnisse gedacht«, fuhr Carl fort, als hätte er den Nasenstüber nicht einmal bemerkt. »Aber du weißt ja, als die Russen es satt hatten, SR-71-Maschinen ständig über sich herumfliegen zu sehen, bauten sie die MIG-25 ›Foxbat‹. Die war darauf ausgelegt, SR-71-Maschinen einzuholen und abzuschießen. Möchte gern wissen, wozu sie die heute verwenden?«

Der Ministerpräsident machte den Eindruck, als wollte er sagen, ach ja, das habe ich doch gewußt, das war mir doch bekannt. Doch dann verzog er den Mund ein wenig und erklärte, seines Wissens sei die SR-71 inzwischen ausgemustert, weil Lockheed ein noch schnelleres Aufklärungsflugzeug gebaut habe, das außerdem STEALTH-Eigenschaften besitze.

Carl nickte ernst und nachdenklich und sagte dann eine halbe Stunde lang gar nichts mehr. Von Zeit zu Zeit ließ er nur ein bewunderndes Murmeln hören, es sei erstaunlich, welche Kenntnisse der Ministerpräsident von Kampfflugzeugen besitze. Doch als sie eine Abteilung erreichten, in der Porträts großer Fliegerhelden gezeigt wurden, sahen sie zunächst auf einem sehr großen Foto einen Amerikaner. Dieser hatte während des Krieges im Stillen Ozean vierundzwanzig japanische Maschinen abgeschossen und dafür das Navy Cross erhalten. Der Ministerpräsident gab seiner Bewunderung Ausdruck. Carl trat neugierig näher und entdeckte in der Reihe kleiner, unscharfer Porträts einen deutschen Piloten, der 247 Maschinen abgeschossen hatte, daneben einen Russen, der es auf mehr als hundert feindliche Flugzeuge gebracht hatte. Da stellte Carl die unschuldig klingende Frage, ob es nur einen einzigen Deutschen gegeben habe, der den amerikanischen Helden übertroffen habe, und einen einzigen Russen. Er versuchte sich den Anschein zu geben, als grübelte er vollkommen ernst über das intellektuelle Problem nach, warum die Amerikaner hier auch fremde Helden ehrten. Der Ministerpräsident biß jedoch nicht an und hielt keine Vorlesung des Inhalts, andere Teilnehmer am Zweiten Weltkrieg hätten größere Helden gehabt als ihre heutigen Gastgeber, die Amerikaner.

Als er sein Gepäck jetzt in ein neues und besseres Hotel gebracht hatte, das er aus eigener Tasche bezahlte, und in Zivilkleidung mit dem Taxi zu einem zivilen Flughafen fuhr, um seine Frau zu treffen, entschloß sich Carl, den offiziellen Teil seines USA-Aufenthalts einfach aus dem Gedächtnis zu streichen. Wenn er sich mit den anderen Schweden verglich, fühlte er sich fast als Amerikaner. Die Nationalökonomen, der Ministerpräsident sowie der ganze Hofstaat aus Diplomaten und Sprechern hatten nichts davon an sich. Das zeigte sich nicht zuletzt, wenn Englisch gesprochen wurde. Die anderen hörten sich alle wie Ausländer an. Das war bei Carl gewiß nicht der Fall, der aber dennoch das seltsame Gefühl hatte, weniger amerikanisch zu sein als die anderen, zumindest in der Hinsicht, daß er die USA nicht blind bewunderte. Es fiel ihm immer noch schwer, das Unbehagen darüber abzuschütteln, daß er von einem kleinen, dünnhaarigen und auch in jeder anderen Hinsicht wenig beeindruckenden Mann wie ein Schuljunge behandelt worden war. Mochte dieser auch der Chef des NSC sein und pensionierter Generalleutnant der Air Force. Doch all diese versteckten und dann auch mündlich wie durch Körpersprache ständig deutlich gemachten Hinweise darauf, daß Schweden kleine Scheißer seien, die sich schrecklich freuen könnten, überhaupt nach Washington kommen zu dürfen, hatte Carl als demütigend empfunden. So hatten sie beispielsweise eilig aus dem Blair House ausziehen müssen, weil eine neue Delegation aus Uganda oder Rumänien eingetroffen war. Carl begriff nicht, warum er offenbar der einzige war, der die Dinge so sah. Die Nationalökonomen des Ministerpräsidenten hatten nur davon gesprochen, daß die Reise ein großer Triumph sei und das Ende der dunklen Periode unter Palme markiere. Jeder hatte sich anders ausgedrückt, aber alle hatten das gleiche gemeint.

Während der Taxifahrt sah Carl die Stadt an sich vorüberziehen und machte einen neuen Anlauf, um das ganze Erlebnis zu verdrängen. Er bemühte sich sogar, die Bombenangriffe zu vergessen, die für zahlreiche Menschen das einzige konkrete und wichtige Ergebnis des schwedischen Staatsbesuchs sein würden. Eine große Zahl von Menschen in einem Wüstenland würde sterben. Das war alles.

Doch jetzt war er unterwegs, um Tessie zu treffen. Sie hatte sich wegen des Fluges Sorgen gemacht, da sie jetzt im fünften Monat war. Die Risiken waren zwar nur klein, doch es gab sie. Andererseits unternahm sie die Reise, um ein verlorenes Kind wiederzubekommen.

Carl stürzte sich dankbar auf das private Problem. Sie glaubte, den einmal verlorenen Sorgerechtsstreit nun zu gewinnen. Sie wollten in Washington einen besonders berühmten, erfolgreichen und teuren Anwalt aus Kalifornien treffen. Sie hatten sich auf Washington geeinigt, um nicht selbst nach Kalifornien fliegen zu müssen oder ihn nach Europa kommen zu lassen. Wie auch immer: Carl bezahlte die Tickets, so daß es keine große Rolle spielte.

Er ermahnte sich, weder einen sauren noch einen niedergeschlagenen Eindruck zu machen, als sie sich trafen. Er wollte nicht in die Lage geraten, ihr etwas erklären zu müssen.

Er war mehr als froh, als er sie mit zwei riesigen Reisetaschen auf quietschenden Rädern durch den Zoll segeln sah. Die Komik des

Anblicks ließ ihn auflachen; sie hatte gepackt, als wollte sie auswandern und nicht für zwei Tage verreisen.

Er preßte sie eng an sich, so eng, daß er ihre veränderte Gestalt deutlich spürte. Dann lachte er über ihr Gepäck.

»Wenn du keinen amerikanischen Paß hättest, hätte dich die Einwanderungsbehörde gleich als typische illegale mexikanische Einwanderin geschnappt«, sagte er und befreite sie von ihren Taschen, die er auf einen Gepäckwagen warf. Dann begann er sofort, sie nach dem Flug zu fragen und ob sie mit ihm in die Stadt oder lieber gleich ins Hotel fahren wolle, um dort zu bleiben. Es war ja schon fast elf Uhr abends. Wenn sie aber irgendwie in Georgetown eine Kleinigkeit essen wollten, gehe das auch. Er hatte in der Suite des Willard Intercontinental ein paar Anzeigen von Fischrestaurants gesehen; mit diesen harmlosen Bemerkungen glaubte er, sich vollkommen normal zu geben, als wäre nichts passiert.

Doch als sie in das Taxi einsteigen wollten, warf sie ihm plötzlich einen langen, forschenden Blick zu. Und als er um den Wagen herumgegangen und auf der anderen Seite eingestiegen war, konnte sie nicht mehr an sich halten.

»Was ist passiert?« fragte sie sichtlich beunruhigt.

»Nichts Besonderes. Wieso?« erwiderte er ausweichend.

»Nichts Besonderes«, äffte sie ihn ironisch nach. »Das Besondere ist, daß du ungefähr einen halben Meter kleiner bist als sonst, wenn du verstehst, was ich meine. Was haben sie mit dir gemacht? Sie haben dir hoffentlich nichts Lebenswichtiges abgeschnitten. Was ist es?«

»Na schön«, sagte er. »Es ist für mich nicht sehr lustig gewesen, läßt sich aber nicht ganz leicht erklären. Darüber können wir doch später vielleicht sprechen. Alles okay mit dem Anwalt?«

Eine Zeitlang sprachen sie über das morgige Treffen mit dem Anwalt. Dann checkten sie ein, badeten, zogen sich um und bewunderten die Aussicht aus dem Schlafzimmerfenster auf das Weiße Haus; es war eine sehr große Suite mit Schlaf- und Wohnzimmer. Mit sehr großen Kleiderschränken, die schon bald wohlgefüllt waren.

Ein paar Stunden später saßen sie in legerer Freizeitkleidung in einem Fischrestaurant namens Tony's, das in Georgetown am Kanal lag. Sie amüsierten sich mit fritierten Krokodilstücken in Meerrettich-Chili als Vorspeise. Es war eher zäh und lustig als gut. Sie trank nach ihrer neuen Gewohnheit ein Glas von dem kalifornischen Weißwein, den sie bestellt hatten, überließ ihm den Rest und ging dann zu Eistee über.

Carl war es inzwischen gelungen, einiges von seinen Unlustgefühlen abzuschütteln. Denn jetzt saßen sie hier und waren Amerikaner. Sie war es tatsächlich, und er würde bei niemandem in ihrer Umgebung als Ausländer gelten. In einer nicht allzu fernen Zukunft sollte es ständig so werden.

Doch dann begann sie ihn natürlich auszufragen. Er bemühte sich, ihr so ehrlich wie möglich zu antworten, obwohl es nicht leicht war. Immerhin hatte er sich seit Tagen wie ein Idiot gefühlt. Bei den Leuten der schwedischen Regierung, die ihn in politischer Hinsicht als politisch unbelehrbar betrachteten, war er ein Idiot, obwohl sie ihn wegen einer Sache sogar gelobt hatten, wegen dieses surrealistischen Interviews in der Sendung *A-Ekonomi.* Die hatte ihnen sehr gefallen.

Und bei den amerikanischen Machthabern, zu denen man ihn hingeschubst hatte, galt er ebenfalls als Idiot. Nun, vielleicht nicht als irgendein x-beliebiger Idiot, eher als geistig etwas zurückgebliebener Vetter vom Lande, der nicht für sich sprechen durfte. Diese Männer um George Bush hielten sich für die Herren der Welt. Was sie allerdings auch waren, aber sie zeigten es so deutlich.

Als sie ihm dann zu entlocken versuchte, worum es in der Sache gegangen war, faßte er seine Erlebnisse recht knapp damit zusammen, daß er in jedem Punkt verloren habe. Das werde wie üblich irgendwann dazu führen, daß Menschen stürben. Er verliere ja immer auf diese oder jene Weise, und jetzt sei es eben wieder passiert.

»Ich möchte einmal einen Sieg erleben«, sagte er mit gesenkter Stimme. Ihm war aufgegangen, daß ihre Tischnachbarn nicht hören durften, worüber sie sprachen, obwohl diese Tischnachbarn es sich nicht einmal in ihrer wildesten Phantasie hätten vorstellen können. »Ich möchte *ein einziges Mal* einen Sieg sehen.«

Sie scherzte jetzt nicht mehr mit ihm, sondern nahm seine Hand und sah ihn forschend und besorgt an.

»Sailor«, flüsterte sie, »sieh mich an, Sailor! Wenn man aufgibt, kann man nicht gewinnen. Gib nicht auf!«

»Ich weiß nicht«, erwiderte er verlegen. »Das läßt sich verdammt leicht sagen. Vor allem uns Amerikanern geht es leicht von den Lippen. Etwas werden wir auf jeden Fall gewinnen, nämlich einen Sorgerechtsstreit, darauf kannst du dich verlassen.«

Sie antwortete nicht, warf aber den Kopf auf die für sie so typische Weise in den Nacken.

Sie gingen früh ins Hotel zurück, damit sie die Chance erhielt, den Zeitunterschied zu überwinden, ohne vor Müdigkeit gleich in Ohnmacht zu fallen.

Als sie ihr Zimmer betraten, blinkte das kleine rote Lämpchen am Telefon. Das war ein Hinweis darauf, daß eine Mitteilung für ihn da war. Er wählte brummelnd die Nummer des Empfangs und bat, ihm die Mitteilung vorzulesen. Er erhielt jedoch den etwas verwirrenden Bescheid, das gehe nicht, aber man werde natürlich sofort einen *bellboy* hochschicken.

Einige Minuten später erhielt er an der Tür einen Umschlag, der vom Watergate Hotel herübergeschickt worden war. Der Umschlag war geöffnet und enthielt einen weiteren, der noch versiegelt war. Das war kein Wunder, denn Absender war das Pentagon. Carls Name und Dienstrang waren angegeben, ferner stand da noch der Hinweis: Persönlich! Vertraulich!

Er zeigte Tessie den Umschlag mit einem Seufzer und fächelte sich damit unentschlossen etwas Luft zu, als wollte er gar nicht wissen, was der Umschlag enthielt. Er schlitzte ihn erst auf, als sie ihn eher neugierig als ungeduldig darum bat.

»*Shit!*« rief er spontan aus, nachdem er die kurze Mitteilung gelesen hatte. »Colin Powell will mich morgen zum Lunch sehen.«

»Wer ist Colin Po... Was! Meinst du den Oberbefehlshaber der USA?« fragte sie bestürzt.

»Ja«, bestätigte Carl düster. »Er will mit mir zu der Zeit essen, zu der wir diesen Anwalt treffen wollen.«

»Das geht doch nicht«, wandte Tessie heftig ein.

»Nein«, bestätigte Carl. »Das geht nicht. Also entweder mußt du allein mit dem Anwalt essen gehen, oder wir versuchen, dieses Treffen eine Stunde oder so zu verschieben. Wenn Colin Powell mit mir essen gehen will, ist das so, als wäre ich gesetzlich dazu verpflichtet.«

Sie erweckte zunächst den Eindruck, als ob sie protestieren wollte, doch dann sah sie auf die Uhr und stellte fest, daß es mit drei Stunden Zeitunterschied in Kalifornien erst acht Uhr abends war. Es war also noch möglich anzurufen. Sie fragte ihn, ob er nicht so freundlich sein wolle, es selbst zu tun und am liebsten auch zu sagen, welchen Grund seine Verspätung habe?

Carl nickte. Er ging zum Telefon und rief Kalifornien an.

Wie sich zeigte, ließ sich das Treffen in Washington problemlos verschieben. Das heißt, es erwies sich als völlig problemlos, nachdem Carl den Grund für seinen Wunsch genannt hatte. Auch für einen Scheidungsanwalt in Santa Barbara war es so gut wie Gesetz, wenn der Oberbefehlshaber der USA zu einem privaten Essen einlud.

Elisabeth Wendell sah aus wie ein klassisches blondes Dummchen oder als könnte sie jederzeit einen Job als Moderatorin in einem Unterhaltungsprogramm des schwedischen Privatfernsehens antreten.

Sie war jedoch festangestellte Programmiererin in einer Abteilung des militärischen schwedischen Nachrichtendienstes, die so geheim war, daß die meisten Angestellten dieser Gemeinschaft, die manchmal »die Firma« genannt wurde, nicht einmal wußten, daß es diese Abteilung überhaupt gab, geschweige denn, wo sie ihre Büros hatte. Elisabeth Wendells Spezialität waren Programme zur Analyse akustischer Signale unter Wasser. Sie hatte sich in den letzten Jahren mit anderen Worten überwiegend damit beschäftigt, die Geräusche von verschiedenen russischen U-Booten sozusagen wie akustische »Fingerabdrücke« zu sichern.

Sie war sich ihres Aussehens durchaus bewußt und wußte auch, wie es von Männern allzuoft mißdeutet wurde. Sie übertrieb manchmal im Scherz, indem sie von Zeit zu Zeit mit großen Augen in die Welt blickte und einen Schmollmund machte. Jetzt sah sie ihren normalerweise so friedlichen und still mit ihren Analysen beschäftigten Kollegen bei der Arbeit zu. Sie trug befehlsgemäß einen Morgenmantel mit einem dünnen Nachthemd darunter. Sie sollte schließlich wie eine Blondine aussehen, wie sie zu dieser Art Hotelzimmer paßte. Sie saß mitten auf dem großen und notdürftig zerwühlten Doppelbett im Schneidersitz und betrachtete aufmerksam, was Luigi und Göran trieben. Vorher war ein riesiger Mann erschienen, der Dolph Lundgrens böser älterer Bruder hätte sein können, und hatte mit Hilfe von Spezialgeräten ein paar Löcher in die Wände gebohrt. Anschließend hatte er Mikrophone in die Löcher gesteckt und diese mit Kopfhörern, einem Verstärker und einem Tonbandgerät verbunden. Nach einigen geflüsterten Instruktionen an die beiden anderen war der Riese auf leisen Sohlen hinausgegangen und hatte ihr freundlich zugezwinkert.

Elisabeth Wendell achtete sorgfältig darauf, sich körperlich in Form zu halten, und ging fünfmal in der Woche zu einem Fitneßstudio in der Tulegatan; sie hatte folglich einen recht guten Blick für den körperlichen Zustand von Männern wie Frauen. Folglich hatte es ihr nicht entgehen können, daß sowohl Luigi als auch Göran in perfekter Kondition und extrem durchtrainiert waren. Doch hier oben in der Suite des Sheraton hatten ihre körperlichen Vorzüge einen ganz anderen Sinn erhalten. Sie waren keineswegs Yuppies, die ins Fitneß-Studio gingen, weil es sich gehörte, diese beiden waren etwas völlig anderes. Schon die selbstverständliche Art, wie sie Waffen trugen, war mehr als beredt. Sie waren vom gleichen Schrot und Korn wie der blonde Riese, denn auch der war bewaffnet gewesen. Es war keine weit hergeholte Vermutung, daß dies in der Tat die anderen »Hamiltons« waren, von der die Presse manchmal gesprochen hatte, deren Identität jedoch immer geschützt worden war. Beide waren seit eineinhalb Jahren ihre Kollegen, und keiner hatte je mit einem Wort angedeutet, daß er eine Waffe besaß.

Sie hatten etwas zu essen aufs Zimmer bestellt sowie Wein und Schnaps. Sie hatten etwas gegessen und den größten Teil des Alkohols weggekippt, damit das Zimmer etwas bewohnter aussah. Während sie noch damit beschäftigt waren, hatte Luigi ihr ruhig und ernst erklärt, daß ihre normale Schweigepflicht, die alles umfasse, was die Abteilung angehe, auch diese Operation umfasse, da sie von der Abteilung durchgeführt werde. Dann hatte er in selbstverständlichem Ton erzählt, was sie taten. Sie wollten im Nebenzimmer zwei Berufsmörder abhören. Wenn sich dadurch genügend Beweise auf Tonband ergäben, die für eine Überführung ausreichten, würden sie die Polizei holen und sich diskret vom Schauplatz zurückziehen. Es mußte nicht unbedingt sehr gefährlich werden, und sie hätten ganz und gar nicht die Absicht, die Gangster zu stellen. Sie wollten nur Beweise gegen sie beschaffen, wenn auch mit Methoden, deren sich die schwedische Polizei nicht bedienen durfte.

Luigi hatte nichts davon gesagt, daß es dem schwedischen Nachrichtendienst womöglich noch verbotener war, solche Polizeimethoden zu verwenden.

Sie hatte gefragt, was geschehen würde, wenn die Gangster wider Erwarten die Mikrophone entdeckten, wütend wurden und hereinstürmten, um eine Entscheidung zu suchen. Luigi und Göran hatten zunächst nur gelächelt und den Kopf geschüttelt. Dann hatte Luigi gemurmelt, ein solches Glück dürfe man leider nicht erwarten. Die Männer hätten keine Möglichkeit, die Mikrophone zu entdecken, da der bei solchen Unternehmungen verwendete Bohrer sich automatisch abstelle, wenn der Widerstand aufhöre, also direkt unter der Tapete auf der anderen Seite.

Anschließend hatte sie sich damit begnügt, technische Fragen zu stellen, denn das war eher ihr Fachgebiet. Ob diese Figuren den Fernseher oder das Radio einschalteten, wenn sie ihre Pläne schmiedeten?

»Deswegen haben wir ja drei Mikrophone in die Wand gesetzt«, entgegnete Göran spöttisch. »Du wirst selbst das Vergnügen haben, die Geräusche im nachhinein zu trennen, falls es nötig ist, um die Unterhaltung von Nebengeräuschen zu befreien. Im Augenblick aber genügt es, wenn Luigi hören kann, was nebenan gesprochen wird, während wir das Ganze auf drei verschiedenen Tonspuren aufnehmen.«

Nachdem sie angefangen hatten, geschah mehrere Stunden gar nichts. Luigi saß mit seinem Kopfhörer da und lauschte. Von Zeit zu Zeit nickte er oder schnitt eine Grimasse. Das deutete darauf hin, daß er Mühe hatte, etwas zu hören oder zu verstehen.

Plötzlich brach nebenan Aktivität aus, die Luigi zunächst nicht deuten konnte. Er flüsterte Göran etwas zu, der sofort Essensreste und anderes beiseite räumte, als hätten sich nur zwei Personen im Zimmer befunden. Dann nahm er den Eiskübel, ging auf die Toilette und spülte die Eisstücke weg, kam schnell wieder heraus, ging zu Elisabeth Wendell und beugte sich mit dem Eiskübel in der Hand über das Bett.

»Okay, Elisabeth, jetzt kommt deine Nummer. Sie wollen in die Klavierbar runtergehen, machen sich gerade fertig. Du nimmst den Eiskübel hier, klopfst nebenan an und fragst, erst auf Schwedisch, und dann, wenn du entdeckst, daß sie unsere Sprache nicht beherrschen, auf Englisch. Du willst also etwas Eis, denn wir haben keins mehr, da unsere Eismaschine kaputt ist. Da gibt es etwas, was du nachprüfen mußt, nur eins. Ob es in der Nähe ihrer Tür irgendwelche elektronischen Instrumente gibt, kleine schwarze Kisten mit einem Display. Das ist alles. Den Rest muß dein Charme besorgen.«

»Und wenn sie gleich zu mir reinkommen wollen?« fragte sie erschrocken.

»Nein«, sagte Göran Karlsson lächelnd, »das geht natürlich nicht. Du bist immerhin frisch verlobt, und ich bin dein Verlobter und nicht angezogen. Luigi ist gar nicht da. Okay?«

»Okay«, sagte sie tapfer und mit pochendem Herzen. Sie hatte das Gefühl, plötzlich als Goldie Hawn in einem Abenteuerfilm mitzuspielen.

Göran Karlsson tätschelte ihr freundlich die Wange und begann, sich mit einer entschuldigenden Miene zu entkleiden und die Kleidungsstücke demonstrativ im Zimmer zu verteilen. Seine Unterhosen behielt er bis auf weiteres pietätvoll an. Unterdessen war Luigi dabei, die gesamte Elektronik zu verstecken, und machte sich bereit, in einem Kleiderschrank zu verschwinden. Er verabschiedete sich bis auf weiteres mit einem aufmunternden Winken.

Göran Karlsson krabbelte ins Bett, zog sich unter der Decke munter seine Unterhosen aus und ließ sie erst ein paarmal in der Luft herumwirbeln, bevor er sie mit einer Handbewegung wegschleuderte, die einer professionellen Stripperin würdig gewesen wäre. Dann zeigte er fröhlich auf die Tür.

Mit heftig klopfendem Herzen zog Elisabeth Wendell den weißen Bademantel des Hotels mit dem Sheraton-Monogramm enger um sich, holte dann tief Luft und ging auf dem gestreiften Teppichboden zur Tür nebenan. Ihre nackten Fersen ließen einen dumpfen, entschlossenen Laut hören.

Sie hatte Glück. Sie hatte gerade den Kopf zur Tür hinausgesteckt, als die beiden südländischen Nachbarn ihr Zimmer in einer Parfumwolke verließen. Der Rest war einfach. Sie war zwei hilfsbereiten Herren buchstäblich in die Arme gelaufen, die sie sofort hereinbaten und ihr fast übertrieben höflich mit dem Eiskübel halfen. Sie luden sie lachend ein, *jederzeit* zu kommen, wenn sie mehr Eis haben wolle oder etwas anderes wünsche, nämlich *was auch immer*; sie lächelte und spielte nach bestem Vermögen die dumme Blondine. Sie entschuldigte sich und erklärte, das wäre gar nicht gut, da sie frisch verlobt sei. Bei diesen Worten errötete sie kleidsam. Ihr Verlobter sei nämlich im Zimmer nebenan bei ihr. Die Italiener gerieten fast außer sich vor Entzücken, versprachen, nicht zu stören und wünschten ihr für den Rest der Nacht Glück. Als sie das Zimmer verließ, hatte sie einen vollen Überblick über die Türregion und stand überdies neben den Männern, als sie hinter sich abschlossen, ihr eine gute Nacht wünschten und sich höflich verbeugten. Dann trippelte sie schüchtern kichernd in ihr Zimmer zurück und warf den beiden Kavalieren noch einen letzten koketten Blick zu, bevor sie langsam die Tür hinter sich zuzog.

»Hol mich der Teufel!« sagte sie. »Was für elende Gangster. Die sehen ja aus wie Statisten im ›Paten‹!«

»Das liegt daran, daß sie genau das sind«, sagte Luigi mit einem aufmunternden Lachen, als er den Kleiderschrank verließ. »Nun, wie sah es aus?«

»Einer von ihnen hat eine Pistole bei sich, das habe ich noch gesehen«, sagte Elisabeth Wendell ernst.

»Ja, das versteht sich doch«, murmelte Luigi, der seine Ausrüstung wieder hervorzukramen begann. »Ich meine aber, wie es an der Tür aussah.«

»Absolut nichts zu sehen«, bemerkte sie leicht gekränkt, weil die Tatsache, daß sie die Waffe bemerkt hatte, nicht gewürdigt worden war. »In der Nähe der Tür war absolut nichts zu sehen.«

»Gut«, sagte Luigi. »Sie wollen runter in die Klavierbar, um dort eventuell ihr amouröses Glück zu versuchen. Angesichts dessen, was für Figuren sie sind, wird es wohl ein Weilchen dauern, sofern sie auch in dieser Hinsicht nicht auf Profis zurückgreifen. Dann machen wir es so. Ich gehe rein. Du, Göran, lauschst über Kopfhörer, und du, Elisabeth, behältst den Korridor im Auge. Wir warten fünf Minuten für den Fall, daß einer von ihnen was vergessen hat. Wenn du im Korridor etwas siehst, sagst du Göran Bescheid, der gegen die Wand klopft. Alles klar?«

»Wieso reingehen? Es ist doch abgeschlossen?« fragte Elisabeth Wendell zu ihrem Gram etwas albern, als Luigi nur lächelnd an ihr vorbeiging und den Kopf schüttelte.

»Es ist ein gewöhnliches Schloß, nichts Besonderes. Daran haben wir schon gedacht«, erklärte Göran Karlsson und setzte den Kopfhörer auf. Dann gab er Elisabeth Wendell ein Zeichen, sie solle an der Tür ihre Späherposition einnehmen.

Das erste, was sie sah, war natürlich, wie Luigi seinen Angriff auf das idiotensichere Hotelschloß schnell beendete. Sie hatte kaum ihre Position eingenommen, als er schon in das Zimmer hineinging und schnell die Tür hinter sich zumachte.

Luigi brauchte weniger als eine Viertelstunde. Er kehrte mit einer steilen Falte auf der Stirn zurück und gab den anderen durch ein Zeichen zu verstehen, daß sie sich setzen konnten. Er griff nach seinem Handy und wählte schnell eine Nummer.

»Hallo, Sam, hier Luigi«, begann er sehr direkt. »Du kannst die Kavallerie einberufen, die Sache ist klar. Ich habe sie eine Zeitlang belauscht. Sie hatten die Freundlichkeit zu äußern, daß sie vor dem sogenannten *Mailänder* du weißt schon wen erledigen wollen. Beide Namen waren deutlich zu hören. Sie haben Waffen, Sprengstoff und Zeichnungen von Stenhamra, die sie aus irgend so einer verdammten Wochenzeitschrift hier haben. Die Sache ist klar.«

Luigi sah vielsagend auf die beiden anderen im Raum, da sie wie beabsichtigt mitgehört hatten, was er gesagt hatte und zu wem. Er lauschte aufmerksam und erwiderte dann, es sei unklar, wann die Herren wiederkommen würden. Er bestätigte ein paar Anweisungen mit einem Kopfnicken und schaltete das Telefon aus.

»Tja«, sagte er und breitete fröhlich die Arme aus. »Wir sollen hierbleiben, bis die beiden Typen wiederkommen. Dann geben wir Alarm und wickeln in aller Stille diese Station ab. Bis dahin … tja, was zum Teufel machen wir? Wollen wir über Politik diskutieren?«

»Wird die Polizei sich um den Rest kümmern?« fragte Elisabeth Wendell zweifelnd.

»Aber ja«, versicherte Luigi und bekreuzigte sich. »Die außerordentlich tüchtige Sicherheitspolizei Schwedens setzt gerade alle Kräfte in Bewegung. Das wird sicher gutgehen. Zumindest für mich, denn ich werde nicht mehr hier sein, wenn sie zuschlagen. Ich kann nur hoffen, daß sie statt der Italiener nicht euch erschießen, nämlich in dem Glauben, ihr wärt verkleidete Sizilianer.«

»Das war *eigentlich* überhaupt nicht lustig«, bemerkte Elisabeth Wendell.

»Ich nehme alles zurück«, sagte Luigi leichthin. »Ich habe natürlich das allergrößte Vertrauen in die zivile schwedische Sicherheitspolizei.«

Da gab es jedoch etwas, was Luigi ebensowenig wußte wie die beiden anderen im Raum, die ihre Arbeit für erledigt hielten: Schweden hatte seit einiger Zeit eine Polizeieinheit zur Terroristenbekämpfung aufgestellt.

Der Beschluß, eine besondere Terroristenpolizei einzuführen, war zwar erst viele Jahre nach dem Abebben des Terrorismus als permanenter Bedrohung zustande gekommen. Doch nach dem Mord an dem Ministerpräsidenten Olof Palme, dem Mord, der nie aufgeklärt worden war, weil rund zwanzig Politiker und einige Polizeichefs, die nie Polizisten gewesen waren, die Ermittlungen übernommen hatten, waren zahlreiche Untersuchungsausschüsse eingesetzt worden. Eine dieser Kommissionen wurde von einem senilen ehemaligen Regierungspräsidenten geleitet, der aus unerfindlichen Gründen zu der Erkenntnis gelangte, der Mord an dem schwedischen Ministerpräsidenten hätte verhindert werden können, wenn Schweden damals schon eine Terroristenpolizei gehabt hätte.

Normalerweise hätte man eine solche Schlußfolgerung mit normalen intellektuellen Instrumenten prüfen können. Man kann sich beispielsweise fragen, was ein paar Terroristenpolizisten in irgendeiner Baracke für einen Unterschied gemacht hätten, als der Mörder Olof Palme ohne Leibwächter antraf. Wieviel Stacheldraht diese Polizisten während ihrer Aufbauphase auch gegessen und wie viele Ketten sie auch geschissen haben mochten, so wären sie auf jeden Fall zu spät am Tatort erschienen.

Die Stimmung nach der Ermordung des schwedischen Ministerpräsidenten war jedoch so, daß keinerlei Vorschlag des Inhalts, Olof Palme hätte noch am Leben sein können, als dumm angesehen worden wäre, wie abgrundtief dumm er auch gewesen wäre.

Folglich hatte Schweden jetzt als letztes Land Westeuropas etwas verspätet eine Terroristenpolizei erhalten, die nichtsdestoweniger außerordentlich ehrgeizig übte. Die Männer hatten zahlreiche interessante Waffen zur Verfügung, die gewöhnliche Polizisten nicht besaßen. Sie trainierten oft mit Nachtsichtgeräten und Blend-Schock-Granaten, kletterten an Hausfassaden herum und landeten von Hubschraubern aus auf Hausdächern. Ihre Identitäten waren »geheim«. Von Zeit zu Zeit war es Reportern gelungen, sie zu fotografieren. Sie trugen Terroristenmasken, japanische Stirnbänder und Stiefel aus schwarzem Leder mit besonders hohen Schäften.

Das Problem war lange Zeit gewesen, daß diese Truppe bislang nie hatte zeigen dürfen, wie tapfer sie war. Ihr Wahlspruch lautete »Es zu können, bevor es geschieht – es zu wagen, wenn es geschieht«.

Jetzt allerdings hatte sich der Polizeipräsident in Stockholm unglücklicherweise etwas in den Kopf gesetzt. Er sagte nämlich: »*This is it.*«

Worüber die drei kartenspielenden Offiziere des Nachrichtendienstes folglich in glücklicher Unwissenheit lebten war folgendes: daß nämlich das Hotel Sheraton sich nur zehn Minuten nach Luigis Telefonat in *the target* verwandelt hatte. Aus unerfindlichen Gründen waren englische Kommandobegriffe bei den härtesten Polizisten Schwedens besonders populär.

Das Zimmer der Nachrichtendienstoffiziere befand sich im zweithöchsten Stockwerk des Hotels, und so konnten sie nicht umhin zu bemerken, daß ein Hubschrauber eine Zeitlang direkt über ihnen schwebte; ihre halbleeren Gläser vibrierten auf ihren Tabletts.

Luigi und Göran Karlsson wechselten einige vielsagende Blicke.

»Was habe ich gesagt«, bemerkte Luigi. »Die Intelligenzreserve hat mal wieder zugeschlagen. Was für ein Glück, daß die Zielpersonen noch unten in der Bar sind. Wer gibt?«

Gleichzeitig hatte man natürlich »einen eisernen Ring« um das Hotel geschlagen, und wären die zwei Personen, denen der ganze Aufwand galt, nicht so unbeschwert damit beschäftigt gewesen, in der Klavierbar des Hotels ihren südländischen Charme zur Geltung zu bringen, wären sie möglicherweise geflüchtet. Vermutlich durch die Garage, da sich dort keine Terroristenpolizisten befanden. Deren Ausstattung war nämlich viel zu auffällig, und außerdem konnten sie dort unten im Neonlicht ihre Nachtsichtgeräte nicht verwenden.

Die beiden Männer, denen der ganze Aufwand galt, hatten jedoch bestimmte Grundsätze. Eins dieser Prinzipien lautete, sich bei einem Auftrag niemals einer Prostituierten zu bedienen. Alkohol beim Job war eine Sache, aber Weiber niemals. Sie hatten die Vorstellung, daß Weiber Unglück bringen können, besonders solche, für die man bezahlen muß.

Dabei fehlte es in der Bar des Sheraton nicht an Prostituierten, ganz im Gegenteil. Das hatte jedoch den Effekt, daß es an gratis zur Verfügung stehenden Frauen fehlte. Die beiden Mörder befanden sich also in einer ziemlich unverfälschten Gesellschaft von schwedischen und ausländischen Managern und Prostituierten, und von denen fand niemand Anlaß, den beiden Italienern, die nicht gerade wie Manager wirkten, Zeit oder auch nur Interesse zu widmen. Nach einer Stunde gaben die beiden auf und beschlossen, auf ihr Zimmer zu gehen, etwas Wein zu bestellen und zu sehen, was das Pay-TV zu bieten hatte.

Als sie über das kühle nordische Kulturklima fluchend ihr Zimmer betraten, registrierte Luigi sofort ihre Ankunft. Er griff zum Telefon, wählte eine Nummer und teilte kurz mit, der Vogel sitze jetzt im Käfig. Man brauche nur noch zuzuschlagen.

Dann sammelte er mit maliziöser Sorgfalt sein gesamtes Material ein und verpackte es in einer kleinen Reisetasche. Er sah die beiden anderen spöttisch an und gab seiner Hoffnung Ausdruck, die schwedische Sicherheitspolizei möge hoffentlich nicht die Zimmernummern verwechseln.

»Wenn sie mit gezogener Waffe hier reinkommen«, begann er gespielt nachdenklich, »erschieß sie nicht, lieber Göran, bitte nicht! Ihr müßt mir versprechen, euch sofort zu ergeben. Ihr müßt dann nur sagen, daß sich das Ziel in der Bude nebenan befindet. Könnt ihr mir das feierlich versprechen?«

Die beiden sahen ihn säuerlich an, als er seine Tasche nahm, sich verneigte und hinausging.

»Was machen wir jetzt?« fragte Elisabeth Wendell irritiert.

»Tja«, erwiderte Göran Karlsson amüsiert, »wir halten uns von Fenstern und Türen fern. Nein, mal im Ernst. Wir tun gar nichts. Schließlich sollen sie nur zwei Verbrecher abholen. Das kann ihnen ja nicht mißlingen.«

»Nicht mal der Säpo?« fragte Elisabeth Wendell mißtrauisch. Im Lauf des Abends waren einige ihrer Vorurteile bestätigt worden.

»Nein«, sagte Göran Karlsson und fuhr sich mit der Hand lachend über Stirn und Augen, »das hier ist wirklich sehr leicht. Nein, nicht mal die Säpo kann da was falsch machen.«

Es war allerdings nicht die Säpo, die zuschlagen sollte, obwohl es an und für sich durchaus möglich war, daß es nicht einmal der schwedischen Sicherheitspolizei mißlingen konnte, zwei Personen festzunehmen, die sich in einem Zimmer hoch oben in einem Hotel aufhielten, das überdies von Sicherheitsbeamten umstellt war.

Luigi lebte immer noch in der Vorstellung, daß die Säpo die Festnahme vornehmen sollte. Aus diesem Grund war er außerordentlich verwirrt, als er auf der Feuertreppe mit zwei Gestalten zusammenstieß, die Terroristenmasken und Stirnbänder trugen und mit beiden Händen deutsche Pistolen mit Schalldämpfern hielten. Er sah es als gegeben an, daß nach dem Grundsatz, daß ein Unglück nur selten allein kommt, sich etwas ganz anderes und weit Ernsteres ereignet hatte, und zwar gleichzeitig mit der bevorstehenden trivialen Festnahme.

Die beiden Terroristen richteten ihre Waffen auf Luigi und schrien erst gleichzeitig etwas, was nicht zu verstehen war.

»Okay, blackhead, fries!« brüllte dann einer der Terroristen. »And putt your focking begg down on the trepp!«

Luigi brauchte eine Schrecksekunde, um zu verstehen, daß er eine Art Englisch hörte.

»Okay, ich ergebe mich«, erwiderte er auf englisch und stellte langsam schräg hinter sich seine Reisetasche so ab, daß sie außer Reichweite der Terroristen war.

»Now beck app for focking sake and putt you on the focking flor and spread eagle focking blackhead!« brüllte der Terrorist, der Luigi am nächsten stand. Dessen Verblüffung verwandelte sich allmählich in Zorn.

»Die Herren meinen wahrscheinlich, daß sie mich erschießen werden, wenn ich nicht sofort gehorche«, sagte Luigi auf englisch, und da seine Worte offenbar nicht verstanden worden waren, wiederholte er das Ganze auf schwedisch.

Die beiden Terroristen blickten einander jetzt fragend an. Ihre Masken verdeckten nicht nur einen Teil ihres Blickfelds, sondern die beiden machten auch einen unwiderstehlich komischen Eindruck, da sie »die Augen zu verdrehen« schienen wie Neger in amerikanischen Filmkomödien der zwanziger Jahre.

In dem kurzen Augenblick des Zögerns, der dadurch entstand, daß Luigi plötzlich die Sprache gewechselt hatte, packte er mit einer Hand den Pistolenlauf des ihm am nächsten stehenden Terroristen und drehte ihn zur Seite, während er ihm mit der anderen Hand gleichzeitig die Wollmütze über die Augen zog und dem zweiten Mann mit voller Kraft einen Fußtritt ins Gesicht versetzte.

Der Rest war einfach.

Als er die beiden Männer niedergeschlagen hatte, riß er ihre Pistolen an sich, zog die Magazine heraus und warf sie weg. Sie rutschten scheppernd die Treppe hinunter. Dann zog er die Patronen heraus, die im Lauf der Waffen gesteckt hatten, und schleuderte sie hinterher. Er warf die Pistolen neben die beiden leblos daliegenden Körper und hob seine Tasche auf, um seinen unterbrochenen Weg fortzusetzen. Als er über die beiden Männer hinwegstieg, fiel ihm auf, daß sie am linken Oberkörper ein eigentümliches Symbol trugen, ein dort festgenähtes Stück Stoff. Er beugte sich erstaunt hinunter und musterte den unerwarteten Fund. Es waren zwei zickzackförmige gelbe Blitze auf blauem Boden, und darunter stand: Es zu können, bevor es geschieht – es zu wagen, wenn es geschieht.

Die Blitze erinnerten der Form nach ein wenig an die SS-Runen, und Luigi fragte sich zunächst, ob er rechtsextremistischen Terroristen begegnet war. Er blieb stehen und lauschte, aber im Treppenhaus war alles still. Dann bückte er sich schnell und suchte bei seinem nächstgelegenen Opfer auf der Innenseite des Overall. Das erste, was er sah, als er den Reißverschluß herunterzog, war eine schußsichere Weste mit der Aufschrift POLIZEI in großen, fluoreszierenden Buchstaben.

Luigi wurde zunächst ganz kalt. Er begriff nichts. Dann kam er zu dem Schluß, daß er trotz dieses Vorfalls sein Beweismaterial und seine empfindlichen Geräte aus dem Haus schaffen mußte, bevor er auf noch mehr solcher Gestalten stieß. Er ging schnell ein paar Stockwerke weiter die Treppe hinunter und betrat dann einen Hotelkorridor, in dem er eine Gruppe höchst irritierter Hotelgäste verschiedener Nationalität vorfand, darunter zwei Sikhs mit Turban. Sie drückten abwechselnd ungeduldig auf die Fahrstuhlknöpfe. Luigi schloß sich still der Gruppe an, da er davon ausging, daß die Treppen riskanter waren.

Doch plötzlich sahen sie, daß ein Fahrstuhl sich näherte. Jemand machte eine scherzhafte Bemerkung, wer warte, den erwarte etwas Gutes.

Die kleine internationale Gesellschaft vor den Fahrstuhltüren hätte allerdings nicht im Traum das erwartet, was jetzt geschah, als der Fahrstuhl hielt und die Tür mit einem seufzenden Laut zur Seite glitt. Vier Terroristen stürzten heraus. Sie hatten Masken über den Gesichtern, trugen Stirnbänder, Stiefel und hielten Maschinenpistolen in den Händen.

»Beck off, blackheads!« brüllte der erste Terrorist, der den Fahrstuhl verließ. Die kleine Gruppe von Hotelgästen wich instinktiv zurück, während sie von seiner Maschinenpistole »in Schach gehalten« wurden. Die anderen verließen den Fahrstuhl hinter ihm und nahmen Kurs auf das Treppenhaus. Als sie dort ankamen, wollte Terrorist Nummer eins ihnen folgen, während er immer noch seine Waffe auf die Hotelgäste richtete. Doch als er rückwärts lief, stolperte er über eine Falte im Teppichboden, setzte sich aufs Hinterteil und feuerte eine Geschoßgarbe auf das Glasdach, wobei er gleichzeitig eine Kristallkrone zerschoß, so daß Kristall- und Glassplitter auf die jetzt völlig verängstigte Gruppe am Fahrstuhl herabregneten.

»Es besteht keine Gefahr!« rief Luigi laut auf englisch. »Es sind nur Polizisten, schwedische Polizisten, und sie meinen es nicht ernst. Es handelt sich nur um eine Übung!«

Dann sprang er schnell in den Fahrstuhl, während der letzte Terrorist, der etwas von »Focking« fluchte, mühsam auf die Beine kam und einen Blick auf die Verwüstungen warf, die er angerichtet hatte. Die Hotelgäste hatten sich inzwischen auf den Fußboden geworfen. Der Terrorist schrie: »Polizei, stay kuhl!«

Dann verschwand er durch die Tür zum Treppenhaus. Luigi hielt den Fahrstuhl durch einen Druck auf den Warteknopf fest und gab seinen Leidensgenossen ein Zeichen, sie sollten schnell in den Fahrstuhl kommen.

»Hier drinnen können sie nicht auf uns schießen«, erklärte er aufmunternd und winkte fröhlich mit der Hand. Die beiden Sikhs mit ihren Turbans erhoben sich als erste, zupften würdevoll ihre Anzüge zurecht und wischten ein paar Glassplitter ab, bevor sie den Fahrstuhl betraten. Ihnen folgten zwei blauhaarige ältere Amerikanerinnen mit großen Augen sowie ein Deutscher.

»Waren das wirklich Bullen?« fragte eine der amerikanischen Damen, als die Fahrstuhltür zuging und Luigi auf den Knopf zum Erdgeschoß drückte.

»Ich fürchte ja. Ein schwedisches SWAT-Team in Aktion, wie ich zu meinem Bedauern sagen muß.«

»Aber warum hat er an die Decke geschossen?« fragte die zweite Dame.

»Keine Ahnung«, erwiderte Luigi resigniert.

Unten in der Halle war erstaunlich wenig von Polizei zu sehen. Luigi sah nur fünf oder sechs uniformierte Beamte in der Nähe des Eingangs. Er kam zu dem Schluß, daß es jetzt am wichtigsten war, die bespielten Bänder aus dem Haus zu bekommen, sowie die Abhörgeräte, die wahrlich nicht bei irgendwelchen durchgedrehten Polizisten landen durften. Er ging daher mit entschlossenen Schritten zur Tür.

»Haltet diesen Kanaken da auf!« hörte er jemanden schräg hinter sich befehlen, und die drei uniformierten Beamten beim Eingang machten sich sichtlich bereit, den Befehl zu befolgen.

Luigi drehte sich wütend um und entdeckte den Polizisten, der den

Befehl gegeben hatte. Er warf einen schnellen Blick auf dessen Rangabzeichen und ging dann langsam, aber nicht sonderlich drohend auf ihn zu.

»Wenn Sie entschuldigen, Kommissar, ich habe es inzwischen wirklich satt zu hören, daß mich Vertreter der schwedischen Polizei mit Ausdrücken wie ›Kanake‹ oder ›Spaghettifresser‹ oder ›Gonokokkenträger‹ belegen«, sagte er mit unterdrücktem Zorn. »Mein Name ist Svensson, Lukas Svensson«, fügte er hinzu und zog seinen schwedischen Führerschein aus der Tasche, den er dem verlegenen Polizeikommissar unter die Nase hielt.

»Ich bedaure den Ausdruck, das tue ich wirklich«, sagte der Polizist beschämt. »Aber die Situation ist im Augenblick recht aufgeregt hier im Hotel.«

»Ich weiß«, sagte Luigi kalt. Ihm kam im selben Augenblick eine Idee. »Ich arbeite nämlich beim Generalstab. Ich habe hier in der Tasche sensibles Material, das nicht in falsche Hände gelangen darf. Können Sie vielleicht dafür sorgen, daß ich einen sicheren Transport erhalte?«

Die Verhandlungslage des Polizisten war jetzt kaum dazu angetan, dem »Kanaken« einen einfachen Gefallen zu verweigern. Zwei Minuten später wurde Luigi daher mit dem Material, das auf keinen Fall in die Hände der Polizei gelangen durfte, mit einem Polizeiwagen, eingeschaltetem Blaulicht und Sirene direkt zu Samuel Ulfsson im OP 5 gefahren.

Unterdessen hatte sich die eigentliche Polizeiaktion entwickelt. Die drei Beamten, die an Luigi und den anderen Hotelgästen vorbeigerannt waren und dabei eine Kristallkrone zerstört hatten, hatten inzwischen ihre verwundeten Kollegen gefunden und über Funk Verstärkung angefordert.

Die Operation wurde jetzt von einer Position am Tegelbacken aus geleitet. Dort verriet ein schwarzer Dodge-Bus mit schwarzen Scheiben und keinen besonderen Kennzeichen außer einem kleinen Aufkleber mit gelben SS-Blitzen auf blauem Grund, daß sich hier die Einsatzzentrale befand.

In diesem Bus befand sich Polizeioberrat Jan »der Tiger« Källberg, der Chef der erst vor kurzem eingerichteten Anti-Terror-Truppe Schwedens. Er trug keine Gesichtsmaske, war jedoch mit Rücksicht auf die Geheimhaltung im Gesicht mit schwarzen und grünen Streifen bemalt und trug ein Stirnband. Er leitete die ganze Operation mit eiserner Faust.

Da die erste Attacke auf unerwarteten Widerstand gestoßen war, setzte er die Reserveeinheiten *Rattlesnake* und *Cobra* ein und befahl den Übergang zu Plan B. Dieser sah vor, daß man von zwei Seiten eindrang und dabei Tränengas einsetzte.

Bei Göran Karlsson und Elisabeth Wendell im Zimmer war es bis jetzt ruhig gewesen. Doch plötzlich hörten sie zwei dumpfe Laute am Fenster, und als Göran Karlsson vorsichtig hinaussah, entdeckte er zwei Personen mit Gesichtsmasken, die vor dem Fenster zappelnd an Nylonseilen hingen, fünfzehn Meter über der Straße. Er bemühte sich verzweifelt, ihre Aufmerksamkeit zu wecken, und zeigte eifrig auf das Fenster zum Nebenzimmer, das vermutlich das vorgesehene Ziel war. Die beiden Männer draußen schienen seine Mitteilung jedoch nicht zu begreifen, da sie zu sehr damit beschäftigt waren, sich aus ihrer buchstäblich verhedderten Situation zu befreien.

Doch jetzt wurde die Tür zum Nebenzimmer aufgesprengt, und man hörte Geräusche, die sich wie starkes metallisches Klicken anhörten.

»Jetzt schießen Sie Tränengas rein. Es müßte bald vorbei sein«, sagte Göran Karlsson freundlich erklärend. »Jetzt brauchen wir nur noch eins zu tun, nämlich stillzusitzen.«

Nachdem es etwa eine Minute still geblieben war, drang man jetzt offenbar ins Nebenzimmer ein. Durch die Wände waren ein paar kurze Feuerstöße zu hören, danach wurde es still.

»Es ist vorbei«, stellte Göran Karlsson fest.

»Sollten wir ihnen nicht sagen, daß ihre Kollegen da draußen hängen und Schwierigkeiten haben?« sagte Elisabeth Wendell und sprang entschlossen aus dem Bett. Sie tapste zur Tür und öffnete sie, bevor Göran Karlsson eingefallen war, weshalb er instinktiv gegen diesen Vorschlag war.

Doch das, was jetzt geschah, klärte ihn mit entsetzlicher Deutlichkeit über die Situation auf. Die Tür wurde nämlich aufgerissen, und zwei Männer, die definitiv nicht wie Terroristen gekleidet waren, dafür aber Gasmasken trugen, schoben Elisabeth Wendell vor sich her ins Zimmer zurück. Der eine hielt eine kleine UZI-Maschinenpistole in der Hand, deren Mündung er an die Decke richtete. Der andere richtete eine Pistole auf Elisabeth Wendell, die jetzt aufs Bett geschubst wurde, während Göran Karlsson sich erhob, beide Arme hochriß und wiederholt schrie, er ergebe sich. Die beiden Männer rissen ihre Gasmasken ab und wischten sich mit einer Hand das Gesicht ab, während sie mit der anderen die Waffen auf ihre Gefangenen richteten.

»Wir sind unschuldig, wir haben nichts getan«, piepste Göran Karlsson. Es hatte den Anschein, als kämpfte er mit Mühe gegen die Tränen an.

»Halt die Schnauze!« schrie einer der Italiener, der dann zur Tür ging und lauschte.

Die beiden Männer legten dann einen Finger auf den Mund, um zu zeigen, daß die Gefangenen sich jetzt ruhig verhalten sollten. In der gequälten Stille hörten alle im Zimmer, wie draußen im Korridor etwas geschah.

Jetzt tauchte die zweite Angriffswelle auf, nämlich das Kommando Rattlesnake. Aus dem Nebenzimmer war ein wilder Schußwechsel zu hören. Die beiden Italiener wechselten einen Blick, der zunächst von stummem Erstaunen geprägt war und dann in Heiterkeit überging.

»Die Bullenärsche schießen aufeinander«, flüsterte der Mann optimistisch, der an der Tür stand.

Elisabeth Wendell war eher verwundert als verängstigt. Unter anderem konnte sie nicht begreifen, weshalb sich Göran Karlsson so eigenartig verhielt. Sie wußte ja, daß er sich auf dem Rücken eine große schwarze Pistole in den Hosenbund gesteckt hatte. Doch jetzt stand er nur da, reckte die Arme in die Höhe und sah völlig verängstigt aus.

Erneut war draußen im Korridor Lärm zu hören. Offenbar war jetzt die zweite Angriffswelle dabei, mit gezogenen Waffen in das Zimmer zu stürmen, in dem sich nur beschossene Polizisten befanden. Ein paarmal war ein kurzer scharfer Knall zu hören, der nicht von einer Schußwaffe stammen konnte. Dann wurde es still, und anschließend folgten neue kurze Feuerstöße.

In diesem Augenblick senkte der Mann, der seine Maschinenpistole auf Elisabeth Wendell gerichtet hatte, seine Waffe und ging zwei Schritte auf seinen Kollegen an der Tür zu, den er gleichzeitig etwas fragte. Er brachte seinen Satz nie zu Ende. Elisabeth Wendell, die ihre ganze Aufmerksamkeit auf die beiden Eindringlinge gerichtet hatte, sah ebenfalls nicht, was geschah. Sie sah nur, wie die beiden Gangster von etwas getroffen wurden und zusammenbrachen. Es kam ihr vor, als hätte sie erst nachträglich die vier Schüsse gehört. Als sie den Kopf drehte, sah sie Göran Karlsson, der seine Pistole vor sich ausgestreckt hielt.

»Entschuldige das Theater«, knurrte er und war mit wenigen Sätzen bei den beiden Männern. Er beförderte ihre Waffen mit Fußtritten zur Seite und riß erst den einen, dann den anderen an den Beinen in die Mitte des Zimmers. Er warf die Maschinenpistole, die er erst gesichert hatte, zu Elisabeth Wendell ins Bett, dann die Pistole.

»Behalt die Dinger im Auge«, sagte er im Befehlston und bückte sich dann, um die beiden Verletzten zu untersuchen. Beide waren offensichtlich bei Bewußtsein.

»Ruf im Generalstab an, bitte darum, daß man dich zu Samuel Ulfsson durchstellt, und erklär ihm dann die Lage in diesem Irrenhaus«, bat er. Er riß das Hemd eines der beiden Männer in Streifen und zog ein Messer, das er unter einem Hosenbein in einer umgeschnallten Scheide versteckt hatte.

»Was soll ich sagen?« fragte sie verwirrt, als sie die Nummer wählte.

»Im Nebenzimmer findet ein Krieg zwischen verschiedenen schwedischen Polizeieinheiten statt. Wir haben mehrere verletzte Beamte. Diese beiden Gangster sind auch angeschossen, aber im Nebenzimmer bis auf weiteres in Sicherheit. Wir brauchen Krankenwagen«, leierte Göran Karlsson schnell herunter, während er ohne innezuhalten mit seinen Erste-Hilfe-Maßnahmen fortfuhr.

Colin Powell war mit dreiundvierzig Jahren zum jüngsten Oberbefehlshaber in der Geschichte der USA ernannt worden. Er war überdies der erste Schwarze in dieser Position. Diese Kombination hätte zu Andeutungen verleiten können, daß er für den Job eigentlich nicht qualifiziert sei, daß er sozusagen nur im Rahmen einer Quotenregelung ernannt worden sei. Doch dieses Argument war nie vorgebracht worden, und mit jedem Krieg, den die USA unter der militärischen Leitung Colin Powells begonnen und gewonnen hatte, war solche Kritik weniger wahrscheinlich geworden. Beim militärischen Establishment hatte er eine sehr starke Stellung.

An diesem Sonntag war er von der Kirche direkt zum Pentagon gefahren. Er hatte seiner Frau gesagt, es werde nur ein paar Stunden dauern, ohne Gründe dafür zu nennen, warum er plötzlich an einem Sonntag ins Büro fahren wollte. So hatten sie es zu Hause vereinbart. Sie stellte nie Fragen, und er erzählte nie etwas. Als die beiden letzten Kriege, gegen Panama und den Irak, ausgebrochen waren, hatte sie es dadurch erfahren, daß die Nachbarn anriefen und sagten, sie hätten ihren Mann im Fernsehen gesehen.

Er saß lange allein in seinem Arbeitszimmer und las in einer Akte über den schwedischen Admiral Carl Gustaf Gilbert Hamilton, welche die Naval Intelligence auf sein Verlangen zusammengestellt hatte. Irgendwie fühlte er sich frustriert, weil es hier ein Problem gab, das er nicht unter Kontrolle hatte. Es war eine Situation, die er nicht gewohnt war.

Die Freitagssitzung unten im Weißen Haus hatte im Oval Office stattgefunden, und dabei ging es nach Colin Powells Erfahrung fast immer unkonzentriert und wirr zu. Das Oval Office war das Arbeitszimmer des Präsidenten, und so wurden sämtliche Diskussionen immer wieder durch Anrufe und Mitteilungen gestört. George Bush fiel es dann schwer, die Fäden des Gesprächs in der Hand zu halten. Colin Powell zog es vor, diese Besprechungen ein Stockwerk tiefer im Situation Room stattfinden zu lassen, denn dort konnte in einer bestimmten Ordnung Vortrag gehalten werden, und Störungen von außen waren dort nicht zu erwarten.

Im Oval Office strömte das Sonnenlicht durch die großen Fenster herein. Das Gespräch strömte mal hierhin, mal dorthin, als wollte jeder den Ball so schnell wie möglich weiterreichen. Die Stimmung war entspannt. Einige hatten die Füße auf den Tisch gelegt, und man sah den einen oder anderen glänzenden Cowboystiefel. Das Ganze schien darauf hinauszulaufen, daß die Jungs allen Mist vor dem Wochenende aus dem Weg räumen sollten, und zwar so schnell wie möglich.

Wenn die Konferenzen unter solchen äußeren Formen stattfanden, kam man bei der Unterhaltung oft auf Aspekte zu sprechen, die nach Colin Powells Ansicht zwar gewiß etwas mit Politik und politischen Entscheidungen zu tun hatten, die er aber trotzdem reichlich oberflächlich fand. Sie konnten nicht zu der Entscheidung beitragen, ob die Nation in den Krieg ziehen sollte oder nicht. Es ging meist darum, wie eine bestimmte Entscheidung im Senat aufgenommen werden würde, wie der Kongreß und vor allem die Presse sich dazu stellte und in welcher Reihenfolge man die Probleme am klügsten nach außen präsentierte.

Brent Scowcroft, Colin Powells Nachfolger im Job als Kanzleichef des National Security Council, war zwar ein ergeben arbeitender, analytischer Workaholic, der sich zwanzig Jahre lang fast ununterbrochen mit strategischen Entscheidungen und politischer Beratertätigkeit befaßt hatte, nämlich seit seiner Zeit als Sicherheitsberater von Henry Kissinger. An Scowcroft war nichts auszusetzen. Er war religiös und hatte keinerlei Ehrgeiz, im Rampenlicht zu stehen; an den Wochenenden arbeitete er lieber, statt sich als Salonlöwe zu betätigen. Das alles war an und für sich ausgezeichnet. Er neigte jedoch auch dazu, wie besonders an diesem Freitagnachmittag, lange theoretisierende Vorträge zu halten. Und wenn die Stimmung nun einmal so war, wie sie an einem Freitag im Oval Office zu sein pflegte, wurde keiner der Anwesenden klüger, wenn noch mehr Worte gewechselt wurden.

Es war zwar nicht etwa so, daß man keine Lust hatte, Colin Powell zuzuhören, wenn er etwas zu sagen hatte; Cheney und Baker beispielsweise unterbrachen ihn so gut wie nie. Es war jedoch wie beim Wassertreten. Man kam nicht von der Stelle. Dennoch war es am Ende der Besprechung um die unzweifelhaft wichtige Entscheidung gegangen, wieder in den Krieg zu ziehen.

Scowcrofts Überlegungen hatten unter anderem ein Treffen mit diesem Berater des schwedischen Ministerpräsidenten gestreift. Colin Powell hatte den Namen schon gehört und erinnerte sich an die ungewöhnliche Wahl des *Time Magazine*, das den Schweden vor ein paar Jahren zum Mann des Jahres gekürt hatte. Es war um irgendeine abenteuerliche Geschichte in Moskau gegangen, die einem Spionagethriller entnommen zu sein schien.

Scowcrofts These war gewesen, daß es hier ein Instrument gebe, dessen man sich ruhig bedienen solle, bevor man zu einer endgültigen Lösung greife. Es habe mit den Möglichkeiten der Schweden zu tun, nachrichtendienstliches Material aus Quellen zu beziehen, die den USA in diesem Teil der Welt aus natürlichen Gründen fehlten.

Als Powell an jenem Nachmittag in miserabler Laune ins Pentagon zurückgekehrt war, hatte er aufgrund von etwas, was Scowcroft gesagt hatte, einem seiner engsten Mitarbeiter den Namen Hamilton genannt. Dieser war zufällig einmal beim Nachrichtendienst der US Navy gewesen. Die Reaktion des Konteradmirals war auf eine derart interessante Weise positiv gewesen, daß Colin Powell fast automatisch um weitere Informationen und um ein persönliches Zusammentreffen mit diesem Flottillenadmiral gebeten hatte. Und jetzt saß er hier mit einem halb zerstörten Sonntag. Er hatte noch eine halbe Stunde bis zum Beginn des Treffens.

Er blätterte in der vor ihm liegenden Akte und überflog zunächst mit nur mäßigem Interesse die Seiten, um sich bestenfalls ein paar Informationen zu verschaffen, die eher für die bevorstehende Unterhaltung als für die Erweiterung seines Erkenntnisstands von Wert waren.

Doch er las sich schon bald fest. Das Verzeichnis dokumentierte *covert action operations*, die diesem Hamilton und seinen Mitarbeitern zugeschrieben wurden. Es war aus mehreren Gründen erstaunlich. Einer der Gründe war, daß Colin Powell kaum mehr als einen einzelnen Fall kannte, etwa diese Geschichte von dem in Moskau hingerichteten Spion.

Neuerdings war man jedoch auch der Ansicht, daß Hamilton an einer Operation unter dem Codenamen Big Red teilgenommen hatte, die er vermutlich auch geleitet hatte. Dabei waren mehrere sowjetische Unterwasserstationen in der Ostsee vernichtet worden. Das war wirklich kein Fliegendreck.

Die wichtigste Erkenntnis, die sich Colin Powell im Verlauf der nächsten halben Stunde verschaffte, faßte er für sich selbst auf sehr einfache Weise zusammen: Hamilton war ein Sieger.

Carl hatte das Pentagon durch den sogenannten Fluß-Eingang betreten und wurde jetzt von einem Major in schnellem Marschtempo durch den E-Ring, den äußeren Korridor, zu Zimmer 2 E 878 geführt.

Die Architektur des Pentagon soll Macht ausstrahlen. Schwere steinerne Säulen und hohe Gewölbe lassen die Menschen wie Ameisen erscheinen. Auch an diesem Sonntag herrschte reger Betrieb, und Carl befielen die widersprüchlichsten Gefühle. Dieses Gebäude repräsentierte all das, wogegen er in seiner Jugend wohl am meisten demonstriert hatte. Bei diesem Gedanken fiel ihm auf, daß er sich nicht mehr als jung ansah. Und gerade dieses Gebäude bestimmte noch immer für Millionen Menschen in der ganzen Welt über Leben und Tod. Im Augenblick ging es um rund zehntausend Menschenleben in Libyen. Doch andererseits wollte einer der beiden Chefs in diesem Bauwerk mit ihm sprechen, allerdings kaum, um einen begeisterten Lobgesang auf das nächste Kriegsvorhaben zu hören. Folglich konnte es keineswegs falsch sein, herzukommen.

Carl hatte lange über die anscheinend triviale Frage nachgedacht, ob er Uniform anlegen oder zivil tragen sollte. Als Formfrage war das wichtiger, als man auf den ersten Blick annehmen konnte. Wenn er in Uniform erschien, kam er als offizieller Vertreter des Königreichs Schwedens. Wenn er in Zivil kam, war schon unklarer, was er vertrat. Er hatte sich also entschieden, Uniform zu tragen, um zumindest vor sich selbst den Gedanken zu verdrängen, daß er womöglich hinter dem Rücken der eigenen Regierung ins Pentagon geschlichen kam; er hatte jedoch wohlweislich darauf verzichtet, den Ministerpräsidenten anzurufen und um Erlaubnis zu fragen. Diesem war es nämlich nicht vergönnt gewesen, Colin L. Powell zu treffen.

Der vor ihm gehende Major hastete in ein großes leeres Empfangszimmer und klopfte an eine große braune Holztür. Er schien nicht auf Antwort zu warten, sondern machte gleich auf und forderte Carl mit einer Handbewegung auf, als erster einzutreten.

Der Raum war, wie nicht anders zu erwarten, groß. Auf dem Fußboden prangte ein perfekt gesaugter tiefblauer Teppich. Mitten im Raum stand ein Sitzgruppe mit dunkelbraunen Ledermöbeln, die perfekt zur Farbe des Teppichs paßten. An den großen Fenstern mit

Aussicht auf den Potomac-Fluß stand ein gedeckter antiker Tisch. Colin Powell saß an der hinteren Wand an seinem Schreibtisch und klappte gerade einen Aktendeckel zusammen.

Carl nahm Haltung an und salutierte, nahm die Schirmmütze ab, klemmte sie sich nach amerikanischer Art unter den linken Arm und trat schnell an den Schreibtisch, um dem General die Hand zu geben.

»Ich freue mich wirklich, daß Sie sich die Zeit nehmen konnten, mal vorbeizuschauen, Admiral«, begrüßte ihn Colin Powell mit einem Lächeln, das seinen Worten so etwas wie Ironie verlieh. Man hatte Zeit zu haben, wenn der mächtigste General der Welt einen rief.

»Es wäre wohl außerordentlich ungewöhnlich gewesen, wenn ich für diese Begegnung keine Zeit gehabt hätte«, erwiderte Carl ohne jede Ironie.

Colin Powell lachte, als hätte er die Antwort erhalten, die er verdiente, und machte eine Handbewegung zu dem gedeckten Tisch vor den großen Fenstern. Einige Kellner aus dem Stab des Pentagon in gelben Jacketts mit Goldlitzen tauchten plötzlich aus dem Nichts auf und servierten ein erstaunlich umfangreiches Lunchmenü. Carl entschied sich für pochierte Forelle aus den Rocky Mountains und bestellte kühn eine Flasche Far Niente; französischer Wein wäre ein bißchen zuviel gewesen, obwohl er auf der Weinkarte stand.

»Ich habe gerade eine Akte über Sie gelesen, Admiral. Das ist eine recht eindrucksvolle Lektüre, wie ich sagen muß«, sagte Colin Powell, als sie ihr Essen bestellt hatten. Er hatte das gleiche Gericht gewählt wie Carl.

»Well, Sir«, erwiderte Carl nicht ohne Ironie, »man sollte vielleicht bedenken, daß ich in den USA eine bedeutend längere militärische Ausbildung genossen habe als in meiner Heimat. Ein Teil von dem, was Sie gelesen haben, würde man sicher als ordentliche SEAL-Operationen bezeichnen können, nicht mehr und nicht weniger.«

»Bis auf etwas Wichtiges«, wandte Colin Powell fast munter ein. »Bei dem, was wir vielleicht die schwedische SEAL-Abteilung nennen könnten, ist es nicht so oft schiefgegangen wie bei unseren Leuten.«

»Sie denken beispielsweise an Ihre Verluste in Panama, Sir?« fragte Carl eher höflich als interessiert.

»Ja, zum Beispiel.«

»Sie stürmten einen Flugplatz und sollten nach den Geheimdienstberichten, die sie erhalten hatten, kaum auf Widerstand stoßen. In Wahrheit stießen sie auf sehr harten Widerstand, und wenn man über eine derart offene Fläche wie ein ganzes Landefeld laufen muß, dazu mit voller Ausrüstung, hilft es nicht, wenn man gut schwimmen kann«, stellte Carl begütigend fest. Er durfte bei den Gesprächsthemen natürlich nicht die Initiative ergreifen, sondern mußte sich führen lassen wie eine Frau beim Tanzen.

Als die Speisen hereingebracht und serviert wurden, wurde das Gespräch auf natürliche Weise unterbrochen. Carl betrachtete neugierig den Fünf-Sterne-General. Er war ihm auf seltsame Weise sympathisch geworden. Carl spielte kurz mit dem Gedanken, daß es ihn ganz einfach freute, daß die USA einen schwarzen Oberbefehlshaber hatten, der wie eine Magnum-Version des Tennisspielers Arthur Ashe aussah. Vielleicht lag es auch einfach nur daran, daß der General von Anfang an direkt und aufrichtig gewesen war und von seinen Generalssternen kein Aufhebens machte.

Colin Powell trank Wasser, und Carl fragte sich, ob er mit dem Wein warten sollte, bis ihm zugeprostet wurde. Vielleicht war ihm sein Kopfzerbrechen anzusehen, denn Colin Powell hob plötzlich sein Wasserglas zu einem Toast.

»Da drüben hämmern sie schon auf den Kriegstrommeln herum, müssen Sie wissen«, sagte Colin Powell. Er stellte das Glas auf den Tisch und zeigte mit dem Daumen über die Schulter auf die andere Seite des Potomac.

Carl versuchte, dem Finger durchs Fenster zu folgen, aber dort drüben lag das gesamte öffentliche Washington.

»Sie meinen im Weißen Haus, Sir?« fragte Carl.

»Ja«, erwiderte Colin Powell fröhlich. »Was zum Teufel sollte ich sonst meinen. Verzeihen Sie diese Sprache an einem Sonntag, aber außer Gott hört uns ja niemand. Ich habe Sie hergebeten, um von Ihnen ein paar Ideen zu hören, Admiral. Also legen Sie los!«

»Well«, sagte Carl verlegen, »es scheint mir ein wenig vermessen zu sein, dem amerikanischen Oberbefehlshaber irgendwelche Vorschläge zu machen. Worüber genau möchten Sie sprechen, Sir?«

»Krieg«, entgegnete Colin Powell mit einem düsteren Achselzucken. »Wie ich schon sagte, da drüben hämmern sie auf den Kriegstrommeln herum, und ich finde sowohl Ziel wie Zweck ein wenig unpräzise.«

»Gelten sozusagen Weinbergers Grundsätze für den Krieg noch immer?« fragte Carl interessiert, da ihm allmählich einige Ideen zu dem kamen, was er sagen wollte.

»Mm«, sagte Colin Powell mit einem amüsierten Kopfnicken, »obwohl ich sagen muß, daß es mich erstaunt, wie bekannt sie zu sein scheinen. Für Sie sind sie jedenfalls kein Geheimnis, Admiral?«

»Nein«, sagte Carl mit einem Nicken und dachte kurz nach. »Punkt eins: Die USA sollen sich draußen in der Welt nicht in kriegerische Unternehmungen verwickeln lassen, sofern der Grund dazu nicht von vitaler Bedeutung für die nationalen Interessen der USA ist. Punkt zwei: Ein solches Unternehmen darf nur begonnen werden, wenn es mit einem Sieg beendet werden kann. Punkt drei: Ein solches Vorhaben muß klar definierte politische und militärische Zwecke verfolgen. Punkt vier: Ein solches Unternehmen muß fortlaufend modifiziert und mit neuen Prioritäten versehen werden können. Punkt fünf: Ein solches Unternehmen muß die Unterstützung des amerikanischen Volkes und seiner gewählten Volksvertreter im Kongreß haben. Punkt sechs: Ein solches Vorhaben muß immer als letzter Ausweg angesehen werden. Und wenn wir von Krieg gegen Libyen sprechen, gibt es diesen Richtlinien zufolge so manches dagegen einzuwenden.«

»Shit! Sie geben mir das Gefühl, wieder auf der Schulbank zu sitzen, Admiral!« sagte Colin Powell lachend. »Verfügen alle schwedischen Offiziere über ein solches Wissen?«

»Nein, Sir«, erwiderte Carl errötend. Er hatte in einem Buch gebüffelt, von dem er im Grunde nicht gedacht hatte, daß er während der USA-Reise dafür Verwendung finden könnte. »Nur die wenigen von uns in Schweden, die hier in den USA ausgebildet worden sind.«

Colin Powell nickte anerkennend, fast so, wie Tessie es immer tat.

»Okay, Admiral«, sagte er freundlich. »Wo wollen Sie anfangen?«

»Es gibt kein klar definiertes Ziel und keine Möglichkeit zu gewinnen, solange man nicht weiß, was man bombardieren soll. Und wenn man alles andere bombardiert, nur die Bombe nicht, hat man verloren«, erwiderte Carl eifrig. Er hielt dies für die entscheidende Frage. Fragen nach arabischen Menschenleben hatten, wie er glaubte, nicht die geringste Bedeutung.

»Richtig«, sagte Colin Powell mit einem nachdenklichen Kopfnicken. »Wir dürfen keine Streitkräfte mit einem unklaren Auftrag losschicken, den sie nicht zu Ende bringen können, etwa wie wir es 1983 im Libanon getan haben. Wir hetzten unsere tapferen Krieger in einen Bürgerkrieg mit fünf Bürgerkriegsparteien, komplett mit Geiselnehmern und einem Dutzend Spionen in jedem Lager. Und dann sagten wir: ›Gentlemen, Sie spielen jetzt den Puffer‹. Das Ergebnis waren 241 tote Marines.«

»Diesmal riskieren Sie das zwar nicht«, wandte Carl vorsichtig ein, »aber Sie laufen Gefahr, einen nicht klar definierten Auftrag zu erteilen, solange wir nicht wissen, wo sich die Bombe befindet. Wenn Sie mir erlauben, eine einfache Schlußfolgerung zu ziehen, Sir?«

»Bitte sehr, Admiral!« sagte Colin Powell mit einer fröhlichen Miene, die erkennen ließ, daß diese Frage so etwas wie ein Overkill an Höflichkeit war.

»Bei allen Überlegungen muß eine Frage im Vordergrund stehen: wo? Es ist also in erster Linie eine Frage nachrichtendienstlicher Erkenntnisse. Wenn wir wissen, wo sich die Bombe befindet, wenn wir eine Antwort auf diese Frage haben, gibt es eine ganze Batterie von Möglichkeiten, die präziser und weniger riskant sind als ein ausgewachsener Krieg.«

»Sie hören sich an, Admiral, als hätten Sie während der letzten Jahre hier im Haus als einer meiner Ja-Sager gearbeitet. Verzeihen Sie, das war nicht böse gemeint. Okay, Admiral, dann werde ich Ihnen eine sehr direkte Frage stellen. Können Sie die Bombe finden?«

»Ja, Sir!« erwiderte Carl blitzschnell. Ihn erfüllte plötzlich ein fast jubelnder Optimismus, doch nicht aufgrund seines Zutrauens zu sich selbst, sondern weil er eine Möglichkeit sah, die Bomber bis auf weiteres am Boden zu halten.

»Sie scheinen sich Ihrer Sache erstaunlich sicher zu sein, Admiral«, bemerkte Colin Powell zögernd. »Haben Sie besondere Gründe für diesen Optimismus?«

»Ja, Sir!« sagte Carl etwas gefaßter. »Darf ich vielleicht auf Ihre Hausregeln da drüben auf dem Schreibtisch verweisen? Regel vier, um genau zu sein.«

Colin Powell drehte sich erstaunt um. Bis zu seinem Schreibtisch waren es sechs Meter. Dort stand eine kleine Plakette, die er hatte anfertigen lassen und auf der die Regeln seines Hauses aufgeführt waren. Dort fanden sich in dreizehn Punkten allerlei Regeln. Man dürfe zwar wütend werden, müsse den Zorn aber verrauchen lassen, sich ruhig verhalten, eventuelle Ehren teilen und anderes. Regel vier lautete kurz und amerikanisch: Es läßt sich machen!

Wie alle Brillenträger machte es Colin Powell fast sprachlos, als er entdecken mußte, was sogenannte Normalsichtigkeit bedeutet.

»Sie haben offenbar ein Auge wie ein Weißkopf-Seeadler, Admiral«, bemerkte er.

»Ganz und gar nicht. Ich habe diese Regeln gesehen, als wir uns begrüßten«, log Carl höflich.

»Dann haben Sie ein Gedächtnis wie ein Elefant. Nun, das ist also Ihre Meinung?«

»Daß es sich machen läßt. Ja. Erlauben Sie mir, an Hausregel Nummer dreizehn zu erinnern«, entgegnete Carl schnell und mit einem schüchtern verhaltenen Lächeln; diesmal hatte er die Regelsammlung offensichtlich erneut abgelesen.

Colin Powell entschuldigte sich höflich, stand auf, ging zum Schreibtisch hinüber und holte die kleine Plakette, die er demonstrativ auf das weiße Tischtuch zwischen ihnen stellte. Er drehte sie so, daß beide lesen konnten. Dann räusperte er sich und las Regel Nummer dreizehn: »Anhaltender Optimismus vervielfacht deine Stärke.«

»Ich kann Ihnen gar nicht sagen, wie sehr ich dem zustimme«, sagte Carl straff.

Colin Powell lachte laut auf.

»Ich habe mir gedacht, daß ich das Schildchen lieber gleich herstellen sollte, damit wir es beide lesen können«, erklärte er mit einer entschuldigenden Handbewegung. Dann wurde er wieder ernst.

»*Wie*, exakt wie würden Sie ein solches Unternehmen durchführen wollen, Admiral?« fragte er.

»Das ergibt sich recht einfach«, begann Carl. Er achtete sorgfältig darauf, nicht allzu selbstbewußt, aber auch nicht allzu zweifelnd und zögernd zu klingen; es gab so etwas wie ein amerikanisches Gleichgewicht, das er schwach im Rückenmark spürte. »Schritt Nummer eins besteht nämlich darin, daß man die Palästinenser herauszufinden bittet, wo die Bombe ist. Sie haben ja meine Akte gelesen, Sir. Dabei haben Sie möglicherweise feststellen können, daß ich mit dem Nachrichtendienst der Palästinenser ein paarmal zusammengearbeitet habe. Schweden unterhält ja, wenn ich mich vorsichtig ausdrücken soll, etwas entspanntere Beziehungen zu den Palästinensern als Sie hier in Washington. Ich bin mir ziemlich sicher, daß ich sie um diesen Gefallen bitten kann.«

»Beruht diese Vermutung auf politischen Zusammenhängen, oder argumentieren Sie nach der Linie, du bist mir noch einen Gefallen schuldig, oder, noch härter, du bekommst jetzt ein Angebot, das du nicht ablehnen kannst?« fragte Colin Powell mit plötzlich spürbar größerer Härte.

»Ein bißchen von allem, was Sie erwähnt haben, Sir«, erwiderte Carl. »Was die Schuld auf unserer und deren operativer Seite angeht, kann ich wohl sagen, daß sie relativ gleichmäßig verteilt sein dürfte. Ich kenne ihre wichtigsten Entscheidungsträger bei solchen Fragen, ich kenne sie persönlich. Das halte ich für wichtig. Und da ich sie kenne, weiß ich einiges darüber, wie sie denken. Ich glaube, es würde ihnen schwerfallen, nicht mitzumachen.«

»Sind sie gut? Ich meine in operativer Hinsicht?« fragte Colin Powell mit gerunzelter Stirn.

»Meiner Auffassung nach lautet die Antwort zweifelsfrei ja, Sir.«

»Okay. Ihrer Meinung dürfte unter uns gesagt etwas größerer Wert beigemessen werden können als der einiger Theoretiker in meiner Umgebung. Lassen wir das mal durchgehen. Sie sind gut. Aber warum zum Teu... lassen Sie uns den Ruhetag jetzt heiligen. Also. Warum sollten sie mitmachen?«

»Meiner Meinung nach haben sie kaum eine Wahl, Sir. Daß Ghaddafi die Bombe besitzt, hat ja nur dann einen Sinn, wenn es ein Geheimnis bleibt, bis er sie irgendwie scharf machen kann. Wenn das Geheimnis platzt, sieht es ziemlich düster aus. Ich meine, Sie haben es selbst gesagt, Sir. Im Weißen Haus hämmert man schon auf den Kriegstrommeln herum. Wir haben es mit einer unvermeidlichen arabischen Katastrophe zu tun, wenn die Bombe nicht neutralisiert wird.«

»Und das sollen die Palästinenser drüben in Tunis für so ernst halten? Ich meine, einmal abgesehen von dem Risiko, daß sich die Bombe in ihrer unmittelbaren Nähe befindet?«

»Ja, Sir. Ich stehe jetzt vor der Wahl, ob ich Ihnen einen Vortrag halten soll, den Sie bei allem Respekt hinterher ein wenig langweilig finden würden, Sir. Oder ich entscheide mich für die andere und direktere amerikanische Methode und sage ganz einfach, ich bin überzeugt davon, sie überreden zu können.«

»Gut! Wohl gesprochen, Admiral. Ich kaufe sofort die kurze amerikanische Version, wie Sie es so höflich formulieren. Dann bleibt wohl nur die Frage nach dem nächsten Schritt. Wir haben mit Ihrer Hilfe also die Bombe gefunden. Was *wir* dann tun können, wissen Sie. Gibt es etwas, was *Sie* in dieser Lage tun könnten?«

»Ja, Sir, ohne Zweifel«, erwiderte Carl kühn. »Ich würde es schaffen, die Bombe unschädlich zu machen. Ich bin immer noch überzeugt, daß die Palästinenser mir mit der dann nötigen Logistik helfen würden.«

»Dazu kann ich nur sagen: Hol mich dieser und jener an einem Sonntag!« rief Colin Powell aus. Es klang eher verblüfft als skeptisch. »Das eröffnet ja eine ganze Reihe neuer und angenehmer Perspektiven, kurz, wir könnten das Problem theoretisch also auch ohne Krieg lösen?«

»Ja, Sir! Aber die Sache hat einen Haken«, erwiderte Carl schnell und mit einem düsteren Gesichtsausdruck, obwohl er innerlich über das jubelte, was er zu tun im Begriff war.

»Oho!« bemerkte Colin Powell. »Das habe ich fast schon erwartet. Na schön, Admiral, wie sieht der Haken aus?«

»Mein Chef, also der schwedische Ministerpräsident«, begann Carl bekümmert, »hat auf zahlreichen Gebieten den Wind des Wandels verkündet, seit er an die Macht gekommen ist. Eins dieser Gebiete ist gerade bei dieser praktischen Frage sehr bedauerlich, weil er nämlich die schwedische Unterstützung der palästinensischen auf die israelische Seite übertragen hat, so daß die schwedische Politik, wie soll ich sagen, eher im Einklang mit der amerikanischen steht. Mein Chef, der Ministerpräsident, würde also nicht gerade vor Freude in die Luft springen, wenn ich ihm eine schwedisch-palästinensische Verschwörung vorschlüge.«

»Verdammt! Ich hab's gewußt«, rief Colin Powell aus. »Leute wie Sie und ich landen immer in den Krallen solcher Leute. Leider ist das nun mal unser System. Dagegen läßt sich nichts machen.«

Er zeigte erneut mit dem Daumen über die Schulter, auf die Aussicht aus den großen Panoramafenstern auf den Potomac und das Weiße Haus.

»Ich kann Ihnen gar nicht sagen, wie recht Sie haben, Sir«, sagte Carl in seinem Eifer, endlich zu dem zu kommen, was er wirklich beabsichtigte. Immerhin blickte Colin Powell jetzt schon verstohlen auf die Uhr, und das Personal war gerade dabei, den Tisch abzudecken. Hastig, fast desperat, sagte er ja zu einer Tasse Kaffee, lehnte einen Cognac aber dankend ab.

»Wie gesagt, Sie ahnen gar nicht, wie recht Sie haben. Aber in diesem ganz speziellen Fall gibt es eine Medizin.«

»Well, Admiral«, sagte Colin Powell mit hochgezogenen Augenbrauen und sichtlich erneuertem Interesse. Dann wollen wir mal hören, was für eine Medizin das ist.«

»Also, hm«, begann Carl. Um ein Haar hätte er höchst unpassend losgekichert bei dem Gedanken, was er zu tun im Begriff war. »Es sieht so aus. Unser schwedischer Ministerpräsident mißt den Entscheidungen und Ansichten Washingtons die allergrößte, um nicht zu sagen, die entscheidende Bedeutung bei. Eine kleine freundliche Anfrage aus Washington, nur eine kleine, mehr ist nicht nötig, unsere besonderen Verbindungen zu den Palästinensern dazu zu nutzen, diese nachrichtendienstliche Operation im Interesse des Weltfriedens durchzuführen … falls Sie verstehen, was ich meine, Sir?«

Carl senkte züchtig den Blick und sah auf das Tischtuch, während er auf die Reaktion wartete. Sie wurde auffallend konkret. Colin Powell bog sich fast vor Lachen, während er mit seiner kräftigen schwarzen Hand auf das Tischtuch schlug.

»Well, well, well, Admiral. Ich glaube, ich habe kapiert«, prustete er. »Eine kleine Andeutung von da drüben« – er zeigte erneut mit dem Daumen über die Schulter –, »und Ihr Ministerpräsident hüpft in seinem Büro auf und ab, aber jetzt aus purer Freude?«

»Exakt, Sir. Und nur fünfzehn Sekunden später bin ich beim palästinensischen Nachrichtendienst.«

Colin Powell schwieg eine Zeitlang und lächelte zufrieden vor sich hin, während er aus einem hellroten Beutel Süßstoff in seine Kaffeetasse gab und umrührte.

»Admiral«, sagte er sichtlich zufrieden, »meiner Ansicht nach befinden Sie sich praktisch schon in Tunis. Ich würde vorschlagen, daß wir zunächst dieses Unternehmen durchführen und erst anschließend die Frage aufgreifen, wie es weitergehen soll. Aber, wie Sie selbst schon eben gesagt haben: Nummer eins ist die Ortung der Bombe. Wenn wir das nicht schaffen, wäre jedes weitere Handeln reine Idiotie.«

»Ganz meiner Meinung, Sir«, stimmte Carl mit einem absichtlichen Seufzer der Erleichterung zu. »Und ich kann Ihnen aus ganzem Herzen versichern, Sir, daß ich diese Schlacht wirklich gewinnen will.«

»Das glaube ich Ihnen aufs Wort«, entgegnete Colin Powell mit ironisch leicht hochgezogenen Augenbrauen, »das ist mein ganz entschiedener Eindruck von Ihnen, Admiral. Sie mögen es nicht, als Zweiter durchs Ziel zu gehen, was bestenfalls etwas ist, was Sie aus San Diego mitgenommen haben. Wie auch immer: Von diesem Augenblick an sind wir miteinander im Geschäft. Ich muß sagen, daß Sie meinen Tag gerettet haben, Admiral. Mehr als das, sollte ich vielleicht hinzufügen.«

»Noch eine letzte Frage, Sir«, sagte Carl. Es lag in der Luft, daß die Audienz beendet war. »Wie wollen wir künftig Kontakt halten?«

»Machen Sie sich deswegen keine Sorgen, Admiral«, sagte Colin Powell lächelnd und blinzelte Carl zu. »Rufen Sie uns nicht an, wir melden uns bei Ihnen.«

Sie verabschiedeten sich mit spürbarer und echter Sympathie voneinander. Beide waren vom Ergebnis des informellen Treffens sehr positiv überrascht.

Nachdem Carl hinausbegleitet worden war, stellte Colin Powell die kleine Plakette mit den Regeln des Hauses wieder auf ihren Platz auf dem Schreibtisch. Dann rief er zu Hause an und erklärte, alles sei okay, an den Plänen für den Nachmittag werde sich nichts ändern. Er werde in einer Stunde zu Hause sein.

Er bestellte seinen Wagen, lehnte sich dann bequem in dem hohen Bürosessel zurück und stieß zufrieden die Fingerspitzen gegeneinander. Es war ein bemerkenswertes Erlebnis gewesen, diesen Hamilton zu treffen, von dem Ergebnis der Besprechung einmal ganz abgesehen. Der Mann sprach ja ein so gutes Amerikanisch, daß man in ihm nur einen Landsmann sehen konnte. Er trat auch untadelig und perfekt wie ein amerikanischer Offizier auf, aber in seinem Verhalten wirkte er dennoch ein wenig reserviert. Ebenso diskret wie entschieden zeigte er so, daß er *kein* beliebiger Untergebener war und *kein* Amerikaner, und das trotz der SEAL-Schwingen. Was für eine Karriere hätte so ein Mann vor sich gehabt, wenn er tatsächlich Amerikaner gewesen wäre; Colin Powell hatte dank seines Amts natürlich zwei Reihen Ordensspangen mehr an der linken Uniformbrust als der junge Flottillenadmiral. Aber das, was Hamilton hatte, war *the real thing*. Wäre er Amerikaner gewesen, hätte er einen doppelten Satz der Medal of Honor an der Brust gehabt. Wenn dieser Bursche das Projekt nicht mit Erfolg zu Ende brachte, würde es auch kein anderer schaffen, und dann würde es tatsächlich Krieg geben.

Punkt sechs, dachte er mit einer ironischen Grimasse: »Ein solches Vorhaben muß immer als letzter Ausweg angesehen werden.«

Colin Powell war wie sein Vorgänger und guter Freund, Admiral William J. Crowe, kriegerischen Vorhaben gegenüber sehr kritisch eingestellt. Ganz im Gegensatz vermutlich zu den Vorstellungen der Öffentlichkeit waren es in den letzten zehn Jahren die Generäle gewesen, die immer gebremst hatten. Die Politiker hatten gedrängt und das Militär zu jeder Kriegsexpedition genötigt. Das militärische Establishment in Powells und Crowes Generation hatte jedoch auch sehr schmerzliche Erfahrungen mit den Katastrophen gemacht, zu denen es kommen konnte, wenn die Politiker in den Krieg zogen, ohne zu wissen warum oder zu welchen Kosten.

Die Jungs in den Cowboystiefeln, Dick Cheney beispielsweise, möglicherweise auch Baker und vor allem Bush selbst, würden jetzt etwas Zeit zum Nachdenken erhalten, in der sie sich Zurückhaltung auferlegen mußten, bevor sie die Trompeten erschallen ließen. Also Regel sechs. Und da die Hamiltonsche Operation bevorstand, ließ sich sehr entschieden darauf hinweisen, daß die Zeit für den letzten Ausweg noch nicht reif war.

Natürlich gab es politische Komplikationen; wie sehr Colin Powell selbst sich auch bemühte, diese Gedankengänge zu vermeiden, hatte er doch langjährige Erfahrung damit, wie im Oval Office geredet zu werden pflegte. Er erkannte, daß einiges Gezeter jetzt unvermeidlich war. Die USA dürften ihre Verantwortung für die Sicherheit der Welt nicht an Spieler aus der Kreisklasse delegieren, und so weiter.

Was Hamiltons letzte Frage nach den künftigen Kontakten anging, wäre es natürlich angemessen, diese Kontakte auf möglichst niedrigem Niveau zu pflegen. Gern über irgendeinen kleinen Stationschef bei der CIA. Das würde für das Weiße Haus eine ganze Reihe von Problemen lösen, von einfachen, handfesten Problemen. Dabei ging es beispielsweise darum, was der Senat, der Kongreß und vor allem die Presse über ein Zusammengehen mit palästinensischen Terroristen äußern würden.

Wenn das ganze Unternehmen zum Teufel ging, konnte das Weiße Haus die Hände in Unschuld waschen und dann eigene Initiativen ergreifen, am Ende womöglich Krieg anfangen. Vor allem aber konnte man den eigenen Hintern retten.

Wenn die Operation dagegen erfolgreich war, dürfte es keine Schwierigkeit sein, sich selbst die Feder an den Hut zu heften und durchsickern zu lassen, daß man schon Ende Februar begonnen habe, das Problem zu analysieren. Man habe es auf klugen und vorsichtigen diplomatischen Wegen versucht sowie mit nachrichtendienstlichen Aktionen, die aber nur ein erster Schritt gewesen seien. Es würde einem schon etwas einfallen, was immer es sein würde.

Eine Präsidentenwahl rückte näher. Das brachte immer Gefahren mit sich, da Präsidenten, die sich ihrer Wiederwahl nicht sicher fühlen, augenscheinlich dazu neigen, Kriege anzuzetteln. Bis auf weiteres würde es jedoch möglich sein, die Burschen im Oval Office auf dem Teppich zu halten.

Colin Powell stand auf und ging zu seinem wartenden Wagen hinunter. Schon bevor er hinter den dicken Panzerglasscheiben auf den Rücksitz gesunken war, hatte er aufgehört, an seine Arbeit zu denken.

Als Carl vor seinem Hotel an der Pennsylvania Avenue aus der Pentagon-Limousine ausstieg, war er glänzender Laune. Er sprintete die Treppen zur Round Robin Bar hinauf, in der Tessie und der Anwalt ihn erwarteten. Er strahlte eine Kraft und einen Optimismus aus, die Tessie spontan erfreuten und zugleich einen fast betäubend starken Eindruck auf den Scheidungsanwalt aus Kalifornien machten, der genau wie ein Scheidungsanwalt aus Kalifornien aussah: ein glänzender, perfekt geschnittener Maßanzug mit Weste, französische Seidenkrawatte, Bräune aus dem Sonnenstudio und getönte Strähnen im Haar. Dazu viel Training im Fitneßstudio.

Sie begrüßten einander also herzlich und einigten sich schnell darauf, mit dem Essen noch etwas zu warten. Also *business first.*

Der Anwalt wiederholte summarisch die Voraussetzungen, die er Tessie natürlich schon ausführlich beschrieben hatte.

Die Lage sei in aller Kürze folgende: Man werde behaupten, der freiwillige Vergleich, auf den sich Tessie damals eingelassen hatte, sei ungültig, weil er nicht als freiwillig angesehen werden könne, sondern unter Zwang getroffen worden war. Mrs. Hamilton und ihr damaliger Mann seien beispielsweise von Regierungsagenten wegen des Verdachts von Kontakten mit einem angeblichen sowjetischen Spion verhört worden, nämlich Mr. Hamilton.

Schritt Nummer eins: Es war nicht sehr schwer zu zeigen, daß die Voraussetzungen auf irrsinnige Weise falsch gewesen waren. Allein der Umstand, daß Mr. Hamilton soeben mit dem Präsidenten und dem Oberbefehlshaber der USA zusammengetroffen war und im Stab des konservativen schwedischen Ministerpräsidenten diente, war in dieser Hinsicht schon aussagekräftig genug.

Schritt Nummer zwei: Daß ein Sorgerechtsstreit unmöglich zu gewinnen war, wenn die eine Partei zu Recht oder Unrecht verdächtigt wurde, ein kommunistischer Spion zu sein, brauchte nicht einmal diskutiert zu werden.

Schritt Nummer drei: Folglich ging es darum, den Vergleich für ungültig erklären zu lassen. Dann schließlich der nächste Schritt: Den neuen Sorgerechtsstreit einzuleiten und zu gewinnen. Das war in groben Zügen das geplante Vorgehen.

Aber. Es gab sogar zwei Aber. Um mit dem einfachsten anzufangen. Vielleicht sollte man sich damit begnügen, den Vergleich für ungültig erklären zu lassen. Damit war automatisch unklar, wer das Sorgerecht hatte. Aus diesem Grund würde man bis auf weiteres von einem gemeinsamen Sorgerecht ausgehen können. Und angesichts der Tatsache, daß der junge Stan sechs Jahre alt war, wäre es wohl besser, ihn selbst wählen zu lassen, jedoch erst dann, wenn er nach gesetzlicher Vorschrift das Recht erhalten hatte, mit seiner Mutter und deren neuem Ehemann Umgang zu haben. Es wäre psychologisch schlechter, über den Kopf von Stan hinweg ein paar Jahre zu prozessieren.

Carl hatte keine Einwände und fragte schnell nach dem zweiten Haken, der also nicht der einfachste war.

Dabei ging es um eine Sache, zu der Carl persönlich Stellung nehmen mußte. Vieles von dem, was zunächst bewiesen werden sollte, konnte auf dem Papier als klar erscheinen. Vor Gericht würde es jedoch ganz anders sein. Dann würde nämlich der Anwalt der Gegenseite auf die Tränendrüsen drücken und erklären, wie man sich fühlt, wenn man mitten in der Nacht von Sicherheitsagenten geweckt und wegen des Kontakts der Ehefrau mit kommunistischen Agenten verhört wird. Und, schluchz, jetzt sollte das Kind keinem Geringeren als besagtem kommunistischen Agenten übergeben werden.

Carl wandte verwirrt ein, so etwas könne man doch nicht sagen, denn es sei ja einfach nicht wahr. Das löste bei den ihm gegenübersitzenden beiden Juristen eine fast unpassende Heiterkeit aus. Der Anwalt erklärte, es gebe keine Grenze für das, was man bei einem Sorgerechtsstreit in Kalifornien vor Gericht sagen könne.

Carl fragte unangenehm berührt, was man dagegen unternehmen könne.

»Rufen Sie Carl oder vielmehr den Flottillenadmiral Carl Graf Hamilton in den Zeugenstand, am liebsten in Uniform!«

Carl erklärte zutiefst unangenehm berührt, ein Auftreten in Uniform sei höchst unschicklich, denn damit erwecke er den Eindruck, als trete er als offizieller Vertreter Schwedens auf. Nein, Zivilkleidung sei angebrachter. Aber trotzdem. Wenn die Sache von entscheidender Bedeutung sei, werde er natürlich mitmachen.

Der sonnenstudiogebräunte Anwalt nickte nachdenklich und erklärte dann ein wenig überraschend, er müsse jetzt auch daran erinnern, daß es zu einem wohl sehr unangenehmen Verhör kommen könne, wenn der Anwalt der Gegenseite die Chance dazu erhalte.

Carl war ein einziges Fragezeichen.

»Wie denn?« wollte er wissen. »Ich bin ja wie gesagt *kein* sowjetischer Spion, sondern all das andere, was Sie genannt haben.«

»Gewiß, Mr. Hamilton«, erwiderte der Scheidungsanwalt angestrengt. »Aber wir sitzen ja hier ein wenig abseits, so daß niemand uns hören kann ... Mit Ihrer Erlaubnis möchte ich eine Weile die Rolle dieses Anwalts der Gegenseite spielen. Machen Sie mit?«

»Schießen Sie los«, entgegnete Carl mit einem zuversichtlichen Lächeln, das er bald bereuen würde.

»Okay. Darf ich Sie daran erinnern, Mr. Hamilton, daß Sie unter Eid aussagen?«

»Natürlich, so wahr mir Gott helfe.«

»Sind Sie von der sowjetischen Regierung ausgezeichnet worden? Stimmt es, daß Sie Träger des Roten Sterns sind, eines Ordens der Roten Armee?«

»Ja, das stimmt. Allerdings heißt es nicht Rote Armee, sondern Sowjetarmee. Außerdem bin ich von der jetzigen demokratischen Regierung Rußlands mit dem Sankt-Georgs-Kreuz ausgezeichnet worden. Sowie von der französischen mit der Ehrenlegion, und ...«

»Danke, Mr. Hamilton! Darf ich Sie bitten, nur auf meine Fragen zu antworten. Als Sie und Ihre Frau Ihr Verhältnis hier in Kalifornien begannen, waren Sie also Kommunist?«

»Ja, das kann man sagen. Ich selbst hätte ein anderes Wort gewählt, bin aber überzeugt, daß Kommunist der Begriff ist, den Sie vorziehen würden.«

»Welchem Begriff hätten Sie den Vorzug gegeben, Mr. Hamilton?«

»Sozialist.«

»Aha. Sind Sie immer noch ›Sozialist‹?«

»Ja, das kann man sagen, glaube ich.«

»Glaube? Wie darf ich das verstehen? Wissen Sie denn selbst nicht einmal, daß Sie Kommunist sind? Aha. Geheimagenten sind also neuerdings so geheim, daß sie nicht mal selbst wissen, wo sie stehen. Danke! Keine weiteren Fragen!«

Ein düsteres Schweigen senkte sich auf die Runde. Der Anwalt entschuldigte sich mit einem bedauernden Gesichtsausdruck für sein Theater.

»Ich wollte nur zeigen, wie es im schlimmsten denkbaren Fall ausgehen könnte«, erklärte er peinlich berührt. »Das tragende Argument wird dann nämlich, ich meine auf Seiten der Gegenpartei, daß man ein Kind nicht einem Kommunisten überantworten kann, und das kann bei amerikanischen Geschworenen sehr schwer wiegen.«

»Das sehe ich ein«, sagte Carl niedergeschlagen, »aber wenn Sie uns vertreten, sollten sie doch mit anderen Fragen einiges reparieren können?«

»Natürlich«, erwiderte der Anwalt mit einem Seufzer. »Natürlich. Ich würde alles aufzählen, die Ehrenlegion, Ihre SEAL-Schwingen, Ihren vertrauten Umgang mit dem Präsidenten und dem Oberbefehlshaber ... Haben Sie keine amerikanische Auszeichnung?«

»Nein, aber ich kann eine beschaffen«, sagte Carl vollkommen ernst.

»Aha ...«, bemerkte der Anwalt unsicher, »ja, das wäre ja fabelhaft.«

»Warten Sie einen Augenblick jetzt«, sagte Carl mit gerunzelter Stirn. »Ich muß gestehen, daß ich Sozialist bin. Ich könnte durchaus näher darlegen, auf welche Weise und so weiter, aber angesichts der Voraussetzung, daß ich die Wahrheit sagen muß, ist es einfach so. Wir können auf dieses Problem später vielleicht noch einmal zurückkommen. Ich bin dann jedenfalls ein *Sozialist*, der als Sicherheitsberater des Ministerpräsidenten in einer konservativen Regierung arbeitet, ein Sozialist, der eine der geheimsten militärischen Ausbildungen durchlaufen hat, die in den USA zu finden sind. Wahrscheinlich bin ich auch der einzige Träger der SEAL-Schwingen, der Sozialist ist. Kurz, es ist ja nicht so, daß man mir kein Vertrauen entgegenbringt.«

»Durchaus nicht. Es ist aber einfach nur so, daß das bei einem amerikanischen Schwurgericht nicht das geringste bedeutet, wenn sie dieses häßliche Wort hören.«

»Aber glauben Sie, daß die Gegenseite davon wissen kann, um diese Frage überhaupt zu stellen? Und wenn sie nicht dahinterkommen, ich meine, zu Hause in Kalifornien kann das ja ein bißchen weit hergeholt wirken?«

»Nun, dann gibt es keine Probleme. Dann haben wir schon in dem Augenblick gewonnen, in dem Sie sich in den Zeugenstand setzen und ich Sie Graf und Flottillenadmiral nenne. Aber das ist mein Job. Das ist der Grund, weshalb Sie so hohe Rechnungen von mir erhalten, hehe. Ich muß nämlich an alles denken. Mr. Matthews fehlt es allerdings auch nicht an Geld, so daß wir auf der anderen Seite einen Mann haben werden, der genauso teuer und clever ist wie ich. Hätte ich von Mr. Matthews den Auftrag erhalten, ihn zu vertreten, hätte ich Ihren Hintergrund in Schweden gründlich unter die Lupe genommen, darauf können Sie sich verlassen.«

»Und wenn ich nicht als Zeuge aussage?«

»Dann wird das Risiko noch größer. Wenn man diese Tatsachen aus Ihrer Vergangenheit ausbuddelt, macht man eine Riesennummer daraus, daß Sie nicht auszusagen wagen. Tja, das Ergebnis können Sie sich selbst ausrechnen.«

»Ich muß also unter allen Umständen aussagen?«

»Ja, das würde ich schon sagen. Aber da gibt es noch einen unangenehmen Ansatz. Erlauben Sie, daß ich auch den mal ausprobiere, sozusagen als *advocatus diaboli*? Wobei Sie nicht vergessen dürfen, daß Sie unter Eid stehen?«

»Aber ja«, entgegnete Carl mit einem zögernden Lächeln. Er war jetzt bedeutend weniger selbstsicher als vor der ersten Runde.

»Wie viele Menschen haben Sie getötet, Mr. Hamilton?« fragte der Scheidungsanwalt scharf in seiner Rolle als Vertreter der Gegenseite.

»Ich weiß es nicht«, erwiderte Carl.

»Sie haben also sogar selbst die Übersicht verloren?«

»Nein, das ist es nicht. Ich habe bei militärischen Operationen Menschen getötet, das ist wahr. Es ist jedoch unmöglich, im nachhinein die exakten Ergebnisse einiger dieser Operationen zu kennen.«

»Können Sie das erklären?«

»Ja. Wenn wir uns beispielsweise eine Unterwasser-Operation

gegen ein Ziel einer fremden Macht vorstellen, das zerstört werden soll, kann man nicht wissen, wie viele feindliche Soldaten sich im Ziel aufgehalten haben.«

»Haben Sie solche Operationen durchgeführt?«

»Ja. Aber da es sich um geheime Informationen handelt, kann ich die Antwort nicht erläutern.«

»Aber wie viele Menschen haben Sie sozusagen mit eigener Hand getötet?«

»Rund zwanzig. Ferner habe ich Untergebenen Befehle gegeben, die etwa die gleiche Zahl von Toten zur Folge hatten.«

»Und das ist immer im Dienst geschehen?«

»Selbstverständlich.«

»Wie haben Sie getötet, Mr. Hamilton?«

»Auf mancherlei Weise, je nach Situation.«

»Das ist keine Antwort auf meine Frage. Mit *welchen* verschiedenen Methoden?«

»Mit Handfeuerwaffen oder Messern, mit den Händen oder mit Sprengstoff.«

»Sie erwecken den Eindruck, als berühre Sie das nicht, Mr. Hamilton. Sind Sie ein Massenmörder?«

»Nein, ich bin Offizier der operativen Abteilung eines Nachrichtendienstes.«

»Sie haben also das Recht zu töten?«

»Das haben alle Offiziere, amerikanische wie schwedische. Das ist unser Job. Das ist die Voraussetzung für Ihr Recht, mich jetzt auf so unangenehme Weise zu verhören.«

»Gut«, sagte der Anwalt und verschnaufte, als er sich wieder in die Funktion als Tessies und Carls Anwalt zurückversetzte. »Es kann zwar recht hart werden, aber die Geschworenen werden später keine Probleme haben, wenn man Ihre Orden aufzählt und die Zahl der geretteten Fluggäste und alles andere nennt. Wir haben also nur einen schwachen Punkt.«

»Den Sozialismus«, bemerkte Carl mit einer ironischen Grimasse. »Aber es wäre sozusagen ein ideologischer Ausgleich, wenn ich auch eine echte amerikanische Auszeichnung vorweisen könnte?«

»Ohne jeden Zweifel«, bekannte der Anwalt, der genauso verblüfft aussah wie Tessie.

»Well«, sagte Carl leichthin, »ich glaube, das liegt schon in Reichweite, bevor dieses Verhör stattfinden wird. Aber wollen wir uns jetzt unserer verspäteten Mahlzeit zuwenden?«

7

Carl hatte zwei Tage überwiegend vor einem Fernseher mit der einzigen englischsprachigen Alternative CNN verbracht. Es war eine absurde Situation. Er hätte nie geglaubt, je in eine solche Lage geraten zu können.

Dennoch war er weder ungeduldig noch unzufrieden. Die PLO hielt in der Stadt gerade einen großen Kongreß ab, und die Leute, bei denen er um ein Treffen nachgesucht hatte, gehörten natürlich zu denen, die am wenigsten Zeit hatten; bei allem Respekt, den sie einem schwedischen Emissär vielleicht entgegenbringen mochten, waren sie natürlich der Meinung, daß dessen Anliegen warten konnte. Sie konnten ja nicht die blasseste Ahnung haben, was für eine Botschaft er überbringen wollte.

Die Hauptsache war immerhin, daß das Projekt endlich in Gang gekommen war. In den ersten Wochen nach der Rückkehr aus Washington war er immer zusammengezuckt, wenn das Telefon läutete, aber nach und nach begann er die Hoffnung aufzugeben. Was in Colin Powells Amtszimmer so wunderbar einfach ausgesehen hatte, als sie zu zweit über die Sache sprachen, war wohl ganz anders geworden, als die Truppe um George Bush sich der Frage annahm und sie hin und her wälzte. Vielleicht wollten diese Männer lieber in den Krieg ziehen. Falls ja, hatten sie im Augenblick drei Wahlmöglichkeiten: Saddam Hussein zum zweiten Mal, da die Iraker zur Bestürzung Washingtons ihren Diktator nicht abgesetzt hatten, nur weil die USA sie in die Steinzeit zurückbombardiert hatten. Vielleicht würden ja neue Bombardements den Durchbruch bewirken. Die nächste Möglichkeit beurteilte Carl als für die USA viel zu gefährlich, nämlich in Jugoslawien einzumarschieren und die Demokratie mit Krieg zu erzwingen; er erinnerte sich mit einem ironischen Lächeln an das, was Colin Powell über den Einmarsch im Libanon und die Anweisung an die amerikanischen Soldaten gesagt hatte: »Gentlemen, seien Sie ein Puffer!«

Die dritte Möglichkeit war natürlich Libyen, falls George Bush noch vor der heißen Phase seines Wahlkampfs Krieg haben wollte. Als militärisches Vorhaben war es ziemlich risikolos. Die amerikanischen Verluste würden sich in engsten Grenzen halten lassen, selbst wenn man Bodentruppen einsetzte. Die amerikanische Luftherrschaft war schon mit einem einzigen Flugzeugträger in der Region garantiert. Aus dem Blickwinkel einer Wahlkampfsituation war das ein angenehmer Krieg. Doch damit stellte sich wieder die Frage nach dem definierten Ziel. *Wo* sollte man bombardieren und *warum*?

Ein zweiter Krieg gegen Saddam Hussein wäre vermutlich die sicherste Karte. Andererseits konnten weder George Bush noch die amerikanischen Streitkräfte danach mit neuen Huldigungen und erneuter Heldenverehrung rechnen, da sie dann nur auf einen bereits am Boden liegenden Mann eintreten würden.

Die Fernsehpropaganda sprach jedoch eine deutliche Sprache. Die USA hatten damit begonnen, einen Krieg gegen Libyen vorzubereiten. Das Ganze war sehr geschickt angelegt und in weniger als einem Monat organisiert.

Plötzlich tauchte aus dem Nichts die konkrete Behauptung auf, zwei namentlich bekannte Offiziere des libyschen Nachrichtendienstes stünden hinter der Sprengung einer Pan-Am-Maschine über Lockerbie vor vier Jahren. Wo diese Behauptung ihren Ursprung hatte, war Carl ebenso unklar wie anderen Fernsehzuschauern, aber plötzlich »wußte« die gesamte Weltpresse, daß diese beiden Libyer die Maschine des Fluges 103 mit 270 Passagieren an Bord in die Luft gesprengt hatten. Unter den Toten war auch ein wichtiger Schwede gewesen. Und auch die schwedischen Medien hatten sich vor Carls Abflug aus Stockholm dieser Frage bemächtigt.

Als jetzt die ganze Welt »wußte«, wie es zu diesem Sabotageakt gekommen war, bestand der nächste Schritt darin, daß die USA die Frage im UNO-Sicherheitsrat zur Sprache brachten und verlangten, die beiden Verdächtigen müßten an die USA ausgeliefert werden, wo man ihnen den Prozeß machen wolle. Als Alternative wurde vorgeschlagen, den Prozeß in Großbritannien stattfinden zu lassen.

Nur wenige Länder der Welt liefern eigene Staatsbürger an feindlich gesinnte Länder aus, wenn ihnen dort der Prozeß gemacht werden soll. Die USA gehören ebensowenig dazu wie Großbritannien, Schweden oder Libyen. Dafür muß man sich allerdings verpflichten, die Verdächtigen im eigenen Land vor Gericht zu stellen, und ausländischen Behörden das Recht einräumen, dort ihre Beweise vorzulegen. Es konnte kaum überraschen, daß Libyen soeben diesen Standpunkt eingenommen hatte.

Da steigerten die USA, was wiederum kaum überraschen konnte, ihre Forderungen im UNO-Sicherheitsrat und setzten Libyen eine Frist: Wenn Libyen seine Verdächtigen nicht vor dem 15. April an die für des Terrorismus verdächtigte Libyer perfekte Justiz in den USA ausliefere, werde das UNO-Embargo gegen Libyen in Kraft treten.

Das war vor zwei Tagen geschehen. Seitdem durfte Libyen keinen internationalen Flugverkehr mehr betreiben, keine Waffen importieren und mußte sein diplomatisches Personal in einer Reihe westlicher Länder stark reduzieren, vor allem in den USA.

Dem lag wohl der Gedanke zugrunde, wie Carl vermutete, daß es um so weniger potentielle Schmuggler gefährlichen Materials geben konnte, je weniger Diplomaten in einem Staat akkreditiert waren.

Folglich brachte CNN Stunde um Stunde und Tag um Tag Reportagen über das entsetzliche Libyen. Carl hatte seit zwei Tagen in den Berichten dieses Senders keinen einzigen Araber gesehen, der wie ein normaler Mensch englisch sprach, nur schreiende Personen mit Schwertern oder automatischen Waffen in den Händen. Immer wieder wurden neue Berichte über Moammar Ghaddafi gebracht, der mal für verrückt erklärt wurde – eine »Quelle bei der CIA« enthüllte, er sei sehr müde, weil er sich in den Kopf gesetzt habe, mit offenen Augen schlafen zu müssen, da sein ganzes Volk ihn ermorden wolle –, mal als zunehmende Bedrohung der ganzen Welt dargestellt wurde. Man war also dabei, ihn zu einem neuen Saddam Hussein aufzubauen und ihn als militärische Bedrohung der gesamten freien Welt an den Pranger zu stellen.

Carl war immer wieder verblüfft darüber, daß diese Journalisten niemals eines eigenen Gedankens fähig zu sein schienen. Sie brachten es nicht einmal fertig, die Angaben zu prüfen, die ihnen »Quellen bei der CIA« und andere zuspielten. So wurde von einem Industriezentrum in einem Ort namens Rabta in Libyen behauptet, dort würden chemische Waffen hergestellt. Man erklärte im Brustton der Überzeugung, man könne sich dabei auf Quellen beim britischen Nachrichtendienst und bei der *Sunday Times* verlassen. Wie es hieß, würden dort dreihundert Tonnen chemische Bomben pro Woche hergestellt.

Carl rechnete im Kopf schnell nach. In einem Monat gut zwölfhundert Tonnen, in einem Jahr etwa fünfzehntausend Tonnen. Ein einziger Ort in Libyen namens Rabta sollte es also schaffen, in einem einzigen Jahr mehr Chemiewaffen zu produzieren, als die Sowjetunion beispielsweise an Vorräten besaß?

Moammar Ghaddafis baldige Absetzung von der Macht wurde eingehend geschildert. Dies wurde unter anderem damit erklärt, daß sein starker Mann Dschallud einem anderen »Stamm« angehöre als er selbst, und überdies hätten »Quellen bei der CIA« beobachten können, daß immer mehr libysche Staatsbeamte in die Schweiz eilten, um dort Geld zu deponieren, weil sie den baldigen Untergang Libyens erwarteten.

Und dann ein altgewohntes Bild: Immer neue Bilder von F-18-

Tomcats, die von Flugzeugträgern aus starteten, ferner die Mitteilung, die USA hätten gegenwärtig vierzehn Schiffe in die libysche Mittelmeerregion beordert sowie eine unbekannte Zahl von U-Booten.

Die Kriegstrommeln im Weißen Haus ließen sich jetzt auch in der Presse der freien Welt vernehmen; man war also dabei, eine denkbare Eskalation bis hin zum Krieg vorzubereiten. Carl grübelte über die Absichten der Amerikaner nach und darüber, wie unter den fünf oder sechs Personen argumentiert worden war, zu denen auch Colin Powell gehörte. Vermutlich lag allem eine Theorie zugrunde, daß man mehrere gleichzeitige »Optionen« aufbauen müsse, um eventuell und mit etwas Glück einen geeigneten Kriegsgrund zu finden. Wenn Libyen sich beispielsweise zu irgendwelchen drastischen Maßnahmen provozieren ließ; vielleicht ließ sich auch ein passender Terroranschlag finden, den man den Libyern in die Schuhe schieben konnte.

Als Carl gerade darüber nachdachte, wurde ein Werbespot für CNN unterbrochen. Dann wiederholte man eine Äußerung Ronald Reagans über Ghaddafi, die zu dem jüngsten amerikanischen Kleinkrieg in Libyen gehörte. Die Äußerung stammte aus dem amerikanischen Fliegerfilm »Top Gun«: »Du kannst zwar fliehen, mein Junge, kannst dich aber nirgends verstecken« (man zeigte den Filmausschnitt).

Anschließend wurde der Grund für das damalige Bombardement gezeigt, eine in Berlin in die Luft gesprengte Diskothek. Es folgte »die Lektion«, die man Libyen erteilt hatte, nämlich F-111-Maschinen, die beim Starten und Landen gezeigt wurden. Es wurde erklärt, damals sei es mißlungen, Ghaddafi zu töten. Bei den Angriffen sei nur eine seiner Töchter ums Leben gekommen.

Carl hatte das merkwürdige Gefühl zu träumen. War denn nicht allen ernstzunehmenden Geheimdiensten bekannt, daß dieser Terroranschlag in Berlin von Syrien organisiert worden war und daß Libyen nicht das mindeste damit zu tun gehabt hatte? Glaubte die sogenannte Weltmeinung, jedenfalls die, die Carl im Fernseher sah, noch immer, daß Moammar Ghaddafi mehr oder weniger persönlich eine Diskothek in Berlin in die Luft gejagt und dabei zwei amerikanische Soldaten getötet hatte?

Eines stand jedenfalls fest. Das Weiße Haus hatte die Propagandamaschinerie in Gang gesetzt. Das diente der Einleitung von Kriegsvorbereitungen, die man damit kombinierte, daß nach der neuen Weltordnung im UNO-Sicherheitsrat entsprechende Beschlüsse getroffen wurden.

Es gab also einen Wettlauf mit der Zeit. Die Leute im Weißen Haus schienen allmählich ungeduldig zu werden. So wie die Dinge jetzt standen, konnte nichts mehr aus Libyen ausgeflogen werden. Jedes Schiff, das einen libyschen Hafen verließ, wurde sorgfältig registriert und von Satelliten verfolgt. Das war selbstverständlich. Die Bombe sollte in Libyen also gleichsam angekettet werden.

Carl versuchte sich erneut vorzustellen, welchen Gedanken man im Weißen Haus gefolgt war und wie Colin Powell und vielleicht auch Brent Scowcroft ihre Einwände vorgebracht hatten. Vielleicht hatten die beiden von unklar definierten Zielen und ähnlichem gesprochen. Vielleicht hatten die Politiker einen Kompromiß erzwungen, der eine allmähliche Eskalation vorsah. Damit war es möglich, »die Handlungsfreiheit angesichts verschiedener denkbarer Alternativen zu steigern«, oder wie die Herren sich sonst ausgedrückt hatten. Einige wollten jedenfalls Krieg.

Als Carl erkannte, daß er jetzt schon zum vierten Mal die gleichen Nachrichten und Propagandafilme sah, ohne daß sich etwas anderes geändert hatte als die Werbung für CNN-Vertragshotels in Schweden (wobei man die Namen von Hotels in Stockholm nannte, aber Bilder von Göteborg zeigte), schaltete er den Fernseher aus, streckte sich und trat auf den Balkon.

Es herrschte klares Wetter. Die Sonne strahlte, so daß der weiße Putz in der Umgebung blendete. An den langen Sandstränden waren nur wenige Menschen zu sehen, und niemand badete. Die Temperatur war wie in einem angenehmen schwedischen Sommer, und Carl ging alle eineinhalb Stunden ins Wasser, wobei er unruhig nach einem weißgekleideten Hotelangestellten Ausschau hielt, der zum Strand kommen und winken sollte, wenn der Anruf endlich erfolgte.

Die Kriegspropaganda in CNN machte Carl bemerkenswerterweise nichts aus. Sie zeigte nur, daß *Operation Green Dragon* tatsächlich eingeleitet worden war. Man nahm die Sache in Washington ernst. Inzwischen hatten sie mit einer weichen Eskalation in Richtung Krieg begonnen. Auf dem Weg zur Katastrophe gab es vermutlich noch Zeit, sich etwas anderes und Besseres einfallen zu lassen. Carl war erstaunt, wie leicht sich die Medien manipulieren ließen. All der Unfug, den er sich angehört hatte, hatte ihn kaum entrüstet gemacht.

Das Hotel hieß Abou Nawas und lag in Gammarth, ein paar Dutzend Kilometer von Tunis entfernt an der Küste. Sein lokaler Kontaktmann bei der CIA hatte ihm das Haus empfohlen. Es war angenehm und völlig frei von Offizieren der Nachrichtendienste und

Agenten, die in Tunis herumrannten und einander jagten. Dennoch brauchte er nur eine halbe Stunde mit dem Auto, um in die Stadtmitte zu kommen.

Carl hatte mit seinem lokalen CIA-Kontaktmann nur ein paar Mal am Telefon gesprochen. Sie brauchten sich erst dann zu treffen, wenn sich etwas zusammenbraute. Carl hatte ein wenig darüber nachgedacht, weshalb das Weiße Haus gerade einen rangniederen Beamten der CIA als Kontaktmann ausgewählt hatte, und vermutete, daß die Amerikaner die Verbindung ganz einfach auf so niedrigem Niveau ansiedeln wollten, damit sie alles abstreiten konnten, wenn etwas schiefging; wenn es aber gutging, wollten sie gleich zur Stelle sein können, um die Ehre für sich zu reklamieren. Carl hatte nichts dagegen einzuwenden. Er fand es vielmehr gut, es mit einem Amerikaner zu tun zu haben, vor dem er kaum strammstehen mußte, um dauernd Yes Sir oder No Sir zu sagen; jetzt würde es vermutlich eher umgekehrt werden.

Sein Hotelzimmer gefiel ihm. Es war einfach und sehr geschmackvoll eingerichtet, jedoch in nur zwei Farben. Die Wände waren wie in Tunesien üblich weiß gekalkt, und Kleiderschränke, Betten und andere Möbel waren in Dunkelbraun gehalten und mit geschnitzten Ornamenten versehen. Einfach und schön. Gut für den Seelenfrieden. An der Wand nur ein einziges Bild, eine ockerfarbene Moschee mit türkisgrünem Dach und einem Halbmond auf dessen Spitze, der zusammen mit der Form des Moscheeportals darauf hinwies, in welchem Teil der arabischen Welt er sich jetzt befand.

Tunesien hatte das Glück im Unglück gehabt, von Franzosen kolonisiert zu werden, und folglich war das Essen exquisit und die Weinkarte absolut akzeptabel.

Das Telefon läutete. Carl stürzte ins Zimmer und riß den Hörer an sich. Es war jedoch nur sein CIA-Kontaktmann, der ihm ein gemeinsames Essen und ein persönliches Gespräch in Sidi Bou Said vorschlug, wo das hiesige CIA-Büro eine »Sprachenschule« gegründet hatte, die es tatsächlich gab. Es war keine reine Tarnfirma.

Carl zögerte ein wenig mit der Antwort. Bevor er von der PLO den entscheidenden Anruf erhalten hatte, wollte er ungern sein Telefon verlassen. Andererseits war es für die PLO typisch, Besprechungen und Konferenzen zwischen Mitternacht und zwei Uhr morgens anzusetzen; sie lebten, als hätten sie ständig den Fastenmonat Ramadan. Die wirklich üppige Mahlzeit des Tages wurde in der Nacht eingenommen, bevor die Sonne aufging. Carl sagte widerwillig zu und erhielt die kurze Anweisung, er solle zu dem einzigen Parkplatz in Sidi Bou Said fahren. Dort werde er abgeholt werden.

Unten in der Halle schärfte er dem Portier nochmals ein, man dürfe keine telefonischen Mitteilungen vergessen. Dann begab er sich zu seinem französischen Mietwagen, der in der Sonne gestanden hatte, so daß der Innenraum glühend heiß war. Carl schaltete die Klimaanlage auf volle Kraft und verließ mit einiger Mühe das fast zugeparkte Stadtviertel, bis er auf der gewundenen Straße landete, die ihn zu dem etwas weiter nördlich gelegenen Dorf bringen würde. Er brauchte nur der Küstenlinie zu folgen.

Die Straße schlängelte sich immer höher hinauf, und die Aussicht wurde schon bald grandios. Ihm fielen Ähnlichkeiten mit Südfrankreich ein. Ihm kam der etwas absurde Gedanke, die Kolonialzeit könnte nicht nur auf dem Speisezettel, sondern auch in der Landschaft Spuren zurückgelassen haben; Jordanien wäre demnach ein hervorragendes Beispiel, um die britische Küche zu illustrieren: überwiegend Wüste.

Carl fuhr ruhig und entspannt, genau so, wie er sich fühlte. Bei dem Gedanken, wie der Ministerpräsident das Ganze wohl aufgenommen hatte, mußte er leise lachen.

Bei der Rückkehr aus Washington – Carl hatte das Gefühl, als wäre das vor rund einem Jahr gewesen – hatte er gleichsam nebenbei erzählt, daß er während seiner privaten Fortsetzung der Reise mit Colin Powell gegessen habe. Der Ministerpräsident hatte sich natürlich sofort auf eine Weise interessiert gezeigt, der seine Wut deutlich anzumerken war. Er hatte ihn regelrecht verhört, und Carl hatte erklärt, daß es um verschiedene Optionen bei einem künftigen Krieg gegangen sei. Dann erwähnte er pflichtschuldigst, man habe ihn gefragt, ob der militärische Nachrichtendienst Schwedens noch immer über gute Verbindungen zu dem palästinensischen Nachrichtendienst verfüge. Sofort hatte der Ministerpräsident ihn empört angestarrt und eine fast wörtliche Wiedergabe dieses sensiblen Teils der Unterhaltung gefordert.

Carl antwortete unschuldig, »soweit er sich erinnere«, habe er nur gesagt, was den Nachrichtendienst angehe, seien weder besonders anti-palästinensische noch pro-israelische Direktiven ergangen, weshalb er annehme, es werde wie gewohnt weitergehen, *business as usual*.

Von business as usual, brauste der Ministerpräsident auf, könne keine Rede sein. Mit diesen Figuren sei keinerlei Verbindung aufzunehmen, ohne daß erst die Regierung gefragt werde. Carl hatte das mit einem gespielt erstaunten Achselzucken akzeptiert und versichert, man habe ohnehin schon sehr lange nichts mehr mit den palästinensischen Kooperationspartnern zu tun gehabt. Der Ministerpräsident verbat sich den Begriff »Kooperationspartner« in diesem Zusammenhang. So war es noch eine Zeitlang weitergegangen, während Carl sich vorwiegend dumm stellte.

Es war ohnehin nicht mehr wichtig, denn er hatte die palästinensische Karte schon bei Colin Powell gespielt. Entweder mit Erfolg, und dann konnte der Ministerpräsident reden soviel er wollte, wie wenig er Sozialdemokraten möge, die Arafat geküßt hätten. Oder es ging daneben, und dann spielte es auch keine Rolle mehr.

Ein paar Wochen später war es folglich zu einer Art Wettbewerb in Selbstbeherrschung gekommen, als der Ministerpräsident Carl zu sich rief. Er hatte seine sehr intelligente Miene aufgesetzt und vage von bestimmten Überlegungen gesprochen, die »man« mit dem Weißen Haus angestellt habe; es klang so, als hätten der Ministerpräsident und George Bush persönlich miteinander gesprochen. Während dieser Überlegungen sei »man« jedoch zu dem Ergebnis gekommen, daß alle nur denkbaren Ressourcen der Nachrichtendienste eingesetzt werden sollten, um Ghaddafis Bombe zu lokalisieren. Auch Schweden müsse seinen Beitrag dazu leisten; darauf habe »man« sich schließlich geeinigt.

Es gehe also darum, die Möglichkeit zu untersuchen, ob die Palästinenser bereit seien, sich mit Hilfe ihres Agentennetzes in Libyen darum zu bemühen, den Standort der Bombe zu lokalisieren. Der Ministerpräsident hielt Carl eine kurze Privatvorlesung des Inhalts, daß in Libyen vermutlich der palästinensische Nachrichtendienst derjenige sei, der am besten funktioniere. Auf jeden Fall sei er sowohl dem amerikanischen als auch dem israelischen überlegen. Carl nickte nachdenklich über diese Weisheit, als hätte ihn sein Chef über einen bislang unbekannten Sachverhalt aufgeklärt.

Die Frage sei also ganz einfach: Ob Carl sich vorstellen könne, die Botschaft der schwedischen Regierung an geeignete Personen der palästinensischen Führung in Tunis zu übermitteln?

Carl konnte der Versuchung nicht widerstehen, naiv zu fragen, ob es nicht die Botschaft der amerikanischen Regierung sei. Er erhielt eine Reihe komplizierter Erklärungen der internationalen Staatengemeinschaft und der neuen Weltordnung zur Antwort. Das ließ sich nach Belieben deuten, und Carl hatte sich ohnehin schon sehr genau überlegt, wie die Botschaft übermittelt werden sollte. Vor allem mußten alle Formulierungen vermieden werden, die sich so deuten ließen, als wären die Palästinenser Laufburschen des Weißen Hauses; doch das würde sich schon regeln lassen. Carl erbot sich, schon am nächsten Tag loszufliegen. Als er sich erhob, um zu gehen, erhielt er einen langen, grübelnden Blick des Ministerpräsidenten, der Carl den klaren Eindruck vermittelte, daß der Regierungschef sehr wohl wußte, wie sich alles abgespielt hatte. Er wußte, daß Carl der Urheber dessen war, was »man« mit dem Weißen Haus besprochen hatte. Der Ministerpräsident hatte jedoch vermutlich vor einer einfachen Wahl gestanden. Es wäre ihm kaum möglich gewesen, einen Repräsentanten der amerikanischen Regierung mit dem Hinweis abzufertigen, er habe schon begriffen, wie die Idee entstanden sei, und es gefalle ihm nicht, wie die Anfrage zustande gekommen sei. Wenn das Weiße Haus um einen Gefallen bat, mußte er gute Miene machen, was er jetzt auch tat.

Für Carl war die Hauptsache, daß aus dem Projekt etwas wurde. Und jetzt war es in Gang gekommen.

Als der Wagen einigermaßen abgekühlt war, schaltete er die Klimaanlage aus, kurbelte die Seitenscheiben herunter und ließ die Düfte des tunesischen Frühlings mit seiner Blumenpracht in den Wagen strömen.

Sidi Bou Said klammerte sich rund hundert Meter über dem Meer an den Felsen fest. Das Dorf machte den Eindruck eines romantischen Kunstwerks. Die Häuser leuchteten weiß, die Fenster blau und die Vegetation in kleinen Gärten und an den Hausmauern in grün und rot. Die Häuser waren in der typisch arabischen Bauweise errichtet und hatten fast alle eine weiße Fassade zu den Gassen hin, kunstvoll bemalte und mit Ornamenten geschmückte Portale und vermutlich schöne Innenhöfe mit Gärten und Balkons. Das Privatleben war somit den Blicken entzogen.

Das malerische Dorf war ein ebenso selbstverständliches wie wohlorganisiertes Touristenziel. Zu einem Parkplatz in der Dorfmitte gelangte man nur auf einer Einbahnstraße. Auf dem Marktplatz verließ eine deutsche Reisegruppe gerade zwei Busse mit Klimaanlage. Anschließend verteilten sie sich auf die nahegelegenen Gassen, in denen die Teppich- und Souvenirhändler sich breitgemacht hatten.

Carl hielt an und blieb eine Zeitlang im Wagen sitzen, um das Schauspiel des Zusammenstoßes der beiden Kulturen amüsiert zu betrachten. Bleichgesichtige Deutsche hatten schon begonnen, wild um große weiße Vogelbauer zu feilschen. Carl fragte sich, wie sie so etwas als Handgepäck im Flugzeug nach Haus bringen wollten. Andere kauften einfach gewebte Teppiche. Nach einiger Zeit stieg

Carl aus, um besser gesehen zu werden. Sofort kam ein Mann auf ihn zu, der bedeutend jünger war als er, und stellte sich vor. Carl dachte spontan, daß er diesen Mann unter hunderten anderer erkannt hätte, wenn er auf einen jungen Karrieristen bei der CIA hätte zeigen sollen.

Bruce Hutchins trug eine eckige randlos Brille des Typs, mit dem man an einigen amerikanischen Universitäten den Eindruck erweckt, ein Intellektueller zu sein, und an anderen Orten eher so wirkt, als ob einem Glenn Miller lieber sei als Bruce Springsteen. Sein Haar war feucht und glatt gekämmt, so daß es eng am Schädel klebte, was auf komische Weise die geringe Größe seines Kopfes betonte. Er war im Moment sicher der einzige im ganzen Dorf, der eine Krawatte trug.

»Magst du Glenn Miller?« fragte Carl freundlich, nachdem sie sich bekannt gemacht hatten.

»Ja, tatsächlich. Wie sind Sie darauf gekommen, Admiral?« fragte der junge CIA-Beamte erstaunt.

»Ach, das war nur so ein Gedanke. Übrigens, können wir diese förmliche Anrede mit Sir oder Admiral lassen? Ich heiße Carl«, fuhr Carl fort, den seine zutreffende Vermutung aufgemuntert hatte.

Als sie eine der stark abschüssigen Gassen hinaufschlenderten, sprachen sie über Architektur und Farbe. Schon nach wenigen hundert Metern wurde Carl durch eine enge Passage geführt. Gleich hinter dem Portal öffnete sich ein schöner, behaglicher Innenhof mit Springbrunnen und Bänken, die mit kunstvoll ornamentierten Fliesen belegt waren. Ein großer Feigenbaum spendete Schatten. Menschen waren nicht zu sehen, und man hörte nur das Geräusch des perlenden Wassers. Es war ein sehr angenehmer Ort.

»Dies ist ein kleines Hotel. Ich gehe oft hierher und setze mich einfach nur hin, um ein bißchen auszuruhen«, erklärte Bruce Hutchins. »Wie wär's mit einem Glas Tee?«

Carl nickte. Der junge Kollege, falls es nun tatsächlich in mehr als nur formeller Hinsicht ein Kollege war, eilte hinaus, um das Gewünschte zu bestellen. Er kehrte selbst mit einem kleinen runden Tablett zurück, das an einer Kette hing. Darauf standen zwei kleine, geschwungene Gläser, eine Schale mit Minzblättern und eine kleine Teekanne.

Carl erkundigte sich nach Bruce Hutchins' Funktion beim »Orientalischen Institut für Fachstudien«, das ganz in der Nähe lag und in dem die lokale CIA-Station untergebracht war. Das war natürlich ein Deckmantel für ganz andere Aktivitäten als linguistische, doch es war *auch* ein Institut für Sprachstudien. Fast das gesamte CIA-Personal, das im Nahen Osten stationiert werden sollte, wurde hier für längere oder kürzere Perioden kulturellen und sprachlichen Drills durchgeschleust. Früher war das »Institut« in Beirut untergebracht gewesen, natürlich vor Bruce Hutchins' Zeit, doch hatte man es aus recht einleuchtenden Gründen in diesen bedeutend friedlicheren Teil der Welt verlegt.

Bruce Hutchins hatte den Titel eines stellvertretenden Studienleiters. Das deutete darauf hin, daß er alles andere als regionaler Stationschef war. Folglich erstaunte es Carl nicht im mindesten, daß der junge Beamte nur äußerst vage Vorstellungen davon hatte, worauf Carls Auftrag in Tunesien hinauslief und weshalb man von Seiten der Firma angewiesen worden war, *alle* nur denkbaren Dienstleistungen zur Verfügung zu stellen. Das konnte so mancherlei einschließen. Und wenn Carls bevorstehende Operation, so Bruce Hutchins, den Codenamen *Green Dragon* erhalten habe, könne man ja gelinde gesagt einen Zusammenhang mit der laufenden Aktion *Dragon Hammer* vermuten, nicht wahr?

Ja, lächelte Carl. Das könne man sicher.

Die NATO hatte mit einer auf den Namen Dragon Hammer getauften Übung begonnen, deren Schwerpunkt auf Sizilien lag. Die Nähe zu Libyen machte es natürlich recht deutlich, gegen wen die Übung sich richtete und wer Drachen war und wer Hammer.

Doch Bruce Hutchins hatte nicht die blasseste Ahnung, worauf die Operation Green Dragon hinauslief. Bevor Carl etwas andeuten konnte, erhielt er eine Reihe von Vorschlägen, die ziemlich deutlich zeigten, womit sich die CIA normalerweise beschäftigte, wenn es um Libyen ging. Im Augenblick lief eine Desinformationskampagne, die das Ziel hatte, die libysche Regierung zu destabilisieren. Die Amerikaner ließen nachts Schlauchboote an den Stränden landen, installierten falsche Rundfunkstationen und verbreiteten Gerüchte, im Lande gebe es Verschwörungen, die sich gegen Ghaddafi richteten. Es war also nicht verwunderlich, daß der junge Kollege jetzt etwas Ähnliches vermutete, wenn auch mit ausländischen Verbündeten.

Carl erklärte zerstreut und desinteressiert, mit einem Gespräch über das Ziel der Operation könne man noch etwas warten. In erster Linie gehe es darum, sich möglichst viele Erkenntnisse zu verschaffen. Falls das gelinge, werde der nächste Schritt eher operativ sein, und dann werde er, Carl, einiges an technischer und militärischer Ausrüstung anfordern. Doch das habe Zeit, bis die Frage akut sei. Wie lange werde es übrigens dauern, solche Dinge zu beschaffen?

Bruce Hutchins schien jedoch etwas cleverer zu sein, als Carl zunächst vermutet hatte. Angesichts der scheinbar einfachen Frage wand er sich unangenehm berührt. Es komme immerhin auf die Art der Ausrüstung an. Die Frage sei nicht so leicht zu beantworten, bevor man mehr darüber wisse, was mit der Operation bezweckt werde.

Sabotage, Feuerüberfälle und Kommunikation, erklärte Carl kurz. Bruce Hutchins nickte nachdenklich, jedoch ohne auch nur das mindeste Erstaunen zu verraten; er hatte sich also immerhin so sehr auf dieses Treffen vorbereitet, daß er sich sämtliche verfügbaren Angaben über Carl besorgt hatte. Folglich mußte er eine recht genaue Vorstellung davon haben, was hier in Frage kam.

Carl dachte eine Zeitlang nach und kam zu dem Ergebnis, daß die Ausrüstung, die er sich vorstellte, vom Zeitpunkt der Bestellung an vermutlich innerhalb von vierundzwanzig Stunden geliefert werden konnte. Er vermied es jedoch sorgfältig, etwas Genaues darüber zu sagen, wann eine solche Bestellung zu erwarten war; wenn das Ziel erst einmal geortet war, sollte es keinen Wettlauf mit dem Pentagon geben. Er hatte sich schon längst entschieden: Wenn ihm der erste Schritt gelang, nämlich zu erfahren, wo sich das Ziel befand, würde er dieses Wissen nicht weiterbefördern, bevor er entschieden hatte, ob das Ziel eventuell für einen Sabotageanschlag zu gut geschützt war. In dem Fall blieben nämlich nur die Bomber.

Carl lehnte den Vorschlag ab, nach dem Tee zum Lunch überzugehen, und brummte etwas von wichtigen Telefongesprächen. Das war auch nicht unbedingt die Unwahrheit, aber der eigentliche Grund war, daß der junge »Stellvertretende Studienleiter« einfach auf zu viele Dinge zu neugierig schien.

Als Carl mit dem Wagen zum Hotel zurückfuhr, überlegte er amüsiert, wie die Amerikaner das Ganze wohl aufgezogen hatten. Ihr Junior in Sidi Bou Said hatte vermutlich eine *clearance*, die diesmal sowohl weit über seine früheren Erfahrungen wie über seine eigenen Vorstellungen hinausging. Sein Kontakt mit dem CIA-Hauptquartier, vermutlich mit der Codebezeichnung Green Dragon, führte jedoch nicht zu einer einfachen Bearbeitungseinheit aus niederen Beamten, sondern direkt zum Beraterstab des Weißen Hauses. So konnten sie alles unter Kontrolle halten, dabei sein und gleichzeitig doch nicht dabei sein und sich im schlimmsten Fall aufs Telefon stürzen, um den schwedischen Ministerpräsidenten anzurufen, falls sie der Meinung waren, man müsse Carl auf die Finger klopfen oder straffere Zügel anlegen. Da Carl Bildt in jeder nur denkbaren Lage auch der undenkbarsten Anweisung aus Washington gehorchen würde, ließ sich das Problem einfach formulieren. Wenn es brenzlig wurde, durfte Carl einfach nicht ans Telefon gehen, wenn der Chef anrief. Doch all dies waren bis auf weiteres hypothetische Vorüberlegungen. In Wahrheit hing alles davon ab, wie die Palästinenser reagieren würden.

Als er wieder in seinem Hotel war, erfuhr er, daß noch immer niemand angerufen hatte. Er ging an den Strand, schwamm weit hinaus, trainierte anschließend eine Stunde in seinem Zimmer, ging erneut schwimmen und setzte sich dann eine Stunde mit seinen russischen Sprachbändern hin. Anschließend schaltete er kurz CNN ein, um zu sehen, wie es um die Kriegsvorbereitungen stand. Es war ungefähr wie erwartet. Man sprach aufgeregt von der Operation Dragon Hammer, erklärte jedoch nicht, worum es ging, sondern zeigte nur Bilder von Flugzeugen, die auf Flugzeugträgern starteten und landeten. Anschließend folgten die üblichen Darbietungen: Brüllende Araber, die Autoreifen verbrannten und mit automatischen Karabinern herumfuchtelten. Im Studio gab jemand eine psychiatrische Analyse ab, derzufolge Moammar Ghaddafi gerade jetzt ungewöhnlich irrsinnig sei. Das sah beruhigend aus. Nichts hatte sich verändert.

Carl ging zu dem kleinen Gartenrestaurant neben den zwei großen Swimmingpools des Hotels und nahm eine leckere Mahlzeit zu sich: Mittelmeerkrabben mit Pilaw-Reis, *harissa* und schwarze Oliven. Dazu trank er ein Glas eines überraschend kräftigen tunesischen Roséweins und betrachtete eine Weile den Sonnenuntergang hinter den Bergen, bevor er wieder in sein Zimmer zurückging.

Es läutete im selben Moment, in dem er den Schlüssel umdrehte. Als er zum Telefon eilte, überkam ihn das Gefühl, daß dies kein Zufall war. Eine französisch sprechende Person teilte mit, seine Exzellenz der Außenminister sei jetzt zu einem kurzen Treffen bereit und man habe schon einen Wagen geschickt, um Carl abzuholen. Dieser bat etwas umständlich in seinem mangelhaften Französisch, zur Kontrolle zurückrufen zu dürfen, erhielt zunächst jedoch die säuerliche Antwort, daß sei wirklich nicht nötig. Als er dann erklärte, daß er nicht die Absicht habe, sich in der Dunkelheit in einen anonymen Wagen mit anonymen bewaffneten Männern zu setzen, ohne zu wissen, wer angerufen habe, erhielt er nach einigem Widerstreben am anderen Ende eine Telefonnummer. Er legte auf, zog sein kleines Notizbuch mit Telefonnummern aus der Tasche und sah, daß die angegebene Nummer tatsächlich die richtige war – er wählte den Stab des palästinensischen

Außenministers Abu Lutuf an, bekam dieselbe Person an den Apparat und entschuldigte sich für die Umstände, die er gemacht habe.

Zwei mürrische, überraschend dicke und auffallend schwerbewaffnete Männer holten ihn kurz darauf vor dem Hotel ab. Er setzte sich zwischen Essensresten und politischen Pamphleten auf den Rücksitz und fühlte sich sofort völlig entspannt. Die Lässigkeit der Männer war sehr überzeugend. Sie waren sicher Palästinenser und hatten vermutlich keine Ahnung, wen sie diesmal abholen sollten. Sie kümmerten sich nicht um ihren Fahrgast auf dem Rücksitz und vertieften sich in eine Diskussion, bei der es eher um private Dinge zu gehen schien als um den palästinensischen Freiheitskampf.

Als sie auf der schnurgeraden Autobahn den Flughafen passiert hatten, erreichten sie das eigentliche Tunis, bogen aber schnell in Richtung Stadtrand ab, wie es schien, da die leeren Straßen und die Hochhäuser entschieden nach Vorort aussahen. Danach fuhren sie über einige Hügel, worauf sich der Vorortscharakter veränderte. Jetzt befanden sie sich unter älteren Bauten. In einem Gewimmel von kleinen Mietshäusern und Villen hielt der Wagen plötzlich an. Der Fahrer wies mit dem Daumen über die Schulter und zeigte so, daß Carl aussteigen sollte.

Er befand sich auf einer schwach erleuchteten Straße vor einem dreistöckigen Haus, dessen Eingang von zwei kleinen Schilderhäuschen flankiert war. Die Polizeibeamten waren uniformiert und bewaffnet. Sie traten vor und baten Carl höflich, seinen Ausweis zu zeigen, und fragten, zu wem er wolle. Nachdem er seinen Diplomatenpaß gezeigt hatte, verwiesen sie ihn nur müde weiter an einige dunkle Gestalten auf der anderen Seite des schmiedeeisernen Portals. Dort unterzogen ihn Zivilisten einer sorgfältigen Kontrolle. Sie trugen Kalaschnikow-Karabiner über der Schulter und hatten sich Pistolen in den Hosenbund gesteckt. Auf der Vorderseite. Die Mündung richtete sich gegen ihre Männlichkeit.

Sie schienen überhaupt nicht zu wissen, daß Carl erwartet wurde. Einer begann zu erklären, daß er sich lange vorher einen Termin geben lassen müsse, wenn er Abu Lutuf treffen wolle. Außerdem befinde sich Abu Lutuf im Augenblick nicht im Haus und sei sehr beschäftigt.

Carl scherzte amüsiert, wie gefährlich es sei, eine Pistole zu tragen, die sich gegen den besten Freund richte und nicht gegen den Feind, und erklärte dann, Abu Lutuf habe sogar einen Wagen geschickt, um ihn abzuholen. Er wolle nicht näher erklären, wer er sei oder worum es gehe.

Einer der Wachposten nahm Carls Paß müde an sich und verschwand in dem Gebäude, während Carl mit drei Wachposten draußen in der Dunkelheit wartete.

Nach einiger Zeit zeigte sich oben am Ende der Treppe eine Gestalt in einem Anzug und rief etwas auf arabisch. Der Carl am nächsten stehende Wachposten versetzte Carl mit der Mündung seines Karabiners einen freundlichen Schubs, um zu zeigen, daß er die Treppe hinaufgehen solle.

Auf der halben Treppe wurde er von einer Person in einem dunklen Anzug in Empfang genommen, die stark nach Knoblauch und einem Herrenparfum duftete und sich sofort auf ihn stürzte. Der Mann umarmte und küßte ihn und versicherte, er sei in Tunis herzlich willkommen. Dann durfte er, in dem starken Licht blinzelnd, das Erdgeschoß der Villa betreten.

Dort befanden sich weitere Wachposten und Sandsäcke, die Carl endgültig überzeugten, an der richtigen Adresse angekommen zu sein; Abu Lutuf war einer der letzten langgedienten Angehörigen der palästinensischen Führung, welche die Israelis noch nicht getötet hatten. Seine Vorsicht war also nicht ganz unbegründet.

Carl mußte eine weitere Treppe hinaufgehen, wo weitere Wachposten standen. Diese suchten ihn mit einem Metalldetektor ab und nahmen ihm sein Taschenmesser weg, bevor sie ihn zu einer mächtigen Tür führten, die wie ein alter englischer Ledersessel gepolstert war. Als er eintrat, landete er direkt in Abu Lutufs Amtszimmer. Das erste, was Carl sah, war Abu Lutuf hinter einem großen und mit Papieren überladenen Schreibtisch. Auf der Sitzgruppe, die selbstverständlich zur Einrichtung des Raums gehörte, saßen einige Personen, die sich heftig stritten. Abu Lutuf schien an der Auseinandersetzung nicht teilzunehmen, denn er saß auf seinem Stuhl und schrieb.

Der Wachposten, der Carl ins Zimmer gefolgt war, zeigte auf einen der unbesetzten schwarzen, mit Kunstleder bezogenen Sessel. Nach einem zweifelnden Blick auf die aufgerissene Polsterung und die Zigarettenasche auf dem Sitz setzte sich Carl. Es war offenkundig, daß er noch etwas warten mußte; die anderen Männer an dem Couchtisch begrüßten ihn schnell und uninteressiert und setzten dann ihre heftige Diskussion fort. Carl betrachtete Abu Lutuf verstohlen. Dessen eigentlicher Name war Farouk Khadoumi. Er war einer der wirklichen Veteranen in der palästinensischen Führung, einer der allerersten Männer des Kreises um Jassir Arafat, *Abu Ammar*. Falls es den Israelis gelingen sollte, sogar Jassir Arafat zu töten, wäre Abu Lutuf vermutlich angesichts seiner langen Erfahrung der selbstverständliche neue Führer, obwohl er sich noch nie mit militärischen Fragen befaßt hatte. Er galt als ausgeprägter Intellektueller.

Hätte Carl nicht gewußt, wer dieser Mann war, hätte der Anblick dieses leicht übergewichtigen Mannes, der schon weit über fünfzig war, mit seiner Haartolle im Stil der fünfziger Jahre kaum an einen Führer einer militanten Befreiungsorganisation denken lassen. Er sah nicht einmal arabisch aus. Der dunkelblaue Anzug – das Jackett hing auf einem Stuhl neben dem Schreibtisch –, das tiefblaue, teure Seidenhemd und das müde, unrasierte Gesicht erinnerten eher an einen nicht ganz erfolgreichen italienischen Musiker in New York. Er war jedoch einer der erfahrensten Politiker der arabischen Welt und vermutlich einer der cleversten.

Plötzlich hatte Abu Lutuf zu Ende geschrieben, und damit entstand hektische Aktivität, als er den anderen Anwesenden ein paar Zeilen vorlas. Er breitete die Arme zu einer fragenden Geste aus, und als er keine Antwort erhielt, unterzeichnete er schnell und überreichte das Dokument dem Mann, der ihm am nächsten saß. Damit eilten sämtliche Männer bis auf einen aus dem Raum, was ihrer lautstark geführten Unterhaltung jedoch kein Ende machte.

»Verzeihung, mein Freund«, sagte Abu Lutuf mit einem entschuldigenden Lächeln. Er stand auf und ging Carl entgegen, um ihn zu umarmen. »Ich weiß, daß dies kein sehr höflicher Empfang für einen unserer Freunde ist. Wir haben jedoch einen Kongreß am Hals.«

Carl erwiderte die Umarmung steif und murmelte, er sei dankbar, empfangen zu werden. Abu Lutuf scherzte, hier sei keine besondere Dankbarkeit nötig, denn sie hätten nur eine Viertelstunde Zeit.

»Wenn das so ist, haben wir zwei Möglichkeiten«, sagte Carl enttäuscht, als er sich auf den knarrenden schwarzen Kunstledersessel setzte, der dem Sessel am nächsten stand, auf den Abu Lutuf sich gerade setzte. »Entweder komme ich zurück, wenn du mehr Zeit hast. Oder du nimmst dir die Zeit, die du für unsere Unterhaltung als nötig ansiehst.«

»Kaffee oder Tee?« sagte Abu Lutuf mit einem entwaffnenden Lächeln. Carl bat um Kaffee, worauf rund eine Minute verstrich, bis die Getränke gebracht wurden. Die Palästinenser waren dafür bekannt, daß sie die Nächte durcharbeiteten. Und wenn in der Stadt ein Kongreß stattfand, gab es für einen Mann wie Abu Lutuf sicher viele schlaflose Nächte. Es war ihm anzusehen.

»Nun. Die schwedische Regierung hat also gerade dich geschickt, um uns eine Botschaft zu überbringen«, begann Abu Lutuf in einem Tonfall, der klar erkennen ließ, daß es Zeit war, zur Sache zu kommen. »Warum gerade dich? Ihr habt doch jetzt eine konservative Regierung, die das Ruder herumreißen und in der schwedischen Außenpolitik eine mehr pro-israelische Linie verfolgen will. Und wie kannst gerade du für eine solche Regierung arbeiten?«

»Ich bin Militärexperte, Offizier des Nachrichtendienstes, und als solcher arbeite ich für jede schwedische Regierung«, begann Carl gemessen.

»Das kann ich verstehen. Doch du bist ein bekannter Freund des palästinensischen Volkes. Weshalb also schickt dieser neue junge Premierminister gerade dich?« entgegnete Abu Lutuf schnell.

»Das wirst du verstehen, wenn ich meine Botschaft überbracht habe«, entgegnete Carl mit einer einladenden Handbewegung. Sie bedeutete, daß es seiner Meinung jetzt Zeit war, zur Sache zu kommen. Abu Lutuf äffte die Geste nach. Das war das Zeichen, Carl solle losschießen.

»Ich bin angewiesen worden, die Botschaft unter vier Augen zu überbringen«, sagte Carl peinlich berührt. Er nickte zu einem schnurrbärtigen, rauchenden Mann, der auf dem Sofa hinter ihm sitzen geblieben war.

»Doktor Naami ist mein Kanzleichef. Alles, was du sagst, werde ich ohnehin mit ihm besprechen«, erwiderte Abu Lutuf mit einer kleinen Furche auf der Stirn und erschöpfter Miene. Dann sah er schnell auf seine Armbanduhr.

»Das werde ich wohl akzeptieren müssen«, sagte Carl und holte dann schnell Luft. »Ich bin hergekommen, um zunächst einige Erkenntnisse zu überbringen. Dann einen Vorschlag. Es geht um folgendes. Seit einigen Monaten befindet sich eine ehemals sowjetische Kernwaffe, die in Murmansk gestohlen worden ist, in Libyen. Es handelt sich um eine Bombe mit einer Sprengkraft von etwa zehnmal Hiroshima. Die Bombe ist aus Murmansk über Schweden nach Tripoli geschmuggelt worden, wo sie im Januar angekommen ist. Es ist unbekannt, wo in Libyen sie sich befindet. Stockholm, Moskau und Washington haben Kenntnis davon.«

»Das ist ohne jeden Zweifel ein furchtbares Wissen«, erwiderte Abu Lutuf. Er erhob sich schwer, ging zu seinem Telefon, nahm den Hörer ab und sagte dann sehr schnell etwas, bevor er auflegte und zu seinem Platz zurückging. »Ich habe erklärt, daß diese Besprechung etwas länger dauert«, sagte er mit einer entschuldigenden Handbewegung und rieb sich dann die Augen, bevor er fortfuhr. »Das war die Erkenntnis. Wie lautet der Vorschlag?«

»Der Vorschlag ist einfach«, begann Carl. Er kam zu dem Schluß, daß er im Begriff war, die Sache falsch anzupacken, und eine andere Strategie einschlagen mußte. »Als Hintergrund muß ich auf folgendes hinweisen. Der National Security Council bereitet insgeheim einen Krieg gegen Libyen vor. Aus diesem Grund haben wir jetzt diesen ganzen Zirkus mit der UNO-Blockade. Die schlimmste Alternative besteht darin, ganz Libyen einfach zu zerstören. Invasion, Luftangriffe, alles. Im Weißen Haus faßt man das Ganze natürlich als direkte Bedrohung der USA auf.«

Carl machte eine Pause und musterte sorgfältig Abu Lutufs erschöpftes Gesicht. Dieser schien sich jedoch inzwischen gefangen zu haben und nickte nur, Carl solle fortfahren.

»Wir sprechen also von der Zerstörung Libyens. Heute wie damals gibt es ja so manchen, der Karthago zerstören will«, fuhr Carl fort. Es beruhigte ihn, auf dem nicht ganz einfachen Weg zur Hauptsache nicht unterbrochen worden zu sein. »Es gibt jedoch andere Möglichkeiten als die Zerstörung Libyens, einen Großkrieg und eine Invasion. Mein Auftrag lautet, eine solche Alternative vorzuschlagen. Ich möchte im Namen der schwedischen Regierung mit Unterstützung der amerikanischen die palästinensische Führung um folgendes bitten: Erstens uns zu helfen, die Bombe zu lokalisieren. Zweitens uns dabei zu helfen, sie unschädlich zu machen. So lautet mein Auftrag.«

Carl lehnte sich ruhig zurück und trank noch etwas von seinem zähflüssigen Kaffee. Er bekam zuviel Kaffeesatz in den Mund, da er dieses Getränk nicht gewöhnt war, schluckte ihn jedoch entschlossen herunter, ohne eine Miene zu verziehen.

Abu Lutuf saß lange schweigend da. Carl spürte eher, als daß er sah, wie der Berater auf dem Sofa hinter ihm zu Eis erstarrt war.

»Wißt ihr, was Bruder Moammar oder die libysche Regierung mit dieser Bombe beabsichtigen?« fragte Abu Lutuf nach einiger Zeit. Er sah jetzt vollkommen konzentriert aus. Wären da nicht die Bartstoppeln gewesen, hätte man meinen können, daß er sich am Anfang eines Arbeitstages befand und nicht an dessen Ende.

»Nein, das wissen wir nicht«, erwiderte Carl verlegen. »Wir können es nur vermuten.«

»Beispielsweise was vermuten?«

»Ein Gleichgewicht des Schreckens. Bruder Moammar und seine Jamahiriya haben natürlich gute Gründe zu fürchten, daß die USA ihn wie Saddam Hussein behandeln möchten. Ein Gedanke könnte darin bestehen, die Bombe scharf zu machen, sie in die USA zu schmuggeln und im Fall eines amerikanischen Angriffs auf Libyen ebenfalls mit gegenseitiger Zerstörung zu drohen«, erwiderte Carl militärisch knapp. »Doch das ist nur eine Vermutung«

»Aha. Also ein Gleichgewicht des Schreckens von eins zu fünfundzwanzigtausend?« fragte Abu Lutuf sarkastisch.

»Ja«, sagte Carl. »Theoretisch könnte es funktionieren. Beim Gleichgewicht des Schreckens kommt es ja gerade darauf an, die Waffen *nicht* einzusetzen.«

»Dieser Gedanke ist jedoch vollkommen nutzlos, wenn dem Weißen Haus das Vorhaben schon bekannt ist?«

»Genau. Dann stellt die Bombe eine furchtbare Bedrohung dar, jedoch ausschließlich eine Bedrohung Libyens.«

Abu Lutuf widmete sich einige Zeit dem Verdauen dieser Schlußfolgerung und kam kopfnickend zu dem Ergebnis, daß er sie teilte.

»Ihr wollt wissen, wie wir die Situation betrachten?« fragte er mit einem resignierten ironischen Lächeln und registrierte schnell Carls Kopfnicken, bevor er fortfuhr. »Erstens sehen wir eine enorme physische Bedrohung der arabischen Nation. Wir sehen die Bombergeschwader wieder anfliegen. Zweitens denken wir an unsere arabischen Brüder in Libyen. Drittens denken wir an uns selbst. Ein amerikanischer Krieg gegen noch einen arabischen Staat liegt nicht im Interesse der Araber und auch nicht im Interesse der Palästinenser. Das dürfte doch selbstverständlich sein, nicht wahr?«

»Ja«, bestätigte Carl gemessen und mit einem Kopfnicken. »Insoweit ist alles selbstverständlich. Und jetzt gilt es also, diese Schlußfolgerung auf eine kluge Weise in praktische Politik umzusetzen. Aus diesem Grund bin ich hier.«

»Darauf wollte ich gerade kommen«, erwiderte Abu Lutuf schnell und zum ersten Mal mit einer leisen Andeutung von Irritation. »Wir wissen also, wer, übrigens einschließlich der Israelis, an Krieg und Zerstörung sowie daran verdienen kann, daß für ein weiteres Jahrzehnt alle Friedensverhandlungen unmöglich gemacht werden. Damit wissen wir auch, wem es nützen kann, daß es nicht zum Krieg kommt. Nämlich den Libyern, uns selbst und allen Arabern. Aber Schweden? Schweden unter einer neuen, rechtsgerichteten und proisraelischen Regierung? Was hat Schweden davon, daß es nicht zu einem Krieg kommt?«

»Der schwedische Ministerpräsident würde seine rechte Hand dafür hergeben, aus Washington ein Lob zu erhalten«, sagte Carl mit einem ironischen Lächeln. »Wenn Washington wüßte, wo sich die Bombe in Libyen befindet, hätten amerikanische Bomber schon alles erledigt. Die Amerikaner wissen es jedoch nicht. Folglich müssen sie in Erfahrung bringen, wo sie verwahrt wird. Als die schwedische Regierung vor einiger Zeit zu einem Staatsbesuch in Washington war, war ich als militärischer Berater anwesend. Ich habe Colin Powell unter vier Augen sprechen können und ihm einen vorsichtigen Vorschlag gemacht, den er nicht ablehnen konnte.«

»Daß nämlich du und die schwedische Regierung uns überreden, die Bombe zu finden!« rief Abu Lutuf bestürzt aus.

Carl nickte ruhig, und Abu Lutuf überlegte erneut.

»Ihr geht davon aus, daß sonst niemand es tun kann, ich meine, die Bombe in Libyen finden?« fragte er dann mit einem Gesicht, das deutlich verriet, daß dies nur das erste Glied seines Gedankengangs war; Carl begnügte sich mit einem Kopfnicken und wartete auf die Fortsetzung.

»In der Sekunde, in der das Weiße Haus davon Kenntnis erhält, wo sich in Libyen die Bombe befindet, starten die amerikanischen Bomber«, fuhr Abu Lutuf langsam fort und überlegte weiter. »Das bedeutet, wenn man sich zynisch ausdrücken will, daß du uns bittest, ein Bombenziel in Libyen ausfindig zu machen. Man hat uns also die Rolle des Spitzels zugedacht?«

Abu Lutuf breitete die Arme aus. Das war ein Zeichen dafür, daß er soeben zu einer sehr unbequemen Schlußfolgerung gelangt war.

»Nun ja«, sagte Carl zufrieden, »so schrecklich braucht man es doch nicht zu sehen. Wir haben folgende Situation. Die USA können Libyen im Augenblick nicht bombardieren, weil die Alternative darin besteht, ein ganzes Land mehr oder weniger total zu zerstören, ohne sicher zu wissen, was man damit erreicht. Und Schweden möchte unter dem gegenwärtigen Regime nichts weiter tun, als dem Weißen Haus zu gefallen. Du und Abu Ammar habt also eine Gelegenheit, die Welt vor einem Krieg zu bewahren. Das ist nicht unwichtig. Das bedeutet weniger getötete Menschen. Es bedeutet, daß ihr in der Diplomatie eine sehr starke Karte in die Hand bekommt. Euer Nachrichtendienst ist der einzige, der die Bombe finden kann, nicht wahr?«

»Wahr, vermutlich sehr wahr«, nickte Abu Lutuf, ohne daß er auch nur im mindesten mit dem in logischer Hinsicht einfachen Umstand zufrieden zu sein schien. »Aber was hilft es uns, wenn wir einem westlichen Nachrichtendienst Erkenntnisse übergeben, die wiederum zu einem erfolgreichen Angriff führen?«

Abu Lutuf wiederholte seine Geste der Hoffnungslosigkeit.

»Dazu muß es nicht unbedingt kommen«, erwiderte Carl ruhig. »Wir haben Anlaß zu glauben, daß die Bombe sich nicht in einem dichtbevölkerten Gebiet befindet, sondern irgendwo draußen in der Wüste. Das scheint uns übrigens aus einer Reihe von Gründen recht wahrscheinlich zu sein. Nun, sagen wir, das ist die Erkenntnis, die ihr uns übergeben könnt. Nehmen wir an, daß wir die Bombe anschließend durch ein schwedisch-palästinensisches Team sabotieren und zerstören? Die USA werden um ihren Krieg betrogen. Die Palästinenser haben Libyen vor der Zerstörung gerettet, außerdem durch Zusammenarbeit mit uns lieben Schweden und nicht mit amerikanischen Streitkräften?«

Carl breitete die Arme aus und lächelte so überzeugend, wie er es nur vermochte.

»Es gibt noch eine andere Methode«, erwiderte Abu Lutuf schnell. »Wir sind uns ja darin einig, daß es darum geht, einen neuen amerikanischen Krieg zu vermeiden. Hör jetzt genau zu, ohne mich gleich zu Beginn zu unterbrechen!«

Das war eine im Grunde überflüssige Aufforderung. Carl war im Augenblick kaum derjenige der beiden, der unter Zeitdruck stand.

Abu Lutuf begann mit einer ausführlichen Darlegung seiner persönlichen Bekanntschaft mit Moammar Ghaddafi. Sie kannten sich seit den fünfziger Jahren, als Moammar noch ein kleiner Junge gewesen war. Sie hatten sich zur Zeit Nassers in Ägypten kennengelernt. Jedenfalls kannten sie sich schon sehr lange. Sie hatten sehr gute persönliche Verbindungen. Ghaddafi hörte wirklich auf Ratschläge und Ansichten Abu Lutufs.

Was Abu Lutuf anschließend sagte, war besorgniserregend. Es war nämlich sowohl ein logischer Ansatz zur Vermeidung einer Katastrophe, zugleich aber eine logische Methode, sie herbeizuführen. Abu Lutuf glaubte, nach Tripoli reisen zu können, um Moammar Ghaddafi dort ganz einfach die Lage zu erklären.

Die Argumente lagen auf der Hand. Zu welchem politischen Zweck die Bombe auch gedacht gewesen war, ob berechtigt oder nicht, so war dieser Zweck jetzt verfehlt, da das Weiße Haus Bescheid wußte und Kriegsvorbereitungen traf.

Folglich, so Abu Lutuf, müsse sich Libyen freiwillig der Bombe entledigen. Das könne nun natürlich nicht so geschehen, daß man die Amerikaner auffordere, herzukommen und sie abzuholen. Hingegen könnten die *Schweden* sie holen. Ein Schiff aus dem friedlichen und neutralen Schweden würde die Bedrohung der Region beseitigen. Politisch ließe sich das zur Not als Sieg der Weisheit Ghaddafis erklären und der schwedischen Bereitschaft, einen Einsatz für den Frieden zu leisten. Natürlich würde auch die Geheimdiplomatie der Palästinenser in einem guten Licht erscheinen. Und die USA würden nicht triumphieren.

»Da gibt es aber einen Haken«, bemerkte Carl trocken, nachdem er der enthusiastischen und keineswegs unlogischen Darlegung geduldig zugehört hatte. »Dann muß ich zunächst einmal zurückfliegen und mit meiner Regierung sprechen. Ich werde in Stockholm das Ergebnis unserer Überlegungen mitteilen. Wenn ich meinem Chef, dem schwedischen Ministerpräsidenten, erzähle, und ich muß es ihm sagen, daß Abu Lutuf das Problem durch eine Reise nach Tripoli lösen will, wo er vernünftig mit einem Mann reden will, der allen amerikanischen und schwedischen Medien zufolge nicht ganz bei Verstand ist, dann ... Ja, ich brauche vielleicht nicht fortzufahren. Mein Ministerpräsident petzt sofort im Weißen Haus, und dann stehen wir wieder am Anfang.«

»Also Krieg?« sagte Abu Lutuf mit einem bekümmerten Kopfnicken.

»Ja«, erwiderte Carl kalt. »Ohne Zweifel. Schlimmstenfalls ein sehr großer Krieg mit unklaren Zielen, in dem man möglichst viele denkbare Ziele vernichtet.«

»Und die Alternative?« fragte Abu Lutuf mit einem sehr plötzlichen Rückfall in die Erschöpfung.

»Die Alternative ist, wie schon gesagt, eine schwedisch-palästinensische Gruppe, die das Ziel zerstört, bevor es von Bombern erreicht werden kann.«

»Wie sollte sich ein solcher Trupp zusammensetzen?« fragte Abu Lutuf mit einer Kraftanstrengung, sich aus der Erschöpfung zu befreien.

»Ich schlage vor, daß er unter dem Befehl von beispielsweise mir selbst und Oberstleutnant Moona steht, mit der ich schon früher manchmal operativ zusammengearbeitet habe. Ferner möchte ich mindestens einen schwedischen Experten dabei haben, und im übrigen dürften wir unter Moonas Kollegen geeignetes Personal finden«, erwiderte Carl mit einem kühnen Lächeln.

Er hatte das Gefühl, den palästinensischen Diplomaten allmählich in die richtige Ecke zu drängen.

»Was wird in diesem Fall der Nachwelt bekannt werden?« fragte Abu Lutuf mit einem überraschend eifrigen und interessierten Glitzern in den Augen.

»Darüber dürfte ich kaum zu entscheiden haben«, erwiderte Carl ironisch und munter. »Ich bezweifle aber, daß die Amerikaner selbst die Nachricht hinausposaunen, die PLO habe die Welt gerettet. Also wird auch die schwedische Regierung es nicht tun, und folglich wird mir meine Regierung die strengste Schweigepflicht auferlegen. Bleibt noch Abu Ammar.«

»Inwiefern Abu Ammar?« fragte Abu Lutuf optimistisch.

»Nun, das ist doch recht einfach«, entgegnete Carl. »Wenn der Palästinenserführer überraschend eine große Rede hält und erzählt, was passiert ist, dürfte es verdammt schwer sein, das zu dementieren. Wie unpopulär eine solche Nachricht im Weißen Haus auch wäre, denn man müßte sich bei Abu Ammar für diesen glänzenden Einsatz im Interesse des Weltfriedens bedanken. Wenn sich Abu Ammar aber aus Gründen der Diskretion einverstanden erklärt, *nicht* an die Öffentlichkeit zu gehen und zu prahlen ...«

Carl beendete seinen Satz mit einem geheimnisvollen Lächeln. Es war, als hätte er sich durch seinen Umgang mit dem schwedischen Ministerpräsidenten ein bestimmtes Verhalten antrainiert: Laß immer den Boß persönlich die entscheidenden Schlußfolgerungen ziehen.

»Damit hätten wir angesichts der künftigen Friedensverhandlungen eine außerordentlich starke diplomatische Karte in der Hand«, schloß Abu Lutuf mit einem in sich gekehrten Lächeln. Dann saß er einige Augenblicke stumm da und ließ dann plötzlich ein halb gezischtes, gedämpftes Lachen hören, schüttelte den Kopf, stand auf, ging um den Schreibtisch herum und umarmte Carl erneut.

Irgendwo in der Nähe fand ein Kongreß statt. Dort sollte über eine wichtige Resolution abgestimmt werden, und Abu Lutuf mußte los. Sie einigten sich jedoch schnell auf einige praktische Details. Sie klärten, welche PLO-Angehörigen Carl während seines Aufenthalts in Tunis treffen und wie lange er bleiben sollte sowie noch einige Dinge. Dann entschuldigte sich Abu Lutuf und rannte in Begleitung seiner Sicherheitsbeamten los. Auf dem Weg hinaus gab er Befehl, Carl mit einem Wagen wieder in sein Hotel zu fahren.

Carl erhielt sein beschlagnahmtes Taschenmesser zurück, das natürlich auch ein Mordwerkzeug war, ging zu den Sicherheitswachen hinaus und sprach mit ihnen über deren Waffen. Er bat, sich eine Pistole ansehen zu dürfen, und äußerte einige scherzhafte Bemerkungen, welche Folgen es haben könne, wenn die Mündung so unglücklich auf einen selbst gerichtet sei. Er bekam eine russische Tokarew-Pistole in die Hand. Sie hatte keine Sicherung. Carl zeigte, wie leicht der Abzug sich in den Kleidern verhaken konnte, wenn man die Pistole ziehen mußte. Und er erklärte, welche unglücklichen Folgen das nicht nur für einen arabischen, sondern für jeden beliebigen Mann haben könne.

Dann wurde sein Wagen vorgefahren. Es hätte ebensogut ein Zufall wie eine Art unbewußte Beförderung durch Abu Lutuf sein können, aber der neue Wagen war innen perfekt gesäubert und durch eine Klimaanlage gekühlt. Die beiden Männer, die ihn begleiten sollten, waren gut gekleidet und sprachen Englisch. Nach einigem Zögern kam Carl zu dem Schluß, daß es wohl ein Zufall war. Es hätte bei der Rückfahrt ebensogut so sein können wie bei der Herfahrt.

Die beiden Araber fanden das Hotel draußen in Gammarth ohne zu fragen, und fuhren selbstsicher und auffällig zum Haupteingang des Hotels. Einer der beiden stieg aus und öffnete Carl die Tür. Er machte sogar einen kleinen Ansatz zu einer Ehrenbezeigung. Carl bedankte sich freundlich, obwohl er der Meinung war, etwas mehr Zurückhaltung wäre angebrachter gewesen. Im Grunde fiel es ihm schwer, sich gerade hier eine drohende Gefahr oder überhaupt Feinde vorzustellen, doch die Erfahrung hatte ihn gelehrt, daß die Frage, ob jemand Freund oder Feind ist, nicht immer so klar zu entscheiden war, wie man manchmal glaubte.

Er ging direkt auf sein Zimmer und öffnete die Minibar. Er trank mit wenigen Zügen eine Flasche mit einem trüben Orangensaft leer, musterte mißtrauisch das Etikett und entdeckte, daß der Saft ein israelisches Erzeugnis war. Er schüttelte ironisch lächelnd den Kopf und trat auf den Balkon. Er machte das Licht aus. Vielleicht wollte er sich nicht im Umriß zeigen, vielleicht wollte er in der Dunkelheit nur eine bessere Aussicht aufs Meer.

Unterhalb seines Balkons entdeckte er ein großes Flachdach mit einigen Kuppeln, die vermutlich rein dekorative Funktion hatten. Unter diesem Dach befanden sich einige Hotelsuiten mit Fenstern und Türen zu ebener Erde. Von dort waren es nur rund zehn Meter bis zum Sandstrand. Von Carls Dach waren es kaum zwei Meter bis hinunter zum Dach; für Einbrecher und Diebe ideal.

Draußen auf See sah er die Lichter vereinzelter Fischerboote. Er vermutete, daß sie mit Hilfe von Licht Sardinen fischten, war sich aber nicht sicher. Der Wind war lau und feucht und roch stark nach Meer. Der Sternenhimmel war fast völlig klar.

Er wußte, daß er für seinen unerklärlichen Optimismus keine sonderlich rationalen Gründe hatte. Libyen war ein ungeheuer weitläufiges Land, das zum größten Teil aus der unendlichen Sahara bestand. Mit Ausnahme von Flugzeugen waren andere Transportmittel nicht zu gebrauchen. Dennoch war nichts unmöglich. Wenn es wichtig genug war, war es zu machen. Ihm fiel sofort Colin Powells Hausregel Nummer vier ein: »Es läßt sich machen!«

Das gleiche Gefühl gab ihm auch die Gewißheit, daß die beiden Schattengestalten, die jetzt auf das weiße Flachdach unter ihm geklettert waren und vorsichtig hinter einer der Kuppeln Deckung suchten, hinter ihm her waren. Dennoch war er nicht besorgt. Er trat in der Dunkelheit einen Schritt zurück, damit man ihn nicht sehen konnte. Er war nicht bewaffnet, doch das machte ihm keine Sorgen. Er befand sich in der überlegenen Position dessen, der den Gegner als erster gesehen hat.

Plötzlich löste sich einer der beiden Schatten und begab sich schnell zur nächsten Kuppel, die sich etwa zehn Meter näher an Carls Fenster befand. Die bewegen sich wie Militärs. Es sind keine gewöhnlichen Diebe, dachte Carl fast amüsiert.

Es kam ihm vor, als lenkte er und nicht die beiden dort unten den folgenden Handlungsverlauf. Sie taten genau das, was er ihnen zugedacht hatte. Die nächste Bewegung führte folglich direkt zur Hauswand unter seinem Balkon. Er hörte die beiden Männer etwas flüstern. Dann wußte er, was sie taten, ohne es zu sehen: Einer machte sich selbst zum Treppenabsatz, der andere hob den Fuß, flüsterte, er sei bereit. Dann wurde der erste Mann nach oben gehoben und schwang sich mit einer schnellen Bewegung über Carls Balkongeländer. Er landete auf dem gekachelten Fußboden. Er schaffte es jedoch nicht, sich zu erheben, denn Carl war schon über ihm und hielt ihn mit einem harten Griff fest, während er ihn nach Waffen durchsuchte. Er fand eine Pistole, die er schnell entsicherte und auf den Hinterkopf des Eindringlings richtete. Carl lauschte, was der zweite Mann unten auf dem Dach tun würde, und erkannte, daß dieser gar nichts tun würde, bevor er ein Zeichen von dem Kameraden erhielt, den er soeben unter unerklärlichem Schweigen hinaufgeschickt hatte. Vielleicht waren es junge Leute. Jedenfalls hielt Carl keinen erwachsenen Mann fest. Er preßte das Knie gegen den zartgliedrigen Rücken, hielt die Pistole auf das Balkongeländer gerichtet und verschloß dem Gefangenen mit einer Hand den Mund. Er spürte keinerlei Widerstand, keinerlei Willen, sich zu wehren oder dem zweiten Mann dort unten etwas mitzuteilen. So riß Carl seinen Gefangenen hoch, drehte ihn mit dem Gesicht zum Balkon und stellte sich mit schußbereiter Waffe dahinter. Dann lockerte er seinen Griff und trat einen Schritt zurück, um zu sehen, was geschah. Er hatte nicht das Gefühl von Gefahr, überlegte sogar, daß er das als sehr eigentümlich und unklug empfand. Ihn amüsierte die Situation fast, als wäre sie eine lustige kleine Unterbrechung des langweiligen Wartens.

Sein Gefangener hob sacht, demonstrativ sacht die Hände und legte sie zum Zeichen der Unterwerfung um den Nacken. Dann drehte er sich langsam um.

»Du hast dich nicht verändert. Was ist das für eine verdammte Art, alte Freunde zu empfangen«, sagte sie sarkastisch und zog ihre palästinensische *kafiya* zur Seite, die fast ihr gesamtes Gesicht verborgen hatte.

»Moona!« rief er verblüfft aus und wollte sie gerade umarmen, als er verlegen die Waffe entdeckte, die er in der Hand hielt. Er sicherte sie mit dem rechten Daumen und ließ sie in der Hand herumwirbeln, so daß er sie am Lauf halten konnte. Erst dann umarmte er sie. Sie blieben einige Sekunden lang so stehen, doch dann schob sie ihn sacht von sich und lehnte sich über das Balkongeländer. Sie sprach schnell einige geflüsterte Worte, die vermutlich bedeuteten, es sei alles unter Kontrolle. Der Schatten dort unten tappte über das Hausdach, ohne etwas zu sagen.

»Ist es nicht ein bißchen dumm, mich so besuchen zu wollen?« sagte Carl ironisch und zeigte auf einen Kunstledersessel auf dem Balkon, während er sich auf den anderen setzte und ihr mit der gleichen Bewegung ihre Pistole reichte.

»Wir hatten gedacht, du würdest nicht zu Hause sein. Wir glaubten nämlich, daß du noch bei Abu Lutufs Leuten bist. Wir hatten gedacht, du würdest länger auf einen Wagen warten müssen, als es offensichtlich der Fall gewesen ist«, sagte sie fast mürrisch. Doch dann besann sie sich, schüttelte kichernd den Kopf und sagte etwas auf Arabisch. Carl vermutete, daß es so etwas hieß wie »Der Barmherzige schützt Kinder und Verrückte.«

»Ich hatte mir also gedacht, ich würde brav hier sitzen und auf dich warten«, fuhr sie mit der gleichen Munterkeit fort. »Es sollte sozusagen ein diskretes und geschickt eingefädeltes Treffen werden.«

»Na ja, es ist am Ende ja gutgegangen«, sagte er unschuldig. »Wie lange ist es her? Drei Jahre?«

»Du meinst seit unserer letzten Zusammenarbeit, dieser Geiselnehmer-Geschichte in Beirut? Ja, es sind drei Jahre. Drei lange Jahre«, fügte sie mit einem Seufzer hinzu.

Carl ahnte in der letzten Bemerkung mehr Schmerz, als sie zeigen oder im Moment diskutieren zu wollen schien, und so verzichtete er auf Erkundigungen nach Leben und Gesundheit. Er beschloß, mit dem Dienstlichen zu beginnen.

»Du besuchst mich dienstlich, und jemand hat dich geschickt?« fragte er. Es war eher eine knappe Feststellung als eine freundliche Frage.

»Ja«, erwiderte sie, »natürlich. Mich hat ein Mann geschickt, dessen

Namen du nicht kennen darfst, der aber Abul Houls Nachfolger und mein höchster Vorgesetzter ist. Abul Houl ist tot, wie du weißt.«

»Mm«, sagte Carl mit einem Kopfnicken. »Wahrscheinlich die Israelis? Ist es aber sehr klug gewesen, mit der ganzen Bande in einer Kolonie am Meer zu leben? Es konnte ja einfach nicht ausbleiben, daß eines Tages so etwas passiert.«

»Ja«, bestätigte sie mit einem Achselzucken. »Es mußte irgendwann so kommen, und so war es auch. Jetzt wohnen wir über ganz Tunis verstreut und müssen ständig mit dem Wagen hin und her fahren. Das ist nicht nur für uns lästig, sondern auch für die israelischen Spione. Sie haben mit Abul Houl auch meinen Mann getötet.«

»Deinen Mann...?« fragte er flüsternd und versuchte, ihren Gesichtsausdruck zu erkennen, doch sie hatte sich abgewandt. »Ich habe nicht gewußt, daß du verheiratet warst.«

»Als wir uns beim letzten Mal trafen, war ich es noch nicht. Er war Arzt. Er hatte absolut nichts mit meinem Job zu tun. Er kam, um mich bei Abul Houl abzuholen, und wußte nicht, daß ich nicht dort war. Ich hätte dort sein sollen, war es aber nicht.«

»Das tut mir wirklich leid für dich...«, flüsterte Carl vorsichtig. »Aber du weißt, wie es ist. Wir haben keine guten Worte für solche Situationen.«

»Ja, Carl. Ich bin überzeugt, daß du meine Trauer teilst, das bin ich wirklich«, sagte sie und drehte sich dann entschlossen zu ihm um. »Und jetzt zum Geschäft. Wir glauben zu wissen, wo sich das Ziel befindet.«

»Das nenne ich schnell marschiert«, sagte Carl verblüfft. »Ihr habt die Nachricht doch erst vor ein paar Stunden erhalten.«

Sie lachte leise auf und schüttelte den Kopf. Ja, es könne schon den Anschein haben, als sei das schnell marschiert. In Wahrheit sei es jedoch eher darum gegangen, zwei und zwei zusammenzuzählen.

Im Januar war in Tripoli etwas ausgeladen worden, wofür man zuvor den halben Hafen abgesperrt hatte, und dieses Etwas war dann schnell wegtransportiert worden. Das hatte zunächst nur zu einigen Gerüchten geführt. Doch dann war für einige Zeit ein palästinensischer Physiker verschwunden; er war eigentlich Forscher an einer amerikanischen Universität, hatte sich aber in den Kopf gesetzt, zu seinen Wurzeln zurückzukehren, und war so in Libyen gelandet. Natürlich hatte sich der palästinensische Nachrichtendienst schnell seiner Dienste versichert. Nach seinem Verschwinden hatte er sich in Briefen an einige Freunde nur recht allgemein äußern können, denn diese Briefe waren offenkundig zensiert worden. Er hatte jedoch eine lustige Chiffre verwendet, eine recht einfache, mit der er in etwa angab, wo er sich befand.

Der Ort hatte eigentlich keinen Namen. Es war eine kleine Oase, die zweihundertzwanzig Kilometer von Matar as Sarra entfernt lag.

Sie hatte den Namen erwähnt, als wäre es selbstverständlich, daß Carl ihn kannte. Er war gezwungen, sie zu unterbrechen und zu fragen.

Matar as Sarra war ein riesiges Exil für fast fünftausend Mann der Palästinenser-Armee, die vor Jahren gezwungen worden war, Beirut zu verlassen. Außerdem war es ein Ausbildungslager. Dort unten in der Wüste im Grenzgebiet zwischen Libyen, Sudan und Tschad konnte man wahrlich kaum mehr tun, als seine militärische Schlagkraft zu erhöhen.

Carl ging in sein Zimmer und kramte eine Karte Nordafrikas hervor. Er studierte sie kurz unter einer Nachttischlampe, löschte dann das Licht und ging wieder auf den Balkon, auf dem sie wartete.

»Der rätselhafte Gegenstand oder das rätselhafte Material, das im Januar im Hafen von Tripoli angekommen ist, befindet sich also jetzt dort unten, zweihundertzwanzig Kilometer von dieser Basis entfernt?« fragte er.

»Ja, da sich unser verschwundener Kernphysiker auch dort befindet. Wir wußten zwar, daß sich bei den Libyern etwas Merkwürdiges tut, aber nicht was. Außerdem konnten wir nicht ohne weiteres annehmen, daß wir etwas damit zu tun haben.«

»Jetzt habt ihr es«, stellte Carl fest.

»Langsam, langsam, unser Küchenkabinett muß sich erst darüber zu Ende streiten.«

»Küchenkabinett?« fragte Carl und machte ein fragendes Gesicht.

»Ja, das war ein kleiner Scherz. Die Israelis nennen ihren engsten Regierungskreis so. Es ist unser *National Security Council*, wenn du es etwas offizieller haben willst.«

»Okay, ich kapiere. Aber sie streiten sich deswegen?«

»Ja, davon gehe ich aus. Mein Chef ist für deinen Vorschlag, denn sonst hätte er mich natürlich nicht hergeschickt. Du verstehst schon. Abu Lutuf ist dagegen. Abu Ammar hat sich noch nicht entschieden. Tja, es wird wohl noch eine Weile dauern. Was hast du vor?«

»Ich möchte mich mit dir und einer kleinen Gruppe dorthin begeben, die Bombe zerstören und mit heiler Haut in die Zivilisation zurückkehren«, erwiderte Carl schnell und entschlossen. Es kam ihm vor, als wäre er schon unterwegs.

»Und wie hast du dir gedacht, zweitausendfünfhundert Kilometer tief in die Sahara zu kommen? Zu Fuß?«

»Nein. Unsere Planung beginnt erst jetzt, in diesem Augenblick, und ich bin sicher, daß dir, deinen Kollegen und mir eine bessere Möglichkeit einfällt«, entgegnete er trocken.

»Na schön«, kicherte sie. »Die Planung beginnt also hier und jetzt. Und wo sollten wir uns deiner Ansicht nach zum Zeitpunkt der Sprengung der Bombe befinden?«

»Direkt vor Ort oder ein paar hundert Meter entfernt. Es ist nicht so, wie du glaubst. Wir haben nicht vor, eine Kernwaffendetonation auszulösen, sondern wollen diese Bombe nur ein wenig zerknüllen, damit sie nie eingesetzt werden kann.«

»Und das geht?«

»Ja. Das ist der leichteste Teil. Am schwierigsten ist es natürlich, das Ziel zu erreichen und dann von dort wegzukommen.«

»Ich habe eine Idee, wie wir hinkommen könnten. Aber zu verschwinden wird schon schwieriger sein«, sagte sie nachdenklich.

»Die Amerikaner werden uns ausfliegen«, sagte Carl mit einer amüsierten Miene. Er wartete auf ihre Reaktion, die natürlich zu einer Mischung aus Verblüffung und Wut geriet.

Er sah sich genötigt, sie in das gesamte politische Spiel einzuweihen, das zu dem bis jetzt letzten Glied in der langen Kette führte, ihrem Gespräch hier auf einem Balkon in Gammarth außerhalb von Tunis.

Solange sowohl Palästinensern wie Schweden die technischen Möglichkeiten fehlten, in der südöstlichen Ecke Libyens zu landen, was im übrigen auch den Amerikanern nicht sehr leichtfallen konnte, war man gezwungen, insoweit mit ihnen zusammenzuarbeiten. Die Alternative bestand nämlich darin, daß die Amerikaner selbst die ganze Verantwortung übernahmen und einen offenen Krieg vom Zaun brachen.

Moona akzeptierte widerwillig, aber doch recht schnell die Argumentation. Sie beschlossen, sich vorläufig nicht mehr in die praktischen Details zu vertiefen; im Augenblick war es am wichtigsten, daß sie einen zeitlichen Vorsprung hatten. Weder in Stockholm noch in Washington konnte sich jemand vorstellen, daß die erste schwierige Phase der Operation schon erledigt war. Folglich würden sie dieses Wissen für sich behalten, bis sie vor der Schlußphase der Operation standen. So würden sie die Bomber-Enthusiasten hereinlegen. Carl würde schon am nächsten Tag mit seinem CIA-Kanal Kontakt aufnehmen und einiges an Ausrüstung bestellen – er erwähnte es gleichsam nebenbei und tat, als wäre es selbstverständlich. Doch Moona zeigte sich natürlich erneut bestürzt bei dem Gedanken, mit der CIA zusammenzuarbeiten.

»Sag bloß nicht, daß auch der Mossad irgendwie mit von der Partie ist?« fauchte sie.

»Nein, nein«, entgegnete er lachend und wehrte mit einer Handbewegung ab. »Ich glaube, sämtliche Beteiligten, sogar Washington, möchten keine israelischen Köche bei dieser Suppe dabei haben. Wir sind auch so schon genug.«

»Aha«, sagte sie mit einem Achselzucken. »Und was machen wir jetzt?«

»Du und deine Leute arbeiten an dem Problem, wie wir hinkommen. Ich und meine Leute arbeiten an dem Problem, wie wir von dort wegkommen. Ich fliege nach Stockholm, komme in einer Woche wieder und bringe einen Mann mit.«

»Nur einen?«

»Ja. Nur einen. Entweder können wir das Ganze als kleine Operation durchführen oder es wird zu einer großen Sache, und dann bleibt nur die US Air Force. Du nimmst so viele Leute mit, wie du für nötig hältst.«

Sie nickte nachdenklich und schlug dann vor, sie sollten die Angelegenheit bis auf weiteres als ausdiskutiert ansehen, da es immerhin eine politische Schwelle gab, die in der PLO-Führung übersprungen werden mußte.

Carl hielt das für eine gute Idee. Er sah auf die Uhr und entdeckte, daß es kurz nach Mitternacht war und daß er seit dem Kaffee bei Abu Lutuf am Nachmittag weder gegessen noch getrunken hatte. Er schlug ihr vor, sie solle die Rolle einer einheimischen Prostituierten spielen, damit er eine nächtliche Mahlzeit für zwei Personen bestellen konnte; die Palästinenser der PLO waren ohnehin dafür berüchtigt, daß sie erst nach Mitternacht aßen.

Sie gab nach einigem Zögern nach. Ihre Reserviertheit taute erst nach und nach auf, als ihnen verschiedene Gerichte auf den Balkon gebracht wurden. Sie hatten immerhin gemeinsame Erinnerungen und standen einander persönlich sehr nahe, ohne sich je auch nur geküßt zu haben.

Samuel Ulfssons erste Reaktion war starke Verblüffung gewesen. Dann war er, was sehr ungewöhnlich war, ganz einfach wütend geworden, als ihm die ganze Tragweite dessen aufging, was die beiden kerzengerade dastehenden und stammelnden Leutnants zu erklären versuchten.

»Keine Gewalt, hatte ich gesagt! Nicht noch mehr erschossene Gangster, hatte ich gesagt!« hatte er sie angebrüllt, als befänden sie sich auf einem Kasernenhof früherer Zeiten.

Jetzt im nachhinein, bereute er sein Gebrüll im Grunde nicht. Es fiel ihm wenigstens leicht, seine eigene spontane Reaktion zu entschuldigen. Schließlich hätte sich niemand selbst in seiner wildesten Phantasie vorstellen können, was abgesehen von den konkreten Fakten geschehen war, nämlich daß Luigi Bertoni zwei Polizeibeamte bei einem dienstlichen Auftrag verprügelt und Göran Karlsson zwei verdächtige Gangster erschossen hatte. Es war ebenso komisch wie verständlich, daß die beiden Untergebenen zunächst davon berichtet hatten, als sie bei ihrem höchsten Chef auftauchten.

Doch schon während der erregten Nachrichtensendungen der ersten Nacht – unter anderem hatte es bei dem kommerziellen Privatfernsehen Sondersendungen gegeben – wurde mit entsetzlicher Deutlichkeit klar, daß es kaum die Repräsentanten des Generalstabs gewesen waren, die auf der Walstatt die schlimmsten Dummheiten begangen hatten.

Samuel Ulfsson erinnerte sich immer noch mit einem Kopfschütteln an ein Fernsehinterview, das ihm zunächst wie ein etwas geschmackloser Scherz vorgekommen war. Eine Person, die angeblich Polizeioberrat war und Chef der erst vor kurzem gegründeten Sondereinsatztruppe der Polizei, ONI, wurde interviewt.

Die fragliche Figur war im Gesicht mit schwarzen und grünen Streifen geschminkt wie Gebirgsjäger vor einem Angriff und trug statt einer Uniformmütze ein Stirnband. Um das Maß voll zu machen, nannte man ihn »den Tiger«.

Der Herr Polizeioberrat, genannt »der Tiger«, hatte mit den Augen gerollt und versichert, Verluste ließen sich nur schwer vermeiden, wenn es um Zusammenstöße mit Berufsmördern gehe.

Die Polizei hatte nämlich erhebliche Verluste erlitten. Vier durch Schußverletzungen schwer Verwundete und einen toten Beamten – neben den zwei Polizisten, die Luigi eingestandenermaßen verprügelt und entwaffnet hatte.

Während dieser Augenblicke vor dem Fernseher war es im Kopf Samuel Ulfssons auf höchst ungewohnte Weise durcheinandergegangen: Wenn Göran Karlsson die beiden Terroristen getötet hatte, woher kamen dann die Verluste der Polizei? Infolge welcher Schußwechsel mit wem?

Samuel Ulfsson konnte sich in diesem Moment noch nicht vorstellen, daß die Erklärung das war, was in der Militärsprache *friendly fire* genannt wird, daß man also aus Versehen auf die eigenen Leute schießt. Er hatte, immer noch wütend, Göran Karlsson angerufen, der noch wach war und überdies ein wenig angesäuselt mit Luigi zusammensaß, und eine Erklärung erbeten.

Als er die verblüffende Erklärung erhalten hatte, daß sämtliche Schußwechsel mit Ausnahme des ersten zwischen verschiedenen Polizisten stattgefunden hatten, schlug Samuel Ulfssons Verblüffung erneut in Aggression um. Er schrie in den Hörer, das hätte er schon erfahren müssen, als die Herren früh am Abend versucht hätten, ihm Bericht zu erstatten. Damit hatte er den Hörer auf die Gabel geworfen. Er lächelte bei der Erinnerung daran und gestattete sich ein paar ironische Gedanken über sich selbst sowie darüber, was die armen zusammengestauchten Leutnants gemeint und empfunden haben mußten, als er angerufen hatte, um sie erneut wie ein Verrückter anzubrüllen.

Am nächsten Tag war das Bild jedoch etwas klarer geworden. Dazu trugen nicht zuletzt die beispiellos unklaren Zeitungsberichte bei, die in ganzseitigen Artikeln über eine Schlacht berichteten, die im Grunde gar nicht stattgefunden hatte.

Was polizeiliche Tapferkeit betraf, zeigte sich *Expressen* wie gewohnt am besten unterrichtet. Das Blatt schilderte mit gezeichneten Kampfszenen den Handlungsablauf, der nie stattgefunden hatte. Auf den Fotos war der Herr Polizeioberrat »der Tiger« zu sehen, der wie ein Feldherr auf zerschossenes Mobiliar zeigte.

Der von der Polizei lancierten Version zufolge hatte oben im Sheraton eine anhaltende und komplizierte Feldschlacht stattgefunden, die damit geendet hatte, daß die Polizei am Ende doch die beiden Gangster erschoß, obwohl sie selbst schwere Verluste erlitten hatte.

Am nächsten Tag hatte Samuel Ulfsson folglich ein bedeutend ruhigeres Treffen mit den beiden immer noch sehr beschämten Leutnants abhalten können, die sich mit blutunterlaufenen Augen bei ihm einfanden. Dabei konnte er etwas detaillierter in Erfahrung bringen, was geschehen war und wer sich wessen schuldig gemacht hatte. Der Einfachheit halber hakten sie die Ereignisse in chronologischer Folge ab. Elisabeth Wendell von der EDV-Einheit war ebenfalls zum Verhör gerufen worden.

Die Geschichte, die sich jetzt vor Samuel Ulfsson entrollte und die er selbstverständlich als die wahre Version ansah, da sie von dreien seiner eigenen Leute stammte, war in mancherlei Hinsicht schrecklich.

Zunächst war alles gut gegangen. Die Abhöroperation war erfolgreich verlaufen. Luigi hatte befehlsgemäß Samuel Ulfsson angerufen und es mitgeteilt, und dieser hatte die Polizei benachrichtigt. Insoweit war alles nach Plan gelaufen.

Danach war vorgesehen gewesen, daß Luigi ruhig und still mit seinen bespielten Bändern und seiner möglicherweise illegalen Ausrüstung aus dem Hotel verschwand, um die Dinge zum Generalstab zurückzubringen. Anschließend sollten die Bänder an die Polizei weitergegeben werden.

Während die Polizei in aller Stille die beiden Verdächtigen festnahm, sollten sich Göran Karlsson und Elisabeth Wendell in ihrem Zimmer nur ruhig verhalten und überhaupt nichts unternehmen.

Das war also der einfache Plan.

Zum ersten Mal ging etwas schief, als Luigi »unauffällig« das Hotel verlassen sollte.

Wie er es selbst beschrieb, war er mit zwei bewaffneten Irren in Terroristenmasken zusammengestoßen, die den Versuch gemacht hatten, ihm verschiedene unklare Befehle auf englisch zuzuschreien. Ihm war die Existenz einer schwedischen Elitepolizei dieser Art unbekannt, und noch weniger wußte er von ihren eigentümlichen Uniformen und ihrer seltsamen Befehlssprache. Deshalb habe er sie verprügelt und ihnen ihre Waffen abgenommen, nämlich in dem Glauben, sie seien etwas ganz anderes als Polizisten. Immerhin hatten sie seine Tasche mit dem sensiblen Material an sich nehmen wollen. Somit habe er vermutet, zum Opfer eines Raubüberfalls zu werden, und sich ganz einfach auf angemessene Weise gewehrt.

Die beiden Elitepolizisten hatten sich im übrigen nach ein paar Tagen erholt. Sie hatten keinerlei Interesse daran, eine »Anklage zu pressen«, wie einer von ihnen bei einem Telefonat mit Samuel Ulfsson sagte.

Der Ausdruck »Anklage pressen« blieb vorerst rätselhaft, doch als Göran Karlsson und Luigi ihn gehört hatten, hatten sie lachend erklärt, das sei ein neuer Versuch, Amerikanismen einzubürgern, denn in der Originalsprache heiße es *to press charges.* Der Inhalt dieser Mitteilung sei jedenfalls, daß die beiden verprügelten Polizisten nicht die Absicht hatten, die Sache an die große Glocke zu hängen. Sie wollten kurz ums Verrecken nicht bekannt werden lassen, wie sie von einem Militär verprügelt worden waren, der ihnen auch noch ihre Waffen abgenommen hatte.

Folglich stand schon bald mit großer Wahrscheinlichkeit fest, daß Luigi auch diesmal durchs Netz schlüpfen würde.

Schlimmer war es natürlich bei Göran Karlsson. Dieser hatte zwei Menschen getötet, die eigene Standpunkte zu »gepreßten Anklagen« nicht mehr vorbringen konnten und deren juristische Rechte aus diesem Grund von der schwedischen Staatsanwaltschaft wahrgenommen wurden.

Wie der Ablauf der Ereignisse im Hotel ausgesehen hatte, war rein äußerlich leicht zu verstehen. Göran Karlsson hatte ja zusammen mit Elisabeth Wendell erstens beobachtet, wie zwei Polizisten vor ihrem Fenster an Nylonseilen hingen, ohne sich vorwärts oder rückwärts bewegen zu können (sie hatten offenbar nichts davon gewußt, daß das Sheraton wie so viele andere Hotels in den Fenstern der obersten Stockwerke Scheiben aus Panzerglas hatte; eine nicht unvernünftige Sicherheitsvorkehrung).

Es war durchaus verständlich, daß das anwesende Personal der Streitkräfte die Polizei möglichst schnell auf die mißliche Lage ihrer Kollegen aufmerksam machen wollte. Als sie dann feststellten, daß die Polizei Tränengasgranaten ins Nebenzimmer schoß, und anschließend ein kurzes Feuergefecht wahrnahmen, gab es gute Gründe für die Annahme, daß das Ganze damit vorbei war. Aus diesem Grund hatte Elisabeth Wendell die unglückliche Initiative ergriffen, die Zimmertür aufzumachen.

Jetzt war es nicht mehr sehr schwer zu begreifen, was im Nebenzimmer passiert war. Es hatte die beiden Italiener natürlich überrascht, daß von draußen plötzlich Tränengaspatronen hereingeschossen wurden. Doch während die Polizeibeamten draußen infolge irgendeiner Anweisung darauf warteten, daß das Tränengas die Objekte »weich« werden ließ, wurden diese das genaue Gegenteil von weich. Sie setzten ganz einfach ihre Gasmasken auf. Es waren immerhin Personen mit einer langen kriminellen Erfahrung, die wohl nicht zum ersten Mal mit Tränengas zu tun hatten. Als das erledigt war, luden sie ihre Waffen mit metallbrechender Munition und machten sich bereit. Als anschließend die Polizisten ins Zimmer torkelten, halfen ihnen ihre Schutzwesten nicht viel. Mit etwas Pech hätten ihre Verluste noch weit größer sein können.

Im folgenden, als Göran Karlsson und Elisabeth Wendell als Geiseln in ihrem Zimmer saßen, stürmte ein neuer Polizeitrupp hinauf und entdeckte, daß im Nebenzimmer Bewegung herrschte. Die Beamten wußten, daß niemand das Hotel verlassen hatte. Und während ihre elektronisch höchst komplizierte Funkausrüstung zusammenbrach, beschlossen sie, das Zimmer erneut zu stürmen. Einer der schwerverwundeten und halb bewußtlosen Polizisten dort drinnen hatte dann in dem Glauben, daß es nicht seine Kameraden waren, die jetzt hereinstürmten, vor Verzweiflung zurückgeschossen, und so war es zu diesem Feuergefecht gekommen.

Die Techniker der Polizei hatten herausgefunden, daß im Zimmer mehr als einhundertfünfzig Schuß abgefeuert worden waren.

Dann kam man zu dem für den Generalstab eher peinlichen Moment. Daß Göran Karlsson bei der ersten sich bietenden Gelegenheit entschied, Elisabeth Wendell und sich aus der Gefangenschaft zu befreien, und zwar auf die einzig denkbare Weise, war im Grunde kaum zu beanstanden. Es war jedoch ein verdammtes Pech, daß die beiden beschossenen Italiener starben. Sonst hätte man diese Attacke sicher den tapferen Polizisten zuschreiben können, die in dem Fall sicher auch nicht geneigt gewesen wären, »Anklagen zu pressen«.

Doch da die Opfer gestorben waren, ergab sich wohl eine völlig andere Situation.

Göran Karlssons eindringliche Beteuerungen, daß man zumindest einen der beiden hätte retten können, wenn nicht sämtliche verfügbaren Krankenwagen ausschließlich Polizisten verfrachtet hätten, trugen den Stempel der Wahrscheinlichkeit.

Der zweite Gangster war jedoch sofort tödlich getroffen worden. Was Luigi und Göran Karlsson zu diesem Punkt erklärten, konnte sehr wohl den Tatsachen entsprechen. Göran Karlsson hatte tief gezielt, in Hüfthöhe etwa. Normalerweise überlebt ein Mensch das, wenn er rechtzeitig ärztlich versorgt wird. Die Kugel hatte jedoch das Gekröse im Magen durchschlagen, insoweit keine Gefahr, und war dann direkt in den stärksten Teil der Körperschlagader gegangen. Das habe etwa die Wirkung, als würde eine Kugel einen Autoreifen durchschlagen, erklärte Göran Karlsson mit gesenktem Kopf. Der Tod tritt so gut wie augenblicklich ein. Er hatte jedoch eine ganz andere Absicht gehabt, denn kein Mensch schießt so, wenn er die Absicht hat zu töten.

Das war sicherlich wahr, spielte jedoch keine Rolle mehr, da der Gangster gestorben war.

Der andere hatte einen Lebertreffer erhalten und hätte nicht verbluten müssen, wenn die Polizei nicht das Kommando über sämtliche Krankenwagen übernommen hätte. Auch das entsprach sicher den Tatsachen, spielte aber ebenfalls keine Rolle.

Jetzt würde der Staatsanwalt zu Besuch kommen. Die Ermittlungen hatten einige Zeit in Anspruch genommen, denn unter anderem hatten die Kriminaltechniker es mit den vielen Schüssen und der Munition nicht ganz einfach, da viele der Spezialpolizisten sich eine illegale Sondermunition beschafft hatten, von der sie mit Recht oder Unrecht meinten, sie hätte eine bessere Wirkung als die Munition, die ihnen von Gesetzes wegen zugeteilt wurde.

Der unvermeidliche Besuch des Staatsanwalts gemahnte zwar ein wenig an schwarzen Humor, da der Herr Polizeioberrat »der Tiger« mitwirken sollte. Samuel Ulfsson hatte den beiden Leutnants jedoch düster befohlen, sich in Uniform einzufinden. Jetzt saßen sie dort, gekämmt, gestriegelt und mit gesenktem Kopf wie Schuljungen und schämten sich in Erwartung dessen, was da kommen sollte. Luigi hatte sich auf Carls gewohnten Platz gesetzt und Göran Karlsson saß ihm gegenüber. Damit hielten die Streitkräfte immerhin eine Bastion an dem einen Ende des Schreibtischs, was es ermöglichte, den Feind in beträchtlichem Abstand am anderen Ende des blitzblanken braunen Konferenztischs unterzubringen.

Oberstaatsanwalt Dick »Cunctator« Olofsson kam hereingestolpert, obwohl er hatte hereinstürmen wollen, und im Schlepptau hatte er den zivil gekleideten und ungeschminkten Polizeioberrat Jan Källberg, den »Tiger«.

Nach der kurzen förmlichen Begrüßungsprozedur setzten sich die beiden feindlichen Unterhändler wie berechnet in doppelter Armeslänge voneinander entfernt hin, während der Staatsanwalt zu sprechen begann und gleichzeitig in seiner Aktentasche verwirrt nach Dokumenten wühlte.

»Ja, wir haben es ja hier mit einer prekären Situation zu tun. Ich sollte vielleicht damit beginnen, den Sachverhalt vorzutragen?« fragte er und fand endlich, was er suchte.

»Ja!« fuhr er eifrig fort. »Ich habe hier das Gutachten des Gerichtsmediziners, in dem also das beschrieben wird, was Leutnant Karlsson getan hat. Daraus geht unter anderem hervor, daß der Gerichtsarzt den Tod in einem Fall mit der langen Verzögerung erklärt, die durch das Warten darauf entstanden ist, daß einer dieser ... mal sehen, Sabrini Soundso hieß er, ärztlich versorgt wurde. Die direkte Todesursache ist natürlich Verbluten, aber das Verbluten ist wiederum eher auf organisatorische Fehler zurückzuführen als auf die Kugel des Herrn Leutnants Karlsson. Im übrigen wird darauf hingewiesen, daß beide Opfer eine sehr effektive Erste Hilfe erhalten hätten, da ... ja, das kann ich vielleicht überspringen?«

Er blickte verwirrt hoch und suchte mit den Blicken eine Antwort, doch die Anwesenden schienen alle nur auf die Tischplatte vor sich zu starren.

»Ja, hm, ich sollte vielleicht fortfahren. Scheiße, wo ist jetzt dieses andere ... aha, hier!« fuhr der Staatsanwalt bei seiner Jagd nach einem neuen Dokument verwirrt fort. »Also, in diesem zweiten Fall gibt es ja nicht viel Forensisches zu diskutieren. Es geht im Grunde um einen unmittelbar tödlichen Schuß, der die große Körperschlagader zerfetzt hat. Der Schuß war jedoch absichtlich tief gezielt, man könnte sagen, streng nach polizeilicher Dienstanweisung. Nun, dies dazu.«

Er sah auf, als hätte er damit alles Nötige erklärt, doch der einzige der Zuhörer, dem jetzt aufging, wohin die Reise gehen sollte, war der schon im voraus informierte und beschämt errötende Polizeioberrat.

»Welche juristischen Konsequenzen bringt dies mit sich, und welche Möglichkeiten haben wir, die Sache gegen Göran Karlsson hinter verschlossenen Türen verhandeln zu lassen?« fragte Samuel Ulfsson jetzt kalt, ungeduldig und geradeheraus.

»Ja! Darauf wollte ich gerade zu sprechen kommen«, fuhr der Staatsanwalt entzückt fort. »Wenn wir von den Wirkungen der Gewalt absehen, die hier verübt worden ist, haben wir auf gewisse Weise eine Situation, die dem Fall der beiden Polizisten ähnelt, die da draußen auf der Treppe verprügelt worden sind. Ich nehme an, daß Sie sich das haben zuschulden kommen lassen, Leutnant Bertoni-Svensson?«

»Ja«, erwiderte Luigi mit zusammengebissenen Zähnen. »Ich konnte aber nicht ahnen, daß ...«

»Danke, Leutnant Svensson, Verzeihung, Bertoni-Svensson!« rief der Staatsanwalt und reckte die Hand wie ein Stopp-Schild in die Höhe. »Wie wir wissen, hat unser Kollege hier, Polizeioberrat Källberg, nach Beratung mit seiner Mannschaft beschlossen, daß es vernünftigen Interessen nicht dienlich sein würde, dieses Ereignis vor Gericht beurteilen zu lassen. Ich müßte mich dann wegen Behinderung dienstlicher Aufgaben, Körperverletzung von Beamten und was weiß noch lächerlich machen. Das Gericht würde nicht nur mich auslachen, sondern auch Polizeioberrat Källberg und seine Mannen, und damit wäre niemandem gedient. Das Gericht würde überdies Leutnant Bertoni-Svensson ohne jeden Zweifel freisprechen, so daß ich im Grunde keine Anklage erheben dürfte. Ein Staatsanwalt darf nämlich keine unbegründeten Anklagen erheben, wenn man also eine sichere Prognose in Richtung Freispruch stellen kann. Haben die Herren verstanden, wie der Hase läuft?«

Er sah sich erneut entzückt im Raum um und entdeckte jetzt immerhin drei intensiv interessierte Augenpaare, während der Polizeioberrat immer noch auf die Tischplatte blickte und mit dem Zeigefinger unsichtbare Kreise malte.

»Nein, nicht ganz, ich verstehe die Parallele zu den Todesschüssen nicht«, sagte Samuel Ulfsson sichtlich hoffnungsvoll.

»Stellen wir uns folgendes vor«, sagte der Staatsanwalt zufrieden, verlangsamte das Tempo seiner Ansprache und blickte eine Zeitlang an die Decke, »nämlich daß diese zweifelsohne sehr gefährlichen und schwerbewaffneten Gangster, die schon schwedische Polizeibeamte erschossen haben ... nehmen wir für einen Augenblick das an, was die Presse annimmt. Nämlich daß sie von Polizeibeamten erschossen worden sind. Niemand hat deswegen eine Anklage verlangt, und das läßt sich ja auch verstehen. Wenn die fraglichen Gangster unter exakt den gleichen Voraussetzungen von Polizisten erschossen worden wären, statt wie jetzt von Militärs, wäre diese Angelegenheit vermutlich schon im Stadium der Voruntersuchung niedergeschlagen worden, und zwar mit einer Begründung, die in etwa gleichlautend wäre mit der, die ich vorhin schon dargelegt habe.«

»Aber Leutnant Karlsson ist ja unzweifelhaft Militär, vor allem im Hinblick auf das, was geschehen ist, sowie darauf, wer was tat und wer was nicht«, bemerkte Samuel Ulfsson fast lusterfüllt mit einem Blick auf die Person, die er »Herr Tiger« zu nennen beliebte.

»Genau!« rief der Staatsanwalt begeistert aus. »Da haben wir sozusagen des Pudels Kern, die Frage, welchen Status man Leutnant Karlsson in dieser, man beachte, ausschließlich in *dieser* spezifischen Situation zuerkennen soll. Leutnant Karlsson hat doch in diesem Zusammenhang unleugbar eine polizeiliche Funktion gehabt, nicht wahr? Nun, wenn wir diese Tatsache mit den Aussichten kombinieren, Leutnant Bengtsson, Verzeihung, Karlsson, wegen eines Verbrechens verurteilen zu lassen, die nämlich gering sind, und der Tatsache, daß die Polizei hier« – er versetzte dem Polizeioberrat mit dem Ellbogen einen amüsierten Rippenstoß – »keine Einwände gegen die herrschende Geschichtsschreibung erhebt, dann – voilà!«

Oberstaatsanwalt Dick »Cunctator« Olofsson erhob sich zufrieden, rund und strahlend und breitete die Arme aus, als er mit dem alles erklärenden französischen Ausruf geendet hatte. Der schien jedoch keineswegs alles zu erklären, jedenfalls nach dem fragenden Gesichtsausdruck der drei Offiziere zu urteilen.

»Ich habe die Voruntersuchung gegen Leutnant Karlsson wegen Körperverletzung mit Todesfolge niedergeschlagen. Der Tatbestand ist also nicht erfüllt. Ich habe die Unterstützung des Generalreichsanwalts für diese Maßnahme, und mit Rücksicht auf die Sicherheit des Reiches ist der Beschluß für geheim erklärt worden. Ja, das wäre für heute wohl alles, denke ich!«

Die drei Militärs schienen mit einiger Verzögerung die Bedeutung dessen zu erfassen, was sie soeben gehört hatten. Göran Karlsson hatte soeben das Wort des Generalreichsanwalts darauf vernommen, daß er das Recht hatte zu töten, zumindest italienische Gangster. Und die schwedische Terroristenpolizei konnte als das dastehen, als was sie zumindest nach dem Willen ihres Chefs dastehen sollte.

»Ich bedaure, daß Ihre Mannen von einem meiner Jungs verprügelt worden sind. Es soll, wie ich hoffe, nicht wieder passieren«, sagte Samuel Ulfsson mit einem infam ungerührten Gesichtsausdruck, als er dem anwesenden Polizeimann zum Abschied die Hand reichte. »Der Tiger« sah aus, als hätte er einen Peitschenhieb erhalten, und schlüpfte dann schnell durch die Tür, ohne Luigi und Göran Karlsson die Hand zu geben.

»Also tschüs dann«, sagte der rundliche und gutmütige Oberstaatsanwalt, als er hinter seinem Terrorpolizisten hinausstolperte.

Die drei uniformierten Männer sanken gleichzeitig auf ihre Stühle. Sie blickten sich erleichtert, aber gleichzeitig höchst konsterniert an, als glaubten sie nicht so recht, was sie soeben gehört hatten.

»Die Juristerei ist manchmal wirklich nicht leicht zu verstehen«, brummelte Samuel Ulfsson. »Diese Entscheidung stimmt zwar vollkommen mit zumindest meiner Ansicht überein, und von eurem allgemeinen Rechtsbewußtsein habe ich leider eine klare Auffassung. Aber wir leben ja nicht im Wilden Westen, und das, was wir früher an ähnlichen Dingen erlebt haben, ist verdammt kompliziert gewesen. Manchmal werde ich aus diesen Juristen nicht schlau.«

»Kann es eine politische Frage sein?« wollte Luigi wissen.

»Inwiefern?« fragte Samuel Ulfsson aufrichtig erstaunt. »Die Politiker haben mit dieser Sache doch nichts zu tun gehabt?«

»Doch, der Generalreichsanwalt«, wandte Luigi ein. »Der arbeitet doch für die Regierung. Wie sieht diese Geschichte denn aus dem Blickwinkel der Politiker aus?« fuhr er eifrig fort.

Die beiden anderen zeigten mit übertrieben deutlichem Mienenspiel, daß das, was Politiker meinten und glaubten, womöglich noch unbegreiflicher war als die gedankliche Tätigkeit von Juristen.

»Die neue Terrorpolizei ein totales Fiasko, und ein Offizier vor Gericht, weil er die Polizei vor weiteren Verlusten rettet. So dürfte es rein politisch wohl aussehen«, überlegte Luigi weiter. »Carl Bildt und seine Jungs sollen ja harte Typen sein, die gegen alle zuschlagen, gegen die zugeschlagen werden soll, das heißt gegen Gewaltverbrecher ohne Fallschirm. Eine Anklage gegen Göran wäre wohl keine gute politische Reklame, und das haben sie dem Generalreichsanwalt gegenüber vielleicht angedeutet, wenn man so sagen darf...«

»Nee!« unterbrach ihn Samuel Ulfsson entschieden und schlug

demonstrativ mit der Handfläche auf den Tisch. »Jetzt wollen wir keinen Wermut in diesen Freudenbecher schütten. Das Gesetz ist zu dem Ergebnis gekommen, daß wir richtig gehandelt haben, und angesichts der abenteuerlichen Umstände dürften wir damit sehr zufrieden sein. Wo ist Carl?«

»Auf dem Rückweg von Tunis. Er soll heute abend ankommen«, erwiderte Göran Karlsson schnell.

»Ausgezeichnet«, sagte Samuel Ulfsson. »Ich hoffe, die Herren haben für eine kleine Feier morgen nachmittag beim Oberbefehlshaber Zeit?«

Er blickte die beiden Leutnants mit gespielt fragendem Gesichtsausdruck an, als erwartete er tatsächlich, sie könnten sich mit etwas Wichtigerem als einer Einladung beim Oberbefehlshaber entschuldigen. Sie zeigten jedoch mit keiner Miene, daß sie andere Pläne hatten.

»Gut!« fuhr Samuel Ulfsson fort. »Ihr beide werdet morgen nachmittag zu Hauptleuten befördert, und der OB möchte die Zeremonie persönlich leiten. Wie schön, daß ihr beide Zeit habt. Wo ist übrigens Åke Stålhandske?«

»Der ist draußen in Stenhamra und baut einiges für Carl um«, erwiderte Luigi.

»Baut um ...?« fragte Samuel Ulfsson, bevor er darauf kam, wofür dieser Euphemismus stand. »Ja, genau, er baut was um. Wie auch immer: Wir sehen uns spätestens morgen nachmittag!«

Åke Stålhandskes vermeintliche Umbauarbeit betraf ausschließlich elektronische Probleme.

Ein Klatschblatt der sogenannten Frauenpresse war ja, wie Luigi aufgeschnappt hatte, für die beiden potentiellen italienischen Mörder eine wichtige Quelle gewesen.

Nach einiger Mühe, die bei der eigentlichen Recherche nicht der Komik entbehrte, hatten sie das Blatt gefunden, das gemeint sein mußte.

Es handelte sich um eine vierseitige gefälschte »Zu Hause bei«-Reportage, die für eine nichtsahnende Leserin den Eindruck erweckt haben mußte, als hätten Carl und Tessie ihr Haus für das Klatschblatt geöffnet. Da fand sich beispielsweise ein Farbfoto von Carl mit dem Ministerpräsidenten. Beide hielten einen Drink in der Hand. In einer Bildunterschrift hieß es, der Ministerpräsident und dessen Frau gehörten zu den gerngesehenen Gästen auf Stenhamra. Ferner fand sich eine zur Hälfte korrekte Beschreibung dessen, was man irgendwann gegessen und getrunken hatte, sowie Fotos von Tessie, die aus einem vor kurzem erschienenen IBM-Prospekt stammten, und einige ähnliche Dinge. Das alles war an und für sich harmlos.

Doch da ein früherer Eigentümer von Stenhamra ein inzwischen bankrotter Immobilienschwindler der achtziger Jahre war, gab es umfassendes Archivmaterial aus dessen Zeit, da er wie viele der damaligen Emporkömmlinge ein Freund der Klatschpresse gewesen war.

Die Zeitschrift hatte deswegen einen detaillierten Grundriß des ganzen Hauses bringen können, auf dem sämtliche Schlafzimmer und Ausgänge verzeichnet waren. Man hatte für ein Mörderteam also ausgezeichnete Vorarbeit geleistet.

Überdies hatte das Blatt Bilder von Eva-Britt, als sie Johanna Louise in der Kindertagesstätte in Gamla Stan abholte. Es wurde genau angegeben, um welchen Kindergarten es sich handelte, ferner wurde Eva-Britts Adresse genannt, und überdies wurden ihre Vermögensverhältnisse offengelegt. Das Blatt drückte auch noch auf die Tränendrüsen und behauptete, Carl habe sich »freigekauft«, um »zu seiner Jugendgeliebten zurückkehren zu können, die jetzt überdies ein Kind erwartet«.

Es war schon bemerkenswert, daß niemand aus dem Kreis des Nachrichtendienstes auf das Blatt aufmerksam geworden war, als diese Reportage veröffentlicht wurde. Doch in der Arbeitsgemeinschaft des Generalstabs wurden solche Publikationen nicht gelesen, und wenn irgendeine Ehefrau es zufällig getan hatte, hatte sie der Angelegenheit wohl keine größere Bedeutung beigemessen. Wenn überdies jemand Carls Namen auf einem Aushang der weniger seriösen Presse entdeckt hatte, mußte jeder davon ausgehen, daß ohnehin nichts stimmte. Jedenfalls war die tödliche Bedrohung dem ganzen Nachrichtendienst entgangen, was diesem kein gutes Zeugnis ausstellte.

Åke Stålhandske hatte folglich mit einem recht zerlesenen Exemplar von *Svensk Damtidning* als Vorlage sich und zwei Experten der Streitkräfte seit gut einer Woche mit »Umbauten« beschäftigt. Die Männer hatten im Keller des Hauses begonnen und sich dann Stockwerk für Stockwerk emporgearbeitet.

Der Keller hatte sich als relativ problemlos erwiesen. Das Herrenhaus in seiner heutigen Gestalt war zwar eine Holzkonstruktion aus der ersten Hälfte des achtzehnten Jahrhunderts. Es war jedoch auf einem bedeutend älteren Steinfundament mit zwei Meter dicken Mauern errichtet worden. Es ging in erster Linie also darum, sämtliche Öffnungen der Steinmauer von innen zu verschließen und mit gepanzerten Luken zu versehen. Von außen sah es aus, als wären es

Fenster aus normalem Fensterglas. Wer jedoch auf diesem Weg eindringen wollte, kam nach einem halben Meter nicht weiter. Überdies wurde der Keller mit einem Notstromaggregat ausgestattet, so daß die Beleuchtung dort unten von den übrigen Stromquellen des Hauses unabhängig war. Anschließend wurden beim untersten Eingang zum Keller gepanzerte Türen eingebaut. Jetzt befand sich dort unten eine uneinnehmbare Festung, die allen Berechnungen zufolge selbst dann völlig sicher sein würde, wenn das Haus oben niederbrannte. Der Telefonkontakt mit der Außenwelt ließ sich mit einem gewöhnlichen Handy herstellen.

Im Erdgeschoß des Hauses waren die Fenster das größte Problem. Nach einigen Konsultationen mit einem teuren Architektenbüro kam man auf die Lösung, die Fenster »spanisch« zu machen, indem man sie an der Außenwand des Hauses mit schmiedeeisernen Gittern sicherte und das gewöhnliche Fensterglas durch einen dünneren Typ von Panzerglas ersetzte, wie er auch bei sogenannten schußsicheren Autos Verwendung findet. Natürlich gab es Waffen, die ein solches Glas leicht durchschlagen konnten; wenn das Opfer sich jedoch mehr als einen Meter von diesem Glas entfernt aufhielt, würden die Geschosse zersplittern und ihre Richtung ändern.

Åke Stålhandske hatte nicht die Absicht, eine uneinnehmbare Festung zu bauen, denn ihm graute schon jetzt vor dem, was Tessie zu den Veränderungen sagen würde, sondern verfolgte die Absicht, jeden Versuch, ins Haus zu gelangen, so kompliziert zu machen, daß das Überraschungsmoment verlorenging. Wenn Carl zu Hause war, war er für das weitere Geschehen dann selbst verantwortlich.

Bei den Fenstern des Obergeschosses begnügte Stålhandske sich damit, sie mit Alarmanlagen zu versehen sowie mit Schlössern, die sich nur mit einigem Zeitaufwand zertrümmern ließen. Auch damit sollte Zeit gewonnen werden.

Die elektronische Seite des Problems war vor allem deshalb mühsam, weil er Gefahr lief, das System übermäßig sensibel auszurichten, so daß nicht mal ein Hase nachts am Haus hätte vorbeihuschen können, ohne einen Sturm von Sirenen und Flutlicht auszulösen. Das würde überdies den Nachtschlaf derer stören, die sich im Haus befanden, und Polizisten und Wachpersonal unnötig alarmieren.

Es wäre einfacher gewesen, wenn das Haus von Mauern umgeben gewesen wäre, aber ein solcher Umbau wäre ohnehin nicht wirksam gewesen, denn immerhin gehörte auch ein großes Stück Seeufer zum Grundstück. Statt dessen baute Åke Stålhandske sein System auf der freien Rundsicht auf und auf Fernsehkameras, von denen mehrere keine andere Funktion hatten, als genau so auszusehen, nämlich wie Fernsehkameras. Der Vorteil, überlegte er, mit diesen freien Flächen rund ums Haus ist klar: Sie gleichen den Vorteil des Wohnens in einer hochgelegenen Stadtwohnung aus. Es war bedeutend schwieriger, in eine Wohnung einzudringen, da es nur eine Tür gab und eine bestimmte Zahl von Fenstern, unter denen man wählen konnte. Und dann konnte ein Attentäter sich dafür entscheiden, irgendwo außerhalb des Hauses zu warten, vielleicht in einem unauffälligen Wagen auf der anderen Straßenseite. Wer irgendwann durch die Haustür gehen mußte, ob hinein oder hinaus, mußte sich früher oder später auch so exponieren, daß er ins Schußfeld geriet.

Insgesamt liefe es auf das gleiche hinaus, mit möglichen leichten Vorteilen für das Landhaus. Hier draußen konnte man einen Wagen nicht beliebig parken, und die Fluchtwege waren für einen potentiellen Täter überdies auf unangenehme Weise begrenzt. Natürlich kann sich kein Mensch vollkommen gegen einen Mordversuch absichern. Vor Mördern, die zu allem entschlossen sind, gibt es keine Sicherheit, aber hier war es möglich, ihre Chancen stark zu verringern.

Die Wagen waren eine Schwäche. Man mußte Stenhamra mit einem Wagen erreichen oder verlassen, und überdies mußten die Autos den größeren Teil des Tages unbewacht bleiben. Tessies Wagen stand in Kista vor dem IBM-Gebäude auf der Straße, Carls Wagen vor dem Generalstab in Stockholm. Nachts standen die beiden Wagen vor dem Haus oder vor der kleinen Stadtwohnung.

Das war ein großes Problem. Åke wollte zunächst vorschlagen, auf dem Grundstück eine Garage zu bauen und sie mit einer Alarmanlage zu versehen, um zumindest diese eine Möglichkeit auszuschließen. Dann blieb vor allem die Frage, wie Tessie ihr Parkplatzproblem in Kista lösen sollte. Bestenfalls hatten IBM-Direktoren eine Tiefgarage, die sich mit Alarmanlage und Gitterkäfigen sichern ließ. Doch im Augenblick war an eine solche Lösung nicht zu denken.

Carl hatte sich ein paar Stunden lang ruhig und entspannt durch seinen Papierstapel auf dem Schreibtisch oben in Rosenbad hindurchgearbeitet. Er fühlte sich in einem perfekten seelischen Gleichgewicht, was zu einem großen Teil wohl daran lag, daß Tessie bei seiner Ankündigung kein großes Theater gemacht hatte. Er hatte bei dem gestrigen Willkommensessen fast krampfhaft kurz erklärt, er müsse bald schon wieder auf Reisen gehen; vielleicht hatte sie seine Versicherung ja akzeptiert, daß er im nächsten halben Jahr keine weiteren Reisen vor sich sehe. Höchstens von Zeit zu Zeit ein paar Tage für die albernen sogenannten U-Boot-Verhandlungen in Moskau. Jedenfalls hatte er den kommenden Sommer als eine einzige lange Periode des Urlaubs dargestellt. Die kleine Wohnung am Värtavägen war nach und nach in ein Zuhause verwandelt worden. Beide mochten sie und dachten nicht daran umzuziehen. Sie hatten eine recht stille Mahlzeit zu sich genommen. Er hatte bei ihr einigen Erfolg mit der Vermutung gehabt, daß sie sich nach Austern auf kalifornische Art mit Meerrettich-Chili sehnte. Und mit einiger Logistik, mit Geld und einem Handy hatte er es geschafft, das auf dem Rückweg von Arlanda zu organisieren.

Sie waren früh zu Bett gegangen, ohne zu schlafen, und hatten nebeneinander gelegen und über die Pläne für den Sommer gesprochen. Eine Reise nach San Diego, ein Treffen mit Stan, die vorbereitende Verhandlung im Sorgerechtsstreit. Vielleicht konnten sie Stan zu einem Ausflug nach Schweden mitnehmen und auf dem Grundstück von Stenhamra kalifornische Bäume pflanzen; Tessie hatte die romantische Vorstellung, sie könnten Stenhamra als schwedisches Sommerhaus behalten. Er hatte jedoch nicht die geringste Lust gehabt zu erklären, was die schwedische Steuergesetzgebung in dieser Hinsicht erlaubte oder verbot. Wenn er steuertechnisch nach Kalifornien zog, durfte ihm kein Haus in Schweden gehören.

Es war trotzdem ein ruhiger und schöner Abend gewesen. Er hatte das Gefühl, als wäre er ein wichtiges Glied in seinen mentalen Vorbereitungen zu *Green Dragon.* Er erwähnte dieses Unternehmen jedoch nur nebenbei, als handelte es sich nur um ein kleines technisches Problem, das schon bald aus der Welt sein würde.

Eigentümlicherweise spürte er noch immer das gleiche starke Selbstvertrauen. Er zweifelte keine Sekunde daran, daß sich alles wie geplant durchführen ließ.

Jetzt am Morgen hatte er als erstes natürlich den Ministerpräsidenten informiert, daß die Operation begonnen habe und daß er und ein Mitarbeiter so gut wie sofort nach Tunis zurückkehren würden, um sich dort in Bereitschaft zu halten. Der Ministerpräsident hatte dazu kaum etwas geäußert, sondern nur auf seine Arbeitsbelastung verwiesen und vorgeschlagen, sie sollten das Gespräch gegen drei oder vier Uhr nachmittags fortführen, »wenn es hier etwas ruhiger ist«.

Der Zeitunterschied gegenüber Washington betrug sechs Stunden. Der Ministerpräsident konnte um neun Uhr morgens schwedischer Zeit kaum im Weißen Haus anrufen – nach amerikanischer Zeit drei Uhr nachts. Zu Beginn des amerikanischen Arbeitstages, wenn es in Schweden nachmittag war, ließe sich das natürlich eher machen.

Carl sah auf die Uhr. Der OB hatte um 17.00 Uhr beim Generalstab zu einer kleineren Zeremonie gebeten, und Carl wollte natürlich gern dabei sein, wenn die Jungs zu Hauptleuten befördert wurden. Er konnte sich jedoch zuvor kaum einfach beim Ministerpräsidenten verabschieden.

Zu seiner Erleichterung rief die Sekretärin des Regierungschefs an und bat Carl zu kommen. Er sah auf die Uhr. Es war vier, also zehn Uhr morgens in Washington. Damit war es wohl klar. Jetzt blieb nur noch zu sehen, was die Stimme seines Herrn dem Mann zu sagen hatte, der Carl an der Leine hielt.

Der Ministerpräsident war allein und mühte sich mit seinem Computer ab, als Carl eintrat. Sowohl seine gutmütige Laune als auch seine erste Mitteilung überraschten Carl jedoch.

»Ich habe den Oppositionsführer gebeten, in einer halben Stunde herzukommen. Ich habe nämlich die Absicht, ihn darüber zu informieren, was wir vorhaben«, begrüßte ihn der Ministerpräsident und zeigte auf den Besucherstuhl vor dem Schreibtisch.

»Aha?« sagte Carl und machte ein vermutlich sehr fragendes Gesicht. Er konnte nicht verstehen, weshalb irgendein Politiker außerhalb der Regierung über etwas »informiert« werden sollte, was sich kaum anders beschreiben ließ denn als hochsensibles und streng geheimes Material.

»Ja, ich möchte es gern so haben«, erklärte der Ministerpräsident, der Carls fragende Miene bemerkt hatte. »Wenn es um Fragen geht, die das *Reich* betreffen, möchte ich Ingvar gern informieren. In solchen Zusammenhängen läßt sich wirklich sehr gut mit ihm zusammenarbeiten. Es gibt nie eine saure Miene, weil er in sein altes Amtszimmer gerufen wird oder so.«

»Wie schön«, stellte Carl matt fest. »Wir befassen uns also mit etwas, was *das Reich* betrifft?«

»Genau«, sagte der Ministerpräsident in scharfem Tonfall. »Es hat doch den Anschein, als bereiteten wir im Ausland eine bewaffnete Aktion vor, oder etwa nicht?«

»Doch, das ist korrekt«, gab Carl zu.

»Und aus diesem Grund halte ich es für passend, den Oppositionsführer zu informieren. Du sollst aber nicht glauben, daß es etwas ist, was morgen in den Zeitungen steht. Ingvar ist wie gesagt bei solchen Dingen sehr zuverlässig.«

»Aha«, sagte Carl. »Nun, das ist jedenfalls eine politische Frage, über die du entscheiden mußt. Die Geheimhaltung ist in diesem Zusammenhang ja lebenswichtig. Es hängen recht viele Menschenleben davon ab, daß es uns gelingt, sie aufrechtzuerhalten.«

»Ach ja, à propos«, sagte der Ministerpräsident mit einer Miene, die deutlich verriet, daß er jetzt keine weitere Diskussion über Geheimhaltung führen wollte, »ich würde jetzt gern etwas mehr darüber erfahren, wie du dir das Ganze gedacht hast. Du rechnest also erstens mit einem sehı kleinen Einsatztrupp. Was aber ist, wenn dieser Ort gut gesichert ist?«

»Ich glaube nicht, daß er das ist«, sagte Carl. Er war etwas besorgt, ob er dem Ministerpräsidenten mit der Erklärung zuvorkommen sollte. »Wenn wir uns etwa vorstellen, daß die Libyer mitten in der Wüste Flakbatterien und Radar aufgestellt haben ...«

Er beendete seine angefangene Erklärung in der Hoffnung, daß der Ministerpräsident anbiß, was dieser auch tat.

»Genau, so was habe ich mir auch gedacht«, sagte er schnell und setzte seine besonders intelligente Miene auf. »Damit würden sie ja sozusagen um Prügel bitten. Die Satelliten würden das Radar entdecken, die Einrichtung dann unter die Lupe nehmen, und dann, tja, das Ganze wäre sozusagen kontraproduktiv. Ihr Schutz muß also vielmehr darin bestehen, keine Aufmerksamkeit zu erregen.«

»Exakt«, bestätigte Carl. Er war zufrieden, daß der Ministerpräsident es ihm erklärt hatte und nicht etwa er dem Regierungschef. »Entweder haben wir es also mit einem Ziel zu tun, das sich mit kleinen und einfachen Mitteln zerstören läßt. Oder die Libyer haben wider alle Vernunft ein Bataillon mit Soldaten der Leibgarde in die Region verlegt. Dann werden wir uns zurückziehen müssen und das Ziel der amerikanischen Air Force überlassen.«

»Hm«, sagte der Ministerpräsident nachdenklich. »Aber du bist optimistisch, was dieses Projekt angeht?«

»Ja. Ich glaube, wir können damit rechnen, daß dort nur bewußt wenige Militärs eingesetzt sind. Wir haben es mit einem Objekt zu tun, das äußerst sabotageanfällig ist. Natürlich haben wir bei unseren Berechnungen auch das Überraschungsmoment und den Vorteil der Dunkelheit einbezogen.«

»Wenn ihr es macht, dann also nachts?«

»Ja, davon gehe ich aus. Wir haben Nachtsichtgeräte und sind gewohnt, in der Dunkelheit zu arbeiten.

»Ausgezeichnet. Doch jetzt kommen wir zu einer schwierigeren Frage«, sagte der Ministerpräsident, der jetzt zum ersten Mal so etwas wie Verlegenheit zeigte.

»Ich habe nämlich einige Dinge mit dem Weißen Haus besprochen«, fuhr er fort, ohne Carl zu überraschen. »Wir sind uns bei einigen schwierigen Fragen einig.«

»Aha?« sagte Carl höflich und mit ausdruckslosem Gesicht. Er hatte keine genaue Vorstellung davon, was jetzt kommen würde.

»Es ist ja wahrscheinlich«, fuhr der Ministerpräsident zögernd fort, »daß die Anlage, die sich dort unten befindet, nicht nur als vorübergehendes Versteck gedacht ist, sondern auch als eine Art Werkstatt, also um die Bombe scharf zu machen.«

»Das scheint auch mir sehr wahrscheinlich zu sein«, stimmte Carl in neutralem Tonfall zu.

»Man kann also mit der Anwesenheit mehrerer gekaufter und für uns alle sehr gefährlicher Wissenschaftler und anderer Experten rechnen, also mit Leuten, von denen ohne weiteres anzunehmen ist, daß sie sich sofort mit der nächsten Lieferung solchen Diebesguts befassen würden«, fuhr der Ministerpräsident mit einer Nonchalance fort, die angesichts dessen, was er zu sagen gedachte, erstaunlich war. »Es ist also nicht wünschenswert, daß solche Personen Gelegenheit bekommen, mit ihrer Tätigkeit fortzufahren«, endete er lakonisch.

»Zu Befehl«, erwiderte Carl, ohne auch nur mit einer Miene den Abscheu zu verraten, der in ihm aufstieg. »Wenn wir das eine Problem lösen können, dann mit Sicherheit auch das zweite.«

»Ja, und weiter gehe ich davon aus, daß du uns fortlaufend darüber unterrichtest, welche Fortschritte das Unternehmen macht. Die besten Kontakte dürften wohl über den Generalstab laufen«, sagte der Ministerpräsident. Er war erleichtert, die schwierige Frage hinter sich gebracht zu haben, nämlich einen Massenmord zu befehlen, ohne es offen zu sagen.

»Ja«, erwiderte Carl leise, »ich werde mit Samuel Ulfsson besprechen, wie wir die Kommunikation und anderes lösen sollen. Vermutlich über Funk.«

Der Ministerpräsident nickte und sah auf die Uhr.

»Der Oppositionsführer wird in wenigen Minuten hier sein«, sagte er und gab damit zu erkennen, daß das Treffen beendet war.

Carl erhob sich mit einem Kopfnicken und ging hinaus, während seine Kiefer zu mahlen begannen, sobald er seinem höchsten Chef den Rücken gekehrt hatte. Er fragte sich, wie viele Wissenschaftler der Ministerpräsident sich wohl vorstellte. Und ob er sich vorstellte, *wie* Carl und seine Leute dafür sorgen sollten, daß solche Personen keine Gelegenheit erhielten, mit ihrer Tätigkeit fortzufahren.

Eine Reihe von Herren mittleren Alters in Washington hatten sich zusammengesetzt und über das Problem schwadroniert und waren am Ende zu der Formulierung gekommen, daß »Personen« und deren »Tätigkeit« ein »Ende« gemacht werden solle. Damit hatten sie eine unbekannte Zahl von Morden beschrieben. Anschließend hatte einer dieser Männer einen kleinen schwedischen Ministerpräsidenten ohne viel Federlesens um diesen Gefallen gebeten, und da war es dann wieder soweit: *Hauptmann Karlsson, seien Sie so freundlich, diese Personen dort zu erschießen.*

Wenn Politiker Morde befehlen, unterscheiden sie sich in einem solchen Augenblick kaum von irgendwelchen Mafia-Bossen. In legaler, politischer und wohl auch, zumindest für sie selbst, moralischer Hinsicht war der Unterschied für sie abgrundtief. Sie waren nämlich selbst nie vor Ort, wenn so etwas ausgeführt werden sollte, und wollten sich vielleicht nicht einmal vorstellen, wie es aussieht.

Carl phantasierte kurz und aggressiv davon, daß er den Ministerpräsidenten mit sanfter Miene hätte fragen könne, ob auch diese »Personen« hinterher zerstückelt und verbrannt werden sollten. Er erkannte jedoch schnell, daß es weder sinnvoll noch sonderlich klug gewesen wäre. Er versuchte sich einzureden, daß das Ganze sich letztlich doch um die Wahl drehte, ob man Zehntausende oder nur eine Handvoll Menschen töten sollte. Da waren eine Handvoll Tote die bessere Alternative. Überdies hatten die Piloten es sehr viel leichter, da sie nie sahen, was sie anrichteten. Vielleicht funktionierten Politiker so, daß sie einfach nur ihre Tätigkeit entmenschlichten und sie zu einem technischen Vorgang machten, indem sie von Begriffen wie »Zielen« und »zerstörten Zielen« sprachen, als wäre der Tod ein Computerspiel für ihre Kinder.

Als er zu Samuel Ulfsson hinaufging, hatte er sich beruhigt und seine fast unbegreifliche Gelassenheit fast ganz zurückgewonnen.

Samuel Ulfsson war noch mit einem Vortrag der Funküberwachungs-Einheit beschäftigt. Carl ging auf sein Zimmer, um sich für die bevorstehende Zeremonie umzuziehen und Uniform anzulegen. Nachdem er sich umgekleidet hatte, nahm er einen Block und einen Bleistift und setzte sich hin, um so etwas wie Systematik in das zu bringen, was er mit Sam besprechen wollte. Einen Computer gab es in seinem Zimmer nicht mehr.

Die rein praktisch-technischen Dinge waren einfach. Waffen, Sprengstoffe und Timer sollten die Amerikaner über ihre CIA-Station in Sidi Bou Said liefern. In dieser Hinsicht hatte dieser kleine Glenn-Miller-Verschnitt keinerlei Probleme gesehen. Die Funkausrüstung sollte aus einer Reihe von Gründen schwedisch sein, hauptsächlich weil Carl eine private Verbindung zu Samuel Ulfsson halten wollte, die sich weder abhören noch entschlüsseln ließ. Handfeuerwaffen sowie einige schwerere Waffen mußten die Palästinenser liefern. Bei solchen Unternehmen spielte der Grad der Modernität und Feuerkraft keine große Rolle.

Es sah alles sehr einfach aus, jedenfalls bis zu einem bestimmten Punkt.

Aber da war etwas, was dieser Bruce Hutchins gesagt hatte, als sie davon gesprochen hatten, was für die Durchführung der dem CIA-Mann in der Sache unbekannten Operation nötig war; es war etwas, was Hutchins gesagt hatte, und es hatte auch etwas mit seinem Tonfall zu tun.

Es ging um die Frage, daß der Trupp hinterher abgeholt und ausgeflogen werden sollte. Carl hatte angegeben, in welcher Region Libyens und von welcher Zeit an man sich bereithalten müsse, um auf das Signal zu warten.

»Es hat nicht den Anschein, als ob die Jungs zu Hause dieser Frage hohe Priorität einräumen.«

Das hatte Bruce Hutchins gesagt. Er hatte offenbar mit jemandem telefoniert. Er zitierte nicht direkt, sondern umschrieb.

Carl legte den Bleistift auf den Schreibtisch und versuchte, sich die Situation noch einmal zu vergegenwärtigen. Sie saßen an demselben kühlen Ort auf dem mit Fliesen belegten Innenhof in Sidi Bou Said. Das Licht, das durch die dicken Blätter des Feigenbaums sickerte, hatte Licht- und Schattenmuster in ihren Gesichtern gemalt, so daß sie einander beim Sprechen nicht immer in die Augen sehen konnten.

Bruce Hutchins hatte bei seinen Worten den Kopf geschüttelt. Er hatte eine Miene gemacht, als grübelte er über etwas nach, was er nicht begriff. Carl hatte Hutchins' Besorgnis nicht sehr ernst genommen, da eine solche Operation wie die, von der sie sprachen, eine selbstverständliche Voraussetzung hatte: daß es möglich war, hinterher wieder wegzukommen. Carl hatte sich nicht vorstellen können, daß man oder ein paar »Jungs« irgendwo einer solchen Frage keine absolut zentrale Bedeutung einräumten. Die Möglichkeit, hinterher ausgeflogen zu werden, war schließlich die Hauptfrage.

Außerdem war sie kompliziert. In dem fraglichen Gebiet konnten Flugzeuge nicht landen. Hubschrauber hatten eine zu geringe Reichweite. Entweder mußten sie mit Brennstoffdepots arbeiten, die im voraus angelegt wurden, was in diesem Zusammenhang und dieser Region riskant erschien. Oder sie mußten mit einem kleinen Geschwader von Hubschraubern fliegen, die den Brennstoff mitbrachten, um dann nach und nach zurückzukehren oder sich auf ein benachbartes Territorium zu retten. Oder sie mußten vom Territorium eines fremden Landes in der Nähe losfliegen, vermutlich vom

Tschad. Wie auch immer: Dies war ein Teil der Operation, der größte logistische Mühe und eine komplizierte Planung erforderte und keinesfalls etwas war, was man ohne hohe Priorität behandeln konnte.

Urplötzlich und hart war ein verdacht entstanden, der Carl fast körperlich traf wie ein Schlag.

Die Jungs im Weißen Haus hatten entschieden, daß alle Menschen, die mit der Bombe zu tun hatten, ermordet werden sollten. Und Schwedens Ministerpräsident hatte soeben mit einer umschreibenden Formulierung diesen Befehl weitergegeben.

Carl, ein weiterer Schwede oder einige Schweden sowie eine Gruppe von Palästinensern sollten also zunächst jeden Menschen ermorden, der sich am Ort befand, zumindest jeden, der das Abitur zu haben schien oder eine Brille trug. Nach diesen Kriterien waren auch die Roten Khmer vorgegangen. Und dann sollten die Mörder einfach dagelassen werden, entweder um zu sterben oder früher oder später der Rache libyscher Verfolger zum Opfer zu fallen?

Welcher Gedanke oder welche Absichten steckten dahinter? Carl erkannte mühelos, daß er selbst und einige andere Nicht-Amerikaner aus der Sicht des Weißen Hauses schlicht entbehrlich waren. Aber was wollten sie damit erreichen?

Möglicherweise *Handlungsfreiheit*. Das war mit Sicherheit ein Wort, das bei einer Diskussion unter solchen Machtmenschen gebraucht werden konnte. Handlungsfreiheit konnte beispielsweise folgendes bedeuten: Wenn über die gelungene Operation gegen die Bombe nichts herauskam, würde man einen siegreichen kleinen Krieg gegen Libyen führen können, um anschließend absolut wahrheitsgemäß zu erklären, man habe illegale Kernwaffen vernichtet. Wollte George Bush den Kuchen essen und zugleich behalten? Mit der Operation Erfolg haben *und* einen siegreichen Krieg führen?

Carl erkannte, daß er es nie erfahren würde und daß er sich möglicherweise von übertriebenem Mißtrauen gegen die amerikanische Kriegspolitik leiten ließ. Es konnte jedoch nicht falsch sein, künftig auch für diesen schlimmsten denkbaren Fall zu planen. Im selben Moment, in dem das Telefon läutete, kam ihm eine ungefähre Idee, wie er würde überleben können.

Beata teilte mit, Sam sei jetzt frei.

Als er Samuel Ulfssons Zimmer betrat, zündete dieser schon seine zweite Zigarette an. In dem Kristallaschenbecher lag nur eine Kippe.

»Hast du schon wieder angefangen, das Rauchen zu reduzieren?« begrüßte ihn Carl mit einem ironischen Kopfnicken zum Aschenbecher, als er sich setzte.

»Nein, einer dieser Funkfritzen behauptet, allergisch zu sein«, schnaubte Samuel Ulfsson. »Was für ein Glück, daß du nicht so bist. Nun, wir haben eine Viertelstunde Zeit!«

Der Ministerpräsident hatte kurz mit Samuel Ulfsson telefoniert und ihm in allgemeinen Worten mitgeteilt, daß es jetzt an der Zeit sei, mit der Operation zu beginnen. Das OP 5 habe die Unterstützung der Regierung. Er hatte noch ein paar Dinge gesagt, die wohl kaum mehr bedeuteten, als daß es in jedem Fall weder finanzielle noch bürokratische Beschränkungen bei der Planung gebe.

Carl referierte kurz, was er an Ausrüstung brauchte. Das war alles in einer Minute erledigt, während Samuel Ulfsson nur mit dem Kopf nickte und auf die Uhr sah.

»Der Ministerpräsident hat mir einen Befehl sehr speziellen Inhalts erteilt«, sagte Carl dann betont langsam. »Wenn wir das Ziel erreichen, sollen wir nicht nur die Bombe zerstören, sondern auch alle töten, die wir in der Nähe erreichen können, besonders wenn sie eine Brille tragen und weiße Kittel.«

»Schon wieder?« fragte Samuel Ulfsson mit einem traurigen Kopfnicken. »Verstehen diese Politiker denn nie, was sie beschließen?«

»Nein, ich glaube nicht«, erwiderte Carl. »Sie sagen nur *kill'em all*, wenn auch mit gewählteren Worten, und dann behandeln sie anschließend die Frage einer Rente für Teilzeitarbeiter oder einer Sondersteuer für Touristen.«

»Na ja, es ist immerhin ein Befehl unserer Regierung«, seufzte Samuel Ulfsson düster. »Und wer wird diesmal außer dir dabei sein?«

»Göran Karlsson, sonst niemand«, erwiderte Carl entschlossen.

»Weiß er es schon? Und warum nur er?« fragte Samuel Ulfsson erstaunt.

»Nein, er wird es gleich erfahren, wenn er sein Hauptmannspatent erhalten hat. Er wird sich sicher freuen«, erwiderte Carl gezwungen. »Doch die Dinge liegen wie folgt, falls du dich fragst, warum ich keine Totalmobilmachung will. Abgesehen davon, daß es sich rein operativ um ein Ziel handelt, das sich mit wenigen Personen ausschalten läßt, *oder* ein Ziel, das selbst für mehrere Kompanien zu groß ist, sind die Risiken diesmal ungewöhnlich hoch.«

»Inwiefern?« fragte Samuel Ulfsson erstaunt. »Ihr erreicht das Ziel, oder ihr erreicht es nicht. Wenn es zu groß ist, zieht ihr euch zurück. Wenn ihr zu dem Urteil kommt, es einnehmen zu können, nehmt ihr es ein. Das hört sich für mich wie eine einfache Beurteilungsfrage an. Na ja, das heißt, es geht also in erster Linie um dein Urteilsvermögen, und das dürfte in einer solchen Situation das allerbeste sein. Also, was ist das Problem?«

»Die Rückreise«, sagte Carl mit zusammengebissenen Zähnen. »Ich habe den Eindruck gewonnen, daß die Amerikaner uns hinterher nicht herausholen wollen. Die möchten gern die Nachricht hören, daß der grüne Drachen tot ist. Und dann überlassen sie uns da draußen unserem Schicksal. Ich möchte die möglichen Verlustrisiken so klein wie möglich halten.«

»Das ist doch wohl nicht möglich!« rief Samuel Ulfsson bestürzt aus. »Die Operation ist ja nicht einmal vorstellbar, wenn ...«

»Wenn man hinterher nicht wegkommt, ja, ich weiß«, unterbrach ihn Carl. »Aber ich habe eine Idee.«

»Na ja, die Hubschrauber der Marine kann ich nicht nach Libyen schicken«, sagte Samuel Ulfsson ohne jede Absicht, witzig zu sein.

»Nein, aber du kannst nach Paris fliegen«, lächelte Carl und blinzelte geheimnisvoll. »Wir haben doch noch immer ordentliche Verbindungen zu unseren französischen Kollegen?«

»Ja, ich glaube schon«, erwiderte Samuel Ulfsson neugierig. »Mein Französisch ist nicht das allerbeste, aber Louis Trapet ist immer noch mein Kollege in der entsprechenden Position.«

»Und ihr seid alte Freunde, alles Friede, Freude, Eierkuchen?« fragte Carl eifrig.

»Ja, das kann man sagen«, erwiderte Samuel Ulfsson und sah erneut auf die Uhr. Sie sollten in fünf Minuten beim Oberbefehlshaber sein, und der Spaziergang dorthin ließ sich auf zwei veranschlagen.

»Bereite ihn darauf vor, daß wir die Sahara mit der Air France verlassen wollen, also mit Hubschraubern ihres Kontingents im Tschad. Über Zeit, Ort und derlei können wir uns später noch einigen. Es kommt darauf an, die Amerikaner um ein paar tote europäische Kameraden zu betrügen.«

»Ich könnte mir denken, daß der alte Louis das für einen löblichen Zweck hält«, sagte Samuel Ulfsson, erhob sich mit einem vielsagenden Blick auf die Uhr und ging mit Carl im Schlepptau zur Tür.

Sie besprachen die letzten praktischen Details von etwas, was sie Plan B nannten, und waren im großen und ganzen fertig, als sie das Empfangszimmer des Oberbefehlshabers betraten und munter von zwei frischgeschrubbten Leutnants mit einer roten bzw. grünen Baskenmütze unter einer Schulterklappe begrüßt wurden.

Die Zeremonie wurde schnell und einfach erledigt. Der damalige Oberbefehlshaber Schwedens war kein Freund bombastischer Ansprachen. Er sprach nur eine Minute von außerordentlichen Verdiensten und überreichte dann Luigi Bertoni-Svensson und Göran Karlsson die Hauptmannspatente. Daraufhin gaben erst Samuel Ulfsson und dann Carl den frischgebackenen Hauptleuten die Hand, und anschließend tranken alle ein Glas deutschen Weißwein, der für Carls Geschmack für die Jahreszeit ein wenig zu süß war, und unterhielten sich eine Weile.

Als der kleine Empfang sich seinem Ende näherte, zupfte Carl Göran Karlsson am Ärmel und nahm ihn diskret beiseite.

»Mach dich bereit, morgen abzureisen«, sagte er, als stünde nichts Besonderes bevor. »Du mußt einen gültigen Paß mitnehmen, aber das ist alles, woran du im Augenblick denken mußt.«

»Ist es …?« fragte Göran Karlsson, ohne den Satz vollenden zu können.

»Ja, Hauptmann Karlsson, das ist es«, sagte Carl mit gespielter Schroffheit. »Der Befehl kommt von unserer Regierung, der Name der Operation ist Green Dragon, und du und ich reisen. Kurz, um es amerikanisch zu sagen, *this is it.*«

8

Göran Karlsson befand sich in einem Traum, einem wirklichen Traum. Er kannte den Sternenhimmel nur theoretisch, denn sie befanden sich hundertachtzig Kilometer südlich des Wendekreises des Krebses. Das einzige, was ihm wirklich vorkam, waren seine Schürfwunden; sie erinnerten ihn an die Schürfwunden von der letzten Hell Week, die er draußen auf der Insel Coronado vor San Diego durchlitten hatte. Die Schürfwunden waren sein ständiger Kontakt mit dem Bewußtsein gewesen, ein Mittel gegen die Müdigkeit, eine Methode, nicht aufzugeben, sich weiterzuquälen. Wie sehr er auch versuchte, seine Stellung dort oben auf dem großen, verfluchten, ruhigen und dabei ewig schwankenden Tier zu verändern, der Schmerz kam schon nach wenigen Minuten wieder. Sie waren schon seit acht Stunden in der Nacht unterwegs, und die Landschaft bestand nur aus Sanddünen. Kein Berg, keine Vegetation, nichts außer Sand.

Er hatte eine gute Vorstellung von dem wechselnden Aussehen der Landschaft. Während des Fluges hatte klares Wetter geherrscht und Mondschein. Vier elende Stunden hatten sie in niedriger Höhe in einer kleinen, bei jeder Windböe taumelnden Antonow-Maschine gesessen. Von Zeit zu Zeit Bergformationen, karge, feindselige, schroffe Berge und dann neue Weiten von nichts. Vier Stunden waren sie geflogen, ohne durch das zerkratzte Plexiglas etwas anderes zu sehen als diese größte Wüste der Welt. Und jetzt befand er sich hier unten inmitten dieser Wüste. Theoretisch wußte er auf den Meter genau, wo er sich befand. Er brauchte nur für eine Sekunde sein Orientierungsinstrument einzuschalten, damit ihm die rote Flüssigkristall-Anzeige sofort seine Position mitteilte. Doch das erschien ihm wie graue Theorie. Abdel Gamal, der Mann mit der Hakennase und der lederbraunen trockenen Haut, der an der Spitze ritt, hatte über ihr GPS-Instrument nur geschnaubt und gesagt, er orientiere sich mit Hilfe der Sterne und seinem Gefühl viel besser, als es so ein kleiner Kasten tun könne. Soweit Göran Karlsson feststellen konnte, hatte der Beduine sich bislang der modernen Satelliten-Orientierung nicht als unterlegen erwiesen.

Bevor er in die Oase Sarra gekommen war, hatte er nicht gewußt, daß es palästinensische Beduinen gibt. Was diesen Teil der Welt betraf, gab es überhaupt vieles, was er nicht wußte, wie er sich schnell eingestehen mußte.

Sie waren schließlich in einer Oase gelandet. Die Sonne war gerade aufgegangen, und die Maschine flog noch einen Kreis um den vollkommen grünen Fleck in der unendlichen Wüstenlandschaft, bevor sie zum Landeanflug ansetzten und auf einer Piste dahinrumpelten, die für schwerere Flugzeuge als die robusten kleinen russischen Antonow-Maschinen der palästinensischen Luftflotte kaum geeignet war.

Göran Karlsson sah Haine von Dattelpalmen, Eukalyptusbäume wie in San Diego, offenes Wasser, beschattet von vielhundertjährigen Palmen, und um dieses Bild paradiesischen Friedens herum Baracken und Blechschuppen, in denen rund fünftausend Mann untergebracht waren. Diese taten nichts anderes, als Krieg zu üben; dabei wurde auch das Flugfeld ständig benutzt, denn hier lagen auch die zwei Fallschirmjägerbataillone der Brigade.

Die Oase Mátar as Sarra bot ein Bild, das er sich in seiner kühnsten Phantasie nicht hätte vorstellen können. So viele junge Männer so weit weg von jeder Form der Zivilisation. Einerseits ein hoffnungsloser Anblick, wie er ihn sich kaum hätte vorstellen können. Diese Männer waren der Kern der palästinensischen Guerilla-Armee, die aus dem Libanon verjagt worden war. Andererseits die Tatsache, daß der Mensch sich immer an neue Gegebenheiten anpassen zu können scheint und sich immer an eine Hoffnung klammert oder selbst in dem sinnlosesten Tun einen Sinn sucht. Seit Jahren hatten diese Männer tagaus, tagein für einen Krieg geübt, der, soweit Göran Karlsson es beurteilen konnte, nie stattfinden würde.

Die Schürfwunden irritierten ihn wieder, und er versuchte verzweifelt, eine neue Körperhaltung zu finden, die er noch nicht ausprobiert hatte.

Immerhin hatte er sich inzwischen an den Geruch gewöhnt. Er war zu einem Teil von ihm geworden, und sogar sein Körper dünstete jetzt starke Dämpfe aus, die nach Ziege und Dromedar rochen. Alle Teilnehmer der Expedition waren wie Beduinen gekleidet. Aus der Luft würde man sie vielleicht erst in ein paar Tagen entdecken. Doch dann waren sie eine Karawane von zwölf dahintrottenden Paßgängern, typische Beduinen mit einem besonderen Frauenzelt auf einem der vordersten Tiere; die Männer hatten sich aus Gründen, die Göran Karlsson nicht begriff, unmäßig amüsiert, als ein arabischer Brautstuhl auf einem der weißen Dromedare montiert worden war. Sie hatten Moona lachend angeboten, dort Platz zu nehmen. Sie trug unter ihrer Beduinenkleidung eine gewöhnliche amerikanische Wüstenuniform. Aus Sicht der Araber war sie bei dieser Expedition der kommandierende Offizier. Carl hatte ihn davor gewarnt, sich darüber lustig zu machen, und in vollem Ernst erklärt, Moona sei Oberstleutnant und müsse in jeder Hinsicht als Vorgesetzte betrachtet werden. Carl hatte ihm auch versichert, daß sie, besonders in der Situation, in der sie sich jetzt befänden, als Chefin bedeutend kompetenter sei als die meisten Oberstleutnants, die Göran Karlsson in seinem Leben kennengelernt habe. Carl hatte ihn kurz angeblafft, als er über eine Frau als Vorgesetzte gewitzelt hatte.

»Es ist so, als würdest du dich jetzt im Dschungel Vietnams befinden und *Oberstleutnant* Skip Harrier zum Vorgesetzten haben. Was du auch tust, unterschätze sie nicht«, hatte Carl gesagt.

Der Paßgang des Tieres erzeugte eine einschläfernde, rhythmisch schwankende Bewegung, die ihm das Gefühl gab zu schlafen, das Gefühl, als träumte er seine Schmerzen, obwohl er natürlich immer noch intensiv davon erfüllt war, daß die Operation endlich in Gang kam.

Während der Wochen oben in Tunis war ihm alles unmöglich erschienen. Sie saßen in verschiedenen konspirativen Wohnungen der Stadt, aßen und tranken und redeten bis tief in die Nacht über Politik. Es waren Gespräche, in die Göran Karlsson sich kaum eingemischt hatte und denen er gelegentlich nicht einmal folgen konnte.

Verräucherte Zimmer, große Schüsseln mit gegrillten Hähnchen und Lammfleisch, safranfarbener Reis mit Rosinen und Joghurt und, was ihn am meisten überraschte, hauptsächlich schottischer Whisky als Getränk zu den Mahlzeiten sowie unzählige Zigaretten als Nachtisch oder Zwischengericht oder manchmal sogar während des Essens.

Es war ihm schwergefallen, das alles ernst zu nehmen. Die ganze Welt, die UNO in New York und das Weiße Haus in Washington, alle würden angesichts einer Operation den Atem anhalten, über die ein Haufen wild streitender und diskutierender Terroristen in Tunis zu beschließen hatte; er hatte sehr wohl verstanden, daß er in Gegenwart Carls dieses Wort nicht gebrauchen durfte.

Am letzten Abend waren sie bei einem der engsten Mitarbeiter Arafats gewesen, Bassam Abu Sharif. Dessen Gesicht war schwer entstellt, doch Göran Karlsson konnte zunächst nicht ausmachen, was die Verletzungen verursacht hatte. Dem Mann fehlte ein Auge, das Gesicht war von Pulverresten perforiert, und mehrere Finger waren weggesprengt; Göran Karlsson hatte zunächst vermutet, daß Bassam Abu Sharif als Kind eine kleine Drachenmine der Art aufgehoben hatte, die in Vietnam eingesetzt worden war, um an die Kinder heranzukommen. Vermutlich hatten die Israelis sie übernommen, als die Amerikaner sie nicht mehr brauchten.

Es sei eine Briefbombe gewesen, erklärte Carl gleichsam nebenbei, als Göran Karlsson sich endlich ein Herz gefaßt und gefragt hatte. Gerade über diese Briefbombe sei in der israelischen Presse ausgiebig gewitzelt worden: »Jetzt probiert mal selber eure Medizin.«

Göran Karlsson hatte es zunächst irgendwie abstoßend gefunden, als der entstellte Mann Carl mit offenen Armen begrüßte, ihn einen lieben alten Freund nannte, ihn umarmte und küßte.

Karlsson war kein Araberfreund. Er hatte in seinem bisherigen Leben zwar kaum Grund gehabt, sich nach seiner Einstellung zu Arabern zu fragen, entdeckte hier jedoch schnell, auf wie unangenehme Weise er bei allen Gesprächen und der in seinen Augen übertriebenen Freundschaft ein Außenseiter war. Er verstand Carl nicht, der bei diesen rauchenden, Whisky trinkenden und ständig redenden Figuren vollständig entspannt war und sich unter ihnen bewegte, als wäre er hier zu Hause. Göran Karlsson hatte sich mehr als nur einmal bei der Frage ertappt, weshalb Carl, der nur einen schwedischen Mitarbeiter hatte auswählen sollen, ausgerechnet ihn genommen hatte.

In ihm hatte sich alles gedreht, als am letzten Abend Leute kamen und gingen, während überall Karten und Skizzen inmitten großer Schüsseln mit halb aufgegessenen Speisen lagen und rauchende, lachende Personen in grünen Uniformen gestikulierten, stritten und diskutierten.

Sie hatten eine lange Reihe unmöglicher Bedingungen gestellt, die ebenso urplötzlich auftauchten wie neue Speisen. Von Zeit zu Zeit kamen junge Mädchen mit neuen Schüsseln herein, während die Männer unbeschwert und aufgeräumt Dinge diskutierten, die das Pentagon im Augenblick zu den wichtigsten Geheimnissen der Welt zählte.

Erstens sollte die ganze Expedition unter palästinensischem Oberbefehl stehen. »Oberstleutnant« Moona sollte also nicht nur Chefin ihrer Palästinenser sein, sondern auch von Carl und Göran Karlsson; Carl hatte das mit einem Kopfnicken akzeptiert, als wäre es fast so etwas wie eine Selbstverständlichkeit.

Zweitens sollten keine Araber getötet werden, vor allem keine Palästinenser.

Carl hatte zunächst akzeptiert, später am Abend jedoch flüsternd erzählt, daß sie selbst vom Ministerpräsidenten den Befehl erhalten hätten, alles zu töten, was sich vor Ort befinde; weder in Washington noch in Stockholm wolle man etwas von überlebenden Zeugen wissen. Göran Karlsson begriff in diesem Augenblick gar nichts, als sie in der Morgendämmerung auf einem Hotelbalkon saßen und die

Sonne über dem Meer aufgehen sahen. Sie lüfteten sich sozusagen immer noch nach all dem Rauch und dem Whiskygeruch und tranken aus je einer Literflasche Coca-Cola. Die Bedingungen der Palästinenser waren absolut unannehmbar. Warum hatte Carl so leichtfertig akzeptiert?

Carl hatte in düsterer Stimmung erklärt, dieses ganze Gerede sei zum größten Teil sinnlos. Die Palästinenser hätten Politiker, die wie Politiker überall auf der Welt seien. Viele Köche rührten in dem Brei herum, und es würden zahlreiche Kompromisse geschlossen. Wenn sie es tatsächlich schafften, das gedachte Ziel tief unten in der Sahara zu erreichen, würde all das keine große Rolle mehr spielen. Alles, was dort geschehe, werde von schnellen praktischen Überlegungen bestimmt sein und nicht von nächtlichen Polit-Diskussionen in Tunis oder in Washington. Oder gar in Stockholm. Deshalb brauchten sie sich vorerst keine grauen Haare wachsen zu lassen.

Die nächste Bedingung war gewesen, daß sie einen palästinensischen Wissenschaftler mitschleppen mußten. Dieser saß jetzt auf dem Tier hinter Göran Karlsson und litt vermutlich genauso. Der Wissenschaftler sollte die Bombe »inspizieren«, wenn sie sie fanden.

Die politische Absicht, die hinter diesem Arrangement steckte, verstand Göran Karlsson nicht. Er nahm an, daß es etwas mit künftiger Publizität zu tun hatte, wenn irgendwann das große Rennen losging, wenn jeder als erster zur Stelle sein wollte, um sich die Feder an den Hut zu heften, wenn das Ganze gut ausgegangen war.

In dieser ersten Nacht sollten sie einen fünfzig Kilometer breiten Gürtel aus reiner Sandwüste überqueren. Irgendwo mußten sie dann Deckung finden, bevor es hell wurde und Satellitenfotos ihnen gefährlich werden konnten.

Carl hatte einfache, aber konspirative Erklärungen vorgebracht, die dieser »Oberstleutnant« Moona schnell akzeptiert hatte. In Washington wisse man, von wo die Expedition aufbrechen werde, nämlich von Mátar as Sarra, von dem man inzwischen sicher schon mehrmals jeden einzelnen Quadratmeter fotografiert habe. Dort befänden sich zahlreiche *halftrucks*, seltsame Gefährte, eine Kombination aus normalen Lastwagen und Kettenfahrzeugen. Dort oben im Weltraum würden sie ihre Aufmerksamkeit darauf richten, ob sich eine Kolonne solcher Fahrzeuge von der Oase entferne, und falls ja, in welche Richtung. Dann brauchten sie nur in Fahrtrichtung eine Tangente zu ziehen und die Bomber starten zu lassen. Carl hatte erklärt, das sei das letzte, was sie sein wollten: Pfadfinder für die Bomber. Die Palästinenser hatten natürlich zugestimmt. Ihre

Befehle liefen ja darauf hinaus, daß niemand zu Schaden kommen sollte, zumindest kein Araber.

Was Carl bezweckte, verstand Göran Karlsson nicht. Er machte sich deswegen auch keine Gedanken. Ein einleuchtender Grund, über die divergierenden Pläne nicht zu diskutieren, war vielleicht auch die Erkenntnis, daß man draußen in der Wüste untereinander Frieden halten sollte.

Die Luft war vollkommen trocken. Die Temperatur lag bei angenehmen fünfundzwanzig Grad, und der Himmel war vollkommen klar. Göran Karlsson hatte noch nie einen solchen Sternenhimmel gesehen. Er sah immer wieder Meteoriten und gelegentlich einen passierenden Satelliten, dem er scherzhaft zuwinkte.

Er versuchte sich vorzustellen, was geschehen würde, wenn sie das Ziel erreichten. Zunächst mußten sie beurteilen, ob es sich angreifen ließ. Wenn dann der Angriff beschlossen würde, entstand die absurde Frage, wie sie angreifen sollten, ohne Araber zu verwunden. Sie würden dort doch nur Araber antreffen?

Zwei oder drei Tiere weiter hinten in der Kette folgte die gesamte Ladung. Plastiksprengstoff, Zeitzünder, Granatwerfer, Handfeuerwaffen, Funkausrüstung, Nachtsichtgeräte. Drei gottverdammte Kamele waren damit beladen.

Hier also saß er nun unter dem unendlichen Sternenhimmel auf einem gottverdammten schwankenden Dromedar in der größten Wüste der Welt und war auf dem Weg ins absolute Nichts. Das war das einzige, was jetzt absolut wirklich war. Allerdings roch er stark nach Ziege. Das war natürlich auch wirklich.

Carl hatte gegen einige wenige, jedoch wichtige Befehle verstoßen und genoß es geradezu. Wären da nicht die Schürfwunden auf der Innenseite der Schenkel und an den Hinterbacken gewesen, hätte er nichts als Frieden in sich gespürt. Er stellte sich gerade dieses Wort vor, Frieden.

Nach der Ankunft in der Oase hatte er mit der palästinensischen Gespensterbrigade gehorsam die Antennen montieren lassen und mitgeteilt, sie seien jetzt wie geplant zur Stelle. Sie würden jetzt eine Reihe von Personen auswählen, Fahrzeuge ausrüsten und anderes. Carl hoffte, daß die Amerikaner mit ihren Satelliten nach Fahrzeugen Ausschau hielten.

Wenn die Gruppe diese erste Nacht überstand, ohne entdeckt zu werden, wäre sie damit in der unendlichen Sahara verschwunden. In einigen Tagen würden sie nur noch Kamele und Beduinen in der Wüste sein, uninteressant für die Späher aus dem Weltraum. Carl war immer noch überzeugt, daß alles klappen würde. Die Genies im Pentagon würden sich nie vorstellen können, daß man per Kamel angriff. Oder per Dromedar, wie er sich beschämt korrigierte. Abdel Gamal war unglaublich stolz auf seine weißen Dromedare, die edelsten, schnellsten und schönsten aller Wüstentiere. Carl hatte den Lobgesängen entzückt gelauscht. Er sah oben an dem großen Sternenhimmel einen Satelliten passieren und zog den Kamelhaarmantel unbewußt enger um sich, als könnte man sonst unter der arabischen Kleidung die Tarnuniform sehen.

Abdel Gamal. Das bedeutet Diener des Kamels oder vielleicht sogar Sklave, ein phantastischer Name für einen Beduinen und stolzen Eigentümer gerade dieser weißen Tiere. Carl hatte von Zeit zu Zeit ihren Kurs überprüft, und Abdel Gamal dort an der Spitze hielt exakt den gleichen Kurs, den die Elektronik anwies, obwohl er sich nur anhand der Sterne orientierte. Er selbst nannte es Instinkt oder Gefühl.

Carl hatte einen Kassettenrekorder mit Kopfhörer sowie einige Kassetten mit Klaviermusik von Schostakowitsch und Erik Satie mitgenommen, bisher aber noch keine Lust verspürt, sie zu hören. Es lag andere Musik in dem weichen Knirschen der großen Fußballen der Tiere im Sand und in dem Knarren des Leders. Er stellte sich vor, auf diese Weise direkt in die Ewigkeit reisen zu können, daß alle Zeit aufgehört hatte, daß er sich irgendwann zu Beginn der Menschheitsgeschichte befand oder an deren Ende, daß die Schönheit, die ihn umgab, so sehr viel größer war als sein Auftrag.

Er sorgte sich nicht einmal wegen des Tötens. Moona hatte in Gegenwart von Zeugen Befehl erhalten, ihn und »den anderen Schweden« zu töten, wenn diese auch nur den Anschein erwecken sollten, zu übertriebener Gewalt greifen zu wollen. Doch all das waren nur Politiker-Worte. Moona würde ihn nie töten, ebensowenig wie er sie. Wenn sie das Ziel erreichten – Carl hoffte beinahe, sie würden es nie schaffen, da er diese Reise bis in alle Ewigkeit fortsetzen wollte –, würden alle in Tunis gesprochenen Worte angesichts der handfesten Wirklichkeit zerbröseln.

Er wechselte vorsichtig die Stellung, wobei ihm sein und Schwedens Chef einfiel. Was würde der Ministerpräsident wohl denken, wenn er ihn jetzt sehen könnte? Carl fand diese Phantasie ebenso aufmunternd wie ansprechend. Der Abgesandte von Rosenbad unter einem Haufen Araber, die nach Ziege stanken, außerdem Araber der schlimmsten Sorte, Palästinenser.

Die Unendlichkeit dort oben gab ihm das Gefühl ein, daß die Zeit stillstand, daß er sich schon in der Ewigkeit befand, daß das christliche Himmelreich im besten Fall so sein konnte wie das hier, eine Reise durch die Nacht unter einem klaren Sternenhimmel. Unterwegs und dennoch nicht unterwegs.

Er konnte nicht umhin, an die wichtigen Entscheidungen seines Lebens zu denken. Meist hatte er verloren. Anfänglich hatte er geglaubt, Schweden gegen eine imperialistische Großmacht zu verteidigen, die es jetzt nicht mehr gab. Er wollte Offizier werden, gern ein heldenhafter und tüchtiger Offizier, doch statt dessen war er Mörder geworden.

Diese selbstverständliche Art, den Gedanken zu formulieren, traf ihn hart. Doch so war es. Als dieser Scheidungsanwalt bei seinem fingierten Verhör gefragt hatte, wie viele Menschen er getötet habe, war er ganz aufrichtig gewesen, als er sagte, daß er sich an die Zahl nicht erinnern konnte. Vermutlich ist das eine Art seelische Selbstverteidigung, redete er sich ein. Zu Anfang hatten ihn Alpträume gequält, später hatte er sich gezwungen, die Erinnerungsbilder zu verdrängen, und jetzt konnte er sie sich nur noch mit Mühe vor Augen führen.

Es geschah auch, daß er nach einem nur allzu bekannten Muster die Schuld mit dem Argument von sich zu weisen versuchte, »Ich habe nur Befehle befolgt«. Drei Regierungen waren sich beispielsweise vollkommen einig gewesen, den Befehl zu erteilen, der in der Sache bedeutete, daß Mike Hawkins' Lockvögel geschlachtet und vernichtet werden sollten, Menschen, die in dem Spiel keine andere Funktion hatten, als ermordet zu werden. Obwohl es Carl schwerfiel zu glauben, daß irgendein Politiker sich deswegen Selbstvorwürfe machte. Manchmal fragte er sich, ob sie einen Verdrängungsmechanismus besaßen, der so funktionierte, daß sie ihren eigenen Worten von »lästigen Personen« oder »Zeugen können wir nicht gebrauchen« und derlei tatsächlich glaubten. Politiker besaßen vielleicht die Fähigkeit, Morde zu beschließen, von denen sie sich gleichzeitig einredeten, ihre Euphemismen seien die eigentliche Wahrheit.

Carl sah ein, daß das ihn selbst nicht entschuldigte. Er war jedesmal zurückgekehrt und wieder ins Glied getreten, bereit für den nächsten Auftrag. Er hätte aufhören, hätte sich weigern können.

Im Augenblick war die Situation jedoch nicht sonderlich problematisch. Wenn sich das Ziel einnehmen ließ, würden sie es tun. Es handelte sich um eine gewöhnliche militärische Operation aus ungewöhnlich guten Gründen. Und es lag keine Heuchelei in dem Trost, daß es diesmal darum ging, um den Preis einer kleinen Zahl eine große Zahl von Menschenleben zu retten.

Auch wenn dieses Erklärungsmodell nicht immer selbstverständlich gewesen war. Nach einer vollkommen logischen Kostenrechnung konnte man behaupten, daß die Atombomben auf Hiroshima und Nagasaki hunderttausend Menschenleben mehr gerettet hatten, als sie kosteten. Wenn der Krieg im Pazifik nämlich ohne Atombomben geführt worden wäre, wären die japanischen Inseln vermutlich Schritt für Schritt erobert worden, bis es am Ende zu einer riesigen Invasion gekommen wäre. Der Preis an konventionellen Toten wäre auf beiden Seiten unglaublich hoch gewesen.

Trotzdem lag etwas Krankhaftes in der Argumentation, die Bomben auf Hiroshima und Nagasaki hätten Menschenleben geschont.

Wenn sie am Ziel einen kleinen Wachtrupp hatten, wie zu vermuten stand, wäre es wahrscheinlich undenkbar, das Ziel einzunehmen, ohne die Wachen unschädlich zu machen. Carl konnte sich jedoch nicht vorstellen, daß Moona in vollem Ernst sich auf ihre palästinensische Chef-Funktion berufen und eine solche Maßnahme verbieten würde. Möglicherweise würde sie gerade diese Aufgabe den beiden anwesenden Nicht-Arabern übertragen. Sie würden einfach abwarten müssen, wie es bei der Ankunft aussah. Danach würden die Entscheidungen sich wohl von selbst ergeben.

Er redete sich ein, daß jede der rollenden Bewegungen auf dieser Reise, die ihn an ein Schiff auf hoher See denken ließen, ihn einem neuen Leben in Kalifornien ein Stück näher brachte, einem Leben, zu dem keine Waffen mehr gehören würden.

Moona war früher schon geritten, auch wenn es lange her war. Nach einer Stunde gelang es ihr allmählich, in den Rhythmus hineinzukommen. Man mußte entspannt sitzen, so daß man nicht eine Menge Kraft darauf vergeudete, sich festzuklammern und die Bewegungen zu parieren.

Sie hatte zunächst geglaubt, daß Carl scherzte, als er voller Begeisterung vorschlug, sie sollten sich ihrem Ziel per Karawane nähern. Das würde die Zeit bis dorthin nicht nur vervierfachen, sondern sie beim Rückzug überdies sehr viel verwundbarer machen.

Carls Argumente hatten jedoch schnell die Oberhand gewonnen, und sie selbst hatte schon bei Punkt eins nachgegeben: Wenn die amerikanischen Spionagesatelliten eine Gruppe von Halftrucks von Sarra losfahren sahen, würde Washington sofort wissen, worum es ging. Wie sehr man auch zu manövrieren versuchte, beispielsweise dadurch, daß man erst am Ziel vorbeifuhr und dann überraschend zurückkehrte, würden die Amerikaner das Ziel finden, bevor sie selbst dort waren. Und wenn sie schon in Bereitschaft standen, ihre

Bomber einzusetzen – und wie sollte man etwas anderes glauben können? –, konnten sie das Ziel erreichen und eine Stunde nach Entdeckung zerstören. Eventuell konnten sie sogar ihre eigene Expedition auslöschen. Gegen Bomber über einer offenen Wüstenfläche wäre man ohne jede Chance. Die USA würden den Zwischenfall und eventuell auch den Tod der Expeditionsteilnehmer als Grund für eine Fortsetzung des Krieges gegen Libyen verwenden können. Sie würden »Libyen eine Lektion erteilen«, oder wie sie ihre Motive sonst formulieren mochten.

Und selbst wenn die Amerikaner sie gewähren ließen, wäre es äußerst gefährlich, in palästinensischen Halftrucks am Ziel anzukommen. Die Überlebenden würden erzählen. Ghaddafi würde kaum anders als mit der Stillegung der Basis Sarra reagieren, und damit würden fünftausend junge Männer Tunis überschwemmen und ihren Oberen in den Ohren liegen, endlich wieder irgendwo zuzuschlagen. Einige von ihnen würden es sicher tun, während andere für Figuren wie Ahmed Jebril, Abu Nidal und ähnliche eine leichte Beute sein würden. Diese Gestalten konnten genausogut von irgendeiner geheimen israelischen Organisation angeheuert worden sein wie von Syrien oder dem Irak.

Es war ohne Zweifel so, wie Carl es scherzhaft zusammengefaßt hatte. »Kamele sind tatsächlich politisch am korrektesten.«

Verglichen damit war der Nachteil, die langsame Flucht nach der eventuellen Zerstörung des Ziels, ein recht erträglicher Preis.

Moona kultivierte keinerlei romantische Vorstellungen von der Wüste. Sie hatte keine »Wurzeln« in sich, die so etwas wie den Ruf ihrer Ahnen oder Ähnliches spürten. Sie war in einer städtischen Kultur aufgewachsen. Ihre Vorfahren waren seit Jahrhunderten Kaufleute gewesen, bevor Palästina erst befreit und dann erneut Kolonie wurde. Sie redete sich ein, sich von irgendwelcher Schönheit oder Unendlichkeit nicht beeindrucken lassen zu können, sondern meinte, nur körperliche Beschwerden und Ziegengestank als die Essenz dessen zu empfinden, was die Reise durch die Wüste bedeutete.

Sie hatte sich am Ende mit den Unannehmlichkeiten eines Auftrags abgefunden, der darauf hinauslief, ein arabisches Ziel anzugreifen und zu zerstören. Zunächst hatte es ihr widerstrebt. Sie hatte die Libyer schon immer als rührende Wesen betrachtet, als so etwas wie arme Vettern vom Land, die lieb, ein bißchen dämlich und total ungebildet waren. Als Libyen 1951 frei wurde, hatten weniger als eintausend Personen im Land das Abitur. Einzige Einkommensquelle war der Verkauf von Eisenschrott aus dem Zweiten Weltkrieg; wären die gewaltigen Erdölvorkommen des Landes schon damals bekannt gewesen, wäre Libyen wohl nicht frei geworden. Über Bruder Moammar und sein wirres Grünes Buch, das den Sozialismus und den Kapitalismus gleichzeitig ersetzen wollte, konnte man Witze machen soviel man wollte, was die Palästinenser in der Regel auch gern taten. Dennoch stand fest, daß die Öleinnahmen in Libyen mehr zu Nutzen und Segen des Volks verwendet wurden als in irgendeinem anderen Land. Vielleicht war dies einer der Gründe dafür, daß Libyen Gefahr lief, das nächste arabische Ölland zu werden, das von korpulenten amerikanischen Generälen unter Hinweis auf eine neue Weltordnung überfallen wurde. Um das zu glauben, brauchte man kein mehr oder weniger paranoider Bruder Moammar zu sein. Moona glaubte es auch.

Gerade deshalb war die Bombe im Augenblick unabweisbar die größte Bedrohung Libyens. Es war kristallklar und einfach. Eine amerikanische Invasion oder ein Großangriff war nur eine Frage der Zeit. Sofern sie jetzt die Bombe nicht fanden und zerstörten.

Sobald die Nachricht kam, daß die Operation durchgeführt worden war, sollte Abu Lutuf sich auf der Stelle in einem Taxi nach Tripoli begeben. Libyen war ja infolge dieser Geschichte mit der Bombe von jedem Flugverkehr abgeschnitten. Dort sollte er erklären, weshalb sich die PLO an etwas beteiligt hatte, was wie eine Attacke gegen Libyen aussehen konnte.

Das würde Abu Lutufs diplomatische Fähigkeiten auf eine harte Probe stellen, und deshalb war ihm so daran gelegen, daß keine Masse toter Libyer in dem Paket liegen durfte, das er überreichen sollte.

Moona hatte natürlich ihre diesbezüglichen Befehle erhalten. Abu Ammar hatte sie persönlich beiseite genommen und ihr eingeschärft, daß dies wirklich eine ernste Frage sei.

Doch als Militär fiel es ihr schwer zu verstehen, wie die Operation sich ohne Gewalt durchführen lassen sollte. Außerdem ritt die Gewalt in Person ein paar Dutzend Meter hinter ihr.

Sie hatte Carl töten sehen. Er war ohne Zweifel ein Meister in dieser Kunst. Was er tat, sah selbstverständlich und einfach aus, doch sie wußte aus eigener Erfahrung, daß es nicht so war. Er zögerte nicht. Bei ihm gab es nicht den mindesten Anflug des kleinen Verzögerns, das sie selbst vor einem entscheidenden Schritt spürte.

Und jetzt hatte sie ausdrücklich Befehl, diesen Mann zu zügeln, ja ihn sogar zu erschießen, wenn er die gegebenen Anweisungen nicht befolgte.

Sie lachte plötzlich laut auf. Ihr war plötzlich der Gedanke gekommen, daß Carl ein höchst erstauntes Gesicht machen würde, wenn sie ihn erschoß. Natürlich erwartete er das in keinem Augenblick.

Sie auch nicht. Es war ein absurder Gedanke. Sie waren beide Militärs und wußten beide sehr wohl, daß das Problem nicht in der Entscheidung bestand, zu töten oder nicht zu töten, sondern nur darin, ob das Ziel mit annehmbaren Verlusten einzunehmen war oder nicht.

Sie war aus Carl nie so recht schlau geworden, hatte es nie geschafft, richtig vertraut und persönlich mit ihm zu werden. Sie vermutete, daß es eher an ihm als an ihr lag. Er war ja nicht nur ein Vollblutmörder. Er war auch das Urbild eines europäischen Gentleman. So hatte er beispielsweise nie auch nur den geringsten Anflug von Erstaunen oder Bestürzung gezeigt, weil sie einen höheren militärischen Rang hatte als er. Vermutlich war das etwas Schwedisches. Bei näherem Nachdenken erkannte sie, daß ein britischer Major wohl gezögert hätte, vor einem weiblichen palästinensischen Oberstleutnant Haltung anzunehmen.

Und zu diesem Mörder war sie vor nicht allzulanger Zeit im Dunkeln hinaufgeklettert, um sofort niedergeschlagen und entwaffnet zu werden. Ebensogut hätte sie in eine Löwengrube springen können.

Diesen Vergleich hatte sie im Scherz geäußert, als sie später in der Nacht zusammen aßen und sich unterhielten. Sie hatte etwas von Daniel in der Löwengrube gesagt. Er hatte erwidert, das sei wohl so. Sie stehe unter Gottes Schutz. Dann hatte er sachlicher erklärt, daß es dumm gewesen wäre, den Eindringling zu töten, wenn es sich nur um einen gewöhnlichen Dieb gehandelt hätte. Wie zum Teufel hätte er das an der Rezeption erklären sollen?

Irgendwann hatte sie von einer Liebesgeschichte mit Carl phantasiert. Sie fragte sich, ob er es sich nicht auch hatte vorstellen müssen. Doch als sie sich kennenlernten, hatte sie die gleiche Einstellung wie Abu Ammar. Sie war »mit der palästinensischen Revolution verheiratet« und würde ihr Leben nur ihr weihen und nichts anderem.

Dann hatte sie trotzdem geheiratet, einen ihrer vorgesetzten Ärzte. Sie hatte schließlich zwei Identitäten, die der Krankenschwester, einer Untergebenen, und die des Nachrichtendienstoffiziers, eines Vorgesetzten, der ein Cover brauchte, einen zivilen Beruf, hinter dem er sich verbergen konnte.

Ihre Trauer war so gut wie ausgetrocknet. Das meiste war verschwunden, und inzwischen war sie zu dieser Einstellung zurückgekehrt, von der Abu Ammar ständig gesprochen hatte (jedenfalls seit seiner überraschenden Heirat), und jetzt ritt sie hier, mit jeder Minute einer großen Entscheidung näherrückend.

Die Morgendämmerung setzte ein. Die Dunkelheit wurde zu einem hellen Grau. Sie hielten jetzt direkt auf eine kleine Felsenformation zu, die zunächst den Eindruck erweckt hatte, als wären die Berge so hoch und spitz wie in den Alpen. Die Felsen lagen jedoch nicht am Horizont, wie sich schnell herausstellte, sondern nur ein paar hundert Meter weiter weg. Es war eine kleine Alpenlandschaft *en miniature* inmitten des Sandmeers. Sie ritten das letzte Stück hinauf, und als sie die Klippen erreicht hatten, sahen sie, wie die Landschaft danach ihren Charakter änderte. Sie hatten das große Sandmeer hinter sich, und bei der nächsten Etappe würden sie durch Felswüsten und Berge reiten.

Die Tiere gingen brüllend in die Knie, und die Reiter sprangen mit höchst unterschiedlicher Geschmeidigkeit oder unter schmerzerfüllten Grimassen auf den Boden. Das löste einige scherzhafte Bemerkungen aus. Drei Männer gingen abseits und behandelten sich mit verschiedenen Medikamenten, während die übrigen mit schnellen und geübten Griffen etwas aufbauten, was aus der Luft genauso aussehen mußte wie das, was es war: ein Beduinenlager.

Samuel Ulfsson hatte zwei Tage lang unter hartem Druck aus zwei verschiedenen Richtungen gestanden, die letztlich, wie er spürte, das gleiche von ihm wollten. Der Verbindungsoffizier im Pentagon hatte im Abstand einer Stunde ein rotglühendes Fax nach dem anderen geschickt, und auch der Ministerpräsident rief immer öfter an.

Die Operation Green Dragon schien sich in das absolute Nichts aufgelöst zu haben. Soviel man wußte, hielten sich die beiden schwedischen Offiziere und ihre palästinensischen Helfer nicht mehr in der aus dem Weltraum sehr sorgfältig beobachteten Basis in der Oase Sarra auf. Sämtliche Überwachungseinsätze waren vergeblich gewesen.

Carl hatte, was durchaus verständlich war, Befehl erhalten, sich laufend zu melden und seine Position anzugeben. Statt dessen hatte er die überraschende Mitteilung geschickt, er werde achtundvierzig Stunden lang Funkstille wahren, und hatte dann ohne weiteres sein Gerät abgeschaltet. Alle Versuche, ihn zu erreichen, waren vergeblich gewesen.

Jetzt waren genau achtundvierzig Stunden vergangen, und Samuel Ulfsson saß gespannt neben einem Funker in der Funkzentrale des Generalstabs und trommelte mit den Fingern auf die Tischplatte. Es überraschte ihn nicht, daß die erste Mitteilung auf die Minute pünktlich kam.

Trident an Basis. Expedition unterwegs zum Ziel. Alles wohlauf. Funktioniert die Verbindung?

Samuel Ulfsson starrte auf die Klarschrift des kleinen Displays, bevor er nach kurzem Überlegen schnell seine Antwort diktierte:

Basis an Trident. Wo zum Teufel steckst du?

Es dauerte weniger als dreißig Sekunden, bis die neue Antwort in Klarschrift auftauchte:

Trident an Basis. Wir sind in der Sahara. Uns geht es gut.

Samuel Ulfsson schüttelte den Kopf, konnte aber dennoch nicht umhin zu lächeln, als er dem Funker knurrend seine Antwort diktierte:

Basis an Trident. Gib deine Position an.

Die neue Antwort kam ebenso prompt:

Trident an Basis. Position schätzungsweise vierundzwanzig Stunden vom Ziel entfernt. Wenn Operation nach Code Green Dragon durchgeführt wird, folgt exakte Position.

Samuel Ulfsson grübelte eine Zeitlang. Wenn Carl sich weigerte, seine Position zu nennen, mußte er einen einleuchtenden Grund dafür haben. Doch zugleich lagen Samuel Ulfsson sowohl die Amerikaner als auch die schwedische Regierung wegen Carls Position in den Ohren. Gab es etwas, was Carl wußte oder ahnte, Samuel Ulfsson jedoch nicht?

Nach einigem Zögern diktierte er seine Antwort:

Basis an Trident. Regierung und Alliierte verlangen Position. Gib deine Position an.

Diesmal dauerte es etwas länger, bis die Antwort kam. Carl mußte offenbar einige Zeit darüber nachgedacht haben, wie er etwas formulieren sollte, was letztlich eine Befehlsverweigerung war:

Trident an Basis. Position wird angegeben, wenn das Ziel zerstört ist oder von uns nicht eingenommen werden kann. Abmachung mit anderen Alliierten, die an Alliierten in dem Weißen Haus zweifeln. Ist Plan B in Funktion?

Der Funker blickte Samuel Ulfsson fragend an, der sich den Kopf zerbrach, wie er mit dem Problem umgehen sollte. Wenn Carl sich entschlossen hatte, erst dann zu erzählen, wo er sich befand, wenn das Ziel zerstört war, hatte er vermutlich gute Gründe dafür. Es wäre jedoch nicht allzu lustig, einen solchen Bescheid für den Ministerpräsidenten zu formulieren, der in Gestalt seiner verschiedenen Mitarbeiter praktisch am Telefon hing, oder für den unbekannten Kollegen mit den rotglühenden Fax-Sendungen aus dem Pentagon.

Samuel Ulfsson diktierte seine kurze Antwort mit einem resignierten Seufzer:

Basis an Trident. Mitteilung verstanden. Plan B kann mit ein paar Stunden Abstand zwischen Signal und Ende der Operation in Kraft gesetzt werden. Erwarte Angabe, wann nächste Kontaktaufnahme erfolgt. Ende.

Diesmal kam die Antwort blitzschnell:

Trident an Basis. Nächster Funkkontakt in zwölf Stunden. Ende.

Samuel Ulfsson wanderte mit zögernden Schritten in sein Amtszimmer zurück. Der Ministerpräsident wartete auf Nachricht, das Pentagon ebenfalls, und der Gegenstand dieses intensiven Interesses, der stellvertretende Leiter des militärischen Nachrichtendienstes in Schweden, wie es etwas offizieller hieß, hatte tatsächlich auch schon einige Nachrichten übermittelt. Sie waren jedoch nicht so beschaffen, daß es viel Spaß machen würde, sie nach oben weiterzubefördern.

Carl war zusammen mit Göran Karlsson, einem ansehnlichen Waffenarsenal und einer unbekannten Anzahl palästinensischer Soldaten mit voller Absicht in der Sahara untergetaucht. Wie das bei klarem Wetter auf einer leeren Fläche überhaupt möglich war, begriff Samuel Ulfsson nicht. Dabei hielt er sich, was die Kapazität moderner Überwachungssatelliten betraf, doch immerhin für etwas mehr als allgemeingebildet. Die ungeduldigen Fax-Mitteilungen aus dem Pentagon sprachen jedoch eine deutliche Sprache.

Carl war ausgerückt und teilte jetzt mit, daß er es mit voller Absicht getan hatte. Außerdem weigerte er sich, seine Position anzugeben, und zwar mit Hinweis darauf, daß die Palästinenser in seiner Gesellschaft kein Vertrauen zu den USA hätten.

Überdies teilte er mit, daß er sich ungefähr vierundzwanzig Stunden vom Ziel entfernt befand, was immer das bedeuten mochte. Damit konnte er vernünftigerweise wohl nur meinen, daß die Gruppe das Ziel in vierundzwanzig Stunden erreichen würde.

Jedoch wollte er seine Position erst angeben, wenn er es entweder zerstört oder festgestellt hatte, daß es zu gut bewacht war. Folglich hegte er den Verdacht, daß die amerikanische Air Force zuschlagen könnte, sobald das Pentagon seine Position erhielt. Und da wollte er vielleicht nicht in der Nähe einiger uniformierter und bewaffneter Araber sein?

Das war natürlich möglich. Samuel Ulfsson graute jedoch davor, einen solchen Gedanken dem außerordentlich USA-orientierten und außerordentlich ungeduldigen Ministerpräsidenten vorzutragen, der sich zweifelsohne bald wieder melden würde. Er durfte jedoch auch nicht versuchen, die Regierung des Landes hinters Licht zu führen. Das war eine absurde Vorstellung. Also nur auf Fragen antworten. Das war das einzige, was er tun konnte.

Als er oben in sein Büro kam, lagen wie erwartet zwei knallrote Telefonzettel zuoberst auf seinem Schreibtisch. Seine Sekretärin hatte beim letzten Anruf aus Rosenbad vor einer Viertelstunde wahrheitsgemäß gesagt, daß der Chef in der Funkzentrale sitze, um mit Personal Kontakt aufzunehmen, das in dienstlichem Auftrag in Nordafrika unterwegs sei. Er solle sofort zurückrufen.

So blieb ihm nichts anders übrig. Es würde nicht weniger unangenehm werden, wenn er wartete. Er riß den Hörer an sich und gab die Nummer ein, die er auswendig kannte.

Er wurde sofort mit dem Ministerpräsidenten verbunden.

»Hast du inzwischen Kontakt mit Hamilton gehabt?« fragte der Ministerpräsident, der ohne jeden Gruß gleich zur Sache kam.

»Ja«, erwiderte Samuel Ulfsson, ohne etwas von seiner Unsicherheit zu verraten.

»Und? Wie ist die Lage?« fragte der Ministerpräsident auffordernd.

»Die Lage ist so«, sagte Samuel Ulfsson und holte tief Luft, »daß der Eingreiftrupp jetzt unterwegs ist und sich etwa vierundzwanzig Stunden vom Ziel entfernt befindet.«

»Was? Die haben sich jetzt schon auf den Weg gemacht?« fragte der Ministerpräsident optimistisch.

»Nein, nicht jetzt. Sie scheinen sich schon vor ein paar Tagen aufgemacht zu haben«, erwiderte Samuel Ulfsson und verschluckte unmerklich, womit er hatte fortfahren wollen; er durfte nicht von seiner Taktik abweichen, nur wahrheitsgemäß auf die Fragen zu antworten, die ihm gestellt wurden.

»Vor ein paar Tagen?« fragte der Ministerpräsident nach einem erstaunlich langen Schweigen. »Sie haben sich schon vor mehreren Tagen auf den Weg gemacht?«

»Das ist korrekt, ja«, erwiderte Samuel Ulfsson, als wäre das nichts Besonderes.

»Aber das verstehe ich jetzt nicht«, sagte der Ministerpräsident mit deutlich hörbarer Irritation. »Nach amerikanischer Auffassung sollten sie immer noch in dieser befestigten Oase sitzen, Sarra, oder wie sie heißt.«

»Dann ist die amerikanische Auffassung falsch. Die Gruppe ist also schon seit mehreren Tagen unterwegs und befindet sich rund vierundzwanzig Stunden vom Ziel entfernt«, entgegnete Samuel Ulfsson.

»Und wo exakt befinden sie sich?« fragte der Ministerpräsident scharf.

»Das kann ich leider nicht beantworten. Sie sind in der Sahara, draußen in der Wüste, ungefähr vierundzwanzig Stunden vom Ziel auf libyschem Territorium entfernt. Das ist alles, was ich sagen kann«, erwiderte Samuel Ulfsson, ohne im mindesten verwirrt zu klingen.

»Was soll das heißen?« fauchte der Ministerpräsident irritiert. »Kannst du oder willst du ihre Position nicht angeben?«

»Ich kann es nicht. Ich habe nach der Position gefragt, aber Hamilton hat mitgeteilt, daß man in der Gruppe beschlossen habe, die Position erst dann zu melden, wenn sie entweder das Ziel zerstört oder die Region verlassen haben.«

»Nimm wieder Kontakt mit ihm auf und richte ihm aus, daß es ein direkter Befehl von mir ist, sofort die genaue Position durchzugeben!« befahl der Ministerpräsident mit zunehmender Irritation. »Das Pentagon braucht die exakte Position, um die Rückführung nach einem eventuellen Angriff vorbereiten zu können.«

»Ich kann Hamilton in den nächsten zwölf Stunden nicht erreichen«, erwiderte Samuel Ulfsson resigniert. Er krümmte sich instinktiv und schloß die Augen in Erwartung der Reaktion am anderen Ende.

»Was?« schrie der Ministerpräsident. »Was soll das heißen, in den nächsten zwölf Stunden kein Kontakt? Wir haben doch eine funktionierende Funkverbindung?«

»Erst wieder in zwölf Stunden, fürchte ich«, erwiderte Samuel Ulfsson.

»Ich verlange jetzt, daß Hamilton seine exakte Position meldet«, sagte der Ministerpräsident mit gesenkter und deutlich drohender Stimme.

»Das werde ich ihm in zwölf Stunden ausrichten«, erwiderte Samuel Ulfsson, worauf zu seinem Erstaunen auf der anderen Seite der Hörer auf die Gabel geknallt wurde.

Es war natürlich möglich, daß die Befreiungsorganisation erschwert wurde oder sich verzögerte, wenn man nicht rechtzeitig exakte Positionen bekam. Samuel Ulfsson glaubte jedoch nicht, daß das sonderlich entscheidend sein konnte, denn immerhin wußte man ungefähr, in welchen Teil Libyens man fliegen mußte, und hundert Kilometer Unterschied konnten keine größere Bedeutung haben.

Überdies konnte Carl solche Komplikationen im Augenblick ohnehin besser beurteilen als jeder andere. Wenn er sich weiterhin störrisch zeigte, war ohnehin kaum etwas dagegen zu unternehmen, weder jetzt noch später. Entweder sie führten die Operation durch, nachdem sie die Lage als sicher beurteilt hatten, und zwar mit Erfolg. Dann würde sich niemand beschweren. Oder sie zogen sich zurück und teilten dabei die genaue Position des Ziels mit. Auch dann würde niemand Grund haben, sich zu beklagen. Es war ganz einfach Carl, der im Augenblick die Spielregeln bestimmte, und niemand konnte etwas daran ändern.

Nachdem sie das Ziel mehr als vierundzwanzig Stunden beobachtet hatten, einigten sie sich darauf, daß es durchaus möglich war, die Operation mit einem begrenzten Einsatz ihrer Mittel durchzuführen, um die Zahl der Toten möglichst gering zu halten.

Moona fand sich zu Carls Erleichterung damit ab, daß der Auftrag derart umdefiniert wurde. Wenn es nur darum gegangen wäre, das Ziel zu zerstören, hätten sie es schon längst tun können. Sie hatten eine bedeutende Feuerkraft mitgebracht.

Sie befanden sich knapp einen Kilometer vom eigentlichen Ziel entfernt. Der Entfernungsmesser gab achthundertsechsundsiebzig Meter an. Von ihrem natürlichen Versteck inmitten verwitterter Felsformationen hatten sie freie Sicht. Von dort unten hatte man in alle Richtungen freie Sicht.

Das Ziel bestand aus drei neugebauten Häusern, die aus vorgefertigten Teilen bestanden, die schnell zusammengesetzt werden konnten wie bei einem Spielzeugbausatz. Die Wellblechdächer waren jedoch zusätzlich mit sonnengetrockneten Dachziegeln gedeckt, und die Wände waren bemalt, als bestünden auch sie aus Backsteinen.

Das große Gebäude in der Mitte war ohne Zweifel das eigentliche Ziel, denn sie hatten in den letzten vierundzwanzig Stunden nur Zivilisten dort ein und ausgehen sehen. Das uniformierte Personal hatte offenbar keinen Zutritt.

Das Wachpersonal hauste in einer eigenen Baracke und umfaßte etwa einen Zug. Auch die Funkzentrale des Militärs befand sich offensichtlich in diesem Gebäude.

Das dritte Gebäude schien das Wohnhaus für das zivile Personal zu sein, das rund zehn Personen umfaßte.

In einem kleinen Schuppen zwischen den Häusern befand sich ein mit Dieselmotoren angetriebenes Notstromaggregat. Zwischen den Gebäuden standen ausschließlich zivile Fahrzeuge sowie ein Ölbohrturm, den niemand zu beachten schien. Er erhob sich rund zehn Meter von dem größten Haus entfernt.

Aus der Luft mußte es aussehen, als würden hier Versuche stattfinden oder Probebohrungen gemacht werden. Es mußte ziemlich überzeugend aussehen.

Die einzigen Hinweise auf eine Verbindung zur Außenwelt waren einige Wagenspuren, die direkt nach Norden führten. Flugzeuge konnten in der Nähe nirgends landen.

Die unansehnliche Einrichtung hatte sie zunächst stark daran zweifeln lassen, daß sie sich hier im Zentrum der Weltpolitik befanden. Doch nach den ersten Stunden an dem fest montierten und stark vergrößernden Feldstecher hatten sie insgesamt so viele kleine Beobachtungen gemacht, daß sie zumindest überzeugt waren, daß dort unten *irgend etwas* von großem Interesse vorging. Die wichtigste Beobachtung war, daß Moona den vermißten palästinensischen Physiker wiedererkannt hatte, Doktor Fadi Husseini, der einmal von der zivilen Unterkunft zu dem vermuteten Labor gegangen war.

Es war ein sehr heißer Tag gewesen, und als sich die große rote Sonne am Horizont senkte, empfanden sie angesichts der bevorstehenden Nacht eher Erleichterung als zunehmende Spannung.

Carl kletterte langsam zu Göran Karlsson hoch, der in den letzten beiden Stunden am Beobachtungsposten gesessen hatte. Er hatte einen Wassersack bei sich und bot seinem Untergebenen wortlos etwas Wasser an. Dann riskierte er einen Blick durch den Feldstecher.

»Irgend etwas Ungewöhnliches?« fragte er und nahm den Wassersack wieder an sich. Dann setzte er ihn an den Mund, nahm drei tiefe Schlucke und wischte sich den Mund ab.

»Nein«, erwiderte Göran Karlsson, der nach dem langen Schweigen ohne Wasser heiser geworden war. »Sie hatten nur einen Wachposten, als wir gestern nacht ankamen, und so dürfte es jetzt wohl wieder sein. Sie haben keine Nachtsichtgeräte«, fügte er vielsagend hinzu. »Möchte gern wissen, warum sie nicht daran gedacht haben?«

»Die sind solche Sachen nicht gewohnt. Sie gehen davon aus, daß jeder, der herkommt, schon aus weiter Ferne am Motorengeräusch zu erkennen ist«, vermutete Carl mit einem Achselzucken.

»Wir sollten uns erst ihre Unterkunft vornehmen«, stellte Göran Karlsson fest. »Dann erwischen wir neun kleine Negerlein auf einmal, und dann bleibt nur einer übrig. Oder was meinst du?«

»Ja«, nickte Carl bekümmert. »Moona, ich und zwei der Palästinenser übernehmen die Baracke der Wachposten. Du übernimmst den freistehenden Wachposten und dann zusammen mit den beiden anderen die zivile Unterkunft. Man kann nie wissen. Das Problem ist, daß wir nett zu ihnen sein müssen.«

»Du meinst, daß keiner zu Tode kommen soll? Was soll ich mit dem Wachposten machen? Soll ich zu ihm hingehen und Guten Tag sagen, wir sind von den Vereinten Nationen? Ob der Gefreite die Güte hätte, seine Waffe niederzulegen?«

»Der Gefreite?« sagte Carl amüsiert und warf noch einen Blick durch den großen Feldstecher. »Im Augenblick ist es jedenfalls ein Feldwebel. Nein, natürlich nicht. Töte ihn schnell, am besten leise.«

»Was sagt der Oberstleutnant dazu?« fragte Göran Karlsson mit deutlich hörbarer Ironie.

»Die Verantwortung dafür übernehme ich!« entgegnete Carl mit unerwarteter Schärfe. »Wenn du diesen Wachposten zum Schweigen bringen kannst, ohne ihn zu töten, ist es ausgezeichnet. Wenn aber auch nur das geringste Risiko besteht, daß er dich entdeckt und anfängt, Lärm zu machen, mußt du ihn sofort töten. Das ist ein klarer Befehl, Hauptmann Karlsson.«

»Zu Befehl«, erwiderte Göran Karlsson scheu.

»Und dann noch etwas!« fuhr Carl immer noch aggressiv fort. »Ich möchte keine weiteren sarkastischen Bemerkungen über unseren kommandierenden Offizier oder einer unserer verbündeten Soldaten hören. Sie ist außerordentlich kompetent, das kann ich dir versichern. Außerdem hat sie in diesem Ausbildungslager nicht die vier schlechtesten Männer ausgewählt, davon kannst du ebenfalls ausgehen. Ich kann nicht verlangen, daß du dich in ihrer Gesellschaft wohlfühlst, aber du solltest hier mit etwas Respekt und anständigen Manieren auftreten, verdammt noch mal. Ist auch das jetzt klar?«

»Ja«, erwiderte Göran Karlsson kleinlaut. Dann nahm er einen Anlauf, um etwas Impulsives zu sagen, bremste sich aber.

»Ja?« fragte Carl und blickte ihm gerade in die Augen. »Was ist? Raus mit der Sprache!«

»Warum hast du mich für diesen Auftrag ausgewählt?« fragte Göran Karlsson leise.

»Nicht weil ich vermutet habe, daß du dich im Milieu dieser Kultur unwohl fühlst, was ganz offensichtlich der Fall ist«, erwiderte Carl ironisch. Seine plötzliche Wut verrauchte, und ein fast spöttisches Lächeln umspielte seine Lippen. »Aber ich werde deine Frage beantworten. Ich wollte nur einen Mann mitnehmen, weil ich das Verlustrisiko als sehr hoch ansehe. Schwierig wird nicht der Job heute nacht, sondern etwas ganz anderes: mit heiler Haut von hier wegzukommen. Was die Kompetenz betrifft, bin ich nicht der Meinung, daß zwischen dir, Luigi und Åke ein Unterschied besteht. Ich nehme an, das ist für dich am wichtigsten zu hören. Und was den Tod angeht, wird Åke bald Vater werden, und Luigi hat bei diesem russischen Roulette schon einmal mitgespielt. Angesichts der Möglichkeit, daß einer von euch drei sterben sollte, habe ich es aus sozialen Gründen für richtig gehalten, dich zu wählen. So einfach ist das.«

»Und was ist mit dir selbst?« wandte Göran Karlsson unschlüssig ein. Die Antwort Carls hatte ihn erschüttert.

»Genau«, sagte Carl und grinste, um anzudeuten, daß er zu einem entspannteren Gesprächston zurückkehren wollte. »Ich bin auch noch da. Aber ich habe meist ein verdammtes Glück!«

Er schlug Göran Karlsson freundschaftlich auf den Rücken und gab ihm durch eine Geste zu verstehen, daß sie zu den anderen in dem »Beduinenlager« auf der Rückseite der Felsformationen zurückgehen sollten.

»Wir haben jetzt eine Lagebesprechung mit dem CO«, lächelte er erklärend und hielt gleichzeitig warnend den Zeigefinger hoch, um zu zeigen, daß er keine kritischen Bemerkungen über den *commanding officer* des Trupps hören wollte.

Moona hatte die anderen unter der größten Zeltbahn versammelt und eine einfache Skizze des Ziels an einen Felsbrocken gelehnt. Als die beiden Schweden sich unter einigen Grimassen zu ihnen gesetzt hatten, vernahmen sie ironische Kommentare der Männer, deren Hinterteile besser an Dromedare angepaßt waren. Danach entwickelte sie schnell, professionell und in zwei Sprachen ihren Plan.

Als Göran Karlsson nach einiger Zeit aufging, daß das, was sie vortrug, haargenau den Instruktionen entsprach, die Carl ihm schon gegeben hatte, erkannte er beschämt, daß der Oberstleutnant so klug gewesen war, das Vorhaben mit dem alliierten Kollegen zu besprechen, damit beide sich einig waren, ohne daß sie ihre Autorität vor den anderen verlor.

Als sie geendet hatte, forderte sie die Anwesenden auf, Fragen zu stellen. Nur die Palästinenser hatten Fragen, und die erste Frage galt dem Eindringen in die Militärbaracke. Mit der Vorgabe, möglichst viele Leben zu schonen, sei es natürlich unmöglich, sagte einer, damit anzufangen, daß man gleichzeitig Handgranaten durch alle Fenster werfe. Ob man in dem Fall die Handgranaten nicht durch Tränengas ersetzen könne? Sie hätten ja Tränengas in der Ausrüstung?

Moona übersetzte die Frage höflich ins Englische und beantwortete sie dann schnell, zunächst auf arabisch, dann auf englisch.

Auch Tränengas sei ungeeignet. Dann würden die Männer schnaubend und prustend und mit Waffen in den Händen aus der Baracke kommen, gleichzeitig wild in alle Richtungen schießen und vermutlich eher einander als den sehenden Feind treffen. Das sei also nicht möglich. Die Baracke müsse in einem einzigen entschlossenen Einsatz genommen werden, sobald man wisse, daß der Wachposten ausgeschaltet sei.

Wie stellen wir es an zu verhindern, daß sie Verstärkung holen, wenn die Gefangenen nicht getötet werden dürfen? lautete die nächste Frage.

Moonas schnelle Antwort lief darauf hinaus, daß sie natürlich den Ort nicht verlassen dürften, bevor sie sämtliche Funkeinrichtungen zerstört hätten. Sie würden nur ein brauchbares Fahrzeug zurücklassen, nämlich das, mit dem die Gefangenen Hilfe holen könnten, wenn sie sich befreit hätten. Das werde mindestens sechs Stunden Vorsprung bedeuten, und das müsse genügen. Ferner sei wichtig, daß die da drüben keine Vorstellung davon bekämen, wie der feindliche Trupp hergekommen sei. Es sei deshalb angeraten, sich den Kamelduft abzuwaschen, bevor der Kampf beginne.

Diese letzte Bemerkung löste bei den Anwesenden Jubel aus.

Dann ging Moona noch einmal alles von vorn durch, zeigte gelegentlich auf verschiedene Männer und bat sie, ihre Aufgaben zu wiederholen.

Göran Karlsson war von Carl zwar ziemlich zusammengestaucht worden, doch als er sah, wie Moona ihre Befehlsgewalt ausübte, gewann er schon nach kurzer Zeit den Eindruck, daß sie ihren Job beherrschte.

Nach der Lagebesprechung begannen die Männer, die Ladung auszupacken, die den Weg auf den drei Lasttieren in der Mitte der Karawane zurückgelegt hatte. Carl und Göran Karlsson rissen die Sabotageausrüstung an sich und begannen, sie zusammenzusetzen, damit alles vor dem Abschluß der Operation einsatzbereit war.

Es gab drei schallgedämpfte amerikanische Automatikwaffen, die Carl an sich nahm und demonstrativ auf Moona, Göran Karlsson und sich verteilte. Es war den Anwesenden klar, was diese Geste bedeutete: Nur diese drei Kameraden mit schallgedämpften Waffen hatten das Recht zu töten, bevor es zu einer allgemeinen Schießerei kam – in dem Fall endeten natürlich alle Vorschriften über Zurückhaltung.

Carl nahm einen Wassersack, ging beiseite und begann sich zu waschen. Das Wasser war kostbar, doch er rechnete damit, daß sie sich beim Rückzug irgendwo neuen Vorrat beschaffen konnten.

Als er mit der Wäsche fertig war, sah er mit einem amüsierten Blick auf seine Armbanduhr und kletterte die Felsformation hinauf. Er schaltete den Sender ein und gab eine sehr kurze Mitteilung durch:

Trident an Basis. Ziel in Reichweite. Operation wird um Mitternacht schwedischer Zeit durchgeführt. Neue Mitteilung 0800 schwedischer Zeit. Ende.

Er drückte auf den Sendeknopf. Der Mikrocomputer wandelte den Klartext in ein codiertes, komprimiertes kleines Geheul um und sandte es in den Weltraum. Während er auf Antwort wartete, schüttelte er amüsiert den Kopf. Es würde Samuel Ulfsson wahnsinnig machen, auch jetzt noch keine exakte Position zu erhalten. Carl war bewußt, daß seinem Chef inzwischen mehrere Leute im Nacken saßen.

Es dauerte zehn Sekunden, bis ein Text auf dem Display auftauchte.

Basis an Trident. Mitteilung verstanden. Bitte Position angeben.

Carl grinste und überlegte kurz, bevor er einige Worte eingab, die, wie er hoffte, zumindest Samuel Ulfsson ein Lächeln abgewinnen würden:

Trident an Basis. Nächste Mitteilung bedeutet, daß das Ziel zerstört ist. Sonst keine Mitteilung. Dann auch Position. GMY.

Entspannt wartete er auf die Antwort. GMY war ein Signal, das jedem U-Boot-Kommandanten bekannt war. Während des Zweiten Weltkrieges konnten U-Boote in Überwasserposition nicht gegeneinander kämpfen und hatten sich überdies strikt an ihre Befehle zu halten. Der klare Auftrag lautete, Konvois und Kriegsschiffe zu versenken. Wenn somit deutsche und englische U-Boote einander mitunter begegneten, blieb ihnen kaum etwas anderes übrig, als sich gegenseitig als Kollegen viel Glück zu wünschen. So entstand das Signal GMY, das auf deutsch-englisch GOTT MIT YOU heißt. Die Antwort war ebenso gentlemanlike: MYT. Es bedeutet MIT YOU TOO.

Die Antwort ließ dreißig Sekunden länger als sonst auf sich warten, und Carl stellte sich vor, wie Samuel Ulfsson, von Experten und Beratern umgeben, verzweifelt die Bedeutung der Buchstaben zu enträtseln versuchte. Doch dann ließ der Empfänger einen Pfiff hören, und auf dem Display tauchte ein lakonisches und trostreiches Schlußwort auf:

Basis an Trident. MYT. Ende.

Carl seufzte erleichtert. Nicht so sehr deswegen, weil Samuel Ulfsson die Traditionen der U-Boot-Kollegen kannte, sondern weil er in der Frage der Position resigniert hatte. Carl schaltete das Funkgerät aus und schlenderte ruhig zu seinem Platz unter einer der schwarzen Zeltbahnen hinunter. Er legte sich hin und schlief ein. Er schlief ruhig und traumlos.

Göran Karlsson lag neben ihm und konnte natürlich nicht schlafen. Für den jungen Hauptmann war dies die Stunde, die alle Militärs fürchten, die Nacht vor dem Kampf.

Er sah sich verstohlen um. Einige Männer schliefen, andere saßen zusammen und unterhielten sich. Die Nacht hatte sich plötzlich wie ein schwarzer Vorhang auf die Szene gesenkt.

Schließlich schlief er ein. Er schlief zunächst unruhig. Er träumte von einem Wachposten, der dort unten stand und sterben sollte. Der Mann stand da und dachte, wie langweilig es sei, draußen in der Wüste mit durchgedrehten Wissenschaftlern zu arbeiten, womit auch immer diese sich beschäftigten. Vielleicht dachte der Mann auch an seine Familie oder an eine Frau, die er haben wollte, aber nicht bekommen konnte. All die Gedanken, die einem Mann so kamen, der zum x-ten Mal Wache schob, ohne auch nur die leiseste Ahnung zu haben, daß es genau in dieser Nacht passieren würde und daß es unmöglich war, diesem Los zu entgehen.

Göran Karlsson versuchte sich murmelnd einzureden, daß dies sein Job war, daß er für genau solche Aufgaben ausgebildet worden war. Dafür war er da. Doch er hatte sich nicht gerade dies vorgestellt. Er hatte sich das vorgestellt, was er schon erlebt hatte; Männer stürmten mit gezogenen Waffen in sein Hotelzimmer. Zum Denken blieb kaum Zeit. Man mußte nur auf eine bestimmte Situation warten, und wenn sie da war, brauchte man nur zu schießen. Hinterher konnte man sich kaum erinnern, überhaupt etwas gedacht zu haben.

Doch jetzt war es nicht so. Jetzt sollte er einen Menschen töten, der gerade dazu ausersehen war, und es war überlebenswichtig, jetzt keine Schnitzer zu machen. Es war überlebenswichtig, daß er befehlsgemäß tötete. Überlebenswichtig.

Dann schlief er wieder ein.

Plötzlich packte ihn jemand an den Schultern und schüttelte ihn. Es war Carl, der sich seine Kampfausrüstung schon umgeschnallt und sich das Gesicht geschwärzt hatte.

»Es ist soweit, Göran«, flüsterte Carl freundlich und legte die Ausrüstung, die Göran Karlsson tragen sollte, neben ihn.

Sie hielten im Dunkeln eine letzte Einsatzbesprechung ab und kontrollierten, daß die interne Funkverbindung in Ordnung war. Die beiden Zivilisten, der Beduine Abdel Gamal und der »wissenschaftliche Experte«, den alle anderen nur als eine Art Gepäckstück betrachteten, bekamen ebenfalls ein Funkgerät und die Anweisung, es ständig eingeschaltet zu lassen. Zwei Tiere waren inzwischen beladen worden und startbereit. Wenn die Operation dort unten fehlschlug, würden sie es vermutlich schaffen, anschließend sofort nach Sarra zurückzukehren.

Wenn die Operation wie geplant verlief, würde der »Experte« herunterkommen, wenn alles vorbei war. In beiden Fällen mußten sie also mit eingeschaltetem Funkgerät dasitzen und warten.

Carls Gruppe mit Moona und zwei palästinensischen Soldaten machte sich als erste auf. Sie hatten den längsten Weg.

Fünf Minuten später nickte Göran Karlsson seinen beiden Palästinensern zu, worauf sie in die andere Richtung gingen.

Die beiden Gruppen sollten sich aus verschiedenen Richtungen nähern, und zwar in einem Winkel, der es dem Wachposten unmöglich machte, sie zu entdecken, selbst wenn er ein Nachtsichtgerät oder eine Nachtbrille gehabt hätte, was er jedoch nachweislich nicht hatte.

Göran Karlsson sollte mitteilen, wenn er mit seiner Gruppe sein Ziel erreicht hatte und bereit war, den Wachposten anzugreifen. Danach stand Göran Karlssons eigentliche Aufgabe bevor. Wenn er seinen Wachposten ausgeschaltet hatte, sollte er es mitteilen. *Exakt* zehn Sekunden später sollten beide Wohnbaracken gleichzeitig gestürmt werden.

Es kam nicht darauf an, schnell zum Ziel zu gelangen, sondern darauf, es leise zu erreichen. Folglich mußten sie sich langsam bewegen. Der Boden war hart und steinig, doch sie trugen keine Militärstiefel, sondern weiche Schuhe. Sämtliche Männer hatten amerikanische Nachtbrillen, um in der Dunkelheit sehen zu können. Sie hatten das Gefühl, sich in klarem grünen Licht auf dem Meeresboden zu bewegen.

Göran Karlsson mußte die beiden anderen zwingen, langsamer zu gehen, auch schon dann, als sie gerade noch außer Hörweite waren. Die Palästinenser hatten die Nachtsicht-Ausrüstung zuvor zwar schon ausprobieren können, hatten jedoch wie die meisten Menschen reagiert, die nicht daran gewöhnt sind. Sie schienen seltsamerweise zu glauben, sowohl unsichtbar als auch unhörbar zu sein.

Es brauchte fünfundvierzig Minuten, um zu dem Haus zu gelangen. Er betastete die immer noch heißen Wände und atmete zum ersten Mal auf. Immerhin hatten sie eine wichtige Etappe hinter sich gebracht. Er schaltete sein Kehlkopfmikrophon ein und machte Meldung:

»Shark an Trident. Position eins gesichert«, flüsterte er und entdeckte dabei, daß sein Mund völlig ausgedörrt war.

»Hier Trident. Auf Punkt zwei vorrücken, bis dahin Funkstille Ende«, hörte er Carl sagen und bekam den Eindruck, in der Stimme seines Vorgesetzten fast so etwas wie Amüsement oder Ironie zu hören, so etwas wie »Na schön, mein Junge, jetzt zeig uns mal, was du kannst«.

Er rückte langsam um die nächste Hausecke vor, winkte die beiden anderen zu sich heran und schlich auf die Ecke zu, hinter der sich der Wachposten befinden mußte.

Er brauchte fünf Minuten. Von jetzt an konnte er selbst alles hören. Wenn der andere sich bewegte, würde er es wahrnehmen. Als er an der letzten Ecke stand und sich an die Hauswand drückte, spürte er deutlich, wie sein heftiger Puls gegen das Uniformhemd hämmerte und daß er trotz der kühlen Nachtluft zu schwitzen begann. Es war sogar ungewöhnlich kühl. Er blickte zum Himmel und entdeckte, daß er bewölkt war. Er nahm seine Nachtbrille ab und blickte noch einmal prüfend zum Himmel. Kein einziger Stern war zu sehen, und überdies begann der Wind aufzufrischen. Es war dunkel wie in einem Sack.

Er setzte erneut seine Nachtbrille auf und wartete noch einige Sekunden, dann lugte er langsam um die Ecke.

Der Wachposten stand in etwa zehn Meter Entfernung und rauchte. Normal wäre es jetzt gewesen, ihm in den Kopf zu schießen. Die schallgedämpfte Waffe würde in den beiden Baracken, in denen kein Licht brannte, kaum jemanden stören.

Doch die Lage war jetzt nicht normal. Er sollte versuchen, den Mann kampfunfähig zu machen, ohne ihn zu töten, und dafür sein Leben aufs Spiel setzen. Das war verrückt, aber er mußte es zumindest versuchen.

Er gab seinen beiden Begleitern ein Zeichen. Sie sollten hinter dem Haus warten. Dann glitt er um die Ecke und trat mit derselben Bewegung einen Schritt vor. Er betrachtete den Erdboden vor seinen Füßen. Dort schien ein kleines Blumenbeet zu sein, ein Beet mit kleinen Pflanzen mit harten Blättern. Die Blätter raschelten, doch die Erde war gewässert worden, und so würden seine Schritte keinen Laut machen. Er ging ein paar Meter weiter und entdeckte, daß er nach einem weiteren Meter von den Wänden des Schilderhäuschens verdeckt werden würde. Der Mann stand ein Stück davor und rauchte. Bei jedem Zug an seiner Zigarette leuchtete in Göran Karlssons Augen ein starker, blendender Lichtschein auf.

Kurz darauf war er noch ein Stück vorgerückt und wäre aus der Position des Wachpostens jetzt selbst bei Tageslicht schwer zu entdecken gewesen. Jetzt konnten ihn nur noch Geräusche verraten. Also nur Geduld. Er streckte einen Fuß vor und ließ sich dann zehn bis fünfzehn Sekunden damit Zeit, ihn weich in den bewässerten Sand zu pressen. Dann wiederholte er das Manöver mit dem zweiten Fuß. Er sah den Wachposten jetzt nicht mehr, da er von der Wand des kleinen Schilderhäuschens vollkommen verdeckt wurde, aber von Zeit zu Zeit erleuchtete der kräftige Lichtschein der Zigarette wie eine Leuchtrakete die ganze Umgebung.

Langsam wurde er sich immer sicherer, daß es gehen würde, wenn er es schaffte, die Holzwand des Schilderhäuschens zu berühren.

Dort drinnen befand sich offenbar ein Stuhl, denn als der Wachposten zu Ende geraucht hatte, räusperte er sich laut, trat die Zigarette aus, ging hinein und setzte sich.

In der Sekunde, nachdem er sich gesetzt hatte, riß Göran Karlsson ihn heraus. Das letzte, was er vor dem Zuschlagen dachte, war, daß er ihn nicht töten durfte. Gerade aus diesem Grund mußte er zwei- oder dreimal zuschlagen.

Dann riß er die Waffe des Wachpostens an sich, eine moderne russische Waffe des neuen Typs AK 74, und zog das Magazin heraus. Er drehte den Mann um und stellte fest, daß dieser schwer atmete, legte ihn in Seitenlage und riß ihm den Gürtel ab. Er fesselte die Hände des Mannes auf dem Rücken, zerriß ihm das Uniformhemd, stopfte dem Bewußtlosen ein paar Stoffetzen als Knebel in den Mund und knotete die Enden im Nacken zusammen.

Anschließend nahm er das Magazin der AK 74 an sich und ging um die Ecke der Baracke zurück. Er gab den beiden anderen das Zeichen, daß alles vorüber sei. Dann kontrollierte er flüsternd, daß sie genau wußten, was jetzt bevorstand. Genau zehn Sekunden nach seiner folgenden Funkmitteilung werde es losgehen. Als sie mit dem Kopf genickt hatten, schaltete er sein Kehlkopfmikrophon ein und räusperte sich.

»Shark an Trident. Wachposten kampfunfähig. Einsatzbeginn in zehn Sekunden«, flüsterte er.

»Trident an Shark. Verstanden, in zehn Sekunden. Ende«, ließ sich Carl vernehmen. Dann gingen Göran Karlsson und die beiden anderen mit entschlossenen Schritten auf das nächste Ziel zu.

Carl hatte sich die ganze Zeit so postiert, daß er den Handlungsablauf genau verfolgen konnte. So hatte er zehn Minuten lang beobachtet, wie Göran Karlsson sich bei der anderen, fünfzig Meter entfernten Baracke behutsam und vorsichtig dem Wachposten näherte. Carl war keine Sekunde lang besorgt gewesen. Für ihn gab es keinerlei Zweifel, wer von den beiden als erster würde schießen können, falls es dazu kommen sollte. Ihm gefiel jedoch Göran Karlssons Anstrengung, den schwierigen Weg zu wählen und den Wachposten nicht zu töten, was durchaus verständlich gewesen wäre.

Moona hatte mitgehört und verstanden. Sie stand schon mit ihrem Soldaten an der Hintertür des Hauses, und Carl stellte sich mit seinem Palästinenser an die gegenüberliegende Tür und sah auf den Sekundenzeiger. Er gab durch ein Zeichen zu verstehen, wann der andere ihm die Tür aufreißen sollte.

Die Tür war unverschlossen. Er betrat so etwas wie eine Mannschaftsunterkunft mit mehrstöckigen Betten aus Metall. Deutlich sah er, wie Moona mit ihrem Palästinenser von der anderen Seite hereinkam. Sie hatten ganz einfach einen Schlafsaal betreten.

Quer durch den Mittelgang zwischen den Betten hatten sie Blickkontakt. Sie gaben einander Zeichen, die Nachtbrillen abzunehmen, und als das geschehen war, schalteten sie an beiden Seiten gleichzeitig das Licht an.

Moona brüllte ihre Befehle, worauf die Männer schlaftrunken aus ihren Betten hochfuhren. Jemand griff nach seiner Waffe, erkannte aber, daß es dafür schon zu spät war. Moona bellte ihre Befehle heraus, deren Inhalt Carl nur erraten konnte, die aber die Wirkung hatten, daß sämtliche Libyer sich auf ihre Betten legten und die Hände im Nacken falteten.

Carl verfolgte das Ganze, ohne selbst mehr zu tun, als Wache zu stehen. Dann schaltete er sein Mikrophon ein und teilte Göran Karlsson mit, Baracke zwei sei gesichert. Unmittelbar darauf erhielt er die Nachricht, in Baracke eins sei es genauso. Da sie sich auf englisch verständigten, war Moona damit gleichzeitig im Bilde.

Einer der palästinensischen Soldaten betrat nun die kleine Kammer, in der sich die Funkanlage befinden mußte. Mit ein paar Schüssen war sie unbrauchbar gemacht. Danach wurden die libyschen Soldaten aufgefordert, sich auf den Fußboden zu legen, während die Angreifer den Raum von Waffen säuberten und die Etagenbetten zur Seite zogen, bis die Gefangenen schließlich in einer Ecke des Raums zusammengepfercht werden konnten.

Carl bat Moona, den Gefangenen eine kurze Ansprache zu halten. Sie solle ihnen sagen, der Grund dafür, daß sie nicht tot seien, sei die Tatsache, daß weder Israelis noch Amerikaner angegriffen hätten. Wer die erwiesene Solidarität jedoch mißbrauche, werde auf der Stelle erschossen. Sie entgegnete ironisch, das habe sie schon längst gesagt, und überdies sei es für Libyer nicht schwer, den palästinensischen Akzent zu erkennen.

Carl rief das Beduinenlager und teilte mit, die Lage sei jetzt unter Kontrolle. Der Herr Experte könne jetzt zu ihnen stoßen. Dann ging er mit Moona zu dem Gebäude hinüber, in dem sich ungefähr ebenso viele zivile Gefangene aufhielten, wie jetzt in der Militärbaracke von den beiden palästinensischen Soldaten, die sie dort zurückgelassen hatten, in Schach gehalten wurden.

Es war etwas komplizierter gewesen, das zivile Gebäude einzunehmen, da es in mehrere Wohnungen aufgeteilt war. Dafür waren dessen Bewohner nicht bewaffnet gewesen. Jetzt saßen alle verängstigt, halb angekleidet und nervös in einem Versammlungsraum an dem einen Ende des Hauses und hielten die Hände im Nacken gefaltet.

Als Carl eintrat, erstaunte es ihn, daß die meisten Anwesenden Europäer zu sein schienen. Er zeigte mit der Hand auf den schon identifizierten Palästinenser Fadi Husseini und befahl ihm auf englisch hinauszugehen. Doch als der Mann sich weigerte, wohl mehr aus Angst als aus anderen Gründen, machte Carl eine beruhigende Handbewegung, sah sich um und fragte, ob alle Englisch verstünden. Zwei der Europäer schüttelten den Kopf, und ein dritter sagte etwas auf russisch.

»Wie zum Teufel kommunizieren Sie mit den Arabern, wenn Sie kein Englisch können? Ich möchte übrigens die besten Grüße aus Moskau überbringen«, sagte Carl auf russisch und lächelte über das mit Schrecken gemischte Erstaunen seiner Umgebung, bevor er fortfuhr.

»Wir haben ausdrücklichen Befehl, keine Russen zu töten.«

Dann wechselte er ins Englische und erklärte, sie hätten lediglich die Absicht, Kernwaffen zu zerstören, wollten jedoch niemanden töten, da sie, wie gesagt, weder Amerikaner noch Israelis seien. Oder Russen, fügte er mit einem breiten Grinsen hinzu.

Niemand hatte erstaunt reagiert, als er die Bemerkung über die Zerstörung von Kernwaffen gemacht hatte. Sie wußten sehr wohl, welche Risiken sie eingegangen waren. Und jetzt war das Zweitschlimmste passiert.

Carl diskutierte kurz mit Moona und Göran Karlsson, was sie mit den Gefangenen tun sollten. Sie kamen zu dem Schluß, daß es am besten wäre, Seile zu besorgen und sie zu fesseln. Es spielte keine Rolle, daß sie sich so nach einiger Zeit befreien konnten, denn das war ja fast schon beabsichtigt.

Carl bat jedoch darum, zuvor die beiden russischen Wissenschaftler unter sechs Augen verhören zu dürfen. Moona erlaubte es mit einem Achselzucken, da sie ohnehin nicht Russisch sprach.

Carl hob die beiden nicht mehr ganz jungen Männer mit einem Griff in den Nacken hoch, als wären sie Hundewelpen, und schleifte sie in eine angrenzende Kleinwohnung. Er wies sie an, sich auf zwei Stühle zu setzen, die er mitten ins Zimmer zog. Anschließend untersuchte er den Raum, bis er der Meinung war, alles unter Kontrolle zu haben.

»Sie sind weit weg von Mütterchen Rußland«, sagte er dann auf russisch. »Was um Himmels willen glauben Sie, hier eigentlich zu tun? Wie heißen Sie, und woher kommen Sie?«

Er sah sie fragend an und versuchte, eine freundliche Miene aufzusetzen, erkannte jedoch, daß das vielleicht nicht viel nützte; er hatte sich Tarnschminke ins Gesicht geschmiert und trug eine gesprenkelte amerikanische Wüstenuniform. Somit bot er kaum einen sonderlich einladenden Anblick. So machte auch keiner der beiden Miene zu antworten.

»Meine Herren«, fuhr er ironisch fort. »Ich kann zwar verstehen, daß mein Anblick Ihnen aus mehreren Gründen nicht gefällt. Ich möchte jedoch auch darauf hinweisen, daß das Normale jetzt wäre, Sie zu töten. Ihre Landsleute hätten es getan, wenn Sie hier aufgetaucht wären. Die Israelis hätten es getan. Die Amerikaner hätten es auch getan. Und jetzt haben Sie das unverschämte Glück, auf Schweden und Palästinenser zu treffen. Dürfte ich vielleicht um ein ganz kleines Lächeln bitten?«

Einer der beiden Russen brach überraschend in ein prustendes Lachen aus.

»Das war das Ulkigste, was ich seit dem Tod Josef Wissarionowitschs gehört habe. Damals war ich allerdings noch ein Kind und wagte nicht zu lachen«, prustete er.

»Ihre Nerven sind seit Stalins Tod offensichtlich stärker geworden«, sagte Carl lächelnd. »Hören Sie jetzt zu, meine Herren. Daß Sie sich hier befinden, ist zwar nicht direkt unerwartet, macht uns jedoch einen Strich durch die Rechnung. Ich habe nämlich Befehl, alle Leute Ihres Schlages zu töten, falls Sie den herabsetzenden Ausdruck entschuldigen wollen. Ich möchte Ihnen deshalb einen Vorschlag unterbreiten.«

Die beiden waren plötzlich todernst geworden. Die Situation war ja tatsächlich so, daß der Tod eine sehr glaubwürdige Alternative war.

»Was für einen Vorschlag«, fragte derjenige der beiden Männer, der sich noch nicht geäußert hatte, fast flüsternd.

»Nun«, sagte Carl schnell und entspannt. »Die eine Möglichkeit ist, daß ich Sie hier und jetzt erschieße. Die zweite Möglichkeit: Sie begleiten uns, wenn wir von hier verschwinden, nachdem wir die Bombe zerstört haben. Das bedeutet, daß sie in westliche Gefangenschaft geraten, vermutlich amerikanische. Das kann zwar Unannehmlichkeiten zur Folge haben, kann aber auch, was ich glaube, bessere Jobs und bessere Gehälter mit sich bringen. Wie hätten Sie es denn gern?«

Er breitete die Arme in einer einladenden Geste aus, die im Hinblick auf die Umstände vollkommen absurd erscheinen mußte.

»Mein Herr, meinen Sie es tatsächlich ernst?« fragte der Mann, der gelacht hatte.

»Ja«, erwiderte Carl mit plötzlich veränderter Haltung. Ihm war bewußt geworden, daß Scherze in dieser Situation vielleicht ein wenig unpassend waren.

»Was bedeutet eine Gefangenschaft im Westen für uns?« fragte derselbe Mann.

»Das weiß ich, offen gestanden nicht, meine Herren«, erwiderte Carl langsam. »Ich könnte mir vorstellen, daß es zunächst folgendes bedeutet: Man wird Sie zwingen, alles zu schildern, was Sie hier getan haben, ferner werden Sie sagen müssen, wie Sie hierher gekommen sind, wer Sie hergebracht hat, welche Kollegen sich hier befinden, und so weiter. Ich könnte mir aber auch vorstellen, daß Sie auf dem Verhandlungsweg eine recht gute Übereinkunft erreichen können. Sie werden für das bezahlt, was Sie erzählen, erhalten zunächst einen Job bei der CIA und später vielleicht an einer amerikanischen oder französischen Universität, je nach Qualifikation. Allerdings kann ich Ihnen das alles nicht versprechen. Diese Situation haben wir nicht vorausgesehen.«

»Was glauben Sie wohl, was wir darauf antworten?« sagte einer der Russen und breitete resigniert die Arme aus. »Wir haben Familie, wir haben Kinder, wir müssen an den Unterhalt unserer Familien denken. Alles, was Hoffnung bedeutet, ist natürlich besser, als erschossen zu werden.«

»Gut«, sagte Carl. »Wir werden Sie also mitnehmen. Sie reisen in ein paar Stunden mit uns ab. Zuvor möchte ich aber folgendes wissen. Wenn wir jetzt die Bombe da drinnen sprengen, woran müssen wir dann besonders denken? Wo sehen Sie die Gefahrenmomente, meine Herren Experten?«

»Wie haben Sie sich das vorgestellt, sie zu sprengen?« fragte der Mann mit dem Stalin-Scherz besorgt.

»Mit gewöhnlichen, konventionellen Sprengstoffen an drei Stellen. TNT, nichts Besonderes«, erwiderte Carl, als wäre die Sache sehr einfach.

»Wie weit sind wir bei der Sprengung entfernt?« fragte der zweite Wissenschaftler schnell und besorgt.

»Ungefähr achthundert Meter. Reicht das?« fragte Carl mit gespielter Lässigkeit.

»Das kommt auf die Windrichtung an und die nächste Umgebung. Einige Hektar dürften für längere Zeit kontaminiert werden, aber dann hängt viel von der Windrichtung ab«, stellte derselbe Mann fest und blickte seinen Kollegen fragend an. Dieser nickte bestätigend.

»Gut«, sagte Carl, »wir werden an die Windrichtung denken.«

Dann holte er einen palästinensischen Soldaten, der soeben mit der Verschnürung der anderen Gefangenen in dem angrenzenden Raum fertig geworden war, und bat ihn, die beiden Russen voll angekleidet zur Basis im Beduinenlager mitzunehmen und dort zu bewachen. Er suchte Moona auf und berichtete von der neuen Komplikation. Sie hatte jedoch keine Einwände, da die einzige Alternative die Erschießung der Gefangenen gewesen wäre. Und genau in diesem Punkt hatte sie eine schwache Verhandlungsposition.

Als Carl auf den Hof trat, stellte er fest, daß die Windrichtung zufriedenstellend war. Auf ihrem Fluchtweg hatten sie mit recht starkem Gegenwind zu rechnen.

Er rief Göran Karlsson zu sich, und sie zerschossen gemeinsam das Schloß zu dem großen hangarähnlichen Bau, betraten ihn und fanden schnell einen Lichtschalter.

Die Bombe lag mitten in der Halle wie ein Patient, der auf seine Operation wartet. Die kegelförmige Spitze war abmontiert. Sie traten verblüfft und fast andächtig näher, um zu sehen, was sie verstehen konnten und was nicht. Göran Karlsson zog eine Kamera hervor und schoß eine Serie von Bildern.

»Da haben wir jedenfalls die Erklärung, was SR bedeutet«, murmelte Carl nachdenklich. »Es ist fast ein bißchen merkwürdig, daß das Ding überall Rostflecken hat. Etwas, was mindestens zehnmal Hiroshima bedeutet, dürfte keine Roststellen haben.«

»Wieso SR«, murmelte Göran Karlsson geistesabwesend. Er war mit dem Fotografieren fertig. Er stellte sich einen halben Meter vor die Bombe und ließ vorsichtig die Hand sinken. Dann tätschelte er die Bombe, als wäre sie ein Tier.

»Sie heißt SR-71, und kein Mensch wußte, was das heißt«, murmelte Carl, der von dem Anblick genauso hingerissen war wie Karlsson.

Eine nur drei Meter lange Metallröhre in zwei Teilen, die dennoch allen Phantasien Hohn sprach.

»SR-71 wie das Aufklärungsflugzeug Blackbird?« fragte Göran Karlsson.

»Ja«, erwiderte Carl. »Hier steht die Erklärung. *Sowjetskaja Rossija* 71. Die Bombe ist nach Boris Jelzins früherer Sowjetrepublik benannt, und 71 ist wahrscheinlich das Baujahr.«

Sie schüttelten die eigentümlich andachtsvolle Stimmung ab und machten sich dann daran, die Sprengsätze mit schnellen und geübten Bewegungen an der Bombe zu befestigen.

Carl prüfte mit einem vielsagenden Blick zu Göran Karlsson, daß die Sprengsätze den per Funk gesteuerten Auslösemechanismen entsprachen; sie hatten die Sprengladungen noch nicht scharf gemacht. Im Augenblick scherzten sie nur ein wenig mit der Ewigkeit.

Die Arbeit dauerte etwa zehn Minuten. Sie hatten es nicht eilig. In einer bedrängteren Situation und bei einem weniger gefährlichen Objekt hätten sie die ganze Prozedur vermutlich in weniger als einer Minute geschafft.

Anschließend suchte Göran Karlsson systematisch den ganzen Saal ab und fotografierte alles, was er auch nur im mindesten interessant fand.

Carl ging hinaus und begab sich zu der Militärbaracke, in der Moona und zwei ihrer Männer damit beschäftigt waren, die Hände der letzten Soldaten auf dem Rücken zu fesseln und diese nach und nach auf die Ladefläche eines Lastwagens zu verfrachten, den man an die Baracke herangefahren hatte. Die anderen hatten einen Vorrat von Schnürsenkeln für Stiefel gefunden, die sich ausgezeichnet als Fesseln eigneten. Carl sah keinen Anlaß, ausgerechnet hier zu helfen, sagte kurz, er gehe zu den Zivilisten hinüber, um zu sehen, ob man sie irgendwie identifizieren könne. Sie vereinbarten, daß Moona nachkommen sollte, sobald ihre Arbeit beendet war.

Die Zivilisten saßen noch in ihrem Wohnzimmer und sahen sich jetzt unter Bewachung CNN an. Der Anblick erschien Carl seltsam komisch. Aber als Ablenkung war das sicher keine dumme Idee.

Bei CNN ging es immer noch um den Kampf der Welt gegen Libyen sowie um Ghaddafis angebliche Geisteskrankheit.

»Ich wünsche, daß Sie mir einzeln ihre Ausweise zeigen. Wir fangen mit Ihnen dort an«, sagte Carl und zeigte auf einen Mann mittleren Alters.

»Wir haben keine Ausweise«, entgegnete der Mann, auf den Carl gezeigt hatte, mit leicht zu durchschauender Angst hinter seiner vorgetäuschten Arroganz.

»Ach nein«, sagte Carl und schaltete seinen Sender für die interne Kommunikation ein. Er rief die Basis und fragte, ob die beiden Russen angekommen seien. Als er die Nachricht erhielt, sie seien gerade eingetroffen, bat er, mit einem von ihnen zu sprechen. Er fragte den Mann nach Ausweisen und anderen Dingen, die bei der bevorstehenden Reise in die Welt von Wert sein konnten. Er bekam einige Beschreibungen und verließ den Raum. Er folgte den Anweisungen, die er erhalten hatte, und fand schnell die bescheiden eingerichtete Doppelkabine der Russen. Er kramte ihre Pässe und einige persönliche Habseligkeiten hervor, um die sie gebeten hatten, Brieftaschen, Fotos von den Familien sowie einige andere Dinge, und stopfte alles in eine Pilotentasche, die im Zimmer stand. Als er ging, schloß er hinter sich ab.

Als er in den Versammlungsraum zurückkehrte, brachte CNN gerade Werbung von Hotels in Jönköping, in deren Zimmern man CNN empfangen konnte. Dazu wurden Fotos aus Göteborg gezeigt. Carl hielt die beiden russischen Pässe hoch und zeigte sie den sieben anwesenden Personen.

»Hier sind zwei Pässe«, sagte er kurz. »Ihre russischen Kollegen werden mit uns weiterreisen. Was mit Ihnen geschieht ist vorläufig noch unsicher. Wir werden jedoch jeden erschießen, der sich nicht ausweisen kann. Wir wollen also noch mal von vorn anfangen, Monsieur?« endete er mit einer Handbewegung zu dem Mann, der ihm schon einmal mit französischem Akzent geantwortet hatte. Der Mann erhob sich unsicher, warf den anderen Seitenblicke zu, zuckte die Achseln und deutete dann auf das Innere der Baracke.

Carl nickte und zeigte mit der Hand, daß der andere vorgehen solle. Eine Minute später hielt er wie vermutet einen französischen Paß in der Hand, schob den Mann vor sich ins Fernsehzimmer zurück und fesselte ihn mit ein paar Lederriemen. Anschließend wiederholte er die Prozedur mit den anderen, die nacheinander an die Reihe kamen.

Wie sich herausstellte, bestand die Gruppe aus zwei Libyern, zwei Franzosen, einem Briten und zwei Deutschen. Die reine Fremdenlegion, dachte Carl sarkastisch und knallte die Pässe gegen die Handfläche. Dann erklärte er kurz, was geschehen würde. Man werde sie zusammen mit den libyschen Soldaten etwa einen Kilometer weit transportieren. Sie würden gefesselt sein, aber das werde kaum größere Probleme aufwerfen. Mit etwas Geduld und den Zähnen des Nachbarn könne der erste Mann sicher schon im Lauf einer Stunde freigenagt werden. Der Lastwagen sei vollgetankt und imstande, sie sechs bis sieben Stunden in nördliche Richtung zu fahren. Dort könnten sie damit rechnen, auf den ersten libyschen Militärposten zu stoßen.

»Wir haben die Absicht«, fuhr er fort, »wie die Herren vielleicht schon erkannt haben, die Bombe im Laboratorium zu sprengen.«

Als er die besorgten Gesichter der Männer sah und hörte, wie sie miteinander zu diskutieren begannen, brüllte er sie an, sie sollten schweigen. Er erklärte, man werde sie vor der Explosion natürlich in Sicherheit bringen. Anschließend fragte er in lässigem Tonfall, ob jemand eine Frage habe.«

»Sie sind sich der wahrscheinlichen Konsequenzen einer solchen Maßnahme bewußt?« fragte der Franzose, dem er als erstem den Paß abgenommen hatte.

»Ja«, erwiderte Carl im Brustton der Überzeugung. »Dieses Gebiet und die allernächste Umgebung werden für lange Zeit stark kontaminiert sein. Aber Sie und wir sollten es schaffen können, oder?«

Unter den gefesselten Wissenschaftlern brach eine wilde Diskussion aus, doch soweit Carl folgen konnte, gaben sie ihm in der Sache recht. Keiner von ihnen schien jedenfalls an eine Kernwaffenexplosion zu glauben, was deutlich zu merken war. Das war die Hauptsache.

Er ging hinaus und sah auf die Uhr. Noch fünf Stunden bis zum Morgengrauen. Die Männer sollten möglichst bald auf den Weg gebracht werden. Carl entdeckte im Laborsaal einen Wasservorrat. Göran Karlsson hatte mit dem Fotografieren aufgehört und hielt jetzt nur an der Tür Wache. Das Wasser wurde in einem großen Kühlschrank aufbewahrt, der mit Zehn-Liter-Kanistern aus Kunststoff gefüllt war.

Carl wuchtete fünf Kanister auf einen kleinen Bollerwagen und zog sie zu einem Lastwagen auf der anderen Seite des Hofs, wo ein anderer Lastwagen inzwischen mit gefesselten libyschen Soldaten beladen war. Carl warf die Kanister auf die Ladefläche und hielt nach Moona Ausschau, die gerade dabei war, den letzten Libyer auf den Hof zu führen.

»Wir haben da drinnen zwei libysche und fünf westliche Doktor Strangeloves«, sagte er mit einem Seufzer. »Die Libyer genießen in diesem Zusammenhang natürlich arabische Immunität, aber was sollen wir mit den anderen machen? Was meinst du?«

Moona antwortete zunächst nicht, sondern führte ihren letzten Gefangenen zur Ladefläche des Lastwagens und gab Carl mit dem Kopf ein Zeichen, er solle ihr helfen. Als sie den Soldaten gemeinsam hochgewuchtet hatten, packte sie Carl am Ärmel und ging ein Stück vom Lastwagen weg. Sie blickte nachdenklich zu Boden und erweckte den Eindruck, als grübelte sie tatsächlich über das Problem nach.

»Erschieß sie«, sagte sie dann kurz und wandte sich um, als wollte sie weggehen.

»Tu es selbst!« sagte Carl, ergriff sie am Uniformärmel und zeigte auf ihre schallgedämpfte amerikanische Automatikwaffe. »Ich habe versprochen, es nicht zu tun, du aber nicht.«

Sie warf ihm einen ironischen Blick zu, zuckte die Achseln und ging mit energischen Schritten auf die zivile Baracke zu. Einige Augenblicke später hörte er das gedämpfte Rattern ihres Verschlusses, der vor- und zurückglitt, sowie den klingenden Laut der Geschoßhülsen, die zu Boden fielen, als sie ihre Salven abfeuerte.

Danach wurde die restliche Arbeit sehr schnell organisiert. Zwei Mann nahmen einen Jeep und beluden ihn mit Frischwasser aus dem Vorrat im Labor. Ein Mann machte sich bereit, den Lastwagen mit den libyschen Gefangenen wegzufahren, und Moona ging an die Ladefläche und hielt den Libyern einen kurzen Vortrag. Gleichzeitig kam einer der Palästinenser mit zwei gefesselten und unter schwerem Schock stehenden Libyern heraus, die er vor sich her schob und zum Lastwagen brachte; Moona hatte die beiden Libyer also nicht erschossen und sie nur der Hinrichtung ihrer Kameraden beiwohnen lassen.

Als der Lastwagen mit den Gefangenen losrumpelte, fuhr auch der Jeep mit dem Wasservorrat weg, während Carl, Göran Karlsson und Moona zur Basis hinaufgingen.

Zwanzig Minuten später war alles bereit. Alle waren zur Basis zurückgekehrt, und der Jeep war inzwischen zurückgefahren worden.

Sie gingen zu ihrem Beobachtungspunkt hinauf. Carl nahm seinen Sender, zog die Antenne heraus und aktivierte das Gerät. Die roten Digitalzahlen teilten mit, daß er jetzt nur den Knopf zu drücken brauchte. Es lag etwas Feierliches und Erschreckendes in diesem Augenblick, das schwer zu begreifen war.

»Du bist sicher, daß es nicht das Letzte wird, was wir sehen?« fragte Moona in dem reichlich verwegenen Versuch, über die Situation zu scherzen.

»Du bist unser kommandierender Offizier. Du sollst die Ehre haben«, sagte Carl amüsiert und reichte ihr den Sender.

Moona nahm ihn wie selbstverständlich entgegen, betrachtete den roten Knopf, holte einmal tief Luft und drückte.

Sie sahen die Flammen und das Dach, das sich bei der Explosion in die Luft erhob, ein paar Sekunden früher, als sie das Donnern hörten. Explosionsreste flogen hunderte Meter in die Wüste, und gleichzeitig begann ein heftiger Brand. Die Flammen waren so grell, daß sie ihre Nachtbrillen abnehmen mußten, um nicht geblendet zu werden.

»Gentlemen«, sagte Moona auf englisch, wie es einem CO anstand, »wir haben soeben einen Augenblick der Weltgeschichte miterlebt. Jetzt sollten wir uns aber schnellstens aus dem Staub machen, damit wir auch die Chance haben, irgendwann davon zu erzählen.«

Sie gingen schnell zur Basis hinunter, wo das meiste schon abfahrbereit war. Während die beiden Russen auf je ein Dromedar gewuchtet wurden und ein paar schnelle, notdürftige Anweisungen erhielten, von denen sie nicht viel zu begreifen schienen, rannten Carl und Göran Karlsson zu ihrem Sender hinauf und schalteten ihn ein. Göran Karlsson saß an der Tastatur bereit, doch Carl schien zu zögern.

»Was soll ich senden?« fragte Karlsson erstaunt. Er schien sich nicht bewußt zu sein, daß es da verschiedene Alternativen gab.

»Sende folgendes«, wies ihn Carl nachdenklich an. »Trident an Basis. Ziel zerstört. Folgenden Code weiterbefördern: Green Dragon Dead. Position zum Abholen wird in vierundzwanzig Stunden mitgeteilt. Mitteilung bestätigen. Ende.«

»Sollen wir nichts darüber sagen, wo sie uns abholen sollen?« fragte Göran Karlsson verwirrt, als er die Mitteilung eintippte.

»Nein«, sagte Carl. »Wir wollen jetzt kein Risiko eingehen. Ich erkläre es dir später.«

Sie blickten wie verhext auf ihr Funkgerät, und es dauerte fast eine Minute, bis die Antwort auf dem Display erschien:

Basis an Trident. Gratuliere. Mitteilung Green Dragon Dead soeben abgegangen. Wie zum Teufel sollen wir euch rausholen, wenn ihr nicht sagt, wo ihr in vierundzwanzig Stunden seid?

»Sam hat nicht unrecht mit dem, was er sagt«, sagte Göran Karlsson.

»Sende folgende Mitteilung«, sagte Carl, als hätte er Göran Karlssons Worte nicht gehört. »Trident an Basis. Wir brechen jetzt auf. In vierundzwanzig Stunden teilen wir Position zum Abholen mit. Ende.«

»Ist das alles, was ich senden soll?« fragte Göran Karlsson, obwohl er die Mitteilung schon eingetippt hatte und gerade auf den Sendeknopf drücken wollte.

»Ja«, entgegnete Carl kurz. »Dann machen wir den Laden hier dicht und nehmen das nächste Kamel in die Freiheit.«

Er wandte sich um und ging demonstrativ durch das Geröll zu den anderen, die jetzt so gut wie abmarschbereit zu sein schienen. Göran Karlsson gehorchte nach einigem Zögern und eilte dann hinterher. Fünf Minuten später waren sie unterwegs in die Dunkelheit.

Die Nacht war nicht klar, was ihr Tempo auf ein Minimum reduzierte. Überdies pfiff ihnen ein zunehmender Gegenwind ins Gesicht, so daß sie ihre dicken Wollmäntel immer enger um sich ziehen mußten. Sie waren auf dem Weg in einen Wüstensturm, der sich als verheerender Sandsturm erweisen würde, wenn sie die Sandwüste erreichten. Sie gingen genau in die Richtung, aus der sie gekommen waren. Und dort lag ein Meer aus Sand, der jetzt bis in mehrere Kilometer Höhe aufgewirbelt wurde und sich ihnen entgegenstürzte.

Samuel Ulfsson fühlte sich zutiefst bewegt. Es war zwei Uhr nachts, und er hatte das Funkgerät in sein Amtszimmer bringen lassen. Jetzt befand er sich in Gesellschaft mehrerer Personen mit Bartstoppeln und dunklen Ringen unter den Augen, denen aus verschiedenen Gründen bekannt war, was irgendwo da draußen vorging. Die Anwesenheit der beiden Funker war selbstverständlich. Luigis und Åkes Anwesenheit war weniger selbstverständlich, doch Samuel Ulfsson hatte in einer Mischung aus sozialen und operativen Überlegungen beschlossen, daß er notfalls alles in die Schlacht werfen mußte, was an Reserven verfügbar war, wenn dort unten Verstärkungen gebraucht wurden. Vermutlich waren aber die rein sozialen Motive entscheidend gewesen, als sollte sich die Familie vor einer großen Entscheidung versammeln.

Der Raum war voller Rauch und überquellender Aschenbecher, da Samuel Ulfsson unablässig geraucht hatte. Überall standen leere Thermoskannen und Plastikbecher mit abgestandenem kaltem Kaffee.

»Teufel«, flüsterte Åke Stålhandske tief erschüttert. »Wir haben es geschafft. Wir haben ihre Wasserstoffbombe gesprengt. Teufel auch! Dieses Ding, das sie an uns vorbeigeschmuggelt haben, aber jetzt ist das Scheißding gesprengt. Du glaubst doch nicht, daß Carl sich einen Scherz mit uns erlaubt?«

Samuel Ulfsson, an den die letzte Frage gerichtet gewesen war, unterdrückte instinktiv den Impuls, laut loszulachen.

»Nein«, sagte er mit bemühtem Ernst. »Green Dragon Dead. Diese Mitteilung hat einen Inhalt, der vollkommen klar ist. Die Bombe ist gesprengt. Wie gesagt, wir haben es geschafft. Jetzt kommt es nur darauf an, daß die Jungs mit heiler Haut davonkommen.«

»Warum gibt er seine Position nicht an?« fragte Luigi gequält und strich sich über die Augen. Die Anspannung nach dem langen Warten des Abends ließ allmählich nach. Er erkannte erst jetzt, daß es für sie, die hier oben gesessen und auf ein Funkgerät gestarrt hatten, vielleicht unerträglicher gewesen war als für die, die dort unten waren und die ganze Zeit gewußt hatten, was gerade passierte.

»Er muß ja einen Grund für seine Halsstarrigkeit haben«, überlegte Samuel Ulfsson, zuckte gleichzeitig jedoch die Achseln, um zu zeigen, daß er wirklich keine Ahnung von diesem Grund hatte.

Bevor jemand im Raum wieder etwas sagen konnte, begann die gesondert eingerichtete Faxlinie mit Direktkontakt zum Pentagon zu arbeiten. Samuel Ulfsson stand auf, trat an das Gerät und las schweigend, als das einzige Blatt Papier ausgespuckt worden war.

»Ja«, sagte er, während er weiterlas und sich zu den anderen umdrehte. »Das Pentagon bestätigt eine kräftige Explosion fünf Minuten vor der Mitteilung. Das kann doch stimmen? Fünf Minuten vom Job bis zum Funkgerät, sozusagen? Nun, sie haben so jedenfalls die Position, einundzwanzig Grad Ost, zweiundzwanzig Nord, aber sie sagen, daß atmosphärische Störungen in der Region es im Augenblick unmöglich machen, ein klares Bild von dem zu gewinnen, was dort unten geschieht.«

Alle Anwesenden stürzten sich auf die große Karte des südlichen Libyen, die neben der Tür an der Wand hing. Sie dachten über die Position nach, der Karte zufolge weit draußen im Nichts, und maßen die Entfernung zur letzten bekannten Position bei der Oasa Sarra.

Dann setzten sie sich nachdenklich. Es gab mehrere Dinge, die sie nicht verstanden.

»Wie zum Teufel hat er die Satelliten reingelegt?« fragte Åke Stålhandske. »Und warum?«

»Ich kann weder die eine noch die andere Frage beantworten«, bemerkte Samuel Ulfsson resigniert. »Wir wissen nur, daß er es getan hat. Er hat die Bombe gesprengt, und das Pentagon bestätigt Ort und Zeitpunkt. Das wissen wir jetzt. Den Rest begreife ich auch nicht.«

»Wie zum Teufel verschwindet man in der Wüste?« grübelte Luigi laut.

Bevor jemand Zeit fand, sich an einer Antwort zu versuchen, läutete das Telefon. Samuel Ulfsson sah ironisch auf seine Armbanduhr.

»In Washington ist es erst acht Uhr abends. Da muß jemand unseren Ministerpräsidenten geweckt haben«, sagte er vielsagend und nahm den Hörer mit einer scherzhaft majestätischen Geste ab, die alle im Raum sofort zum Schweigen brachte.

»Samuel Ulfsson«, meldete er sich knapp und entschlossen und lauschte dann, bevor er den Anwesenden eine fröhliche Miene zuwandte.

»Ja, es stimmt. Wir haben soeben die Bestätigung erhalten, sowohl von unseren Leuten als auch aus Washington. Die Bombe ist gesprengt, das steht jetzt fest.«

Dann lauschte er zunehmend peinlich berührt einer erregten Suada und antwortete verlegen, er wisse es nicht. Es werde noch weitere vierundzwanzig Stunden dauern, bevor er zu diesem Punkt Auskunft geben könne, und darauf wurde das Gespräch recht schnell beendet.

Er legte den Hörer mit einem Seufzer auf und blickte eine Zeitlang grübelnd vor sich hin, bevor er sich wieder an die anderen wandte.

»Der Ministerpräsident ist froh, daß die Bombe gesprengt ist. Er ist aber stinksauer, weil wir nicht sagen können, wo Carl ist«, faßte er kurz zusammen.

»Ich verstehe das Ganze nicht, verdammt«, sagte Åke Stålhandske grübelnd. »Jetzt dürfte es doch nur noch darum gehen, sie so schnell wie möglich da rauszuholen, aber das geht ja nicht, wenn Carl Versteck spielt.«

»Nein«, bestätigte Samuel Ulfsson resigniert. »Das geht nicht. Die Amerikaner haben zwei AWACS-Maschinen in der Region, die aber im Augenblick absolut nichts sehen.«

Er warf einen Seitenblick auf die Mitteilung aus dem Pentagon, bevor er fortfuhr.

»Sie haben zwei Maschinen zum Betanken in der Luft dort unten, Hubschrauberverbände und alles, was dazugehört. Aber sie sehen nichts.«

»Carl muß ja einen Grund haben«, wandte Luigi unschlüssig ein.

»Aber natürlich. Aber was für einen?« fragte einer der Funker, die inzwischen genausoviel wußten wie alle anderen im Raum.

»Ich könnte mir denken«, überlegte Samuel Ulfsson, »daß es damit zu tun hat, daß unser Trupp unleugbar aus verschiedenen politischen Interessen zusammengesetzt ist. Die Palästinenser waren die Voraussetzung dafür, daß wir überhaupt hinkommen konnten. Folglich müssen sie auch einiges zu sagen haben und vertrauen unseren amerikanischen Freunden vielleicht nicht so recht?«

»Aber Carl kann sich doch nicht vorstellen, einfach so aus der Sahara hinauszuspazieren?« wandte Åke Stålhandske ein. Darauf standen alle auf und gingen wieder zu der Karte an der Wand.

Die Wirklichkeit war jedoch immer noch die gleiche, eine unendliche Wüstenlandschaft. Eine Zeitlang stellten alle vermutlich etwa die gleichen Überlegungen an. Carl konnte sich unmöglich mit Hubschraubern zum Ziel begeben haben. Das war vollkommen unmöglich. Das Pentagon hätte es dann jedenfalls schon gewußt. Per Flugzeug war es noch undenkbarer. Auch Fahrzeuge auf der Erde wären beobachtet worden. Aber es war unmöglich, zu Fuß zu gehen. Nach und nach resignierten sie angesichts des Mysteriums und begaben sich wieder ins Zimmer. Jemand schüttelte prüfend die letzte und inzwischen nachweislich leere Thermoskanne.

»Es gibt wirklich nichts, was wir tun können; erst wenn wir uns in vierundzwanzig Stunden wiedersehen«, stellte Samuel Ulfsson fest und machte sich demonstrativ bereit, nach dem sehr langen Arbeitstag nach Hause zu gehen.

Der palästinensische Beduine Abdel Gamal hatte die Expedition so lange dem Sandsturm entgegengetrieben, wie er es überhaupt verantworten konnte. Das Problem waren weniger die Tiere als vielmehr die ungeübten Reisenden. Außerdem mußte er mit äußerster Sorgfalt einen Lagerplatz wählen. Es mußte irgendwo eine windgeschützte Stelle geben, wo sie ihre Zeltbahnen aufspannen und Schutz suchen konnten. Sie mußten einen Platz finden, an dem man schlimmstenfalls eine Woche aushalten konnte, obwohl jetzt Frühling war und der Sturm vermutlich schon recht bald vorbei sein würde.

Seine Kaltblütigkeit bei diesen Entscheidungen war größer, als seine Mitreisenden zu schätzen wußten. Als sie hustend und schnaubend, die Schals notdürftig vors Gesicht gespannt und in dem heißen, trockenen, staubigen Wind halbblind, ihr Lager aufschlugen, waren die meisten wohl der Meinung, sie seien viel zu weit geritten. Sie dachten, dieser Wüstensohn sei unnötig heldenhaft gewesen und habe mit ihrem Leben gespielt, nur um seine arabische Würde, seine stoische Ruhe oder etwas in der Richtung unter Beweis zu stellen.

Doch so war es nicht. Er hatte nämlich erkannt, daß einstweilen die Satellitenüberwachung außer Gefecht gesetzt war und daß es nun um so besser sein würde, je weiter vom Ziel man sie als Beduinenlager entdeckte. Außerdem ging es darum, irgendwo wirksamen Schutz zu finden, und da man nichts sehen konnte, blieb nur eins: Immer geradeaus weiterzureiten, bis irgend etwas auftauchte. Er selbst war der Meinung, Glück gehabt zu haben. Sie hatten bei einer fünfzig Meter hohen senkrechten Felswand angehalten, die leicht überhing und in der Ebene in etwas endete, was fast wie Höhlen aussah. Schon als sie in die Nähe kamen, spürte er, wie der Wind allmählich nachließ. Er hatte schnell dafür gesorgt, daß die Tiere entladen und in Sicherheit gebracht wurden. Sie brauchten jedoch bedeutend weniger Schutz als die Menschen. Dann hatte er alle ermahnt, sorgfältig die Zeltbahnen an der Felswand zu befestigen und darunter Schutz zu suchen.

Carl hatte sich um die beiden Russen gekümmert und sie in eine kleine Höhlung unter der Felswand hinuntergeschubst, bevor er das schützende Gewebe aus schwarzer Ziegenwolle aufspannte und mit einer neuen Wasserflasche in der Hand zu den beiden Gefangenen hinunterkroch. Erst dann riß er sich das schützende Tuch vom Kopf. Alle drei waren sichtlich mitgenommen, erholten sich jedoch schnell, als sie erkannten, daß sie normal atmen konnten. Über ihnen brüllte der Sturm, aber sie saßen im Windschatten im Dunkeln und in spürbarer Geborgenheit.

Es dauerte einige Zeit, bis die beiden Russen sich so weit erholt hatten, daß sie, womit Carl gerechnet hatte, mit ihm sprechen wollten.

»Junger Herr Offizier«, keuchte schließlich einer der beiden. »Wenn dies unsere Rettung sein soll, von der Sie so schön gesprochen haben, muß ich Ihnen sagen, daß ich mich kritisch dazu stelle.«

»Aber selbstverständlich«, erwiderte Carl lachend. »Heißt es nicht in einem russischen Sprichwort, auf dem Weg zur Erlösung bestehe das Leben aus einer unendlichen Reihe von Mühen?«

»Ja, doch, ungefähr so«, brummte die Stimme in der Dunkelheit zur Antwort.

»Was ist mit unseren Kollegen passiert?« fragte der zweite Russe.

»Die sind tot«, erwiderte Carl mit einem besonders lakonischen russischen Tonfall, den er lange geübt hatte.

Es dauerte eine Weile, bevor einer der anderen sich äußerte.

»Wenn ich Sie aber recht verstehe, Herr Offizier, haben Sie also die Absicht, uns nicht sterben zu lassen?« fragte schließlich eine der Stimmen.

»Ja«, sagte Carl lakonisch. »Wenn Sie sterben, liegt es nur daran, daß Sie sich auf einen Skorpion gesetzt haben. Wenn wir Sie hätten töten wollen, lägen Sie jetzt bei Ihren Kollegen, dann hätten wir Sie bei diesem abenteuerlichen Kamelritt nicht mitgeschleppt.«

»Wir hatten in unserer Basis ein Serum gegen Skorpione«, sagte einer der Russen traurig.

»So etwas haben wir auch dabei«, entgegnete Carl amüsiert. »Wenn es also in den Hinterteilen der Herren stechen sollte, teilen Sie es mir bitte mit. Übrigens, es ist vielleicht an der Zeit, daß wir uns bekannt machen. Mein Name ist Admiral Hamilton vom militärischen Nachrichtendienst Schwedens. Einer von Ihnen hört auf den ungewöhnlichen Namen Dimitrij Gogol, der an Literatur denken läßt. Wer von Ihnen ist es?«

»Das bin ich«, erwiderte die Stimme rechts von Carl, der sich zwischen die beiden Männer gesetzt hatte.

»Nun, und wer hat den eher an Sport erinnernden Namen Boris Petrow? Das müssen dann wohl Sie sein, mein Herr«, sagte Carl munter und versetzte dem links von ihm sitzenden Mann einen Rippenstoß.

»Ja, richtig, aber wieso Sport?« knurrte der so Angesprochene.

»Sie enttäuschen mich, Herr Professor. Interessieren Sie sich nicht für Eishockey, oder liegt es nur daran, daß Schweden jetzt Weltmeister ist?« sagte Carl mit sichtlich gespielter Entrüstung.

»Ach so, Sie meinen diesen Petrow«, sagte Petrow mürrisch. »Der Mittelstürmer von CSKA, ja, der war ein sehr guter Eishockeyspieler.«

»Gut«, sagte Carl mit etwas geschäftsmäßigerem Tonfall. »Lassen Sie uns jetzt von der Zukunft sprechen. Ich meine, wenn wir diese vorübergehenden Unannehmlichkeiten überstanden haben.«

Er leitete seinen kurzen Vortrag scherzhaft mit der Äußerung ein, er wolle den Herren die allerbesten Empfehlungen mitgeben, wenn er sie einem westlichen Nachrichtendienst übergebe. In erster Linie werde es dann um die Frage gehen, wie russische Wissenschaftler mit strategisch gefährlichem Wissen in Libyen hätten landen können. Vor allem die Antwort auf diese Frage sei sehr viel Geld wert.

Wohl von bedeutend größerem Informationswert für die beiden sei nach Erreichen westlichen Territoriums die folgende Tatsache: Es werde dann unmöglich sein, sie hinzurichten. Was in der Wüstenbasis mit ihren Kollegen geschehen sei, lasse sich damit nicht vergleichen; auf libyschem Territorium könnten westliche Nachrichtendienste jeden x-beliebigen Menschen töten. In den USA, Frankreich oder Schweden sei so etwas aus juristischen wie moralischen Gründen unmöglich. In der libyschen Wüste seien ihr Leben und ihr Wissen nicht mehr wert als auch nur ein halbes dieser Kamele, welche die Voraussetzung für die Freiheit seien. In Washington sei ihr Leben und ihr Wissen unendlich wertvoll und zudem durch das Gesetz geschützt. So sei es nun mal. Das sei möglicherweise nicht ganz logisch, von der Moral ganz zu schweigen, aber eben eine Tatsache.

Er habe den »Herren« – er benutzte absichtlich und konsequent die höfliche altrussische Anrede statt des Worts »Genossen« – einen einfachen Rat zu geben, nämlich sich so teuer wie möglich zu verkaufen. Mit einer wichtigen Einschränkung jedoch: Sie dürften nicht lügen.

Dann drehte er sich um, wühlte sich in den lauwarmen und, wie zu hoffen stand, skorpionfreien Sand, um eine bequeme Schlafstellung zu finden, und schlief sofort ein.

Der Sandsturm legte sich früh am nächsten Morgen wie durch Zauberhand. Die GPS-Instrumente zeigten mit unerbittlicher Genauigkeit, daß sie sich bisher nur ein paar Dutzend Kilometer von dem zerstörten Kernwaffenlabor entfernt hatten.

Carl war früh aufgewacht und machte einen Rundgang zu den kleinen Schlafgruben der anderen, die aussahen, als wären sie eingeschneit. Er suchte Moona, zog sie mit gespielter Brutalität hoch und reichte ihr einen großen Wasserkanister. Verschlafen wusch sie sich den fast weißen Puder des feinen Sandes ab, der ihr ganzes Gesicht bedeckte und ihr schwarzes Haar getönt hatte.

»Nun«, sagte er freundlich, nachdem sie sich frisch gemacht hatte und ihn freundlich mit zwei großen, klaren Augen anblinzelte. »Die Stunde der Entscheidung rückt näher. Vorschläge?«

»Alle Palästinenser kehren zur Basis zurück. Alle Nicht-Palästinenser bleiben hier. Wir halten Funkkontakt. Ihr habt genügend Wasser und Lebensmittel, um eine Woche zu überleben. Wenn unser Funkkontakt abbricht, wißt ihr, daß sie uns getötet haben. Oder umgekehrt.«

Carl dachte über das nach, was er gehört hatte, und nickte mit dem Kopf.

»Bei diesem Wetter schafft ihr mehr als fünfzig Kilometer, bis ihr wieder kampieren müßt«, stellte er fest. »Unsere Funkgeräte für die interne Kommunikation reichen für diese Entfernung gerade aus. Die Batterien sind noch in Ordnung, und du und ich haben die Ausrüstung ständig bei uns?«

»Ja«, erwiderte sie knapp. »So soll es sein. *Inschallah*, so Gott will, sehen wir uns wieder.«

»Ja, natürlich sehen wir uns wieder, wenn Gott es will«, erwiderte er ohne den leisesten Anflug von Ironie. »Du nimmst die gesamte Ausrüstung mit Ausnahme einiger Waffen mit. Ich behalte Waffen hier, es dürfen auch gern ältere sein. Wir sehen uns wieder, *Inschallah*.«

»Uns ist jedenfalls eine verteufelt gute Operation gelungen«, sagte sie und wandte sich ab.

»Ich weiß«, sagte er. »Jetzt bleibt nur noch abzuwarten, ob Leute wie du und ich entbehrlich sind.«

»Palästinenser sind *immer* entbehrlich«, entgegnete sie aggressiv.

»Ich weiß. Aber wie sollen sie euch töten, uns aber nicht, und es uns dann erklären? Ich habe eine Lebensversicherung im Gepäck.«

»Hast du deshalb diese Russen mitgeschleppt?« fragte sie mit überraschendem Entzücken.

»Nicht nur deshalb«, erwiderte er verlegen. »Aber diese beiden Figuren sind verdammt wertvoll. Wie geht es unserem palästinensischen Wissenschaftler?«

»Er ist unglaublich wütend, weil er die Bombe nicht ›inspizieren‹ durfte. Er ist aber immerhin dabeigewesen, und das ist politisch wichtig. Wenn wir überleben, überlebt auch er, das ist zwar nicht politisch von Bedeutung, aber doch wichtig.«

»Tröste ihn und richte ihm von mir aus, daß das Ding aussah wie eine drei Meter lange Wurst aus Stahl, nicht mehr und nicht weniger«, lachte Carl. »Seine Funktion bestand nur darin, uns zu begleiten und dann zu überleben. Bisher sieht es damit ja ganz gut aus.«

»Ja«, sagte sie ernst. »Aber gleich sind wir diejenigen, die in die Wüste hinaus sollen, um uns auf einer offenen Fläche zu exponieren. Können die Satelliten uns sehen?«

»Ja«, sagte Carl ernst. »Sie können euch sehen. Sie sind aber schon recht lange blind gewesen. Die Explosion haben sie aber gesehen. Ich habe mitgeteilt, daß wir die Bombe gesprengt haben.«

»Ist die Nachricht durchgekommen?« unterbrach sie ihn eifrig.

»Ja«, sagte er. »Sie ist durchgekommen. Sie wissen, daß wir die Bombe gesprengt haben, aber dann hat der Sandsturm sie genauso geblendet wie uns. Jetzt suchen sie die gesamte Region ab. Sie werden euch finden, eine Gruppe von Kamelen auf dem Weg durch die Wüste. Typische Beduinen zwar, aber verdächtig nahe beim Ziel.«

»Was passiert dann?«

»Eins passiert mit Sicherheit: Sie werden euch verdammt genau unter die Lupe nehmen. Anschließend folgen eine komplizierte Bildanalyse und mit Sicherheit eine komplizierte wissenschaftliche Auseinandersetzung darüber, was man sieht oder nicht sieht. Es wäre vorteilhaft, wenn ihr euch von Zeit zu Zeit zu erkennen gebt. Dazu ist beispielsweise nur nötig, daß du dein Kopftuch abnimmst und dir das Haar zurückstreichst. Die anderen sollten gelegentlich etwas Ähnliches tun.«

»Damit sie sehen, daß wir nur wertlose Araber sind?«

»Genau. Wenn ihr nur Araber seid, töten sie euch nicht. Sie suchen nach etwas, was man auf amerikanisch zwei kaukasische Männchen nennt. Sie wissen noch nicht, daß wir zu viert sind. Wenn sie bei euch keine kaukasischen Männchen finden, wage ich die Behauptung, daß sie euch nicht umbringen.«

»Warum nicht?«

»Weil ihr das falsche Ziel seid.«

»So einfach?«

»Ja, so einfach.«

Sie erhob sich ein wenig steifbeinig. Es sah aus, als hätte sie schlecht geschlafen. Sie blinzelte zum Himmel.

»Na schön«, sagte sie, »wir brechen auf. Noch eine letzte Frage. Können sie unseren Funkkontakt verfolgen?«

»Guter Einwand«, gab er nachdenklich zu. »Ja, das können sie, wenn unsere Kommunikation in beide Richtungen geht. Wir machen es so. Ich lasse mein Funkgerät ständig eingeschaltet. Du schaltest deins nur ein, wenn du etwas siehst.«

Sie nickte kurz. Es sah aus, als wollte sie noch etwas sagen, doch dann zögerte sie, drehte sich um und begann zu gehen. Er holte sie mit einem schnellen Schritt ein, drehte sie zu sich um und umarmte sie stumm.

Dann stapfte sie in dem weichen Sand los, den der Sturm hergeweht hatte.

Vier westlich gekleidete Männer sahen die Karawane der Unendlichkeit entgegenziehen. Carl und Göran Karlsson hatten ihre ursprüngliche Reisekleidung angelegt. Ihre Jacketts und Krawatten waren im Marschgepäck verstaut, in dem auch die Jacken der Russen lagen, obwohl die Kleidung der beiden Russen weniger westlich wirkte als die der beiden Schweden. Sie trugen eine Art Dritte-Welt-Anzüge, wie sie vor zwanzig Jahren modern gewesen waren.

Sie hatten einen Tag vor sich, an dem ihnen nichts als Warten bevorstand.

Sie machten Frühstück, brühten Tee und aßen trockenes Brot und getrocknetes Ziegenfleisch. Dann räumten sie auf und legten sich schlafen, während die Hitze Stunde für Stunde größer wurde. Carl kam nicht einmal der Gedanke, daß die beiden russischen Genossen Schwierigkeiten machen könnten, da sie kaum fliehen konnten. Wohin denn? Ihre einzigen verbliebenen Waffen waren zwei uralte, aber gepflegte AK 47, die einige der Palästinenser in einem Anfall von fürstlicher Großmut gegen moderne Waffen eingetauscht hatten.

Die beiden Schweden und die beiden Russen legten sich unter die Zeltbahnen und dösten oder verschliefen den Tag. Jeder einzelne hatte reichlich Zeit, über sein Leben nachzudenken, und das, was gewesen war und eventuell hätte anders sein können. Über das, was kommen würde, wußte keiner von ihnen etwas Sicheres. Die Zeit stand still, weil sie sich in der unendlichen Sahara befanden und weil es ihnen vorkam, als gäbe es nichts zu sagen.

Carl hatte mit eingeschaltetem Funkgerät geschlafen und drückte jetzt den Knopf, der in Moonas Kopfhörer irgendwo weit weg ein Pfeifen auslösen würde.

Sie unterhielten sich kurz miteinander. Ihre Expedition sei voll sichtbar bei strahlend klarem Wetter den ganzen Tag durch die Wüste gegangen. Nichts sei geschehen, sie hätten kein Flugzeug gesehen. Er sagte, es sehe gut aus, und wollte die gewagte Kommunikation damit beenden, legte sicherheitshalber aber zwei Informationen nach, wovon die eine für die Lauscher dort oben gedacht war. Die zweite für sie. Als erstes sagte er, den beiden russischen Wissenschaftlern gehe es ausgezeichnet, und diese freuten sich schon darauf, in der neuen Weltordnung deprogrammiert zu werden. Dann sagte er mit einer Formulierung, die sie selbst einmal vor langer Zeit verwendet hatte, daß er Liebe für sie empfinde. Damit beendete er das Gespräch.

Anschließend begannen er und Göran Karlsson, die Zeltbahnen von Sand zu befreien, und stellten dann einige metallene Gegenstände sichtbar davor. Göran Karlsson tat genau das, was Carl ihm sagte, obwohl er nicht verstand, welche Absicht dahintersteckte.

Als das kleine Lager so hergerichtet war, daß man es aus der Luft sehen konnte, öffnete Carl einen der wenigen verbliebenen Metallkoffer und begann, die amerikanische Funkausrüstung zusammenzubauen. Er zog Göran Karlsson hinzu, um ihn wegen einer Neuerung zu befragen, die er nicht kannte. Dann aktivierte er den Notsender und befahl den anderen, die restliche Ausrüstung einzupacken und mitzunehmen.

Sie gingen zehn Minuten, bis Carl zufrieden zu sein schien. Dann montierte er die Antenne seines schwedischen Codesenders und schaltete den Strom ein. Von jetzt an konnten sie Mitteilungen empfangen. Mit fast feierlichen Bewegungen baute er danach die amerikanische Ausrüstung auf, die etwas sperriger und überdies für Stimmenkommunikation und Klartext gedacht war, als hätten die Amerikaner sie der geheimen Ausrüstung für Codes und Schnellsendungen nicht für würdig befunden.

Sie saßen so, das sie ihr verlassenes und deutlich markiertes Lager sehen konnten. Die drei anderen blickten Carls Arrangement fragend an, doch die beiden russischen Wissenschaftler wagten es ebensowenig wie Göran Karlsson, Fragen zu stellen oder Einwände zu erheben. Carl bastelte eine Zeitlang noch an der Ausrüstung herum, bevor er etwas sagte. Dann drehte er sich fast heiter zu den drei anderen um.

»Wie ist dein Russisch, Göran?« fragte er auf schwedisch.

»Nicht vorhanden, fürchte ich, außer den paar militärischen Ausdrücken, die jeder beherrscht«, erwiderte Göran Karlsson peinlich berührt.

»Na schön«, sagte Carl, »dann erkläre ich die Voraussetzungen erst auf russisch und danach dir.«

Er wandte sich an die beiden Russen und sprach eine Zeitlang ruhig und in scherzhaftem Ton. Göran Karlsson konnte nur feststellen, daß Carls Tonfall in auffälligem Kontrast zum Gesichtsausdruck der beiden Männer stand.

»Also, ich habe ihnen folgendes erklärt«, sagte Carl auf schwedisch, als er mit den beiden Russen fertig war. »Da hinten steht ein aktivierter Notsender. Ich werde jetzt Funkkontakt zu unseren lieben Freunden in dem großen freien Land im Westen aufnehmen. Dann werden wir sehen, was passiert.«

»Was passiert?« fragte Göran Karlsson verwirrt.

»Eins von zwei Dingen«, sagte Carl lässig. »Entweder wird dieser Platz da hinten in etwa einer Stunde kaputtgebombt, oder aber wir hören das freundliche Geräusch von Hubschrauberrotoren in der Luft. Spannend, was?«

Er drehte sich schnell um und schaltete sein amerikanisches Gerät ein. Er meldete sich mit dem Signal Trident. Eine Zeitlang pfiff und jaulte es. Es hatte den Anschein, als wäre noch keine Verbindung zustande gekommen. Doch dann ließ sich eine unverkennbar amerikanische Stimme vernehmen, die Carl mitteilte, man könne ihn klar und deutlich hören. Carl gab die Position an, und zwar auf den Meter genau die Position des scheinbaren Lagers, das sie eben errichtet hatten. Er teilte mit, sie seien zwei Verbündete und zwei russische Kriegsgefangene, und sie warteten darauf, möglichst schnell hier rausgeholt zu werden.

Die Stimme versicherte, man habe die Position und sei praktisch schon unterwegs. Carl brauche nur in aller Seelenruhe abzuwarten, und damit war die Verbindung beendet.

»Jetzt werden wir sehen«, sagte Carl und schaltete das Gerät ausschließlich auf Empfang.

»Was werden wir sehen?« fragte Göran Karlsson verwirrt.

»Ob der Drachen kommt oder Sankt Georg«, erwiderte Carl. Er

legte sich in den Sand, faltete die Hände im Nacken und starrte zum Sternenhimmel hinauf.

»Wann werden wir mit der Heimatbasis Kontakt aufnehmen?« fragte Göran Karlsson, der noch immer nichts verstand.

»In einer Stunde«, erwiderte Carl schläfrig. »Dann wissen wir, ob es Sankt Georg oder der Drache ist. Nicht der grüne Drache. Der blaue, der blutrünstigste von allen.«

Göran Karlsson folgte zögernd Carls Beispiel, legte sich hin und blickte zum Sternenhimmel hoch. Er fand den Großen Wagen an einer unerwarteten Stelle, suchte weiter, bis er den Polarstern entdeckte, und zog in Gedanken eine Linie in Richtung Heimat.

Eine Stunde verging unter gequältem Schweigen, in einer quälenden Ungewißheit, die sich keiner der vier eingestehen wollte.

Dann war in der Ferne ein unverkennbares Donnern zu hören. Düsenflugzeuge näherten sich.

»Okay«, sagte Carl, der jetzt aufwachte oder nur so tat, während er Göran Karlsson unbeholfen einen Feldstecher reichte. »Wie du hörst, sind es keine Hubschrauber. Kennst du dich bei Flugzeugtypen aus?«

»Einigermaßen«, sagte Göran Karlsson zögernd, als er das Fernglas entgegennahm.

»Wie schade, daß wir den schwedischen Ministerpräsidenten nicht bei uns haben«, bemerkte Carl trocken, während er die Linsen seines Feldstechers abwischte. »Der soll sich gerade bei amerikanischen Maschinen verdammt gut auskennen.«

Das Donnern kam ständig näher, und kurz darauf sahen sie die Stichflammen am Heck. Es waren zwei Maschinen, die sich in niedriger Höhe und mit geringer Geschwindigkeit näherten. Sie hielten direkt in einer Art Scheinangriff auf das vermutete Ziel zu, drehten dann jedoch langsam ab und kamen gleich darauf wieder.

»Es sind F-117-Bomber«, sagte Göran Karlsson, der den Feldstecher fest ans Gesicht preßte.

»Können die in der Luft betankt werden?« fragte Carl.

»Ja«, erwiderte Göran Karlsson, ohne das Fernglas von den Augen zu nehmen.

»Aber hier landen können sie nicht«, sagte Carl mit sichtlicher Verbitterung und warf sein Fernglas von sich.

Die beiden Jagdbomber näherten sich erneut in geradem Angriffsflug dem Ziel, feuerten jedoch keine Raketen ab, sondern drehten plötzlich wieder ab. Die beiden Piloten schalteten die Nachbrenner ein und zogen ihre Maschinen steil nach oben. Kurz darauf war erst ein Überschallknall zu hören, dann ein zweiter.

»Es sind die gegenwärtig elektronisch am besten ausgerüsteten Jagdbomber«, sagte Carl traurig.

»Ja«, erwiderte Göran Karlsson leise. »Sie besitzen sogar Instrumente, mit denen man feststellen kann, ob sich im Ziel biologisches Leben befindet. Was hier nicht der Fall ist. Also sind sie lieber abgehauen.«

Carl saß eine Zeitlang wie gelähmt da, ohne etwas zu sagen. Keiner der anderen wagte seine Überlegungen mit einer Frage zu unterbrechen; die beiden Russen hatten offensichtlich verstanden, daß nichts so war, wie es hätte sein sollen.

Plötzlich wandte sich Carl zu den Russen um und sagte etwas, was sich freundlich als auch entschieden anhörte.

»Ich habe gerade folgendes gesagt«, fuhr er auf Schwedisch fort, »daß wir nämlich jetzt den einen Fallschirm getestet haben. Es hat sich herausgestellt, daß es ein Drachen war und nicht Sankt Georg. Jetzt müssen wir uns an unseren lieben Freund Sam wenden. Her mit dem schwedischen Sender!«

»Was zum Teufel kann Sam denn tun?« fragte Göran Karlsson mißmutig.

»Mehr als du glaubst«, sagte Carl mit so etwas wie neuem Optimismus und schaltete den Sender ein. »Schreib jetzt, was ich diktiere«, sagte er und schaltete sein GPS-Instrument ein, um die exakte Position zu bestimmen.

Zu ihrem Erstaunen kam die erste Mitteilung von Carl zwanzig Minuten vor der festgesetzten Zeit. Der Wortlaut der Mitteilung, den Samuel Ulfsson vor den anderen Anwesenden am liebsten geheimgehalten hätte, als er entdeckte, was tatsächlich dort stand, war ebenso kurz wie dramatisch:

Trident an Basis. Das Weiße Haus hat F-117 geschickt und keine Hubschrauber. Fordere das Recht zu überleben. Zwei russische Kriegsgefangene. Aktiviert Plan B.

»Verdammt«, sagte Samuel Ulfsson konzentriert. »Sende folgende Antwort: Basis an Trident. Gib exakte Position an. Plan B tritt mit sofortiger Wirkung in Kraft.«

Während der Funker wie befohlen diese Mitteilung eintippte, griff Samuel Ulfsson zum Telefon und wählte eine lange Zahlenfolge. Er wartete noch immer mit dem Hörer am Ohr, als die Antwort aus der Sahara auf dem Display aufzutauchen begann. Er drehte sich um und stellte fest, daß dort eine auf den Meter genaue Position angegeben war. Dann nickte er abwehrend und hielt die Hand vor den

Hörer, während er eine kurze Antwort des Inhalts diktierte, daß sie von jetzt an offenen Funkkontakt hätten, daß die Position verstanden und das Gespräch für den Moment beendet sei.

Dann nahm am anderen Ende jemand ab, und zur Verblüffung der anderen begann er ein wenig verlegen eine Art Französisch zu sprechen, bis er verbunden wurde und zu Englisch überging. Er sprach äußerst kurz und knapp mit seinem *lieben Freund*, erklärte, daß es eilig sei und daß es um vier Personen gehe. Dann nannte er die Position. Er legte auf und ging zu der großen Karte.

Die anderen standen schon dort. Jemand stellte die exakte Position fest. Sie lag in verblüffender Nähe des zerstörten Ziels.

Samuel Ulfsson ging langsam zu seinem Schreibtisch zurück und gab den anderen ein Zeichen, sie sollten sich setzen. Er stützte den Kopf eine Zeitlang in die Hand, bevor er etwas sagte.

»Kann einer der Herren mir beschreiben, was zwei anfliegende F-117 zu bedeuten haben, oder müssen wir dazu auch irgendeinen verdammten Flieger anfordern?« fragte er langsam und betonte dabei jedes Wort.

»Jaa«, sagte Luigi zögernd, da keiner der anderen etwas sagen zu wollen schien. »Es handelt sich also um STEALTH-Maschinen, die vom Radar nicht erfaßt werden. Man kann sie in der Luft betanken, und damit haben sie theoretisch eine beliebig große Reichweite. Sie sind mit dem Besten und Raffiniertesten bewaffnet, was es an Raketen und Instrumenten überhaupt gibt. Draußen in der Sahara ... Ja, stell dir vor, du schwimmst draußen im Atlantik, und dann entdecken dich zwei weiße Haie von etwa der Größe wie im Film. Ungefähr so ist die Lage.«

»Aber Carl hat seine Mitteilung doch abgeschickt, *nachdem* die fraglichen Haie ihn besucht hatten«, wandte Samuel Ulfsson fast desperat ein. »Wie ist das möglich?«

»Keine Ahnung«, erwiderte Luigi mit einem Achselzucken. »Ich verstehe es wirklich nicht. Eigentlich kann so etwas gar nicht sein. Diese Maschinen sind mit Infrarot-Instrumenten ausgerüstet, die alles biologische Leben vor den Maschinen erfassen. Wenn dort auch nur ein Kamel gestanden hätte, hätten sie es mit einem Blattschuß erlegen können.«

»Kamel! So hat er es natürlich gemacht«, rief Åke Stålhandske aus, doch die anderen schienen seinen Einfall nur als störend anzusehen.

»Ich glaube, wir haben jetzt eine mögliche Erklärung für Carls anscheinend unerklärliche Abneigung, seine exakte Position anzugeben«, sagte Samuel Ulfsson mit zusammengebissenen Zähnen. »Jetzt, so glaube ich, ist es wirklich an der Zeit, den Ministerpräsidenten zu wecken.«

Das erwies sich jedoch als unmöglich. Erstens nahm niemand unter der Telefonnummer ab, die Samuel Ulfsson als erste probierte. Zweitens erwies es sich unter Hinweis auf irgendeinen technischen Fehler als unmöglich, den Ministerpräsidenten unter der besonderen Krisennummer zu erreichen, die beim Generalstab bekannt war. Die Schlußfolgerung war klar: Da der Ministerpräsident im Augenblick nicht zu erreichen war, nicht einmal im Fall eines Krieges, *wollte* er wohl nicht erreichbar sein.

»Was ist Plan B eigentlich, und warum hast du versucht, französisch zu sprechen?« fragte Luigi, nachdem im Zimmer eine Zeitlang quälende Stille geherrscht hatte, die einer der Anwesenden früher oder später unterbrechen mußte.

»Ich habe mit einem guten Freund gesprochen. Wenn der Leutnant so freundlich sein würde, den Raum zu verlassen. Vielen Dank für heute abend, aber so, wie die Dinge liegen, werden wir selbst mit den Geräten fertig«, sagte Samuel Ulfsson zögernd. Der junge Funker ließ eine Andeutung von Salut erkennen und ging mit ein paar starren Blicken auf die anderen Männer im Raum hinaus.

»Also«, sagte Samuel Ulfsson, als sie allein waren. »Ich bin zwar der Meinung gewesen, daß Carl mit seinen Gedanken konspiratorischer war als erlaubt. Aber in der gegebenen Lage konnte ich ja kaum widersprechen. Jedenfalls bin ich vor kurzem nach Paris geflogen, um mit einem alten Mann in meinem Alter zu sprechen, dem konspiratorische Ideen genausowenig liegen wie mir. Er heißt Louis Trapet.«

Samuel Ulfsson notierte, daß weder Luigi noch Åke auf diesen Namen reagierten, schüttelte lächelnd den Kopf und stand auf. Er nahm einen kleinen Zeigestock und trat an die große Karte.

»Louis Trapet ist kein x-beliebiger Froschfresser. Er ist Chef des DGSE«, begann er und schlug den Zeigestock ungeduldig gegen eine Handfläche. »Unser *back-up* besteht also aus dem militärischen Nachrichtendienst Frankreichs.«

»Den Figuren, die Greenpeace-Leute ermorden«, brummte Åke Stålhandske mißbilligend. »Haben sie Marinetaucher in die Sahara geschickt?«

Samuel Ulfsson machte ein Gesicht, als wollte er polemisch werden, versagte es sich jedoch mit einem demonstrativen Kopfschütteln und hielt dann vor der Karte einen kurzen, aber sehr erhellenden Vortrag.

Frankreich unterhalte seit mehreren Jahren eine reguläre Eliteeinheit im Tschad, unter anderem, um den libyschen Einfluß zu blockieren und französischen Einfluß zu garantieren. Zuletzt im Januar sei diese Einheit mit einem Fallschirmjägerbataillon aus Toulon verstärkt worden. Die Operation im Tschad laufe unter der Bezeichnung SPARROWHAWK. Im Augenblick seien diese Truppen damit beschäftigt, Krieg zu führen. Es sei einer der unauffälligsten Kriege der Welt. Der Präsident, den Frankreich im Tschad abgesetzt habe, mache jedoch im Augenblick den Versuch, von Nigeria aus wieder an die Macht zu kommen, und das halte also den größeren Teil dieser französischen Einheit im Augenblick beschäftigt. Der Zeigestock landete plötzlich im nördlichen Tschad nur gut hundert Kilometer von Carls zuletzt angegebener Position entfernt.

Samuel Ulfsson blickte die beiden anderen im Raum vielsagend an. »Die französischen Hubschrauber sind schon gestartet«, schloß er triumphierend, legte den Zeigestock weg und ging wieder zu seinem Schreibtisch zurück.

Åke Stålhandske und Luigi eilten zur Karte und begannen, Entfernungen zu messen und Benzinverbrauch zu berechnen.

»Macht euch deswegen keine Sorgen«, rief ihnen Samuel Ulfsson von seinem Schreibtisch aus zu. »Das hier ist für die Franzosen ein Heimspiel. Sie haben überall an der libyschen Grenze die Möglichkeit aufzutanken.«

»Und was passiert jetzt, und was machen wir?« fragte Åke Stålhandske, als er sich setzte oder vielmehr fast in einen Stuhl kippte. Die Erleichterung stand ihm ins Gesicht geschrieben.

»Passieren wird hier nicht allzuviel. Wir warten auf einen Anruf aus Faya-Largeau. Louis Trapet ist dort und ruft mich an, sobald die Hubschrauber sich wieder auf dem Territorium des Tschad befinden.«

»Die Amerikaner können hier doch wohl nicht dazwischenfunken?« überlegte Luigi, als wollte er doch noch ein letztes Problem zur Sprache bringen, bevor auch er Åke Stålhandskes demonstrativ erleichterte Miene aufsetzte.

»Nein, das wäre selbst für sie ein zu starkes Stück«, murmelte Samuel Ulfsson trocken. »Dies war das einzige, womit ich Louis Trapet in Versuchung führen konnte, der Möglichkeit, den Amerikanern eins auszuwischen.«

Vier Männer in Anzügen und Halbschuhen, mit lose gebundenen Krawatten und einer einzigen schwarzen Pilotentasche als Gepäck waren draußen in der absoluten Wildnis ein vollkommen unpassender Anblick. Als die Nachtkühle einsetzte, hatten sie ihre Jacketts angezogen.

Carl hatte sich hingesetzt und unterhielt sich leise mit den beiden Russen. Einem von ihnen hatte er seinen Kassettenrekorder mit Musik von Dimitrij Schostakowitsch geliehen, vierundzwanzig Präludien und Fugen, Opus 87, gespielt von Keith Jarret.

Es war Boris Petrow, der um die Musik gebeten hatte. Der Mann, der Dimitrij Gogol hieß, erklärte, sich weder für Musik noch für Literatur zu interessieren. Das lag vielleicht daran, daß sein Name die meisten Menschen dazu brachte, ihm mit seinem Namensvetter auf die Nerven zu gehen.

Er griff mit Carl erneut die Frage auf, was passieren würde, und Carl erklärte ruhig und freundlich, daß die beiden Russen zunächst in den Händen der Franzosen landen würden und man sie ganz einfach als eine Art Bezahlung für die Transportkosten verwenden würde, um es zynisch auszudrücken. Frankreich werde zwei Schweden abholen und dafür mit zwei Russen bezahlt werden.

Es gebe jedoch keinerlei Anlaß zur Besorgnis. Aus französischer Sicht sei es nämlich ein großartiger Spionagetriumph, den Amerikanern den Leckerbissen vor der Nase wegzuschnappen, und außerdem würden die Franzosen ihre russischen Fundsachen sicher nach Verdienst entlohnen. In Frankreich werde man sich in erster Linie sicher für die Frage interessieren, wie die beiden Männer von Rußland überhaupt in die libysche Wüste gekommen waren. Erst in zweiter Linie würde man sie nach ihrer technischen Arbeit befragen und wissen wollen, womit sie sich beschäftigt hatten, wie weit sie gekommen waren und welche Absicht mit der Arbeit verfolgt worden sei.

Carl schlug ein wenig frivol vor, sie könnten bei diesen Gesprächsthemen ja schon ein wenig üben. Er selbst werde ohnehin früher oder später die französischen Berichte zu Gesicht bekommen.

Dimitrij Gogol zuckte die Achseln und begann fast desinteressiert zu berichten. Er sei Professor an einem halbgeheimen Physikinstitut in Moskau gewesen, das sich unter anderem auf Kernwaffen spezialisiert habe, als vor ein paar Jahren in Rußland die Zeit der großen Unordnung begonnen habe. Zu seinem Entsetzen habe er entdeckt, daß er sogar Gefahr lief, arbeitslos zu werden. Doch dann habe er durch Kontaktleute über mehrere Ecken erfahren, daß man ihm für eine bestimmte Arbeit im Ausland großes Geld zahlen wolle. Er hatte zunächst keine Ahnung gehabt, daß es um Libyen, die Wüste und Waffen ging. Ehrlicherweise, so fuhr er fort, müsse er jedoch zugeben, daß ihm recht schnell ein Licht aufgegangen sei, als er den Amerikaner getroffen habe, der das Ganze organisiert habe, einen Mann, der in ganz Moskau offenbar über hervorragende Verbindungen verfüge, obwohl er eigentlich ein Projekt oben in Murmansk verfolge.

Carl nickte still vor sich hin und nannte den Namen Mike Hawkins, bevor der Russe ihn genannt hatte, und murmelte dann, Mr. Hawkins habe wohl überraschend viele Eisen im Feuer, da er offenbar auch bei Gruppenreisen aktiv sei.

Das finanzielle Angebot war so großzügig gewesen, daß Gogol kaum hatte widerstehen können. Die Wissenschaftler bekamen als Lohn für ihre Arbeit von der libyschen Regierung zehntausend Dollar im Monat. Tausend Dollar hatten sie jeden Monat nach Hause schicken können, während neuntausend Dollar auf ein Bankkonto in der Schweiz eingezahlt wurden.

In kaum einem halben Jahr waren sie also reich geworden. Fünfzigtausend Dollar waren eine phantastische Geldsumme und überdies eine Garantie für die Versorgung ihrer Familien in alle Ewigkeit. Nicht wahr?

»Ja«, brummte Carl, »diese Argumentation kommt mir irgendwie bekannt vor. Das hat jedoch natürlich zur Voraussetzung, daß Sie Ihre fünfzigtausend Dollar nach Moskau mitnehmen. Nur dort stellt diese Summe ein Vermögen dar.« Sie verbissen sich eine Zeitlang in ökonomischen Fragen. Der Russe schien zu glauben, daß das Geld im Westen genausoviel wert sei wie in Moskau und er im Lauf eines knappen halben Jahres folglich eine Art Multimillionär geworden sei. Carl bemühte sich mit nur mäßigem Interesse, ihm diese Illusion zu nehmen, und leitete das Gespräch dann ungeduldig zum nächsten Thema über. Womit hätten sie sich dort unten ganz konkret beschäftigt? Was hätten sie getan, und was habe man von ihnen erwartet?

Sie seien dabei gewesen, eine Bombe zu modifizieren, die zunächst als Flugbombe konzipiert gewesen sei, darauf programmiert, in tausend Meter Höhe zu detonieren. Sie hatten das Codesystem ohne größere Mühe bezwungen und die Mechanismen dergestalt umgebaut, daß die Detonation entweder in weniger als hundert Meter Höhe oder ferngesteuert über Funk erfolgen konnte. Das war nicht ganz leicht gewesen, denn sie hatten dort unten weitgehend ohne vernünftige Instrumente arbeiten müssen. Wenn sie etwas anfordern wollten, schienen ihre Bestellungen in der libyschen Bürokratie unterzugehen. Die meisten Probleme hatten sie jedenfalls schon gelöst.

Es blieb noch ein entscheidendes Detail. Man würde die Bombe unmöglich scharf machen können, wenn es nicht gelang, die überalterte Tritium-Komponente durch frisches Tritium zu ersetzen. Das war jedoch im großen und ganzen das einzige, was noch gefehlt hatte, das letzte Hindernis auf dem Weg zu einem wissenschaftlichen Erfolg. Doch dann war es zu dieser Katastrophe gekommen.

Carl unterdrückte den Impuls, dem Russen unter Hinweis auf die bedeutend größere Katastrophe, die gedroht hatte, die Leviten zu lesen. Er erkannte jedoch, daß es zwecklos war. Der Mann schien ein vollkommen phantasieloser und betonköpfiger Wissenschaftsidiot zu sein, für den die Welt nur aus technischen Problemen bestand.

»Wie auch immer«, warf Carl ein, »wie war das nun mit der noch fehlenden Tritium-Komponente?«

»Nun, in Libyen konnten wir sie ja nicht herstellen«, erwiderte Dimitrij Gogol. »Das Problem bestand nicht darin, Lithium zu bekommen, sondern in dem Fehlen eines Reaktors, der Lithium in Tritium umwandeln kann. Soviel ich weiß, handelte es sich um eine Bestellung aus dem Ausland, die kurz vor dem glücklichen Abschluß stand. So habe ich jedenfalls die Nachrichten gedeutet, die ich erhielt, daß nämlich alles in rund einem Monat fertig sein werde.«

Dimitrij Gogol hatte keinen Augenblick darüber nachgedacht, wozu die Bombe verwendet werden sollte, wenn sie erst einmal umgebaut worden war. Er hatte im Lauf der Jahre an sehr vielen Kernwaffen gearbeitet. Entweder wurden sie bei Atomversuchen eingesetzt oder gar nicht. Was Libyen mit der Bombe wollte, wußte er nicht. Es war ihm auch gleichgültig.

Carl wurde der Unterhaltung bald überdrüssig. Die Phantasielosigkeit des Wissenschaftlers widerte ihn an, und außerdem war ihm Mike Hawkins eingefallen. Dieser Mann unterhielt eine ganze Exportorganisation in Sachen Massentod, komplett mit Waffen, Technik und Wissenschaftlern. Überdies war er in einen möglichen künftigen Staatsstreich in Rußland verwickelt. Insgesamt mußte man ihn wohl als Menschheitsfeind Nummer eins betrachten.

Carl dachte kurz an Moonas schnellen und anscheinend selbstverständlichen Entschluß, die nicht-russischen und nicht-libyschen Wissenschaftler zu töten. Diese Entscheidung entbehrte natürlich nicht der Logik. Hätte man diese Leute aus Libyen herausgeschleift, hätten sie nur Schadensersatz wegen entgangenen Arbeitseinkommens verlangt, um dann mit der ersten Maschine nach Tunis zu fliegen und von dort mit dem Taxi nach Tripoli zu fahren. Immerhin hatte die neue Weltordnung noch kein Arbeitsverbot für Libyen erlassen. Verboten war nur, dorthin zu fliegen oder dorthin Waffen zu exportieren.

In der Morgendämmerung, als die Nacht am kältesten war, hörten sie das Hubschraubergeräusch, zunächst sehr schwach, doch dann immer lauter. Die Hubschrauber näherten sich in denkbar geringer Höhe.

Carl ging zu seinem schwedischen Funkgerät und teilte mit, sie hätten jetzt Kontakt mit Hubschraubern, die aber noch nicht identifiziert seien. Während er die Mitteilung sendete, winkte er den anderen zu, sie dürften sich nicht zeigen; noch wußten sie ja nicht, worum es sich handelte. Und wenn es Franzosen waren, hatten diese ja die exakte Position und brauchten nicht zu suchen.

Als die beiden Hubschrauber einschwebten und über ihnen noch eine enge Runde drehten, erhielt Carl Antwort aus Stockholm. Samuel Ulfsson bestätigte, daß es die Franzosen sein müßten. Als die Hubschrauber langsam niedergingen, um fünfzig Meter entfernt aufzusetzen, setzte Carl seine Nachtbrille auf und sah sofort die französischen Hoheitszeichen. Dann schickte er noch eine letzte Mitteilung an Samuel Ulfsson, in der er die Ankunft der Franzosen bestätigte. Er packte schnell seine Funkausrüstung zusammen, riß die Antenne heraus und ließ sie in ihrem provisorischen Gestell hängen.

Die drei französischen Fallschirmjägeroffiziere, die aus dem ersten Hubschrauber heraussprangen und in der Sandwolke geduckt zu dem Platz liefen, an dem sich das Ziel befinden sollte, waren gezwungen, kurz stehenzubleiben und sich die Augen zu reiben.

Als sie aufblickten, fiel es ihnen schwer, ihren Augen zu trauen. Vor ihnen standen vier staubige Personen in Anzügen und Halbschuhen. Einer der Männer hatte eine Pilotentasche in der Hand, ein anderer trug zwei Maschinenpistolen, die zusammengeklappt waren und an einem Riemen über der Schulter hingen, und zwei waren ohne jedes Gepäck.

»Herr Admiral Coq Rouge!« rief einer der französischen Offiziere aufs Geratewohl zu der Gruppe.

Carl trat vor und machte eine Andeutung von Ehrenbezeigung. Dann liefen alle auf den Hubschrauber zu, hinein in die Staubwolke, welche die surrenden Rotoren aufwirbelten. Hilfreiche Hände hievten sie hinein, und während der letzte Fuß, der von Carl, den Sand der Sahara verließ, stieg der Hubschrauber steil auf und ging mit Höchstgeschwindigkeit auf südlichen Kurs.

Carl drängelte sich zum Chefpiloten durch, stellte sich vor und bat um eine kurze Lagebeschreibung, die er umgehend und in gutem Englisch erhielt.

Alles sah gut aus. Die Franzosen überwachten die gesamte Region aus der Luft; in der Nähe befanden sich keine anderen Flugzeuge oder Hubschrauber, und sie würden in fünfunddreißig Minuten die Grenze zum Tschad überfliegen. Sie befanden sich praktisch schon jetzt in Sicherheit. Carl nickte, klopfte dem Piloten dankbar auf die Schulter und ging in die Kabine zurück, in der es ihm gelang, sich zwischen zwei französische Soldaten zu quetschen und einzuschlafen. Offenbar konnte er in einem Hubschrauber ebensoleicht einschlafen wie in einem gewöhnlichen Flugzeug. Das war das letzte, was er vor dem Einschlafen dachte. Er schlief zeit- und traumlos, als schwebte er im Nichts.

Als sie nach ein paar Stunden auf der Basis Faya-Largeau landeten – sie waren unterwegs einmal heruntergegangen, um zu tanken, ohne daß Carl sich die Mühe gemacht hatte aufzuwachen –, war die Sonne schon aufgegangen.

Sie befanden sich nicht mehr in der Wüste, sondern in einer Savanne mit dichtem Buschwerk und vereinzelten Bäumen. Draußen auf der Landebahn stand ein ganzes Empfangskomitee. Die Uniformen der Männer flatterten im Wind der Rotoren der beiden landenden Hubschrauber.

Carl hatte fast das Gefühl, zu einem Staatsbesuch einzutreffen, als er als erster ausstieg, wozu er höflich aufgefordert worden war. Er trat auf die vier Offiziere zu, die ihm die Hand gaben und sich der Reihe nach vorstellten. Es waren der Chef der Basis, ein Brigadegeneral Lapointe, dessen Stellvertreter, eine dritte Person, von der Carl weder Namen noch Funktion verstand, und danach »Le Renard« höchstpersönlich, »der Fuchs«, Generalmajor Louis Trapet.

Die beiden Russen wurden diskret beiseite geführt, während Carl seinen schwedischen Mitarbeiter vorstellte. Die Gruppe ging langsam zu den niedrigen Gebäuden am hinteren Ende des Flugfelds, wo sie gelandet waren.

Die Franzosen wiesen ihnen Zimmer mit Dusche, Badewanne, WC und Bidet an. Toilettenartikel und Ersatzkleidung lagen bereit. Man einigte sich darauf, daß die schwedischen Gäste eine halbe Stunde Zeit brauchten, um sich frisch zu machen, bevor man sich zu einem gemeinsamen Arbeitsfrühstück traf.

Es war wie ein Traum zu duschen. Es war nicht nur angenehm, den mit Staub und Sand gemischten Wasserstrom in den Abfluß wirbeln zu sehen, während man selbst sauber wurde, nicht nur das fast sinnliche Erlebnis, das Haar mit Shampoo einzuschäumen, sich zu rasieren und mit vollkommen sauberen Leinenhandtüchern abzureiben, um anschließend das schuppige und leicht rötlich verbrannte

Gesicht mit französischem Eau de Cologne einzureiben. Es war alles so trivial und wirklich, so alltäglich und typisch für eine Zivilisation, die zwar nur einige Flugstünden von der Wüste entfernt war, im Moment jedoch wie eine buchstäblich andere Welt erschien.

Carl zog dankbar saubere Unterwäsche an und warf seine eigene in einen Papierkorb. Er fand ein sauberes und auffallend elegantes Seidenhemd in changierendem Mitternachtsblau, das ihn an Abu Lutuf in Tunis denken ließ. Er entdeckte sogar einen Hosenbügler, wie man ihn in besseren Hotelzimmern findet. Er benutzte ihn dankbar, während er mit einer Kleiderbürste sein Jackett bearbeitete. Dieses gab jedoch deutlich zu erkennen, daß der feine, staubartige Sand erst bei der nächsten chemischen Reinigung verschwinden würde; der Sand war sogar in seine verschlossene Reisetasche eingedrungen, in der die Kleider während des Sturms gelegen hatten.

Sauber, adrett und im Hinblick auf die Umstände sogar recht elegant konnten Carl und Göran Karlsson anschließend in den ihnen angewiesenen Messeraum gehen, in dem ein großes französisches Frühstück gedeckt war; beschlagene Karaffen mit frischgepreßtem Orangensaft fielen den beiden Reisenden als erstes auf.

Carl hatte seine Aktentasche mitgenommen und legte den Inhalt auf eine der weißen Leinendecken. Nach seiner zweiten Tasse Kaffee mit Milch räusperte er sich und hielt den französischen Offizieren kurz Vortrag.

Die Operation Green Dragon habe, wie den Herren wohl schon bekannt sei, den Zweck gehabt, eine illegal nach Libyen eingeführte Kernwaffe zu zerstören. Anschließend, so Carl, hätten sie sich mit amerikanischer Hilfe wieder außer Landes begeben sollen.

Der erste Teil der Operation sei reibungslos verlaufen. Die Bombe sei zerstört. Aus irgendeinem Grund sei mit der Rückreise jedoch etwas schiefgegangen, weshalb er im Namen des schwedischen Nachrichtendienstes seiner allergrößten Dankbarkeit für das entschlossene und effektive Eingreifen der französischen Kollegen Ausdruck geben müsse.

Schließlich müsse er noch auf eine verwickelte Frage kommen. Damit knallte er sieben Pässe auf den Tisch. Zwei der Paßinhaber seien russische Forscher, die den Transport begleitet hätten. Sie seien an dem libyschen Kernwaffenprojekt tätig gewesen, und ihr diesbezügliches Wissen werde sicher von großem Interesse sein. Carl erklärte, er übergebe die beiden Russen nur zu gern dem französischen Nachrichtendienst. Er zog ihre Pässe aus dem Stapel und überreichte sie Louis Trapet.

Nun die Frage der anderen Pässe, von denen zwei französisch seien. Die Paßinhaber seien inzwischen verstorben, aber es könne ja von Interesse sein, mit Hilfe ihrer Pässe herauszufinden, um wen es sich gehandelt habe. Carl schob damit auch die Pässe der Toten zu Louis Trapet hinüber, der sie mit einer nachdenklichen Miene entgegennahm, in den französischen Pässen blätterte, sie aufschlug, still vor sich hin nickte und sie wieder zuklappte. Er legte sie vorsichtig wieder auf den Haufen.

»Dann bleiben noch die schwedischen Pässe«, sagte Carl mit einem Lächeln und hielt seinen und den von Göran Karlsson hoch. »Wir brauchen Visa des Tschad, einen Flug nach Ndjamena und von dort eine weitere Verbindung nach Norden, am liebsten über Tunis.«

Er überreichte die beiden letzten Pässe dem Brigadegeneral, dem Kommandeur der hiesigen französischen Truppen.

»Damit bleibt möglicherweise nur noch die Frage, ob ich mit Stockholm telefonieren kann?«

Louis Trapet teilte ihm mit, er habe seinen Kollegen in Stockholm schon angerufen, sogar über eine offene Telefonleitung, um die Amerikaner nach Möglichkeit zu reizen.

Carl breitete die Arme in einer Geste aus, die deutlich erkennen ließ, daß er damit alles gesagt hatte, was zu sagen war. Er war jetzt bereit, auf eventuelle Fragen zu antworten.

Die Franzosen hatten jedoch kaum Fragen zu stellen, sondern wollten nur ganz triviale Dinge wissen, etwa ob die Herren sich vorstellen könnten, mit der Air France zu fliegen, und zwar mit Tickets, die das französische Militär anfordere, oder ob sie lieber eine andere Fluglinie vorzögen, obwohl die Air France von Ndjamena aus gewiß die besten Verbindungen habe. Und dann folgte natürlich die Frage, ob die Herren Lust hätten, noch über Mittag zum Essen zu bleiben.

Carl fühlte sich versucht, die Einladung anzunehmen. Louis Trapet war ein Mann, der ihn neugierig gemacht hatte. Ein dünnhaariger, kurzgeschorener kleiner Mann, der wie eine Parodie auf einen Preußen aus der Zeit des Kaiserreichs aussah. Er trug sogar ein Monokel. Dieser Mann war jedoch in der Gemeinschaft der westlichen Spionagedienste eine legendäre Gestalt.

Carl erklärte nach einigem Zögern, wie gern er auch an einem französischen Essen teilnehmen würde, bedeute dies doch leider, daß er an Tempo verliere. Er habe nämlich noch mit einigen Amerikanern ein Hühnchen zu rupfen und wolle einen seiner Kontakte in Tunis erreichen, bevor die eine Hand begreife, womit sich die andere beschäftige.

Die Franzosen nickten nachdenklich. Der amerikanische Mißerfolg in der vitalsten Phase der Operation war unleugbar ein Rätsel, das geklärt werden mußte, und wenn aus keinem anderen Grund als um der künftigen Zusammenarbeit willen.

Vielleicht beruhte ihre Schusseligkeit auch darauf, daß sie im Augenblick im Tschad mit einer großen Operation beschäftigt waren, die ganz andere Ziele verfolgte. Sie hatten ein Kontingent von mehr als tausend Mann eingeflogen, die zu einer sogenannten »Libyschen Nationalen Front zur Rettung Libyens« gehörten und sich jetzt in einem Lager namens Han Senene befanden, zehn Kilometer außerhalb von Ndjamena. Es waren von der CIA ausgebildete Deserteure und Söldner, die unter dem Befehl eines Obersten Khalifa Belgassim Haffar standen. Diese Männer wurden jetzt zusammengezogen, um die Machtübernahme in Libyen vorzubereiten. Normalerweise hielten sie sich in Ausbildungslagern in der Nähe von Washington auf. Die CIA glaubte offenbar, die Operation Dragon Hammer werde Moammar Ghaddafi mit sofortiger Wirkung von der Macht entfernen. Die Amerikaner hatten schließlich manchmal eine Neigung, ihrer eigenen Propaganda zu glauben. Wie auch immer: Es mußte etwas mit all dieser hektischen Tätigkeit zu tun haben. Es mußte ja eine Erklärung dafür geben, daß die amerikanischen Hubschrauber nicht aufgekreuzt waren. Tatsächlich hatten sie schon vor einer Woche Hubschrauber ohne nationale Hoheitszeichen in den Tschad geflogen und eine kleine französische Basis geliehen.

Da im Augenblick kaum noch etwas zu besprechen war, überreichte Carl den Franzosen sein schwedisches Funkgerät und bat sie, es zu zerstören, da die geehrten französischen Kollegen sonst den geheimen schwedischen Funkverkehr belauschen könnten. Die französischen Generäle akzeptierten mit einem entzückten Lachen diesen Vorschlag und gaben Carl sicherheitshalber ihr Ehrenwort als Offiziere, die Apparatur tatsächlich zerstören zu wollen.

Eine knappe halbe Stunde später rollte eine französische Militärmaschine draußen heran, um sie in die Hauptstadt im Süden zu bringen, wo sie eine Nachmittagsmaschine nach Tunis erreichen konnten.

»Ich möchte Ihnen, auch im Namen meiner schwedischen Kollegen, noch einmal sagen, wie dankbar wir für Ihre Hilfe sind, General«, sagte Carl, als er Louis Trapet draußen auf der Startbahn die Hand gab.

»Oh, Sie ahnen gar nicht, was wir Franzosen für einen Kommandeur der Ehrenlegion zu tun bereit sind, mein lieber Coq Rouge«, erwiderte Louis Trapet leutselig und machte dabei eine abwehrende Handbewegung, als handelte es sich nur um eine Bagatelle. »Außerdem sind wir mit den Russen sehr gut bezahlt worden. Bitte, hier sind Ihre Pässe mit den Visa.«

»Mein Codename ist aber nicht Coq Rouge. Das hat sich irgendwann mal eine Franzose in Konspiration mit einem verrückten schwedischen Sicherheitspolizisten ausgedacht. Wenn Sie mich unter Code erreichen wollen, General, versuchen Sie es doch bitte mit *Trident*«, entgegnete Carl mit etwas übertriebener Höflichkeit und nahm mit einer Verbeugung die beiden schwedischen Pässe entgegen.

Als Carl und Göran Karlsson die kleine Militärmaschine bestiegen, nahmen die beiden französischen Generäle Haltung an und erwiesen den beiden Schweden eine durchaus ernstgemeinte Ehrenbezeigung.

Von den folgenden zehn Stunden wurden für Göran Karlsson acht hoffnungslos langweilig, weil Carl die Neigung zu haben schien, sofort in den Winterschlaf zu fallen, sobald er in einem Flugzeugsessel landete, und zwar unabhängig davon, ob er, wie beim Rückflug aus der Sahara, zwischen zwei französischen Soldaten in Kampfanzügen in einem lauten Hubschrauber hockte, oder, was vielleicht verständlicher war, auf der letzten Etappe nach Tunis in einer Erster-Klasse-Kabine der Air France saß.

Als sie auf dem chaotischen Flughafen von Ndjamena endlich zum Schalter der Air France gekommen waren und das Personal entdeckte, daß sie mit Tickets der Streitkräfte flogen, und Carls Namen in den Computer eingab, wurden die beiden Schweden nämlich unauffällig, schnell und unter mancherlei Getuschel in die Erste Klasse gesetzt. Was Carl nicht im mindesten zu erstaunen schien, denn er kommentierte es nicht einmal.

Gemeinsam hatten sie im Grunde nur das Essen eingenommen, als sie in der Nachmittags- und Abendsonne ein paar Stunden über die unendliche Sahara hinweggeflogen waren. Es war unfaßbar, daß sie genau von dort kamen, daß sie vor nur wenigen Stunden ihren Flug in dieses ewige Nichts begonnen hatten. Carl hatte sich mit Begeisterung auf die Weinkarte gestürzt und Göran Karlsson so gut wie verboten, Bier zum Essen zu trinken. Der Wein stieg ihnen schnell in den Kopf. Sie bekamen einen Rausch, der jedoch ebenso schnell verflog, wie er gekommen war, und da Göran Karlsson schon ahnte, daß Carl bald wieder einschlafen würde, erzwang er bei Kaffee und Cognac eine kurze Diskussion darüber, was jetzt geschehen solle.

Sie würden in Tunis bleiben, zumindest Carl, und Göran Karlsson dürfe wähle, ob er lieber gleich nach Hause wolle. Dann werde er, Carl, Görans privates Gepäck mitbringen, das noch bei der PLO in Tunis liege. Sonst müßten sie zumindest über Nacht bleiben, da sie noch drei Dinge zu erledigen hätten: Sie müßten ihr Gepäck abholen und der PLO das Ende der Operation Green Dragon melden, denn es sei ja keineswegs sicher, daß Moona schon in Sarra angekommen war.

Und drittens hatte Carl noch etwas ganz Bestimmtes vor, nämlich einen Besuch bei seinem Kontaktmann von der CIA, den er mit nicht sehr freundlichen Worten beschrieb. Göran Karlsson hatte noch Zeit, sich für eine Nacht in Tunis zu entscheiden, bevor Carl einschlief.

Da er einen Fensterplatz hatte, starrte Göran Karlsson bis zum Anbruch der Dunkelheit in die Unendlichkeit und versuchte zu begreifen, daß er noch am Morgen dieses Tages in der Wüste gewesen war.

Gegen acht Uhr abends trafen sie in Tunis ein. Sie buchten schnell ein Zimmer im selben Hotel draußen am Meer, mieteten sich einen Wagen und hatten schon weniger als eine halbe Stunde später ihre Zimmer bezogen. Carl rief das PLO-Büro an, das ihr Gepäck aufbewahrte, und bat darum, es zum Hotel zu bringen und bei Monsieur Karlsson abzugeben. Dieser mußte anschließend am Telefon sitzen und auf einen Anruf von Arafats Berater Bassam Abu Sharif warten.

Das konnte jedoch noch dauern, sicher bis Mitternacht. Carl ging ohne nähere Erklärungen zum Wagen hinunter und verschwand.

Eine halbe Stunde später läutete er draußen bei dem amerikanischen Institut für Sprachstudien die Nachtglocke und erklärte über die Gegensprechanlage recht aufdringlich, er habe einen persönlich vereinbarten Termin bei Mr. Bruce Hutchins. Nach kurzer Verwirrung und einigen widersprüchlichen Bescheiden wurde er von einem tunesischen Angestellten eingelassen und durch die Räume gelotst, bis er zu einer geschlossenen Abteilung mit Panzertür und Codeschloß kam, wo ihn ein amerikanischer Beamter übernahm.

»Sie ahnen gar nicht, wie froh wir sind, Sie gesund und munter wiederzusehen«, begrüßte ihn der amerikanische Beamte, der Carl mit einer Handbewegung aufforderte, den dunklen Korridor zu betreten.

»Das muß sich erst noch herausstellen«, knurrte Carl dumpf.

Er wurde in ein großes Amtszimmer geführt, das eher an eine elektronische Werkstatt erinnerte als an ein Sprachinstitut. Ein bleicher und gehetzter Bruce Hutchins war das erste, was Carl sah, erst dann nahm er auch noch einen schon etwas ergrauten Mann wahr, vermutlich den Stationschef. Carl schüttelte beiden grimmig die Hand und setzte sich dann einfach hin und zeigte mit unterdrücktem Zorn auf den verschreckt dreinblickenden Bruce Hutchins.

»Wie ich vermute, bist du mein Führungsoffizier in der Firma. Dann möchte ich dich zunächst fragen, ob du weißt, was geschehen ist?« fragte Carl scharf.

»Wir sollten lieber nicht auf ...«, versuchte ihn der vermutlich vorgesetzte Beamte zu unterbrechen.

»Maul halten!« sagte Carl. »Nun, Bruce, was ist passiert?«

»Wir haben eine Operation durchgeführt. Es hat wohl ein paar Schwierigkeiten mit der Rückreise gegeben, aber es ist ja trotz allem gutgegangen«, stammelte der verängstigte Mann und sah fast wie ein Schuljunge aus, der beim Rektor zusammengestaucht wurde.

»Wir haben eine Operation durchgeführt«, äffte Carl ihn nach. »Welche gottverdammten wir? Ich werde es dir sagen. *Wir* bedeutet in diesem Zusammenhang Schweden und Palästinenser. Wir haben dort unten eine gottverdammte Atombombe gesprengt, die Ghaddafi hat klauen können und ...«

»Jetzt muß ich Sie wirklich bitten, sich zu mäßigen, Admiral«, unterbrach der Vorgesetzte erneut. »Mr. Hutchins hat keine *security clearance* für ...«

»Wenn du nicht die Schnauze hältst, schlage ich dich tot!« brüllte Carl und sah den älteren Mann mit einem Blick an, der zumindest in dieser Sekunde vollkommen überzeugend erschien.

»Hör jetzt mal zu, du Scheißkerl«, fuhr er zu Bruce Hutchins gewandt fort. »Die Operation sollte natürlich damit abgeschlossen werden, daß ihr uns mit klingendem Spiel und flatterndem Sternenbanner abholt. Aber ausgerechnet dieser Teil des Unternehmens ging daneben. Merkwürdig, was?«

»Ich weiß nicht, was ich dazu sagen soll«, stammelte Bruce Hutchins. »Wie mein Chef hier schon gesagt hat, habe ich keinen Zugang zu diesen Dingen. Ich habe nichts von einer verdammten Atombombe gewußt.«

»So können wir einfach nicht weitermachen, Admiral«, schaltete sich der ältere Mann jetzt entschlossen ein, nachdem er Zeit gehabt hatte, wieder zu sich zu kommen.

»Richtig!« entgegnete Carl. »Und daher möchte ich einen Weg zu einer friedlichen Lösung vorschlagen. Du, Bruce, hebst diesen Hörer da ab und rufst den für diese Operation Verantwortlichen in Langley an und erklärst, daß ich hier sitze, daß ich stinkwütend bin und eine

Erklärung will, am liebsten von dem hohen Herrn persönlich. Nun, was haltet ihr von dem Vorschlag?«

Bruce Hutchins suchte den Blick seines Chefs, und dieser zuckte die Achseln und zeigte mit einem Kopfnicken aufs Telefon.

Bruce Hutchins leckte sich die Lippen, nahm den Hörer in die Hand und wählte auf der abhörsicheren Leitung eine Nummer. Er mußte erst an zwei oder drei widerspenstigen Sekretärinnen vorbei, bis er zu dem Mann durchgestellt wurde, den er suchte. Er formulierte genau so, wie Carl es vorgeschlagen hatte, einschließlich des »stinkwütend«, um anschließend unsicher mal Carl, mal seinen griesgrämig dreinblickenden Chef anzusehen, während er lauschte.

»Man möchte mit Ihnen persönlich sprechen, Sir«, sagte er schließlich und reichte Carl den Hörer. Dieser nahm ihn aggressiv an sich und stellte sich mit Namen und Dienstgrad vor.

»Well well well, wie schön zu hören, daß es dir gutgeht. Weniger schön ist es zu hören, daß du stinkwütend bist, Trident«, erklärte eine freundliche, eher übertrieben freundliche Stimme am anderen Ende.

»Mit wem spreche ich?«

»Wie dir bekannt sein dürfte, darf in solchen Zusammenhängen nicht jeder unsere Namen erfahren. Du mußt dich schon damit begnügen, daß ich ein Vorgesetzter von Mr. Hutchins bin, und zwar ziemlich weit oben«, erwiderte die Stimme auf der anderen Seite des Atlantik.

»Den Teufel auch. Komm mir bloß nicht mit diesem Scheiß, nicht jeder darf was wissen. Ich habe soeben eine gottverdammte Atombombe gesprengt, was du mit Sicherheit schon weißt. Eine höhere *security clearance* als die kann ich mir nicht denken. Well, wer zum Teufel bist du?«

»Du hast nicht ganz unrecht, Trident, das muß ich schon zugeben. Na schön, meine Freunde nennen mich Chuck, und das gilt auch für dich. Offiziell bin ich Charles B. Babcock, Assistant Director, CIA, Langley. Können wir jetzt sagen, daß damit die Formalitäten erledigt sind? Können wir jetzt zur Sache kommen?«

»Ja«, sagte Carl ein wenig gedämpft, »das hoffe ich. Wie du verstehst, habe ich eine Frage.«

»Okay, Trident, ich habe nichts dagegen. Schieß los!«

»Warum zum Teufel hat man uns nicht abgeholt?« fragte Carl, der seine Wut jetzt stärker zügelte.

»Du hast es uns nicht gerade leicht gemacht, und dann kam noch dieser Wetterumschwung hinzu, und überdies hast du der Air France den Vorzug gegeben. Das geschah doch sicher nicht nur wegen des Essens?«

»Nein«, erwiderte Carl in etwas normalerem Tonfall. »Das lag nur daran, daß aus meiner teuren zweiten Heimat keine Hubschrauber kamen. Statt dessen kamen zwei verdammte F-117, die uns beschnupperten.«

»Genau, und die haben euch leider nicht gefunden. Uns ist nicht klar, wie du diesen Trick geschafft hast, aber darauf können wir vielleicht bei anderer Gelegenheit zurückkommen. Es gibt überhaupt eine ganze Menge Dinge, die wir nicht begreifen, beispielsweise wie du es geschafft hast, dich überhaupt zum Ziel zu begeben.«

»Eins nach dem anderen«, sagte Carl, der jetzt sein inneres Gleichgewicht zurückgewonnen hatte. »Erste Frage. Welche Befehle hatten diese Jagdbomber für den Fall, daß sie uns finden?«

»Zur Basis zurückzukehren, über die Lage Bericht zu erstatten, zu erklären, daß alles okay sei, damit wir die Hubschrauber losschicken konnten. Wir wollten keine Verluste riskieren. Doch so, wie die Dinge lagen, haben sie berichtet, daß es vor Ort kein biologisches Leben gab, und das hat, wie du sicher verstehst, zu einiger Panik geführt. Na ja, und dann bist du mit den Froschessern abgehauen. Wir werten das als ein Zeichen von Mißtrauen.«

»Sollte diese letzte Bemerkung ein Scherz sein?« fragte Carl erstaunt.

»Well, du hast die Erklärung gehört. Bei der Kommunikation hat es am Ende ein gewisses Durcheinander gegeben, aber die Operation ist ja trotzdem ein glänzender Erfolg gewesen.«

»Ich mag es nicht, von F-117 beschnuppert zu werden, wenn ich Hubschrauber erwarte. Das ist ein ziemlich gespenstisches Gefühl, kann ich dir versichern«, sagte Carl in einem neutralen Tonfall.

»Ja, ich verstehe, was du meinst«, gab der CIA-Boß nachdenklich zu. »Wir hätten dich vorwarnen und über Funk mitteilen können, was geschehen würde. Es war jedoch eine Funkverbindung im Klartext. Ich weiß nicht, was für ein Dummkopf sich das hat einfallen lassen. Ich nehme an, daß das der Grund dafür war, daß wir den Funkverkehr auf ein Minimum reduzierten. Wie zum Teufel hast du es übrigens angestellt, uns zu täuschen?«

»Kamele«, erwiderte Carl mit zusammengebissenen Zähnen. »Wir sind auf gottverdammten Kamelen zum Ziel geritten.«

Am anderen Ende wurde es eine Zeitlang still. Dann lachte der andere laut los.

»Ja, hol mich der Teufel«, sagte er, als er sich ein wenig erholt hatte.

»Hier bei uns hat es tatsächlich einen Mann gegeben, der diese Möglichkeit erwähnte, aber das haben wir als idiotisch abgetan. Da sieht man's wieder. Nun, Ende gut, alles gut?«

»Ich bin noch nicht überzeugt«, entgegnete Carl mürrisch.

»Dann werde ich dich überzeugen, Trident. Du wirst nämlich ein Geschenk von uns erhalten. Der junge Mr. Hutchins wird dir gleich eine Reihe von Anweisungen geben, deren Inhalt ihm selbst überhaupt nicht klar sein wird. Dir jedoch ohne jeden Zweifel. Wenn du das nächste Mal herfliegst, mußt du mal bei uns hereinschauen. Es wird mich freuen, alle Details über das mit den Kamelen sowie ein paar andere Dinge zu hören. Im übrigen wünsche ich dir einen angenehmen Tag. Kannst du mir noch mal Mr. Hutchins geben?«

»Ja«, sagte Carl zögernd. »Danke für das Gespräch.«

Er reichte Bruce Hutchins sichtlich grübelnd den Hörer, blickte eine Zeitlang zu Boden und wandte sich dann an den Vorgesetzten im Raum.

»Ich entschuldige mich für mein grobes Benehmen, Sir«, sagte er leise.

»Well«, sagte der leicht ergraute CIA-Mann und kratzte sich am Kopf. »Ich konnte ja nicht umhin, das Gespräch mitzuhören, und muß zugeben, daß ich auch ziemlich stinkwütend gewesen wäre, wenn ich in deiner Haut gesteckt hätte.«

Beide lächelten verlegen.

Bruce Hutchins hatte inzwischen fast so etwas wie Haltung angenommen und nahm eine unbekannte Zahl von Anweisungen entgegen. Die beiden anderen hörten ihn nur in regelmäßigen Abständen »Ja, Sir« sagen.

Als Bruce Hutchins auflegte, entschuldigte er sich damit, er müsse etwas aus dem Panzerschrank holen. Die beiden CIA-Männer baten Carl zu warten. Offenbar konnte Bruce Hutchins den Panzerschrank ohne seinen Chef nicht öffnen.

So erhielt Carl etwas Zeit, wieder zu sich zu kommen. Er drehte und wendete, was er gehört hatte, konnte sich aber nicht entscheiden. Alles war möglich. Es war möglich, vielleicht sogar am wahrscheinlichsten, daß er selbst unnötig mißtrauisch gewesen war und daß die Amerikaner keine anderen Pläne gehabt hatten, als die Operateure nach beendeter Arbeit wie vereinbart abzuholen. Carl war jedoch nicht ganz überzeugt. Wenn es ihnen mißlungen war, die letzten außenstehenden Zeugen zu töten, würden sie das nicht ohne weiteres zugeben. Dann mußten die Erklärungen ungefähr so lauten wie die, die er soeben gehört hatte.

Die beiden anderen waren kurze Zeit darauf mit einem versiegelten Umschlag zurück, der in Anwesenheit von zwei Personen geöffnet werden mußte. Dann lasen sie gemeinsam die vier Seiten der streng geheimen Dokumente durch.

»Well, Sir«, räusperte sich Bruce Hutchins und warf seinem Chef beunruhigt einen Seitenblick zu. Dieser gab ihm jedoch durch ein ruhiges Kopfnicken zu erkennen, er solle fortfahren. »Dieses Material ist erst vor kurzem hier eingetroffen. Es hat den Anschein, als ob die Firma einem gewissen Mike Hawkins ein großes Interesse entgegenbringt. Mir ist allerdings nicht klar, weshalb. Man hat uns jetzt angewiesen, Ihnen einen amerikanischen Paß auf den Namen Charles Hamlon zu überreichen. Es ist eine echte Identität. Sie gehört zum Zeugenschutzprogramm des FBI, so daß der Paß im Prinzip echt ist. Sie sind als dieser Mr. Hamlon sozusagen amtlich autorisiert. In zwei Tagen wird der besagte Mr. Hawkins im Hilton Hotel in Barcelona eintreffen, wo er mit libyschen Geschäftsleuten einen Handel abschließen will. Es besteht offenbar die Absicht, das Geschäft im Hotel zum Abschluß zu bringen. Geld gegen Ware an Ort und Stelle, sozusagen. Sie haben hier Flugtickets auf den Namen Hamlon sowie eine bestätigte Hotelbuchung in Barcelona.«

Der alte CIA-Mann zweifelte keinen Augenblick, worum es hier ging. Die Firma schloß einen Kontrakt, um einen ihrer eigenen Leute töten zu lassen, was sie am liebsten von Ausländern erledigen ließ.

Der Mörder saß vollkommen still vor ihm. Er hatte die Hände über den Knien gefaltet und einen bemerkenswert friedvollen Ausdruck im Gesicht.

9

Die Empfangsdame im Hotel Oriente hätte sich möglicherweise an den kurzgeschorenen, schwarzhaarigen Amerikaner erinnert. Er war etwas höflicher und angenehmer, als diese Leute sonst waren. Ihr war nicht recht klar, in welcher Disziplin er antreten oder was er für die Olympiade vorbereiten wollte, aber daß er Sportler war, erschien ihr selbstverständlich. Er bewegte sich so und sah auch so aus, und als sie ihm nun schon zum dritten Mal im Lauf von vierundzwanzig Stunden den Schlüssel aushändigte, riet sie erneut.

»Ruderer, Mr. Hamlon, Sie sind natürlich Ruderer«, zwitscherte sie, entzückt über ihren neuen Einfall.

»Ziemlich nahe dran, Miss, aber nicht ganz richtig. Versuchen Sie es noch einmal«, lächelte er, nahm seinen Schlüssel und war verschwunden.

Sie überlegte eine Zeitlang, was dem Rudern verwandt sei. Kanu? Ja, die Schulterpartie dafür hatte er, und das enganliegenden smaragdgrüne T-Shirt entblößte Arme von bedeutender Kraft. Aber war es nicht fast schon geschummelt, Kanufahrer zu sein und dann zu behaupten, Rudern komme dem nur nahe? Oder vielleicht nicht?

Sie vergaß das Problem jedoch schon bald in dem Strom von Gästen, die ankamen und abreisten. Das Hotel Oriente war von jetzt an für volle zwei Monate ausgebucht. Es kam ihr vor, als hätten die Olympischen Spiele schon begonnen.

Dieser Meinung war auch Carl. Draußen auf der Straße herrschte ein schrecklicher Lärm; das Hotel Oriente lag direkt an der Rambla, der traditionellen Paradestraße der Stadt. Hier wurde flaniert, hier kaufte man ein, hier lernte man Frauen kennen. Draußen auf der Allee lagen die Straßencafés dicht an dicht. Sie wurden erst gegen drei oder vier Uhr nachts geschlossen. Die Frühsommerwärme zwang Carl, die Fenster geöffnet zu lassen. Das Hotel hatte keine Klimaanlage, und folglich strömten Stimmengewirr und Lärm hinein.

Er strich mit der Hand über die ungewohnt kurzen Haare. Der Haarschnitt ließ ihn unleugbar sehr amerikanisch aussehen, und die schwarze Haarfarbe machte sogar auf ihn selbst einen verblüffenden Eindruck. Er hatte sich noch immer nicht daran gewöhnt. Immer wenn er in einen Spiegel blickte, zuckte er zusammen. Was er da sah, war er, und dennoch war er es nicht.

Er türmte im Bett ein paar Kissen auf, legte sich hin und schaltete den Fernseher ein. Es gab Sport auf allen Kanälen, und man zeigte ausschließlich spanische Teilnehmer einer Art Vor-Olympischer Spiele. Es war noch viel zu früh, einen Versuch zu unternehmen.

Er blieb lange liegen und starrte blicklos an die Decke. Im Augenblick *war* er Charles Hamlon. Die Spur Mr. Hamlons würde sich mit Hilfe von Flugtickets bis nach Frankfurt und Detroit zurückverfolgen lassen. Sollte er aus diesem oder jenem unvorhergesehenen Grund sterben, würden die amerikanischen Behörden seinen Leichnam in die USA überführen und ihn als Hamlon ausgerechnet in Detroit irgendwo begraben, einer Stadt, in der er noch nie gewesen war.

Früher oder später würde man auf dem internationalen Flughafen in Frankfurt ein bestimmtes Schließfach öffnen und darin eine Reisetasche finden, ferner Kleidung und einen schwedischen Diplomatenpaß, der auf einen Carl Gustaf Gilbert Hamilton ausgestellt war, der, von der nachweislichen Existenz des Passes einmal abgesehen, wie vom Erdboden verschluckt war.

Er hatte Samuel Ulfsson nicht mitgeteilt, wo er sich befand oder womit er sich beschäftigte. Sam hätte dieses Wissen nicht zu schätzen gewußt. Tessie wähnte ihn in Tunis. Er hatte sie von einem Münztelefon aus angerufen und so getan, als halte er sich immer noch dort auf. Im Augenblick gab es ihn nur als Charles Hamlon, einen schwarzhaarigen kurzgeschorenen amerikanischen Touristen mit einem allgemeinen Interesse für Sport. Er war ständig in Bewegung geblieben, um nicht in Gesellschaft Fremder zu landen und niemandem zu begegnen, der lange genug mit ihm sprechen konnte, um sich später an ihn zu erinnern. Er bewegte sich wie ein Fisch in dem Meer ausländischer Touristen, die etwa die gleiche Kleidung trugen wie er selbst. Er trug Jeans und ein T-Shirt mit Kragen sowie eine alberne kleine Schultertasche mit einem Riemen. Die Tasche enthielt einige Toilettenartikel, die er in Barcelona gekauft hatte, ein paar Ansichtskarten und Kleingeld. An den Füßen trug er neue Adidas-Schuhe, eine Art Turbo-Modell mit aufblasbaren Luftkissen. Er war also ein netter Niemand aus Detroit, der sich sehr für Sport interessierte. Er trug nichts am Körper, was nicht entweder amerikanisch oder in Barcelona gekauft war.

Er widmete sich eine Weile dem Studium des Stadtplans von Barcelona. Er mußte darauf achten, sich ständig nur zu Fuß zu bewegen, vor allem auf dem Weg zum und vom Ziel. So würde sich kein Taxifahrer je an den amerikanischen Touristen Charles Hamlon erinnern können. Der einzige Mensch, der sich an ihn würde erinnern können, war die picklige Empfangsdame des Hotels, die Carmen hieß. Das war unvermeidlich. Dagegen konnte er nichts unternehmen.

Er hatte das Ziel ausgespäht. Das Hilton-Hotel war ein schrecklich steriler Bau aus Glas und Stahl mit einem zehn Meter hohen Glasdach auf schmalen schwarzen Metallsäulen vor dem Eingang. Ganz vorn unter diesem vorstehenden Glasdach hatte man ein weißes Doppelzelt mit abstrakten blauen Gestalten auf den Seiten aufgebaut. Die gesamte übrige Fläche war mit Seilen abgesperrt und wurde von Beamten der Guardia Civil mit Maschinenpistolen bewacht. Wer das Hotel betreten wollte, mußte folglich durch das Doppelzelt, in dem Polizeibeamte jeden mit Metalldetektoren und Röntgengeräten durchleuchteten wie auf einem Flughafen. Somit mußte es unmöglich sein, beispielsweise Handfeuerwaffen ins Hotel zu schmuggeln, was Mr. Hamlon vorzüglich ins Konzept paßte. Er trug nämlich keine sichtbare Waffe. Aus seinem Blickwinkel war es überdies ein Vorteil, wenn auch im Hotel niemand eine Waffe trug, ein bedeutender Vorteil.

Er sah auf die Uhr und entdeckte widerwillig, daß es Zeit war. Er hatte einen gefährlichen Drahtseilakt vor sich. Er durfte nicht zu früh kommen und so allzuviel Aufmerksamkeit erregen, aber auch nicht das Risiko eingehen, zu spät zu kommen.

Er duschte ausgiebig, rasierte sich langsam und legte sich dann eine Zeitlang noch halb naß auf das Doppelbett. Er lauschte dem Lärm aus den Cafés draußen auf der Straße. Dann stand er wieder auf und massierte sich eine Art Sonnencreme in sein rötlich verbranntes Gesicht. Im Grunde war es perfekt. Er sah aus wie ein Tourist, der aus dem verräucherten Detroit ins sonnige Spanien gekommen war und bei seinen Spaziergängen das Gesicht zu sehr der Sonne ausgesetzt hatte. Er schickte ein dankbares Gedenken zu seinem Dromedar, dem schönen, würdigen Tier mit den phantastischen langen Augenwimpern und den länglichen Nasenlöchern, die sich schließen ließen wie kleine Luken.

Unsicher korrigierte er sich. War er Hamilton oder Hamlon? Wenn er Hamlon war, wußte er nichts von Dromedaren und war nie tief in der Sahara gewesen, denn schließlich war er gerade aus Detroit angekommen. Punkt, Ende.

Dann korrigierte er sich erneut. Ein Tourist aus Detroit würde nicht tun können, was er vorhatte. Also wozu diese Spielerei mit der inneren Identität? Das Äußere war getarnt, das Innere nicht. Er war schließlich kein beliebiger gedungener Mörder.

Er nahm ein dünnes Jackett aus dem Schrank, um sich ein klein wenig eleganter zu machen, ohne jedoch den Eindruck eines Sportlertyps in einer sportverrückten Stadt zu zerstören.

Dann steckte er seinen falschen echten amerikanischen Paß mit dem frisch aufgenommenen Bild eines schwarzhaarigen kurzgeschorenen Hamlon ein und ging hinaus.

Er brauchte eine halbe Stunde, um in gemächlichem Tempo zum Hilton zu schlendern. Unterwegs kaufte er eine nicht allzu geschmacklose Sonnenbrille, die im Grunde nicht viel bewirken würde. Bei seinem eigentlichen Job konnte er keine dunkle Brille tragen, denn das würde seinem Zweck entgegenwirken und überdies albern aussehen.

Die Männer der Guardia Civil fanden an ihm natürlich nichts Verdächtiges, als sie ihn in dem Zelt vor dem Hoteleingang durchsuchten. Auf dem Weg durch die Halle trödelte er ein wenig, um mitten in einer Gruppe von Deutschen zu landen, die Konferenzausweise an ihren Revers trugen. Er klappte die Sonnenbrille zu und betrachtete die große und für den amerikanischen Geschmack selbstverständlich elegante Klavierbar. Die ganze Halle war eine Mischung aus Getränkebar und Einkaufszentrum. Er entdeckte schnell, daß einer der freien Tische in der Nähe des Eingangs ihm den besten Überblick ermöglichen würde.

Er nahm ein paar Erdnüsse in die Hand und warf sie sich mit einem Ruck in den Mund. Diese Bewegung amüsierte ihn, da er sie noch nie im Leben über sich gebracht hatte. Dann studierte er neugierig das kleine Faltblatt, in dem alle Getränke der Bar verzeichnet waren. In seiner eigentlichen Identität hätte er vermutlich eine brasilianische Spezialität gewählt, vermutete jedoch, daß Mr. Hamlon etwas konventioneller dachte, und bestellte eine Bloody Mary.

Er sah auf die Uhr. Das Treffen sollte in einer Stunde stattfinden, falls die Informationen von Herrn Hutchins, die natürlich nicht von dem jungen Herrn Hutchins persönlich stammten, korrekt waren.

Damit blieb genug Zeit. Mike Hawkins war Amerikaner und würde seine Gäste vermutlich vor dem Essen zu einem Drink einladen, mochten diese auch Libyer sein – immerhin enthielt die Getränkekarte auch eine ganze Reihe alkoholfreier Erfrischungen. Jedenfalls würde das Objekt in kurzer Zeit hier irgendwo vorbeikommen.

Wegen des Frühsommers und der bevorstehenden Olympischen Spiele sowie der zahlreichen Touristen waren die meisten Menschen so leicht gekleidet, daß er sich auch in den Restaurants ohne Schwierigkeiten bewegen konnte.

Knifflig würde es nur werden, wenn Mike Hawkins die ganze Veranstaltung in seine Suite verlegte. Allerdings hatte Mr. Hamlon auch für diese Möglichkeit einen sorgfältig durchdachten Plan.

Er würde sich in die Suite begeben, ob sie abgeschlossen war oder nicht, und wenn er sich erst einmal dort aufhielt, würde es ihm nicht schwerfallen, die Libyer freundlich abzuweisen. Sie waren die einzigen Zeugen, die für Carl akzeptabel waren, da sie nie als Zeugen auftreten würden.

Nach einiger Zeit fiel ihm auf, daß er viel zu ruhig und still dasaß. Vielleicht sollte er sich den Anschein geben, als wartete er auf jemanden? Er sah auf die Armbanduhr und machte eine ungeduldige kleine Handbewegung.

Er war jedoch schon nach kurzer Zeit wieder in seiner friedlichen Gemütsverfassung angelangt. Die Alternativen waren durchdacht und erprobt, sogar die Möglichkeit, daß Mike Hawkins herunterkam und mit einem bestellten Taxi wegfuhr. Dann würde er vermutlich im Taxi sterben.

Carl lächelte breit. Es war ein fast freundliches Lächeln des Wiedererkennens, als er Mike Hawkins aus einem der Fahrstühle treten und zu einem großen Tisch gehen sah. Es war ein reservierter Tisch ganz in der Nähe der Pianistin, die sich auf einem weißen Flügel durch die Popmusik der letzten dreißig Jahre spielte.

Carls Lächeln verschwand schnell. Er beobachtete verstohlen, aber mit großem Interesse die Arrangements am Tisch. Mike Hawkins war nämlich voller Begeisterung davon, etwas vorzubereiten. Er bestellte Champagner in zwei Weinkühlern, die umgehend hereingetragen wurden, während er dem Kellner, der offenbar fragte, ob er eine der Flaschen öffnen solle, abwehrend zuwinkte. Es war halb sieben. Es stimmte. Sie würden nach amerikanischer Manier mindestens eine halbe Stunde damit verbringen zu trinken.

Carl versuchte den Blick zu schärfen, weil er erkennen wollte, um welche Champagnermarke es sich dort drüben handelte. Er setzte voraus, daß es kaum etwas anderes sein konnte als Champagner. Das Etikett war ihm jedoch unbekannt.

Er hatte sein Getränk kaum angerührt, denn es entsprach nicht seinem, sondern Mr. Hamlons Geschmack. Als die Kellnerin beim nächsten Mal vorbeikam, winkte er sie zu sich heran und fragte sie, welche Champagnermarke man da drüben neben dem Klavier bestellt habe. Ein Amerikaner konnte ohne weiteres alles Champagner nennen, was so aussah. Er erhielt die Auskunft, daß es sich um den »offiziellen« Champagner der Olympischen Spiele handle, und bestellte amüsiert eine halbe Flasche.

Es befand sich viel Gold auf dem Etikett, doch es erteilte unleugbar die Auskunft, daß es sich um echten Champagner eines Henri Abelé handelte, von dem Carl noch nie etwas gehört hatte. Jedenfalls war es eine »Cuvée officielle« mit einem stilisierten Symbol in Blau, Gelb und Rot, das notfalls einen Turner in einem langen Sprung beim Bodenturnen darstellen konnte. Unter dem Olympia-Symbol fanden sich die fünf Olympischen Ringe und der Hinweis Barcelona 92.

»Wie außerordentlich passend«, flüsterte er vor sich hin, als er an seinem Glas nippte und insgeheim Mike Hawkins zuprostete. »Skål auf unsere Geschäfte, Mr. Hawkins.«

Carl fühlte sich vollkommen ruhig.

Hawkins hatte ein großes Glas Bier bestellt, daß er mit wenigen Zügen leerte. Dann sah er auf die Uhr und bat die Kellnerin mit einer irritierten Handbewegung, das leere Glas hinauszutragen.

Carl überlegte, ob er es jetzt tun sollte. Es war absolut möglich, nicht ganz risikolos, aber möglich.

Als die Kellnerin zu seinem Erstaunen mit einem weiteren Bier erschien, das den gleichen Weg ging, kam Carl eine Idee. Es war zwar eine Möglichkeit, an die er schon früher gedacht hatte, jedoch nur als eine in einer langen Reihe von Variationen.

Er ließ sein halbleeres Glas stehen und suchte die einen Stock tiefer liegenden Toiletten auf. Er machte einen weiten Umweg, um hinter dem Rücken von Mike Hawkins zur Treppe zu gelangen, und ging dann ruhig die mit einem blauen Teppich belegten Stufen hinunter. Er achtete dabei sorgfältig darauf, das blanke Geländer aus Messing nicht zu berühren.

Die Herrentoilette war aus der Sicht des Mörders vorzüglich geeignet. Die Wände waren mit weißen Steinplatten belegt, der Fußboden mit braun gesprenkeltem Marmor. Es gab vier elegant geformte Urinale ohne Zwischenwände, vier ovale Waschbecken in einer Reihe, die aus einer zusammenhängenden Marmorplatte des gleichen Typs geschnitten worden waren wie der, der den Fußboden bedeckte.

Auf einer Seite befanden sich drei Toilettenkabinen Wand an Wand.

Carl betrachtete die Szene und überlegte eine Zeitlang. Er sah das Ganze vor sich, nickte und ging wieder zu seinem Champagner hinauf.

Allmählich füllte sich die Bar mit Menschen, und er kam gerade noch rechtzeitig, um seinen Tisch zu retten, den einige Amerikaner gerade mit Beschlag belegen wollten. Er tat, als reagierte er sauer, da er die Gesellschaft von »Landsleuten« um jeden Preis vermeiden wollte.

Kurz darauf tauchten drei Männer auf, die durchaus Spanier hätten sein können, wenn sie nicht so demonstrativ französische Maßanzüge mit Weste getragen hätten. Sie begrüßten Mike Hawkins sehr herzlich und setzten sich; Carl beobachtete amüsiert, daß derjenige der Libyer, der der Chef zu sein schien, Hawkins um ein Haar nach arabischer Manier geküßt hätte, sich im letzten Augenblick jedoch gebremst hatte, was möglicherweise auf eine abwehrende Handbewegung von Hawkins zurückzuführen war.

Eine Kellnerin eilte herbei und machte zu Carls Zufriedenheit beide Champagnerflaschen auf. Sie goß vier Gläser voll und verschwand. Die Männer hoben ihre Gläser und tranken, als ob sie durstig wären. Sie machten ein paar Scherze und lachten so laut, daß die Leute in der Nähe sich umdrehten.

Carl hatte Zeit, sehr langsam ein Glas zu trinken, bis die Geschichte in Gang kam. Mike Hawkins stand mit einer entschuldigenden Handbewegung auf.

»Gesegnetes Bier«, brummelte Carl lächelnd vor sich hin, stand auf und ging auf die Treppe zur Toilette zu. Er würde vor Mike Hawkins dort unten sein. Auf der Treppe beschleunigte er die Schritte ein wenig, betrat unten die Herrentoilette, begegnete in der Tür einem Mann, doch dann war der Vorraum leer.

Perfekt, dachte er und betrat eine der drei abschließbaren Kabinen. Er zog die Tür hinter sich zu, verriegelte sie, öffnete den Reißverschluß seiner Hose und erleichterte sich, während er leise vor sich hin pfiff und intensiv lauschte.

Mike Hawkins riß unbekümmert die Tür auf und ging mit schnellen Schritten zum hintersten der vier Urinale, zog den Reißverschluß herunter und ließ das befreiende Plätschern ins Porzellan schlagen. Er war sehr guter Laune, denn immerhin hatte er die Kanaken da oben in der Bar fest im Griff. Er dachte keine Sekunde an den Mann, der eine der Kabinen verließ und an ein Waschbecken trat. Mike Hawkins schüttelte sich und ging zu einem der freien Waschbecken, wo er beide Wasserhähne aufdrehte.

Es war eher Verblüffung als Schmerz, was ihn plötzlich einen kleinen Luftsprung machen ließ. Er drehte sich erstaunt zu dem Mann um, der noch vor einem Augenblick zwei Waschbecken weiter weg gestanden hatte.

»Willkommen in Barcelona«, begrüßte ihn Carl mit einem fröhlichen Grinsen. Dann hielt er dem immer noch eher erstaunten als verängstigten oder aggressiven Mike Hawkins eine kleine Ampulle mit einer kurzen Nadel vor die Augen. »In unserer manchmal etwas rauhen amerikanischen Sprache haben wir einen guten Ausdruck für das hier«, fuhr Carl mit einem Lächeln fort, bei dem er nach amerikanischer Manier sämtliche Zähne zeigte. »Probier mal deine eigene Medizin, Hawkins.«

»Hamilton!« keuchte Mike Hawkins und faßte sich an die Einstichstelle am Hinterteil. Dann machte er ein Gesicht, als wollte er etwas sehr Drastisches unternehmen, worauf Carl schnell einen Schritt zurücktrat und abwehrend die Hände hochhielt, jedoch eher defensiv und warnend als aggressiv.

»Wie angenehm, mit Ihnen Geschäfte zu machen, Mr. Hawkins«, sagte Carl schnell. »Denken Sie mal nach! Was habe ich Ihnen wohl gerade injiziert? Jetzt haben wir noch fünf Minuten Zeit, um zum Abschluß zu kommen. Ich habe das Gegengift bei mir, denn in ein Krankenhaus schaffen Sie es nicht mehr, Mr. Hawkins.«

Mike Hawkins nahm sich mit einer Kraftanstrengung und einer Konzentration zusammen, die Carl gegen seinen Willen Respekt abnötigte, wie er sich eingestehen mußte.

»Okay«, stieß Hawkins heiser hervor. »Geschäfte, was für Geschäfte?«

»Ein gutes altes Tauschgeschäft wie immer«, erwiderte Carl ruhig. »Ihr Leben in der einen Waagschale. Die Handelsware, die sie an die Libyer da oben verkaufen wollten, in der anderen. Wir haben wie gesagt fünf Minuten. Sind Sie noch immer nicht reich genug, Mr. Hawkins?«

Der Amerikaner lehnte sich gegen die Marmorbank und blieb einige Sekunden lang mit hängenden Armen stehen. Dann sah er auf die Uhr.

»Na schön«, sagte er rauh und konzentriert. »Wir haben noch knapp fünf Minuten. Vorschläge?«

»Du wohnst in Suite 800, nicht wahr«, erklärte Carl schnell. »Wir machen es so. Du gehst zu den Libyern rauf, läufst ihnen aber nicht weg, sondern entschuldigst dich damit, daß du kurz auf dein Zimmer mußt. Wir sehen uns dort oben. Ich gehe als erster. Im Zimmer bringen wir dann das Geschäft hinter uns. Gegengift gegen eine kleine Aktentasche, die wohl nicht besonders schwer sein dürfte?«

Mike Hawkins nickte und machte eine ungeduldige Handbewegung. Er hatte verstanden, und Carl sollte losgehen.

Carl rannte zunächst die Treppe hinauf, ging dann jedoch in normalem Tempo zu den Fahrstühlen. Er hatte Glück. Die Fahrstuhltüren schlossen sich hinter ihm, und er war verschwunden.

Oben im achten Stock stand eine Schuhputzmaschine. Carl widmete ihr ein übertriebenes Interesse, bis ein Glockenton die Ankunft des Fahrstuhls verkündete. Mike Hawkins mit Panik im Blick verließ ihn und gab Carl ein Zeichen mitzukommen.

Carl stand dicht hinter dem Amerikaner, als dieser die Tür aufschloß. Dann schob er ihn vor sich ins Zimmer, während er gleichzeitig die Tür zuzog.

»So, jetzt schnell her mit der Ware, aber ich will nichts anderes, nur sie, Mr. Hawkins«, sagte Carl und hielt sich dicht hinter dem Mann, der jetzt vor Angst zu schwitzen begann. Schließlich wußte er, daß die Todesuhr in ihm tickte. Er wußte nicht nur um die ersten Symptome, sondern mußte sie auch schon spüren.

Mike Hawkins stolperte zu einem Kleiderschrank, öffnete ihn und zog eine kleine schwarze Aktentasche hervor. Carl nahm sie ihm schnell ab und zeigte demonstrativ auf einen Sessel mitten im Zimmer.

»Sie sollten jetzt mit der beispielhaften Kälte weitermachen, die Sie bisher an den Tag gelegt haben, Mr. Hawkins«, sagte Carl streng und zeigte erneut auf den Sessel.

»Das ist nicht die richtige Aktentasche!« schrie Mike Hawkins verzweifelt. »Darin liegt nur eine gottverdammte Pistole!«

»Gut gesagt, Mr. Hawkins«, sagte Carl und zeigte ein vollkommen aufrichtiges und herzliches Lächeln. »Jetzt tickt die Uhr. Her mit der richtigen Ware!«

Mike Hawkins holte eine weitere Aktentasche aus dem Schrank und setzte sich wieder, während er auf die Uhr sah. Er atmete schon sehr schwer. Carl ging zu dem ein paar Meter entfernten Sofa, legte beide Aktentaschen auf den Couchtisch und öffnete die Schlösser. Die eine Tasche enthielt eine alte Dienstpistole des Kalibers .45. Die zweite Tasche war mit rotem Samt ausgeschlagen. In einer Schaumstoffhöhlung lag eine längliche Röhre, die wie eine viel zu kurze und viel zu dicke Neonröhre aussah.

»Tritium?« fragte Carl und hielt die Tasche hoch.

»Ja, verdammt noch mal!« zischte Mike Hawkins. »Was hast du denn gedacht? Himbeergelee?«

Carl verschloß lächelnd die beiden Aktentaschen und legte sie auf dem Sofa nebeneinander. Dann wühlte er in seiner Tasche nach etwas und ging langsam auf Mike Hawkins zu.

»Unglaublich, wie leicht wir miteinander Geschäfte machen können, wenn nur Ihr Leben in der einen Waagschale liegt«, sagte er und schüttelte amüsiert den Kopf. »Darf ich Sie bitten, den einen Ärmel aufzukrempeln, Mr. Hawkins?«

Carl sah auf die Uhr und setzte sich. Er betrachtete, wie Mike Hawkins mit großer Mühe, schlafwandlerisch langsamen Bewegungen und schwer keuchend seinem Befehl zu folgen versuchte.

»Ach ja, da ist etwas, was ich vielleicht sagen sollte, Mr. Hawkins«, sagte Carl und tat, als müßte er ein Gähnen unterdrücken. Er hielt sich einen Handrücken vor den Mund, als wäre er soeben erschöpft aus Detroit eingetroffen. »Wir haben neulich die libysche Bombe zerstört. Es war tatsächlich eine Sowjetskaja Rossija. Ich wollte nur, daß Sie das wissen, Mr. Hawkins. Diese Geschäftsleute da unten in der Halle haben offenbar noch nicht verstanden, daß sie sozusagen dabei sind, Tritium ohne Bombe zu kaufen.«

»Red jetzt keinen Scheiß, du Arsch, her mit dem Gegengift. Wen interessiert es schon, was die Kanaken kaufen. Du kannst schon heute die halbe ... die halbe Summe bekommen«, zischte Mike Hawkins gequält. Seine Augäpfel schienen aus den Höhlen zu quellen.

»Wie interessant«, bemerkte Carl. »Wie hoch ist mein Anteil?«

»Das Gegengift ... dein Anteil ... fünfzig Millionen Dollar«, stieß Mike Hawkins mit zunehmender Verzweiflung in der Stimme hervor.

»Fünfzig Millionen Dollar für die Hälfte?« sagte Carl erstaunt und hielt eine der zwei schwarzen Aktentaschen hoch. »Respekt, Respekt! Ich kann für die hier also hundert Millionen bekommen?«

Er lachte auf und warf die Aktentasche in die Luft, fing sie mit einer Hand auf und legte sie wieder aufs Sofa.

»Das Gegengift, du Arsch!« zischte Mike Hawkins und sank dabei in den Sessel zurück, da er den Versuch gemacht hatte, sich zu erheben.

»Damit kommen wir zu dem angenehmen Teil dieser Geschichte, Mr. Hawkins«, sagte Carl begeistert, »dem wirklich angenehmen, um nicht zu sagen komischen Teil der Geschichte. Ich habe nämlich kein Gegengift bei mir!«

Er breitete die Arme in einer fröhlichen Geste aus wie ein Artist in einem Cabaret, der auf Beifall wartet, obwohl das Publikum wie gelähmt dasitzt.

Mike Hawkins machte eine wütende Kraftanstrengung, um aufzustehen, wobei er Carl immer wieder mit der Schmähung »du Arsch« belegte.

Er glitt mit glasigem Blick zu Boden und sah aus wie ein Fisch auf dem Trockenen. Er schnappte nach Luft, aber der Brustkorb ließ keine Atembewegungen mehr erkennen.

»Wissen Sie was, Mr. Hawkins? Ich mag diesen Ausdruck, den Sie dauernd gebraucht haben, ganz und gar nicht. Sie haben ihn bei unseren Begegnungen für meinen Geschmack zu oft gebraucht. Schon als ich ihn zum ersten Mal hörte, kam mir eine aggressive Phantasievorstellung, wie ich Sie töten würde«, sagte Carl und erhob sich.

Er ging ins Badezimmer, spülte eine leere Ampulle hinunter und riß ein paar Blatt Toilettenpapier ab.

»Ich weiß, daß Sie mich noch immer hören können!« rief er aus dem Bad, während er mit dem Toilettenpapier seine Fingerabdrücke entfernte.

»Wissen Sie, was komisch ist, in diesem Fall sogar sehr komisch, Mr. Hawkins?« fuhr Carl in normalem Gesprächston fort, als er wieder im Wohnzimmer stand und die Aktentasche mit Mike Hawkins' Pistole hochhob. Er stellte sie in den Kleiderschrank zurück, nachdem er zuvor die Stellen, an denen er sie berührt hatte, abgewischt hatte. »Ja, ich finde es komisch, daß Sie genauso sterben werden wie einige Ihrer Opfer. Die haben nämlich genau das gefühlt, was auch Sie jetzt fühlen. Es soll so sein, als würde man an Land ertrinken, falls man das sagen kann. Sie hören mich noch und können noch denken. Sie hören alles, was ich sage.«

Carl sah sich um, ergriff die Aktentasche mit der Ware, die angeblich hundert Millionen Dollar wert war, und hielt sie dem immer noch lebenden Mike Hawkins vor die Augen.

»Ich fresse einen Besen, wenn ich nicht noch mehr als hundert Millionen bekomme, wenn ich jetzt runtergehe und den *Kanaken* da unten Ihr bedauerliches Hinscheiden erkläre«, sagte er und bückte sich, um Mike Hawkins in die Augen zu sehen.

»Wissen Sie was, Mr. Hawkins? Es ist recht komisch, aber es fällt mir eben gerade was auf«, fuhr er eher zu sich selbst als zu seinem sterbenden Feind fort. »So wie mit Ihnen ist es mir nämlich bisher noch mit keinem einzigen anderen Menschen ergangen: Es hat mir richtig Spaß gemacht, Sie zu ermorden.«

Er bückte sich noch tiefer und kniff Mike Hawkins vergnügt in die Nase. Dann nahm er die Aktentasche mit und faßte den Türgriff mit dem Toilettenpapier an.

Im Erdgeschoß ging er so zu seinem Platz zurück, daß es aussah, als wäre er von der Toilette im Keller gekommen. Es war nicht besonders merkwürdig, daß jemand seine Aktentasche mit auf die Toilette nahm, statt sie unbewacht am Tisch stehen zu lassen.

Er blieb noch eine Zeitlang sitzen und trank langsam den Rest seines olympischen Champagners aus. Unterdessen behielt er die drei Libyer im Auge, die an ihrem Tisch immer unruhiger wurden. Dann rief er die Kellnerin und bat sie um die Rechnung. Er gab ihr ausreichend Trinkgeld und schlenderte aus der Bar.

Als er das Hotel verließ, konnte er passieren, ohne daß man sein Gepäck durchleuchtete. Wenn nichts Gefährliches hineingebracht worden war, konnte auch nichts Gefährliches herausgetragen werden.

Obwohl es schon dunkel geworden war, setzte er sich die Sonnenbrille auf, als er in die Stadt ging. Er stellte sich vor, daß der Provinzler Mr. Hamlon so aussehen müßte. Er grübelte mit leichter Ironie darüber nach, wie Mike Hawkins es geschafft hatte, seine Pistole und den Gegenwert von hundert Millionen Dollar ins Hotel zu bekommen, was die leichte Aktentasche angeblich wert war. Vielleicht mußte man dem unter starkem Streß stehenden Mann eine Neigung zu Übertreibungen zugute halten.

Carl wußte nicht viel über Tritium. Er ging davon aus, daß keine Strahlungsgefahr bestand, wenn er diesen Stoff in einer Aktentasche spazierentrug. Ihn schauderte jedoch leicht bei dem Gedanken, wie Mr. Hamlon wohl erklären wollte, was er in der Aktentasche trug, wenn man ihn auf dem Frankfurter Flughafen damit erwischte.

Das Rohr war natürlich Hochtechnologie und mit Sicherheit luftdicht. Tritium ist nämlich Frischware, die sich selbst zerstört, wenn sie mit Luft in Berührung kommt. Dann ist es kein Tritium mehr.

Carl konnte jedoch niemanden anrufen und um Rat fragen. Er mußte es auf gut Glück versuchen.

Es war noch früh am Abend, und obwohl er in der Hand eine Aktentasche trug, die kaum zu seiner sonstigen Erscheinung paßte, schätzte er die Gefahr eines Überfalls als minimal ein. So ging er zu Fuß, bis er die Rambla fand, ging an seinem Hotel vorbei bis zu der großen Säule mit einem Denkmal, das vermutlich Columbus darstellte. Dann setzte er seinen Weg zum Hafen fort.

Er ging eine Zeitlang am Quai entlang, bis er einige junge Leute sah, die dort saßen und die Beine baumeln ließen. Sie tranken Wein, unterhielten sich und lachten.

Er setzte sich in sicherem Abstand hin und betrachtete eine Zeitlang das Wasser. Dann öffnete er vorsichtig die Aktentasche und ließ die mit Tritium gefüllte Röhre mit einem dumpfen Laut ins Wasser gleiten. Es gab beim Aufprall keinen Klatscher.

Carl schloß die Aktentasche, legte sie hinter sich und betrachtete eine Zeitlang den klaren Sternenhimmel. Er fand den Großen Wagen, folgte ihm mit dem Blick der bekannten Linie bis zum Polarstern und hatte so die Richtung nach Norden und nach Hause.

Endlich ein Sieg, dachte er.

Epilog

Am 31. März 1992 nahm der Sicherheitsrat der UNO die Resolution Nummer 748 an, mit der erklärt wurde, daß Libyen nicht mehr die Erlaubnis der Weltgemeinschaft habe, Flugverkehr zu betreiben. Überdies wurde aller Waffenexport nach Libyen verboten. Anschließend kam es zu einer kurzen, aber intensiven westlichen Pressekampagne gegen das Land. Offizieller Grund für die neue Weltordnung, diese außergewöhnlichen und früher unbekannten Sanktionsformen einzuführen, war die Weigerung Libyens, zwei Personen auszuliefern, von denen niemand im Ernst annahm, sie hätten einen Terroranschlag begangen, den westliche Nachrichtendienstkreise meist der von Syrien unterstützten Organisation PFLP-General Command zuschrieben.

Die von Präsident George Bush geführte amerikanische Administration hätte jedoch bedeutende Schwierigkeiten gehabt, Syrien zu einem Terroristenstaat zu erklären. Noch schwieriger wäre es gewesen, Syrien irgendeiner Form von Blockade zu unterwerfen.

Syrien war nämlich zu einem Verbündeten geworden, nachdem das Land sich im Kampf gegen seinen Erzfeind Irak auf die Seite des Westens geschlagen hatte.

Man behauptete nämlich sowohl in Damaskus als auch in Bagdad, die einzig wahre und wirklich orthodoxe Baath-Partei zu führen, nämlich die Partei der Wiedergeburt des sozialistischen arabischen Nationalismus.

Offenbar hatte man in Washington gehofft, mit den in der UNO durchgedrückten Sanktionen Libyens Herrscher Moammar Ghaddafi in die Knie zu zwingen. Man hatte ja unter anderem gerade deswegen die spezialausgebildeten gedungenen Freiheitskämpfer in den Tschad eingeflogen, und zwar gleich nach Beginn der Sanktionen. Die Amerikaner hofften, daß in Libyen eine neue Ordnung unmittelbar bevorstand.

Als sich jedoch das Ganze immer mehr hinzog und die Operation Dragon Hammer sich als völlig wirkungslos erwies, prüften amerikanische Diplomaten die Möglichkeit, die Sanktionen gegen Libyen zu verschärfen, um so ein wirtschaftliches und politisches Chaos im Land auszulösen. Dabei ging es in erster Linie natürlich darum, Libyens Erdölexporte zu verbieten, und zwar mit dem Hinweis darauf, daß Libyen sich nicht an den UNO-Beschluß halte, die beiden angeblichen Terroristen auszuliefern, deren Namen sogar CNN bald vergessen hatte.

Der Initiative blieb der Erfolg versagt. Mehrere europäische Länder, darunter Italien, würden sich schwer zu meisternden Problemen gegenübersehen, wenn sie ihrem Hauptlieferanten Libyen kein Öl mehr abnehmen durften. Auf dem europäischen Markt war das Problem besonders schwerwiegend, da man dort im Interesse der neuen Weltordnung schon auf Erdöl aus dem Irak hatte verzichten müssen.

Die Kampagne gegen Libyen verebbte. Die Presse verstummte allmählich. Zugleich war es jedoch unmöglich, die Sanktionen »aufzuheben«. Sie blieben selbst dann noch in Kraft, als die Welt die Sanktionen und die Gründe dafür längst vergessen hatte. Die realpolitische Wahrheit, das zeigte sich schon bald, war diese: Die Sanktionen würden in Kraft bleiben, solange Moammar Ghaddafi in Libyen an der Macht blieb.

Damit blieb noch die Frage von Kriegen. Die Bush-Administration konnte angesichts des kommenden Präsidentschaftswahlkampfs unter drei Kriegen wählen: zum zweiten Mal gegen Saddam Hussein, gegen Jugoslawien oder gegen Libyen. Ein Krieg gegen Libyen mit dem Hinweis darauf, daß das Land dabei sei, sich auf illegalem Weg Kernwaffen aus der ehemaligen Sowjetunion zu verschaffen.

Jugoslawien war undenkbar, da die Generäle im Pentagon dann sofort auskeilen würden. Welches der Völker Jugoslawiens man auch angreifen würde, vermutlich die Serben, so waren sie alle auf besonders riskante Weise fähig, sich zu verteidigen.

Saddam Hussein würde sich in einem zweiten Krieg natürlich noch weniger verteidigen können als in dem ersten. Hier lag das Problem darin, daß ein solcher Waffengang nicht sonderlich spannend zu werden versprach. Es war wenig wahrscheinlich, daß CNN noch einmal den gleichen nationalen Einsatz leisten würde, und überdies stand zu erwarten, daß ein großer Teil der europäischen Presse einen solchen Krieg mit Mißfallenskundgebungen begleiten würde. Dabei bestand die Gefahr, daß das Mißvergnügen auf amerikanische Medien überschwappte.

Libyen war eine frische und unverbrauchte Alternative.

Allerdings mußte ein annehmbarer Kriegsgrund gefunden werden, nicht nur für den Kongreß, den Senat und noch mehr für die Presse, sondern auch für widerspenstige Generäle, die bohrende Fragen stellen würden.

Die Generäle wußten nämlich genau, wie es um libysche Kernwaffenproduktion stand. Sie war vollkommen vernichtet worden.

Es würde nicht ganz leicht sein, Moammar Ghaddafis allgemeine

Gefährlichkeit für die freie Welt und die neue Weltordnung aufzubauen, wenn man nicht von Kernwaffen sprechen durfte, die es gar nicht mehr gab.

So verlief der Krieg gegen Libyen bis auf weiteres buchstäblich im Sand.

Carl hatte sich eine Woche lang ausschließlich mit EDV-Analysen beschäftigt und fühlte sich müde und ausgelaugt. Tessie wollte ihr Kind in Schweden zur Welt bringen, und der Sommer hatte inzwischen begonnen. Carl würde schon bald für recht lange Zeit Urlaub bekommen.

Sein Telefon läutete nur selten. Die Sekretärinnen in Rosenbad hielten alles von ihm fern, was aus der Öffentlichkeit oder der Presse kam. Wenn also ein paarmal am Tag von draußen angerufen wurde, war es meist jemand, der Carl sehr nahe stand.

»Hallo, Tessie«, sagte er sofort fröhlich auf Englisch, »wie geht es dem Baby im Bauch?«

Das Schweigen am anderen Ende verriet unerbittlich, daß er danebengetippt hatte.

»Hallo, Carl, tut mir leid, dich zu enttäuschen, aber hier ist nicht Tessie, sondern Colin«, meldete sich ein gedämpfter Bariton.

»Welcher Colin?« fragte Carl peinlich berührt und hätte sich im selben Augenblick am liebsten die Zunge abgebissen.

»Colin L. Powell, Oberbefehlshaber der Streitkräfte der Vereinigten Staaten, wenn wir förmlich sein wollen. Aber dazu gibt es doch gar keinen Grund, Carl, oder?« lachte Colin Powell auffallend herzlich. »Wer zum Teufel ist eigentlich Tessie? Deine Frau, hoffe ich.«

»Ja, Sir«, erwiderte Carl und preßte beide Augen fest zu.

»Was soll eigentlich dieses Sir, Carl? Darf ich damit anfangen, dir und deiner Frau viel Glück zu wünschen?«

»Danke … Colin«, erwiderte Carl. Ihm war etwas unwohl, weil er sich erstens blamiert und zweitens den Oberbefehlshaber der USA geduzt hatte, einen Fünf-Sterne-General.

»Nun«, fuhr Colin Powell etwas geschäftsmäßiger fort, »ich habe inzwischen die ganze Akte über Green Dragon gelesen. Ich habe eine teuflisch genaue Untersuchung angeordnet, als ich von dem Pfusch der Jungs in Langley erfuhr. Ich möchte nur eins sagen oder vielmehr zwei Dinge. Zuallererst, Carl, möchte ich dir aus meinem ganzen vollblutamerikanischen Herzen für deinen Einsatz danken. Du hast uns vor einem gottverdammten Idiotenkrieg bewahrt, um nur das zu erwähnen.«

»Besten Dank, Colin«, erwiderte Carl etwas steif, »aber ich habe nur meine Pflicht getan, und so weiter.«

»Aber natürlich, mein Junge!« lachte Colin Powell. Es hörte sich an wie bei einem Ortsgespräch. »Aber dann dürfen wir wenigstens sagen, daß du deine Pflicht auf vorbildliche Weise erfüllt hast. Ach ja, das wollte ich dir sagen: Du darfst um Himmels willen nicht glauben, daß wir vorhatten, dich da draußen zu braten. Darauf hast du mein Ehrenwort, Carl!«

»Dein Ehrenwort akzeptiere ich natürlich, Colin«, erwiderte Carl zögernd und überlegte, ob er es tatsächlich tat. »Na schön, wenn du es sagst, wenn *du* es sagst, nehme ich es dir ab!« fuhr er impulsiv fort.

»Schön, das zu hören, mein Junge«, gluckste der Oberbefehlshaber der USA. »Ach ja, und dann noch etwas. Wenn ich etwas für dich tun kann, brauchst du es nur zu sagen. Ich meine, ich bin dir ja, gelinde gesagt, etwas schuldig.«

»Ja«, sagte Carl ruhig. Ihm war plötzlich eine Idee gekommen. »Es gibt tatsächlich etwas, was du für mich tun könntest, etwas, worauf ich großen Wert legen würde.«

»Nur raus mit der Sprache!«

»Besorge mir ein Navy Cross«, erwiderte Carl beherrscht.

Am anderen Ende wurde es eine Zeitlang still.

»Ist das wirklich dein Ernst?« fragte Colin Powell verblüfft.

»Ja, Colin, das ist es«, entgegnete Carl.

»Na schön«, sagte Colin Powell zögernd. Seine Unsicherheit war ihm deutlich anzumerken. Er wußte nicht, wie er reagieren sollte. »Warum nicht gleich die Medal of Honor, wenn du so scharf auf einen amerikanischen Orden bist? Ich dachte, dieser Mist bedeutet dir nicht sehr viel?«

»Medal of Honor wäre reichlich hochgegriffen«, erwiderte Carl ruhig. »Aber hör mal, Colin, ich bin nicht plötzlich verrückt geworden, ich habe einen verdammt rationalen Grund für meinen Wunsch. Um es kurz zu machen: Eine amerikanische Auszeichnung ist extrem wichtig für mich, und zwar aus Gründen, für deren Erklärung ich ein weiteres Essen mit dir brauchte.«

»Okay«, sagte Colin Powell zögernd, »okay, ich bin mit von der Partie. Ich werde tun, was ich kann. Paß auf dich auf!«

»Ja, Colin«, sagte Carl, »ich verspreche, auf mich aufzupassen. Das solltest du aber auch tun! Werd jetzt bloß nicht Politiker!«

Beide lachten, als sie das Gespräch beendeten.

Carl zog nachdenklich seine oberste, normalerweise abgeschlossene Schreibtischschublade heraus und klappte einen echten amerikanischen Paß auf. Er betrachtete sich eine Zeitlang, obwohl der Mann auf dem Paßfoto nicht er selbst war.

Tessie hatte ihn ausgelacht, als sie ihn mit seiner neuen Haarfarbe und der ungewohnten Frisur gesehen hatte. Ihm war es gleichgültig, was die Leute dachten. Inzwischen hatte er das Haar mit der natürlichen Haarfarbe unter der gefärbten Schicht nachwachsen lassen. Im Augenblick sah er aus wie eine Art Punk.

Präsident George Bush wandte sich kurze Zeit später mit der förmlichen Bitte an den Kongreß der USA, zwei ausländische Offiziere, die von den Streitkräften der USA ausgebildet worden und Bürger einer verbündeten Nation seien, mit dem Navy Cross auszuzeichnen.

Der Antrag wurde routinemäßig ohne Abstimmung angenommen.

Möglicherweise hatte das Weiße Haus bei diesem Vorgehen einen Hintergedanken gehabt, denn kurze Zeit nach dem routinemäßigen Beschluß sickerten einige Informationen durch und gelangten so in die Presse.

Die *Washington Post* war nämlich viel zu wohlinformiert, um eine solche Story ohne sehr hochgestellte Quellen schreiben zu können. Und in der *Washington Post* konnte man jetzt erfahren, daß zwei schwedische Marineoffiziere mit dem Navy Cross ausgezeichnet worden seien, weil sie an einem amerikanischen Unternehmen teilgenommen hätten. Ziel: Die Vereitelung von Libyens Versuchen, sich Kernwaffen zu beschaffen. Das Ganze wurde als glänzender schwedisch-amerikanischer Triumph dargestellt. Oder vielmehr amerikanisch-schwedischer.

Auch in Tunis liest man die *Washington Post.* Vor allem sieht man dort CNN, einen Sender, der alles bringt, was in der *Washington Post* steht.

Arafat tobte, als er die Nachricht erfuhr. Sein Gegenzug war einfach, aber effektiv. Immer wenn er in der Folgezeit eine Rede von einiger Bedeutung hielt, teilte er mit, ein schwedisch-palästinensischer Trupp oder vielmehr ein palästinensisch-schwedischer habe in Libyen Kernwaffen in die Luft gesprengt. Das sei jedoch geschehen, um einen Großkrieg in der Region zu vermeiden. Libyer und Palästinenser hätten sich nachträglich geeinigt. Anschließend hielt er einen langen Vortrag über den Friedenswillen und die verantwortungsbewußte Haltung der Palästinenser in der internationalen Politik.

Er nannte Carl Gustaf Gilbert Hamilton namentlich, mochte seine Aussprache auch einigermaßen fragwürdig sein. Das führte zu einigen Mißverständnissen, als die Journalisten in Tunis die Nachricht in die Welt schickten.

Er hatte Carl jedoch namentlich genannt. Und erklärte frech, Carl sei unterwegs nach Tunis, um aus der Hand des PLO-Vorsitzenden die palästinensische Ehrenlegion entgegenzunehmen.

Arafats sensationeller Schachzug führte zu einer kleinen und einer großen Konsequenz. Um mit der kleinen zu beginnen: Ein schwedischer Offizier braucht die Genehmigung seiner Regierung, um von einer fremden Macht eine Auszeichnung dieses Rangs entgegenzunehmen.

Carl war sich dessen sehr wohl bewußt. Er dachte jedoch nicht daran, den Ministerpräsidenten um diese Erlaubnis zu bitten.

Während seines vor kurzem begonnenen Vaterschaftsurlaubs reiste er privat nach Tunis, um die Auszeichnung aus Arafats Hand entgegenzunehmen. Er ließ sich fotografieren, als sie einander umarmten und küßten. Schon das führte zu einem schweren persönlichen Konflikt zwischen dem jungen konservativen Ministerpräsidenten und Carl.

Es gab jedoch noch eine weitere Folgewirkung.

Präsident George Bush wurde es so unmöglich gemacht, seine Pläne für einen Krieg gegen Libyen in die Tat umzusetzen, um so seine Popularität zu steigern.

Und da Jugoslawien sich aus anderen Gründen verbot, mit wie dringenden humanitären Bedürfnissen man ein militärisches Eingreifen hier auch hätte rechtfertigen können, da Jugoslawen Europäer sind und keine wehrlosen Bewohner der Dritten Welt, sah alles nach einem zweiten Waffengang gegen Saddam Hussein aus.

Dazu war es jedoch schon zu spät, da man einen solchen Krieg der Weltöffentlichkeit kaum hätte begründen können. Als eine Art aggressiver Geste ließ der schon besiegte George Bush kurz vor seinem Abgang ein paar Bomben auf den Irak abwerfen. Dabei kamen ein paar hundert Menschen ums Leben, das war alles.

Bill Clinton hatte in seinem Wahlkampf unter anderem versprochen, Israel weder zu einem Frieden noch zu einem Ende der Besetzung palästinensischer Gebiete zu zwingen. Mit Amtsantritt der Regierung Clinton waren die Möglichkeiten der PLO zu einem Frieden durch Diplomatie effektiv verbaut. Die Auseinandersetzungen darüber, ob die Clintons ein dunkelhäutiges Kindermädchen illegal beschäftigt hätten oder nicht, hatten darauf keinerlei Einfluß.

Inzwischen hatte die Welt die von der UNO, das heißt von George Bush, beschlossene Blockade Libyens vergessen.

Vor Ndjamena im Tschad lagen tausend von der CIA finanzierte Freiheitskämpfer und warteten auf den großen Tag. Vergebens. Um keine internationale Aufmerksamkeit zu erregen, wurden diese Männer nach und nach in kleinen Gruppen zu ihren Ausbildungslagern außerhalb Washingtons zurückgeflogen.

Die Sanktionen gegen Libyen konnten nicht aufgehoben werden, solange Moammar Ghaddafi am Leben war. Mit der Folge, daß seine innenpolitische Unterstützung durch das Volk immer stärker wurde.

Die am wenigsten spektakuläre Folge der Geschichte: Ein wohlgenährter Mann mittleren Alters mit kräftigem Körperbau wurde in dem Krankenhaus, das dem Hilton Hotel in Barcelona am nächsten liegt, von überlasteten und gehetzten Gerichtsmedizinern obduziert.

Nur fünf Autominuten vom Hilton entfernt liegt die Provinzialklinik. Für einen Menschen, dem eine Succinylkolin-Injektion verabreicht worden ist, sind fünf Minuten an und für sich eine lange Zeit. Die Vergiftung mit Curare, wie die Substanz meist genannt wird, löst einen der schlimmsten und angsterfülltesten Todeskämpfe aus, die der ärztlichen Wissenschaft bekannt sind.

Als dieser Mann mittleren Alters, dem Namenszettel am großen Zeh zufolge der amerikanische Staatsbürger Mike Hawkins, an diesem Tag als Nummer vier in der wachsenden Reihe verstorbener ausländischer Touristen obduziert wurde (der Ansturm von Besuchern der Olympischen Spiele von 1992 nahm immer mehr zu), fanden die Ärzte nichts Anomales und Unerwartetes. Einige Herzkranzarterien wiesen typische Anzeichen auf, und die sonstigen Umstände des Todesfalls sprachen die gleiche Sprache.

Ein typischer Herzinfarkt.

Dieser Leichnam wurde nicht gehäutet.

Mein besonderer Dank gilt folgenden Personen:

Janeen R. Albina, PLO, Tunis
Zdenek Cervenka, Nordisches Afrika-Institut, Uppsala
Lars Christiansson, Rosenbad, Stockholm
Douglas Davidson, Weißes Haus, Washington D. C.
Anders Eriksson, Oberarzt, Gerichtsmedizinisches Institut, Umeå
Alvar Gustafsson, Kriminalkommissar, Polizei von Haparanda
Sven Holmén, Oberst, Schwedische Botschaft, Washington D. C.
Per Holmgren, Staatliches Gerichtschemisches Labor, Linköping
Stig Holmlund, Provinzialpolizeidirektor, Luleå
Farouk Khadoumi, PLO, Tunis
Annette Kullenberg, Auslandskorrespondentin, Barcelona
Allan Lehto, Norr-Frys, Haparanda
Sven-Olof Petersson, Gesandter, Schwedische Botschaft,
Washington D. C.
Boris Popow, Korrespondent, Murmansk
Henk Ruysenaars, Auslandskorrespondent, Tunis
Bassam Abu Sharif, PLO, Tunis
Ulf Strömstedt, Polizeidirektor, Haparanda
Willy Svensk, Kriminalkommissar, Reichskripo/Gewaltdezernat,
Stockholm
Emil Svensson, Kapitän zur See, Rosenbad, Stockholm
Jim Townsend, Pentagon, Washington D. C.
Margaretha Welin, Auslandskorrespondentin, Tunis
Sören Westling, Nordstedts Verlag, Stockholm

sowie einigen anderen, in Nachrichtendiensten oder Regierungsämtern tätigen Personen, denen ich meinen Dank etwas unauffälliger ausspreche, um Mißverständnisse darüber zu vermeiden, wer was gesagt hat. Bestimmte rechts- oder linksgerichtete Äußerungen sind ebenso wie vereinzelte Angriffe auf Personen allein mir zuzurechnen und nicht meinen geduldigen und großzügigen Informanten.

J. G.

SERIE PIPER

Frederick Forsyth

»Zeitgeschichte und Erfindung sind bei Forsyth so brillant gemischt, daß man die Grenzen nicht sieht und sich letzten Endes fragen muß, ob man wirklich einen Roman vor sich hat oder eine Reportage aus unseren Tagen.«

Die Welt

Die Akte ODESSA

Roman. Aus dem Englischen von Tom Knoth. 395 Seiten. SP 5522

Das mitreißende Erzähltempo läßt den Leser zum willigen Opfer des Autors werden.«

New York Times

Die Hunde des Krieges

Roman. Aus dem Englischen von Norbert Wölfl. 436 Seiten. SP 5529

In Irland gibt es keine Schlangen

Zehn Stories. Aus dem Englischen von Rolf und Hedda Soellner. 323 Seiten. SP 5637

Am Ende aller Geschichten kommt immer ein überraschender Knalleffekt, raffiniert witzig oder schockierend. Hier beweist sich Forsyth als der unvergleichliche Meister des Nervenkitzels.

Der Lotse

Aus dem Englischen von Rolf unc Hedda Soellner. 75 Seiten mit Illustrationen von Chris Foss. SP 5503

McCreadys Doppelspiel

Thriller. Aus dem Englischen von Christian Spiel und Rudolf Hermstein. 496 Seiten. SP 5655

Der Schakal

Roman. Aus dem Englischen von Tom Knoth. 438 Seiten. SP 5511

»Wie Forsyth das Räderwer einer Verschwörung bloßleg das übertrifft in seiner Meiste schaft Fleming und le Carré.«

L'Express

Des Teufels Alternative

Roman. Aus dem Englischen von Wulf Bergner. 512 Seiten. SP 5545

»Die handwerkliche Perfektio ist schier unerschöpflich, da wohlige Gruseln fast endlos.«

Neue Zürcher Zeitung

Der Unterhändler

Roman. Aus dem Englischen von Christian Spiel und Rudolf Hermstein. 526 Seiten. SP 5577

Das vierte Protokoll

Roman. Aus dem Englischen von Rolf und Hedda Soellner. 500 Seiten. SP 5506

Jan Guillou

Coq Rouge

Ein Coq-Rouge-Thriller. Aus dem Schwedischen von Hans-Joachim Maass. 440 Seiten. SP 5578

»Clever mischt Guillou verbürgtes Insiderwissen und realistische Fiktion, und so ist ›Coq Rouge‹ ... zu einer kompakten Agentenreportage geworden, die es mit den Romanen eines John le Carré aufnehmen kann.«

Stern

Der demokratische Terrorist

Roman. Aus dem Schwedischen von Hans-Joachim Maass. 418 Seiten. SP 5592

»Die präzise Schilderung vom Hamburger Hafenstraßen- und Geheimdienstmilieu, die politische Auseinandersetzung im fiktiven Dialog mit Terroristen, deren Biographien echt sind, fasziniert. Das Ende schließlich schockiert.«

Neue Presse Hannover

Im Interesse der Nation

Roman. Aus dem Schwedischen von Hans-Joachim Maass. 482 Seiten. SP 5634

»Was die Action-Romane von Guillou so faszinierend macht, ist die Mischung aus Sciencefiction und Insiderwissen.«

Abendzeitung

»Eine Agentenstory, die auch ein Krimi und ein bißchen zudem ein politischer Roman ist.«

Welt am Sonntag

Feind des Feindes

Ein Coq-Rouge-Thriller. Aus dem Schwedischen von Hans-Joachim Maass. 436 Seiten. SP 5632

Ein hochbrisanter Thriller voller packender Action und mit überraschenden Wendungen.

Der ehrenwerte Mörder

Ein Coq-Rouge-Thriller. Aus dem Schwedischen von Hans-Joachim Maass. 480 Seiten. SP 5644

Für Coq Rouge, den schwedischen Spitzenagenten, erweist sich die Vergangenheit als sehr lebendig und machtvoll, sowohl im privaten wie im politischen Bereich.

Unternehmen Vendetta

Ein Coq-Rouge-Thriller. Aus dem Schwedischen von Hans-Joachim Maass. 560 Seiten. SP 5654

Niemandsland

Ein Coq-Rouge-Thriller. Aus dem Schwedischen von Hans-Joachim Maass. 512 Seiten. SP 5656

SERIE PIPER

Richard Hey

Engelmacher & Co.

Kriminalroman. 188 Seiten. SP 5559

Ein totes Mädchen in einer Abbruchvilla am Wannsee bringt Katharina Ledermacher gleich auf zwei Spuren: Sie führen zu einem kriminellen Abtreibungsunternehmen und einer großangelegten Bauspekulation.

»Kein Zweifel: Die Wahrheit von Heys Kriminalgeschichten sind nicht nur Krimi-Fiktionen, sondern Bilder unserer gesellschaftlichen Realität.«
Deutsches Allgemeines Sonntagsblatt

Feuer unter den Füßen

Kriminalroman. 123 Seiten. SP 5561

Autohändler und Hobbyjäger Löbert wird in seinem eigenen Revier zum Jagdwild. Der Blattschuß stammt aus der Büchse des heißblütigen Sizilianers Turiddu – sagt Löbert. Doch als Turiddu und seine Lebensgefährtin tot aufgefunden werden, beginnt Oberkommissarin Buchmüller Löberts Version von der Männerfeindschaft zu bezweifeln.

»Wenn der deutsche Kriminalroman heute einen guten Ruf genießt, dann nicht zuletzt wegen Richard Hey.«
Frankfurter Allgemeine Zeitung

Die Löwenbändigerin

und andere Geschichten. 211 Seiten. SP 5635

Ein Mord am Lietzensee

Roman. 134 Seiten. SP 5558

»Das Schöne an Heys Roman, der vielleicht der beste deutsche Krimi neueren Datums ist: daß er die Muster des Kriminalromans gleichzeitig erfüllt und unterläuft.«
Frankfurter Allgemeine Zeitung

Ohne Geld singt der Blinde nicht

Kriminalroman. 319 Seiten. SP 5560

Am Ufer des Teltow-Kanals findet man einen Beamten des West-Berliner Rauschgiftdezernats. Erschossen. Ein Chemieprofessor, erst kurz in West-Berlin, wird mit eingeschlagenem Schädel an den Strand eines kleinen Badeortes in Italien getrieben. Oberkommissarin Katharina Ledermacher erhält den heiklen Auftrag, während eines Urlaubs in dem ligurischen Badeort inoffiziell und unauffällig nachzuforschen.

Roger Graf

Die haarsträubenden Fälle des Philip Maloney

Kriminalstories. Mit Illustrationen von Christoph Badoux. 272 Seiten. SP 5662

Der ultraschräge Privatdetektiv Philip Maloney geht in Zürich seinem gefährlichen Handwerk nach. Seine Urteilskraft wird gelegentlich getrübt durch den übermäßigen Genuß seines Lieblingswhiskys und den Anblick schöner Frauen. Ständig knapp bei Kasse, löst er ohne Auto und ohne jegliche Computerkenntnisse mit Herz und losem Mundwerk bravourös seine kniffligen Fälle: ob die mordende Sekte im Internet, die verlorene Formel für schmelzsichere Schokolade oder die von einem Golfball tödlich getroffenen Vorstandsmitglieder des Golfclubs – immer weiß Maloney auf alles eine Antwort und hat das letzte Wort. Daran hindert ihn auch nicht seine Dauerfehde mit seinem Intimfeind, dem ebenso inkompetenten wie arroganten Polizeibeamten Hugentobler, dem Mann mit der niedrigsten Aufklärungsquote in der ganzen Stadt.

Philip Maloney Tödliche Gewißheit

Kriminalroman. 237 Seiten. SP 5664

Philip Maloney, der schrullige Privatschnüffler, stochert im kalten Züricher Nebel herum und findet die Leiche eines äußerst zweifelhaften Kollegen, der eigentlich schon seit Jahren tot ist. Maloney kooperiert mit seiner klugen und verführerischen Kollegin Jasmin. Beide rollen die alten Fälle des Toten wieder auf und stoßen dabei auf häßliche Querverbindungen zu einem Kindermörder. Jasmins Büro wird auf den Kopf gestellt, in Zürich häufen sich obskure, tödliche Verkehrsunfälle von Mailboxbenutzern, eine merkwürdige Rücktrittswelle hoher Regierungsbeamter löst eine Regierungskrise aus, und Kommissar Hugentobler ist wie immer ratlos. Nichts scheint mehr zusammenzupassen, als ganz unerwartet alles in einem Bürogebäude zum großen Showdown zusammenfließt.

»Man heiße den legitimen Nachfolger jenes von Raymond Chandler geborenen Philip Marlowe herzlich willkommen. Philip-Maloney-Krimis – höherer Blödsinn besonderer Güte.«

Süddeutsche Zeitung

Sarah Andrews

Das Ölfeldkomplott

Emmy Hansen ermittelt. Aus dem Amerikanischen von Susanne Aeckerle. 348 Seiten. SP 5666

Emily (kurz Em) Hansen, jung, ledig, intelligent, burschikos, doch schüchtern und leicht zu verunsichern, hat sich ausgerechnet einen Männerberuf ausgewählt: Sie ist Geologin, hat gerade ihr Studium abgeschlossen und arbeitet nun bei einer Ölgesellschaft auf den Ölfeldern von Wyoming. Als Ems väterlicher Freund und Mentor durch einen dubiosen Autounfall ums Leben kommt, folgt sie ihrer Intuition und stellt hartnäckig Ermittlungen an. Irgend etwas ist faul in der Ölgesellschaft und mit dem vielversprechenden Bohrloch 17-1. Als schwerwiegende Arbeitsunfälle zunehmen und ein weiterer Kollege, inzwischen mißtrauisch geworden, durch einen seltsamen Unfall stirbt, gerät auch Em zunehmend in Lebensgefahr. Doch sie überwindet ihre Furcht und löst den Fall bravourös.

»Das Faszinierendste ist die Tour durch die Welt der Ölfelder, die Sarah Andrews selbst so gut kennt. Und sie belohnt uns mit einem sehr lebendigen Krimi.«

Tony Hillerman

Joseph R. Garber

Der Schacht

Roman. Aus dem Amerikanischen von Sonja Hauser und Christian Spiel. 367 Seiten. SP 2476

Joseph R. Garbers fulminanter Thriller ist mit meisterhafter Präzision und untrüglichem Gespür für das perfekte Setting inszeniert. Selten entwickelte eine Verfolgungsjagd ein solches Tempo. Selten war die Einsamkeit eines Menschen, der gnadenlos in die Enge getrieben wird, so hautnah zu spüren.

»Der Roman ist über weite Strecken eine rasante Achterbahnfahrt, die dem Leser kaum Zeit zum Atmen läßt. Mit Sicherheit ist ›Der Schacht‹... gute, spannende Unterhaltung.«

Handelsblatt

»Garber hat es glänzend verstanden, die atemberaubende Menschenjagd durch Fahrstuhlschächte und Treppenhäuser in eine dichte, treibende Sprache umzusetzen... Dem Leser wird hier wahrlich keine Atempause gegönnt, er vermag sich darum auch der Dramatik kaum zu entziehen.«

General-Anzeiger